GURAM DOTSCHANASCHWILI

DAS ERSTE GEWAND

Roman

Aus dem Georgischen von
Susanne Kihm und
Nikolos Lomtadse

Carl Hanser Verlag

Die georgische Originalausgabe erschien 1978
unter dem Titel სამოსელი პირველი bei Nakaduli in Tbilissi.

Die vorliegende Übersetzung wurde gefördert im Rahmen
des Gastlandauftritts Georgiens auf der Frankfurter Buchmesse 2018,
mit Unterstützung des Georgian National Book Center und
des Ministeriums für Kultur und Sport in Georgien.

GEORGIAN
NATIONAL
BOOK
CENTER

MINISTRY OF CULTURE
AND SPORT OF GEORGIA

Georgia
Made by Characters
Ehrengast Georgien
Frankfurter Buchmesse 2018

1. Auflage 2018

ISBN 978-3-446-26013-9
© Guram Dotschanaschwili, 1978
Alle Rechte der deutschen Ausgabe
© 2018 Carl Hanser Verlag GmbH & Co. KG, München
Umschlag: Peter-Andreas Hassiepen, München,
© Khuroshvili Ilya/Shutterstock.com
Satz: Greiner & Reichel, Köln
Druck und Bindung: Friedrich Pustet, Regensburg
Printed in Germany

MIX
Papier aus verantwor-
tungsvollen Quellen
FSC
www.fsc.org   FSC® C014889

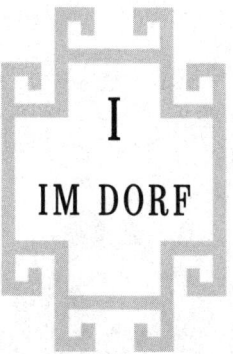

I

IM DORF

DER FLÜCHTLING IST DA

Es war noch dunkel, nur dort hinten, am Rand der Welt, schien es, als würde der Himmel licht. Gerade hatte es aufgehört zu regnen, lautlos glitten die Tropfen von Blatt zu Blatt, und der durchnässte, zitternde Flüchtling lauschte angestrengt auf ihr kraftloses Fallen. Jegliches Geräusch war zu ertragen, solange nur keine Hufe klapperten. Unablässig wähnte er die Verfolger in der Nähe, und mit letzter Kraft klammerte er sich an die nassen Äste. Eben noch hätte niemand ihn bemerken können, aber jetzt, in der Morgendämmerung, wo es erst recht kalt wurde und er in seiner Not nicht mehr stillhalten konnte, war seine schwärzliche, unruhige Silhouette in der fadenscheinigen Dunkelheit deutlich zu erkennen. Wie gerne hätte er geschlafen, er konnte seinen Kopf kaum noch halten. Immerhin saß er, nach dem langen Aufstieg ruhten seine müden, geschundenen Füße. Hier oben auf dem Baum würden auch die Hunde nicht an ihn herankommen – und Gebell hörte er bisher ja auch keins. Da schöpfte er neuen Mut, und gleichzeitig verspürte er Hunger. Er griff mit steifen Fingern in die Brusttasche und holte einen Kanten Brot heraus. Ohne Hast kaute er – er wollte eine Weile dran haben, aber der Kanten war zu klein und zu schnell aufgegessen. Jetzt bekam er erst recht Hunger, er spähte nach dem Dorf, dort musste er etwas zu essen auftreiben. Die Häuser traten schon ein wenig aus den Schatten, er schaute sich noch einmal um, und es fröstelte ihn, nicht vor dem Verfolger, vor etwas ganz anderem bangte ihm jetzt – wie wunderlich der Morgen doch dämmerte! Hatte er je so scharf umrissene Blätter gesehen oder Zaunpfähle, die so spitz in die Morgendämmerung stachen? Wie die Bäume aus weiter Ferne näher rückten, wie die Fels-brocken unaufhaltsam aus der Erde wuchsen, und ob er jemals so einen bedrohlichen Windhauch gespürt hatte, der scheinbar mit der Morgen-dämmerung kam und die blassen Schatten am Boden tanzen ließ, wie eigentümlich und beunruhigend das alles war!

Er hielt es nicht länger aus, sprang vom Baum herab, lief bis zum ers-ten Haus. Am Tor blieb er stehen, hob den Kopf und sog mit bebenden Nasenflügeln prüfend die Luft ein. Er trat in den Hof, schlich am Pfer-destall vorbei. Dann schlüpfte er in ein kleines Steinhäuschen. Hier war es merkwürdig dumpf, sodass ihm schwindlig wurde. Er setzte sich auf den Boden, atmete tief durch und schaute ringsumher – kalt war es hier nicht, aber fremdartig finster, man hatte dunkle Scheiben in die Fenster-öffnungen eingesetzt.

Immer wenn ihn die Angst packte, verspürte er unterhalb des Ellen-bogens und zwischen den Rippen eisige Nadelstiche, so auch jetzt, ihm war, als atme da jemand im Dunkeln. War er selber das? Doch als er erschöpft seufzte und einen Augenblick die Luft anhielt, hörte er das At-men wieder. Die Angst übermannte ihn, er wischte sich über die Augen und stieß hervor:

»Wer ist da?«

»Ich, ich bin es nur.«

Die Stimme klang friedfertig, besänftigend; trotzdem rutschte er zu-rück, bis er die Wand hinter sich spürte. Er drückte seinen Rücken da-gegen, als wollte er sie zum Einstürzen bringen; und auch wenn er das nicht schaffte, sammelte er ein bisschen Kraft; zum Aufstehen reichte es nicht, aber doch, um sich ein Herz zu fassen und zu fragen:

»Wer, ›ich‹?«

»Der Hausherr.«

»Ja, aber – was tun Sie hier?«

»Das fragst du mich?«

Der Flüchtling schämte sich so, dass er darüber fast seine Angst vergaß. Der Mann sprach ruhig, friedlich, und dem Zufluchtssuchenden stiegen die Tränen in die Augen:

»Ich …«, der Flüchtling legte sich die Hand auf die Brust, »es war nicht richtig von mir, einfach hier reinzukommen, aber …«

»Das macht nichts. Bestimmt war dir kalt.«

»Ja, wissen Sie, mir war sehr kalt, und …«

»Ich weiß, ich glaube dir.«

»Wissen Sie … eigentlich … also ich bin kein …«

»Ist gut«, beschwichtigte ihn der Mann, »ist schon gut.«

Der Zufluchtssuchende spürte die Freude durch seine Adern rauschen, ihn schwindelte und der Kopf sank ihm auf die Brust. Eine Zeit lang lehnte er, die Augen geschlossen, an der Wand. Aber sofort ergriff ihn erneut Unruhe – eines, eines wollte er unbedingt noch hören, erst dann würde er wirklich aufatmen können. Auf den Knien rutschte er über den Steinboden auf die Stimme zu, und ein lautes Knirschen wie von Kieselsteinen schlug verloren gegen die Wände. Und dann war es still, der Flüchtling legte dem Mann eine Hand aufs Knie, schaute zu ihm auf und sagte, fast flehend:

»Muss ich keine Angst haben?«

Der Mann blickte gedankenvoll zu ihm herunter, schließlich legte er ihm die Hand auf den Kopf und sagte:

»Nein. Hab keine Angst.«

Und da sank der Flüchtling in sich zusammen, seine Finger kratzten über den Boden. Seine Hände begannen zu zittern, und seine Schultern und sein Rücken bebten. Er kämpfte mit den Tränen, rieb seine Stirn am Boden und drückte seine Wange darauf, jeder Muskel spannte sich, er schluchzte erlöst. Der Mann wartete geduldig, bis der Flüchtling sich beruhigt hatte. Er drehte sich zur Wand und zündete eine Kerze an. Als er sich wieder umwandte, blickte der Flüchtling blinzelnd, das Gesicht erdverschmiert, ins Kerzenlicht.

»Ich bin gleich wieder da«, sagte der Mann, »bestimmt bist du hungrig.«

»Ja, ich habe großen Hunger.« Der Flüchtling nickte, ohne den Blick abzuwenden.

Bis der Mann zurück war, hielt der Flüchtling seine verfrorenen Finger vor die Kerze und wunderte sich – unglaublich durchsichtige Finger von schöner Farbe sah er, dann näherte er auch seine Wange und seine Stirn der Flamme. Ihm wurde wärmer, und er räkelte sich wohlig, setzte sich an die Wand, ließ seine Nackenknochen knacken. Er bemerkte die Rückkehr des Mannes kaum, und als er seine Stimme hörte, zuckte er zusammen.

»Hier, nimm das.«

»Was ... was ist das?«

»Brot und Wein.«

»Ah...«, der Flüchtling griff nach dem Brot. »Oh, das ist ja noch warm«, sagte er sehnlich und schaute noch mal zu dem Mann.

»Nimm, das ist für dich.«

Eine Zeit lang kaute der Flüchtling begierig, dann langte er nach dem Krug:

»Darf ich?«

»Ja, trink nur.«

»Auf Sie«, wieder stiegen dem Flüchtling die Tränen in die Augen, »auf Sie, so einem Menschen wie Ihnen bin ich noch nie begegnet.«

»Auch auf dich, komm, trink doch.«

»Auf all die Menschen, die Ihnen lieb sind«, dankbar sah er ihn an.

»Haben Sie Kinder?«

»Ja, habe ich.«

»Wie viele?«

»Zwei.«

»Jungen oder Mädchen?«

»Jungen.«

»Auf die auch«, sagte der Flüchtling und setzte die Schale an die Lippen. »Was für ein guter Wein. Wie heißen sie?«

»Domenico und Gwegwe.«

»Was für seltsame Namen«, wunderte sich der Flüchtling, »Domenico und ...«

»Gwegwe.«

»Merkwürdig«, der Flüchtling dachte kurz nach und wiederholte leise: »Domenico ... und Gwegwe. Domenico und ...«

GWEGWE

»Dreh ihn bloß nicht zu lange«, sagte der erste Knecht, Bibo. »So hat er ihn lieber.«

»Aber ein bisschen knusprig muss er doch wenigstens werden.«

»Wenn ich's dir sage, es reicht, hör jetzt auf zu drehen.«

»Wie Sie wünschen.«

Der Hinkende rüttelte am Spieß mit dem Hasen. Vom Dach fiel ein dünner Lichtstrahl herein und ließ die Staubkörnchen glitzern. Auf diese Lichtsäule hinkte er zu und hielt den auseinandergespreizten Hasen hinein:

»Das soll reichen?«

»Bist du taub, oder was?«, brüllte Bibo. »Jetzt leg ihn auf den Tisch und verschwinde.«

»Ja, ja, sofort«, sagte der Hinkende erschrocken, »sonst noch was?«

»Nein, geh und stell dich an die Tür. Die Wassermelone hast du ja gekühlt.«

»Ja, natürlich.«

»Dann los, los, geh schon!«

Der Hinkende wollte eben nach der Türklinke greifen, als ein heftiger Schmerz ihn im Gesicht traf, es war Gwegwe, der ihm im Hereinkommen die Tür gegen die Nase geknallt hatte. Der Hinkende schlug sich beide Hände vors Gesicht und ging in die Knie, die Augen tränten ihm vor Schmerz, Blut rann ihm aus der Nase, und erschrocken starrte er auf die dunklen Kügelchen, die über den Boden rollten, dann legte er den Kopf in den Nacken, um das Blut zu stoppen.

»Hab ich einen Hunger«, sagte Gwegwe.

»Hier, bedienen Sie sich.« Bibo deutete zum Tisch.

»Ich geh dann, wenn ich darf«, bat der Hinkende, den Kopf nach hinten gelegt.

»Wo willst du denn hin?«, schnarrte Gwegwe.

»Mir das Gesicht waschen.«

»Ach, jetzt geht der sich das Gesicht waschen.« Und plötzlich explodierte er: »Was musst du dich jetzt waschen, verflucht sei dein alter Herr!«

Der Hinkende blickte Gwegwe geradewegs in die Augen, das Blut tropfte ihm aufs Hemd; geraume Zeit blickte er ihn an, und als er sprach, hatte seine Stimme einen frostigen Klang:

»Mein alter Herr ist Ihr Vater.«

Bibo duckte sich, er dachte, jetzt bekäme der Hinkende den Tisch an den Schädel, aber Gwegwe war selbst erschrocken:

»Nein, nein, ich hab das so dahingesagt, nur so, hörst du?«

Der Hinkende blickte zur Decke.

»Ist mir rausgerutscht, aus Versehen. Das sagst du niemandem, oder?«

»Nein, wem sollte ich das schon sagen.«

»Gut, dann geh, wasch dir das Gesicht, tut's sehr weh?«

»Nein.«

»Geh jetzt, aber du sagst das niemandem, verstanden?«

»Nein.«

»Warte! Du kriegst ein Stück Fleisch.«

»Nein, danke, ist ja noch roh«, der Hinkende ließ es jetzt drauf ankommen.

»Was, roh?«, wunderte sich Gwegwe und blickte böse zu Bibo hinüber. »Habt ihr das nicht gebraten?«

»Doch, doch, natürlich«, jammerte Bibo, »genau wie Sie es mögen!«

Gwegwe biss hinein und kniff die Augen zusammen. Dann hellte sich sein Gesicht auf. »Hmmm, das schmeckt!« Er zog das Kinn ein und lachte sich eins:

»Was hast du gesagt, das soll roh sein? Ist das vielleicht roh? Hm, was er nicht sagt, roh wäre das, hast du gehört, Bibo?«

»Hm.«

»Geh schon, spritz dir ein bisschen Wasser ins Gesicht.« Sein Blick folgte ihm. Als die Tür zufiel, setzte er sich an den Tisch und beugte sich über den Teller. Gierig biss er ins Fleisch und nagte die Knochen ab. Schließlich lehnte er sich im Stuhl zurück, streckte die Beine aus und führte ein großes Stück Wassermelone an den Mund, wie eine Querflöte. Jetzt schaute auch er, wie zuvor der Hinkende, zur Decke und saugte an der zuckersüßen, kühlen Frucht; ein rötliches Rinnsal rann ihm übers Kinn, und Bibo, dem das Wasser im Munde zusammenlief, starrte hartnäckig auf den Boden.

Gwegwe wischte sich das Kinn ab, und dabei fielen ihm beinahe die

Augen zu. Obschon er es genoss, schläfrig zu werden, wirkte er doch missmutig.

»Ihr Vater beherbergt irgendeinen Flüchtling.«

Gwegwe machte die Augen auf. Eine Weile starrte er Bibo verständnislos an, dann packte ihn die Wut:

»Seit wann?«

»Seit heute.«

»Und wer soll das sein?!«

»Das weiß ich nicht.«

»Na, dann ist ja alles bestens! Noch ein Schmarotzer mehr! Was ist denn das für einer?«

»Ich weiß gar nichts.«

»Und wo ist er jetzt?«

»Er schläft.«

»Er schläft?« Gwegwe brannte vor Wut, so, als habe man ihm etwas weggenommen; aber fast augenblicklich erlosch die Wut auch schon wieder – er war satt. Mühsam stand er auf, ging träge raus auf den Hof, legte sich bäuchlings auf die geflochtene Pritsche unterm Apfelbaum und schlief ein.

An dem Tag, als Gwegwe geboren wurde, hatte es geschneit. Die Hebamme stutzte kurz, noch nie habe sie ein Kind gesehen, das bei seiner Geburt nicht geschrien hätte, meinte sie und ging weiter ins nächste Dorf. Gwegwe lag in seiner Wiege und atmete energisch ein und aus. Ihm fehlte nichts. Wenn er nicht schlief, hatte er die Augen auf, und wenn er schlief, dann umso besser. Er war ein ausgesprochen gesundes Kind, nur fing er spät an zu laufen. Sprechen lernte er mit drei, bis dahin rief er nur »ro-ro«, und das auch nur, wenn er Hunger hatte. Er blieb klein von Wuchs, hatte aber schon immer lange, kräftige Arme. Oft beobachtete er die Knechte bei der Arbeit. Besonderen Gefallen fand er daran, wie sie große Bäume zum Umstürzen brachten; wenn zwei Bauern sich vor den Baum stellten und mit der Axt auf ihn einschlugen, stockte Gwegwe vor Aufregung der Atem. Dann stemmten sie sich gegen den Baum, und der aufgekratzte Gwegwe ergötzte sich zuerst am Quietschen und kurz darauf am nach unten eilenden Zischen. Er rannte zum gestürzten Baum, sprang auf den Stamm und balancierte darauf herum. Als er sechs Jahre alt wurde, fand er ein rostiges Messer. Damit stocherte er in den Bäumen herum und schlitzte ihnen die graue Rinde auf. Wenn er im Garten eine Wassermelone fand, sah er sich um, und wenn keiner in der Nähe war, stach er das Messer bis zum Griff hinein.

Was er nicht ausstehen konnte, waren Feste. Der Lärm, die lauten Fürbitten und Zwischenrufe machten ihm Angst. Allein schon das Beisammensein mehrerer Dorfbewohner bereitete ihm Unbehagen. Und in ihrem Dorf gab es in der Tat merkwürdige Feste; um was flehten sie die Natur nicht alles an – Regen, Sonne, Fruchtbarkeit … Das Gesicht zum Himmel gewandt, brachten sie schreiend ihre Anliegen vor, und Gwegwe ging in den Wald. Er warf einen Stein, und den Baum, den er traf, kerbte er mit seinem Messer ein.

Als sein kleiner Bruder geboren wurde, war er acht Jahre alt. Von diesem Moment an hatte er keine Lust mehr, sich zu Hause aufzuhalten; die Frauen umsorgten das schreiende Kind, und ein derartiges Übermaß an Aufmerksamkeit ging ihm gegen den Strich. Er zog dann los, um im See am Rande des Dorfes zu baden. Zwar war er nicht der schnellste Schwimmer, aber dafür konnte er am längsten im Wasser bleiben.

Als seine Mutter starb, war er elf. Schwarz gekleidete Frauen rauften sich die Haare, kratzten sich über die Wangen und klagten lauthals. Der Vater war ebenfalls schwarz gekleidet und stand in Gedanken versunken, traurig an der Wand. Der jüngere Bruder weinte auch. Doch sosehr Gwegwe es auch versuchte, er konnte nicht weinen.

Dem Vater gegenüber empfand er zwar großen Respekt, jedoch keine Liebe, schon immer hatte er ihn gefürchtet, und nie hatte er ihm offen in die Augen geschaut, wenn überhaupt, so schielte er verstohlen zu ihm hinüber. Ein einziges Mal nur war der Vater hart gegen ihn gewesen. Gwegwe war etwa vierzehn Jahre alt, als der Vater eines Tages den jüngeren Bruder zusammengekauert im Gebüsch vorfand. Das Kind schlotterte am ganzen Leib, und der Vater zog es hoch, hielt ihm das Kinn und schaute ihm in die Augen.

»Vater, Vati, Vater!«, rief das zitternde Kind, »Gwegwe hat den Hund totgemacht.«

»Welchen Hund?«

»Den Braunen, den Streuner.«

»Was, warum denn?«

»Weiß nicht, er hat ihn totgemacht. Vater, bitte sag doch, sag mir, warum hat er ihn totgemacht?«

Jener Hund war immer von Tür zu Tür gezogen, und die Knechte hatten ihm Brot gegeben. Ein lustiger Hund war das, er hatte sich auf die Hinterbeine gestellt und um Essen gebettelt. Vor niemandem hatte er Angst gehabt, außer vor Gwegwe, der hatte keine Gelegenheit ausgelassen, ihm einen Tritt in die Rippen zu verpassen; und diesmal, als Gwegwe schwimmen war, hatte er den Hund entdeckt, wie er im Schatten schlief, sich herangeschlichen, mühsam einen riesigen Steinbrocken hochgestemmt und ihn geradewegs auf den Hund fallen lassen. Sein Bruder, der in der Sonne lag, hatte nichts davon mitbekommen, aber als er das Winseln hörte, war er aufgesprungen, hingerannt und hatte den Hund mit merkwürdig zusammengezogenen Pfoten und zerdrücktem Kopf daliegen sehen, und Gwegwe hatte Blut am Knie kleben und um seine Mundwinkel spielte ein bösartiges Lächeln.

»Wo ist er jetzt?«, der Vater zog die Augenbrauen zusammen.

»Da, am See.«

Gwegwe hörte seinen Vater nicht kommen, er hielt das Messer in der Hand und stach gedankenverloren auf den Hund ein. Da fühlte er im Handgelenk einen solchen Schmerz, dass ihm schwarz vor Augen wurde; der Vater zog ihn hoch, drehte ihn um und ohrfeigte ihn heftig. Gwegwes Knie gaben nach, und er fiel über den Hund. Der Vater nahm ihm das Messer ab und schleuderte es in den See, dann zog er Gwegwe hoch, schleppte ihn zum Wasser und wischte ihm das Blut ab. Gwegwe öffnete die Augen und schloss sie sofort wieder, weil er glaubte, noch einmal geschlagen zu werden.

Der Vater nahm die Kinder mit nach Hause, und am nächsten Morgen weckte er Gwegwe bereits in der Dämmerung und befahl ihm, mit aufs Feld zu kommen. Zuerst wies er ihn an, sich das Gesicht zu waschen und zu frühstücken, dann gab er ihm eine Hacke in die Hand, und sie machten sich auf den Weg. Der Vater ging voraus, Gwegwe folgte ihm gähnend. Es wurde eben hell, die morgendliche Kühle zwickte angenehm auf der Haut, die Hähne krähten, und hier und da zogen die Knechte vor dem Vater den Hut. Als sie das Feld erreicht hatten, drehte er sich zu Gwegwe um, und eine Zeit lang schaute er ihm in die Augen, dann bedeutete er ihm, mitzukommen, und fing an zu hacken. Der Mais auf dem Feld war noch niedrig, er reichte dem Vater gerade bis zur Brust. Gwegwe schwang ungeschickt die Hacke, bemühte sich aber nach Kräften. Gegen Mittag bekam er an Fingern und Handflächen Blasen, sein Gesicht verzerrte sich vor Schmerzen. Der Vater sah das und befahl ihm, sich in den Schatten zu setzen, er selbst fuhr mit der Arbeit fort. Vom langen Dasitzen wurde es Gwegwe langweilig und er versuchte, da, zu seinen Füßen, einen Schmetterling zu erhaschen, überlegte es sich aber sofort anders und äugte zum Vater. Dieser kehrte ihm den Rücken zu und arbeitete ruhig, ohne Unterlass. Jeden Tag ging der Vater aufs Feld, und die Leute wunderten sich darüber, er, der so reich war, was trieb ihn denn dazu; er aber kehrte Abend um Abend müde erst dann nach Hause zurück, wenn die länglichen Schatten der Häuser und Bäume schon verblassten. Und so vergingen über der Arbeit immer drei Jahreszeiten, im Winter jedoch, wenn der feine Schnee auf den Dorfwegen vom Zertrampeln unansehnlich wurde, auf den Bergen aber weich in der Sonne glitzerte, pflegte der Vater vor dem gewölbten Kamin zu sitzen und, die Augen zusammengekniffen, lange nachzudenken. Zum Vater kamen dann des Öfteren die Bauern, manche baten um Rat, fragten mal dies, mal das, manchmal beichteten sie ihm ihre Missetaten, und wenn sie in Not waren, baten sie auch leise um ein bisschen Mehl, und es gab keinen im Dorf, der ihm undankbar gewesen wäre.

Am nächsten Tag nahm der Vater Gwegwe wieder mit und wies ihn an, sich in den Schatten zu setzen, die Blasen auf seinen Fingern und Handflächen waren aufgeplatzt. Am fünften Tag jedoch, als Gwegwes wunde Stellen hart geworden waren, befahl er ihm, wieder zur Hacke zu greifen. Gwegwe gewöhnte sich schnell an die Arbeit, das Einzige, was ihn störte, war, dass die Knechte und er selbst die gleiche Arbeit verrichten sollten. Ein paar Jahre verbrachte Gwegwe so auf dem Feld, und wie oft beschloss er im Stillen, dem Vater seine Meinung zu sagen, dass er genug abgeleistet habe dafür, dass er einmal diesen Steinbrocken habe fallen lassen; dass er wahrlich genug getan habe, um seine Schuld zehnfach zu begleichen, und jetzt reiche es ihm mit der Feldarbeit, vor allem, wo sein jüngerer Bruder noch nie einen Finger krummgemacht habe. Gwegwe legte sich stets die passenden Wörter zurecht, hatte genau im Kopf, wie er dem Vater das alles sagen wollte, und gerade wenn er froh den besten Satz zum hundertsten Male im Herzen wiederholt hatte, kam er beim Anblick des Vaters durcheinander und schwang fleißig weiter die Hacke. Es wäre noch erträglich gewesen, wenn er bei der Arbeit alleine gewesen wäre, doch manchmal kam sein jüngerer Bruder gelangweilt vorbei und legte sich in den Schatten. Salzige Schweißtropfen bedeckten Gwegwes Stirn, sie rannen ihm in die Augen und tropften von den Wangen auf die Erde, während sein jüngerer Bruder im Schatten lag, gähnte und nicht wusste, womit er sich die Zeit vertreiben sollte.

Besser als jede andere Arbeit gefiel Gwegwe das Mähen mit der Sense. Mit einer Mischung aus Wut und Vergnügen schwang er die in der Sonne glitzernde Sense und kämpfte sich hartnäckig vorwärts, zu seiner Linken blieb gefallenes, langes Gras liegen. Wenn ihn keiner beobachtete, schwang er die Sense noch wütender und schnaufte laut, und ab und zu schaute er müde und selbstzufrieden zurück.

Der Vater rang lieber mit der steinigen Erde, er zerschlug im Boden steckende Steinbrocken, sammelte die Stücke auf und brachte sie dann gemeinsam mit Gwegwe auf dem Leiterwagen weg. Diese Arbeit war auch nicht schlecht, die Steine schlugen beim Abladen polternd im Tal auf. Nur dieses ewige Hacken und Hacken …

Das Einzige, was Gwegwe richtig genoss, das war gebratener Hase und gekühlte Wassermelone oder daraus gekochtes zuckriges Muraba, das abends auf ihn wartete.

Mehr gibt es nicht zu sagen. Vorsätzlich zumindest beging Gwegwe keine Untaten mehr, nur seinen jüngeren Bruder Domenico hasste er seitdem von ganzem Herzen.

DER FLÜCHTLING
UND DOMENICO

Dem Flüchtling war, als berühre ihn eine Hand, und er, der schon schlief, wurde im Schlaf noch stiller, so wohl tat ihm das. Etwas Weiches, Warmes streichelte ihm über die Wange, und er bekam Gänsehaut. Er seufzte dankbar. Als er dann die Augen aufschlug, schnitt er eine Grimasse und hielt die Hand gegen das Licht, die Sonne schien ihm direkt ins Gesicht. Er war noch nicht ganz wach, und etwas Unbestimmtes, Blaues bewegte sich gleichmäßig auf ihn zu, er erkannte es erst, als es sich in seinen Augen niederließ – im offenen Fenster war der Himmel zu sehen. Er sah sich in dem fremden Zimmer um, und bevor er dazu kam, sich zu wundern, fiel ihm schlagartig alles wieder ein. Er schloss die Augen erneut, drehte sich auf den Rücken, verschränkte die Hände hinterm Kopf und streckte sich, wohlig spürte er seine Schultern, Arme, Rumpf und Beine, und öffnete die Augen wieder. Aufmerksam betrachtete er seine Umgebung; an wie vielen Orten er schon gewesen war, aber in so einem Zimmer noch nie. Vorsichtig stand er auf, zog sich eilig das Hemd über den schmalen, sehnigen Oberkörper und ging zum Tisch. Da stand Essen für ihn, und während er seinen Hunger stillte, wippte er von einem Fuß auf den anderen. Dann hörte er Schritte und drehte sich hastig zur Tür, der Bissen blieb ihm fast im Halse stecken. Auf der Türschwelle stand, undurchsichtig lächelnd, der erste Knecht, Bibo.

»Bist du wach?«, fragte Bibo.

Der Flüchtling nickte und schluckte den Bissen hinunter.

»Man hat mich zu dir geschickt. Du weißt ja, wer?«

Hinter seinen Schläfen rauschte die Angst, so dumpf und schwer, so deutlich, dass er sie, wenn er gewollt hätte, mit seinen kalten Fingerspitzen hätte berühren können. Unwillkürlich fiel sein Blick auf den Wasserkrug, und er schätzte schnell ab, wie er den langen, dünnen Hals aus Ton packen könnte. Dann wurde ihm klar, nein, nein, die hinter ihm her waren, hätten den da nicht schicken können; er beruhigte sich.

»Ja, das weiß ich.«

»Mmh, und ich soll dir ausrichten, dass du so lange bleiben kannst, wie du willst.« Und wichtigtuerisch fügte er hinzu: »An Speis und Trank soll es dir nicht fehlen, und ein Bett zum Schlafen hast du auch, was willst du mehr?«

»Nichts. Wer bist du?«

»Wer soll ich sein, ein Mann eben.«

Der Flüchtling blickte zum Fenster, machte ein paar Schritte, sah gedankenverloren nach draußen und senkte die Stimme:

»Hierher, ins Dorf, ist da jemand gekommen?«

»Wann denn?«

»Gestern, oder heute.«

»Nein, wer hätte schon kommen sollen, außerdem liegen wir nicht am Hauptweg.«

»Aha«, hakte der Flüchtling nach, »ihr liegt also nicht am Hauptweg, ja?«

»Nein, ein paar Pfade führen schon hierher, aber …«

»Es ist schwer zu finden, ja?«

»Ich kann mich jetzt nicht ewig bei dir aufhalten, ich hab noch einiges zu erledigen«, sagte der erste Knecht. »Wie gesagt, du kannst bleiben, so lange du willst.«

»Richte ihm meinen Dank aus, meinen herzlichsten Dank.« Der Flüchtling legte die Hand auf die Brust. »Einem solchen Menschen bin ich noch nie begegnet.« Plötzlich überkam ihn ein Schluchzen, aber als sein Blick dem des Besuchers begegnete, biss er sich auf die Zunge, sah zur Seite und wiederholte leise: »Richte ihm meinen Dank aus.« Der erste Knecht zog ironisch die Mundwinkel herunter und ging hinaus.

Beim Tor floss ein kleiner Bach, der Flüchtling stellte sich breitbeinig hin, beugte sich hinunter und spritzte sich mit beiden Händen das eiskalte Wasser ins Gesicht, er prustete vor Wonne, der Tag war heiß. Ohne sich das Gesicht abzutrocknen, machte er sich auf den Weg. Es zog ihn aus dem Dorf hinaus. Er wusste zwar, dass er dem Dorfältesten herzlich willkommen war, aber er war ein bescheidener Mensch und wollte nicht untätig in dessen Hof herumlungern. Schnellen Schrittes strebte er dem Waldrand zu. Beim Anblick der großen Bäume und üppigen Büsche dachte er stets, dass diese doch wohl allen Menschen gehörten. Er brach von einem Baum einen dünnen Zweig ab, streifte die Blätter weg und ließ ihn durch die Luft sausen, die sich zischend teilte. Wieder setzte er dazu an, als er in der Nähe einen Jungen gewahrte. Eine Zeit lang starrte er ihn an, die Hand noch in der Luft, dann lächelte er verlegen, bückte sich und legte den Zweig auf die Erde, wieder schaute er zu ihm hin, er wäre normalerweise vielleicht nicht sonderlich angetan gewesen, aber jetzt, wo er sorglos und satt war, freute er sich über den Anblick dieses hübschen, blassen Jungen. Dieser musterte ihn ebenfalls. Der Flüchtling wunderte sich, er hatte noch nie gesehen, dass ein Dorfbursche, mit zarten Fingern und blassem Gesicht, ohne irgendeine Beschäftigung am Baum gelehnt hätte; der Junge glich den hiesigen Bewohnern nicht im Geringsten.

»Du bist der Flüchtling, oder?«, fragte der Junge. Seine Sprechweise war doch die eines Dorfburschen.

»Ja«, nickte der Flüchtling und lächelte ihm zu, »und du, bist du Domenico?«

»Woher wissen Sie das?«

»Na ja, ich weiß es eben.«

Eine Weile schwiegen sie. Der Flüchtling setzte sich auf die Wiese, rupfte Gras und streute es über sein aufgeschürftes Knie. Der Junge war verwundert und schaute weg. Plötzlich schien er etwas zu entdecken, sein Blick stockte. Der Flüchtling blieb sitzen, er beugte sich nur vor, schob die Äste des Buschs zur Seite und folgte Domenicos Blick – ein etwa neunzehnjähriges Mädchen kam den Weg entlang. Der Flüchtling blickte lächelnd zu Domenico hoch und ließ sich zurück ins Gras fallen.

Und das neunzehnjährige Mädchen ging weiter den Weg entlang. Ein großes, vollblütiges Mädchen war es, das Kleid war ihr zu eng geworden, und beim Gehen hüpften ihre Brüste. In der Hitze glühten ihre Wangen rot, und auf ihrer Oberlippe glitzerten Schweißperlen, sie ging raschen Schrittes zum Wald. Dort angekommen sog sie die frische Luft ein und kniff die Augen zusammen. Sie ging zum Bach, einem kleinen Rinnsal, auf dessen Grund man die Kieselsteine erkennen konnte, und setzte sich. Mit der hohlen Hand schöpfte sie Wasser und sprenkelte es sich ins Gesicht. Sie genoss das sichtlich, fuhr sich mit der nassen Hand am Hals lang, löste ihr Haar und strich es aus dem Nacken nach vorne, dann streifte sie ihre dicken, bunten Socken ab und steckte die Füße ins Wasser. Eine Weile saß sie still da. Sie hatte sich auf die Handflächen gestützt, sich zurückgelehnt, und mit geschlossenen Augen genoss sie den Schatten auf ihrem Gesicht. Sie begann mit den Füßen im Wasser herumzuplanschen, lachte und bekam plötzlich Angst vor dem Wald, nervös schaute sie sich um, aber die Angst verflüchtigte sich schnell, sie stand auf und lief barfuß übers Gras. Erst stellte sie sich auf die Zehenspitzen, blieb sekundenlang so stehen, dann nahm sie mit der ganzen Fußsohle die Kühle der Erde auf. Sie lief umher, und als sie davon genug hatte, bekam sie wieder Angst. Eilig zog sie die bunten Stricksocken an und lief aus dem Wald heraus. Auf dem Weg war es heiß, doch auf Gesicht und Hals verspürte sie immer noch die Kühle des Waldes, selbstsicher schritt sie dahin. Am Dorfrand bemerkte sie einen etwa zwei Jahre jüngeren Knaben und lächelte, er war ein hübscher Kerl, außerdem jünger, und so konnte sie freiheraus mit ihm plaudern. Schnurstracks ging sie auf ihn zu, und als sie schon fast bei ihm war, schaute sie ihn auf einmal herausfordernd an und drehte sich geschwind um:

»Domenico«, sie nestelte mit den Fingern an ihrem Rücken herum, »da ist ein Knopf aufgegangen, kannst du mir den zumachen?«

»Wo denn?« Domenico blickte sich kurz nach dem Flüchtling um, konnte ihn aber hinter dem Busch nicht sehen.

»Na hier, siehst du's nicht?«

»Doch.« Er stand mit hängenden Armen da.

»Was ist denn, Mann, schämst du dich etwa?«

Das Mädchen schaute über die Schulter.

»Ich? Warum sollte ich mich schämen, ich bin doch kein schlechter Mensch.«

»Oh, wunderbar, vielen Dank, Domenico. Warte mal noch kurz.«

»Was ist denn?«

»Sag mal, hast du eigentlich schon mal ein Mädchen geküsst?«

»Wie?« Domenico blieb die Luft weg. »Einfach so, oder …«

»Nicht einfach so, nein, ob du schon mal jemanden so richtig geküsst hast?«

»Was geht dich das an?«

»Wenn du's mir nicht sagen willst, dann halt nicht, interessiert mich auch gar nicht!« Das Mädchen drehte sich um, das Haar fiel ihr auf die

Schultern herab. Nach ein paar Schritten blickte sie lächelnd zu ihm zurück. Dann schien sie alles um sich herum zu vergessen und lief unbekümmert über den Weg zurück ins Dorf.

»Wer war das?« Der Flüchtling setzte sich auf.

»Eine aus meiner Nachbarschaft.«

»Aha.« Der Flüchtling betrachtete die Umgebung. »Sag mal, was ist das hier eigentlich für eine Pflanze?«

»Welche?«

»Die hier.«

»Welche denn?«

»Na, diese, die hier überall wächst.« Domenico schaute sich um. »Ach, die? Farn«, sagte er verächtlich.

»Wie?«

»Farn.«

»Was für eine merkwürdige Pflanze, kann man sie für irgendwas verwenden?«

»Nein, für nichts. Wenn man die für was verwenden könnte, gäb es ja wohl nicht so viel davon.«

»Oh nein, denk' das nicht«, wehrte der Flüchtling ab, »wenn etwas wächst, dann kann man es bestimmt auch verwenden.«

»Und wofür?«

»Ich weiß nicht wofür, das müsst ihr wissen.«

»Ach was, Farn ist einfach für gar nichts gut.«

»Das ist ausgeschlossen«, erklärte der Flüchtling.

»Sie können hier fragen, wen sie wollen.«

»Ich glaube dir, dass die Leute es nicht wissen, aber es kann nicht sein, dass er für nichts gut ist.«

»Wofür sollte Farn denn gut sein?«, Domenico lächelte spöttisch. »Nicht mal die Schweine fressen das.«

»Das hat gar nichts zu sagen.«

»Auch die Ziegen nicht, und auch die Schafe nicht, sogar wenn sie kurz vorm Verhungern wären, würden sie das nicht anrühren.«

»Wirklich? Was für eine merkwürdige Pflanze«, meinte der Flüchtling und brach neugierig eine Rispe ab. »Siehst du, so ist das.«

»Wie ist was?«

»Hier, wenn sie so dasteht, als Büschel, dann ist sie wirklich unansehnlich, aber halt mal eine Rispe hoch und schau hindurch, wie wunderschön ihre Blätter angeordnet sind. Ganz besonders sind die.« Der Flüchtling legte sich wieder hin, drehte und wendete die Rispe.

Domenico schaute ihn erstaunt an.

»Und du sagst immer noch, dass sie zu nichts nütze ist, ja?«

»Na klar.«

»Warum fressen die Schweine sie dann nicht?«

»Was weiß ich.«

»Irgendetwas ist in dieser Pflanze, etwas, was die Ziegen und die Schweine davon abhält, sie zu fressen. Du weißt vielleicht auch gar nicht, dass zum Beispiel Schlangengift heilende Kräfte besitzt?«

»Wie, heilende Kräfte?«

»Man heilt Kranke damit.«

»Mit Schlangengift?«, sagte Domenico zweifelnd, und sofort winkte er ab. »Was sagen Sie da, davon stirbt man doch.«

Der Flüchtling setzte sich auf und schaute sich um:

»Gibt's in eurem Dorf denn welche?«

»Ja, natürlich, die schwarzen.«

»Ja? Viele?«

»Nicht so viele, aber eine, die ist ganz gefährlich. Sie ist so dünn wie eine Nadel, man sieht sie fast nicht, aber wenn die jemanden beißt, ist der sofort tot.«

»Wirklich? Wie heißt die denn?«

»Die kleine? Iirkola Chi.«

»Iirkola Chi«, wiederholte der Flüchtling. »Und viele gibt's davon nicht?«

»Nein, nur alle zwei, drei Jahre wird jemand von einer gebissen.«

»Na ja, gut ist das nicht. Aber die Gelehrten, Domenico, die hätten vom Gift dieser Iirkola Chi sicherlich Wunderheilmittel angefertigt.«

»Wirklich?«

»Ja, wirklich.«

»Entschuldigung, wo kommen Sie eigentlich her?«

Der Flüchtling wusste nicht, wo er geboren war. Aber er konnte sich noch undeutlich an jenen Ort erinnern; wohin er auch geschaut hatte, überall war das Meer zu sehen gewesen, vielleicht war seine Heimat eine Insel. Am Strand ein riesiger, braun zerklüfteter Fels. Die Natur oder ein eigensinniger Bildhauer hatte seine Spitze ähnlich einer hohlen Hand gestaltet. Als Kind hatte er oft lange Zeit dort gestanden. Das Meer änderte häufig die Farbe, es war mal grün, mal dunkelblau, und manchmal, wenn es in Aufruhr war, brodelte es gelb, Blitze zuckten dann über den Himmel, riesige Wellen rollten bedrohlich aufs Ufer zu, und sobald auf See der Sturm losbrach, richtete sich auch an Land zornig der Samum auf, und seine ungeheure, furchterregende Säule stampfte mit heulendem Gesang den Strand entlang. Dann kamen die Menschen aus ihren Bambushütten herausgerannt und hielten sich an den Bäumen fest, sie umklammerten sie mit beiden Armen, sogar ihre Wangen drückten sie dagegen, und vielleicht rührte eben daher ihre große Liebe zu den Bäumen. Jeder hatte seinen eigenen Baum; für die einen war er Beschützer, für die anderen wie ein Verlobter. Für ihre Töchter suchten sie schöne Bäume mit silbrigem Körper aus, und sobald das Mädchen zwölf Jahre alt war, führten sie es, das Haar gelöst, zum Baum. Dort musste die Braut erst einmal lange Zeit in der glühenden Hitze dastehen, mit offenem Haar, und obwohl die Trommeln ununterbrochen schlugen, hörte sie doch nur ihren eigenen Herzschlag. Dann aber, auf das Zeichen eines weißbärtigen Alten hin, trat sie vorsichtig in den leicht zitternden Schatten des Baumes und küsste, die Wangen schamrot, seine silberne Rinde. Auch der Flüchtling hatte seinen eigenen Baum gehabt, dessen Früchte waren kühl und süß. Sehr hoch war er nicht, seine Rinde war grob und blätterte ab, und nach jedem Sturm war der Körper des Flüchtlings ganz zerkratzt und blutete. Diesen Baum hatte der Flüchtling Vater genannt.

»Vater?«, wunderte sich Domenico.

»Ja, ich hatte selbst keinen Vater.«

An die Hügel konnte er sich klar und deutlich erinnern, derart merkwürdige Farben hatte er nirgendwo sonst mehr gesehen, die Blätter waren grün, aber von einem Grün, wie es selten zu finden ist, ein helles, ganz helles Grün. Das zu Boden gefallene Laub verwelkte schnell, aber es wurde nicht auf die gleiche Weise gelb wie andernorts, ein blasses, ganz blasses Gelb nahm es an. Dafür leuchtete zu Herbstbeginn alles feuerrot auf, und der erschöpfte Blick des Betrachters glitt dorthin, wo die Wellen beharrlich am braun zerklüfteten Fels leckten.

»Hat das Rot wirklich so stark geleuchtet?«

»Ja.«

»Haben Sie lange dort gelebt?«

Einmal, als ein starker Samum über sie hereingebrochen war, hatte er es, daran konnte er sich noch erinnern, nicht mehr bis zu seinem Baum geschafft, er umklammerte einen anderen Stamm, und als er die Augen nach längerer Zeit wieder öffnete, sah er dicke, gewundene, bis in den Himmel reichende Seile, er blickte in bärtige, höhnisch lächelnde Gesichter und richtete sich verdattert auf. Ringsumher war nur noch das Meer, blau, durchsichtig glitzerte es in der Sonne, strahlend weiße Wolkenfetzen zogen über den Himmel, und inmitten dieser herrlichen Farben erblickte er eine schwarze Fahne.

»Was war das?«

Bis heute wusste der Flüchtling nicht, wo die Piraten herstammten, ihre Sprache hatte er nicht verstanden, und einmal, als ein anderes Schiff sie verfolgte, war er ins Wasser gesprungen.

»Warum?«

Sie hatten ihn arg misshandelt, überhaupt, das waren schreckliche Leute gewesen.

»Was ist das, ein Schiff?«

»Du weißt nicht, was ein Schiff ist?«

»Nein.« Domenico wurde rot.

»Was lässt du mich dann weiterreden«, lächelte der Flüchtling. »Ein Schiff ist wie ein großes Haus aus Holz, das auf dem Meer schwimmt.«

»Und was ist ein Meer?«

»Kennst du auch das Meer nicht? Das Meer ist viel, sehr viel Wasser, ein großes Wasser.«

»Aha …«

»Ach, Domenico, Domenico«, der Flüchtling ließ seinen Blick auf ihm ruhen, »du Glücklicher.«

»Warum?«

»Weil es so besser ist.«

»Was meinst du mit so?«

»Dass du das Meer und Schiffe nicht kennst. Du hast bestimmt auch keinen Feind.«

»Warum sollte ich einen Feind haben, ich bin doch kein schlechter Mensch.«

»Ach«, der Flüchtling blickte ihn liebevoll an, legte den Kopf schief und lächelte ihm zu, »wirklich, du Glücklicher, Domenico.«

ZWEI MÄNNER KAMEN
ZUM VATER

Gegen Abend kamen zwei Männer zum Vater. Der erste, ein magerer junger Kerl mit Sommersprossen, klopfte vorsichtig an und horchte. Er hielt die Wange gegen die kühle Tür und blinzelte.

»Kommt rein«, antwortete eine ruhige Stimme, »es ist auf.«

Der Sommersprossige sah seinen Begleiter an, und die beiden traten behutsam über die Schwelle. Der Vater stand am knisternden Kamin, das Licht strich ihm über Kopf und Rücken. Der Sommersprossige schirmte die Augen ab, der zweite, ein gedrungener Mann mit zusammengezogenen Augenbrauen, runzelte die Stirn noch stärker als ohnehin schon.

»Was führt dich hierher, Nandu?«

Der Gedrungene knetete eine Zeit lang seinen Hut in der Hand, ohne den Kopf zu heben. Dann schien er etwas sagen zu wollen, überlegte es sich aber sofort anders:

»Als Erstes soll er sprechen.«

»Gut, ich höre.«

»Na ja, was soll ich sagen«, der Sommersprossige zuckte die Schultern, »eigentlich ist nichts Großartiges passiert. Ich bin zur Quelle gegangen und seine Frau war gerade dabei, also, den Krug zu füllen. Da bin ich hingegangen und hab ihr geholfen, den Krug auf die Schulter zu heben. Der da hatte sich offenbar im Gebüsch versteckt und hat wohl gedacht, dass, also, wie soll ich sagen … dass ich und seine Frau … dass da was zwischen uns ist.«

»Warum hast du das gedacht, Nandu?«

»Weil das stimmt«, regte der Mann sich auf, »wie soll ich das erklären ... Weil das eben stimmt.«

»Woher will er das wissen, woher eigentlich?«

»Woher weißt du das, Nandu?«

»Ja, weil er so komisch gelacht hat, so in sich hinein, dass ...«

»Es kommt also darauf an, wie man lacht, ja?«

»Ja!« Der Gedrungene freute sich. »Es kommt drauf an, wie man lacht.«

»Lachen ist Lachen«, widersprach der Sommersprossige, »ich hab einfach so gelacht, was ist da schon dabei?«

»Komm mal her, Resa.«

Der Sommersprossige machte ein paar Schritte in der Dunkelheit, er schaute den Vater ziemlich forsch an, und der Vater holte die Funzel vom Regal und hielt sie ihm vors Gesicht. Da wich alle Farbe aus ihm, und er ließ den Kopf hängen. Fast schuldbewusst stand er da, im Verborgenen aber hüpften seine Finger spielerisch über den Gürtel.

»An dem Tag, an dem du geboren wurdest, Resa, hing der Himmel voller Wolken. Es war heiß und man konnte kaum atmen, kein Luftzug war zu spüren, nicht der kleinste Windhauch regte sich. In Windeln gewickelt lagst du da, das Gesicht blau angelaufen, und keiner wusste, ob du durchkommen würdest, nicht mal mehr weinen konntest du. Die Frauen haben dir Quellwasser gegeben; erst als du ein Jahr alt warst, hast du mühsam die Augen geöffnet. Wenn die anderen Kinder in deinem Alter gespielt haben, hat dich deine Mutter in den Schatten gesetzt und da hast du den ganzen Tag gesessen und auf einem Stück Brot herumgekaut, weil du nicht aufstehen konntest – du hattest nicht genug Kraft in den Beinen, Resa. Einmal, als der Schatten weitergewandert war und du plötzlich in der glühenden Hitze saßt, hat niemand dein Schreien gehört, und lange Zeit hast du hilflos vor dich hin geweint, nur ich hab dich gesehen, bin aber nicht zu dir hin, ich hab dich von Weitem beobachtet – ich wusste, dass du die Sonne dringend nötig hattest. Ich hab an eurem Gartenzaun gestanden, müde, ich war auf dem Rückweg vom Feld, und du, erschöpft vom vielen Weinen, bist umgekippt, und die Sonne hat dir auf die nackten Füße gebrannt. Als es ein bisschen kühler wurde und du wieder zu dir gekommen bist, ist dir ein Wärmeschwall in die Beine geschossen, mit beiden Händen hast du dich auf der Erde abgestützt, du hast dich hochgestemmt, höher und höher, und hast dich aufgerichtet – damals warst du drei Jahre alt, Resa. Seitdem ist viel Zeit vergangen, ich kann mich gut an alles erinnern, ich hab dich immer beobachtet, ohne dass du es bemerkt hättest. Als kleiner Junge hat es dir Spaß gemacht, das Vieh zu ärgern. Du warst ein kleiner Racker, immer zu Flunkereien und Streichen aufgelegt. Als du den ersten Bartflaum bekamst, hast du gelernt, Flöte zu spielen, und ich muss zugeben, du hast von allen am besten gespielt. Du hast auch schön gesungen, warst noch dazu redegewandt und schlagfertig und was wollte so manche Frau mehr als das, war doch so, Resa, oder?! Wir sind uns selten begegnet – wenn ich arbeiten gegangen bin, lagst du noch in tiefstem Schlummer, und wenn ich aus den Weinbergen zurückgekehrt bin, hast du am Waldrand gestanden und irgendeine mit deinen Schwindeleien einzuwickeln versucht, und wenn wir doch einmal aufeinandergetroffen sind, hast du so getan, als ob du mich nicht siehst, du hast meinen Blick gemieden. Alles in allem warst du ein gesunder Junge, dir hat nichts gefehlt, nur einmal, da hat dich ein Pferd abgeworfen, und du hattest so starke Schmerzen in den Rippen und im Knie, dass du dir beinahe in den Ellbogen gebissen hättest. Als es dir ein bisschen besser ging, hast du für kurze Zeit ein ehrliches Leben geführt, warst einigermaßen eingeschüchtert von den Schmerzen. Aber bald schon hat dir die Lüge wieder auf der Zunge gebrannt, und die Rücksichtslosigkeit hat sich wieder in dein Herz geschlichen, Resa.«

Während der Vater sprach, hielt er die Funzel fest in der ausgestreckten Hand, der blasse Schein flackerte über das Gesicht des Sommersprossigen.

»Übrigens bist du ziemlich oft ungeschoren davongekommen, kannst du dich wenigstens daran erinnern? Mit gezücktem Dolch haben sie dich verfolgt, und ihre Pfeile haben dich verfehlt. Einige deiner Missetaten sind nie herausgekommen – du kamst immer unbehelligt davon; und neulich, auf der Hochzeit deines Nachbarn, da habe ich dich dazu gebracht, die grüne Trinkschale abzulehnen, die dir angeboten wurde. Die war vergiftet.«

»Oh.« Der Sommersprossige stieß erleichtert die Luft aus. Der Vater nahm die Funzel weg.

Eine Zeit lang standen sie da, ohne ein Wort.

Der Sommersprossige ließ die Finger wieder spielerisch über den Gürtel hüpfen, und als der Gedrungene das merkte, ärgerte er sich insgeheim so, dass seine Fingernägel sich in seine Handballen gruben.

Dann setzte sich der Vater auf einen dreibeinigen Schemel am Kamin und blickte den Sommersprossigen an.

»So weit, so gut, nun spiel mal was für uns, Resa.«

»Was denn?« Der Sommersprossige wurde munter, griff in die Brusttasche und holte seine Flöte heraus. »Fast hätte ich sie verloren. Ich hatte sie an der Quelle liegen lassen. Was für ein Lied soll ich denn spielen?«

»Spiel, was du willst, und sing auch ruhig dazu.«

Der Sommersprossige spitzte die Lippen und setzte die Flöte an. Er ließ die Finger anmutig hüpfen und kniff die Augen zusammen, sicher und fröhlich klang sein Spiel, dann ließ er die Hände sinken und begann zu singen, dabei klopfte er sich leicht mit der Flöte gegen die Hüfte:

> *Unsre Burg ist nun errichtet*
> *auf dem Hügel über der Stadt,*
> *Steine rundherum geschichtet,*
> *am Montag fand das Richtfest statt,*
> *hee-o, hee-e-o…*

Wieder blies er in die Flöte, ließ die Schultern spielen und holte tief Luft:

> *Was für eine gute Hand*
> *diese hübsche Flöte fand,*
> *hee-o, hee-e-o.*
> *Und sie stimmt dich heiter,*
> *wandert immer weiter.*
> *Birg sie fest an deiner Brust,*
> *so ist's eine wahre Lust,*
> *hee-o, hee-e-o.*

Flink setzte er die Flöte an die Lippen, der Vater wandte den Blick nicht von ihm ab, aber er konnte ihn nicht dazu bringen, die Augen zu öffnen. Beim nächsten Lied kam Resa in Fahrt:

> *Könnt' ich doch nur eine Nacht*
> *in deinem Haus verweilen,*
> *ein Schafsfell hätt' ich mitgebracht,*
> *und das wollt' ich mit dir teilen.*

Lustvoll biss er sich auf die Lippe:

> *Wilowilo, wie weht der Wind –*
> *wi-de-le we-de-le.*
> *Der Falke breitet die Flügel aus –*
> *wi-de-le we-de-le.*
> *Ach, so eine Hübsche und Feine –*
> *wie dich gibt es keine.*
> *Dein Mann schläft tief und, ach,*
> *du bist wach –*
> *wie dich gibt es keine.*
> *Wilowilo, wie weht der Wind –*
> *wi-de-le we-de-le.*
> *Der Falke breitet die Flügel aus –*
> *wi-de-le we-de-le.*

Die Wangenknochen des Vaters spannten sich, aber er saß mit dem Rücken zum Kamin, sein Gesichtsausdruck war nicht zu sehen, noch dazu hatte der Sommersprossige die Augen fest zusammengekniffen, er wiegte sich auf der Stelle, und jetzt, wo er in Stimmung kam, wippte er sogar ein paarmal auf und ab:

> *Einmal muss es doch noch klappen,*
> *mir diese pralle Frau zu schnappen,*
> *und ich ahne schon die Lust,*
> *kost' ich den Apfel deiner Brust.*

Der Gedrungene starrte auf den Boden, seine Handballen waren bereits blutig. Er war bis aufs Äußerste angespannt. Als er den dumpfen Aufprall hörte, zuckte er zusammen und starrte entgeistert den gestürzten Sänger an, dessen Gesicht gelb geworden und mit grünen Flecken übersät war.

»Was ist los, was ist passiert?«, fragte er schnell.

Der Vater saß immer noch auf dem dreibeinigen Schemel, ruhig, aufrecht, nachdenklich.

»Was ist los?«, wiederholte der Gedrungene und bekam es auf einmal mit der Angst zu tun. »Ich, ich hab nichts … ich bin unschuldig, ich hab nichts getan!«

»Was hat das mit dir zu tun?«, sagte der Vater. »Hier, nimm die Funzel und schau es dir an.«

Nandu griff nach der Funzel und leuchtete dem Gestürzten ins Gesicht. Er sah einen dünnen Faden Blut von der Lippe bis zum Kinn, darin schien sich etwas zu bewegen. Er schirmte das Licht ab, schaute genauer hin, und als er etwas klarer sehen konnte, sprang er zurück, presste den Rücken gegen die Wand und schrie:

»Eine Iirkola Chi!«

»Eine Iirkola Chi«, wiederholte der Vater ruhig. Der Gestürzte wirkte jetzt länger.

»Ja, aber, woher ist sie … was wollte sie hier? Hat ihn genau in die Lippe …«

»Wahrscheinlich hatte sie sich in der Flöte verkrochen. Er hat ja vorhin gesagt, dass er sie an der Quelle liegen gelassen hatte.«

»Wie merkwürdig«, rief Nandu und gewann augenblicklich die Fassung zurück. Er war jetzt schon wieder der Alte, gedrungen und wortkarg.

Der Vater stand auf, beugte sich zu dem Gestürzten hinab und fuhr mit einem Holzstäbchen am Blutfaden entlang, etwas Kleines, Dünnes, sehr Bewegliches schoss auf das Stäbchen zu, offenbar biss die durch das Blut erregte Schlange hinein. Der Vater machte einen Schritt, schleuderte seine Hand in Richtung Kamin, eine winzige Flamme züngelte aus der Glut hervor, etwas zappelte rot, dann war es vorbei. Er griff nach der Funzel und ging auf den Mann zu, der noch immer an der Wand stand.

»Schau mich an, Nandu!«

Blasses Licht wanderte über das grobe Gesicht, der Mann versuchte ein Lächeln, aber es wollte ihm nicht gelingen.

»Du hast dich gefreut, oder, Nandu?«

»Nein, was sagen Sie?«, fuhr der Mann hoch. »Wie könnte mich der Tod eines Menschen freuen?«

Der Vater blickte ihn eine Zeit lang betrübt an, der Mann versuchte abermals ein Lächeln, doch auch diesmal gelang es ihm nicht.

»Geh jetzt, verschwinde von hier«, sagte der Vater und wandte sich von ihm ab. »Dass ich dich nie wieder in meinem Haus sehe.«

Als die Tür sich geschlossen hatte, ging der Vater zum Fenster und folgte dem Fortgehenden mit dem Blick.

Seine Augen wurden schmal. Nachdenklich, voller Erbarmen, verfolgte er, wie der Mann in die Nacht eintauchte, und das Licht aus dem Kamin strich ihm wieder unbeirrt über Kopf und Rücken. Die Zeit verging …

AM WALDRAND

Träge schaute Domenico auf die vertrauten Zickzacklinien des schweren Wandteppichs, die zur Decke krochen. Schon seit einer Weile wurde im Hof Holz gehackt, aber im Halbschlaf nahm er den scharfen, kurzen, unbarmherzigen Hall der Axthiebe nur verschwommen war; er hatte keine Lust aufzustehen, drehte das Gesicht zur Wand, starrte gedankenlos auf den Teppich. Ein paarmal versuchte er ein Gähnen zu erzwingen, in der Hoffnung, wieder einzuschlafen, vergebens. Dennoch schob er es hinaus, aufzustehen, und blieb mit offenen Augen liegen. Dann bekam er Durst, griff nach dem Krug, der in Reichweite stand, setzte ihn an die Lippen und verzog sofort das Gesicht, das Wasser war lauwarm. Mit dem Fuß schob er die Decke weg und stand auf. Barfuß stakste er zum Fenster hinüber. Im Hof hackte sein Dienstbote Holz. Er hätte ihm auftragen können, Wasser zu bringen, aber das war ihm irgendwie unangenehm, weil sie gleichaltrig waren. Er ging zum Bett zurück, griff träge nach seinem Hemd, wurde schon wieder schläfrig; mit geschlossenen Augen zog er sich an. Ihm war nicht danach, in den Hof zu gehen. Noch einmal schaute er hinunter und sah Bibo, der zum Tor ging. Er konnte den ersten Knecht nicht leiden, deshalb freute er sich jetzt, ihn entdeckt zu haben.

»He, Bibo!«

»Was ist?«

»Bring mir Wasser hoch.«

»Wasser?« Bibo hatte keine Lust, und ihm fiel sofort was ein. »He, Bub, lauf, bring ihm Wasser hoch!«

»Sofort«, sagte der Junge, schlug die Axt in den dicken Baumstumpf und rannte los.

Das verdarb Domenico endgültig die Laune. Schlurfend stieg er die Treppe hinunter, im Hof waren weder der Junge noch Bibo zu sehen. Er ging zum Baumstumpf und griff nach der Axt. Sie steckte fest, er zerrte daran, plötzlich löste sie sich, er wankte rückwärts, und etwas traf ihn in der Taille. Er drehte sich um und sah den Jungen, der verlegen lächelnd eine Hand über den Krug hielt. Domenico lächelte ihm ebenfalls zu, er nahm die Axt in die Linke und wollte den Krug zum Mund führen, was ihm mit nur einer Hand jedoch nicht gelang. Er lehnte die Axt ans Bein, umklammerte mit allen zehn Fingern das kühle Tongefäß und trank genüsslich das kalte Wasser. Dann wollte er sich mit der Axt zu schaffen machen, aber der Junge sagte zu ihm:

»Nicht, dass du sie dir in den Fuß haust.«

Domenico war sofort beleidigt und blickte ihn prüfend an, bemerkte jedoch keinerlei Spott in seinem Gesicht. Trotzdem war ihm die Lust vergangen, er drückte ihm verdrossen die Axt in die Hand.

Er verließ den Hof. Langsam schlenderte er so dahin, ein paarmal überholte ihn sogar ein schwer beladener Ochsenkarren. Er wusste nicht, wohin er ging, wohin er gehen könnte, womit er sich die Zeit vertreiben sollte. Auf den Feldern und in den Weinbergen arbeiteten überall die Bauern, sie hackten, gruben um, wischten sich über die schweißbedeckte Stirn, ruhten sich kurz aus, schonten für einen Augenblick ihren Rücken, dann hackten sie weiter.

Ach ja, der Flüchtling!

Da lag er, am Waldrand, die Augen geschlossen, im Schatten, einen Arm unter dem Kopf, und hing seinen Gedanken nach.

Dem Flüchtling stockte der Atem, er setzte sich mit einem Ruck auf. Aufgeschreckt blickte er auf den Ankömmling und beruhigte sich:

»Du bist es?«

»Ja, hast du dich erschreckt?«

»Nein, nur plötzlich … ich war in Gedanken und … Wie nennt man diese Frucht hier eigentlich?«

»Panta.«

»Hat Ähnlichkeit mit einer Birne, oder?«

»Ja, der ganze Wald ist voll davon.«

»Und die Birne, die in eurem Dorf wächst?«

»Die heißt Gulabi.«

»Die zergeht auf der Zunge, oder?«

»Ja, die ist gut. Aber die hier, wie kannst du die essen? Die ist doch sauer.« Domenico verzog das Gesicht.

»Warum, die ist ganz in Ordnung, gar nicht schlecht.«

»Wenn sie gut wäre, würde sie dann im Wald wachsen?«

»Natürlich, sie wächst doch im Wald.«

»Ja, aber …«

Der Flüchtling lächelte und sagte:

»Du und ich, Domenico, wir verstehen uns einfach nicht.«

»Wieso?«

»Keine Ahnung«, der Flüchtling hob die Schultern. »Einen schlechten Baum oder eine schlechte Pflanze findest du eigentlich nirgendwo, Domenico.«

»Nirgendwo?« Er dachte nach, wollte etwas erwidern. »Und was bitte schön soll der Farn bringen?«

»Was hast du bloß mit diesem Farn?« Der Flüchtling lächelte. »Der tut doch keinem was.«

Domenico wich seinem Blick aus, er spähte zum Dorf zurück. Irgendein Bauer, aus der Ferne konnte er ihn nicht erkennen, arbeitete mit einem Vorschlaghammer, der Widerhall kam verzögert am Waldrand an. Domenico schaute lange dorthin, dann ließ er den Blick zum Himmel wandern und gähnte ausgiebig, doch die veränderte Stimme des Flüchtlings ließ ihn aufhorchen:

»Weißt du, eigentlich, manchmal …« Der Flüchtling schien aufgeregt. »Also, wenn man genau aufpasst, ja, manchmal ist es so merkwürdig, dass … also du sagst, Gulabi ist gut und Panta ist schlecht, obwohl nein, nein, ich muss anders anfangen. Hast du schon mal gehört – nein, woher solltest du das wissen – also in der Natur gibt es ganz merkwürdige Räuber.«

»Bei uns gibt es auch Bären, und Wölfe.«

»Nein, ich spreche nicht von Tieren, ich meine fleischfressende Pflanzen.« Der Flüchtling befeuchtete sich die Lippen. »Sind dir solche Pflanzen schon mal begegnet?«

»Nein. Wie, fleischfressend?«

»Wie ich es dir sage, diese Pflanzen ernähren sich von Fliegen, Mücken und von was weiß ich, von allerlei Insekten.«

»Eine Pflanze?« Domenico lächelte misstrauisch.

»Ja, eine Pflanze.« Der Flüchtling kam in Fahrt. »Du glaubst mir nicht, ja? Aber was kennst du schon, gar nichts, du musst mir glauben«, und er blickte ihn an, »nimm's mir nicht übel.«

»Schon gut.«

»Domenico, ich wollte dich wirklich nicht beleidigen.« Der Flüchtling klopfte ihm aufs Knie. »Versteh mich nicht falsch, ich will hier auch nicht den Besserwisser rauskehren, sowieso bin ich alles andere als klug. Seit ich denken kann, ziehe ich umher, von hier nach dort, manchmal werde ich verfolgt, Domenico, man sieht in mir einen Feind, es ist nicht nur, dass keiner mich liebt, mir wäre es sogar lieber, dass man mich überhaupt nicht bemerkt. Ich will für mich sein, verstehst du, früher war ich nicht so, aber jetzt habe ich ständig das Gefühl, als ob hinter jedem Baumstamm, hinter jedem Felsvorsprung einer steht und auf mich wartet, oder im Gebüsch lauert, finsteren Blickes und böse lächelnd. Manchmal sehne ich mich danach, mal auszuruhen von dieser dauernden Anspannung, und wenn ich ein sicheres Versteck finde, Domenico, und ein Stück Brot und Wasser habe, kann ich mich zurücklehnen; wie von selbst fällt alle Anspannung von mir ab, sobald ich mich der Betrachtung von etwas hingeben kann, sei es ein Baum, Gras oder ein Käfer. Doch als ich diese fleischfressenden Pflanzen entdeckt habe, da hat mich das so getroffen. Ich hab lange darüber nachgedacht. Drücke ich mich unklar aus?«

»Nein, nein.«

»Eigentlich ist das sonderbar«, der Flüchtling hob die Hände, »ich hätte nie gedacht, dass eine Pflanze ein Räuber sein könnte.«

Wär schön, wenn jemand vorbeikäme, wünschte sich Domenico.

»Und es gibt nicht nur eine, es gibt verschiedene Arten, hörst du mir noch zu?«

»Hm?«

»Du bist noch dabei, oder?«

»Ja.«

»Eigentlich ernähren sich Pflanzen von der Luft und vom Boden.« Der Flüchtling schien sich auf einmal zu entspannen, er sprach jetzt ruhig und in klaren Sätzen. »Einige Pflanzen aber, denen die Nahrung nicht ausreicht, werden zu Raubpflanzen. Es gibt eine Gattung, Nepenthes heißt sie, an deren Blättern bildet sich eine kannenähnliche Ausstülpung, diese Kannen können unterschiedlich groß sein, Domenico, manche sind fingerlang, andere so lang wie ein Arm. Sie ist wunderschön bunt und bringt auch Nektar hervor. Sobald ein Insekt auf der Kanne landet, schließt sich der Deckel, das Insekt kann sich an den glitschigen Innenwänden der Kanne nicht halten und rutscht auf den Boden, in die Flüssigkeit, und dort wird es von der Pflanze verdaut.«

»Wirklich?«, fragte Domenico, war aber nicht besonders überrascht.

»Wirklich. Es gibt noch eine, Sarracenia, die wächst im Sumpf. Ihre mannigfaltig gefärbten Blätter gleichen einer schönen, fremdartigen Blume. Selbst ein sattes Insekt wird von dieser Blume unwiderstehlich angezogen, so schön ist sie. Eine Zeit lang umkreist es sie aus der Nähe, landet dann, bezaubert, zart auf ihrem Blatt und … Andere Raubpflanzen sind unansehnlich, ihre dünnen Blätter sehen aus wie ein Haufen zum Himmel sich reckender Schlangenköpfe, hässliche, gewundene Stiele haben sie, sobald sich auf denen ein Insekt niederlässt, wird es umschlungen und erstickt. Und wieder andere sind mit Tröpfchen bedeckt, die sehen ganz unschuldig aus. Die Spitzen ihrer Blätter erinnern an ein kleines Stecknadelkissen, sie wiegen sich sanft im Einklang mit dem Wind, und sobald sich ein Insekt nähert, wird es augenblicklich aufgespießt. Das Insekt fängt an zu flattern, es kommt auch an andere Stecknadeln und verfängt sich immer mehr und mehr.«

»Und wenn es nicht flattert?«

»Es muss flattern, Domenico«, eiferte sich der Flüchtling, »das ist ein Gesetz der Natur. Sobald die Pflanze merkt, dass das Insekt fest an ihr klebt, faltet sie sich zusammen und zerquetscht es. Wenn sie wieder Hunger kriegt, entfaltet sie von Neuem ihr Blatt und wartet auf ein neues Opfer. Und die Überreste des verdauten Insekts verweht der Wind.«

»Kann sie jedes fangen?«

»Na ja, wahrscheinlich die meisten, sie lebt ja von Insekten. Die Sache ist, diese Pflanzen haben gar keine Ähnlichkeit miteinander, sie sind ganz unterschiedlich, eines aber haben sie gemeinsam, jede bringt eine Blüte hervor, eine gewöhnliche, recht große, die sich in das, was die Blätter tun, nicht einmischt, jedenfalls scheint mir das so, und oft sind diese Blüten wunderschön.«

Der Flüchtling verstummte, und Domenico wandte den Blick ab und atmete erleichtert auf. Es wäre unhöflich gewesen, nicht zuzuhören. Aber der Flüchtling schien gar kein Ende zu finden. Domenico schaute zum Dorf, schaute und schaute, und plötzlich kam ihm etwas in den Sinn:

»Dabei haben Sie doch neulich gesagt, dass man nirgendwo einem schlechten Baum oder einer schlechten Pflanze begegnet«, und weil der Flüchtling den Kopf nicht hob, schaute er weiter triumphierend zum Dorf. Dann spürte er, dass jemand ihn am Ärmel zog, und fragend blickte er den Flüchtling an. Der rückte ganz nah an ihn heran, sah ihm in die Augen und sagte leise:

»Eins musst du wissen, Domenico: Der Boden, auf dem die Raubpflanzen wachsen, der ist schlecht. Es ist nicht die Schuld der Pflanze, dass sie Insekten tötet und sich von ihnen ernährt, es ist die Schuld des Bodens, merk dir das gut, Domenico.«

»Ahaa«, sagte Domenico gedehnt und wandte ungerührt sein Gesicht ab, »besser wir gehen nach Hause, es sieht nach Regen aus.«

»Ja, komm, gehen wir zurück«, der Flüchtling stand auf, »kann gut sein, dass es Regen gibt.«

»Noch dazu habe ich den ganzen Tag nichts gegessen«, sagte Domenico mit gewissem Stolz. »Ist langweilig hier, oder?«

»Nein, warum? Das wird der Erde guttun.«

»Der Regen? Ja.« Und als ob er sich die Worte des Flüchtlings gut gemerkt hätte, fragte er noch mal nach: »Also, die Pflanzen wachsen auf
schlechtem Boden, ja?«

»Ja«, sagte der Flüchtling zerstreut, »im Sumpf, im Sand, in Felsen-
spalten ...«

»Merkwürdig, oder?«

»Ja, wirklich merkwürdig«, stimmte der Flüchtling ihm abwesend zu,
in Gedanken war er längst woanders.

DAS FEST

Jedes Frühjahr, wenn die bunten Knospen der Bäume sich in kleine
Fruchtkügelchen verwandelten, verließen die Leute für eine Nacht das
Dorf. Ihre Säuglinge wickelten sie warm ein, das Vieh trieben sie vor sich
her, und nachdenklich, mit pflichtgetreuen Gesichtern brachen sie in
kleinen Gruppen auf, mit Sack und Pack, selbst die Kranken hatten sie dabei, in lustlos quietschenden, überdachten Ziehkarren. Und wenn auch
ein merkwürdiger Schmerz ihr Begleiter war, so blieb doch eine noch
größere Wehmut in dem verlassenen Dorf zurück. Keine Menschenseele
war dort mehr, nur der Vater, auf eine Steinmauer gestützt stand er da. Er
blickte den Dorfbewohnern nach, die mühsam den Hang hinaufstiegen
und dann hinter dem Hügel verschwanden. Drüben, jenseits des Hügels,
würden sie die Nacht vor dem Fest verbringen, die Männer würden die
Nacht durchwachen, schweigend dasitzend, um ein riesiges Feuer herum. Der Vater blieb ganz allein in jener ungewöhnlichen Stille zurück,
regungslos stand er da, bis die Abenddämmerung hereinbrach. Mit der
Dämmerung verlor sich in der Luft sanft das Gezwitscher der erschöpften Vögel, und als es dunkler wurde, zitterten am Baum ein, zwei Blätter,
wenn auch nur für einen Augenblick. Dann herrschte wieder Stille.
Stille. Stille floss als träge, schwerfällige Dunkelheit in die Häuser und
Höfe, ergoss sich über die Wege. Es war, als tauche alles gemächlich in

verdampfendes Pech ein, und nachdem die mit Schwärze vollgesogene schwere Luft alles umher ausgewischt hatte, zündete der Vater die Funzel an und ging nach draußen. Sein Schritt war ruhig, lautlos, all das, was die Nacht an Geheimnisvollem birgt, umgab ihn, und das schwache, zart flimmernde Licht der Funzel wanderte gleichmäßig hin und her. Der am Boden zitternde Halbkreis, der dem Vater vorausging, kletterte flink am Zaun hoch, floss auf dem Gras gehorsam weiter, lief zu seinen Füßen in Wellen die Stufen hinauf und wanderte dann schwach flackernd durch ein Zimmer – der Vater blieb am Mittelpfeiler stehen und sah sich im Haus des Nachbarn um. Die Funzel verteilte ihr blasses Licht über in die Ecke geworfene Sandalen, farbige Socken, einen bunten Teppich, Tongeschirr, geschnitzte Holzlöffel. Allem schenkte der Vater Beachtung, sogar die Spinnweben in den tiefsten Winkeln bemerkte er im blassen Licht und legte seine Hand auf Wände, Stühle, Tisch, als lauschte er dem Schweigen dieser Gegenstände. Das ganze Zimmer schritt er ab, und bevor er hinausging, verharrte er noch eine Weile, sein in die Länge gezogener Arm schwankte im Einklang mit dem schwachen Flackern der Funzel. Der Vater selbst jedoch hielt die Funzel fest in der angespannten rechten Hand und dachte über etwas nach.

Gemächlich, schwerfällig verging die schwarze, gedämpfte Nacht, alles schien zu schlafen. Doch hatte die Nacht ihre eigenen Geräusche, rätselhafte, furchteinflößende – irgendwo fiel ein Tropfen, ein einziger, welcher der Finsternis seine wunderbare Wichtigkeit schuldete, über die Wand kratzte geisterhaft ein verwelkter Nelkenkranz, leise quietschte ein Tor, von Zeit zu Zeit gab ein Insekt, in seinem Schlaf gestört, einen Ton von sich. Den Vater störten diese Geräusche nicht, er ging durch die Häuser der Dorfbewohner und sah sich alles lange, nachdenklich an. Dann, als der Himmel leichter wurde, als am äußersten Rand der Welt die Dunkelheit einen Riss bekam, löschte er die Funzel und stellte sich auf einen großen Stein: Langsam, ganz langsam brach die Morgendämmerung herein ... Die Dunkelheit wurde aufgesogen, ein Windhauch regte sich, am Baum spannten sich die Blätter, gemächlich tauchten die Häuser aus der Erde auf, und ein kleiner, dummer, eifriger Vogel fing irgendwo an zu zwitschern. Überschwänglich fröhliche Laute, die die neblige Luft durchschnitten. Der Vater richtete den Blick aufgeregt in

Richtung des fernen Hügels, und von dort, im Morgengrauen, kamen die Leute! Sie kamen zu Fuß, ihre Fackeln leuchteten in der immer noch bläulichen Luft; die Säuglinge auf dem Arm, mit überdachten Karren kamen sie, Große, Kleine, Alte, Gute, Böse, Gleichgültige, Betrüger, Betrogene, die Leute kamen!

Sie kamen herab, miteinander bekannte, miteinander verwandte, schwerfällig stiegen sie den Abhang herunter und jeder Schritt drückte ihnen auf die Rippen, das ganze Dorf kam, manch einer mit unausgesprochener Feindseligkeit, die sich in den angespannten Wangenknochen sammelte, andere ausgehöhlt vom Wurm der Gleichgültigkeit, angesichts des Festes aber doch ein klein wenig neugierig, wieder andere, das Herz voll unerklärlicher Güte, unschuldig, ehrlich lächelnd, Hand in Hand die Kinder, die trotz ständiger Ermahnungen ihren Kopf durchsetzten; sanftmütige Alte mit sonnengegerbten Händen, die nicht einmal mehr wussten, wann sie wohl das letzte Mal etwas Großes und Wichtiges verpasst hätten, nun wundersam friedlich, vorsichtig voranschreitend und mit Belanglosigkeiten sich zufriedengebend, selbstverliebte Mädchen und vor der Zeit gebrochene Frauen, die gleichwohl leuchtend bunte Kopftücher trugen, und Ketten um den Hals; Blinde, auf deren Gesichtern sich eine seltsam gespannte Ruhe abzeichnete; Bibo, der erste Knecht, gelassen, brav, jedoch im tiefsten und verborgensten Winkel seines Herzens feindselig; Gwegwe, lustlos, flau verärgert über das ihm unwichtige Fest, der Flüchtling, bescheiden lächelnd, inmitten der ihm unbekannten Menschen, Domenico, jung, unerfahren, unwissend, in Schwarz die Mutter von Resa, die Leute kamen!

Sie kamen den Abhang herunter, der auf dem Stein stehende Vater hörte schon das Geräusch ihrer Schritte, sie kamen im Pulk, in wirrem Durcheinander, mit Äxten und frischen, biegsamen Weidenruten in der Hand, das Vieh brüllte und die Hunde an den Ziehkarren bellten, sie aber stiegen schweigend den Hügel herab, und als die schwachen, schräg fallenden Strahlen der Morgensonne die durchnächtigten, blassen Gesichter erleuchteten, hoben sie die Hände: Ein merkwürdiger Wald bewegte auf den Vater sich zu, ein wirrer Wald: Ruten, Schwerter, Sicheln, Blumen, Hacken, Spaten, Säuglinge, Äxte …

Die Leute kamen, die Leute!

2

UND EINE GANZ ANDERE GESCHICHTE

B ring mir Wasser, Weib«, sagte Bibo zu seiner Frau und schnalzte
mit der Zunge.

Seine Frau ging einen großen Krug holen und näherte sich ihm
zaghaft.

»Na los, los.« Bibo streckte die hohle Hand aus. »Uhh, ist das kalt!«

Der Krug war schwer, die Frau stützte ihn mit dem Knie und goss
erneut Wasser aus; plötzlich hörte er ein Geräusch, äugte hastig über die
Schulter zu dem Kind und beruhigte sich wieder. Er spritzte sich Wasser
ins Gesicht, rieb sich kräftig die Augen:

»Los, gieß nach! Mmmh, mmmh, jetzt gieß schon, was guckst du so
blöd! Mmmh, gut, das reicht!« Er fuhr sich herzhaft über die Wangen
und strich die letzten Tropfen ab, machte die Augen zu und streckte die
Hand aus. »Jetzt gib mir das Tuch!«

Er trocknete sich das Gesicht und setzte sich an den Tisch. Das sauer
Eingelegte schmeckte ihm, aber darüber verlor er kein Wort. Er schnitt
sich ein Stück vom Käse ab und trank vom Wein, ihm wurde warm, seine
Laune weichte ein bisschen auf, er sagte:

»Dieses Balg schaut mich irgendwie scheel an.«

»Wer, Domenico?«

»Ja.«

Die Frau zog es vor zu schweigen, auch Bibo sprach nicht weiter; dann, als die Frau sich umdrehte, musterte er sie von oben bis unten und bereute, mit ihr gesprochen zu haben, ihm schwoll der Kamm.

»Was schlurfst du hier die ganze Zeit hin und her!«

»Wie?« Die Frau verstand nicht.

»Ja, was, kannst du dich nicht mal hinsetzen? Was rennst du dauernd in der Gegend herum?«

»Was?«

»Zum Teufel mit dir. Hast du den Flüchtling heute gesehen?«

»Nein.«

»Was sagt man so im Dorf?«

»Was weiß ich, er spricht ja nicht mit jedermann, nur mit ihm und …«

»Jaa«, Bibo lachte, »das hast du gut gesagt, er spricht nicht mit jeder-*mann*, dann soll er halt mit diesem Milchbart herumhocken. Ach, das hast du gut gesagt, du bist mir vielleicht eine …«

Und kurz darauf, in den Minuten der großen Nähe, erregt, die Lippen gekräuselt, ihr Haar um die raue Faust gewickelt, flüsterte er seiner Frau zu:

»Hör mal, dass du mir bloß nicht abnimmst, hörst du, eine Frau muss so dick sein, gerade so dick …«

»Letztens da is mir was passiert«, erzählte zur gleichen Zeit ein einäugiger Bauer an der Quelle, »da steh ich morgens auf und mein Mais is geknickt, mal hier ne Pflanze, mal dort zwei, unn klar, das hat mir gestunken! Was soll das, hab ich mir gesagt, aber na ja, zum Teufel mit den paar Pflanzen, und ich geh ins Bett, wach auf und mein Mais is schon wieder geknickt, da is mir dann aber wohl der Kragen geplatzt. Ich mir nen Knüppel geschnappt und los, hab mich auf die Lauer gelegt. Ich hab's genau gewusst, wo das Biest seinen Bau hat, hab kein Mucks gemacht hab ich, unn so gegen Mitternacht so ungefähr, da hat der den Kopf ausm Bau gesteckt und – zack! – hab ich ihm eins übergebraten.«

»Aufn Schädel?«

»Mitten aufn Schädel drauf. Weiß der Geier, was aus dem draus geworden is, der is zwar in seinen Bau zurück, aber ich wett mit dir drum, der macht mir meinen Mais nimmer kaputt.«

»War's 'n kleiner?«, fragte der andere, während er seine Sense schärfte.

»Nee, das war mindestens so'n Kaventsmann«, der Einäugige brachte seine Handflächen so schwer auseinander, als ob sie zusammenklebten, und vor lauter Anspannung fingen seine Finger an zu zittern.

»Mein lieber Mann, das muss aber'n ziemlicher Brocken gewesen sein!«

»Mmh, kamma wohl sagen«, brummte der Einäugige und ließ seine Arme sinken. Domenico hätte eigentlich erwartet, dass die so schwer auseinandergebrachten Handflächen knallend wieder zusammenschnellen würden, aber der Bauer legte seine Hände ruhig auf die Knie. Gebeugt saß er da, sein brauner, faltiger Hals glich der von der Dürre aufgeplatzten Erde.

»Ach ja, was ist denn das eigentlich für ein Fest, das ihr da habt«, fragte der Flüchtling beiläufig, »ich hab das nicht ganz verstanden.«

»Was willst du wissen, ich erklär's dir.«

»Na, zum Beispiel, als die Leute mit erhobenen Händen zum Vater gegangen sind, warum hat er da gefragt, ob jemand zurückgeblieben ist?«

»Das ist so üblich.«

»Wie, lasst ihr manchmal jemanden dort zurück?«

»Nein, aber der Vater fragt das jedes Mal, als ob noch jemand käme.«

»Verstehe ich nicht. Und warum habt ihr gegen Abend das Feuer gemacht?«

»Keine Ahnung, die Leute denken, dass unsere Vorfahren vom Himmel herabgestiegen sind und ein Teil von ihnen noch dort geblieben ist. Und wenn das Feuer höher schlägt und die Flammen zum Himmel züngeln, glauben sie, dass das Feuer zu ihnen spricht.«

»Zu ihnen?«

»Zu denen, die im Himmel geblieben sind.«

»Aha.« Der Flüchtling lachte für sich. »Was für Feste ihr habt!«

»Na ja, seit ich mich erinnern kann, ist das immer so gewesen.«

»Seit du dich erinnern kannst?« Der Flüchtling schaute ihn an. »Wie alt bist du denn?«

»Bald werde ich achtzehn.«

»Aha.« Der Flüchtling lächelte still.

»Ja. Gestern hat der einäugige Bauer, den kennen Sie nicht, auf dem Feld einen Dachs getötet.«

»Was hat er denn angestellt?«

»Den Mais abgebrochen.«

»Ich meine, was hat der Bauer mit seinem Auge angestellt?«

»Woher soll ich das wissen? Gestern hat er jedenfalls einen Dachs getötet.«

»Einen Dachs? Was ist schon ein Dachs. Ich war einmal ein Massai!« Der Flüchtling hob die Hand. »Ein richtiger Massai!«

»Was heißt denn das?«

»Ein richtiger Massai?« Stolz wiederholte der Flüchtling die Wörter. »Das bedeutet: Löwentöter – der den Löwen getötet hat.«

»Löwe? Hab ich schon mal gehört. Das ist doch der König der Tiere, oder?«

»Ja, er ist der König, hast du schon mal einen gesehen?«

»Nein, wo denn.«

»Ooh, man muss ihn einmal gesehen haben, er hat die Farbe in der Sonne ausgebreiteter Weizenkörner, große Tatzen hat er, und eine Mähne, unerschütterlich ist sein Schritt, aber wenn er wütend wird! Einen Büffel hast du doch mal gesehen, Domenico, weißt du, wie er ihn tötet? Er schlägt ihm die Tatze ins Kreuz und bricht ihm die Wirbelsäule. Dann schlitzt er ihm den Hals auf und trinkt genüsslich das warme Blut, langsam und behaglich. Wenn er brüllt, stieben die Vögel in einem einzigen Wirbel in den Himmel auf und suchen das Weite, er aber bewegt sich majestätisch durch den Wald und brüllt, er ist der König.«

»Und Sie haben einen getötet?«

»Ich habe einen getötet«, der Flüchtling hob auch die zweite Hand, »bei den schwarzen Menschen, bei den Massai bin ich gewesen, hast du schon mal schwarze Menschen gesehen, Domenico?«

»Schwarze? Schwarzhaarige?«

»Nein«, der Flüchtling ließ die Hände sinken und fuhr sich über die Brust bis hinunter zu den Knien, »schwarz glänzende Menschen, Ringe in den breiten Nasenflügeln, bunt bemalt, die Muskeln zitternd, eingestimmt auf die Schläge der Trommel, die Scham mit Ziegenleder bedeckt, und einige tragen eine hohe, mit einer Pfauenfeder geschmückte Krone auf dem Kopf, das sind echte Massai, sie haben einen Löwen getötet. Würdevoll schreiten sie mit der ersehnten Krone auf dem Kopf durchs Dorf, und obgleich sie sich nichts anmerken lassen, wissen sie genau, dass ihnen bewundernde und neidische Blicke folgen.«

»Und Sie auch? Sie sind auch ein Massai geworden?«

»Ich bin Massai geworden«, wieder hob der Flüchtling die Hände, »der erste weiße Massai.«

Domenico überlegte kurz.

»Sind die ganz schwarz?«

»Ja, ganz schwarz.«

»Schwärzer als Gwegwe?«

»Ach, im Vergleich zu denen ist Gwegwe wie Elfenbein auf dem Grunde einer Bergquelle.«

»Wie haben Sie ihn getötet?«

Einen am ganzen Körper mit weißer und roter Farbe bemalten Häuptling hatten sie, dessen Arm Reifen schmückten, zu ihm war er hingegangen. Wie im Rausch hatte jener in die erlöschende Glut gestarrt, dann langsam den Kopf gehoben und ihn träge angeschaut.

»Ich will Massai werden, ein echter Massai.«

Der Nebelschleier vor den Augen des Häuptlings war verschwunden.

»Bist du dazu fähig?« Verwundert hatte er ihn gemustert. »Das bin ich«, hatte er gesagt und war am ganzen Körper erbebt. Der Häuptling hatte ihn nochmals angeschaut, dann hatte er gewichtig genickt.

»Er teilte mir vier Massai zu, Jungs wie die Haie, am ganzen Körper glänzten die Muskeln, doch wenn sie liefen, wurden sie leicht wie Rauch. Einen dicken, schweren Speer gaben sie mir, ich schaffte kaum, ihn zu heben, der Arm tat mir weh, aber sobald ich ihn ergriff, dachte ich daran, dass jener Löwe, der diesem Speer zum Opfer fallen sollte, jetzt, in diesem Augenblick, zweifellos irgendwo da draußen war. Daran dachte ich, und der Speer wurde gleich um einiges leichter. Sie fällten einen dicken Baum und sagten mir, ich solle mit dem Speer auf den Stumpf einstechen. Um jeden Preis wollte ich ein Massai wie sie werden und verlor keine Zeit, wohl tausend Mal hab ich den Speer in jenen Stumpf gestoßen. Und wenn die Waffe zitternd stecken blieb, riss ich sie mit aller Kraft heraus und spürte, wie mir unter den schmerzenden Muskeln die Kraft im Leib wuchs. Dann stellten sie mich in zwei Schritte Entfernung hin, und ich sollte von dort nach dem Stumpf werfen, dann in drei Schritte Entfernung, ich warf so lange, bis vom Stumpf nichts mehr übrig war. Ringsherum aber, oooh, da war die Erde übersät von Splittern. Sieben Bäume haben sie für mich gefällt, Domenico, sieben riesige Bäume, und jedes Mal, wenn einer umstürzte, dachte ich an den Löwen, den ich töten sollte, in diesem Augenblick war er zweifellos da draußen. Meine einzige Nahrung war Milch mit eingerührtem Rinderblut; wenn ich schlafen ging, lag der Speer neben meinem Kopf, und sobald ich aufwachte, nahm ich ihn, wog ihn in der Hand und warf, summend flog er zum nächsten Baum. Schwarz glänzende Frauen schenkten mir des Öfteren ein Lächeln ihrer breiten, dicken Lippen, ich aber war so erfüllt von Ehrgefühl und Härte, ich achtete kaum auf sie und übte mich weiter im Zielen mit der gehorsamen Waffe. Die größte Herausforderung bestand darin, dass man den Löwen nicht im Liegen töten durfte; um ein echter Massai zu werden, musste der Speer den Löwen im Sprung durchbohren. Deshalb schwangen vier Massai einen großen Holzklotz vor und zurück und warfen ihn dann schonungslos auf mich. Meine folgsame Waffe erwischte den Klotz auf halbem Wege, ich hechtete nach vorne und hörte hinter mir den dumpfen Aufprall. So verging die Zeit. Und manchmal, wenn ich unter einem Baum ein Schläfchen machte, gossen sie mir Wasser über, ich riss die Augen auf, sprang hoch, griff sofort nach meinem Speer und sah den riesigen Holzklotz schon auf mich zufliegen. Mein Arm war jetzt bereits flink und treffsicher, die Massai klopften mir zum Zeichen ihrer Zufriedenheit auf die Schulter. Dann übergossen sie den Speer mit Öl, beim Anblick des Löwen fangen die Handflächen an zu schwitzen, auch daran sollte ich mich gewöhnen. Und ich habe mich daran gewöhnt, selbstverständlich, und immer, die ganze Zeit über, dachte ich daran, dass mein Löwe in diesem Augenblick zweifellos da draußen war! Ich konnte es kaum erwarten, mich auf die Suche zu machen, aber bei den Massai war es verboten, einen unschuldigen Löwen zu töten.

Lange Zeit wartete ich. Eines Abends war meine Geduld am Ende, ich trieb unbemerkt einen Büffel mit Peitschenhieben aus dem Dorf.

Und am nächsten Tag, natürlich, fanden sie ihn, den Hals aufgeschlitzt und das Kreuz gebrochen, auf dem Feld; ich saß da, Ruhe vortäuschend, den Kopf an die Wand einer Bambushütte gelehnt, und fieberte der Ankunft des Boten entgegen. Er ließ nicht lange auf sich warten, im Einklang schlugen sie die Trommeln, und der Häuptling nickte mir zu, seine schwarzen Ohrringe schaukelten. Ich ergriff meinen Speer, erhob mich und nahm in Begleitung einiger Männer aus dem Dorf die Fährte auf, ohne Furcht, trotzdem wurden meine Handflächen feucht. Noch zeigte er sich nicht, in der Seele bebte ich vor Ungeduld, und manchmal zuckte mir die Hand, ich wusste ja, dass er zweifellos irgendwo da draußen war. Und als ich auf einen Hügel stieg und nach unten sah, da fuhr ich vor Frohlocken zusammen, da lag er auf dem Sand und wärmte sich in der Morgensonne, auf den Rücken gedreht, er sah aus, als hasche er mit den Tatzen nach der Sonne, stell dir vor. Die Massai verteilten sich über den Hügel. Ich aber machte mich ruhig an den Abstieg. Aus der Ferne drang noch immer der gleichmäßige Herzschlag der Trommeln zu uns; als ich mich bis auf zwanzig Schritte genähert hatte, dachte ich, er würde mich entdecken, aber er war zu beschäftigt; ›zzzzzz‹, zischte ich, und augenblicklich sprang er auf. Ich weiß bis heute nicht, was mit ihm los war, ich verstehe nicht viel von Tieren, vielleicht schämte er sich, dass ich ihn wie einen Welpen beim Spielen erwischt hatte, vielleicht war er satt, vielleicht beschlich ihn eine Vorahnung, was weiß ich, jedenfalls drehte er sich um und wollte sich davonmachen, er, der König! Meine linke Hand ergriff einen Stein, ich holte aus und traf ihn in die Rippen, zornig drehte er sich um, klackernd biss er in die Luft, er grummelte, und doch kam er nicht auf mich zu. Da ging ich los, ich näherte mich ihm, bedachtsam, um nicht zu stolpern, setzte ich einen Fuß vor den anderen. Wir schauten einander unverwandt in die Augen, und als ich bis auf zehn Schritte herangekommen war, blieb ich stehen, nur eine Möglichkeit hatte ich, ich musste ihn im Sprung mit dem Speer erwischen. Ziemlich lange stand ich da, er hatte riesige Pranken und einen mächtigen Kiefer, in meiner Hand hielt ich den Tod mit gewetzter Spitze, und wir starrten einander an. Und dann, ich weiß nicht, kein Löwe würde so etwas tun, aber er setzte sich auf die Hinterbeine und streckte die Tatzen aus, legte seine riesige, gesträubte Mähne darauf und blinzelte mich aus zusammengekniffenen Augen an. Auch ich bückte mich, ohne den Blick abzuwenden, nahm mit der linken Hand nassen Sand und warf ihm den ins Gesicht. So viel konnte er nicht dulden, er brüllte auf und machte einen unglaublichen Satz. Ich kam nicht einmal mehr dazu, mich zu erschrecken; als mein treuer Speer ihm entgegenflog und ihn im gestreckten Sprung erwischte, hechtete ich nach vorne und wunderte mich, dass ich hinter mir keinen Aufprall hörte. Ich drehte mich um, und das Blut wich mir aus den Adern: der Speer wuchs wie ein dünner Baum aus dem Sand empor, und auf seiner Spitze, wie eine merkwürdige Frucht, hing der Löwe, er grummelte, und zwischen seinen Schultern stak eine rot gefärbte Eisenspitze hervor, die Blume des Todes. Aus irgendeinem Grund kippte er nicht um, er starrte mich wutentbrannt an und verdrehte die Augen, er ließ in der Luft sein Leben. Sobald ihm der Kopf herabsank, neigte sich prompt der Speer, und als ich den Aufprall hörte, setzte auch ich mich auf den Boden, nicht nur die Handflächen, mein ganzer Körper war nass, ich war klatschnass. Das Kriegsgeheul der Massai brachte mich wieder zur Besinnung, sie rannten im Pulk auf mich zu, und um meinen Schrecken zu verbergen, zog ich meine Sandalen aus und tat, als würde ich den Sand herausschütteln, dann zog ich sie wieder an und stand auf. Oh, das mit dem Sand ist mir gelungen, als ob so was mich hätte stören können, nachdem ich den Löwen getötet hatte. Du hättest sehen sollen, wie feierlich sie mich ins Dorf geleiteten; sie hoben mich auf eine Trage und liefen zwischen den Bambushütten durch. Alte und Junge, alle umringten sie mich, sie strahlten mich an, ich glaube, ich lachte auch, und dann setzte der Häuptling mir eine mit Pfauenfedern geschmückte Krone auf, den Kopfschmuck eines echten Massai.«

»Oah«, Domenico starrte ihn verwundert an. Der Flüchtling legte sich auf den Rücken und fing an, mit den Händen nach etwas zu haschen.

»So hat er mit seinen Tatzen gemacht. Hat dir die Geschichte gefallen, Domenico?«

»Ja.«

»Eine komische Geschichte war das.«

»Und was haben Sie mit der Krone gemacht?«

»Was ich mit der gemacht habe?«

Das war erst recht eine komische Geschichte. Seit Langem schon hatte zuvor ein Mann den Flüchtling belästigt, hatte von oben herab zu ihm gesprochen, ihn wie einen Dienstboten gegängelt, nicht selten verpasste er ihm einen Klaps auf den Hinterkopf; und eigentlich war er weder stärker als der Flüchtling noch sonst wie ihm überlegen, und auch er war allein. Er machte ihm das Leben zur Hölle, und der Flüchtling ging weg, weit fort zog er, er lief und lief und gelangte schließlich zu den Massai. Dort aber entstand in ihm dieser große Wunsch, und am Ende tötete er tatsächlich einen Löwen, große Ehre wurde ihm zuteil. Und gleich am darauffolgenden Tage machte er sich auf den Rückweg, er eilte zu jenem Mann, nahm all seine Kraft zusammen und wappnete sich für das bevorstehende Treffen, er fletschte die Zähne, sein Brustkorb hob und senkte sich. Und als er schließlich bei ihm anlangte, setzte er sich stolz die Krone auf, stellte sich breitbeinig hin und blickte jenem Mann in die Augen. Sofort bereute er es, eine Zeit lang musterte ihn der andere erstaunt, dann zeichnete sich ein spöttisches Lächeln auf seinem Gesicht ab, er kam auf ihn zu, und der Flüchtling musste unwillkürlich blinzeln, die Handflächen wurden ihm feucht, er legte den Kopf zur Seite und zog die Schultern ein. Und jener Mann verpasste ihm eine Ohrfeige mit dem Handrücken, die Krone fiel zu Boden, der Flüchtling bückte sich, um sie aufzuheben, dabei bekam er einen Tritt verpasst, und hastig suchte er das Weite. Als er erschöpft den nahe liegenden Wald erreichte, verlangsamte er den Schritt, blieb stehen, blickte auf die Krone herab, die er fest in seiner Hand hielt, und nachdem er sie lange betrachtet hatte, warf er sie in den Bach.

»Also, was haben Sie mit der Krone gemacht?«

»Die Krone ... die Krone hab ich einer Frau geschenkt.«

»Einer Frau. War sie schön?«

»Geht so, nicht übel«, sagte der Flüchtling wie zu sich selbst, blickte zur Seite und kniff die Augen zusammen: »Der Junge da drüben, ganz da hinten, wer ist das eigentlich?«

»Gwegwe.«

»Ach ja?«

»Ja«, sagte Domenico und blickte den Flüchtling misstrauisch an.

Gwegwe hob die Hacke hoch über den Kopf und hieb sie kraftvoll in die Erde, er keuchte. Ganz in der Nähe, ein paar Schritte weiter, begann der Wald, die Sonne stand hoch über den regennassen Bäumen, sie glänzten grün, aber Gwegwe sah nichts davon, er dachte auch an nichts, er arbeitete stur vor sich hin. Er ließ die Arme nach unten sausen, und die Hacke grub sich tief in die Erde. Als er an ihr zog, wollte das Werkzeug ihm nicht gehorchen. Das passierte zwar nicht zum ersten Mal, aber er wunderte sich trotzdem. Abermals ruckte er und verstand, aha, ein Stein. Das freute ihn sogar. Erst mal prüfte er vorsichtig seine Größe, dann stemmte er sich leicht auf den Griff; als eine Seite des Steins die Erde hochdrückte, meinte er, ihn herauszubekommen, erneut stemmte er sich, immer noch vorsichtig, aber schon nachdrücklicher, auf die Hacke, noch mehr, noch ein bisschen mehr, noch ein bisschen, und der Griff zerbrach.

»Paah!« Gwegwe blickte verärgert auf den abgewetzten, glänzenden Griff in seiner Hand und schleuderte ihn weg. »Mistding!«

Was blieb ihm anderes übrig, er machte sich auf zum Wald. Am erstbesten Baum schaute er hoch, dünne Äste hatte der, die würden sich nicht eignen, er ging weiter, begutachtete einen anderen Baum, auch der passte ihm nicht besonders. Während Gwegwe noch einen weiteren musterte, entdeckte er ein Eichhörnchen, das voller Neugier, die Krallen gespreizt, auf ihn herabschaute.

»Ssst!« Gwegwe versuchte es zu verscheuchen, aber das Eichhörnchen kümmerte das wenig. »Guck mal einer an«, murmelte er und sah sich nach einem Stein um. Er buddelte mit dem Finger einen aus der Erde, wog ihn in der Hand und blickte wieder nach oben, aber das Eichhörnchen war nicht mehr zu sehen.

»Ha, du Miststück!« Einmal umrundete er den Baum, dann winkte er ab; er sah einen Ast, der ihm gefiel, aus dem könnte ein perfekter Griff werden. Er zog sein Beil aus dem Gürtel und hieb den Ast ab, kniete sich hin, schlug die Seitentriebe weg, hielt ihn prüfend vors Auge, schön gerade war er, ein bisschen dick, aber ansonsten in Ordnung. Hier und da besserte er nach, hielt ihn noch mal abschätzend vors Auge, und sah in der Ferne, auf dem Hügel, vage zwei Menschen stehen, er kniff die Augen zusammen und erkannte sie.

»Was fuchtelt er da in der Luft herum, der Taugenichts«, Gwegwe ärgerte sich.

»Ich bin ein Massai geworden«, der Flüchtling hob die Hände, »ich
schwöre, Domenico, ich war der erste weiße Massai!«

WIE DER HERBST KAM

Die Tage wurden länger, es wurde warm. Der überwinterten Erde schlitzte der Pflug die Brust auf, kraftstrotzend stieß sie ihren Atem aus, die Bauern hatten sich die Hemden aufgeknöpft. Den Hemdschoß hochgerafft,
schwankte ein hinkender Bauer die Furchen entlang, streute mit jedem
Wurf eine Handvoll Weizenkörner aus, bis zum Herbst war es noch weit,
und doch begann der Herbst eben jetzt, im Frühling. Die kieselsteinharten Kügelchen der Kirschen und Sauerkirschen färbten sich weiß, unter
den rauen Blättern des Feigenbaumes lugte hier und da eine Frucht hervor, in Erwartung ihres Erglühens reihten die Granatapfelbäume sich an
den Zäunen; es regnete, warme Tropfen fielen auf die Bauern herab, die
grauen, verblichenen Hemden klebten ihnen am Rücken, sie stellten sich
bei einem Baum unter, einige setzten sich auf die gewölbten Wurzeln, sie
warteten. So viel Regen habe er noch nie erlebt, meinte Bibo. Die Erde
sog sich voll, wurde weicher, das gleichmäßige, leise Trommeln ebbte
ab, bis nur noch einzelne Tropfen zu hören waren, der Himmel hellte
sich auf, die Sonne kam zum Vorschein, die Bauern kehrten, die Hosen
hochgekrempelt, barfuß auf ihre Felder zurück, schweren Schrittes, und
wie flüchtige Brandmale zeichneten sich in der aufgeweichten Erde ihre
breiten Fußabdrücke ab. Die Sonne brannte, die Schollen dampften,
noch drückender wurde die ohnehin schon schwüle Luft, Grashalme
begannen zu sprießen, die zur Erde geneigten Hälse des abgemagerten
Viehs glänzten in der Sonne, die Pferde wieherten. In der veilchenfarbenen Dämmerung kehrten die Bauern hungrig und erschöpft ins Dorf
zurück, brockten Brot in den Eintopf und putzten mit Brot sorgfältig die
abgenutzten Böden der Tonschalen blank, es regnete, wieder regnete es.
Zarte, nasse Finger trommelten aufs Dach, ein Hund, der sich unter die
Treppe verkrochen hatte, rollte sich noch enger zusammen, die Blätter

wurden schwer, auf dem breiten Dorfweg blinzelten Pfützen, die Bauern wälzten sich im Schlaf von einer Seite auf die andere, es regnete immer noch. Die Bäche schwollen an, gelb aufgewühlt war der See, da glitzerte ein den Wolken entwischter Sonnenstrahl erst leicht auf der Oberfläche, zuckte kurz und drang dann, mit neuer Kraft, unbeirrbar zum Grunde des Sees vor; und als er sein Ziel erreicht hatte, sprang ein Junge, dessen obere Zähne beim Lachen ganz zum Vorschein kamen, zitternd ans Ufer – Erster beim Baden im See! –, er kreuzte die Arme vor der frierenden Brust und lächelte verlegen in die verwunderten Gesichter der Vorübergehenden. Es wurde Frühling, die Schwalben kehrten zurück.

Ein müder Bauer, der sich gegen Abend unter einen Baum gesetzt und sich an die schroffe Rinde gelehnt hatte, tat sich schwer aufzustehen; so schläfrig er auch war, er blickte unverwandt ins Mondlicht, das zwischen flimmernden Blättern nistete, und verharrte still, zu seinen Füßen lag ein riesiger Schäferhund, der von Zeit zu Zeit traurig oder auch ehrfürchtig zu seinem Herrchen aufschaute. In der Morgendämmerung war es noch kalt, leise rauschend, nur für das Auge wahrnehmbar, dehnten sich die Nebelschwaden, die Bauern traten hinaus auf die Höfe, fröstelnd zogen sie die Schultern hoch, noch immer ertönten vereinzelt Hahnenschreie, eine Tür quietschte, und ein Bauer, der am frühen Morgen durstig, mit geschwollenem Gesicht erwacht war, pflückte eine unreife Mirabelle, zögernd begutachtete er sie eine Weile und biss schließlich doch hinein. Der bereits im Morgengrauen erwachte Flüchtling scheute sich davor, sich unter fremde Leute zu mischen, und wartete ab, bis die Bauern auf die Felder gegangen waren, dann machte er sich auf zum Wald, blieb hier und da an einem Baum stehen und legte die Handfläche darauf, der Kirschbaum hatte die kühlste Rinde, auch seine reife Frucht war kühl und süß wie Honig. Es folgte die Zeit der Sauerkirsche, das Gesicht genüsslich verzogen, aßen die Bauern die süßsaure Frucht, es war nun schon sehr warm, nach der harten Arbeit klebte ihnen die Zunge am Gaumen, da waren Sauerkirschen genau das Richtige. Es wurde noch wärmer, der Weg zum Dorf trocknete aus und wurde staubig, sämtliche Dorfburschen sprangen in den See und planschten darin herum, die Aprikosen und Pflaumen reiften, noch wärmer wurde es, der Frühling glühte auf und wurde zum Sommer, die Bauern hackten noch unermüdlicher auf die harte Erde ein, dem Boden fehlte der Segen eines Regenschauers, an den Obstbäumen welkte hier und da ein Blatt, auf den Hügeln wucherte beharrlich das Unkraut, einzig der Farn vergilbte. Es war heiß, bereits in der Morgendämmerung, sobald die Sonne aufging, konnte man kaum mehr atmen, und gegen Mittag starrte Gwegwe, der sich in die kurzen Schatten geflüchtet hatte, stirnrunzelnd in die flimmernde, wabernde Luft, schläfrig setzte er den Krug an die Lippen und schnitt angeekelt eine Grimasse, »pfui, warm geworden, die Brühe«. Der Flüchtling lief den sich dahinschlängelnden Bach entlang, allenthalben machten aufgeschreckte Frösche sich für einen kurzen Augenblick in der Luft lang, bevor sie bäuchlings aufs Wasser platschten; er fand Domenico am Waldrand und begann eine Unterhaltung: »Ach, das ist doch keine Hitze, dort hättest du das mal erleben müssen, bei den Massai, das hier ist keine Hitze.«

Aber eigentlich war es wirklich heiß. Tausend Risse bekam die verdurstende Erde, sie zerbarst, und auch die Sonne schien am Verdursten, in jedes Loch steckte sie ihre Strahlen und saugte bis zur Abenddämmerung jegliches bisschen Frische auf. Der Vater arbeitete Schulter an Schulter mit den völlig erschöpften Knechten, die Hacke wurde mit der knochenharten Erde nicht fertig, und sie griffen zum Spaten; dann halfen selbst die Spaten nicht mehr. »Falls es nicht regnet, sind wir verloren«, erklärte Bibo, »wir müssen uns was einfallen lassen, jawohl, irgendetwas müssen wir uns einfallen lassen.« Was sie an Tongeschirr besaßen, schleppten sie nach draußen und breiteten es auf der Erde aus, mittels der leeren Krüge und Schüsseln flehten die Bauern den Himmel an, er möge Regen schicken; überall, im ganzen Dorf war Geschirr ausgelegt, es mutete seltsam an, dieses stumme Flehen des in der Sonne glühenden Geschirrs. Als das jedoch nicht half, ergriffen sie eine solch sonderbare Maßnahme, so etwas hatte selbst der Flüchtling noch nie erlebt:

»Warum bloß haben sie die Frau auf den Hügel gesetzt?«

»Was weiß ich. So macht man das eben. Wenn wir die schönste Frau nackt auf den Hügel setzen, sagen die Leute, dann will die Sonne bei ihrem Anblick stehen bleiben; das darf aber nicht geschehen, und damit sie schön weiterzieht, kommen die Wolken, und bedecken die Frau, und von den Wolken kommt, wie man weiß, der Regen. Für Regen setzt man die nackte Frau auf den Hügel.«

»Wie merkwürdig.«

Der Vater ging allerdings noch am selben Tag zu der Frau und gebot ihr, nach Hause zu gehen. Die verbrannten Schultern rieb man ihr mit Eiweiß ein, Wolken aber waren keine in Sicht, sie wollten auch dann sich nicht zeigen, als sie eine Statue der Regengottheit schnitzten und in die Sonne stellten, damit ihr selber heiß werde; der Vater lächelte darüber nur, wischte sich den Schweiß ab und blickte zu den Feldern. Noch ein bisschen, und es wäre um die Ernte geschehen, Regen war dringendst vonnöten. Die Holzstatue aber lag in der Sonne herum und trocknete aus, da nahmen sie sie und warfen sie weg. »Zwei Tage noch«, schätzte Bibo, »noch zwei Tage, und wir sind verloren.« Sie haben noch nie extreme Hitze erlebt, dachte der Flüchtling. Meine Verfolger werden gewiss die Lust verlieren, über solch staubige Wege hierherzukommen. Die Bauern drückten sich auf den Höfen herum und übergossen sich mit Wasser. Wenn wenigstens ein bisschen Wind gegangen wäre. Doch Wind kam genau dann auf, als sich am Himmel ein paar Wolken bildeten, und blies sie wieder weg. Vor dem Schlafengehen wanderte ihr Blick verzweifelt über den sternenübersäten Himmel; doch dann, als sie sich in der Morgendämmerung, noch im Halbschlaf, die Decken über die Schultern zogen, begriffen sie sofort – es regnete! Sie tasteten nach ihren Sandalen und traten auf die Veranden hinaus, sie stützten sich aufs Geländer, ließen, noch schläfrig, den Blick ruhig über die Lande schweifen, es regnete, es regnete! Die dicken Tropfen ließen die vom Staub rein gewaschenen Blätter erzittern, die Felder wurden schwer, die aufgeplatzte Erde glättete sich und wurde schlammig, nur am Rande des Dorfes, in der großen Höhle, blieb es trocken, und dort versammelten sich die Bauern; sie hatten einen Krug Wein, Brot, in Nussbaumblätter gewickelten Käse und sauer Eingelegtes dabei, und während sie das Mitgebrachte auf den Boden legten, verteilten sie auch die Weinschalen; am Kopfende nahm Bibo Platz, er scherzte: »Schmeckt doch fast wie Hähnchen, oder?« Die Bauern lächelten gelassen, sie schenkten den Wein aus. Als sie langsam ein wenig trunken wurden, kehrte Stille ein, sie wechselten ein paar Blicke, und drei von ihnen erhoben sich, begaben sich zur glatten Wand der Höhle und steckten die Köpfe zusammen, sie stimmten sich ein, dann richteten sie sich auf, und einer fing an: »Einst hatt' ich einen

Falken, den liebe ich so sehr …« Die Übrigen saßen auf dem Boden, sie dankten es den Sängern, vermieden jedoch, sie anzuschauen, sie wollten ihnen nicht in den offenen Mund starren und blickten lieber in die gefüllten Schalen, und die drei Bauern hoben an, sie sangen aus voller Kehle, anfangs waren alle drei aufgeregt, dann verflog bei zweien die Aufregung. Sie vergaßen alles um sich her, sangen, die Augen geschlossen, nur der dritte umklammerte mit zitternder Hand einen Brotkanten, den er unbewusst vom Tisch genommen hatte. Dann atmete der erste tief ein und legte den Kopf zurück: »Meinen Falken haben sie mir getötet!« Die beiden anderen stimmten traurig und feierlich ein: »Mei-nen Fal-ken ha-ben sie mir ge-tö-tet, heee …« »Das war gut, sehr gut«, rief Bibo und hob die Schale, »auf unser Wohl, auf …«

Die Erde atmete. Kraftvoll und dampfend, allmächtig, spendete sie den Wurzeln, die sich in ihre Brust krallten, Wasser; jetzt, wie er so auf dem Bauch lag und den Kopf hob, kam es dem Flüchtling vor, als schwebten all diese mächtigen Bäume in der Luft, als schlügen sie ihre Krallen in die Erde und hielten sie so, und gleichzeitig wusste er, dass es andersherum war.

Und Bibo schritt unbekümmert durchs Dorf und sagte: »Noch ein bisschen, noch ein bisschen und es ist Herbst …«

AM SEE – UND DER TURM

Der Stein prallte dreimal von der Wasseroberfläche ab. Dort, wo er verschwand, breiteten sich Kreise aus.

»Oho, gut gemacht«, sagte der Flüchtling anerkennend. »Komm, ich werfe auch mal.«

»Sie müssen einen flachen Stein nehmen, hier, der ist gut.«

»Hm, wollen mal sehen.«

Der Flüchtling holte weit aus, aber der Stein schnitt sofort schräg in die Wasseroberfläche.

»Nicht so.« Domenico neigte sich zur Seite. »Hier, so.«

Der Stein prallte fünfmal von der Wasseroberfläche ab.

»Bravo, Domenico«, der Flüchtling schlug ihm auf die Schulter.

»Was haben Sie gesagt?«

»Bravo.«

»Was ist denn das für ein Wort?«

»Kein besonderes. Bedeutet so viel wie: alle Achtung.«

»Wirklich? Das hab ich noch nie gehört.«

»Wo hättest du das auch hören sollen, das Wort benutzen eher die Städter.«

»In welcher Stadt denn?«

»Fast überall, also, zum Beispiel in Feinstadt, dort ist das ganz geläufig.«

»Was ist denn das für eine Stadt?«

»Ooh«, der Flüchtling legte den Kopf in den Nacken, schloss die Augen und verlor sich irgendwo in weiter Ferne. »In Feinstadt wohnen ganz unterschiedliche Leute, und doch sind sie einander ähnlich.«

»Worin?«

»Vielleicht, weil sie eben alle Städter sind.«

»Wie – Städter?«

»Also, wie soll ich dir das erklären, Domenico …«

»Wie ist es dort so? Groß?«

»Selbstverständlich, ja. Bunte Häuser haben sie da, himmelblaue, rosafarbene, also, du kannst dir das so vorstellen, dass die Stadt deshalb eine Stadt ist, weil sie groß ist. Wenn sie klein wäre, wäre es keine Stadt mehr, verstehst du?«

»Ja.«

»Wenn du mal dorthin kommst«, der Flüchtling strich sich übers Knie, »siehst du vielleicht auch ein Schiff, denn außerhalb von Feinstadt gibt es einen großen See, nicht so wie der hier«, er streckte die Hand aus. »Selbst von einem Baum aus könntest du nicht bis zum anderen Ende sehen. Auf dem See fährt ein Schiff und befördert die Leute.«

»Viele?«

»Oh, eine ganze Menge.«

Der Flüchtling griff nach einem Stein, warf ihn in die Luft und fing ihn geschickt wieder auf, dann sagte er:

»Du solltest die Frauen dort sehen, manche von ihnen legen großen Wert auf ihr Äußeres, sie sind nicht so sonnenverbrannt wie die hier im Dorf, ganz weiß sind sie.«

Domenico horchte auf.

»Es wimmelt von Leuten«, erzählte der Flüchtling weiter, »ja, sogar Irre haben sie, vier Stück. Habt ihr hier keine?«

»Irre? Nein. Nur eine gab's mal, die hat sich Blumen ins Haar gesteckt.«

»Aber es war eine Frau, kein Mann, oder?«

»Ja, eine Frau.«

»Was hat sie denn sonst noch gemacht?«

»Nichts, sie hat sich nur immer Blumen ins Haar gesteckt.«

»Ach«, der Flüchtling winkte ab, »was sagst du da, wenn das so ist, würdest du die Frauen von Feinstadt allesamt für verrückt halten, was ist schon dabei, wenn eine sich Blumen ins Haar steckt, hm, Domenico?«

»Aber sie tat es, ohne dass ein Fest war oder so.«

»Na und?«

»Außerdem war sie schon verheiratet.«

»Was hat das damit zu tun, Frau ist Frau.«

»Was weiß ich, im Dorf hat man das so gesehen.«

»Was, dass sie verrückt war? Glaub nicht alles, was man sagt, Domenico. In Feinstadt gab es eine Frau, die hat sich jede Nacht weißes Zeug ins Gesicht geschmiert, aber niemand hat sie als verrückt bezeichnet, allen hat das gefallen.«

»Und sie ist so rumgelaufen?«

»Nein, nein, vor dem Zubettgehen hat sie das gemacht.«

»Woher wissen Sie das?«

»Ich weiß das«, der Flüchtling blinzelte verschwörerisch, »ich weiß das.«

Am Rande des Dorfes, in einem Turm, wurde das erste Gewand aufbewahrt. Der Vater stieg, eine Fackel in der Hand, zwischen dicken, feuchten Mauern die steilen Treppen hinauf. Er ging zu der mit einem schweren Riegel versperrten Tür, die unter der sanften Berührung seiner Hand schaurig quietschte. Von der Türschwelle aus betrachtete er das blass schimmernde Gewand in der Mitte des runden Zimmers. Auf einem niedrigen hölzernen Thron lag es – das erste Gewand. Der Vater näherte sich ihm bedächtig, zündete die Fackel an und unzählige reine Lichtfäden strebten sirrend von dem Gewand ins Dunkle. Lila leuchtete ein großer Amethyst an dem mit Emaille veredelten Kragen, und grün flimmerten die Türkissteine, die das ganze Gewand säumten. Zwischen den Türkisen glitzerten blau Saphire, und neben jedem Stein steckte ein Perlenpaar. Das ganze Kleid war von Goldfäden durchwirkt, es war, als ob Tausende eisig glitzernde gelbe Krümel raschelnd ineinander zerbröselten. Licht überfloss das ganze Gewand, und da, am Fuße des Thrones, leuchteten auf einem Paar Stiefel zwei Rohdiamanten, groß wie Stieraugen. Auf einem mit Emaille verzierten Gürtel lag ein Ring, und von Gold gelb umzingelt funkelte bösartig ein geschliffener Diamant.

Der Vater steckte die Fackel an der Wand auf, verschränkte die Hände über der Brust und durchquerte das Zimmer. Abermals blieb er vor dem Gewand stehen. Im flackernden Licht der Flamme wanden bunte Schlangen sich in die Höhe, nur der Amethyst leuchtete lila; blass, nachdenklich blickte der Vater auf das Gewand. Dann sah er ruhig zur Fackel und starrte, die Augen zusammengekniffen, in die merkwürdig züngelnde, stille Flamme. Lange stand er da, den Rücken zum Thron, schließlich wandte er sich langsam um, beugte sich vor, legte die flache Hand sanft auf den großen Amethyst und betrachtete das Übrige mit merkwürdigem Blick – was war nicht alles in seinen Augen zu lesen: Zorn, Erbarmen, Hass … Das selbstbewusste Leuchten der Steine verblasste, und nur der große Amethyst spürte die Wärme der rauen Handfläche.

Einmal im Jahr stieg der Vater in den Turm, an einem Tage im späten Frühjahr.

3

BUNTE GESCHICHTEN

Sie kamen am frühen Morgen ins Dorf. Auf einem gelb-rot bemalten Planwagen kamen sie. Der hinkende Knecht hob sein Gesicht vom zerschlissenen Handtuch, er spähte hinüber, und vor Freude blieb ihm das Handtuch an seinen krummen Fingern hängen. Sie kamen mit Getöse, mit Glockengeklimper kamen sie daher, auch den bunt geschmückten Ochsen hingen unzählige Glöckchen an den Hörnern, und die Knechte beobachteten von oben, wie ein klimpernder Bach im Zickzack den Hang hochfloss, und in ihm flimmerte das Wagendach, mit übermäßig lächelnden Gesichtern bemalt. Das unregelmäßige Pochen der Trommel klang wie der Herzschlag des müden Karrens, und eine bunte Seidenfahne flatterte beharrlich im Wind. Als sie die Anhöhe erreichten, sprang ein dünner, hübscher Bursche mit tief liegenden Augen auf den Rücken eines der Ochsen und versetzte dem anderen einen leichten Klaps mit einem rot bemalten Stock. Ein Mann in gestreiftem Anzug, das Gesicht weiß bemalt, mit bernsteinfarbenen Augen und einem spitzen Hut, spielte nachdenklich auf einer langen, seltsamen Kupferflöte, die er quer an die Lippen gelegt hatte. Und ein riesenhafter, rotbackiger, fast quadratischer Mann lächelte naiv und schlug gutmütig mit einem rundköpfigen Stock eine große, bunte Trommel, die er sich zwischen die Beine geklemmt hatte. Er trug eine stramm sitzende Mütze und machte keine überflüssige Bewegung, denn auf ebendieser Mütze standen die weiß glitzernden Füße einer halb nackten Frau, sie klimperte mit einem Tamburin. Die Gaukler waren da!

Gwegwe, mit geschwollenen Augen und trockenem Mund, das Gesicht zerknittert und die Lippen geschürzt, trat, ein Gähnen unterdrückend, auf den Hof, und als er den Planwagen bemerkte, blieb ihm der Mund offen stehen. Dann, während er die weißfüßige Frau gebannt betrachtete, machte er den Mund zu, und die Augen gingen ihm über, in der Hand hielt er behutsam eine angebissene Birne. Auch der Hinkende hielt sein Handtuch jetzt mit größter Achtsamkeit.

Der junge Gaukler aber stützte sich auf dem Nacken des Ochsen ab, schwang sich empor, streckte sich, mehr und mehr, und als er schon auf den Händen stand, schaute er sich um und sagte:

»Ich glaube, die Weinlese ist noch nicht zu Ende.«

»Hab ich ja gesagt«, brummte der spitzhütige Gaukler. Er atmete tief ein und sagte wütend:

»Wir sind hier in den Bergen, in den Ber-gen.« Und erneut legte er das seltsame Instrument quer an die Lippen.

»Macht nichts«, sagte die auf dem Kopf des quadratischen Mannes stehende Frau. Plötzlich geriet sie ins Schwanken und fand mit einer geschickten Armbewegung das Gleichgewicht wieder; dann lächelte sie die Leute offen und leidenschaftslos an und stieß beim Lächeln zwischen den Zähnen hervor: »Sie werden schon Zeit für uns finden.«

»Und die Reben lassen sie verkommen, ja?« Der Spitzhut nahm für eine Sekunde die Lippen vom Instrument, und so, dass die Frau nicht wieder ins Schwanken geriet, bedächtig, vorsichtig die Lippen bewegend, sagte der quadratische Gaukler:

»Dann machen wir die Aufführung gegen Abend.«

»Du hast recht, Bemfi«, rief die Frau frohgemut von oben zu ihm herunter und streichelte ihm zärtlich mit der Fußsohle über den Kopf, »ich bin so froh, dass ich dich habe, mein starker, kluger Mann!«

Der quadratische Mann wurde rot und schlug mit dem rundköpfigen Stock ganz zart auf die Trommel. Aber selbst dieser schwache Laut ließ Bibo aufschrecken, wieder nüchtern nahm er die Bauern aufs Korn, doch wer achtete schon auf Bibo, alle starrten die Frau an, selbst der Einäugige. Ach, zum Teufel mit euch, dachte Bibo und blickte ebenfalls wieder zu der Frau. Und sie zeichnete mit einer anmutigen Handbewegung einen kleinen unsichtbaren Kreis in die Luft, streckte ihre hübschen Finger in den Himmel und sagte leise: »Oh, sie haben auch einen See«, und dabei lächelte sie fürs Publikum.

Gwegwe starrte mit geballten Fäusten und geblähten Nüstern auf die weißen Beine der Frau, er hatte die Augen so weit aufgerissen, dass die Augenbrauen schmerzten, und merkte gar nicht, dass ihm eine grüne Fliege unbekümmert übers Gesicht krabbelte.

Dann schlossen sich alle dem Planwagen an, und als sie zum Dorfrand gelangten, sprang der Mann mit dem weiß beschmierten Gesicht auf den Boden, beschrieb mit der Hand einen Bogen und erklärte:

»Verehrte Damen und Herren, wir sind zu euch gekommen, um uns zu amüsieren und um euch zu amüsieren. Es war einmal ein Mann, der ging seines Weges und wollte unbedingt vermeiden, dass seine Kleidung schmutzig wird«, an dieser Stelle spazierte der junge Gaukler komischen Schrittes an dem Sprecher vorbei, »aber ein anderer holte ihn ein und …«, hier stellte der Sprecher dem jungen Gaukler ein Bein, schubste ihn und brachte ihn zu Fall, er landete im Schlamm, stand wieder auf, von oben bis unten verschmiert, und drehte weinend eine Runde vor den Leuten. Die Bauern lächelten angespannt, irgendwie unentschlossen.

»Erlauben Sie mir, Ihnen den Jungen vorzustellen, der hier in den Matsch gefallen ist«, und feierlich, gewichtig erklärte er, »unser jüngster Artist, Chipo!«

Dieser sprang auf, nahm Anlauf und fing an, Flickflacks zu machen, einen, zwei, drei, dann sprang er hoch, drehte sich in der Luft, blieb mit ausgestreckten Armen reglos vor den Bauern stehen, und der quadratische Mann auf dem Planwagen schlug laut die bunte Trommel dazu.

»Unser Oberclown, der für seine Stärke berühmte Trommler Bemfi«, verkündete der Spitzhut und wies auf den quadratischen Gaukler. Der lehnte den rundköpfigen Stock an sein Bein, krempelte sich die Ärmel hoch, beugte die Arme, erst einen, dann den anderen, und zeigte den Bauern seine hervorquellenden Muskeln. Wie er so die Muskeln anspannte, packte ihn gar einen Augenblick lang grundlos die Wut, aber sie verflog schnell, sogleich lächelte er die Leute wieder schüchtern an und griff, mit rotem Kopf, nach seinem Stock.

»Und schließlich die charmante Ana, unvergleichliche Meisterin im Jonglieren mit den Fackeln, und noch dazu …«, der Spitzhut schaute zum Planwagen, in den die Frau verschwunden war, und fügte zerstreut hinzu, »und noch dazu kann sie im Liegen auf einem Pferd galoppieren.«

Alle schauten jetzt auf den Überzug des Planwagens, und die meisten bekamen nicht einmal mehr mit, wie der Mann mit dem weiß beschmierten Gesicht sich umdrehte, den Zeigefinger auf die Brust legte und sagte: »Und da bin ich, der allwissende Harlekin Sesuchbaia …«

»Mein Herr und Gebieter«, sagte der erste Knecht, verneigte sich und verschränkte die Hände überm Bauch, »ich wollte Ihnen etwas sagen, wenn Sie es mir nicht übel nehmen …«

Sie gingen den Pfad entlang – nachdenklich und ernst zu Boden schauend der Vater vorne und Bibo ungleichmäßigen Schrittes hinterher.

»Soll ich es sagen?«

»Sag, ich höre.«

»Verzeihung, aber das … aber … so kann ich das nicht, mein geehrter Herr.«

Der Vater wandte sich um und blickte auf den ersten Knecht herab, der sich plötzlich duckte. Unruhig schaute er sich nach beiden Seiten um, bog den in der Hand zerknitterten Hut zurecht, strich ihn glatt, zerknitterte ihn aufs Neue, richtete sich mutig auf, schaute zum Vater hoch und sagte:

»Der Junge kann einem leidtun.«

»Welcher Junge«, der Vater runzelte die Stirn, »Gwegwe?«

Er blickte woandershin.

»Ja, genau«, Bibo fasste sich ein Herz, »Gwegwe, ja. Hätten Sie gesehen, ja, wenn Sie gesehen hätten, wie er auf diese Frau gestarrt hat, nein, eine Frau kann man sie nicht nennen, ein Teufelsweib, ein schamloses, ist sie, wären Sie dabei gewesen und hätten das gesehen, ja, wie soll ich Ihnen das erklären, ach, was sage ich da, es steht mir ja nicht zu, ich meine nur, wie soll ich sagen, ach, er hat sie so angestarrt, hm, er hat sie mit den Augen verschlungen. Wer weiß, wie er leidet, was er alles denkt. Kann einem leidtun, der Junge. Als ich in seinem Alter war, hatte ich schon zwei Kinder. Kann einem leidtun. Hätten Sie das gesehen, du … Sie hätten gedacht, er ist wahnsinnig geworden! Ist so, wirklich.«

Der Vater blickte wieder zur Seite, und der plötzlich von Zweifeln geplagte Bibo verlor die Lust zu sprechen, er wandte sich wieder seinem Hut zu und zerknitterte ihn aufs Neue.

»Und?«, fragte der Vater. »Und nun?«

»Ja, und«, Bibo wurde lebendig, »wenn Sie mir also erlauben, also ich wollte fragen, ob wir ihm nicht vielleicht eine Frau finden, eine, die Ihrer Familie würdig wäre, eine brave, schöne, ordentliche, gut erzogene …«

Der Vater blickte ihn an und sagte:

»Wie du meinst, Bibo.«

So wurde es beschlossen.

»Der Bursche ist nirgendwo zu sehen, unser Domenico«, sagte der erste Knecht bei Einbruch der Dunkelheit zum Vater. Sein Tonfall war nun schon ein bisschen forscher. »Wo ist er bloß, dieser Ankömmling hat ihn auch nicht gesehen, den hab ich schon gefragt.«

»Macht nichts«, sagte der Vater und kehrte ihm den Rücken zu, »er wird schon irgendwo sein.«

Der erste Knecht drehte sich überrascht auf den Zehenspitzen um, ging, den Kopf eingezogen, zur Tür, griff sacht nach der Türklinke, und trat so vorsichtig über die Schwelle, als läge da dick eingerollt eine schlafende Würgeschlange.

Der Gaukler mit dem weiß beschmierten Gesicht, das jetzt, in der Dunkelheit, eine graue Farbe angenommen hatte, saß auf der Erde, die Arme um die angezogenen Beine geschlungen, den Rücken gebeugt, das Kinn auf die Knie gestützt, und schaute die Frau an, diese aber stand stolz da, ein wenig nach hinten geneigt, ein Bein angewinkelt, jonglierte sie mit fünf brennenden Fackeln; in der rabenschwarzen Dunkelheit glitten die Schatten an dem seltsam beleuchteten halb nackten Körper der schönen Frau ab, und die herumhüpfenden Lichter trafen von Zeit zu Zeit auch den am Boden kauernden Harlekin. Und nicht weit entfernt, aus einem Graben heraus, schaute Domenico auf die Frau, auf ihr angewinkeltes Bein.

»Wie schön du bist, Ana«, sagte der Harlekin zu ihr aufschauend, und die Frau lächelte unmerklich.

»Deine Schultern sind so glatt wie Marmor, manchmal ist es so … also, insgesamt, weil …«, der Harlekin kam durcheinander, »wenn nicht, wie … also, kurz gesagt … bist du nicht müde?«

Die Frau schüttelte nicht mal den Kopf, im Dunkeln warf sie die Fackeln hoch. Mit vorgerecktem Kinn schaute der Harlekin sie eine Weile an, und als er die Hoffnung auf eine Antwort verloren hatte, griff er nach seinem Instrument und legte es quer an die Lippen. In die geheimnisvollen, unerforschlichen Laute der Nacht mischten sich die Töne der Querflöte, kalt flimmernd, leicht, aber durchdringend – etwas Schlimmes, Unheilverheißendes war in diese feinen Töne gemischt. Dann warf er das Instrument zu Boden, hob die Fäuste und rief zornig: »Ich kann nicht mehr!«

Die Frau fing die Fackeln, eine nach der anderen, fasste alle fünf zusammen und fuhr den Mann an: »Sei still, du Dummkopf, sonst kriegt Bemfi das noch mit.«

»Dein Bemfi ist mir völlig egal.« Zweimal schlug der Mann sich die Faust an die Brust. »Ich kann nicht mehr, hörst du, verstehst du, was das heißt, ich kann nicht mehr?«

»Komm bloß nicht näher, sonst kriegst du die ins Gesicht«, sagte die Frau und hielt ihm die Fackeln unter die Nase. »Du erreichst sowieso nichts. Also, was soll das?«

Der Mann hockte verstört am Boden, und in seinen Augen flackerte der Widerschein des Feuers, eine Weile blickte er verständnislos auf die Fackeln, dann aber, als die Hitze auch die Farbe schmelzen ließ, kam er zu sich, schüttelte den Kopf, und während zwei kleine Funken aufs Gras fielen, sagte er:

»Dann lass uns sprechen.«

»Sprechen wir, Sesuchbaia«, die Frau war erleichtert, »wir können sprechen, soviel du willst.«

»Dann … setz dich.«

Die Frau ließ sich grazil nieder, und Domenico starrte gebannt ihre runden, gebeugten Knie an. Der Harlekin hockte noch immer am Boden, ballte die Hände zur Faust und breitete die Arme aus, schloss die Augen und reckte das Kinn nach der Frau, sein Hals spannte sich. »Ich kann nicht mehr, Ana, das musst du wissen, alles hat seine Grenzen, ich kann nicht mehr, verstehst du?«

Wie er sprach …

»Tag und Nacht bin ich mit dir zusammen, in deiner Nähe, zusammen treten wir auf, essen, trinken, und auch nachts, aus dem Wagen, ist dein ruhiges, sorgloses Atmen zu hören, und ich kann nicht einschlafen – ich schlafe nicht mehr. So liege ich da, schau mich an«, der Mann legte die Wange auf die Erde, »so liege ich da, zusammengekrümmt, manchmal lege ich die Hände unter den Kopf und starre in den Himmel, lege die Wange auf meine Handfläche und rühre mich lange nicht, aber trotzdem kann ich nicht einschlafen, und am Ende liege ich verbittert da, das Gesicht nach unten, alle viere von mir gestreckt, und meine Fingernägel krallen sich in die Erde. Hier, so kralle ich mich in die Erde, siehst du, und du … ach, du atmest sorglos weiter. Und zum Teufel, in der Nacht, das geht noch, zu guter Letzt schlafe ich doch ein«, der Mann kniff die Augen zusammen und verstummte für eine Sekunde, auf einer Wange hatte er Erde kleben, »aber tagsüber!« Er schüttelte heftig den Kopf und blickte die Frau zornig an. »Tagsüber, was soll ich mit dir machen, wie soll ich dich nicht ansehen, dich nicht haben wollen? Du schwirrst überall herum, so, halb nackt, vor mir, den ganzen Tag habe ich dich vor Augen, den ganzen Tag quält mich das Verlangen nach dir, ich will dich gar nicht mehr ansehen, dich vergessen, aber wie – vor den Leuten, vor immer neuen Unbekannten, und vor den Augen deines dümmlichen Mannes, Bemfi, der sich vor der Trommel aufgebaut hat, muss ich meine Hände kalt um deine Taille schlingen und dich hoch in die Luft heben und auf meine Schulter setzen. Vergessen – leicht gesagt! Mit dir zusammen soll ich die Leiter hoch- und runtersteigen, und du musst mit diesen bunten, albernen Ringen spielen, die Leute in Staunen versetzen.

Wenn sie wüssten, wie sehr ich dich will, und wie ich mich zurückhalte, wenn sie nur wüssten! Da, du presst deinen festen, weißen Oberschenkel gegen meine Wange, und deshalb schmiere ich mir die weiße Farbe ins Gesicht, damit ich meine Wange nicht gegen dein Bein drücke, denn dann, oh, dann könnte mich nichts mehr aufhalten, nichts mehr, Ana, und vom Sturz aus solch einer Höhe würde ich sterben, aber auf deinen Lippen, und bevor wir auf der Erde aufschlügen, würde ich dir noch die Seele aus dem Leib reißen, und auch jetzt, wenn du wüsstest, wie sehr ich dich will, wenn du nur wüsstest, Ana!«

Er bückte sich, presste die Stirn gegen seine Knie, gab einen zornig-zischenden, rostigen Laut von sich: »Haaaaah!«, und starrte sie wieder an.

Auf ihr Gesicht fiel Licht, sie hatte den Kopf zur Seite gelegt, stützte ihn leicht mit dem Zeigefinger ab, man konnte ihr nicht anmerken, ob sie über etwas nachdachte oder auf etwas lauschte, die Grillen vielleicht, die naiven, unbeirrbaren Boten nächtlicher Geheimnisse.

»Manchmal fühle ich mich zwar unbeobachtet, doch wenn ich mich dann umdrehe«, sagte die Frau und schüttelte sacht den Kopf, »steht da Bemfi, den Blick gesenkt, und spielt verschämt an einem großen, weißen Knopf. Er braucht sich nicht zu schämen, er ist mein Mann, aber wenn er mich ansieht, lächelt er immer bescheiden, also, wie soll ich sagen, mit ganz anderen Augen, und wenn er lacht, bilden sich auf seinen Backen kleine, lustige Grübchen. Ich liebe Bemfi wirklich, weil er gutmütig, stark und dazu mein Mann ist, und du, Sesuchbaia, dich könnte ich niemals lieben, denn … wie soll ich das erklären?! Du bist irgendwie anders – so lange schon ziehen wir miteinander umher, und ich hab dich noch nie lächeln gesehen, weinen kannst du auch nicht und von Herzen lachen schon gar nicht, und überhaupt – nichts machst du von Herzen.«

»Nichts, ja?« Der Mann wurde zornig und seine länglichen Wangenknochen traten hervor. »Willst du, dass ich mit den Zähnen knirsche?«

»Wozu denn«, wunderte sich die Frau, »das ist weder Weinen noch Lachen, was bringt das? Versuch mal zu lachen.«

Der Mann wurde nachdenklich, dann schien er sich anzustrengen, doch es verzog sich einzig sein Gesicht und er sagte:

»Wie kann ich lachen, in mir brennt ein Feuer.«

»Ich hab es ja gesagt, nicht mal lachen kannst du, nicht mal lachen.«

»Du weißt ganz genau, was ich kann«, der Mann sah ihr in die Augen. »Durch zwei Dörfer bin ich im Handstand gelaufen. Diese fünf Fackeln kann ich mit einer Hand jonglieren, mit den Zähnen kann ich Nägel verbiegen, auch unseren Wagen habe ich über meine Brust rollen lassen, und außerdem«, erklärte er voller Würde und hob den Kopf, »kann ich Querflöte spielen, das feinfühligste aller Instrumente.«

»Bemfi spielt auch«, sagte die Frau und mied seinen Blick, »auf der Trommel.«

»Ach«, winkte der Mann ab, »was ist schon eine Trommel!«

»Alle Instrumente sind gleich«, die Frau beschrieb mit den Fackeln einen Bogen in der Luft, und im Umkreis begannen die Schatten zu schwanken, zunächst schnell, dann träge und lustlos, »und überhaupt, ist der Klang der Trommel etwa nicht schön?«

»Ach«, winkte der Mann wieder ab, »eine Trommel, das ist doch kein Instrument!«

»Ein schlechter Mensch bist du, Sesuchbaia«, die Frau blickte ihn hasserfüllt an, »und du weißt nicht einmal, dass du, egal mit wem du dich vergleichst, doch immer derselbe bleiben wirst, so, wie du jetzt bist, genau derselbe. Alles klar?«

»Nein, nein, du irrst dich einfach.«

»Und überhaupt, damit du es weißt, mir gefallen deine Augen nicht, so kalt und grüngrau, und auch der Name, was du für einen Namen hast, hmm, Sesuchbaia.«

Wie sie sprachen!

»Ich kann außerdem noch«, fiel dem Mann ein, »einen Ast mit den Zähnen packen und daran schaukeln, freihändig. Hör mir gut zu, Ana, kannst du dir das Verlangen eines Mannes vorstellen, der so was schafft? Und was ist schon dabei, wenn ich grüne Augen habe, solche Augen sind sogar beliebt. Woran denkst du?«

»Auch der Name, du hast so einen Namen«, sagte die in die Dunkelheit starrende Frau, »Sesuchbaia … Sesuch-baia … als ob sich eine Schlange im Gebüsch verkrochen hätte.«

»Was du für dummes Zeug redest.« Der Mann presste den Handrücken gegen die Lippen und wurde eine Sekunde lang zornig, er neigte sich zu der Frau hinüber, und vorsichtig, flüsternd fragte er: »Und willst du nicht, dass ich dich wie eine Schlange fest umschlinge, wie eine warme Schlange?«

»Das ist wirklich so ein Name«, redete die Frau unbeirrt weiter, nachdenklich in die Dunkelheit starrend, »versuch mal, das langsam und flüsternd zu sagen, so etwa – Sesuch … baia; oder auch laut und schnell zu rufen – Sesuchbaia! Als hätte sich eine Schlange im Gebüsch verkrochen.« Ihr Tonfall wurde sanft: »Weißt du was, Sesuchbaia, verschwinde von hier.«

»Dir ist nichts heilig«, ihr besänftigender Ton hatte den Mann wütend gemacht, er stand auf und klappte den breiten Kragen hoch, »dir ist nichts heilig, Ana, schau dich um, schau sie dir alle genau an, und sag mir, ob es jemanden gibt, der mehr könnte als ich, und überhaupt, wo hast du einen besseren Harlekin gesehen!«

»Ein echter Harlekin«, sagte die Frau zu sich und wurde nachdenklich, »ein echter Harlekin, der darf in den Augen kein Eis und keinen Kleber haben, der muss ein trauriges Geheimnis tragen.«

»Aaah, also jetzt bin ich nicht mal ein echter Harlekin, Ana?«, entrüstete sich der Mann. »Ausgerechnet ich, dem jeden Tag das Kreuz gebrochen werden kann, bin jetzt kein echter Harlekin mehr, wunderbar, sehr gut, wunderbar!«

»Damit kannst du mich nicht beeindrucken«, sagte die Frau ruhig, »jedes Mal, wenn du da hochsteigst, sitze ich auf deiner Schulter.«

»Dann sag mir wenigstens das eine«, der Mann konnte kaum noch sprechen, »sag mir wenigstens, ob es jemanden gibt, der auch nur annähernd so gut spielen kann wie ich, und überhaupt«, rief er stolz, »kennst du irgendeinen anderen echten Musiker?«

»Bemfi spielt auch, auf der Trommel«, sagte die Frau leise, blickte zu Boden und ihr Finger kratzte über die Erde.

»Eine Trommel ist kein Instrument«, winkte der Mann ab, »selbst Chipo kann die spielen!« Und hinterlistig fragte er: »Vielleicht ist es Ihnen unangenehm, dass ich Chipo erwähnt habe, liebe Frau?« Vor Zorn fuhr der Frau die Hand mit den Fackeln nach oben, aber sie riss sich zusammen, fasste sich mühsam und sagte voller Hass, die Augen zusammengekniffen, langsam und deutlich:

»Du bist Müll, Sesuchbaia.«

Wie sie sprachen!

Eines schönen Tages, Gwegwe hatte nach getaner Arbeit ein Nickerchen gemacht und setzte sich soeben schläfrig von der Pritsche auf, kam Bibo, in neuer Hose und neuem Hemd, auf den Hof, er lächelte Gwegwe von Weitem zu, näherte sich ihm beherzt bis auf zwei Schritte und begrüßte ihn kameradschaftlich:

»Steh auf, du Schlitzohr, du«, betont liebenswürdig lächelte er übers ganze Gesicht, »Junge, wie lange willst du noch hier herumliegen, steh auf, das Leben wartet nicht!« Und als er Gwegwes unwirschen Gesichtsausdruck bemerkte, fügte er rasch hinzu: »Ich hab eine ungeheuer gute Nachricht für dich, mein Junge, wirst sehen … na komm, steh auf, mein Lieber.«

»Was denn?«, fragte Gwegwe, machte fest die Augen zu und räkelte sich übertrieben.

»Steh auf, Junge, wenn ich's dir doch sage, hab ich dir jemals was vorgemacht? Los, los, steh auf. Aah, du Schlitzohr, du bist mir einer. Komm mal her!« Plötzlich nahm er den Hinkenden aufs Korn, »was schlurfst du hier nutzlos rum von morgens bis abends!«

»Was willst du?«, fragte der Hinkende und blieb in einiger Entfernung stehen.

»Komm her, wenn man es dir sagt! Los jetzt!«

»So?«

»Näher!«

»So?«

»Jawoll, jetzt geh und bring einen Krug mit gut kaltem Wasser.«

Der hinkende Bauer musterte ihn hasserfüllt von oben bis unten und ging. Hm, wie er mich gemustert hat, dachte Bibo, eigentlich hätte ich ihn anschreien sollen, oder? Aber er hat ja nichts gesagt, da hätte ich das schlecht tun können. Versunken in seine Gedanken erinnerte er sich noch vage an den Grund seines Kommens und legte dem auf der Pritsche sitzenden Gwegwe wie beiläufig die Hand aufs Haar. Der aber schüttelte heftig den Kopf und sprang auf, sodass Bibo vor Schreck wieder bei sich war. Erbärmlich sah er aus, wie er mit einer Mischung aus Angst und Besorgnis in Gwegwes grobes, von der Sonne verbranntes Gesicht starrte, und als er beobachtete, wie auf der Leiter des Zorns die erste Sprosse genommen wurde – plötzlich geschürzte Lippen –, hielt er sofort dagegen.

»Ich will dir deine zukünftige Frau vorstellen, mein Junge.«

»Hah?« Gwegwe fuhr auf und musste offensichtlich erst einmal schlucken. »Warum?«

»Wie, warum, du Schlitzohr, du«, Bibo wurde lebendig und trällerte spitzbübisch, »warum – darum …«

»Welche Frau, was für eine Frau?« Gwegwe starrte ihn an und wandte dann plötzlich den Blick ab »Was soll das, Bibo, so ein Quatsch.«

»Hm, du kennst Bibo noch nicht«, warf sich der erste Knecht in die Brust, »ich hab für dich eine Frau gefunden, genau nach deinem Geschmack.«

»Wirklich?«

»Wirklich.«

»Hihi«, Gwegwe drückte das Kinn auf die Brust und lachte sich in den Kragen, »was redest du da, Mensch.«

»Ich weiß, wovon ich spreche«, entgegnete Bibo, »geh jetzt, wasch dir gründlich das Gesicht, zieh frische Sachen an, kurz gesagt, mach dich bereit; ich bring dich hin, du wirst es nicht bereuen.«

»Na schön.«

»Und kämm dir die Haare, mir zuliebe.«

»Die Haare, warum …«

»Junge, ich hab nur gesagt, du sollst dich kämmen, ist das zu viel verlangt?«

»Mal sehen«, sagte Gwegwe.

»Ich lauf dann, während du dich fertigmachst, kurz zu mir und komm wieder zurück. Oder komm du vorbei und ruf mich auf deine charmante Art, ja?«

»Gut.«

Das Vieh kehrte soeben ins Dorf zurück. Bibo, der schnellen Schrittes über die schmalen Fußpfade lief, wurde immer wieder aufgehalten. Er schob sich verärgert an den Kühen vorbei, zweimal rammte er ihnen auch noch den Ellbogen in die Flanke. »Wie viele gibt's denn von euch, ihr Mistviecher?« Die Dunkelheit brach herein, kaum sichtbare schwarze Pünktchen mischten sich in die Luft, und dem erschöpften Tag schlief der hauchzarte Körper ein, es wurde kühl. Die Euter voll, kamen die großen, gefleckten Kühe ins Dorf, und die in den Höfen angebundenen Kälber drängten zu den Toren, die Seile spannten sich, schläfrige Hühner richteten sich auf den Ästen ein, die zwitschernde Vogelschar verstummte mit einem Mal. Bibo störte die Stille, er fühlte sich beobachtet. Doch die Stille wurde auch allenthalben betrogen: Vor dem vertrauten Tor angekommen, schüttelte eine Kuh erhaben den Kopf, den Hals angespannt und die Augen geschlossen, muhte sie in der Dämmerung das dunkle Haus an, Milch spritzte unbeirrt in die Eimer, irgendwo quietschte eine Tür, geräuschvoll wurde eine Truhe verschlossen, hier und da schimmerte im Fenster schwaches Licht – jemand beobachtete ihn! Auch hier, in seinem eigenen Hof!

»He, du«, rief er seine Frau. »Hopp, mach sie schnell fertig, wir müssen los.«

Vorsichtig setzte er den Krug an die Lippen, um keinen Fleck aufs Hemd zu bekommen. Er wischte sich über den Mund, dann verfolgte er mit dem Blick seine Frau und ärgerte sich:

»Was läufst du hier erhobenen Hauptes herum, wie eine Königin, du …«

Die Frau stellte sich taub.

»Nimm ein Seil und bind sie aneinander, verstanden?«

»Ja.«

»Wo ist …« Wo ist er bloß, verdammt, hab ich ihn etwa verloren?, dachte Bibo und machte die Truhe auf, nein, hier ist er, Gott sei Dank, huh.

Als er in den Hof kam, übergab ihm die Frau das Ende eines langen Seils. Bibo nahm es und schaute auf das am Seil angebundene Vieh.

»Hast du auch an das Ferkelchen gedacht?«

»Ja.«

»Das Pferd ist gesattelt, oder?«

»Ja.«

»Wie viele Kälber sind es, zwei?«

»Ja, zwei.«

»Es ist schon dunkel, und … die Ziegen sind auch da, oder?«

»Ja, sicher.«

»Also, dann geh ich mal«, sagte er und zögerte noch einen Moment. In seinem Rücken spürte er die Frau. Er stand da und schien auf etwas zu warten, dann drehte er sich plötzlich um und brüllte:

»Spinne ich, oder was? Da hab ich das ganze Vieh hergebracht und nehme es jetzt wieder mit, und du kommst nicht mal auf die Idee zu fragen, wohin ich geh?«

Die Frau blickte ihn an und fragte ruhig: »Wohin gehst du?«

»Das geht dich nichts an!«, fuhr Bibo sie an. »Das geht dich nichts an, du Trampel!« Und zu sich selbst: »Pah, soll ich ihr jetzt vielleicht noch Rechenschaft ablegen? Wie sie hier umherstolziert.«

»Bibo«, erklang eine harte Stimme aus der Dunkelheit.

»Ja, ich komm schon, Gwegwe! Ich komm schon, mein Junge.« Der Frau warf er kurz zu: »Warte nur, wenn ich zurückkomme, dann kannst du was erleben, dann reden wir weiter.«

»Ich bin nicht Gwegwe«, erklang es wieder, »er sagt, er kommt nicht.«

»Was?«, brauste der erste Knecht auf. »Warum denn das? Das Gesicht hat er sich gewaschen, oder?«

»Ja.«

»Hat er sich die Haare gekämmt?«

»Er war dabei, ja.«

»Dann wird er schon kommen, keine Sorge.«

Und wirklich, knapp zehn Minuten später trieb Bibo schon das Vieh auf dem dunklen Dorfweg vor sich her. In einer Hand hielt er das Seil, in der anderen die Funzel, er leuchtete damit Gwegwe vor die Füße und sprach gebückt auf ihn ein.

»Jetzt pass auf, guck sie dir gut an, von oben bis unten, gucken kostet nichts, mach dir heimlich ein Bild. Hier, nimm den Gürtel, der ist aus Silber, der hält ewig. Dein Vater hat ihn mir für dich mitgegeben. Also, schau gut hin, vielleicht irre ich mich ja, könnte ja sein, ich bin auch nur ein Mensch. Aber du darfst da keinen Fehler machen, gib Acht. Denk dran, zwei Dinge müssen bei einer Frau stimmen, Figur und Gesicht, verstehst du?«

»Ja, klar.« Gwegwe war jetzt schon ganz bei der Sache.

»Stundenlang konnte er dastehen, den Kopf nach hinten gelegt, und in den Himmel schauen. Ach, einen merkwürdigen Anführer hatten wir. An regnerischen Tagen, wenn das Heer sich unter den Bäumen einmummte und die besten Krieger sich behaglich in ihren bunten Zelten betteten, kam er heraus und beobachtete den Himmel. Er kniff die Augen zusammen vor Glück, ein Glück, dessen Ursprung niemand kannte, und der Regen fiel ihm aufs Gesicht. Auch den Gewitterwolken, die dumpf dröhnend über den grauen Himmel zogen, schaute er begeistert nach. Er war ein merkwürdiger Mensch, an sonnigen Tagen schaute er den einzigen makellosen Bausch am Himmel genauso begeistert an. Auch des Nachts stand er oftmals im Dunkeln auf einem Felsen, wie erstarrt, die Arme vor der Brust verschränkt, und ein schwerer, dicker Mantel floss wie eine Welle aus Pech träge auf seine Füße hinab. Er stand da und dachte nach. Einen merkwürdigen Anführer hatten wir. So einen Krieger, oh, so einen Krieger habe ich nie wieder irgendwo gesehen, und so einen werde ich auch ganz sicher nie wieder treffen, du hättest sehen sollen, Domenico, wie er mit dem Bogen umgehen konnte, wie er sein Schwert geführt hat! Er liebte es, Festungen einzunehmen. Gebannt beobachtete er, wie wir schwere Steinbrocken gegen die dicken Mauern schmetterten, ergriffen lauschte er dem Erschallen von Buki und Naghara und dem Wiehern der sich aufbäumenden Pferde. Auch der Staub, der unter ihren Hufen aufwirbelte, entging ihm nicht, alles beobachtete er voller Begeisterung. Von Kampfgeist gepackt, stand er zitternd da und konnte sich nur mühsam zurückhalten, während das Heer mit brennenden Pfeilen die Festung beschoss. Und jene, umzingelt, erledigt, kreischten und gossen kochendes Wasser auf uns herab, doch jeder von uns trug ein großes, lederüberzogenes Schild, und wir rannten auf die Mauer zu und schrien aus vollem Halse. Ordentlich gedrillt, wie wir waren, fiel uns das nicht schwer. Ab und zu machte einer von uns abrupt halt, drehte sich um die eigene Achse, fiel, den Nacken steif, zu Boden und warf den Kopf zur Seite, als wolle er den Blick von der Stelle abwenden, woher der Pfeil gekommen war, der jetzt starr und unbarmherzig aus seiner Brust emporwuchs. Unseren Anführer aber erwischte kein Pfeil, und Speere und Schwerter schon gar nicht, niemanden ließ er an sich herankommen. Und wenn er plötzlich aus dem Stand losschoss, das hättest du sehen sollen, wie er zur Mauer rannte, wie er die Leiter hochkletterte, den Kopf mit dem Schild deckte und dabei beinahe verschämt lächelte, es war ihm peinlich, einen Schild zu benutzen – dieser starke, stämmige Mann stieg die Leiter behände hoch, während es ununterbrochen wütend auf seinen Schild einprasselte, nein, es ging nicht anders, ein Schild war unabdingbar. Sobald er ganz oben anlangte, richtete er sich stolz auf der Mauer auf und sprang dann ins Innere. Das Geklirr der Schwerter war zu hören, und es zischte, wenn sie die Luft zerschnitten, während wir die Leiter hochkletterten, dann sprangen wir über die Festungssoldaten, die um unseren Anführer herum zusammengelaufen waren, und bald schon brauchten wir nicht mehr zu springen, wir konnten von der Mauerkrone aus direkt über die aufgetürmten Leichen der getöteten Soldaten steigen. Wenn der Kampf um die Mauer vorbei war, nahm der Anführer Pfeil und Bogen und suchte in der angespannten Stille, die nun herrschte, jeden Winkel der Festung ab. Immer verbarg sich irgendwo wenigstens ein rachsüchtiger Burgwächter, dessen Bruder oder Sohn oder Vater getötet worden war, und sobald der sich anschickte, einen Pfeil abzuschießen oder seinen Speer zu werfen, gewahrte ihn noch im selben Augenblick der Anführer, und was dann kam, kannst du dir wohl ausmalen, Domenico, im Bruchteil einer Sekunde durchbohrte ein Pfeil ihm den Hals. Was er am liebsten mochte, war, im Stillen der Gefahr zu lauern und abzuwarten. Ich denke, allein dafür hat er Festungen belagert, auf steilem Fels gebaut, allein dafür ist er holprige Leitern hochgekraxelt, ach, ein merkwürdiger Anführer war er. Eigentlich hat er niemals Unschuldige getötet, nie hat er jemanden hinrichten lassen, der sich ergeben hatte, großmütig, barmherzig, voller Würde ist er in der Festung auf und ab gegangen, und falls dann auch noch Regen aufzog, dann hatte er keinen Wunsch mehr auf Erden. Welche Festung hätte er nicht eingenommen, wo wäre er nicht mit einer einfachen Leiter hochgeklettert, in welchem Winkel hätte er den Rächer nicht aufgespürt. Wo bin ich mit ihm nicht überall gewesen, durch die ganze Welt sind wir gezogen; furchtlos, stattlich, unbeirrbar saß er, der Anführer, zu Pferde und ritt uns voran, und wir, das Fußvolk, marschierten ungleichen Schrittes hinter ihm her. Ob Winter oder Sommer, immerfort zogen wir weiter. Lange waren wir unterwegs, und vieles haben wir erlebt, auch in jenes Land gelangten wir durch Zufall, in jenes Land, wo alles gefriert. Kopf und Gesicht in Tücher gehüllt, schleppten wir uns zwischen vereisten Bäumen dahin, um uns herum fielen erfrorene Vögel wie Steine herab und schlugen winzige Löcher in die vereiste Schneedecke. In den nie enden wollenden Nächten wälzten wir uns am Feuer, und wenn uns die Augenbrauen schon ganz versengt waren, so war uns im Rücken trotzdem noch kalt; hätten wir den Rücken zum Feuer gedreht, wäre uns die Kälte mit Krallen ins Gesicht gesprungen, und so bibberten wir die ganze Nacht. Kaum vernehmlich jammerten wir, verfluchten unser Schicksal. Der Anführer aber ging auf leisen Sohlen, die Schultern hochgezogen – nicht wegen der Kälte, sondern weil er nicht bemerkt werden wollte – hinter dem Feuer vorbei in den kahlen Wald, und noch weiter, bis zu den Wiesen, und schaute, voller Ehrfurcht. Er betrachtete den hinter dünnen Wolken schimmernden Mond, umgeben vom zarten Heiligenschein seines Lichtes, den weit in der Ferne dunkel wirkenden Schnee, der immer heller und zu seinen Füßen gar fliederfarben wurde; und wenn es dazu noch schneite und ihn im fahlen Licht die funkelnden, dicken und dabei so leichten Schneeflocken blendeten, dann hatte er keinen Wunsch mehr auf Erden. Wir aber verfluchten weiter unser Schicksal. Wie sehnten wir uns nach Sonne, Sonne, uns war gleichgültig, was für eine, sei es eine gleißende, brennende oder eine glutrote, so wie sie manchmal ist, bevor sie im Meer versinkt, sei es eine gelbliche, alltägliche. Und dann bekamen wir sie, die Sonne. Aufgeplatzte Erde, hast du das schon mal gesehen, Domenico? Aufgeplatzte, durstige Erde, die den Rachen aufreißt, ach, die Hitze hier ist nichts dagegen, Domenico, du hättest das dort sehen sollen. Erschöpft, außer Atem, schafften wir es kaum von einem Schatten zum anderen, vor unseren Augen verschwamm uns die Sicht wie im Nebel. Solange wir am Fluss entlangliefen, war es noch erträglich, immer wieder gingen wir ins Wasser, tauchten unsere Köpfe in die segensreiche Kühle, planschten sogar fröhlich herum, während der Anführer uns lächelnd beobachtete. Aber dann, Domenico, als der Fluss ausgetrocknet war, wussten wir uns nicht mehr zu helfen. Wir flüchteten uns in den Schatten, vor Erschöpfung lagen wir nur mehr auf der Erde und konnten kaum den dahinkriechenden Schatten folgen. Unsere Lippen wurden rissig, dann die Hände, unsere Zungen waren geschwollen, mühsam lallten wir statt zu sprechen, das Gesicht nach unten lagen wir auf der aufgeplatzten Erde, und falls wir mal den Kopf hoben, stachen die Dinge, jedes einzelne Blatt, in jenem unbarmherzigen Licht überdeutlich heraus. Dann wurde es noch heißer. Es schien uns, als ob ständig Wind gehe, denn die glühend heiße Luft flimmerte und ließ die Blätter erzittern. Kriechend suchten wir, in den jetzt immer schneller schwindenden Schatten zu bleiben, und wehe den Armen, die das nicht schafften, die blieben liegen. So krochen wir dahin, Domenico, das ganze Heer krauchte um die Bäume herum, der Anführer aber lehnte, die Arme vor der Brust verschränkt, abwartend an einer glatten Wand aus leuchtendem Marmor, betrübt schaute er uns an und sagte kein Wort. Das Vieh lag noch immer an der Stelle, wo früher das kühle Wasser geflossen war, und still in sich zusammengesackt, ergeben, starrte es zum Ursprung des Flusses. Eine Schar Geier kreiste über den im Sterben liegenden Kühen. Sie hackten ihnen in den Rücken, ihre krummen Schnäbel tauchten sie ins Blut, hoben den Kopf, schauten sich boshaft nach allen Seiten um und tauchten ihre Schnäbel wieder ein. Dann wurde es noch heißer. Weit und breit kein Wasser, das Atmen fiel schwer, mit offenem Mund japsten wir nach Luft, aber da war keine. Aber es wurde noch heißer. Ich weiß bis heute nicht, woher mit einem Mal die Fledermäuse auftauchten, ganze Scharen; bei Tage, im Sonnenlicht, bevölkerten sie jede freie Stelle ringsumher und flatterten durch die glühende Luft. Auch von Schlangen wurden wir gebissen! Sie wurden mehr und mehr. Einmal richtete sich eine züngelnd und zischend vor mir auf, wurde dann plötzlich in die Erde gerammt und erstarrte, ich legte die Faust unters Kinn und schaute auf sie herab, ihr flacher Kopf war wirklich auf der Erde festgenagelt, mühsam schaute ich hoch und sah den Anführer, den Bogen in der Hand, stand er an der Marmorwand und lächelte mich ruhig an. Ich weiß nicht, wie viele Tage wir so verbracht haben, manchmal stand einer von uns mit qualvoller Mühe auf, torkelte murmelnd irgendwohin, ›Wasser, Wasser …‹, und stürzte wieder zu Boden. Einmal erblickte ich eine Pfütze, welch großes Glück, direkt vor meinen Lippen. Gierig setzte ich an zu trinken, doch mein Mund füllte sich mit Staub, wo ich sie doch so deutlich, so klar vor mir gesehen hatte! Dann aber, dann, endlich, Domenico, streckten wir die Arme aus und blieben, das Kinn auf dem Boden, glücklich, gesättigt, einfach liegen – es regnete! Wir drehten uns auf den Rücken, und der Regen fiel auf unsere Gesichter! Der Fluss war wieder da, unser kühler, breiter Fluss, in voller Montur sprangen wir hinein, tauchten unsere Köpfe in seine mannigfach ausgebeulte, wellige Oberfläche, lange schlürften wir sein Wasser, und vor lauter Wonne schnurrten wir, heiii, wir schrien vor Freude und planschten herum; und der Anführer, bis auf die Haut durchnässt, stand froh, den Kopf zurückgelegt oben auf dem Hügel und ließ sich den Regen aufs Gesicht fallen.

Wir überschlugen uns regelrecht vor Freude. Unsere aufgesprungene Haut begann sogleich zu heilen, und unsere Zunge konnte nun vorsichtig nach den Lippen tasten; Gott weiß, wie oft wir in den Fluss rannten, wieder und wieder, und danach lagen wir am Ufer, unterhielten uns fröhlich und tranken von Zeit zu Zeit, aus vollen Krügen. Überall war Gelächter und fröhliches Rufen zu hören, über jede Kleinigkeit brachen wir in lautes Lachen aus, wir waren wie berauscht, und plötzlich sagte jemand, einfach so, ganz nebenbei: ›Ach, wie schön wäre es, wenn es den Tod nicht gäbe …‹ ›Wenn es den Tod nicht gäbe …‹, kam eine Stimme ganz aus der Nähe, aus der Dunkelheit, der Anführer war herangekommen, und als wir aufspringen wollten, bedeutete er uns, sitzen zu bleiben. ›Nein, wisst ihr, was wäre, wenn es den Tod nicht gäbe?‹ Was wussten wir schon, außer wie man eine Festung einnimmt, wir verstummten und waren alle ganz Ohr, aber er, der Anführer, schwieg geraume Zeit, und dann sagte er etwas Merkwürdiges, aber er sprach nicht zu uns, sondern schaute irgendwohin ins Weite. ›Wenn es den Tod nicht gäbe‹, sprach der Anführer, ›dann gäbe es auf dieser Welt keinen Helden und keinen Feigling, keinen Reichen und keinen Sklaven, weder Gut noch Böse gäbe es, wenn es den Tod nicht gäbe. Dann bräuchtet ihr nicht zu kämpfen und einander umzubringen, aber ihr bräuchtet auch das Feld nicht zu bestellen und nicht zu ernten. Keine Redekünste bräuchtet ihr, vor niemandem würdet ihr euch fürchten und weder gut noch böse wärt ihr, weder glücklich noch unglücklich – nichts wären wir mehr, niemand könnte uns voneinander unterscheiden, gäbe es nicht den Tod. Unser unendliches Leben wäre gar nichts mehr wert, aber so, da es den Tod gibt, ist Leben – Leben; selbst Regen und Luft wären nichts, nichts, wenn es den Tod nicht gäbe.‹ So sprach er. Dann verstummte er, eine Zeit lang starrte er gebannt auf einen Punkt hinter uns in der Ferne, atmete in kräftigen Zügen ein und aus, vor lauter Glück spannten sich seine Gesichtsmuskeln, wie berauscht war er, dann wandte er seinen Blick unseren erstaunten Gesichtern zu und erschrak. Er, der Anführer, erschrak! Oftmals hatten wir ihn rasend vor Wut, glücklich, traurig oder auch tief in Gedanken versunken erlebt, aber erschrocken? Niemals. Doch jetzt, wie er uns sah, erschlafften seine Gesichtszüge, er kniff die Augen zusammen und es klang beinahe flehend, als er sagte: ›Nein, ich hätte das nicht sagen sollen …‹ Er drehte sich um und ging weg. Es war ihm wohl ernst, denn in derselben Nacht hörte ich ihn erneut ein paarmal ganz leise murmeln: ›Nein, ich hätte das nicht sagen sollen …‹ Er hatte nie zuvor an seinem Zelt einen Posten aufgestellt, aber in jener Nacht befahl er einigen von uns, mit Fackeln Wache zu halten; verwirrt schauten wir einander an. Am nächsten Tag dauerte es lange, es war wohl schon gegen Mittag, bis am Zelt der Vorhang zur Seite geschoben wurde und ein blasser, fahriger Anführer erschien. Rastlos wanderte sein Blick über uns. Nie zuvor hatten wir ihn so gehetzt erlebt, er bewahrte nur mühsam die Fassung. Es schien, als ob er uns anlächelte, dann plötzlich drehte er sich um und griff nach seinem Schwert, aber da war niemand, er lächelte uns wieder an. Der Reihe nach musterte er uns und sagte gezwungen fröhlich zu einem Krieger, einem stämmigen Klotz: ›Sing doch mal was für mich.‹ ›Anführer, ich?‹, wunderte der sich. ›Das kann ich doch nicht.‹ ›So gut, wie du eben kannst‹, sagte der Anführer, ›sing einfach.‹ ›Ich habe noch nie gesungen, und …‹, der Krieger überlegte. Dann hob er stolz den Kopf und fragte: ›Wenn ich in meiner Sprache singe, geht das?‹ ›Ja, ja, das geht‹, nickte der Anführer, ›geht alles, nur sing.‹ Der Krieger richtete sich noch weiter auf. Er, stämmig, hart, riesenhaft, wurde nervös und schaute uns an wie ein in die Enge getriebenes Raubtier, dann schloss er die Augen, öffnete den Mund, warf den Kopf zurück und fing an: ›*Dilmun qi qugamdilmun siqilaam, dilmun siqilaam dilmun zalag zalaga-am* …‹ Eine hässliche Stimme hatte er, jedes Mal, mit jedem Ausatmen stieß er drei Eimer Stimme aus seinem Rachen, und eine Schar Vögel stob in den Himmel und zog über uns Kreise. Er aber, den Kopf zurückgeworfen, mit weit offenem Mund und zitterndem Kinn, die Fäuste zusammengepresst, die Augen geschlossen, sang weiter: ›*Uba musch nugalam giir nugala-am qa nugala-am ermakh nugalaaam* …‹ Singen war das eigentlich nicht, er hatte eine bestimmte Tonlage gewählt, und in dieser einen, immer gleichen Tonlage stieß er seltsame Wörter aus – ›*gi-ir nugala-am urmakh nuga-laaam*‹. ›Gut, gut‹, sagte der Anführer stirnrunzelnd, und als er das nicht hörte, machte er zwei Schritte nach vorne, schlug dem verdutzten Krieger auf die Schulter und sagte zu ihm: ›Gut, das reicht.‹ ›Warum, mein Gebieter‹, wunderte dieser sich, ›ich kann weitersingen.‹ ›Nein, nein‹, erneut runzelte er die Stirn und hob die Hand, ›was ich gehört habe, reicht mir‹, und mit ungewöhnlicher Schläue fügte er hinzu: ›Du kannst aber gut singen.‹ ›Wirklich?‹, freute sich der Krieger und schlug sich die Faust an die Brust. ›Ich habe es nie zuvor probiert, das war heute das erste Mal.‹ Dann hakte er begierig und voller Hoffnung nach: ›Soll ich später noch einmal?‹ ›Oh, nein, nein‹, der Anführer schüttelte den Kopf, ›du hast ja schon vorgesungen.‹ ›Dann‹, sagte der Krieger beinahe bettelnd, ›würde ich kurz weggehen, ja?‹ ›Geh ruhig‹, sagte der Anführer, ›du kannst gehen, wohin du willst, und musst dich auch nicht beeilen, zurückzukommen.‹

Erstaunt schauten wir dem stämmigen Krieger nach, der merkwürdig wankend den Hang hinanstieg, den Kopf zurückgelegt. Als er nicht mehr zu sehen war, sprang der Anführer plötzlich zur Seite und zückte sein Schwert. Bis zum heutigen Tage weiß ich nicht, was da in ihn gefahren ist, da war niemand. Kurz errötete er, dann wurde er ganz bleich und wandte seinen Blick von uns ab. Der Wind wehte uns in Fetzen zu: ›*Angalt qigalschee … geschtugani naangub* …‹ ›Er singt‹, der Anführer lächelte, ›er singt weiter.‹ ›Er ist bestimmt in der Aue‹, sagte ein anderer Krieger, der ein scheuendes Pferd am Halfter hielt, ›er ist bestimmt in die Aue gegangen, um dort herumzuschreien.‹ Der Anführer zuckte die

Achseln und kehrte wieder in sein Zelt zurück. Auch in dieser Nacht hielten wir Wache und hörten von Ferne beständig: ›*Uba musch nugalam git nugalaam qa nugalam urmakh nugalaam …*‹ Ich weiß nicht, was ihn dazu trieb, Tag und Nacht sein Geschrei hören zu lassen.

Als das Heer aufbrach, ging der Anführer nicht voran, sondern stellte sich in unsere Mitte und lief so mit uns zur nächsten Festung. Nachdem wir unser Lager aufgeschlagen hatten, befahl der Anführer wieder zwanzig Soldaten, Wache zu halten, und wälzte sich dennoch die ganze Nacht ruhelos umher, durchbohrte das Zelt mehrmals mit dem Speer und guckte mal durch ein Loch, mal durch ein anderes.

Am nächsten Tag, als wir mit brennenden Pfeilen die Festung beschossen und der Rauch bis zum Himmel stieg, lehnten wir die Leiter an die Mauer und schauten zum Anführer. Der aber machte ein paar schleppende Schritte, blickte zur Seite und sagte: ›Heute kann ich nicht, hab' mich am Fuß verletzt. Los, worauf wartet ihr noch!?‹ Wir stürmten die Festung. Im Schutze der Schilde kletterten wir die Leitern hoch und ließen unsere Schwerter tanzen. Endlich, außer Atem, siegreich, mit kochendem Blut, kehrten wir zurück und suchten den Anführer. Ach! Hinter einem Baum hatte er sich versteckt. Wir baten ihn, mit uns in die Festung zu kommen. Zweifelnd blickte er uns an. ›Ist niemand übrig geblieben?‹, fragte er. ›Habt ihr alle getötet?‹ ›Alle, die bewaffnet waren.‹ ›Und die anderen Bewohner?‹ Mühsam brachte er die Worte hervor. ›Sind von den einfachen Leuten noch welche am Leben?‹ ›Da sind zwei alte Männer, Anführer‹, sagten wir. ›Der eine sieht zornig aus, aber der andere lächelt die ganze Zeit.‹ ›Zwei, sagt ihr?‹ Kurz überlegte er, dann streckte er die Hand aus: ›Gebt mir meinen Schild.‹ Vorsichtig kletterte er die Leiter hoch, seine Brust schien fast daran zu kleben, über den Kopf hielt er seinen Schild, und seine Hand zitterte. Als er ganz oben war, spähte er hinter seinem Schild hervor und fragte: ›Sind das die beiden?‹ ›Ja, Anführer‹, bestätigten wir. In der Mitte des Burghofes sah er zwei alte Männer. Der erste saß friedlich auf dem Boden und lächelte übers ganze Gesicht, neben ihm stand ein mit Wasser gefüllter Weinschlauch. Der zweite stand aufrecht da, voller Würde, seine weißen Haare wehten im Wind, einem Geier glich er, wie er so zur Seite schaute. Der Anführer beobachtete die beiden voller Entsetzen, an dem ruhig Dasitzenden blieb sein Blick länger haften. Dann beugte er sich zu ihm herab und schaute ihm tief in die Augen, fast schien es, als erwidere er dessen Lächeln, aber sein Schwert hielt er fest umklammert. Der Alte hatte blaue Augen, einfach war er und rechtschaffen. ›*Uba musch nugala-am gi-ir nu galam ga nugala-am*‹, erklang es aus der Ferne, und der Anführer richtete sich auf. Sobald er sich abwandte, griff der alte Mann nach dem Wassergefäß. Der Anführer schnellte herum und zog sein Schwert aus der Scheide. Der Alte, der das Wassergefäß schon am Mund hatte, zuckte zusammen, blickte dann aber den über ihm stehenden Mann, der ihm das Schwert über den Kopf hielt, ruhig an. So stand der Anführer eine Zeit lang da, das Schwert gezückt, und als er merkte, dass er errötete, wurde er wütend und vollzog mit starker Hand den Hieb.

Wir alle schlossen die Augen und wandten das Gesicht ab, der Alte hatte blaue Augen gehabt, einfach war er gewesen und rechtschaffen. Er war der erste unschuldige Mensch, den der Anführer tötete. Immer noch war das nervtötende ›*Gi-ir nugalam urmakh nugal-la-am*‹ zu hören. ›Bringt diesen Kerl zum Schweigen‹, schrie der Anführer, ›sonst …‹ ›*Urmakh nugalaem*‹, erklang es unbeirrt aus der Ferne. ›Hör zu‹, sagte plötzlich der zweite der beiden Alten, er wandte seinen Kopf dem Anführer zu: ›Morgen, gegen Abend, wenn die Schatten der Bäume die Festung hier erreichen …‹ Er verstummte – oh, wie er ihn anschaute. ›Ja, was dann?‹, fragte der Anführer herausfordernd. ›Wenn die Schatten der Bäume die Festung erreichen, dann was?‹ ›Dann stirbst du‹, sagte der Alte, ›man wird dich töten.‹ ›Was?‹ Der Anführer musterte den Alten misstrauisch von oben bis unten. ›Du wirst getötet‹, wiederholte jener unbeirrt. ›Wart's ab.‹ ›Woher willst du das wissen, hm?‹, fragte der Anführer und schaute ihn spöttisch an. ›Ich weiß es nun mal‹, wiederholte der Alte und blickte stolz zur Seite. Einen Moment lang war der Anführer verwirrt, dann explodierte er, er hob sein Schwert, sein Gesicht war wutverzerrt: ›Und wann stirbst du, Elender?‹ ›Jetzt gleich‹, sagte der Mann, ›durch dich.‹ Der Anführer hätte ihn beinahe entzweigeschlagen, aber er beherrschte sich. Er ließ den Arm langsam sinken und sagte zu ihm: ›Nun, siehst du? Gar nichts weißt du.‹ ›Ich weiß nur‹, der Mann richtete den Blick auf ihn, ›dass du morgen getötet wirst.‹ ›Und wer wird mich töten?‹ ›In einen schwarzen Mantel wird er gehüllt sein und eine Maske tragen. Das Schwert gezückt, wird er die Leiter hochklettern und …‹ ›Und mich töten?‹ ›Du wirst getötet‹, wiederholte der Mann, ›vor deinem eigenen Zelt wirst du dein Leben lassen.‹ Dann herrschte plötzlich Stille, und eine Zeit lang schauten sie einander an. Der Wind wehte wieder das unverständliche ›gi-ir nugal-am, urmakh, nugalaam‹ herüber. ›Bringt diesen Irren zum Schweigen‹, schrie der Anführer mit sich überschlagender Stimme, ›bringt ihn zum Schweigen, sonst …‹ Und plötzlich, als ob er wieder zu sich komme, sagte er: ›Gebt dem alten Mann Geleit. Falls jemand versuchen sollte, ihn anzurühren, ihm auch nur ein Haar zu krümmen, wird denjenigen das Kopf und Kragen kosten.‹ Und noch einmal fragte er spöttisch den Alten: ›Solltest du nicht jetzt gleich sterben, du Schwätzer?‹

In der Nacht standen wir vor dem Zelt des Anführers und hörten, wie er auf und ab lief. Sein Atem ging schwer, und er wiederholte ununterbrochen: ›Angelogen hat er mich, damit ich ihn nicht töte, nur deshalb hat er so geantwortet, er hat mich an der Nase herumgeführt. Warum hab ich ihn nicht in Stücke gerissen? Wie hat er es nur geschafft, mich zu überlisten?‹ Wir nickten immer wieder ein, es war die dritte schlaflose Nacht in Folge. Außerdem zog ein Unwetter auf. Er, der Anführer, kam im Morgengrauen heraus, aufgeregt schaute er ringsumher. Es regnete. Es regnete, seine Nasenflügel bebten. Ergriffen von einem unbekannten Glück vergaß er alles andere. Den Kopf nach hinten gelegt, die Arme ausgebreitet, fiel der Regen auf ihn, das Wasser rann ihm übers Gesicht, die Kleider klebten ihm auf der Haut, und sein riesenhafter Körper zeichnete sich deutlich darunter ab, er lächelte und fuhr sich mit der Zungenspitze über die nassen Lippen. Es regnete. Irgendwann kam er wieder zu sich, schaute uns an und wischte sich die Regentropfen vom Gesicht; auch wir erwachten aus unserer Erstarrung, richteten uns auf und blickten ihn freudig an – das war der Anführer, den wir kannten. ›War es euch schwer ohne mich?‹, fragte er und warf einen verstohlenen Blick zum Himmel. ›Ja, es war uns schwer, aber trotzdem haben wir gesiegt‹, kam es von allen Seiten. Plötzlich schien er sich an etwas zu erinnern und dachte lange nach. Er schaute zu Boden, und der Regen fiel auf seinen Nacken. Er hob den Kopf, blickte zwischen uns hindurch in die Ferne und sagte: ›Ich hätte den Mann nicht töten sollen, stimmt's?‹ Wir brachten es nicht fertig zu antworten. Lange standen wir da, ganz still, wieder dachte er nach. ›Eins sollt ihr wissen‹, sagte er und hob feierlich den Kopf. ›Man kann alles wiedergutmachen. Das stimmt doch, oder?‹ ›Ja, das stimmt, Anführer‹, antworteten wir. Aber diesen Mann, dachte ich, den kann man doch nicht wieder lebendig machen, oder? Er ging in sein Zelt zurück. Erfreut folgten ihm unsere Blicke: Er ging sicheren Schrittes, so wie wir ihn kannten. Wir lauschten sogar, sein Atem war ruhig und gleichmäßig. Wir spähten durch ein Loch, er stand in sich gekehrt da und dachte nach. ›Ich war ein Krieger‹, sprach er leise zu sich, ›ich war ein Krieger, was hätte ich tun sollen?‹ Alle sprangen vom Zelt zurück, als er sich plötzlich zum Ausgang bewegte. ›Hört zu‹, sagte der Anführer, ›geht jetzt alle und ruht euch aus, ruft mich nicht, ihr wisst, ich erwarte den Mann in Schwarz mit der Maske, wer mein Zelt betritt, den wird mein Pfeil auf der Stelle töten. Und wenn er die Leiter hochgeklettert kommt, lasst ihn nicht zu mir durch, tötet ihn vorher. Habt ihr verstanden?‹ ›Jawohl, Anführer‹, bestätigten wir. ›Und eines sollt ihr euch merken‹, er schaute jeden Einzelnen von uns an und sagte ruhig: ›Man kann alles wiedergutmachen.‹ Er schien guter Dinge, und so hielt ich mich nicht länger zurück: ›Anführer, jenen Mann kann man doch aber nicht wieder lebendig machen?‹ Er schaute mich lange an und sagte dann traurig: ›Nein, das kann man nicht. Aber was ich getan habe, das kann man wiedergutmachen, verstehst du?‹ ›Ja, verstehe, Anführer‹, sagte ich, obwohl ich gar nichts verstand.

Gegen Abend dann, nachdem wir den ganzen Nachmittag sorglos verschlafen hatten, spähten wir über die Mauer. Unser Blick blieb an den Schatten der Bäume hängen, die langsam auf die Mauer zukrochen. Schweigend, bis aufs Äußerste gespannt, beobachteten wir die Schatten, aus der Ferne war unbeirrt und ohne Unterbrechung ›gi-ir nugla-am urmakh nugla-am‹ zu hören, aus dem Zelt kam kein Laut. Alle lauerten stumm auf die Gefahr. Und als die Schatten die Mauer fast erreicht hatten, bemerkten wir plötzlich weit hinten, nahe der Aue, einen schwarz gekleideten Mann von stämmigem Wuchs. Mit gezücktem Schwert rannte er auf die Festung zu. Als er näher kam, bemerkten wir auch seine Maske. Wer dachte jetzt noch an die Schatten? Alle griffen wir nach unseren Bogen und schossen wild unsere Pfeile in seine Richtung ab. Er aber deckte sich mit einem großen Schild. Ohne Mühe kletterte er eine unserer Leitern hoch. Auch mehrere Speere warfen wir nach ihm, aber diese verursachten nichts als ein dumpfes Knallen, wenn sie an seinem Schild abprallten. Als er sich schon auf der Mauer aufrichtete, warf ich noch einen langen Speer nach ihm, er aber bückte sich geschickt und wich ihm aus, und dann sprang er ins Innere der Festung. Das ganze Heer stürmte ihm entgegen, wir kamen einander sogar in die Quere, etwa zehn Krieger griffen ihn gleichzeitig an. Doch er glitt flink und furchtlos zwischen uns hindurch, geistesgegenwärtig schlug er sein Schwert den Kämpfern flach aufs Handgelenk und entwaffnete sie, er kämpfte gegen das ganze Heer und schien uns dabei noch schonen zu wollen. Noch erbitterter griffen wir an. Langsam kämpfte er sich den Weg zum Zelt frei, jeder Schritt kostete ihn fast das Leben, aber es gelang ihm doch, weiter vorzustoßen. Solch einen Krieger hatte ich wahrhaftig nie zuvor gesehen, sogar der Anführer wäre da neidisch geworden. Als er nur noch zwei Schritte vom Zelt entfernt war, verstellten wir den Eingang, er hob die Hand und erstarrte plötzlich. Im ersten Moment waren wir zu erstaunt, um etwas zu begreifen. Er machte noch zwei wankende Schritte und fiel, das Gesicht nach unten, zu Boden. Fast sanft schlug er auf der feuchten Erde auf, in seinem Rücken steckte ein Pfeil. Still blickten wir auf ihn hinunter, immer noch erstaunt – was für ein unglaublich guter Krieger! Wortlos betrachteten wir ihn, aus der Ferne erklang ›ugi-ir nu …‹. Langsam kamen wir zu uns, alle drehten wir uns zum Zelt und riefen: ›Wir haben ihn getötet, Anführer, hier liegt er, du bist außer Gefahr, sieh nur her, Anführer!‹ Wir blieben ohne Antwort. Einen Augenblick lang warteten wir ab, riefen noch einmal fröhlich: ›Wir haben ihn getötet, Anführer, er ist tot, der Alte war ein Lügner.‹ Aber es kam keine Antwort. Dann fing es plötzlich an zu regnen. ›Komm raus, Anführer, es regnet‹, riefen wir, und noch immer – keine Antwort. Wir spähten vorsichtig ins Zelt, dann stürmten wir hinein, aber dort war niemand. Ach, er hat sich versteckt, dachten wir und hassten ihn plötzlich dafür. Was hatte er denn zu fürchten gehabt, mit dem ganzen großen Heer im Rücken? Wir suchten jeden Winkel der Festung, jedes Versteck ab, aber der Anführer war nirgends zu finden. Er hat uns im Stich gelassen, dachten wir und brannten vor Wut, er hat uns im Stich gelassen. Und plötzlich schrie einer von unseren Kriegern auf, die eine Hand schlug er vor die Augen, mit der anderen wies er auf die Leiche. Überrascht und erschrocken starrten wir ihn an. Er machte ein paar Schritte auf den Mann in Schwarz zu, kniete sich hin, drehte ihn auf den Rücken, riss ihm die Maske ab, und nun schrien alle und schlugen sich die Hände vors Gesicht. Es war der Anführer.«

»Der Anführer?!«

»Ja, ein müdes und entspanntes Gesicht hatte er. Der Regen fiel auf ihn, der Regen fiel auch auf uns, wir standen da, lange standen wir da. Plötzlich richtete sich oben auf der Leiter jener singende Klotz auf, durchnässt, aufgeregt schaute er auf den Anführer hinab. Dann wurde er traurig und sprang schwerfällig ins Innere der Festung hinein, arg bedrückt. Zuerst schaute er uns alle zornig an, dann blickte er leidvoll auf den Anführer und murmelte: ›Uba mush nugalam … gi-ir …‹ ›Sprich in unserer Sprache‹, wir ärgerten uns und ließen die Waffen klirren, ›sonst …‹, und obwohl ihn das nicht im Geringsten beeindruckte, stellte er sich breitbeinig hin und donnerte in das Unwetter hinein:

›Als es noch keine Schlangen gab und keine Skorpione,
keine Hyänen und keine Löwen,
keine Hunde und keine Wölfe,
weder den Schrecken noch die Furcht
und die Menschheit keinen Feind hatte,
da haben die Berge von Schuburia,
das Land des Khamasin,
das Land der engelszüngigen Sumerer,
das schöne Land edler Traditionen,
das Land von Ur, das Land der sorglos Glücklichen,
das Land am Amur, das Land der behaglich Sesshaften,
die ganze Welt, alle rechtschaffenen Leute
in einer einzigen Sprache gemeinsam Enlil gepriesen.‹

Dieses Gedicht hat er vorgetragen. Hat dir die Geschichte gefallen, Domenico?«

»Ja. Wer ist denn Enlil?«

»Irgendeine Gottheit. Hat sie dir wirklich gefallen?«

»Ja.«

»Wir haben ihn am Fluss beerdigt.«

»Sie scheint eine tolle Hausfrau zu sein, wie gut sie mit anpacken kann, alle Achtung!«, sagte Bibo.

Das arme Mädchen blickte zu Boden, ganz außer Atem. Sie schämte sich weniger vor den beiden Gästen als vielmehr vor ihren Eltern, mit der Mutter ging es noch, die presste die Fäuste gegen die Brust und wiederholte ununterbrochen: »Kind, ihr lieben Kinder, meine Lieben, Kind …« Aber der alte Bauer mit den braunen Flecken auf den Händen saß schweigend da und brachte nur ab und zu ein gezwungenes »Bedienen Sie sich, bitte« hervor und schaute dabei ganz woandershin.

»Ja, sicher bedienen wir uns, warum auch nicht«, sagte Bibo, »ist ja eine feierliche Angelegenheit und kein Grund zu trauern. Mein liebes Mädchen, kannst du uns mal eben alleine lassen?«

Das Mädchen wurde rot und warf brüsk ihre Zöpfe nach hinten. Sobald die Tür zuging, tippte Bibo dem alten Bauern aufs Knie und sagte:

»Du hast ja wohl verstanden, warum wir hier sind, oder?«

»Ja.«

»Sicher«, Bibo kam in Laune, »hab ich auch nicht anders erwartet, du bist mir vielleicht einer. Hast du wirklich verstanden?«

»Ja.«

»Na, dann weißt du wohl auch, wer der Vater dieses jungen Mannes hier ist. Ich will jetzt nicht viel Aufhebens drum machen, aber schau mal her, was wir alles mitgebracht haben, Kühe, Stiere, Pferde, Ziegen … alles Mögliche, lach doch endlich, Mann, mach doch mal den Mund auf!«

»Hat wirklich er das alles geschickt?«

»Was? Das Vieh? Nein, ich wollte dir was Gutes tun, haha. Klar hat er das!«

»Hat er selbst dir das alles mitgegeben?«

»Nein, aber er hat zu mir gesagt, ich solle es so machen, wie es sich gehört.«

»Ach so«, der Bauer schien erleichtert, »ach so.«

»Mann, ›ach so‹ ist keine Antwort, nun sag doch mal endlich, ob du einverstanden bist oder nicht?«

Wieder zogen sich graue Wolken auf der Stirn des Bauern zusammen.

»Nun, sag schon! Eeeh, ich hab nicht gewusst, dass du so einer bist …«

»Sie ist doch noch ein Kind«, sagte der Bauer und ließ den Kopf hängen. Er verschränkte seine Arme erst vor der Brust, dann ließ er sie wieder fallen und stemmte sie unbeholfen in die Seiten, aber auch so fühlte er sich verlegen, und am Ende legte er die Hände unschlüssig auf die Knie. Er war es gewohnt, von morgens früh bis abends spät ohne Unterbrechung zu arbeiten, und jetzt saß er da und wurde davon ganz müde.

»Wie bitte, ein Kind?«, rief Bibo bestürzt. »Was soll das denn heißen? O Mann, deiner Meinung nach ist womöglich der junge Mann hier auch noch ein Kind! So was! Komm, schauen wir mal … Mein liebes Mädchen! Kannst du mir mal den Besen bringen? Na, schau mal, Mann, ist sie etwa ein Kind? Längst keins mehr. Schau mal genauer hin, alles ist, wie es sein muss. Ich brauch den Besen nicht, bring ihn wieder weg, hab das nur so gesagt.«

Das Mädchen errötete wieder, stellte den Besen in die Ecke und drückte ihre Wange an die Schulter.

»Also jetzt, bist du einverstanden? Sag schon! Da klopft das Glück an deine Tür, und du …«

»Liebe Kinder, liebe Kinder …«, wiederholte die Frau und beobachtete Gwegwe, der übertrieben gerade dasaß und leicht nervös schien. Er hatte sich Mut angetrunken.

»Na sag schon, was sitzt du so herum, hast es ja selbst gesehen …«

Der Bauer hatte seine Tochter gar nicht angesehen. Er saß mit hängendem Kopf da und blickte zu Boden.

»Was ist bloß los mit dir, hast du deine Zunge verschluckt?«

»Dann soll es so sein«, sagte der Bauer und spürte sofort, wie ihm etwas im Hals drückte, er konnte kaum schlucken und fügte leise hinzu:

»Naturgesetz.«

Große braun gefleckte Hände hatte er.

4

Das war Domenicos Spiel in Kindertagen – von irgendwoher zurückzukehren.

Wenn der Tag mit Laufen und Steckenpferdreiten zwischen den
Höfen vorüber war oder wenn er vom See heimkam, den Hut schief über
den nassen Haaren, nachdem der hinkende Bauer ihm mit rauer Hand
ganz sanft und behutsam die zerkratzten Beine abgewischt hatte, stopfte
der sechsjährige Junge sich einen Bissen Brot in den Mund, und die geheimnisvolle Verwandlung ließ ihn sogar den Hunger vergessen: Der
Abend brach an, es wurde dunkel. Dann plötzlich, die Backen noch voll,
starrte er verwundert in die Nacht hinaus. Das Dorf wurde still, die vertrauten Stimmen verstummten, der Stein war kein Stein mehr, auch kein
Baum mehr ein Baum, der Heuhaufen sah erst recht nicht mehr aus wie
ein Heuhaufen, und im schimmernden Mondlicht beobachtete Domenico lange die Verwandlung der Dinge – das Ganze ähnelte einem seltsamen, gnadenlosen Verrat. Und doch schlief er des Nachts friedlich, die
Wange auf der Handfläche, und morgens, bei Sonnenaufgang, schaute er
sich schläfrig im Zimmer um und nahm die Treue der Gegenstände mit
einer Art hochmütigen Freude auf – der Tag war vertrautes Eigentum.
Eine Zeit lang lief er noch unschlüssig umher, eingeschüchtert von
einem schon vergessenen Traum, doch dann, als die Sonne ganz aufgegangen war, rannte er zum Waldrand, nahm einen Stock und kämpfte

mit all seiner eingebildeten Tapferkeit gegen einen Baum. Er kletterte in einen kühlen Wipfel, von oben betrachtet kam ihm das Dorf ganz anders vor; er rannte zum See und sprang, die Arme ausgebreitet, von einem Steinbrocken ins Gras, er sprang so lange, bis er es überhatte, und dann, plötzlich von unerklärlicher Traurigkeit erfasst, legte er sich rücklings auf die Erde und lag eine Weile da, mit rasendem Herzen, voller Erwartung – als wäre er tot; die Augen geschlossen, mit einer Mischung aus Furcht und Vergnügen, suchte er etwas Fremdes, noch Unerforschtes in seinen reglosen Armen, Beinen und Schultern. Schließlich sprang er auf und lief wieder hüpfend zum See, planschte im Wasser herum. Später, zu Hause, die Kühle noch zwischen den Rippen, musterte er ein Schaf, es war mit einem kurzen Seil am Zaun angebunden und wich seinem Blick aus, dann, gelangweilt, sah er zu einem Baum mit glänzender Rinde hinüber, freute sich und war im Nu oben; er pflückte ein Kirschenpaar, die kühlen Kugeln drückten ihm auf Ohr und Wange, und mit seinen süßen Ohrringen betrachtete er aus der Höhe stolz das Dorf. Wieder auf dem Boden, fand er erneut die vertrauten Gegenstände vor, unbeschwert und leichtherzig lief er durchs Dorf und dann – brach schon die Abenddämmerung herein. Wieder diese stummen, schwarzen Schatten, die ab und an bösartig schwankten; wieder diese Stille, von einer Grille zart zerschnitten; ein unsichtbares Auge, das hartnäckig auf seinen Hinterkopf starrte, ein Kälteschauer, und im Körper klirrend losgelöster Frost; die Kühle des Bettes, dann die Wärme um die Schultern; etwas Schwarzes, Grobfingriges, das sich näherte, träge und bedrohlich, unausweichlich wie das Schicksal, ein beharrlicher Verfolger; und dann wieder der Morgen, sonnig und hell, durchscheinend. Die Bauern, eine Hacke über der Schulter, der Hinkende, einen großen Besen in der Hand; und gegen Mittag, am Rande des Dorfes, ein gelangweilt dreinschauender, sechsjähriger Junge, Domenico. An jenem einen Mittag aber, seltsamerweise war es ihm, als ob es Nacht wäre – wieder dieses fahle Licht, wieder diese Schatten, ein ganz anderer Domenico –, hatte er das Gefühl, als kehre er nach Hause zurück, als kehre er nach langer Trennung zurück; sein Schritt, schwer, verhalten, aber doch war er jederzeit zum Loslaufen bereit; ihm war, als hingen seine Kleider in Fetzen, als sei er beraubt und erniedrigt, als sei er von allen verlassen worden, als blute er, als kehre er zurück, als kehre er nach langer Trennung zurück. Und er schleppt sich von Baum zu Baum, die Knie knicken ihm ein, doch er kommt an, trotz allem kommt er an …

Das war Domenicos Spiel in Kindertagen – von irgendwoher zurückzukehren.

»Hör mal, lauf kurz rüber zum … wie heißt er noch? Der Kleine, Dürre.«

»Mach ich.«

»Ja, und sag ihm, er soll dir zwanzig Hammel mitgeben, das ganze Dorf muss ich verköstigen … Na los, geh schon. Und du, mein Junge, geh noch die Stiere einholen, klar? Sonst wird es nicht reichen. Geh schon, nein, warte, warte, ich wollte noch was sagen … nein, nicht du, ach! Komm her, hier, nimm den Schleifstein, und schärf die Messer so, dass sie im Dunkeln blinken, sonst kriegst du's mit mir zu tun, glänzen müssen die … wie der Mond.«

»Wie der Mond?!«

»Was? Was redest du da? Geh und mach sie scharf, sonst … Als ob ich für so was Zeit hätte! Holt mal ein paar Krüge Wasser, einen ganzen See will ich haben, verstanden? Und du, lauf und mach ein Feuer, dass es leuchtet bis zum Himmel.«

»Bis zum Himmel?«

»Ach! Was redet ihr heute so viel, ihr Taugenichtse, ihr könnt euch auf der Hochzeit umsonst die Bäuche vollschlagen, und da reißt ihr jetzt noch das Maul auf, ach ihr … Weib! Nimm deinen Klüngel mit und seht zu, dass das Geschirr so sauber wird, dass sich eure hässlichen Gesichter drin spiegeln. Du, Bub, nimm dir 'nen Lappen und putz den Boden so blank, dass eine Maus drauf ausrutscht! Denk dran, ich komm nachschauen. Irgendwas hab ich noch vergessen … Und du, komm erst mal her zu mir! Los, beweg dich, hier, nimm das.«

»Wozu?«

»Wozu? Dazu! Hier, nimm das Messer, und dann schlachtest du die Rinder.«

»Ich kann nicht schlachten.«

»Was?«

»Ich kann nicht schlachten«, wiederholte der Hinkende unbeirrt.

»Tu, was ich dir sage!«

»Kann ich nicht.«

»Also du kannst nicht schlachten, ja?«

»Ja.«

»Wenn ja, dann hier, geh schlachten.«

»Nein, hab ich doch gesagt.«

»Du hast doch ja gesagt.«

»Ja, ich kann sie nicht schlachten. Heißt das etwa ja?«

»Jetzt treib's nicht auf die Spitze, nimm das Messer hier und geh sie schlachten, sonst ...«

»Kann ich nicht.«

»Weißt du überhaupt, mit wem du es zu tun hast, hm? Weißt du, wer mich beauftragt hat?«

»Wer?«

»Wer? Der Vaaa-ter von Gwegwe. Er hat mich persönlich beauftragt, ich überlasse die Hochzeitsvorbereitungen dir, hat er gesagt, kümmer du dich um die Angelegenheit.«

»Hat er auch gesagt, dass ich die Rinder schlachten soll?«

»Ach, denkst du vielleicht, er würde sich mit so was aufhalten?«

»Dann schlachte ich auch nicht.«

»Du schlachtest nicht?«, entrüstete sich der erste Knecht. »Warum nicht, du Krüppel, Fleisch isst du doch gerne, du ...«

»Aber nicht viel, höchstens zweimal im Monat. Bin ja nicht wie du!«

»Was? Warte mal, was erlaubt der sich, wo ist der Holzstab«, er schaute suchend über den Boden, und als er kurz den Kopf hob, fing er plötzlich übers ganze Gesicht zu strahlen an, »ach, was sehen meine Augen, unser Bräutigam, was bist du so nachdenklich, Junge?«

»Was heißt hier Junge ...«

»Hm, natürlich bist du ein Junge, was denn sonst, ein hübscher noch dazu, im heiratsfähigen Alter ... Hör zu, Gwegwe, ruh dich gut aus, erhol dich, trag nichts Schweres. Pass auf dein Kreuz auf, sonst, du weißt schon, du brauchst jetzt Erholung, du Schlitzohr, du ... aah!«, er hielt sich die

Wange. »Was ist in dich gefahren, ich geb mir so viel Mühe für dich und darf mir nicht mal einen Scherz erlauben?« Der erste Knecht schlug einen sanften Ton an, zu sich selbst aber – der Schlag schien doch zu schmerzen – murmelte er: »Was ist das denn für ein Benehmen ...«

»Ich weiß, was für ein Benehmen das ist«, sagte Gwegwe und stierte ihn drohend an, »soll ich noch mal?«

»Nein, nein, wozu, wir haben doch nur Spaß gemacht«, wiegelte Bibo ab, »und den ganzen Tag können wir schließlich nicht mit Scherzen verbringen, bin ich es nicht, der für alles sorgt, hm? Nicht wahr, Gwegwe?«

»Ja, ja.«

»Irgendwas wollte ich noch«, der erste Knecht legte den Zeigefinger an die Stirn. »Ach ja, natürlich, beinahe hätte ich das Brot vergessen. Also geh du, zum Kuckuck, beide Beine sollst du dir brechen, mach den Ofen heiß, Brot kannst du doch wohl backen, oder?«

»Ja, das kann ich.«

»Dann geh und mach wenigstens das, du Trottel ... Brot kann man immer gebrauchen, oder?«

»... er stand oben, siegessicher, und ließ mich nicht aus den Augen, die anderen, ganz in Schwarz gekleidet, blickten stählern auf mich herab. Unbarmherzig in die Ecke getrieben, wehrlos, wie ich war, wollte ich gar am Fels hochgehen, aber ich war mit meiner Kraft am Ende. Er kam langsam zu mir herab, wiegenden Schrittes, Rauch schlug mir ins Gesicht, meine Augen brannten, Feuer ergriff meine Kleidung, ich riss sie mir vom Leib und warf sie nach ihnen, die von oben schweigend auf mich herabschauten, aber natürlich traf ich sie nicht. Er kam immer näher, gleichgültig, selbstsicher, und selbst wenn ich seinem Zorn hätte ausweichen und den glatten Fels hätte hochklettern können – oben standen doch zu viele, starr, stumm hatten sie einen schwarzen Kreis geschlossen, und als ich, schweißgebadet, erschöpft, den Rücken gegen die verfluchte Felswand gepresst, alle Hoffnung fahren ließ ... was meinst du, hat es da für mich noch einen Ausweg gegeben?«

»Ja.«

»Wie, woher?«, der Flüchtling war überrascht. »Hast du mir nicht zugehört?«

»Doch, hab ich!«

»Und da gab es einen Ausweg, sagst du?«

»Ja.«

»Wie, wie denn?« Der Flüchtling war beleidigt. »Wie!«

»Sie sind ja jetzt hier.«

Den Flüchtling durchzuckte es, bass erstaunt blickte er Domenico an. Geraume Zeit schaute er, dann griff er sich mit beiden Händen an die Stirn. Nachdenklich rieb er sich die Augen, stützte den Kopf auf, blickte zu Boden, stand auf, ging hin und her, riss ein Blatt vom Baum und knabberte daran, dann wandte er sich wieder Domenico zu und fragte aufgeregt, als sei er sich plötzlich über etwas klar geworden:

»Ich bin jetzt hier ... oder?«

»Ja.« Domenico zuckte die Achseln.

»Und deshalb muss es einen Ausweg gegeben haben, oder?«

»Ja, was weiß ich.«

»Ich bin jetzt hier ...«, wiederholte der Flüchtling leise und blickte zum Himmel. Er ließ seinen Blick über den Wald, das Dorf, die Weinberge gleiten, und in gewichtigem Ton sagte er: »Ich bin jetzt hier, ich bin hier. Und deshalb ...« Dann blickte er zu Domenico, dankbar sah er ihn eine Zeit lang an. Domenico brachte das in Verlegenheit, und er wich seinem Blick aus. Deutlich war das Haus zu sehen. Im Hof schwirrten geschäftig die Leute umher, dahinter, in der Ferne, am Abhang, weideten die Kühe. Noch weiter weg, auf dem fernen Hügel, war der Turm zu sehen. Ein Falke schwebte in der Luft, zeichnete über dem Dorf einen unsichtbaren Kreis, die Flügel ausgebreitet, die Brust auf der Luft ruhend. Auf seiner Schulter spürte Domenico einen zitternden Finger, er schreckte auf.

»Ich glaube, ich hab's verstanden, Domenico«, sagte der Flüchtling aufgeregt. »Ich muss noch mal darüber nachdenken, eine gewisse Zeit muss vergehen, damit ich mir endgültig sicher bin, aber ich glaube doch, dass ich es nun begriffen hab, du hast mich drauf gebracht, du, Domenico, ohne es zu wollen.«

»Worauf hab ich Sie gebracht?« Domenico blickte ihn an und wunderte sich, der Flüchtling hatte die Stirn gegen einen Baum gepresst und stand da, mit hängenden Armen, vornübergebeugt an den Baum gelehnt. »Was ist Ihnen klar geworden?«

»Ich muss erst mal nachdenken, Domenico, mir einige Dinge noch mal in Erinnerung rufen ... dann erkläre ich dir alles«, sagte der Flüchtling.

Weiter weg, auf einem Pfad zwischen zwei Zäunen, trug ein kleiner Junge einen Krug, schief musste er laufen, eilends setzte er einen Fuß vor den anderen und stellte dann den Krug ab, ruhte sich aus. Am Abhang weideten immer noch die Kühe, aus der Ferne hörte man ein dumpfes, gedämpftes Klopfen, jemand fällte im Wald einen Baum.

»In Feinstadt«, sagte Domenico leise, »gibt es da einen Fluss?«

»Was? Einen Fluss?«, wiederholte der Flüchtling abwesend, er hing wieder seinen Gedanken nach. »Einen Fluss ... ja, gibt es, und eine Aue, außerhalb der Stadt.«

»Die Leute da ... können sie schwimmen?«

»Was weiß ich, manche ja, manche nein.«

Domenico lag noch eine Frage auf der Zunge, aber er traute sich nicht, unwillkürlich schaute er wieder zum Dorf hinunter, wo der kleine Junge wieder nach dem Krug griff, ihn mühsam vom Boden löste und ihn ganz schief weiterschleppte. Mit der freien Hand stieß er das Tor auf, und als er den Hof betrat ... »In Feinstadt«, fragte Domenico, »was für Häuser stehen da?«

»Was für Häuser? Große, zweistöckige. Ein dreistöckiges gibt es sogar ... Also, jetzt bin ich hier, nicht wahr?«

»Ja. Dreistöckig?«

»Ja. Und deshalb sollte ich gerettet werden, nicht wahr?«

»Was weiß ich. Wozu brauchen die ein dreistöckiges Haus?«

»Warum denn nicht? Gärten haben sie auch, alles Mögliche.«

»Und was bauen sie an?«

»Wo?«

»Im Garten.«

»Im Garten? Nichts.«

»Wieso nichts?«

»Ach, sie haben nicht solche Gärten, wie du es dir vorstellst. Da pflanzen sie schöne Bäume und stellen lange Bänke auf, hellblau gestrichen, und da gibt es Büsche und kleine Brunnen.«

»Was?«

»Brunnen. In den Brunnen schwimmen Fische, und in die Gärten kommen Frauen und spielen auf der Harfe und singen dazu …«

»In Feinstadt«, begann Domenico, mied wieder seinen Blick und holte tief Luft, »gibt es Frauen?«

»Hm, mehr als genug, jede Menge.«

Und als der Flüchtling nachdenklich wurde, meinte Domenico zu wissen, dass dieser auch an solche Frauen wie Ana dachte, aber der Flüchtling schlug sich energisch aufs Knie und stand auf.

»Ich hab's begriffen!«, der Flüchtling schüttelte verwundert den Kopf. »Du hast das so naiv dahergesagt, aber ich hab's trotzdem begriffen, warum die Schlange mich nicht gebissen hat, warum ich den Pfeilen und Speeren entkommen bin, warum die Piraten mich mitgenommen haben, und warum ich den Löwen besiegt habe, Domenico, manchmal wird mir alles klar, und dann vergesse ich es wieder, aber jetzt, gerade jetzt, glaub mir, jetzt weiß ich, was mich gerettet hat.«

»Und was?«

»Nämlich, dass ich hier sein soll, hier, in diesem Dorf habe ich ankommen sollen, ach, Domenico, hier hab ich sein sollen, schau mal, ich sollte hier meinen Fuß hinsetzen, und hier, und hier«, der Flüchtling trat das Gras nieder, »dich hab ich sprechen sollen, unbedingt sollte ich dich sprechen, deinem Vater sollte ich begegnen, genau hier«, der Flüchtling ging in die Knie und streckte sich unvermittelt auf dem Gras aus, »sollte ich mich hinlegen, dann sollte ich wieder aufstehen, ich weiß es, Domenico, ich weiß das alles, aber ich weiß auch, dass ich jetzt gehen muss, von hier fort muss, mein Herz sagt mir das, ich muss gehen, das weiß ich auch sehr gut, auch das …«

»Wo wollen Sie hin?«, fuhr Domenico auf. »Wo wollen Sie hin, heute ist die Hochzeit.«

»Nirgendwohin … ich werde irgendwo hingehen. Hier gibt es drei Pfade, versteh mich nicht falsch, ich bin euch zu großem Dank verpflichtet, aber ich muss sofort aufbrechen, ich nehme den Pfad, der nach rechts führt, aber du, wenn jemand dich fragt, antwortest, dass ich den linken genommen habe, verstehst du, Domenico, den linken, dabei gehe ich aber nach rechts …«

»Sie gehen nach Feinstadt, nicht wahr?«

»Ach, nein, nein, das geht in meinem Fall nicht, dort sind zu viele Leute. Hast du verstanden, wie du antworten musst, falls dich jemand …«

»Ja. Und welcher Pfad führt nach Feinstadt?«

»Da, der hinter dem Turm … verwechsle meine Pfade nicht!«

»Nein. Und dann, wenn der Pfad zu Ende ist?«

»Dann musst du den Abhang weiter runterlaufen, immer weiter und weiter. Vielleicht stößt du auf einen Hügel, lauf einfach drüber, weiter nach unten. Und dann, wenn du an den breiten Weg, an den Hauptweg kommst, frag dich durch, von da aus kann jeder dir den Weg zeigen.«

»Wen soll ich fragen … falls ich niemandem begegne?«

»Da brauchst du dir keine Sorgen zu machen, auf dem großen Weg läuft immer jemand.«

»Wer?«

»Was weiß ich«, der Flüchtling verlor die Geduld, »verschiedene Leute. Ach, hätte ich jetzt zwei Drahkan …«

»Die bring ich Ihnen«, Domenico wurde unruhig, »warten Sie, ich bring sie Ihnen …«

»Nein, nein, ich muss los. Nach links, Domenico, hast du verstanden, ja? Also, was wirst du antworten?«

»Er ist nach links gegangen.«

»Ja, genau. Jetzt geh, und ich schau dir nach, geh.«

»Wohin?«

»Wohin du willst, geh doch heim, heute ist ja die Hochzeit, geh schon, ich will dir nachschauen.«

»Auf Wiedersehen.«

»Mach's gut, Domenico, ich bin euch sehr dankbar. Geh jetzt. Du wirst doch nicht zurückschauen, oder?«

»Soll ich nicht zurückschauen?«

»Nein.«

Der Flüchtling verbarg sich hinter einem Baum, und stumm, bang beobachtete er Domenico so lange, bis der aus seinem Blickfeld verschwunden war, ein wenig verweilte er noch, dann ging er los. An der Gabelung der drei Pfade nahm er eiligen Schrittes den mittleren Pfad, den, der geradeaus führte.

Der Flüchtling ging fort.

Domenico blieb stehen. Er schaute zurück, niemand war mehr zu sehen. Ein Baum auf dem Hügel wand sich verlegen im leichten Wind. Domenico blickte zum Dorf hin, und sobald er den ersten Schritt machte, hörte er von Weitem Geschrei. Er lauschte, es schien von seinem Haus her zu kommen. Ja, natürlich, es war Hochzeit. »Sie kommen, sie kommen«, rief Bibo laut, und auch die Bauern, verlegen abseits stehend, wiederholten auf Bibos Zeichen hin verhalten: »Sie kommen, sie kommen.« Gwegwe betrat den Hof mit seiner errötenden Braut, Bibo sprang auf, goss Wein in ein Trinkhorn und reichte es ihm. Gwegwe schaute einmal in die Runde und setzte es an. »Auf euch, zum Wohl, auf euch beide«, fing Bibo wieder an, und die Bauern wiederholten leise: »Auf euch.« Dann hielten die Jungen Äste mit Blättern hoch, über Kreuz, sacht schlugen sie die Äste gegeneinander, und durch das Spalier, unter den zitternden Blättern hindurch, schritten Gwegwe und die zu Boden schauende Braut. Sie waren etwa gleich groß, aber Gwegwe, stämmig und untersetzt, wirkte kleiner und robuster. Als sie aus dem Spalier heraustraten, hielt Bibo eine große Tonschale hoch, kniff die Augen zusammen und schleuderte sie mit Wucht wütend auf einen Stein, auf dass sie zerberste. Dann, beim Anblick der herumliegenden Scherben, lachte er Gwegwe ins Gesicht und sagte: »Hiermit soll jeglicher Kummer von euch weichen, seid immer froh und glücklich!« Und unvermittelt brüllte er: »Hoppa!«

Niedrige, lange Holztische waren im Hof gedeckt. Allesamt nahmen sie auf den Schemeln Platz. Kleine Jungen wieselten mit Weinkrügen umher, man füllte Bibo eine große Tonschale, und er trug einen beredten Trinkspruch vor: »Möge euch ein langes Leben beschert sein, und möge die Sonne euch immer scheinen; so viele Tropfen, wie in dieser Schale sind …« So redete er. Auch die Bauern erhoben sich, einer nach dem anderen, sie sagten nur: »Auf euch.« Sie leerten ihre Schalen mit Bedacht, dass ihnen der Wein nicht aufs Hemd rinne. Anfangs kauten sie nur auf dem Brot herum, dann griffen sie auch nach den frischen Kräutern, und nachdem sie drei Schalen gelehrt hatten, schauten sie sich um, einer langte nach dem gekochten Fleisch, ein Zweiter schließlich auch, er tunkte es ins Salz, sie tranken noch einen und rissen, hungrig geworden, an den gebratenen Hähnchen und bissen herzhaft hinein, kauten und nagten die Knochen ab. Einer machte gar einen Witz, Gelächter raschelte durch die Versammelten, »weiter so, weiter so«, rief Bibo. Dann stimmten die drei Bauern ein Lied an: »Ich hörte die Leute dich loben ...« Sie tranken weiter, aus einer größeren Schale, und so wie Bibo sich die Lippen mit dem Hemdrücken abgewischt hatte, fing er schon an zu rufen: »Jetzt sollen sie einander küssen!« »Küssen«, wiederholte ein Bauer mit sehr struppigem Bart; nur die Augen waren zu sehen und anscheinend lächelte er, denn seine Augen leuchteten und veränderten sich so zum Guten. Er klopfte dem einäugigen Bauern auf die Schulter: »Sie sollen sich küssen, oder?« »Ja, ja«, nickte auch der, es kam Leben in die Runde, alle kamen in Stimmung, nur am Ende des Tisches saß bedrückt der Vater der Braut und sah zu Boden, ein großer, trauriger Bauer. Jemand rief mit dünner, hoher Stimme: »Küssen, küssen!«, die Braut schien einverstanden zu sein, voller Scham hatte sie den Kopf zur Seite gelegt und wartete fügsam, Gwegwe aber, der eine Zeit lang verwirrt ausgesehen hatte, bekam sich wieder in den Griff und funkelte Bibo wütend an, der ließ ihn auch nicht lange schauen, gebot den Bauern Einhalt und rief: »Seid still, ihr ... jetzt wird getanzt!« Ein dunkler Kerl nahm sich die Trommel zur Brust und fing an, sie zu schlagen, mit der einen Hand laut, mit der anderen gleichmäßig, behutsam. Die harten Trommelschläge wühlten den angetrunkenen Bauern das Blut auf, eine Bauersfrau tanzte trippelnd eine volle Runde über den Hof, und erst als ein hoch aufgeschossener Kerl auf die Tanzfläche sprang, tupfte sie sich mit dem Schürzenzipfel die oberen Wangen ab und stellte sich an die Seite. Bald tanzten sie alle, sie hüpften und sprangen, einige bewegten sich recht stolz, andere tanzten ungeschickt, plump, mit breiten Schritten, herzlich lächelten sie einander zu. Alle freuten sich, als man den Vater der Braut auf die Tanzfläche zerrte. In Gwegwe schwoll der Stolz, die Braut schaute wieder zu Boden, der große Bauer aber breitete unbeholfen die Arme aus, wiegte sich ein paarmal verlegen auf der Stelle und setzte sich dann wieder auf seinen Stuhl, jetzt noch trauriger. »Sehr gut, das reicht«, rief Bibo. »Jetzt trinken wir auf ...«

Domenico näherte sich dem Hof. Ein ganz anderer Domenico, die Augen weit aufgerissen, angespannt, erhaben, als ob er zurückkehrte, zurückkehrte nach langer Trennung. Da, das Haus, der Hof, das Tor, sie sind am Tanzen – sollen sie tanzen! Sie übersehen ihn – sollen sie ihn übersehen! Er steigt die Treppe hoch, blutverschmiert, leidgeprüft, am Geländer zieht er sich hoch, ein Stückchen, noch ein Stückchen, er öffnet die Tür ...

In dem steinernen, dumpfen Raum stand der Vater, gegen die Wand gelehnt. Eine geraume Zeit war da für Domenico nur die Stille, nur die Stille und das schwache Flackern der Funzel.

»Wo warst du?«

Domenico fuhr zusammen, schaute auf seine Füße und knöpfte sich das Hemd zu. »Ich ... der Flüchtling ist fortgegangen.«

»Geh in den Hof. Setz dich zu den Leuten. Du musst dabei sein, er ist dein Bruder, das gehört sich nicht.«

Bibo setzte eben zu einem neuen Trinkspruch an und schaute in die Runde, als Domenico die Treppe herunterkam, zaghaft, unschlüssig, vom Sonnenlicht geblendet, kniff er die Augen zusammen, noch auf der Treppe hörte er: »Oho, wer kommt denn da, komm, komm, du trinkst doch auch einen mit!«

Ringsum schauten alle ihn an. Domenico wurde die Schale schwer, er schaute zur Braut und sagte: »Auf euch.« Dann, als er die zweifelnden Blicke der Feiernden gewahrte, setzte er die Weinschale an und trank sie aus.

»Sollen wir noch mal nachschenken?«, fragte Bibo listig und beugte sich zu ihm rüber. »Hm?«

Domenico schaute ihn an und hielt ihm die Schale hin.

»Oho, sehr gut, sehr gut! Schenkt ihm ein!«

Sein Hals spannte sich, das Schlucken fiel ihm schwer. Er setzte die noch halb volle Schale von den Lippen ab und starrte bitter auf den Tisch.

Domenico schüttelte den Kopf, holte Luft, trank den Rest vom Wein aus und drehte die Schale um.

»Oho«, sagte Bibo lobend, »jetzt trinken wir auf ...«

Domenico konnte nicht mehr zuhören, selbstgefällig saß er da. Wie Wein schmeckte, hatte er auch vorher gewusst, aber eine so große Schale hatte er zum ersten Mal geleert. Sein Blick schweifte über die Tafel, und er entdeckte ein kleines Radieschen, das er mit wachsender Verwunderung beobachtete. Er strengte sich an, genauer hinzuschauen – nein, nein, das war ein gewöhnliches Radieschen. Dann nahm er sich was vom Fleisch, hungrig langte er zu. Er griff nach dem Salz, aber der ausgestreckte Arm brachte ihn aus dem Gleichgewicht, und er verharrte in dieser Stellung, halb über den Tisch gebeugt, kaum imstande, sich zu halten. Er schaute um sich her, Bibo sagte irgendetwas. Jemand stieß einen Weinkrug um, und alle lachten. Als er die dritte Schale leerte, füllten sich seine Augen mit Tränen, eine Ader schwoll ihm am Hals, aber das Brot half. Er konnte sich nicht erklären, warum da ein Mann herumsprang, herumschlackerte, und endlich begriff er – ja, der tanzt. Er stützte sich auf den Tisch, jemand sagte etwas zu ihm, er vermochte kaum den Kopf zu heben, lächelte unbeteiligt und drehte ihm den Rücken zu. Dann leerte er die vierte Schale. Es stellte sich heraus, dass es zwei Bibos gab. Einer, der sprach, und ein zweiter, der hinter seinem Rücken stand und jede seiner Bewegungen nachäffte. Dann wurde gesungen. Domenico machte auch einen Versuch. Der einäugige Bauer blinzelte mit beiden Augen, irgendein Bibo hatte zwei Kinne. Ja, ja. Der Tisch. Es war sehr warm, sehr. Er riss sich den Hemdkragen auf, öffnete weit den Mund und fächerte sich Luft zu. Was brachte das? Nichts. Es war heiß, sehr heiß. Der Flüchtling ist fortgegangen, fortgegangen … Aber was soll's, ach! Er lächelte den zweiten Bibo von Weitem an, und im selben Augenblick fielen ihm die Augen zu. Nein, nein, er machte sie sofort wieder auf. Alles Gute, auf … wie heiß es war! Im Wald ist es kühl. Im Wald ist es sehr kühl, sehr … Heda! Das Tor ist auf. Das hier ist ein Stein. Ein Zaun. Der Kopf ist schwer, noch ein Zaun. Grün, grün. Er blieb stehen. Gras. Grün, grün. Er blieb stehen. Hab ich doch gesagt, das ist Gras. Grün, grün …

Gegen Abend, als die Bauern auseinandergingen, lag Domenico schon mit dem Gesicht nach unten im Wald und schlief.

Einzeln, manche auch zu zweit, verließen die Bauern den Hof. Ungleichmäßigen Schrittes, torkelnd gingen sie durch das Tor, die einen hielten einander eng umschlungen, andere schnitten schiefe Grimassen, die Augenlider schwer, sie konnten kaum noch die Zunge bewegen, das Kinn sackte ihnen auf die Brust. Einen schlafenden Hünen bekam der hinkende Knecht mühsam auf die Beine, er hievte ihn sich über die Schulter und brachte ihn nach Hause. Müde kehrte er zurück und stutzte, Gwegwe und die Braut saßen immer noch an der Tafel. Von den Männern war einzig er, der Hinkende, nüchtern, und er half den Frauen beim Abräumen der Tische, schwankend trug er übereinandergestapelte Schüsseln und Holzlöffel. Dann brachten sie auch den Tisch weg; die Nacht brach herein, Gwegwe und die Braut saßen immer noch stumm im Hof. Es war schon dunkel, als die Frauen auseinandergingen; da ging eine Tür auf, und eine kleine, zahnlose Greisin mit faltigen Lippen steckte den Kopf heraus, ihr gekrümmter Finger rief Gwegwe zu sich. Die Braut stand mit auf und folgte Gwegwe, die Schultern hochgezogen. Sie betraten das Zimmer, im ausladenden Kamin loderte ein Feuer. Die Greisin schaute die Braut lächelnd an, dann huschte sie zum breiten Bett. Sie schlug es auf, ohne den Blick von der Braut abzuwenden, mit ihrer braunen, verwelkten Hand fuhr sie an den schneeweißen Bettlaken entlang und schlich auf Zehenspitzen hinaus. Stille herrschte, nur das Feuer knisterte ab und an, wenn überhaupt. Gwegwe stand vor dem Kamin, und über die Wand flackerte sein schwerer Schatten. Die Braut hob den Kopf und nahm langsam das weiße Kopftuch ab, leicht schüttelte sie den Kopf, und das lange Haar fiel ihr über den Rücken. Zärtlich sah sie zu Gwegwe hinüber, doch als der sich umwandte, schrak sie zusammen und machte einen Schritt zurück, böse starrte Gwegwe sie an, eine unbestimmte Feindseligkeit hatte sich in seinen Augen eingenistet. Da das Feuer in seinem Rücken brannte, war sein Gesicht nicht zu sehen, nur wie er auf sie zukam, mit gespreizten Fingern. Die Braut wich zurück, sie presste den Rücken, den Hinterkopf, die Waden, die Handflächen gegen die Wand, und ihr Körper spannte sich an. Gwegwe näherte sich, und die erschrockene Frau schlug sich die Hände vors Gesicht, sie zog sich in sich zusammen, dann presste sie ihre Fäuste gegen die Brust und rief: »Zuerst küss mich wenigstens einmal, wenigstens einmal, Gwegwe …«

Aber Gwegwe küsste sie kein einziges Mal, so befriedigte er sein Verlangen.

Es war dunkel. Sein Kopf schmerzte, als er sich aufsetzte, die Augen noch immer geschlossen, streckte er sich. Im Nacken knackte es, und er öffnete die Augen. Es war dunkel. Die Kühle tat ihm wohl, und er stützte sich auf die feuchte, grasbedeckte Erde, er legte den Kopf zurück, am Himmel explodierten kraftlos hauchdünne Sterne. Die Zunge klebte ihm am Gaumen, tief sog er die kühle Luft ein, in der Nähe rauschte ein Bach. Er fuhr sich mit der Zungenspitze über die Lippen, streckte sich wieder. Ein nächtlicher Windhauch wehte, und sachte regten sich blasse Schemen. »Wo bin ich …?« Einer der Schemen glitt vom Baum herab. Domenico stand auf, geriet ins Schwanken, fing sich wieder, er schaute um sich her. Es war dunkel, und etwas verharrte da schweigend in der nächtlichen Finsternis, etwas Riesenhaftes. Er rieb sich die Augen, starrte unverwandt in die Dunkelheit, irgendwo kreischte ein Nachtvogel. Bösartig rauschte der Bach. Und plötzlich überkam ihn ein Schaudern: Er bemerkte die Stille. Immens, allumfassend. Alles war in dieser Stille enthalten, die gurgelnde Stimme des Baches und der Windhauch, weit und endlos, der leicht wie eine sich windende Schlange im undurchdringlichen Wald zwischen den Ästen hindurchglitt; da war der Donner, allmächtig, tosend, ohrenbetäubend; und eine Drohung, als stumme Schwärze, auf seinen Schultern lastend. Aber das Grässlichste war die Gleichgültigkeit der Stille, ihre grausame, bewusste Unwissenheit.

Er lehnte sich an einen Baum, geraume Zeit blieb er so stehen, kam ein bisschen zu Kräften, doch plötzlich schrak er auf – hinter dem Baum stand jemand. Stand da und wartete. Wer konnte das sein, er getraute sich nicht zu schauen, er wich zurück, vermochte die Fußsohlen nicht vom Boden zu heben, rutschte rückwärts, lehnte sich an einen anderen Baum, drehte sich um und erstarrte zur Salzsäule: Da stand auch einer – hinter jedem Baum stand einer! Auf eine kleine, dunkle Wiese rannte er hinaus, nur weg von den Bäumen; immer noch war er umzingelt, er zitterte, vornübergebeugt, am ganzen Körper, seine Schultern, die Hände, seine Knie bebten, am meisten Angst jedoch hatte sein gekrümmter Rücken. Aus den schwarzen Wipfeln herab beobachteten sie ihn, und schwerfällig kamen sie herunter. Er hielt es nicht länger aus, er rannte los. Er lief zum Bach, stieg ins Wasser, auf dem Grund entdeckte er einen weißen Stein, sein Anblick beruhigte ihn, aber bevor er sich richtig freuen konnte, schaute er zur Seite und erstarrte wieder – auf einem Baumstamm mit gespreizten Wurzeln, der in den Bach gestürzt war und wie ein keckes Ungeheuer seine schwerelos schwebenden, hässlichen Arme ausstreckte, saß eine nackte Frau, ihr schneeweißer Körper schillerte violett und sie kämmte ihr Haar; und das Unheimlichste, sie schaute ihm in die Augen, ihre zu einem Lächeln hochgezogenen Mundwinkel waren auf wundersame Weise zugleich deutlich und verschwommen zu sehen, und grün-gelblich, wie gefrorenes Licht, glimmerte ihr Blick. Jemand tippte dem Verstörten mit kalten Fingern auf die Schulter, und augenblicklich ergriff ihn ein Schaudern, als wolle man ihn packen, ihn mitzerren. Er wehrte sich, und eine Zeit lang konnte er ihm entrinnen, aber dann war es ihm, als wären diese riesigen, eisernen Finger zu seinen eigenen Rippen geworden, als umklammerten sie ihn so, dass er kaum Luft bekam. Er sprang ans Ufer, sein Fuß rutschte ab, er rannte zum nächsten Baum und umarmte ihn; da stand wieder jemand, hinter jedem Baum stand jemand! Wieder rannte er auf die Wiese hinaus, aber ganz in der Nähe, ringsumher, wuchs etwas Grässliches empor, es näherte sich, vermehrte sich, drang vor, breitete sich aus, blähte sich auf – Angst war das, die Nachtblume. Er stürzte auf die Knie, beugte sich vornüber, legte das Gesicht aufs Gras, streckte die Beine aus, und als er bäuchlings so dalag, rupfte er gequält das Gras, dann grub er die Finger in die frische Erde, packte fest zu und schleuderte sie weit weg, wie verrückt wühlte er in der Erde, suchte sich zu verstecken in ihrer Kühle, dann hob er den Kopf – aus der Ferne, vom Wald her, bewegte sich ein Licht auf ihn zu.

»Es kommt, es kommt näher«, gequält rieb er die Wange an der Erde, grub wie von Sinnen weiter, dann schaute er abermals auf, sah, dass das Licht noch näher gekommen war, »es kommt, es kommt«, wer es war, wusste er nicht, doch gewiss ein noch nie gesehenes, grausiges Wesen, »es kommt, es kommt«, das Gesicht nach unten presste er sich auf die Erde, diesmal hatte der Nacken am meisten Angst. »Es kommt, es ist schon da, es ist schon da.« Er ließ die Hände sinken, das Zittern erstarb, er hörte Schritte; schwer, das Gesicht nach unten lag er da, in Erwartung eines unbarmherzigen, tödlichen Schlages, dann schwand selbst diese Erwartung, verflog für eine Weile, doch die Angst half ihm auf die Sprünge, und er spürte seinen Nacken wieder, abermals wurde er schläfrig und ging fort, er schmolz, nur sein armselig hingeworfener Körper blieb auf der zerwühlten Erde zurück, er selbst aber ging weit, sehr weit fort … schön war dieses Fortgehen, erlösend; aber er kam doch wieder zu sich, und die Angst verwandelte seinen Körper in Eisen, über dem summend die Worte schwirrten: »Es ist da, es ist da, es ist schon da …« So lag er immer noch, als es ihn erreichte, bei seinem Kopf stehen blieb und sagte:

»Ich bin's, Domenico.«

Es war der Vater.

»Ich dachte, du schläfst«, sagte der Vater. »Steh auf, gehen wir.«

Domenico saß mit hängendem Kopf da. Dann schaute er hoch, stützte sich ab und kam mühsam auf die Beine.

»Bist du müde, Domenico?«, fragte der Vater, leuchtete ihn mit der Funzel an und wischte ihm die Erdkrumen vom Gesicht. »Sollen wir vielleicht hierbleiben?«

»Nein, gehen wir.«

»Wo willst du hin, ins Dorf?«

»Ja.«

»Nein, bleiben wir hier«, sagte der Vater. Mit einer schwungvollen Handbewegung löschte er die Funzel. »Bis zur Morgendämmerung.« Er breitete seinen weißen Hirtenmantel auf dem Boden aus, darauf fanden sie beide Platz. Rücklings lagen sie, Domenico sah in die Wipfel der Bäume. Dann glitt sein Blick zum Bach – nein, nichts. Er hatte keine Angst mehr.

Es war immer noch dunkel.

Domenico hörte das ruhige, gleichmäßige Atmen seines Vaters.

Die Nacht wurde blasser; er drehte sich auf die Seite und wandte dem Vater den Rücken zu.

Eine Weile lag er so, dann hörte er leise:

»Schläfst du, Domenico?«

»Nein.«

Er geriet in Verlegenheit und drehte sich wieder auf den Rücken, er wusste nicht wohin mit seinen Händen und legte sie ungeschickt auf den Bauch. Der Vater lag schweigend da.

»Bist du … reich?«, fragte Domenico leise.

»Ja.«

»Sehr?«

»Ist dir kalt, Domenico?«

»Nein.«

Die brüchig gewordene Nacht surrte leise und löste sich in blaue, taube Krümel auf – es dämmerte.

»Du bist auch reich, Domenico«, sagte der Vater, er lag immer noch auf dem Rücken. »Die Hälfte meines Vermögens gehört dir.«

»Mir?«

»Ja, dir, du bist ja mein Sohn.«

»Und der Rest?«

»Gwegwe.«

»Die Hälfte mir und die andere Hälfte Gwegwe?«

»Ja.«

»Und dir?«, wunderte sich Domenico. »Was gehört dir dann?«

»Mir? Die beiden Hälften.«

»Hast du zwei Vermögen?«

»Nein, eins.«

»Dann ... wie geht das denn?«

»Was mir gehört«, sagte der Vater und blickte ihn an, »das gehört euch, und was euch ist, ist mir, verstehst du, Domenico?«

»Ja.« Bei sich überlegte er: Wie denn?

»Weil ihr meine Söhne seid, und ich euer Vater.«

Hinter den Bäumen stand niemand mehr, er sagte laut:

»Dann ... gehört die eine Hälfte wirklich mir?«

»Sie gehört dir«, bestätigte der Vater, »glaubst du mir nicht?«

»Und ich kann es ausgeben, wofür ich will?«

»Ja, hat dir der Flüchtling das gesagt?«

»Ja.«

Am Himmel waren kaum mehr die Sterne zu sehen, Vogelgezwitscher pickte an der Stille.

»Du kannst es nach deinen Wünschen ausgeben«, sagte der Vater, »entweder vermehren oder an die Armen verteilen oder den Reichen schenken; wenn du willst, kannst du es auch zum Fenster hinauswerfen. Oder willst du es gar nicht haben?«

»Doch«, sagte Domenico leise, »aber wann gibst du es mir?«

»Wann immer du es mir sagst.«

»Und … wie denn?«

»Ich verkaufe das erste Gewand und gebe dir den Erlös.«

»Wer wird das denn kaufen?«

»Du glaubst, es wird niemandem gefallen?«

»Ich meine, wer hat denn so viel Geld?«

»Ich lasse es in die Stadt bringen und verkaufe es dort.«

»In welche Stadt?«

»Und ich gebe dir das Geld.«

»Mir?«

»Ja. Möchtest du das?«

»Ja.«

»Was hast du damit vor?«, fragte der Vater. Er blickte ihn ruhig an.

»Es ist schon hell«, sagte Domenico und stand auf, »ich gehe zurück nach Hause.«

»Ja, gehen wir«, der Vater stand schon, »es ist Zeit.«

Die Pfirsichzeit war längst vorbei, nur ein paar späte Äpfel hingen noch an den Bäumen. Die Weinlese stand bevor, jede einzelne Traube war in eine schöne, staubähnliche Ummantelung gehüllt und glänzte glasig-matt.

»Die Weinstöcke hängen aber voll, nicht wahr?« Domenico schaute zurück. »Wo ist denn der Hirtenmantel hin?«

»Ich hab ihn vergessen.«

»Wo? Im Wald?«

»Ja, im Wald.«

»Soll ich ihn holen gehen?«

»Nein, brauchst du nicht.«

Wie sieht denn die Kuh da aus?, dachte Domenico. Ich kann es nach meinen Wünschen ausgeben? Was wird das erste Gewand wohl einbringen? Mindestens hundert Drahkan. Hundert? Hundert wären gut. Der Flüchtling hat sich zwei Drahkan gewünscht. Mmm, was hat er mir aufgetragen? Vielleicht krieg ich sogar zweihundert. Zweihundert? Wer weiß. Vielleicht kriege ich so viel. Für Gwegwe wären aber zweihundert zu viel.

Er drehte sich um. Da war niemand.

Wo ist er hin?, wunderte sich Domenico, er war doch eben noch hinter mir … Nein, wirklich, wo ist er hin? Vielleicht ist er in den Hof reingegangen.

Das Tor stand offen, misstrauisch trat er ein. Er ging auf das dumpfe Häuschen zu. Was mach ich denn hier? Vorsichtig drückte er gegen die schwere Tür, auch sie war offen. Ein guter, merkwürdig würziger Duft hing in der kühlen Luft, und das blau-rote Licht, das durch das bunte Fenster hereinfiel, saugte sich von Zeit zu Zeit mit Staubkörnchen voll. Winzige Lichtpunkte flimmerten über die Wand, den Rücken zu ihm stand da der Vater.

Domenico fuhr sich über die Stirn, der Vater wandte schwerfällig den Kopf.»Was willst du, Domenico?« Aus dem Augenwinkel sah er zu ihm.

Sein Blick wurde von den farbigen Wänden zurückgeworfen, dann von der Decke, alles war aus geschliffenem Stein, blau-rote Staubkörnchen schwammen träge in flimmernden Säulen.

»Was willst du, sag schon, Domenico.«

Domenico wurde der Mund trocken. Die zwischen den Wänden gefangenen Worte hallten geraume Zeit nach. Als Domenico aufschaute, stand der Vater noch immer da, den Rücken ihm zugewandt, nur den Kopf hatte er leicht zu ihm gedreht, und wartete. Domenico, kniend, brachte es nicht fertig, den Vater anzusehen, und starrte ihm auf die nackten Füße. Und immer noch auf den Knien, brachte er plötzlich seltsame, unbekannte, klingende Wörter hervor:

»Vater, gib mir das Erbteil, das mir zusteht.«

Der Vater nickte einmal schwer.

Der hinkende Knecht sattelte ihm das Pferd. Ruhig tat er das, ohne Eile, schwankend trug er den Sattel zu dem Hengst, hob ihn bis zur Brust hoch, hielt inne, atmete tief ein, und nachdem er ihn mit all seiner Kraft dem Pferd auf den Rücken gehievt hatte, atmete er erleichtert aus. Dann zurrte er den Sattel gut fest, legte dem Pferd das Zaumzeug an, warf ihm die Zügel über den Kopf, rüttelte am Sattel, rückte ihn zurecht, rüttelte noch einmal und sah dann mit hängenden Armen zu Domenico. Der schaute in die Ferne, den Abhang hinunter.

»Das Pferd ist fertig.«

»Ja?« Eilig wandte Domenico sich um. »Gut gemacht, Hinkebein.«

»Ich war schließlich nicht immer ein Krüppel«, sagte der.

»Nein? Hast du es?«

»Ja, hier, ich geb's dir gleich.«

»Gib's mir.«

»Ich muss dir erst noch Geleit geben.«

»Geleit geben? Ich brauche kein Geleit.«

»Nein, aber … das hat er gesagt.«

»Er? Wo ist er jetzt?«

»Da. Am Fenster.«

»Dort?«

»Ja. Er beobachtet dich.«

Ein wenig schämte Domenico sich, ungestüm griff er nach dem Sattel, schwang sich aufs Pferd, fand Halt in den Steigbügeln. Es war ein feuriges Tier, es wollte losstürmen, aber der Hinkende lief nur langsam und schwerfällig schwankend neben ihnen her; eine Zeit lang hielt Domenico sich zurück, schließlich aber verlor er die Geduld, er drehte sich zu ihm um und rief:

»Wo soll ich auf dich warten?«

»Am Ende des Dorfes, beim Turm.«

»Gut, dann komm dorthin.« Er versetzte dem Pferd einen leichten Klaps mit der Peitsche. Sogar der ferne Turm machte einen Satz, und inmitten der Windstille pfiff der Wind, freudig peitschte Domenico noch mal das Pferd und schlang die Beine um seinen Rumpf, im Freudenrausch empfand er die Träne, die ihm beim Reiten ins Auge kam, als fremd. Die Luft schlug ihm ins Gesicht.

Vielleicht kriege ich auch zweihundert, dachte Domenico, und er versetzte dem Pferd noch einen Peitschenhieb, zog aber im selben Augenblick jäh am Zügel, er war schon am Turm, hier begann der Abhang. Ohne Eile stieg er vom Pferd, der Hinkende war noch weit weg.

Drüben, auf der anderen Seite, glitzerte der See. Er schaute hinüber, und das Auge brannte ihm, beim Reiten war ihm ein Staubkörnchen hineingeraten. Ununterbrochen blinkerte er mit den Lidern, vergeblich – sein Auge brannte so sehr, dass er es eine Zeit lang nicht mehr aufbekam. Dann schien es vorbei, und er schaute in die Ferne, er erspähte einen Bauern, nach hinten gebeugt, wahrscheinlich trank er Wasser, seine riesige Faust war gegen die Lippen gepresst, bestimmt hielt er einen Tonkrug. Die Häuser waren kaum zu sehen in dem üppigen Grün. Den ganzen Tag standen die Bauern auf der Erde und arbeiteten, auch der Boden in ihren Häusern war Erde. Jener Mann, der sich ihm hinkend näherte, hatte ihm in der Kindheit die Füße gewaschen, na und …

Gwegwe würde wohl auf dem Feld sein, über ihn machte er sich jetzt keinen Kummer. Er schaute mal zur einen Seite, mal zur anderen, dann wieder zum See. Bibo zeterte bestimmt herum, die Mutter von Resa trug sicher noch Schwarz, für alle Zeit, bis zum Tode, das gehörte sich so.

›Gehört sich so‹, er lächelte. Wie viele solcher Regeln gab es eigentlich?

Sein Auge brannte wieder, er rieb es verärgert. Der Hinkende pickte noch einmal mit dem Ohr in die Luft und blieb dann stehen. Schwerfällig sah er auf und freute sich:

»Hast du geweint?«

»Wieso denn geweint, nein«, Domenico runzelte verächtlich die Stirn, »mir ist was ins Auge gekommen.«

»Ahaaa«, sagte der Hinkende lang gezogen und reichte ihm einen nicht eben kleinen Sack, »nimm, hier sind sechstausend Drahkan.«

»Wie viel?«

»Sechs.«

Mühsam kam er zurück an die Oberfläche, die Luft reichte ihm gerade noch so. Als er wieder zu Atem kam, fragte er vorsichtig:

»Tausend oder sechs …«

»Sechstausend Drahkan.«

»Woher? Wie?«, fragte Domenico fassungslos.

»Er hat das erste Gewand verkauft. Nein«, der Hinkende schüttelte den Kopf, »nicht das erste Gewand als Ganzes. Er hat nur die Edelsteine abgenommen und sie verkauft.«

»Alle?«

»Ja, alle. Nur einen Stein hat er dran gelassen.«

»Welchen?«

»Den großen Amethyst.«

»Warum?«

»Ich weiß nicht, warum.«

»Was will ich bloß mit so viel Geld?«

»Keine Ahnung, irgendwas wirst du wohl wollen.«

»Wie kann das je zur Neige gehen«, sagte Domenico und steckte genüsslich, mit geschlossenen Augen, die Hand in den Sack.

»Es wird zur Neige gehen«, sagte der Hinkende. »Und wer weiß, vielleicht wirst du schon auf dem Weg überfallen.«

»Nein.« Domenico fuhr der Schreck in die Glieder. Dann aber wiederholte er starrsinnig: »Nein, ich werde nicht überfallen.«

»Dein Vater hat auch gesagt, du würdest nicht überfallen.«

»Woher weiß er das?«

»Frag mich nicht. Das hat er jedenfalls gesagt.«

Es war ein schwerer Sack, vor lauter Freude kam er ihm aber leicht vor. Umständlich befestigte er ihn am Sattel, er zurrte ihn mit einem Seil fest und zog prüfend daran, während der Hinkende in seinem Rücken stand, ihn traurig beobachtete, dann wegschaute und so nebenbei sagte:

»Wenn du möchtest, lass einen Drahkan bei mir.«

»Einen? Warum?«

»Damit du zurückkommen kannst.«

»Wozu?«

»Für diesen einen Drahkan.«

»Wie kann das je zur Neige gehen«, sagte Domenico abermals und legte die Hand auf den Sack.

»Lässt du ihn mir da oder nicht?«

»Nein, ich komme ja nicht mehr zurück.«

»Eigentlich solltest du auch nicht wiederkommen.«

»Warum?« Domenico war beleidigt.

»Wer die Hälfte seines Erbteils nimmt, wird nicht wieder aufgenommen.«

»Und wenn er es zurückbringt?«

»Wenn er es zurückbringt, dann ja.« Und er wiederholte: »Lass einen Drahkan bei mir.«

»So oder so komme ich nicht zurück, aber ich gebe dir zehn Drahkan, wenn du willst.«

»Will ich nicht«, der Hinkende schüttelte den Kopf. »Mit Geld wollte ich nie etwas zu tun haben.«

»Ich geb dir welches, da«, Domenico griff nach dem Sack.

»Will ich nicht«, wehrte der Hinkende ab, »du kannst es besser gebrauchen.«

»So viel wollte ich gar nicht, ich geb dir was ab.«

»Will ich nicht, hab ich gesagt«, der Hinkende hob die Stimme, dann wurde er plötzlich traurig. »Wenn du es nicht wolltest, würdest du auch das Dorf nicht verlassen.«

»Dann eben nicht«, Domenico winkte ab; er wollte noch etwas sagen, aber der Hinkende, ohne zum Dorf zu schauen, hob merkwürdig den Finger, seine Gesichtszüge spannten sich, als horchte er in die Ferne. »Er beobachtet dich immer noch.«

Domenico schaute hin, im Fenster konnte er nichts erkennen. Sein Auge brannte wieder, dieses Körnchen plagte ihn, und gerade als er schmerzverzerrt die Augen zusammenkniff, näherte der Hinkende sich ihm und gab ihm eine Ohrfeige.

»Bist du verrückt?« Verblüfft starrte Domenico ihn an und explodierte: »Bist du verrückt geworden?«

»Na ja, ich hab noch nie jemanden geohrfeigt, aber …«, der Hinkende sah verlegen zu Boden, »so wurde es mir von ihm aufgetragen.«

Er hielt sich die Wange, wieder schmerzte ihm das Auge.

»Dein Auge tränt. Tut's weh?«

»Nein. Ein bisschen.«

»Beug dich zu mir, ich mach's weg, beug dich runter, wie groß du bist. Noch näher, noch näher …« Domenico ging auf ein Knie, der Hinkende packte sein Gesicht mit seinen dicken, schwieligen Bauernfingern und bog ihm den Kopf nach hinten. Weit zog er ihm das Lid zurück, atmete tief ein und pustete vorsichtig, wohltuend, gleichmäßig.

»Jetzt schau mich an.«

Domenico blickte auf, und in den schwarzen Augen des Hinkenden sah er sich selbst, nur irgendwie verzerrt, in die Länge gezogen, unangenehm.

»Tut's noch weh?«

»Nein«, Domenico schaute ringsumher und stand auf, »nein, nein.«

»Geh jetzt«, der Hinkende hob die Hand. »Geh und mach's gut, Domenico.«

»Geh du zuerst.«

»Nein, geh du. So hat er es gesagt.«

Mit der linken Hand zog er am Zügel, lenkte das Pferd zum Abhang. Vorsichtig stieg es abwärts, dann, in der Ebene, wollte es galoppieren, aber Domenico hielt es zurück. Er drehte den Kopf, schaute zum Dorf, irgendwo stieg Rauch auf. Am Turm stand noch immer der hinkende Bauer, der See war nicht mehr zu sehen. Wohin gehe ich?, durchfuhr es ihn, und sofort lachte er in sich hinein: Nach Feinstadt. Er drückte dem Pferd die Fersen in die Flanken, und als habe es nur darauf gewartet, stürmte es los. Sie gelangten zur Flussaue, die Äste waren hier niedrig, Domenico verlangsamte das Tempo, passte jetzt auf, er duckte sich, wich den Ästen aus. Ein letztes Mal schaute er zurück, weder der Turm noch der hinkende Bauer waren mehr zu sehen. Er duckte sich wieder unter einem Ast hindurch, und als er sich aufrichten wollte, hinderte ihn etwas daran, jemand hatte ihn unsanft am Kragen gepackt, hielt ihn fest, warf ihn fast vom Pferd, kam mit dem Gesicht ganz nah an seines:

»Wo ist er hin?«

Er brachte kein Wort heraus. Die Angst packte ihn wieder mit ihren eisernen Fingern, es würgte ihn, doch dann, als er sah, dass ihm das Gesicht des Mannes immerhin bekannt war, fasste er ein bisschen Mut:

»Wer ... wer ist wohin?«

»Der Flüchtling!«

Der Flüchtling ist nach rechts gegangen, aber ich soll sagen nach links. Oder ist er nach links, und ich soll sagen nach rechts ... Domenico kam durcheinander und starrte den Mann verstört an. Der aber schüttelte ihn derb, hielt ihm ohne Skrupel ein sorgfältig gewetztes Messer an die Kehle und sagte drohend:

»Wo er hin ist, hab ich gefragt!«

»Er ist geradeaus gegangen.«

Und er, der Verfolger, steckte das Messer weg. Befriedigt rieb er sich die Hände:

»Mach's gut.«

Stumm wendete Domenico das Pferd, ritt weiter am Fluss entlang. Am liebsten wäre er losgaloppiert, traute sich aber nicht. Dann, als er den Fluss längst hinter sich gelassen hatte, drehte er sich um, es war niemand mehr zu sehen. Er schaute nach dem Sack, er war noch da.

Dieses Gesicht – er hatte es schon mal gesehen. Die Dorfbewohner kannte er eigentlich alle. Wer war das dann bloß gewesen?

In Gedanken versunken wäre er fast gegen einen Ast gestoßen, und als er sich duckte und seine Wange auf den kühlen Hals des Pferdes legte, fiel es ihm ein, er fuhr auf:

»Sesuchbaia!«

Ja, genau – der Harlekin mit dem weiß beschmierten Gesicht.

»Tante Ariadna, kommt der Lando bald?«

»Was ist denn, Conchetina«, streng schaute die Frau sie an, »wie oft willst du mich das noch fragen, und überhaupt, der Lando kommt dann, wenn es so weit ist, und nicht dann, wenn du das willst.«

»Ich hab doch einfach nur so gefragt, Tante Ariadna!«

»Und überhaupt, so oft musst du meinen Namen nicht erwähnen, vielleicht will ich nicht, dass jeder mitbekommt, wie man mich benennt«, sagte Tante Ariadna und lächelte höflich ringsumher.

»Gut, ich sage ihn nicht mehr.«

»Schon gut, meine Kleine, schon gut.« Die Frau schaute sich zu den wartenden Fahrgästen um. »Du bist gesittet und folgsam, weil in deinen Adern das reine Blut der Carrascos fließt.«

Domenico betrachtete das junge Mädchen. Sie trug ein rosa Kleid, hübsch wirkte sie, aber irgendwie grundlos erstaunt. Tante Ariadna hielt einen Schirm mit weißen Fransen. So wartete sie. Alle hielten zur Querstraße Ausschau. Als ein lautes Geratter zu hören war, drehten sie sich um, und Tante Ariadna sagte:

»So ist das. Immer kommt zuerst der Lando, der in die andere Richtung fährt.«

»Wann kommt denn unserer?«

»Schon wieder? Schon wieder, Conchetina?«

Ein Lando ist also ein kleines Zimmer, das acht Pferde ziehen, dachte Domenico.

Das Gefährt holperte vorbei, und der Mann auf dem Kutschbock, eine lange Peitsche in der Hand, linste herablassend herunter.

»So ein Flegel«, sagte Tante Ariadna.

»Als ich zwanzig Jahre alt war«, fing eine Frau mit grünem Beutel an, »hat mir ein Mann das Blaue vom Himmel versprochen. Reichtum, Vermögen …«

»Hat bestimmt gelogen.« Tante Ariadna runzelte die Stirn.

»Hören Sie mir zu, das Blaue vom Himmel hat er mir versprochen. Er hat mir zu Füßen gelegen, ich aber glaubte ihm nicht.«

»Daran haben Sie sehr gut getan.«

»Dann aber sagte er zu mir: Wenn du mir nicht glaubst, dann weiß ich nicht mehr, was ich tun soll.«

»Ha, so ein Lügner!«

»Hören Sie mir zu, liebe Frau, und wo er das so gesagt hat, habe ich geantwortet: Es sei … es sei … ohne … also, ich habe gesagt, dass ich einverstanden bin.«

»Hätten Sie nicht tun sollen, er hat Sie ja belogen, das geht doch aus Ihren Worten hervor.«

»Und als er mein Mann wurde – nie hätte ich mir gedacht, dass es auf Erden so einen Mann geben könnte.«

»Er hat Ihnen das Leben zur Hölle gemacht, nicht wahr?«

»Was sagen Sie da, liebe Frau? Einen besseren Ehemann kann man sich gar nicht vorstellen.«

»Hat sich herausgestellt, dass er ein guter Mann ist?«

»Ja, ganz wunderbar.«

»Hab ich ja immer gesagt«, meinte Tante Ariadna und nahm den Schirm auf die andere Seite. »Manchmal kommt es vor, dass auch unter Ehemännern ein guter Mensch zu finden ist – ein richtiger Mann allerdings selten.«

»Ehrlich gesagt, einem richtigen Mann bin ich nie begegnet«, sagte die Frau mit dem grünen Beutel.

»Ist auch nicht verwunderlich, von denen gibt es nur wenige.«

»Gibt es überhaupt welche?«

»Vasco war ein richtiger Mann«, sagte Tante Ariadna. »Männer wie Vasco trifft man heutzutage nicht mehr.«

»Wo ist er, was ist aus ihm geworden?«, interessierte sich die Frau mit dem grünen Beutel.

»Er ist gegangen. Es war im Spätherbst, die regennasse Straße lag voller Laub. Aber ich weiß, dass er zurückkommen wird.«

»Wer?«

»Wer! Vasco.«

Domenico verlagerte vorsichtig sein Gewicht aufs andere Bein.

»Vasco war nicht so wie alle anderen«, sagte Tante Ariadna traurig. »Wenn andere ja sagten, sagte Vasco nein, und wenn die anderen, um Vasco nachzueifern, nein sagten, sagte Vasco doch. Und wenn manche ja und manche nein sagten, wissen Sie, was Vasco da gesagt hat?«

»Was, was hat er gesagt?« Die Frau mit dem grünen Beutel strich sich übers Haar.

»Vasco sagte: Nichtsdestoweniger. Keiner hätte das vorhergesehen.«

»Wissen Sie, ich kann ihn mir schon regelrecht vorstellen.«

»Ach, es ist nicht so leicht, sich Vasco vorzustellen.« Tante Ariadna wurde nachdenklich. »Gar nicht leicht, abgesehen von seiner Zungenfertigkeit hatte er noch andere wunderbare Dinge, ehm, also Eigenschaften. Er war ein richtiger Mann, im wahrsten Sinne des Wortes.«

»Ach, da kommt ja unser Lando«, rief Conchetina und schaute erfreut Tante Ariadna an.

»Nichtsdestoweniger, nichtsdestoweniger«, sagte Tante Ariadna. »In einer Stunde werden wir in Feinstadt sein.«

II

FEINSTADT

1

DER ERSTE TAG

Ein Mann trat aus dem Haus, er spreizte die Finger, die in weißen Handschuhen steckten, schaute zum Himmel und ging die gepflasterte Straße entlang. Aus einem anderen Haus kam ein Kind gerannt, eine Frau mit zu Berge stehenden Haaren holte es ein, schnappte es und zerrte es zurück in den Hof. Das Kind wehrte sich eine Zeit lang, hielt sich an der Klinke fest und wurde am Ende doch hineingezogen. Lautes Geschrei ertönte, das bald wieder verebbte. Ein Stockwerk darüber hängte jemand einen Teppich übers Balkongeländer, haute mit einem Knüppel drauf und erzeugte eine riesige Staubwolke. Ein Junge, die Haare in der Stirn, überquerte hüpfend die Straße, blieb stehen, schaute auf sein Schienbein, machte ein paar Schritte, schaute wieder auf sein Schienbein, nahm ein kleines Hanfknäuel aus der Tasche, sah es sich an, warf es weg und lief hüpfend weiter. In dem Moment, als er um die Ecke bog, tauchte eine junge Frau auf, in einem weißen, bis zu den Knöcheln reichenden Kleid. Zunächst kam sie leichtfüßig daher, als sie jedoch den aufdringlichen Blick spürte, hob sie zackig das Kinn, und damit ihre Turmfrisur sich nicht auflöste, legte sie vorsichtig die Hand aufs Haar, beschleunigte ihren Schritt, beschleunigte noch mehr, und als sich ihre Füße verhedderten und sie beinahe gefallen wäre, schaute sie

Domenico beleidigt an. Er lehnte an einer rosa gestrichenen Wand und hielt den schweren Sack in der Hand. Zwei junge Kerle überholten die Frau. Der eine drehte sich nach ihr um, aber der zweite versetzte ihm einen Stoß, der erste schubste zurück, wenn auch etwas schwächer, der zweite täuschte einen Stoß vor, um ihm dann einen Tritt zu verpassen, der erste rannte ihm hinterher, trat nach ihm, verfehlte ihn und gab sich zufrieden. Der zweite näherte sich ihm grinsend, sagte etwas Versöhnliches, streckte die Hand aus, der andere schlug ein, und Arm in Arm gingen sie weiter. Domenicos Blick folgte verwundert den beiden und bemerkte kaum den Mann, der eingehend die Häuser betrachtete, eine Zeit lang gar auf Zehenspitzen ging, sich nach beiden Seiten umsah und schließlich auf den an der Wand festgewachsenen Domenico zuging.

»Verzeihen Sie, ich suche das Haus von Antonio, können Sie mir vielleicht weiterhelfen?«

»Nein.«

»Aber Sie kennen ihn doch?«

»Nein.«

»Das ist sooo ein Mann«, er reckte den Arm in die Höhe. »Groß, recht kräftig.«

»Keine Ahnung.«

»Nein? Vielleicht kennen Sie aber Vincente, das ist der Mann seiner Schwester, sein Schwager.«

»Nein, kenne ich nicht.«

»Wie? Den kennen Sie auch nicht?«

»Nein.«

»Ach so.« Der Mann musterte Domenico misstrauisch und ging davon.

Domenico hatte keine Lust, länger darüber nachzudenken, er hatte Hunger.

Lange war er den Abhang hinabgestiegen, bis er den Lando genommen hatte. Er hatte auf der Erde geschlafen und im Wald knorzige Pantabirnen gegessen. Schon fast in der Ebene, war ihm das Pferd durchgegangen; zum Glück hatte er sich im Fallen am Sack festgehalten, und als er auf dem Boden aufschlug, hielt er ihn in der Hand. Vom Balkon, wo auf den Teppich gehauen wurde, duftete es nach gebratenen Zwiebeln, und aus der Ferne kam eine unsichtbare Rauchwolke, der Duft von gebratenem Fleisch kitzelte ihn in der Nase. Ihm lief das Wasser im Mund zusammen. Die Nasenflügel geweitet, ging er dem Geruch nach und überholte den Mann, der nach jemandem suchte und, immer noch auf Zehenspitzen, die Häuser in Augenschein nahm. Domenico bog ab, kam zum Fluss, hier war der Geruch stärker, dabei stand da nur ein Haus, aus Holz, grün angestrichen. Auf der breiten Veranda waren niedrige Tische aufgestellt, da saßen Leute. Sie tranken aus hübsch geformten Gläsern. Davor, auf dem Hof, grillte einer aufgespießte Fleischstücke. Er ging zu dem Mann hin, dem vom Rauch die Augen tränten. »Ich hätte gern was von dem Fleisch.«

»Sonst noch was?«, brüllte der ihn an.

»Brot.«

Der Mann wischte sich die Tränen ab und betrachtete Domenicos Kleidung, dann schaute er abschätzig auf den Sack und sagte: »Mach dich fort, du hast hier nix verloren.«

»Warum?«

»Was heißt hier, warum? Sag nicht, du willst einen Drahkan hinlegen.«

»Und wenn ich's tu?«

»Ach komm, hau ab!«

»Komm mal kurz her, du Trottel!« Jemand von der Terrasse rief den Mann mit den tränenden Augen.

»Was ist, Señor?«, rief dieser zurück.

»Bist du immer noch am Grillen? Tulio wartet.«

»Gleich, gleich.«

»Und wer ist der Junge da?«

»Was weiß ich, irgendein Bettler.«

»Ich bin kein Bettler«, sagte Domenico.

»Was willst du also?« Der Mann oben auf der Terrasse schaute zu ihm herunter.

»Ich will was vom Fleisch.«

»Mmh, und sonst?«

»Brot.«

»Sag nicht, du willst einen Drahkan hinlegen. Zieh Leine.«

»Und wenn ich einen Drahkan hätte, was dann?«

»Wenn du einen hättest«, der Mann maß ihn von oben bis unten, »dann würdest du nicht so zerlumpt rumlaufen.«

»Und wenn ich einen hätte?«, wiederholte Domenico beharrlich, und die Tränen schossen ihm in die Augen. »Und wenn ich einen hätte, was dann?«

Der Mann starrte ihn an, und plötzlich fegte er mit der Hand die Luft vor seinen Füßen. »Kommen Sie, kommen Sie hoch, mein Herr.«

Domenico stieg die Treppe hoch. Unsicher setzte er einen Fuß vor den anderen. Er beobachtete den Mann, zuerst von unten, dann, als er die oberste Stufe erreicht hatte, schaute er auf ihn herunter.

»Warte mal, hast du wirklich einen Drahkan?«

»Ja.«

»Kommen Sie, mein Herr, nehmen Sie hier Platz.«

»Und wo ist das Fleisch?«

»Kommt sofort, mein Herr. Ey, du …!« Er drehte sich wütend um, doch als er direkt vor sich den Mann mit den vom Rauch tränenden Augen sah, kriegte er sich wieder ein. »Ist es fertig?«

»Ja.«

»Tu ihm was auf und bring den Rest dann Tulio an den Tisch. Und brat noch zwei Hähnchen.«

Das Fleisch hätte noch ein bisschen gebraucht, das genoss er umso mehr. Er kaute kräftig. Ein paarmal schloss er gar die Augen, nahm rohe Zwiebeln dazu und ging ganz auf im Genuss. Alle Last fiel von ihm ab. Ach ja, der Sack! Er klemmte ihn sich zwischen die Beine. Am Nachbartisch war die Stimmung ausgelassen.

»Und dann, was hast du dann gesagt, erzähl!«

»Hör auf, Tulio, bitte.«

»Ach, erzähl schon, wir sind doch unter uns.«

Domenico aß nun ohne Eile.

»Jetzt erzähl, was passiert ist«, unterstützte jemand Tulio.

»Was passiert ist?«, begann widerstrebend der Gefragte, einer mit glänzenden Haaren. »Da war dieser Trottel, ein Bettlaken überm Kopf.«

Als er das hörte, ließ Tulio sich auf seinem Stuhl zurückfallen und brach in Gelächter aus. Sein schönes Gebiss kam zum Vorschein, und beim Lachen bebten unmerklich seine dünnen Nasenflügel.

»Habt ihr gehört?«, rief er entkräftet.

Wahrscheinlich ist das sehr viel Geld, dachte Domenico und wurde unruhig. Wohin jetzt bloß damit?

»Nein, nein, erzähl schön der Reihe nach«, Tulio beherrschte sich mühsam,»so, wie es war.«

»So war es aber.«

»Nicht ganz. Wenn du willst, erzähle ich.«

»Was willst du erzählen?« Der Kerl mit den glänzenden Haaren wurde bleich:»Du willst doch wohl nicht ihren Namen sagen?«

»Nein, bist du verrückt?«

»Lass ihn erzählen, los, komm schon.«

»Na gut, was soll's.«

Um einen Drahkan machen sie so viel Aufhebens, wenn sie erst von den sechstausend wüssten, dachte Domenico.

»Also«, fing Tulio an,»der junge Mann hier schlägt in letzter Zeit über die Stränge. Ein richtiger Schürzenjäger ist er geworden.«

»Das sagt der Richtige!«

»Wartet mal, ja! Kein Tag vergeht, an dem er nicht ein Rendezvous hätte. Wir gehen zusammen einen trinken, haben uns gerade gemütlich gesetzt, da schaut er schon auf die Uhr und meint:»Also, ich geh dann mal«, und wo geht er hin? Zu den leichten Frauen.«

Was soll ich bloß tun?, überlegte Domenico.

»Einmal hatte er sich mit einer Frau verabredet, einer verheirateten. Nein, nein, ich sag nicht, wer das war, hab ich ja versprochen. Eigentlich kennt ihr sie alle, na ja, kurzum, er hatte sich mit dieser Frau verabredet und hat alle auf Trab gebracht, wer ihm auf die Schnelle ein Zimmer besorgen könne. ›Ich erledige das‹, hat Servilio gesagt und ist weggegangen. Kurz darauf ist er zurückgekommen und – zack – hat er ihm einen Schlüssel in die Hand gedrückt.«

Alle waren ganz Ohr, und Domenico nutzte die Gelegenheit, um unbemerkt einen Drahkan aus dem Sack zu nehmen.

»Und da gehen also die Frau und der junge Mann hier zu dem Zimmer, er voran, sie hinter ihm her, und als sie sich schon auf den Flur schleichen, bleibt die Frau stehen und flüstert ihm zu: ›Lass uns zurückgehen, nicht dass uns jemand sieht, ich will meinen Ruf nicht ruinieren;

nicht dass du mir nicht gut genug wärst, aber den eigenen Mann zu betrügen ist doch nicht recht.‹ Und er antwortet: ›Was hast du bloß, uns sieht doch niemand, und außerdem, was ist da schon dabei, einmal fremdzugehen, was verliert dein Mann denn, wir sind nur einmal auf der Welt, und am Ende müssen wir doch alle sterben, und wenn ich dir wirklich gefalle, dann komm jetzt. Gefalle ich dir wirklich?‹ ›Ja‹, antwortet die Frau. ›Dann komm!‹ Kurz und gut, die Frau war einverstanden und …«

Domenico stieg vorsichtig die Treppe hinab. Er ging geradewegs zu dem dicken Mann und hielt ihm den Drahkan hin. »Wo wollen Sie hin, Señor? Ich hab aber kein Wechselgeld.«

»Ich komme gleich wieder.«

»Soll ich ein Hähnchen an Ihren Tisch bringen?«

»Keine Ahnung, ja, ja, egal, wie Sie möchten.«

Gleich da, am Fluss, begann die Aue. Fest hielt er den Sack umklammert. Sechs… tausend… Nein, ein Drahkan fehlte. Das macht nichts. Er schaute zurück. Das Haus des Dicken war nicht mehr zu sehen, die Bäume wurden dichter. Wo soll ich das vergraben? Er blieb an einem Baumstumpf stehen, schaute sich um, es gab weit und breit nur diesen einen …

»Die Frau ist einverstanden und er dreht leise den Schlüssel um, sie betreten vorsichtig das Zimmer, schließen die Tür und atmen erleichtert auf, und als sie sich umdrehen, was sehen sie da? Da sitzt jemand auf dem Tisch, mit einem Bettlaken überm Kopf.«

»Oje«, einer schlug sich an die Stirn, und alle brachen in Gelächter aus. Der mit den glänzenden Haaren saß ein wenig betreten da, lächelte aber nicht ohne gewissen Stolz.

»Und dann, und dann?«, japste ein anderer, vom Lachen ganz geschwächt.

»Die Frau rennt entgeistert raus, und er hier geht zu dem mit dem Bettlaken hin. Und was entdeckt er? Auf dem Tisch thront Edmondo, selbst ganz erschrocken: Wer das war, was das war, wer da geschrien hat. Offenbar«, fuhr Tulio fort, sobald das Lachen abebbte, »war Servilio, als er den Schlüssel holen wollte, Edmondo begegnet, und der hatte wie üblich vorgeschlagen: ›Wollen wir Freunde sein?‹ ›Gut‹, hat Servilio, der Satansbraten, geantwortet, ›aber du weißt ja, was das heißt, ein echter Freund zu sein.‹ Und er: ›Ja klar.‹ ›Wenn du mein Freund bist, dann komm mit und setz dich mal kurz auf den Tisch, mit einem Bettlaken überm Kopf.‹ Und er: ›Warum?‹ Servilio wieder: ›Das fragt ein Freund nicht.‹ Und er: ›Gut, ich komm mit.‹ Und dann hat er ihn in dem Zimmer eingesperrt und hat dem hier den Schlüssel gegeben. Und dann haben sie sich gekloppt, auf dem Tisch, und jetzt behauptet der hier, er hätte es Edmondo ordentlich gegeben, aber ich glaube, es war eher umgekehrt.«

»Ja ja, natürlich«, grinste der mit den glänzenden Haaren. »Das hat noch gefehlt, dass Edmondo mir überlegen wäre.«

»Warum, der ist schon ziemlich stark.«

»Bei einer Schlägerei ist nicht allein die Kraft entscheidend, da braucht man auch Geschicklichkeit.«

»Das schon, das schon«, stimmte Tulio zu und hob an: »Könnte ich mich in ein Vö-ög-lein verwa-andeln.«

»...lein verwa-andeln«, stimmte der mit den glänzenden Haaren ein.

»... flöge ich über die Lande ...«

»Uuuua ...«, fiel die Bassstimme ein.

Dann sangen sie alle drei zusammen:

»Ich fände eine schöne Frau, und sänge auf ihrem Schoße!«

»Uuuua ...«

»Das war gut.« Tulio hob das Glas. »Trinken wir darauf!«

Domenico kam zurück. Die Wangen gerötet, ging er zu seinem Tisch. Er spürte, wie die Blicke ihm folgten. Auf seinem Platz lag das Hähnchen für ihn bereit, an seinen Händen klebte Erde, er rieb sie an den Knien ab und geriet in Verlegenheit, sie schauten immer noch zu ihm herüber. Den Blick gesenkt, saß er da und konnte sich nicht entschließen, etwas vom Hähnchen abzureißen.

»Den da sollten wir mal mit Edmondo bekanntmachen.« Tulio lachte in sich hinein. »Ich sehe zum ersten Mal, dass ein Mann sich allein zu Tisch setzt.«

»Vielleicht hat er Hunger.«

»Dann hätte er sich was holen und irgendwo in der Aue essen sollen.«

»Sollen wir ihn vielleicht zu uns rüberbitten?«

»Hm? Gut, warum nicht. Mal schauen, was für einer das ist.« Tulio stand auf und winkte ihn zu sich. »Wollen Sie nicht rüberkommen?«

Domenico schaute hinter sich, aber da saß keiner. Er tippte sich fragend auf die Brust: »Ich?«

»Ja, du«, Tulio nickte, »leiste uns doch ein bisschen Gesellschaft. Wie heißt du denn?«

»Domenico.«

»Ich bin Tulio, und das«, er nickte zu der Pomadefrisur hinüber, »ist mein Kumpel Cilio. Der dort«, er machte eine Bewegung mit dem Kinn, »ist Vincente, und das da ist Antonio, sein heiß geliebter Schwager, der Bruder seiner Frau und auch für uns wie ein Bruder.«

Vincente sah Tulio misstrauisch an, dann stand er auf, beugte sich zu ihm hinunter und bat ihn leise zur Seite. Die Köpfe gesenkt, gingen sie zum Geländer.

Dort brach es aus Vincente hervor: »Wie oft hab ich dir schon gesagt, lass die Witze über Antonio.«

»Wann hab ich denn einen Witz gemacht?«, fragte Tulio arglos und schnippte sich etwas von der Schulter.

»Was war das von wegen Bruder? Und was für eine heiße Liebe ist plötzlich in dir entflammt? Hättest du nicht einfach sagen können: Das ist Antonio?«

»Mann, ich versteh dich nicht.« Tulio atmete halbwegs erleichtert auf. »Soll der Bruder von deiner Frau etwa nicht auch für uns wie ein Bruder sein?«

»Lass das, hab ich gesagt.«

»Gut, dann eben nicht. Aber als ihr noch nicht miteinander verwandt wart, du altes Schlitzohr«, Tulio grinste, und auch über Vincentes Gesicht huschte ein schelmisches Lächeln, »hast du dich eigentlich auch ganz schön über ihn lustig gemacht.«

»Was einmal war, das war einmal.« Und Vincente fügte versöhnlich hinzu: »Sag so was nicht mehr, ja?«

»Schon gut, ich werd nichts mehr sagen, komm, gehen wir zurück, die gucken schon blöd. Da, der Lumpenhannes sagt was zu ihm. Ob er sich auch über ihn lustig macht?«

»Jemand hat nach Ihnen gesucht. Sie sind doch Antonio, oder?«

»Ja.« Der Angesprochene wunderte sich. »Wer hat nach mir gesucht, wann?«

»Vor einer guten Stunde. Er hat gefragt, ob ich weiß, wo Antonio wohnt.«

»Setzen wir uns doch, im Sitzen können wir auch weiterreden«, schlug Tulio vor und rief: »Arturo, bring noch ein Glas«, und als sein Blick die erdverschmierten Hände von Domenico streifte, lächelte er und wandte sich noch mal um: »Aber spül es ordentlich, scheint ein gepflegter Junge zu sein.«

Jeder von uns hat seine eigene Stadt, auch wenn wir oftmals nichts davon wissen.

Zweistöckige Häuser, den ganzen gepflasterten Hang hinan. Die Stadt, mit ihren Männern, Frauen und Kindern. Wasser, aus dem Rachen des Löwen, das aus der hohlen Hand mit jedem Schluck besser schmeckt. Jaaa, da liegt sie, die Stadt, übersät von roten Dachziegeln, mit faltig durchfurchten Dächern, von oben betrachtet. Eisenrohre, durch die bei Unwetter das Wasser rauscht. Schwerfällig dampfend, die Stadt nach dem Regen. Durch die Fensterscheiben verfälschter Schnee und echter Schnee, der auf dem Gesicht schmilzt. Ein riesiger Springbrunnen in der Mitte der Stadt und an heißen Sommerabenden die Feinstädter, die, sich nach Kühle sehnend, um das Becken herumsitzen, still, in Erwartung der neuesten Neuigkeiten. Feinstadt, Nest von Handwerkern und einigen wenigen Reichen, und auch derer, die sich von Verwandten beherbergen lassen. Unsere Stadt, blau und rosa getünchte Häuser, welche des Nachts in schwarze sich wandeln, und unter dem Geläut unzähliger Glocken, welches zu jeder vollen Stunde die geronnene Luft erzittern lässt, der gleichgültige Ruf des Nachtwächters, des Lügners Leopoldino: »Es ist so und so viel Uhr und alles ist in Oooooordnung ...« Durchscheinender Nebel in der Morgendämmerung, frische Farben, Höfe mit Trauerweiden, Rosen und Dahlien und andere, namenlose Blumen am Rande der Stadt, in der Aue.

»Auf Vincente.« Tulio hob das Glas. »Auf einen ganzen Kerl und echten Kumpel. Wir gratulieren dir noch einmal zu deiner Heirat, alles Gute für dich und deine wunderschöne Giulia, mit allen Anverwandten. Du bist ein toller Kerl, und wir mögen dich sehr. Auf dass wir dir in einem Jahr zu einem Sohn gratulieren können, du Schlitzohr!«

Vincente rang sich ein Lächeln ab.

»Ich trinke auf ex«, erklärte Tulio, führte das Glas an die Lippen und hielt es kurz darauf umgedreht in die Höhe. »So.«

Er füllte es noch einmal und sagte: »Und jetzt – auf Antonio!« Und er leerte es wieder.

»Ganz kurz, Tulio.« Vincente nahm ihn noch mal zur Seite. Sie gingen wortlos zum Geländer.

»Was ist?« Tulio konnte nicht länger an sich halten.

»Na, hättest du nicht ein paar Worte sagen können, was hast du so leidenschaftslos auf ihn getrunken, was ist mit dir los?«

»Mann!« Tulio schnaufte. »Ich versteh dich nicht. Sag ich was, dann heißt es, warum machst du Witze, und wenn ich nichts sage ...«

»Vincente!«, rief Cilio vom Tisch her. »Auf dich, alles Gute! Und auf Antonio, auf euch beide!« Und während er das Glas ansetzte, schaute er in die Ferne und machte eine unwillige Handbewegung. »Giuseppe kommt!«

»Wirklich?« Tulio schrak auf. »Kommt er hierher? Ist er betrunken?«

»Was weiß ich, so aus der Ferne ... Bei ihm lässt sich das immer schwer sagen.«

In der Nähe jeder Stadt fließt gewöhnlich auch ein Fluss. Am Ufer, kraftvoll verwurzelt in der Erde, Bäume, Bäume, deren Äste, voller Blätter, aus der Ferne betrachtet, sacht auf der Luft sich abstützen. Unter jedem Baum segensreicher Schatten, und das Gras saftig, frisch, milchgetränkt. An den heißen, endlos langen Sommertagen ein Spaziergang aus der Stadt hinaus, den Fluss entlang, und gegen Abend am Flussufer im Wasser gekühlter Wein, Käse, Brot und frische Kräuter, aus den Dörfern in die Stadt gebracht und vor dem Verkauf noch mit Wasser bespritzt. Das Wasser dunkel im Schatten der Äste, dann wieder glänzend in der Sonne.

»Ho-ho!«, rief Giuseppe, streckte Antonio seine enorme Pranke entgegen, und während dieser sie höflich drückte, griff er nach Cilios ordentlich in die Hose gestecktem Hemd und riss es heraus. »Wie steht's, Cilio, alter Schlawiner?«

Dann machte er einen Schritt vor und breitete die Arme aus: »Tulio, mein Bester.«

Sie umarmten einander. Tulio war ein dünner, hoch aufgeschossener

Kerl, aber er musste sich, um Giuseppe zu küssen, auf die Zehenspitzen stellen, und Giuseppe beugte sich zu ihm herab und drückte ihn.

»Gerade haben wir auf Vincente getrunken«, erklärte Tulio, »er hat geheiratet, die Schwester von Antonio, Giulia.«

»Oho, schön, schön, Giulia soll eine tolle Frau sein«, meinte Giuseppe. »Auf deine Wahl, Vincente, jetzt liegt es an dir, mach ihr keinen Ärger und brich ihr nicht das Herz. Was eine Frau braucht, weißt du ja. Auf alle echten Kerle, falls du einer bist, und falls nicht, dann isses mir auch egal.« Und er trank aus.

»Essen Sie was dazu, Giuseppe«, forderte Cilio ihn auf.

»Was soll ich essen, ihr habt ja nichts.« Giuseppe wurde nachdenklich. Er hatte das kurzärmelige Hemd bis zu den Schultern hochgekrempelt, und beim Denken bebten seine riesigen Muskeln. Ohne seinen Gedankengang zu unterbrechen, streckte er die Hand aus und riss wieder an Cilios Hemd. »Wo ist Arturo, dieser ...!«

»Er kommt sofort, er ist schon dabei, das Fleisch zu braten«, erwiderte Tulio ganz fröhlich, dann erlosch sein Lächeln.

»Das ist gut, auf dem Fleisch muss sich Tau sammeln, so richtig appetitlich, wie eine rassige Frau, nicht wahr, Vincente?«

Der Schwager von Antonio saß da wie festgewachsen.

»Na bitte, Vincente ist meiner Meinung, eigentlich sollte man gar nicht erst heiraten, die Frauen sind sowieso alle Flittchen. Hab ich recht, Cilio?« Und er brüllte: »Sag schon!«

Cilio stand noch immer mit dem Rücken zu ihnen und knöpfte sich die Hose zu: »Klar, selbstverständlich.«

»Hast du gehört, was er über deine Frau sagt?« Giuseppe linste zu Vincente. »Dass sie ein Flittchen ist. An deiner Stelle würde ich, ehrlich gesagt, in die Luft gehen. Ich muss kurz weg, bin gleich wieder da. Lasst bloß keine Langeweile aufkommen.«

Angespannte Stille machte sich breit. Alle schauten auf Vincentes zitternde Finger, die das Glas umklammerten.

»Komm schon, du weißt doch, was für ein Rüpel er ist.«

»Umbringen sollte ich ihn, nur wie? Dann lande ich im Kittchen«, stieß er zwischen den Zähnen hervor und zitterte noch mehr. »Und wenn ich nichts tue, erlaubt er sich so was.«

129

»Komm schon, beruhig dich«, bat ihn Cilio.

Vincente fuhr herum. »Wie kann ich mich beruhigen? Zweimal hat er dir das Hemd rausgerissen, und ich soll mich beruhigen?«

»Du darfst dich nicht auf sein Niveau begeben«, riet ihm Tulio, legte einen Zwiebelring auf ein Stück Fleisch und biss hinein. »Du hast jetzt eine Frau, du bist nicht mehr allein, wenn du ihn umbringst, ist es um euch beide geschehen. Du landest im Kittchen, ohne sie, sie bleibt ohne dich, und du weißt ja, falsche Hunde gibt's genug. Willst du das?«

»Nein, aber was wollte er mit Cilios Hemd, hm?«, fragte Vincente. »Er ist ein richtiges … Trampeltier.«

»Aber wirklich.« Antonio runzelte die Stirn und senkte die Stimme: »Seid still, er kommt zurück. Reden wir über was anderes.«

»Wie spät ist es eigentlich?«, fragte Vincente laut.

Jeder von uns hat seine eigene Stadt, unser Herz hängt an ihr, und wir erklettern jeden Abend den bläulichen Hügel, setzen uns hin, ziehen die Beine an, legen das Kinn auf die Knie, und mit hängenden Armen und rundem Rücken beobachten wir schweigend, wie über unserer Stadt die Nacht hereinbricht und wo als Erstes das Licht angeht – ja, schau mal, da drüben. Es ist noch nicht ganz dunkel und das Lichtchen kaum auszumachen, nach und nach erst gewinnt es an Kraft. Später dann wird ein riesiger Schatten schaurig das schimmernde Fenster decken. Finsternis wird sich breitmachen in unserer Stadt, mancherorts durch farbige Scheiben gebrochen. Irgendwo wird sich eine Tür öffnen, auf der Schwelle wird hilflos das Licht flattern und zerschmelzen, sobald die Türe sich schließt. Vielleicht gehen sie gerade auf Besuch, vielleicht legt ein einsamer Mann sich schlafen, vielleicht treibt ein dringendes Verlangen sie zueinander, vielleicht erlischt in einer Laterne das Licht.

»Arturo, bring mal ein Licht.«

»Sofort, mein Herr.«

Und wenn es heiß ist, lässt sich an den Mauern der Häuser unserer Stadt jeder noch so kleine Riss erkennen, und wenn wir unsere Stadt lieben, werden unsere Finger bedauernd an der gerissenen Mauer entlangfahren, wir werden uns gegen sie lehnen und in ihrem Schatten Zuflucht finden. Mit unserem ganzen Körper werden wir uns gegen die kühle Mauer drücken und auf den Abend warten, darauf, dass es etwas frischer wird. Unsere Blicke werden Landos mit acht Pferden folgen, in denen sechzehn Feinstädter sitzen – keiner weiß, wohin sie fahren –, und kleineren Landos, Zweisitzern, in denen Frauen mit langen Kleidern, Schirmen in der Hand und breitkrempigen fransigen Hüten hoheitsvoll spazieren fahren; und dann wird es richtig kühl, wenn der Lügner Leopoldino mit dem ersten Glockenschlag auf die Straße tritt und gleichgültig ruft:

»Es ist ein Uhr nachts und alles ist in Ooooordnung …«

»Wie, ist es schon eins?«, wunderte sich Tulio.

»Ja, Jungs«, sagte Arturo sanftmütig. »Vielleicht geht ihr mal langsam, hm?«

»Wie viel macht das?«

»Wenn der junge Mann nichts zurück will, ist alles bezahlt.«

»Will ich nicht«, rief Domenico, »stimmt so.«

»Dann bekämen Sie noch vierzig Groschen.«

Prüfend beobachteten sie ihn und er begriff.

»Darf ich Ihnen das lassen?«

»Wie es Ihnen beliebt«, Arturo tat bescheiden.

»Dann behalten Sie das.«

»Vielen Dank, Señor.«

Giuseppe musterte ihn, meinte: »Scheint ein netter Junge zu sein, wer auch immer er ist«, und machte sich wieder an Cilios Hemd zu schaffen.

»Wissen Sie schon, wo Sie heute übernachten, Señor?«, fragte Arturo.

»Nein.«

»Kommen Sie doch zu mir.«

»Wenn du nicht zu müde bist«, raunte Tulio ihm zu, »dann komm, statten wir den leichten Frauen einen Besuch ab.«

Domenico überkam ein Gefühl, als habe Giuseppe ihn im Würgegriff, doch Giuseppe stand ein Stück weit weg.

»Nein.«

»Gehen wir, mein Guter«, schmeichelte Arturo. »Ich wohne hier ganz in der Nähe.«

Es war wirklich nicht weit. Er drückte das gelb gestrichene Tor auf, führte ihn über einen mit Kieselsteinen bestreuten Pfad, brachte ihn in den ersten Stock und sagte: »Hier, warten Sie auf dem Balkon, Señor, ich bin sofort …«

Aus dem Zimmer trat eine Frau heraus, sie hatte die Augen geschlossen, stieß mit der Schulter gegen den Türrahmen und merkte es nicht mal. Sie hielt eine dicke Matte, eine Bettdecke und ein Kissen umklammert und schlurfte damit noch schlafend über den Balkon und die Treppe hinunter.

»Das ist unser schönstes Zimmer, treten Sie ein, ruhen Sie sich aus«, sagte Arturo, »hier können Sie schlafen, das Bett ist frisch bezogen, über die Miete werden wir uns sicher einig, gute Nacht, Señor.«

Domenico stand im Dunkeln. Dann zog er vorsichtig, damit die elf Drahkan nicht klimperten, seine zerlumpten Kleider aus, den Rest hatte er vergraben, beim Baumstumpf. Er legte sich hin. Vom schneeweißen Bettlaken ging ein angenehmer Duft aus. Er verharrte regungslos, und plötzlich durchzuckte es ihn: »Wo bin ich bloß? Was mache ich hier?« Er kam hoch, stützte sich auf einen Ellenbogen, kniff die Augen zusammen, zog eine Grimasse und starrte in die Dunkelheit. Dann setzte er sich ganz auf, ließ die Hand vorsichtig in die Tasche gleiten, zog die elf Drahkan heraus, schob sie unters Kissen.

Nicht, dass sie mich töten! Einen Drahkan holte er wieder hervor und steckte ihn in die Hosentasche zurück. Vielleicht geben sie sich damit zufrieden. Ihm war, als stände jemand hinter der Tür, mit angehaltenem Atem. Domenico zog sich die schneeweiße Decke bis über die Nase, er wagte kaum zu atmen. Dass er Angst hatte, war doch verständlich, wie leicht wäre es, die Tür zu öffnen, auf Zehenspitzen zu seinem Bett zu schleichen, mit dem Messer zuzustoßen, aus. Aber nein, nein – jemand beschützte ihn! Oder aber … ein Messer war ja überhaupt nicht nötig, das Blut hätte nur Flecken hinterlassen, eher würden stählerne Finger ihm den Hals abdrücken … aber nein, nein, er konnte auf jemanden zählen! Dieser Jemand würde ihn nicht im Stich lassen. Oder … ein spitzer Stein, geschleudert, und er sah seinen eigenen Kopf, böse starrte die klaffende Wunde ihn an, der kalte, glatte Blick des faltigen Hirns … Nein, nein, jemand war ihm gut, dieser Jemand würde ihn beschützen. Er wurde ruhiger, entspannte sich ein wenig und merkte nun erst, wie müde er war. Seine Besorgnis verflog, sein Körper wurde schwer. Die sanften Zangen des Schlafes berührten sein Gesicht, die Augen fielen ihm zu, das Kinn sank ihm auf die Brust. Kurz blieb er noch wach, dann drehte er sich zur

Wand. Das saubere Bett fühlte sich gut an, er seufzte vor Wohlbehagen, und als er die Wange auf die Handfläche legte, schlief er ruhig ein.

Jemand liebte ihn.

Durch Feinstadt ging nachts ein Mann. Ein sehr kleiner, mit kurzen Armen; mal hob er die Laterne mühsam bis zur Brust und kniff die Augen zusammen, mal leuchtete er aufs Straßenpflaster, in der Hoffnung, da etwas zu finden, dann richtete er sich auf, und in zu großen Schuhen, die ein Mitleidiger ihm geschenkt hatte, setzte er schlurfend seinen Weg fort. In den Wintern verkroch er sich in seinen selbst gezimmerten Verschlag aus dünnen Brettern, oder er machte sich in der Nähe ein Feuerchen und wärmte sich die rauen Hände, und ab und zu wandte er dem Feuer auch den Rücken zu. In regnerischen Nächten bedeckte er sich Kopf und Rücken mit einem Sack und lief gebeugt umher, schaute ab und zu in seinem Verschlag vorbei, hielt die Laterne vor die große Sanduhr und machte rufend seine Runde durch die verschwommen glänzenden, regennassen Straßen: »Es ist zwei Uhr nachts und alles ist in Ooordnung …« Im Sommer verbrachte er ganze Nächte auf der Straße, scheu schaute er zu offenen, dunklen Fenstern hinauf, und sobald er die Uhr schlagen hörte, schwenkte er seine Laterne hin und her und rief: »Es ist viiier Uhr nachts und alles ist in Oooordnung …« Aber da war aus einem der Fenster das gedämpfte Schluchzen einer Frau zu hören, sie hatte womöglich das Gesicht ins Kissen gedrückt und weinte, manchmal ging auch irgendwo lautes Geschrei los und Geschirr zerbrach; hinter einem schwach schimmernden Fenster lief jemand vor dem Bett eines kranken Kindes grübelnd auf und ab, ein in die Länge gezogener Schatten fiel von Zeit zu Zeit über den Vorhang; jemand stöhnte, und Leopoldino, der Lügner der Nacht, schaute beim ersten fernen Glockenschlag auf seine Sanduhr, seine Hände formten einen Trichter, und er rief verhalten: »Es ist drei Uhr nachts und alles ist in Oo-ordnung …« Mal kam, mit hängendem Kopf, ein Betrunkener angewankt, dann verbarg sich Leopoldino hinter dem nächstbesten Haus und versteckte die Laterne unter seinem langen, zerfetzten Mantel. Mal klackerte eine von der Dunkelheit verängstigte Frau vorbei, die sie in Feinstadt als leichte Frau bezeichneten. Leopoldino mied auch sie, die Laterne verbarg er nicht, aber ihrem Blick wich er aus. Dann dämmerte es. Feinstadt kam mit all seinen guten und schlechten Seiten ans Licht, und Leopoldino, verfroren und schläfrig, rief, durchdrungen von einer Art unerklärlichen Freude: »Es ist seeechs Uhr morgens und alles ist in Ooordnung …« Und er ging zu seinem Verschlag am Stadtrand und schlief gerade ein, als die andren schnaufend die Augen öffneten …

Wo bin ich?

Es war das Zimmer bei Arturo.

DER ZWEITE TAG

Er war im Zimmer bei Arturo. Ausgestreckt lag er auf dem großen breiten Bett, die weiche Daunendecke mutete ihn nunmehr fremd an. Er räkelte sich und zuckte zusammen; er setzte sich auf, schob eine Hand unters Kissen und beruhigte sich – alle zehn Drahkan waren da. Dann tastete er die Hose ab, auch jener eine war da, in der Tasche. Zufrieden saß er auf dem Bett, die Morgenfrische zwickte ihn leicht, er legte sich wieder hin und zog sich die Decke über die Schultern. Er sah sich im Zimmer um, an der Decke war ein Fleck, er schaute und schaute, und ihm war, als erkenne er ein Gesicht – deutlich waren Augen, Bart und Nase zu sehen, auch die Lippen hätten so aussehen können, zusammengepresst. Ein Insekt prallte gegen die Fensterscheibe, und er sah hin, dann schaute er wieder zur Decke, doch er konnte in dem Fleck kein Gesicht mehr ausmachen; eine Weile versuchte er es noch, vergeblich. Das ist doch keine Wolke, dass es sich verändert haben könnte?, dachte er und starrte weiter hartnäckig darauf, erkannte aber nichts als einen formlosen Fleck.

Gern wäre er aufgestanden, getraute sich jedoch nicht. Die Gastgeber schliefen womöglich noch, kein Laut drang zu ihm. Er betrachtete die fremden Gegenstände, im Dorf hatte er nie solch einen Stuhl, solch einen hübschen Tisch gesehen, ein silberner Teller war schön sichtbar platziert, und der Boden glänzte rot. Er konnte nicht länger so still liegen bleiben.

Auch das war ein Spiel gewesen, in Kindertagen: Wenn es regnete und der Hinkende ihn nicht zum Spielen rausließ, kauerte er sich auf die Fensterbank und schaute durch die Fensterscheibe auf den schlammigen Hof hinunter. Und als es ihm einmal fast das Herz brechen wollte, da schaute er, schaute, wischte sich die Tränen weg und ihm fiel etwas ein: er stellte sich vor, er ginge auf den Hof und planschte durch die Pfützen; vom Fensterbrett aus beobachtete er entzückt seinen Doppelgänger, unter dessen Füßen der Schlamm hervorquatschte. Und wo er jetzt so dalag, stellte er sich vor, dass er aufstand und beherzten Schrittes durch das Zimmer ging. Er hatte das Bedürfnis zu schreien, er schrie, sprang auf den Tisch, ja, er lief gar kopfüber die Decke entlang, und schlagartig erkannte er in dem Fleck ein streng dreinschauendes Gesicht, er war verwirrt, wollte sich vergewissern, und sogleich verschwanden Augen, Nase, Bart und die zusammengepressten Lippen. Nein, er konnte nicht länger so liegen bleiben, er stand auf und ging barfuß zur Tür, zaghaft lauschte er. Er meinte, etwas gehört zu haben, und spähte durchs Schlüsselloch: Arturo stand regungslos da und schaute auf die Tür, er hüstelte. »Sind Sie wach, Señor?«, fragte er leise. Domenico sprang ins Bett zurück und rief: »Ja, schon längst.«

»Und da gehe ich auf Zehenspitzen, um Sie nicht zu wecken«, rief Arturo fröhlich und öffnete die Tür. »Wie haben Sie geschlafen, sicher wunderbar, nicht wahr? Soll ich das Frühstück ans Bett bringen?«

»Nein, nein«, Domenico wurde rot, »ich bin ja nicht krank.«

»Ganz nach Ihrem Belieben, mein junger, geschätzter Señor.« Arturo verneigte sich, lächelte, doch als Domenico sich ankleidete und in die zerfetzten Sandalen schlüpfte, gefror ihm das Lächeln im Gesicht.

Domenico sah ihn an, und auch wenn Arturo seinem Blick auswich, verstand er doch sogleich.

»Hier, in der Stadt«, fragte Domenico leise, »kann man da Kleidung besorgen?«

»Aber natürlich!«, rief Arturo lebhaft. »Wenn Sie noch ein paar Drahkan haben, besorge ich Ihnen nicht nur Kleidung, ich bringe Ihnen auch Joghurt aus Vogelmilch!«

»Wie viel würde das kosten?«

»Für durchschnittliche Kleidung reicht einer vollkommen, ich meine, für solche, wie sie jeder Durchschnittsbürger trägt. Aber wenn Sie noch zwei drauflegen, bringe ich Ihnen Kleider, dass selbst ein Blinder Ihnen hinterherschaut.«

»Nein, solche will ich nicht.« Domenico schüttelte den Kopf. »Ich komme sofort, wo frühstücken wir?«

»Wenn es Ihnen recht ist, unten. Oder ich bringe es hoch.«

»Ich komme runter.«

Nachdem Arturo das Zimmer verlassen hatte, schob Domenico die Hand unters Kissen und ließ das Geld in die Tasche klimpern. Er trat auf den Balkon und betrachtete mit zusammengekniffenen Augen Feinstadt, es war ein sonniger Morgen, ein Lando kam die Straße entlanggerattert. Domenico stieg die Treppe hinunter, betrat das Zimmer, und der Anblick des gefällig auf dem blütenweißen Tischtuch angeordneten Geschirrs vermittelte ihm ein Gefühl von Behaglichkeit.

»Ah, Sie sind da! Das ist meine Frau, Eulalia.«

»Herzlich willkommen!« Die Frau griff nach ihrem langen Kleid, zog es ein wenig in die Breite und machte geschwind einen leichten Knicks.

»Guten Tag«, sagte Domenico.

Die Frau stutzte. Sie warf Arturo einen Blick zu, dann verließ sie hocherhobenen Hauptes das Zimmer.

»Nicht schlimm, Señor.« Arturo rückte ihm einen Stuhl zurecht. »Bitte, setzen Sie sich, Sie haben das bestimmt nicht gewusst, nicht schlimm.«

»Was habe ich nicht gewusst?«

»Macht nichts, das sind Kleinigkeiten. Nicht der Rede wert.«

»Was für Kleinigkeiten?«

»Nun ja, wenn eine Frau Sie grüßt, sollten Sie den Gruß erwidern, indem Sie die Fersen zusammenschlagen und den Kopf neigen, aber es macht nichts, wirklich.«

Domenico stammelte betreten: »Ich … das hab ich nicht gewusst.«

»Ich weiß, Señor. Ein andermal.«

»Ich werde sofort zu ihr gehen und … wie macht man das?«

»Na ja, so. Jetzt gehen Sie besser nicht zu ihr, setzen Sie sich, hier bitte, da ist Butter, Käse, Honig … Mögen Sie Ihr Ei hart oder weich gekocht?«

»Das ist mir gleich.«

»Dann nehmen Sie beides. Stellen Sie es hier rein, das ist extra für das weiche Ei, damit Sie eine Hand frei haben. Und hier ist auch warme Milch, bedienen Sie sich, ich hege keinerlei Zweifel, dass wir uns bezüglich des Preises einig werden, es besteht keine Notwendigkeit, darüber im Voraus zu sprechen, Gespräche über Geld verderben den Appetit. Hier bitte, ein Löffel.«

Domenico, dem der Appetit vergangen war, legte sich Käse aufs Brot und zwang sich, hineinzubeißen, doch es wollte ihm nicht schmecken, das Brot war dünn geschnitten, kein Vergleich zu den genüsslich abgerissenen Brotkanten im Dorf.

»Wo kann man sich denn hier die Hände waschen?«

»Ach, ich Hohlkopf!« Arturo schlug sich gegen die Stirn. »Wie dumm von mir, kommen Sie bitte, hier. Falls Sie noch was brauchen … Und das hier ist mein Sohn, Giangiacomo, gucken Sie mal, wie gut ich für ihn sorge, sehen Sie, was für rote Backen er hat? Aber für die Ernährung geht ganz schön was drauf, hoho!«

Als sie ins Zimmer zurückkehrten, setzte sich Domenico zu Tisch, und Arturo schlug vor: »Wenn Sie möchten, geben Sie mir die zwei Drahkan, und während Sie frühstücken, besorge ich Ihnen die Kleidung.«

Domenico lehnte sich zurück, streckte sein rechtes Bein aus und steckte die Hand in die Tasche.

»Gleich, gleich, ich will erst mal Maß nehmen.« Arturo nahm aus einer bunten Kiste ein Hanfknäuel. »Der Schneider wohnt hier um die Ecke, ich renne schnell rüber und bin sofort wieder da, stehen Sie bitte mal kurz auf.« Er legte den Hanffaden am Hals an, ließ ihn bis zu den Füßen herab, machte einen Knoten, dann maß er die Taille, den Brustkorb, machte wieder Knoten. »Bin im Nu zurück, Señor, ach, die Fußmaße hab ich ganz vergessen.«

In diesem Augenblick steckte der Mann, der mit tränenden Augen das Fleisch gegrillt hatte, den Kopf zur Tür herein.

»Soll ich schon hin, soll ich aufmachen?«, fragte er Arturo.

»Ja klar, was denn sonst!«, donnerte Arturo los, dass Domenico zusammenzuckte. »Was denn sonst, du Trottel!«

Domenico starrte Arturo bestürzt an, sein Gastgeber war wie ausgewechselt. Und als er die Schultern einzog, drehte Arturo sich zu ihm um, lächelte und fragte liebenswürdig: »Also für zwei Drahkan, nicht wahr?«

»Ja«, Domenico nickte. »Reichen zwei?«

»Aber sicher, warum sollte das nicht reichen?« Und er versuchte einen Scherz: »Zwei sind ja mehr als einer!«

In Feinstadt standen schöne Häuser mit spitzen Dächern, hellblaue, rosafarbene. Es war ein sonniger Tag, Frauen mit halb durchsichtigen Kleidern und leichten Schirmen gingen spazieren, Arm in Arm, manche hielten ein ganz in Weiß gekleidetes Kind an der Hand, Männer standen gegen die Mauer gelehnt, beobachteten träge die Frauen. Über die gepflasterte Straße schob ein Mann in einem langen, dünnen Mantel einen Wagen voller Kräuter, und beim Anblick der Frühlingszwiebeln und des Korianders ging Domenico das Herz auf. Auf einem niedlichen, über die Straße ragenden Balkon polierte eine kräftige Frau Stiefel und trällerte vor sich hin. Neben jeder Tür hing eine Glocke mit Klöppel, manchmal trat einer der Passanten sich die Schuhe auf dem Lappen vor einer Tür ab und klingelte. Ein leicht beschwipster Mann stand, den Hut nach hinten geschoben, mitten auf der Straße und ließ ein glänzendes Saiteninstrument erklingen, leicht raschelte im Windhauch die Wäsche auf dem Balkon. Jemand warf einer wunderschönen Frau eine Rose zu, ein Mann mit nacktem behaarten Oberkörper, doch diese würdigte die Blume keines Blickes und setzte erhobenen Hauptes ihren Weg fort. Der Mann gähnte betrübt und kratzte sich nachdenklich an der Brust. Auf bunten Zäunen ruhten Trauerweiden ihre Äste aus, in der Mitte des großen Springbrunnens stand ein steinerner Löwe, er hatte den Kopf zum Himmel erhoben, und anstelle von Gebrüll schoss Wasser aus seinem Maul. Einer Frau in langem Kleid lief ein schwarzer, lockiger Hund voraus, in der Ferne glitzerte der Fluss.

»Gefällt sie dir?«, fragte Tulio.

»Was?«

»Unsere Stadt.«

»Ja, sehr.«

Auf dem Rand des Springbrunnens saß mit hängendem Kopf Giuseppe und dachte offenbar nach, denn seine Muskeln bebten.

»Sssst.« Tulio legte den Finger auf die Lippen und flüsterte: »Leise, machen wir uns davon, für den hab ich jetzt keinen Kopf.« Auf Zehenspitzen schlichen sie weg, und plötzlich hörten sie jemanden sagen: »Ha, hab ich dich also doch gefunden, hab ich dich erwischt!« Ein fünfzehnjähriger Junge baute sich vor Giuseppe auf, in der Hand einen kurzen Holzstock. In der Nähe stand verzagt eine alte Frau.

»Wer ist das?«, wunderte sich Domenico.

»Unser jugendlicher Irrer, Ugo«, kicherte Tulio, »der treibt Giuseppe in den Wahnsinn.«

Der Junge untermalte seine Rede mit selbstgefälligen Gesten, und alle paar Sekunden leckte er sich über die Lippen. Dick war er nicht, eher merkwürdig schwammig, er hatte das Gesicht einer schönen Fünfzigjährigen, und bei einem Jungen in seinem Alter wirkte diese Art Schönheit grässlich. Große, grüne, aufsehenerregend schöne Mandelaugen hatte er, doch von Zeit zu Zeit erstarrte sein Blick, und frostiger Nebel stieg ihm in die Augen, und es war, als schwappe ein gräulich glänzender Fisch träge mit der Schwanzflosse, und da er sich aus der Augenhöhle nicht befreien konnte, zappelte er erbittert.

»Ahaa«, rief der jugendliche Irre, Ugo, »hab ich dich doch erwischt!« Frohlockend kniff er die Augen zusammen: »Jetzt hat dein letztes Stündlein geschlagen; hast du gemeint, du könntest dich vor mir verstecken, wolltest du etwa untertauchen?«

»Zieh Leine, du Pimpf.«

»Hörst du, Omi, hat er nach diesen Worten nicht den Tod verdient? Hat er nicht verdient, dass ich ihm mein gewetztes Messer zwischen die Schulterblätter stoße?«

»Schlepp die Rotznase weg, sonst benutz ich ihn als Fußabtreter.«

»Warum drohst du ihm, mein Sohn«, klagte die alte Frau und sah ganz erbärmlich aus. »Du weißt doch, wie er ist.«

»Ich weiß gar nichts! Wenn er nicht für den Umgang mit Menschen geeignet ist, dann müsst ihr ihn wegsperren.«

»Zu den meisten ist er ja ganz friedlich, nur wenn er dich sieht, dreht er durch.«

»Von wegen, nur wenn er mich sieht! Der ist doch zu jedem so! Hat er letztens zu Cilio nicht das Gleiche gesagt?«

»In deinen Eingeweiden steckt eine Dolchscheide, Giuseppe, und diesen kamoranischen Dolch werde ich langsam und sicher in die Scheide einführen, mal schauen, ob du dann immer noch so zornig bist.«

»Zieh Leine, du Waschlappen! Mit dem Holzmesser, ja?«

»Keine Sorge, ich treibe noch ein echtes Messer auf.« Der Junge leckte sich über die Lippen. »Obwohl, es braucht gar nicht viel, nur eine zackige Handbewegung, starke Finger an deiner Gurgel, die große Ader wird dir anschwellen, Grauen wird sich auf deinem Gesicht spiegeln, deine trockene Zunge wird keinen Tropfen Speichel mehr im Mund finden, und dann wird dich die Flamme des Schmerzes verzehren, Giuseppe.«

»Schenken Sie ihm keine Beachtung, ich bitte Sie.«

»Ich hab doch keine Angst vor ihm! Aber in letzter Zeit hab ich komische Träume. Und jetzt verschwinde, du, sonst bring ich dich um, dass du es weißt!«

»Merk dir meine Worte gut, Giuseppe, irgendwann werde ich nicht mehr nur ein Holzmesser haben.«

»Er ist noch ein Kind, verzeihen Sie ihm, Señor Giuseppe.«

»Und in der Morgendämmerung, zur Sterbestunde der Nacht«, der Junge plusterte sich auf, »wenn du mit dem Gesicht nach unten daliegst, dem süßen Morgenschlaf hingegeben, und plötzlich im Hals einen furchtbaren Schmerz verspürst und deine Bluttropfen, vor Angst spitz geworden, zu zittern beginnen wie ein im Baum steckender Pfeil, dann denk daran, bevor du ganz das Bewusstsein verlierst, dass ich es bin, ich, Ugo.«

Niedrige, bunte Tische standen draußen auf der Straße, dazwischen glänzten Bambussessel mit hoher Rückenlehne sanft im Sonnenschein. Eine Frau von schönem Wuchs, die Ärmel hochgekrempelt, stand gegen die Wand gelehnt, sie betrachtete, die Augen zusammengekniffen, schwach lächelnd die Passanten, ein Sonnenstrahl fiel ihr ins Gesicht.

»Was trinkst du?«, fragte Tulio. »Sie hat alles.«

»Weiß nicht, ich hab noch keinen Durst.«

»Zum Trinken braucht man doch keinen Durst.« Tulio lächelte. »Oder?«

»Nein.«

»Na, dann setzen wir uns doch, schau mal, hast du schon mal so 'ne Witwe gesehen?«

Tulio schlug unbekümmert die Beine übereinander, während Domenico angespannt dasaß. Die Frau löste sich mit einem Ruck graziös von der Wand, im Näherkommen schwangen ihre nackten Arme anmutig mit. Bei jedem Schritt lief ihr eine wundersam weiche Linie vom Kopf bis zu den Füßen. Über ihrer hohen Brust war ihr Kleid an den Knöpfen bis zum Bersten gespannt. Der Wind wickelte ihr das glänzende schwarze Haar um den langen weißen Hals, mit ihren langen Fingern befreite sie sich davon und warf es zurück. Sie beugte sich ein wenig vor, stützte sich leicht mit den Fingerspitzen auf dem Tisch ab, lächelte und fragte:

»Was trinkst du, Tulio?«

»Schaumtrunk. Ist er frisch?«

»Von gestern.«

»In Ordnung. Bring erst mal zwei. Du trinkst doch mit, Domenico?«

»Ja.«

»Wie heißt er?«, fragte die Frau interessiert.

»Domenico.«

Die Frau musterte ihn unverhohlen und lächelte. Ohne Tulio anzusehen, fragte sie ihn:

»Woher kommt er? Nicht von hier, oder?«

»Das weiß ich auch noch nicht. Woher kommst du eigentlich, Domenico?«

»Ich bin vom Dorf.«

»Du bist aber doch so blass«, schmeichelte ihm die Frau liebevoll, dickflüssig wie Honig rann ihr die tiefe, kehlige Stimme von den Lippen.

Domenico entschloss sich, zu schweigen.

»Bin gleich wieder da.« Sie drehte sich um.

»Bring uns die hohen Gläser, Teresa«, rief ihr Tulio hinterher.

Sie nickte, ohne sich umzuschauen.

»Ich glaube, du hast ihr gefallen. Oh, verdammt!«

Domenico zuckte zusammen: »Kommt etwa Giuseppe?«

»Neee! Noch schlimmer.«

»Grüßt euch«, sagte Edmondo, zog einen Stuhl heran und setzte sich.

Eine Weile schwiegen sie. Teresa brachte die hohen Gläser und stellte sie auf den Tisch. Sie lächelte dem verlegenen Domenico zu, dann brachte sie noch zwei Flaschen. Ein bernsteinfarbenes Getränk war das, durstlöschend und appetitanregend. Der eben Hinzugekommene, Edmondo, schien sehr nachdenklich, obwohl, beim Nachdenken saß man eigentlich nicht so aufrecht da. Er hatte schwarzes Haar, schwarze Augenbrauen und lange, gerade Wimpern. Seine großen, abstehenden Ohren waren allzeit bereit, jedwedes Geflüster aufzufangen. Es war erstaunlich, aber diese Ohren wirkten lebhafter als seine schwarzen, fiebrigen Augen. Wenn er zur Seite schauen wollte, drehte er zuerst mal den Kopf. Sein Blick blieb dabei träge am alten Punkt haften, und erst wenn er den Kopf gedreht hatte, verlagerte er ihn schlaff. Edmondo war mittelgroß, aber jetzt, wo er saß, schien er größer als Domenico, er hatte kurze Beine. Beim Gehen gab er sich die größte Mühe, elegant zu erscheinen; jetzt saß er und war dabei doch so angespannt, dass sich das bald auch auf die anderen übertrug.

»Trinkst du vielleicht auch was mit?«, fragte Tulio unlustig.

»Ich? Ja.«

»Noch ein Glas, Teresa.«

Sie schwiegen wieder, dann bemerkte Edmondo:

»Mir glüht ziemlich stark das rechte Ohr.«

»Ja?«, fragte Tulio unbeteiligt. »Bestimmt lästert jemand über dich.«

Genauso war es. Vor der Stadt, in der Aue, lag Cilio, die Pomadefrisur, auf der Wiese und sagte zu einem dümmlich lächelnden Mädchen: »Ich werde den Trottel einfach nicht los. Heute Morgen ist er wieder zu mir gekommen und hat darauf bestanden, dass wir uns anfreunden.«

»Was für ein schöner Tag!«, rief das Mädchen. »Wollen wir nicht durchs Gras laufen?«

»Bedeutet es, dass jemand über mich lästert, wenn mir das Ohr glüht?«, fragte Edmondo.

»Keine Ahnung, sagt man so.« Tulio füllte die Gläser. »Also dann – auf uns!«

Edmondo nahm zwei winzige Schlückchen, sichtlich aufgeregt stellte er das Glas wieder ab.

»Trinkst du nicht?«

»Nein. Ich für meinen Teil halte mich eigentlich vom Alkohol fern.«

»Und warum hältst du dich vom Alkohol fern, für deinen Teil?« Tulio blitzte der Schalk aus den Augen.

»Keine Ahnung. Ich für m… Weiß nicht.«

»Na ja, Edmondo, auf dich.« Tulios Miene trübte sich. Er blickte zum Himmel. »Es ist ganz schön heiß. Ach, übrigens, Cilio hat dich gesucht.«

»Wann?« In Edmondo kam Leben.

»Ist eben vorbeigekommen. Wollte dich unbedingt sehen.«

»Wirklich? Wo ist er jetzt?« Edmondo stand auf.

»In der Aue, er wartet auf dich.«

»Entschuldigt mich bitte, Verzeihung, es war sehr angenehm in Ihrer Gesellschaft.«

»Mach's gut, für deinen Teil, alles Gute«, rief Tulio ihm hinterher und atmete erleichtert auf. »Endlich bin ich ihn los.« Und dann brach er in Gelächter aus: »Cilio wird durchdrehen.«

Jetzt ist es so weit, dachte Cilio, sah sich in der Aue um und legte dem Mädchen den Arm um die Schulter. »Schönes Wetter, oder?«, fragte er zweideutig. Das Mädchen lachte so unvermittelt und unpassend auf, dass Cilio ein ungutes Gefühl beschlich.

»Du lachst, Rosina«, seufzte Cilio. »Aber weißt du eigentlich, wie das Rad der Zeit sich dreht?«

»Nein, erzähl mal, Cilio, du kannst so gut erzählen.«

»Vier Jahreszeiten hat das Jahr«, fing Cilio an und legte ihr den Arm um die Taille, sie saßen nebeneinander. »Sommer, Herbst …«

Ein gelbes, welkes Blatt landete mitten auf ihrem Tisch, Tulio fegte es mit einer Handbewegung weg. Dann sah er Domenico an. »Hast du schon mal Brausewein getrunken?«

»Nein.«

»Willst du?«

»Vielleicht.«

»Teresa, bring uns zwei Brausewein, aber gut kalt bitte.«

»… und dann, wenn der Winter zerschmilzt, kommt der Frühling«, erläuterte in der Aue Cilio leidenschaftlich, »so dreht sich das große Rad der Zeit, und jede Jahreszeit ist schön, nicht wahr?«

»Ja«, sagte Rosina, »aber nimm die Hand weg.«

»Warum?« Cilio bemühte sich, sein schönstes Lächeln hervorzubringen, und fragte schnell:

»Möchtest du nicht bis zum Ende zuhören?«

»Was hat das mit deiner Hand zu tun?«

Cilio lachte betont schwermütig in sich hinein:

»Hm, dazu komme ich gleich. Der Lauf der Zeit ist gut und schön, meine holde Rosina, doch die Sache ist die, dass dabei die Zeit auch verrinnt. Und wir merken nicht einmal, wie uns unversehens, ganz unbegreiflicherweise das Alter einholt, und erst dann wird uns klar, dass es falsch war, als wir sagten: Nimm die Hand weg.«

»Ja?« Rosina wurde nachdenklich.

»Er wird doch nicht aggressiv, wenn er betrunken ist?« Teresa stellte zwei Flaschen auf den Tisch.

»Nein. Wirst du etwa aggressiv, Domenico?«

»Nein.«

»Scheint ein netter Junge zu sein«, Teresa lächelte. »Ganz neue Sachen hat er an, nur wieso grün? Blau würde ihm besser stehen.«

»Warum?«

»Weil er so blass ist. Wie alt bist du?«

»Ich werd bald neunzehn.«

»Er ist noch ein Kind. Wie konnte deine Mutter dich gehen lassen?«

»Ich hab keine Mutter mehr.«

»Nicht?« Teresa legte ihm mitleidig die Hand auf den Kopf. »Tut mir leid, das wusste ich nicht.«

Domenico saß regungslos da, mit Teresas langen, geschmeidigen Fingern auf seinem Kopf.

»Armer Junge.« Und leise fragte die Frau: »Wen hast du denn dann noch?«

»Meinen Vater.«

»Seid ihr zusammen gekommen?«

»Nein, ich allein.«

»Hast du jemanden hier, in der Stadt?«

»Hier, nein, niemanden.«

»Armer Junge.« Teresa streichelte ihm über den Kopf. Dann hob sie mit der anderen Hand sein Kinn und schaute ihm in die Augen.»Soll ich dir einen Kuss geben? Nur auf die Wange.«

»Nimm die Hand weg, hab ich gesagt!« Rosinas Stimme klang hoch und quietschend:»Dass du dich nicht schämst! Ich dachte, du wärst ein anständiger Mensch, Cilio!«

»Auch der Herbst vergeht«, sagte Cilio und dachte: Die verheirateten Frauen kapieren das viel besser.»Auch dieser Herbst wird vergehen, und wenn der Winter kommt, so wird auch dieser vergehen, dann wird es Frühling, überall quillt und schießt es hervor, leuchtend grün, die Wiesen übersät mit namenlosen bunten Blumen …«

»Namenlose bunte Blumen?«, fragte Rosina interessiert.

»Ja, meine Gute, magst du die?«

»Ja, wie schön du das gesagt hast, ›namenlose bunte Blumen‹.«

»Ja, aber auch die werden vergehen.«

»Wieso vergehen?«, entsetzte sich Rosina und dachte: Was für schöne Lippen er hat.

»In den Mühlen der Zeit. Auch wir werden vergehen, und eines muss ich dich jetzt fragen: Kannst du mich nicht leiden? Hasst du mich?«

»Nein, warum? Werden wir wirklich vergehen, Cilio? Ich glaube das nicht, nein, das will ich nicht glauben.«

»Wenn du mir nicht glaubst, schließ einfach die Augen, und du wirst sehen, wie süß sie dir vorkommen werden, die gemeinen Mühlen der Zeit …«

»Kannst du mich nicht erst ein wenig aufheitern? Du hast mich so erschreckt, dass …«

»Namenlose Blumen …« Cilio näherte sich ihrem Gesicht und umschlang vorsichtig ihre Taille.

»Oh, wie schön.« Rosina schloss die Augen.

Er küsste sie zuerst vorsichtig, dann legte er beide Arme um sie und küsste sie heftiger. Auch Rosina umschlang seinen Hals, und als Cilio sie zum dritten Mal küsste, spürte er auf seinem Rücken ein leichtes Klopfen. Er nahm das als Zeichen und küsste sie so ungestüm, dass Rosina ein Auge aufmachte und unvermittelt hell aufschrie, sich befreite und Cilio kräftig ohrfeigte, allein um dieses Mannes willen, der dem entzückten Burschen auf den Rücken geklopft hatte. Sie sprang auf, raffte ihren langen Rock über die Knöchel und rannte davon. Cilio wandte sich verwirrt um und starrte den Mann, der dort stand, an, als sähe er ihn zum ersten Mal in seinem Leben.

Dabei war es bloß Edmondo.

»Schmeckt dir der Brausewein, Domenico?«

»Ja.«

»Und, gefalle ich dir?«, fragte die Frau und stemmte anmutig die Hände in die Hüften.

Domenico schaute zu Boden.

»Ach«, wunderte sich Tulio, »jetzt lacht dich das Glück an, und du gibst nicht einmal Antwort? Die ganze Zeit versuchen wir, an sie heranzukommen, und keinem gelingt das!«

»Ihr seid allesamt Taugenichtse. Aber er ist ein netter Junge.«

»Ein bisschen schüchtern ist er, aber was soll's. Gestern war er betrunken und ist trotzdem nicht mitgekommen zu den leichten Frauen.«

»Wirklich? Ein netter Junge, sag ich doch. Was soll ein netter Junge bei den leichten Frauen? Schau mich mal an!« Teresa stand immer noch so da, die Hände in die Hüften gestemmt, blinzelte im Sonnenlicht, und ihre Lippen teilte ein Lächeln, sie schaute zu Domenico hinunter.

»Werde ich dich denn nie los, du Esel?«

»Ich … mir wurde gesagt, du würdest mich suchen.«

»Wozu zum Teufel sollte ich dich suchen, was willst du eigentlich von mir, was?«, schrie Cilio. »Was willst du?«

»Tulio hat gesagt, du würdest in der Aue auf mich warten.«

»Ach, dieser … Und du hast ihm das geglaubt, du Esel?«

»Ich bin kein Esel«, sagte Edmondo tonlos und senkte den Kopf, sein schlaffer, trüber Blick blieb kurz auf Cilios Gesicht haften, »ich bin kein Esel, ich wäre gern dein Kumpel.«

»Verpiss dich!«

Teresa überlegte es sich mit einem Mal anders. »Bring den Jungen weg von hier, Tulio, ich habe Angst.«

»Angst, warum?«

»Keine Ahnung, eigentlich …« Sie schien wirklich beunruhigt.

»Bist du verrückt, Teresa? Auch wenn er besoffen ist, ist er kein bisschen aggressiv, nichts dergleichen.«

»Nein, nicht vor ihm hab ich Angst.«

»Sondern?«

Die Frau lächelte, musterte Domenico noch einmal, streifte langsam die Ärmel über die nackten Arme und sagte kaum hörbar mit ihrer kehligen Stimme: »Vor mir selbst.«

Und Duilio, so wie er war, verließ in der Abenddämmerung sein Haus. Duilio, die mustergültige Pflichterfüllung in Person unter den Feinstädtern, der wichtigste Berater der Bürger, verließ in der Nationaltracht, einen hübschen Stock unterm Arm, das Haus genau so, wie er war. Und, ja, wie war er? Also – wie soll Duilio schon gewesen sein? Na ja, es ist gar nicht so einfach – man könnte sagen, dass er klein und dick war, aber dann würde er lächerlich wirken, und das käme uns gar nicht zupass. Und wenn wir sagen, klein und schmal? Nein, dann wirkte er schmächtig, und einen schmächtigen Duilio können wir ebenso wenig gebrauchen. Na gut, hochgewachsen und dick? Auch nicht, dann käme er uns womöglich groß vor, nicht nur äußerlich, auch im übertragenen Sinne, steckt doch in einem jeden von uns der zappelige Wunsch, etwas Verdecktes zu entdecken. Und wenn wir sagen, lang und dünn – das war er nun beim besten Willen nicht, auch klein war er nicht und schon gar nicht mittelgroß, also, wie war er nun? Was glauben Sie? Gäbe es Wörter, die uns den zweiten Bürger der Stadt doch noch präzise zu beschreiben vermögen? Selbstverständlich, Wörter gibt es immer. Wie war Duilio also? Hier ist die Antwort: So, wie er war. Zweifelsohne eine präzise Antwort. Und jetzt wollen wir uns ihm an die Fersen heften, sonst ist er gleich um die Ecke gebogen, und dann müssen wir ihn überall suchen. Also, weiter – Duilio, so wie er war, verließ in der Abenddämmerung sein Haus und ging gesetzten Schrittes die Hauptstraße entlang. Die Passanten grüßten ihn ehrerbietig, auch den Hut nahmen sie ab, sofern sie einen aufhatten. Die Frauen lächelten ihm höflich, wenn auch irgendwie teilnahmslos zu. Und Duilio teilte freundliche Blicke aus und setzte seinen Weg fort. Vor einem Blumenstand blieb er stehen. Die Verkäuferin suchte liebevoll weiße Rosen für ihn aus, Duilio griff in die Hosentasche und hielt ihr ebenso liebevoll seine groschenvolle Hand hin. Die Verkäuferin ließ die Groschen in einen Tonkrug klimpern und fügte ihrerseits noch zwei Rosen hinzu. Und Duilio, die weißen Rosen in der Hand, strebte dem Hause Tante Ariadnas zu, wo dem Wildfang Conchetina zu Ehren Gäste geladen waren, es war Conchetinas Namenstag. Conchetina war in Feinstadt beileibe kein Allerweltsname, Rosinas Namenstag indes wurde fast überall gefeiert, Rosinas gab es wie Sand am Meer. Und heute, an Conchetinas Namenstag, hatten nur Auserwählte die Ehre, im Hause der Nachfahren der berühmten Carrascos das mit antiken Möbeln bestückte Empfangszimmer zu betreten. Dort ging Tante Ariadna soeben noch ein letztes Mal die Gästeliste durch, aus Sorge, einen aus der Feinstädter Elite womöglich vergessen zu haben, und von Zeit zu Zeit schaute sie in der qualmerfüllten Küche nach dem Apfelkuchen, der noch nicht die erwünschte Bräune hatte. Von den Gästen zeigte sich noch keiner, obschon der Nachtwächter Leopoldino soeben verkündet hatte: »Es ist neun Uhr abends und alles ist in O-ordnung!« – in Feinstadt galt es als grober Fauxpas, pünktlich auf einer Feier zu erscheinen. Tante Ariadna wurde dennoch schon ein wenig nervös, doch da klingelte es fröhlich. Freundinnen Conchetinas, Silvia und Rosina, stürmten mit hellem Gelächter ins Zimmer und küssten zuerst Tante Ariadna, dann ihre Nichte, bevor sie die mitgebrachten Nelken in den schönen Blumenvasen verteilten. Sie redeten, lachten und beteuerten, von Conchetinas himbeerfarbenem Kleid, das sie eigens für diesen Tag hatte anfertigen lassen, hingerissen zu sein. Besonders beschwingt war Silvia, Rosina dagegen, die von der Aue, geriet immer wieder ins Grübeln. Dann klingelte es maßvoll, und Señor Giulio trat ein, ein Nachbar und Freund Tante Ariadnas aus Jugendjahren, der durch seine Gediegenheit in ganz Feinstadt bekannt war. Die beglückte Tante Ariadna belohnte ihn, indem sie ihm die Hand vor die Lippen hielt. Er küsste ehrerbietig die Hand, obwohl, um genauer zu sein traf er den Ring, was einen unangenehmen Geschmack auf seinen Lippen hinterließ. Wenig später kam Antonio, und auch sein Schwager Vincente, mit zugeknöpftem Kragen, der Tante Ariadna höflich zur Seite bat und leise seine Ehegattin, die ihm vor Kurzem angetraute schöne Giulia, entschuldigte – die Frischverheiratete sei ein wenig unpässlich. Tante Ariadnas schlauer Blick, der so gar nicht zu ihrem Alter passte, setzte ihn ein bisschen in Verlegenheit, und er stammelte, tatsächlich sei Giulia erkältet. Dann kamen, wie übermütige Kälbchen, weitere Freundinnen Conchetinas hereingetollt, drei Mädchen, die zu Antonio hinüberlinsten und einander etwas ganz Unglaubliches sagten, nämlich pschespschituschituschitzitzschimoschisutschila, und dabei fast vor Lachen erstickten. Antonio blickte Hilfe suchend zu Vincente, doch der öffnete, als habe er nichts bemerkt, den Schildpattknopf an seinem Hemd und wurde schlagartig ein ganz anderer Mensch. Und als von der Straße ertönte: »Es ist zehn Uhr abends und alles ist in Ordnung«, da trat ein Mann ein, dem fehlten die Vorderzähne, und deshalb hatte er diese Art zu lächeln, ohne die Lippen voneinander zu lösen, ganz merkwürdig, ungelenk, kurz gesagt, er hielt sein Lächeln im Zaum, wenn sich die Notwendigkeit ergab. Und alle verstummten ehrerbietig, als mit kurzem, aber ausgesprochen forschem Schritt Duilio, so wie er war, das Zimmer betrat und Conchetina die Rosen überreichte. »Was für ein schöner Strauß«, rief Conchetina und rannte mit ihnen zur Vase.

»Sei gegrüßt, Duilio«, säuselte Tante Ariadna und strahlte übers ganze Gesicht, als ihr der Ehrengast einen Kuss auf die Hand hauchte, »was für einen wunderbaren Strauß Sie mitgebracht haben, ich liebe Rosen so sehr.«

»Solch ein Strauß ist für Sie noch viel zu gering, ich hätte einen größeren als diesen mitbringen sollen.«

»Was sagen Sie, Duilio, was könnte denn größer sein als dieser Strauß.«

»Aber wirklich«, schaltete sich Vincente, den Kragen geöffnet, ein, er glich einem Räuber.

Dann kam Cilio, und als Gastgeschenk brachte er rote Nelken. Rosina, die von der Aue, errötete und wandte sich zu Silvia um, diese aber betrachtete mit unverhohlenem Entzücken Cilio; Rosina ärgerte sich, sie blickte dem Neuankömmling unbewegt ins Gesicht, und der strich sich leicht über das glänzende Haar. Tante Ariadna trug feierlich den Apfelkuchen herein. Dann stellte sie eine dünnhalsige, durchsichtige Karaffe auf den Tisch und erklärte: »Dies hier ist Sauerkirschlikör, und dies hier Pfefferminz. Ooh, und dieser hier ist von duftendem Pfirsich, dazu recht stark, trinkt sich wie Zuckerwasser, aber«, sie hob die Stimme, »liebe

Jugend!, dies sage ich für euch: Der Genuss von Likör erfordert eine gewisse Bedachtsamkeit …«

Als sich alle fröhlich zu Tisch gesetzt hatten und eben auf Conchetinas Wohl anstoßen wollten, klingelte es abermals, und Tulio kam herein, Liebling der Feinstädter und ein ausgekochter Schlawiner; selbst nach Einschätzung der Tante Ariadna, die über einen reichen Schatz an Erfahrungen verfügte, war er der wünschenswerteste Schwiegersohn der Stadt. Er hatte einen hochgewachsenen blassen, schüchternen Jungen dabei, in einem grünen Anzug, Domenico, der verlegen die Fersen gegeneinanderschlug und sich vor allen verneigte. Tulio hatte schon rote Wangen.»Na, hat der Brausewein geschmeckt?«, fragte Vincente anzüglich.»Ja klar!«, gab Tulio fröhlich zurück.»Es geht nichts über Brausewein.« Und während er schnell die Tafel überflog, fügte er hinzu:»Mit Ausnahme von Sauerkirschlikör.« »Ach Tulio, Tulio, du bist mir schon einer«, rief Tante Ariadna und tippte ihm leicht mit ihrem rosa Fächer auf die Schulter.

Dann tauchte wie aus dem Nichts auch Edmondo auf. Er ließ seinen betrübten Blick über die Leute schweifen und überreichte Conchetina ein sorgfältig in blaues Papier eingewickeltes Geschenk, eine Tasse samt Untersetzer.»Das wäre aber nicht nötig gewesen, Edmondo, wer hat Ihnen denn gesagt, dass wir uns versammeln?«, fragte Conchetina, schaute aus dem Fenster und fügte hinzu:»Bald kommt der Winter.« Als sie diese Worte vernahm, lächelte Rosina aufgeregt Cilio zu, der vieldeutig zurücklächelte und zweimal gewichtig nickte. Auf Conchetina wurde mit viel Tamtam angestoßen, was wünschten sie ihr nicht alles, sie legten eine beachtliche Eloquenz an den Tag, nur der Zahnlose und der in Grün, Domenico, sagten jeweils nur zwei Wörter:»Auf Sie.« Auch auf die jung gebliebene Tante Ariadna, die, wie Señor Giulio sich ausdrückte, unter dem Zeichen ewiger Jugend zur Welt gekommen war, wurden die Gläser erhoben. Tulio schaute mal zu der einen, mal zu der anderen, ihm wurde langweilig. Eine Zeit lang betrachtete er gähnend die Kuchen und die Blumenvasen, dann blitzten seine Augen auf und er raunte Edmondo zu:

»Cilio befürchtet, dich beleidigt zu haben.«

»Wen?« Seinen Möglichkeiten entsprechend lebte Edmondo auf und riss den Blick von der Tafel los.»Mich?«

»Ja. Er meinte, er habe im ersten Moment rot gesehen und dich im

Affekt als Esel bezeichnet. Und jetzt schämt er sich, er traut sich nicht …
deshalb, geh lieber du auf ihn zu und sag ihm, dass es schon in Ordnung
ist, dass ihr Freunde sein könnt.«

»Und wann soll ich ihm das sagen?«

»Wann du willst, sobald es sich ergibt, sagst du's ihm einfach. Du
kannst ihm ja auch ein Zeichen geben.«

»Jaaaa«, sagte Edmondo zufrieden, »ich geb ihm ein Zeichen!«

Dann wurde auf Feinstadt angestoßen, die Stadt der spitzen Dächer,
der hellblau-rosafarbenen, efeubewachsenen Häuser, des Springbrunnens, der braven Bürger, die Stadt Duilios, der, wie aus den Trinksprüchen
hervorging, allseits beliebt war. Sie waren schon leicht angetrunken, als
Duilio das Wort ergriff und mit Pfefferminzlikör auf sämtliche Bürger
Feinstadts anstieß, angefangen selbstverständlich bei dem in einer anderen Stadt lebenden Marschall Bittencourt. Er trank »auf die hier Be-
heimateten« und wünschte jedermann, Groß und Klein, alles Gute und
Gesundheit. Jedermann, das betonte er, »sogar Alexandro«. Die Erwäh-
nung Alexandros löste große Heiterkeit aus, Duilio aber stand gravitätisch da, ein zierliches Glas in der Hand.

»Wer ist dieser Alexandro?«, fragte Domenico Tulio.

»Kennst du den nicht? Das ist so ein gestörter Prediger, insgesamt haben wir zwei Irre hier, den und Ugo. Was ein Prediger ist, weißt du doch,
oder?«

»Ja. Einer, der eine Predigt hält, stimmt's?«

»Ja«, sagte Tulio, dann fiel ihm etwas anderes ein: »So eine Frau wie
Teresa darfst du dir nicht entgehen lassen. Du hast ihr wirklich gefallen.«
Er stand auf. »Jetzt trinke ich auf …«

Dann wurde das Pfänderspiel gespielt. In den hohen, glänzenden Hut
von Duilio warfen sie alle ihr Pfand, irgendeinen kleinen Gegenstand.
Tante Ariadna gab ihren Ring her, ein Familienerbstück, der gediegene
Señor Giulio eine Zwei-Groschen-Münze, der Wildfang Conchetina eine
Rosenblüte, Tulio nahm sein Medaillon ab, Duilio warf seinen riesigen
Haustürschlüssel hinein, Rosina einen hübschen, glänzenden Kamm, die
fröhlichen Fräuleins zupften ein paar Nelkenrispen ab, Edmondo entschied sich für einen großen, braunen Knopf, Cilio für eine Silberkette
und so weiter, und der leicht verlegene junge Mann in Grün zog, weil

ihm nichts anderes einfiel, einen Drahkan aus der Tasche, was ihm eine Mischung aus Respekt und Neid einbrachte.

Cilio nutzte die Gunst der Stunde, stellte sich hinter Rosina und flüsterte ihr zu: »Was warst du mir bloß so böse, Kleine?« Und in Erwartung der Antwort warf er einen vorsichtigen Blick in die Runde … Edmondo schaute ihn an! Verdrossen entfernte er sich von Rosina.

Inzwischen hatte Tulio seine Stirn auf die Knie von Tante Ariadna gelegt, die sich graziös im Sessel zurechtrückte, sie setzte den Hut mit den Pfändern sanft auf seinem Hinterkopf ab, legte ihre Hand auf das erste Pfand und fragte feierlich: »Was soll das Pfand in meiner Hand – was soll dessen Besitzer tun?«

»Dessen Besitzer«, rief Tulio, die Augen geschlossen, »soll ein Gedicht vortragen!«

Das Pfand gehörte einem der fröhlichen Fräuleins. Sie zögerte nicht lange und sagte ihr Lieblingsgedicht auf, in dem folgende Wörter vorkamen: »vor meinen Augen«, »März«, »brennt«, »Liebe«, »Leiden«, »Schmerz« und das mit der Zeile endete: »Dir gehört mein Herz.« Sie erntete Applaus. Tante Ariadna winkte mit dem Zeigefinger das fröhliche Fräulein zu sich und tätschelte ihm die Wange; dann sah sie Señor Giulio an und bemerkte:

»Ein liebes Mädchen.«

»So, Tulio, und der Besitzer dieses Pfands – was soll er tun?«, fragte Tante Ariadna herausfordernd. »Dieses Pfandes Besitzer …«, überlegte Tulio, »… soll auf einen Stuhl klettern und dreimal schreien: »Ich bin ein Esel und ich schreie.«

Die Zwei-Groschen-Münze stellte sich als Señor Giulios Pfand heraus.

»Ach, nein, nein«, wehrte Tulio betroffen ab, wenngleich er schief dabei lächelte, »wie kann ich Ihnen zumuten, so etwas zu sagen, ach, nein, nein, um Himmels willen!«

»Spiel ist Spiel«, erklärte Señor Giulio ehrenhaft. »Wo ich mich schon unter euch Jugendliche gemischt habe …«

»Dann sagen Sie es einmal, Onkel Giulio«, bot Tulio fröhlich an. »Dreimal wäre wirklich übertrieben!«

»So soll es sein«, stimmte Giulio zu und stellte sich vorsichtig auf einen Stuhl. »Ich sage es einmal.«

Und in die vollkommene Stille hinein sagte er gewichtig:
»Ich bin ein Grautier und ich schreie.« Verlegene Stille machte sich breit.

»Es ist elf Uhr nachts und alles ist in Ordnung«, kam es von fern.

»Na los, weiter geht's«, rief fröhlich Tante Ariadna. »Diiiieses Pfandes Besitzer ...«

»Ach, Augenblick mal, halt, ist dies nicht das Pfand von unserem verehrten Duilio, stimmt doch, nicht wahr?«

»Schon möglich.« Duilio strahlte übers ganze Gesicht.

»Dann«, Tante Ariadna stand so unvermittelt auf, dass Tulio fast umgekippt wäre, »möge unser verehrter Duilio uns doch eine Geschichte erzählen!«

»Au fein, au fein«, riefen die fröhlichen Fräuleins.

»Ja, aber, wie denn«, Duilio zierte sich ein wenig, »so außer der Reihe.«

»Ihnen sind doch solch fabelhafte Geschichten bekannt.«

»Erzählen Sie, erzählen Sie, Duilio«, ließ sich Señor Giulio vernehmen, »Sie sind in der Tat ein begnadeter Erzähler.«

»Ja, aber, sind denn alle einverstanden?«, fragte Duilio und hüstelte sich in die Faust.

»Alle, wir sind allesamt einverstanden«, rief Tante Ariadna, beide Hände gegen das Herz gedrückt. »Aber bitte eine, dass uns die Tränen kommen.«

»Einen Unglücksfall?«, wunderte sich Duilio. »Bei einem solch feierlichen Anlass? Ach, nein, nein ...«

»Ich meinte auch eher«, berichtigte Tante Ariadna, »etwas Großherziges, da kommen einem doch auch die Tränen, vor Freude.«

»Wie wahr, wie wahr«, gab ihr Duilio recht und hob plötzlich erfreut den Kopf. »Oh, ich werde ihnen eine großherzige Geschichte erzählen, welche zum Nachdenken anregt.«

»Ja, ja, wir bitten ergebenst darum«, rief Vincente aus, den Kragen hatte er zugeknöpft.

Und Duilio, so wie er war, durchmaß einmal das Zimmer, kniff die Augen zusammen, richtete seinen tiefgründigen Blick aufs Fenster und sprach in die Stille hinein:

»Eine wahre Begebenheit. Wie vieles steckt doch manchmal in einem

Satz – Gutes, Böses, Feinfühliges –, wie vieles verbirgt sich doch hinter einfachen Worten. Nehmen wir beispielsweise die Redewendung: Niemals wird ein Rabe wie ein Kanarienvogel singen. In diesem Satz ist ein jedes der Worte ganz einfach, wohingegen der Satz auf Mannigfaches hindeutet, er findet auf jedweden Menschen seine Anwendung. Gleichwohl, ich bin von der eigentlichen Geschichte abgekommen. Nun, also, vor nicht allzu langer Zeit, im Frühjahr, als ringsum die Bäume weiß und rosa aufplatzten, kam es, dass ein Mann und eine Frau sich sehr ineinander verliebten. Sie kamen einander näher, manchmal setzten sie sich an einen Bach, auf die frische und saftig grüne Wiese, und eben beim Plätschern des reinen Baches war es, dass der Mann der Frau eines Tages seine ewige Liebe schwor. Und ihre Wangen erröteten und sie lauschte seinen Worten, alsdann erhoben sie sich und kehrten in die Stadt zurück. Wenn man sich so ausdrücken darf.«

»Natürlich darf man das, natürlich«, rief Tante Ariadna. »Fahren Sie fort, bitte, Duilio!«

»In der Stadt ging ein jeder in sein Haus, und pochenden Herzens warteten sie auf das Aufgehen der Sonne. Und am Morgen wuschen sie sich das Gesicht und trafen sich wieder. Verzeihen Sie mir den Ausdruck, aber ich muss es sagen, der Mann – sprach wieder von seinen Gefühlen. Und die Frau hörte zu, und dann heirateten sie. Sie beide waren gute Menschen.«

»Ausgezeichnet, ausgezeichnet!«, rief Tante Ariadna. »Und dann, und dann?«

»Die Frau liebte ihren Ehemann. In holder Eintracht verging die Zeit. Er war ihr ein guter Gemahl, und dieser Umstand erfüllte sie mit großem Stolz, doch nach und nach bemerkte die Frau, dass der Mann eine andere liebte. Für alle Fälle verschaffte sie sich Gewissheit bezüglich dieser tief kränkenden Neuigkeit, und als sie sich endgültig überzeugt hatte, dass ihr Verdacht nicht unbegründet war, da wusste sie weder ein noch aus. Gegenüber ihrem Ehemann ließ sie sich nichts anmerken, doch sobald sie alleine war, brach sie in Tränen aus. Vor dem Hause, im Garten, plätscherten zwei kühle Springbrunnen, es fehlte ihnen wirklich an nichts. Übrigens hatten sie einen herrlichen Garten, siebzehn Granatapfel- und einunddreißig Mandelbäume. Und die Frau ...«

»Wie viele noch mal?«

»Siebzehn und einunddreißig.«

»Ach, was für schöne Zahlen«, rief Tante Ariadna. »Und dann, und dann? Fahren Sie doch fort!«

»Die Frau weinte oft; dazu hatte sie Kopfschmerzen; schlaflose Nächte ...«

»Wie schrecklich!«

»Gleichzeitig sah sie, dass auch der Ehemann litt, er war ein anständiger Mensch, weshalb ihn sein Gewissen plagte, und da überlegte sich die gütige Frau: Wir leiden beide. Warum sollen wir beide leiden? Dann soll nur einer leiden. Und wissen Sie, was sie getan hat?«

»Nein, erzählen Sie, Duilio, erzählen Sie!«

»Nicht umsonst habe ich diese Geschichte damit begonnen, dass die Frau ihren Ehemann liebte. Und sie tat Folgendes: Sie ging zu ihm und sprach, was selbstverständlich gelogen war: ›Ich liebe dich nicht mehr, ich kann nicht mehr mit dir zusammenleben, ich liebe einen anderen.‹ Und sie ging von ihm weg, fort, in eine andere Stadt. Können Sie sich das vorstellen?«

»Das ist eine Heldentat!« Tante Ariadna wischte sich die Augen mit einem großen Taschentuch. »Nur eine Frau kann ein derartiges Opfer bringen.«

»Das ist Menschlichkeit«, präzisierte Duilio, »wahre, schwierige und doch einfache Menschlichkeit. Sie überließ den geliebten Ehemann jener Frau und tat dies so, dass sein Gewissen ihn nicht länger plagen würde.«

»Fabelhaft, eine fabelhafte Geschichte!«

»Das stimmt«, nickte Duilio. »Eine sehr bemerkenswerte Geschichte. Und glauben Sie, jede Frau würde so etwas fertigbringen? Nicht jede Frau besitzt doch die dazu nötige Vernunft und Gesundheit. Nicht umsonst erinnerte ich mich daher vor Beginn der Geschichte an die Wendung: Niemals wird ein Rabe wie ein Kanarienvogel singen.«

»In der Tat, in der Tat.« Tante Ariadna ließ ihren entzückten Blick über die Gäste schweifen, und als sie den zahnlosen Mann erblickte, der sein Lächeln im Zaum hielt, wunderte sie sich.

»Warum sehen Sie so betrübt aus? Hat Ihnen etwa die Geschichte nicht gefallen?«

Dem Mann war das unangenehm, er blickte zu Boden und murmelte: »Ich – ich hab nicht richtig zugehört.«

»Hm«, stieß Tante Ariadna pikiert lächelnd aus und zwirbelte die dünnen Augenbrauen in die Höhe. »Merkwürdig, merkwürdig, man bekommt schließlich nicht alle Tage etwas so außerordentlich Erhebendes zu hören.« Und sie ging ganz in einem Lächeln auf: »Besten Dank, verehrter Duilio, besten Dank.«

»Nichts zu danken, gern geschehen.«

»Und jetzt fahren wir fort, nicht? Komm her, du Schlaufuchs, leg deinen Kopf hier hin. Und der Besitzer dieses Pfands, was soll er tun?«

»Dessen Besitzer soll Edmondo küssen«, rief Tulio schnell.

Natürlich war es Cilios Pfand.

»Dass ein Mann einen anderen küsst, was ist da schon dabei?«, fragte Tante Ariadna schulterzuckend. »Lass uns etwas anderes bestimmen.«

»Das ist nicht rechtens«, mahnte Señor Giulio streng, »wenn es bei den anderen nicht gestattet war, weshalb dann bei Cilio?«

»Sehr richtig«, stimmte Duilio, so wie er war, zu. »Dass Männer einander küssen, habe ich selten gesehen, aber, meine Damen und Herren, das Phänomen des Kusses zwischen einem Mädchen und einem Jungen jedenfalls hat seinen Reiz verloren, so häufig ist es geworden. Haha …«

»Ach, das haben Sie mit solch feinem Sinn für Humor gesagt«, kicherte Tante Ariadna und fügte hinzu: »Sinn für Humor schätze ich sehr.«

»Na los, Cilio!«

Da brüllte dieser plötzlich:

»Ich küsse ihn nicht!!!«

»Was schreist du so, Cilio, was ist denn in dich gefahren?«

»Was ist mit ihm, was ist denn los?«

»Lasst mich in Ruhe!! Wo ist mein Hut!«

Erstaunt schaute Antonio seinen Schwager an, aber Vincente hatte kein Auge für ihn, er war selber verblüfft.

»Was hat er denn?« Señor Giulio breitete die Arme aus. »So ohne Grund zu schreien, das steht einem Manne schlecht zu Gesicht.«

Da erhob Tante Ariadna den Blick zur Decke und sagte:

»Vasco war ein richtiger Mann.«

»Ich küsse ihn nicht, kommt nicht infrage.« Cilio ruderte komisch mit Händen und Füßen. »Er hat mir das Leben zur Hölle gemacht, vergiftet, vergällt, mich verfolgt, mich erledigt!!«

Edmondo stand nachdenklich da.

»Das alles ist dem Pfefferminzlikör zuzuschreiben«, bemerkte Señor Giulio. »Cilio ist noch jung und hat es sicherlich übertrieben.«

»Kein einziger Tropfen hat meine Zunge berührt!«, schrie Cilio und riss sich das bunte Halstuch herunter. »Ich küsse ihn nicht, nein, lasst mich los, nein, hab ich gesagt!«

Edmondos Blick blieb am Apfelkuchen hängen. »Ich gebe mein Wort, dass ich von heute an nie wieder mit ihm sprechen werde.«

»Was?« Cilio hörte auf, mit den Armen zu rudern.

»Von heute an werde ich nie wieder mit dir sprechen.«

»Wirklich, Edmondo?« Cilio machte zwei Schritte nach vorne.

»Wirklich«, antwortete Edmondo, außerstande den Blick von der klebrigen Oberfläche des Apfelkuchens loszureißen, »wirklich.«

»Ich danke dir, Edmondo«, rief Cilio, breitete die Arme aus, umarmte und küsste ihn. »Voilà«, er drehte sich zur Gesellschaft um, »da hab ich mein Pfand doch noch eingelöst, oder?«

»Jaaa, ja, Cilio, gut gemacht!«

»Und weil ich mich vorhin ein bisschen geziert habe«, erklärte Cilio, über Edmondos Versprechen hocherfreut, »voilà, noch einen, als Dreingabe!«

Und als er ihm noch einen Kuss gab, schaute Edmondo ihm in die Augen und sagte:

»Nach dem ersten Kuss hätte ich, wie versprochen, kein Wort mehr mit dir geredet, aber jetzt, wo du mich zum zweiten Mal, also zur Versöhnung, geküsst hast, habe ich nichts dagegen. Wollen wir vielleicht sogar Freunde werden?«

»Neiiiin«, sagte Cilio und seine Finger trommelten wütend auf die Brust, »neiiiin.«

»Beruhige dich, was zitterst du so«, sagte Tulio, »Freunde hat doch jeder.«

»Zu Tisch, zu Tisch«, rief Duilio, so wie er war. »Trinken wir noch einen, und dann setzen wir unser Spiel fort!«

Sie tranken auf den gediegenen Señor Giulio, voller Ehrfurcht, Respekt und Zuneigung, und auch Vincente begann seinen Trinkspruch:
»Entschuldigung, nun möchte ich die verehrten Herrschaften für einen Augenblick um ihre geschätzte Aufmerksamkeit bitten«, so fing Vincente an, den Kragen hatte er zugeknöpft. »Mit aufrichtiger Zuneigung und Hochachtung möchte ich das Glas auf den zutiefst verehrten Señor Giulio erheben, Ruhm und Ehre, so weit das …«, an dieser Stelle knöpfte er sich das Hemd auf, massierte sich den eingeengten Hals, atmete tief ein, atmete geräuschvoll aus und fuhr fort: »Kurz gesagt, auf dich, Giulio, auf dass du die Gesundheit von einem Bullen …«

Der ganz in Grün gekleidete Domenico beobachtete all diese Leute verwundert. Der Kopf wurde ihm schwer. Wenn er seine Augen nicht anstrengte, erschien ihm alles doppelt. Eine ganze Weile hielt er sich wach, dann übermannte ihn die Müdigkeit, und er nickte ein. Fröhliche Rufe schreckten ihn wieder auf, er hob den Kopf und sah den mit der Pomadefrisur, er küsste gerade jemanden, ja genau, Edmondo hieß der. Ein höflicher junger Mann knöpfte sich den Kragen auf und wurde ein anderer, dann fing man an, »Conchetina, Conchetina« zu rufen, und von irgendwoher holte man ein zierliches dünnes Fräulein mit verweintem Gesicht, und alle stürzten auf sie zu, sie aber wehrte ab: »Nein, nein, es ist nichts.«

Dann geschah etwas Wundersames – der zahnlose Mann, der sein Lächeln im Zaum hielt, drückte ein rundliches, langhalsiges Instrument an die Brust, legte den Kopf zurück, schloss die Augen und fuhr vorsichtig die Saiten entlang. Die Luft begann zu flimmern, etwas Unsichtbares stieß sacht allenthalben an, der berauschte Domenico nahm nur noch die sonderbaren Klänge wahr, und als die Männer die langröckigen Frauen um die Taille fassten und begannen, sich im Zimmer zu drehen, betrachtete er sie verblüfft und wunderte sich, wie man denn so offensichtlich und unverblümt eine Frau um die Taille fassen dürfe. Jener Mann aber, das Instrument im Arm, sah wohl von alledem rein gar nichts, er hatte den Kopf nach hinten gelegt und hielt die Augen fest, fast gewaltsam geschlossen, und dann, als er noch mehr in Fahrt kam, vergaß er alles um sich her, an Schmerz grenzende Wonne verzerrte seine Züge, seine Lippen verzogen sich, rotes Zahnfleisch kam zum Vorschein, und doch war sein Anblick in keiner Weise unangenehm, im Gegenteil: irgendwie – hatte er recht.

Die Seele jenes Instruments war ein Vogel. Mal schlug er im Zimmer mit seinen breiten Flügeln, schwebte schaurig durch die Luft und sah sich alles von oben an. Dann plusterte er sich auf wie ein kleiner frierender Sperling und verkroch sich betrübt, armselig in eine Ecke, um sich unversehens in jenen Vogel zu verwandeln, dessen Bewegungen sich so seltsam ausnehmen, einen Raben, und in trägem Flug schaute er unverschämt auf sie alle herab, dann stieß er mit dem Kopf gegen die Fensterscheibe, wie eine zwischen vier Wänden gefangene, aufgescheuchte Schwalbe, aber er konnte nichts ausrichten, bevor er sich nicht in einen Storch verwandelt hatte und gestreckt wie ein Pfeil die Luft zerteilte. Ach, ein merkwürdiger Vogel war das – mal watschelte er schwerfällig umher mit blaugrün glänzendem, prächtig zur Schau gestelltem Rad, mal saß er schwerelos, gleich einem langhalsigen Schwan auf dem Wasser, mal pickte er eifrig, während seine Augen verängstigt hin und her flackerten, dann wieder scharwenzelte er schmeichlerisch zwischen den Füßen der Leute, scheinbar zahm, scheu, nur um im selben Augenblick surrend in die Luft zu schießen – der Schauspieler! Aufgescheucht prallte er nunmehr gegen das geschlossene Fenster und bemerkte nicht einmal die offene Lücke gleich daneben – das Dummerchen! Und während die entkräfteten Klänge sich, in der Sekunden dauernden Stille, gleich einem Blinden mithilfe der Gegenstände vorantasteten, kreiste er irgendwo, hoch oben, lautlos in der flimmernden Luft, bevor er erneut mit den Flügeln schlug. Und dann flog er ihnen allen plötzlich direkt ins Gesicht – der Unverschämte; und auf jenen Mann, der die Augen geschlossen hielt, den Kopf nach hinten gelegt hatte, dessen Gesicht in einer Mischung aus Wonne und Schmerz sich verzerrte, hackte er mit krummem Schnabel ein – der Wilde!

Domenico ging durch die Straßen, schwach flimmerten hier und da die Straßenlaternen. Das Haus von Arturo musste irgendwo da drüben sein, ihm brannte das Gesicht. Er ging unsicheren Schrittes, ihm wurde kalt, er erschauerte, in der Ferne sah er das erleuchtete Haus, hm, ja, es sah aus wie das von Arturo, er ging darauf zu. Ein anderes Haus stand noch davor, vorsichtig umging er es und sah erneut das Licht. Nun war es nicht mehr weit, er beruhigte sich, doch wie er vor dem Tor ankam, löste sich jemand aus dem Schatten und tauchte in die Dunkelheit. Er wich zurück und presste sich gegen die Mauer, das Herz schlug ihm bis zum Halse. Er schaute zum Tor, wo sollte er hin? Vielleicht war da noch jemand im Hof, im Gebüsch verborgen, mucksstill, lauernd? Hinter ihm lag das schlafende Feinstadt, dunkel, bösartig. Auch in die Aue zu gehen schien zu gefährlich, nein, nein, die Aue war am allergefährlichsten. Er duckte sich, die Augen weit aufgerissen, starrte er in die Dunkelheit, die nun ganz auf den Hof herabgesunken war, und wieder hörte er Schritte. Er presste sich abermals gegen die Mauer, ein Mann kam. Er ging schnurstracks auf das Tor zu und öffnete es, nicht vorsichtig, eher geräuschvoll – vielleicht war das Arturo, ja, ja, er sah ganz so aus! Domenico stieß sich mit den Schultern ab und machte ein paar Schritte bis zur Mitte der Straße. Der Mann schaute sich um, auf beide fiel das Licht der im Wind schwankenden Laterne.

»Du bist es, Domenico!«

»Ja.«

»Ich hatte mich auf die Suche nach dir gemacht.« Er lächelte. »Wo warst du so lange?«

»Tulio hat mich mitgenommen, heute war Conchetinas Namenstag.«

»Conchetinas Namenstag ... Wie, du warst bei den Carrascos?«

»Ja. Hier war gerade jemand. Er ist weggerannt, in die Dunkelheit hinein.«

»Ohne was zu sagen?«

»Ja.«

»Merkwürdig.« Arturo überlegte. »Das kann doch nicht sein, dass er nichts gesagt hat.«

»Warum? Wer könnte das gewesen sein?«

»Unser Ugo. Er ist ein armer Tropf, sucht sich immer ein anderes Haus aus und schickt dann seine Drohungen los.«

»Ja, aber ...«

»Ist keine große Sache, wir sind schon dran gewöhnt, aber warum hat er nichts zu dir gesagt?«

»Was hätte er denn sagen sollen?«

»Was weiß ich, irgendwelchen Blödsinn. ›Ich werde dich mit meinem Messer aufspießen‹, solche Sachen halt.«

»Warum hätte er das sagen sollen?«

Arturo zuckte die Achseln. »Ist halt ein armer Irrer. Warte mal, ist er wirklich von selbst weggerannt, oder ... hast du ihn etwa verprügelt?«

»Nein, nein, natürlich nicht.«

»Merkwürdig, wirklich merkwürdig.« Arturo konnte sich keinen Reim darauf machen. »Er rennt sonst vor niemandem davon, im Gegenteil.«

»Vielleicht war es ja jemand anderes.«

»Wer denn?«

»Keine Ahnung, irgendjemand.«

»Nein, nein, als ich mich auf die Suche nach dir gemacht habe, hat er mir ein paarmal hinterhergerufen: ›Auch deine letzte Stunde hat geschlagen, Arturo, auch deine letzte Stunde!‹ Vielleicht hast du ihn, ohne es zu wollen, erschreckt, obwohl er eigentlich vor nichts und niemandem auf der Welt Angst hat.« Und er wunderte sich wieder: »Ist er wirklich weggerannt?«

»Ja, ja, das sag ich doch.«

»Ich kann es mir nicht erklären.« Arturo legte den Kopf schief, dann schüttelte er sich und sagte:

»Gehen wir rein, wie lange wollen wir noch hier draußen rumstehen.« Das war ihm ein bisschen grob entfahren, und er fügte eilig hinzu: »Señor.«

DER DRITTE TAG,
EIN SPAZIERGANG

Er hatte Kopfschmerzen. Seine Kehle war ausgedörrt. Zum Glück stand auf dem Tisch ein voller Krug. Er stand auf und setzte ihn an, der altbekannte Fleck starrte grimmig von der Decke herab. Er verschluckte sich, fing an zu husten, und schon steckte Arturo den Kopf herein: »Sind Sie wach, Señor?«

»Ja. Ich komme sofort.«

»Gut, ich warte auf Siiiiie.« Arturo zog das Wort liebevoll in die Länge. Er hatte geträumt, aber er konnte sich nicht erinnern, was. Wenn er das Ende des Fadens hätte finden und greifen können, hätte er sofort das verhedderte Knäuel entworren, aber er fand keinen Ansatz. Der ins Dunkel entschwundene Junge kam ihm wieder in den Sinn, aber nein, der entstammte nicht seinem Traum. In Gedanken versunken zog er sich an, die feschen neuen Kleider fühlten sich gut an, bloß das Zuknöpfen war ein bisschen mühsam. Grüne Kleidung, grün – *Blau würde ihm besser stehen*, hatte diese Frau gesagt, die Hände in die Hüften gestemmt, Teresa hieß sie. Wie sie sich bewegte. *Soll ich dir einen Kuss geben? Nur auf die Wange.*

Ja, so hatte sie gefragt. Warum hatte er ihr die Wange nicht hingehalten – nein, nein, das wäre doch peinlich gewesen. Ihm schoss das Blut in den Kopf, er setzte den Krug wieder an. Machte die Augen zu, um diesen störenden Fleck nicht mehr zu sehen, das Wasser rann ihm in den Kragen, bis zum Bauch kletterte die Kälte hinab. Er bekam Gänsehaut. Rieb sich über die Kleidung. Dann wurde ihm wieder warm, er beruhigte sich, etwas beglückte ihn, ja – *soll ich dir einen Kuss geben? Nur auf die Wange.*

Als er die Treppe hinunterstieg, versuchte er, sich möglichst anmutig zu bewegen, er betrat das Zimmer. »Guten Tag.« Arturos Frau, Eulalia, griff nach ihrem langen Rock, zog ihn ein wenig in die Breite und machte einen kleinen Knicks.

Augenblicklich besann er sich und schlug die Fersen zusammen. »Guten Tag, meine Dame.«

Sie war eine dicke Frau, rotbäckig wie Arturo. Das Kind sah auch ziemlich gesund aus, der Sprössling Giangiacomo. »Wie haben Sie geschlafen? Sie sehen blendend aus.«

»Ehm«, Domenico fand nicht die passenden Worte, »ehm …«

»Danke, gut, wollte er sagen«, kam ihm Arturo zu Hilfe.

»Danke, gut.«

»Du bist doch nicht beleidigt, wenn wir dir die hiesigen Umgangsformen beibringen?«

»Nein, überhaupt nicht. Und wenn ich manchmal was fragen muss, das darf ich doch?«

»Aber natürlich, natürlich, mein Lieber. Ach ja, ich kenne ja nicht einmal deinen Namen …«

»Domenico.« Und wieder lachte ihm das Herz – *soll ich dir einen Kuss geben? Nur auf die Wange.*

»Schöner Name, wirklich …«

Was für eine Frau! Gedankenverloren kaute er.

Nach dem Frühstück ging er hinaus auf die Straße, sein Kopfweh hatte nachgelassen, in seiner Tasche steckten acht Drahkan, die würden wohl eine ganze Weile reichen. Sechstausend, sechs…, ging es ihm durch den Kopf, und sogleich schlug er den Pfad ein, der zur Aue führte. Den Fußspuren eines Betrunkenen glich der Zickzackpfad. Den abgehackten Baumstumpf erkannte er schon von Weitem, aber er versuchte woandershin zu schauen, damit keiner was merkte, weit und breit war keine Menschenseele zu sehen, aber trotzdem. Vorsichtig ging er am Baumstumpf vorbei, lief ein Stück weiter, dann drehte er sich um und betrachtete ihn aus der Entfernung, er genoss das. Er schaute auf sein grünes Hemd und überlegte kurz. Dann errötete er plötzlich – nein, nein, er ahnt dann sofort was –, aber sein Wunsch war stärker – er wird was ahnen, er wird mich auslachen. Er trat das Tor mit dem Fuß auf und drückte Arturo, der schon die Aufmerksamkeit in Person war, zwei Drahkan in die Hand: »Wenn es möglich wäre, besorgen Sie mir bitte blaue Kleidung.«

»Solche oder … die allerfeinste?«

»Nein, solche.«

»Wozu brauchst du denn noch eine solche? Wir könnten die doch färben, ganz einfach.«

»Nein, ich brauche sie jetzt, sofort.«

»Färben wir diese lieber, das kommt doch aufs Gleiche raus. Und eigentlich, wie soll ich sagen«, Arturo geriet ein bisschen ins Stottern, »meine Frau hat Kopfschmerzen, ja, sie leidet des Öfteren unter Kopfschmerzen, und, wenn es möglich wäre … eine Vorauszahlung will ich bei Ihnen gar nicht erwähnen, aber wenn Sie mir einen Drahkan geben könnten, würde ich sie Ihnen färben und Sie sparen dabei auch Geld.«

»Nein«, sagte Domenico und drückte ihm entschlossen die Geldstücke in die Hand, dann schob er seine Hand mühsam in die enge Tasche und sagte: »Hier, noch ein Drahkan.«

Er ging neben Tulio her, immer noch grün gekleidet. Die blaue Kleidung hatte er in seinem Zimmer anprobiert, war darin hin und her gestakst, dann hatte er es sich doch anders überlegt und war am Ende wieder in der grünen Kleidung herausgekommen. Als sie nun zwischen den hübschen Häusern dahinliefen, war er ziemlich nervös, Tulio dagegen grüßte lächelnd die Passanten und schritt sorglos auf die Tische von gestern zu.

Die Frau stand breitbeinig da, beide Füße fest auf dem Boden, und schwenkte über ihrem Kopf eine hellblaue Tischdecke.

»Bist du durchgedreht, Teresa?«, wunderte sich Tulio. »Was machst du da?«

»Die muss schnell trocknen. Ah, hast du ihn mitgebracht?«

»Ja, gefällt er dir immer noch?«

»Nein, das hat sich schon ein wenig verflüchtigt.«

»Du lügst, nicht wahr?«

»Ich lüge, ja. Als ich ihn jetzt geschen habe, hat er mir wieder gefallen. Wie geht's, Domenico?«

»Mir … gut. Danke schön, gut.«

Die Frau lachte, schlug sich mit der Hand aufs Knie und stand sogleich wieder aufrecht da. Das machte sie so schön …

»Das hast du heute gelernt, oder?«

»Was?«

»Diese Antwort.«

»Ja.«

»Ach, du Dummerchen«, sagte sie liebevoll.

Das war viel besser als »Schatz« oder »Schätzchen«. Wer war sie bloß, alles machte sie so schön. Sie setzte sich auf den Rand eines Stuhls und musterte Domenico, seine Stirn, die schmale Nase, sie fuhr mit dem Blick die Konturen seiner Lippen nach, dann funkelte in ihren Augen der Schalk auf, und Domenico, ganz rot geworden, ahnte sofort, dass sie irgendetwas Fürchterliches fragen wollte.

»Und, gefalle ich dir?«

»Mir?«

»Dir, ja.«

»Was weiß ich, keine Ahnung.« Er wich ihrem Blick aus.

»Also gefalle ich dir«, die Frau freute sich und band sich die blaue

Tischdecke als Kopftuch um. Sie schlug es am Hals einmal um, fuhr sich über die Augenbrauen, reckte den Kopf stolz in die Höhe, und lächelnd, mit großen, schönen Zähnen, zähmte sie ein unbekümmertes, lautes Lachen: »Gefalle ich dir so noch besser?«

»Ja«, Domenico nickte.

»Und …«, die Frau stand auf, »so?«

Sie hielt sich die Tischdecke um die Taille, öffnete ihre Spange, warf sich das dicke schwarze Haar über die Schultern und richtete zwei spitze Traumhügel auf ihn. »Und so?«

Er konnte kaum mehr stillsitzen. Einen Moment lang war er kurz davor, aufzustehen und wegzulaufen, aber auch das war ihm unmöglich. Er schaute Teresa noch einmal an, und etwas wie ein Flehen in seinen Augen ließ die Frau zusammenzucken.

»Gut, gut, ich sage nichts mehr. Entschuldigung.«

Sie wandte sich Tulio zu, in ihren Augen erlosch das Licht, dann glühten sie wieder ein bisschen auf, sie schaute heimlich zu Domenico.

»Was kann ich euch bringen, Tulio?«

»Zwei Brausewein.«

»Zwei sagst du?« Wieder funkelte ihr Blick.

Und Domenico sagte mit hängendem Kopf: »Ich kann heute nichts trinken.«

»Warum?«, wunderte sich Tulio.

»Ich hab Kopfschmerzen.«

»Kopfschmerzen?«, sorgte sich die Frau. »Schlimme?«

»Nein, geht so.«

»Soll ich dir eine Arznei geben?«

»Nein.«

»Magst du mich etwa nicht, Domenico?«

»Nein, wieso?«

»Hör auf, mach ihn nicht verrückt.«

»Ja. Sonst denkt er noch, ich bin eine leichte Frau. Ein Brausewein also … Sonst noch was?«

»Bring ihm einen Schaumtrunk. Das wird ihn kurieren. Teresa, denk jetzt nicht, dass der Neid aus mir spricht, aber was findest du bloß an ihm?«

»Was ich an ihm finde?«, die Frau überlegte, dabei sah sie Domenico kurz an. »Was ich an ihm finde … Ich bin sofort wieder da.«

So plötzlich gab sie sich kühl, dass es Domenico ins Herz schnitt. Sie drehte sich um, kerzengerade, wippte, ihres Wertes sicher, ein paarmal hin und her, machte ein paar Schritte, und schon an ihrem Gang konnte man ablesen, dass sich ihr Gesichtsausdruck erneut verändert hatte, sie schaute rasch über die Schulter und blinzelte Domenico zu. Der aber wich ihrem Blick aus und sagte zu Tulio: »Ich bin sofort wieder da.«

Wohin er gehen sollte, wusste er nicht. Doch in der Nähe dieser Frau konnte er es nicht länger aushalten. Von irgendwoher war das Geräusch von Wasser zu hören, dorthin stapfte er. Am Springbrunnen blieb er stehen, dieser Junge hatte ihm jetzt noch gefehlt, es war der Irre, Ugo. Er drohte jemandem, aber dann schrak er auf und starrte Domenico an. Sofort zog er den Kopf ein und ließ auch noch den kurzen Stock, den er wie ein Messer hielt, fallen, mit hochgezogenen Schultern machte er sich davon. An der Straßenecke blieb er stehen, schaute noch einmal zurück und verschwand. Domenicos Laune war dahin. In den Augen des Jungen war ein klobiger, grauer Fisch geschwappt. Nachdenklich machte Domenico kehrt, und an der Kreuzung begegnete ihm Tulio.

»Komm mit, wir gehen ein bisschen aus der Stadt raus.« Und stolz fügte er hinzu: »Ich hab die Rechnung bezahlt.«

»Wohin sollen wir gehen?«

»Einfach raus aus der Stadt, spazieren. Dem Vater von Teresa war nicht gut, sie hat zugemacht.«

»Wer kommt mit?«

»Ein paar Leute, einige kennst du von Conchetinas Feier.«

»Ich … soll ich mitkommen?«

»Ja, klar«, meinte Tulio überrascht, »du bist schließlich fremd hier in der Stadt, und du bist, wie sagt man? Ein Gegenstand des Interesses, genau.«

Domenico blickte ihn an. »Ich weiß nicht.«

»Ach!«, winkte Tulio ab. »Sogar Duilio kommt mit, der Jugend zuliebe.«

Und nachdenklich fügte er hinzu:

»Denk nicht, dass Teresa eine leichte Frau wäre, jeder von uns hat schon mal versucht, an sie ranzukommen, ist aber keinem gelungen.«

Domenico schwieg.

»Die Narbe an Cilios Augenbraue, hast du die schon bemerkt?«

»Nein.«

»Das war sie, da hat sie ihn geschlagen.«

»So fest?«

»Sie hat mit einem Glas zugeschlagen, und weißt du, warum?«

»Nein.«

»Nur weil er ihr zugezwinkert hat.«

»Nur deshalb? Ist sie … so eine?«

»Aaach«, winkte Tulio ab, »ein Teufelsweib, ein Teufels…«

»Hier in der Nähe soll es eine Quelle geben, meine Damen und Herren«, sagte Vincente, er hatte den Kragen zugeknöpft. »Es erwartet Sie wohlschmeckendes, vorzügliches Wasser dort, in der Tat.«

»Herrlich!«, giggelte Silvia. »Ich habe solchen Durst!«

Der Herbst war gekommen. Es war ein sonniger Tag, die trockenen Blätter verweilten kurz in der Luft, legten immer wieder eine Rast ein auf ihrem Weg zum Boden. Riesige gelbe Schneeflocken schneite es im Wald. In den Wipfeln der Bäume lärmten die Vögel, ihr Gezwitscher zerschlug sich wie Brandungswellen in der klaren Luft, traurig lockte ein unsichtbarer Vogel einen anderen, bösartig schwieg eine schwarze, moosumrandete Baumhöhle. »Und hier ist auch die Quelle.« Vincente blieb stehen. »Ein gütiger Mensch hat offenbar ein Glas dagelassen.«

»Au fein, au fein!«, jubelte eines der fröhlichen Fräuleins aufgekratzt. »Ich habe solchen Durst!«

»Trinkt ihr erst mal, ich trinke als Letzter«, sagte Edmondo.

»So spricht ein wahrer Freund«, merkte Tulio an. »Ich verstehe gar nicht, was du mit Cilio am Hut hast.«

Edmondo senkte würdevoll den Kopf. Dann riss er gewaltsam den Blick von einem Blatt los und wandte sich Tulio zu: »Wenn du willst, können wir Freunde sein, du und ich.«

»Nein, nein, ich verdiene dich nicht«, mimte Tulio den Bescheidenen. »Du bist für Cilio bestimmt.«

Nachdem sie ein paar Schlucke Wasser gekostet hatten, wurden die fröhlichen Fräuleins mit einem Mal ernst und holten aus hübschen bunten Taschen das Frühstück hervor. Sie breiteten ein farbiges Tuch auf der Wiese aus und legten darauf gekochtes Fleisch, Käse, Kräuter, vielerlei Kuchen und gebratenes Hähnchen. »Ohoho«, rief Tulio, »das übertrifft alle Erwartungen!« Die Jungs und Duilio kauten genüsslich, während die fröhlichen Fräuleins mit gespreizten zarten Fingern an diesem und jenem zupften. Irgendein Kerl, der sich ungefragt der Gesellschaft aufgedrängt hatte und Kumeo hieß, verschlang alles, was sich in seiner Reichweite befand. Er schmatzte und schlürfte, und Tulio wechselte den Platz. Alle schauten ihn an und warteten darauf, dass er einen Witz machen würde, und Tulio sagte: »Ist gefährlich, neben ihm zu sitzen, nicht dass er einem aus Versehen den Arm abbeißt.« Alle lachten, auch Kumeo wieherte, dann ging er auf die Knie, beugte sich vor und schnappte sich mit zwei Fingern ein Stück gebratenes Hähnchen. Für Duilio hatte man in ein kleines, zierliches Glas Pfefferminzlikör gefüllt und er trank feierlich auf den fernen Marschall Bittencourt, auf den Menschen, »dessen Gedanken und Träume beständig um die Bewohner unserer von allen vergessenen Stadt kreisen«. Als Kumeo gesättigt war, griff er unerwartet nach dem Schienbein eines in Gedanken versunkenen Fräuleins und bellte es an; dem entgeisterten Fräulein wurde Quellwasser ins Gesicht gesprenkelt. Duilio strahlte übers ganze Gesicht und schien mit den Gedanken weit weg, denn er sagte plötzlich hoheitsvoll: »Nimm das Glas nicht von der Quelle!«

»Ausgezeichnet, ausgezeichnet!«, rief Silvia. »Das ist wahrlich ein einzeiliges Gedicht.«

»Und noch dazu eines mit gütiger Absicht«, unterstrich Conchetina.

»Danke Conchetina, meine Kleine«, sagte Duilio, »du hast das Wesentliche dieses Gedichts erfasst, ein guter Mensch ließ ein Glas an der Quelle zurück, zum Wohl der Allgemeinheit, und auch wir, wir, die Guten, werden das Glas nicht zerbrechen, wir werden es nicht zerschlagen und erst recht nicht entwenden, sondern sagen: ›Nimm das Glas nicht … von der Quelle!‹«

»Ach, wie schön gesagt!«

»Schön, sehr schön.«

»Wirklich schön.«

Dann wurde auf die ewig junge Tante Ariadna angestoßen, die aus Altersgründen zum Waldspaziergang nicht hatte mitkommen können, Conchetina dafür aber wunderbare Liköre mitgegeben hatte. Noch mancherlei Trinkspruch wurde ausgebracht, alle tranken munter. Von den Männern hielt einzig Duilio sich zurück. In Conchetinas Körper machte sich eine wohlige Wärme breit, und auf einmal brach sie in Tränen aus. »Was ist denn, was hast du denn, Liebes?« Silvia tupfte ihr mit einem rosa Taschentuch die Wangen ab; Arturo holte ihr Wasser, in jenem Glas, alle waren besorgt. »Was ist los, was ist passiert?« Conchetina aber, die sich ein Taschentuch über die Augen hielt, hauchte abwehrend: »Nein, nein, nichts.« Tulio nahm ihr die Hände sacht vom Gesicht und schnitt eine so komische Grimasse, dass sie lächeln musste, und er rief erfreut: »Du weinst und lachst dabei, die Sonne wäscht sich das Gesicht.«

»Ach, war das poetisch«, meinte Duilio. »Bravo, ich habe schon immer an die Jugend geglaubt.«

Allseits stieg die Laune, Kumeo schob ein großes Stück Kuchen in den Mund, Antonio machte sich verschleierten Blickes zum Tanzen bereit, aber Conchetina verlangte: »Onkel Duilio, erzählen Sie uns doch bitte etwas!« Doch Duilio, so wie er war, schlug vor: »Wäre es nicht besser, ich würde Fragen stellen?« Und alle riefen: »Ja.«

Nachdenklich schritt Duilio von einem Baum zum anderen, hin und her, und brachte die verwelkten Blätter zum Rascheln. Die auf der Wiese versammelte Jugend erwartete voller Ungeduld seine Fragen, ausgenommen Kumeo, der immer noch kaute.

Duilio kam näher und fragte:

»Nehmen wir Sie, Antonio, lieben Sie Ihre Arbeit oder nicht? Macht sie Ihnen Spaß, und falls nicht, warum nicht?«

»Ich liebe meine Arbeit«, sagte Antonio. »Ich werfe ein weißes Hemd in den Topf, koche und koche es, und es kommt rot wieder heraus. Dann werfe ich ein gelbes Hemd in einen anderen Topf, es kocht und kocht, ich hole es heraus, und es ist blau. Ich werfe …«

»Warum hast du geweint?«, fragte Silvia leise Conchetina.

»Wirst du es auch niemandem sagen?«

»Nein.«

»Ich glaube, Vincente ist in mich verliebt, aber er ist doch verheiratet, und seine Frau tut mir leid.«

»Woher weißt du das?«

»Woher weiß ich was?«

»Dass er dich liebt.«

»Er hat mir ein Stück Kuchen angeboten.«

»Und warum hast du gestern geweint?«

»Antonio liebt mich auch.«

»Woher weißt du das?«

»Woher weiß ich was?«

»Dass er dich liebt.«

»Er kann gar nicht tanzen und hat mir zuliebe getanzt.«

»Ausgezeichnet, ausgezeichnet, jedwede Art von Arbeit ist wunderbar«, sagte Duilio, so wie er war. »Und warum bereitet sie Ihnen Spaß?«

»Ich verdiene mein Brot damit. Noch dazu brauche ich nicht viel zu tun.« Antonio taute auf. »Reinwerfen, rausholen und fertig, reinwerfen, rausholen, das war's, es färbt sich von allein.«

»Ja«, Duilio versank in Gedanken, »wer seine Arbeit liebt, der wird famose Erfolge erzielen, und das ist gut so. Nun zu dir, Vincente, welche Träume und Ziele hast du für die Zukunft?«

»Ich will«, hoheitsvoll reckte Vincente den Kopf in die Höhe, »immer sowohl reich als auch ein Vertreter der kulturellen Elite sein.«

»Ich hab doch gesagt, dass er mich liebt«, wisperte Conchetina ihrer Freundin zu.

»Das ist wunderbar«, sagte Duilio, »aber dein Geld wirst du doch wohl zum Erreichen großherziger Ziele verwenden?«

»Ja, zweifelsohne«, stimmte Vincente zu, machte den Knopf auf und fügte hinzu: »Aber klar doch.«

Duilio überlegte kurz. »Und nun zu dir, meine kleine Conchetina, wen würdest du als vorbildlichen Helden deiner Ideale bezeichnen?«

»Als Helden meiner Ideale«, erwiderte Conchetina, »bezeichne ich den zweiten Mann von Tante Ariadna, Onkel Vasco. Darf ich erklären, warum?«

»Selbstverständlich, selbstverständlich.« Duilio schien ein wenig verstimmt.

»Auch wenn ich ihn nie gesehen habe, da ich damals noch nicht das Licht der Welt erblickt hatte, habe ich viel von ihm gehört. Angeblich hat Onkel Vasco nein gesagt, wenn alle ja sagten, und wenn alle nein sagten, soll Onkel Vasco doch gesagt haben, und überhaupt, er soll in jeder Hinsicht ein richtiger Mann gewesen sein.«

»Jaaa«, meinte Duilio lang gezogen, »obzwar ich Señor Vasco nicht kannte, bin ich davon überzeugt, dass er ein eigenwilliger Mensch war, und das ist gut so. Jaaa, nun zu Ihnen, zu Ihnen, Edmondo. Welche Ideale der Menschheit begeistern Sie am meisten?«

»Am meisten begeistert die Kameradschaft mich«, sagte Edmondo.

»Ausgezeichnet, ausgezeichnet«, stimmte Duilio energisch zu, er war entzückt. »Die Kameradschaft schafft oftmals eine Atmosphäre gegenseitiger Liebe und ernsthafter Verantwortung. Ich hatte einmal einen Kameraden, der noch dazu Künstler war, und dieses Freundschaftsbündnis wurde stets um neue, schöpferische Erfahrungen bereichert. Der Name der wahren Kameradschaft wird sich weithin verbreiten, vom Lichte der Freundschaft erleuchtet. Im Ganzen gesehen hat die Freundschaft der Menschen viel Gutes zur Folge.«

»Aber ich liebe ihn nicht«, flüsterte Conchetina Silvia wieder zu.

»Und nun zu Ihnen, nein, nicht Sie, nein, sondern zu Ihnen.« Er streckte seinen Zeigefinger in Kumeos Richtung aus, der sich vor ihm versteckte. »Was schätzen Sie am meisten an der Person eines Altersgenossen: körperliche Kraft, Verstandesgabe, welche die Voraussetzung für aufsehenerregende Erfolge ist – ach, es ist wirklich heiß heute –, oder wahre Menschlichkeit, also Geradlinigkeit, die uns darin leitet, unseren Ideen kunstfertig Gestalt zu geben?«

»Ich, ja?« Kumeo tippte sich an die Brust. Schlagartig wurde er anders, selbstsicherer: »Ich denke, dass der Mensch klug sein muss, vernünftig, direkt, und wenn er dazu noch kräftig ist und auch was in der Tasche hat, schadet das nicht.«

»Ach so.« Duilio richtete sich noch mehr auf. »Sie sagen also, dass den Menschen mannigfache positive Eigenschaften zieren sollten?«

»Ja, ja.«

»Wunderbar. Ein guter Mensch hat uns von jeher begeistert und wird uns auch in Zukunft Freude bereiten.«

»Eigentlich habe ich noch nie einen wirklich guten Menschen getroffen«, flüsterte Conchetina wieder Silvia zu.

»Nein? Und was ist mit Duilio?«

»Der schon, aber er ist alt. Ich meine ja bei den jungen Leuten.«

»Ach, davon sprichst du? Ja. Wenn die jungen Leute ins entsprechende Alter kommen, dann werden sie vielleicht auch gut.«

»Mag sein.«

Sie saßen da und plauderten.

Und dabei war eigentlich schon der Herbst gekommen, wälderweit wild leuchtend.

Der Wächter der Nacht, der Lügner Leopoldino, schlich, eine rostige Laterne in der Hand, auf Zehenspitzen durch die Straßen. Seine Augen bewegten sich hin und her, ganz Ohr war er, und beim geringsten Laut verhielt er sich mucksmäuschenstill und verbarg die Laterne unter dem zerfetzten Umhang. Zunächst sollte er zum Springbrunnen von Feinstadt gehen und dort schreien: »Es ist ein Uhr nachts und alles ist in Oo-ordnung.« Ach, dass nicht alles in Ordnung war, das wusste er nur zu gut, aber was konnte er dafür, man entlohnte ihn jeden Herbst mit einem Drahkan, mit einer kleinen, runden Goldmünze, mit der er, in Brot und Zwiebeln verwandelt, das ganze Jahr auskommen musste. Er hatte das Gefühl, sich schuldig zu machen; arm waren die Feinstädter ja nicht, aber krank wird man schließlich überall, und von Zeit zu Zeit hing von dem ein oder anderen Balkon ein breiter Trauerflor herab. Vor Scham errötet, den Kopf eingezogen, rief Leopoldino verhalten aus: »Es ist drei Uhr nachts und alles ist in Oo-ordnung ...« Die Schultern hochgezogen, machte er sich kurzen Schrittes auf den Weg zu seinem Verschlag, aber er ließ es sich nicht nehmen, vor jenem Haus zu verweilen. Auch jetzt machte er halt, verbarg die Laterne und verharrte. Jener Mann, dem die Vorderzähne fehlten, der sein Lächeln im Zaum hielt, schlief nicht, blasses Licht schien aus seinem Zimmer. In der nächtlichen Stille hörte er ein leises Rascheln, als ginge jemand auf Zehenspitzen über Sand, der Mann reinigte sanft mit einem Samttuch das Instrument, dessen Seele ein Vogel war. Dann begann er zu spielen, sehr leise, vorsichtig, um die schlafenden Nachbarn nicht zu stören, von den riesenhaften, freien Vögeln keine Spur, des Nachts blieb dem Mann nur ein einziger, kleiner Vogel. Und wie winzig und leise dieser auch sein mochte, Leopoldino lauschte verzaubert dem Pochen des zwischen den Händen eingefangenen Sperlingsherzens, wie vieles vermochte es zu fassen – die Angst, aufzuflattern, die Sehnsucht, von einem Ast auf den anderen zu hüpfen, und das Fliegen, das Wichtigste, das Fliegen. Der Mann, der sich nach all den anderen Vögeln sehnte, konnte nur mühsam an sich halten, er spielte, die Augen geschlossen, und die Klänge versetzten die Luft in leichte Schwingungen. Die Züge des Mannes, der die Augen geschlossen hielt, verzerrten sich vor Verlangen, er zitterte, und bis zur Morgendämmerung quälte ihn die Erwartung, diesen winzigen Sperling in einen Storch mit gestrecktem Hals verwandeln zu können, der wie ein Pfeil in den Himmel schoss; aber nun war es Nacht und dunkel, und auch der an der Hauswand klebende Leopoldino spürte, dass der Mann sich zurückhielt, laut und frei zu spielen; nachts war das auch ihm, dem großartigen Spieler, untersagt. Er dagegen, Leopoldino, kam nicht umhin, mit seiner rostigen Stimme für die ganze Stadt vernehmbar auszurufen: »… und alles ist in Oo-ordnung!« Das gedämpfte Spiel war für Leopoldino schmerzvoller als der Anblick eines Trauerflors, verstohlen machte er sich auf den Weg zum Platz, atmete tief ein und schloss die Augen; einem sich überschlagenden Blinden gleich prallte sein Ruf gegen die Wände von Feinstadt: »Es ist viiier Uhr nachts und …«

… UND ALEXANDRO

»Alles gut und schön«, sagte der Größere, »aber wie sollen wir uns die Zeit vertreiben bis zum Abend? Saufen geht ja nicht.«

»Warum?«

»Weil auf uns noch eine Vorstellung wartet.«

»Einen kann man doch wohl kippen, was ist da schon dabei?«

»Geht nicht.« Der Größere hob den Finger. »Wir dürfen das nicht verpassen.«

»Entschuldigung, was für eine Vorstellung?«, fragte Domenico.

Er stand am Springbrunnen und wartete auf Tulio.

»Weißt du etwa nichts davon? Die ganze Stadt stimmt sich schon drauf ein: Alexandro tritt öffentlich auf.«

»Warum tritt er auf?«

»Der Titel lautet: Für bessere zwischenmenschliche Beziehungen!«

»Oje!« Der Kleinere grinste übers ganze Gesicht. »In dem Fall darf man wirklich nicht saufen.«

»Ja, genau. Aber was sollen wir bis dahin tun?«

»Ach Mann«, der Kleinere kam nicht davon ab, »einen könnten wir schon kippen, jeder ein Gläschen, was ist da schon dabei?«

Bis zu dem Vortrag waren es noch fünf Minuten. Die Backen des jungen Giangiacomo glühten noch mehr als sonst, während er aus voller Kehle schrie: »Nur zwei Groschen! Ein Vortrag mit dem aufregenden Thema: Für bessere zwischenmenschliche Beziehungen, von Señor Alexandro. Alle können Fragen stellen, es antwortet – nur Alexandro!« Im engen, hohen Eingang stand Arturo und kassierte von den Interessierten die zwei Groschen, er lächelte Domenico an und sagte: »Du kannst so rein.«

Der lange, große Saal füllte sich, von Zeit zu Zeit warf Arturo voll heimlicher Zufriedenheit einen Blick hinein. »Setzen wir uns an den Ausgang«, sagte Tulio. »Nur dir zuliebe bin ich mitgekommen, ansonsten …«

»Wieso?«

»Ach, diese Vorträge enden nicht selten in Prügeleien. Merk dir, wenn eine Prügelei losgeht, gehen wir sofort raus, in Ordnung?«

»In Ordnung.«

Der Saal war voll, einige mussten sogar stehen. Jetzt ließ Arturo die Leute schon für einen Groschen rein. Hier und da war auch mal eine Frau zu sehen, und außer der Jugend hatten sich einige angesehene Bürger eingefunden.

Unvermittelt sprang ein junger Kerl auf, klatschte in die Hände, und als er die Aufmerksamkeit auf sich gelenkt hatte, sagte er: »Kommt Leute, unterbrechen wir ihn nicht. Er wird schon von selbst durchdrehen.«

»Stimmt, das stimmt!« So was gefiel den Leuten.

Ein Besoffener rief immer wieder:

»Wo bleibt er bloß, fängt er nicht an? Dieser …«

»Und stellt keine zu dummen Fragen, das merkt er. Fragt Dinge, die ihn durcheinanderbringen.«

»Mach dir da mal keine Sorgen, der wird schon durcheinanderkommen.«

Und dann öffnete sich der Vorhang, und auf die Bühne kam, sicheren, beherzten Schrittes, Alexandro höchstpersönlich.

Beifall brach aus, Zwischenrufe, hier und da laute Pfiffe, Alexandro stellte sich auf die Vorderbühne, hob die Hände, und scheinheilig verstummten sie alle.

Es fiel ihm offensichtlich schwer, einen Anfang zu finden, aber als er die Leute einzeln ansah und lauter bekannte Gesichter erblickte, sagte er aus voller Brust:

»Guten Tag, liiiebe Menschen.«

»Oho, grüß dich, Alexandro«, fröhliche Rufe wurden laut: »Wie geht's dir, hoffentlich gut.« »Wie ist Ihr wertes Befinden, Onkel Alexandro?« »Was hast du uns Neues zu erzählen?«

»Für bessere zwischenmenschliche Beziehungen!«

»Na los! Leg los, du bist unschlagbar!«

»Ich bitte um Ruuuhe und Aufmerksamkeit.« Alexandro hob beschwichtigend die Hände, in der ersten Reihe konnte sich jemand nicht länger beherrschen und las ihm aus der Hand:

»Im Laufe dieses Monats wirst du blind werden.«

»Ist das ein Wunder, wenn ich tagtäglich euch ansehe?« Alexandro breitete die Arme aus, lächelte und sagte: »Das reicht, fangen wir an, Sie haben einen bösen Witz gemacht, ich einen guten, und jetzt reicht's, wir fangen an!«

Nachdenklich schritt er ein paarmal auf und ab.

»Um ehrlich zu sein, ich habe lange darüber nachgedacht, wie ich zu euch sprechen will, allgemein, ausführlich, einfach, gehoben … oder wie? Aber ich glaube, es ist das Beste, ganz ungezwungen zu sprechen, immerhin kennen wir uns ja alle gut genug.«

»Los, los!«, feuerte der Besoffene ihn an.

»Wir Menschen«, begann Alexandro, »sind ja im Grunde nicht schlecht zueinander, und doch wäre es uns ein Leichtes, besser zu sein.«

»Das stimmt«, schrie der Besoffene und blinzelte einer erschrockenen Frau zu, die sich ihm unwillkürlich zugewandt hatte.

»Die Beziiiehungen der Menschen untereinander sind schon besser geworden«, fuhr Alexandro überzeugt fort. »Anscheinend haben unsere Vorfahren sich gegenseitig gefressen, im wahrsten Sinne des Wortes, heute aber sind derartige Fälle nicht mehr zu verzeichnen, und das ist gut.«

»Hurra!«, brüllte Kumeo.

»Der Weg eines Menschen«, sagte Alexandro leise, »sollte ein Weg der beständigen Besserung sein. Und ich frage euch«, in Erwartung einer Antwort streckte er dem Publikum die Arme entgegen, »was macht uns besser?«

»Die Wahrheit«, schrie jemand und lachte schallend.

»Genauer!«, verlangte Alexandro.

»Eine Lederjacke«, versuchte ein anderer einen Witz.

»Der erste Buchstabe stimmt schon«, freute sich Alexandro.

»L? Lippenstift!«

»Nein«, sagte Alexandro, der Feuer gefangen hatte und nun mit einem Mal stutzte. »Was hat Lippenstift damit zu tun?«

»Loyalität?«

»Genauer!« Alexandro schöpfte ein bisschen Hoffnung.

»Ritterlicher Edelmut!!!«

»Und wo bleibt da das ›L‹?«

»Was also, Alexandro?«

»Es ist …«, eine Welle der Zärtlichkeit ließ Alexandros Körper erschauern. Er entspannte sich, seine Schultern sanken herab, und er richtete den Blick zur Decke des Saales. Dann hob er eine Hand, langsam, ganz langsam, und sagte: »Die Liebe.«

Im Saal brach großer Jubel aus. »Oho, Alexandro ist verliebt!«

Der Besoffene sprang auf, legte den Finger an die Stirn und schnitt Grimassen: »Was die Liebe alles macht, alles macht, alles macht …!«

»Nein, junger Mann, ich rede nicht von der Liebe, die du meinst.« Betrübt schaute Alexandro ihn an. »Ich rede von einer größeren, noch besseren Liebe.«

Ein gediegener Bürger ärgerte sich. »Was verstehst du schon von der Liebe! Du hast weder Frau noch Kind!«

»Und weil du eine Frau hast und die wahre Liebe kennst, schleichst du dich zu Rosalia?!« Alexandro ärgerte sich ebenfalls.

Der Mann erstarrte. Alle schauten zu ihm hin, der puterrote Mann schien im Stuhl versinken zu wollen, dann aber sprang er auf, ganz blass nun, und brüllte Alexandro an: »Ein Blödmann bist du, ein Blödmann, ein Trottel … mit dir kann man sowieso nicht reden!!!«

»Das, was ihr hier seht, ist Hass«, sagte Alexandro. »Ist das etwa guuut?«

»Ich bring ihn um, diesen, diesen …«, dem Mann fehlten die Worte, »dieses Schwein, diesen dummen Esel, schlimmer noch!«

»Weißt du, Giulio, was ich dir jetzt sage?«, fragte Alexandro lächelnd. Ebenjener Giulio war das, der gediegene Jugendfreund Tante Ariadnas.

»Was sagst du mir! Sag nur, los, los, trau dich, sag schon, los!«

»Ich liebe dich, Giulio.«

»Verschwinde du mit deiner Liebe, du Kuh, du …«, Giulio musterte ihn, »du Zuchtkuh, du!«

»Wenn du nur wüsstest, wie sehr ich dich liebe!«

Dem wutentbrannten Giulio fiel nichts mehr ein, er zog seinen Schuh aus und zielte auf Alexandro, traf aber nicht. Dieser bückte sich, putzte den Schuh mit seinem Taschentuch ab und reichte ihn einem jungen Mann in der ersten Reihe:

»Hier, das ist wahre Liebe, bring ihm den, bitte.«

»Wie kann ich das, was er angefasst hat, noch anziehen, dieser Trottel, dieser …«

»Hier, das ist Hass.« Alexandro wies mit der Hand in Giulios Richtung, dann legte er sich die Hand auf die Brust. »Und das ist Liebe, was ist nun besser? Ich liebe dich dennoch, Giulio.«

»Sind wir vielleicht so zahlreich erschienen, um uns euer Geschäker anzuschauen?«, rief jemand und der ganze Saal brach in Gelächter aus. Auch Giulio lächelte still. Er winkte ab, sagte: »Ach, was soll ich mit ihm reden, er ist ein Dummkopf«, und setzte sich.

»Was auch immer ich bin, ein Dummkopf oder nicht, ich liebe euch alle. Mir bricht es das Herz, wenn ich euch anschaue, ach, mir tut all euer schlechtes Benehmen in der Seele weh. Aber ich liebe euch doch, ach, was für ein gutes, was für ein schönes Gefühl das ist, wenn ihr nur wüsstet. Früher war ich wie ihr, ich habe nur die Meinigen geliebt. Und dann, ganz unerwartet, ist in meiner Seele die merkwürdige Pflanze der Liebe erblüht, könnt ihr erraten, welche das ist?«

»Mohn!«

»Nein, verwelkt zu schnell.«

»Schneeglöckchen!«

»Viel zu zart.«

»Dahlie!«

»Zu aufgeplustert.«

»Rose!!«

»Zu klischeehaft.«

»Na, was nun?!«

»Ganz unerwartet ist in meiner Seele eine merkwürdige Pflanze erblüht«, fuhr Alexandro fort, »ein Kaktus der Liebe, mit Stacheln. Aber jeder seiner Stiche war auf wundersame Weise wohltuend, und auch jetzt, wo ich euch anschaue, auch jetzt sticht es.«

»Mach dir nichts draus, Alexandro!«

»Wie soll ich mir nichts daraus machen, es sticht.«

»Das meinst du nur!«

»Und wenn ihr wüsstet, wie sehr ich euch liebe ...« Mit einem Mal veränderte sich seine Stimme. »Wenn ich solche Dinge sage, denkt nicht, ihr würdet mir gefallen, ach, nein, nein, ich weiß ganz gut, was ihr seid, was ihr darstellt, und trotzdem – hier in diesem Saal, in der fünften Reihe«, er zählte ab, »zwei, vier, sechs, neunter Stuhl, da sitzt ein Mann, von dem wir alle wissen, was für ein Mensch er ist, aber ich liebe ihn trotzdem.« Jener Mann wusste nicht, ob er etwas sagen oder lieber ruhig bleiben sollte. In den hinteren Reihen standen welche auf, suchten die Reihe und den Stuhl zu erkennen, aber schon lenkte Alexandro ihre Blicke woandershin:

»Hier, Leute, schaut euch das an, guckt mal, hier sind zwei Männer zusammengekommen. Zwei junge Burschen, Vincente und Antonio. Wir brauchen es nicht zu verheimlichen, diese beiden Menschen haben einander früher gehasst. Vincente war überzeugt, weit über Antonio zu stehen, und Antonio konnte Vincente wegen seiner Überheblichkeit nicht leiden. Kurz gesagt, sie waren einander spinnefeind, aber im Leeeben«, Alexandros Miene hellte sich plötzlich auf, »geschieht ja so allerlei, und jetzt, das seht ihr ja, sind sie unzertrennlich. Vincente hat sich in Antonios Schwester, die schöne Giulia, verliebt und sie geheiratet. Sie sind also zu Verwandten geworden, Vincente ist nun anders zu Antonio, höflicher und freundlicher, und den von Natur aus gutmütigen Antonio lässt das nicht kalt, und wir alle sind Zeugen davon, wie wunderbar sie nun miteinander klarkommen, wie nah sie einander stehen, sie trinken zusammen, feiern und zocken, einfach so, nicht um Geld. All dies also können willkürliche, auferlegte Verwandtschaft und Liebe bewirken! Diese willkürliche Liebe kommt zwar bei Weitem nicht an die andere, allerorts verbreitete Liebe heran, ganz und gar nicht, meine lieben Leute. Dennoch vermag sie so mancherlei gute Eigenschaft zu wecken.« Alexandros Stimme veränderte sich wieder: »Und nun frage ich euch: Wenn unser Vincente nicht zur ewigen Lebensgefährtin die schöne Giulia erwählt hätte, so wären sie sich doch auch jetzt noch spinnefeind? Hab ich nicht recht, Vincente?«

»Ich schlag dir die Zähne ein.«

»Beruhige dich, Vincente, du weißt doch, der ist bescheuert«, beschwichtigte ihn Antonio.

»Apropos Zähne«, fuhr Alexandro fort, »hört auf, euch zu zerfleischen, hört auf! Seid so, wie diese beiden Menschen jetzt zueinander sind. Wie zwei Täubchen. Seht ihr, mit welcher Zuneigung der sanftmütige Antonio den Heißsporn Vincente anschaut? Nun, es wäre ein wuuunderschöner Anblick, wenn Vincente den Blick liebevoll erwidern würde, stattdessen starrt er verärgert mich an, ich wiederum liebe ihn, genauso wie jeden von euch. Streitet nicht, nein, ein weiser Mann hat einmal gesagt, wenn zwei Menschen streiten, sind beide schuldig. Das ist die Wahrheit, meine Lieben, und manchmal müsst ihr dem Schuldigen verzeihen. Aber ihr fangt direkt an, euch zu prügeln, ist das etwa richtig? Kommt, versprecht mir, dass ihr einander verzeiht – das versprecht ihr mir doch?«

»Wir versprechen es, wir versprechen es!« Die Leute lachten.

»Schön, ihr lacht.« Alexandro schien nachzudenken und deutete auf einen Mann in der Menge. »Und du, Mikele, du versprichst es auch?«

»Aber sicher«, grinste ein riesenhafter Kerl.

»Schwör es mir.«

»Ich schwöre mit Herz und Seele.«

»Ich glaube dir. Und jetzt verrate ich dir ein kleines Geheimnis. Du wirst doch dem Schuldigen verzeihen?«

»Ja, ja.« Mikele wurde neugierig. »Ich hab es doch geschworen.«

»Dann geh jetzt zu Kumeo und drück ihm die Hand.«

»Warum?«

»Drück ihm erst mal die Hand und dann sag ich es dir.«

Kumeo wich die Farbe aus dem Gesicht, und er schaute angsterfüllt den riesenhaften Mikele an, der ihm die Hand drückte und an seinen Platz zurückkehrte.

»Jetzt sag.«

»Weil du deine Großzügigkeit unter Beweis gestellt hast, will ich es dir erzählen«, erklärte Alexandro feierlich. »Vor zwei Tagen, als du besoffen warst, hat Kumeo dir dein Goldkettchen entwendet.«

»Was du nicht sagst.« Mikele lächelte sonderbar und schaute zu Kumeo hinüber. »Bliebe ich jetzt meinem Schwur treu, wenn ich hinginge und ihm einen Kuss gäbe?«

»Damit würdest du über dich selbst hinauswachsen, mein Lieber, geh, geh nur, gib ihm einen Kuss.«

»Das will ich nicht, nein, ich will keinen Kuss von ihm!«, entsetzte sich Kumeo.

»Ich muss dir die Hände küssen, mein Lieber.« Mikele wandte sich an die Leute: »Er hat doch einen Kuss verdient, oder?«

»Selbstverständlich, selbstverständlich, unbedingt!«, riefen ein paar Schaulustige.

»Nein, nein«, rief Vincente, Kumeos Cousin.

»Nein«, Antonio schlug sich auf seine Seite. »Nein, und nochmals nein!«

»Einen Kuss, einen Kuss!«, schrie die Menge und Mikele ging zu ihm hin, legte seine Hände so sacht auf die Kumeos, dass alle schon glaubten, er würde ihm tatsächlich einen Kuss geben, und gerade als die Verwunderung am größten war, da rammte Mikele seinen Kopf mitten in Kumeos Visage. Kumeo fiel zwischen die Reihen, und Mikele gelang es noch, ihm zweimal hinterherzutreten, und er hätte es auch ein drittes Mal geschafft, wenn nicht der heißblütige Vincente über die Schultern und Köpfe sämtlicher Anwesender gehechtet und von oben auf ihn draufgesprungen wäre. Die beiden fielen auf Kumeo, es war so eng, dass sie einander nicht einmal schlagen konnten, deshalb kratzte Vincente ihm über die Wange.

»Der Schwur, der Schwuuur«, rief Alexandro, »Mikele, was ist mit deinem Schwur, Mikele!«

Giuseppe hatte nur auf die Gelegenheit gewartet, er schoss zu den Streithähnen hin, langte nach einem von ihnen, hob ihn hoch und schleuderte ihn über vier Reihen hinweg, es war Vincente, er prallte gegen eine Frau, die samt ihrem Stuhl umkippte, und deren erboster Ehemann zog seinen breiten Gürtel und peitschte auf Vincente ein. Der wutentbrannte Vincente malträtierte einen anderen mit Tritten, und auch der treue Antonio stürmte hinzu. In der Zwischenzeit bahnte sich ein kleinwüchsiger Kerl seinen Weg zu Giuseppe und verpasste ihm so geschickt einen Kinnhaken, dass Giuseppe bewusstlos zusammensackte. Das kam einem Wunder gleich, aber wem blieb schon Zeit zu staunen. Das Durcheinander wusste der Bruder von Rosalias Ehemann zu nutzen, er schlich sich zu dem ehrenwerten Señor Giulio und verpasste ihm von hinten einen Fausthieb. Auch der Betrunkene erhob sich und schaute sich um, der Hut eines neben ihm stehenden Mannes gefiel ihm nicht und er haute ihm auf den Kopf. Der wiederum entriss seinem Nachbarn den Gehstock, schleuderte ihn dem Betrunkenen entgegen, traf aus Versehen einen anderen, der erst mal wütend aufheulte und ihn dann ohrfeigte. Die Frauen kreischten, die Vernünftigen begaben sich zum Ausgang, der Betrunkene schlug nun einem andern auf den Kopf. »Warum haben wir heute Morgen keinen gekippt?«, schrie aus heiterem Himmel der Kleinere und rammte unvermittelt dem Größeren seinen Kopf in den Magen. Der Größere packte ihn am Kragen, holte aus und boxte ihm auf die Backe. Dann schlug er noch einmal zu, und in diesem Moment stürzte sich jemand erbittert auf ihn, dieses Mal war es Arturo. »Wen schlägst du, wen schlägst du, du …« Der Größere, der in der Schlägerei Feuer gefangen hatte, scheuerte Arturo eine, und sofort rannte, mit einem schrecklichen Schrei – »Vati, unser Ernährer, Vaaatiii!« –, der Sprössling Giangiacomo los. Das Chaos wurde allseits ausgenutzt, jeder, der gegen irgendjemanden irgendeinen Groll hegte, stürzte auf diesen los, und eine grandiose Massenschlägerei brach aus.

»Menschen!«, schrie Alexandro von der Bühne. »Hat etwa meine versöhnliche Rede so auf euch gewirkt, Menschen!«

Alles geriet außer Rand und Band, und das Merkwürdige war, dass jeder für sich allein gegen alle Übrigen kämpfte. Jeden, der ihnen zwischen die Finger kam, verprügelten sie, wahllos, alle. Der blutverschmierte Vincente hielt zwischen seinen Beinen Antonio gefangen und schlug mit genüsslicher Genugtuung zu …

»Was ist in euch gefahren, Menschen?«, rief Alexandro wieder. »Schließlich seid ihr doch hergekommen, um euch zu amüsieren, Menschen!«

»Hier, in der Stadt«, fing Domenico an und geriet ins Stocken, »Entschuldigung, versteh mich nicht falsch, aber – ich wollte fragen, ob es hier eigentlich Diebstähle gibt.«

»Wo, hier? Nein, wie kommst du denn darauf«, wunderte sich Tulio. »Vielleicht jedes Schaltjahr mal.«

»Aber dieser Mann hat doch gesagt, dass Kumeo die Goldkette gestohlen hat.«

»So einer wie Kumeo ist zu allem fähig«, regte Tulio sich auf und beruhigte sich sogleich, »aber der ist eine Ausnahme. Hast du je von irgendeiner Stadt gehört, die zu ihrer Schande nicht ein paar solcher Deppen gehabt hätte?« Er überlegte kurz: »Wieso? Hast du denn Geld?«

»Nein, eigentlich …«

»Wie viel hast du denn?«

»So sechzig Drahkan.«

»Sechzig?« Tulio machte große Augen. »Wo hast du denn die her?«

»Ist das etwa viel?«

»Hm!« Tulio schüttelte den Kopf. »Viel? Das ist noch ein bisschen mehr als viel … Wie viel hattest du denn am Anfang?«

»Am Anfang … ehm, so siebzig.«

»Und du hast schon zehn Drahkan ausgegeben? Wofür, Domenico?«

»Ich hab zwei Anzüge gekauft.«

»Das macht einen Drahkan. Was noch?«

»Warum einen?«

»Wie viel denn sonst?«

»Vier.«

»Hast du acht Anzüge gekauft?«

»Nein, zwei.«

»Ja, und die kosten einen Drahkan.«

»Wirklich?«

»Ja, klar. Und du, was hast du bezahlt?«

»Vier.«

»Wer hat dich denn das zahlen lassen? Arturo?«

»Ja.«

»Ooah, dieser ...«, und plötzlich fiel ihm etwas ein: »Domenico, weiß eigentlich Teresa, dass du so viel Geld hast?«

»Nein, woher sollte sie das wissen?«

»Wirklich nicht?« Tulio dachte nach. »Merkwürdig, wieso hast du ihr gefallen? Teresa ist nicht unbedingt scharf aufs Geld, aber trotzdem ... Also, versteh mich nicht falsch, du siehst nicht schlecht aus, aber das kam so plötzlich, dass du ihr gefallen hast, so unerwartet.«

»Hier in der Stadt«, Domenico schaute ihm in die Augen, »kommt Diebstahl also nicht vor, oder?«

»Nein, wirklich nicht. Höchstens, dass dich jemand übers Ohr haut, wie Arturo, sonst wird dir keiner was aus der Tasche ziehen und auch nicht gewaltsam wegnehmen. Du kannst von Glück sagen, dass du nicht in Kamora gelandet bist, da würdest du jetzt schon mit aufgeschlitzter Kehle im Dreck liegen.«

»Kamora? Was ist das denn für eine Stadt?«

»Hm, das kann ich dir so auf die Schnelle schwer erklären. Aber jetzt im Ernst, da würde man dir wirklich die Kehle aufschlitzen.«

»Warum? Ich hab doch niemandem was getan.«

»Ha!« Tulio schüttelte den Kopf. »Für die Kamoraner spielt es doch keine Rolle, ob du denen was getan hast oder nicht.«

»Dieser verfluchte Alexandro sollte wirklich aus der Stadt verwiesen werden.« Tante Ariadna fütterte die Fische im Aquarium. »Zuerst einmal, wie konnte er es wagen, Señor Giulio eine Beziehung dieser Art mit Rosalia zu unterstellen? Ich habe sie des Öfteren zusammen gesehen, in der Gesellschaft, und ich habe nichts dergleichen bemerkt, und das hätte ich, wenn etwas dieser Art vorgefallen wäre, denn einer Frau und einem Mann, die miteinander eine Beziehung dieser Art gehabt haben, merkt man das immer an, ein kleines bisschen, irgendwie. Langweile ich Sie mit meiner Rede?«

»Nein, nein, was sagen Sie? Reden liebe ich sehr«, erwiderte Duilio. »Gold wird aus der Tiefe der Erde gewonnen und Wissen aus der Rede.«

»Das haben Sie hervorragend ausgedrückt, hervorragend«, rief Tante Ariadna, wischte sich die Hände ab und entfernte sich vom Aquarium. »Ich bin doch völlig im Recht, wenn ich die Interessen von Herrn Giulio vertrete.«

»Selbstverständlich, nichtsdestoweniger«, sagte Duilio, so wie er war. »Señor Giulio zeichnet sich, wenn es darauf ankommt, durch eine ganze Reihe positiver Eigenschaften aus.«

»In der Tat ist er ein ehrenhafter Mensch, einer der wenigen.«

»Ja, ja.« Duilio fühlte sich ein wenig gekränkt, ließ es sich aber nicht anmerken. »Er ist ein guter Mensch. Aber wenn Sie mich fragen, so lässt sich in der Natur selten ein makelloser Mensch finden, sehr selten.«

»Das stimmt«, pflichtete Tante Ariadna ihm augenblicklich bei und bemerkte noch: »Eigentlich hat Señor Giulio einen etwas zügellosen Blick.«

»Das schon, das schon.«

»Manchmal misst er mich so von oben bis unten, eine Frau in meinem Alter, stellen Sie sich das mal vor.«

»Was sagen Sie da, was sagen Sie, Sie sind unter dem Zeichen der ewigen Jugend geboren, ach, lassen Sie mich so etwas nie wieder hören, ja?«

Das entzückte Tante Ariadna, und sofort reichte sie ihm die Hand zum Kusse.

»Conchetina, bring bitte duftiges Wasser. Das gelbe. Und Sie, Duilio, ich bitte Sie, beschreiben Sie einen wirklich guten Menschen.«

»Jetzt? Gleich hier?«

»Ja, ja, ich bitte Sie darum.«

»Das ist ein schwieriges Thema«, Duilio erhob sich, »doch Ihnen zuliebe werde ich mich daran versuchen. Danke sehr, Conchetina, wunderbares Wasser, nun – also einen wirklich guten?«

»Ja, ja, ich bitte Sie untertänigst darum.«

»Ich kannte einen wirklich guten Menschen«, begann Duilio, so wie er war, »wir verhielten uns einander gegenüber warmherzig und gütig, in menschlicher Hinsicht. Selbstverständlich. Wir haben kraft unserer Menschlichkeit unsere Gegner aus dem Weg geräumt, was in der Gesellschaft auf großen Widerhall stieß. Wir pflegten stets die wundervollen Traditionen unserer Vorfahren. Ich war damals«, Duilio hob den Blick zur Decke, »ein von Freude und Glück erfüllter Bursche, wenn auch nicht ohne Seelenschmerz, und noch dazu hatten wir beide, verzeihen Sie mir den Ausdruck, einen gutmütigen Charakter. Und wir konnten in kunstfertiger Weise unseren Ideen Gestalt geben, und das – ist gut. Und wenn wir bei einem Menschen unumstritten gute, nützliche Eigenschaften bemerkten, begrüßten wir vollen Herzens diesen Ansatz.«

»Ach, Sie sind so positiv, sooo positiv«, Tante Ariadna kamen die Tränen, »und das ist so guuut.«

»Jaaa«, Duilio versank in Gedanken, »die Darstellung eines positiven Menschen erfordert große Kunstfertigkeit und eine tiefgründige, psychologische Denkweise.«

In diesem Moment erinnerte sich Rosina, ebenjene, die in der Aue gewesen war, an Cilio mit der Pomadefrisur und wurde nervös.

»Warum kommen Sie nicht öfter mal bei uns vorbei, Señor Duilio!« Tante Ariadna kreuzte die Arme über der Brust. »Ihre Rede erweckt in mir immer die wunderbarsten Erinnerungen.«

»Wenn euer Herz geneigt ist, der Schönheit zu begegnen«, strahlte Duilio, »dann kommt, wir wollen gute und schöne Lieder singen.«

»Nichtsdestoweniger, singen wir, sagte ich's doch«, rief Tante Ariadna, und unvermittelt stockte sie: »Was ist, was ist los mit dir, Conchetina?«

Conchetina schluchzte haltlos.

»Was ist, Kleine?«, fragte Duilio und legte ihr die Hand auf die Schulter.

»Welcher schlechte Mensch hat sie verletzt?«, wunderte sich auch Silvia und küsste sie sanft auf die Wange. »Sag's mir, sag's mir«, entsetzte sich Tante Ariadna, »wer hat eine Nachfahrin der berühmten Carrascos zum Weinen gebracht, antworte mir, sag schon.«

Conchetina aber wisperte schwach: »Ach, nein, nein, es ist nichts.«

Und als sie sich beruhigt hatte, kniff Tante Ariadna die Augen zusammen und fragte: »Etwas Gutes hatten wir vor, es ist mir entfallen, ich hatte mich auf etwas gefreut und …« »Wir wollten singen, meine Gute«, erwiderte Duilio, »wir wollten gute und schöne Lieder singen.« »Richtig, richtig, wir wollten singen, sagte ich's doch.« Tante Ariadna klatschte in die Hände. »Da gibt es ein unschuldiges Lied, das ich seinerzeit so mochte ...« »Welches denn? ›Das Herz ist unser Auge‹?« »Ach, nein, nein, das Lied über Ben.« »Bitte, bitte, wir bitten Sie alle!« Inständig baten die Anwesenden, es zum Besten zu geben, und Tante Ariadna strich sich sacht übers Haar, blickte heimlich in den entfernten Spiegel, und mit vibrierender Stimme sang sie:

»Was mag sich Ben wünschen?

Was bekümmert wohl Ben?

Was?

Na was?

Na, nach der Schönen sehnt sich Ben,

die im Turme

woo-ooohnt ...«

Von Weitem sah der Baumstamm wie ein still am Boden verharrender, zum Absprung bereiter Mann aus. Domenico wusste sehr gut, dass es nur ein Baumstamm war, der da am Boden lag, aber dennoch ging er hin, und um sicherzugehen, trat er dagegen, dann erst stieg er drauf. Ungeschickt rutschte er ab und verdrehte sich den Fuß. Für eine Sekunde war es, als fahre ihm jemand mit einem Messer am Schienbein entlang, er hob erbittert das Kinn, und so plötzlich, wie er gekommen war, verschwand der Schmerz. Am Himmel entdeckte er eine Wolke, sie ähnelte jenem Fleck. Er ging vorsichtig auf den Baumstumpf zu und schaute sich um. Niemand war zu sehen, keine Menschenseele, und doch war der Nacht nicht zu trauen. Er kniete sich auf ein Bein, die Erde war noch weich vom Regen, sie ließ sich mithilfe eines kurzen Stockes umgraben. Als der erste Drahkan aufleuchtete, kniete er sich auch auf das andere Bein und beugte sich vor, so verdeckte sein Körper das winzige Loch. Den Rücken gekrümmt, die Augen geschlossen, wühlte er mit allen zehn Fingern in den Goldstücken, dann nahm er sie paarweise heraus und

zählte eifrig: zwei, vier, sechs … Als er zwanzig Drahkan beisammen-
hatte, bedeckte er den Rest wieder mit Erde und drückte diese sorgfältig
platt. Dennoch war die Wölbung, wenn man genau hinsah, zu sehen.
Mit der einen Hand trug er ein wenig Erde ab, in der anderen hielt er die
Drahkane. Sie passten kaum in eine Hand, er hielt sie gegen den Bauch
gepresst. Die übrig gebliebene Erde streute er in einiger Entfernung aus,
damit keiner etwas ahnte. Etwa zehn Schritte machte er, und erst dann
schleuderte er die Erde von sich. Die Drahkane steckte er vorsichtig in
die Tasche, und damit sie nicht klimperten, presste er die Hand gegen
den Oberschenkel. Er ging am dunklen Holzhaus vorbei, Gäste waren
keine mehr zu sehen, es war schon spät.

In der Stadt angekommen, empfand er das vom Pflaster abprallende
Geräusch seiner Schritte als misslich; er schaute sich um. Eine Gestalt,
klein, geduckt, presste sich an eine Wand und schaute ihn von dort aus
an. Durch den zerfetzten Mantel schimmerte Licht. Wer oder was das
bloß war? Er hatte nicht die leiseste Ahnung. Er spürte nur, dass er nicht
abhauen durfte, und schließlich ging er, durch seine Angst ermutigt, geradewegs auf den Mann zu. Der Mann duckte sich einen Moment lang
noch mehr, dann löste er sich von der Stelle und rannte, eine Laterne in
der Hand, weg; es war, als flüchte er vor den riesenhaften, der Laterne
geschuldeten Schatten, die über die Wand flackerten. Domenico rannte
auch, aber zu Arturos Haus, die Hand gegen die Tasche gepresst, gelangte er keuchend zum Tor und fasste nach dem Griff. Er lauschte, noch
atemlos, aufgeregt ein letztes Mal auf die schlafende Stadt, und beruhigte
sich schließlich, als ihn von Weitem ein verängstigter Schrei erreichte:
»Es ist zwei Uhr nachts und alles ist in Oordnung …«

STUNDE DES SPAZIERGANGS

Auf dem großen Platz um den Springbrunnen herum saßen die Feinstädter und unterhielten sich lautstark, aus den Becken wallte das Wasser. Es war Spätherbst, für eine kurze Weile hatte die Sonne ihre Großzügigkeit zurückerlangt. Die schmale, grazile Conchetina sprach mit Tulio, der funkelnagelneue rote Kleidung trug, und sie bemerkte erst später Domenico, der in der Nähe wartete. Zum Zeichen der Begrüßung machte sie einen kleinen Knicks, und Domenico schlug, wenngleich sein verdrehter Fuß noch schmerzte, die Fersen zusammen und verbeugte sich, nun tadellos, den Benimmregeln der Feinstädter entsprechend: Niemand belächelte ihn mehr. Der zugeknöpfte Vincente näherte sich gemächlich, stattlich, Arm in Arm mit seiner ihm angetrauten Frau, galant lächelnd begrüßte er seine Bekannten. Es war die Stunde des Spaziergangs, und der einsame Edmondo konnte sich schwer entscheiden, wem er sich anschließen sollte, mal blieb sein klebriger Blick an dem einen, mal an dem anderen hängen, aber alle wichen ihm aus. Den gefällig kurzen Schrittes dahinspazierenden Duilio bedachten alle mit einem liebevollen Lächeln. Und Duilio, so wie er war, sagte: »Nimm das Glas – nicht von der Quelle!« »Nein, nein, wir nehmen's nicht weg«, antwortete Vincente im Namen aller und verbeugte sich ehrerbietig vor dem ehrenwerten Señor Giulio. Ach, was für ein Tag; er hätte noch schöner sein können, wenn bloß einige Feinstädter nicht so grünblaue Gesichter gehabt hätten. »Dieser verfluchte Alexandro«, erboste sich Tante Ariadna und stutzte: »Wenn man vom Teufel spricht …«

Die ganze Stadt ging spazieren, ehrenwerte Männer und Frauen mit Schirmen und Fächern grüßten einander würdevoll, in Käfigen sangen die Vögel, ein Windhauch trug den Klang jenes Instrumentes herüber, dessen Seele ein Vogel war. Als Kumeo einen einsamen, verwahrlosten Alten entdeckte, blitzten seine Augen böse auf, er schlich sich heran, riss ihm den Hut vom Kopf und schleuderte ihn in den Springbrunnen. Der Alte wurde bitter, kraftlos schlug er nach ihm, mit zitternder Hand, aber Kumeo sprang grinsend zur Seite und schrie: »Na, na, hoppla, Affe, hoppla, Affe …« Hier konnte auch Vincente sich nicht länger zurückhalten, er machte den Kragen auf und rief: »Hoppla-hopp, hoppla-hopp …«, aber als er den vorwurfsvollen Blick der Ehefrau spürte, knöpfte er den Kragen wieder zu und verneigte sich tadellos vor einem ehrenwerten Bürger. Alexandro hob die Schultern und murmelte verwundert: »Merkwürdig, ich soll der Irre sein und das die Vernünftigen?!« Es war ein sonniger Tag, und sie gingen spazieren, die Feinstädter. Cilio, die Pomadefrisur, mit einer großen roten Nelke in der Hand, unterhielt sich mit Rosina aus der Aue und kehrte Silvia den Rücken zu, die auf ihre beste Freundin wartete. Rosina stand da, den Kopf gesenkt, von Zeit zu Zeit schüttelte sie ihn leicht zum Zeichen der Ablehnung, und als Cilio sie am Arm packte und ihr glühende Worte ins Ohr flüsterte, riss sie sich brüsk los. Cilio war kurz ratlos, fasste aber schnell wieder Mut, er drehte sich stracks zu Silvia um, der er bis dahin den Rücken zugewandt hatte, und sagte: »Beim Gespräch mit ihr habe ich mich in Sie verliebt. Hätten Sie Lust, ein bisschen spazieren zu gehen?« »Was haben Sie gesagt, Cilio?« Sie tat, als habe sie nicht verstanden, und dabei merkte man ihr an, dass sie angestrengt nachdachte. Irgendwo in der Nähe verbrannte jemand trockene Blätter, der Wind trug den bittersüßen Duft des Rauches herüber. Alexandro, in Gedanken versunken, ließ sich die Sonne aufs Gesicht scheinen, und sein schläfriger Blick folgte Cilio und Silvia, die Arm in Arm in Richtung Aue gingen, neugierig schaute er zu Rosina, ihr Gesicht war wutverzerrt, und er verstand, dass die von Liebenswürdigkeit gekennzeichnete Beziehung zwischen den beiden Fräuleins, deren Freundschaft in Feinstadt als beispielhaft galt, für immer zerbrochen war. Und als Ugo, der jugendliche Irre, auftauchte und anfing, allen mit seinen Drohungen zuzusetzen, da kam Leben in Alexandro, munter und kraftvoll baute er sich vor Ugo auf:

»Nun überleeeg es dir doch mal, mein Guter, mein Junge, überleg dir, was du sagst«, suchte er ihn zu besänftigen, »weißt du denn nicht, dass das nicht gut ist?«

»Ich schlachte ihn, mit einem kamoranischen Dolch schlachte ich ihn!«

»Das geht nicht, Ugo, was soll das?«, ermahnte ihn Alexandro. »Denk mal darüber nach, was du da redest.«

»Mit einem dünnen, langen Messer«, Ugo ließ seinen aufgewühlten Blick über die Leute schweifen, »ein dünnes Messer geht noch tiefer rein.«

»Wach auf, wach auf, Ugo«, Alexandro suchte zu ihm durchzudringen, »du bist genauso gut wie alle anderen, und dein Verstand ist genauso umnachtet wie der von allen anderen, wenn auch ein gaaanz klein wenig mehr, aber es kommt einzig darauf an, dass du deinen Fehler selbst erkennst, dann wird alles in Ordnung kommen, davon bin ich überzeugt. Ein bisschen stur scheinst du schon, aber das macht nichts, ich helfe dir, intensive Übung wird zum gewünschten Ergebnis führen. Pfui, was für eine alberne Aussage, aber darauf verschwenden wir jetzt keine Zeit, also, der Reihe nach: Du hast ja sicher schon gehört, die richtige Reihenfolge soll eine Grundvoraussetzung für den Erfolg sein. Ich weiß nicht mehr, ob ich das als Erster gesagt habe oder jemand anders, in jedem Falle ist das eine ziemlich blöde Aussage, aber das soll uns nicht weiter stören, also, fangen wir damit an, dass du Folgendes wiederholst: ›Ich habe Sie annn-ge-looogen, ich habe Sie annn-ge-looogen.‹ Alexandro zog die Wörter in die Länge und fügte sofort, wie aus der Kanone geschossen, hinzu: »Ich werde niemandem die Kehle durchschneiden!«

»Das ohnehin schon scharfe, ohnehin schon glänzende Messer werde ich noch weiter wetzen …«

»Du hast mich eindeutig nicht verstanden, Ugo; nun hör mir zu«, und er trällerte: »Ich schneide ihm die Keh-he-le nicht durch.«

»Nachts, wenn er sich mal verläuft, wird er auf mich stoßen …«

»Ugo, Ugo, so doch nicht, nun komm, überlegen wir zusammen, wir fragen«, er ging eine Tonlage höher: »Wer hat mir etwas Schlechtes getan?« Und dann antwortete er sich selber mit tiefer Stimme: »Niemand«, dann wieder höher: »Warum soll ich dann jemanden töten?« Wieder tief: »Ich soll nicht töten«, und schließlich sprach er normal weiter: »Jetzt ist dir das doch klar, mein Junge, oder? Uuund, wenn das klar ist, dann wiederhol mit mir: ›Ich werde niemandem die Kehle durchschneiden.‹«

»Direkt zwischen die Schulterblätter, direkt zwischen die Schulterblätter«, sagte Ugo drohend, und in seinen grünen Augen schlängelte sich ein grauer Fisch, »und dann ins Herz, direkt ins Herz, ins Herz.«

»Direkt ins Herz?« Alexandro war beleidigt. »Was redest du da? Das widerspricht doch offensichtlich dem, was ich dir nahegelegt habe.« Trotzdem ließ er sich nicht entmutigen. »Macht nichts, ich werde dich am Ende doch noch auf den rechten Weg bringen.«

»Menschen wie Sie werden niemanden auf den rechten Weg bringen.«
Duilio, der wie alle anderen dem Gespräch zum Zeitvertreib gelauscht
hatte, konnte sich nicht länger zurückhalten. »Menschen wie Sie können
andere nur verwirren und auf den falschen Weg bringen, so ist das.«

»Ach, du bist auch hier?« Spöttisch musterte ihn Alexandro und legte
den Kopf zur Seite. »Wie geht es dir, Duilio, mein Kleiner, hast du gestern
gut geschlafen?«

»Das geht dich nichts an!«, brauste Duilio auf. »Und ich bitte doch
sehr um ein bisschen mehr Höflichkeit.«

»Ich habe Sie in keiner Weise beleidigt.« Alexandro tat, als würde er
plötzlich erschrecken: »Obwooohl, Sie haben recht, ich habe vergessen,
Sie zu grüßen, aber das macht nichts, ich werde das gleich wiedergutmachen«, und er verbeugte sich ehrerbietig: »Einen schönen guten Tag,
verehrter Duilio. Haben Sie gestern gut geschlafen, oder«, er tat besorgt,
»oder haben dunkle Albträume Sie geplagt?« »Das geht dich nichts an.
Guten Tag!« Duilio hielt sich trotz allem an die Etikette. »Du redest nichts
als Unsinn und bringst den armen Burschen noch mehr durcheinander.«

»Vielleicht können Sie mir raten, was ich tun soll, ein guter Rat ist
Ihnen doch ein Leichtes.«

»Was tun, was tun …« Duilio versank in Gedanken. »Das Wichtigste
für ihn sind eine Diät und ein geregelter Tagesablauf.«

»Können Sie das vielleicht präzisieren?«

»Mit Vergnügen.« Duilio kam in Fahrt. »Es ist allseits bekannt, wie
gesund Kohl ist. In Ugos Speiseplan sollte der Kohl einen vorrangigen
Platz einnehmen.«

»Magst du Kohl, mein Hase?« Sanft lächelnd blickte Alexandro Duilio
an. »Also Kohl, nicht wahr?«

»Hasen und Vögel kannst du bei dir suchen, in deinem hohlen Kopf!«,
ärgerte sich Duilio. »Wie kannst du es nur wagen!!«

»Gut, gut, sei nicht so ein Hitzkopf, Duilio, und mach mir keine Angst,
ich fürchte mich ohnehin schon.« Alexandro zog ein erbärmliches Gesicht. »Da war noch etwas, das mit dem geregelten Ablauf, wie war das
gleich?«

»Ja, ein geregelter Tagesablauf«, griff Duilio den Faden wieder auf, er
blickte in die Runde. »Dergestalt, dass ein ordentlicher Mensch zu einem

bestimmten Zeitpunkt schlafen gehen muss, und auch aufwachen muss er zu einem bestimmten Zeitpunkt und ...«

»Und wenn ein unordentlicher Mensch vorzeitig aufwacht, soll er sich dann schlafend stellen?«, erkundigte sich Alexandro.

»Geht dich nichts an! Und er darf nicht so einen Quatsch reden wie du! Seine Worte müssen einfach und klar sein, wie ein auf dem Grunde eines Baches liegender Kieselstein.«

»Wie?«

»So, wie durch meine Worte, wenn nötig, eine komplizierte psychologische Geschichte noch beeindruckender und klar verständlich wird.«

»Oho, oho, wie einfach er das gesagt hat?!«, tat Alexandro erstaunt.

Die Leute bildeten einen Kreis, in der Mitte des Kreises standen Duilio, Alexandro und Ugo. Der Junge hörte nicht, was da geredet wurde, versunken in seine aufgewühlten Gedanken umklammerte er seinen kurzen Stock und flüsterte: »Ins Herz, direkt ins Herz, in den Bauch, in den Hals ...«

»Hast du etwa auch an meiner Rede etwas auszusetzen?« Spöttisch musterte ihn Duilio. »Vielleicht willst du es sogar im Geschichtenerzählen mit mir aufnehmen, du Grobian!«

»Warum denn nicht?« Alexandro ließ sich nicht beirren. »Bitte schön, legen wir los. Es gibt da eine gar nicht so dumme Redensart: ›Wer nicht waaagt, der nicht gewinnt‹, ich versuch's mal.«

»So ein unverschämter Kerl!« Duilio drehte sich zu den Leuten um. »Weiß er denn nicht, dass ich ihn jederzeit in die Tasche stecke, überall, bei jedem Wetter?«

»Und«, Alexandro schaute zum Himmel und zeichnete über seinem Kopf einen unsichtbaren Bogen, »auch bei genau solchem Wetter?«

»Ja klar!«

In der Mitte des Kreises standen nur noch zwei. Ugo war erst zusammengezuckt, dann hatte er den Kopf gehoben und Domenico angeschaut, und, mit einem Mal bestürzt, verstört, den Kopf hängen lassen, die Schultern hochgezogen und sich auf Zehenspitzen unbemerkt aus dem Kreis geschlichen.

»Ach, erzählen Sie uns diese Geschichte von der gutmütigen Frau«, rief Tante Ariadna. »Die liebe ich so.«

»Von der, die ins Wasser gefallen ist?«

»Nein, nein«, Ariadna wedelte mit dem Fächer, »von jener, deren Mann sich in eine andere verliebt und ...«

»Ach ja, diese Geschichte ... Wie geht die noch mal?«

»Jene Frau verhielt sich eben so, dass sie ihren geliebten Mann bei einem skrupellosen Weib zurückließ, und damit verhielt sie sich dergestalt, dass der Mann nicht von Gewissensbissen geplagt würde. Sie liebe einen anderen, so sagte sie.«

»Alle Achtung«, lobte ihn Alexandro und tätschelte Duilio, auf dessen Gesicht ein siegreiches Lächeln strahlte, die Schulter. Dann fügte er hinzu: »Aber das ist eine Lüge.«

»Bitte?«, fragte Duilio verdutzt. »Wieso eine Lüge?«

»So eben, ganz einfach, es ist eine Lüge, eine Lüüü-ge!«

»Wie kannst du es wagen?!«, ärgerte sich Duilio. »Es handelt sich um eine wahre Begebenheit.«

»Und doch ist es eine Lüge.«

»Wie, wieso? Hört ihr, was er sagt? Im Ernst, hört ihr das?«

»Und wenn es auch eine wahre Geschichte wäre, nehmen wir das mal an, ja? So ist es doch eine Lüge«, sagte Alexandro. »Es ist eine Lüge, was kann ich da machen, Duilio, mein Kleiner. Es ereignen sich manchmal wahre Geschichten, die nichts als Lüge sind.«

»Hört ihr? Hört ihr, was er da redet?«, entsetzte sich Duilio. »Wie kann denn eine wahre Geschichte Lüge sein?«

»Das kann sehr wohl sein, sehr wohl, mein Kleiner. Und stell dir vor, es kann sogar sein, dass Lüge Wahrheit ist. Habe ich dich etwa verwirrt, oder hast du mich verstanden, Duilio, du hast mich doch verstanden, mein Guter?«, und er strich ihm über den Kopf.

»Nimm die Hand weg!«, brauste Duilio auf. »Was erlaubst du dir?«

»Bei dir erlaube ich mir das, bei dir, Duilio, mein Kleiner.« Liebevoll blickte Alexandro ihn an. »Und falls es dich interessiert, erzähle ich dir eine Lüge, die wahr ist, soll ich, Duilio?«

»Ja, klar, ja, klar, ich glaube es jetzt schon, ja, ja ...«, grinste Duilio.

»Dann eben nicht.« Alexandro wandte ihm den Rücken zu.

»Warte, warte«, Duilio regte sich auf. »Gut, erzähl uns deine Lüge, bitte schön.«

»Ja, aber ich bin ja nicht so verrückt«, spöttelte Alexandro, »euch allen zusammen so ein gutes Märchen zu erzählen – schau dir Kumeo an, er kann es kaum abwarten, irgendwas Freches reinzurufen. Und hier, unser Vincente, sobald ich anfange, mein Märchen zu erzählen, knöpft er den Kragen auf und lässt irgendwas vom Stapel, um Gottes willen, und dann steigt Antonio auch noch drauf ein, und unser fröhlicher Tulio wird sich totlachen. Ach, Menschen! Ich werde euch dieses Märchen erzählen, das Märchen vom grasgrünen Mann, aber ich will nicht, dass ihr euch wegen dieses Märchens prügelt, und deshalb werde ich es jedem einzeln erzählen, jedem von euch, aber jetzt, Duilio, müssen Sie heimgehen, Sie sehen doch, wie sich die Wolken zusammengezogen haben, ich glaube, es regnet sogar schon, ja, es regnet«, und er drehte die Handfläche zum Himmel, »na bitte, es regnet, oje, oje, wie es schüttet!«

Doch keiner hörte ihm mehr zu, alle rannten sie nach Hause.

DUNST

Bevor der Dunst auf Feinstadt herabfiel, gab es neblige Tage. Dünner, lustloser Nieselregen fiel, dunkle Wolken zogen über den Himmel, die Wege wurden schlammig, und die Landos hinterließen tiefe Spuren in der Erde. Eine Weile glänzte das Pflaster noch, dann trugen die Passanten mit ihren Schuhen auch hierhin den Schlamm. Alles wurde feucht, Tante Ariadna hatte sich eingemummt und ging nicht mehr aus dem Haus, missmutig schlurften die Leute durch die Straßen, allein die Schuhsohlen von der klebrigen Erde zu lösen stellte schon eine Anstrengung dar. Die Stadt erstarb, saugte sich voll, keine Rufe waren mehr zu hören, selbst die Kutscher trieben ihre Pferde nicht mehr lautstark an, die triefend nassen Äste der Bäume wurden schwer, und vor lauter Langeweile krähten die Hähne noch öfter. »Oho, Junge, Junge, ein richtiges Feierwetter ist das«, begeisterte sich Tulio, und sie machten sich auf zu Arturos Gaststätte außerhalb der Stadt. Domenico trug hohe Stiefel, sie reichten ihm eine ganze Spanne übers Knie, um die Taille hatte er einen breiten

Gürtel mit silberner Schnalle geschnallt, den breitkrempigen Hut bis zu den Augenbrauen heruntergezogen, um die Schultern einen schweren, schönen Umhang aus blauem Samt, und in seiner Tasche steckten fünfundzwanzig Drahkan. »Kommt, kommt, keine Sorge«, lächelte Tulio. »Domenico lädt uns ein.«

Sie stapften die Treppe hoch und streiften den Schlamm an den Stufen ab. Als Tulio den übers ganze Gesicht strahlenden Arturo erblickte, warf er behände seinen grünen Umhang auf einen Stuhl in der Ecke des Zimmers, und während er sich noch das Gesicht mit einem Taschentuch abwischte, bestellte er: »Los, bring uns das Beste, was du hast – also, was wir dir wert sind.« Arturo scheuchte zwei seiner Gehilfen, die eingeschlafen waren, mit Fußtritten auf, und sie machten sich an die Arbeit. Sie köpften Hühner, schnitten einem quiekenden Ferkel die Kehle durch und stießen einem Schaf, das mit einem kurzen Seil an einen triefend nassen Baum gebunden war, das Messer ins Herz. Das Blut besudelte die schlammige Erde im Hof, und rot gefärbtes Wasser füllte die Fußstapfen. Einer der Gehilfen werkelte, die Ärmel hochgekrempelt, herum, blutverschmiert bis zu den Ellenbogen, der andre mühte sich mit dem Feuer ab, und Arturo, einen Regenschirm in der Hand, erteilte vom Balkon aus einen Befehl nach dem anderen und meldete sich zwischendurch zuvorkommend bei den Gästen, die die Stühle im Halbkreis aufgestellt hatten und sich vor dem lodernden Kaminfeuer wärmten.

In der Mitte des Zimmers wurde der Tisch gedeckt. Als Erstes die Teller, dann kamen Brot, frische Kräuter, Käse dazu; zwei Krüge brachte Arturo zum Kosten, Tulio nahm nacheinander von beiden ein Schlückchen, legte den Kopf zurück und ließ sich den Wein über die Zunge rollen, die Augen zusammengekniffen, prüfte er den Geschmack, dann wählte er einen aus und gleich darauf setzten sie sich zu Tisch. »Hoho, richtig urig.« Tulio rieb sich die Hände und tunkte ein paar dick zusammengerollte Kräuter ins Salz; Antonio brach das Brot in der Mitte durch und reichte seinem Schwager Vincente ein dampfendes Stück. Cilio erkundigte sich nach der Uhrzeit, dann bat er um eine grüne Peperoni und aß mit tränenden Augen Brot dazu; sie füllten die Schalen. »Erst kippen wir ein paar davon«, freute sich Tulio, »und dann machen wir mit Gläsern, mit kleinen Gläsern weiter, so trinken wir länger.« Als das erste, halb durchgebratene Hähnchen kam, gingen sie zu den kleinen Gläsern über, dann schmeckte ihnen das halb rohe Fleisch nicht, und sie gaben es dem Gehilfen, dem vom Rauch die Augen tränten, zurück. Geraume Zeit saßen sie missmutig da, Ekel zeichnete sich auf ihren Gesichtern ab, aber ihre Laune hellte sich sofort wieder auf, als ein knusprig gebratenes Hähnchen kam, von dem Antonio gleich den Schenkel abriss und fürsorglich Vincente reichte. »Hast du was sauer Eingelegtes, Arturo?«, rief Tulio, und im selben Augenblick betrat Edmondo den Raum. »Gratuliere, herzlichen Glückwunsch«, lachte Tulio laut und schlug Cilio aufs Knie: »Dein Freund ist gekommen! Seht ihr?« Sie waren in Feierstimmung, versuchten zu scherzen, und wenn ein Witz nicht besonders glückte, lachten sie trotzdem; sie lachten lauthals, als Cilio auf die Uhr schaute und sich verabschieden wollte und Tulio zu Edmondo sagte: »Na los, zieh dir das Bettlaken über den Kopf und hefte dich ihm an die Fersen.« Selbst Cilio lächelte. Nur Edmondo senkte peinlich berührt den Blick auf seinen Teller, so schwer, dass sich niemand gewundert hätte, wenn der Teller zerborsten wäre. Sie wollten Cilio unter keinen Umständen gehen lassen. »Mann, was willst du jetzt bei den Frauen, brrr, bei der Kälte!«»Gerade bei der Kälte ist das gut.« Aber Tulio blieb hart: »Wenn du jetzt gehst, waren wir die längste Zeit Freunde, merk dir das.« Und er fügte verschlagen hinzu: »Und du willst doch nicht etwa deinen Kameraden bei uns zurücklassen?« Cilio lächelte, winkte ab, sagte: »Ach«, und blieb. Tulio trank zufrieden zwei Schalen auf den Regen, auf das Feierwetter und aß vom gerade gebrachten Schweineschaschlik dazu, offensichtlich schmeckte es ihm, denn er schloss die Augen und bemerkte: »Aaah, das zergeht auf der Zunge!«, und alle taten sich mit Appetit am Fleisch gütlich.

Dann schloss Dino sich ihnen an, ebenjener, der Giuseppe eins verpasst und ihn zu Boden gestreckt hatte. Sie stießen auf die Tapferkeit an, Antonio konnte schon nicht mehr geradeaus gucken, er presste die Lippen zusammen und schnaufte schwer, die Laune der anderen aber hob sich deutlich. Und dann, als für einen kleinen Moment Stille einkehrte, versuchte Edmundo sich auch miteinzubringen und sagte: »In Kamora soll ein Mann geheiratet haben, und angeblich hat sich herausgestellt, dass die Braut keine Jungfrau mehr war.«

»Und, weiter?«, fragte Tulio herausfordernd und biss in ein Radieschen.

»Weiter nichts. Sie war keine Jungfrau mehr.«

Ein großes Gelächter brach aus: »Ja und, du Trottel, was ist schon dabei?« »Jetzt hat er auch mal was erzählt!« »Junge, Junge, was für eine Geschichte!« Antonio, der bei dem Gejohle den Kopf gehoben hatte, lächelte schielend und legte, als das Gelächter abebbte, den Kopf wieder auf dem Tisch ab. Und Cilio, der in nüchternem Zustand noch die Identität seiner Geliebten verheimlicht hatte, verplapperte sich aus lauter Zufriedenheit: »Doch gut, dass ich nicht zu Silvia gegangen bin, wirklich.« Darauf hatte Tulio nur gewartet, er brach in haltloses Gewieher aus. »Habt ihr gehört, habt ihr das gehört? Wie eine Ziege hat er sie verraten und verkauft. Hilfe, Hilfe, ich kann nicht mehr«, rief Tulio kraftlos, »erzählt mal irgendwas Trauriges, sonst ersticke ich, ich kann nicht mehr ...«

Und Domenico lächelte zum ersten Mal.

Er trug eine blaue Tunika, eine ebenso blaue Hose, in die hohen Stiefel eingeschlagen, seine Taschen steckten voller Drahkane, er fühlte sich gut; genüsslich leerte er eine Schale, der Wein schmeckte ihm, er streckte sich. Dann stand er auf und ging stolz im Zimmer auf und ab. Dieser fröhliche, sorglose Bursche dort, der beim Lachen seine schönen Zähne blitzen ließ, war sein Kamerad. »Lasst uns bis morgen früh trinken, bis morgen früh«, rief Tulio. »Und jetzt singen wir noch mal, o-hohoho!« Oje, sie wurden immer betrunkener, Cilio fielen die sorgfältig gekämmten Haare in die Stirn, Antonio schlief noch drei Runden, und Domenico, der schon torkelte, wurde der Kopf schwer und das Kinn sank ihm auf die Brust. Dann war es Morgen. Sein Mund war trocken und er öffnete mühsam die Augen, und wenn er noch hätte staunen können, hätte er gestaunt – um ihn herum dröhnte alles. Krüge, Gläser, ein umgekippter Stuhl ... Vor dem Kamin stand Tulio und nippte an einem Glas Wein. Antonio sah ziemlich munter aus, Cilio rieb sich sorgfältig einen Fleck aus dem Hemd. Vincente hatte Antonios Umhang auf dem Boden ausgebreitet, sich mit seinem eigenen zugedeckt und schlief, dabei schnaufte er laut. Sein Kragen stand auf und vielleicht benahm er sich auch im Traum rüpelhaft, sein Gesichtsausdruck deutete darauf hin. Edmondo starrte unverwandt Cilio an, und Kumeo, der von wer weiß woher reingeschlurft war, setzte sich in eine Ecke und nagte an ein paar Hähnchenknochen – alles, alles schien zu dröhnen! Domenico war so benommen, dass er kaum auf die Beine kam, alle begrüßten ihn sofort mit fröhlichem Gejohle:»Oho, hoho«, alle schüttelten ihm die Hand.»Nun schenkt ihm mal ein«, sagte Tulio. Vincente erhob sich.»Ich muss gehen, meine Frau wartet.«»Lass dich bloß nicht von der rumkommandieren!«, scherzte Tulio.»Na ja, du hast ja gerade erst geheiratet, gut, geh, aber erst trink noch ein Gläschen oder zwei.«»Nicht mehr als zwei«, meinte Vincente, den Kragen hatte er schon geschlossen, zum Abschied erbat er sich noch ein Glas, dann noch eins, kam sichtlich in Trinklaune, und plötzlich knöpfte er den Kragen auf und meinte:»Frau hin, Frau her, ich bleibe.« Das sorgte wieder für Heiterkeit, alle lachten herzhaft, außer Antonio, Giulia war schließlich seine Schwester, und als Vincente seinen Unwillen bemerkte, schnipste er ihm spaßeshalber gegen die Stirn, und davon kam auch Antonio in solch wunderbare Feierstimmung, dass er nach zwei Gläsern ins Schwanken geriet und direkt Edmondo zwischen die Knie fiel, der ihm prompt mit leiser Stimme seine Kameradschaft anbot.

Und dann geschah es, staunend schauten sie durchs Fenster – draußen lag Dunst. So etwas hatten sie noch nie erlebt, in kalt dampfende Milch war Feinstadt gesunken, nichts war mehr zu sehen. Verhalten, auf Zehenspitzen, traten sie auf den Balkon, sie konnten einander nicht mehr ausmachen, selbst den eigenen Körper konnten sie in diesem merkwürdigen Licht nicht erkennen. Verwundert suchten sie einander, verwandelt in Schatten tasteten sie sich verblüfft Schultern und Stirn ab, und so standen sie da, bis Tulio gespielt lustig den Wunsch äußerte, ins Zimmer zurückzukehren. Domenico aber stieg benebelt und schwerfällig die Treppe hinunter. Er trat auf den Hof, er erinnerte sich nur vage daran, wo das Tor gewesen war, und ging die Hand ausgestreckt darauf zu. Durch Feinstadt, durch eine fremde Stadt schritt er, in dichtem Dunst, eine Hand ausgestreckt, und manchmal schwebte ein Schattengespenst, ebenfalls mit ausgestreckter Hand, vorbei, ein jeder wich nun dem andern aus, und wie merkwürdig, wie fragwürdig klang mit einem Mal der Ruf des Wächters der Nacht:»Es ist nach acht Uhr morgens und alles ist in Ooordnung!« In den schweren Umhang gehüllt, setzte er seine langen, dünnen Beine eins vors andere, als liefe er auf dem Grunde eines weißen Sees. Zum Glück erreichte ihn von einem versunkenen Schiff aus noch das Flattern jenes Instrumentes, dessen Seele ein Vogel war. Und er ging weiter. Wohin? Das wusste er nicht. Und als er irgendwann ein schönes, elegantes Schattengespenst erblickte, blieb er stehen, er verhielt sich mucksmäuschenstill. Merkwürdig, ebenso schwer wie wundersam leichtfüßig näherte es sich ihm, eine Hand ausgestreckt, und blieb vor ihm stehen. So standen sie da, grüne, große, gegen das feine Ende der Brauen hin schräg zugeschnittene Augen glaubte er zu erkennen. Noch ein leichtfüßiger Schritt, ein anmutiger Schnitt durch den Dunst, eine Hand auf seiner Schulter und die Frage:

»Domenico?«

Es war Teresa.

»Ich …«, stammelte Domenico, »ich, und …«

»Wohin hat es dich denn verschlagen?«

Kalter Dunst erfüllte ihre tiefe, kehlige Stimme, und sie kam Domenico mit dem Gesicht so nah, dass er nun wirklich ihre Augen erkennen konnte, ihren grün schimmernden Glanz, und als er genauer hinsah, erschrak er, traurig war die Frau.

»Ich … bei Arturo, ich war bei Arturo.«

»Und ich, ich war Arznei holen«, sagte Teresa leise. »Mein Vater ist krank.«

Er konnte nichts antworten, was hätte er sagen sollen. Er war blau gekleidet, aber das konnte sie nicht sehen, ach, dieser Nebel!

»Ich gehe zurück nach Hause. Willst du mich nicht begleiten?«, fragte Teresa. »Geh einfach vor mir her.«

»Ich kenne doch den Weg nicht.«

»Ich leite dich. Komm, dreh dich um«, und als er sich umdrehte, legte sie ihm unvermittelt die Hand auf die Schulter; ihm war, als hielten weiche Klauen ihn gefangen, und seine glühende Schulter empfand die ganze Länge ihrer geschmeidigen Finger.

»Geradeaus.«

Eine Hand ausgestreckt, arbeitete er sich schwerfällig durch den Dunst voran, eine Last lag auf seiner Schulter, ach, was für eine, und es lenkte ihn eine tiefe, samtene Stimme: »Jetzt, hier, rechts, noch etwas weiter, noch ein bisschen …« Lange liefen sie. Und der ohnehin weiche, dunstdurchdrungene Umhang sog sich voll mit einem seltsamen, nie erlebten

Glück. Und einmal, als er stolperte, spürte er wirklich kalte Klauen auf seiner Schulter; und ein anmutiges, zartes Lachen …

»Hier, da sind wir schon«, sagte die Frau leise. »Wo willst du jetzt hin, komm doch rein, wenn du magst.«

»Die warten auf mich …«

»Du findest den Weg nicht. Ich bring dich hin, soll ich?«

»Nein, ich bitte Sie.«

Er schaute zur Seite, und die Frau fragte sofort flüsternd:

»Soll ich dir einen Kuss geben? Nur auf die Wange.«

»Ja.«

Langsam näherte sich Teresa ihm, er hatte die Augen geschlossen. Auf der einen Wange spürte er ihre warme Handfläche, ihre schmalen Finger reichten ihm bis zur Schläfe, bis ins Haar. Auf die andere Wange wurde ihm ein sonderbares Brandeisen gedrückt, weich und sanft, dünnhäutig, heiß. Und unwillkürlich wandte er den Kopf und küsste ihre Handfläche, fest, die Augen immer noch geschlossen; und sie, die Frau, tätschelte ihm zweimal leicht die Wange – zwei unsagbar sanfte Ohrfeigen – und sagte:

»Du bist ein netter Junge. Und jetzt geh.«

Was sie alles tranken! Domenico, aufgeregt, überglücklich, leerte ein Glas nach dem anderen. Auch Tulios Aufgeschlossenheit kannte keine Grenzen, Cilio, Vincente, Kumeo, Dino, alle tranken sie, auch Edmondo, dem die Kameradschaft schon einerlei war, trank, und jener Mann auch, der Domenico freudig für einen Drahkan zu Arturos Gaststätte gebracht hatte. Sie tranken aus Schüsseln, aus glatten Schalen, sie setzten den Krug direkt an die Lippen; mit weindurchtränkten Hemdkragen, in Feierlaune, standen sie schwankend da und tranken und tranken. Und als Arturo auf Zehenspitzen eintrat, den Kopf zwischen die Schultern gesteckt, und erschöpft und Mitleid heischend sechs Drahkan verlangte, griff Domenico sofort in die Tasche, und was er in die Finger bekam, drückte er ihm stolz in die Hand. Und da nun Arturo ins Schwanken geriet, hielt er eilends vor den Krug, den dieser hielt, eine große, schöne, glänzende Schale …

2

LYRIKABEND UND DAS MÄRCHEN
VOM GRASGRÜNEN MANN

Ich will doch meinen«, fuhr der gediegene Señor Giulio fort, »dass der Mann älter sein sollte als die Frau.«

»Nein, warum?«, fragte Tante Ariadna.

»Weil die Frau früher altert. Nun ja, Sie betrifft das nicht, Sie sind unter dem Zeichen der ewigen Jugend geboren.«

»Ach Giulio, du Tausendsassa! Aber wenn es sich um wahre Liebe handelt, spielt das Alter doch eigentlich keine Rolle. Vasco war um einiges jünger als ich, und dadurch wird in keiner Weise infrage gestellt, dass er ein richtiger Mann war.«

»Das ist ja wahrlich wunderbar, wahrlich wunderbar …«

»Und wenn eure Herzen bereit sind, das Wunderbare zu empfangen«, begeisterte sich Tante Ariadna, »dann kommt, lasst uns gute und schöne Lieder singen.«

»Selbstverständlich, selbstverständlich, unbedingt«, sagte Vincente und knöpfte sich den Kragen auf. »Du bist wirklich eine Wucht, Ariadna!«

Tante Ariadna runzelte die Stirn: »Obwohl, trinken wir zuerst mal einen Pfefferminzlikör. Bedien dich, Tulio, und biete deinem Freund auch davon an. Scheint ein netter Bursche zu sein, ein ganz Schüchterner, wie heißt er noch gleich?«

»Domenico.«

»Bitte sehr, junger Mann!«

»Mach schon, kipp's runter«, raunte Tulio ihm zu. »Tut gut nach der Sauferei. So zwei, drei Gläschen.«

»Schaut, der Winter ist schon da, die kalte Jahreszeit«, bemerkte der am Fenster stehende Cilio und streifte mit seinem Blick Rosina, ebenjene, die in der Aue gewesen war. »Es schneit.«

Der Schnee in Feinstadt war dünn und armselig.

»Verzeihen Sie, Duilio«, wandte sich Antonio ausgesprochen ernst an ihn, »also es schneit ja, und der Schnee bleibt zwar nicht liegen, aber was wäre eigentlich der richtige Ausdruck: Es liegt Schnee, oder es legt sich der Schnee?«

»Ehm … Schnee ist gefallen«, befand Duilio, so wie er war.

»Ahaa«, sagte Antonio.

»Und bei uns ist es warm, es ist doch wirklich noch warm bei uns im Winter.« Duilio hing seinen Gedanken nach. »Ich liebe unsere Stadt über alles.«

»Ich glaube, auch dieser reiche Dummkopf, Domenico, ja, ich glaube, er liebt mich auch, Silvia«, flüsterte Conchetina der Freundin zu. »Und weißt du, wie ich ihm das angemerkt habe?«

»Nein?«

»Er ist bei uns zu Hause immer so durcheinander.«

»Duilio, Duilio«, rief plötzlich Tante Ariadna, »wissen Sie, was für eine Idee mir gekommen ist?«

»Was für eine?«

»Wir wollen an diesem guten Abend die Sprache der Poesie sprechen.«

»Ach, wie schön.« Conchetina klatschte in die Hände. »Ich liebe es, poetisch zu sein!«

»Da sieht man, dass du ganz die Nichte deiner Tante bist«, schmeichelte ihr Señor Giulio.

»Welches Thema?« Duilio stimmte sich ein. »Die Themen müssen vorab ausgewählt werden.«

»Kommt, sprecht doch über den Schnee.«

»Über den Schnee? Aber es ist doch noch keiner liegen geblieben.«

»Er fällt aber doch vom Himmel, das ist auch schon gut!«

»Unsere Stadt«, deklamierte Duilio.

»Vielleicht hätten wir doch über den Schnee sprechen sollen.«

»Dies umfasst beides.«

»Befeuchten Sie zuerst Ihre Lippen, hier, Duilio, bitte sehr, Rosawasser, lassen Sie es sich munden. So, wir hören zu!«

Und sie hörten zu:

»Bei uns, in Feinstadt, kommt Väterchen Frost

ohne Mantel herein,

in den Bergen jedoch bedarf er des Mantels,

gleich gut ist er hier wie dort,

in unserer Feinstadt wie auch andernorts,

du aber, Mutter,

mach dir um mich keine Sorgen,

etliche Menschen sind gut.«

»Sind die Kopfschmerzen weg?«, flüsterte Tulio. »Trink lieber noch einen.«

»Ein bisschen hat es geholfen.«

»Ein wunderschönes Gedicht, in freien Versen«, bemerkte Tante Ariadna. »Fahren Sie fort, fahren Sie fort!«

»Ach, was für schöne Schneeflocken

schweben in der Luft.

Und ist es nicht bedauerlich,

dass sie keine Aufnahme finden

im Museum für Schönheit?«

»Das ist wirklich sehr schade.« Conchetina schmiegte ihre Wange gegen die Schulter.

»Ausgezeichnet, ausgezeichnet!«

»Die Schmerzen sind weg, oder?«

»Ja.«

Aber gegen Morgen waren die Kopfschmerzen wieder da. Domenico bekam kaum Luft, rieb sich den Hals. Tastend fand er den Krug neben dem Bett. Er setzte ihn an und blickte nach oben, wieder jener Fleck! Er stand auf und schlüpfte ins blaue Hemd, von der Decke blickte jemand grimmig herab. Vorsichtig stieg er die Stufen hinunter, trotzdem steckte Arturo seinen Kopf heraus. »Kommen Sie, kommen Sie herein, Domenico!«

»Danke, ich möchte nichts.«

»Hab ich etwas falsch gemacht?« Arturo war bestürzt.

»Nein, ich hab zu tun.«

Es hatte aufgehört zu schneien. Die Erde war nass, beharrlich fiel Nieselregen. Am Baumstumpf schaute er sich um und bückte sich, die weiche Erde ließ sich leicht umgraben, nur fror er an den Händen. Er füllte sich die Taschen. Dann bedeckte er den Sack wieder mit Erde, den an den Fingern kleben gebliebenen Schlamm knetete er, formte ihn zu Kügelchen und warf ihn weg. In die Taschen konnte er die trocken geriebenen Finger nicht mehr stecken, die waren voll. Er wickelte sie in den Umhang und ging los, die Aue entlang, er wollte nun niemanden mehr sehen. Lange lief er, es regnete ihm ins Gesicht und sein Umhang wurde nass.

Ein riesiger, weit ausgedehnter See lag vor ihm und verschwand irgendwo in den tief liegenden grauen Wolken. Er stand am Ufer, in den Umhang gewickelt, den Hut tief in die Stirn gezogen, die Schultern hochgezogen. Er dachte an Teresa, an ihren Mut. Er rieb sich über die Wange. Und plötzlich hörte er: »Ach, sie haben ihn kaputt gemacht. Aber macht nichts.« Es war Alexandro. Er saß da und blickte übers Wasser. Domenico schrak auf, das fehlte ihm noch, alleine, an einem nebligen Tag, mit einem Irren.

»Eigentlich bin ich nicht irre«, sagte Alexandro. »Du heißt Domenico?«

»Ja.«

»Schöner Name.«

Unwillkürlich fuhr er sich über die Taschen und war beruhigt, sie steckten voller Goldmünzen.

»Siehst du die Bretter?«

Domenico bemerkte die geflickten Stellen an Alexandros Umhang und wurde noch selbstbewusster.

»Klar sehe ich die.«

»Sie haben den Unterstand kaputt gemacht, aber das macht nichts, bestimmt hat das irgendein Betrunkener getan; ansonsten, wieso sollte ein nüchterner Mensch etwas zerstören, was ihm noch von Nutzen sein kann – wenn man auf die Fähre wartet, im Regen, ist so ein Verschlag eine gute Zuflucht. Und jetzt, siehst du, haben sie ihn kaputt gemacht.« Und nachdem er den nachdenklichen Domenico von oben bis unten betrachtet hatte, fügte er schnell hinzu: »Mach dir keine Sooorgen, ich baue einen neuen. Wie gefällt dir eigentlich unsere Stadt?«

»Na ja, ganz gut«, sagte Domenico halbherzig; Regentropfen fielen ihm auf den Kopf.

»Hier, nimm den!« Alexandro reichte ihm einen Regenschirm. »Wieso hab ich bis jetzt nicht dran gedacht? Also, ich spanne auch einen auf. Setz dich, Mann!«

Die vollen Taschen behinderten ihn, umständlich nahm er Platz und streckte die Beine aus. Zufrieden, selbstgefällig griff er nach dem Schirm, eine Weile saßen sie schweigend da, dann fragte Alexandro:

»Hast du schon die Nase voll von dem Gespräch mit mir?«

»Nein, warum?«

»Ich mag Märchen sehr«, erklärte Alexandro und stützte den Schirm mit dem Kopf, jetzt hatte er die Hände frei. »Wenn du willst, erzähl ich dir eins.«

»Mach nur«, und er erläuterte auch den Grund seiner Zustimmung: »Wir haben sowieso nichts Besseres zu tun.«

Sie saßen nebeneinander und blickten über den in Nebel getauchten See.

»Weißt du«, Alexandro kniff die Augen zusammen, »was im Määär- chen gesagt wird, darfst du nicht so wörtlich nehmen, dahinter verbirgt sich etwas anderes, viel Größeres, alles im Märchen, wie sagt man doch – ja – ist im übertragenen Sinne gemeint! Aber das hier ist etwas ga-anz anderes, hier wird alles direkt gesagt, und, eigentlich, einfach. Also – es heißt: Das Märchen vom grasgrünen Mann. Gefällt dir der Titel?«

»Ja.«

»Als der grasgrüne Mann zu den Zeltstädtern, den Karawallern, kam, hatten sie zwei Tage zuvor ihren besten Bürger vertrieben. Der Anstän- digste war er gewesen und sie hatten ihn verurteilt und ausgewiesen, stell dir vor. Willst du wissen, warum sie ihn auf dem Kieker hatten? Einmal äußerten die Karawaller vor der Jagd, ihre Stadt sei die beste. Und jener Mann meinte, Sauerkirschstadt sei besser, unter uns gesagt, Domenico, das war wirklich so, und seine Bemerkung hat noch Salz auf ihre Wunde gestreut, sie verschworen sich gegen ihn, zu Unrecht beschuldigten sie ihn, dass er die eigene Stadt nicht liebe und es deshalb nicht verdiene, mit ihnen zusammenzuleben, und sie wiesen ihn aus. Der große Karawaller – verwechsle die nicht mit den Kamoranern – wog seine Flinte in der Hand und drohte: ›Wenn du nicht auf der Stelle unsere geliebte Stadt verlässt, werde ich auf dich schießen.‹ Der Mann erwiderte seinen Blick, nickte ein paarmal langsam, anklagend, und ging. Es war dies natürlich ein Vorwand gewesen, der eigentliche Grund war ein gaaanz anderer, die Karawaller mochten den anständigen Mann nicht. Er tat niemandem etwas zuleide, nur wenn jemand was Schlechtes anstellte, dann fixierte er ihn kurz, mit etwas vorwurfsvollem Blick. Mehr nicht. An jenem Tag aber hatte er sich wahrscheinlich nicht mehr zurückhalten können und deshalb auch gesagt – na, wenn du aufmerksam zugehört hast, welche Stadt sei besser?«

»Sauerkirschstadt.«

»Ja, genau, sehr gut. Was blieb ihm anderes übrig – er verließ die Stadt. Und am dritten Tag, um Punkt halb elf, kam von der anderen Seite her die Hauptperson unseres Märchens in die Stadt: der grüne Mann. Keiner bemerkte, wie er die Stadt betrat, denn die Männer waren auf der Jagd, und die Frauen hatten sich am Flussufer versammelt und stritten darüber, ob der Frau des größten Karawallers eine Hochfrisur besser stünde oder doch eher offenes, über die Schultern fallendes Haar. Der grasgrüne Mann ging zum Brunnen und nahm ein paar Schluck Wasser aus der hohlen Hand. Man merkte ihm an, dass er keinen Durst hatte, aber dieses Wasser trank er dennoch gern. Dann vernahm er die Stimmen der Frauen und machte sich auf in ihre Richtung. Er lief vorsichtig, wollte nicht bemerkt werden, aber vor dem Hintergrund der grauen Wände hob er sich deutlich ab, grasgrün war er vom Scheitel bis zur Sohle, bis auf eine grüne Hose hatte er nichts an, barfuß, ganz vorsichtig lief er. Als er zum Flussufer kam, atmete er erleichtert auf und streckte sich auf dem Gras aus, so würde ihn keiner bemerken. Nur seine Augen leuchteten. Traurig lauschte er dem Gespräch der Frauen und lächelte dabei ein gaaanz klein wenig, aus Angst, seine weißen Zähne kämen zum Vorschein. Und unvermittelt trat etwas ein, was alle Frauen aufmerken ließ, es traf sich, dass ein paar Minuten lang keine Schüsse zu hören waren. In der Stadt der Karawaller war das eine große Seltenheit, immer waren dort Schüsse zu hören; wenn sie nicht auf der Jagd waren, maßen sie sich miteinander im Schießen, oder sie ballerten einfach so in der Gegend herum. Und nun, ganz unverhofft, hörte man geraume Zeit keinen einzigen Schuss mehr, die Frauen hoben erstaunt die Köpfe und schnupperten, Rehen gleich, in die Luft: ›Warum schießen sie nicht?‹, fragte die Frau des großen Karawallers. ›Es wird doch nichts Schlimmes passiert sein. Hmm ...‹ Und sie machte gedankenverloren ein paar Schritte. Besorgt blickte sie ringsumher, und in dem Augenblick, genau vor ihrer Nase, springt der grasgrüne Mann auf. Die Frau hatte ihn noch daliegen sehen, hatte ihm in die Augen geblickt, und als sie verschwommen Nase und Stirn erkennen konnte, war sie ebenso schnell in Ohnmacht gesunken, wie jener Mann aufgesprungen war. Ihm war der Schreck nicht minder in die Glieder gefahren, und er rannte im Zickzack davon, denn auch die Frauen trugen immer leichte Gewehre bei sich, aber keiner wäre es in den Sinn gekommen, zu schießen, so verdattert waren sie, ein solches Tier hatten sie noch nie gesehen. Inzwischen wurde die Schießerei wiederaufgenommen, die Frau des großen Karawallers hob den Kopf, schaute in die Runde und lächelte: ›Hört ihr, sie schießen.‹ Und da fiel es ihr wieder ein: ›Was war das eben, was war das bloß?‹

Als sie von der Jagd zurückkehrten und die Neuigkeit erfuhren, bedachten die Männer die aufgescheuchten Frauen mit spöttischen Blicken, sie hörten nur mit halbem Ohr zu und warfen einander zweideutige Blicke zu, was in etwa hieß: Wie dämlich die Frauen doch sind. Am nächsten Tag, bei der Jagd, als einer der Karawaller einen still im Gebüsch hockenden Hasen bemerkte, stieß er einen anderen an und sagte leise: ›Schau, da! Lad schnell nach!‹ Dabei guckte er in die andere Richtung, da sprang plötzlich ein grüner Mann auf und rannte weg. Die Jäger schafften nicht einmal, die Flinten nachzuladen, was ohne Zweifel ihrer Verblüffung zuzuschreiben war. Ist dir kalt?«

»Nein.«

»Als die anderen die Geschichte zu hören bekamen, schauten sie einander an, mit geschwellter Brust: Wie dämlich doch auch manche Männer sind. Die beiden büßten an Ansehen ein, denn den grasgrünen Mann sah eine Woche lang niemand. Eines schönen Tages jedoch, auf einem großen Fest, zu dem die Karawaller sich die Körper bunt bemalten und gegen Mitternacht am Feuer wild zu tanzen und zu johlen begannen, zog ein grün gefärbter Mann ihre Aufmerksamkeit auf sich, der wie im Fieber tanzte und sich dabei wundersam wand, ohne sich eine Pause zu gönnen. Alle hielten inne und schauten ihm bewundernd zu – keinem erschien das merkwürdig. Jener Mann tanzte, die Augen geschlossen; dem ganz in sein Spiel versunkenen Trommler wurde bei seinem Anblick mit einem Male ganz merkwürdig zumute und er brach ab. Sobald die Trommel verstummte, streifte jener Mann alle kurz mit dem Blick und rannte jählings davon. Alle Männer waren zugegen, am Feuer, sodass keiner hätte sagen können: Wie dämlich die Karawaller sind!

Vor Wut brachten sie kein Wort hervor, und der große Karawaller biss sich erbittert in die Schulter. In jener Nacht schossen sie ununterbrochen, sie waren so zornig, dass einer sieben Kugeln in den Brunnen abfeuerte und zitternd bei jedem Schuss rief: ›Montag, Dienstag, Mittwoch ...‹«

»Hat es aufgehört?« Alexandro hielt die Handfläche in den Regen.

»Nein.«

»Und am nächsten Tag beriefen sie eine große Versammlung ein. Alle nur auffindbaren Trommeln wurden geschlagen, alle auf einmal, die Leute versammelten sich im Nu; die Trommeln schlugen trotzdem noch eine Weile weiter, der große Karawaller stand vor den Leuten, auf einem Fass, vor Zorn traten ihm an Hals und Stirn die grau schimmernden Adern hervor, und er atmete schwer. Alle waren sie außer sich vor Wut, ihre Finger krallten sich um die Flinten, und mit der freien Hand schlugen sie sich an die Brust. Dann wurden zwei Boten ausgeschickt, den weisen Karawaller zu holen, der berühmt war für seinen Scharfsinn und seine Klugheit, und sie führten ihn vor die Leute.

Der Weise baute sich vor ihnen auf und sprach Worte, die Ohrfeigen gleichkamen: ›Ein grasgrüner Mann hat euch so aus der Fassung gebracht. Wie wäre es erst um euch bestellt, wenn zwei grasgrüne Männer gekommen wären?‹ Der große Karawaller knirschte mit den Zähnen und sagte: ›Ich werde meine Frau erst wieder anrühren, wenn ich ihn getötet habe.‹

Alle Welt glaubte an sein Wort, aber der große Karawaller erteilte dennoch den Befehl, einen Turm zu errichten; darin sperrte man die Frau ein. Währenddessen sammelte der grüne Mann im Wald Früchte. Er schüttelte einen Walnussbaum und versteckte die Nüsse an einem sicheren Ort. Er wusste genau, was ihn erwartete, falls er gesehen würde. Und er war sich auch darüber im Klaren, dass man ihn früher oder später töten würde, trotzdem ging er nicht fort. Am meisten Angst hatte er vor dem Regen, er verkroch sich in einen hohlen Baumstamm und rührte sich nicht, nur seine Augen glänzten. Wenn das Wetter gut war, stieg er auf einen Hügel und betrachtete von dort aus die Stadt. Er beobachtete das Getümmel der Karawaller bei den Festen, war gespannt, wer in der Morgendämmerung als Erstes aus dem Haus kam, gegen Abend sah er die blass schimmernden Lichter der Fenster, und so lag er da, er rührte sich nicht. Und dann konnte er nicht mehr auf den Hügel steigen, ein Jäger hatte ihn bemerkt und war sofort zum großen Karawaller gerannt, denn der wäre sehr beleidigt gewesen, wenn ein anderer den grasgrünen Mann getötet hätte. Der große Karawaller war nicht zu Hause anzutreffen, er saß in diesem Moment bei einer schönen Witwe und hatte seine Pelzmütze tief in die Stirn gezogen, um unerkannt zu bleiben. Gelassen nippte er an einem Pflaumenwein, und die Frau sang ihm mit leiser Stimme ein Liebeslied vor. Am nächsten Tag, am Nachmittag, stiegen, angeführt vom großen Karawaller, alle Jäger auf den Berg und feuerten auf die Stelle, wo am Vortag der grasgrüne Mann gelegen hatte, etliche Schüsse ab. Der sonderbare grasgrüne Mann aber stand ganz in der Nähe auf dem Ast eines hohen Baumes, in den grünen Blättern versteckt. Die Karawaller hatten die Hoffnung, dass sie ihn bemerken würden, Tag und Nacht liefen sie im Wald umher und suchten ihn. Der Weise begleitete den großen Karawaller und rief von Zeit zu Zeit: ›Aha, da, siehst du, da hat er sich versteckt!‹

›Wo?‹ Dem großen Karawaller zuckte die Hand mit der Flinte.

›Nein, ich sag das doch nur so! Falls er sich in der Nähe versteckt, wird er sofort aufspringen.‹

›Ach so.‹

Und nach ein paar Tagen, als der gelangweilte Weise halbherzig sagte: ›Aha, siehst du, dort hat er sich versteckt!‹, da sprang der grasgrüne Mann plötzlich von einem Baum herab. Er lief durch die bis zum Knie reichenden, am Boden liegenden gelben Blätter und war ganz einfach ins Visier zu nehmen. Was denkst du, Domenico, haben sie ihn getroffen?«

»Was weiß ich. Haben sie ihn getroffen?«

»Ja, der große Karawaller verstand seine Sache ziemlich gut.«

Alexandro wurde nachdenklich, verstummte, seine Miene trübte sich, und er fragte unvermittelt: »Ob du wohl raaaten kannst, wer jener grasgrüne Mann war?«

»Keine Ahnung«, wunderte sich Domenico. »Woher soll ich das wissen?«

Alexandro war beleidigt. »Kommst du nicht drauf?«

»Nein, wie denn!« Domenico schaute ihn ebenfalls beleidigt an. Alexandros Blick wurde mürbe, und Domenico hörte erst jetzt, wie der Regen auf die Schirme trommelte. Schließlich entschloss sich Alexandro, es ihm zu erklären:

»Was ich erzählt habe, ist ein Märchen, das stimmt, aber denk mal nach, könnte es so einen grasgrünen Mann nicht vielleicht wirklich gegeben haben, hm? Er könnte sich den Körper doch an… an-ge… angemalt haben, nicht wahr? Also, jetzt denk mal scharf nach, wer könnte sich wohl heimlich in die Stadt geschlichen haben, hm? Nun?« Kurz wartete er ab: »Na ja, dann sage ich dir den ersten Buchstaben, und wenn du auch dann nicht draufkommst, wirst du bei mir im Ansehen sinken.« Und feierlich erklärte er: »Der a…!«

»Der a…?«, überlegte Domenico. »Der a…«

»Jaaa?« Alexandro blickte ihn erwartungsvoll an. »Ach, sei's drum: »Der an…«

»Der an… der Andere?«

»Pff, Unsinn! Der anständige Mann war das, mein Junge, der Anständige, der, den sie ausgewiesen hatten. Seine alte, dubiose Stadt war ihm doch lieber als Sauerkirschstadt.«

»Ach so?« Domenico hob die Schultern. »Und wie hätte ich da draufkommen sollen?« Und ihm fiel ein: »Sie haben doch gesagt, dass er von der anderen Seite in die Stadt kam.«

»Das habe ich gesagt, um es dir nicht zu leicht zu machen, aber dass du es überhaupt nicht erraten würdest, das hätte ich nicht gedacht. Junge, Junge!« Alexandro geriet in Fahrt: »Wenn ich gesagt hätte, dass er von dort, wo er rausging, auch wieder reinkam, hättest du es ja sofort erraten!«

»Ja und?«

»Wie, ja und? Dann hätte das Märchen seinen Reiz verloren.«

»Ach«, Domenico winkte ab. »Als ob es so ein gutes Märchen gewesen wäre.«

»Aaaach«, Alexandro war beleidigt, »ich spreche gegen den Wind … Ich bin mir trotzdem sicher, dass es dir ein bisschen, ein gaaanz klein bisschen was gebracht hat. Irgendwann wirst du daran zurückdenken. Jeder andere würde sich an meiner Stelle ärgern und dich deiner Wege schicken, aber ich erzähle es doch kurz noch zu Ende. Es begann zu regnen, und der Regen wusch die ganze grüne Farbe von dem Mann ab, und alle erkannten ihn. Abends, unter Trommelschlägen, brachte man dem großen Karawaller seine Frau; man führte sie aus dem Turm heraus, setzte sie auf einen Thron und trug sie behutsam zu ihm. Alle machten eine feierliche Miene, und erfüllt von Sehnsucht nach ihrem Mann, die Haare gelöst, saß die Frau anmutig auf ihrem Thron, die Beine angewinkelt, die Arme streckte sie ihm entgegen, und der große Karawaller beobachtete das alles hoheitsvoll und ließ vor Zufriedenheit die Wangenmuskeln spielen.«

»Das war's?«, fragte Domenico halbherzig.

»Ach, du hast das wirklich nicht verdient, aber ich erzähl's dir doch bis zum Ende – an jener Stelle, wo der grüne Mann starb, ist eine Pinie gewachsen.«

Alexandro stand auf, streifte sich das Wasser von den Hosenbeinen ab und sagte im Weggehen:

»Du hast bestimmt nicht daran gedacht, dass Pinien immergrün sind.«

WINTERSPIELE

In Feinstadt drang oft Gelächter durch die verschlossenen Fenster, aber an jenem wolkenverhangenen Abend waren sie alle gereizt, sie hockten in ihren Häusern, keiner ging auf Besuch. Das Abendbrot schmeckte fad, und sie fanden keine Ruhe. An jenem Abend fuhr Vincente zum ersten Mal seine Frau an, und als er spürte, wie Antonios Augen sich mit Tränen füllten, zerquetschte sein Daumen eine unsichtbare Ameise auf dem Tisch. Mit weniger Hemmungen zankte im Nachbarhaus ein altes Ehepaar.

Tulio war selbst die Lust zu trinken vergangen, Arturo herrschte seinerseits Frau und Kind an: »Bah, ihr habt ja keinen einzigen Groschen selber verdient, euch kümmert das natürlich nicht, guckt nur blöd aus der Wäsche.« Als Conchetina eine Porzellanschale an die Lippen führte, rügte Tante Ariadna sie augenblicklich: »Wie kann man nur solchen Durst haben!« Und anderswo erboste sich ein Mann: »Was weint das Kind jetzt, was ist hier eigentlich los?!« »Alle Säuglinge sind so. Du warst auch so.« »Woher willst du das wissen! Hast du mich damals etwa gekannt?«, und er fügte hinzu: »Ich verfluche den Tag und die Stunde, wo ich dich kennengelernt habe.« Der ehrenwerte, einsame Señor Giulio trommelte sich nervös auf die Brust, und Duilio, so wie er war, fiel nicht einmal sein geliebtes »Nimm das Glas nicht von der Quelle« ein, und wenn es ihm eingefallen wäre, dann hätte er wohl eher gedacht: »Ich zerbreche es, ich zerschlage es.« Wäre Cilio Rosina (ebenjener, die in der Aue gewesen war) begegnet, so hätte er bestimmt vermieden, sie anzuschauen, und auch Edmondos Blick schwenkte schneller als sonst von einer Wand zur anderen. Selbst das fahle Licht der Laternen störte sie. An jenem Abend gingen sie alle früh zu Bett, eine Weile konnten sie nicht einschlafen, sie wechselten die Seite, sie wälzten sich herum, und hätte dann, als sie still wurden, jemand in die starren Häuser von Feinstadt hineingespäht, hätte er sich gewundert: Alle Bewohner schliefen auf dem Bauch!

Und der Wächter der Nacht, Leopoldino, trat auf den ersten Schnee. Gegen Mitternacht war endlich richtiger Schnee gefallen, Sieger über die Wärme des Pflasters, und er glitzerte weich im Schein der Laterne.

Der Wächter der Nacht, geduckt, die Schultern hochgezogen, sog tief die gesunde Luft ein – Schnee, so weiß, so leuchtend, da, zu seinen Füßen. Schnee, im Dunkeln blau, und dort, in weiter Ferne, noch dunkler und fast rein, ganz rein, und ringsumher Gestöber. Wie schön es schneite in Feinstadt, weich lag der Schnee auf den Dächern, weiß zeichnete er die Bäume. Die Feinstädter hatten die Wange auf die Handfläche gelegt, sie schliefen. Einzig Leopoldino lief durch die gewundenen Straßen, die Luft war so frei, so klar,»es ist ...«, er brachte seine Worte kaum mehr hervor. Nicht einmal aus dem Haus jenes Mannes erklang das Instrument, dessen Seele ein Vogel war, die Vögelchen hatten sich vor dem Schnee verkrochen; schwer, leicht, in Hülle und Fülle fielen die Flocken. Es herrschte die Stille des ersten Schnees, und im fahlen Lichtschein vor irgendeinem Fenster schienen die hellen, vergrößerten Flocken gar leicht zu rascheln. Es schneite. Es schneite, und Leopoldino lief mit zusammengepressten Lippen durch die Straßen, eine fremde Wahrheit flatterte umher, die weiße Wahrheit des ersten Schnees, und Leopoldino, der Lügner der Nacht, schaute zwar rechtzeitig auf die Uhr, gab aber doch keinen Laut von sich. Ach, schön war das, und im Schnee lag auch etwas Wehmut, aus Flocken gewebt, weiß, unaussprechlich. Leopoldino war der Einzige in dieser herausgeputzten Stadt, und er hielt die Laterne tiefer. Er betrachtete seine Fußstapfen, deutlich eingeprägt in den luftigen Schnee, grau gefärbt. Er richtete sich auf, sein Brustkorb weitete sich, er schritt allein durch diese Pracht, und ein erhabenes Gefühl ergriff ihn. Er legte den Kopf nach hinten, es schneite auf sein Gesicht. Unerschrocken, mutig lief Leopoldino bis zur Morgendämmerung umher, weiß kam alles ans Tageslicht, und als wolle er die bereits hier und da aufbrechende Dunkelheit ganz verjagen, warf er die Laterne weg, breitete die Arme aus, atmete tief die freie Luft ein, und die Augen geschlossen, rief er plötzlich: »Schauuut, es ist schon hell und – es hat geschneit!«

Eine seltsame Erleichterung empfanden die Feinstädter, die sich aus wirren weißen Träumen befreiten. Sie öffneten die Augen, ein fremdartiges Licht war im Zimmer, barfuß, nur im Nachthemd, gingen die Frauen zum Fenster – der Schnee war da. Plötzlich waren alle wach, und an tausend Stellen blitzte er auf, der Schnee, in staunenden Augen. Warm eingepackt brachten Mütter ihre Säuglinge zum Fenster, die mit großen

Augen auf das unbekannte Weiß schauten und vor Verwunderung vergaßen, auf ihren kleinen Fingern herumzukauen. Manche sahen zum ersten Mal Schnee, manche zum wer weiß wievielten Male, und alle freuten sich. Sie frühstückten eilig und rannten auf die Straße, viele vergaßen gar zu frühstücken und rannten so raus in die Feinstadt, Vincentes Schneeball erwischte jemanden, auch Tante Ariadna wachte vorzeitig auf, klimperte überrascht mit den dick geschminkten Wimpern und sagte glücklich:»Ach, brrr ...«Immer noch schneite es. Im hellen Licht des Tages schwebten die großen zerzausten, fröhlichen Schneeflocken leicht herab, und es brach eine ausgelassene, unbekümmerte Schneeballschlacht aus. Selbst den ehrenwerten Señor Giulio traf ein Schneeball am Kopf und er verlor seine Pudelmütze. Aber Giulio nahm das nicht übel; Cilio warf galant nur nach den Hübschesten Schneebällchen, Antonio machte da keine Unterschiede, und Giuseppe steckte sich vor lauter Freude eine Handvoll Schnee in den Mund. Rotbackige Kinder fuhren Schlitten, und am Abhang bat Tante Ariadna zart um Hilfe:»Bitte, seien Sie so gut, Duilio, mir Ihren Arm zu leihen.«Aber Duilio rutschte selber aus, das sorglose Lachen von Conchetina klirrte im Schneegestöber, auch Edmondo lächelte, gedankenverloren und gequält.»Macht mir einen Schneeball, bitte, mir erfrieren die Finger«, bat eine Frau, und erfreut betrachtete Alexandro die glücklichen, übers ganze Gesicht strahlenden Feinstädter. Nur Kumeo, der Lump, verdarb ihm die Laune, er steckte einen Kieselstein in einen Schneeball und schleuderte ihn mit ganzer Kraft auf Rosina. Zum Glück verfehlte er sie, und Dino zog ihm das Ohr lang, Kumeo verzog das Gesicht und bat quietschend um Verzeihung.

Sie machten sich auf zu den Hügeln. Dick lag der Schnee auf den hohen Pinien; alle, Groß und Klein, fuhren sie auf Schlitten den Berg hinunter, und immer wieder erklang glücklich das Lachen der Umgekippten. Dino raste mit geschlossenen Augen und eingezogenem Kopf ins Tal, zu jedem Unfug bereit, wich er hier und da geschickt den Schneebällen aus; die Kinder, die noch nicht laufen konnten, wurden spazieren gefahren, sie schüttelten die kleinen Bäume und ließen sich den Schnee gegenseitig auf die Köpfe rieseln, selig über das weiße Glück. Und nur der fünfzehnjährige Irre, Ugo, betrachtete sie alle hasserfüllt und murmelte leise:»Rotes Blut, rot, auf dem Schnee.«Aber keiner schenkte ihm

Beachtung, alle tollten umher. Sobald Ugo Domenico erblickte, zog er den Kopf ein und machte sich auf Zehenspitzen davon. Domenico lief umher, berauscht von der Luft, sie war so rein, wie er sie aus seinem Dorf kannte. Und eingewickelt in den blauen Umhang, schritt er, dünn, groß, zum ersten Mal in der fremden Stadt durch Schnee. »Schaut, seht nur, wie schön die Flocken zu Boden schweben«, rief Duilio. »Ist es nicht schade, dass sie sich nicht im Museum für Schönheit befinden?« Und er fügte hinzu: »Nimm das Glas nicht von der Quelle!« »Dass er immer alles vermasseln muss«, Alexandro verzog das Gesicht. Der Sprössling Giangiacomo, die Backen gerötet, schaute sich aufgeregt um, und in die gleiche Richtung schaute auch Cilio, lechzend, lauernd. Teresa kam.

Unbekümmert kam sie, entschlossen, doch aus ihren grünen Augen blinkte der Schalk. Teresa stieg den schneebedeckten Hügel hinauf, leicht nach vorne gebeugt, eine Hand hatte sie in die Hüfte gestemmt, die zweite schwang anmutig zu jedem Schritt mit. Sie trug einen langen Mantel und schwere Stiefel, womöglich vom Vater, und bewegte sich doch so graziös. Das warme Kopftuch hatte sie fest unterm Hals verknotet, die Lippen zusammengepresst, unterdrückte sie nur mühsam ein Lächeln, und ein Grübchen hatte sich hartnäckig in ihre eine, vom Frost leicht gerötete Wange geprägt, ihre schmalen Nasenflügel schienen in der Kälte zart zu zittern.

Teresa kam den Hügel herauf, Teresa, von Kopf bis Fuß Frau, unbekümmert, eigensinnig und dabei bis in die letzte Pore von Echtheit durchdrungen. Es war, als ob ihre Bewegungen sie in den Augen der verblüfften Männer entkleideten, und wie hassten sie alles, was Teresa an diesem frostigen Morgen anhatte. Die Frau, eine junge, ungebeugte Witwe, kam durch den Schnee herauf, und nichts schien sie zu bedrücken. Als sie oben ankam, blieb sie stehen, und unwillkürlich bildete sich ein Kreis um sie. Teresa löste ihr Kopftuch, öffnete den Mantel, stampfte mit dem Stiefel ungestüm auf den Schnee und hob einen Arm in die Luft. Verwundert schauten alle sie an, Teresa aber trippelte auf dem Schnee, hielt inne und schlug sich auf die Hüfte. Dann drehte sie sich um, hob die Schulter bis zur Wange, streckte die Arme aus, ging auf die Zehenspitzen und verharrte plötzlich, die Arme vor der Brust verschränkt, auf der Stelle, und noch bevor die erstaunten Feinstädter mit großen Augen einmal geblinzelt hatten, machte sie leichtfüßig auf der Stelle ein paar kleine Sprünge und da begriffen sie – sie tanzte. Teresa tanzte auf dem ersten Schnee, erfüllt von reinem Glück, auf das nur sie sich verstand, sie tanzte irgendeinen unbekannten, soeben von ihr erfundenen Tanz, ihr langes Haar flog durch die Luft, ihre Schultern bebten, grimmig lächelte sie dabei, die Augen geschlossen, und ringsumher schneite es. Mit dicken Stiefeln stampfte die tanzende Frau auf dem Schnee, und wenn ein solches Schlenkern der Arme jeden anderen lächerlich hätte aussehen lassen, verlieh es Teresa eine eigene, allmächtige, unbarmherzige Schönheit. So seltsam erhaben und unerreichbar war sie im Tanz, dass sie sie am liebsten dafür gesteinigt hätten, dabei hätte niemand ihr etwas zuleide getan, alle liebten sie, und hassten sie zugleich. Dann blieb sie stehen. Sie beugte sich leicht nach hinten, hob erschöpft den linken Arm, zeigte mit ihren langen, geschmeidigen, schmalen Fingern in Domenicos Richtung, und ohne ihn auch nur anzuschauen, sagte sie in die Stille hinein mit ihrer schönen, tiefen Stimme:

»Diesen Jungen mag ich.«

Am Nachmittag fand am Stadtrand ein großes Spielefest statt.

Als Erstes fiel ihnen Tauziehen ein, wunderbar, riefen alle, aber ein Seil hatte keiner dabei. Der zurückhaltende Antonio ergriff sofort die Initiative, das ermutigende Lächeln seines Schwagers beflügelte ihn zusätzlich, er nahm die Beine in die Hand und rannte nach Hause. In seinem Eifer überschlug er sich zweimal beim Hinunterlaufen, und mit Rücksicht auf Vincente lachten sie sich nur in den Kragen. Der nachdenkliche Edmondo konnte den Blick nicht vom Schnee abwenden. »Weißt du was, Silvia«, flüsterte Conchetina ihrer Freundin zu, »ich liebe einen Jungen.« »Im Ernst?« Silvia war überrascht und sie gaben einander einen eiligen Kuss. »Wen, Tulio? Der ist fröhlich, frei ...« »Nein, nein, nicht Tulio, nein!« »Aha, ich hab's«, Silvia winkte die Freundin herbei: »Servilio, nicht wahr? Der ist clever, geschickt ...« »Ach, nein, nein, wie könnte ich mich in so einen verlieben«, wehrte Conchetina ab, »der macht doch mit den Kamoranern Geschäfte.« »Dann«, überlegte Silvia weiter und wurde nervös, »etwa Cilio?« »Nein, nein, den würde ich dir doch nicht streitig machen.« Sie gaben einander noch einen Kuss. Antonio kam mit dem Seil. An einem Ende zogen Tulio, der aufgeregte Domenico und Cilio, am anderen Ende war nur Giuseppe, und doch zog er alle drei zu sich herüber. Ein Sturm der Begeisterung brach aus. »Diesen Jungen etwa? Den Neuankömmling, Domenico?« »Nein, den nicht, der ist ein ziemliches Landei.« »Aber er hat doch so weiße Haut?« »Das ändert nichts.« Dann nahm Vincente das Seil, ihn packte sein Bewunderer, der Bruder seiner Frau, um die Taille, und Antonio umarmte wiederum fest der ewiglich kameradensuchende Edmondo, Giuseppe aber holte tief Luft, zog einmal, und schon lagen alle drei ihm zu Füßen. Jetzt hatte keiner mehr aufs Tauziehen Lust. Giuseppe aber mit seinem riesigen Kopf, seinem enormen Brustkorb und seinen breiten Schultern stand da und sog geräuschvoll die Luft ein. »Giuseppe etwa? Der ist stark, der macht was her …« »Bist du von Sinnen, Silvia?«, empörte sich Conchetina. »Wie könnte ich mich in diesen Büffel verlieben! Hast du das etwa ernst gemeint?« »Nein, das hab ich nur so gesagt … Dino vielleicht? Der ist geschickt und flink.« »Aber nein doch, Silvia«, schnappte Conchetina, »wie könnte ich mich in einen Mann verlieben, der kleiner ist als ich?«

Dann ging eine große Schlittenpartie los. Auch die Mädchen, in Hosen, schlitterten furchtlos den Hang hinab, aber ihr Gewicht reichte nicht, und ihr Schlitten bekam wenig Fahrt, anders bei Giuseppe, der alle anderen übertraf und unten war, bevor sie bis zwölf gezählt hatten, während die anderen bis fünfzehn oder zwanzig brauchten. Und wer hätte dem Zähler misstraut – das war Duilio. Vincente und Antonio, der Edmondo endlich entkommen war, erreichten nicht einmal das Ziel, weil sie einen Zusammenstoß mit dem Schlitten der fröhlichen Fräuleins hatten, beide Schlitten kippten um, und alle purzelten durcheinander.

»Das darf doch nicht wahr sein, Conchetina«, besorgt sah Silvia sie an: »Vincente? Der ist doch verheiratet!« »Ach, nein, nein, nicht doch.« »Antonio?« »Hast du den Verstand verloren, Silvia, ich und dieser Blödmann? So schätzt du mich ein?« »Nein, nein, um Gottes willen«, rief Silvia, und sie gaben einander noch einen Kuss.

Die Frau, Teresa ... Mit dem Gesicht nach unten lag Domenico auf dem Bett, die Bettdecke über sich gezogen und das Kissen fest umklammert. Die Frau, Teresa ... Wie grazil sie sich bewegte. Der Kopf, leicht zur Seite geneigt, das wundersam ungebändigte Haar, wie vom Wind zerzaust, der Hals, der lange, schneeweiße Hals, die so prägnant, so fein geformten Wangenknochen ... und wenn sie schelmisch lächelnd die Hände in die Hüfte stemmte, das winzige Grübchen, nur auf einer Wange; und beim Lachen große, schöne, breite Zähne, eine weiße Pforte ... Ihre Lippen, zum Bersten volle, einladend anmutende Lippen, ihre aufgeworfene Unterlippe ... Und das zarte, zarte Schlüsselbein, das sich nur ganz leicht abzeichnete, und oberhalb davon eine längliche Grube, eine Quelle, den Durst zu löschen – Teresa, die Frau. Und die geschmeidige Hand, der schlangengleiche Arm und die langen, dünnen Finger; die Brust, beinahe drohend, unbarmherzig auf ihn gerichtet; die Stimme, zärtlich, tief, samten, darin der Geschmack von Sauerkirschen und der Duft von Honigwaben ... ihre Augen, mal liebevoll, warm und tröstlich, mal unbarmherzig funkelnd ... die Frau, Teresa.

Domenico ging zu ihrem Haus.

»Klare, zum richtigen Zeitpunkt gesprochene kluge Worte sind die Grundlage für Erhebendes«, sprach Duilio. »Meine schlichten, tatkräftigen Worte und dazu noch ... vielen Dank, liebe Ariadna, ich bediene mich mit Vergnügen, denn Kohl wird im Laufe der Jahre zum Erhalt unserer Verstandeskraft und körperlichen Vollkommenheit beitragen. Was ich sagen wollte: Meine schlichten, tatkräftigen Worte vermögen es, eine positive Rolle in unserem Alltag zu spielen.«

»Vasco mochte Kohl auch sehr.« Tante Ariadna wurde traurig. »Bedienen Sie sich, Señor Giulio.«

»Das sieht großartig aus.«

Paprika ist besser, dachte Cilio und ging zum Fenster, zu Rosina (die, die in der Aue gewesen war), und warf ihr einen vielsagenden Blick zu.

Vor Teresas Haus war niemand. Domenico blickte zum hohen Balkon, zum geschlossenen Fenster, zum Vorhang hinauf. Auf Zehenspitzen umrundete er das Haus, ein einfältiger Dieb.

Die Frau war nicht zu sehen, die echte Frau. Domenico starrte auf das lange schmale Fenster und flehte: »Mach auf, komm!« Von Zeit zu Zeit schien es ihm, als würde der grüne Vorhang zur Seite geschoben, aber nein, das schien wohl nur so. Wieder flüsterte er: »Mach auf, komm!« Erbittert schaute er zu Boden, er stand auf dem Schnee, auf dem ersten Schnee. Er bückte sich, seine verschwitzten Finger griffen hinein, das tat gut, er drückte ihn gegen die Stirn, nahm noch mehr, mit der hohlen Hand, presste ihn zu einem Schneeball zusammen, schaute darauf, versuchte ihn länglich zu formen, der Schnee brach auseinander. Domenico formte ihn von Neuem, mit dem Daumen drückte er ihn an manchen Stellen ein, er setzte einen kleinen Schneeball obenauf, glich die Seiten noch einmal an – nein, sie war nicht recht gelungen, die unförmige Schneefrau. Sie war kalt und gleichmäßig weiß, ohne Licht, ohne Wärme. Ihm fiel etwas ein, er bückte sich wieder.

Gebückt wühlte er im Schnee, mit steifen Fingern suchte er nach etwas. Bis zum Handgelenk versenkte er die Hand und kam doch nicht dran, er krempelte den Ärmel hoch, und da ertastete er etwas Kaltes, Hartes, tief unter dem Schnee, er scharrte, die Finger schmerzten ihn, er zog den Gürtel aus, und mit der großen silbernen Schnalle grub er ein bisschen Erde heraus, schabte und schabte. Langsam erhob er sich, er richtete sich auf, in der einen Hand die Erde, aber sie war hart, und er hielt die kleine unförmige Schneefrau darüber, brachte sie zum Schmelzen und befeuchtete mit ihr die Erde, graue Tropfen fielen darauf, die Erde wurde weich, schlammig, und eingefangen in der hohlen Hand wurde ihr ein bisschen Wärme eingeflößt.

»Verzeihung Señor Duilio, aber dürfte ich mal bemerken, dass Sie, ja Sie, dass Sie zum Beispiel immer wieder erklären, wie ein richtiger Mann sein sollte, sich jedoch nie dazu äußern, wie eine richtige Frau zu sein hat.«

»Schau mal einer an, was er nicht sagt!« Duilio schaute in die Runde. »Habt ihr das gehört? War nicht ich es, der euch die traurige Geschichte von der wunderbar großzügigen Frau erzählt hat, die ihren Mann zu seinem eigenen Besten verlassen hat?«

»Ach, wie könnte ich die vergessen!« Tante Ariadna drückte die Hände gegen die Brust. »Nur eine Frau kann ein derartiges Opfer bringen.«

»Das war doch aber eine Lüge, nehmen Sie das bitte nicht zu persönlich, Señor Duilio.«

»Wieso eine Lüge, wie, eine Lüge!«, empörte sich Duilio. »Wen nennst du einen Lügner? Wo liegt mein …«

»Schon gut, beruhig dich«, bat Alexandro. »Beruhig dich und erzähl uns lieber, was eine Frau für Vorzüge haben sollte.«

»Eine Frau?«, Duilio dachte kurz nach und sagte prompt: »Drei Dinge müssen bei einer Frau stimmen: Charakter, Figur und Gesicht.«

»Warum setzt du gerade jetzt auf einfache Erklärungen?«, fragte Alexandro bedauernd. »Aber so gesehen hast du schon recht …«

Seine Hand war gefüllt mit Schlamm, weich und warm. Er drückte die Faust zusammen und knetete mit seinen Fingern die Masse, zuerst formte er den Körper, lächerlich und hässlich, dann dicke Beine, er glättete die Schultern, formte zwei kleine Wölbungen, formte eine Frau aus Erde. Er rundete die fülligen Hüften ab, fügte zwei krumme Arme hinzu, setzte einen winzigen Kopf darauf, drückte sie so gut er konnte zurecht, und mit drei Fingern, Daumen, Zeigefinger und Mittelfinger, hob er sie behutsam aus der hohlen Hand. Er hielt sie vorsichtig hoch und betrachtete sie. Wie begehrenswert war selbst diese kleine, ungestalte Frau aus Erde, und erst die echte Frau, die Frau, Teresa …

»Wenn das so ist, dann hätten Sie das auch noch einfacher sagen können.«

»Wie denn, zum Beispiel?«

»Zum Beispiel, Charakter und Äußeres. Obwohl Figur ein kürzeres Wort ist, bezüglich der Buuuchstaben«, räumte Alexandro ein. »Aber kein treffendes. Ach ja, und das Gesicht hab ich ganz vergessen.«

»Dann versuchen Sie es doch mal. Seht ihr? Ich sieze ihn sogar.«

»Soll ich's versuchen?«, Alexandro freute sich.

»Versuchen Sie's, wir sind gespannt.«

»Eine echte Frau …«, lächelte Alexandro gedankenverloren. »Eine echte Frau – ich fange mal an mit ihrem ersten Auftreten, also, eine echte Frau soll sich wie auf Zehenspitzen bewegen, wie von selbst.«

»Auf Zehenspitzen?«

»Ja. Wie ein Verfolgter, oder ein Verfolger.«

Die Erdfrau in der Hand, schaute er hoch zu jenem Fenster und flehte: »Mach auf, komm …« Er wandte den Blick nicht von dem grünen Vorhang und hörte nicht auf zu flehen, da klopfte ihm jemand leicht auf die

Schulter. Er drehte sich um, und wie vom Blitz getroffen verbarg er die Frau aus Erde in der Hand, er drückte so fest zu, dass ihm der Schlamm zwischen den Fingern hervorquoll, Teresa stand vor ihm, Teresa, die Frau. Nur lächelte sie diesmal nicht. Den Kopf leicht zur Seite geneigt, sah sie ihn prüfend an.

Langsam brach die Dunkelheit herein.

»Und wenn sie vor dir steht«, sagte Alexandro leise, »und wenn sie vor dir steht und dich anblickt, soll sie dir in dem Moment etwas zu verstehen geben, auch wenn sie schweigt, eine echte Frau sagt immer etwas.«

»Wie denn das?«, wunderte sich Duilio.

»Auch wenn sie dir den Rücken zuwendet, etwas musst du doch vernehmen, die Schultern, der Hals, die Taille, die Hände einer echten Frau sagen immer etwas.«

»Was reden Sie da?«

»Davon hast du keine Ahnung. Und wenn sie dir gegenübersteht und dir in die Augen blickt, dann, oh, dann ...«

Die Dunkelheit brach herein, und ihre dunkelgrünen Augen blickten ihn ruhig an. Sie hielt ein Arzneifläschchen in der Hand – auch das war grün, so wie ihre Augen –, und unvermittelt umrundete sie einmal, ganz ohne Eile, den versteinerten Domenico, ohne den Blick von ihm zu wenden. Sie stellte sich wieder vor ihn hin, nachdenklich und aufrecht, blickte tief, ganz tief in seine Augen und ging dann ein bisschen eingeschüchtert in Richtung Haus. Sie stieg die drei kleinen Stufen hoch, hielt sich dabei am Geländer fest, und bevor sie die Tür aufmachte, schaute sie sich noch einmal um, nun ganz anders, irgendwie eingeschüchtert, und bat ihn, doch mit reinzukommen. Sie war ängstlich – auch dieser Moment war gekommen.

»Ihre Augen müssen alles sagen können, Duilio, mein wortgewandter Herr. Alles soll darin zu lesen sein, und vor allem, ob sie dich will oder nicht ...«

Und sie ließ die Tür offen stehen. Dahinter war noch eine Treppe, eine schmale, hohe, die lag im Dunkeln. Sie nahm die brennende Laterne, hielt sie hoch und hob mit dem kleinen Finger ihr langes Kleid am Knie an. So stieg Teresa die hohen Stufen hinauf. Nach oben stieg die Frau, die Laterne in der Hand, und Stufe um Stufe folgte ihr der in weichen schwarzen Wellen über die Treppe fallende lange Umhang. Im blassen Licht verdoppelten sich die Dinge geheimnisvoll an der Wand, und auch ihr Schatten schwankte und zitterte geschmeidig. Domenico dachte plötzlich an den erschrockenen Ausdruck der Frau und nahm drei Stufen auf einmal. Er schaute die Treppe hoch – die Frau, Teresa, ihm zugewandt, schaute ihn an, aber ihr Gesicht war nicht zu sehen. Verstört blieb Domenico stehen. Er konnte sich nicht entschließen, ob er versuchen sollte, die schier unüberwindlichen Stufen zu erklimmen, oder es besser war, umzudrehen. Die Frau, die schon oben stand, sah seinen Kummer, hielt sich die Laterne vors Gesicht, und Domenico bemerkte sofort ihr verändertes Lächeln, frech und verführerisch. Teresa nahm rasch die letzten beiden Stufen und stellte die Laterne oben auf dem Treppenabsatz ab. Jetzt, wo er hochstieg, schienen ihm die Stufen aus Seide. Aus der Finsternis, die ihn umhüllt hatte, tauchte er an einer erleuchteten Oberfläche wieder auf. Mit einer Hand griff er nach der Laterne, in der anderen hielt er noch immer die irdene Frauenfigur. Er sah sich im Zimmer um, tief sog er die Luft ein. In einer entfernten Ecke zeichnete sich die schwarze Silhouette der Frau, Teresa, ab.

»Die Schatten im Gesicht«, sagte Alexandro, »alles hat seinen eigenen Schatten, die Stirn, das Haar, die Nase, die Lippen …«

Sie stand aufrecht da, doch ihr Blick war zu Boden gesenkt. Über ihre grünen Augen fiel der Schatten ihrer Wimpern. Domenico hielt ihr die Laterne vors Gesicht und betrachtete es aufmerksam. Teresa schaute ihm in die Augen, und dann glitt ihr stolzer Blick an ihm vorbei in die Tiefe des Raums. Domenico wandte sich um, und die Gegenstände, die er sah, waren ihm fremd – Stuhl, Tisch, Truhe, Bett, eine Puppe hoch oben auf dem Regal, ein Glas und ein Krug, eine Pfanne, eine Tonkaraffe. Teresa sah die ihr vertrauten Gegenstände und wurde mutiger, Domenico aber, der Fremde, der Gast, stand verlegen da, in der Hand hielt er noch immer die Frau aus Erde, warm und feucht klebte sie an seinen verschwitzten Fingern, er ließ sie dumpf zu Boden fallen und drehte sich kühn zu Teresa um, als fordere er zum Ersatz für die Frau aus Erde etwas, was ihm zustünde. Und die echte Frau gab nach – sie schloss die Augen, zog die Schultern hoch, streckte sich wieder, die Augen immer noch geschlossen, und wartete. Domenico rieb Daumen und Zeigefinger fest gegeneinander, ent-

fernte schnell den Schlamm von beiden Fingerkuppen und streifte ihr
den schwarzen Schal vom Kopf. Dann ergriff er mit zwei Fingern ihren
Umhang und warf ihn auf die Truhe. In einem Kleid stand jetzt die Frau,
Teresa, da. Nun wusste er nicht weiter, mit geschlossenen Augen wartete
die Frau. Und plötzlich schüttelte sie ungestüm den Kopf. Ihre Hochfrisur löste sich, langsam, ganz träge, als flösse Pech an ihrem weißen Hals
herab, als striche man langsam alle sechs Saiten entlang. Da stand sie in
ihrem Kleid. Was nun, er wusste nicht weiter, er hob die Laterne, und als
er die erwartungsvollen, leicht geöffneten Lippen sah, verstand er ... Die
Frau legte den Kopf leicht in den Nacken, die Augen geschlossen wartete
sie, und der junge Vagabund, der Fremde, Domenico trank aus der Quelle, immer mehr und mehr, die Laterne in der Hand, die Lippen der Frau
waren Weisheit, und je mehr er trank, desto mehr wusste er, desto mehr
verstand er, eine Sekunde nur hielt er inne und hängte die lästige Laterne
an einen Nagel, er wollte die Frau umarmen, aber ihm fiel ein, dass seine
Finger schlammverschmiert waren, und er legte seine Handgelenke an
ihre Schultern, zog sie zu sich heran und trank weiter, immer weiter. Still
stand die Frau da, die Augen geschlossen, nur den Kopf hatte sie leicht
nach hinten gelegt, und Domenico bemerkte auch jene Quelle oberhalb
des Schlüsselbeins, eine unversiegbare, aus der getrunken werden wollte.
Auch aus ihr trank er, und seine schlammigen Finger tasteten vorsichtig
auf Teresas Rücken nach den Knöpfen. Die Frau, die die Augen immer
noch geschlossen hielt, lächelte bittersüß, zärtlich, sanft befreite sie sich
aus der Umarmung, legte die Hände (wie wunderbar!) hinter den Rücken, bekam etwas zu fassen, öffnete es, dann zog sie die Arme in die
Ärmel, zum Körper, und gleich kamen sie zum Kragen wieder heraus, sie
hob sie in die Höhe, ihr Gesicht war unter dem Kleid verborgen, so blieb
sie eine Weile stehen, überlegte, und als sie sich schließlich entschloss,
flatterte ihre Silhouette einmal, kurz und gleichmütig, und zu ihren Füßen sank das schöne Kleid herab wie ein dünner Ring. Erst jetzt öffnete
sie die Augen und stieg mit einem geraden, langen, schneeweißen Bein
aus dem Kreis heraus, legte den Kopf zurück und ging auf Domenico zu.

»Unter bestimmten Bedingungen sollte die Frau eine höfliche Ge-
sprächspartnerin und aufmerksame Zuhörerin sein, und selbstverständlich zum höchsten Lob gereichende gesunde Gerichte zubereiten.«

»Was für ein schrecklicher Ausdruck – Figur!«, sagte Alexandro zu Duilio gewandt.

Auf dem Bett saß die Frau, Teresa, bis zur Taille von einem Bettlaken bedeckt, unter dem Laken entfernte sie mit geschmeidigen Fingern eine dünne Hülle von ihren Hüften, bis ins Unerträgliche sanft fuhr sie den festen Pfad bis zu den Fußsohlen entlang, die wie von einem Bildhauer gemeißelt waren, das Laken schlug ein paar Wellen, dann streckte sie sich, fuhr sich über den Rücken, ihre Schultern schimmerten glatt im blassen Licht der Laterne, und sie löste zwei miteinander verbundene Schalen von der Brust.

»Dann beschreiben Sie uns das besser, bitte, wenn Sie können. Wir vermögen auch aufmerksam zuzuhören, ja, ausgenommen in gewissen Fällen.«

»Das ist der einzige Moment, wo ich den Faden verliere«, sagte Alexandro. »Das vermag ich nicht.«

»Warum?« Tante Ariadna wurde neugierig.

»Weil«, antwortete Duilio an Alexandros Stelle, »er nicht in der Lage ist, die sehenswerten Stellen eines gesunden Frauenkörpers in Worte zu fassen.«

»Nein, nicht deshalb.«

»Warum dann?«

»Weil ich durcheinanderkomme, ich weiß nicht, mit welcher ich anfangen soll, mit welcher nur …«

Und wirklich, aber wirklich, mit welcher nur. Was kümmerten ihn seine schlammigen Finger, ihnen gehörten nunmehr Schultern, Arme, Taille und Rücken, und die Brust, die Brust – leider hatte er nur zwei Hände, nur zwei, und wusste nicht, was er zuerst streicheln sollte. Zum Glück hatte er noch Lippen, und ihre Brust zu küssen eröffnete ihm augenblicklich ein Geheimnis – das größte, das einfachste –, und sein ganzer Körper wurde von dem Wunsch beseelt, den glücklichen Fingern nachzueifern. Weit von sich warf er seinen Gürtel mit der breiten Schnalle und den blauen Umhang. Jetzt spürte sich alles gegenseitig, aber dennoch, welche nur … den weichen Bauch und den gespannten Hals, die Lippen – immer erwartungsvoll; die um die Taille gelegte, schlammige Hand und die sich aufbäumende Frau Teresa, die echte Frau, und das

Gefühl ihrer unerreichbaren Rippen unter seinen Fingern, dem glücklichsten Teil von Domenicos nacktem Körper, und mit einem Mal wurde sein ganzer Körper noch glücklicher als die Finger, unsagbar glücklich, nicht die Erde, sondern sein Körper selbst bebte, und es hatte etwas zu tun mit Verlorengehen. Während er verloren ging, stöhnte er schwach, erleichtert. Und entkräftet, bäuchlings auf einer Wolke liegend, schaute er noch einmal in ihr Gesicht, und glücklich, zum Zeichen der Dankbarkeit, küsste er sie auf die Wange – ach, wie sonderbar die Frau ihn anblickte. Wieder liebte er sie! Er trank wieder, trank wieder und wieder, welche ihrer Quellen hätte er schon leertrinken können, welche nur ...

»Zum Beispiel«, sagte Alexandro, »nehmen wir, zum Beispiel ...«

Gierig küsste er ihre Brust. Und da war ein Geschmack, der ihm irgendwie bekannt vorkam, er hob den Kopf, sah genauer hin – das war Erde, die am Körper der Frau klebte; zuerst hatte ihn der Geschmack erschreckt, jetzt aber, wo er verstanden hatte, leckte er, die Augen geschlossen, die Erde vom Körper der Frau, und es schien, dass die Frau, auch wenn sie die Augen geschlossen hatte, ebenfalls verstand, dass das alles, dass sie beide Erde waren, Erde, nur Erde, für eine bestimmte Zeit umgewandelt in Hüften, Brust – welche nur ... umgewandelt in den befristeten Körper, aber was für ein Körper, in diesem Moment so schön erblüht, mit dem Geschmack von Erde auf den Lippen küsste der Vagabund gierig ...

»Zum Beispiel die Handfläche«, sagte Alexandro.

»Wie bitte?«, staunte Tante Ariadna und schaute heimlich auf die Ihrigen.

»Erzählen Sie, wir sind gespannt«, sagte Duilio. »Tischen Sie uns aber bitte keine Lügen auf.«

»Ja, die Handfläche«, wiederholte Alexandro gedankenverloren. »Nehmen Sie einmal die Hand einer echten Frau, schauen Sie darauf und betrachten Sie für eine Weile die zarten, trockenen Linien. Dann fahren Sie mit drei Fingern an ihnen entlang und schauen Sie ihr in die Augen – Sie werden sofort bemerken, ob sie eine echte Frau ist. Oder aber Sie legen Ihre eigene Handfläche auf die der Frau, Sie werden augenblicklich etwas verspüren – etwas Entferntes, etwas Verschwommenes, die Handfläche einer Frau verkündet immer etwas. Und wenn sie Sie liebt, falls sie Sie liebt, dann werden Sie, wenn sie Ihnen ihre sanfte Hand auf die Schulter legt, auch noch durch Ihre Kleidung hindurch ...«

»Ja, und weiter?«, fragte Duilio.

Erfüllt, müde lag der Vagabund auf dem Rücken. Und glücklich spürte sein Körper die eng an ihn geschmiegte echte Frau, die ihm die Stirn, die Augen streichelte und ihm hellwach ins Ohr flüsterte: »Schlaf nicht ein, schlaf noch nicht ein, ich gefalle dir, ja? Schlaf nicht ein, hat es dir mit mir wirklich gefallen? Du bist nicht mehr alleine in Feinstadt. Armer Junge, warst ganz alleine, ich gefalle dir, nicht wahr?«

»Eine Handfläche, eine Handfläche«, ärgerte sich Duilio. »Was ist da schon dabei?«

»Ach«, Alexandro winkte ab.

»Vasco kannte keine Handflächen oder solche Sachen, aber er war doch ein richtiger Mann«, verkündete Tante Ariadna. Hier aber konnte Alexandro sich nicht zurückhalten und fragte:

»Was war dieser Vasco denn für einer, dass er Sie – eine Frau, reich an allen erdenklichen Erfahrungen – so betört hat?«

Und Tante Ariadna rief:

»Wasser!«

Domenico, der Vagabund, war auf ihrem Arm eingeschlafen – was für ein Arm ...

So begannen die Winterspiele in Feinstadt. Sie würden selbstverständlich nur bis zum Frühling andauern, denn auch der Frühling hatte seine Spiele, voller Flirren. Wenn überhaupt, dann erst gegen Mittag ließen die Feinstädter sich am zugefrorenen Springbrunnen blicken, sie grüßten einander höflich, atmeten die klare, gesunde Winterluft, gingen spazieren. In der Werkstatt von Antonio flackerten mehrere Feuer, in großen Töpfen färbte der Meister, der Bruder von Vincentes Frau, Kleider. Und Vincente seinerseits behandelte die schöne Giulia mal liebevoll, mal aber auch sehr grob – es kam immer darauf an, ob er den Kragen auf hatte oder zu –, und häufig feierte er in Arturos Gaststätte mit den Kumpels, ein paarmal war auch Duilios einziger Sohn, Servilio, dabei, der mit den Kamoranern irgendwelche Geschäfte machte und nur im Winter nach Feinstadt zurückkehrte. Des Öfteren saß mit an der Tafel der blasse, reiche Fremde, Domenico, der ganz verwandelt wirkte und jetzt mehr lachte, sich auch amüsierte, aber er ging nicht mit den anderen zu den leichten Frauen am Rande der Stadt. War das die Zurückhaltung eines Dorfjungen? Das Zuckerpüppchen, die feine Conchetina, saß verliebt und nachdenklich am Fenster, manchmal lächelte sie auch, aber meistens weinte sie ohne Grund. Man hatte alles versucht, aber doch nicht herausfinden können, wer der Herzbube der einzigen Nachfahrin der berühmten Carrascos im heiratsfähigen Alter war. Jeder ging seiner Beschäftigung nach, Mikele hämmerte Kupfertöpfe zurecht, die Frauen, die einander besuchten, strickten, während sie sich unterhielten, warme Socken; Knöpfe und Gürtelschnallen wurden angefertigt, Lederschuhe genäht, und in Tische, Stühle und Truhen wurden Nägel eingeschlagen, selbstgenügsam arbeiteten die Schneider, Tischler und Schuhmacher in Feinstadt; geschickte Frauen befestigten Taftblumen an riesigen Seidenhüten. Ein Lächeln auf den Lippen, bastelte Meister Alexandro, der als Irrer bezeichnet wurde, niedliche Spielzeuge, Teppiche wurden geknüpft, Glasgefäße geblasen, bunte Tonkrüge getöpfert. Und alles nahmen die Bauern mit, die sonntags aus den Dörfern kamen und Nahrungsmittel brachten, um sie gegen bunte Gegenstände einzutauschen.

Nur die Kinder reicher Eltern arbeiteten nicht, und von dieser Sorte gab es eigentlich nicht viele – Cilio, Edmondo, Tulio, Vincente und noch drei weitere. Ordentlich entlohnt wurde auch Giuseppe, der auf Wunsch eigensinniger Hausfrauen immer wieder Möbel von einem Zimmer ins andere rückte. Es gab auch einen mittellosen Nichtsnutz, Kumeo, der sich als ungeladener Gast auf sämtlichen Feiern über Wasser hielt und an solchen Wonnetagen den Bauch für eine Woche auf Vorrat mit allem Möglichen vollstopfte, um sich am nächsten Tag mit einer Hähnchenkeule zu begnügen, die er liebevoll als Strampel bezeichnete, oder mit kaltem Kalbfleisch, das er unauffällig von der Festtafel hatte mitgehen lassen. Die ganze Stadt versuchte diesem verwahrlosten Flegel aus dem Weg zu gehen. Nur manchmal bekam er einen Fußtritt ab von den Jungs, die er durch seine dummen Späße verärgerte. Aber ein bisschen Geld hatte er doch immer in der Tasche – das kam daher, dass der Berater der Feinstädter, Duilio, der ab und zu mithilfe seiner Zungenfertigkeit ein zerstrittenes Ehepaar, Geschwister, oder Mutter und Tochter versöhnte, zu stolz war, seine Vergütung bar auf die Hand entgegenzunehmen, und so schickten die dankbaren Feinstädter Kumeo mit dem Honorar, und den stinkenden Boten belohnte Duilio mit ein paar Groschen. Allabendlich erklang durch das geschlossene Fenster hell des zahnlosen Mannes Musik. Unter seinem Fenster standen immer ein paar Feinstädter, im Gefühlsüberschwang, dabei konnten sie nicht unterscheiden, wer da spielte, Vater oder Tochter. Anscheinend hatte der zahnlose Mann eine Tochter, Ana Maria, die ebenso gut spielte wie der Vater. Und wenn das blaue Fenster schwieg, wussten alle, dass der zahnlose Mann ein einfaches dreisaitiges Instrument anfertigte, um es an die Dorfbewohner zu verkaufen, auch er benötigte Geld für sein tägliches Brot, wer hätte schon in Feinstadt nur von der Musik leben können, mal abgesehen von jenen anderen Burschen, und was die machten, war keine Musik.

Wie jeden Abend wartete Domenico unter Teresas Fenster, aber noch schimmerte nicht wie abgemacht das Licht der Laterne, und ziellos trieb er sich in den Straßen von Feinstadt herum. Späte Passanten liefen vereinzelt umher, es wurde dunkel, und dann, plötzlich, schrie verhalten der frierende Leopoldino: »Es ist acht Uhr a-abends und alles ist in O-ordnung!« Vor dem Haus der Frau drückte Domenico sich herum. Und da, die angezündete Laterne wie abgesprochen, eine hohe Treppe und lange, winterliche Nachtspiele. Allabendlich saß die Frau, Teresa, in einem großen Fass voll warmen Wassers. Ihre schaumbedeckten Schultern glänzten, sie blickte verschmitzt lächelnd den verfrorenen, aus der Kälte kommenden Burschen an, den der Anblick der nackten Frau zu verwirren schien, und als sie lächelte, bildete sich auf ihrer einen Wange ein kleines Grübchen. »Und, wie geht es dir, Domenico?« »Gut.« Die Frau kicherte und rieb sich den Hals. »Dir geht es also gut, ja?« »Gut. Ja«, Domenico grinste ungeschickt. »Liebst du mich wirklich?« Domenico nickte wortlos, er liebte sie wirklich. »Armer Junge.« Wer hätte verstehen können, ob sie Spaß machte, besonders jetzt, wo sie nackt im Fass saß und ihn anschaute, das Gesicht eingeseift und ein Auge zugekniffen. »Auf dem Heimweg hat mich ein Typ verfolgt. Vielleicht steht er noch unten«, sagte sie. Domenico ging zum Fenster und schaute ernst in die Dunkelheit, und in dem Moment rief die Frau: »Domenico! Guck mal, wo ich bin?!« Sie lachte und planschte im anderen Fass. »Du hast mich veräppelt, nicht wahr?« Domenico war froh. »Da gehört ja nicht viel dazu, dich zu veräppeln«, triumphierte die Frau. Und plötzlich blickte sie ihn voller ehrlicher Zuneigung liebevoll an: »Gerade deshalb mag ich dich.« »Und nur deshalb, ja?« »Nein, nein, du bist auch ein netter Kerl, du bist groß, schlank … und dich bedrückt irgendein Kummer; durcheinander bist du auch. Aber nicht dumm, einfach nur ein bisschen verwirrt, du hast noch so viel vor dir … Du bist ein netter Kerl.« Das meinte sie ehrlich, sie blickte ihn wehmütig an, und augenblicklich veränderte sie sich. Lächelnd, die Augen zusammengekniffen, sagte sie zu ihm: »Und jetzt, weil es kein weiteres Fass mehr gibt, nimm deinen albernen Umhang und geh.« »Warum?« Domenico zog sich das Herz zusammen. »Was, willst du nicht gehen?« »Nein. Nein. Wieso?« »Dann, dann, zieh deine albernen blauen Kleider aus und schlüpf unter die Bettdecke.« Teresa kam aus dem Fass heraus und lief zum Bett, ihre Füße trommelten dumpf auf dem Boden. Von ihren nassen Beinen fielen Tropfen, regengleich lief die Frau, und zitternd sprang sie ins warme Bett, regungslos lagen sie aneinandergeschmiegt da, und Domenico spürte, wie der fremde Körper warm wurde, sie hatten die lilafarbene Decke über den Kopf gezogen und wärmten einander mit ihrem Atem, und es war, als blühe Teresa in diesen beständig zunehmenden Wärmewellen auf. Ja, Winterspiele …

Und wieder die Quelle der Weisheit, oberhalb des Schüsselbeins.

Währenddessen fragte Tante Ariadna Tulio, der seinen Kopf auf ihr Knie gelegt hatte, schelmisch: »Uuuund dieses Pfandes Besitzer, was muss er tun?« Ja, Winterspiele …

Doch keiner konnte herausfinden, wer Conchetinas Herzbube war. Wen sie nicht alles aufgezählt hatten, fast jeden Feinstädter, selbst bei Señor Giulio waren sie angelangt, ebenso bei Duilio; auch seinen Sohn, Servilio, hatten sie angstvoll genannt – er unterhielt ja Beziehungen zu den Kamoranern –, aber nein, nein, sie kamen nicht darauf. »Ist er wirklich ein Feinstädter?«, fragten sie einander verwundert. »Ja, ja«, weinte Conchetina. »Dann sag's uns, mein Kind, sag's uns.« »Aber wenn er mich zurückweist, das verkrafte ich nicht. Dann nehme ich mir das Leben!« »Wasser, schnell, Wasser!« Sie gingen gar so weit, den Nachtwächter

Leopoldino zu nennen, »aber nein, seid ihr völlig von Sinnen?« Nein. Edmondo? »Nein, der ist ein Trottel.« Giuseppe? »Nein, dieser Büffel?« Dino? »Ach, zu klein.« Tulio? »Nein, der nicht.« Cilio? »Was sagt ihr da, sein Herz gehört doch Silvia.« Antonio? »Nein, nicht dieser Blödmann.« Vincente? »Also bitte, der ist doch verheiratet.« Alexandro? »Nein, der ist irre.« Antonio? »Nein, den hatten wir schon.« … Aber nicht nur Antonio, alle Männer der Stadt hatten sie zigmal erwähnt, und zu guter Letzt schlugen sie sich an die Stirn: »Etwa Ugo? Der jugendliche Irre?« »Nein. Ich liebe Kumeo – weil er so unbefangen ist.«

Und hier konnte Tante Ariadna nicht mal mehr »Wasser« rufen, sie kippte nach hinten und fiel zum ersten Mal in ihrem Leben am helllichten Tage in Ohnmacht.

Und Duilio entschloss sich, sein persönliches Porträt einer guten Frau vorzutragen, manches ersann er selber, manches hatte er von anderen gehört und sich gemerkt. »Eine gute Frau«, sprach Duilio, »muss wie eine goldene Kuppel sein, im Mondschein erhaben schimmern und in der Sonne strahlend glänzen! Sie sollte auch eine ausgezeichnete Hausfrau sein«, fügte er hinzu, »fähig, aus Buchweizen, Sägemehl und ein paar Walnüssen, eeehm, Rührei zu machen.«

»Man sollte dich festbinden und damit verköstigen«, ärgerte sich Alexandro. »Vielleicht ist dieses Gericht genau wie deine vom Scheitel bis zur Sohle vorbildliche Person eine weitere Stufe in der unaufhaltsamen Entwicklung der Menschheit?!«

»Ich sage nichts dazu, du musst nur wissen, sobald Kumeos Fuß die Türschwelle dieser geheiligten Familie überquert, wird auch meine letzte Stunde geschlagen haben. Zum Glück sind noch ausreichend scharfe Rasierklingen erhältlich. Mehr sage ich nicht dazu, aber du musst wissen, so wird es kommen.«

»Tante, ich liebe ihn doch.«

»Warum? Weshalb? Nein, das werd ich nicht überleben. Warum?«

»Ich liebe ihn, weil er unbefangen ist.«

»Weisen Sie sie auf seine äußeren Makel hin!«, riet Duilio, sobald er Tante Ariadna unter vier Augen zu sprechen bekam. »Conchetinas Schicksal und Wohlergehen erfordert den Einsatz unserer vereinten Kräfte.« »Es ist ein Uhr nachts und …«, rief Leopoldino.

Im anderen Zimmer wurde Teresas Vater immer wieder vom Husten geschüttelt, stumm lauschte Teresa. Domenico, der Vagabund, schlief, mit dem Gesicht nach unten, die Frau aber saß in ihrem Kleid da, und bevor sie das Zimmer des kranken Vaters betrat, warf sie sich einen Umhang über die Schultern, so ging sie zu ihm. »Vielleicht willst du …«
»Will ich nicht, mein Kind.«
»Und dass er ohne, ganz ohne Grund grinst, merkst du nicht einmal das? Was hat dich so geblendet, hm, Conchetina? Was für Zähne er hat, damit könnte er selbst Eisen zerbeißen. Hast du keine Angst?« »Ich bin ja nicht aus Eisen, Tante Ariadna«, ärgerte sich Conchetina. »Eine Frau bin ich, eine Frau!« »Eilt herbei, bringt Wasser«, rief Duilio.

»Geh doch zu deinen Kameraden, mein Kind, statt immer bloß in der Stube zu sitzen«, sagte die Mutter zu Edmondo, der grübelnd dasaß: »Geh doch mal aus, mit deinen Kameraden.« »Hab ich denn welche?« Der Junge wurde noch trauriger.

»Conchetina, hör mir kurz zu, Conchetina, ich entschuldige mich bei Ihnen, Señor Giulio, für den Ausdruck, aber wie er isst, Conchetina, ebendieses dunkle Wort passt auf ihn und nicht das Wort ›speisen‹. Wie er isst, unter solch abscheulichen Geräuschen, mit solcher Gier. Hast du etwa auch das nicht bemerkt, Conchetina?« »Er hat Hunger, was kann er dafür?«, empörte sich das Fräulein. »Er hat Hunger und er isst eben nicht wie ihr mit eurer gespielten Zurückhaltung, weil er unbefangen ist.«
Den Kragen fest zugeknöpft, saß Vincente, der Familienvater, in einem weichen Sessel vor dem Kamin und schaute stolz ins Feuer, er genoss den Anblick, und als der gutmütige Antonio neben ihm Platz nahm, hielt sich Vincente eine Zeit lang zurück, dann aber knöpfte er verärgert seinen Kragen auf, und nachdem er zornig ins Feuer gespuckt hatte, stand er auf und verpasste wie aus Versehen dem erschrockenen Antonio einen Fußtritt.
»Und ist das etwa rechtens, einen anderen Menschen zu ärgern?«, fuhr Tante Ariadna fort, als man sie wiederbelebt hatte. »Damals, als er Rosina von hinten am Bein gepackt und wie ein Hund gebellt hat, hat sie beinahe einen Herzschlag erlitten.« »Ach, das hat er so phantastisch gemacht«, sagte Conchetina entzückt und klatschte dabei in die zarten Händchen. »Wie bitte?«, erboste sich Tante Ariadna. »Bereitet es dir etwa

Freude, wenn andere geärgert werden? Bist du zu einem blutrünstigen Ungeheuer geworden? Was soll das heißen, er hat das phantastisch gemacht?«»Nein, ich meinte, wie sagenhaft gut er den Hund nachgemacht hat«, erklärte Conchetina und versuchte sich auch selbst daran:»Wuff, wuff!«»Um mich ist es geschehen.«

»Zu Hilf, Wasser!« Duilio sprang auf:»Im Falle der Notwendigkeit ist Wasser sehr …« Und der jugendliche Irre, Ugo, stand in einer dunklen Ecke und flüsterte:»In einer verschneiten Nacht. Ein Messer ins Herz.«»Es ist sieben Uhr abends und …«»Komm mein Sohn.« Musik erklang aus jenen Fenstern, ruhig, gedämpft.

»Ihr müsst euren Vati gernhaben, Kinnerchen«, belehrte jeden Abend Arturos Frau Eulalia Giangiacomo und das kleine Mädchen.»Vati sorgt dafür, dass ihr was zum Anziehen und was zum Essen haben tut, Vati hat alle Hände voll zu tun. Du, zum Beispiel«, sie wandte sich zu Giangiacomo.»Dassde so fein rote Bäckchen hast, wem tuste das wohl verdanken?«»Weiß nicht, Mutti«, sagte Giangiacomo verschämt.»Na, wem wohl, mein Jung, deinem Vati. Der tut euch die Kleider besorgen und das Essen und das ganze Zeugs, ich leb ja nicht wie du schon immer inner Stadt, Kind, ich bin vom Land, weißte überhaupt, wie er sich abmühn muss?«»Wer, Vati? Hat er viel zu tun, Mutti?«»Jawohl«, jetzt bemühte sich die Hausfrau um eine städtische Redeweise,»er arbeitet, legt sich krumm, damit aus euch was wird, jawohl«, und plötzlich flehte sie ihren Sohn an:»Um eines bitt ich dich, Giangiacomo, falls in unsrer Stadt zufällig ein Kamoraner vorbeikommt, antwort ihm nicht, schau ihn nicht an, renn sofort nach Haus.«»Häh«, wunderte sich Giangiacomo,»wenn ich ihn nicht anschau, wie kann ich dann wissen, ob er ein Kamoraner ist?«»Das bemerkste, Giangiacomo, natürlich tuste das bemerken. So ne Art Frost geht von denen aus.«

»Ach, da Teufel soll se all holen«, ließ sich die Mutter von Arturo plötzlich aus der Ecke vernehmen, eine energische Alte, Sibilla:»Zum Glück hamm se sich den ganzen Winter lang nich blicken gelassen.«»Wieso sollten se sich auch blicken lassen«, beruhigte Eulalia sich selbst.»Die Steuer tun wa ja allesamt rechtzeitig zahlen!«»Wo bleibt da Jung bloß so lang, hm?«, fragte die Alte.»Welcher Jung?«»Na, welcher wohl, Arturo.«»Ah ja«, Eulalia lächelte,»ich tat mich schon wundern, für Sie isser 'n

Jung, stimmt schon. Er is sicher in da Gaststätte, es is Winter, Mutter[1], da wirds früh dunkel, so spät isses noch nich.«

Drei lange Tage sollte Domenico ohne Teresa ausharren. Silvester jedoch hatten sie vor, zusammen zu feiern. Und er ließ Arturo als Geschenk ein wunderschönes Kleid besorgen, ein glitzerndes, im Wert von zwölf Drahkan, mit Bordüren aus Goldfäden. Er bewahrte es unter seinem Kissen auf, holte es immer wieder hervor, breitete es aus und betrachtete es, das Kleid, das die Frau, Teresa, ausfüllen sollte. Zwei Tage später zog durch ganz Feinstadt der Duft von Kuchen. Es würde Apfelkuchen, Mandelkuchen, Streuselkuchen geben, dazu Wein und tausendfaches Allerlei. Mit großer Sorgfalt bereiteten sich die sogenannten Glücksbringer vor. Es war Brauch, dass sie mit einer Maske in einer befreundeten Familie erschienen, wo sie zur Begrüßung eine feierliche Rede hielten, und danach sollten die Gastgeber erraten, wer der Glücksbringer war. So lautete die Regel, in Wirklichkeit wussten darüber natürlich längst alle Bescheid. In Zusammenhang mit diesem Brauch würde Duilios einziger Sohn Servilio am nächsten Morgen zur Zeit der großen Feierlichkeiten auf der Suche nach einem der Feinstädter sein, dem er an den Kragen wollte. Jetzt, gegen Abend, war der Ruf Leopoldinos von noch größerem Wert: »Es ist acht Uhr a-abends und ...« Eine Uhr hatten wohl alle, aber dieser Ruf war für die Feinstädter etwas noch Präziseres, eine Art unbestreitbare Zeit, und an diesem Abend klang er außergewöhnlich. Und Leopoldino, auf einmal stolz, rief mit veränderter Stimme: »Es ist neun Uhr ...« Und um elf machte sich Domenico auf den Weg zu Teresas Haus. Es war nur ein Katzensprung, aber der Lando beförderte auch ein paar Flaschen Brausewein, Süßigkeiten und jede Menge Leckerbissen, von Arturo eigenhändig zubereitet. Unterm Arm trug er das sorgfältig zusammengelegte und in schönes Papier eingepackte Kleid, und er drückte dem Kutscher, dem es vor Freude die Sprache verschlug, einen ganzen Drahkan in die Hand. Das schmale Fenster wurde von gleich drei Laternen erleuchtet. Der Kutscher, der im siebten Himmel schwebte, wollte persönlich die Geschenke nach oben tragen, aber das ließ Domenico nicht zu, er stieg die lange Treppe viermal hoch und runter, und als er

---

1 In Feinstadt wurden die Schwiegermütter zuweilen kurz »Mutter« genannt.

sich schließlich der Frau zuwandte, blickte diese ihn zornig an: »Was soll das?« Auf einem niedrigen Tisch lagen ein paar Süßigkeiten, ein Hähnchen, Käse, frische Kräuter und dazu zwei Flaschen Brausewein. »Mach so was nie wieder!«, sagte Teresa. »Du mit deinen Geschenken.« Dass sie so wütend werden konnte! Dabei sah sie so schön, so bezaubernd aus – zornig stand sie da, hocherhobenen Hauptes, leicht nach hinten geneigt. Ihre wunderschönen Augen funkelten, und mit einem ihrer langen, geschmeidigen, schmalen Finger zeigte sie auf die Geschenke – nie war Zorn schöner gewesen. »Teresa, warum?« »Weil ein Geschenk alles kaputt macht!« Wutentbrannt ging die Frau im Zimmer auf und ab, abrupt machte sie vor der Wand kehrt und der Rock flog ihr leicht gegen die Waden, aufgeregt fuchtelte sie herum, die andere Hand hatte sie an den Hals gelegt: »Ich will nichts von dir!« »Warum, Teresa?« »Ich gehöre dir«, die Frau blieb stehen, »einfach so. Ohne Geschenke.« Domenico verstand gar nichts mehr, aber das Kleid, das er unter seinem Arm verbarg, konnte er ihr jetzt natürlich nicht mehr zeigen, das Festmahl war nicht mal zwei Drahkan wert, das schöne Kleid zwölf. Teresa, die Hände in die Hüften gestemmt, fuhr fort: »Verstehst du nicht, du Dummkopf, egal wie süß oder knusprig das alles hier sein mag, es ist letztlich doch Geld, und wozu zum Teufel brauche ich dein Geld? Bin ich etwa eine von den leichten Frauen?« Zornig, angriffslustig stand sie im hinteren Teil des Zimmers, sie griff nach der Laterne, hielt sie sich vors Gesicht und stellte im Schein des Lichts die Frage noch einmal: »Bin ich eine von den leichten Frauen?« »Du bist eine gute Frau«, sagte Domenico, und hier musste Teresa unwillkürlich lachen, so schüchtern, mit hängendem Kopf und von Herzen hatte Domenico das gesagt. »Na schön, leg alles auf den Tisch, aber das nächste Mal weißt du Bescheid.«

Duilio, der begehrteste Glücksbringer der Stadt, machte sich sorgfältig vor dem Spiegel zurecht und hielt sich immer wieder die Löwenmaske vors Gesicht. Bei Tante Ariadna schaute schnell die Mutter von Edmondo herein und bat sie inständig, flehte sie regelrecht an: »Ich bitte Sie, liebe Frau, vielleicht lassen Sie meinen Sohn bei Ihnen Silvester mitfeiern, er hat keine Freunde, und …« »Das versteht sich doch von selbst, meine Gute. Eben deshalb haben wir Sie nicht benachrichtigt, weil seine Anwesenheit ohnehin eingeplant war. Er soll kommen, wir erwarten ihn.« Vincente knöpfte sich den Kragen auf und ließ seine Frau Giulia, deren Augen sich mit Tränen füllten, allein mit dem Kind zurück, und sobald er auf der Straße war, mummte er sich den Hals dick ein und begab sich würdevoll zu Tante Ariadnas hell erleuchtetem Haus. Sein Anhängsel, Antonio, heftete sich ihm an die Fersen und knöpfte sich unterwegs noch schnell die Hose zu. Zum Glück kamen Giulias Eltern zu Besuch und gaben der Tochter so die vermisste Wärme eines Zuhauses. Es ging auf Mitternacht zu.»Ich schaue bei meinem Vater vorbei, wenn es zwölf schlägt, will ich bei ihm sein.« Teresa legte Domenico die Hand auf die Schulter.»Bist nicht böse, oder?«»Nein.«»Ich komm bald wieder.«»Gut.« Gegen halb zwölf hatten sich bei Tante Ariadna alle Gäste eingefunden – sie waren für sieben geladen gewesen. Gut durchgeschüttelte Brauseweinflaschen und Knaller standen bereit, jeder nahm sich eine Wunderkerze, und es wurde zwölf, aber der Ruf des Wächters der Nacht blieb noch aus. Leicht beunruhigt warfen die Gäste einen Blick auf die Uhr, um sich zu vergewissern, ja, ja, es war schon zwölf. In Erwartung des ersehnten Rufes stellten sie sich an die Fenster. Der Wächter der Nacht, Leopoldino, aber stand mit einem tückischen Lächeln auf dem Gesicht auf dem Marktplatz der Stadt und zögerte absichtlich seinen Ruf hinaus. Das war der einzige Moment, in dem Leopoldino sich als Mensch fühlte. Sein Brustkorb hob und senkte sich mächtig. Am Springbrunnen stand er, stumm, in Erwartung, für eine kleine Weile Herr über Feinstadt, und nachdem er diese eine oder zwei Minuten ausgekostet hatte, rief er aus voller Kehle: »Es ist Punkt zwölf Uhr nachts und alles ist in Ooordnung!« Knatterndes Feuer wurde gen Himmel geschickt, Böller zerbarsten, wie Gewehrsalven knallte ein Korken nach dem anderen – »Frohes neues Jahr, meine Hortensia« –, die Feinstädter küssten einander auf die Lippen, und Conchetina gab (sie hatte sich durchgesetzt) dem zur Feier geladenen Kumeo den ersten Kuss, Kumeo erwiderte diesen schmatzend, Tante Ariadna hätte beinahe »Wasser« gerufen, überlegte es sich dann aber in Anbetracht der Silvesterfeier anders, und mit verschämt erröteten Wangen und einer Flasche Brausewein in der Hand umschwärmte Conchetina selig die Gäste und füllte allen die hohen Gläser. Das neue Jahr war da. Behutsam küsste man die schlafenden Kinder. Die Kristallgläser klirrten. Immer noch wurden verspätete Knallkörper in den Himmel geschickt. »Frohes Neues«, hörte man allerseits, »ach, guten Rutsch«, sagte Tante Ariadna entzückt und wurde sogleich, als sie den grinsenden Kumeo sah, von Abscheu ergriffen, doch auch diesmal verkniff sie sich den Ruf »Wasser« – sie wartete auf den Glücksbringer, auf einen besonderen; Glück konnte sie in diesem Jahr gebrauchen.

Ein feines Glas in der Hand, immer noch allein, stand Domenico, der Vagabund, da. Im Dorf gingen sie jetzt, Kerzen in der Hand, von Tür zu Tür. Sie würden einander verlegen anlächeln und aus Tonschalen Wein trinken. Er dachte an die Hand des Vaters, die ihm schwerfällig über die Schultern gestrichen hatte. Er schaute zur Decke und – jemand schaute ihn an! Immer schaute jemand auf ihn herab, jemand, der ihn liebte. Auch jetzt, in der Dunkelheit, während er so allein dastand, wurde er von jemandem geliebt! Aber so unergründlich war diese Liebe, dass sie eher Furcht als Freude auslöste; ja, es war doch Furcht – seltsam und dennoch vertraut, die Furcht vor dem Behüter. Doch als Teresa hereinkam, eine große, schöne Laterne in der Hand, und sich grazil bückte und die Laterne auf dem Boden abstellte, und als sie Domenico alles Gute zum neuen Jahr wünschte, vergaß er alles andere und öffnete eilends den gekühlten Brausewein. Sie stießen an, leerten die Gläser, Domenico trank schnell aus und schaute zum zigsten Male schon den langen, schneeweißen Hals der Frau an – was für ein schöner Anblick, wie sehr sie ihm gefiel. »Frohes neues Jahr, Domenico.« Die Frau lächelte ihn an und setzte sich auf einen niedrigen Hocker, ruhig legte sie die Hände auf die Knie und kniff die Augen zusammen: »Was versteckst du da unterm Hemd?«

Weltmännisch lächelte Señor Giulio Tante Ariadna zu, nur gelegentlich vollführten seine Lippen eine dezent mümmelnde Bewegung, in der Hand hielt er ein Weinglas, unbekümmert kicherten die fröhlichen Fräuleins, der Sprössling Giangiacomo umarmte seinen Papi, allerorts wurde gefeiert, und der Wächter der Nacht trottete zu seinem Verschlag, traurig, mit hängenden Schultern, bis zum nächsten Neujahr. Gerade als das Geschenk des kameradenlosen Edmondo, eine Tasse samt Untertasse, lobend erwähnt wurde und Kumeo die Gunst der Stunde nutzte und noch einen zweiten Hähnchenschenkel in seiner Hemdtasche versteckte, betrat der Glücksbringer Tante Ariadnas Haus. Er war etwas zu früh dran, offenbar hatte er es nicht erwarten können. Mit großem Hallo begrüßten sie ihn, aber statt einer Maske hatte der Glücksbringer sich ein riesiges blütenweißes Bettlaken über den Kopf gezogen, er war von Kopf bis Fuß darunter versteckt. Nur aus zwei winzigen Löchern beobachtete er die Anwesenden und legte sofort los:

»Ein frohes neues Jahr, liebste Freunde. Ich habe dem zarten Bettlaken, als Symbol für die vollblütige Unschuld und für bedeutende Veränderungen, den Vorzug gegeben.«

»Bravo, wie schön du das gesagt hast, Dui…«, gerade noch rechtzeitig konnte Ariadna sich zurückhalten – man durfte ja den Namen des Glücksbringers nicht aussprechen und musste so tun, als erkenne man ihn nicht.

»An diesem lang herbeigesehnten Tag kann man viele nette und geflügelte Worte sprechen«, fuhr der Glücksbringer fort. »Wir wollen gut und nett sprechen, denn die Bosheit kann keinerlei Kritik standhalten. Dass es heute im Mittelpunkt unseres Daseins vor freundlichen Glücksbringern nur so wimmelt, missfällt einigen niederträchtigen Menschen, so sehr, dass es wiederum Raum für moralische Plünderung schafft. Hoch sollen sie leben, die künftigen, folgenschweren, positiven Veränderungen, die uns im neuen Jahr erwarten!«

»Hoch sollen sie leben«, rief Tante Ariadna und alle stimmten mit ein.

»Aber wie können wir unsere Wege, diese allerfeinsten Pfade schützen, wie können wir ihnen einen unabänderlichen, festen Charakter verleihen? Wie? Wie nur? Eben indem wir dem stufenweise fortschreitenden Heilungsprozess des inneren Zustands des Menschen unsere ganze Aufmerksamkeit schenken, was des Öfteren nicht der Fall gewesen ist, besonders in der zweiten Hälfte des vergangenen Jahres. Jetzt jedoch, im kommenden neuen Jahr, verspreche ich euch, dass dies durch den Einsatz sich nicht schonender, besonderer Menschen ver-wirk-licht wird!«

»Es lebe Duilio!«, rief Tante Ariadna, sie konnte sich nicht länger zurückhalten. »Selbst ein solch wortgewandter Mensch wie Sie hat noch nie so gut, so glänzend gesprochen, ach, mein lieber Glücksbringer!«

»Denken Sie nicht, dass es leicht wird, die vor uns liegenden Ziele zu erreichen, auf dem rosengepflasterten Weg der menschlichen Bekehrung zum Guten! Und was ist notwendig, um den Menschen mit positiven Eigenschaften auszustatten? Ein gutes Wort! Und was, außer einem guten Wort, könnte das Tempo des fruchtbaren persönlichen Entwicklungsprozesses zum Guten hin beschleunigen? Ich verrate es Ihnen: Sonst nichts!«

»War das schön, sehr schön«, sagte Tante Ariadna übers ganze Gesicht strahlend.

»Mit welcher Kunstfertigkeit hat er eine solch gewagte Meinung von so großer Tragweite zum Ausdruck gebracht!«

»Und bezüglich ...«

»Was versteckst du unter deinem Hemd? Wie oft soll ich dich noch fragen?« »Nichts Besonderes.« Domenico wurde verlegen. »Ich wollte dir was schenken.« »Wirklich? So gesehen tust du gut daran, es mir nicht zu zeigen. Wenn du irgendwann mal genug von mir hast«, ungeheuer gerade saß sie da, »dann wirst du die leichten Frauen besuchen, und dann schenk das denen. Vor lauter Freude werden sie dich von Kopf bis Fuß abküssen.« »Die besuche ich nicht, nein«, sagte Domenico. »Wirklich nicht?« Die Frau blickte ihn an. »Schau mich mal an. Wirst du das wirklich nicht tun?«

»Und bezüglich der Frage, wie eine gesunde Atmosphäre in den Herzen der Menschen Einzug halten kann, sollten wir von Anfang an hervorheben, worauf besondere Aufmerksamkeit gerichtet werden muss. Diese höchst bedeutsame Angelegenheit sollte so durchgeführt werden, dass wir die der Glückseligkeit entspringenden tiefgreifenden Veränderungen miterleben können.«

»Wie wunderschön Sie reden, ach, wie wunderschön. Heute haben Sie sich selbst übertroffen, mein lieber Glücksbringer!«

»Und jetzt, wo sich meine zu diesem Zeitpunkt ohnehin schon fortgeschrittene Ausdrucksweise kraft meiner positiven Wörter mit beschleunigtem Tempo weiterentwickelt ...«

»Wer hat das für dich besorgt?« »Arturo.« »Wo hat er es erstanden?« Genüsslich nippte sie am Brausewein. »Weiß ich nicht.« »Und wie viel hat er genommen?« »Zwölf Drahkan.« »Was?«, entsetzte sich die Frau: »Wie viel? Ist das Schmuck?« »Nein, nein, es ist ein Kleid.«

»... und während sich meine Ausdrucksweise mit beschleunigtem Tempo weiterentwickelt, geprägt vom Bemühen um weitere Vervollkommnung, und dabei ein hehres Ziel verfolgt, entwickelt sich ebenso meine Verhaltensweise. Das alles sage ich zu eurem Wohle, ich, euer Fürsorger, nehmt das Glas nicht von der Quelle, es ist ja unsere Quelle.«

»Unsere, unsere Quelle!«

»Wie herrlich er redet, wie herrlich!«

»Gut, wirklich gut!«

»Sehr gut!«

»Mit welch vollendeter Kunstfertigkeit hat er eine solch gewagte Meinung zum Ausdruck gebracht!«

»Und auf dass wir die tiefgreifenden Veränderungen miterleben …«

»Der hat dich ganz schön übers Ohr gehauen.« Die Frau blickte ihn traurig an. »Warum lässt du dich nur immer übers Ohr hauen?«»Woher willst du das wissen, du hast es ja noch nicht gesehen.«»Ein Kleid kann keine zwölf Drahkan kosten.« Das erste Gewand, das war sechstausend Drahkan wert gewesen. Im Dorf tranken sie jetzt hellen, reinen Wein aus Tonkrügen und wischten sich mit ihren breiten Handrücken über den Mund.»Was bist du plötzlich so nachdenklich? Jetzt zeig's mir mal!«

»… müssen wir uns möglichst viele erfreuliche Ereignisse vergegenwärtigen, und um hier sichtbare Erfolge zu erzielen, spielt es eine besonders große Rolle, das menschliche Gedächtnis zu trainieren; und nun, mein lieber Antonio, während ich meine Rede halte, nimm Feder und Papier und rechne aus, wie viel fünfhundertelf minus zweiundvierzig sind. Das Gehirn, das Gedächtnis müssen wir trainieren, sonst verlieren wir das Glas an der Quelle!«

»Ach, wie schön er das gesagt hat!«

Das war ein Kleid! Es lag ausgebreitet auf Teresas Armen und glitzerte im Licht der Laterne, es war von Goldfäden durchzogen, dann und wann funkelte plötzlich ein Körnchen, aufblitzende Wellen liefen über Teresas Hände.»Gut, ich probiere es mal an«, sie ging ins Nebenzimmer.

»Und solange unser lieber, dem Schwager treu ergebener Antonio am Rechnen ist, stelle ich mal die folgende Frage: Wer ist glücklich? Der, der lacht. Warum lacht er? Er ist glücklich. Also, liebe Freunde, trinken wir aus der Schale der Wonne, lachen wir zusammen – eins, zwei und …«

Ach, sie lachten. Es lachte Conchetina, überglücklich, es lachte Cilio, es lächelte vornehm der gediegene Señor Giulio, und auch Edmondo brachte die zusammengeklebten Lippen auseinander. Laut lachte Tulio, sowieso immer sorglos, und es wieherte Kumeo, satt und den Bauch mindestens für die nächsten zwei Tage gefüllt, und die fröhlichen Fräuleins fielen vor Lachen fast in Ohnmacht.

Die Tür öffnete sich, langsam, quietschend. Teresa kam zurück ins Zimmer. Sie hatte das Haar jetzt anders frisiert. Vorsichtig machte sie einen Schritt, und entlang des ganzen Beins blitzte das glänzende Kleid auf, dann stellte sie das andere Bein vor, und auch über dieses lief die Welle. Hier und da erglommen auf der Brust winzige Körnchen im Zusammenprall mit dem Licht. Und die Frau schimmerte von Kopf bis Fuß, bereit, gänzlich zu erglühen. Und wie jede Frau wusste sie sehr gut, was für ein Kleid sie trug. Sie vergaß niemals die Farbe, nie vergaß sie auch nur ein winziges Detail, und jede ihrer Bewegungen war darauf abgestimmt. Trug sie ein einfaches grünes Kleid, so entstand aus dem Grün jede Handbewegung, jedes Lächeln, jeder Schritt; trug sie Blau, so war sie ganz dem Blau treu; und jetzt, in diesem königlichen Kleid, erschien sie Domenico geradezu göttlich, unerreichbar; doch sobald sie hochmütig bei ihm angekommen war, setzte sie sich auf seine Knie, legte ihre Hände langsam um seinen Hals, küsste ihn auf die Wange und sagte: »Es ist wirklich schön. Danke Domenico!«

»Und wir sollen einander lieben. Auch Ugo müssen wir lieben, den Irren, und auch den anderen Irren, den unverschämten Alexandro, er hat uns ja nichts getan, sein Zustand ist ihm Strafe genug, ihr liebt ihn doch, ihr liebt doch einander?«

»Ja, sehr«, rief Cilio und legte seinen Arm um Rosina.

»Nimm den Arm weg!«, rief der Glücksbringer. »Das ist eine andere Liebe, ich spreche von der feinen Liebe. Ein vorbildliches Beispiel dafür kann ich euch auch zeigen. Kumeo, steig bitte auf den Stuhl!«

»So?«

»Ja, und jetzt Sie, unsere liebste, feinste Ariadna, unsere Gute, ich weiß doch, dass Sie im tiefsten Winkel Ihres Herzens Kumeo nicht mögen, aber im Namen der allgemeinen Liebe, auf den Knien bitten wir Sie, steigen Sie bitte auch auf den Stuhl. Da, neben ihn.«

»Sie reden so denkwürdig, Duilio, so verbindlich. Hier, ich tue es – bitte, helfen Sie mir, Señor Giulio.«

»Und jetzt, im Namen der allgemeinen Liebe, bitten wir Sie: Lassen Sie uns Zeuge der Macht Ihrer Liebe sein und geben Sie Kumeo einen Kuss! Und schnell, schnell, solange Antonio noch am Rechnen ist!«

»Schauen Sie, ich gebe ihm einen Kuss!«, rief Tante Ariadna und küsste den grinsenden Kumeo auf die Wange.

»Das alles verdanken wir der Farbe Weiß«, fuhr der Glücksbringer fort.

»Ich bin gekommen, um in euch die Liebe zu erwecken, und wie gut, dass ich anstatt einer Löwenmaske dieses Bettlaken gewählt habe – in der Farbe der vollblütigen Naivität.«

»Das haben Sie wirklich ganz wunderbar gemacht!«

»Und denkt nicht, das wäre ein gewöhnliches Bettlaken, Leute, das ist ein Zauberlaken – heee, du weißes Laken, sch-schhh! Erhebe mich!«

Und, o Wunder, der Glücksbringer wuchs in die Höhe.

»Das war doch meine beste Rede?!«, rief der Glücksbringer. »Ich habe mich heute doch selbst übertroffen?!«

»In der Tat! Natürlich! Ohne Zweifel!«, tönte die erstaunte Gesellschaft.

»Und zuletzt verraaate ich euch, dass dieses Laken sogar mich, den Wohldenker Duilio, in einen gewöhnlichen Irren verwandeln kann. Lüftet das Laken! Mach du das, Junge, Kumeo!«

Kumeo sprang vom Stuhl, zog das Bettlacken fort und …

… da stand Alexandro!

Alle waren wie vom Donner gerührt. Nur Tante Ariadna, die immer noch auf dem Stuhl stand, gab nicht nach:

»Ach, Sie sind so ein Schlawiner, Duilio. Werden Sie jetzt wieder Sie selbst!«

»Ich bin es«, sagte Alexandro. »Das Bettlaken ist schon ab.«

»Wenn sich da mit dem weißen Bettlaken nichts mehr machen lässt, dann vielleicht … Antonio, hast du ein schwarzes Bettlaken? Ich spreche mit dir, Antonio!«

Antonio schrak auf und antwortete:

»Dreihundertneunundsechzig.«

»So viel brauchen wir nicht, eins reicht.«

»Nein, fünfhundertelf minus zweiundvierzig sind dreihundertneunundsechzig.«

»Ich glaube, ich werde verrückt.«

Da öffnete sich die Tür, und herein kam einer mit Löwenmaske: »Frohes neues Jahr, meine liebsten Freunde!«

»Oi, jetzt werde ich wirklich verrückt«, sagte Tante Ariadna. »Wer sind Sie?«

»Ich bin ich«, besänftigte sie Alexandro. »Und der da ist er. Ich hab Spaß gemacht. Na und?«

»Er sah aber doch klein aus?«, rief Cilio.

»Ja, ich hab geduckt dagestanden.«

»Und die Stimme? Wie haben Sie die Stimme nachgeahmt? Und die Art zu reden?«

»Ach, Artistik macht schon Spaß«, sagte Alexandro. »Und was am wichtigsten ist, ich habe doch wunderbar gesprochen, oder? Holt das Glas nicht von der Quelle!«

»Übrigens«, bemerkte der mit der Löwenmaske, »das sind meine Worte.«

Plötzlich schlug sich Tante Ariadna an die Stirn:

»Er hat mich auch noch Kumeo küssen lassen!«

»Ach, na ja.«

Tante Ariadna stieg vorsichtig vom Stuhl, fiel in einen Sessel und rief erst dann:

»Bitte, Rosawasser.«

Es war Winter in Feinstadt, der große Monat Januar. Die Sonne hatte sich hinter den grauen Wolken verloren, doch der Schnee leuchtete in der ganzen Stadt. Abends saßen sie vor dem Kamin, und die Decke unters Kinn geklemmt, schliefen sie des Nachts, ganz erfroren standen sie am Morgen auf, schlenkerten die Arme und spritzten sich das stechend kalte Wasser ins Gesicht. Gegen Mittag vermissten sie den frischen Geschmack der Luft und einander und gingen raus, dick eingemummt. Die Enden der warmen Umhänge glitten weich über den Schnee, immer wieder erklang ein verspätetes: »Frohes Neues!«, und gegen Abend, in der lila Dämmerung, schneite es wieder, wieder und wieder. Auf dem Bärenfell vor dem Kamin lag die Frau, Teresa, seitlich auf einem Kissen und streichelte Domenico, dem Vagabunden, übers Haar: »Ich habe dich verwöhnt …« Voller unerschütterlicher Hochachtung vor dem Vater verspeiste der rotbackige Giangiacomo die von diesem gebrachten Lebensmittel, der gediegene Señor Giulio spielte mit dem Rosenkranz, die fröhlichen Fräuleins kicherten recht scheu, und der jugendliche Irre Ugo mit den trägen gräulichen Fischen in den Augen flüsterte: »Das Blut von allen. Auf weißem Schnee.« Der berühmte Berater der Feinstädter, Duilio, suchte immer wieder nach feinen Wendungen über die ideale Frau und sagte einmal am Springbrunnen: »Die fragwürdige Geschichte von Adam und Eva glaube ich zwar nicht, aber eine anständige Frau sollte für alle Fälle doch keine Äpfel essen. Es gibt schließlich genug anderes Obst, Pfirsiche, Birnen, Pflaumen, oder auch Mirabellen.« Die Hochzeit von Conchetina stand vor der Tür. Ganz Feinstadt war gespannt, wen die berühmten Carrascos einladen würden und wen nicht. Einige ehrenwerte und gut gestellte Bürger waren auf der sicheren Seite, wie zum Beispiel Duilio. Genauso fest überzeugt davon, dass er auf keinen Fall eingeladen würde, war der selbst ernannte Glücksbringer, Alexandro, aber er machte sich nichts daraus: »Was soll ich ihnen, wenn sie betrunken sind, schon begreiflich machen?« Am Tag vor der Hochzeit bestand Conchetina drauf: »Wir müssen für ihn den wertvollsten Anzug überhaupt nähen lassen!« »Gleich nach der ersten Nacht wirst du dich von ihm trennen, warum tust du das, mein Kind?« Mit Tränen in den Augen versuchte Tante Ariadna sie noch davon abzubringen. Doch Conchetina erwiderte: »Mich trennen? Wie könnte ich mich vom eigenen Herz und der eigenen Seele trennen?« »Was findest du nur an ihm? Was bloß?« »Er ist so unbefangen.« Conchetina schaute angespannt in den Spiegel. »Nicht, dass er sich in eine andere verliebt. Eine, die schöner ist als ich!« Kumeo, der auf einem breiten Bett lag und alle viere von sich streckte, wurde noch am selben Abend von vier berühmten Schneidern umzingelt, sie nahmen Maß, und das Wasser lief ihnen im Munde zusammen von den Düften aus der Küche, wo so einiges brutzelte und schmorte. Ganz Feinstadt war gespannt, ob die Schneider die schwere Aufgabe – in einer Nacht einen Hochzeitsanzug zu nähen – bewältigen würden. Und am nächsten Tag würden die festlich gekleideten Gäste, die mit Blumen, edlem Geschirr und Silberschmuck eintrafen, feststellen:»Ach, sie haben es nicht mehr geschafft.«Aber da lagen sie falsch. Ganz im Gegenteil, die Schneider hatten bereits in der Morgendämmerung den Anzug fertiggestellt – leider fünf Stunden zu früh. In dieser Zeit setzte sich der fein gekleidete Kumeo zuerst auf einen Apfelkuchen, dann verschüttete er versehentlich Rosawasser über die Hose, nachher fiel ihm ein in Soße getunkter Hähnchenschenkel auf die Brust, und zu guter Letzt wischte er sich die fettigen Finger am Anzug ab.»Er ist so unbefangen!«, rief die glückliche Conchetina.»Kleidung ist ihm egal. So mancher würde sie an seiner Stelle wie seinen Augapfel hüten. Aber er ist einfach unbefangen!« Das Abenteuer des kostbaren Hochzeitsanzugs war damit noch nicht zu Ende: Während dieser fünf Stunden, beim zweiten Frühstück, legte Kumeo seinen Ellbogen in eine Honigschale und versuchte, den Fleck mit seinen mehligen Fingern zu entfernen. Kurz darauf steckte er sich in die Brusttasche nach alter Gewohnheit eine Tomate, aus der Flüssigkeit austrat, die sich direkt neben der Nelke bemerkbar machte. Dazu kamen noch ein paar Bagatellen, wie zum Beispiel ein paar Tropfen Grünwasser und Gelbwasser, leichte Abdrücke der weißen Kalkwand, eine nicht zugeknöpfte Hose und dergleichen. Sodass an der Festtafel Kumeo tatsächlich in seinem neuen, kostbaren Anzug saß, wenngleich dies keiner bemerkte; immer wieder sagte er:»Danke, danke, danke schön«, und untersuchte die Geschenke im Lichte der riesigen Kronleuchter.

Und was es nicht alles zu essen gab: kalabarisches Kalb und Ferkel, Rind und Schaf, in allen möglichen Varianten gebraten, geschmort und gekocht, in verschiedenen Soßen; Wein, Brausewein, eine große Vielfalt an farbigem Wasser, und was für Kuchen – von vier berühmten Tanten mit hochgekrempelten Ärmeln gerührt und geschlagen, geschmückt und verziert und gekrönt mit dem Cremeprofil Conchetinas und ihres Herzensbuben.»Liebe Damen und Herren, trinken wir auf …«, begann Vincente. Alle tranken, selbstverständlich auch Duilio, so wie er war, der das Ganze krönte. Als Nächstes tranken sie auf die ewig junge Tante Ariadna, und obgleich sie Tränen in den Augen hatte, war ihr so viel Lob durchaus angenehm. Errötend strahlte Conchetina in die Runde, und verstohlen warf sie ab und zu einen Blick auf den Herzensbub, der

seinerseits keine Zeit mit Lächeln und Kopfnicken vergeudete – er aß. Tulio amüsierte sich, machte Späße und brachte alle zum Lachen. Traurig kaute Edmondo vor sich hin, den Blick auf die Radieschen geheftet. Und zärtlich zupften am Hähnchenfleisch die fröhlichen Fräuleins. Cilio, der sich neben Silvia platziert hatte, linste heimlich zu Rosina hinüber (zu der von der Aue). Domenico beobachtete die Gäste. Und Duilio war in seinem Element. Den Frischvermählten warfen sie ab und zu Rosen und Nelken zu, die jetzt im Winter mit Ach und Krach beschafft worden waren. Conchetina war das nicht recht: »Werft die Rosen nur zu mir, und zu ihm die Nelken!« »Wieso denn, Conchetina?«, wunderte sich Tante Ariadna. »Weil die Rosen Dornen haben, nicht dass sie sein Gesicht zerkratzen!« Nach dem siebten Trinkspruch tanzte Antonio auf dem Stuhl, mit aufgewühltem Blick und einem Messer zwischen den Zähnen. Nach dem zwölften knöpfte Vincente sich das Hemd bis zum Bauchnabel auf. Und dann kniff er eine gewisse Graziella Matirelli. Die aufgescheuchten Kanarienvögel Tante Ariadnas flatterten gegen die Käfiggitter. Kumeo ließ einen riesigen Korb bringen, noch einmal überflog sein gieriger Blick die Tafel. Cilio nutzte die Gunst der Stunde und flüsterte Rosina (der von der Aue; ach, lassen wir doch jetzt das Mädchen in Ruhe) ins Ohr: »Was zögerst du denn? Sieh doch, es ist schon Januar, der kälteste Monat im Jahresverlauf …« Einem wurde schlecht, er wurde weggebracht, der unbefangene Kumeo packte blitzschnell die besten Fleischstücke in den Korb. Und zu Ehren der Gastgeber betranken sich alle. Selbst Duilio bekam keine schwierigen Sätze mehr hin und rief nur: »Nehmt das Glas … das Glas … zerschmettert das verdammte Ding!« Und als die Zeit kam, wo die Frischvermählten alleine bleiben sollten – »es ist elf Uhr abends und …« –, stützte die überglückliche Conchetina sich auf den linken Arm ihres Herzbuben, und unter dem anderen Arm trug der Bräutigam den Korb voller Leckerbissen ins Schlafzimmer. Und als die Tür zuging, griff Tante Ariadna sich vorsichtig an die Stirn und sprach: »Ach, du meine Güte! Dieses Viech im Gemach des großen Benjamin Carrasco!!«
Die Hochzeit war beendet.

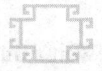

In derselben Nacht torkelte Domenico zu Teresas Haus, er schlug lange an die Tür, doch niemand öffnete. Trunken schwankte er zu Arturos Haus. Am nächsten Tag konnte er sich nicht an Einzelheiten erinnern, nur die Schulter tat ihm ein bisschen weh. Noch halb im Schlaf spritzte er sich Wasser ins Gesicht, ein Schauder überlief ihn. »Vati meinte, falls Sie was wollen, sollen Sie in die Gaststätte kommen«, richtete Giangiacomo aus. Domenicos ausgebrannten Hals verlangte es so sehr nach Brausewein, dass er Gänsehaut bekam. Sofort warf er sich den blauen Umhang über und machte sich auf den Weg. Tulio kam ihm unterwegs schon entgegen. »Ein Brausewein wäre jetzt nicht schlecht«, meinte der, »aber ich hab leider kein Geld dabei.« »Ich hab, komm mit!« »Ohoho, dann nichts wie los.« Tulio rieb sich die Hände. An diesem frühen Wintermorgen fegte ein schneidend kalter Wind durch die gewundenen Straßen von Feinstadt. Die Augen zusammengekniffen, liefen sie eiligen Schrittes zu Arturos Gaststätte, als plötzlich jemand vor sie hin sprang:

»Guten Tag, Menschen.«

Sie schauten auf, es war Alexandro. »Ach!« Tulio machte eine wegwerfende Handbewegung und setzte seinen Weg fort, aber Alexandro rief ihm schnell hinterher: »Am Ende der Straße stehen drei Kamoraner.«

»Was?« Tulio blieb sofort stehen und hielt auch Domenico zurück. »Und wer sind sie?«

»Kamoraner halt. Massimo und noch zwei andere.«

»Ach, diese …«, murmelte Tulio ganz leise. »Wo sollen wir uns verstecken?«

»Kommt, Menschen, hierher«, empfahl Alexandro. »In etwa zehn Minuten übergibt ihnen Servilio das gesammelte Geld, und dann verschwinden sie.«

»Was haben sie ausgerechnet heute hier verloren?«

»Hattet ihr es eilig?«

»Wir hatten vor, Brausewein trinken zu gehen.«

»Keine Sorge, dazu kommt ihr schon noch. Wenn sie weggehen, kriegen wir das sofort mit, sie sind mit dem Lando da.«

»Ja, stimmt«, freute sich Tulio. »Wenn sie nicht weit sind, dann hören wir den Lando wegfahren.«

»Deshalb bleib hier stehen. Weißt du, Tulio«, Alexandro kam gleich

zur Sache, »wenn du bei einem schwiiierigen Menschen etwas erreichen
willst, ist ein Dritter erforderlich.«

»Was für ein Dritter?«

»In diesem Fall du.«

Tulio schaute ihn aus den Augenwinkeln an.

»Ja, was guckst du mich so an? Ich brauche dich, um einem finsteren
Typen eine große Geschichte erzählen zu können. Ihr müsst dann ebenfalls zuhören, euch schadet das auch nicht.«

»Lass mich in Ruhe, Mann. Brr, ist das kalt.«

»Wenn du mir jetzt nicht zuhörst, werde ich so laut schreien, dass die
drei sofort hier auftauchen«, drohte ihm Alexandro. »Ich hab dich in der
Falle. Aaaalso, nenn mir mal jemanden, einen schwierigen Fall.«

»Wie wär's mit – Rinaldo?«

»Wunderbar.«

»Ja, Rinaldo.«

»Gut, einen Besseren, ich meine, einen Mieseren hättest du nicht nennen können, mit ihm muss man reden, auf jeden Fall, ein durchtriebe-
ner, ruchloser Kerl ist er. Jetzt hockt er bestimmt wie wir in irgendeiner
Ecke, mucksmäuschenstill, aber wenn der Lando weg ist, oho, da wird er
sich wieder aufplustern. Raffiniert ist er, ganz raffiniert. Und da leben ich
und dein Rinaldo zur gleichen Zeit und laufen gleichzeitig über diese
leidgeprüfte Erde, und egal wie viel ich auf ihn einrede, wird er doch
genau das bleiben, was er ist: ein Zocker, ein Gigolo, ein Heuchler und
ein Schleicher. Alles, was ich sage, all meine Ratschläge wird er in den
Wind schlagen. Er wird hingehen und wieder spielen, gewinnen oder
verlieren, aber eher gewinnen, weil er so ein gerissener Kerl ist, und dann
wird er wieder zu den leichten Frauen gehen. Und jetzt, sagen wir mal,
ich treffe Rinaldo und sage zu ihm: ›Guten Tag, Rinaldo.‹ Er mustert
mich spöttisch und antwortet: ›Ach, grüß dich, Onkel Alexandro, na,
unterwegs zum Frühschoppen?‹ Ich schaue ihn beleidigt an und sage:
›Hör auf, Rinaldo, du weißt doch, dass ich nicht trinke.‹ ›Ach‹, lacht er,
›ein bisschen trinken kannst du schon, macht doch nichts, die ganze Welt
säuft, was ist bloß los mit dir? Ein bisschen Alkohol ist gesund!‹ Könnt
ihr euch das vorstellen, Tulio und Domenico? Er fängt an, mir Ratschläge
zu erteilen. Ich schenke ihm aber kein Gehör und schlage vor: ›Komm

mit, Rinaldo, gehen wir in den Park, plaudern wir ein bisschen, mein Guter, komm doch mit.‹ Aber er wird sagen: ›Och, Onkel Alexandro, ich hab leider keine Zeit. Ich bin gleich mit einer Frau verabredet, wir wollen spazieren gehen, wenn ich sie versetze, heult sie den ganzen Tag Rotz und Wasser.‹ Ich werde dabei bleiben: ›Komm Rinaldo, komm bitte mit‹, werde ich sagen, ›ich kenn dich, tagsüber gehst du doch mit keiner Frau spazieren, nachts schon, damit der Spaziergang in einem verdunkelten Zimmer endet, das würde ich dir eher abnehmen. Also komm jetzt, komm schon, hast du nicht genug von der Zockerei?‹ ›Verpiss dich, du Hundesohn‹, sagt er wütend zu mir, ›verschwinde, solange deine Fresse noch intakt ist‹, und dann geht er. Ich bleibe stehen und rufe ihm hinterher: ›Geh nicht, lass es, Rinaldo, wozu brauchst du das Geld von anderen?‹ Er wird mir kein Gehör schenken, sich aber ärgern und dann doch drüber nachdenken: ›Was er nicht sagt, das Geld gehört doch immer den anderen‹, und er wird aus meinem Gesichtsfeld verschwinden. Übrigens, eins muss man sagen, auf dieser verdrehten Welt hat noch keiner solches Geld erfunden, das wirklich jemandem gehören würde. Vor allem erspieltes Geld: Gewinnst du es, dann gehört es trotzdem eigentlich jemand anderem, und verlierst du es, dann erst recht. Und überhaupt, von allen Dingen auf dieser Welt, die wir anfassen können, gibt es nur sehr wenige, man kann sogar sagen, gar keine, die jemandem wirklich gehören. Nur sehr wenige von uns wissen das. Aber ich bin vom Thema abgekommen, entschuldigt. Also, Tulio, mein Lieber, jetzt nehmen wir an, du bist der oben erwähnte Dritte. Ich habe sehr lange überlegt und bin zu dem Schluss gekommen, dass ein dritter Mann unverzichtbar ist. Du bist jung, sympathisch, gut gebaut, einen wie dich sieht man gerne, auf jeder Feier stellst du deine gute Stimme unter Beweis, du bist wortgewandt, hast ein bisschen was im Geldbeutel, und wegen alledem bist du sehr beliebt unter den Feinstädtern. Rinaldo kennt dich gut, und jetzt hör zu, du gehst zu ihm hin und sagst: ›Rinaldo, komm, gehen wir in den großen Park, ein paar Maronen essen.‹ Sag genau das, Rinaldo isst nämlich gern geröstete Kastanien. Er wird mitkommen, ihr setzt euch auf eine Bank, streckt die Beine von euch, atmet die frische Luft, esst Maronen, ihr kriegt gute Laune, und genau da werde ich auftauchen, als wäre ich ganz woandershin unterwegs, und du, als ob du mich zufällig gesehen hättest, rufst mich, und ich geh zu euch rüber. Rinaldo wird sagen: ›Schick diesen Penner sonst wohin!‹ Und dann musst du direkt erwidern: ›Komm, sei nicht so böse mit ihm, er hat genug mit sich selbst zu schaffen, was soll's.‹ Übrigens, diese Wendung erweicht den Leuten immer das Herz: Er hat genug mit sich selbst zu schaffen. Ich komme, begrüße euch höflich, wie es sich gehört, dann musst du mich fragen: ›Und, was gibt's Neues?‹ Ich werde entgegnen: ›Neues nichts, aber wenn du willst, erzähl ich was Altes.‹ ›Dann leg mal los‹, sagst du, und ich fange direkt an. Wenn du willst, kannst du ihm ab und zu mal zuzwinkern und sein Interesse anstacheln. Bist du einverstanden, Tulio? Mein Dritter?«

»Lass mich in Ruhe!«

»Komm, wir müssen schließlich zusammenhalten.«

»Wir? Du und ich sind nicht mal befreundet!«

»Wir sind mehr als Freunde, wir sind Menschen. Ach, Tulio«, er wiegte den Kopf, »tu mir den Gefallen und ich schenke dir das hier.«

»Oooh, wem gehört das?« Tulio horchte auf.

»Mir, wem denn sonst?«

Es war ein besonders schönes Spielzeug. In einer kleinen Glaskugel standen ein Reh, ein Hirsch und drei Tannen. Wenn man die Kugel schüttelte, wirbelten die auf dem Boden liegenden Körnchen auf und schwebten ganz langsam wieder nach unten, als würde es schneien.

»Im Sommer wird es noch wertvoller sein«, ermunterte ihn Alexandro. »Du kannst es jemandem schenken. Aber nur, wenn du mir mit Rinaldo hilfst!«

»Gut.«

»Ach«, Alexandros Miene trübte sich plötzlich, »du als Dritter – leider habe ich keine andere Wahl. Und eigentlich war das nicht richtig von dir, zu sagen, ich sei nicht dein Freund.«

Bevor Tulio etwas erwidern konnte, fügte Alexandro hinzu:

»Hätte ich ihn da, meinen großen Bruder, ach! Einen Dritten wie ihn kannst du lange suchen. Dass ich so gutmütig bin, und das auch noch zu euch, das ist allein sein Verdienst, nicht meins. Eigentlich kann ich es kaum abwarten, euch diese Geschichte zu erzählen, aber nachher ist es doch besser, zusammen mit Rinaldo. Ich muss eben warten, da ist nichts zu machen. Abwarten ist die Mutter des Erfolgs, ein dummer Spruch,

aber er stimmt, manchmal. Oooh, Domenico!«, er schnipste einen weißen Faden von seiner Schulter weg. »Ein schneeweißes Mädchen wird
dir begegnen. Pass gut auf, Junge!«

Mit einem Sack über der Schulter ging ein kalabarischer Bauer mühsam
die Landstraße entlang. Hinterdrein lief ein etwa fünfjähriger Junge, sein
Sohn wohl oder Enkel, und so gingen sie ihres Weges. Am Ende der
Straße lungerten drei Männer. Sie waren angetrunken, bei den beiden
Kürzeren zeigte der Alkohol stärkere Wirkung, der Dritte, ein außergewöhnlich hübscher junger Mann, stand sicher mit beiden Beinen auf
dem Boden. Der kalabarische Bauer blieb stehen, und sie kamen auf
sachten Sohlen auf ihn zu. Als sie vor dem Bauern standen, griff einer
von den Kurzen nach dem Sack und schüttelte ihn. Der Bauer starrte
den Fremden erstaunt an. Da holte der aus und verpasste ihm jäh einen
Schlag ins Gesicht, der Bauer geriet ins Taumeln, erschrocken zog er das
Kind an sich, er wollte umkehren, aber der andere Kurze hielt ihn zurück
und schaute zornig zu dem ersten:
»Was sollte das? Was hat er verbrochen? Der Mann geht einfach seines
Weges.«
Der Bauer blickte ihn dankbar an.
»Noch dazu schleppt er so schwer und … Was hast du in deinem Sack?
Watte? Sonst nichts? Ja, und was wolltest du von ihm, der Mann geht
seines Weges, und du hast kaum zwei Gläser gekippt und schon verlierst
du die Beherrschung. Du kennst ihn nicht, er kennt dich nicht, was hat
er dir getan, dass du ihn aus heiterem Himmel so …« Und der Sprecher
drehte sich abrupt um, holte weit aus und verpasste dem Bauern ebenfalls eine. Der Schlag kam völlig unerwartet und traf ihn hart. Der Bauer
stieß mit dem Kopf gegen die Wand und klappte auf der Stelle zusammen. Das Kind warf sich heulend auf ihn, es weinte herzzerreißend und
schaute von Zeit zu Zeit zu den dreien auf. Der hübsche junge Mann
schaute betroffen drein, hielt sein Taschentuch unters Wasser und rieb
dem Bauern das Gesicht ab. Als dieser die Augen öffnete, atmete er auf,

dann ging er auf den zweiten Kürzeren zu und packte ihn so fest am Kragen, dass die Knöpfe abplatzten.

»Du Müllhaufen!«, sagte der junge Mann und es stand ihm vortrefflich, dass er so blass wurde. »Du darfst alles tun, merk dir das, alles, aber wenn ein Mensch ein Kind dabeihat, noch dazu ein kleines Kind, dann musst du ein echtes Ungeheuer sein, ihn so heimtückisch zu schlagen. Noch dazu grundlos.« Der Bauer hatte sich an die Wand gelehnt, und obgleich er unkontrolliert blinzelte, konnte man ihm doch anmerken, dass ihn das, was der junge Mann gesagt hatte, aufatmen ließ.

»Ich will verdammt sein, wenn ich noch einmal mit euch trinken gehe, ihr …«, und als er kein passendes Wort fand, bückte er sich, hob die Mütze des Bauern auf und setzte sie ihm wieder auf den Kopf.

»Ach, alter Mann, warum hast du so ein kleines Kind auf so einen weiten Weg mitgenommen?«

»Meine Frau ist krank. Ich konnte ihn bei niemandem lassen. Sie liegt im Sterben.« Der Bauer brachte kaum die Worte heraus.

»Mann, was sagst du da? Du konntest ihn wirklich bei niemandem lassen? Hast du denn niemanden? Was hast du dann hier in der Stadt verloren? Du weißt doch selbst, was für Leute sich hier herumtreiben, lauter Bösewichte. Bei diesen Städtern muss man mit allem rechnen.« Und er schlug ihn seinerseits ins Gesicht.

Der Bauer fiel rücklings zu Boden, die Kurzen klatschten in die Hände, und als sie sich mit großem Interesse den Gefallenen anschauten, nutzte der junge Mann die Gelegenheit und ließ unbemerkt das Eisen mit den vier Löchern von den Fingern gleiten. Dem Bauer war die Wange aufgeplatzt, er blutete.

»Du hast aber 'ne irre Pranke, Bruder«, meinte der zweite der Kurzen.

»Hast du das nicht gewusst?«, fragte der erste laut. »Nicht mal meinem schlimmsten Feind wünsche ich seine Rechte.«

Der junge Mann lächelte bescheiden. Dann drehten die drei sich um und stellten sich wieder ans Ende der Straße.

Der kleine Junge holte mit der Mütze Wasser und goss es dem Vater übers Gesicht. Der Bauer kam nur schwer wieder zu sich. Kaum schaffte er es, sich zu setzen, er hielt sich die Wange und stöhnte, die Augen geschlossen. Der kleine Junge brachte ihm noch mal Wasser, er schluchzte leise, und seine Schultern zitterten. Nach geraumer Zeit kam der Bauer mit Weh und Ach auf die Beine, und benommen, blutüberströmt setzte er seinen Weg fort, über dem Rücken trug er immer noch den großen Sack. Der kleine Junge zitterte am ganzen Körper und blickte immer wieder angstvoll zurück.

Der hübsche, große junge Mann hieß Massimo.

Sie waren Kamoraner.

»Besser gebe ich dir das Spielzeug nachher«, überlegte Alexandro. »Bring mich erst mal mit Rinaldo zusammen.«

»Was, vertraust du mir etwa nicht?«

»Natürlich nicht. Aber danach bekommst du es sicher.«

»Aber ich kann mich doch mitten im Winter nicht in den Park setzen.«

»Das fällt dir jetzt ein, ja, wo ich das Spielzeug zurückgenommen habe! Suchen wir uns einen warmen Tag aus, legen wir jetzt schon einen fest, der erste warme Tag, um Punkt zwei Uhr am Park. In Ordnung?«

»Gut«, sagte Tulio und horchte auf: »Da fahren sie schon.«

In der Ferne hörte man den Lando, dann verebbte das Rumpeln.

»Endlich sind sie weg. Zum Teufel mit denen, mir ist schon die Kehle verdorrt. Komm, gehen wir, Domenico. He, Servilio, wie sieht es aus, hast du alles über die Bühne gebracht?«

»Ja.«

»Sie kommen erst mal nicht zurück, oder?«

»Nein, bis zum Frühling nicht mehr.«

»Ach so, bis dahin ist es allerdings nicht mehr lang. Komm, Servilio, leiste uns doch ein bisschen Gesellschaft, bei einem Brausewein.«

»Mit Vergnügen. Ihre drei Drahkan hat Arturo schon bezahlt.«

»Meine drei Drahkan?«, wunderte sich Domenico.

»Ja.«

»Meine … warum, ich … was hab ich damit zu tun? Nicht dass es mir um das Geld leidtäte, aber … das muss ein Missverständnis sein.«

»Ah, weiß er noch nichts davon?«

»Nein. Erklären wir es ihm in der Gaststätte. Lass uns gehen, ich sterbe«, Tulio wurde schon ungeduldig. »Worauf warten wir noch?«

Immer wieder schneite es in Feinstadt. Doch Domenico betrachtete nun teilnahmslos die im Licht der Laterne funkelnden Schneeflocken. Nachdenklich stand er in dem fremden Haus, in der fremden Stadt am Fenster. Matt schimmerten die Lichter, die Schornsteine stießen Qualm in den Himmel, gegen Abend wurde der blaue Rauch leichter. Abends saß er vor dem großen Kamin und beobachtete, wie ein Scheit, vor Hitze erschaudernd, in Flammen aufging. Wie die Glut sich verzehrte in den Flammen. An diesen langen, endlos langen Abenden verlangte es ihn nach etwas, was mehr war, tiefer war als das mit Teresa. Und er wusste nicht, was. Einmal, im matten Schein der Laterne, stieß er wegen dieses nebelhaften Verlangens einen Krug um, das Wasser floss über die weiße Decke, es entstand ein belangloser grauer Fleck, und auch dieser sagte ihm etwas. Jeder Morgen war licht. Der Sprössling Giangiacomo brachte Brennholz hoch, mit dürren Ästen entfachte er das Feuer, Wärme erfüllte das Zimmer, Giangiacomo wärmte ihm die Kleider am Feuer vor, er genierte sich ein bisschen, und Domenico genierte sich auch. Aber wo er so gemütlich unter der warmen Bettdecke lag, wie hätte er sich da den eiskalten Morgenmantel überwerfen können. Manchmal stahl er sich heimlich in die Aue, am Flussufer vor der Stadt, und füllte sich die Taschen mit Drahkanen. Bei Hochzeiten und Geburtstagsfeiern empfand er vage eine Art Stolz, als Geschenk hatte er immer einen Drahkan zur Hand. Er war ein gern gesehener Gast, mit freundlichem Lächeln wurde er in jedem Haus empfangen, Tulio nahm ihn überallhin mit. Aber ein starkes, schon angestaubtes Verlangen nach etwas, er wusste nicht, was, wühlte ihn immer wieder auf und versuchte an die Oberfläche zu steigen. An den langen, dunklen Winterabenden war es noch quälender. Es war wie … ein Schaf oder ein Pferd aus Ton zu kneten, wie fremdes Geraune anstelle einer Erklärung, wie eine trübe Strömung, so etwa war es. Und auch jetzt, inmitten eines fröhlichen Gelages, saß er betrübt da, seltsam im Abseits, gebrandmarkt von kühler Einsamkeit. Zum Glück hatte er Teresa, die er etwa alle drei Tage sah. Im Fenster leuchtete auch jetzt das schwache Licht der Laterne. Er stieg die steile Treppe hoch. »Komm Cilio, komm«, sagte die Frau. Vor dem Spiegel, mit dem Rücken zu ihm, kämmte sie den Wasserfall ihrer Haare. »Lösch erst die Laterne auf dem Fensterbrett, nicht dass dieses Landei, Domenico, auftaucht.« Wie vom Blitz getroffen blieb er vor der offenen Türe stehen und starrte die Frau an. »Was bist du mir für einer, Cilio, gestern habe ich dich noch mal mit Silvia zusammen gesehen. Dabei sagst du immer, es gäbe nur mich. Warum küsst du mich nicht?« Der verblüffte Domenico traute seinen Ohren nicht. »Wenn du Silvia nicht vergisst, lasse ich dich nicht mehr rein, das meine ich ernst; ach ja, irgendwo in der Ecke stehen ein paar Flaschen Brausewein, hat das Landei mir geschenkt, mach mal eine auf.« Und ohne ihn anzuschauen, fügte sie hinzu: »Mach auf, ja, ja, mach schon auf, ich spreche mit dir, du Dummkopf, Domenico!« Und sie drehte sich auf dem Stuhl um – und flog ihm leichten Schrittes entgegen, fiel ihm um den Hals, küsste ihn und lachte fröhlich: »Da hab ich dich aber verrückt gemacht, oder, mein Lieber?« Sie küsste dem immer noch Verblüfften die Augenlider, stieß ihm den Hut vom Kopf und zauste ihm das weiche Haar. »Dummerchen, Einfaltspinsel.« Domenico, bei dem endlich der Groschen gefallen war, schaute vorwurfsvoll und überglücklich die lächelnde Frau an, deren Lächeln auch noch ein Grübchen auf ihre Wange zauberte – keck war sie, die Frau, Teresa.

»Es ist zwei Uhr na-achts und …«

Nachmittags gingen die Mütter mit ihren kleinen Kindern spazieren; auch Ugo ging spazieren, mit seinem kleinen Holzmesser in der Hand, wie immer mit aufgewühltem Blick vor sich hin murmelnd; Tulio wartete auf den ersten warmen Tag, das schöne Spielzeug stand ihm immer wieder vor Augen, und wenn Gäste der Familie Carrasco nach Kumeo fragten, sagte Tante Ariadna: »Er ruht, er ruht, er kommt gleich herunter.« Conchetina, beide Hände gegen die Wangen gedrückt, sagte zu den in beige Träume versunkenen fröhlichen Fräuleins: »Ach, die Liebe! Das ist ja doch etwas ganz Besonderes. Heiratet, heiratet bald!« Und die fröhlichen Fräuleins wurden so neugierig, dass Antonios Eltern die Gelegenheit nutzten und binnen zwei Wochen ihren einzigen Sohn mit einem der Fräuleins vermählten. Kalabarisches Ferkel und Lamm, Kalb, Ziegen, Hähnchen. Sich seiner verwandtschaftlichen Pflichten bewusst, knöpfte Vincente sich fest den Kragen zu, bereits an der Tür empfing er die Gäste. Zahlreiche Tassen, Gläser, Untersetzer, eine Silberschale und ein Hut – die Geschenke. Noch dazu fünf Drahkan! Ein ganzes Vermögen, von Tulio und Domenico. Mit geschlossenen Augen nagte Kumeo am

254

Kopf des Spanferkels, und unermüdlich füllte Conchetina sein Glas mit Rosawasser. Tante Ariadna, die ewig Junge, pickte am weißen Hähnchenfleisch, aber als sie Vascos gedachte, griff sie nach der scharfen Soße. »Warum esst ihr keinen Karottensalat?«, rief pausenlos die Gastgeberin, Antonios Mutter. Den angetrunkenen Gästen entfloh der ehrenwerte Señor Giulio, ehrerbietig zur Tür geleitet von Vincente. Es herrschte ein ziemliches Tohuwabohu, doch als die Frischvermählten sich zum Schlafzimmer begaben und die Feier sich dem Ende zuneigte, zog der leicht beschwipste Duilio, der am Ende doch ein paar Gläser Wein getrunken hatte, den Bräutigam zu sich herunter, stellte sich auf die Zehenspitzen und flüsterte ihm etwas ins Ohr, und der angespannte Antonio starrte mit weit aufgerissenen Augen auf einen am Stuhl lehnenden bunten Schirm, ohne ihn überhaupt wahrzunehmen, vom Scheitel bis zur Sohle war er die Aufmerksamkeit selbst; dann richtete er sich plötzlich auf und beteuerte: »Nein, nein, Onkel Duilio, ich bin ja kein Tier ...«

Winterspiele ... ein langer Winter ging zu Ende.

Und der aufgeregte Domenico brachte es endlich fertig, Teresa zu fragen: »Heiraten wir, ja?« Sie aber drehte sich zu ihm, stemmte die Hände in die Hüften, lehnte sich zurück und rief, fast ein bisschen ängstlich: »Bist du verrückt, Mann, willst du unbedingt, dass wir einander verlieren?«

3

FRÜHLINGSSPIELE

Die Geschichte vom elfjährigen Mörder

Merkwürdige Dinge, mein lieber Rinaldo, gaaanz merkwürdige«, sagte Alexandro. Es war der erste warme Tag. Sie saßen im Park, auf einer langen Bank, nur Alexandro stand, und während er redete, klopfte er, gut sichtbar für den gähnenden Tulio, von Zeit zu Zeit auf die Tasche mit dem Spielzeug. Domenico sah diesen jungen Mann, Rinaldo, zum ersten Mal, nach seinem Äußeren zu urteilen, schien er ganz in Ordnung: sorgfältig gekämmtes Haar, ebenmäßige Züge, ein an den Mundwinkeln herabgezogener dünner Schnurrbart, eher groß, blütenweiße Kleidung, die Sonnenstrahlen spiegelten sich in seinen Stiefeln, nur die Augen ... was für ein Blick, was für eine Gleichgültigkeit hatte sich dort festgesetzt, wer solche Augen besaß, der liebte sicher nichts und niemanden als anderer Leute Geld. Man sah ihn an, und es wurde einem kalt. Einzig seine Selbstverliebtheit, die sich in seiner vornehmen Kleidung widerspiegelte, verdeckte diese Gleichgültigkeit. Seine eine Hand streichelte die andere, und gelegentlich strich er sich übers Gesicht, als überprüfte er, ob ihm während dieses albernen Gesprächs nicht schon Bartstoppeln an den Wangen gewachsen seien. Sorgfältig glättete er seinen Schnurrbart. Er saß auf einem akkurat ausgebreiteten Taschentuch.

»Wie ich schon sagte, Rinaldo«, fuhr Alexandro fort, »manchmal geschehen ganz merkwürdige Dinge, unglaubliche Dinge, völlig unerwartet und mit noch erstaunlicheren Folgen. Und dann weiß keiner mehr, ob es zum Besten war oder nicht. In Wirklichkeit aber ist alles, was so passiert, für manche eben gut und für andere schlecht. Und was es eeeher ist, ach, das weiß kein Mensch. Manchmal glaubst du, etwas Gutes sei geschehen, aber es ist durchaus möglich, dass es sich als schlecht erweist, oder umgekehrt. Ich drücke mich doch nicht etwa unklar aus?«

»Doch, schon«, Rinaldo runzelte die Stirn, »aber egal.«

»Ich hab wohl Narrenfreiheit, ja?«, fragte Alexandro vorwurfsvoll. »Ach, ohne ein Beispiel zu bringen, komme ich bei euch nicht weit. Also Rinaldo, neeehmen wir an, du hast zwanzig Drahkan gewonnen, ist das etwa gut?«

»Hm«, Rinaldo lachte in sich hinein, »ist das vielleicht schlecht?«

»Nein, antworte mir, ist das gut?«

»Pfff, was spreche ich mit dir, ich bin scheint's noch dümmer als du, steh auf, Tulio, gehen wir.«

»Nein, wartet mal, wartet, lasst es mich anders sagen. Ein Bekannter von mir hat zwanzig Drahkan gewonnen, mit einem Teil hat er sich betrunken, sein Blut hat angefangen zu kochen, er wollte sich abkühlen und ist in den See gesprungen. Es war Winter[2], und im kalten Wasser hat sein Herz versagt. Jetzt frage ich euch, wäre es nicht besser gewesen, er hätte diese zwanzig Drahkan gar nicht erst gewonnen? Nun, das war ein sehr, seeeehr dummes Beispiel, aber euresgleichen kann man ja nur mit so was beeindrucken. Ich kenne jedoch eine Geschichte, ach, die ist wirklich interessant – wer hätte das gedacht, dass es so eine Wendung nehmen würde, was für ein merkwürdiger Zufall, ach … Mir ist ja viel Ungewöhnliches begegnet, aber so etwas? Nein …«

»Komm schon, Mann, gehen wir.«

»Warte mal, Rinaldo«, sagte Tulio. Sein Blick haftete auf Alexandros ausgebeulter Hosentasche. »Vincente will noch vorbeikommen, ich hab was Dringendes mit ihm zu besprechen, und bis dahin, was soll's, lass ihn, soll er seine Geschichte erzählen.«

---

2 In der Umgebung von Feinstadt gefrieren manchmal im Winter die Seen nicht.

»Von mir aus.«

»Bitte schön, mit Vergnügen, wenn ihr darauf besteht.« Und er erklärte feierlich: »Eine wahre Geschichte.«

Dann verdunkelte sich seine Miene, er ging vor der langen Bank auf und ab, und leise begann er:

»Eine arme Frau wurde zur Witwe, sie blieb mit ihrem sechsjährigen Sohn allein. Die Frau arbeitete nach Kräften, den ganzen Tag wusch sie anderer Leute Wäsche, die Hände hatte sie unablässig im Seifenwasser, und ab und an wischte sie sich mit der Schulter unterhalb der Augen den Schweiß ab. Sie arbeitete bis zum Umfallen, aber trotz allem war sie eine Frau, und es erschien, wie soll ich sagen, ein Mann in ihrem Leben.

Dieser Mann muss ein richtiger Grobian gewesen sein, ein träger, arbeitsscheuer Hüne, er betrank sich des Öfteren, und bat die Frau allenthalben um Geld, dabei, was hatte die arme Mutter schon. Er schrie sie an, drohte ihr, und das Kind der Witwe hasste ihn von ganzem Herzen. Als der Junge elf Jahre alt war, konnte er schon Feuerholz hacken, schleppte für die Mutter Wasser und ging ihr bei allem zur Hand; traurig beobachtete er die bedrückt ins schäumende Wasser starrende Frau, und natürlich begriff er, wie sehr sich die Mutter, der einzige Mensch, der ihn lieb hatte, für das tägliche Brot mühte und abrackerte. Eines schönen Tages jedoch – obwohl, von wegen schön –, als er gerade dabei war, Holz zu hacken, hörte er von drinnen Schreie und rannte ins Haus – der Mann hatte die Mutter zu Boden geschlagen, ihr das schmutzige Waschwasser über den Kopf gekippt und trat nun auf sie ein. Wie das Kind später, viel später, selber sagte, hatte es nichts dergleichen vorgehabt, ohne Vorsatz gehandelt, aber beim Anblick der mit Füßen getretenen Mutter klammerten sich seine Finger fest um die schwere Axt, die es noch in den Händen hielt. Es müssen schreckliche Geräusche gefolgt sein – stumpfe, dumpfe, dazu so etwas wie ein Knarzen, und mit zersplittertem Hinterkopf sackte der Mann zusammen; die Lache auf dem Boden erinnerte nun kaum mehr an Seifenwasser, sie bekam eine ganz andere Farbe. Jäh raffte die entgeisterte Frau sich auf, sie wusste, die Verwandten des Getöteten würden ihren Sohn nicht ungeschoren davonkommen lassen – in der Gegend, wo sich diese Geschichte zutrug, war die Blutrache, dieses törichte Gesetz, eine unumgängliche Pflicht, ihre Vollstrecker galten gar als besonders tapfer. Sie packte das Kind bei der Hand und verließ sofort das Dorf. Beim Weggehen verschloss sie die Tür, womöglich würden sie den Mann erst nach einer Woche vermissen, denn wenn er trank, konnte es schon mal vorkommen, dass er für vier, fünf Tage verschwand. Eine Zeit lang schritt die Mutter zügig aus, aber sie wurde bald müde – sie war schwanger. Von jenem Mann, das habt ihr bestimmt verstanden. Sie wusste weder ein noch aus, außerdem bekümmerte sie der junge Mörder, der seine Mutter mit unsicherem Lächeln arglos ansah, er hatte keine Ahnung, was er getan hatte, die verstörte Frau aber konnte sein Lächeln nicht erwidern. Bei Einbruch der Nacht waren sie noch immer im Wald, die Frau bog vom Pfad ab, setzte sich auf die Erde und lehnte sich mit dem Rücken an einen kühlen Baum. Das Kind streckte sich zu ihren Füßen aus und legte den Kopf in ihren Schoß, lächelte schwach und war gleich eingeschlafen. Noch nie war die arme Frau so durcheinander gewesen, sie wusste sich keinen Rat – mal betrachtete sie mitleidig das müde, zusammengekauerte Kind, nach dem bald schon ein paar kräftige grobschlächtige Männer suchen würden, um es zu töten, mal wandte sie in Erinnerung an den zersplitterten Schädel voller Ekel das Gesicht ab, mal betrachtete sie ihn mit den Augen einer Mutter, mal brannte ihr der Kopf des Mörders auf dem Schoß, und genau in dem Augenblick, ob ihr's glaubt oder nicht, bewegte sich zum ersten Mal das zweite Kind in ihrem Bauch. Es klopfte zart und irgendwie fröhlich an, die verstörte Frau beruhigte sich, dabei ergriff sie eine wohltuende Erregung, lächelnd lauschte sie. Am nächsten Morgen kam endlich eine Kutsche vorbei. Die Mutter gab dem Kutscher ihr gesamtes bescheidenes Vermögen, welches sie in ein Tuch eingebunden hatte; sie nahm auch ihren Ring noch vom Finger, und der Mann, der eine lange Strecke vor sich hatte, brachte sie in ein anderes Land, wo man eine ganz andere Sprache sprach. Wäsche zu waschen gibt es zum Glück allerorten, die Frau verdiente täglich gerade so viel, dass es zum Überleben reichte, dann kam der zweite Sohn zur Welt. Die Frau wusch den lieben langen Tag, und der ältere Bruder kümmerte sich um den Kleinen, er war zärtlich mit ihm, hatte ihn sehr gern, und fast hätte er vergessen, was er getan hatte, doch jedes Mal wurde er traurig, wenn er dem zuweilen harten Blick der einzigen Mitwisserin, der Mutter, begegnete. Jeden Tag, wenn er einen

Auftrag der Mutter gewissenhaft erledigt hatte, kehrte er fröhlich nach Hause zurück und schaute sie erwartungsvoll an, aber in den eifrigen und zugleich traurigen Gesichtszügen des Kindes sah die Mutter immer wieder den Mörder und wich seinem Blick aus. Vielleicht sollte ich so etwas nicht sagen, aber eigentlich – wäre der Junge damals nicht ins Haus gerannt, die Axt in der Hand, hätte jener Mann die Mutter mit Sicherheit getötet, noch dazu war die Mutter damals zwei.«

»Wie denn zwei?«, wunderte sich Rinaldo und begriff im selben Moment: »Ah ja …« »Als der ältere Sohn achtzehn wurde, konnte er an nichts anderes mehr denken als an den schicksalhaften Vorfall. Wenn zum Beispiel ein Fremder ihn fragte: ›Wo geht's hier zum Springbrunnen?‹, dann zeigte er ihm den Weg, dachte aber, während er ihm hinterherschaute: ›Wenn der meine Vergangenheit kennen würde, hätte er mich gar nicht erst angesprochen.‹ Das wäre noch zu verkraften gewesen, aber eines Nachts träumte er sogar von jenem Mann; mit aufgewühltem Blick, wüstem Vollbart, ein blutverschmiertes Messer in der Hand, kam er auf ihn zu und knirschte mit den Zähnen. Der Junge wollte wegrennen, aber er rutschte aus, der Mann kam näher, noch näher, immer näher … Verstört wachte der Junge auf, setzte sich im Bett auf und konnte bis zur Morgendämmerung nicht mehr einschlafen; er saß da in der Dunkelheit und hatte Angst. Später, als die bekannten Gegenstände sich aufhellten, ließ die Angst ein wenig nach und er schien alles vergessen zu können. Einige Nächte konnte er ruhig schlafen, dann erschien ihm erneut der Mann im Traum. Beim Anblick der unheimlichen, klaffenden, rot erblühten Wunde und der grausamen Augen versuchte der Junge zu fliehen, aber er rutschte auf dem Blut aus, und der Mann kam näher, näher, immer näher! Schweißgebadet wachte der Junge auf, in der Dunkelheit stürzte er hinaus, rannte zum Bach, und erst dort brach er in Tränen aus und vergrub das Gesicht im weichen Moos. Als er sich ausgeweint hatte, stand er auf und machte sich auf den Heimweg. Einen seltsamen Anblick bot er – wo doch Weinen den Menschen eigentlich beruhigt, setzte sich bei ihm der Stein der Bosheit im Herzen fest, und in der Stille dieses merkwürdigen finsteren Gefühls gefroren seine Augen. Auf seinem Antlitz machte sich eine sonderbare Zufriedenheit breit, kurz schien er zu vergessen, bis er das naive Gesicht des kleinen Bruders erblickte. Die bekannten, verhassten Gesichtszüge, die Gesichtszüge des Mannes mit dem Messer, erkannte er darin, lange schaute er ihn an, und dann holte er aus und ohrfeigte ihn jäh. Dem verdutzten Kind verschlug es die Sprache; als die zweite Ohrfeige es traf, fing es an zu heulen. Und er, der ältere Bruder, verpasste dem kleinen noch einen Fußtritt und lachte gemein, ganz gemein in sich hinein. Bis zur Abenddämmerung war er zufrieden mit der merkwürdigen Rache und beruhigt, dann aber, mit der Abenddämmerung, verwandelte sich die Zufriedenheit in Angst, und wieder erschien jener Mann in seinem Traum, und wie zuvor war der Junge aufgebracht und unbarmherzig, noch aufgebrachter gar. Und er ließ seinen nächtlichen angestauten Groll Tag für Tag an dem kleinen Bruder aus. Jeden Tag schlug er ihn mit voller Kraft, und wenn ihm die Handflächen wehtaten, dann trat er mit den Füßen auf den bereits am Boden Liegenden ein, ruhig, gleichgültig, die Hände in den Hosentaschen. Ja, die Mutter war zu dieser Zeit schon nicht mehr da. Der kleine Bruder versteckte sich, er suchte die ganze Aue nach ihm ab, und wenn er ihn fand, mucksmäuschenstill, hinter einem Baum verborgen, prügelte er auf ihn ein. Eine ganze Weile ging das so, und Nacht für Nacht kam in seiner Seele ein Tropfen Bosheit hinzu, und der kleine Bruder, damals erst acht, wurde von den vielen Prügeln, von der Angst und dem Sinnen nach Rache ebenso böse. Inzwischen weinte er nicht einmal mehr, wenn er geschlagen wurde; mit funkelnden Augen, die Lippen zusammengepresst, starrte er den Bruder an, und wildfrostig kreischte in ihm das Lied der Rache und fraß an seinem Herzen. Nur ein einziges Mal fand er Genugtuung; in den Ruinen eines alten Gebäudes stöberte er eine Fledermaus auf, riss dem quietschenden Tier die Flügel aus und zerschlug ihm mit einem Stein den Kopf. Darüber kam der ältere Bruder herzu, auch er versuchte eine Fledermaus zu finden, aber seine Bemühungen waren vergeblich, da drehte er sich verärgert zum Bruder um und ohrfeigte ihn, er vergaß völlig, dass ihm die Hand wehtat, erbittert versetzte er ihm einen Fußtritt in den Bauch und trat auf den zu Boden Gestürzten ein. Irgendwann wurde er endlich müde, schweißnass machte er sich auf den Heimweg, es dämmerte schon. In ebenjener Nacht, gegen Morgen, träumte er wieder von dem grobschlächtigen Mann, aber der – ein gutmütiges Lächeln auf den Lippen, mit hellem Gesicht, ruhig und harmlos, den Kopf verbunden – sah ihn liebevoll an, als wolle er ihm Versöhnung anbieten. Voller Verwunderung schaute der Träumende in das so veränderte Gesicht, starrte es eine Zeit lang misstrauisch an. Und als er das Lächeln als ehrlich erkannte, wachte er vor Freude auf. Aufgeregt ging er nach draußen in den Hof, und zum ersten Mal in seinem Leben nahm er die langsame, still sich ausdehnende Schönheit der Morgendämmerung wahr. Den ganzen Tag fand er keine Ruhe, wie benommen trieb er sich in der Aue herum, einmal kletterte er gar auf einen Baum und wartete ungeduldig auf die Abenddämmerung, um jenes Lächeln, jenes ihm so wertvoll gewordene Gesicht wiederzusehen. Als er einschlief, blieb ihm die Sehnsucht nach dem lächelnden Gesicht des Mannes, und bis Tagesanbruch schlief er, erwartungsvoll. Und wie die Nacht blasser wurde, träumte er von jenem Mann, wieder schaute er liebevoll, wieder lächelte er. Voller Freude zog der Junge sich an und ging nach draußen, er lief zum Fluss, legte sich mit dem Gesicht nach unten auf die Erde, und als die Sonne herauskam und ihn wärmte, räkelte er sich genüsslich, das Gesicht immer noch auf der Erde; und als es heiß wurde, sprang er kopfüber in den Fluss und kühlte sich ab. Er kehrte mit nassem Haar und glücklichem Gesicht nach Hause zurück; in der Tür stieß er auf den kleinen Bruder und stockte. Dieser funkelte ihn in Erwartung einer Ohrfeige böse an. Aber der ältere Bruder lächelte. Den Jüngeren machte dieses Lächeln misstrauisch. Schließlich jedoch veränderte sich auch sein Gesicht – ein herzliches Lächeln ist ansteckender als alles andere, noch ansteckender als Gähnen. Eine Zeit lang standen sie so da, in gewissem Abstand, und hatten Angst sich zu rühren, denn sie spürten, still, ganz deutlich, wie in ihren Herzen eine merkwürdige stachelige Pflanze heranwuchs – ein Kaktus der Liebe.«

»War das alles?«, fragte Rinaldo in die Stille hinein.

»Hat dir die Geschichte nicht gefallen? Man muss schon auch ein bisschen drüber nachdenken, liebe Menschenkinder.«

»War schon in Ordnung, aber es ist keine wahre Geschichte.«

»Das soll keine wahre Geschichte sein? Wie kommst du denn darauf?«

»Das merkt man.«

»Und wenn ich dir einen von den Brüdern gegenüberstelle, was sagst du dann?«

»Das kannst du nicht.«

»Warum?«

»Weil es keine wahre Geschichte ist.«

»Hier stehe ich!«, stellte Alexandro sich vor.

»Was du nicht sagst, und?«

»Was heißt ›und‹? Ich bin einer der beiden Brüder«, erklärte Alexandro feierlich.

»Sie? Welcher denn?«, staunte Domenico.

»Ratet mal«, sagte Alexandro und drückte Tulio das schöne Spielzeug in die Hand.

»Der ... ähm ... der Ältere.«

»Ach«, Alexandro legte betroffen die Hand auf die Brust und blickte Domenico vorwurfsvoll an, »sehe ich etwa aus wie ein Mörder?«

VERLIEBEN

Jeder von uns hat seine eigene Stadt, wenn wir auch oftmals nichts davon wissen. Die Mütze in der Stirn, schleichen wir mit hochgezogenen Schultern umher – nicht, dass uns jemand erkennt. Die blauen und rosafarbenen Häuser unserer Stadt, Feinstadt, die in der Sonne dampfenden Dachziegel während der Schneeschmelze. Wirre Wärme des voreiligen Frühlings, und die leicht schwindligen Feinstädter: Selbst der gediegene Señor Giulio, ungewöhnlich aufgekratzt, und Ugo, der jugendliche Irre – da lehnt er an der Wand, die Wange der Frühlingssonne zugewandt. Ein grundlos gereizter Vincente. Der verdatterte Riese Giuseppe und ein vorwurfsvoller Alexandro: »Ach, du solltest auf dem Acker sein und deine Hacke in die Erde hauen, was treibst du dich hier herum?« Kumeo – ausnahmsweise ohne Appetit. »Wirst du mir etwa krank? Ich hab auch Kopfschmerzen« – die fürsorgliche Ehefrau Conchetina. Tiefe Stille, reglose Bäume im Sonnenschein, glänzende, frische Rinde. Hinter dem Haus, im Schatten, der noch übrig gebliebene Schnee, übersät mit Sommersprossen aus Dreck. Unsere Stadt, die vom ersten warmen Tag benommenen Stadtbewohner, ein auf dem Kutschbock eingeschlafener Mann mit Schnurrbart. Jetzt ist der Frühling auch schon da, die Hauptjahreszeit, denkt Cilio. Und wieso fällt mir das gerade jetzt ein? Er weiß es selber nicht. Die ganze Stadt ist durcheinander, und wie sie gekleidet sind, manche immer noch im warmen Mantel, manche in dünnen Sakkos, und zwei ziemlich erhitzte Bürger bloß im weißen Hemd! Sie staksen über das Straßenpflaster, als liefen sie über einen frisch gepflügten Acker, es duftet nach Erde – wie schnell war es warm geworden. Im Dorf hatte an solch warmen Tagen immer als Erster der Junge gebadet, bei dem das Zahnfleisch zum Vorschein kam, wenn er sich der Kälte zum Trotz ein Lächeln abrang, und das abgemagerte Vieh hatte an der Rinde der Bäume geleckt.

Die Lippen der Frauen wurden voller. Sie saßen vor dem Spiegel und schauten lustlos durchs offene Fenster. »Nehmen wir das Glas nicht von der Quelle! Oder sollen wir es doch nehmen?! Hm, nehmen wir es?« Unser armer Edmondo tappte ganz kopflos durch Feinstadt. Es war zu schnell warm geworden. Was war da nur los, Rosinas Gesicht war ganz blass, das Gesicht des Sprösslings Giangiacomo dagegen leuchtete rot, er konnte kaum atmen und wälzte sich auf dem Sofa. Nur eine lief leichtfüßig durch Feinstadt, Teresa, denn sie war selbst wie der Frühling. Dem schläfrigen Rinaldo verging gar die Lust aufs Geld. Und Tulio, erschrocken über seine eigene Wortkargheit, zwang sich, irgendetwas zu erzählen. Verschämt trollte sich eine kurzbeinige Promenadenmischung. Ach, dieser seltsame, verrückte März – die launischen Frühlingsspiele begannen.

Vor einer Schenke am Baum lehnte Domenico. Er beobachtete die Flanierenden, viele kannte er inzwischen. Den Männern zum Gruße hob er die Hand, und wenn eine Frau vorbeikam, schlug er die Fersen zusammen und nickte. Giuseppe tauchte auf, die Ärmel bis zu den Schultern hochgekrempelt, und mit angehaltenem Atem zeigte er seine aufgeblasenen Muskeln. Er wirkte, als würde ein Nadelstich ihn zu einem armseligen Männlein schrumpfen lassen, aber wer hätte ihn zu piksen gewagt? Schwerfällig hob er die Hand, als stemme er eine dreißig Kilo schwere Hantel. Höflich erwiderte Domenico den Gruß und lächelte ihm vorsichtshalber zu – er war zwar ein Depp, aber nichtsdestotrotz gefährlich und stark, und durch solche »Mögespielchen« und »Ehrerweisungen« würde er bei ihm vielleicht besser dastehen. Domenico hatte Hunger, aber es war ihm peinlich, ohne Begleitung in die Schenke zu gehen, in Feinstadt galt es als äußerst unangebracht, alleine zu speisen.

»Domenico!«, rief jemand. »Hast du Tulio gesehen?«

»Nein.«

»Falls du ihn siehst, er soll runter zum Platz kommen, ja?«

»Gut.«

Während sein Blick dem Weitergehenden folgte, ergriff ihn unversehens eine vage Unruhe. Er ballte die Hände zu Fäusten, atmete tief ein und kräftig aus, als wolle er eine Kerze auspusten. Die große Turmuhr schlug sacht sechsmal, und als das Läuten verebbte, schaute er gereizt um sich. Tulio näherte sich ihm lächelnd, aber Domenico schenkte ihm keine Beachtung, sein Blick blieb an jemand anderem hängen, und als dieser um die Ecke verschwand, zuckte er zusammen, es war zwar niemand mehr zu sehen, dennoch starrte er beunruhigt auf die Straßenecke, ein Schauder überlief ihn, vor Erwartung wohl, und da – kam sie. In einem langen weißen Kleid. Ihr Gang war aufrecht und dennoch vorsichtig, sie lächelte zart, aber ihr Ausdruck war nachdenklich, als mache etwas ihr Angst. Eine Weile blickte Domenico die Frau, die ihr sonderbarer Stolz selbst zu erschrecken schien, tief berührt an. Diese zarte Frau schien auf gewisse Weise schutzlos, und doch umgab sie eine fremde, ferne Würde; Domenico verspürte einen Stich. Beinahe wäre er ihr nachgelaufen, aber er kannte sie nicht, er sah sie zum ersten Mal, obwohl nein, nein, er hatte sie schon mal gesehen, wo nur? Jetzt packte ihn Tulio am Arm, aber er sah immer noch der Frau nach, ihr Weiß hob sich deutlich von der grauen Wand ab. Er fing sich ein wenig:

»Wer ist diese Frau?«

»Die? Na ja, eine von hier halt. Hast du Antonio gesehen?«

»Ja. Und wie heißt sie?«

»Wer?«

»Die Frau, wer denn sonst?«

»Die? Ana Maria. Und wo …?«

»Wieso ›wo‹, sie ist doch gerade vorbeigelaufen!«

»Ich meine, wo hast du Antonio gesehen?«

»Wen?«

»Antonio.«

»Ah, ja, der ist zum Platz gegangen. Und weißt du, wie alt sie ist?«

»Keine Ahnung. Hat er was gesagt?«

»Wer, Antonio?«

»Ja.«

»Du sollst hinkommen.«

»Wohin?«

»Zum Platz. O Gott, wer war sie?«

»War er allein?«

»Nein, einer war bei ihm. Und wo wohnt sie?«

»Wer?«

»Sie …«, und er sagte es zum ersten Mal: »Ana … Maria …«

»Da drüben. Sie ist die Tochter des Mannes, der so gut spielt. War der Zweite so ein kleiner Blonder?«

»Nein.«

»Ein kleiner Dunkler?«

»Nein. Ist sie verheiratet?«

»Hat sie dir gefallen?« Erst jetzt wandte sich Tulio, der die ganze Zeit woandershin geschaut hatte, ihm zu. »Hat sie dir wirklich gefallen?«

»Wirklich.«

»Sehr?«

»Sehr.«

»Sehr-sehr?«

»Bis zum Gehtnichtmehr«, Domenico lächelte wie im Scherz, es tat ihm unglaublich gut, so offen etwas zu sagen, was er normalerweise hätte verbergen sollen. Aber dann fügte er hinzu:

»Ach Quatsch, ich hab nur so gefragt.«

»Verheiratet ist sie nicht. Manche sagen, dass sie noch besser spielt als ihr Vater. Ein paar Jungs gefällt sie auch, mir aber nicht.«

»Das macht nichts«, sagte Domenico.

»Hat er sonst noch irgendwas gesagt?«

»Was, wer denn? Ach so, Antonio? Er hat gemeint, du sollst zum Platz kommen.«

Von wegen Frühling, es war immer noch winterlich. Domenico hüllte sich in seinen Umhang und ging hinaus aus der Stadt, in die Nase stieg ihm ein bittersüßer Geruch, trockenes Laub wurde verbrannt, und in seinem Innern wuchs eine seltsame Stachelpflanze heran – ein Kaktus! Es dämmerte, und er zog sich den breiten Hut in die Stirn, um unerkannt zu bleiben, er wollte sich vor allen, vor allem verstecken. Hier, auf der großen Wiese! Bei jedem Windstoß packte er seinen Dolch fester. Fremdartig zischte der Wind in den noch übrig gebliebenen Garbentürmen. Jetzt, zur blauen Stunde, im allgemeinen Dämmerschlaf, hob sich Domenicos dunkle Silhouette kaum noch von der blauen Linie des Horizonts ab. Er ging vorsichtig wie ein Verschwörer, ganz leise und trotzdem elegant, er war stolz auf seinen schlanken, beweglichen Körper, und stille Freude rauschte durch seine angespannten Glieder. Mit der Schulter streifte er eine Garbe, erschrocken glitt sein Blick bis zu ihrer Spitze, dann blickte er nach vorn und gewahrte ein halb verfallenes Haus. Die winzige Treppe hatte nur drei Stufen, auf der ersten lag eine Schlange und wand sich, schien sich zu räkeln. Domenico machte einen großen Schritt über sie hinweg, trat die schwere Tür auf und betrat den dunklen Raum. Eine Hand hielt er vor sich gestreckt, er ging vorsichtig, mit der anderen Hand zog er seinen Dolch aus der Scheide, dumpf hallten seine Schritte in der Dunkelheit. Plötzlich stießen seine ausgestreckten Finger an etwas Hartes, Glattes, Kaltes. Einen Moment lang stand er starr da, seine Finger sogen die glatte Kälte auf. Dann leuchtete das aus blau-roten Scheibenstückchen zusammengesetzte Fenster auf, ein gelber, abgewetzter Diskus erschien dahinter, und geheimnisvolles blaues Licht erfüllte den Raum. Domenico konnte gerade eben erkennen, dass seine Finger eine Marmorsäule berührten. Eine fremde Pflanze, ein Kaktus blühte in ihm, und in diesem herrlichen Licht, erfüllt von ungekannter Freude, umschlang er die Marmorsäule, den Dolch in der Hand, drückte sie, drückte auch die Wange an sie, und mit bebender Stimme sagte er: »Ana Maria … Ana Maria.«

»An…«

»Ist das schon lange her?«

»Was?«

»Dass du Antonio gesehen hast.«

»Ach, Antonio, ja, so etwa … weiß nicht mehr.«

»Bestimmt nicht mehr als eine Stunde, oder?«

»Bestimmt nicht.« Und er wiederholte für sich, beharrlich und bedächtig: »Ana Maria, Ana Maria … Ana … Maria …«

Ana Maria war eine Frau, aber sie war wie ein Reh.

EIN AUFGESCHWATZTER SPAZIERGANG

Ach, du mein Müßiger, so hat das mal einer gesagt, oder soll ich sagen: mein Gelangweilter? Hab ich dich überrumpelt? Manchmal mache ich aber auch dumme Witze. Ich hab immer das Bedürfnis, nach dir zu greifen, ich will dich spüren! Du siehst mich ja ständig, die ganze Zeit, ich dagegen weiß gar nicht, wer du bist und wo du bist – aber komm, damit es auch dir leichter wird, trinken wir was, komm, ein Gläschen trinkt doch jeder mal, warum nicht wir beide. Bin ich dir zu frech? Dann Schluss damit. Also, mein Lieber, wollen wir … nein: Mein Herr, als Erstes – heben wir ein großes Glas der Stille. Da steht es, da. Macht doch mal das verdammte Ding aus, ich bitte euch! Danke. So, trink ruhig. Und jetzt, wenn ich Sie noch mal stören dürfte, trinken wir auf die Einsamkeit mit einer großen Schale, da ist ein Zeichen auf ihrem Boden. Wir sind jetzt alleine, du und ich. Ich sieze dich nicht, denn in diesem Moment bist du für mich ein einsamer Wicht. Oder mischen wir einfach dieses ganze Geduze und Gesieze, das spielt doch bei uns keine Rolle – sagen Sie, was du willst, wie Sie möchten. Was heißt schon »Sie«. So gehört es sich ja angeblich. Von Zeit zu Zeit werde ich auf den Ausdruck »wir« zurückgreifen, da bin ich dann auch mit drin, und Sie gar doppelt, sowohl als »du« als auch als »Sie«. Es ist so still, so einsam – trinken wir einen. Aber ich bitte dich, schrei bloß nicht, wir schreien nicht, niemals, nirgendwo, abgemacht? Leihen Sie mir Ihr Ohr, ich sag dir was. Trinken wir noch einen. Ich glaube, der wird uns trunken machen, weil wir ja auch nichts dazu essen, dieser Happen hier zählt wohl kaum. Jetzt noch eine Schale, auf alle einsamen Wichte. Ich weiß nichts von dir, aber ich schwanke schon. Keiner wird so schnell wie ich betrunken. Aber was soll's, solange mir Gesicht und Zunge nicht entgleiten; meinem Schritt merkt auch keiner was an, zumindest bis jetzt. Leih mir dein Ohr, ich sage dir was: Jeder von uns hat seine eigene Stadt, auch wenn wir oftmals nichts davon wissen. Und wollen wir, unter der Bedingung, dass Sie niemandem was verraten, mein Lieber, zur Abenddämmerung nicht mal eine Runde durch diese unsere Stadt drehen? Aber, psst, leise, auf Zehenspitzen, Obacht, Obacht! Wir stehlen uns durch die Straßen, als wäre es gar nicht unsere Stadt. Vielleicht haben Sie aber auch keine Lust, oder keine Zeit, ich besteh nicht drauf, dann ein andermal. Und wenn du doch mitkommst? Kommen Sie mit? Nicht umsonst habe ich Sie müßig genannt, aber wenn du doch mitkommst, uuumso besser. Aber psssst, Obacht, wir müssen vermeiden, dass jemand uns sieht, wir hätten ganz gern, dass uns niemand sieht, das hätten wir gerne, wir hätten gerne, dass niemand uns sieht. Und schon schleichen wir Frechen, wir Neugiersnasen auf Zehenspitzen umher. Sehen Sie das Fenster da drüben? Wie es schimmert, sehen Sie das, wer mag wohl dahinter wohnen, hätten Sie das gern gewusst? Du hast keine Leiter? Wozu brauchst du die, ich bin doch da, komm, kommen Sie bitte, hier ist mein Kopf, und da Ihre Füße, stellen Sie hier Ihre Sohle drauf – heißt doch so –, ja, genau, auf meine Handflächen, ziehen Sie sich an meinen Haaren hoch, steigen Sie ruhig auf meine Schultern, auch wenn Ihre Schuhe schlammig sind, zieren Sie sich nicht so, hier muss Ihnen nichts peinlich sein, ich bin gewohnt an Staub und Schlamm, stützen Sie sich an der Hausmauer ab und recken Sie mal den Hals. Sehen Sie was? Fehlt doch noch ein Stück? Na gut, bitte schön, stellen Sie den Fuß ruhig auf meinen Kopf, was soll's, ich bin Ihnen einfach gern nützlich. Manchmal möchte ich nicht allein sein und trinke ein großes Glas auf die Einsamkeit, genau deshalb, ist das ein Widerspruch? Nicht im Geringsten, klettre jetzt auf mich. So, Sie lehnen ja schon an der Wand, und jetzt strecken Sie sich. Ach, unschätzbarer Wert der Einsamkeit! Ich steh zur Straße hin, und Sie auf meinem Kopf, Sie schauen doch ins Fenster hinein? Einfach so, oder neugierig? Hab keine Angst, es wird Sie schon niemand bemerken, aber ich bleib trotzdem lieber zur Straße hin stehen, machen Sie nur, schauen Sie, und falls jemand in der Ferne auftaucht, klopfe ich dir zweimal an den Knöchel – schauen Sie ruhig –, nein, nicht ruhig, mein Gott, was hab ich da gesagt, alles sollen Sie empfinden, außer Ruhe, sind Sie nicht aufgeregt? Da ist Tulio, der Partylöwe, der junge Zecher, wie er lacht – sind Sie neidisch? Ach nein, nein; wollen wir nicht nach Edmondo sehen? Er sucht einen Freund – er tut Ihnen leid, oder? Ja, traurig ist er, aber das macht nichts, vielleicht … Spazieren wir ein bisschen da drüben hin, ach, Sie brauchen nicht abzusteigen, bleiben Sie ruhig auf meinem Kopf stehen, ich mach das schon, ich trag Sie hin, oah, wie schwer Sie sind, und dennoch so leicht, so wunderbar leicht. Sehen Sie den Mann da, das ist kein Irrer, was sagen Sie, er lehrt einfach seinen Körper schöne Posen, deshalb fuchtelt er so vorm Spiegel herum und zeigt sein bestes Lächeln – das ist Duilio, ihr Berater. Was mag er wohl zu ihnen sagen? Keine Ahnung, denen gefällt es jedenfalls. Ich spüre den Wein, die randvolle Schale war doch ganz schön viel; sehen Sie Giulio, Giulio, sehen Sie ihn? Das ist ein gediegener Mann, würdevoll, besonnen, aber manchmal steht er doch als Schafskopf da, wie es eben so kommt, im Leben. Was das Leben ist? Das Leben ist – wie die Fenster. Das ist Vincente. Was er da redet? Merken Sie sich nur, ob er den Kragen auf oder zu hat, ich erzähle es Ihnen dann zu gegebener Zeit. Teresa. Sie wartet auf jemanden, doch derjenige wird nicht kommen, Veränderungen kündigen sich an. Gefällt sie Ihnen eigentlich auch? Was für eine Frau, mir gefällt sie sehr. Gehen wir zu jenem Fenster, hören Sie die Klänge? Horchen Sie mal, da spielt jemand. Hören Sie? Sehen Sie, wer da spielt? Sie gehört einem anderen – dem Gebieter der Klänge. Sehen Sie das Gesicht, durch Versteinerung in Schwingung versetzt – es gehört dem Gebieter. Und sie, wem gehört sie nun, diese zarte, herbe Frau in ihrem Spiel, so erhaben, wenn sie spielt, und sonst so völlig schutzlos. Ach übrigens, sind Sie verliebt? Das bin ich auch. Hören Sie das? Ich weine. Ja, diese Frau habe auch ich geliebt. Und den da, den Vagabunden, Domenico, den schauen wir uns nicht an, ich bitte Sie, das bringt nichts, von all diesen Leuten hier hat jeder ein Gesicht, Schultern, Hände, einen Blick, einen Kragen und eine Meinung zu diesem oder jenem, aber mein Vagabund, der Vagabund Domenico, der hat nichts von alledem, gar nichts hat er, gar nichts – er ist Teig, Teig; wie betrunken ich bin. Aber er wird durch die Welt ziehen, wird Kamora sehen, Canudos und danach, danach … Ich weiß das alles, im Voraus weiß ich es – ich schreie doch nicht etwa? Entschuldigen Sie, ich hab mich etwas in Fahrt geredet, verzeihen Sie. Aber schauen Sie sich ihn bitte nicht an, sehen Sie das Haus hier, das hellblaue Haus, was für eine Einrichtung, was für Geschirr, kommen Sie näher, nein, warten Sie, ich trage Sie, gehen wir näher ran, ja, ja, ich halte Sie, reichen Sie so hoch? Sehen Sie was? Nein, die sind kein Ehepaar, ich bitte Sie, die Frau ist die Tante seiner Ehefrau, ihre Nichte fühlt sich nicht wohl, sie ist unpässlich, und auf deren Bitte hin schrubbt sie ihrem Schwiegerneffen den Rücken, dem diebischen Auge entgeht nichts. Wie sie heißen? Kumeo und Tante Ariadna. Wenn Sie sich für die Frau dieses Prachtkerls interessieren, gehen wir hier rüber, zu diesem Fenster, kommen Sie bitte, diese wunderschöne junge Frau ist die quirlige Conchetina, sie isst gerade saure Gurken. Sind Sie nicht müde vom vielen Stehen? Noch dazu haben Sie kaum Platz, ich hab ja keinen so riesigen Kopf. Zum Glück ist immerhin der Schlamm getrocknet, da rutschen Sie weniger ab, nicht wahr? Das ist das Zimmer von Cilio, es ist dunkel, aber die sind da zu zweit, ach, nein, nein, da darf man jetzt nicht länger hinschauen, interessant ist das zwar, aber es gehört sich nicht. Wir haben das ja schon einmal gesehen, woanders, erinnern Sie sich, wir waren da, wir zwei, und haben zweien zugesehen, bei der echten Frau. Gehen wir weiter, schlendern wir ein wenig umher, wir Müßigen haben ja sonst nichts zu tun. Ich könnte Ihnen was erzählen, aber bitte nicht weitersagen, ich sage es Ihnen, wenn Sie's für sich behalten. Ich war's, der dafür gesorgt hat, dass sich Domenico, der Vagabund, der mit den Taschen voller Drahkane, in die spielende Frau verliebt hat. Er stand auf der Straße, und meine Wenigkeit war es, ich, der Ana Maria vorbeikommen ließ. Warum hab ich mir bloß die Mühe gemacht, er hatte doch schon eine, Teresa, die echte Frau. Es ist immer das Gleiche, wir verkomplizieren uns das Leben. Was schwatze ich da, nerve ich Sie? Ah, da ist ja auch Antonio, unser Färber, und die fröhlichen Fräuleins, zu zweit nun, noch unverheiratet, und die Dritte ist Antonios Frau, sie lacht nicht mehr wie seinerzeit – ich rede wie ein Wasserfall, nicht wahr? Manchmal eilt mir der Sinn einfach etwas voraus. Was soll's, schauen Sie ruhig, schauen Sie nur hin. Ihre Augen und mein Kopf, Hauptsache Sie sehen etwas, und wenn Sie keine Lust mehr haben, dann seien Sie mein Richter, klappen Sie mich einfach zu. Ich vertrete mir in der Zwischenzeit ein wenig die Beine, fallen Sie mir nicht runter! Es gibt da einen frohgemuten Kämpfer, Manuelo Costa. Hoppla! Schwanken Sie etwa? Und noch einer wartet schon, Michinio ... und Don Diego, ich flüstere lieber, hören Sie mich, schrecken Sie nicht zurück vor den fremden Namen – was ist schon dabei! Don Diego, Don, wohlgemerkt, und ein Vaqueiro, ein tapferer Hirte mit sehr einfachem Namen, er hieß bloß Se. Frau und Kinder hatte er. Ich hab ein bisschen getrunken, ich halte mich aber noch, Sie haben doch auch einen gekippt, nicht wahr? Dass wir noch stehen können, so betrunken, und dazu Sie auf meinem Kopf! Ich bitte Sie, betrachten Sie das Ganze bloß als Spaß, und jetzt auf Wiedersehen, bis bald, wir gehen ein jeder seiner Wege, ein jeder seiner Wege gehen wir, und nehmen Sie es mir nicht übel, dass ich auch ohne Sie ins Fenster schauen kann. Ich glaube, das war jetzt ein bisschen unhöflich von mir – Sie sind mir doch nicht böse, dass ich nicht auf Ihren Kopf zu steigen brauche? Ein bisschen bereue ich, dass ich so mancherlei ausgeplaudert habe, aber, na ja, ich war betrunken, dazu noch der Abend, Sie kennen das, die Abendstunde, und falls Sie nicht glauben, dass Abend ist, dann schreie ich gleich: »Es ist aaaacht Uuuuhr abends und aaallles ...« Wirklich alles?

ACH, VERÄNDERUNGEN

Ana Maria.

Und ein Gedanke, ein Gedanke mit dem Titel: »Sagen wir ...«

Sagen wir, Ana Maria läuft auf der Straße, sie lächelt schutzlos. Sie trägt das weiße schlichte Kleid, sie läuft auf der Straße, vorsichtigen Schrittes, ihre Fußstapfen ... Sagen wir, es schneit – nein, wenn es schneit, dann ist sie in einen glänzenden Umhang gehüllt, und nur ihre schwarzen Augen unter den Brauen sind zu sehen, und verfroren drückt sie das Kinn auf die Brust, atmet in den warmen Schal, die erfrorenen Lippen werden feucht, rosa gezeichnet auf ihrem reinen Antlitz, der Schnee fällt auf sie, es ist schon hell. Dem Vagabunden, Domenico, widerstrebt es, aufzustehen und sich das Gesicht zu waschen, er will nicht wach werden, auf keinen Fall, lieber im trägen Dahindösen die Gedanken schweifen lassen, ach, dies ›sagen wir‹ – was ist das für ein allmächtiger Ausdruck, allumfassend.

»Möchten Sie vielleicht frühst…«

»Nein, nein.«

»Gut, Señor.«

Pffh, er hat alles vermasselt, was hat ihn hereingetrieben, wenn jemand so hereinplatzt, so energisch, dann ist es vorbei, ›sagen wir‹ ist scheu. Und auch die Gegenstände hier, so wirklich und so unecht – er zieht sich die Decke über den Kopf, rollt sich zusammen, und langsam, stetig taucht seine Hochwunderwürdigkeit auf: Sagen wir … er nähme Ana Maria mit auf eine weite Wiese. Und selbstverständlich ist die Wiese grün, aber eigentlich – nein, nein, wer hat uns das Wiesengrün eingebläut? Über eine lila Wiese laufen sie; ganz andere Farben sind da: eine gelbe Hängebrücke über einem blauen Fluss, krumm, mit schwankenden Planken, und an seinem Arm hält sich ruhig die schreckhafte, schutzlose Frau.

Zu dieser Zeit lag Edmondo in seinem Zimmer auf dem Sofa und verspürte im Bauch ein Nagen, beharrlich und dreist. Ein paarmal schon hatte er aufstehen wollen, es sich dann aber sofort anders überlegt. Schließlich setzte er sich doch auf, ein leichter Schwindel überkam ihn, überrascht hielt er sich den Unterleib – ein Messerstich, so kam es ihm vor. Dabei war er ja allein im Zimmer, eigentlich auch so eine Art »sagen wir«, aber es fühlte sich wirklich an wie ein Messerstich. Als der Schmerz nachließ, zog er sich warme Socken an und schlüpfte in seine Stiefel, ihm wurde abermals schwindlig, auch in den Beinen nagte es, mühsam ging er zum Fenster. Es war ein besonders warmer Frühlingstag, die Straßen voller Leute, die lächelnden Gesichter der bereits kräftigen Sonne zugewandt. Edmondo bekam Beklemmungen in der Enge seines Zimmers, es zog ihn hinaus. Mühsam knöpfte er das weiße Hemd zu, abermals Schwindel …

Und Domenico lag immer noch da. Er lag da und ließ es sich wohl sein. Ana Maria – sagen wir, sie wäre vom Regen erwischt worden. So ein Wolkenbruch, fröhlich und plätschernd. Sie liefe zu einem Baum, aber sie schämt sich zu rennen, sie geht nur schnellen Schrittes, rot im Gesicht, unter den ausladenden Ästen findet sie Unterschlupf, und ebenfalls rot im Gesicht, steht da Domenico, neben ihr. Er legt ihr seinen Umhang um die Schultern, schaut ihr in die Augen, und die blasse Frau blickt nach unten, sie ist schön gebaut, schlank, ihre festen Nasenflügel beben, anmutig verlagert sie ihr Gewicht, hochgewachsen ist sie, und auch schwach, schutzlos, mit gewissem Stolz und voll Traurigkeit – Ana Maria war eine Frau, aber sie war wie ein Reh.

»Ähm, Entschuldigung, sind Sie krank?«

»Nein, nein.«

Nur etwa zehn Häuser entfernt kam Edmondo die Treppe runter. Er hielt das Geländer fest umklammert und trat vorsichtig auf, aber der Schmerz ließ ihn in der Mitte zusammenknicken. Mit beiden Händen griff er nach seinem Bauch, er krümmte sich, endlich ließ es nach, er atmete aus, und beide wurden still, er und der Schmerz, der lauernd neue Kräfte sammelte. Edmondo wischte sich den Schweiß von der Stirn, er stieg die Treppe hinunter und ging an der Wand entlang. Jedes Mal, wenn ihm schwindelig wurde, lehnte er sich mit der Schulter an und blieb stehen. Alle mieden ihn. Und überall waren da grüne, runde Ameisen ...

Ganz sicher würde dieser verflixte Arturo keine Ruhe geben; wütend stieß Domenico die Decke zu Boden. Er langte nach seinem Hemd und zog es sich so energisch über den Kopf, dass es fast gerissen wäre. Vielleicht treffe ich sie sogar zufällig. Selbstsicher lief er die Treppe hinunter, in Gedanken an Ana Maria wollte er sich elegant bewegen, jemand beobachtete ihn und verlangte nach einem vollendeten Gang; was war das nur? Im Hof griff er nach dem Tonkrug und spritzte sich dreimal mit der hohlen Hand Wasser ins Gesicht. Die Bewohner von Feinstadt bevölkerten die Straßen, Alt und Jung, und im Frühlingsrausch vergaß selbst Ugo seine Drohungen. Wie er Domenico erblickte, bekam er jedoch trotzdem Angst, wurde bleich im Gesicht und machte sich unverzüglich davon. Was hat er nur, wenn er mich sieht?, dachte Domenico. Merkwürdig ...

Edmondo lehnte an der Wand, seine Schulter war mit blauer Farbe verschmiert. Alle mieden ihn, doch das kümmerte ihn jetzt nicht, er lauschte verwundert seinem pochenden Herzschlag. Das wütende Herz drohte, raste, dann beruhigte es sich, aber diese Ruhe war noch viel furchteinflößender und gräulicher – vom Herz hört man lieber Drohungen; und Edmondo bahnte sich, die Augen weit aufgerissen, den Weg zum Stadtbrunnen, und wäre das Herz nicht gewesen, es wäre ihm nicht schwergefallen, denn alle gingen ihm aus dem Weg. Auch Antonio, der samt Ehefrau einen Spaziergang unternahm, beschleunigte seinen Schritt, Cilio musterte ihn nur einmal voller Abscheu und schaute dann zur Seite. »Oh, der ist auch rausgekommen«, lächelte Tulio vor sich hin, schaute um sich, bemerkte ein Stück weit entfernt Domenico und rief: »Ach, wer kommt denn da! Zweimal Brausewein, bitte!« Und Edmondo ging zum Brunnen, gern hätte er das Wasser seiner Stadt getrunken, aber vor dem Löwenkopf standen Duilio, höchstpersönlich, und der gediegene Señor Giulio und hörten höflich der entsetzten Tante Ariadna zu: »Haben Sie das mitbekommen? Gestern sollen sich zwei Wüstlinge in unserer Stadt herumgetrieben haben, einer hätte auf dem Kopf des anderen gestanden, und sie sollen heimlich in die Fenster geschaut haben. Wer das war, weiß keiner. Können Sie mir erklären, was das für ein Benehmen ist?! Wüstlinge!«

»Verstohlene Blicke sind der erste Schritt zu späterer Durchtriebenheit!«

Das Herz schlug ihm gewaltsam bis in den Hals. Am liebsten hätte er sich einfach hinfallen lassen, aber hier, unter diesen Leuten, die ihm aus dem Weg gingen, schämte er sich. Und er machte sich schwankend auf den Weg zur Aue, der Atem stockte ihm, und er versuchte, von der zu Eisen gewordenen Luft abzubeißen. Sein ganzes kurzes Leben lang war er auf der Suche nach einem Freund gewesen, jetzt, jetzt wollte er niemanden sehen. Weit weg, allein. Domenico hatte Tulio recht unwirsch fortgeschickt und war dem Mann im weißen Hemd hinterhergegangen, am Rande der Aue holte er ihn ein, wie der lief, sein Tritt war ganz aus dem Gleichgewicht. »Was ist mit Ihnen los? Edmondo, bist du das? Edmondo, hörst du mich?« Der aber hob nur die Hand, und der schwache Wink ließ Domenico auf der Stelle wie festgenagelt stehen bleiben. Was für eine Kraft von seinen Augen ausging, grün funkelte sein Blick, ein seltsam leuchtendes Grün war das, sumpfgrün, wie wenn die Sonne den

Sumpf grüngelb erstrahlen lässt. Edmondo setzte sich kurz auf einen Baumstumpf, sprang aber sofort wieder auf, machte ein paar Schritte und horchte still und fasziniert etwas weit Entferntem, nicht mit den Ohren, sondern mit seinem ganzen Körper, eine Hand hatte er immer noch ausgestreckt, mit der anderen fasste er sich an den Hals, wo er jetzt sein vor Verbitterung erschöpftes Herz spürte, und so blieb er lauschend zwei Sekunden lang stehen, zwei Sekunden, in denen man angeblich das ganze Leben noch einmal an sich vorüberziehen sieht, dann stürzte er, erst auf die Knie, dann, das Gesicht nach unten, zu Boden. Seine Finger krallten sich in die lockere Erde und der Rücken verriet ein wohliges Räkeln.

Und als die Feinstädter auf die gestammelten Wortfetzen des zitternden Domenico hin in die Aue rannten und Edmondo auf den Rücken drehten, wunderten sich alle: Stolz lag er da, und wollte nichts, von niemandem.

Und sie legten ihn aufs Bett, und immer noch erkannten sie ihn kaum, so fremd war er ihnen, erhaben und frei lag er da – er wollte nichts, von niemandem.

Und auch wenn seine Mutter weder aufschrie noch sich die Haare raufte, sich weder die Wangen zerkratzte noch die Hände vors Gesicht schlug, verstanden alle, was wahre Trauer war: Sie, die alte, durch das Unglück hart gewordene Frau, legte ihre Hand auf seine kalte Hand, die Hand eines Erhabenen, ihres Liebsten, und sagte verwundert nur das, sagte nur:

»Warum hat dich niemand geliebt, mein Sohn?«

Ja, das Leid der anderen …

PATRICIA, DIE KOMISCHE FRAU

Auf bunten Teppichen saßen sie in der Aue. Die jugendliche Elite von Feinstadt verbrachte den warmen, sonnigen Frühlingstag außerhalb der Stadt, zusammen mit einem Mann mittleren Alters, Alexandro, der von sich aus dazugestoßen war, und wie sehr die fröhlichen Fräuleins auch darauf brannten, in Gekicher auszubrechen, es wollte keine richtige Feierstimmung aufkommen, trübselig saßen sie herum. Wäre doch auch Ana Maria da gewesen, er hatte sie zuletzt vorgestern, auf dem Feinstädter Friedhof, gesehen.

»Aber warum bist du so trübselig, Alexandro?«

»Bei solchen wie euch … was weiß ich, Cilio, mein Guter.«

»Das ist alles Tulios Schuld«, schmollte Conchetina. »Wenn der Trübsal bläst, dann überträgt sich das immer gleich auf alle.«

Das schmeichelte Tulio, wenngleich er sich nichts anmerken ließ.

»Na, bitte schön«, schnappte Conchetina, »dann hocken wir eben so herum. Oh, wer kommt denn da!«

»Wer denn?« Antonio hob den Kopf.

»Patricia Tipus. Jetzt werden wir was zu lachen haben, so viel ist sicher – doof bis zum Gehtnichtmehr. Angeblich ist sie seit Kurzem geschieden. Kumeo, pass auf, dass du dein Taschentuch nicht verlierst, mein Häschen, und jetzt hört gleich mal zu, was ich so alles aus der raushole.«

»Was denn?« Tulio wurde neugierig, die junge Frau schien ihm sehr attraktiv. »In unserer Gegenwart wird sie dir bestimmt nicht ihr Herz ausschütten. Ich kenne sie gar nicht.«

»Ich auch nicht.«

»Ich auch …«

»Das spielt keine Rolle, die ist richtig lustig, mit ihrer Gutgläubigkeit. Die Arme, sie ist so erzogen, was kann sie dafür, gleich werdet ihr's sehen. Es reicht jetzt, Kumeo, das ist schon pein… Patricia!«

Die Frau blieb stehen und blickte Conchetina eine Weile verständnislos an, dann aber ging ein Lächeln über ihr Gesicht. »Ach, du bist es?«

»Hallihallo, ja, grüß dich, meine Liebe.« Conchetina gab ihr ein Küsschen, Patricia schloss die Augen und hauchte ihr ebenfalls ein Küsschen auf die Wange. »Wie geht es dir?«

»Ach, nicht besonders, meine Liebe ... Weißt du, ich hab deinen Namen vergessen.«

»Conchetina.«

»Mir geht's nicht besonders, meine liebe Conchetina, ich hatte so ein Pech in meiner Ehe.«

Conchetina warf einen siegreichen Blick in die Runde. »Ach, was du nicht sagst, wirklich? Ach, das ist aber schade, setz dich Patricia, meine Liebe, setz dich, und erzähl mal.« Alle blickten auf die Frau, sie war bildhübsch, allerdings war ihr Gesicht von Dummheit gezeichnet.

»Ach, meine Ehe war so unglücklich«, fing Patricia an. »Und dabei hatte ich gedacht, er wäre ein intelligenter Mann mit Lebenserfahrung, den Kopf hat er mir verdreht. Er will mich im großen Garten gesehen haben, an einem Rosenbusch, und soll zu seinem Freund gesagt haben: ›Wer mag dieses Mädchen sein?‹ Ich hab ihm von Anfang an gefallen, aber was hat mir das gebracht! Conchetina, du kennst ja unsere Familie, meine Mutter kennst du ja und meinen Vater ... Von Anfang an hat er sich, wenn er bei uns war, so benommen, als ob ... Wenn er zum Mittagessen kam, zitterten wir alle schon. Der Tisch musste mit Seidenservietten gedeckt sein, mit zwölf Stück, und einer kostbaren bestickten Tischdecke, er betonte immer, dass er ein intelligenter Mensch sei. Das glaubte ich auch. Nach dem Essen sprenkelte er Rotwein auf die Tischdecke, damit wir ihm zum Abendessen ja nicht die gleiche untergejubelt hätten. Ich habe mich fast tot gewaschen, Conchetina, fast tot gewaschen! Wenn er schon einmal den Kopf auf einen Kissenbezug gelegt hatte, war es natürlich unter seiner Würde, denselben am nächsten Tag noch mal zu benutzen. Nicht nur das, wenn er nachts wach wurde, hatte er neben sich ein frisches Kissen liegen, und das schob er sich unter den Kopf, angeblich bekäme er so keine Falten. Conchetina, du weißt ja, wie ich erzogen wurde, glaubst du, meine Uroma hätte zugelassen, dass ich auch nur den kleinen Finger krummgemacht hätte? Fassungslos hat sie mich angestarrt und gefragt: ›Musst du das alles bügeln, Patricia? Hast du etwa dafür gelernt, Harfe zu spielen?‹ Ein richtiger Despot war er, und ein Sadist! Und was das Geld angeht, da war er ganz fürchterlich. Er konnte ja nicht hinter der hohen Gesellschaft zurückstehen, er spielte um große Scheine, stellt euch das vor. Wenn er Schulden hatte, verkaufte ich etwas von meinem Schmuck und gab ihm das Geld, was hätte ich tun sollen. Seinen Lebtag hat er kein Brot mit nach Hause gebracht. Also nein, er war schlichtweg böse, und ich hatte geglaubt, er sei intelligent. Als ich schwanger war und in der Küche lagen beispielsweise Trauben und ich bekam plötzlich Lust darauf – ja? –, da hab ich nichts gesagt, ich hätte es nicht gewagt.«

»Warum?«

»Keine Ahnung, warum. Ich hätte mich nicht getraut, was zu sagen. Ich kam nicht einmal aus meinem Zimmer heraus, in die Küche.«

»Warum, Patricia?«

»Was weiß ich, er hat sich so benommen. Und ich hatte geglaubt, er sei intelligent. Er hat mir wirklich den Kopf verdreht, ansonsten – ich hatte ja gar nicht vorgehabt zu heiraten. Auch jetzt, wenn ich ihm irgendwo begegne, verhext er mich. Und ich mache mich dann schnellstens aus dem Staub, um mich nicht mit ihm zu versöhnen. Seine Frau zu sein war der reinste Albtraum. An mehreren Tagen in der Woche kam er gar nicht nach Hause, er meinte, seine Mutter könne ohne ihn nicht einschlafen. ›Heute muss ich bei meiner Mutter bleiben‹, sagte er und kam dann in der Regel erst gegen zwei Uhr nachts heim. Wenn ich fragte, wo er gewesen sei, antwortete er: ›Ich habe am Bett meiner Mutter gesessen, Mutti wäre nicht eingeschlafen, wenn ich nicht ihre Hand gestreichelt hätte.‹ Und in Wirklichkeit ist er wohl zu den leichten Frauen gegangen, stellt euch das vor. So niederträchtig war dieser Fiesling!«

Tulio lächelte selbstgefällig, er lag auf der Decke und trommelte sich aufs Knie.

»Damals ahnte ich nichts, ich war ja fast noch ein Kind; wie es aussieht, hat er mich grausam hintergangen, und ich, ich Dumme, hatte geglaubt, er sei intelligent. Noch dazu, du weißt ja, stehen die Frauen irgendwie auf solche Typen, könnt ihr euch das vorstellen? Obwohl, da braucht man gar nicht so weit zu gehen, mir hat er ja auch gefallen. Ach so, du fragst mich gar nicht nach seinem Alter? Nicht mal jetzt weiß ich genau, wie alt er ist. Nein, er hat mich wirklich verhext, irgendeinen Zauber hat er angewandt. Wie wäre ich sonst seine Frau geworden, ich hatte ja gar nicht vorgehabt zu heiraten, und du kannst dir gar nicht vorstellen, meine gute ehm …«

»Conchetina.«

»Du kannst dir gar nicht vorstellen, Conchetina, in welche Verfassung er mich gebracht hat.«

»War er so ein schlimmer Mensch? Hm, schrecklich.«

»Ja, meine liebe Conchetina, und ich hatte geglaubt ...«

Die muss doof sein, dachte Tulio fasziniert, nichts könnte ihr besser stehen als diese Doofheit, o Gott, wie wunderschön sie ist!

»Ich geh dann jetzt, meine liebe Conchetina, ich muss das Kind an die frische Luft bringen, es ist bestimmt schon wach.«

»Hast du ein Kind?«

»Ja, ein Mädchen, drei Jahre alt, sie ist sooo süß.« Patricia bekam Tränen in die Augen.

»Mach's gut, meine Liebe.«

»Verzeihung, einen Augenblick, wenn ich bitten darf ...« Cilio stand auf. »War er etwa wirklich so ein Ungeheuer, dass er Sie, so ein wundervolles Wesen, nicht einmal Trauben hat essen lassen?

»Das scheint aber ein netter Junge zu sein«, Patricia wandte sich zu Conchetina, »ein hübscher junger Mann, wie heißt er denn?«

»Cilio.«

»Schöner Name.«

Aber das alles sagte sie so halbherzig und so obenhin, dass Cilio wünschte, er hätte sie leicht, aber dreist an der Schulter gepackt, und sie hätte ihn geohrfeigt. Er setzte sich wieder. Es hatte keinen Sinn, sie noch zu begleiten.

»Vielleicht bleibst du doch noch ein bisschen?«

»Nein, Conchetina, ich muss mit dem Kind an die frische Luft gehen, wenn ich nur einen Tag auslasse, wird sie sofort blass. Auf Wiedersehen, Conchetina«, und sie lief anmutig davon.

Tulios Blick folgte ihr, und er fasste einen Vorsatz.

Eine Zeit lang schwiegen sie, Conchetina schaute triumphierend in die Runde.

»Wow, war das 'ne lahme Tante, oder?«, grölte Kumeo, und die fröhlichen Fräuleins fingen sofort an zu kichern.

»Ich hab's dir doch gesagt, mein Häschen.«

Hier konnte Alexandro sich nicht länger zurückhalten und meldete sich zu Wort:

»Eins muss ich dir sagen, Conchetina. Wer von euch war schon mal in Kalabarien?«

Anscheinend keiner.

»Kalabarien hat einen felsigen Boden, der schwer, unvorstellbar schwer zu bearbeiten ist«, holte Alexandro aus. »Man braucht ein schweres, spitzes Brecheisen. Jeder Fingerbreit ist mühselig, und du, Conchetina, wo ich mir dich jetzt so anschaue – dreh mal bitte ein bisschen den Kopf, ja, genau so –, also wenn ich deinen Kopf genauer betrachte, sehe ich, ungeachtet deiner aufgeplusterten Haarpracht, doch genau, was darin vor sich geht. Du hast ein zartes Gehirn, Conchetina, hier und da mit unscheinbaren Falten versehen, aber dein weiches Gehirn ist viel schwerer zu bearbeiten als der kalabarische Boden.«

Nie zuvor hatte man ihn so aufgebracht gesehen.

»Um euch ein bisschen was Menschliches begreifbar zu machen, nutzt mir kein Brecheisen. Du zum Beispiel, Conchetina, die du da mit den Wimpern klimperst wie ein Dummerchen, wenn man dir eine Eisenstange auf den Kopf schlägt – Gott bewahre –, wirst du dann irgendwas kapieren? Durch Zureden versteht ihr nichts, durch Belehrung auch nicht. Menschenkenntnis hast du sowieso keine. Was kann ich sonst noch mit dir anstellen, wie kann ich dir beikommen, Conchetina, du hohle Nuss? Wie soll ich dich sonst noch bezeichnen?«

»Schlimmer geht's doch schon nicht mehr, oder, Alexandro?« Tulio lächelte ihn scheinheilig an und fügte hinzu: »Sieh mal einer an, wie es scheint, kann dieser Penner auch ausrasten.«

»Das aus dem Munde eines Penners«, grollte Alexandro, »eines richtigen Penners, komm, ich spendier dir einen Brausewein. Ihr wisst nicht mal, wer vor euch steht, kennt ihr viele so gutgläubige und liebenswerte Menschen?«

Und plötzlich sprang Conchetina hoch und stampfte mit dem Absatz auf. Auch Alexandro war zornig.

»Beweisen Sie mir das!«

»Was?«

»Dass ich dumm bin!«

»Was ist da noch zu beweisen?«

»Versuchen Sie's mal!«

»Soll ich?«

»Ja, bitte!«

»Brauchst du einen Beweis?«

»Ja!«

»Bitte schön!«

Und Alexandro brüllte furchterregend:

»Steh auf, Kumeo!«

DAS WINZIGE BACKSTEINHAUS

In Feinstadt waren die Häuser rosa und hellblau gestrichen, dieses aber, dieses eine von Ana Maria, war ein ganz einfaches Haus, aus schlichtem Backstein. Ein Königreich, umgeben von wehmutdurchzogenem Nebel. Der Wächter der Nacht, Leopoldino, wäre auf keinen Fall mehr an diesem Backsteinhaus vorbeigelaufen, denn jetzt stand da des Nachts, bis der Hahn zum ersten Mal krähte, eine Person in schwarzem Umhang, den Hut tief in der Stirn – unser Vagabund, Domenico. Zu dritt wohnten sie in dem kleinen Haus, der zahnlose Mann, seine Tochter, die schutzlose Frau, und noch einer: der Gebieter der Klänge. Domenico lehnte an der kühlen Wand und lauschte still den sonderbaren Tönen, was war das bloß? Was für eine Seele wohnte dem Gebieter der Klänge inne? Eine nicht fassbare – am wichtigsten war der Vogel, dann das Meer, das in der Dunkelheit schäumte, außerdem der Duft der Erde und der Geheimnisträger, der jeden mit fremdartigen Farben liebkoste. Erhabene, leidbringende Klänge. Ein fremdes Land, langersehnt, mit Mörtel aus Klängen erbaut, leicht und weich. Eine ins Schwanken geratende Treppe, wie eine Welle, mit unebenen, niedrigen Stufen. Mal hoch, mal runter, hoch, wieder runter und doch nach oben, ganz, ganz nach oben, zum Gebieter. Zwei spielten da, Vater und Tochter, abwechselnd, niemals zusammen. Und einer von beiden spielte besser. Was vermittelten ihm nur diese Klänge, farbenreich, fremd, vollendet – auf Wolken zu liegen? Einen Morgenrottraum, dem Vergessen geweiht? Im fremden Kamin verbrannte etwas, mit nassem Zischen. Und in dieser fremden Wärme stand, an der Backsteinwand, Domenico, der Vagabund. Und das mit Traurigkeit vermischte Glück dieser Flamme wärmte gar die Seele.

Und am Nachmittag wieder dieses: »Nimm das Glas nicht von der Quelle!« Alles hier war so wirklich und doch so unecht im gleichgültigen, skrupellosen Licht, ach, bis zum Abend ... Und jetzt: »Wie das schäumt! Mir brennt schon die Kehle!« Er ging widerstrebend mit, sie tranken. Giuseppe polterte. Ein zufriedener Cilio blinzelte verschlagen: »Nein, nein, wir waren einfach nur spazieren.« »Altes Schlitzohr.« Tulio grinste ihn an. »Solange mein Herz noch schlägt, werde ich ein Diener der unübertroffenen Wahrheit sein und ein Prediger in einfache Worte gefasster unsterblicher Weisheiten«, sagte Duilio, so wie er war, zu Tante Ariadna, die ihre Fäuste an die Brust drückte. »Doch sollte ich sterben, möge man mir aufs Grab eine Trauerweide und eine Pappel stellen, denn die Pappel werde ich sein, und die Trauerweide ein gewöhnlicher Mann mit hängenden Schultern, oder nein, nein, mehrere Trauerweiden sollen unsere Urururenkel hinstellen und in der Mitte eine einsame Pappel, zur Hervorhebung meiner Unnachgiebigkeit«, und hier wurde ihm der Mut leicht, weil Alexandro dazwischenrief: »Ein dreifaches Salut auf Duilio, greift zum Stift, damit dieser so feine Gedanke den nächsten Generationen erhalten bleibt – wobei eine Trauerweide eigentlich nicht hingestellt wird, sondern gepflanzt.« »Es ist höchst verwunderlich, dass sie sich in den verliebt hat«, sagte Vincente, den Kragen zugeknöpft, zu Cilio beim Anblick von Conchetina und Kumeo, und der erwiderte: »Auch als Mann soll er nicht viel taugen.« »Woher weißt du das?« »Ich hab Laura gefragt.« »Vielleicht war er dieses eine Mal nicht in Stimmung.« »Das hab ich mir auch gedacht, aber Jeanette hat es bestätigt.« Doch Conchetina streichelte das borstige Haar ihres Auserwählten wie frisches Gras: »Häschen, liebst du mich?« »Wenn ich dich nicht lieben würde«, erwiderte Kumeo stolz, »hätte ich dich dann geheiratet?«

Und des Nachts wärmte sich vorm Backsteinhaus Domenicos des Tages überdrüssige Seele. Ein unbekanntes Instrument sprach eine fremde Sprache, voller lang gezogener Laute und im nächtlichen Wald geborener Mitlaute. Schnee, Schneeflocken ... Es schneit, und dann ist es plötzlich wieder warm. Ein klirrender Bach, ein munteres Vögelchen und plötzliche Freude, dann wird etwas verschüttet. Ein losgerissenes Fohlen, Fetzen vom Seil um den Hals und reichlich Körner für die Spatzenschar ... Und doch Wehmut – er ist immer fern, der Gebieter der Klänge, auch wenn er sorglos oder glücklich ist. Und wenn er traurig wird, wer könnte trauriger sein – ein Baum ohne Früchte? Ein versiegter Brunnen? Ein weites Feld, vernachlässigte, brachliegende Erde, die Traurigkeit herrenlosen Bodens, Traurigkeit als Pflug und die Seele des fremden Vagabunden davorgespannt. Und am unsichtbaren Seil der schutzlosen Frau angebunden der Vagabund, die Hände gefesselt, festgebunden, im Mund einen Knebel und die Seele doch noch frei, die schmerzende, freie Seele, oh, sie spielten, diese Töne, diese Klänge ...

Und nachmittags – was sollte er mit sich anfangen, er trat auf den Balkon, es verlangte ihn nach Luft, nach seinem Anteil daran. Hinter dem Vorhang, in Arturos Zimmer, war Geflüster zu hören. Die Arme vor der Brust verschränkt, lehnte er sich im Sessel zurück. Es war kein guter Tag, zu hell, sonnig, Nebel wäre ihm lieber gewesen. Und wieder der Retter, das allmächtige »sagen wir« – er schloss die Augen, es ist Nacht, Nacht, Ruhe, wünsch dir, was du willst, aber verflucht, dort, hinterm Vorhang war ein unangenehmes Zischeln zu hören, Mitlaute, dann wurde das Geflüster lauter, das mussten Arturos Verwandte sein, Gäste von weit her, ohne es zu wollen, bekam er alles mit. »Nein, so geht das nicht.« »Ja, das sehe ich auch so.« »Ich muss ihn drum bitten, gemeinsam müssen wir ihn drum bitten.« Die Balkontür quietschte. »Wie sieht's aus, nix Neues?«

»Ach, Ruggiero, mein Guter!«

»Nix Neues, er bleibt dabei, er zahlt nicht.«

»Ist er verrückt geworden? Die lochen ihn ein.«

»Das steht fest.«

»Sag mal, wie viel hat er eigentlich zu zahlen? Zehn Drahkan?«

»Ja, zehn, stell dir mal vor.«

»Das geht doch noch.«

»Ein Batzen Geld, aber trotzdem, für Arturo ...«

»Eigentlich versteh ich immer noch nicht, warum er das zahlen muss.«

»Weil ... also den Saal hat doch Giacomo Menicelli gebaut, überleg mal, das ist einer von den Leuten von Marschall Bittencourt. Es gibt dort zweihundert Sitzplätze, und er hat Arturo eine Menge Eintrittskarten überlassen. Er hat gemeint, wenn du alles verkaufst, sind sechs Teile für mich und ein Teil für dich. Komm dann zu mir, und ich geb dir noch mehr Eintrittskarten. Unser guter Arturo hat selbstverständlich die Eintrittskarten verkauft, aber nicht so, wie er es gesagt bekommen hatte. Na ja, er hat immer von zwei, drei Leuten Geld genommen, nur eine Karte ausgestellt und das restliche Geld in die eigene Tasche gesteckt. Ich verurteile ihn nicht, er hat Familie, Frau, Kinder; Giacomo Menicelli hat gewartet, gewartet, in seinem vornehmen Haus am Stadtrand von Kamora, und als sein Gefühl ihm sagte, dass Arturo mit dem Verkauf der Eintrittskarten hinterherhängt, schickte er einen seiner Leute los, um das zu überprüfen.

Und vorgestern haben dann diese Lackaffen ihren Auftritt gehabt, Arturo stand im Eingang, und als einer ihm zwanzig Groschen gegeben hat, hat er, ohne ihn auch nur anzuschauen, das Geld genommen und gemeint: ›Geh durch‹, und als der Mann nicht durchgegangen ist, hat er aufgeschaut und ja, da stand Massimo. So, jetzt frag ich dich, wieso hat er nicht hingeguckt, hm? Massimo ist dann hingegangen und hat im Saal alle Eintrittskarten überprüft. Nur jeder Zweite oder Dritte hatte eine. Und unser Arturo – wo bleibt er bloß? –, unser Arturo wurde wegen Missachtung einer Abmachung zu einer Geldbuße von zehn Drahkan verdonnert.«

»Ach, Mann! Und, was sagt Arturo dazu? Mannomann!«

»Er ist nicht bereit zu zahlen, stell dir vor.«

»Ja, weiß der Gute denn nicht, dass die ihm die Zähne einschlagen und ihn ins Kittchen stecken und alle Wertgegenstände, die er zu Hause hat, mitnehmen und den Rest abfackeln werden? Das sind doch Kamoraner, Mann!«

»Denkst du, wir wissen das nicht? Uns ist das klar.«

»Ja also, er muss zahlen.«

»Denkst du wirklich, er wird nicht zahlen?«

»Er wird nicht zahlen, nein, er ist zu stolz!«, stöhnte Eulalia auf. »Und die werden ihn mir einlochen!«

»Der wird schon noch schön brav zahlen. Weißt du, warum er drauf besteht, nicht zu zahlen? Er schämt sich vor euch – wäre er die Sache ein bisschen maßvoller angegangen, hättet ihr letztendlich Gewinn gemacht, und in Kamora hätte keiner Verdacht geschöpft. Es bringt jetzt nichts, ihm Vorwürfe zu machen, sagt ihm besser: ›Zahl doch, Arturo, mein Lieber, mein Guter‹, irgendwann gibt er euren Bitten nach, Eulalia. Du bist meine Schwester, mein eigen Fleisch und Blut, deshalb sag ich dir das, ich will nicht, dass du unnötig Kummer hast. Also, wenn er kommt, sei trotzdem lieb zu ihm, ja?«

»Natürlich«, hörte Domenico eine verweinte Stimme. »Er ist ja die tragende Säule der Familie.«

»Aber wie konnte er Massimo übersehen?«

»Weißt du, Cesare, warum er noch sauer ist?« Eulalia wurde ein bisschen munterer. »Arturo sagt, dass der Wachmann und die Putzfrau des Gebäudes ihm jeweils zwei Drahkan geben sollen.«

»Falls er den Gewinn mit denen geteilt hat, dann ja.«

»Geteilt hat er nicht, nein.«

»Woher willst du das wissen?«

»Ich weiß es eben.«

»Warum sollen die dann zahlen?«

»Was weiß ich, er meinte, er sei ihr Vorgesetzter und …«

»Nein, nein, Eulalia, meine Liebe, das ist Quatsch.«

»Ich frag mich immer noch, warum er Massimo nicht gesehen hat.«

»Allerdings, wie konnte ihm das passieren!«

»Die Eintrittskarten hätte der sowieso überprüft.«

»Aber trotzdem, er hätte ihn sehen müssen.«

»Psst, ich glaube, er kommt, schau mal nach draußen, Giangiacomo!«

»Domenico hörte die Stufen quietschen, der Sprössling Giangiacomo lief die Treppen runter und kam gleich darauf wieder hoch:

»Er kommt, Mutti.«

Schwere, gravitätische Schritte waren zu hören, jemand rückte einen Stuhl, und einen Moment lang waren alle still. Sie schauten wohl den stirnrunzelnden Arturo an.

Dann sprach Arturo:

»Ach, wenn ich den zwischen die Finger bekomme!«

»Wen, Massimo? Bist du verrückt?«

»Nein, einen anderen.«

»Wen denn?«

»Mauricio!«

»Wer ist denn das?«

»Der Wachmann.«

»Aah.«

Sie schwiegen geraume Zeit. Während Domenico wartete, was sie
sagen würden, glitt sein Blick über die Berge.

»Ich werde ihn schlachten wie ein Schwein«, sagte Arturo.

»Dann lochen sie dich ein. Oder sie bringen dich um.«

»Lässt du mich im Stich, Vati?«, fragte Giangiacomo herzzerreißend,
und Domenico standen sofort seine roten Bäckchen vorm Auge.

»Ist mir egal. Jetzt geh ich und schlachte ihn.«

Aber der Boden quietschte nicht. Arturo schien fest auf seinem Stuhl
zu sitzen.

»Eh, Mann«, sagte Eulalias Bruder, »willst du die Kinder im Stich lassen? Diese Kinder? Guck mal, was für Wonneproppen das sind, willst du,
dass sie ohne Vater aufwachsen?«

»Lass das, bitte, lass das, mach mir das Herz nicht schwer, ja.«

»Zwei Drahkan sind 'ne ganze Menge, Mann, woher soll ein Wachmann so viel haben? Verlang einen Drahkan, vielleicht gibt er ihn dir.«

Sie verstummten.

»Glaubt mir«, mischte sich Arturos Mutter Sibilla, die energische Alte,
ins Gespräch ein, »ich hab's geahnt, ich hab's ihm gesagt, sieh dich vor
diese Woche, verkauf die Eintrittskarten ordnungsgemäß, aber er hat
nicht auf mich gehört, er lässt sich nichts sagen.«

»Eines Tages werde ich ihn …«, fing Arturo an, aber er wurde unterbrochen:

»Wenn man dich einlocht, was wird dann aus den Kindern?«

»Bis heute hab ich sie ja immerhin großgezogen …«

»So läuft's im Leben, mein Lieber – heute gewinnst du, morgen verlierst du.«

»Und wenn ich bezahle?« Zum ersten Mal ließ Arturo diesen Gedanken zu. »Danach werde ich Mauricio sofort entlassen, feuern!!! Ich werde
ihn raussch…«

»Ja, Mann, mach das«, freuten sich alle.

»Vati, feuern oder nicht feuern, das bestimmst sowieso du.«

»Erst mal muss diese Angelegenheit bereinigt werden, dann kannst du tun, was du willst. Sonst ist dein ganzes Lebenswerk für die Katz.«

Arturo schnippte sich etwas von der Schulter und sagte: »Sei's drum. Ich zahle.«

»Oh, bravo, bravo, Arturo.« Begeisterte Zurufe wurden laut. »Du bist ein ganzer Kerl!« »Wie großzügig du bist!« »Danke, Vati, danke!« »Wieso hast du ihn nicht angeschaut?« »So ist's richtig, so ist's richtig.«

»Natürlich ist das richtig«, rühmte sich Arturo, »soll ich etwa diese Kinder ihres Vaters berauben? Guck mal, sie strotzen nur so vor Gesundheit«, und er klemmte sich ein Mundstück zwischen die Lippen.

Die und dergleichen Geschichten, ach … Und spät in der Nacht das warme Feuer, das berauschende »sagen wir«. Mit einer Schulter gegen die Backsteinwand gelehnt, steigt er ins kühle Meer. Nacht, der Mond verschlissen. Seid ihr mal im nächtlichen Meer geschwommen? Diese Schönheit und die Angst, die Angst – du hebst den Kopf. Wie dunkel und doch so unaussprechlich schön. Von den Fingerspitzen fallen Tropfen, beleuchtet vom Vollmond, und den einzigen Bezwinger der verfluchten Angst haben wir auf unserer Seite – die Schönheit. Wer, wir? Wir zwei, wir, Sie und ich, die in Feinstadt als Wüstlinge bezeichneten zwei Herumtreiber, die des Nachts die Menschen durchs Fenster beobachten, wissen Sie noch, wissen Sie noch, wie Sie auf meinen Kopf gestiegen sind? Wir haben ja sonst nichts zu tun, folgen wir ihm auch jetzt, Sie können doch schwimmen? Egal, steigen Sie ins Boot. Und ich, Ihr ergebenster Diener, binde mir das raue Bootstau um den Hals, und vielleicht schaffe ich es, schwimmend Ihr Boot zu ziehen, nein, nein, ich lasse doch nicht zu, dass Sie die Ruder bedienen, Sie haben ja auch gar keine. Aber pssst, Vorsicht, da ist der Gebieter, der Gebieter der Klänge, er hat uns beigebracht, tief zu atmen und vor Freude laut zu schreien; das erste Lied, in der Höhle schliefen wir am Feuer, und da war das Geräusch des Flusses, dumpf und deutlich, es gehörte dem Herrn. Weißt du noch, er hat uns geliebt, und die Schatten der Bäume zitterten im Wind …

Oh, was spinne ich da alles zusammen – Schluss damit. Immer hörten wir die Klänge des Gebieters, im Regen ließ er die Erde flüstern. Das Brummen der Bären, das Brüllen der Löwen, und als es stiller wurde –

Vogelgezwitscher, ach, diese Vögel, die machen's auch nicht einfacher. Wie kann ich von diesen freien Versen lassen? Mit einfachem Satzbau? Bitte schön: Wenn Sie möchten, gehen wir von hier weg, kommen Sie, ich hab einen Unterschlupf, und Sie sowieso. Was treibt uns, dass wir um Mitternacht hier umherschweifen, umherschwimmen, bitte schön, gehen wir in unsere Häuser, auch im Boot zu sitzen ist nicht besonders angenehm, und das Seil schneidet mir schon in den Hals. Gehen wir weg von hier, gehen wir schlafen, wie alle anderen, und wachen wieder auf, wenn es richtig hell ist. Gehen wir zur Arbeit, bitte, lassen Sie sich unterwegs nicht aufhalten, grüßen wir zwei, drei Leute, kommen wir dann von der Arbeit zurück, besprechen im Kreise der Familie ein paar Belanglosigkeiten und gehen wieder schlafen, und wachen wieder auf, wie alle anderen, und … Aber die Klänge, die Klänge, diese Klänge … Wie schön der Wald ist, tagsüber, in der strahlenden Sonne, wie schön. Über und über grün, weich, leuchtend – aber meinem schlimmsten Feind wünschte ich ihn nicht des Nachts, die knorrigen Baumstümpfe dann und die Heimtücke, mucksstill, gewillt, dir an die Kehle zu springen, uuiiih, bitte nicht; die Klänge des nächtlichen Waldes, tückische Klänge, Angst, ja, das ist es; und Sonne! Licht! Auf den Wolken liegen, unerklärliches Glück, Angst auch und Licht, das ist – Musik … der König … Musik … In dem kleinen Backsteinhaus wurde wieder gespielt.

Domenico, der Vagabund, lehnte mit der Schulter an der Wand, ihm wurde wärmer.

Er war wie von Sinnen. Als Tulio ihn um Brausewein schickte, stieß er an der Ecke so heftig mit einer Frau zusammen, dass er sie zu Fall brachte. Es tat ihm leid, und er kniete sich zu ihr nieder. Vorsichtig half er ihr auf die Beine, entschuldigte sich und küsste ihr die Hand. Die Frau sagte: »Das macht nichts, ist nichts passiert, mein Sohn.« An einem kleinen Stand in der Nähe wurden die ersten Frühjahrsrosen verkauft, er kaufte, so viele er mitnehmen konnte, und drückte sie der Frau in die Hand. Dann ließ er Arturo eilends Brausewein, kalabarisches Hähnchen und Fleisch in einen Korb packen. Domenico holte die Spaziergänger am Stadtrand ein. Im Gänsemarsch folgten sie dem schmalen Pfad, die Sechste in der Reihe war Ana Maria!

»Lass mal sehen.« Tulio steckte die Nase in den Korb. »Alle Achtung, gute Wahl.«

Sie trug ein graues Leinenkleid, ganz schlicht.

»Ja, nicht wahr.«

»Gib her, ich trag das, nicht dass dir die Flasche zerbricht. Und dein Versprechen? Du hast doch versprochen, wenn …«

Er zählte zehn Drahkan ab, gab sie Tulio, und ein ungutes Gefühl überkam ihn:

»Hast du sie selbst gefragt?«

»Nein, ich hab Silvia aufgetragen, sie mitzunehmen.«

»Sind sie befreundet?«

»Nein, sie sind Nachbarinnen.«

»Hat sie sofort zugestimmt?«

»Das habe ich nicht gefragt, aber eigentlich … So weit ich zurückdenken kann, ist sie nie zu einem Spaziergang mitgekommen. Und sie ist auch mit niemandem befreundet.«

»Auch früher nicht?«

»Nie, nein. Liebst du sie sehr?«

Hier wandte sich Ana Maria nach Domenico um. Eine Sekunde lang sah sie ihn an, drehte sich wieder nach vorn und wandte sich sofort noch mal um, aber diesmal war ihr Blick erstaunt. Fast freute er sich, aber dann packte ihn doch ein traurig-träger Schmerz – die Frau sah ihn seltsam an. Und Domenico, ohne den Blick von ihr abzuwenden, sagte zu Tulio:

»Ich liebe sie sehr. Noch mehr als sehr.«

Er sagte das leise, unhörbar.

Die Frau blickte wieder nach vorn, aber wie sie dahinschritt … Nicht nur ihrem Gang, auch ihrem kastanienfarbenen, fein glänzenden Haar war anzusehen, wie nachdenklich Domenicos Anblick sie gemacht hatte.

»Ich könnte dir ein paar Sachen beibringen, soll ich? Wenn du mich dafür morgen einlädst …«

»Was denn?«

»Lädst du mich ein?« Tulio versuchte, es ins Witzige zu ziehen.

»Ja, ja.«

»Sie mögen Komplimente. Die Frauen sind alle gleich. Wir werden das Pfänderspiel spielen. Ich werde es so einrichten, dass ihr allein bleibt und ...«

Domenico überlief es vor Angst.

»Und du musst irgendeinen Körperteil von ihr hervorheben, aber mit Fingerspitzengefühl, nicht übertreiben, sag so was wie ... zum Beispiel: Was für wunderschöne Augen du hast, Ana Maria, solche Augen sind mir noch nie begegnet. Ihre Augen sind wirklich schön, aber, kann man das über Augen sagen – sind mir nie begegnet?! Keine Ahnung. Oder, was für eine glockenklare Stimme du hast, obwohl, sie sagt eigentlich nie was, jaaa, sag: Was für wunderschöne Finger du hast, diese Finger vermögen es sicher, alles zu spielen. Das ist doch gut, oder? Das Dritte ist am besten, ach, da hatte ich einen guten Einfall. Du lädst mich doch ein?«

Die Schulter der Frau, die zarte Schulter, den gespannten Hals, das alles betrachtete Domenico jetzt von rechts – der Pfad machte eine Biegung. Vorsichtig ging die Frau, Ana Maria, nachdenklich, sie sah auf den schmalen Weg. Domenico konnte den Blick nicht mehr abwenden, er schaute sie an, und es tat ihm in der Seele weh – wie fremd war diese schutzlose, in Gedanken versunkene Frau, unerreichbar, rätselhaft, allen fremd.

»Oder, Domenico, wenn wir den Bach überqueren, dann nimm sie am Arm und hilf ihr. Aber nicht so, dass sie dich ohrfeigt, nein, nimm sie behutsam bei der Hand. Dabei soll sie den Mann spüren, irgendjemand hat das mal gesagt, ich glaube, Duilio. Alles in allem kommt dir eine gediegene Gesprächsführung und maßvolle Gestik zugute, einem Mann steht es nicht, herumzuhampeln und um den heißen Brei zu reden, wenn du mir nicht glaubst, da ist Duilio, frag den, einen Besseren findest ... Morgen lädst du mich doch ein?«

»Ja, ja.«

»Hilf mir, mein Häschen«, wandte sich Conchetina an ihren Ehemann und schlang ihm den Arm um den Hals, »nicht dass meine Füße nass werden.«

»Gut, komm!« Kumeo half ihr über den Bach.

»Ging das nicht ein bisschen zarter? Hm, mein Häschen?« Conchetina schmollte ein wenig und hielt sich mit der Hand den Bauch. Da packte Kumeo den gediegenen, in Gedanken versunkenen Señor Giulio am Schienbein und bellte wie ein Hund. Señor Giulio machte vor Überraschung einen Satz. »Fahr zur Hölle, du Esel! Ach, verzeih mir, Conchetina, mein Kind.« »Macht nichts, Onkel Giulio«, beruhigte ihn Conchetina. »Wir Carrascos wissen schon seit jeher solche unbekümmerten Scherze zu schätzen.«

Ana Maria blickte Kumeo verblüfft an. Sie schaute, als wäre sie nicht sicher, ob das eben wirklich passiert war, dermaßen fremd war jegliche Albernheit der schutzlosen, scheuen Frau; still stand sie zwischen den lächelnden Spaziergängern. Heiii, wie sie schrien!

»Kumeo, du alter Fuchs.« Vincente klopfte ihm auf die Schulter. »Du bist mir einer!«

»Nun, bald wird auch der Frühling vorüber sein«, flüsterte Cilio Rosina von der Aue zu. »Die Zeit des Übermuts. Komm, ich helf dir«, und er half ihr über den Bach.

»Na los, Mann.« Tulio versetzte Domenico einen Stoß. »Los, hilf ihr!«

»Ich kann nicht.«

»Los, hilf ihr, du Niete.« Er stieß ihn noch mal an. »Phhh, du Nichtsnutz!«

Alexandro aber brachte von irgendwoher ein Brett, legte es über den Bach und sagte zu Ana Maria: »Geh rüber, mein Kind.«

Ana Maria sah auf, lächelte ihm zu und überquerte auf Zehenspitzen die kleine Brücke.

Sie war zwanzig Jahre alt, und eine Frau in diesem Alter galt in Feinstadt als alte Jungfer. Sie wollte niemanden, brauchte niemanden, sie dachte nicht einmal daran. Keine Rede von einem Verlobten, nicht einmal Freundinnen hatte sie. Und jetzt, wo sie zum ersten Mal auf einen Spaziergang mitgekommen war, ihr Zimmer verlassen hatte, ihr Zimmer, das ihrem Gebieter gehörte, stand sie verwirrt zwischen diesen forschen Leuten, allen fremd und fern. Und nur jenem Jungen, der nicht lächelte, warf sie von Zeit zu Zeit einen Blick zu.

»Lassen wir uns hier nieder«, sagte Duilio, so wie er war. »Den Bach haben wir überquert und sind nun am Fluss, hier haben wir den reichhaltigen Schatten der Waldung und frische Luft. Sich ins Reich der Natur zu begeben hat positive Auswirkungen auf den menschlichen Körper und auf das Allgemeinbefinden.

Kommt, setzen wir uns hierher, so wie es sich nach den Regeln der Natur gehört, und sprechen wir von erhabenen Vorkommnissen.«

»Duilio!«, rief Alexandro.

»Was möchtest du?«

»Hopps!«

Aber Duilio schenkte ihm keine Aufmerksamkeit:»Freundschaft ist die wichtigste Voraussetzung für gesunde Beziehungen zwischen den Bürgern einer Stadt, auch wenn du deinen Freund vielleicht gar nicht kennst. Der bleibt womöglich müde, halb verdurstet, mit einer schweren Last namens Freundschaft und Beistand auf den Schultern an der Quelle stehen, aber auf alle Fälle nimmt er das Glas – nicht von der Quelle! Oder nehmen wir zum Beispiel den folgenden Spruch ...«

Ana Maria saß auf einem Baumstumpf. Ihre zarten, feingliedrigen, alles vermögenden Finger lagen auf ihren Knien, und den Kopf leicht zur Seite geneigt, blickte sie ins Gras. Dann wurde ihr Blick ein ganz klein wenig scheel, sie versank in Gedanken. An was mochte sie denken, wer hätte das erahnen können, Ana Maria war eine Frau, aber sie war wie ein Reh. Das Haar hatte sie schön geschnitten, es reichte ihr bis zur unendlich zarten, verlängerten Linie des Kinns. Es war schon heiß, und in der Aue wehte von Zeit zu Zeit ein laues Lüftchen. Auf Ana Marias blassen Wangen zitterten zart die Haarsträhnen, ganz für sich saß sie da und dachte nach, sie war weit weg, wer hätte sie schon begreifen können. Und plötzlich zuckte sie zusammen, sie sah sich um, strich sich das Haar zurück – es war eine wunderschöne Bewegung. Und ihr ganzes Haar, seine unzähligen Saiten, erklang lautlos unter den Zauberfingern.

»Hier, greifen Sie zu, Señor Duilio, es ist schon gedeckt. Wollen wir nicht das Pfänderspiel spielen?«

»Sehr wohl, das ist in der Tat ein gutes Spiel«, bekräftigte jetzt mit aristokratischer Ruhe Duilio, so wie er war.

»Ein wunderbares Spiel, schicksalsträchtig.«

»Kommt, gebt mir eure Pfänder.« Tulio zwinkerte Domenico zu. Aber der schaute noch immer die Frau an. Beim Atmen zeichneten sich die

Konturen ihrer festen Nasenflügel leicht ab, kaum merklich hob und senkte sich ihre Brust. Still, ebenso vertrauensvoll wie scheu, saß sie da, eine Fremde unter Fremden. Und ihre schmalen Finger ließen jetzt das Gras erklingen, nachdenklich durchkämmte sie es, und plötzlich schrak sie auf – irgendwo in der Aue zwitscherte ein Vogel. Sie hob den Kopf, ihre Augen weiteten sich, und eine innere Unruhe ergriff sie. Freudig lauschte sie dem einfachen Ruf ihres großen Gebieters: »Wie er zwitschert, hört ihr das?« Sie lächelte, mit diesem unmerklichen Lächeln, bei dem man die Zähne nicht sah, und zuckte wieder zusammen – Silvia stieß ein hohes Gegaggel aus: »Auf so was kannst auch nur du kommen.« Und als Conchetina Tulio scherzhaft eine Kopfnuss verpasste, zog Ana Maria sich wieder in sich zurück, befremdet wandte sie den Blick ab. Sie verlangten ein Pfand von ihr, und sie traute sich nicht, nein zu sagen, errötend blickte sie um sich, ein innerer Schmerz fraß an Domenico, dem Vagabunden, wie sehr liebte er sie! Ihr ein einziges Mal die Hand auf den Kopf zu legen, sie nicht auf die Lippen, nur auf die Stirn zu küssen. Oder ihr lange in die Augen zu schauen, ihre gesprenkelte Iris zu betrachten – sie war selbst der großen Teresa meilenweit überlegen. Hätte er ihr nur in die Augen schauen können!

Huuuuh, heiß war es, und als er an ihrem Handgelenk die pulsierende Ader bemerkte, stand er auf, und wer weiß, was ihn trieb, woher er den Mut dazu hernahm, er zog sich die Schuhe aus, krempelte sich die Hose bis zu den Knien hoch, und da ihm die Kühle der Erde nicht reichte, stieg er bis zu den Knöcheln in den Fluss. Trüb war der vom Regen irgendwo in den Bergen. Kühle Liebkosung, sein Körper, sein ganzes Sein verlangte danach. Die Luft war stickig, die Hitze wurde immer unerträglicher, das Atmen fiel schon schwer, und da zog er sich, ohne zu den verwunderten Spaziergängern zu gucken, das Hemd über den Kopf, warf es hinter sich, machte unvermittelt einen Satz und landete platschend im Wasser. »Huch, ich bin nass geworden«, rief Conchetina, und die anderen starrten ihn überrascht an. Domenico lag bäuchlings im Fluss und schlug mit Armen und Beinen stürmisch aufs Wasser, es spritzte nach allen Richtungen, um ihn herum schien das Wasser zu kochen, manchmal bildete sich in einem aufstiebenden Tropfen ein kleiner Regenbogen, und die Spaziergänger betrachteten, immer noch mit offenem Mund, wie er unverdrossen auf den Fluss eindrosch. Der aber wies keinerlei Anzeichen eines Verdroschenen auf, ruhig ließ er seine trüben Wellen rollen. Zornig trank Domenico aus ihm, und nach ein paar Schluck besänftigte sich sein Gemüt. Er tauchte auch noch unter, mit offenen Augen, sah gelbgraue Zickzacklinien schimmern, tauchte auf, schwamm aufs Ufer zu, und als er seinen Fuß auf den rauen Schlamm stellte, ließen die Tropfen in seinen Wimpern die Welt um ihn verschwimmen. Er fuhr sich übers Gesicht und stieg langsam, schwerfällig aus dem Fluss, Tropfen rannen an ihm herab. Es war heiß, und er, erfrischt, verwegen, durchnässt, blickte dermaßen verlegen die Vorübergehenden an, dass er sie damit noch mehr in Staunen versetzte. Und dann nahm er auf Ana Marias Gesicht eine sanfte Ruhe und die Ahnung eines Lächelns wahr, und er lachte von ganzem Herzen. Es war eine Freude, diesen vom Scheitel bis zur Sohle nassen Kerl anzusehen. Er trug nur eine Hose, und auf seinem weißen, glatten Oberkörper glänzten die Tropfen, das Kinn hatte er der Sonne zugewandt, und an seinem langen Hals pochte unbeirrbar eine blaue Ader. Freudig sog er die Luft ein, und sogar die ebenmäßig geformte Silvia blickte neidisch auf seine Schienbeine und die langen Zehen.

»Werfen Sie sich das Hemd über die Schulter, junger Mann! Wie sagt man: Vorsorge ist die Voraussetzung für Gesundheit.«

»Ein Dorfjunge erkältet sich doch nicht.«

Das kam von Tulio. Seine Stirn war mit Schweißtropfen bedeckt, und um die abfällige Bemerkung abzumildern, lächelte er scheinbar liebenswürdig zu Domenico hinüber. Der erwiderte das Lächeln. Er zog sich sein Hemd über, am Rücken kamen Wasserflecken durch, er strich sich über die Hose, streifte das Wasser ab. Als er sich aufrichtete, durchzuckte es ihn – dankbar sah die Frau ihn an.

»Uuuund der Besitzer dieses Pfandes, was soll er tun?«, fragte Silvia herausfordernd und stieß Tulio, der seinen Kopf in ihren Schoß gelegt hatte, leicht mit dem Knie an. Das Pfand gehörte Ana Maria, ein dunkler Kieselstein.

»Dessen Besitzer, ähmm, jaaa – muss mit Domenico zusammen Holz sammeln gehen«, und er rechtfertigte sich: »Wir wollen doch das Fleisch braten, wem gehört das Pfand, dir, Kumeo?« »Nein, Mann, meins war Kandiszucker, ich kann doch keinen Kieselstein essen.«

»Um Himmels willen, Häschen, der würde dir ja die Zähne kaputt machen.«

»Wem gehört er denn?« Schlau war der Partylöwe.

Sie sammelten also Holz. »Du nicht, bitte«, sagte Domenico. Aus der Ferne erreichte sie manchmal Gelächter, Kumeo wieherte ununterbrochen. Wieso sind das meine ersten Worte zu ihr?, ging es Domenico durch den Kopf: »Du nicht, bitte.« Behutsam klaubte Ana Maria trockene Äste auf und schichtete sie zu einem Haufen. Selbst eine so leichte Arbeit wie diese war sie nicht gewöhnt, und ihre Wangen röteten sich. Auch Domenico, noch immer nass, überliefen Schauder. Was sollte er sagen? Er suchte nach Worten. Soll ich nicht sagen … soll ich sagen …? Er wusste es nicht, auf sich gestellt würde er nichts zustande bringen, er brauchte dringend Hilfe, hätte er doch nur in der Aue um Rat fragen können.

»Ist dir heiß?«

»Ein bisschen.«

»Wart einen Moment.«

Er rannte zu seinem Fluss, tauchte die Hände ein, formte eine Mulde und schöpfte vorsichtig Wasser. Ebenso vorsichtig ging er zu der Frau zurück. Vom eroberten Fluss einen winzigen Anteil, zwei Handvoll Wasser, brachte er ihr und sagte: »Wenn ich dir das anbieten dürfte. Erfrisch dich doch ein bisschen.« Ana Maria sah ihn an. So konnten nur die vollkommen Naiven schauen. Domenicos Herz zog sich zusammen, er hatte einen Kloß im Hals, wie sehr er sie liebte. Die Frau formte ihrerseits eine Mulde, Domenico goss bis auf den letzten Tropfen das Wasser hinein, und Ana Maria kühlte sich das Gesicht – die Stirn, die Wangen, sie fuhr sich über den Hals. Die Augen geschlossen, stellte sie sich mitten in die Sonne, wandte der Sonne ihr Gesicht zu, und wieder mit diesem unmerklichen, leichten Lächeln, den Kopf nach hinten gelegt, die Augen geschlossen, lauschte sie der Sonne, oder etwas Ähnlichem. Jetzt sollte er es sagen, auf der Stelle sollte er es sagen, aber wie, wie denn? Einen Retter wünschte sich der verlegene Vagabund, wen sollte er in Gedanken um Rat fragen, Tulio? Ach, nein, nein, der war zu verschlagen. Duilio? Nein, er wollte nicht mit honigsüßen, geschminkten Wörtern um sich werfen. Alexandro? Wer hörte dem schon zu? Cilio? Pffh, der war so falsch. Kume... ach nein, nein.

Die Frau stand da, die Sonne trocknete ihr das Gesicht. Domenico gewahrte kaum merkliche Sommersprossen, die vereinzelt auf ihrer oberen Wange verstreut waren, und obgleich er nicht die Frau liebte in diesem zerbrechlichen Mädchen, sondern etwas ganz anderes, Unerklärliches und Rätselhaftes, Erhabenes, schoss es ihm beim Anblick der Sommersprossen durch den Kopf: Bestimmt haben deine Brustwarzen genau diese Farbe, Ana Maria. Das dachte er nur kurz, aber die aufgeschreckte Frau machte sofort die Augen auf, sah ihn ängstlich an; ein bisschen, noch ein bisschen, und alles wäre verloren, so sah sie ihn an; was sollte er sagen, wer konnte ihn retten – vielleicht der hinkende Knecht, in der Kindheit hatte der ihn immer gebadet, und einmal hatte er ihn auch auf den Kopf geküsst, nein; es gab noch jemanden, jemand anderen, jemand liebte ihn! Gwegwe? Ach, nein, nein. Gar nichts zu sagen ging jetzt, angesichts dieses fremden Gefühls, nicht mehr, aber hier etwas zu sagen, in der Aue, wo er durch einen Trick mit ihr allein geblieben war, wäre auch nicht richtig gewesen, und da fiel es ihm ein: Vater, ja Vater! Hilf mir, Vater, hilf mir. Und die Frau spürte, dass Domenico etwas zu sagen hatte, und sie spürte auch, dass sie, wenn er es ihr alleine gesagt hätte, beleidigt gewesen wäre, und er, der Vagabund, er flehte, hilf mir Vater, Vater, hilf mir, und es geschah ein Wunder. »Tulio, Tulio«, fing Domenico an zu schreien, »schnell, hierher, du auch, Duilio, Señor Giulio, Kumeo, Conchetina, Alexandro, Silviaaa, Vincente, kommt alle, schnell, kommt her!« Als Erster, außer Atem, war Tulio bei ihm, dann Cilio, Alexandro ... Alle versammelten sie sich. »Hat ihn etwa eine Schlange gebissen?«, entsetzte sich Conchetina. Domenico aber kniete vor Ana Maria nieder, umarmte ihre Beine, legte seine Wange an ihre Knie und schrie: »Ich liebe diese Frau!« Ana Maria legte ihm die Hand auf die Schulter, zog ihn hoch, sah ihm lange in die Augen und gab plötzlich dem stillen Vagabunden, Domenico, auf die Wange einen Kuss.

So geschah es – einfach.

4

SOMMERSPIELE

Für wann sollen wir die Ankündigung machen?«, fragte Duilio und schaute in die Runde. »Vielleicht für morgen? Das gute Wetter scheint zu halten, wir können die Sommerspiele durchführen. Das reicht jetzt, Ugo.« Der jugendliche Irre umkreiste den in seine Rhetorik vertieften Duilio, sein Holzmesser hielt er in der Hand. »Rotes Blut auf grünem Gras.« Doch Duilio ließ sich nicht davon abhalten, die Gesellschaft für die Sommerspiele zu begeistern. »Ich glaube, übermorgen wäre am besten. Auf dass die Luft erfüllt sei von dem Kichern der Fräuleins und dem Lachen der Jungs!«

»Dann soll es übermorgen sein«, sagte Vincente, sein Kragen war zugeknöpft.

»Abhärtung und Leibesübungen versorgen unser Gehirn mit Lebenskräften«, bemerkte Duilio, so wie er war. »Und das ist sehr gut. Ach, war das eine Hochzeit!«

»Aber wirklich!«

»Allerdings!«

»Was für Wein! Und das Spanferkel!«

»Und der Fisch war klasse.«

»Wo ist der Alte hin?«

»Wer, der Zahnlose? Der ist fortgegangen.«

»Wohin? In eine andere Stadt?«

»Was weiß ich, irgendwohin.«

»Und hat die beiden ganz allein in dem Backsteinhaus gelassen, nicht wahr? Warum streichen sie es denn nicht? Jetzt werden sie es ganz sicher rosa tünchen. Domenico hat ja Geld.«

»Es geht nicht ums Geld. Das Geld hatte ihr Vater auch, aber sie haben es nie gestrichen.«

»Ach, ihren Geschmack müsste man haben«, witzelte Tulio.

»Domenico wünsche ich jedenfalls 'ne Menge Geduld«, lachte Antonio. »Bei dem ständigen Gefiedel!«

»Jetzt wird nicht viel gefiedelt werden, ihr wisst schon, frisch verheiratet ...«

»Ich stech es dir direkt in den Hals, Duilio, mitten in den Hals, da hinein, wo es sich beim Schlucken hoch und runter bewegt«, sagte Ugo, und in seinen Augen schwappten wieder die alten Bewohner, die grauen Fische. »Und dann sprich weiter, mit aufgeschlitztem Hals, das Hemd rot von deinem Blut.«

»Das reicht Ugo, das reicht, beruhige dich«, empfahl ihm Duilio. »Hast du es nicht allmählich satt?«

»Aber welchen Sinn haben eigentlich die Sommerspiele?« Cilios Laune trübte sich ein wenig. »Giuseppe wird uns sowieso alle ausstechen.«

»Nein, nein, Cilio, falls das Gehirn fruchtbare Arbeit leistet, kann man jederzeit eine scharfsinnige Lösung finden – hier ist sie schon, bitte schön: Lasst uns die Siege von Giuseppe einfach nicht gelten lassen.«

»Dann schlägt er uns grün und blau!«

»Nein, für uns, verdeckt, insgeheim.«

»Gepriesen seien deine Nachkommen, Duilio!«

»Er ist die Klugheit in Person!«

»In deinen klugen Kopf werd ich mein Messer stecken«, flüsterte Ugo flammend. »Mit beiden Händen werde ich das Messer halten, und in dem unerträglichen Schmerz wird dir alles leuchten.«

»Das reicht jetzt! Bringt das Kind zum Schweigen! Das ist ja nicht mehr zum Aushalten!«

»Käme doch wenigstens Domenico vorbei!«

»Wozu denn?«

»Er zieht sofort Leine, wenn er ihn sieht.«

»Stimmt, er hat Angst vor ihm. Warum eigentlich?«

»Keine Ahnung, warum, jedenfalls geht er ihm aus dem Weg.«

Ana Maria schlief zusammengekauert auf dem großen, breiten Bett. Es war Sommer in Feinstadt. Die Wärme drang durch die Fenster, Ana Maria hatte sich mit einem dünnen Laken zugedeckt, und zwei weiße Wellen liefen über ihren Körper, die Hüfte und die Schulter. Sie war so anders, wenn sie schlief – weit, weit ins Verlorene gereist, erschöpft vom Spiel, unbekümmert. Bis dahin ein hilfloses Wesen, eine sanftmütige Sklavin ferner Klänge, schien sie, sobald sie einschlief, befreit, sie erblühte, ein sorgloses, glückliches Lächeln schimmerte gar auf ihrem Gesicht, und Eifersucht fraß an Domenico – jemand anderen, ganz anderen lächelte seine Frau an. Zu zweit wohnten sie in dem einfachen kleinen Backsteinhaus, und trotzdem, allenthalben war da jemand anderes, ganz Fremdes anwesend. Wenn sie spielte, war sie bei diesem anderen, und wenn sie nicht spielte, wollte sie zu diesem anderen. Jetzt schlief sie und lächelte unmerklich beim Durchwandern der veilchenfarbenen Keller des Traums.

Schön war sie. Sie hatte die Augen eines Rehs, vom Reh auch den Blick. Nach der Hochzeit, am nächsten Morgen, als er bei der beschämten Frau die ihm zustehende Nähe gesucht und ihr mit ermunterndem Lächeln in die Augen geschaut hatte, war er erschrocken, sie, die die erste Nacht mit ihm verbracht hatte, gehörte doch einem anderen, einem ganz anderen. Er war ganz durcheinander gewesen, verärgert hatte er sie auf die Stirn geküsst, und sie hatte ihn angesehen, für einen Augenblick war sie zurückgekehrt und wieder weggegangen, sie war ihm entflohen, zu dem anderen, sie ging fort, zu dem anderen! Jetzt schlief sie, die Wange auf der Handfläche, sie lächelte.

»Oder direkt zwischen die Schultern, Duilio, vom Rücken aus ist das Herz näher.«

»Wo hast du das bloß aufgeschnappt?«, wunderte sich Duilio und korrigierte sich hastig. »Woher weiß dieser junge Mann solche Dinge?«

»Hoppla!«

»Bist du neidisch, Alexandro? Du bist neidisch, nicht wahr, dass ich

mich so präzise ausdrücke. Und deshalb unterbrichst du mich, diese meine verbalen Errungenschaften sind zum einen dadurch bedingt, dass …«
»Hoppla!«
»Ich bringe ihn um, lasst mich los, jetzt ist er auf ›Hoppla‹ umgestiegen, was erlaubt er sich, lasst mich sofort los, ich werde ihn mit einem milanesischen Dolch zerstückeln! In lauter kleine Stücke!«
»Bist du verrückt geworden, Duilio?« Tante Ariadna legte sich die Hand auf die Brust. »Du sprichst ja wie Ugo?!«

Sie konnte einem leidtun, wie sie das Essen kochte; wie sie Zwiebeln schnitt, wie ihre Augen tränten; umsonst suchte sie im Kräuterbund nach Basilikum. Die hilflose, scheue Frau starrte Domenico schuldbewusst an, und im selben Moment rannte er auch schon mit einem Korb in der Hand zu Arturos Laden. Und als er zurückkam, stutzte er – die Frau spielte, eine Zauberin, mit Haut und Haar die eines anderen, und dieser andere hatte sie als Königin an seiner Seite. Was er ihr nicht alles zuteilwerden ließ: das Meer, im Dunkeln bösartig schäumend, die Luft des taufrischen Morgens, rein, die furchtlose Seele eines jeden Vogels. Und was das Wichtigste war, er reichte ihr die ewigen Geheimnisse dar; und die fremde, ferne, von einem Dunstschleier umgebene Frau, die Frau, die Herrscherin, die Herrscherin über die gehorsamen, gezähmten, besänftigten, zügellosen Klänge, die Frau spielte. Was für eine Frau! Wie sicher schritt sie umher in ihrem fremden Land, sie konnte fliegen, sie konnte zweifellos fliegen, sie, die Allmächtige und Unerreichbare, und trauern konnte sie auch und auf dem Boden kriechen, um dann plötzlich in die Höhe zu schießen, ganz hoch, noch höher, von oben betrachtete sie diese lausige Welt; einzig die Wolken hätten dabei stören können oder ein Berg mit schneebedecktem Gipfel; und die Freude, gleich einem hohen Berg, stürzte mitten ins Meer. Und da wuchs ein Wasserberg empor, herrlich grausam, mit Wucht drückte er sich nach oben, eine gigantische Blume stieg zum Himmel, das war die Frau. Wie stark waren ihre zarten Finger, ihre Krallen gruben sich in die glänzenden Saiten. Wie ein Geier, die Flügel ausgebreitet, hackte sie in die Saiten, mit dem Bogen peitschte sie sie, war sie das noch, die schutzlose Frau? Und wundersamerweise wurde sie plötzlich sanft, ein Kind schnaufte jetzt im Raum, ein unschuldiges und reines. Das Kind rannte durchs hohe Gras, und da, der blasseste aller

Klänge, als richtete sich das Gras wieder auf. Jetzt war dem Kind kalt, es lag in der Sonne, es räkelte sich, Wärme, die liebende Sonne, Wasser und Luft und Glück. Die schrille keusche Seele des Grases, ein Brunnen, randvoll, und darin der Mond, der alte Bekannte, der alte Mond. Eine ungastliche Höhle. Das am glatten Gestein abprallende Geräusch der Schritte, und während draußen die Sonne scheint – ein Kriechen auf dem Bauch durch die schmale Finsternis, die einäugige Angst noch vor der Geburt, und kraftlos weint jemand, angelehnt an unsere gleichgültige Schulter. Er aber, beharrlich, unerschütterlich, ist irgendwo in der Ferne und wartet treu. Wer ist er, woher kommt er, wie viele Mütter gibt es auf der Welt, er weint wieder, und die Sonne, das Licht, das Glück und die Luft, das Wasser, die Tannen im Wald, es ist herrlich, nicht wahr? Ah, es ist wirklich herrlich, und wieder Schlaf, Erwachen – bitte, lassen Sie mich noch kurz, es ist eine Gnade, weich und sacht, wie die Fußsohlen eines Säuglings, alles ist Klang, auch das Lächeln ist Klang, die Frau spielte, die schöne Frau, die Frau des Fremden mit Haut und Haar, sie gehörte ganz ihm, und zum Glück konnte der verwirrte Vagabund nur ihren Rücken sehen, aber wir, Sie und ich, wir zwei in Feinstadt als Wüstlinge bezeichnete Herumtreiber, wir wissen doch, wen sie ansah, die Augen geschlossen, wen sie anlächelte, die Frau mit den Zauberfingern; und Domenico ließ wütend den Korb fallen, der dumpfe Aufprall schreckte Ana Maria auf, sie drehte sich um, sah ihn erstaunt an, und unten auf dem Boden schaffte es ein roter, saftiger, gewöhnlicher Apfel gerade noch bis in die entfernteste Ecke.

»Jetzt, wo die Sommerspiele beginnen, möchte ich Sie daran erinnern, warum sie so bedeutsam sind. Was, wenn nicht die Sommerspiele, versorgt denn unser Gehirn immer wieder mit frischen Lebenskräften? Derjenige wird siegen, der durch angestrengtes und zielgerichtetes Training seine Muskeln aufs Neue belebt hat. Ja, ja und nochmals ja, so ist es seit jeher gewesen. So, meine Guten, zuerst messt ihr euch im Laufen, ihr fangt hier an und lauft bis zu diesem Baum, berührt ihn, lauft einmal drum herum und dann wieder zurück, klar? Gibt es Fragen?«

»Ich hätte eine Frage.«

»Bitte schön.«

»Sollen wir den Baum von links oder von rechts umkreisen?«

»Das spielt keine Rolle. Obwohl, nein, macht es von links. Noch Fragen?«

»Mit welcher Hand sollen wir den Baum berühren?«

»Was? Mit der rechten. Noch Fragen?«

»Ja. Wenn du ein guter Mensch bist, was treibt sich dein Sohn in Kamora herum, was hat er da verloren?« Das fragte Alexandro.

»Die Frage ist hier unpassend! Ganz unpassend!«, schrie Duilio. »Zunächst mal hat er dort seine Kindheitsfreunde, und das ist ein sehr empfindliches und nobles Gefühl, welches die Herzensgüte der Menschen erheblich fördert. Und zum Zweiten ...«

»Duilio!«, unterbrach ihn Alexandro. »Hoppla!«

Wie sehr er sie liebte. Wenn er sie in der Ferne sah, so konnte er ihr schon von Weitem über den Kopf streicheln und die Straße unter ihren Füßen mit bloßen Händen sauber fegen – die Liebe hatte lange Arme und sachte Hände.

»Ana Maria, hast du vielleicht eine Schwester?«

»Nein.«

»Hattest du auch nie eine?«

»Nein. Ich bin die Einzige.«

»Ja, wirklich ...« Er lächelte sie an. »Es ist merkwürdig, irgendwo, irgendwie ...«

»Was?«

»Als hätte ich dich schon mal getroffen.«

Sie lachte nachdenklich. Reine Schönheit, erhabene Schlichtheit. Irgendwo hatte er sie schon mal gesehen.

»Vielleicht warst du als Kind mal irgendwo.«

»Wo denn?«

»Auf dem Lande.«

»Nie in deiner Richtung. Aber vielleicht hat dein Vater dich mal in die Stadt mitgenommen?«

»Nein, wir wohnen sehr weit weg.« Und selber verwundert fügte er hinzu: »Ich liebe dich so sehr.«

Sie lachte, sie mochte das. Domenico setzte sich neben sie, und das ihm unbekannte Gefühl, die Liebe, ließ Ameisen in seiner Hand los, während er ihr Haar streichelte. Er richtete eine Welle, die ihr über die

Schläfe fiel, berührte ihre Schulter und küsste sie auf die Wange. Das brachte sie in Verlegenheit, sie wurde still.

»Oh, Giuseppe hat gewonnen, Giuseppe!«, kündigte Duilio an und zwinkerte Vincente zu. »Der erste Preis für unseren Giuseppino, bravissimo, bravo! Auch im Weitsprung hat er ein beneidenswertes Ergebnis erzielt, genau einundzwanzig Fuß.«

Aber wenn sie spielte … Schon am frühen Morgen vernahm er die Klänge, die Sprache des Gebieters, und im Wachschlaf erfüllten sie ihn mit Glück, dann plötzlich wachte er auf, und Wut und Eifersucht nagten an ihm – wer war dieser verfluchte schweigsame Gebieter über Ana Maria, den sie mehr als ihren Ehemann liebte, mehr als alles auf der Welt? Und sobald er das Zimmer betrat, hörte Ana Maria auf zu spielen und blickte schuldbewusst nach unten, als wäre sie bei einer Missetat ertappt worden. Und Domenico tat es leid, es zerriss ihn in der Seele, er berührte vorsichtig ihre Wange, hob ihren Kopf und schaute ihr in die Augen. Die Frau wich seinem Blick aus, und Domenico zog sie an sich, umarmte sie fest, küsste ihre Augen, ein Kloß drückte ihn im Hals, die Seele schmerzte. Die Augen geschlossen, küsste er ihren Hals und spürte, wie die Frau schmolz in Erwartung. Er wollte ihre nassen Augen sehen, und als er sie sah, ach! Sie gehörte ihm nicht, einem ganz anderen gehörte sie!

Er ging raus, und auf der Straße erreichten ihn die traurigen Klänge des Siegers, des Gebieters.

»Auch in dieser Disziplin hat unser allseits bekannter Giuseppe gesiegt! Großes Lob! Aber was ist mit dir, Dino, warum hast du nicht geworfen?«

»Ich habe Magenschmerzen.«

»Was tut dir weh?« Giuseppe horchte auf.

»Der Magen.«

Da fiel Giuseppe ein, dass er von Dino schon viermal eins auf die Nase gekriegt hatte. Für alle Fälle fragte er nach:

»Hast du wirklich Schmerzen?«

»Nicht mal Wasser kann ich so ohne Weiteres trinken.« Zusammengekauert, die Hände gegen den Bauch gepresst, schaute Dino zu ihm auf.

»Und was wolltest du damals von mir? Na? Sag schon!«

»Hör auf, Giuseppe«, wimmerte Dino. »Als ich gesund war, da hättest du es mir heimzahlen sollen. Mich jetzt zu verprügeln ist ja wohl keine Heldentat.«

»Hör zu, ich war der Beste im Laufen, im Springen, im Gewichtheben, ähm …«

»Warte mal …«

»Warte selbst, du Früchtchen!«

Giuseppe holte ordentlich aus, aber ein Poltern war erst zu hören, als Dino, der geschickt ausgewichen war, einen kurzen Schlag ausführte. Er schaute auf den rücklings daliegenden Giuseppe: »Hm, der hat das wirklich geglaubt. Bauchweh … so ein Quatsch.« Dino stellte sich vor den belämmerten Riesen: »Eine Prügelei ist eben kein Gewichtheben, kein Weitsprung und kein Werfen, und stell dir mal vor, Giuseppe, auch kein Boxen. Eine Prügelei ist was ganz anderes!«

»Was ist los mit euch, ausgerechnet jetzt, vor diesen fremden Leuten! Was sollen die von uns denken!«

»Welche fremden Leute?«

»Zwei Reisende sind da, zwei Georgier, glaube ich.«

»Was? Zwei Reisende? Woher?«

»Na ja, es gibt doch ein Volk, das so heißt. Ich spreche leider nicht ihre Sprache. Entschuldigung, liebe Georgier, wie gefällt Ihnen unsere Stadt?«

Nur mit einem dünnen Laken war sie zugedeckt. Das Haar war Ana Maria ins Gesicht gefallen, sie lag zur Wand gedreht und schlief. Domenico stand neben ihr und betrachtete still die sanften Wellen des Körpers, die mit den Wellen ihres Haares zusammenflossen, durch das offene Fenster wehte eine kühle Morgenbrise, die Frau hatte sich das Laken bis zum Kinn gezogen. Das Haar verbarg bestimmt ein fernes Lächeln. Der verwirrte Vagabund wollte ihr Gesicht sehen, aber wenn er dieses zarte, federschwere Haar nach hinten schöbe, würde sie sofort aufwachen – sie hatte einen sehr leichten Schlaf, und wenn sie wach war, war sie die eines anderen. Domenico schaute sich um, erhob sich sacht, schlich auf Zehenspitzen zum Fenster und machte es zu. Dann – er wagte kaum zu atmen – ging er zur Tür, öffnete sie, ging raus in den Garten. In einem kleinen Schuppen fand er trockenes Holz, er nahm es wie einen Säugling auf den Arm und brachte es ins Zimmer. Er kniete sich vor den Kamin, baute das Holz ordentlich auf und machte Feuer, vorsichtig blies er hinein. Bei jedem Knistern hielt er die Luft an, besorgt schaute er zu der Frau, sie schlief, und als die Wärme den Raum erfüllte, die Hitze allmählich unerträglich wurde, stellte Domenico sich wieder neben sie. Ana Maria wand sich, sie zog einen Arm aus dem Laken und strich sich das Haar aus dem Gesicht, ihre Oberlippe war mit Schweißtropfen bedeckt; sie lag auf dem Rücken und mitten im Sommer loderte im einzigen Kamin in Feinstadt ein Feuer, es war zu warm, und Ana Maria stieß das Laken zu Boden, Domenico vor die Füße. Sie war nackt, und von der Hitze gestört, stöhnte sie einmal tief im Schlaf. Sie hatte den Kopf zur Seite gedreht, zu Domenico, und er betrachtete verzaubert den starken Körper der schutzlosen Frau, Ana Maria, frei und sorglos, sie schien zu lächeln. Domenico kniete neben der Schlafenden nieder und betrachtete den wohlgestalteten Körper. Und so, wie es beim beharrlichen Betrachten des Himmels in der Abenddämmerung scheint, als ginge funkelnd ein ferner Stern auf, so entdeckte Domenico die hellblauen, blassen Adern auf dem Körper der Frau, sie waren nicht mal hellblau, sie hatten eher die Farbe eines Gespenstes, nur am Hals konnte er eine klarer erkennen. Das Blut kreiste in dem starken, vollkommenen Körper, es war nur ein schmales Rinnsal, das ihn versorgte, so treu, so gleichmäßig, und am Handgelenk pochte es wie ein Bächlein beim Springen über die Steine. Und Domenico, der unerfahrene Vagabund, war dieser ganz gewöhnlichen und doch so seltsamen Kraft, die da Leben heißt, die das Blut kreisen lässt, die den ruhig atmenden Körper mit Luft versorgt, die den Wechsel von Tag und Nacht verursacht, dankbar. Aber das hier war doch etwas ganz anderes – dieser Körper und dieses Gesicht, Arme, Beine und zwei Hügel –, und Domenico trank aus der hellblauen Ader am Hals der Frau, sie erkannte ihn im Schlaf und umarmte ihn, sie schlug die Augen auf, und jetzt küsste Domenico sie mit geschlossenen Augen und legte sein Ohr auf ihre Brust, lauschte ihrem Herzschlag, und als er ihre Lippen küsste, strich ihr Atem über seine Wange; sie lebte, sie war lebendig, auf seiner Hand lag ihre Taille, hochgewölbt, fein; die Augen noch immer geschlossen, küsste er sie, liebkoste die glatte Schulter, dann schaute er kurz noch mal auf ihren Körper und küsste ihr Knie, der kleine Scherz gab ihm weiteren Mut, er schaute ihr lächelnd in die Augen, und sein Herz schnürte sich zusammen – sie gehörte ihm nicht.

Der erste Georgier verstand nicht und wandte sich an den anderen:
»Mi sembra che ci stiano offrendo degli appartamenti.«[3]

Und der andere fügte hinzu:

»Sembrano delle persone passionali.«[4]

»Wer sind diese Leute?« Arturo wurde neugierig.

»Zwei Reisende, sie fertigen unterwegs irgendwelche Skizzen an.«

»Sie sehen eigentlich aus wie wir.«

»Na ja, wir sind schließlich alle Adams Kinder.«

»Ob ihre Sprache wohl genauso reich ist wie unsere?« Jetzt wurde Alexandro neugierig. »Nehmen wir zum Beispiel das Wort ›küssen‹.« Er wandte sich an die Reisenden: »Wie viele Ausdrucksmöglichkeiten gibt es dafür in Ihrer Sprache? ›Küssen‹, wie sagt man das bei Ihnen?«, und er küsste die Luft.

»Che cosa vogliono?[5]«, wunderte sich der erste Georgier. »Mi chiamo Heinrich, il mio amico, Dragomiro.«[6]

»Offenbar haben sie zwei Ausdrücke dafür«, erklärte Alexandro, »und wir, hm, wir haben jede Menge!«

»Wie viele denn?«, fragte Duilio nach.

»Küssen, liebkosen, herzen, knutschen …«

»Abschmatzen«, half ihm Kumeo.

»Was geht nur in den Frauen vor, das wüsste ich gern.« Alexandro runzelte die Stirn.

Im wichtigsten Zimmer des einfachen Backsteinhauses schlich er auf Zehenspitzen umher. Das war das Zimmer, voller Musikinstrumente. So viele, so verschiedene. Ana Maria war kurz weggegangen, sie wollte ein paar kleine Besorgungen machen und fühlte sich schon überfordert, das bevorstehende Feilschen machte sie nervös. Also nutzte Domenico die Gunst der Stunde und suchte zwischen diesen Musikinstrumenten nach der verstummten Seele ihres Gebieters, seines überlegenen Feindes. An jenem hellen, sonnigen Tag, bei verschlossenen Fensterläden, taste-

---

3 (Ital.) Ich glaube, sie wollen uns eine Unterkunft anbieten.
4 (Ital.) Sie scheinen ein leidenschaftliches Volk zu sein.
5 (Ital.) Was wollen sie?
6 (Ital.) Ich heiße Heinrich, mein Freund – Dragomiro.

te er den dunklen Raum ab und konnte nichts finden. Aber er spürte ihn doch, er war allgegenwärtig, der König, die Musik, erhaben und geheimnisvoll schweigend. Domenico berührte die Instrumente und wurde unruhig, etwas kratzte an seiner Seele, er meinte, etwas gehört zu haben aus der Ferne. Sacht nahm er ein langhalsiges Saiteninstrument aus einem Koffer und hielt es sich ans Ohr. Etwas war zu hören, jedoch nur Auserwählten verständlich. Wiewohl er sich bemühte, er begriff es nicht. Und er traute sich, er zupfte vorsichtig an einer dünnen Saite, und kurz erklang sie, aber selbst dieser kümmerliche Klang gehörte dem Gebieter, war jedoch nur Staub an seinen Füßen; die Klänge dagegen, die er mit Ana Maria teilte, waren seine tiefsten Atemzüge, Ana Maria war seine Auserwählte, die Königin. Und Domenico, jetzt ermutigt dadurch, ihr Mann zu sein, und für kurze Zeit glücklich, selbst über Fußstaub, probierte ungeschickt jeden Schatz im wichtigsten Zimmer des kleinen Backsteinhauses aus.

»Wir können einiges von den alten Römern lernen«, erklärte Duilio, so wie er war. »Unser klarer Verstand, kombiniert mit Zielstrebigkeit, das ist der Speicher, aus dem die großen Kamor… ähm, Feinstädter versorgt werden.«

Alexandro hustete in die Faust.

Der jugendliche Irre, Ugo, hatte in der Aue ein langes, dünnes Messer gefunden. Er hatte sein Holzmesser nach einem Spatzen geworfen, ihn verfehlt, und als er sich bückte, um es aufzuheben, fuhr er zurück, da, direkt daneben, lag ein echtes scharfes Messer. Verblüfft starrte er auf den ersehnten Gegenstand, den bislang alle vor ihm versteckt hatten. Er fuhr sich mit der Zunge über die Lippen. Er hatte große, schräg geschnittene, graue, zum Staunen schöne Augen, nur manchmal stockte sein Blick, und nebliger Frost setzte sich in seinen Augen fest, und dann schwappten die grauen, bösartig glitzernden Fische mit der Schwanzflosse; und wenn sie es aus der Pupille nicht herausschafften, fingen sie an, ungeduldig zu zappeln. Ugo schaute auf das Messer. Ugo war nicht dick, eher schwammig, und hatte das Gesicht einer schönen fünfzigjährigen Frau, an einem jungen Mann war diese Schönheit grässlich. Der jugendliche Irre, Ugo, schaute verzaubert auf das scharfe Messer.

Ana Maria spielte, die Auserwählte, sie hatte den Kopf nach hinten geworfen und die Augen geschlossen. Domenico zog sich von der Straße aus zum Fenster hoch und betrachtete das Ganze verbittert. Zum ersten Mal sah er Ana Marias Gesicht beim Spielen, zornig schaute der Vagabund auf die Betrügerin, ihr Gebieter streichelte sie, seine unsichtbaren Finger berührten ihr Haar, er küsste ihre Lippen, sie spielte. Vor Wonne hielt sie die Augen geschlossen, vor Wonne stöhnte sie lautlos, Ana Maria, die Vermittlerin zwischen dem Gebieter und den Instrumenten, bekam ihre Belohnung für die Schwerarbeit, die es heißt zu spielen – der Gebieter selbst streichelte sie, und sie stöhnte vor Wonne; am Hals wurde sie geküsst, und auch ihre Lippen erwarteten Liebkosung. Was sah er da, was war das! Er sprang wieder herab, kopflos, und das Erste, was er dachte, war: Teresa … Ich gehe zu Teresa. Aber sie hätte ihn bestimmt nicht mehr hereingelassen, und eigentlich wollte er das auch nicht, und da fiel ihm etwas ein: Ja, ich zeig dir, was betrügen heißt! Das Fenster ging mit lautem Knall auf, und sie rief: »Domenico, Domenico …« Er drehte sich nicht einmal um. Dir werd ich's zeigen. Er war außer Atem, als er Tulio fand. »Ich habe eine Bitte.« »Sag nur.« »Bring mich zu den leichten Frauen!« »Mann, da wollte ich selbst gerade hin. Hast du genug Geld dabei?« »Ja, hab ich.« Er lief durch eine unbekannte Straße. Ich zahle es dir heim, dachte er. Du hast mich gegen deinen Gebieter eingetauscht, ich tausche dich gegen die leichten Frauen. Sie betraten ein kleines Haus. »Los, Brausewein!«, rief Tulio markig. »Wir sind zu zweit.« Zwei Frauen kamen herein. »Darf ich vorstellen, Domenico, die beiden Perlen unter den leichten Frauen, Laura und Tango.« Laura klimperte mit den Wimpern, lächelte dem Gast herzlich zu und war sofort wieder gelangweilt, versank in Gedanken und lächelte dann erneut; Tango nippte hochmütig an ihrem Getränk.

»Welche gefällt dir besser, hm?« Tulio schlug ihm aufs Knie.

Tango schien irgendwie eingebildet, Laura war ihm lieber, die leichtere der beiden leichten Frauen.

»Wie du meinst!«, sagte Tulio.

»Ich?«, fragte Laura fröhlich, lächelte ihm zu und wurde sofort wieder gleichgültig.

Domenico saß schüchtern da. Tulio dagegen war wie ein Fisch im Wasser. »Gute Wahl, Domenico«, lobte er und fing unvermittelt an zu singen:

Die wunderbare Laura,
La-la, la-la, Laura.
Die allerschönste leichte Frau,
La-la, la-la, Laura.
Hoppla!
Wo bleibt der Applaus!

Später, als der Vagabund mit Laura allein war und nicht wusste, was er tun sollte, wie er anfangen sollte, wurde die Frau sauer: »Mann, glaubst du etwa, ich hab sonst nix zu tun?« Sie trug nur ein hauchdünnes Hemdchen.

Der jugendliche Irre, Ugo, hatte die Hand unters Kissen gelegt und schlief. Unter dem Kissen wartete ein langes, dünnes, echtes Messer.

Und als der Wächter der Nacht, Leopoldino, verhalten rief: »Es ist drei Uhr Nachts und alles ist in O-ordnung«, kehrte Domenico, die Schultern hochgezogen, beschämt nach Hause zurück. Ana Maria saß auf dem Sofa und war eingeschlafen, und wenngleich Domenico die Tür ganz vorsichtig öffnete, schlug sie sofort die Augen auf, erhob sich und ging direkt zu ihm. Sie war so unfassbar schön, wie sehr ähnelte sie einem Reh – und sie umarmte Domenico und küsste ihn auf die Wange. Sie küsste sonst nie als Erste, und ausgerechnet jetzt küsste sie seine Stirn, seine Wangen, ihn, den Schmutzigen, den von Kopf bis Fuß in Laura getränkten, küsste ihn wie ein Kind ...

»Ihr Dummköpfe, hört mir zu!« Alexandro tobte seit dem frühen Morgen. »Ihr habt keinen blassen Schimmer, was es bedeutet, um etwas zu ringen, mit allen Erfolgen und Niederlagen. Wo seid ihr denn schon gewesen? Wisst ihr, dass die Menschen, die nicht mit der Erde ringen müssen, die ohne große Mühe alles bekommen, sorglos, leichtsinnig und faul sind? Habt ihr jemals die Länder gesehen, wo fast nichts wächst? Wo die Leute für ihr tägliches Brot Tag und Nacht hart arbeiten müssen? Wortkarg sind sie, in sich verschlossen, aber das ist besser so, stellt euch vor. Und wisst ihr, in Kalabarien haben sie genug Fleisch und genug Geld und könnten sich jederzeit jedes Obst, auf das sie Lust haben, kaufen, aber sie arbeiten, weil sie ihr eigenes Obst ernten wollen. Dort wächst ein Bäumchen. Es trägt eine kleine duftende Frucht. Man kann sie erst im Dezember ernten, sie braucht lange, um zu reifen, und die Kalabarier nennen sie Opasfrucht. Bevor sie aber diesen Baum pflanzen, schlagen sie mit einem Brecheisen fest auf den felsigen Boden, fest schlagen sie drauf, bis Risse entstehen, sie zerstückeln die Felsbrocken, bringen die Steine weg und scharren mit den Händen das bisschen Erde ringsumher zusammen, um die Wurzeln des Baums zu bedecken. Dann holen sie von weit her Wasser und gießen ihn, ganz vorsichtig, damit das Wasser die Erde nicht wegspült. So reift dann die duftende Opasfrucht heran. Wer sie gehegt und gepflegt hat, bringt es nicht fertig, diese kleine Frucht, die Frucht dermaßen langer und schwerer Arbeit, zu verkaufen. Leute, geht einmal nach Kalabrien, schaut sie euch an, probiert die dort oben in der spärlichen Sonne gereifte kleine Frucht, und vielleicht lernt ihr sogar, sie selbst anzubauen. Ganz egal, wie schwer es wird, ihr müsst immer an die Opasfrucht denken, diesen Baum müsst ihr in der eigenen Seele aufziehen, Leute, in euren felsigen Seelen.« Und dann drohte er den erstaunten Feinstädtern: »Auch von euch werde ich noch Opasfrüchte ernten!«

Ugo lief durch die Straßen, die Hand unterm Hemd versteckt, und drückte fest das Messer an die Brust. Es fühlte sich kalt an, ihn überlief ein Schauder, und der Schauder wärmte ihn. Er beobachtete die Passanten. Den da vielleicht? Nein. Er schaute sich den aufgeregten Alexandro an, aber nein, der war viel zu aufgebracht. Giuseppe, den Muskelprotz? Direkt in den Hals – nein, der würde ihm stattdessen den Hals umdrehen. Und Antonio, mit seinen Kuhaugen? Nein, Vincente war bei ihm, sie waren zu zweit. Jetzt, wo es ernst wurde, hieß es genau abzuwägen. Fest hielt er das Messer umklammert. Er zuckte zusammen, was, wenn er auch da wäre, der unbekannte Vagabund, dem er immer aus dem Weg ging – aber nein, er war nirgendwo zu sehen. Und Duilio? Direkt in den Bauch! Auch nicht, alle Leute würden über ihn herfallen, er war doch ein Idol. Und Señor Giulio? Nein, der war mit Duilio befreundet. Und Dino? Auch nicht, der war zu geschickt, zu schnell. Und Arturo? Vielleicht …

Nein, der hatte eine große Verwandtschaft. Und die Alte da? Ach, nein, sie hatte Söhne. Und der Sprössling Giangiacomo? Nein, der hatte auch Angehörige. Tante Ariadna, in ihre verwelkte Brust? Nein, keiner würde ihm je vergeben, die Nachfahrin der großen Carrascos … Und Kumeo? Auch nicht, die treue Ehefrau würde ihn rächen. Vielleicht Tulio … Domenico ging im wichtigsten Zimmer auf und ab. Beunruhigt betrachtete er die Musikinstrumente.

Nein, Tulio war zu beliebt. Und irgendeine von den leichten Frauen? Nein, nein, die hatten immer ihre Aufpasser. Ugo lief weiter, die Straße hinunter, die Kälte des Messers hielt ihn warm. Auf Zehenspitzen ging er, sog tief die Luft ein durch die geweiteten Nasenlöcher. Vielleicht Cilio? Nein, seine Freunde würden ihm das nicht durchgehen lassen. Und Edmondo, der Kameradschaftssucher? Ach, der war doch schon tot. Und Patricia, die komische Frau? Nein, sie hatte ebenfalls eine große Verwandtschaft. Vielleicht Arturos Helfer, der Mann mit den tränenden Augen? Nein, der hielt stets einen Spieß in der Hand. Und der Wächter der Nacht, Leopoldino? Dem könnte er nachts auflauern, aber erstens war der sehr vorsichtig, und zweitens würde er im Dunkeln nichts sehen können, seine Krämpfe nicht und nicht sein Blut. Und Teresa? Das wäre doch toll, wie sie schreien und um Hilfe rufen würde, sie war doch so schön, das würde es noch viel spannender machen; aber vielleicht würde sie gar nicht schreien, und so, wie sie war, würde sie es vielleicht auch noch fertigbringen, ihm das Messer aus der Hand zu reißen. Und Servilio? Nein, der war richtig gefährlich, der trieb sich in Kamora rum, der würde eher ihm ein Messer in den Hals stechen. Vielleicht irgendeine Alte, sagen wir …

Und in die Flöte an der Quelle kroch eine klitzekleine dünne Schlange, eine Iirkola Chi. Im Mundstück verharrte sie reglos. Ohnehin war sie ja winzig, und jetzt rollte sie sich auch noch ein, schob den Schwanz unter den Kopf und ließ ihren Schlangenblick in dem Loch umhergleiten; doch Resa hatte sich schuldig gemacht …

Ugo mied jetzt die belebten Straßen, da waren zu viele Menschen, er entschied sich für eine ruhige, gewundene Gasse, stellte sich an eine Ecke und verhielt sich ganz still. In Erwartung atmete er unhörbar, nur sein Herz pochte.

Nicht weit, nur drei Straßen entfernt, trug Ana Maria den Korb mit dem Frühstück. Verwundert, froh, ängstlich lauschte sie einem ganz neuen Klang – unter ihrem Herzen klopfte ein neues Leben …

Die wiedergefundene Flöte steckte sich Resa in die Brusttasche und machte sich unbesorgt auf den Heimweg. Er trug ein dickes Hemd, und die Schlange wartete auf einen günstigen Augenblick; aber Resa war schuldig. Und hier stand Ugo, an die Wand gepresst, das glänzende Messer barg er an der Brust. Er glaubte, Schritte zu hören ... Erfolglos berührte Domenico die Saiten, bei welchem Instrument er es auch versuchte, es kam kein Ton zustande.»Uba musch nugalam gi-ir nugalam«, sang der stämmige Krieger, und der Anführer runzelte die Stirn, die Straße entlang lief ängstlich die Frau, Ana Maria, die Gebieterin, doch hier draußen war sie schwach, schutzlos und verwirrt, und um die Ecke stand Ugo, innehaltend, und die Luft roch herb, nach Blut. Und der Sänger, Resa, legte die Flöte an die Lippen, und träge und gleichgültig fuhr die Schlange auf, entwirrte den winzigen Körper, fand mit dem Schwanz eine Stütze auf dem klingenden Holz, spannte sich wie ein Bogen – »unsre Burg ist nun errichtet, auf dem Hügel über der Stadt, Steine rundherum geschichtet, am Montag fand das Richtfest statt, hee-o, hee ...«, sang Resa sorglos, doch er war schuldig. Durch die Gasse lief die Frau, erfolglos zupfte der zu Hause gebliebene Domenico an den Saiten; und die Raubpflanzen verschlangen die zappelnden Insekten;»Gi-ir nugalaam, urmakh nugalaam ...« »Einmal muss es doch noch klappen, mir diese pralle Frau zu schnappen, und ich ahne schon die Lust, kost' ich den Apfel deiner Brust, hee ...«, sang Resa wieder und legte die Flöte abermals an die Lippen, aber er war schuldig, und schuldig war auch der Anführer, totenbleich ging er in seinem Zelt auf und ab und hatte kein Auge mehr für den Regen, und Domenico ging auf und ab in dem wichtigsten Zimmer, wieso hörte er die Saiten nicht klingen, war er taub geworden? Er stampfte mit dem Fuß auf, deutlich war sein Gestampfe zu hören, und im Sumpf standen die Raubpflanzen in Erwartung naiver Insekten; und Ugo zitterte, das Geräusch der Schritte ließ ihn zittern, die Bewohner seiner Augen, die Fische, gewahrten Blut und schwappten jetzt ermutigt mit neuer Kraft hin und her. Und verbittert zog Domenico so stark an einer Saite, dass sie riss, und erst jetzt hörte er einen erstickten Ton, der ihn verriet. Er rannte auf die Straße, und ganz in der Nähe sammelte, während er in die ängstlichen, schutzlosen Rehaugen schaute, der jugendliche Irre, Ugo, seine Kräfte. Und zu Füßen des Vaters stürzte

Resa zu Boden, grün geworden, doch er war schuldig. »Als es die Schlange nicht gab, den Skorpion nicht gab ...«, brüllte in seiner Sprache der stämmige Krieger. Um Erbarmen bat mit ihren schönen großen Augen Ana Maria, dadurch jedoch eher ermutigt, hob Ugo, der aufsässige Sechzehnjährige, den Arm und erinnerte sich: »Das Herz ist vom Rücken aus näher.« Er ging um sie herum, Ana Maria mit dem klopfenden Leben unter dem Herzen bewegte sich nicht vom Fleck, nur den Korb mit den Frühstückssachen ließ sie fallen, und ... Schließen Sie nicht die Augen, ich weiß, es ist schwer, sehr schwer, aber wir zwei Unsichtbaren, die man in Feinstadt als Wüstlinge bezeichnet, wissen doch, wissen alles: Wie Ugo, die Arme erhoben, tief die herbe Luft einsog, und wie kraftvoll er ihr mit beiden Händen das echte Messer in die linke Schulter stieß. Und wie er eilends von dort entfloh, nur von Zeit zu Zeit schaute er hinter sich, und als er sich noch einmal umblickte, stieß er, den Kopf rückwärts, gegen jemanden, zornig schaute er auf und zuckte zusammen, es war Domenico. Und wie sie da einander erstaunt anschauten, hauchte drei Straßen weiter Ana Maria ihr Leben aus. Als Ugo entsetzt wegrannte, dachte Domenico kurz: Warum meidet er mich?, und rannte auch, aber zu Ana Maria, und als er sie fand, mit dem Gesicht nach unten daliegend, und sie umdrehte, die größte, verstummte Saite, da erstarrte er: Jetzt war sie wirklich die eines anderen.

UNTERWEGS ZU EINER FREMDEN STADT

Sind Sie das wieder? Bedrückt? Was glauben Sie, wie es mir geht. Trotzdem – geben Sie mir die Hand, wenn auch misstrauisch, und laufen wir noch einmal durch Feinstadt. Wir werden es bald verlassen und dem unglücklichen Vagabunden folgen. Ein kleiner Hügel am Stadtrand. Domenico auf dem Bett, mit dem Gesicht nach unten, und am Kopfende Leute, voll des Mitleids und des Trostes – die unabsichtlich Mitschuldigen. Trauer sucht nach Einsamkeit. Sie legten ihm die Hand auf die Schulter, sein Kopf steckte im Kissen. Der Duft von Ana Marias Haaren, wie frisch gemähtes Gras in den Bergen. Nun war sie unter der Erde. Was sollte sie nur dort? Und er sah vor seinen Augen, was geschehen war ... Es war geschehen. Und wieder Nebel und Last, eine Hand auf seiner Schulter. »Ach, was für ein Unglück ...«, »Ach, die arme Frau ...« Der Duft unzähliger Blumen, die den Duft von Ana Marias Haaren überdeckten, und wieder und wieder ein fremdes »Ach« und ein fremdes »Och«. Ein paar Tage lang trauerten die über sich selbst erhobenen Feinstädter von Herzen, aber echte Trauer war doch anders, in der gab es keine Mitlaute. Im größten Unglück, da sind nur Laute, was haben »Ach« und »Och« zu tun mit dem Schrei der verzweifelten Seele ... Er hatte sich aufs Bett geworfen. Er trauerte. Wer wusste schon, wie er sie geliebt hatte. Und trotzdem kam es ihm kein einziges Mal in den Sinn, sich das Leben zu nehmen. Er war ja vom Dorf, und dort konnten sie wie ein Fels trauern; doch den Tod, den wünschte er sich, aber durch fremde Hand.

Und er beschloss, in die Schächerstadt zu gehen – nach Kamora.

Arturo hielt ihm die Wasserschüssel, er wusch sich das Gesicht. Vor dem Tor stand der Lando bereit. Er musste in die Aue, zum Baumstumpf; er ließ Giangiacomo einen neuen Sack bringen und wartete die Dämmerung ab, denn er wollte niemanden sehen. Nicht für sich wollte er das Geld, sondern er wusste, um der Drahkane willen würden sie ihn erst recht umbringen – ach, also wollte er es doch für sich. Endlich dämmerte es, aber da kam Alexandro herein, der andere Irre. Domenico biss sich auf die Zähne.

»Ich hab keine Zeit.«

»Hör zu, Domenico«, sagte Alexandro und ging auf ihn zu, »eine Stunde hast du durch mich gespart, jetzt schenk mir wenigstens fünf Minuten.«

»Wieso eine Stunde?«

»Hier, ich hab dir deine Drahkane geholt.«

»Sie wussten davon?«

»Selbstverständlich.«

»Und Sie haben sie nicht genommen?«

»Wärst du nicht in Trauer, würde ich dich ohrfeigen«, sagte Alexandro. »An Beleidigungen jeglicher Art bin ich gewöhnt, aber so was hat mir noch niemand gesagt. Hör mir jetzt zu. Tausend Drahkan hab ich

315

am Baumstumpf gelassen, die wirst du ganz bestimmt noch brauchen, aber erst später, wenn dir die hier durch die Finger geronnen sind. Das sind etwa viertausendachthundert. Nimm's mir nicht krumm, dass ich deine Geheimnisse kenne – na ja, ich beobachte euch alle seit jeher, und das werde ich auch weiterhin tun. Ich weiß auch, dass du nach Kamora willst. Und ich ahne, warum.«

»Sie …«, Domenico geriet ins Stocken, »sind Sie gar nicht verrückt?«

»Nein, bist du verrückt?« Alexandro lächelte. »Die, die allzu klar denken, wirken manchmal so. Fass das nicht als Eigenlob auf, es ist gar nicht mein Verdienst, ich bin so auf die Welt gekommen. Und jetzt zur Sache: Ich hab einen Bruder, vielleicht erinnerst du dich, ich hab dir mal von ihm erzählt – der elfjährige Mörder. Er ist jetzt ein Mann in mittleren Jahren, allerdings ein Mensch ohne Alter – solche gibt's manchmal. Hör zu, mein Bruder und ich dienen der gleichen Sache, weißt du noch – der Kaktus. Und so, wie ich ein Plappermaul und eine Witzfigur bin, hier, in dieser Stadt, weil das nun mal notwendig ist, so ist auch er – getarnt. Und wie, ohoo! Du musst entschuldigen, Domenico, seinen Namen kann ich dir nicht verraten. Aber sei gewiss, er wird dein unsichtbarer Beschützer sein. Und er weiß, dass du kommst. Von dieser Stadt hier haben nur zwei Menschen eine geheime Verbindung nach Kamora – Duilio und ich. Er allerdings eine schmähliche … weißt du, was schmählich bedeutet?«

»Ja.«

»Hör zu, gib dir keine Mühe, du wirst sowieso nicht herausfinden, wer mein Bruder ist. Selbst in dem sogenannten ›Großmarschall‹ Edmondo Bittencourt wirst du ihn vermuten, aber von dem Richtigen wirst du dir nicht vorstellen können, dass er mein Bruder ist, vielleicht wirst du ihn auch gar nicht kennenlernen. Sämtliche Sorten von Schurken werden dir über den Weg laufen, aber ich hoffe, dass du überlebst und auch die herrliche Stadt Canudos sehen wirst.«

Er schaute ihm in die Augen.

»Die vergrabenen tausend Drahkan wirst du dann dort brauchen, für einen guten Zweck. Falls du stirbst, werde ich sie für ebendiesen Zweck einsetzen. Bis jetzt warst du Teig, Domenico, nimm mir das nicht übel, auch in Kamora wirst du Teig bleiben. O ja, da werden sie dich kneten! Und erst in Canudos wirst du etwas begreifen, und zu guter Letzt wirst du dann vielleicht fertig gebacken sein. Und jetzt komm mit, Arturo kann eine halbe Stunde auf dich warten, eine Geschichte sollst du noch hören.«

Er folgte ihm wie ein Lamm.

»Komm nicht näher, versteck dich hinterm Baum«, flüsterte Alexandro ihm zu, »du bist in Trauer, darauf würden sie Rücksicht nehmen und nicht frei sprechen.« Er ging auf das Lagerfeuer zu: »Oho, grüßt euch, Menschen, was tut ihr da?«

»Ach, der hat mir gerade noch gefehlt!«, rief Tulio, der es sich am Lagerfeuer gemütlich gemacht hatte, fröhlich. »Wir unterhalten uns einfach.«

»Ach so, unterhalten! Sag nicht, ihr unterhaltet euch in der alten Sprache!«

»Welche alte Sprache? Ist der jetzt komplett übergeschnappt?«, wunderte sich Vincente, den Kragen geöffnet.

»Wäre die alte Sprache gut und von Grund auf sinnvoll, dann wäre sie heute nicht die alte«, bemerkte Duilio, so wie er war.

»Wieso denn?«, gab Alexandro zurück. »Was hast du zu bemängeln an, zum Beispiel, diesem Satz: Ein Mensch hatte zween Söne …«

»Een, zween, dreen, zehn«, fiel Vincente ein.

»Wie würden Sie das sagen, Duilio?«

»Ein Vater hatte zwei Söhne, in der Tat, jawohl.«

»Oder der folgende: Und der Jüngste unter ihnen sprach zu dem Vater, ›Vater, gib mir das Erbteil, das mir zusteht.‹ Und er teilet inen das Gut.«

»Das ist doch ganz einfach – er hat sich seinen Anteil genommen.«

»Glaubst du?«

Alexandro drehte sich um und ging weg. Domenico folgte ihm leise.

»Mir ist was ins Auge gekommen.«

»Zeig mal her.«

Es war schon dunkel. Er drehte ihm das Gesicht zum Mond, zog das Lid hoch, schaute tief in sein Auge und pustete behutsam hinein.

»Ist es jetzt weg?«

»Ja.«

Und plötzlich, wie sonderbar, ohrfeigte er ihn.

»Bist du verrückt, oder was?«

»Nein, Domenico, das musste sein. Verzeih mir.« Er küsste ihn auf den Kopf. »Also, mach's gut. Und wir wollen die alten Geschichten nicht vergessen, da steckt etwas drin, etwas Gutes. Und vergiss meinen Bruder nicht!« Und er fügte lächelnd hinzu: »Meinen Kaktusbruder. Ich bin das enttarnte Gute, und er hat den anderen Weg gewählt, getarnt ist er, und wie! Arturo wird dich zwei Stunden Fußweg von der Stadt entfernt absetzen, natürlich nachts. Näher traut er sich nicht heran, er wird dann umkehren, das kann man ihm auch nicht übel nehmen. Schau dich um, und geh auf den schwarzen Berg zu, so sieht Kamora nachts aus. Hab keine Angst, geh in die Stadt rein, mein Bruder weiß schon Bescheid. Du wirst ihn nicht sehen, aber hab keine Angst, er wird auf dich achtgeben.«

Alexandro verstummte, etwas wollte er noch sagen, es fiel ihm schwer, er schaute zu Boden. »Und – verzeih mir, Domenico, ich muss Ana Maria erwähnen. Trauere um sie, solange du musst, aber sei gewiss, nicht viele haben auf dieser Welt mit solcher Zartheit und Wahrhaftigkeit gelebt wie sie. Glaubst du … sie ist jetzt unglücklich? Ach – die unerreichbaren Tiefen … Also, mach's gut, geh jetzt.«

Und er gab ihm noch einen Kuss auf den Kopf.

EINE GANZ ANDERE STADT

In der Finsternis, in der bösartig herabfließenden Stille schien alles zu summen. Der Vagabund, der sich gegen Mitternacht nach Kamora hineingeschlichen hatte, konnte die Häuser nicht richtig erkennen. Eine Zeit lang tastete er sich an Wänden und tauben, fest verschlossenen Türen und Toren entlang. Den Tod suchte der Vagabund in der Schächerstadt. Dann blieb er stehen, er presste sich an eine Wand und zitterte, mit einem Sack voller Drahkane unterm Arm wollte er hier sein Ende finden, und da, mit vorsichtigen, lautlosen Schritten rannte jemand auf ihn zu. Er ließ den Sack fallen, schloss die Augen, aber der geduckte schwarze Mann kam zu ihm gerannt und drückte ihm einen noch größeren Sack in die Hand. Wie aus der Kanone geschossen sagte er: »Halt das, Haler, mein Freund, Haler, du rennst dahin, ich dorthin, dann verlieren sie die Spur, Haler, ich hab vier Kinder, und sie hab ich auch wie mein eigenes Kind geliebt«, und weg war er. Der verblüffte Domenico sah zum ersten Mal einen springenden Sack, er hielt ihn unwillkürlich fest und starrte mit offenem Mund darauf – bis er geschnappt wurde. Der springende Sack wurde ihm entrissen:»Oah, Haler, komm her, Haler, leuchte mal rüber, oah! Der sieht nicht aus wie einer von hier. Komm mit, Junge, komm, Haler, gehört der auch dir?« Ein Tritt gegen den Drahkanensack.

Sie sahen aus wie Gespenster: In schwarz gestrichene Holzumhänge waren sie gehüllt, wie seltsam, Helme, auch aus Holz, hatten sie auf, und vorm Gesicht trugen sie Holzmasken mit kleinen Schlitzen für Augen und Mund.»Nimm auch den kleinen Sack mit, Haler.« Gedämpfte, zischende Stimmen kamen durch die Masken, sie waren barfuß, auch Domenico zogen sie die Stiefel aus, sie rannten mit ihm im Schlepptau los, an jeder Ecke blieben sie stehen, steckten ein Horn unter die Maske, bliesen mehrmals kurz hinein, dann rannten sie weiter, bis zur nächsten Ecke, dort bliesen sie wieder hinein. Sie klopften an eine Tür, auf eine bestimmte, sonderbare Weise, und brachten ihn in einen Raum; Laternen brannten, auf einer Ottomane lag, auf den Ellenbogen gestützt, ein gelangweilt gähnender Mann; und als er ihm in die Augen sah, brach Domenico beinahe zusammen – solche Augen gibt es. Die anderen legten die Holzumhänge ab, stellten sie in die Ecke und zogen ungerührt mit Beißzangen dünne Messer aus den Umhängen.»Wer ist das?«, fragte der Liegende unbeteiligt.»Ein Todeskandidat«, kam die Antwort.»Das da haben wir bei ihm gefunden«, sie versetzten dem springenden Sack einen Fußtritt,»und er scheint nicht von hier zu sein.«»Das hat mir noch gefehlt, ha, dass sich jetzt auch schon nachts Fremde hier herumtreiben und dazu noch mit so was, mach mal auf!« Was ging hier vor sich, aus dem Sack zogen sie eine Katze mit zugebundenem Maul.»Hat sie Krallen?«»Ach, wie Fleischerhaken, Haler, ein Vierer.«»Du bist nicht von hier, Junge?«»Nein.«»Und …«, der Mann erhob sich und fragte, auf einmal betont höflich:»Haben Sie hier Verwandte, im oberen Stadtteil?«»Nein.«»Wieso habt ihr ihn dann hergebracht?« Der Mann legte sich wieder hin.»Bringt ihn fort, aber ein gutes Stück weg von hier, schneidet ihm die Kehle durch. Habt ihr meinen Knopf immer noch

nicht gefunden?«»Nein, Haler. Sollen wir die Leiche ins Tal werfen?«
»Werft sie, wohin ihr wollt. Bestimmt habt ihr nicht richtig gesucht.«
»Wir haben alles abgesucht, Haler, sollen wir ihn ausziehen, oder ...«
»Keine Ahnung. Was hat er denn so an? Habt ihr unter der Ottomane ge-
schaut?«»Selbstverständlich, Haler«, und sie leuchteten mit der Laterne
in Domenicos Richtung. »Oje, Haler, er hat wunderschöne Kleider an,
Haler.«»Wirklich?«, der Mann stutzte. »Das ist gut. Und was hat er in
dem Sack?«»Wissen wir noch nicht, Haler.«»Schau mal rein, Ciccio.«
Der kleinste von den Kamoranern knüpfte flugs den Knoten auf, schaute
in den Sack, schaute genauer hin, steckte auch die Hand rein und sagte,
wie vom Donner gerührt: »Das sind Drahkane, Haler!«»Im Ernst?« Der
Mann war irritiert, machte ein paar Schritte, zog den Hals des Sackes
auseinander und schaute hinein. »Verzeihen Sie uns, Señor ...« Er ging
auf die Knie!

Und Domenico verstand, dass der Tod soeben mit eingezogenem
Schwanz den sorgsam verschlossenen Raum verlassen hatte und weiter-
zog.

»Verzeihen Sie uns, Señor«, wiederholte der am Boden kniende Mann,
»verzeihen Sie mir, verzeihen Sie uns, wie hätte ich das ahnen können,
Sie haben sich so naiv gegeben. Sie verzeihen mir doch?«

Domenico stand stumm wie ein Stock da.

»Wie viel sind da drin, Señor?«

»Viertausendachthundert etwa.«

»Wie bitte? Hoch leben Sie viertausendachthundertmal, Haler!« Er
stand, ohne um Erlaubnis zu bitten, auf. »Sie sind bestimmt mit dem
Marschall verwandt, mit dem großen Marschall, meine ich, selbstverständlich.«

Domenico stand stumm da.

»Ist der Sack mit der Katze auch von Ihnen?«

»Nein.«

»Nein?«

»Jemand hat ihn mir in die Hand gedrückt.«

»Und Sie haben ihn genommen? Ach, das nenne ich Tapferkeit, nicht
wahr, Ciccio? Hm, stell dir das mal vor, so ein Verbrechen hat er auf sich
genommen. Andererseits, ihm kann das ja egal sein, wenn er mit dem

Marschall verwandt ist, Haler.« Und er fragte liebevoll nach: »Wie haben Sie es bloß gewagt, ohne Holzumhang rauszugehen?«

Domenico antwortete nicht. Hier, inmitten dieser Schurken, musste er an Ana Maria denken. Grauen packte ihn, und fast wollte er alles erzählen, dann überlegte er es sich aber doch anders – das Fleisch ist kostbar.

»Haben Sie schon eine Unterkunft, Haler?«

»Nein.«

»Ciccio, begleite ihn. Ciccio, hörst du? Bring ihn zu mir, obwohl, nein, heute erwarten sie mich nicht, und die Wache ist manchmal übereifrig. Was soll ich ... Ja, bring ihn zu Scarpiozo!« Er war erleichtert. »Der wartet auf mich. Klopf auf die fünfte Art an, hörst du? Steck ihn in einen guten Holzumhang mit Maske und Helm, und bring mir bitte Wasser, Ciccio« – auch der kriegte mal Durst, er war auch nur ein Mensch –, »auf die fünfte Art, klar?«

»Alles klar, Haler.«

Sie liefen dicht an den Hauswänden entlang. Der Kleine, Ciccio, lief voraus, und er, der Dürre, Lange, folgte ihm. Zwei Maskierte – so schlichen sie durch das nächtliche Kamora. »Oh, mir ist der Vorname des Marschalls entfallen, würden Sie mir auf die Sprünge helfen?«, fragte Ciccio ihn. »Nein.« »Was ist bloß los mit mir«, zischte sein Begleiter unter der Maske, »wie konnte ich den vergessen, dabei haben er und Oberst Cesar doch den gleichen, Haler.« »Keine Ahnung.« »Wie denn? Kennen Sie keinen von den beiden?« Domenico antwortete nicht mehr.

Sie liefen weiter, und kein Laut war zu hören, sie liefen barfuß, Domenicos Stiefel trug sein Begleiter unterm Holzumhang, zur Bekundung seines Respekts.

»Was bedeutet denn diese Katze?«

»Ach, das wissen Sie auch nicht?«

»Nein.«

»Damit es keiner hört, flüstere ich es Ihnen ins Ohr, Haler.«

Als Domenico sich der Heimlichkeit halber zu dem kleinen Kamoraner herunterbückte, schlug der ihm den Umhang zur Seite und wollte ihm eben sein Messer in den Bauch rammen, da stach jemand hinter Domenico Ciccio geschickt ins Handgelenk.

»Autsch ... Haler, aaaa ...«, schrie dieser auf, »warum haben Sie nicht gesagt, dass Sie einen von Ihren Männern dabeihaben, Haler, dann hätte ich mich so was nie im Leben getraut.«

Domenico schaute sich um, doch da war niemand mehr.

»So was macht man doch nicht, Haler«, klagte Ciccio und wickelte sich sorgfältig einen Verband um die Hand. »Erst täuschst du Ahnungslosigkeit vor ... so darf man doch einfache Leute wie mich nicht zum Narren halten, das ist nicht schön, Haler!«

Wer hatte ihn gerettet? Da fiel es ihm ein – Alexandros Bruder.

»Ja, und was ich sagen wollte, Haler, Katzen sind bei uns verboten, vor allem die mit Krallen!«

»Warum?«

»Wir hängen nachts die Teppiche raus, ans Balkongeländer, Haler. Das ist so üblich hier. Schauen Sie mal hoch, sehen Sie, überall hängen Teppiche.«

Er sah nichts.

»Warum sollten wir unseren Reichtum vor den anderen verstecken? Deshalb hängen wir die teuren Teppiche immer raus. Auch wenn drei Männer übereinander stehen würden, kämen sie nicht dran, und kein Haken kann sie so geschickt herunterziehen wie eine Katze. Wir binden ihr das Maul zu, Haler, befestigen an der Tatze ein Seil, und schon ist der Teppich unser, nicht wahr, Haler?«

»Und deshalb sind Katzen verboten?«

»Ja klar.«

»Nur die mit Krallen?«

»Alle, mit oder ohne Krallen. Nur der Marschall Bittencourt hat Katzen, Haler.«

»Was bedeutet *Haler*?«

»Nichts, das sagen wir einfach so.«

»Wie, einfach so?«

»Wollen Sie mich wieder zum Narren halten, Haler? Es bedeutet nichts.«

»Wirklich?«

»Ja, im Ernst, Haler.«

»Warum sagen Sie es dann?«

»Einfach so. Ist so 'n geläufiger Ausdruck.«

Durch das nächtliche Kamora schritten die zwei Maskierten. Vor einem Haus blieben sie stehen. Der Begleiter klopfte auf sonderbare Weise an. Die Tür ging sofort auf.

»Nicht reinkommen!«

»Wieso, Haler?«

»Ich geh erst ins Zimmer.«

»Wie, vertraust du mir nicht? Ich bin's, Ciccio.«

»Oh, das beruhigt mich aber«, der Gastgeber kicherte und verschwand. Dann kam von irgendwoher abermals seine Stimme: »Geht in das Zimmer da drüben.«

»Woher weißt du, dass wir zu zweit sind?«

»Ich weiß es eben.«

»Weißt du, zu wem er gehört?«

»Ja.«

»Zu wem denn?«

»Zu Marschall Bittencourt.«

»Wer hat dir das gesagt?«

»Keine Ahnung, einer, der auf die fünfte Art geklopft hat, so wie Sie gerade.«

»Wer war das?«

»Keine Ahnung, denkst du etwa, der wäre jetzt, gegen Mitternacht, ohne Maske draußen gewesen?«

»Nein, nein.«

Alexandros Bruder!

Sie betraten das Zimmer, und plötzlich gab es einen fürchterlichen Knall.

»Aua, haben Sie auch hier Ihren Mann, Haler? Aua, mein Kiefer!« Ciccio wimmerte kläglich.

»Hätten Sie mir das doch gesagt, Haler, dann hätte ich es nie im Leben zum zweiten Mal versucht. Das ist nicht schön, Haler! Geben Sie mir wenigstens einen Drahkan.«

»Morgen geb ich dir einen«, sagte Domenico, »verschwinde jetzt.«

»Hier ist der Schlüssel, Haler, sperr von innen ab, Haler, und leg den Riegel vor, sobald ich weg bin. Nicht dass dir was zustößt, sonst bringen sie uns noch alle um, Haler.«

Domenico war allein. Er lag auf dem Bett, im sorgfältig verriegelten Zimmer. Weder Umhang noch Maske nahm er ab, sein Gesicht war schweißbedeckt. Er war allein, aber in der Dunkelheit erahnte er an der Decke einen formlosen, blassen Fleck, er war allein, und doch war er gewiss – jemand liebte ihn! Und das war weder Alexandros Bruder noch Alexandro selbst, es war jemand ganz anderes.

Er lag auf dem Rücken. Das also war Kamora. Trotz der Erschöpfung nach der zweitägigen Reise konnte er nicht einschlafen. Ausgestreckt auf dem Bett lag da ein neuer Maskenträger.

Und anscheinend gab es auch in Kamora einen Wächter der Nacht, aber der war nicht so bescheiden und ängstlich wie Leopoldino – plötzlich polterte es, donnerte es los:

»Es ist dreeeiii Uhr nachts und alles ist graaaandiooooos!«

III
KAMORA

BEKANNTSCHAFTEN

In der Morgendämmerung tauchte schwerfällig die große, glatte, graue Stadt Kamora auf. Hinter den Fenstergittern bewegten sich unmerklich und misstrauisch die Gardinen, jede mit mehreren Gucklöchern hübsch umstickt; für den vorsichtigen Bewohner genau das Richtige – lag der Feind vor dem Haus auf der Lauer, so konnte er nie wissen, ob er nicht durch die Gardine beobachtet wurde. Schon vor Sonnenaufgang glomm hier und da robustes Mauerwerk auf, in ganz Kamora waren die Häuser aus Marmor. An den sorgfältig verschlossenen Türen gab es runde, düstere Türklopfer. Die Reichtümer waren für fremde Augen nicht ersichtlich, sie waren sorgfältig weggesperrt. Nur die großen, dicken Teppiche hingen über den Geländern der hohen Balkone. Der Wächter der Nacht, der große, dürre Caetano in seiner Rüstung, die ein Eisengitter umgab, schritt gewichtig durch die Straßen, und nur ein eiserner Arm stak aus seinem Käfig heraus, die Finger umklammerten ein Messer. Den Hals steif vom Gewicht der Eisenmaske, ging er furchtgebietend einher, zuzeiten hob er den anderen Eisenhandschuh, um eine Uhr an die zwei Schlitze seiner Maske zu halten, und ließ den zentnerschweren Arm sogleich wieder fallen. Ängstlich zwitscherte ein Vogel, es roch grässlich, bittersüß und sonderbar herb, hier und da krähte kurz ein Hahn. Auch im Zimmer hing dieser Geruch; der Vagabund wälzte sich im Schlaf, etwas vertraut Unangenehmes berührte seine Lippen. Domenico lag auf dem Rücken. Wie ein warmer, ununterbrochener Atem floss zu den Lippen der unerträgliche Geruch, dann spürte er auch im Hals etwas dickflüssig Feuchtes, er riss die Augen auf, mit beiden Händen griff er sich an den Mund – Blut rann ihm aus den Nasenlöchern. Entsetzt sprang er auf, schaute an sich herab, da fielen dicke Tropfen auf den Boden. Er legte sich wieder hin und hielt den Kopf so weit nach hinten, dass ihm das Blut in die Augen floss. Erschöpft starrte er zur Decke. Da war der Fleck, so vertraut, uralt – flehentlich schaute er zu ihm hoch, ging, noch immer nach oben schauend, zum Tisch, ertastete mit seinen blutverschmierten Händen einen Tonkrug, nahm ein Taschentuch, befeuchtete es, hielt es sich auf die Nase und legte sich wieder hin. Also, Kamora.

Er blickte zum Fenster, die umstickten Gucklöcher, durch die das Tageslicht fiel, sahen aus wie Narben; die in Bewegung versetzte Stille schwebte griesgrämig zwischen den vielen schrägen Lichtsäulen. Was mochte ihn hier erwarten? Ein Messer im Bauch? Und Blut, wieder Blut … Oder der feurige Kuss eines kamoranischen Wurfmessers zwischen die Schultern, womöglich in den Hals? Und es würde weiterfließen, das mit dem letzten Herzschlag entquollene Blut, sich in der Grube am Schulterbein sammeln, sie füllen, über die Rippen herabrinnen, und er läge da, die Augen verdreht – schnell stand er auf, ihn fröstelte, sogar die Nase hörte auf zu bluten, er schmiegte sich an die Gardine und fror daran fest, das Auge fand ein Guckloch, er schaute hinaus. Auf der steil abfallenden Straße war niemand zu sehen, nur im gegenüberliegenden Haus bewegte sich bösartig ein Schatten hinter der Gardine. Er trat vom Fenster zurück, presste sich an die Wand, schloss die Augen. So stand er da, stand und stand, und zum Glück hatten nunmehr wenigstens sein Nacken und sein Rücken Ruhe, bloß kalt war ihm; am Hals nicht so sehr, er drückte das Kinn auf die Brust und verbarg seinen Hals, ängstlich schaute er auf die bräunlich besudelten Kissen und Bettlaken, dann wieder zur beschützenden Decke, und bevor er da oben etwas erkennen konnte – »Es ist acht Uhr morgens u-und …«, ertönte es donnernd, »alles, alles ist graaaaaaaandioooooooos!« Dann war ein kurzes Scheppern zu hören, ansonsten herrschte Stille, und als das Scheppern verhallte, ertönte Getrappel, es wurde laut in der Marmorstadt, aber irgendwie auf recht harmlose, friedliche Weise; er schlich wieder zur Gardine und schaute raus – allenthalben wurden die Fenster geöffnet, aus dem gegenüberliegenden Haus kam unbekümmert ein Mann, er sah aus wie ein normaler Mensch, auf die Entfernung zumindest, er war am Kauen. In einem anderen Haus trat eine Frau mit Kopftuch auf den Balkon und ging mit einem Stock auf einen Teppich los. Auch aus der Ferne kamen gedämpfte Schläge, an mehreren Stellen wurden Teppiche ausgeklopft.

Er wusste nicht, warum, aber er traute diesen Geräuschen, er entspannte sich – und da klopfte es verhalten an der Tür.

Ihm fiel sofort wieder ein, wo er war, und am meisten kriegte der Rücken Angst. Mit den Schultern scheuerte er die Wand entlang, presste sich an die Tür, wandte den Kopf und flüsterte:

»Wer ist da?«

Es war, als zerfiele sein ganzer Körper, und jedes Teil hatte seinen eigenen Kummer.

Auch von der anderen Seite kam ein Flüstern:

»Bist du schon wach?«

»Ja, wer ist da?«

Durch die verschlossene Tür unterhielten sich Gast und Gastgeber flüsternd:

»Ich bin's, ich.«

»Wer – ich?«

»Na, wer schon!«, brauste der andere auf und wurde sogleich wieder geheimnisvoll leise: »Willst du eine Frau?«

»Was?« Domenico erschrak.

Und wieder ungeduldiges Geflüster:

»Willst du vielleicht eine Morgendame, Haler?«

»Wer bist du denn?«

»Wer soll ich schon sein«, kam es ärgerlich zurück, »ich bin der Besitzer dieses Hauses, Scarpiozo, wer denn sonst? Ich hab die Haupttür noch nicht aufgesperrt.«

»Was willst du?«

»Und du, warum kommst du nicht raus?!«

»Keine Ahnung, einfach …«

»Kennst du nicht die Regel?«

»Ähm … nein?«

»Morgens müssen wir alle raus auf die Straße, aber wenn du nicht rauskommst und auch keine Morgendame willst, dann kann ich dir einen Entschuldigungsschein besorgen.«

»Was?«

»Ich besorg dir zwei Entschuldigungsscheine, Haler.«

»Der unvergleichbare Marschall Bittencourt, unser Urquell des Friedens, wünscht euch allen einen friedlichen Ta-ag«, ertönte es feierlich von der Straße.

»Glaubst du mir jetzt, oder immer noch nicht?«

»Was?«

»Dass das Haupttor geöffnet wurde!«

»Welches Haupttor?«

»Von der Stadt, was denn sonst. Die Friedensstunden haben angefangen.«

»Und bis wann gehen sie?«

»Bis acht Uhr abends, als ob du das nicht wüsstest, Haler!« Und plötzlich bekam er einen Schreck, als Scarpiozo fortfuhr: »Du redest so naiv, Haler, du führst doch bestimmt was im Schilde gegen mich, dabei hab ich dir doch nichts getan, Haler!«

Domenico drehte verärgert den Schlüssel um, schob den Riegel zur Seite, zog die schwere Tür auf, und als der Hausbesitzer ihn sah, fragte er mit lauem Interesse:

»Nur verletzt oder kaltgemacht?«

»Was?«

»Die Hände sollte man sich schon waschen, Halllleeeeeer.« Verschlagen zog der Gastgeber das Wort in die Länge.

»Bring mir Wasser!«

»Sofort, mein Lieber.«

Die Wangenknochen angespannt, sah Domenico ihn streng und unverzagt an – es gab jemanden, der ihn liebte.

Mit einer großen Schüssel in der Hand kam der Gastgeber zurück, stellte sie auf zwei Stühle und goss ihm mit einem Silberkrug Wasser hinein. Domenico hatte keine Angst mehr, gereizt wusch er sich das Gesicht, er prustete, aber als unten jemand klopfte, erschrak er, augenblicklich richtete er sich auf.

»Wer ist da?«, rief der Gastgeber.

»Ich bin's, Ciccio, Haler!«

»Ach, was für eine Freude! Und was willst du?«

»Habt ihr Interesse an 'ner tollen Morgendame?«

»Verschwinde!«

»Aber ich krieg vier, merk dir das. Lass mich jetzt bitte rein!«

»Vier! Träum weiter.«

»Zumindest nicht weniger als drei, Scarpiozo!«

»Zwei, mehr nicht.«

Was redeten sie da?

»Einer ist aber wirklich zu wenig!« Die Stimme klang jetzt enttäuscht.

»So lautet die Regel.«

»Oho, als ob du immer die Regeln befolgst.«

»Geh doch und verklag mich.«

»Das werd ich auch, Haler.«

»Ja, und dann bekommt deinen Anteil sowieso derjenige, bei dem du mich verklagst, und du bist als Petze verschrien. Also, Haler …«

Was sie redeten …

Der zukünftige Canudener Se Moreira lebte fernab der Marmorstadt, im Sertão.

Lange vor dem ersten Hahnenschrei erwachte der Hirte und stand auf. Endlose Beine hatte Se; er zurrte sich einen breiten Ledergürtel knapp unter den Rippen fest, an Hose und Hemd waren Fransen, ebenfalls aus Leder. Se, der tapfere Vaqueiro, wohnte in einer Bambushütte. In einer Ecke der Hütte, zwischen zwei kleinen Kindern, lag seine Frau Mariam. Sie war zwar eine Tüchtige, aber so wie Se gleich nach dem Aufwachen aufzuspringen, das mochte sie nicht. Und so verbarg sie ihr Gesicht unter dem langen, vom Schlaf verstrubbelten Haar und spähte durch einen winzigen Spalt nach Se. Auf ihre eigene Art, im Verborgenen, liebte sie ihn.

Mariam gefiel es, ihn so zu beobachten – wie Se ins Lederhemd schlüpfte, wie er es über seinen breiten Schultern zurechtzog, wie sich durch den Gürtel seine schmale Taille abzeichnete; Mariam, den Arm unter den Kopf gelegt, freute sich daran, wie würdevoll, wie schneidig Se sich in der Hütte bewegte, und wie er dann, auf einem Stuhl in der Ecke sitzend, Milch trank und trockenes Brot dazu aß. Schließlich richtete er sich auf, und bevor er die Hütte verließ, schaute er mit verhaltenem Lächeln zu Mariam. Mariam aber, kurz angespannt, täuschte vor, noch zu schlafen, und plötzlich blitzten ihre weißen Zähne auf, sie lachte von Herzen, Se kniete sich auf ein Bein, strich ihr das Haar aus dem Gesicht und küsste zweimal ihre vom Schlaf geschwollenen Lippen.

Dann ging Se zum Pferd und streichelte es sanft über den Hals, er verstand es, zu Pferden zu sprechen, die Stute wurde ganz still unter den Liebkosungen ihres edlen Herrn, flugs sprang er auf – hopp! –, und schon saß er auf dem ungesattelten Rücken des Pferdes, der gewandte Vaqueiro, Se.

Der Sertão war ein merkwürdiger Ort, zuweilen steinig, da wimmelte es dann von Schlangen und Mäusen, an anderen Stellen von undurchdringlichem Dickicht und Gras bedeckt; die Ziegen wurden von Hyänen gejagt. Ohne Eile trabte das Pferd über den steinigen Boden, aufgeschreckte Echsen verschwanden zappelnd kopfüber im Sand, eine Maus wankte auf eine Schlange zu, von ihrem starren Blick gebannt, durch ein unheimliches Gesetz ihr unterworfen.

Das Pferd lief durch hoch aufragende Säulenkakteen und durch die unsägliche Dornbuschwüste, die Caatinga; ein Stück weiter, auf einer Lichtung am Rande der Waldung, graste unter Ses Obhut die Herde – kleinwüchsige, wiederkäuende Rinder und an Freiheit gewöhnte, angriffslustige Stiere, die von Zeit zu Zeit den Kopf hoben und zornig die Luft einsogen. Se liebte die Freiheit und nahm nie Hunde zu Hilfe für seine Herde. Mit Hunden pflegten nur die Dienstherren, die Besitzer der Herde, zu kommen, die Kamoraner; einmal im Jahr war der ganze Sertão von Gebell und Gejaule erfüllt, ansonsten aber war Se mit der großen Herde allein, einzig sein treues Pferd stand ihm zur Seite. Im

Trab umkreiste er seine Schützlinge, beobachtete das Vieh. Schon von Weitem fielen ihm die Wunden auf, von den Stacheln der Kakteen oder den Dornen in der Caatinga. War eine Kuh verletzt, so ging es noch, die ließ sich recht einfach versorgen, ein Jungbulle indessen, der senkte den Kopf und preschte davon, sobald Se sich näherte. Zu Pferde setzte er ihm nach, aber der Jungbulle tauchte in die Waldung ein, und Se lehnte sich mal nach der einen, mal nach der anderen Seite, um den zischenden Ästen auszuweichen; des Öfteren, wenn ein besonders niedriger Ast im Wege war, sprang Se im Galopp vom Pferd, federte mit beiden Füßen vom Boden ab und saß überglücklich wieder auf, ohne Zuschauer, ohne Applaus, ein einsamer Artist. Schön war das alles. In der Waldung war der kleinwüchsige Bulle im Vorteil, doch sobald sie wieder auf freies Gelände kamen, war das Pferd ihm überlegen, und Se neigte sich unerwartet zur Seite, kopfüber hängend packte er den dahinjagenden Ausreißer beim Schwanz, riss ihn zu sich und sprang dem gestürzten Bullen in den Nacken. Er fasste ihn bei den Hörnern, und der Bulle, Schaum vorm Maul, schnaubte ihm ins Gesicht, die gezwirbelten Muskeln des Vaqueiros wölbten sich, und das Vieh, verblüfft von Ses übermächtiger Kraft, legte sich zahm auf die Seite. Mit einer Hand hielt er es am Horn, mit der anderen zog er den Dorn heraus. Dann nahm er aus der viereckigen Tasche an seinem Stiefel eine Salbe und trug sie auf die Wunde auf. Er untersuchte sie noch einmal gründlich und ging schließlich zurück zu seinem Pferd, das gehorsam am Baum stand, wobei er es vermied, den Bullen anzuschauen – hoppla, schon saß er auf. Der benommene und beschämte Jungbulle zog von dannen, und Se machte sich auf die Suche nach einem neuen Patienten.

So ging es den lieben langen Tag.

Doch manchmal kam es auch vor, dass eine Kuh vom einbeinigen Kobold, Sassi, entführt wurde. Se durchkämmte dann die ganze Gegend, die Kuh war nirgends zu sehen. Ach Sassi, alter Tunichtgut, dachte Se ohne Groll bei sich. Schließlich fand er die Spuren der Kuh, sprang vom Pferd und legte zwei Holzstäbchen in einer Mulde über Kreuz – Sassi hatte schreckliche Angst vor Kreuzen. Se folgte der Spur bis zur Grenze, die sein Gebiet von dem eines anderen Vaqueiros trennte – sie zu überschreiten gehörte sich nicht, das wäre ein Zeichen von Misstrauen gewesen, denn der Nachbar würde die Kuh zweifellos zurückbringen, jeder kannte die Brandmarkungen der anderen. Und die Ehre der Vaqueiros war unantastbar, selbst die Kamoraner trauten ihrem Wort. Gegen Mittag setzte er sich unter einen Baum, nahm den großen, zweikrempigen Hut ab, streckte die langen Beine aus, schnitt sich den Kohl und die Karotten aus Mariams Gemüsegarten mit seinem gekrümmten Messer, der Machete, die er zur Leopardenjagd bei sich trug, und dann mümmelte er wie ein Hase, der unerkannte, vergessene Held des Sertão, Se.

Und wenn er am Abend freudig nach Hause zurückkehrte, beobachtete ihn durch eine Ritze in der Wand schon von Weitem seine Frau. Dann – sie liebte ihn ja im Verborgenen – wandte sie sich wieder dem Topf auf dem Feuer zu, und als sie an ihrer Schulter seine raue und nun mit einem Mal so zarte Hand spürte, sagte sie obenhin: »Ah, bist du da?« Sie aßen gemeinsam zu Abend. Se war ärmer als arm; auch wenn seine Frau ein Leopardenfell trug, verdiente er nicht mehr als ein paar Groschen, und zugunsten der Kinder verzichtete er nunmehr auf die paar Stückchen Ziegenfleisch.

Gegen Mitternacht versank er in Mariam, wortkarg war er, er vermochte nicht, ihr Kosewörter zu sagen, und nur im Herzen wiederholte er immer wieder:

»Mariam, mein Gänseblümchen.«

Se war einer der fünf Auserwählten, die später die Großen von Canudos geworden sind.

»Aber so können Sie sich doch nicht sehen lassen, gerade sind Friedensstunden, und falls Sie ein bisschen Geld in der Tasche haben, besorg ich Ihnen was richtig Schönes zum Anziehen.«

»Was soll das kosten?«

»Angefangen bei zwanzig Groschen bis sechzig Drahkan, Haler.«

»Hm, nicht gerade billig.«

»Was? Zwanzig Groschen?«

»Nein. Sechzig Drahkan.«

Scarpiozo schaute zu Boden, als ob er sich schämte.»Na ja, nicht ganz sechzig.«

»Also wie viel?«

»Fünfzig.«

»Wieso sagst du dann sechzig?«

»Wenn ich den Laufburschen mache, muss für mich doch auch was dabei rausspringen, oder?«

»Aber warum so viel?«

»So viel Geld muss doch erst mal jemand zum Schneider bringen!«

»Ist das so schwer zu schleppen?«

»Wollen Sie mich auf den Arm nehmen? Kann gut sein, dass mir jemand die Kehle aufschlitzt, soll da meine Tapferkeit etwa nicht entlohnt werden?«

»Ich dachte, es sind Friedensstunden.«

»Bei sechzig Drahkan hört ja wohl jeder Frieden auf, Haler. Sie reden wie ein kleines Kind«, meinte der Gastgeber erstaunt.

Domenico setzte sich hin. So viel also zu den Friedensstunden.

»Was für eine Kleidung würden Sie mir denn empfehlen?«

»Sie wollen mich wieder auf den Arm nehmen, oder? Selbstverständlich eine für sechzig.« Und er fügte hinzu:»Sie wissen ja, die Tiere werden nach dem Fell und die Menschen nach ihrer Kleidung bewertet, Haler!«

»Warten Sie unten, ich komme sofort.«

Mit dem schweren Riegel verschloss Domenico die Tür. Er machte den Sack auf, schmiss eine Handvoll Drahkane aufs Bett, zählte zunächst sechzig ab, dann noch mal vierzehn, die steckte er unters Kissen. Dann band er den Sack wieder zu, schob ihn unters Bett, stieß den Riegel mit einer Hand zur Seite und rief:

»Kommen Sie, Haler.«

Was hatte er da gesagt – das fremde Wort! Wie vom Donner gerührt stand er da.

»Da bin ich, Haler«, erwiderte der andere.

»Hier, genau sechzig Drahkan.«

Bitter starrte der Gastgeber ihn an, er zog die Schultern hoch, schlug sich gegen die Brust, seine Augen traten hervor. Domenico verstand die Welt nicht mehr – Scarpiozo ging in die Knie:

»Mit so viel Geld willst du mich auf die Straße schicken, Haler? Kennst du denn die Verhandlungsregel nicht? Womit hab ich das verdient? Als ob du nicht weißt, dass am Ende immer nur ein Drittel bezahlt werden muss! Dass für mich dabei nur vier Drahkan bleiben, das ist dir schon klar, oder?«

»Wie viel soll ich dir denn geben?«

»Das weißt du nur zu gut! Du tust doch nur so! Als ob du so naiv wärst, ja, ja! Immerhin bist du nachts auf der Straße unterwegs gewesen, und der Mann von Leutnant Navole hat dich hierhergebracht. Dann wollte Ciccio dich erstechen, und da hat einer von deinen Männern – Preis und Dank – Ciccio das Messer in die Hand gerammt; und dann – wie du das fertiggebracht hast, wird nicht mal Oberst Cesar herauskriegen – nachts mit einem Geheimschlüssel meine Haupttür aufzuschließen, wegzuschleichen und irgendjemand zusammenzuschlagen oder umzubringen! Du hast den wohl umgebracht und dich dann in aller Ruhe aufs Ohr gelegt, was? Und als ich beschlossen hab, mich im Gespräch dumm zu stellen, hast du auch da noch eins draufgesetzt. Also, wenn du willst, kannst du mich ruhig hier auf der Stelle umlegen, aber – einer wie du gibt sich doch wohl nicht damit ab, einen Niemand wie mich zu töten, Haler?«

Ach, wo war er hier gelandet – sprachlos stand Domenico da; doch das Entsetzen seines Gastgebers ermutigte ihn auch, und stolz zählte er ihm zwanzig Drahkan ab:

»Hier, besorg mir was zum Anziehen. Für dich bleiben vier Drahkan, oder?«

»Nein, nicht für mich, Haler«, Scarpiozo stand auf und fächelte sich Luft zu, »zwei davon sind für Marschall Bittencourt, einer für Oberst Cesar und einer für Ciccio.«

»Wieso, hat der auch was zu sagen?«

»Nein, aber … weil er dich hierhergebracht hat.«

»Und was bleibt dir dann?«

»Ach, ich geb dem doch niemals sechzehn Drahkan.«

»Wem?«

»Wem? Dem Schneider.«

Eine Weile standen sie wortlos da, misstrauisch schauten sie einander an.

»Und was hat der Marschall damit zu tun?«

»Ach«, der Gastgeber zuckte zusammen und hielt sich die Hand vor den Mund:»So was darf niemand hören, sonst sind wir erledigt, Haler!«

»Was hab ich denn schon gesagt?«

»Sie wollen sich unbedingt dumm stellen, nicht wahr? Als wüssten Sie nicht, dass der Marschall immer seinen Anteil kriegt. Um unsere Stadt mustergültig zu leiten und stets gerecht zu bleiben, muss einer schon was in der Tasche haben. Haler, das ist eine weise Regel. Nur so bleibt er gerecht, wie denn sonst, Haler.«

Domenico verstand kein Wort, unbehaglich griff er nach dem Wasserkrug, setzte ihn an, und als er den Kopf in den Nacken legte – ah, der vertraute Fleck, ernst schaute er auf Domenico herab. Er riss sich zusammen:

»Los, geh schon, worauf wartest du noch.«

»Bin schon unterwegs, Haler.«

»Warte! Du hast ja gar nicht Maß genommen.«

»Doch, doch«, widersprach der Gastgeber.»Die ganze Zeit bin ich schon damit beschäftigt, dich mit den Augen zu messen!«

»Na gut, geh schon.«

Nachdem die Tür hinter Scarpiozo zugeschlagen war, sank er auf den Stuhl. Tausend Gedanken gingen Domenico im Kopf herum, manchmal blitzte etwas Grässliches dabei auf, als schlüge ihn jemand mit einem Stock, und die unbarmherzigen Hiebe zerpflückten seine Gedanken wie Schafwolle. Was, wenn sie mich töten?! Aber nein, nein, ich hab ja die Nacht überstanden. Und falls er einen zweiten Schlüssel hat? Nein, nein, das traut er sich nicht, er denkt ja, ich wäre ein Mörder. Und wenn mich ein anderer tötet? Nein, es sind doch Friedensstunden. Die halten sich aber nicht daran! Obwohl, hier wird alles mit Geld bewertet und Geld, hm, Geld hab ich …

Er klaubte die übrig gebliebenen vierzig Drahkan zusammen, ging zum Bett, warf sie aufs Bettlaken, kniete sich hin und tastete unterm Bett nach dem Sack; er kam nicht dran, lehnte sich vor, drückte seine Wange aufs Bett, schob die Hand noch weiter vor, tastete den Boden ab – und plötzlich wurde sein Handgelenk von einer Zange umklammert. Er wollte zappeln, aber dazu kam es nicht; er erbebte und rollte, mit einem Mal schwer und weich zugleich, zur Seite, zahme Wonne sättigte ihn – ah, die Wolken, er lag auf den Wolken. Ganz nackt inmitten weicher Bäusche, auf veilchenfarbenen Wolken lag er. Jemand massierte seine Schläfen, einmal wurde er sogar geohrfeigt – könnte das der Hinkende sein … ach nein, nein –, willenlos schwebte er durch seine Gedanken – hier ist es besser, hier ist es viel besser, lassen Sie mich noch kurz –, aber dieser Störenfried übergoss ihn mit kaltem Wasser, unwillig öffnete Domenico die Augen, und als eine furchterregende Maske ihm entgegensah, machte er sich gleich wieder auf zu den Wolken. Die Maske aber sagte:

»Hör zu. Ich bin Alexandros älterer Bruder.«

Er lag auf dem Bett. Wie war er da gelandet? Für einen Moment atmete Domenico auf und blickte seinen nächtlichen Retter hilflos an, und der zischte durch den schmalen, schrägen Schlitz:

»Hör mir gut zu. Wir haben nicht viel Zeit. Glaub nicht, dass Scarpiozo dich wirklich für einen Schurken hält. Er weiß ganz genau, dass die Haupttür seines Hauses in der Nacht nicht geöffnet wurde. Und außerdem ist deine Oberlippe aufgeplatzt. Jetzt wird er sich ein bisschen verspäten, weil er noch klären muss, ob du wirklich kein Verwandter vom Marschall oder vom Oberst bist. Dann wird er die Kleider besorgen, und falls sie dir bei der Anprobe zu groß sind, dann kannst du davon ausgehen, dass er dich irgendwohin locken wird, um dich umzubringen; die Kleider wird er dann behalten – er ist ja ein bisschen breiter als du. Also, die Zeit drängt!« Der Maskenträger ging zur Tür, öffnete sie, nahm aus dem hölzernen Umhang eine winzige Axt und irgendwelche anderen Werkzeuge und baute das Schloss aus. »Er wird dich wahrscheinlich in den Wald locken, und damit er nicht erwischt wird beim Verscharren deiner Leiche, wird er sich einen Grund ausdenken, warum du ihm helfen sollst, eine Grube zu schaufeln. Mach das, das ist nicht schlimm, aber sobald du das Zwitschern einer Amsel hörst, schleudere deinen Arm dreimal mit ganzer Kraft in die Richtung eines Baumes, von oben nach unten, und sieh zu, dass er das auch bemerkt. Hab keine Angst, ich werde hinter deinem Rücken stehen, aber wehe, du schaust dich nach mir um, dann kriegst du direkt ein Messer in den Hals.« Er baute etwas im Schloss ein. »Ich verfehle mein Ziel gewiss nicht, mit dem Messer kann mir keiner das Wasser reichen!«

Wie er zischte!

»Gestern Nacht habe ich unter deinem Bett geschlafen; es hätte gut sein können, dass Scarpiozo hereingeschlichen wäre, dich kaltgemacht und sich mit deinen Drahkanen in Luft aufgelöst hätte. Na ja, ganz zu verschwinden wäre ihm wohl schwergefallen, die Männer von Leutnant Navole hätten ihn früher oder später gefunden, aber es hätte gut sein können, dass das viele Geld ihn geblendet hätte. Deshalb bin ich geblieben, und jetzt«, der Maskenträger machte die Tür zu und ging zu Domenico, »hab ich das Schloss ausgetauscht, hier ist der Schlüssel, beim Rausgehen schließ selber ab, Scarpiozo wird keinen Verdacht schöpfen, der Schlüssel sieht aus wie seiner. Wenn ihr dann zurückkommt, wird Scarpiozo versuchen, die Tür mit seinem Schlüssel aufzumachen, was ihm nicht gelingen wird. Dann nimmst du den hier«, er drückte ihm den Schlüssel in die Hand, »und schließt auf. Danach lässt er dich endgültig in Frieden. Alles klar?«

»Alles klar, Haler«, antwortete Domenico dankbar.

»Ich werd dir was mit *Haler*«, kam ein zorniges Zischen zurück, »dass ich das Wort nicht noch einmal aus deinem Mund höre. Wenn du einmal damit anfängst, dann reißen sie dich bald ganz mit, heeee …« Er zog das Ende in die Länge wie Alexandro.

»Wollen Sie jetzt schon gehen? Entschuldigen Sie die Frage.«

»Nein, ich bleibe hier.«

»Und wenn ich die Tür abschließe, wie kommen Sie dann raus?«

Trotz der Maske war dem anderen anzumerken, dass er lächelte, Gutmütigkeit schwang in seinem Zischen mit: »Ich habe noch einen zweiten Schlüssel.«

Es war, als beobachte er ihn durch den schmalen Schlitz wohlwollend. »Also, nachdem die Amsel gezwitschert hat, hebst du den Arm und schleuderst ihn dreimal nach unten, aber zackig. In die Richtung eines Baumes, klar?«

»Ja.«

»Hier, nimm die Messer. Wenn er die Kleidung bringt, werden nach den hiesigen Regeln fünf Messer eingenäht sein. Aber alle fünf sind höchstwahrscheinlich falsch. Ersetz sie durch diese hier: zwei in die schmalen Außentaschen der Stiefel, zwei an den Gürtel und eins in den Kragen des Umhangs. Kapiert?«

»Ja.«

»Jetzt dreh dich um, ich muss wieder unters Bett kriechen. Und noch was, zieh die Messer nicht aus dem Baum. Und falls er das machen will, musst du das verhindern.«

»Wird er auf mich hören?«

»Ja. Wird er.«

»Wollen Sie nicht schon rausgehen und dort am Wald auf uns warten?«

»Das geht nicht. Erstens könnte es sein, dass er dich direkt hier kaltmacht, was ich allerdings nicht glaube, und zweitens will ich wissen, wie er sich benimmt, was er so sagen wird.«

»Und … wie werden Sie wissen …«

»Was?«

»Na … falls er was mit mir vorhat …«

»Das merkt man ihnen an der Stimme an. Jetzt dreh dich endlich um! Mich hat noch niemand auf dem Boden liegen sehen.«

Domenico drehte sich um und wartete. Doch sein Rücken hatte trotzdem Angst.

Behutsam trug Scarpiozo die Kleidung: ein kostbarer Mantel, mit Goldfäden verziert, hohe Stiefel, ebenfalls mit goldenen Streifen, und ein schneeweißes Hemd mit aufgebauschtem Kragen.

»Probieren Sie das an, Haler.« Sorgfältig legte er die Kleidung über den Stuhl. »Hier, mein Herr: die Hose, der Mantel – ach, was für ein Mantel, herrlich! Da sind auch die Stiefel und der Gürtel, ein Unterhemd und das dazugehörige Pendant.« Er lächelte ihn an. »Für Sie alles nur vom Feinsten, mein Herr.«

»Lass mich allein«, sagte Domenico.

»Nachher kommen Sie aber doch mit zum Wald, Haler?«, fragte der Gastgeber mit einem strahlenden Lächeln. »Die Luft dort ist wunderbar frisch.«

»Wenn Sie mich begleiten, ja.«

»Aber natürlich, ich werde Sie doch wohl nicht alleine gehen lassen, wo denken Sie hin? Wenn Sie fertig angekleidet sind, Haler, klatschen Sie dreimal in die Hände.«

Domenico warf sein blutverschmiertes Hemd in die Ecke, schlüpfte in das schneeweiße, stieg in die Hose und zog sich zuletzt den Mantel über – alles zu groß, ein Schauder überlief ihn. Die falschen, viel zu biegsamen Messer zog er aus Stiefeln, Gürtel und Kragen heraus und verbarg sie unter seinem Kissen. Vorsichtig schob er in die merkwürdigen Taschen an der Kleidung die Messer des Maskenträgers, setzte sich aufs Bett, und als er auch seinen zweiten Fuß im Stiefel hatte, zuckte er zusammen – jemand klopfte ihm an den Stiefel:

»Wenn du dich im Wald auch nur einmal umdrehst, mache ich kurzen Prozess.«

Und der Maskenträger klatschte selber dreimal in die Hände.

Domenico und Scarpiozo liefen durch die schmalen Straßen zwischen den Marmorhäusern, die nun, wo der Himmel bewölkt war, im Grau versanken. Auf dem ganzen Weg trafen sie auf herumstehende Kamoraner, die an ihren kostbaren Hauswänden lehnten. Aufmerksam beobachtete Domenico die Bewohner der Schächerstadt; von Weitem sahen sie ganz normal aus – zwei Beine, zwei Arme, Augen und Ohren. Hagere, hochwüchsige Menschen waren es, nur hier und da sah man mal einen dickeren. Aber, wenn Sie ihnen in die Augen geschaut hätten ... Möchten Sie sie sehen, wollen wir ihnen in die Augen schauen? Dann gehen wir ein Stück näher ran, auf uns zwei Wüstlinge achtet sowieso niemand; wenngleich wir hier herumziehen, ohne um Erlaubnis gefragt zu haben. Aber niemand sieht uns, legen Sie die Hand auf meine Schulter, kommen Sie mit – sehen Sie, ihre Hüte haben sie tief in die Stirn gezogen, und sie kneifen die Augen zusammen; etwas glitzert darin, irgendein Wunsch; was heißt irgendeiner, Sie können sich schon denken, was in denen vorgeht, wenn vor ihnen ein reicher Mann läuft ... Ihre Finger stecken im Gürtel, genau da, wo sich das lange schmale Messer verbirgt; und ein Glück, dass wir erst mal hier gelandet sind, im mittleren Teil von Kamora, im Oberen und Unteren Kamora hausen siebenfach schlimmere Leute. Doch auch die hier, ach, sie brennen darauf, ein summendes Messer nach unserem Vagabunden zu werfen, aber sein Begleiter und Gastgeber ruft laut: »Wir sind auf dem Weg zum Oberst, Haler!« Und da ist Ciccio, vor Kurzem aufgerückt aus der Unteren Stadt. Sie wissen nicht, was die Untere Stadt ist? Ich werde Ihnen alles erklären, zu gegebener Zeit. Jetzt aber geht Ciccio auf die beiden zu:

»Schöne Friedensstunden, meine verehrten Haler! Gestern Nacht haben Sie mir doch einen Drahkan versprochen, Haler? Vielleicht würden Sie mir den jetzt geben.«

Domenico sah ihn hasserfüllt an:

»Warum soll ich dir was geben, du wolltest mich umbringen.«

Das war Ciccio jetzt ein bisschen peinlich, eine Sekunde ließ er sogar den Kopf hängen, aber dann schaute er ihm freimütig in die Augen und entgegnete:

»Hätten Sie an meiner Stelle etwa was anderes getan, Haler?«

Sind Sie noch da? Merken Sie sich – es kommt selten vor, dass ein Kamoraner jemandem in die Augen schaut. Mal bleibt ihr Blick an der Nasenspitze hängen, mal an der Augenbraue, an den Händen, an der Stirn, am Hals oder an den Lippen – doch nie in den Augen, auf keinen Fall; treffen sich ihre Augen versehentlich, hastet der Blick sofort woandershin – so lautet ihr ungeschriebenes, unausgesprochenes Gesetz, sie wollen einfach nicht, dass sie das Grauen packt. Und damit sie auch den eigenen Augen nicht begegnen müssen – im Grunde kennt doch jeder sein eigenes Wesen nur zu gut –, vermeiden sie es gänzlich, in den Spiegel zu schauen.

»Da, nimm schon«, sagte Domenico, klirrend sprang vom Pflaster ein Drahkan hoch, und Ciccio schickte ihn mit einer unglaublich flinken Handbewegung in eine geheime Innentasche seines Anzugs. »Ich wünsche Ihnen endlos lange Friedensstunden, mein Herr.«

Und Scarpiozo verkündete unermüdlich: »Wir sind auf dem Weg zum Oberst, Haler! Wer es wagt, uns zu folgen, bekommt es mit dem Oberst zu tun, Haler!«

Mit glitzernden Augen und trockenem Mund starrten sie auf Domenicos Rücken. Reglos.

»Die Kleider sind mir ein bisschen zu groß«, sagte Domenico. Sie liefen durch den Wald.

»Bei mir werden Sie zunehmen, Haler.« Sein Gastgeber lächelte ihn an. »Es kann doch nicht angehen, dass Sie so schmal sind, wo Sie so viel

Geld haben. Auch am Bauch muss man merken, dass man es mit einem richtigen Mann zu tun hat. Ich werde Ihnen täglich die allerfeinsten Leckerbissen auftischen.«

»Wieso sagst du gar nichts davon, wie viel ich dir schuldig bin, Haler?«, fragte Domenico, und er erschrak so über das *Haler*, dass er sich auf die Zunge biss und sich beinahe umgedreht hätte.

»Das eilt doch nicht, Haler.«

Dann blieb Scarpiozo stehen, schaute ringsumher und sagte:

»Du bist fremd hier in dieser Stadt und ich möchte dir gern etwas vorschlagen – falls du findest, dass ich deiner würdig bin, Haler.«

»Ich höre«, sagte Domenico. Seine Knie zitterten, aber er hielt sich tapfer.

»Ja, also, wollen wir uns nicht Freundschaft schwören, natürlich nur, wenn du einverstanden bist? Es gibt doch nichts Schöneres als die Freundschaft, oder?«

»Ja.«

Scarpiozo beobachtete die Gegend um sie her, er sprach, ohne Domenico anzuschauen:

»Ja, also, falls du mir die Ehre erweist, wollen wir uns Freundschaft schwören, Haler! Weißt du schon, wie man das macht?«

»Nein.«

»Kennst du den Brauch nicht?«

»Nein.«

»Also es ist so, mein Lieber: Die Erde ist der Anfang und das Ende aller Dinge, Haler! Du weißt schon, Asche zu Asche, Staub zu Staub, das Leben währt nur einen Augenblick, und was bleibt uns davon außer unserem Gewissen, Haler? Was können wir schon ins Jenseits, zum Paradies mitnehmen, mein Lieber, außer unserer Gutherzigkeit? Und deshalb schwört man sich die Freundschaft in einem Graben, möglichst tief – vom Erdboden nimmt alles seinen Anfang. Da, in dem hohlen Baum hab ich Hacke und Schaufel versteckt. Hast du Kraft in den Armen, Haler?«

»Es geht, ja.«

Die Sonne zeigte sich, unzählige winzige Körnchen zeichneten sich ab und begannen zu glitzern, in einer durch die Blätter fallenden zitternden Säule.

»Wunderbar. Dann, mein Guter, hier, nimm du die Hacke, und ich helfe dir mit der Schaufel, die Erde aus dem Graben rauszuschaffen, los, fangen wir an.«

Domenico warf Mantel und Hemd auf den Boden. Scarpiozo schnappte sie sofort und hängte sie mit großer Sorgfalt an einen Ast. Domenicos Blick folgte ihm, dann lockerte er seinen Gürtel und hackte entschlossen los.

»Halt!« Scarpiozo war nicht zufrieden. »Hier scheint schon mal gegraben worden zu sein«, lächelte er, »hier hat man sich schon Freundschaft geschworen. Machen wir uns unseren eigenen Graben, von anderen sollte man nichts nehmen, so ist es doch, im Leben, oder?«

Ungefähr drei Schritte entfernten sie sich von der Stelle, Scarpiozo hieb als Erster die Hacke in die Erde und reichte sie dann Domenico: »Jawoll, das ist genau die richtige Stelle für uns, Haler.«

Domenicos Knie zitterten leicht, er nahm all seine Kraft zusammen und schwang die Hacke. Er schaufelte sich ein Grab – und Scarpiozo, immer die Umgebung im Auge, ruhte sich aus, auf die Schaufel gestützt, und plauderte mit ihm:

»Ohne einen richtigen Freund kann man ja hier gar nicht weiterkommen. Dein Feind wird mein schlimmster Feind sein, und deine Vertrauten werden zu meinen vertrautesten Freunden, Haler. Geh mal zur Seite, jetzt schmeiße ich die Erde raus.«

Er arbeitete mit Feuereifer. Domenico stand im Schatten eines Baumes und beobachtete ihn. Auf ein paar Dinge konnte er sich bei seinem Gastgeber keinen Reim machen. Andererseits leuchtete ihm alles ein: Hätte Scarpiozo ihn im Zimmer getötet und die Männer des Leutnants hätten ihn mit dem Sack in der Hand erwischt, dann wäre es vorbei gewesen – sie hätten ihm den Sack abgenommen und ihn wahrscheinlich umgebracht. Damit niemand sie beide verfolgte, hatte Scarpiozo so getan, als wolle er den Vagabunden zum Oberst bringen. Wenn er ihn erst in der Grube erstochen hätte, müsste er schnellstens das Grab mit Erde füllen und in die Stadt zurückkehren, als hätte er ihn beim Oberst abgeliefert. Sobald die Männer des Leutnants Scarpiozo nicht mehr beobachteten, würde er versuchen, aus der Stadt zu fliehen; das war ein ziemlich gewagtes Vorhaben ... Scarpiozo wischte sich den Schweiß von der Stirn, kroch aus dem Graben, und bevor er sich auf den Boden setzte, sagte er: »Es gibt doch nichts Schöneres als die Arbeit, Haler! Ich pfeif auf das unverdiente Brot. Pass auf deine Kleider auf, Haler, die sind sehr edel.« Domenico war nicht zum Lachen zumute, aber er musste doch für sich lächeln.

»Hau richtig rein, mach nur«, feuerte Scarpiozo ihn an, »wenn du magst, sing ich was, mit einem schönen Liedchen geht die Arbeit besser von der Hand, soll ich?«

»Ja.«

»Eins zwei drei vier, eins zwei drei vier, heee – *wahre Freundschaft soll nicht wanken, wenn sie gleich entfernet ist; lebet fort noch in Gedanken und der Treue nicht vergisst.* Gefällt dir das Lied, junger Mann?«

»Ja.«

»Los, los, bloß keine Müdigkeit vorschützen! *Keine Ader soll mir schlagen, da ich nicht an dich gedacht; ich will für dich Sorge tragen bis zur späten Mitternacht.* Komm raus, jetzt mach ich die Erde weg, dann geht's schneller voran. Was läufst du denn rückwärts, Junge?«

Aus Angst, zu Alexandros Bruder zu schauen, bewegte Domenico sich rückwärts, aber Scarpiozos Schlangenblick wanderte misstrauisch zu den Bäumen vor ihm. Er stand bis zur Hüfte im Graben, schnaufend warf er die Erde raus. Dann wischte er sich über die Stirn, kletterte aus dem Graben und sagte: »Noch eine Runde und ... dann reicht's, glaub ich, mein Lieber, aber was setzen Sie sich denn mit der Hose auf den Boden, Haler, ist es nicht schade um den guten Stoff?«

Er war dermaßen außer Atem, dass er nicht mal mehr richtig singen konnte, er summte nur vor sich hin:

»Uuu-o, heee, eee... mmuuu-o, heee, eee..., hau rein, Haler. Es gibt doch nichts Schöneres als die Freundschaft, Haler, ooo-u, uuu-o, heee, ee... Noch ein-, zweimal und ... Komm raus, ich mach die Erde weg, das ist die letzte Runde«, er schaute sich noch mal um, »oder vielleicht wirfst du die Erde raus, du bist noch jung, mein Freund.«

Domenico verstand und erwiderte:

»Nein. Mach du das.«

Scarpiozo schaute ihn prüfend an, dann griff er nach der Schaufel. »Damit du Bescheid weißt, ich habe sowohl im Unteren als auch im Oberen Kamora Verwandte, Haler, und wenn mir irgendwas zustoßen sollte, ooooooooje, die würden toben und denjenigen sofort über die Klinge springen lassen, jaaa.« Er sprang in den Graben. »Ist das anstrengend, so von unten die Erde rauszuwerfen!« Er schüttelte den Kopf. »Man muss einiges tun für die Freundschaft, Haler!«

Umständlich kletterte er aus dem Graben, atmete schwer und bat: »Ich ruhe mich kurz aus, wenn du nichts dagegen hast.«

Er stützte sich auf den Ellenbogen, schnippte Domenico, der neben ihm stand, die Erde von der Hose und erklärte: »Die Regel zum Freundschaftsbündnis, mein Lieber, verlangt, dass der Jüngere von beiden als Erster in den Graben springt und dem Älteren seine treue Hand reicht. Wie alt bist du?«

»Zwanzig.«

»Ja, und da ich ja schon dreiundvierzig bin, bist du das, entsprechend der Regel. So, jetzt geht es wieder.« Er stand auf. »Ach, diesen Schnupfen krieg ich einfach nicht weg …« Seine Hand glitt in die hintere Hosentasche. »Ich brauche drei Taschentücher am Tag, los, spring rein, Haler …«

Da zwitscherte die Amsel. Und Domenico schleuderte dreimal den Arm zum nächsten Baum. Misstrauen zeichnete sich auf Scarpiozos Gesicht ab, er starrte auf den Baum. Drei schmale Messer zitterten im Stamm, alle drei steckten im selben Punkt, zwei davon etwas schräg. Es sah aus wie eine Pfeilspitze.

»Ach!«, rief Scarpiozo und sank auf die Knie. »Verschon mich! Was hab ich dir denn getan? Einem Messerwerfer wie Ihnen, Haler? Einem Mann mit solchen Fähigkeiten! Ich hätte wissen sollen, dass auch einem alten Kämpen die Nase bluten kann! Ist ja einfach ein Naturgesetz. Außerdem, man sagt, das sei sogar gut, damit kommt alles Schlechte und Überflüssige raus … Sie werden mich doch verschonen, Haler? Ich muss noch heiraten, Kinder kriegen – Sie lieben doch Kinder, Haler, es gibt doch nichts Schöneres!«

Domenico erwiderte streng:

»Steh auf.«

»Sicher steh ich auf, Haler, Sie haben mir ein zweites Leben geschenkt. Noch was, seien Sie mir nicht böse, ich hab Ihnen falsche Messer untergejubelt; jetzt wissen Sie ja, dass das, was ich Ihnen antun wollte, meiner Unerfahrenheit zuzuschreiben ist.«

Er verstand, dass es Scarpiozo ernst war, noch einmal sah er zu den Messern im Baum hinüber. Seine Knie zitterten wieder, doch diesmal vor Hass. Er schaute den Kamoraner voller Abscheu an.

»Die Messer sind nicht falsch.«

»Wieso, ich hab sie doch selber ausgetauscht!«

»Komm, überprüf's mal.«

Scarpiozo tastete Domenicos Kragen ab und zog ein dünnes, scharfes Messer heraus.

»Was seh ich denn da, Haler, du scheinst mich ja zu kennen wie deine Westentasche, mein Lieber! Haben Sie etwa noch eins? Im Stiefel?«

»Nein.«

»Wie, keins mehr?«, fragte Scarpiozo und sein Gesichtsausdruck veränderte sich kurz.

»Alle fünf sind an ihrem Platz, die drei hatte ich in der Hand.«

»Die ganze Zeit über?«

»Ja. Hätte doch sein können, dass du ungeduldig wirst.«

»Aaautsch, Haler!« Scarpiozo war begeistert. »Das nenne ich Umsicht!« Er schaute ihn beschwörend an. »Ich hab eine Bitte, Haler.«

»Was willst du?«

»Wollen wir uns ewige Freundschaft schwören, Haler?«

»Lass mich in Ruhe«, sagte Domenico. Er war dabei, sich das Hemd wieder anzuziehen.

Sie liefen querfeldein in die Stadt zurück. Scarpiozo ging vorneweg und pries Domenicos Geschicklichkeit. Als sie in die Stadt kamen, sagte er zu einem, der sich die Mütze tief in die Stirn gezogen hatte: »Der hat so einiges drauf, einiges mehr als wir! Das kannst du mir glauben!«

Als sie über die Türschwelle traten und die Treppe hochstiegen, fiel Scarpiozo plötzlich ein: »Die wertvollen Messer! Wir haben sie im Baum stecken lassen!« »Die sind nicht mehr dort«, erwiderte Domenico. »Haben Sie sie etwa heimlich rausgezogen, Haler?« »Ja.« »Ach, alle Achtung.« Vergeblich bemühte er sich, die Tür aufzuschließen, und als er sich nach einiger Zeit ratlos umdrehte und Domenico aus seiner Tasche einen

Schlüssel zog und damit die Tür aufschloss, war sein Gastgeber endgültig tief beeindruckt. »Sie haben das Schloss unbemerkt ausgetauscht, nicht wahr?« Und erfreut rief er: »Aha, ich hab's! In der ersten Nacht haben Sie einem die Kehle aufgeschlitzt und sich dann extra das Blut von dem auf die Oberlippe geschmiert! Wieso bin ich nicht früher drauf gekommen, ach, du wirst langsam alt, Scarpiozo, du armer Trottel.« Er schlug sich an die Stirn und wandte sich zu Domenico: »Eine neue Finte! Stimmt doch, Haler?«

Domenico nickte gewichtig.

Am selben Abend trat Scarpiozo vor Oberst Cesar höchstpersönlich und erstattete Bericht:

»Sie sehen glänzend aus, Grandhaler. Also, der Fremde verdient es, als Ihr Freund bezeichnet zu werden. Im Messerwerfen kann ihm wohl kaum jemand das Wasser reichen, und er verfügt über ein immenses Vermögen, so etwa viertausend, wenn nicht mehr. Ich hoffe, Sie werden auch Ihren treuen Diener bedenken. Man kann den Jungen in verschiedener Hinsicht ganz gut gebrauchen, ein ziemlicher Witzbold ist er außerdem, und bis Sie ihm das Geld aus der Tasche gezogen haben, können Sie ihn ohne Bedenken unter Ihrem Dach beherbergen; wenn er noch so etwa zweihundert Drahkan übrig hat, dann überlassen Sie ihn aber bitte wieder uns.« Und als er den zufriedenen Gesichtsausdruck des Obersten bemerkte, fügte er noch hinzu: »Aber was erzähle ich Ihnen da, mich brauchen Sie ja sicherlich nicht, um den fertigzumachen, Grandhaler!«

Weil es nachts gefährlich war, von der Mittelstadt in die Obere Stadt hinunterzulaufen (die Obere Stadt befand sich unterhalb der Mittelstadt), blieben die zwölf besten Männer von Leutnant Navole vor Scarpiozos Haus stehen. Sie hatten kein Glück mit dem Wetter, und zitternd, mit Umhang und Maske, die Messer fest in der Faust, warteten sie ungeduldig auf den Ruf des Wächters der Nacht, Caetano: »Es ist acht Uhr morgens und alles ist graandiooooooos!«

Wie schön doch der Wald war …

Der zukünftige Canudener Manuelo Costa lebte fernab der Marmorstadt, im Sertão.

Er hatte eine ganz eigene Art, am Morgen wach zu werden. Sobald der fröhlichste aller Vaqueiros die Augen öffnete, lächelte er schon. Das hatte nichts mit der Freude eines Narren zu tun, eher überkam ihn eine seltsame Art Glück – mit Begeisterung über alles und jeden füllte sich seine turmhohe Seele und vergnügt verfolgte er die wutschäumenden Jungbullen. Er verstand sein Handwerk, wie jeder Vaqueiro, ja, sogar noch ein bisschen besser. Selbst dem großen Hirten Se Moreira konnte er mit seinem Mut und seiner Kraft das Wasser reichen, nur eine Frau wie Mariam hatte er nicht, und öfters mal stahl er sich in die Stadt, von Vorfreude ergriffen. Auch äußerlich war er noch ein junger Bursche. Und wie er sein Pferd liebte! Und die Bäume, ja, selbst das kleinste ihrer Blätter bereitete ihm Gänsehaut, und ebenso liebevoll betrachtete er die trockene Erde in seiner hohlen Hand. Wer hätte ihn verstehen sollen, er hatte ja niemanden. Manuelo Costa kannte den geheimen Wert aller Dinge, und er krankte an einer sonderbaren Liebe. Sobald der Blick seiner schönen Augen auf einen verwachsenen Busch fiel, verwandelte sich dieser in einen Busch von Manuelo Costa und erlangte den Ruhm eines Mammutbaumes: Er mauserte sich, blühte auf, erstrahlte in einem ganz besonderen Grün und ragte bis in den Himmel, jedweden Vergleiches würdig. Manuelo Costa sprang vom Pferd und legte sich rücklings mitten in den Busch, so ließ er ihn in den Himmel wachsen. Die ganze Welt gehörte dem bettelarmen Manuelo. Mit seinem Blick machte er sich alles zu eigen. So weit sein Auge reichte, alles sog Manuelo Costas große Seele in sich auf, und vom Glück überwältigt, ein Lächeln im Gesicht, flog er auf seinem Hengst übers weite Land, Manuelo Costa, ein König, der nichts als ein Ross besaß. Der Kobold Sassi, der hinter einem Baum hervorlugte, riss Mund und Nase auf, solch einen Vaqueiro hatte er noch nie gesehen. Selbst die Caatinga, dieses unbarmherzige Dornendickicht, hielt inne, wenn der fröhliche Vaqueiro vorbeikam. Doch mehr als alles in der Welt mochte Manuelo Costa lebendige, gertenschlanke Frauen. Ein paar Tage überstand er frohgemut, dann bat er seinen Nachbarn Se Moreira eindringlich, einen Tag lang sein Vieh zu hüten, sprang auf sein Pferd und machte sich ohne Verpflegung auf in die Stadt. Die ganze Nacht trabte er dahin, vorbei an aus dem Schlaf geschreckten oder still kauernden Leoparden und Gazellen, und gegen Morgen, in der Dämmerung, traf in der Stadt ein verwegener Vaqueiro ein, mit Knien und Schenkeln an den Flanken seines Hengstes klebend und so sehr ans Reiten gewöhnt, dass er fast ein wenig zu lässig hin und her schwankte. Und die soeben erwachten Frauen lugten aus den Fenstern, jede erkannte sogleich das Hufgeklapper seines Pferdes. Manuelo Costa frühstückte mit seinen paar Groschen, ohne dabei vom Pferd zu steigen, von Zeit zu Zeit fasste er sich an den zweikrempigen Hut, schwenkte ihn galant bis zum Steigbügel und sagte zu den wie zufällig auf die Straße tretenden errötenden Frauen: »Wie steht's, Veronika? Wie ist Ihr Befinden, werte Colombina?« Die Namen brachte er öfter durcheinander, doch was tat's, die Frauen hatten den Hirten ins Herz geschlossen. Und irgendwo außerhalb der Stadt, im menschenleeren Wald, mitten auf einer sonnigen Lichtung, half er einer Frau, die anmutig auf seinem schwer beladenen Pferd saß, abzusteigen. Auch er sprang gekonnt ab und sagte dann bedauernd zu der herausgeputzten Frau: »Ich hab's immer noch nicht kapiert, wie so ein Kleid aufgeht«, und als die Frau schon eifrig zum Gebüsch hinstrebte, legte sie der verwegene Vaqueiro mitten in den Sonnenschein und schaute ihr ins strahlende Gesicht, und sie, die Frau, entzückt von dem sonderbaren Hirten, brachte nur heraus: »Manuelo Costa, Manuel…«

Manuelo Costa war einer der fünf Auserwählten, die später die Großen von Canudos geworden sind.

Als Caetano seinen eisernen Käfig und seine Maske scheppernd aufs Pflaster fallen ließ, entledigten sich auch die zwölf Männer von Leutnant Navole ihrer Holzumhänge. Getrappel erfasste ganz Kamora, die Nachbarn öffneten ihre verriegelten Türen; breit, nur mit dem Mund, lächelten sie einander zu, die Augen veränderten sich nicht dabei, und danach beäugten sie die Rücken der anderen. Der am schicksten gekleidete von den zwölf Männern, der mit den glänzenden Knöpfen, machte sich auf

zu Scarpiozos Haus und betätigte laut den Bronzering, der am hoch an-
gebrachten Türknauf befestigt war.

»Wer ist da, Haler?«

»Ich bin's, Eliodoro.«

»Ach, mein guter Feldwebel«, erwiderte Scarpiozo besänftigt, »ich
mach gleich auf.«

Feldwebel Eliodoro legte, sobald er über die Türschwelle getreten war,
los:

»Ich gratuliere zum Anbruch der Friedensstunden, Haler. Niemandem
schneide ich ohne Grund die Kehle durch, aber wehe, es wagt einer, was
im Schilde zu führen gegen mich, dann wünsche ich nicht mal meinem
schlimmsten Feind, an seiner Stelle zu sein; hoch lebe der große Marschall!«

»Ewiges Glück im Hafen des Friedens, Haler. Wer wäre so dumm, gegen Sie was im Schilde zu führen?«

»Wo hast du den Fremden?«

»In dem Zimmer da.«

»Wie hat er geschlafen?«

»Er hat nicht geschrien.«

»Sehr gut.«

Auf Zehenspitzen schlichen sie die Treppe hoch. Vor Domenicos Tür
blieben sie stehen, Feldwebel Eliodoro bückte sich zum Schlüsselloch
und lauschte eine Weile still, die Augen zur Decke gerichtet. Sodann
nahm er den hölzernen Umhang, machte ein paar Schritte rückwärts,
auf Zehenspitzen, atmete vorsichtig die stickige Luft ein und gab seinen sechs Begleitern ein Zeichen. Die stellten sich in einer Reihe auf,
ebenfalls auf der Hut, packten ein riesiges eisernes Rohr mit Griffen
daran, stürmten los und knallten das Rohr gegen die Tür. Dann ließen
sie das Rohr fallen und sprangen zur Seite. Der Feldwebel stand hinter
der Wand bereit und hielt seinen hölzernen Umhang in den aufgebro-
chenen Türrahmen, wartete ein paar Sekunden ab, zog dann seinen Arm
mit der Holzmanschette wieder zurück, sprang zur Seite und schaute
auf den Umhang – kein einziges Messer steckte darin. Verwundert sah
er Scarpiozo an, der erwiderte irritiert seinen Blick. Auch die sechs Begleiter klapperten mit den Augenlidern.

»Entweder ist er ein richtiger Fuchs oder ein Dummkopf ohneglei-
chen«, sagte Feldwebel Eliodoro und schaute noch einmal auf den hölzernen Umhang.

»Ein Dummkopf wohl nicht«, meinte Scarpiozo. »Als ich ihn gestern
umlegen wollte, hat er das zu verhindern gewusst.«

»Was ist er dann also?«

»Ein richtiger Fuchs.«

»Aber – hat er uns erwartet?«

»Ganz bestimmt hat er das.«

»Gib mir für alle Fälle den Umhang.«

Und Feldwebel Eliodoro trat in hölzernem Umhang und Maske vor
den aschfahlen Domenico und erklärte: »Oberst Cesar wünscht, sich mit
Ihnen anzufreunden, Grandhaler. Sie kennen ja die Regel, geben Sie mir
bitte Ihre Hand.«

Er nahm ein dünnes Seil und wickelte es Domenico fest um die drei
beweglichsten Finger, um Daumen, Zeigefinger und Mittelfinger. Dann
tat er das Gleiche mit der anderen Hand, stülpte jeweils kleine Säckchen
bis zum Handgelenk darüber, knotete sie fest, zog mit höchster Vorsicht
die Messer aus Domenicos Kleidung und sagte:

»Nicht dass ich Ihnen nicht vertraue, aber so sind die Regeln. Bitte,
folgen Sie mir. Ist das der Sack?«

»Ja.«

»Den tragen Sie. Fest an die Brust gedrückt. Bestimmt erwartet uns
Leutnant Navole.«

Wie gewöhnlich hatte Leutnant Navole den Mund offen, nicht dass
er schwachsinnig gewesen wäre, ganz im Gegenteil, er atmete einfach
durch den Mund und sprach dafür durch die Nase, als hätten Mund und
Nase ihre Zuständigkeiten getauscht. Allerdings aß er doch mit dem
Mund, und nun betrachtete er Domenico zornig mit seinen Glupsch-
augen.

»Kein einziges Messer hat er nach dem Umhang geworfen, mein Leutnant«, berichtete Feldwebel Eliodoro.

»Nwie?«, wunderte sich Leutnant Navole und fügte hinzu: »Nwas
meinst du, ist er dumm, nmein Nfeldwebel?«

»Ganz im Gegenteil, glaube ich.«

»Ndann scheint er ein nrichtiger Nfuchs zu sein«, sagte Leutnant Navole.

»In der Tat, mein Leutnant, noch dazu hat er im Schlaf nicht geschrien.«

»Seine Nfinger hast du nzweifelsohne ordnungsgemäß ngefesselt«, sagte Leutnant Navole und musterte Domenico prüfend.

»Ihre Lippen offenbaren die reine Wahrheit, mein Leutnant.«

»Ngut, gehen wir dann, nmein Nfeldwebel.«

Sie gingen einer hinter dem anderen zwischen den Marmorhäusern hindurch den Abhang hinunter. Irgendetwas vermisste das Auge – ja, kein einziger Baum stand an der Straße. Die Kamoraner aus der Mittelstadt starrten den Sack mit funkelnden Augen an und manchmal auch dessen bleichen Eigentümer, jeder Blick pikste. In der Ferne war das Meer zu sehen, schräg aufgeschlitzt von der Sonne. Sonderbar unpassend für das Mittlere Kamora, dieser sonnige Tag – alles und jeder hätte sich verstecken mögen. Zusammengekniffene Lider verbargen die Augen der Kamoraner, die Daumen steckten im Gürtel, und sobald Eliodoro in einem ihrer Blicke eine gereizte Spannung erkannte, hielt er sofort drohend dagegen: »Der große Marschall, Edmondo Bittencourt, wünscht euch alles Gute zum Anbruch der Friedensstunden.« Je tiefer sie kamen auf dem Weg zur Oberen Stadt, desto dunkler wurden die Marmorhäuser. Noch dickere und buntere Teppiche hingen über den Balkongeländern, die Einwohner waren auch besser gekleidet, hier begann schon das Obere Kamora, und die dortigen Einwohner begegneten dem Zug nicht mehr mit funkelnden Augen, sondern mit höflich-listigem Lächeln. Dann blieb ihr nachdenklicher Blick auf Domenicos Rücken haften, und ihre Kinnbacken spannten sich. Die Oberstädter, deren Anzüge mit Goldfäden durchwirkt waren, trugen trotz der Hitze Pelzhüte, höflich grüßten sie einander: »Hoch lebe der große Marschall!« Domenico und seine Begleiter liefen eine hohe Marmormauer entlang. Leutnant Navole rief durch die Nase: »Nhoch lebe der ngroße Marschall Edmondo Bittencourt!«, und sobald er mit der Hand ein Zeichen gab, brüllte der Zug zur Bekräftigung: »Grandisssimo-bravo!!!« Als wortlose Erwiderung schoss zischend eine grüne Signalleuchte in die Luft, zufrieden versuchte Navole ein Lächeln, und der Zug setzte seinen unbestimmten Weg fort.

An der Stelle, wo die hohe Mauer endete, schloss sich bald eine weitere, schier endlose Mauer an, diese jedoch etwas niedriger – wenn sich zwölf Menschen aufeinandergestellt hätten, hätte wohl nur der zwölfte vermocht, über die Mauer zu schauen. Sie blieben vor einem großen, fremdartig feierlich anmutenden Tor stehen, und Leutnant Navole rief: »Nsieben mal vier ist zehn!«

Offenbar war die Parole schon erwartet worden, denn sofort ging neben dem Tor in der Mauer eine schmale Geheimtür auf. Einzeln traten sie über die Schwelle, Domenico war der Sechste, und vor ihm breitete sich ein erstaunlicher Garten aus. Es war Herbst, später Oktober. Schwarze Trauben kletterten an den Zypressen hoch, grausam wanden sich die Weinreben um den Stamm, der Baum hielt still. Bösartig glänzten die geborstenen Granatäpfel. Domenico hatte nicht lange Gelegenheit sich umzuschauen – in schwarz-rot gestreiften Samt gekleidete Wächter verbanden ihnen die Augen, selbst dem Leutnant Navole, der sich am Gürtel des Hauptwächters einhakte; dessen Gürtel wiederum ergriff Eliodoro, hinter ihn stellten sie Domenico, und auch an ihm hielt sich wieder jemand fest. Der oberste der Wächter, mit unverbundenen Augen, führte sie durch eine andere Geheimtür; zweimal ging er ziellos mit ihnen im Kreis umher, sie hatten die Hände ausgestreckt, auch Domenico, der immer noch seinen Sack unterm Arm trug. Bei jedem Schritt kam es ihnen vor, als hätten sie ein tiefes Loch vor sich, und sobald sie den Marmorboden unter den Füßen spürten, atmeten sie erleichtert auf. Dann erreichten sie eine der sieben Treppen. Der oberste der Wächter führte sie über niedrige Stufen nach oben, einer von ihnen stolperte, und eine Welle ging durch den Zug, sie torkelten, spürten an der Hüfte, wie sich die Finger des Dahinterkommenden spannten, und bogen irgendwo ab. Jetzt wurde einem nach dem anderen die schwarze Augenbinde abgenommen. Neben einem riesigen Sessel stand ein gut aussehender Mann in glitzernder Kleidung und beobachtete die verehrten Gäste.

»Ist das der Bursche?«

»Ndas ist er, Ngrandhaler«, bestätigte Leutnant Navole.

»Ist das der Sack?«, fragte der glänzende Gastgeber und machte ein paar Schritte auf und ab, ganz sacht, auf Zehenspitzen.

»Njawohl, Ngrandhaler.«

»Sehr gut, mein Leutnant«, sagte Oberst Cesar mit weicher Stimme, sank in einen Sessel und legte ein Bein über das andere. Und wie seine Epauletten glänzten – ach ... Er musterte Domenico aufmerksam, zerpflückte ihn von oben bis unten mit dem Blick, und mit zurückhaltendem Lächeln richtete er sich an Navole: »Ihrer Meinung nach ist er ein großer Fuchs, nicht wahr?«

»Ein nrichtiger Fuchs ist er, Ngrandhaler.«

»Sehr gut«, sagte Oberst Cesar und wandte sich nun an den Feldwebel: »Nehmen Sie ihm die Fesseln von den Fingern.«

»Das ist gefährlich, hoch lebe Marschall Bittencourt!«

»Nehmt ihm die Fesseln ab, hab ich gesagt; gesegnet sei der Urquell des Friedens!«

Domenico konnte die tauben Finger kaum bewegen. Er ließ den Kopf hängen, mied die Blicke – jeder Blick tat weh, und der von Cesar am meisten.

»Ruft den Zähler!«

Und da, du lieber Himmel, kam ein von Kopf bis Fuß nackter Mann, sogar das Haar hatte er abrasiert.

»Zähl das, Aniseto!«

Täuschte er sich etwa?! Der Mann benahm sich so natürlich.

»Ist das der Sack? Ist er das wirklich, es lebe der unvergleichliche Marschall!«

»Ja, das ist er.«

Aniseto verband sich den Mund mit einem durchsichtigen Stoff und steckte die Hand in den Sack, er schrak sichtlich zusammen, er bekam Gänsehaut, die Härchen auf seinem Arm stellten sich auf, er steckte auch die zweite Hand hinein, gedämpft klirrte es im Sack, er wühlte mit den Fingern darin herum, legte den Kopf zurück und sagte: »Das läuft auf eine geheime Angelegenheit hinaus, mein Oberst.«

»Alle den Raum verlassen! Nur Aniseto und ...«, der Oberst lächelte hintergründig, »und der große Fuchs sollen bleiben. Ja, und ruft Michinio!«

»Nmein Oberst, Ngrandhaler«, Navole kniete nieder, »eine Nbitte hätte ich: Würden Sie meine Familie freilassen? Ich habe ihn ja nrechtzeitig ngeliefert, ganz npünktlich.«

Der Oberst richtete seinen Blick zur Decke, überlegte kurz und sagte dann:

»Seine Bürgen, Frau und Kinder, sollen freigelassen werden.« Und hoheitsvoll fügte er hinzu:»Es gibt doch nichts Schöneres als Kinder, Haler, ich gebe sie dir zurück.«

»Nvielen Dank der nrechten Hand des ngroßen Marschalls.« Navole war außer sich vor Freude, und auch Eliodoro stimmte mit ein:»Unvergleichlich ist Ihre Großzügigkeit, mein Leutnant! Sie werden doch auch meine Frau und Kinder freilassen, oder?«

»Nselbstverständlich, mein Feldwebel. Nmisstrauen zwischen uns beiden? Ngibt es ndenn nso was?«

»Ich danke Ihnen, Haler! Soll ich auch die Familien der Wächter freilassen?«

»Wollt ihr das jetzt tatsächlich hier, in meinem Palast, besprechen?«, fragte Oberst Cesar mit frostiger Stimme und hob das Kinn, sein Blick bekam etwas Schlangenhaftes.

»Ach, nein, nein, verzeihen Sie bitte, Grandhaler, möge Ihnen ein langes Leben beschert sein, hoch lebe der große Marschall!«

Sie blieben zu dritt. Der Oberst stand auf und durchmaß geschmeidig das Zimmer, der Marmorboden schien in Watte verwandelt. Die Augen listig zusammengekniffen fragte er:

»Wie heißt du, Junge?«

»Domenico.«

Ohne den Blick von ihm abzuwenden fragte er:

»Das klingt wie sein wahrer Name, oder, Aniseto?«

»Jawohl«, stimmte der nackte Mann zu, ohne zu überlegen, nicht einmal die Augen zögerten. Das Tuch hatte er immer noch vor dem Mund.

»Dreht euch zur Wand!«

Domenico drehte sich sofort um und hörte die schamvolle Stimme des nackten Mannes:»Ich kann mich doch nackt nicht mit dem Rücken zu Ihnen stellen.«

Aber im selben Augenblick drehte auch er sich um, der glänzende Oberst hatte wohl die Augenbrauen zusammengezogen.

Ein Quietschen war zu hören, dann wandten sie sich auf seinen erneuten Befehl hin wieder nach vorn, Oberst Cesar hielt in der Hand eine hohe, polierte Silberkaraffe, er ging zum Tisch und goss eine flammenfarbene Flüssigkeit in einen edelsteinverzierten Krug. Dabei schaute er Aniseto an.

»Kommen Sie, bedienen Sie sich, Haler.«

Was war das bloß? Und plötzlich verstand er. Gift wäre in seiner Lage wohl eher eine Erlösung. Mühsam machte er ein paar Schritte, ihm zitterten die Knie, aber merkwürdig, mal setzte sich der Frost in die Oberschenkel, mal unters Knie, dann bekam er einen Krampf im Fuß. Der arme Vagabund. Die Zehen wurden ihm eiskalt. Damit der Tod ihm noch wünschenswerter erschiene, suchte er den Blick des Obersten, und doch fiel es ihm schwer, nach dem Krug zu greifen, offenbar schwanden seine Kräfte, er vermochte nicht, ihn vom Tisch hochzuheben. Noch einmal zog er daran, da hörte er den Oberst leise lachen: »Ach, Junge, das weißt du nicht, Haler?«

Was sollte er denn wissen? Verstört starrte er den schmeichlerisch kichernden Aniseto an. Und auch der Oberst lächelte breit:

»Ein schöner Fuchs bist du mir! Nicht mal das weißt du, dass wir im Oberen Kamora solche wertvollen Krüge anschrauben? Willst du sehen, wie wir daraus trinken?« Er nahm eines der farbigen Stäbchen vom Tisch, steckte es zwischen die Zähne, neigte sich vor, tauchte es in die flammenfarbene Flüssigkeit, und ohne den Blick von Domenico abzuwenden, sog er die Flüssigkeit ein. Eklig war das! Dann fragte er:

»Und, wie viel sind es, Aniseto?«

»Viertausendachthundertundzwölf Drahkan haben wir hier, Haler, und alle sind echt.«

»Siehst du, Junge, wie aufgeregt er ist? Hat mich sogar *Haler* genannt. Du brauchst nicht zu zittern, wie viel davon stehen mir zu?«

»Eintausendsechshundertvier Drahkan, Grandhaler.«

»Warum ich das erst jetzt frage, weiß er bestimmt auch nicht.« Listig lächelte er Aniseto an: »Um die Vorfreude zu verlängern, Haler. Und du fragst dich sicher, warum der Zähler nackt ist: damit er kein Geld einstecken kann. Und zur Wand sollte er sich drehen, weil niemand wissen darf, wie sich meine Geheimfächer öffnen. Dort bewahre ich meine Getränke auf, man kann nie vorsichtig genug sein. Er würde es nie wagen, mir was zu klauen oder mich gar zu vergiften, das ist Unsinn, aber dennoch, für alle Fälle. Hab ich recht, Aniseto?«

Merkwürdig, seine Angewohnheit, den einen anzusprechen und den anderen anzuschauen. Wie er nun zu Aniseto trat, schaute er ihn nicht mehr an, sondern ohrfeigte ihn mit dem Handrücken und fragte:»Hat das wehgetan, Aniseto?« Dabei schaute er zu Domenico.

»Nein, Grandhaler«, antwortete Aniseto fröhlich, ihm blutete die Nase. Das Tuch um seinen Mund färbte sich dunkelgrau.

»Wo bleibt Michinio?«, fragte Oberst Cesar nachdenklich, und im selben Augenblick ertönte eine Stimme:

»Hier bin ich, Haler.«

Domenico traute seinen Augen kaum: Im Saal stand noch eine vierte Person. Schon allein die Stimme hatte ihm Gänsehaut bereitet, ihm war, als fröre seine Kleidung am Körper fest, und als er zu dem Mann hinsah – die Fingerspitzen wurden ihm taub, etwas stach ihm in die Schläfen, sein Herz schlug so heftig, als wolle es sich durch den Hals in die Freiheit stürzen; in dem hell erleuchteten glitzernden Saal wuchs die Nachtblume, die Angst, empor. Im Vergleich zu Michinio waren der Oberst, Navole oder Eliodoro unschuldige Lämmchen, nie zuvor hatte er so ein Gesicht gesehen, wer war das bloß, diese gekrümmten Kieferknochen … Und die Farbe seiner Augen – grau, aschgrau, von einem Augenwinkel bis zum anderen, selbst die Pupillen waren nicht auszumachen, und aus nackter Angst konnte Domenico den Blick nicht mehr von ihm losreißen; auch die Augenbrauen waren irgendwie anders, eine bog sich nach unten, die andere zielte wie ein Pfeil zur Schläfe. Voller Grauen, wie gebannt, ging der Vagabund auf diese grauen Augen zu, hin und wieder glomm darin eine Glut, dann wehte aus ihren Tiefen ein bösartiger Wind und entfachte die Glut, die Augen loderten. Die Maus Domenico wankte auf den bösartig geöffneten, stummen Mund zu, doch plötzlich erlosch das Feuer, er erschlaffte, auch die Augenbrauen erhielten ihre ursprüngliche Form zurück. Domenico beruhigte sich ein bisschen, ein letztes Mal noch schaute er zu Michinio hin, und plötzlich wehte ihm Asche entgegen – Domenicos Augen schlossen sich, das Kinn sank ihm auf die Brust und er brach auf der Stelle zusammen. Eine Weile verharrte er so, auf dem Boden sitzend, bar jeder Erinnerung, seine Arme hingen herab, und dann stand er ohne jede Anstrengung auf, welch Wunder, er richtete sich auf, und als ihn Michinios Blick erneut traf, bekam er Gänsehaut: Auf seinen Befehl hin hatte sich sein Körper aufgerichtet und war nunmehr wieder völlig kraftlos, war kurz davor, hinzufallen, in den Augen des anderen flammte wieder das Feuer auf, ließ ihn zu Stein werden, und dann drehte Michinio sich weg, ließ ihn in Ruhe und betrachtete seine Fingernägel.

»Geh jetzt, Aniseto!«, sagte Cesar zu Domenico, der zu Boden schaute: »Ach, was ist denn mit deiner Nase passiert, Haler?«

»Ich bin gegen die Wand gestoßen, Grandhaler.«

»Pass auf dich auf, mein Guter.«

Und Aniseto leckte sich das Blut von der Oberlippe, sagte: »Hoch lebe der große Marschall«, und ging.

»Wir sind von Dummköpfen umgeben, Michinio«, sagte Oberst Cesar und ließ sich wieder in seinen Sessel fallen: »Den hier haben sie zu mir gebracht mit der Behauptung, er sei ein großer Fuchs.«

»Hohlköpfe!« Auch Michinio setzte sich in einen der Sessel. Seltsamerweise war er ganz schlicht gekleidet.

»Alles Dummköpfe. Na ja, vielleicht besser so. Unterschätzen sollte man sie trotzdem nicht.« Plötzlich wurde der Oberst lebendiger. »Eintausendsechshundert Drahkan stehen mir zu. Nicht schlecht, oder?«

»Wunderbar, Haler.«

»Was sollen wir mit ihm machen?«

»Woher er das Geld wohl hat ... Woher hast du es, Junge?«

»Ich? Von meinem Vater.«

»Hast du ihn getötet?«

»Nein.«

»Hat er es dir von sich aus gegeben? Ist er von hier?«, fragte der Oberst neugierig und neigte sich zu Michinio.

»Er wohnt im Dorf.«

»In welchem Dorf?«

»Und was sollen wir mit ihm machen?« Michinio schenkte sich aus der silbernen Karaffe von der flammenfarbenen Flüssigkeit ein. Wie er aufgestanden und zum Tisch gelangt war, hatte Domenico nicht bemerkt. Michinio nahm ein Stäbchen zwischen die Zähne, und ach, was für grässliche, unglaublich weiße Zähne er hatte!

»Ich schenk ihn dir, wenn du willst, Haler.« Cesar lächelte ihn an. »Obwohl ... für dich hat er einen viel zu dünnen Hals.«

»Tatsächlich?«, fragte Michinio gleichgültig und bat Domenico: »Zeig mal, Junge, schau mal nach oben.«

Domenico schaute gehorsam zur Decke, Ameisen liefen ihm zuhauf über den gespannten Hals, und da – da war wieder jener Fleck! Jener Fleck – der vertraute. An der Decke dieses glitzernden Saales, wieder jener Fleck!

»Wollen Sie mich demnächst vielleicht noch als Hühnerschlachter einteilen, Haler?«

»Nein, nein, mein Guter«, besänftigte ihn der Oberst, dabei schaute er die ganze Zeit Domenico an, »vielleicht sollen wir ihn erst mal ein bisschen mästen und dann ...«

»Der nimmt bestimmt kaum zu«, sagte Michinio mit einem Blick auf Domenicos Hals. »Blut hat er wahrscheinlich auch nicht viel, so blass wie er ist ... der wird bestimmt nur einmal mit dem Bein zucken, und das war's.«

»Was sollen wir dann mit ihm machen, meine linke Hand?«

»Soll einer von den Türstehern ihn kaltmachen. Oder wir verkaufen ihn an die Untere Stadt. Am einfachsten wäre es, ihn ins Meer zu werfen.«

»Den wird's ans Ufer treiben. Ich hasse diese aufgedunsenen Wasserleichen!«

»Dann«, überlegte Michinio, »schau mal her, Junge ... hm, ich hab eine Idee.«

»Und die wäre, mein Treuer?«

»Einen Moment, Haler.«

Er stand auf und lief um Domenico herum. Hinter seinem Rücken blieb er stehen, beide begutachteten sie nun Domenico, und sein Nacken brannte, der Nacken brannte am meisten. Michinio hielt das Stäbchen immer noch zwischen den Zähnen, und es klang merkwürdig, wie er durch die Zähne hervorpresste:

»Hören Sie, mein Oberst, hören Sie mir gut zu. Den hier zu töten ist keine große Sache, hoch lebe der große Marschall, ich brauche nur einmal mit dem Arm auszuholen, und das war's. Und weil wir einen derartigen Dummkopf noch nie hierhatten, ist mir was eingefallen, Haler.« An seiner Stimme war zu hören, dass er sich das Stäbchen aus dem Mund genommen hatte. »Behalten Sie ihn einfach als Spielzeug.«

»Wie, als Spielzeug?«

»Einfach so, mein Oberst, zum Spaß. Das wird Sie in Ihre Kindheit zurückversetzen; es gibt doch nichts Schöneres als die Kindheit, Haler.«

»Hm, meinst du?« Oberst Cesar fand Gefallen an dem Gedanken, überlegte es sich aber sofort anders: »Nein, nein, was du für Ideen hast, meine linke Hand, ich hab so viel zu tun …«

»Eben deshalb, weil Sie so viel zu tun haben, mein Oberst.« Selbst seine Schmeicheleien wirkten boshaft. »Es gibt doch keine bessere Erholung, als sich ein wenig zu zerstreuen, oder, Haler?«

»Hm, soll ich?« Der Oberst zog den Vorschlag nun schon ernsthafter in Erwägung.

»Ich denke dabei an Sie, ansonsten, erwürgen kann ich ihn auf der Stelle, mit zwei Fingern, das mach ich gern.«

Er war ein riesenhafter Mann. Leichtfüßig und dabei träge.

»Und wie sollen wir das machen, mit ihm spielen?«

»Spiele gibt's doch genug, Haler, wir könnten ihn zum Beispiel noch mal erzählen lassen, was wir gemacht haben, das wird er so dumm erklären, dass wir uns kaputtlachen, mein Oberst, hoch lebe der große Marschall.«

»Gesegnet sei der Urquell des Friedens. Was sollen wir ihn fragen?«

»Hm, zum Beispiel …« Domenico spürte direkt am Ohr seinen grässlichen Atem, unbarmherzig wie das Eisland: »Junge, kannst du mir sagen, warum der Grandhaler mich seine linke Hand genannt hat? Naaa … weißt du es nicht?«

»Nein.«

Der Oberst lachte herzlich und sagte zu Michinio:

»Weil ich Linkshänder bin, Junge. Was für ein Trottel, ach …« Plötzlich trübte sich seine Miene: »Er wird immer nur ›ich weiß nicht‹ sagen.«

»Warum, wir könnten ihm nach und nach ein paar Sachen beibringen. Sie sehen doch selber, schon bei der ersten Frage hat er Sie zum Lachen gebracht, und mit der Zeit … Wenn er klüger geworden ist, könnten wir ihm, falls es Ihnen recht ist, ein Regal bauen, und ihn da hineinsetzen …«

Und Domenico fiel zu Boden, seine Fingernägel kratzten über den glatten Grund, verbittert schlug er seinen Kopf auf den Marmor, er zitterte vor Wut, wälzte sich herum und schrie: »Bringt mich um, ihr Schufte, ihr … ich hab keine Angst! Bringt mich nur um, ihr …« Und er schrie aus voller Seele: »Aaanna Mariaaaa!!«

Der Name ließ ihn verstummen, brachte ihn wieder zu sich und er lag da, in Erwartung des unbarmherzigen Schlages, doch Michinio sagte: »Gibt's ein besseres Spielzeug als den? Er will, dass wir ihn töten. Steh auf, Kleiner.

Starr vor Staunen, dass sie ihm den Ausbruch nicht übel nahmen, stand er auf, und ein kleines, ein ganz kleines bisschen stolzer stand er da.

»Das ist wirklich eine gute Idee, Haler«, der Oberst dachte kurz nach. »Den kann ich ganz gut gebrauchen, mir ist da was eingefallen …«

»Und zwar, mein Oberst?«

»Morgen nehme ich ihn mit zu den edlen Frauen, das wäre doch was, oder? Hm, der bei den edlen Frauen – kannst du dir das vorstellen? Du hast manchmal tolle Einfälle, Michinio.«

»Lassen Sie ihm auch ein paar Groschen, für sein Selbstbewusstsein, Haler«, Michinio lachte vor sich hin, »damit er sich als Mann fühlt, das lässt ihn noch lächerlicher erscheinen, oder, Grandhaler?«

»Ich gebe ihm sein ganzes Geld«, sagte Cesar mit funkelnden Augen, »und lasse mich überall von ihm einladen. Er wird meine Spielkasse sein, Michinio, was meinst du?« Er schaute Domenico an.

»Großartige Idee, hoch lebe der große Marschall.«

»Und zwei Drittel des Geldes werde ich dem großen Unvergleichlichen überbringen, ewiges Glück dem Vater des wiederhergestellten Friedens, dem allgewaltigen Marschall.«

»Und wenn Sie es ihm nach und nach überbringen, wäre das nicht besser? Dann könnten Sie dem großen Unvergleichlichen öfter mal eine Freude bereiten.«

»Auch da hast du recht, bravo.«

Domenico hob den Kopf, der vertraute Fleck war nicht mehr zu sehen. Und doch konnte er sich noch genau an ihn erinnern, er erinnerte sich genau!

»Wenn er Ihnen langweilig wird, schenken Sie ihn mir, bitte. Bevor ich ihn schlachte, werde ich mich gut amüsieren, Haler.«

»Du hast mein Wort, linke Hand«, sagte Oberst Cesar, sein Blick wanderte von Domenico zu Michinio. »Setz dich, mein Junge.«

Der zukünftige Canudener João Abade lebte fernab der Marmorstadt, im Sertão.

Ein richtiger Griesgram war er – kaum auszuhalten! Schon in der Früh fing er an zu nörgeln: »Warum liegt das hier rum? Was hat der Stuhl hier zu suchen? Wo ist der Löffel? Was für ein Wetter ist draußen, regnet es etwa?« »Weiß ich nicht«, erwiderte seine Frau noch halb im Schlaf, die Augen geschlossen. Und João brummte unzufrieden: »Gar nichts wissen die, gar nichts. Als ob du nicht hörst, dass es draußen regnet. Warum hast du mir die Hose nicht gestopft?« »Die hab ich doch gestopft.« »Jaja, sieht bestimmt wie neu aus, pah!« Er warf einen Blick auf die Hose. Die Hose war fein gestopft, sein Blick wanderte weiter durch das ärmliche Zimmer. »Wo ist die Schere?« »Wozu brauchst du die?« »Das geht dich nichts an. Die sagen einem nie, wo etwas liegt, haben immer eine Gegenfrage parat, wozu ich die brauche, pah!« »Sie liegt in der Schachtel, wie immer.« »Wie immer«, äffte João sie nach, »wie immer! Und wenn wir sie benutzen, liegt sie dann auch in der Schachtel? Hm? Dann liegt sie wohl auch in der Schachtel, wie immer, ja?« Er nahm die Schere nicht mal heraus. Jetzt erregte die Schachtel seinen Unwillen. »Warum hast du die nicht abgestaubt, hm?«, mäkelte er. »Tagsüber nur Staub, abends nur Staub, und kommt man nach Hause – wieder Staub. Begrabt mich nur bei lebendigem Leibe im Staub! Das würde euch so passen, ihr braucht ja bloß einen Versorger und einen Diener, stimmt's? Schön, nicht, wenn man einen Diener hat?« »Hör auf, João«, besänftigte ihn die Frau behutsam, »was meckerst du denn dauernd, wirst du etwa alt, mein Pumpurik?« Bei diesem merkwürdigen Kosewort machte sein Herz einen kleinen Sprung. Er ließ sich aber nichts anmerken – ein komischer Kauz, oder? –, im Gegenteil, er explodierte erst recht: »Natürlich bin ich alt geworden, dank euch! Immer soll ich nur bringen, bringen, nie sagt einer mal: Da, nimm!«»Hier, nimm deine Verpflegung mit, Pumpurik.«»Von wegen Pumpurik, dir werd ich's zeigen!«, redete João sich jetzt in Rage, die wiederholte Liebkosung gefiel ihm nicht mehr, wahrscheinlich hätte er sich ein noch warmherzigeres Wort gewünscht. »Was sprichst du mir groß von Verpflegung, als ob du mir extra was gebraten oder gekocht hättest!«»Es ist Ziegenfleisch drin, auf Holzkohle gebraten.« Da schämte er sich doch, er schaute in den Topf, offensichtlich blieb der Familie nichts als Gemüse, mit hochrotem Kopf legte er das Fleisch aus seinem Bündel in den Topf und griff nach Kohl und Karotte. »Die sind nicht gewaschen, oder?«»Doch, sicher, João.«»Jaja, sag nur immer doch sicher, dann ist die Welt ja in Ordnung.«

Wie jeder Vaqueiro war er schmal und groß, jedoch hatte er schwere Knochen. Er war fünfundvierzig und ritt ein zwölfjähriges Pferd, sie waren Altersgenossen. Einen anderen Freund hatte João nicht. Er streichelte ihm verstohlen über den Hals, damit niemand seine Zuneigung bemerke, und begegnete ihm ein anderer Vaqueiro, schwang er gehörig die Peitsche und tat, als ließe er sie brutal auf das Pferd herabsausen, aber er schob das Bein dazwischen, und schlug sich selbst auf den Stiefel. Einen Feind hatte er – den einbeinigen Kobold Sassi. Während Sassi den großen Se voller Ehrfurcht beobachtete, vom fröhlichen Manuelo Costa ganz begeistert war und eigentlich jedem Vaqueiro unwillkürlich Respekt zollte, wurde er schon bei João Abades bloßem Anblick von lautlosem Lachen geschüttelt und machte sich des Öfteren einen Spaß daraus, den Sauertöpfischen in Harnisch zu bringen.

Mittags setzte sich João müde in den Schatten. Der Schweiß rann ihm übers Gesicht, er nahm den zweikrempigen Hut ab, legte ihn neben sich und dachte an seine Frau und die Kinder. »Was hadere ich bloß immer mit meiner Frau«, überlegte er beschämt, »was hab ich ihr schon zu bieten – kaum was zu essen, kein Haus, keinen roten Heller, nichts Richtiges zum Anziehen. Wie gut manche Städter ihre Familien versorgen, und ich … Meine arme Frau …« Hier pirschte sich Sassi an den in Gedanken Versunkenen heran und klaute ihm den am Boden liegenden Hut. »Wie oft hat sie schon beim Anblick der abgemagerten Kinder geweint, ach, ich Scheusal!«, dachte João zerknirscht und schälte dabei die Kohlblätter ab.»Meine Vorhaltungen haben der Armen gerade noch gefehlt. Was hat sie schon vom Leben? Nichts als Elend und Last.« Plötzlich kam ihm ein Gedanke: Nicht dass sie sich eines Tages gar umbringen will. Plötzlich wurde er unruhig, insgeheim war er ein Hysteriker. Er sprang auf, rückte sich eilends den Gürtel zurecht, bückte sich nach dem Hut – aber wo war der hin? Den hatte er doch hier ... Er sah sich verwundert um. Sassi lugte aus einem hohlen Baumstamm heraus, schaute und schaute und lachte sich halb tot. João suchte jeden Busch ab, fuhr sich auch zwei-, dreimal mit der Hand über den Kopf, blickte suchend in die Äste, und als er sich noch mal umdrehte, stutzte er: Der Hut lag ja an seinem Platz!? Zuerst machte er große Augen, aber dann packte ihn die Wut:»Dein einziges Bein sollst du dir brechen, Sassi!« Vom Lachen ganz außer Atem schaute Sassi nun fröhlich vom Wipfel des Baumes herunter, sein Körper erzitterte im Einklang mit den Blättern. João aber sprang auf sein Pferd und ritt wie der Teufel zu seiner Hütte. Von Weitem erkannte er sie, die Frau werkelte im Gemüsegarten herum, er beruhigte sich: Von wegen sich umbringen, und unzufrieden erklärte er ihr:»Ich hab die Salbe liegenlassen. Schon am frühen Morgen quatscht du mich voll, da ist ja klar, dass so was passiert. Das verbitte ich mir, kein Wort mehr morgens.« »Gut, João«, versprach ihm die Frau, dabei lächelte sie für sich. Sie kannte ihren Mann, wie jede Frau. Und João steckte stirnrunzelnd das Salben-fläschchen in die große Tasche am Stiefel, das alte versteckte er im Hemd und machte sich auf den Weg zur Herde.»Wie kann ich mich nur von meiner Frau so herumscheuchen lassen.« Schön, wie er zu Pferde saß, sein Körper schwang nachlässig mit, er war ja ein Vaqueiro.»So ist es doch besser, in Armut«, dachte João.»Der Wohlstand hat ganz Kamora um den Verstand gebracht, und die ständige Feierei. Da ist das Leben hier doch besser, die Armut und ... Anständigkeit und Abgeschieden-heit. Schauspielerei ist der Menschheit Untergang.« Wieder runzelte er die Stirn, wieder bekam er Lust, Dampf abzulassen, und suchte nach einem Grund; einen Vaqueiro, der seinen Weg kreuzte, übersah er ge-flissentlich, João grüßte nie, er war der Auffassung, auch Freundschafts-hudelei sei der Menschheit Untergang. Er schob die Unterlippe vor, dann zwang er mit bloßen Händen einen Bullen zu Boden und motzte auch den noch an, nachdem er ihn gefesselt hatte:»Wo hattest du bloß deine

Augen, du nichtsnutziges Vieh, haben deine riesigen Glupscher etwa die Caatinga übersehen? Oje, oje, du alter Dummkopf!« Abends, beim Anblick des zur Stadt eilenden Manuelo Costa, zog er verächtlich die Mundwinkel herunter:»Schaut euch den Dandy an, der junge Mann begibt sich in die Stadt, ha!«

João Abade war einer der fünf Auserwählten, die später die Großen von Canudos geworden sind.

»Ich glaube trotzdem«, fuhr der glänzende Oberst fort,»in der Malkunst ist das Wesentliche die Linie. Zwei.«

»Ich bitte Sie, mein Oberst«, erwiderte die Frau,»das Spiel der Farben ist aber doch von elementarer Bedeutung! Fünfundzwanzig.«

»Meinen Sie? Nehmen wir beispielsweise Greg Ricio«, widersprach Oberst Cesar höflich.»Wie wunderbar er die Linie in den Vordergrund stellt. Vier.«

»Ich bitte Sie, Oberst, er wählt nur immer die perfekte Perspektive, ja, zweiundzwanzig.«

Sie saßen in einem prunkvollen Raum mit Säulen, eine riesige schwarze Ottomane stand in der Ecke. Die gebogenen Beine eines kleinen Tisches verschwanden im weichen Teppich, und auf der gelben Tischdecke standen vier Flaschen Sekt, geöffnet. Oberst Cesar war in einem weichen Sessel versunken, er saß neben einer Säule, die Beine übereinandergelegt, und umarmte die Säule so zärtlich, als spüre er unter seiner trockenen Handfläche die Taille einer Frau. Eine bunt geschmückte, üppige Frau mit großen Ohrringen saß ihm gegenüber und machte ihm schöne Augen. Von Zeit zu Zeit ließ sie einen verlockenden, fremdartigen Duft aus einer schmucken kleinen Flasche entweichen, und ein paar Tröpfchen tupfte sie sich hinter die Ohren und auf den Hals. Sie trug ein Kleid ohne Ärmel, weiße, füllige Arme hatte sie. Ein Arm ruhte ausgestreckt auf einem höheren Tischchen neben ihr, und von Zeit zu Zeit glitt der Blick des Obersten unter ihre Achsel. Unwillkürlich streichelte er den eigenen Oberschenkel. Die Frau sah nicht schlecht aus, auch wenn sie wulstige Lippen hatte und im Gesicht ein Muttermal und ihr übermäßig zärtliches Lächeln die Vermutung nahelegte, dass sie irgendwo am Körper einen Makel hatte. Der Oberst unterhielt sich mit ihr und schaute dabei zu einer anderen edlen Madame hin; die aber sah mit stolzem, herausforderndem Blick Domenico an, der mit hängendem Kopf dastand. Zu Domenicos Füßen lag der Sack mit den Drahkanen.

»Verstehen Sie mich nicht falsch, edle Madame, nicht dass ich die Bedeutsamkeit der Farben unterschätzen würde, aber der Begriff Malkunst kommt von malen, und was wären die Farben ohne das Malen, nicht? Sieben.«

»Selbstverständlich, mein Oberst, aber die Malkunst ist tiefgründig und umfassend. Nehmen wir zum Beispiel die Architektonik«, die Frau fing plötzlich Feuer, schloss die Augen, kleine Lichtreflexe spielten auf ihren Ohrringen und den blau geschminkten Lidern, »Architektonik, das bedeutet doch das wundervolle Arrangement! Und das Kolorit! Auch die Exposition ist nicht zu vernachlässigen. Zwanzig.«

Was ging hier vor sich?

»Nichtsdestoweniger, edle Madame«, wandte Oberst Cesar ein, »sind wir noch nicht auf die Komposition zu sprechen gekommen. Welcher Tollkühne würde deren Wert bestreiten? Sieben. Sie sind da in dem Sack, bedienen Sie sich.«

»Sie haben die Disposition außer Acht gelassen, mein Oberst«, die Frau lächelte zweideutig, »und es ist auch von Bedeutung, woher das Licht einfällt. Achtzehn.«

»Sieben.«

»Achtzehn ist mein letztes Wort«, sagte die Frau kokett.

»Sieben hab ich gesagt!!!« Der Oberst explodierte plötzlich und sprang auf, alle waren verblüfft; es war, als stünde ein anderer Mann im Raum, erbittert, wutentbrannt. »Sieben Drahkan, das hab ich dir doch schon dreimal gesagt, du Drecksau!«

»Ich bitte Sie, Oberst, duzen Sie mich nicht.« Die Frau legte die Hände auf die Brust. »Ich gehöre trotz allem der höheren Gesellschaft an und …«, sie lächelte ihm verschmitzt zu, »es gefällt mir, wenn du dich ärgerst, du bist nun mal ein ganzer Kerl, ich wollte dich doch nur provozieren. Natürlich ist das in Ordnung, sieben sind genug. Du magst es doch auch, das Feilschen?«

»Ich hab es aber schon dreimal wiederholt.«

»Ich wollte das Ganze in die Länge ziehen, mein Lieber.« Die Frau stand auf und machte sich, den in Samt gewickelten, üppigen Körper schwingend, auf den Weg zu der niedrigen Tür.

»Mach was Aufregendes«, rief Oberst Cesar ihr nach, und die Frau blieb stehen, langte mit den Fingerspitzen nach der Klinke, stand eine Weile da, wahrscheinlich in Erwartung der Muse, dann schaute sie über die Schulter zurück, stieß mit geschlossenen Augen ein lang gezogenes »Haaaa« aus, öffnete leicht die Arme, machte ein Auge auf, tat, als überliefe es sie, biss sich leicht auf ihre dicke Unterlippe, warf den Kopf zurück, stöhnte: »Aaaah!«, und rannte durch die offene Tür.

Auch der Oberst rannte sogleich in die Zimmerstille hinein und knallte die Tür hinter sich zu.

Zu zweit blieben sie zurück. Was sollte Domenico sagen?

Die andere Frau musterte ihn mit eindeutigem Lächeln, dann bat sie: »Würden Sie mir wohl ein wenig Sekt einschenken?«

Domenico überreichte ihr ein Glas aus Gänsehautkristall.

»Interessieren Sie sich für die Malkunst? Was bevorzugen Sie, die Linie oder die Farbe?«

»Ich? Die Farbe.«

»Wunderbar.« Die Frau stand auf und legte ihm den Arm um den Nacken. »Greg Ricio mögen Sie, oder? Greg Ricio wusste den Wert der Dinge immer schon richtig einzuschätzen. In seinem Meisterwerk *Die Suchende* ist die Figur der Frau, die sich über die Truhe beugt, direkt der Realität entnommen. Gefalle ich Ihnen?«

»Nein.«

»Ich habe einen Fehler gemacht«, gab die Frau zu, »ich hätte einen Voile tragen sollen. Mit verschleiertem Gesicht wirkt eine Frau viel geheimnisvoller und daher reizender. Trinken Sie Sekt, bitte, das erregt. Der prickelt sooo schön!«

Totengleich, stumm wie ein Stock saß er da.

»Naaa«, die Frau lächelte verführerisch und deutete auf die Tür, »naaa?« Und sie fügte sofort hinzu: »Greg Ricio kannte den Wert der Expression, seine Soldaten sind direkt dem Schlachtfeld entnommen. Möchten Sie ihn näher kennenlernen?«

»Nein.«

»Und seine Naturae Mortae! Ob Feige, Gurke oder Apfel, es ist, als kämen sie direkt vom Baum. Warum gefalle ich dir nicht?«

Er sagte nichts.

»Ich gefalle dir also nicht, ja? Mein kleiner Pinkurik, wenn die Malkunst nicht so dein Ding ist, dann bist du wahrscheinlich eher für die Musik? Die Musik ist ja so erhebend, so herrlich und allumfassend! Ah, wer spielen kann, hat Glück. Es gibt doch nichts Schöneres als das Beherrschen eines Instruments, das ist richtige Zauberei. Was ist los mit Ihnen?«

Der Vagabund weinte.

»Was ist los mit dir, Haler?«

Er saß aufrecht da, mit versteinertem Gesicht, nur die Tränen flossen.

»Lieben Sie die Musik etwa so sehr? Stellen Sie sich vor«, wandte sich die Frau an den gerade mit zerzaustem Haar eingetretenen Oberst Cesar, »ich habe nur das Wort erwähnt und schauen Sie, er ist in Tränen ausgebrochen.«

»Wie macht er sich?«, fragte Michinio. Woher war der bloß aufgetaucht?

»Ganz wunderbar, er weint!«, antwortete der Oberst. »Es ist schon lange her, dass ich jemand weinen gesehen habe, wen kannst du heutzutage noch so weit bringen? Da hattest du einen grandiosen Einfall, meine linke Hand!«

Entkräftet und stumm weinte der Vagabund.

Der zukünftige Canudener Santos, der alte Santos, lebte in Kalabarien, weit weg von der Marmorstadt.

In seinem Dorf gab es zwei Männer dieses Namens, und die Dorfbewohner hatten, um nicht durcheinanderzukommen, unseren Santos anfangs den »jungen Santos« genannt; er war nämlich etwa zehn Jahre jünger als sein Namensvetter, um die vierzig. Nach jener Geschichte aber wurden seine Haare, seine Augenbrauen und sein Bart ganz weiß, und nunmehr nannten sie ihn »den Alten«. Auf einer Seite war sein Kiefer gebrochen; er war klein, stämmig, ein einfacher Bauer, wie ein Fels. Nach jenem Unglück machte er sich erbittert daran, an Kraft zuzulegen; wenngleich er als Bauer mehr als genug zu tun hatte, fand er trotzdem die Zeit dafür. Allerdings konnte er nicht einfach Eisen stemmen wie die Städter, oder Kniebeugen machen, oder sich im Weitsprung üben – lieber half er den Nachbarn bei Schwerstarbeiten. Für junge Familien legte er das Fundament ihres Hauses, er arbeitete mit einem schweren, großen, angespitzten Eisen, denn Kalabarien hatte felsigen Boden, und er schonte sich nicht; mit aller Kraft schwang er seine Arme und zerstückelte den Fels. Auch wenn irgendwo ein Baum zu fällen war, übernahm er das: Er hob die breite Axt, holte Luft, und schon versank die scharfe Schneide im Baumstamm. Wie Zangen packten dann seine Finger den Axtkopf, rissen ihn aus der Spalte, und noch einmal hieb er mit solch einer Unbarmherzigkeit hinein, als schlüge er anstelle des Baumes auf den Mann ein, der sein Leben zerstört hatte – in Feinstadt hatte ihm, als er mit seinem einzigen Sohn unterwegs war, um seiner kranken Frau Arznei zu besorgen, ein großer, gepflegter Kamoraner mit einem Schlagring den Kiefer zertrümmert. Das hätte der Bauer schon weggesteckt, aber das zu Tode erschrockene Kind war noch am selben Abend so gelb geworden, dass den alten Santos, der immer noch gegen den Schwindel ankämpfte, gleich eine bange Ahnung beschlich; und den langen Hang hoch nach Kalabarien trug er das Kind in den Armen. Auf dem Weg in die Berge lächelte er seinem Sohn von Zeit zu Zeit ungeschickt zu, mühsam verbarg er die Angst, nur manchmal drehte er den Kopf zur Seite, sein Mund hatte sich mit Blut gefüllt, er spie aus und schaute sogleich wieder in die zwei großen verängstigten Augen – das Kind war blass wie ein Blatt, der Junge war spätherbstkrank, und Santos schloss entsetzt die Augen, er kannte die Spätherbstkrankheit nur zu gut. Als er das Haus betrat und das Kind mit hängendem Kopf und schlaffen Armen aufs Bett legte, setzte sich seine Frau mit einem Ruck vom Krankenlager auf, entsetzt starrte sie das Kind an, holte einmal tief Luft und sank zurück. Santos sprenkelte ihr mit zitternden Händen Wasser aufs Gesicht, massierte ihr die Schläfen, brachte sie wieder zu sich und sagte: »Hab keine

Angst, Mirza, es ist nichts, er ist eingeschlafen.«»Aber die Farbe, seine Farbe …«, flüsterte die Frau,»was ist das für eine Farbe …«»Es ist nichts«, beruhigte Santos sie, ihm zitterten die Knie,»er ruht sich aus und …« »Und was ist mit dir?«»Bin gestolpert, über einen Stein.«»Warum hat er die Augen auf?« Und langsam, gewaltsam zerkratzte sie sich die Wange.

Santos ging zu dem Kind und legte ihm die Hand auf die Stirn, den Mund voller Blut, schaffte er es gerade noch zu sagen:»Mein Kind …« Das Kind hörte nichts mehr, es stöhnte nur:»Nein … nein, nein … nein.« Kurz, mit vernebelten Augen, erkannte es den Vater, aber das gemarterte Gesicht brachte ihm das Geschehene noch stärker in Erinnerung, und es stöhnte abermals laut:»Nein, nein … Onkel, bitte nicht … nein …« Santos rannte sofort nach draußen, spritzte sich Wasser ins Gesicht, wusch das Blut ab, schüttelte sich den Sand aus den Haaren und zog sich die einzige frische Kleidung an, die er noch hatte, ohne Blutflecken. Die Frau, jetzt halbwegs bei Bewusstsein, versuchte sich aufzurichten, aber ihr Kopf sank immer wieder aufs Kissen zurück. In jener Nacht, als die verzweifelte Frau schwach und kraftlos mit dem Tode rang und das Kind im Fieberwahn mit großen Augen die Decke anflehte,»nein … nein, nein …«, schob Santos die beiden Betten nah aneinander, setzte sich selbst auf einen dreibeinigen Schemel in die Mitte und nahm beider Hände in die seinen – seine beiden Liebsten. Aufrecht saß er da und hielt ihre heißen Finger in seiner Hand, ihm war warm an den Händen, und eine Zeit lang spürte er die beiden kaum mehr – seine Wärme barg sie; aber dann wurden dem Bauern die rauen Hände kühl, die beiden zarten Hände erfroren in den seinen, eine von ihnen viel kleiner. Die ganze Nacht saß Santos da und hielt sein höchstes Gut, die Eisfinger, in seinen Händen; er sah keinen der beiden an, nur ab und zu schluckte er Blut, sonst nichts, er war selbst zu Eis geworden. Er saß da und wurde langsam weiß. Gegen Morgen, als eine Nachbarsfrau vorbeischaute, um nach dem Rechten zu sehen, und einen Topf warmer, dampfender Milch mitbrachte, da erkannte sie im ersten Augenblick keinen von ihnen – weder die kalten, angstverzerrten Gesichter von Mutter und Kind mit weit geöffneten Augen noch den weißen Santos, und der Topf fiel ihr aus der Hand, und zur Tür zog sich eine weiße, flüssige Schlange, die Frau schrie. Bis Mutter und Kind auf dem Hügel beerdigt wurden, traten die Bauern vor Santos' Hütte verlegen von einem Bein aufs andere, drei Tage lang. Kein Wort sagten sie, aber was hätten sie auch sagen sollen? Eine energische Frau hob zu lauter Klage an, aber Santos warf ihr einen Blick zu, der sie augenblicklich verstummen ließ. Das ganze Dorf hatte Mirza bewundert, und keiner hatte verstanden, warum sie Santos geheiratet hatte – er sah weder gut aus, noch war er wortgewandt, noch wohlhabend. Sie hatten bloß mit den Schultern gezuckt. Tatsächlich aber war Mirza wohl eine der wenigen Frauen, die sich um seiner bevorstehenden Verdienste willen in einen gewöhnlichen, nicht besonders ansehnlichen Bauern hatte verlieben können: Womöglich hatte sie gespürt, dass Santos später einer der Großen von Canudos würde. Und es war auch gleich, dass dies erst nach ihrem Tode geschähe, denn noch gab es Canudos ja nicht. Was für eine wundervolle Frau hatte er, wie sehr sie ihn liebte, wie sorglos sie lachte … Jetzt lag sie im Sarg. Und daneben, in einem kleinen Sarg, lag das höchste Gut, die Sonne, der Mond, der Regen, die Welt, die weite Welt. Nachdem sie den kleinen Hügel hochgelaufen waren, küsste Santos seine Frau auf die Wange und traute sich nicht, mit seinem gebrochenem Kiefer das Gesicht seines Kindes zu berühren, er legte ihm seine Wange aufs Knie, schloss die Augen, blieb still; schwer stand er dann auf und trat zur Seite. Er ließ die Frau und das Kind so beerdigen, dass in der Mitte noch Platz für gerade ein Grab blieb. »Ach, sieh mal, für sich selbst will er also den Platz in der Mitte«, flüsterte die energische Frau. Santos sollte weit weg, im noch nicht existierenden Canudos sterben, doch dieses Platzes bedurfte er im Leben schon: Am nächsten Tage ging er allein zum Friedhof, Hacke und Schaufel über der Schulter, und grub sich ein hüfttiefes Grab, stellte sich hinein, eine Hand legte er auf den einen kleinen Hügel, die andere auf den zweiten, und so stand er lebendig in dem schmalen Grab, und seine Handflächen lauschten der erloschenen Wärme der zwei Hügel. Und am dritten Tage ging er nach Feinstadt und fragte den erstbesten unbekümmerten Bürger, einen Mann seines Alters: »Wie hieß der Lange von den Kamoranern?« »Massimo hieß er, Väterchen.« »Massimo, gut«, wiederholte Santos und kehrte nach Kalabarien zurück. Unterwegs dachte er nach, und als er in der Morgendämmerung seinen Hof betrat, ging er geradewegs in den Stall, packte ein Kalb mit bloßen Händen und stemmte das verdatterte Tier hoch.

Von dem Tag an begann der alte Santos, an Kraft zuzulegen. Er stemmte das Kalb jeden Tag, morgens und abends, er zersägte Baumstämme und hackte Holz für die alten Witwen. Alle begegneten ihm mit Ehrfurcht, mit niemandem sprach er mehr, doch etwas Seltsames widerfuhr ihm – allenthalben entdeckte er in Kalabarien die Schönheit, und obgleich er sich dagegen wehrte, schlug ihn die Gegend doch in ihren Bann, die hochmütigen Berge, der brüllende Fluss, die dichten Wälder und die weiten Felder. Und er, der unwillkürliche Betrachter von alledem, schämte sich vor seiner Frau und seinem Kind, die nichts mehr sehen konnten; und er, der Schuldige ohne eigenes Zutun, stellte sich jeden Abend in der Stille in sein Grab, und beide Hände auf den kleinen, ihm so lieben Hügeln, erzählte Santos ihnen alles, so wie er es vermochte. Manchmal ging die Sonne als Lichtsäule auf, hinter den Bergen, zwischen den Wolken schoss sie empor, so leicht, so kraftvoll, und erleuchtete dabei eine mitten im Himmel hängende dunkle Wolke in blendenden Farben. Selbst noch im Unsichtbaren, ließ sie die auserwählte Wolke anschwellen und in ihrem unbeirrten Licht zerfallen, jetzt erst ging sie auf. Sie, die Glücksbringerin, ließ mit ihren langen Strahlen die ihr trüb zu Füßen liegende schneebedeckte Bergkette, die Nachla, erglitzern. Merkwürdig sah diese Bergkette aus. Das über die Hänge verteilte Grün wurde nach oben hin blasser und dann wieder dunkler, ging ins Blaue über und wurde mattweiß, und rosa erglänzte die Spitze. Und so berührt am Morgen, hatte Santos, am Abend in seinem Grab stehend, nichts von alledem vergessen, und war trotzdem nur imstande zu sagen: »Mirza, heute ist die Sonne aufgegangen.« Dann wandte er den Kopf nach rechts: »Die Sonne ist aufgegangen, mein Kind.« Mehr brachte er nicht zustande, dem alten Santos lag es nicht, schön zu sprechen.

Dicke Holzklötze spaltete er, und gelang es nicht mit einem Schlag, packte er mit beiden Händen den klaffenden Klotz, als sei er das Maul seines Unheilbringers, als packe er Massimos Oberkiefer und Kinnlade und risse sie auseinander – er, der Rächer. Selbst die anderen Bauern, die schon einiges gesehen hatten, hatten so etwas noch nie erlebt.

»Es hat so geschüttet, Mirza«, erzählte Santos des Abends, seine Hände lagen auf den Hügelchen, »bestimmt habt ihr es auch bemerkt. Bestimmt ist es bis zu euch durchgedrungen, o weh, mein Kind …«

Nun stemmte er den Stier schon zweimal am Tag, das Tier war das von früh an gewohnt, es fand nichts mehr dabei, in der Luft zu hängen, und kaute gemächlich weiter. »Opasfrucht hab ich dir gebracht, mein Kind, die hast du doch immer so gern gemocht. Dir auch, Mirza«, sagte Santos und nahm aus seinem Hemdschoß die kleinen Früchte, die noch die Wärme seines ganz in Muskeln verwandelten Körpers bargen, und legte sie auf die Hügelchen. »Füttert die Vögel damit. Ach ja, ich hab dir einen Vogel gekauft, mein Kind, in einem Käfig, und hab ihn in deinem Namen freigelassen; oh-ho-ho, wie der weggeflattert ist!« Er lächelte, als wolle er die Hügelchen aufmuntern.

Und in der Dunkelheit der Nacht, vor dem Schlafengehen, wenn sein Kiefer sich, besonders auf der gebrochenen Seite, spannte, packte er einen Baumstamm, den er Massimo genannt hatte, umschlang ihn und würgte ihn. Mit der Zeit zeichnete sich auf dem Baumstamm ein blasser Ring ab, und um sicherzugehen, dass ihm Massimo nicht entkam, behielt er ihn bei sich, wenn er schlafen ging; und träumte er von dem gepflegten jungen Mann mit dem bösartigen Blick, so fanden seine Finger noch im Schlaf den Stamm und würgten ihn. Zu einem späteren Zeitpunkt sollte der alte Santos seine Rache nehmen, und was für eine …

Der alte Santos war der vierte der fünf Auserwählten, die später die Großen von Canudos geworden sind.

Es war das einzige Versteck, das nicht mal seine Frau, Mercedes Boston, kannte. Er überprüfte noch einmal die sorgfältig verschlossene Tür in dem gänzlich mit Kacheln ausgekleideten Zimmer und näherte sich mit einer Laterne in der Hand einer Wand. Vor einer quadratischen Kachel blieb er stehen, zog einen Sessel heran und stieg darauf, er betätigte einen unsichtbaren Knopf, stieg wieder hinunter, ging an der Wand lang, nahm eine andere Kachel ab, steckte ein Federstäbchen in ein Loch, und hinter seinem Rücken wölbte sich lautlos der Teppich auf dem Boden. Sein Oberkörper war unbekleidet, und die verwelkte Brust und die etwas füllige Taille deuteten bereits aufs Alter hin. Als er sich vorbeugte, hingen seine Brustwarzen schlaff herunter. Er schob den bunten Teppich sacht von der herausragenden Kachel, steckte die Hand darunter und holte ein Fläschchen heraus, das mit einer klebrigen Flüssigkeit gefüllt war. Er nahm es zärtlich an sich, drückte sich das kühle Glas gegen den Bauch, und es überlief ihn kalt, trotz der Wärme von den im hohen Kamin lodernden Flammen. Flackernde Schatten tasteten das Zimmer ab. Er machte drei vorsichtige Schritte und blieb dann stehen, streckte die Hand aus, stellte die Laterne auf das Sims vor dem Spiegel und schaute verstohlen in seine seltsam beleuchteten Augen, über seiner Schulter erblickte er das Feuer bösartig prasselnd im Kamin, und ebendieses Licht warf der Spiegel auf ihn zurück. Er öffnete das Fläschchen, und mit der grünen, klebrigen Flüssigkeit tupfte er sich dunkle Pünktchen auf den verwelkten Körper. Aus der Hosentasche zog er ein zweimal gefaltetes Blatt, faltete es auf und legte es auf das Brett neben die Laterne, dann kehrte er zu dem Versteck zurück, nahm ein mit schwarzem Samt umhülltes Gefäß heraus, das an zwei Stellen unauffällig durchstochen war, schraubte den Deckel ab und legte es sich an die Brust. Still stand er vor dem Spiegel, die Augen geschlossen, in bitterer Erwartung, und endlich überkam ihn ein Schauder. Sofort stellte er das Gefäß weg, mit zusammengekniffenen Augen blickte er in den Spiegel, ja, ja, da war sie – schräg an seiner Brust ruhte die Eidechse, soeben aus dem Dunkel ins blasse Licht gekrochen, rollte sie neugierig die Augen. Endlich traute sich die Eingeschüchterte: Sie zuckte mit dem Schwanz, näherte sich einem der grünen Punkte, grub sich mit ihren winzigen, bösartigen Krallen in den verwelkten Körper und leckte mit ihrer schmalen Zunge die dickflüssige Substanz. Der Mann verzog das Gesicht, ein Zittern überkam ihn, er schaute auf das Blatt und sprach: »Falls jemand etwas Ähnliches nur denkt, nur denkt, sage ich, der wird meinem langen, gewundenen, in Gift getauchten Stachel schwerlich entkommen!« Beim Sprechen prägte er sich das eigene Gesicht sorgfältig ein, das sich spannte und merkwürdig zornig aussah, der grässlich sanften Bisse der Eidechse wegen. Die auf den Geschmack gekommene Eidechse machte sich auf die Suche nach einem neuen dunklen Punkt, stoßweise glitt sie vorwärts, kalt und geschmeidig, von Zeit zu Zeit innehaltend. Den Mann kitzelte es, voller Abscheu lächelte er und las weiter: »Es gibt doch nichts Schöneres als echte Freundschaft. Die Freundschaft unter Menschen hat positive Folgen.« Heimtückisch lachte er ein von der Eidechse geschenktes Lachen, er prägte sich sein Gesicht ein, dann legte er seine Hände in den Nacken, und die seltsame Dompteuse fand die großen grünen Flecken unter seinen Achseln. Sie machte sich daran und –»Oh-ho-ho-ho, ha-ha-ha«, kicherte der Mann,»Kontrolle und Aufmerksamkeit bringen Glück, das Glück kommt, ja, sicher, warum auch nicht«, oh, wie er lachte,»das Glück kommt, und so, Hand in Hand, werden wir alle lachen. Aber falls ...« Und vom Spiegel aus lachte ihn sein Doppelgänger an, von einem schwankenden Schatten überdeckt, sie verschlangen einander mit den Augen, und die Eidechse kroch weiter.

Sind Sie noch da? Haben Sie sich geekelt? Verzeihen Sie mir, ich kann nichts dafür, so ist es eben. Er muss das tun, um seine Ziele zu erreichen. Und ich konnte nicht umhin, Ihnen diesen zurückgezogenen Streber zu zeigen, hier in diesem Zimmer, ich konnte nicht anders, ungeduldig wie ich bin. Aber zwei Männer, zwei Männer werde ich Ihnen doch vorenthalten: einer ist Alexandros Bruder, der andere ist der fünfte der Großen von Canudos; und damit Sie mich bezüglich der Identität des soeben Vorgestellten nicht der Geheimniskrämerei bezichtigen, sage ich Ihnen, dass dieser Mann, mit der Eidechse am Körper, der große Marschall Edmondo Bittencourt höchstpersönlich war.

2

ZEITVERTREIB

Der Einzige, den Mariam, die Frau des großen Hirten Se Moreira,
nicht ausstehen konnte, war seltsamerweise der fröhliche Hirte
Manuelo Costa. »Er hat weder Frau noch Kinder, für die er sorgen müsste«, grummelte sie am frühen Morgen zu Se, der sich seltsam
schlapp fühlte. Und insgeheim freute sie sich, dass sie sich derartig spitze
Bemerkungen erlauben konnte. »Und so zieht der Kerl mit den angemal-
ten Frauen in der Stadt umher, einen tollen Kumpel hast du da! Wenn
dem mal was zustößt, das kümmert doch keinen, um den weinen weder
Frau noch Kinder, aber du, was du dir bloß dabei denkst!« »Gut, das
reicht, ja?«, murmelte Se halbherzig, jetzt, wo ihm der Schädel brummte, war er ein ganz anderer Mensch. Mariam wusste ganz genau, dass
er außerstande war, ihr zu widersprechen, und ließ nicht von ihm ab.
»Noch dazu solltest du eigentlich wissen …« Es ging darum, dass Manuelo Costa und der große Hirte sich hin und wieder, na ja, so etwa einmal
im Monat, in Manuelos kleinen Hof setzten und das ein oder andere
feurige Wässerchen zusammen tranken. Ja ja, und Mariam wusste auch,
dass der Anstifter zu diesem ihr verhassten Zeitvertreib der fröhliche
Hirte war. Sobald Se sich verspätete, kühlte sie ihr Gemüt mit Flüchen
gegen Manuelo Costa.

Nach Mitternacht, im Halbschlaf gewahrte sie von Weitem Hufgetrappel, sie rannte nach draußen und versteckte sich pochenden Herzens hinter der Hütte. Unbekümmert kam Se mit seinem Pferd angetrabt, er schwankte verdächtig, der Kopf sank ihm auf die Brust, nicht einmal die Zügel hielt er noch in der Hand, mit einem Arm stützte er sich auf den Hals des Pferdes, und der zweikrempige Hut rutschte ihm auf die Nase. »Aha. Sieht ja blendend aus, der Kerl«, dachte Mariam grollend und spähte um die Ecke. Das Pferd kam gehorsam in den Hof, und Se hob ungeschickt und viel zu heftig den Kopf, der Hut störte ihn. Seine armselige Hütte erkannte er natürlich, und plötzlich schwang er unglaublich behände ein Bein in die Höhe, über den Kopf des Pferdes hinweg, und landete so leicht, so flink am Boden, dass Mariam nicht umhinkam, sich zu wundern. »Hat noch Geschick dabei, der Kindskopf.« Sie verhielt sich ganz still. Und Se torkelte im Hof herum, nahm dem Pferd das Zaumzeug ab, verstaute es, band der treuen Stute ein Seil ums Bein und stellte ihr Wasser hin. »Vergisst aber auch gar nichts«, dachte Mariam ärgerlich und hielt kurz die Luft an. Se war inzwischen in die Hütte geschwankt, und mit dem sonderbaren, dreideutigen Lächeln eines Besoffenen lugte er in jede Ecke des Raumes: »Wo steckt sie bloß, mmh … hmm …« Umständlich lockerte er den breiten Gürtel, warf ihn zu Boden, hob plötzlich den Kopf und sagte bestimmt: »Mariam! Komm her!« Aber so ging das nicht. Nichts war Mariam verhasster als die Liebkosungen des besoffenen Ehemanns, sie hielt den Atem an und drückte sich draußen an die Wand, halb verhungert, in ihr Leopardenfell gehüllt. »Komm jetzt!« Se wurde lauter und torkelte in der Hütte umher. Er war so betrunken, dass er zeitweise sogar vergaß, wen oder was er suchte, nur dass er etwas suchte, das wusste er. Sie müssen sich das so vorstellen, dass er gar den Deckel vom Topf anhob, und wenn ihm dann wieder einfiel, was er suchte, rief er: »Mariam, komm jetzt raus!« Aber Mariam fiel das gar nicht ein, sie wartete ab, mucksmäuschenstill. Und Se entledigte sich seines Lederhemdes und der hohen Stiefel und warf beides in die Ecke. Seine Machete jedoch legte er behutsam unters Kissen und fing kurz darauf an zu schnarchen, als schliefe er. Doch Mariam kannte seine Tricks, und sie war gewiss, dass Se nach ein paar Minuten wirklich einschlafen würde, und erst dann betrat sie wieder die Hütte und legte sich lautlos hin.

Frühmorgens fühlte Se schon im Halbschlaf die nahenden Vorhaltungen; sobald er sich zu regen begann, stand Mariam am Kopfende bereit: »Bei wem sind Sie gestern gewesen, mein Herr?«»Bei wem soll ich schon gewesen sein?«, erwiderte Se kraftlos, die Augen immer noch geschlossen.»Bei diesem Burschen, ja?« Se antwortete nicht, mit brummendem Schädel setzte er sich auf und suchte mit zusammengekniffenen Augen nach seinen Kleidern. Dann tastete er unter dem Kissen nach etwas, ein Schmunzeln glitt über seine Züge. Immer noch gebückt, schaute er zu Mariam hoch, richtete sich auf, und auf seinem Gesicht erblühte ein Lächeln. Dies kam nicht so häufig vor, aber wenn er lächelte … Er goss sich heißes Wasser in einen Becher, trank, pustete. Die Hände in die Hüften gestemmt, sah er die Frau an. Dann streckte Se ihr die Hand entgegen: »Die Machete.«»Was weiß ich«, fing Mariam an zu murren,»das musst du dich selber fragen. Was ist schon eine Machete, dass du deinen Kopf nicht verloren hast, ist ein Wunder! Was hast du nur mit diesem Sonnenbruder zu schaffen?«»Er ist kein schlechter Kerl …«»Wie? Dieser Nichtsnutz, dieser Herumtreiber, dass du wegen dem Messer verloren hast! Und wenn dich in dem Zustand die Leoparden angegriffen hätten, wer würde dann deine Kinder versorgen, hm?«»Die Machete!«, wiederholte der Hirte, eine Hand ausgestreckt, in der anderen hielt er das Glas mit dem heißem Wasser.»Was weiß ich, du hast ja noch eine zweite, verlier die nur auch noch.« Hier sah Se seiner Frau in die Augen, und während er nochmals ganz ruhig sagte:»Die Machete«, rannte Mariam rasch zu dem in der Ecke lehnenden buschigen Besen und zog das Messer heraus. Se nahm es an sich, schob es bis zur Hälfte in die Stiefeltasche, und während er das Pferd aufzäumte, kam er sichtlich wieder zu Kräften.»Wo willst du denn in dem Zustand hin, das ganze Vieh wird dir weglaufen«, grummelte Mariam, Se aber – hoppla – saß schon auf der ungesattelten Stute. Mariam reichte ihm das Frühstück und stichelte weiter:»Du bist immer noch betrunken, vom Pferd fallen wirst du.« Se aber lächelte für sich, er drückte mit den Fersen leicht zu, das Pferd erstarrte eine Sekunde lang, machte dann einen Satz und galoppierte über die Ebene. Se packte seinen zweikrempigen Hut und schleuderte ihn in die piksende Luft des frühen Morgens. Im Galopp holte er ihn ein, fing ihn geschickt wieder auf, brachte das Pferd zum Stehen. Weit von sich schleuderte er den schweren Hut, seitlich glitt eine Schlange davon, und wieder stürmte die Stute los, Ses Fersen in ihren Flanken, und Se, kopfüber, griff sicher nach dem Hut, dann richtete er sich auf, und zu Mariam gewandt schwenkte er ihn einmal um seinen Kopf. Der Gruß galt ihr, und in dem Augenblick hatte die entzückte Mariam bereits alles vergessen, sogar jene ihr eigene, eigensinnige Art, nur im Verborgenen zu lieben, und sie sandte Se einen gehauchten Kuss.

»So ein Riese, und macht hier Faxen«, dachte João verärgert, die Stirn ganz umwölkt – ach, dieser Griesgram, so einen wünsche ich niemand. Von hinter dem Baum aus beobachtete Sassi, der einbeinige Kobold, begeistert den großen Hirten. Aber um die Wahrheit zu sagen, schätzte auch João den großen Hirten im Grunde seines Herzens, alle waren sich einig, dass er der Beste war. Keiner sonst im Sertão konnte es mit einem tollwütigen Stier aufnehmen, er aber war dabei immer der Überlegene, selbstverständlich, ansonsten – was es bedeutete, im Kampf mit einem tollwütigen Stier zu unterliegen, das wussten alle nur zu gut, und das Einzige, was Se im Gegenzug verlangte, war, dass niemand Mariam davon erzählte.

Wer Manuelo Costa mehr hasste, Mariam oder João Abade, war schwer zu sagen. Während der fröhliche Vaqueiro Mariam tunlichst aus dem Weg ging, konnte er die gelegentlichen Begegnungen mit João Abade nicht vermeiden, und wenn es so weit war, lachte Sassi sich im Voraus schon halb tot. Standen sie einander dann gegenüber, sagte Manuelo sogleich höflich lächelnd:»Grüß Euch, Onkel João.« Und João, schon angespannt, explodierte, sobald er seine Stimme hörte:»Ich bin nicht dein Onkel, du warst noch gar nicht auf dieser Welt, als ich schon ein Vaqueiro war, jawohl!«

»Eben deshalb, Sie sind der Ältere, und darum habe ich Sie auch Onkel João genannt.«

Da begriff der größte Griesgram des ganzen Sertão, dass sein unbändiger Hass ihn in die Irre geführt hatte, und wortlos ritt er weiter; darauf hatte Sassi nur gewartet, er sprang dem Pferd zwischen die Hufe und brachte es zum Straucheln, João konnte sich kaum oben halten, und Manuelo Costa, der fröhliche Hirte von seltsamer Schönheit, immer fest im Sattel, lachte vergnügt.

Wenn man durch die Marktstadt gefahren wäre, die Se eher selten, Manuelo Costa indessen öfter besuchte, dann nach einem zweiwöchigen Geruckel im Lando auch Kamora unversehrt durchquert hätte und nach einer weiteren zweitägigen Reise und einem Aufenthalt in Feinstadt anschließend in einem Tagesmarsch bergan gestiegen wäre, schließlich in Kalabarien angekommen, dort noch auf einen traurigen Hügel hinaufgegangen wäre, so hätte man, fern, fern des Sertão in der Abenddämmerung einen felsähnlichen Mann gesehen, den alten Santos, der bis zum Herzen in seinem eigenen Grab stand, die Hände zu beiden Seiten auf zwei Hügelchen gelegt, und sagte:»Heute ist die Sonne ganz gewöhnlich aufgegangen, Mirza. Es ist nichts Besonderes passiert, mein Kind, ich hab euch nur Birnen gebracht.«

So verbrachten die zukünftigen vier Großen von Canudos ihre Zeit – Se Moreira, Manuelo Costa, João Abade und der alte Santos. Der fünfte der Auserwählten aber war noch nicht in Sicht, und auch Canudos selbst war noch nicht erbaut, eine einfache Stadt aus Lehm, eine große Stadt.

Die einzige Freude kam mit der Morgendämmerung.

In der Morgendämmerung, wenn sein schwerfällig schwebender, veilchenblauer, tauber Körper die Augen aufschlug, wenn mit dem ersten Licht der zu einem Riesen anwachsende Tag Kräfte sammelte, wenn noch die kümmerlichsten Vögelchen, durch den Segen des Lichts ermutigt, fröhlich die dunklen Nachtträume wegzwitscherten, wachte der Vagabund auf. Noch gefangen im Nebel des Schlafs schnaufte er, angetrieben von seltsamer Freude – es war Morgen, es war Tag. Aber plötzlich riss er angstvoll die Augen auf.»O weh, wo bin ich nur.« Er war in Kamora. Michinios unsägliche Augen, die von einem Winkel bis zum anderen völlig grau waren, fielen ihm ein, und Ekel packte ihn, Eiseskälte durchdrang seinen Körper. Mit Grausen erinnerte er sich auch an den Zwerg Umberto, der vor ein paar Tagen zu ihm gesagt hatte:»Tag-Gruß, Haler, ich bin Ihnen zugeteilt.« Jetzt schlief das Männchen hier bei ihm. Domenico wusste genau, sobald er nur seinen Fuß unter der kostbaren Decke hervorstreckte, würde sofort auch Umberto die Augen aufschlagen und sagen:»Tag-Gruß, Haler, lang lebe …« Dann würden sie ihn zu Michinio führen, für alle Fälle, damit Gehorsam und Angst seines Tages Begleiter blieben, und Michinio würde nichts weiter tun, als einfach ein Stück Brot vor seinen Augen zu essen, aber so, dass … ach, bis auf die Knochen spürte er dessen eiserne Zähne; Michinio ließ sich sein Brot schmecken, und Domenico packte das Grauen.

»Tag-Gruß, Haler, lang lebe der große Marschall.«

»Guten Tag.«

Umberto, der Zwerg, zog sich dienstbeflissen an, und von Zeit zu Zeit stahl sich sein selbstverliebter Blick zum Spiegel.

»Nachmittags hat der Oberst Sprechstunde, der Grandhaler, und der müssen Sie beiwohnen, Haler.«

»Wozu?«

»Anweisung von oben, wir müssen Sie ein bisschen wiefen, Haler.«

»Wozu?«

»Wie, wozu? Damit wir einen Gewieften in Ihrer Person haben, Haler.«

In einem von oben bis unten polierten braunen Zimmer saß Oberst Cesar, in einem weichen Sessel versunken, und – was war das denn? – ein Mann ohrfeigte ihn leicht.

»Oh, mein Spielzeug ist auch schon da, na, wie geht es dir?« Dabei schaute er Umberto an.

»Gut«, sagte Domenico und nahm den schweren Sack in die andere Hand. Der Oberst ließ seinen Blick zu Domenico schweifen und fragte:

»Und, wie läuft es bei dir, mein Riese?«

»Danke, Grandhaler.« Umberto neigte ehrerbietig den Kopf und lächelte zu ihm hoch.

Ein höchst merkwürdiges Sextett war versammelt: ein unter dem Deckmantel der Höflichkeit zorniger Oberst und ein Fremder, der dem Grandhaler zarte Ohrfeigen verpasste; der grässliche Michinio, die Arme vor der Brust verschränkt und sonderbar verrenkt mit einer Schulter an der Wand lehnend; der nackte Aniseto mit verbundenem Mund; der Zwerg, den Kopf ehrerbietig geneigt, und der in Kamora stecken gebliebene Vagabund, der sogenannte große Dummkopf, Domenico, mit dem schweren Sack.

»Also gut, ja, Domenico?«, fragte der Oberst den Zwerg.

»Geht so.«

»Wenn dem so ist, mein Süßer, siehst du das Regal dort?«
Domenico bekam ein ungutes Gefühl.

»Wenn du es also siehst ...« Der Oberst schaute wieder Umberto an.
»Aniseto, sag ihm, er soll sich in das Regal setzen.« Und er strahlte übers ganze Gesicht. »Mein Spielzeug!«

»Stzdchfsrgl«, sagte Aniseto.

»Nein.«

Diesmal nahm der Oberst Aniseto aufs Korn und befahl: »Dann sag du es ihm, meine linke Hand.«

Michinio sagte nichts, er brauchte Domenico nur anzusehen, da saß er schon auf dem Regal.

Der Oberst schaute nun zu Michinio und ordnete an:

»Leg den Sack neben dich. Gut so.«

Dann stand der Oberst auf und blickte zur Decke. »Wir müssen ihn ein bisschen wiefen. Nun, Domenico, wer ist dieser Mann?«

»Weiß ich nicht.«

»Auch das weiß er nicht«, klagte der Grandhaler. »Darauf hättest du schon kommen können, wem würde ich schon so etwas erlauben? Er ist mein Masseur.«

Er durchmaß das Zimmer.

»Für ein fabelhaftes Auftreten vor den Gästen ist ein tadelloses Aussehen wohl das Mindeste, und dafür braucht es die Gesichtsmassage. Begriffen?«

»Ja.«

»Dieser Mann hat mir einen großartigen Dienst erwiesen, Domenico, siehst du meine roten Wangen? Das ist das eine, das andere jedoch ist, dass ich ihm seine Dienste nicht verzeihen kann, wie konnte er es wagen, mich anzurühren!« Seine Stimme schwoll an, und unvermittelt schlug er dem Fremden mit der Faust ins Gesicht. Der Mann kippte nach hinten weg, und die Gefolgschaft fing an zu schnattern: »Ach, was für ein Schlag, ach, Sie haben eine goldene Hand, Grandhaler!« Nur Domenico schwieg, ebenso wie Michinio, der den daliegenden Mann mit seltsamem Hass betrachtete, die Glut glomm in seinen Augen. Auch der am Boden rief begeistert: »Da haben Sie mir aber eine verpasst, meisterhaft, Ihre Linke hat's in sich, Grandhaler!«

»Gut. Geh jetzt«, rief der Oberst, und das Merkwürdigste war, dass der Geschlagene dem Aniseto auch noch drei Drahkan in die Hand drückte, sich tief vor dem Oberst verneigte, der mit dem Rücken zu ihm dastand, und dann zufrieden den Raum verließ.

»Das ist ein Teil seines Lohns, mein Püppchen«, sagte der Oberst. »Wie dir bekannt sein sollte …« Auf einmal verlor er die Lust. »Das reicht, fangen wir an!« Und er rief: »Sechs mal drei ist siiieben!«

Auf der Türschwelle stand der Diener, er strahlte den Oberst an, aber der fragte Aniseto:

»Wer ist der Erste, mein Sergeant?«

»Feldwebel Eliodoro, Grandhaler.«

»Bringen Sie ihn rein.«

Seltsamerweise kam Mendes Maciel gerade von der Seite in die Marktstadt, auf der ein undurchdringliches Dornendickicht wuchert, die Caatinga.

Zwei Hirten aus dem Sertão, Gregorio Pacheco und Senobio Llosa, standen bei ihrer Herde. Beide hatten die Hüte in die Stirn gezogen und lehnten mit angewinkeltem Bein, die Arme vor der Brust verschränkt, an der Wand. Sie wollten die in der Marktstadt eingetroffenen Kamoraner nicht sehen, deshalb hatten sie ihre zweikrempigen Vaqueirohüte so tief ins Gesicht gezogen, aber jetzt hoben beide gleichzeitig den Kopf und erblickten den Fremden, der auf die Caatinga zuging. Die Augen zusammengekniffen, beobachteten sie ihn misstrauisch, er musste doch kehrtmachen, wer käme auf die Idee, dieses Dornendickicht durchqueren zu wollen. Gereizt von der Sommerhitze wurde die Caatinga zu einem blutrünstigen Kannibalen. Sobald sich ihr jemand näherte, packte sie ihn mit zahllosen Zangen, zerfetzte ihm die Kleidung und ließ ihr Opfer, wenn überhaupt, nur zum Preis einiger Wunden und Schnitte frei. Bevor sie sich Fleisch und Blut genüsslich einverleibte, warf sie ihre Krallen noch einmal nach dem unweit daliegenden, stöhnenden Wicht aus und riss nach Möglichkeit ein weiteres Stück Fleisch heraus. Manch einer war so töricht, in seiner Verbitterung auf die Caatinga einzutreten, aber wehe! Ihre Klauen im Körper, ihre Krallen um den Hals, versank er voller Grauen in ihrer tödlichen Umarmung, und wenn die Caatinga am nächsten Morgen kokett die Sonne begrüßte und hoheitsvoll ihre blutigen Arme hob, spuckte sie höchstens ein paar zerkratzte Knochen aus. Was hätte die erfahrenen Hirten noch in Erstaunen versetzen können, aber jetzt waren Gregorio Pacheco und Senobio Llosa sprachlos. Nur das angewinkelte Bein stellten sie auf den Boden, und die vor der Brust verschränkten Arme sanken herab, sie brachten es nicht einmal fertig, etwas zur Warnung zu rufen; irgendwie furchterregend kam der Fremde daher. Und als er mit ernster Miene auf das tödliche Dickicht zuging, wurde die Verwunderung noch größer, keiner der Vaqueiros hatte je etwas Ähnliches gesehen: Das Gesträuch öffnete sich, es bog sich zur Seite und legte sich nieder, und wenngleich Mendes Maciels Füße unter dem langem Überwurf nicht zu sehen waren, fiel doch auf, wie sicher, wie würdevoll er vorwärtsschritt. Das Einzige, was Gregorio Pacheco und Senobio Llosa imstande waren zu tun, war, ihre Hüte abzunehmen, atemlos zerknautschten sie sie in der Hand.

»Peinlich ist es mir schon«, fing Feldwebel Eliodoro an, »Sie darum zu bitten, sehr peinlich sogar, Grandhaler.«

»Sag schon, mein Feldwebel«, ermunterte der glänzende Oberst Umberto, »sicherlich bist du nicht umsonst hierhergekommen.«

»Ich möchte Sie bitten, meine Frau zu Ihnen bringen zu dürfen«, Eliodoro schaute ihn ehrerbietig an, »das Baby hat sich im Bauch zum ersten Mal bewegt, und das Volk ist weise, das Volk sagt, wen die Frau danach als Erstes erblickt, dem wird das Kind ähneln, und einen Besseren als Sie, einen Schöneren, Grandhaler ...«

»Wünschst du so sehr, dass es mir ähnelt?«, fragte der Oberst angenehm überrascht.

»O ja, Grandhaler!«

Der Oberst machte ein paar Schritte auf und ab, dann sagte er:

»Dann hättest du mich wohl besser von Anfang an rangelassen, haha ...«

»Haha, haha«, lachte auch Feldwebel Eliodoro, froh über den Witz.

»Siehst du, Domenico?«, lächelte Oberst Cesar den Feldwebel an.

»Siehst du, wie begehrt dein Besitzer ist? Wo ist deine Frau jetzt?«

»Sie wartet im Vorraum, mit verbundenen Augen.«

Der Oberst rief: »Sechs mal drei ist sieben!«

»Zu Diensten, Grandhaller.« An der Türschwelle stand der eifrige Sergeant stramm.

»Die Frau mit den verbundenen Augen hereinführen, Norberto«, sagte der Oberst zu Domenico.

Als der merkwürdige Fremde an den verblüfften Hirten vorbeikam, wandte er leicht den Kopf, und da folgten Gregorio Pacheco und Senobio Llosa ihm wie von selbst. Der Fremde ging aufrecht, er blickte zornig um sich, von einem Hirten zum anderen, sie zuckten zusammen, lang angesammelte Wut funkelte in seinen Augen. Die Kamoraner würdigte er keines Blickes, düster lief er an ihnen vorbei, und nur aus den Augenwinkeln, wenn überhaupt, nahm er ihre glitzernde, kunterbunte, goldbestickte Kleidung wahr und verzog den Mund so, dass sein Hals sich spannte. Er trug keine Kopfbedeckung, das Haar fiel ihm bis auf die Schultern, und sein langer, breiter Überwurf wirbelte den Staub auf. Die eben zum Markt gekommenen Sertanejos sahen ihn mit Ehrfurcht an, ihre Beine wollten zu ihm, doch sie trauten sich nicht; nur Gregorio Pacheco und Senobio Llosa gingen mit dem Fremden mit. Von den Kamoranern, die in die Marktstadt gekommen waren, hatte ihn keiner bemerkt. Mendes Maciel lief um die Schenke herum, blieb bei einem Mann stehen, der ruhig an der Ecke saß und mit einem Rosenkranz spielte, und fragte ihn:

»Bist du Mendes Maciel?«

Ohne aufzuschauen antwortete der Mann:

»Ja.«

»Was machst du hier?«

»Nichts. Ich warte.«

»Worauf wartest du?«

»Auf nichts«, sagte Mendes Maciel.

Der Fremde schaute eine Weile missvergnügt auf ihn, dann fragte er:

»Wer von deiner Verwandtschaft ist noch da?«

»Niemand. Nur ich.«

»Warum?«

»Sie haben sie alle getötet.«

»Wer hat das getan?«

»Die Araujos.«

»Hatten sie es verdient?«

»Wer? Meine Familie?«

»Ja.«

»Nein. Überhaupt nicht.«

Er schaute zu Boden.

»Konntest du dich rächen?«

»Ach! Nein.«

»Wieso nicht?«, fragte der Mann streng.

»Sie hätten mich auch umgebracht«, sagte Mendes Maciel.

Da krempelte der Fremde die langen Ärmel hoch und sagte:

»Schau mich an. Ich bin Mendes Maciel.«

Und noch bevor sein Rosenkranz in den Staub fiel, war der Mann schon auf den Beinen und stand dem langersehnten Fremden von Angesicht zu Angesicht gegenüber.

»Du ... Wo warst du so lange?«, fragte er.

»In der Wüste.«

»Was hast du dort gemacht?«

»Ich habe nachgedacht.«

Sie sahen aus wie Zwillinge.

»Lange?«

»Sehr lange.«

»Und ... Weißt du es jetzt?«

»Ja.«

»Und?«

»Schau mich an.«

Der Fremde breitete die Arme aus, und Mendes Maciel tat es ihm wie im Bann nach. Gregorio Pacheco und Senobio Llosa konnten das Gesicht des Fremden nicht sehen, aber der Mendes Maciel aus der Marktstadt näherte sich ihm ernst und legte die Stirn an seine. Und so standen sie da, eng beisammen, die Arme immer noch ausgebreitet, und sahen einander unverwandt ernst in die Augen. Und der Fremde, der von weit her gekommen war, war wie die Caatinga, er ließ den Mendes Maciel aus der Marktstadt kleiner werden, dieser schrumpfte zusammen, nur seine

Augen blieben bis zum Ende zornig. Und als der seltsame Fremde den Mendes Maciel aus der Marktstadt gänzlich eingesaugt hatte, sogar ohne die Knochen auszuspucken, da drehte er sich zu Gregorio Pacheco und Senobio Llosa um und sagte:

»Von heute an nennt mich Conselheiro. Conselheiro, das bedeutet: Ratgeber.«

Als der hochzufriedene Feldwebel Eliodoro und seine Frau das Obere Kamora hinter sich ließen, blieb die Frau stehen, schaute sich um, fasste sich mit der Hand unters Kleid und zog, die Lider zusammengepresst, ein kleines Kissen heraus.

»Konntest du nicht abwarten, bis wir zu Hause sind?« Feldwebel Eliodoro runzelte die Stirn.

»Was soll ich tun, Eliodoro, das Kleid ist mir schon fast geplatzt«, klagte die Frau.

»Es muss eben alles seine Richtigkeit haben«, bemerkte Feldwebel Eliodoro.

»Ach, als ob du ... Er hat das bestimmt sowieso durchschaut.«

»Was?«

»Dass ich nicht schwanger bin.«

»Das macht nichts. Der Grandhaler kann es nur einfach nicht leiden, wenn man ihm grundlos Tribut zahlt.«

»Wie viel hast du ihm gegeben?«

»Für drei Monate.«

»Also zwölf Drahkan, oder Odoro?«

»Ja«, und er scherzte: »Beneidenswert, deine Rechenkünste.«

SERTANISCHE NACHT

Gegen Abend, als die weithin verteilte Herde traurig zu muhen begann in der soeben geborenen Dunkelheit, wo nichts zu sehen war als die Sterne am Himmel, überkam den großen Hirten Se Moreira der gewohnte Kummer. Keiner wusste besser als er, was es bedeutete, diese seltsame Erstarrung kleiner, herabgefallener Vögelchen, denen ein Flügel kraftlos herunterhing, oder das versteinerte Grauen der eigentümlich gekrümmten Finger eines kopfüber zu Boden gestürzten Vaqueiros – Se Moreira war mit dem Tode wohlvertraut. Besonders hier im Sertão, denn der Sertão war die Gegend der ungleichen Tiere, und er hatte oft verwundert mitangesehen, wie eine Maus mit gesträubtem Fell auf das aufgerissene Maul einer sie anstarrenden Schlange zuwankte oder wie ein riesiger Kondor ein aufgeschrecktes Reh angriff und mit schauerlich aufgerissenen Augen, lechzend, grausig, darauf wartete, dass das Opfer zum letzten Mal mit den Hinterbeinen ausschlug; ja, Se Moreira kannte den Tod gut – so wie alle würde auch er sterben, und Se Moreira, der stolze Artist ohne Publikum, spürte, dass er nicht frei war. Des Abends setzte sich dieser bittere Gedanke in seinem Kopf fest, im Kopf des kühnen Hirten der größten Herde, die Oberst Cesar gehörte. Tagsüber kümmerte ihn das nicht, der unbekannte Dienstherr, Oberst Cesar, interessierte ihn auch dann nicht, wenn er hin und wieder mal an ihn dachte, und wenn er nicht an ihn dachte, interessierte er ihn erst recht nicht. Tagsüber ging ihm alles, was im Sertão so kreuchte, aus dem Weg, nur des Abends fing es an zu rascheln und zu heulen, und Se Moreira überkam kurz vor dem Schlafengehen, kurz vor diesem zeitweiligen Ableben, der gewohnte Kummer – dass er nicht frei war, nicht frei. Er hatte das Gefühl, über Gräber zu gehen, und deshalb führte der große, traurige Vaqueiro sein Pferd langsam und vorsichtig. Zum Glück kam etwa einmal im Monat der fröhliche Hirte Manuelo Costa vorbeigaloppiert, schenkte ihm ein Lächeln, das seine Hochachtung widerspiegelte, und legte als wortlose Frage die Hand auf die Stiefeltasche. Da steckte eine große weiße Flasche mit einem feurigen Wässerchen, das Geschenk einer Frau aus der Marktstadt, der das Herz weich geworden war; und Se, sich nach Vergessen sehnend, nickte leicht. Das war alles, es hatte nichts mit Hochmut zu tun, sein Stolz war ihm eigentümlich, und die beiden pflegten eine ungewöhnliche Freundschaft, selten wechselten sie ein Wort. Sie machten sich auf den Weg zu Manuelos zusammengestückelter Hütte, und das Pferd des fröhlichen Hirten hatte es ebenso eilig wie sein Herr, es konnte kaum an sich halten, wollte galoppieren, die ihrem Reiter ebenbürtige, traurige Stute hingegen lief gemächlich, mit hängendem Kopf. Unterwegs kam Se ein paarmal Mariam in den Kopf, ihr Gesicht, ihr nächtliches Verstecken, ihr morgendliches Schimpfen, und schon im Voraus runzelte er unwillig die Stirn.

An seinem Tor sprang Manuelo flink vom Pferd, mit der flachen Hand die Flasche sichernd; der traurige Se landete gemächlich auf dem Boden. »Hier, setz dich.« Manuelo schob ihm einen Schemel zu und nahm aus der kleinen Umhängetasche blumenverzierte Törtchen, gebacken von den freudig zitternden Händen der in ihn verliebten Frauen. Se sah voller Misstrauen die sagenhaften Kuchenblümchen an, und Manuelo gab ihm fröhlich recht: »Auf was die Frauen nicht alles kommen!« Kleine Gläser brachte der fröhliche Hirte, sie setzten sich unter einen Baum. Den Schemel brauchten sie gar nicht mehr, Se lehnte sich gegen die kühle, in der Nacht fröstelnde Rinde, er streckte seine langen Beine aus, nahm aus seiner Umhängetasche Gemüse und legte es vorsichtig neben die kunterbunten Törtchen. Manuelo füllte ein kleines Glas und reichte es zuerst Se. Sich der trüben Stimmung entledigend, leerte der große Hirte es ohne Eile, ohne Eile ließ er die Hand sinken, und wenngleich ihm der Hals wie Feuer brannte, sagte er ruhig:
»Das erste.«
Und Manuelo füllte das Glas erneut und trank ebenfalls aus:
»Ja, das erste, hhuuu … Autsch, das brennt!«
Se kaute halbherzig an einer Karotte, Manuelo Costa schaute zurückhaltend auf die Törtchen und fragte vorsichtig: »Willst du die da nicht probieren, Se?« »Nein«, der große Hirte schüttelte den Kopf.
Se hätte von diesen verlockend duftsprühenden Törtchen gern probieren mögen, aber seine immer hungrige Frau und die Kinder standen ihm vor Augen und er hätte sich geschämt, sich solch einen Leckerbissen schmecken zu lassen. Und Manuelo Costa hätte sich geschämt, allein das süße Gebäck zu genießen. Se sagte: »Und das fünfte …«, und Manuelo,

gereizt vom Kuchenduft und auch, weil er ihn dem stolzen Se nicht mit nach Hause geben konnte, wurde plötzlich fröhlich und warf die mit Liebe getränkten Törtchen den Schakalen zu, die in der Nähe heulten. Da ging ein Geschrei los, Streit und Gezänk unter den Gierigen des Sertão, und weit weg, in der Marktstadt, schnaufte wohl, in ihrem Schlaf gestört, eine weiche Frau. Und Manuelo Costa knabberte unbekümmert am Kohl, und dann, übergangslos, wurde er starr, die Spannung in ihm wuchs, die Pupillen weiteten sich, die Nasenflügel dehnten sich, ganz anders sah der Mann jetzt aus. Die sertanische Nacht ...

Im sanften und doch groben, dickflüssigen Mondlicht summte der Sertão vor verborgener Schwermut. Gleich einer stacheligen Liebkosung standen die Kakteen still zum Himmel gereckt, eine Lichtkrone stand über dem ausgehöhlten Fels, matt glänzte das Mondlicht in den moosbedeckten Spalten. In einer großen Baumhöhle schliefen Sassis Frau und Kinder, ein wenig Sand rieselte herab, und das von einem Huf zertretene Gras richtete sich wieder auf. Ein Blatt erschauderte im zarten Windhauch, wie eine Schlange kroch der Wind durch die Blätter. Nach Opfern suchte die blinde Caatinga, auf gut Glück tastend, sie zerkratzte die Luft, aber in Manuelos Augen wurde all dies schön; selbst einen vertrockneten Baum ließ die sertanische Nacht erschimmern, die sertanische Nacht ... Und weil all das dem armen Manuelo gehörte, war es fast mehr, als er verkraften konnte, seltsam traurig wurde er des Nachts, nahm seine Gitarre, stimmte sie aufs Geratewohl, ergriff ihren Hals, drückte ihren Rücken an seine Brust, stützte seinen Ellenbogen auf ihre Hüfte, und zu dem sechssaitigen Leiden gesellte sich seine vertraute Stimme, der jetzt traurig-fröhliche Hirte Manuelo sang leise eine im ganzen Sertão bekannte, nie alternde Weise: »Die Maciels, die Maciels ...« Am Baum lehnte Se, schweigend, er war nicht frei, nein. »Für ein kleines Stückchen Land«, sang Manuelo Costa, die Augen geschlossen, damit die sertanische Nacht ihn nicht für sich gewann. »Vom Unteren Kamora kamen sie her, sie alle zu töten ...«, Se setzte sich auf, sein sehniger Körper spannte sich, »... für nichts als ein kleines Stückchen Land.« Und irgendwo in der Nähe murmelte João Abade: »Alle massakriert, ohne jeden Skrupel ...« Se umklammerte fest seine Machete, wie der Griff das nur aushielt. »Des Nachts überfielen sie die Maciels, in der Dunkelheit der

Nacht«, sang der traurige Hirte, und mitleidig schüttelte hinterm Baum versteckt der einbeinige Kobold, Sassi, den Kopf,»alle haben sie umgebracht, mit ihren dünnen kamoranischen Messern …«»Langsam geht er einem auf die Nerven, dieser Fatzke«, murrte in der Nähe der eisenharte João Abade, und sehr weit weg, in Kalabarien, hatte der alte Santos den Baumstamm gepackt und würgte ihn, den Namen eines Kamoraners im Herzen.»Einer nur der Maciels überlebte, nur einer hat überlebt …«, sang Manuelo, und Se füllte voller Groll sein Glas, das neunte, und während er trank, wusste er schon, was jetzt kam, und Manuelo fuhr fort:»Im Schlaf unters Bett gerollt, wie der Zufall gewollt, überlebte ein Kind.« Se blickte nach den fernen Bergen, seine Kiefer mahlten, irgendwo da hinten war Kamora.»Sonst hätten auch ihn sie getötet, auch ihn, den kleinen Mendes Maciel«, sang Manuelo Costa, öffnete die Augen und beendete traurig die bekannte Weise:»Als er erwachsen ward, der kleine Mendes Maciel, da ward er ein Taugenichts …« Se schmerzte es in der Seele, seine Finger um den Machetengriff lockerten sich, nein, ach, nein, er war nicht frei.»Rache zu nehmen hätt es gegolten, für den Letzten der Maciels«, sang der betrübte Hirte,»doch ach, der Mendes, der Mendes …«

Aber da stand, zwischen dem Sertão und Kamora, in der Marktstadt, Mendes Maciel schon in flatterndem schwarzen Überwurf auf einem Fass und sprach laut:

»Brüder! Die großen Städte – Rom, Babylon, Pompeji, Rio de Janeiro – sind weit weg, aber …«

Sind Sie noch da? Vergessen wir nicht den jungen Vagabunden. Schauen Sie mal, schau mal … Umberto, der Zwerg, schreitet würdevoll vor Domenico her und trällert halblaut, mit berechnender Heiterkeit ein Liedchen:»Dem tapferen Krieger stehen Narben, der Frau steht weiße Haut«, und er betrachtet stolz die von einem Dorn verursachte, hauchdünne Verletzung auf seiner Hand,»heee-eeee …« Sie spazieren durch den Garten des Grandhaler. Rosen und Tulpen, Linden, feine, aus Marmor gemeißelte Becken, darin feuerrot dahingleitende Fische, über den Becken efeuumrankte Marmorsäulen, und auf dem Rasen plötzlich ein Kamin; ein mächtiger Nussbaum, auf den Ästen schmucke silberne

Kerzenständer. In einen künstlichen See hineinhängende, zart gebogene Ruten einer Weide und auf dem See goldgefärbte, falsch-echte Schwäne. Winzige Skulpturen eines Unnachgiebigen auf den Obstbäumen, zahlreich wie Vögel, und noch mal die gleiche Skulptur großformatig am See; zu seinen Füßen ausgestreut Nelken –»das ist der große Marschall Bittencourt«, erklärt Umberto über die Schulter. Rehe mit immerfeuchten Nasen rupfen mit Salz bestreutes Gras, ein mit einer langen Kette am Baum angebundenes Bärenjunges wälzt sich auf dem Rücken. Ein Strauch mit Hagebutten zum Verzehr, dicke, mit bunten Schleifen an den Zypressen angebundene Weinreben und in den Wipfeln schwere, dunkle, veilchenblaue Trauben; Grandhalers Garten, ein abscheulicher Garten.

Zum Glück schaute er auf Brennnessel und Farn in einer Ecke der hohen Marmormauer, so viel Abscheu hatte er in sich gesammelt, dass sein Mund schon voller Speichel war, ein Glück, dass er auf sie schaute, in der umzäunten Ecke, auf Brennnessel und Farn, so unbeirrbar, so echt im Schatten gewachsen. Ein Wärmeschauder durchlief seinen Körper, der Speichel verschwand, der Hals wurde ihm trocken, ein fernes Glücksgefühl zog ihm das Herz zusammen. Er schaute nach oben, erblickte die glitzernden Spielzeuge in den Tannenästen, und zwang seinen Blick wieder zurück, zu Brennnessel und Farn.

»Komm, setzen wir uns da hin«, bot Umberto an und setzte sich im Schneidersitz neben die Rosen, auch Domenico ließ sich zögernd auf dem mit unzähligen Muscheln bedeckten Boden nieder und fragte vorsichtig:

»Das da, was ist das?«

»Aaah, die?« Umberto lachte überheblich vor sich hin. »Das Zeugs ist als Kontrast da, Haler, zur Veranschaulichung.«

»Zur was?«

»Zur Veranschaulichung, Haler – damit der Garten noch prachtvoller wirkt.

»Wieso Zeugs«, sagte Domenico, aber Umberto war in Gedanken anscheinend schon ganz woanders, denn er schielte abwesend und sagte: »Sie war eine tolle Frau, groß und alles, von unten habe ich zu ihr hochgeschaut. Sie hat alles mitgemacht, worum ich sie gebeten habe, und hat auf mich herabgeschaut.« Und er schüttelte bewundernd den Kopf: »Ihre Haut war so weiß.«

Im Schneidersitz saß er da und streichelte über sein Knie, es dämmerte.

»Bei uns im Dorf«, sagte Domenico und sah zur Gartenecke, »gehen jedes Frühjahr alle Leute mit Sack und Pack weg, außer einem Mann. Auf der anderen Seite des Hügels schlagen wir unser Lager auf, auch die Kranken nehmen wir mit. Und in der Morgendämmerung kehren wir dann zurück, mit Weidenruten und Äxten in der Hand.«

»Am Gesicht hättest du ihr nicht angesehen, wie weiß ihre Haut war. Wie gefügig sie war ...« Umberto streichelte weiter sein Knie. »Hätte ich gesagt, sie soll auf alle viere gehen und das Gras hier fressen, also, ich weiß nicht, ob sie alles abgeweidet hätte, aber sie hätte sich Mühe gegeben, so viel ist sicher. Was für eine Frau!«

»In der Morgendämmerung also kehren wir ins Dorf zurück, die Arme in die Höhe gereckt und mit der Sonne im Gesicht, wir laufen den Hügel hinunter, und der Mann, der im Dorf geblieben ist, fragt uns: ›Sind alle da?‹, ›Ja, alle‹, antworten wir, und der Mann fragt trotzdem: ›Ist niemand zurückgeblieben?‹ ›Nein, niemand‹, antworten wir, und er sieht dennoch zu den fernen Feldern und sagt dann: ›Seid gesegnet.‹«

»Was für ein Körper, und die Beine!« Er hatte die Hose bis zum Knie hochgekrempelt, und mit seiner hässlichen, verdorrten Handfläche streichelte der Zwerg Umberto sein Schienbein. »Ihre Zehen waren wie Trauben, solche länglichen, Haler, was für eine Frau – zum Reinbeißen. Sie hat meine Liebe erwidert, ganz klar, denn drei Drahkan pro Monat sind ja wohl kaum der Rede wert.«

Es dämmerte, und der finstere Wächter der Nacht, der hochmütige Caetano, schluckte im Mittleren Kamora eifrig rohe Eier, um etwa zwanzig Minuten später laut genug für alle Bewohner der dreischichtigen Stadt rufen zu können: »Es ist aaaacht Uuuhr aaaabends und alles ist grandiooooos!«

»Sie hat auch Harfe gespielt«, bemerkte Umberto.

»Abends machen wir ein Feuer«, Domenico sah auf den inzwischen dunklen Farn, »und stehen still im Kreis darum herum, bis es richtig brennt. Und dann, wenn das Feuer zu knistern und zu prasseln anfängt, gehen wir hin, einer nach dem anderen, reißen ein Stückchen unserer Kleidung ab und werfen es ins Feuer. Es heißt, dass wir, die aus unserem Dorf, vor langer Zeit vom Himmel herabgestiegen sind, und unsere Vorfahren sind dort geblieben. Unsere Geschichten wachsen in unsere Kleidung ein. Und wenn der Rauch von den mit Körperwärme durchtränkten Kleidungsstücken nach oben steigt, gelangen unsere Geschichten zu denen dort oben, als Rauch, so heißt es.«

»Als Nrauch, von wegen!«, ertönte es plötzlich, die beiden sprangen auf. Eine Doppelreihe dunkler Rosen wölbte sich samt der Erde empor, wuchs in die Höhe, und ein Mensch kam zum Vorschein. Mit dem Handrücken wischte er sich die Erdkrumen vom Rücken, Dornen steckten fest in seiner Kleidung, beiläufig klopfte er sich ab und sagte: »Was soll das nheißen ›gelangen zu denen‹, von wegen als Nrauch!«

Es war der Leutnant Navole.

»Nsitzt hier rum, ihr nzwei Spielzeuge, und ntreibt Unsinn.« Sein Ärger hielt sich in Grenzen. »Nun, großer Nritter, wie lautet ndie Parole?«

»Neun mal vier ist sechs«, sagte Umberto wie aus der Pistole geschossen.

»Nrichtiiiig«, sagte der Leutnant Navole lang gezogen, Zärtlichkeit mischte sich in seine Stimme. »Nmacht jetzt Npipi und geht schlafen.«

»Achten Sie auf die Wortwahl, wenn ich bitten darf«, erwiderte Umberto streng und richtete sich auf. »Wir warten auf den Oberst.«

»Der Ngrandhaler hat keine Zeit mehr nfür euch«, besänftigte ihn der Hüne Navole, seine großen Augen funkelten. »Er hat mich beauftragt, eine Nzeit lang ein Auge auf euch zu haben, ndamit ihr euch nichts antut, also ngeht schon, hopp, hopp! Jetzt wollen ndie auch noch warten, bis der Noberst kommt, nhm!«

Oberst Cesar stand in Habachtstellung vor dem großen Marschall Bittencourt in dessen Empfangszimmer und schaute ihm in die Augen. Der große Marschall starrte ihn eine Weile an, mit versteinertem Gesicht, sich windend, als liefe eine Eidechse über seinen Körper, dann war es vorbei, und er sagte mit wohl bemessener Freundlichkeit zum beklommenen Grandhaler:

»Nehmen Sie Platz, mein Oberst.«

»Danke schön, Grandisssimohalller«, sagte der Oberst und wollte sich eben setzen, als die Stimme des großen Marschalls ihm Einhalt gebot: »Nein, nimm den anderen!«

»Danke schön, Grandisssimohalller.« Der Oberst machte noch drei Schritte auf Zehenspitzen und setzte sich dann vorsichtig auf die Kante des anderen Sessels. Marschall Bittencourt ging einmal auf und ab, blieb stehen, wandte ihm den Rücken zu, neigte sich zur Seite, ein leichter Schauder durchlief ihn, und dann sanken seine Absätze in den Teppich ein, er fragte:

»Wie läuft es in der Mittelstadt?«

»Dank Ihnen, Grandisssimohalller, läuft es nicht schlecht.«

Der große Marschall drehte sich um, kniff die Augen zusammen, schnitt eine Grimasse, und fragte:

»In der Nacht habe ich einen Schrei gehört.«

»Gestern haben wir Greg Ricio einen Schreck eingejagt.«

»War das notwendig?«

»Für ihn? Nein, nur …«

»Für die gemeinsame Sache, meine ich!« Marschall Bittencourt lächelte vor sich hin.

»Wie soll ich sagen, also, für alle Fälle, Grandisssimohalller.« Ehrfürchtig blickte der Oberst ihn an.

Edmondo Bittencourt verschränkte die Arme vehement vor der Brust, kniff ein Auge zu und schaute zu einem Fenster mit zugeklappten Läden hinüber, er wurde neugierig:

»Und den einen da, habt ihr ihn kaltgemacht?«

»Ja, selbstverständlich, Grandisssimohalller.«

Die Unterhaltung wurde sachlich, hastig:

»Wo habt ihr ihn hingeworfen?«

»Verbrannt.«

»Auf wen habt ihr es geschoben?«

»Auf Feldwebel Eliodoro.«

»Wie ist der so?«

»Der Kerl ist in Ordnung.«

»Sehr gut«, nickte Marschall Bittencourt, »gut gemacht.«

Oberst Cesar, dem das Lob Auftrieb gegeben hatte, wollte aufstehen und sich bedanken, aber der Marschall gebot ihm Einhalt und fragte:

»Und Caetano, hat er noch mal gegen die Regeln verstoßen – im Rahmen des Erlaubten?«

»Zweifach, Grandisssimohalller.«

»Einmal bestimmt dort, und das zweite Mal, mein Lieber?«

»Den Doktor hat er noch zu einer Schwangeren gebracht. Alles ist gut gelaufen.«

»Sehr gut. Hat Caetano gezahlt?« Das sollte ein Witz sein.

»Ja, sicher, Hal...«, die Stimme versagte ihm, vorsichtig schluckte er, »selbstverständlich, Grandisssimohalller.«

»Dann hat ja alles seine Richtigkeit«, bemerkte Edmondo Bittencourt; sein Körper spannte sich wie in Erwartung, dann überlief ihn noch einmal ein Schauder, so offensichtlich, dass der Oberst in Verlegenheit kam, und der Marschall fuhr sich mit der Hand unter sein hochwertiges Hemd. Der Oberst senkte den Blick, und dem Marschall gelang es mit Mühe, die zur Faust zusammengepressten Finger in die Hosentasche zu stecken, er beruhigte sich, schaute erlöst nach oben, fixierte die beiden identischen Kronleuchterkugeln, befand eine der beiden für größer und sagte:

»Sehr gut. Es gibt doch nichts Schöneres auf dieser Welt als ein Kind, oder?«

»Ein zweites Kind, Haler.«

Dem Marschall gefiel der Spruch, und er fragte lächelnd nach:

»Uund, was gibt es Schöneres als ein zweites Kind?«

»Noch ein Kind.«

Jetzt bekam der plötzlich zum Spaßen aufgelegte Marschall Bittencourt Lust, den Prüfling in die Enge zu treiben, und fragte:

»Und was gibt es Schöneres als all die Kinder?«

Aber der Oberst erwiderte kühn:

»Ihre Täubchen, Grandisssimohalller!«

Ein klein wenig wunderte sich der Marschall über die clevere Antwort, dann aber begriff er:

»Die hast du dir vorher schon zurechtgelegt, nicht wahr?«

»Was?«, fragte der Oberst naiv.

»Die Antwort.«

Streng schaute er ihn an.

»Ja, Grand…«

»Trotzdem gut«, befand Marschall Bittencourt milde, und da ihn seine eigene Stimme fremd anmutete, lehnte er sich scheinbar gelassen in der Ottomane zurück, streckte, für den Oberst nicht bemerkbar, ein Bein aus, seine Hand glitt aus der engen Hosentasche, er ließ etwas unter seine Uniform kriechen und bellte: »Oberst!« »Ja, Grandisssimohalller!« »Ich bin barmherzig, das weißt du sehr wohl, ich bin barmherzig!«

Seine Augen funkelten bösartig, wundersamerweise gelang es ihm, das Schaudern zu unterdrücken, anstelle seines Körpers erschauderten seine Augen, und bevor dem Oberst kalter Schweiß auf die Stirn treten konnte, rief der große Marschall einschmeichelnd: »Koooomm, Arufa!«

Die Gardine bewegte sich, und eine auffallend langhaarige, flauschige Katze kam leisen Schrittes zu ihm geschlichen, die langen Krallen in den weichen Pfoten versteckt; sie blieb zu seinen Füßen stehen, schaute ihm in die Augen und machte dann einen Satz, leicht wie eine Feder. Sie räkelte sich auf seinem Schoß, und Bittencourt versenkte mit zärtlicher Bösartigkeit seine Finger in ihrem Fell, er schien sein unterdrücktes Schaudern auf sie zu übertragen. Er zupfte sie leicht am Hals, worauf die schnurrende Katze sich auf den Rücken drehte und sich so geschmeidig wand, als liefe eine Eidechse auf ihrem Bauch herum. Dem Marschall glitt der Rosenkranz aus der Hand und fiel auf den Teppich, augenblicklich sprang der Oberst auf, bückte sich, reichte ihm gebeugt den Rosenkranz und schaute ihn verwirrt an. Edmondo Bittencourt deutete mit den Augen wieder auf denselben Sessel und kraulte gedankenverloren die Katze. Dann griff er nach einer auf dem Tisch liegenden prächtigen Maske und setzte sie auf. »Barmherzig bin ich«, in dem beständig lauter werdenden Schnurren war die leise, einschmeichelnde Stimme des Marschalls kaum zu hören, »äußerst barmherzig. Glaubst du, ich weiß nicht, dass du Stella bei jeder Gelegenheit betrügst? Und noch dazu mit wem! Von all meinen Nichten ist sie mir die Liebste. Sie ist mir wie eine Tochter. Aber ich verzeihe dir, du arbeitest hart, da hast du Entspannung nötig, das weiß ich; und deshalb verzeihe ich dir die Untreue zu deiner Frau, ein Mann mit solch einer verantwortungsvollen Tätigkeit wie du bedarf verschiedener Frauen, und es ist nicht schlimm, dass du alle möglichen Weiber besuchst. Du weißt aber auch, dass ich dich in der Hand habe«, und er schrie ihn an: »Oder etwa nicht?« »Selbstverständlich, ja, Grand…«, aber der Marschall unterbrach ihn, er hob die Hand, und dann, ohne das Streicheln seiner Katze zu unterbrechen, warf er ein kleines Kissen auf den ersten Sessel, und aus der Rückenlehne stak ein Bajonett heraus; wie war es bloß darin versteckt gewesen, dem Oberst sackte die Kinnlade herunter. »Also, du siehst ja, mein Grandhaler«, mild sprach der Marschall ihn an, die Maske vorm Gesicht, »was mit dir passiert wäre, hättest du dich dort hingesetzt. Aber ich bin dir gewogen, als einem Getreuen.« Und weil der Oberst, keines Wortes mächtig, den Blick nicht von dem Sessel abwenden konnte, erklärte er ihm: »Das ist noch gar nichts, denk bloß nicht, dass ich dir die anderen Geheimverstecke zeige, von denen es hier reichlich gibt; würdest du die kennen, oje!«

Und er beschäftigte sich weiter mit der Katze, pustete ihr auch noch ins Fell, etwa so: Phhhh, A-ru-faaa, phhhh … »Wie läuft's in der Unteren Stadt?«

»Gut, Marschall, sie bringen einander um.«

»Sind sie nicht zu stark dezimiert?«

»Nein, Grandisssimohalller. Es hält sich im Rahmen. So wie sie einander umbringen, vermehren sie sich auch. Wie die Ratten, Grandisssimohalller.«

»Das ist gut«, sagte Bittencourt, seine Hand glitt unters Hemd. »Dort liegt unsere Stärke, merk dir das, Cesar.«

»Ja, Marschall.«

»Was macht Rigo, unser Rigoberto, hat er immer noch das Sagen?«

»Ja, Grand…«

»Ist er immer noch so scheußlich?«

»Er ist richtig gefährlich, Grand…«

»Wir könnten ihn umbringen lassen, aber wer könnte ihn ersetzen?« Der große Marschall wurde nachdenklich. »Dann bricht Chaos aus, nicht wahr, Grandhaler?«

»Ja, Marschall.«

»Hör zu. Beauftrag eine von den Morgendamen, ein Kind von Rigo auszutragen. Der Mann hat alles, was wir brauchen, nur eins brauchen wir nicht, nämlich seinen Wagemut. Jeder in der Unteren Stadt ist zwar ein Wagehals und verachtet den Tod, aber ihm ist selbst die eigene Seele nichts wert, Grandhaler; und es ist nicht ausgeschlossen, dass er auch die Sünde auf sich nähme, auf dich loszugehen. Aber wenn er ein Kind bekommt, dann wird er sich auch mal zurückhalten – du weißt doch, ein Kind ist Liebe, und Liebe ist eine Last. Ein bisschen Angst wird sich bei ihm einschleichen, gerade so viel, wie uns dienlich ist. Das Kind wird ihm das Herz erweichen mit seinen zarten Händchen und seinem weichen Köpfchen. Er wird es lieb gewinnen, mein Grandhaler, es gibt nichts Schöneres auf der Welt als ein Kind, auch als Geisel könnten wir es manchmal bei uns behalten. So ein kleines Gör wird es fertigbringen, selbst einen Wagehals wie Rigo sanfter zu stimmen, es gibt nichts Schöneres auf der Welt als ein Kind.«

»Ihre Lippen offenbaren die reine Wahrheit, großer Marschall.«

»Das wäre also geklärt. Du hast dir ein Spielzeug zugelegt. Warum hast du mir nichts davon gesagt?«

»Ich muss ihn erst dressieren.«

»Auch undressiert würde ich ihn gern mal sehen. Nächsten Sonntag bringst du ihn mir mit, auf den Geburtstag von Mercedes!«

»Unbedingt, großer Marschall.«

»Ich bedanke mich für das Versprechen«, verspottete ihn Bittencourt. Er legte seine Hand in Arufas Maul: »Was ist los in Grünland?«

»Dort sind sie noch immer sehr heimatverbunden.«

»Ach ja?«

»Ja, Marschall, sie nennen ihren Landstrich Mutterland.«

»Ich glaube, sie hassen sich nicht mal gegenseitig«, Marschall Bittencourt versank in Gedanken, »sie sind irgendwie nett zueinander, und das ist gar nicht gut. Wir müssen sie spalten. Nicht mit Gewalt, das wäre ein bisschen peinlich. Und unschön. Wir könnten ihnen den Wald abholzen, so tun, als bräuchten wir Holz, es wird ihnen schwerfallen, eine kahle Heimat zu lieben. Wir müssen den Wald abholzen, Oberst, unbedingt, das wird sie brechen.«

»Mit Sicherheit, großer Marschall.«

»Aber nicht alles auf einmal, du bist immer so impulsiv. Macht das langsam, nach und nach, so werden sie sich daran gewöhnen. Und schafft gute Bedingungen für die, die die Gegend verlassen, schenkt ihnen zum Beispiel – zehn Kopf Vieh. Und wie läuft es im Sertão?«

»Gut, die hüten das Vieh.«

»Und wie sieht's aus in den Teichdörfern?«

»Ach, wie immer; die Leute benehmen sich. Interessieren sich für den Himmel und die Erde. Nachts beobachten sie die Sterne. Untersuchen das Gras …«

»Das sollen sie machen, sind sie aber immer noch so dürr?«

»Jawohl, Marschall. Und eins muss man ihnen lassen, sie sind ein mutiges Volk.«

Hier versetzte Edmondo Bittencourt Arufa einen Stoß, die Katze landete weich auf dem Teppich, und der große Marschall nahm die prächtige Maske ab. Er nahm den Oberst aufs Korn, schaute ihm eindringlich in die Augen:

»Hör gut zu, mein Oberst. Die kurieren wir durch Fettleibigkeit. Schick dorthin die besten Köche, mein Grandhaler, und zwar solche, die sich auf die Zubereitung von Schweinefleisch verstehen, und spar auch nicht an Sauerkraut und scharfen Gewürzen aus meinen Vorratskammern. Das Fleisch macht Durst, vor allem bekommt man Lust auf Wein, und da jeder von den süßen Dingen des Lebens was abhaben möchte, wird der Wunsch, Himmel und Erde zu begreifen, sich verwandeln in den Wunsch, satt zu werden. Und noch einen Vorteil hat die Fettleibigkeit: Da schwindet ihnen der Mut; der Mensch liebt doch das Fleisch und vor allem sein eigenes, und im Ernstfall werden sie kaum mehr Widerstand leisten, das werden sie sich nicht trauen, in ihrem satten Schlummer, verstehst du, Grandhaler?«

»Jawohl, Grandisssimohalller.«

Und hier sagte der Marschall zum Oberst so plötzlich, dass dieser dachte, er hätte sich verhört: »Du kannst gehen!«

»Wie? Grandisssimohalller?«

Der große Marschall knetete seine kurzen Finger und wiederholte:

»Auf Wiedersehen, geh!«

Wie er ihn ansah!

Ratlos blickte der große Hirte Se auf die schlafende Frau und die schlafenden Kinder, mit hilflos hängenden Armen, angesichts dieser Liebe. Nur beim Anblick der schlafenden Frau und der Kinder wurde der große, immer aufrechte, immer wache Vaqueiro Se klein. Und alles Mögliche ging ihm im Herzen herum, vor allem, dass er nicht frei war, nicht frei, dass seine Frau, jetzt im Schlaf leicht aufgedunsen, keinen freien Mann hatte und dass es betrüblich war, was seinen Jungen wohl erwartete, seinen Jungen, zu dessen Kopf Schäfchen aufgereiht waren, vom Vater mit der Machete geschnitzt – sicher auch ein Hirtenleben, wie das seines Vaters, ach, es würde auch er nicht frei sein. Und sein unbeschwertes Mädchen, das jetzt so süß die Arme über den Kopf geworfen hatte und schlief, oh, wie sie schlief, tausendfach stach die Liebe aus Ses Körper wie Gänsehaut hervor – aha, der Kaktus –, und das alte Leid, dass er nicht frei war, nicht frei, packte Se an Herz und Kehle. Und auch der sorglose Manuelo spürte im blass herabfließenden Mondlicht, dass ihm etwas fehlte, etwas anderes als dahinschmelzende Frauen, sein treues Pferd und seine Gitarre, und dasselbe empfand João Abade, mit dem gleichen Gram, und der alte Santos schlug sich ebenfalls die eisernen Fäuste gegen die Brust. Nach etwas dürstete es die zukünftigen Auserwählten, und vorerst löschten sie ihren Kummer auf verschiedene Art und Weise. Der alte Santos, Nacht in den Augen, hackte Holz für das ganze Dorf, ohne etwas dafür zu verlangen. Kraftvoll schwang er die starken Arme, und welcher Holzklotz auf der Welt hätte seiner herabsausenden Axt standhalten können. »Hach!«, stieß der alte Santos nach jedem Hieb hervor, stellte sich vor, wie er die Kamoraner niedermetzelte, suchte einen neuen Holzklotz, hob wieder zornig den Arm. Und er ließ den Stier, der sich schon so daran gewöhnt hatte, dass er nicht einmal sein Wiederkäuen unterbrach, jeden Morgen und Abend vom Boden abheben und setzte ihn behutsam wieder ab, und das ganze Dorf schaute verstohlen diesen grimmen Alten an, mit Respekt. Und des Abends stellte Santos sich behutsam in sein Grab, legte vorsichtig seine Mitbringsel auf die Hügelchen, und mit einem Gefühl im Herzen, das vereinfacht Leid genannt wird, sagte er zärtlich: »Heute ... heute war nichts Besonderes, heute hat die Kuh vom Nachbarn ein Kälbchen bekommen, ich hab Birnen gebracht, Mirza. Birnen hab ich gebracht, mein Kind.« Und im Schlaf, den Baumstamm eisern umklammert, aah, wie er stöhnte: »Massimo, du ...« – er war nicht frei, nein. Und frei war auch João Abade nicht, der größte Griesgram des ganzen Sertão, der, um dieses verteufelte Gefühl zu verscheuchen, bei jeder Gelegenheit Frau und Kinder anmotzte:»Warum liegt das hier rum, wieso ist jenes am falschen Platz, wo ist das Seil …«, meckernd ging er in seiner dürftigen Hütte umher, und das Schlimmste – er war nicht frei, nein. Ihm blieben nur seine endlosen:»Wo ist das«,»warum«,»wieso denn«, um sich Luft zu machen, und geübt in solch unbedeutenden Anschuldigungen, versteckte er, falls ihm dank des Fleißes der friedfertigen Ehefrau die Vorwürfe ausgingen – ach, wie peinlich –, einen Gegenstand in der hintersten Ecke der Hütte und fing an zu meckern:»Wo ist mein Löffel … der kann doch nicht verschwunden sein!« Und der beste von allen Hirten im ganzen Sertão, der große Se, suchte im riskanten Zweikampf einen zeitweiligen Ausweg – manchmal zähmte er mit nur einem Arm die stärksten Bullen. Und wenn im Sertão irgendein Tier Tollwut bekam, trieben die Hirten schnell ihre Herden hinter die Umzäunung und rannten zu Se. Se richtete sich gemächlich auf seinen langen Beinen auf. Unterschiedliche Waffen hatte er – war es ein Leopard oder eine andere Wildkatze, wurde das Tier mit einer Lanze an einen Baum oder in den Sand genagelt, war es ein Hund, ging er nicht mal ins Haus, um eine Lanze zu holen, er schnappte sich einfach einen Knüppel, und war einer der Stiere tollwütig, lieh Se sich vom Nachbarn ein langes, spitzes Schwert und ging mit dem Schwert in der einen und einer langen, wie zufällig über den Boden schleifenden Holzstange in der anderen Hand zu dem weiten steinigen Platz. Dort, allein, ohne Pferd, wurde er nur noch von Manuelo Costa, seinem einzigen Kumpel, der mit zwei schweren Lanzen zu Pferde saß, begleitet, die anderen kletterten unweit der Stelle auf Bäume. Es war nicht leicht, einen tollwütigen Stier zu töten – ohnehin stark und kraftstrotzend, war seine Kraft im Zorn noch gewaltiger. Seiner Herr zu werden, war noch viel schwieriger, als mit dem Speer der Massai einen Löwen zu töten. Manuelo blieb zuerst bei den Bäumen, und erst, als das schwere Tier, Schaumfetzen vorm Maul, auf Se zurannte, drückte Manuelo seinem Ross die Sporen in die Flanken und galoppierte los, um Se zu helfen. Es war eine weite Ebene. Auf Se stürmte eine riesige schwarze Kraft zu, mit geneigtem Kopf, die Hörner auf ihn gerichtet, und als Se, straff, gespannt, den Stier etwa hundert Schritte entfernt schätzte, lief er seinerseits auf ihn zu, die Stange vor sich ausgestreckt, und seine Rechte umklammerte das lange Schwert. Sobald

er den richtigen Abstand erreicht hatte, rammte er im Lauf die Stangen-
spitze vor sich in die Erde, stieß sich vom heimischen Boden des Sertão
ab, schnellte hoch und blieb am anderen Ende der Stange für eine Weile
wunderlich in der Luft stehen, und als der Stier gegen die Stange prallte,
warf sich Se mit seinem ganzen Gewicht von oben auf ihn und stieß ihm
das lange Schwert vom Nacken bis in den Bauch; Manuelo Costa, der
angerannt kam, pikste das Vieh mit seiner Lanze und versuchte im Reiten, das zornige Auflehnen des schwarzen Stiers wenigstens für ein paar
Sekunden abzulenken – aber da lag er schon, ergeben, die großen Augen
erloschen, und die Sertanejos empfanden über ihrem Stirnrunzeln sogar
Mitleid. Und wenn ein Hirte, begeistert von Ses Mut, zu dem besten der
Vaqueiros sprach:»Ich danke dir! Sag, was wir für dich tun können!«,
antwortete Se immer dasselbe:»Sagt es nicht Mariam.« Mariam erfuhr
selbstverständlich nichts. Auch den Frauen der Vaqueiros war Klatsch
und Tratsch fremd, sie hatten anderes zu tun. Se war dem gleich ihm
todesmutigen Manuelo Costa wortlos dankbar, und der, nunmehr schon
ein kleines bisschen stolz, lachte unbekümmert. Alle zollten Se insgeheim Respekt, bewunderten ihn. Nur einer meckerte:»Der Stier war
gar nicht tollwütig, ihr habt ihn umsonst töten lassen«– das war João.

Mit derartigen Beschäftigungen erstickte der große Vaqueiro sein
Hauptleid, dass er nicht frei war, nicht frei.

Manuelo Costa, der fröhliche Hirte, ritt unbekümmert im Sertão
umher, und unbekümmert ritt er in die Marktstadt, um die Herzen der
ihm zu Füßen liegenden Frauen zum Flattern zu bringen. Oho, sobald
sie Manuelo erblickten, banden sie sich die unterschiedlichsten Kragen
um den Hals, dabei machte Manuelo sich gar nichts aus Kleidung, im
Gegenteil, er fand sie eigentlich völlig überflüssig, und am nächsten Tag
kehrte er vor sich hin trällernd zu den Rindern und Schafen zurück.
An einem seltenen Glück krankte Manuelo – in seinen Augen wurde
alles schöner, die ganze bunte Welt machte sich der bettelarme Manuelo zu eigen. Ach, wie es dämmerte oder wie es hell wurde im mühsam
mannigfaltigen Sertão, wie im Winter die Nacht schmolz; und wenn die
Sonne die verregnete Waldung trocknete, stieg auch Manuelos tapfere,
ebenfalls verregnete Seele wie Dampf auf. Ein völlig ungestalter Stein
stellte eine Labsal für Manuelo dar, in seiner Hand erwärmte er sich,

grau übersät von geheimnisvollen Linien. Und stellen wir uns vor, wie manchmal am Himmel von einem Ende zum anderen ein Regenbogen sich spannte, oder wie die Strahlen der untergehenden Sonne eine laue, zerrupfte Wolke erleuchteten, wie blau der sertanische Himmel war oder wie die Klauen der Caatinga bösartig warben: Komm her, komm … Er musste lachen, wieso hätte er darauf hören sollen, selbst die Caatinga erheiterte ihn. Lautloses Brennen der Farben im Herbst, hauchzartes Entflammen bis zum Zerschleiß; und der im Frühjahr anschwellende, herandonnernde Fluss, der einem Lied der Freiheit glich. Da erschlaffte Manuelo Costa, plötzlich traurig und bekümmert, in seinem Sattel – er war nicht frei, nein. Die Freiheit war ihm mehr wert als die eigene Seele; was waren schon eine dürftige Hütte und das Viertel vom Nachwuchs der Herde, die ganze Welt war sein, aber frei war er nicht, nein. Bei den Frauen vergaß er das manchmal, aber immer nur Frauen – besten Dank. Gereizt setzte sich Manuelo, steif und trübsinnig im blassen Mondlicht der Nacht, und ließ den Kopf hängen. Verwundert beobachtete den fröhlichen Hirten, der so betrübt dasaß, der einbeinige Kobold Sassi. Er war nachts unterwegs im Sertão, um für Frau und Kinder irgendeine Kleinigkeit zu besorgen, und versteckte sich jetzt hinter einem Baum. Ach, selbst Manuelo, dem Himmel und Erde gehörten, war nicht frei, nein, genauso wenig wie Santos, João und der große Hirte Se Moreira, aber in der Marktstadt stand mit flatterndem schwarzen Überwurf schon auf einem großen Fass Mendes Maciel, dem bereits zwei Männer folgten, Gregorio Pacheco und Senobio Llosa, und sprach zur staunenden Menge: »Brüder! Die großen Städte der Welt – Rom, Babylon, Pompeji, Rio de Janeiro – sind weit weg …«

»Hör zu, Domenico, mein Guter«, fing der Oberst an, er schien aufgeregt. Da sie nur zu zweit waren, schaute er zu dem Porträt eines Hochherrschaftlichen an der Wand. »Du bist der Einzige, dem ich vertraue, nur auf einen Trottel wie dich kann ich mich restlos verlassen, hör zu.« Sein Blick wanderte zum Kronleuchter. »Du schämst dich doch nicht vor mir?«

»Nein.«

»Dann brauche ich mich auch vor dir nicht zu schämen, und das tue ich auch nicht. Domenico, mein Junge, ich habe ein Rendezvous in meinem schönen Garten, und zwar ein geheimes. Du sollst dich hinstellen, wo ich es dir sage, ich gebe dir eine Rose, und wenn meine ehrenwerte Gattin erscheint, hältst du dir die Rose unter die Nase, verstehst du? Klar?«

»Ich kenne doch Ihre Frau nicht.«

»Erstens ist sie nicht meine Frau, sondern meine Gattin, und zweitens wird es nicht schwer sein, sie zu erkennen, anhand ihrer Kleidung kannst du sie leicht von den Dienstmädchen unterscheiden, und durch ihre Jugend von den eingerosteten Verwandten. Sie wird das Haar heute offen tragen, auf die Schultern herabfallend, ich weiß nur nicht, wie sie es sich heute färben wird. Alles in allem ist sie eine schlanke Frau, sehr schlank, aber sie hat eine riesige Brust, wie eine Kuh, ach, großartig. Aber wenn sie mich erwischen würde, oje, der Henker soll mich holen, in ihrem eigenen Garten, oje! Sie wäre zudem im Recht, nur draußen habe ich ja die Erlaubnis, zu tun, was ich will. Also – nicht offiziell, Haler. Ich erkläre dir das Ganze, damit du dir deiner besonderen Verantwortung bewusst wirst, und du sollst auch wissen, dass ich außer dir in einer solchen Situation niemandem trauen würde, das sind alles Füchse, die könnten mich beim Grandisssimo anschwärzen, sagen, dass in der Familie ein Riss entstanden sei, und meine geschätzte Gattin, Stella, diese Sau, ist eine Nichte ersten Grades des Marschalls, kurzum, du bist meine einzige Vertrauensperson, du Trottel, mein Halerchen, Haler, und wenn du das Ganze nicht so machst, wie ich es dir sage, werde ich dir eigenhändig die Kehle durchschneiden. Du wirst aber doch schön auf mich hören, oder?«

»Ja.«

»Ich werfe dich zu Michinio ins Zimmer, Haler!«

Ein Schauder überlief Domenico.

»Komm mit, komm.«

Er nahm ihn bei der Hand; er führte ihn, den Armseligen und gänzlich Vergeisterten, er führte ihn irgendwohin, und Domenico wunderte sich: Ja, er verspürte keine Angst. Aus irgendeinem Grund verspürte er, solange er nur unterwegs war, keine Angst. So war das mit dem Weg.

Der Weg ist immer etwas anderes. Da ließ ihn der Oberst vor einer Tür anhalten und stellte ihn mit dem Gesicht zur Wand, und plötzlich öffnete sich wie durch ein Wunder schwerfällig die Wand, und der Oberst versetzte ihm einen Schubs:»Geh, los, geh!«, nur, um ihm zugleich selber zuvorzukommen.

Er folgte ihm verblüfft; die Wand entpuppte sich als Tür, und was nach einer Tür aussah, war womöglich die Wand – obwohl, wer weiß, vielleicht handelte es sich doch um eine weitere Tür und ... wie sollte er da den Überblick behalten.

»Bleib hier, ich bin gleich wieder da.«

Oberst Cesar lief leichtfüßig eine kurze Treppe hinab, übersprang die letzte der Marmorstufen, klatschte zweimal in die Hände, betrat dann selbstgefällig seinen dunklen, prächtigen Garten und stampfte bei einem Rosenbusch energisch mit dem Fuß. Die Rosen bäumten sich auf, und Leutnant Navole spross aus ihnen heraus:»Zu Befehl, Grandhaler.«

»Du legst dich für zwei Stunden unter den Festsaalboden. Aniseto und Eliodoro werden dort sein und miteinander sprechen. Wenn du dir nicht jedes einzelne Wort merkst, kannst du dein blaues Wunder erleben. Spitz die Ohren, die beiden haben ihren Text auf Zetteln stehen, ich hab das persönlich geschrieben, und ich werde es überprüfen, und ...«

Navole nahm sich das nicht besonders zu Herzen, wahrscheinlich hatte auch er einen Zettel.

»Außer mir darf dich niemand abberufen. Die Parole lautet: *Fünf mal sechs ist eins.* Und nun werde ich«, er zeigte mit dem Finger auf Domenico,»das Spielzeug in den Garten bringen, an die frische Luft. Wiederholen!«

»Ndas Spiel...«

»Dummkopf! Die Parole!«

»Nfünf nmal nsechs ist eins«, sagte der Leutnant Navole. Er rieb sich behutsam die schmerzenden Rippen.

»Geh schon, beweg dich! Hast du im Garten zufällig jemanden gesehen, mein Leutnant?«

»Nein, nein, nselbstverständlich nicht.«

Und während er ihm nachschaute, sprach Cesar für sich:

»Ich sollte dir die Kehle durchschneiden, aber na ja, jetzt bist du mir noch von Nutzen.« Dann beorderte er Domenico mit einem Zischen zu sich: »Komm mit dem Fuß nicht auf die letzte Stufe.« Der Vagabund ging die Treppe hinunter, er bekam eine Rose in die Hand gedrückt. »Stell dich hierher, und falls meine Ehefrau rauskommt, steckst du sofort deine Nase da rein, klar?«

Ehefrau, Frau … meine Frau … A-ana Mari…

»Was stehst du so belämmert rum?«, zischte der Oberst zornig.

»Ja, alles klar, Grandhaler.«

Oje, das verbotene Wort! Alexandros Bruder fiel ihm ein. Domenico sah sich um. Ob er hier irgendwo in der Nähe war? Ein Schauder überlief ihn, da stand jemand an der Wand im Garten. Konnte er das sein? Einen breiten Hut hatte der dort sich in die Stirn gezogen, in einen Umhang war er gewickelt, der Griff eines Dolchs guckte heraus, und Oberst Cesar ging auf Zehenspitzen geradewegs auf ihn zu. Er näherte sich ihm sehr vorsichtig, übersah aber, anscheinend vor lauter Aufregung, einen auf den Boden geworfenen Holzumhang und stolperte. Der Oberst blieb wie festgenagelt stehen und schaute sich ängstlich um. Dann setzte er seinen Weg fort, ging zu dem Unbekannten, er fragte: »Wieso hast du den da hingewor…?« Er umarmte den anderen, und der schlang ebenfalls seine Arme um ihn, und Domenico verstand jetzt gar nichts mehr, die zwei küssten sich, aber so wie …

»Wer hat dich gebracht?«

»Eliodoro.«

Das war eine Frauenstimme.

»Susanna, mein Ein und Alles.«

»Mein Held.«

»Warum bist du gekommen?« Plötzlich klang die Stimme des Obersten frostig.

»Ich kann nicht mehr, Federico, verstehst du? Ich kann so nicht mehr.«

»Was heißt hier ›so‹?«

»Es heißt, was es heißt. Du weißt sehr gut, was ich brauche.«

»Was brauchst du, Susi?«

»Ich glaube an die gefahrvolle Liebe.«

»Ist es nicht abenteuerlich genug, dass ich mich nachts zu dir stehle? Ein Mann von meinem Dienstgrad?«

»Nein, das ist es nicht. Du planst immer alles durch, Federico.«

»Und, was ist so schlimm daran?«

»Es ist schlimm. Wer ist der da?«

»Mein Bursche. Warum ist das schlimm, Susanna?«, fragte der Oberst zärtlich und drückte sie wieder fest an sich.

»Ich glaube an die gefahrvolle Liebe. Ja, an so eine ... noch, noch mehr ...«

Sie verknoteten sich so sehr ineinander, dass Domenico die Frau nun erst recht nicht mehr erkennen konnte.

»Susanna, Susi ...«

»Fe... Ffffederico ...«

»Susi, reich beschenkte ...«

»Nicht da küssen, hoch lebe der große Marschall!«

»Wieso, sogar bei Greg Ricio ist das doch zu sehen ...«

Und irgendwo in der Stadtmitte donnerte der eingegitterte Caetano: »Es ist ein Uhr nachts und alles ist graaaaaaaaandioooooooos!«

Dann, nachdem Oberst Cesar die zerknautschte Frau sorgfältig wieder in Umhang und Maske gesteckt hatte, stellte er sich auf die erste Stufe und sagte zu Eliodoro, der in derselben Sekunde dort erschienen war: »Gib ihr Geleit!«, und er bedeutete Domenico mit einer selbstsicheren Kopfbewegung, nach oben zu gehen. Das Spielzeug sagte:

»Ich habe eine Bitte.«

»Eine Bitte? Ich höre, sag schon ... Aah, war das schön.«

»Wenn ich darf ... wenn Sie mir erlauben ...«

»Sag schon, raus damit!«

»Morgen, wenn es hell geworden ist, also, am Tag«, er war so aufgeregt, »würden Sie mich in eine Ecke Ihres Gartens lassen? Bitte.«

»In welche Ecke denn?«

»In die Veranschaulichungsecke.«

»In die mit Brennnessel und Farn?«

»Ja, Grandhaler.« Domenico biss sich auf die Lippe und schaute sich um, niemand war zu sehen.

»Bitte schön«, sagte der Oberst, »aber, warum?«

»Nur ... einfach so.«

»Sag schon!«

»Ich … ich mag Farn sehr gern.«

Der Blick des Obersten glitt entgegen seiner Gewohnheit kurz über Domenicos Gesicht:»Ist das ein Witz, Haler?«

Und im Zimmer, als Domenico, zum ersten Mal mit Demut in der Seele, eigentlich auf ein Lob wartete, sagte der Oberst:

»Übrigens, kein Wort zu niemandem, du Hurensohn!«

»Ich bin kein Hurensohn.«

»Was denn sonst? Du hast doch niemanden.«

»Ich habe einen Vater.«

»Wo denn?« Mit zusammengekniffenen Augen schaute der Oberst zu Umberto.

»Oben, im Dorf. Im hohen Dorf.«

»In welchem Dorf? Du hast niemanden, du hast keinen Vater.«

»Doch, den habe ich.«

»Wo denn, wo ist denn der Papa?«, und er griff, mit einem Mal aufgebracht, nach einer Überdecke, riss sie von der Ottomane, bückte sich und schaute darunter, dann machte er ein Schränkchen auf, tastete die Regale ab, zerwühlte das Bett, trat nach einem Sessel, griff in Umbertos Hosentaschen, schaute gar in eine durchsichtige Karaffe und rief dabei höhnisch:

»Wo ist er denn? Wo ist der Papa? Einen Vater … wo ist er denn? Von wegen Vater, den Vater gibt es nicht, es gibt ihn nicht, hörst du?«

Aber Domenico stand da, hatte den Kopf nach hinten gelegt und schaute zur Decke.

Hab ich Sie müd gemacht? Herumtreiberei, mal in Kamora, mal hier, mal dort. Ich mag den Sertão, spüren Sie das? Und die Sertanejos – ein nettes Volk, tapfer und dumm. Dienen anderen. Aber da steht er, der Mendes, wissen Sie noch? Und falls ich Domenico mal aus den Augen verlier, ist das nicht schlimm. Er bleibt der Wichtigste. Wundert Sie das?

Am Ende sehen wir dann, was draus wird … Ach, was sage ich da, gab es Geschichten je, die ein Ende gehabt? Nein, kann nicht sein, nein. Immer gibt's einen Ausweg, ja. Und was für einen, fragen Sie? Das werden wir dann sehen, ja, das sehen wir dann. Aber erst – treiben wir uns noch ein bisschen herum. Schlau bin ich, oder? Sie aber auch. Kommen Sie, treiben wir uns noch ein bisschen herum. Die Passage will mir nicht so recht lyrisch werden – Sie haben gut lachen, mein Lieber, Sie können mich zuklappen, wann immer es Ihnen passt, wenn ich mich aber zuklappen würde, wäre ich erledigt. Es drängt mich zu schreiben, und mir, einem als solchen bezeichneten Wüstling, sind so viele Leute anvertraut. Wir wollen uns damit begnügen, insgeheim alles zu beobachten, nicht mal richtig tratschen können wir – die Tratschenden, die scheinbar Mitleidigen mit ihrem vorgetäuschten Mitgefühl, die zerreißen sich gern die geifernden Münder, haben Sie das mal beobachtet? Wie sie sich umschauen, dauernd auf der Suche nach was Neuem. Wir aber, wir stehen uns die ganze Zeit gegenüber, und ich breite bunte Geschichten wie einen Teppich zu Ihren Füßen aus – bitte, laufen Sie darüber; doch Sie, so gehorsam wie stur, schauen in meine Seele hinein. Und was müsste geschehen, dass ich Ihrem Blick ausweiche? Nein, nichts, das kann ich nicht, ich gehöre Ihnen, ich gehöre dir. Manchmal will ich dir meinen müden Arm um die Schulter legen, aber weißt du, eigentlich bist du in diesen ganzen Geschichten der Einzige, den ich nicht kenne, und dabei schaust du so eifrig hinein – direkt in meine Seele, und da bin ich eben listig geworden. Es ist merkwürdig, ich bin jedermanns Sklave, aber einer, der tun und lassen kann, was er will, und nur von einem lass ich mich leiten – von dem formlosen Fleck an der Decke. Jeder von uns hat seinen eigenen Fleck, wenn wir auch oftmals nichts davon wissen. Nun kann ich es Ihnen ja verraten, wissen Sie, wir sind zu dritt. Auf meiner Schulter liegt die Hand eines blinden Riesen, und keiner weiß, ob ich ihn leite oder er mich, so schwer sind seine Finger, und so sacht die wortlose Trauer seiner schwieligen Hände. Mit seiner Hand auf der Schulter wandern wir in die versteinerten Städte, um die Menschen zum Leben zu erwecken, das ist nicht ganz leicht; und Sie hocken mir auch manchmal auf der Pelle, und so eine lange Bekanntschaft kann doch nicht umsonst gewesen sein – kommen Sie, reichen Sie mir Ihre misstrauische Hand, gehen wir zu unseren Sertanejos. Sie hatten ein Fest, in der Mondnacht. Se hat einen großen, breiten Hut aufgesetzt, und schwupp, schon saß er auf der Stute, die Waden in ihre Flanken gedrückt; dann beugte er sich herab, fasste Mariam um die Taille und hob auch sie auf sein Pferd, ihre kleinen Füße steckte Mariam in einen freien Steigbügel, und beide Arme schlang sie dem großen Hirten um den Hals, und Se versuchte seine Aufregung zu verbergen, ausgelöst durch diese Nähe, vor aller Augen. Stirnrunzelnd, den Hut herabgezogen, saß er stolz auf seinem Pferd. Die schwer beladene Stute bahnte sich ihren Weg zwischen den Kakteen, die sich mit stacheligem Flehen in den Himmel reckten, und von Weitem sah man schon den vertrockneten und doch noch stehenden, zur Feier angezündeten, lodernden Baum. Von allen Seiten trabten auf ihren Pferden gemächlich die Sertanejos herbei, sie versammelten sich um den brennenden Baum und ließen ihre Frauen von den Pferden herab. Sie selber blieben sitzen – sie waren auf den Pferden groß geworden, und so saßen sie ohne Mühe, unbekümmert da. Und Gregorio Pacheco, der Zauberer auf der Trommel, klemmte sich das klobige Instrument zwischen die Knie, und die Augen geschlossen, ließ er es erst einmal in einem nicht enden wollenden Gleichklang flüstern – behutsam streichelte er die trockene Oberfläche mit seinen schwieligen Händen. Unter dem Eindruck dieses fremden, grobsachten Raunens starrte von Weitem vorsichtig eine Schlange herüber, den Hals zum Feuer gereckt, und noch weiter weg, in Kamora, hatte Kadima sich wie eine Schlange über seine Schüssel geneigt, er aß heiße Suppe. Brotkrumen formte er in der Hand zu kleinen Kügelchen, er knetete und drückte sie, dann warf er sie in die dampfende Schüssel – Kadima mochte heiße Suppe, es war, als wäre sein Mund feuerfest, die Hitze gab ihm noch zusätzlich Kraft. Er schob sich ein paar Knoblauchzehen tief in den Mund, aber der Knoblauch brannte ihm doch zu stark auf der Zunge. Er ließ seine dünne Zunge herausschnellen und in der Luft zappeln, dann kräuselte er seine schrundigen Lippen und pustete auf die Kerzenflamme vor ihm, sie flackerte. Kadima stand auf und ahmte mit seinem ganzen Körper das verhasste Licht nach, er schwang hin und her und zuckte und zappelte, und wenn ihm der Knoblauch ein bisschen zu viel war, steckte er seine knochenlosen Finger in ein Glas neben sich und tat sich eine Handvoll Quittengelee in den

Mund. Was ihm am Kinn hinunterrann, konnte er mit seiner dünnen Zunge auflecken, oder er wischte es mit dem Handrücken ab. Die Augen vor Wonne geschlossen, ließ er die klebrigen Finger übereinanderglitschen. Er stand also da und schlängelte sich von Kopf bis Fuß, und durch seinen ganzen Körper, von unten nach oben, durchlief ihn eine leise, langsame Welle; Kadima hatte keine Knochen im Körper, und als er noch mal auf die Kerze pustete, um die verhasste Flamme zu ärgern, wiederholte ein grässlicher Schatten jede seiner Bewegungen. Er ballte die klebrigen Hände zur Faust und rollte beide Fäuste bis zu den Schultern hoch, merkwürdige Epauletten seine aufgerollten Arme, sie lagen auf seinen Schultern, und als sein klebriger Mund lächelte, kamen zwei einzelne, breite Zähne zum Vorschein. Dann gefror er plötzlich, und mit grauenhaftem Beharren starrte er auf ein Loch im Boden, der gesättigte Kadima, seine Augen schienen etwas anzusaugen, und als zwei feuchte Pünktchen in dem Loch erschienen, gefror sein Blick noch mehr, und inmitten dieses Eises glühte ein bösartiges Feuer, und auf dieses Feuer, das sich in einen eisernen Befehl verwandelte, torkelte die Maus mit gesträubtem Fell zu. Kadima langte nach einem in der Nähe stehenden Käfig und ließ eine Katze mit langen Krallen heraus. Und lautlos, mit ein paar samtpfotigen Sätzen war die Katze bei dem aus dem Loch gelockten Opfer, schlug ihm die Krallen in den Rücken, und die Krallen im Rücken verspürte auch einer, der sich etwa zehn Häuser entfernt an die Wand drückte, ein gewisser Demetrio, das Gesicht verbarg er in seinen verschwitzten Handflächen. »Demetrio, anders geht es nicht, du musst fliehen«, weinte die Frau, »du musst!« »Vielleicht verrät er mich nicht?!« »Wer, Ciccio? Natürlich verrät er dich.« »Heute. Heute Nacht fliehe ich … Ich besteche Caetano, er wird uns einen nach dem anderen rausbringen, wir sind ja sogar entfernt mit ihm verwandt.« »Er will sicher nicht, dass du den Geheimgang siehst.« »Er bindet mir bestimmt die Augen zu.« Dem Armen pochte das Herz, und weit weg, im fernen Sertão, klopften des Zauberers Gregorio Pachecos schwielige Finger leicht auf sein Instrument, den erbebenden Hirten funkelten die Augen vor lauter Tanzlust. Den langsam wilder werdenden Klang der Trommel überdeckte plötzlich Hufgetrappel, der fröhliche Hirte, Manuelo Costa, kehrte aus der Marktstadt zurück, die Umhängetasche voller nutzloser Törtchen.

Nachdem er sein Ross am brennenden Baum abrupt angehalten hatte, nahm er galant den zweikrempigen Hut ab, grüßte alle bescheiden, und Mariam schaute demonstrativ zur Seite. Manuelo aber blinzelte seinem Kumpel zu und lächelte schwach. Zum Herzen des gesamten weiten Sertão wurde dank Gregorio Pachecos schwieliger Handflächen die Trommel, und wie der Sertão selbst flüsterte sie mal geheimnisvoll, mal gefährlich und unberechenbar, mal sprach sie durch heftiges Pochen, nahm an Kraft zu und lärmte dann böse – eine Hyäne schlich sich an ihr Opfer heran, ganz leise, und machte einen Satz. Aber im Sertão lebten sehnige, tapfere, standhafte Männer, und zu deren Lob ließ Gregorio Pacheco die Trommel ertönen, und die Sertanejos, wortkarg und einsilbig, vereint durch den gemeinsamen Herzschlag am lodernden Baum, bekamen Lust, einander die Hand zu reichen und im Kreis zu tanzen – sie fühlten sich einander nah. Der unterdrückte, drängende Wunsch, so stark und so deutlich spürbar, versetzte den ganzen Körper in kribbelige Spannung, und als Gregorio Pacheco sich auf die Unterlippe biss und den Kopf in den Nacken legte und unerbittlich die Trommel sprechen ließ, drückte Manuelo seinem Ross die Sporen in die Flanken und galoppierte um den Baum herum; nach ein paar Runden packte er den Sattelknauf mit allen zehn Fingern, sprang hinunter, berührte mit beiden Füßen kurz den Boden und saß sofort wieder auf. Dann hielt er das Pferd an, und alle Sertanejos, einer nach dem anderen, wiederholten lässig das gleiche Kunststück. Nur drei der Vaqueiros machten beim Wettspiel nicht mit: Gregorio Pacheco, João Abade und Se. Und wieder galoppierte Manuelos ungeduldiges Pferd um den wie eine Fackel brennenden Baum, sein geschickter Reiter neigte sich in fliegendem Galopp, neigte sich immer tiefer, rutschte, eine Hand am Steigbügel, kopfüber bis unter den Pferdebauch, griff mit seinen kräftigen Fingern nach dem zweiten Steigbügel, dann nach dem Sattel, tauchte auf der anderen Seite auf und saß aufrecht wieder da. »Pff, was für eine Witzfigur«, murmelte João Abade. Das gleiche Kunststück vollführten einer nach dem anderen alle Hirten, außer jenen drei, und nun schlug Gregorio Pacheco, vom Eifer des Wettspiels angesteckt, noch unerbittlicher das Instrument. Einer hastig vorgetragenen Liebeserklärung glich dieser dumpfe Herzschlag. Sertão, unser eintöniger Sertão … Die Trommelschläge hallten im ganzen Sertão wider, entsetzt blinzelten die Schakale, eifrig molk der einbeinige Kobold Sassi die sich selbst überlassenen Kühe, und die Sertanejos reihten sich nebeneinander auf, mit drei Schritten Abstand, sie alle trugen brennende Fackeln in der Hand, und Manuelo bereitete sich auf das verwegenste Heldenstück vor, dazu sprang er vom Pferd. Aufgeregt überließ er die Zügel einem der Sertanejos und schritt aufrecht bis zur Mitte der leuchtenden Reihe. Er blieb stehen, er lächelte, hob die Hand, das ungeduldige Pferd galoppierte auf ihn zu, es flog an den Fackelträgern vorbei, und als es sich Manuelo näherte, schaute der fröhliche Hirte über die Schulter, rannte los, vor dem Pferd her, und als es ihn eben überholen wollte, holte er mit den Armen Schwung und, hopp, da saß er auch schon auf dem windschnellen Hengst, und mit hoher Frauenstimme, wie merkwürdig, schrie er ein paarmal vor Freude. Dann kehrte er lachend zu dem lodernden Baum zurück. Alle sahen ihn lächelnd an, außer João; Sie müssen sich das so vorstellen, dass selbst Mariam aus einem Augenwinkel zu ihm hinschaute! Wie er lachen konnte, wie weiß waren seine Zähne! Schließlich hielt es Se nicht länger, im Einklang mit der wütenden Trommel schickte auch er, der große Hirte, sich an, das verwegenste Heldenstück auszuführen – gelassen, gemächlich sprang er ab. Das Pferd überließ er Manuelo und schritt an der mucksstillen Fackelreihe entlang, und dann stand er still da. Aufs Äußerste angespannt wartete der Hirte auf das Vorbeigaloppieren des Pferdes. Als Se die Hand hob, verpasste Manuelo der Stute einen gut gemeinten Klaps auf die Kruppe, und das Pferd galoppierte los. Selbst Gregorio Pacheco, selbstvergessen, hörte auf, die Trommel zu schlagen, und in der Stille war nur das dumpfe Hufgeklapper zu vernehmen und das Knistern des lodernden Baumes, und Se sprengte los, sie liefen Seite an Seite, Se hatte die Hände hinterm Rücken bis zum Handgelenk in den Gürtel gesteckt, oho, er machte es sich noch schwerer. Wie er rannte, wie lang seine Beine waren, und dann – hopp! –, der große Hirte stand auf der Kruppe, die Hände immer noch im Gürtel, und entzückt beobachtete ihn seine Frau, ihre Wangen schwollen rot an, und ohne Weiteres stand Se Moreira auf dem dahinfliegenden Pferd, anmutig stand er da, aber wieder bohrte der alte bekannte Kummer sich ihm ins Herz – er war nicht frei, nein. Er griff nach den Zügeln, zog sie leicht zu sich, und das Pferd stand still, mit leisem Stolz sprang Se ab, in seinen Augen loderten die wütend hüpfenden Flammen des auf so schöne Weise geopferten Baumes, und sehr weit weg, in Kamora, loderten ebenfalls Flammen, aber in den Augen eines gewissen Demetrio, der in Caetanos engem Käfig stand; die Augenbinde hatte man ihm abgerissen, und er starrte die zwölf Fackelträger an, die den Käfig stumm umzingelt hatten. Einer von ihnen war der furchtgebietende Wächter der Nacht, Caetano, er lächelte listig. In Grandhalers Garten, dem prachtvollen, grässlichen, ja, in diesem Garten stand Demetrio, verraten, und er wandte sich zu seinem mysteriösen Begleiter – den er bis dahin für Caetano gehalten hatte. Und dieser warf erst die Handschuhe auf den Boden, dann den hölzernen Umhang und nahm schließlich die Maske ab, da wurde Demetrio vor Angst grün – in dem engen Käfig stand Kadima, der persönliche Vollstrecker von Marschall Bittencourt, der große Henker. Ob aus Angst oder blinder Verbitterung, Demetrios Hand mit dem Messer schnellte vor, aber Kadima packte ihn böse lächelnd mit seinen knochenlosen Fingern am Handgelenk, und Demetrio ließ das dünne Messer augenblicklich fallen. Dann schlang Kadima seinen geschmeidigen, schuppigen Arm zweifach um Demetrios Hals und drückte fest zu. Dem armen Opfer traten die Augen hervor. Mit den grässlichen, geleeverklebten Fingern packte Kadima ihn, und um das Vergnügen hinauszuzögern, pustete er ihm seinen nach Knoblauch stinkenden Atem in den im Krampf geöffneten Mund, er wollte seine Leiden verlängern, und schließlich konnte er sich nicht länger zurückhalten, er biss ihn mit seinen zwei Zähnen in die Lippe! Ein kurzes Zappeln noch, dann wurde das Opfer schlapp, und Kadima atmete noch einmal mit wohlbemessenem Vergnügen in seinen Mund aus. Daraufhin löste er den um den Hals gewickelten Arm, und auf der Stelle sackte der Schmäher des großen Marschalls zusammen. Michinios graue Augen funkelten, der Zwerg Umberto brachte Kadima eilends eine randvolle Schüssel Milch, der Oberst ließ die Arme sinken, die er die ganze Zeit gebieterisch vor der Brust verschränkt hatte, und bückte sich zu Domenico: »Siehst du, was er vermag«, flüsterte er ihm zu, ohne das in dem Käfig eingesperrte Pärchen aus den Augen zu lassen. »Und wo ist denn nun dein Vater, wo?« Domenico war übel, Speichel füllte seinen Mund, fest presste er die Lippen aufeinander, sein Inneres zog sich zusammen,

416

bittere Tränen rannen ihm übers Gesicht, seine Augen röteten sich. »Wenn es den Vater gäbe«, flüsterte ihm der Oberst froh ins Ohr, »würde er das zulassen? Würde er so was erlauben? Wo ist er, wo ist der Vater? Von wegen Vater!« Kadima schob das Eisengitter hoch, schlurfte aus dem Käfig, machte die Arme lang, zur Schüssel hin, und in den Rosen zurück blieben Demetrio und sein Messer. Um sich nicht zu übergeben, rannte der Vagabund zu der entfernten Ecke des Gartens, er steckte das Gesicht in Farn und Brennnessel, beißende, feurige Blätter riss er fieberhaft ab und rieb sie sich ins Gesicht, bis ihm alles brannte, und plötzlich spürte er, dass da in der Dunkelheit etwas Kühles war – das war der Farn, verblüfft sah er auf die armselige Pflanze, seinen Tröster, den Farn. Auf seine Art herb und ruhig duftete er, begierig roch er an der Pflanze, die er einst mit Argwohn betrachtet hatte, und während ihm die Liebe im Herzen zuckte, fuhr er sich damit sanft übers schmerzende Gesicht, er hatte keine Augen mehr für den Oberst, der sich vor ihm aufgebaut hatte und laut lachte: »Was ist der bloß für eine Nummer, schrubbt sich das Gesicht mit Brennnesseln, a-ha-ha, ich kann nicht mehr!« Wie er sich amüsierte, der Oberst, wie er lachte: »Uuh, ich kann nicht mehr, mein Bauch, willst du vielleicht noch einen Backstein als Seife?«

Se lief vor dem Pferd her, auf der erschöpften Stute saß Mariam. Hinter ihrem Rücken rauchte der verkohlte Baum, und erstaunt schaute der milchsatte einbeinige Kobold Sassi auf den großen, traurigen Vaqueiro. Er war nicht frei, der allererste unter den Vaqueiros, nicht frei, nein. Und João Abade, nachdem er schweigend seine Frau nach Hause gebracht hatte und für sich blieb, führte sein Pferd weit weg, tief in den Sertão; alle Kunststücke von Manuelo Costa machte er herzklopfend, aber doch stirnrunzelnd nach – auch der größte Griesgram war ein echter Vaqueiro. Und noch einer kehrte betrübt nach Hause zurück und betrachtete traurig, vor seiner armseligen Hütte sitzend, den nächtlichen Sertão, Manuelo Costa, der fröhliche Hirte. Wie ein Berg lastete die dunkle Nacht auf seinen Schultern, er rührte sich nicht. Und in Kalabarien lag Santos, der eiserne Bauer wälzte sich im Schlaf – nein, sie waren nicht frei, nicht frei.

Aber bald würde Mendes Maciel sich in flatterndem schwarzen Überwurf auf ein Fass stellen und die bunt gemischte Menge laut auffordern:

»Brüder! Die großen Städte der Welt – Rom, Babylon, Pompeji, Rio de Janeiro – sind weit weg, aber …«

Und in Kamora hallte es durchdringend: »Es ist vi-iier Uuu-uhr na-achts und alles ist graaaaaaaaandiooooooooooos!«

»Du bist so schön wie immer heute, noch schöner, mein Herz.« Oberst Cesar küsste seiner Frau Stella die Hand, es war bereits Nachmittag, sie war soeben aufgewacht. »Wie hast du geschlafen, Liebes, hast du auf Wolken gelegen? Es haben doch nicht etwa böse Träume dich gequält?«

»Wie spät ist es?«, fragte Stella, um sich gleich darauf zu wundern: »Ooh, schon so spät.«

»Es ist gut, dass du so lange geschlafen hast, heute Abend ist doch die Geburtstagsfeier deiner hoheitlichen Tante, und du musst wunderschön aussehen, mein Herz, warum liebst du mich bloß?«

»Was sollen wir ihr denn schenken?«

»Ich habe schon ein paar Dinge zur Seite gelegt, ein paar Diamantringe zum Beispiel, und ein Platinmesser, so als Kleinigkeit dazu.«

Ganz klar wirkte der eifrige Oberst nicht, er schien aufgeregt.

»Diese hier, ja?«, fragte Stella abwesend, und als sie einen Knopf drückte, zog sich ein prunkvoller Vorhang sacht rauschend zur Seite.

»Sind alles Hunderter. Warum liebst du mich bloß?«

»Es regnet.«

»Pfui.«

»Warum pfui?« Stella wurde neugierig.

»Weil es regnet, mein Herz.«

Der Anführer, ach … Auf dem Regal saß Domenico, mit roten Flecken im Gesicht.

»Wann sollen wir dort sein?«

»So gegen sieben.«

»Nehmen wir den Geheimgang?«

»Wie du willst, mein Herz, hast du mich vermisst?«

»Wann?«

»In der Nacht.«

»Wer ist das denn?«

»Das ist ein Spielzeug, Liebes, Stella, er ist herrlich, du kannst es dir gar nicht vorstellen, morgens schrubbt er sich das Gesicht mit Brennnesseln, und dann trocknet er es mit Farn, schau mal, wie er aussieht, wie kann ich ihn so zur Geburtstagsfeier mitnehmen – aber na ja, bis zum Abend wird es wohl weggehen. Und wenn du ›Musik‹ sagst, dann weint er! Apropos, Stella, du wirst doch dort spielen, oder?«

»Falls Tante Mercedes darum bittet.«

»Das wird sie wohl, willst du nicht noch ein bisschen üben?«

»Du hast eigentlich recht.«

»Brauchst du eine Lehrerin?«

»Ja, unbedingt.«

»Ich besorge sofort eine«, versprach der Oberst und ließ ein Glöckchen läuten.

Als Feldwebel Eliodoro auf der Türschwelle Habachtstellung einnahm, schaute der Oberst Domenico an und befahl:

»Ich gebe dir zehn Minuten, um mir die beste Musiklehrerin in ganz Kamora zu bringen. Zehn Minuten, tot oder lebendig!«

»Was soll ich mit einer Toten?«

»Ach so, ja, nein, unbedingt lebendig, was habe ich da gesagt!«, korrigierte sich der Oberst und fixierte kurz den Feldwebel: »Siebenundzwanzig ist gleich eins.«

»Alles klar, Grandhaler«, Eliodoro senkte den Kopf, »darf ich gehen?«

»Jawohl!«

Er verschwand.

»Hör zu, Liebes, Stella«, fing der Oberst wieder an, er war aufgeregt. »Es kann nicht sein, meine Herzallerliebste, dass du irgendeine Lehrerin so empfängst, komm, zieh dich an – ähm, zieh dich um, meine ich, Rosa steht dir so gut. Ach, und frühstücke doch auch etwas. Und merk dir das bitte, du als unmittelbare Nichte des großen Marschalls und Frau des Ehemanns seiner rechten Hand – nein, ähm, ohne Ehemann, nur Frau –, du kannst doch nicht irgendwelches Pack so ohne Weiteres zum Unterricht empfangen, auch Greg Ricio würde das missfallen. Drei.«

»Was?«

»Ähm, nein, ja, ich meinte, erstens passt das nicht zu dir, zweitens, mir passt das nicht, und drittens, auch Greg Ricio befürwortet das nicht. Also, drei. Hast du verstanden?«

»Nein.«

»Stella, Stellita, Maus«, der Oberst riss sich zusammen, »hör zu, du als meine Frau musst einen einfachen Bürger mindestens zwanzig Minuten warten lassen. Hast du es jetzt verstanden?«

»Jetzt ja.«

Und sobald sie draußen war, fragte der in Gedanken versunkene Oberst laut:

»Sie hat doch riesige Brüste, oder?«

Er ging vor einem großen Spiegel auf und ab und strich sich sacht übers Haar.

»Siebenundzwanzig ist gleich eins.«

»Bring sie schon rein.« Oberst Cesar wurde nervös. Eine Frau in Samtmaske und Samtumhang kam so zielstrebig auf ihn zu, dass der Oberst, dessen Augen vor Kurzem noch gefunkelt hatten, jetzt blass wurde und befahl:»Geh, verschwinde, mein Feldwebel!« Sie blieben zu dritt. Im Gehen nahm die Frau die Maske ab.»Komm runter, Junge«, sagte der Oberst und bedeutete Susanna mit der Hand, kurz zu warten, sie sah ihn entzückt an.»Stell dich an die Tür da, Junge, und sobald du die gute Stella siehst, drehst du dich zu uns um und fängst an zu quengeln: ›Ich hab Huuunger‹, kapiert?«

»Ja.«

Noch bevor Domenico an der Tür war, umarmte der Oberst Susanna auch schon, er drückte sie fest an seine mannhafte Brust, er küsste ihr Ohr.»Ach, Federico«, flüsterte die Frau deutlich vernehmbar und warf den Kopf zurück,»ich glaube an die gefahrvolle Liebe.« »Susi, reich beschenkte …«»Wie sehr ich dich liebe! Liebst du mich auch?«»Aber natürlich«, der Oberst hob den Kopf und schaute ihr vorwurfsvoll in die Augen,»das brauchst du doch nicht zu fragen.«»Warum liebst du mich?« Die Frage der Frau war keck.»Hör auf, Susi«, das verdarb dem Oberst die Laune,»wie kann man das denn erklären? Ich liebe dich und fertig. Knöpf das auf!«»Und wenn sie reinkommt?«»Hab keine Angst, er wird sich bemerkbar machen.«»Sehe ich etwa aus, als hätte ich Angst?«, fragte sie hoheitsvoll und machte sich an einem kleinen Knopf zu schaffen.»Ich glaube schließlich an die gefahrvolle Liebe!«»Und warum, Maus?«»Keine Ahnung, ich glaube daran und fertig, hoch lebe der große Marschall.« Da zog der Oberst eine Augenbraue hoch:»Zeig mir deinen Umhang.«

»Warum, Federico?«

»Gerade noch Glück gehabt!« Der Oberst runzelte leicht die Stirn. »Sie haben dich vom Mittleren Kamora zu uns hochgebracht, und du hast keinen einzigen Tropfen abgekriegt?«

»Warum sollte ich?«

»Schau doch raus, es regnet.«

»Ihr habt mich doch die ganze Nacht in ein Zimmer ohne Fenster und Tür eingesperrt, woher sollte ich wissen, dass es draußen regnet? Ich muss noch dankbar sein, dass ihr mir wenigstens einen Nachttopf reingestellt habt.«

»Hat der Regen nicht aufs Dach getrommelt?«

»Was weiß ich, mein Herz hat geklopft. Und ich hatte mir ein Tuch um den Kopf gebunden. Und wenn wir mit dem Lando gekommen wären?«

»Und der Lando wäre durch meinen wertvollen Garten, über die Rosen gefahren?«

»Stimmt, das kann nicht sein«, Susi nickte.»Hat er eigentlich etwas mitbekommen?«

»Nein, ich hab ihn die ganze Nacht Wache halten lassen, und auch heute wird er den ganzen Tag zwischen den Rosen liegen. Breite den Umhang auf dem Boden aus!«

Der Oberst sprenkelte reichlich Wasser auf den ausgebreiteten Umhang und hängte ihn gut sichtbar über den Stuhl.»Komm zu mir, Susi.«

»Warum?« Die Frau wurde wieder keck.»Da-rum«, antwortete der Oberst ebenso schelmisch, aber da quengelte Domenico zaghaft:»Ich hab Hunger.« Der Oberst sprang über einen kleinen Tisch, landete mit einem dumpfen Laut in einem weichen Sessel und fuhr sich durch das zerzauste Haar, Susi machte eilends den Knopf zu, stellte sich ehrerbietig wie eine Säule an das glänzende Instrument und senkte den Kopf.

»Wo warst du denn so lange, Liebes, Stella?« Der Oberst sprang auf, küsste der Ehefrau die Hand, und Susanna, die heimlich zu ihnen hinüberlinste, biss sich auf die Lippe.»Ich habe eine Bitte. Ich will dir zuhören.«

»Von mir aus.«

»Ich liebe es, wenn du spielst. Diese samtweichen Klänge. Geben Sie sich ja Mühe mit dem Unterricht, sonst bekommen Sie es mit mir zu tun.«

»Ich werde keine Mühen scheuen, Grandhaler«, erwiderte Susi, fasste ihr Kleid mit den Fingerspitzen und machte einen Knicks.

»Und du, Junge, wenn du Hunger hast, hier steht Kuchen, iss, Süßes ist gesund.«

»Kann er auch laufen?«, erkundigte sich Stella gelangweilt.

»Ja, natürlich, ganz gut sogar. Was für ein fabelhaftes Spielzeug, nicht wahr? Du brauchst ihn nicht mal aufzuziehen.«

»Wollen wir anfangen?«, fragte Stella.

Und dann ging es los: Die beiden setzten sich an das glänzende Instrument, der Oberst lehnte sich im weichen Sessel zurück, und Domenico kletterte auf das Regal. »Einszweidreivier, einszwei…« Susanna gab laut den Takt vor, und Stella spielte, ohne Gefühl zwar, jedoch mit einiger Fingerfertigkeit. Ihre Finger hüpften über die Tasten, »dreivier … diese Note – pam – hätten Sie mit dem dritten Finger nehmen sollen, das geht einfacher, edle Dame«, empfahl Susi. Stella probierte es aus, und war zufrieden: »Ach, prima! Wieso bin ich nicht von selbst darauf gekommen?« Es war ein fröhlicher Marsch. Stella spielte ohne Herz und saß dabei recht nachlässig auf dem Stuhl, und Domenico hockte auf dem Regal, einen Kloß im Hals, selbst bei dieser albernen Musik konnte er nur mühsam die dicken, schweren Tränen aufhalten, der arme Vagabund! Federico Cesar vertiefte sich in lange und verwickelte Gedanken, er konnte das Gefühl nicht loswerden, dass dies alles schon einmal geschehen war. Und er beobachtete aufmerksam den Boden, die Stühle – ja, ja, ganz sicher, all dies war schon einmal passiert, er konnte sich nur nicht daran erinnern. Etwas übte einen Sog auf ihn aus, etwas Greifbares und doch Unerreichbares und Unsichtbares, so fremd, so glitschig, fern und doch eigen, aus den Tiefen der Seele herrührend – er bekam es mit der Angst zu tun und schaltete auf leichtere, einfachere Gedanken um. Es ist schon seltsam, sann Oberst Cesar, woher kommen diese zwei Frauen, wie habe ich sie beide kennengelernt, wie haben wir jetzt hier zusammengefunden? Und warum hat sie mich geheiratet, gut aussehend bin ich ja, aber sie hat mich nie geliebt. Wieso hat sie mich dann geheiratet, und wieso hat die andere sich in mich gefahrvoll verliebt? Wenn ich gar nicht geboren wäre, was würden sie tun? Na, dann würden sie wohl auch irgendwas tun, ach, diese Frauen, wo wären sie jetzt ohne mich? Schon merkwürdig, dass wir drei jetzt hier sind. Domenico zählte er nicht mit, eigentlich genau den, um dessentwillen dieser ganze Wirrwarr geschah, schon komisch, nicht wahr? Sind Sie immer noch da? – Wer weiß schon, wie viele Vorfahren jeder von uns eigentlich hatte, spann Oberst Cesar die verzwickt-verwickelten einfachen Gedanken weiter, und wenn einem von diesen Vorfahren vor der Zeit etwas zugestoßen wäre? Ach, was für ein großer Zufall ist die Geburt eines Menschen, oje! Woher kommt er? Und wenn auch nur einer dieser unzähligen Vorfahren umgekommen wäre, der Tod ist schließlich überall, dann wäre keiner von uns hier; die nach meinen Vorfahren geworfene Lanze hat uns alle, hat Tausende verfehlt, was hat es damit auf sich, wie wunderlich das Schicksal doch ist; damit wir drei hier zusammenkommen konnten, sind unzählbare Gefahren an uns vorübergegangen, ohne dass wir davon wussten. Bereits vor unserer Geburt war unser Leben bedroht, aber wir hatten Glück, das Glück, diese unzählbaren Gefahren zu umgehen und uns jetzt alle drei hier zu versammeln, und weil wir zu dritt sind, haben wir dreifach unzählbares Glück gehabt. Aber all dies ist doch schon einmal passiert?! – Ach, da wurden seine Gedanken unterbrochen, Susanna schob einen Fuß nach hinten, ohne dass die hohe Madame es bemerkte, zog vorsichtig ihr Kleid hoch und zeigte dem Oberst ihre Wade fast bis zur Kniekehle. Der Oberst stellte die Schicksalsgenealogieforschung vorübergehend ein und drohte mit dem Finger Domenico, dessen Blick unwillkürlich an ihr hängengeblieben war, und der Vagabund schaute zur Decke. Der Körper des Obersten entzweite sich: Die Augen hatten nun eine Beschäftigung gefunden, doch der Rest des Körpers – die Finger, Wangen, Rippen und die dicken Lippen – missgönnte den sich alles einverleibenden Augen ihr Glück, er wollte auch mit etwas beschäftigt sein, mit etwas Verführerischem, Gefahrvollem. Und der von der Wade erregte Oberst bekam sofort Lust auf mehr, und verfiel auf eine List:

»Stella, Stellita, Maus, du spielst jetzt zwar ganz wunderbar, aber hier ist es einfach, die Umstände sind andere. Hier hast du Ruhe, aber dort, beim Vorspiel vor den Gästen, wirst du angespannt sein, bestimmt auch nervös, und mit dem Gesicht über den Tasten kannst du auch nicht spielen, da wird dir schon mal der eine oder andere zulächeln, dann musst du auch das Lächeln erwidern, also, wenn du mich fragst, musst du auch mit geschlossenen Augen spielen können, für alle Fälle, Stellita.«

»Kein Problem«, erwiderte die Frau selbstbewusst.

Und während Stella mit geschlossenen Augen spielte, schickte Susanna dem Geliebten zwei gefahrvolle Luftküsse.

»Seht ihr!«

»Oh, du hattest deine wunderhübschen Augen bestimmt nicht ganz zu, mein Herz«, schäkerte der wackere Oberst, »du hast bestimmt geblinzelt.«

»Nein, nein, Unsinn!«

»Wie hättest du sonst so gut spielen können, mein Herz!«

»Na, wenn du mir nicht glauben willst.«

»Ich werde es nur glauben«, er band Stella zum Scherz ein schwarzes Kopftuch um und machte einen festen Knoten, »wenn du jetzt immer noch spielen kannst.«

Stella fing leidlich gut zu spielen an, und der Oberst küsste Susi auf den Hals und fuhr ihr mit den Fingern durch das glänzende Haar.

Domenico saß mit offenem Mund auf dem Regal.

»Meinen Sie, Sie könnten einem von mir vorgegebenen Rhythmus folgen, hohe Madame?«, fragte Susi ehrerbietig und fuhr dabei mit der Hand dem Oberst unter den Kragen.

»Schaffst du das, Stellita, hm?«, fragte auch der Oberst, es kitzelte ihn wohl ein bisschen.

»Das kann ich«, brüstete sich Stella.

»Na dann, fangen wir an, hohe Madame«, sagte Susi ermunternd, sie begann, gleichmäßig in die Hände zu klatschen, und knabberte am Ohr des Obersten. Domenico ekelte sich.

Dem großen Hirten, Se Moreira, war es sogar peinlich, mit seiner Frau zusammen auf einem Pferd zu sitzen.

»Sehr gut«, spornte Susi, die an die gefahrvolle Liebe glaubte, Stella klatschend an. Sie stand auf, schob die Arme unter den Achseln des Obersten durch, schmiegte sich an seine Brust, schlug hinter seinem Rücken die angenehm erregten Handflächen zusammen, und Stella spielte eifrig weiter, die Augen verbunden. Dann riss Susi endlich ihren Mund von den dicken Lippen des Obersten los und sagte sanft: »Wenn Sie jetzt bei einem ungleichmäßigen Rhythmus mithalten könnten, wäre es ganz bezaubernd, hohe Madame.« Sie machte dem Obersten ein Zeichen zu Domenico hin, und der Oberst bedeutete diesem, in die Hände zu klatschen. »Ich?« Domenico legte den Finger auf die Brust, er verstand nicht. Der Oberst näherte sich ihm auf Zehenspitzen, mitsamt der an ihm klebenden Susanna, stieg mit ihr zusammen auf den Stuhl und flüsterte Domenico ins Ohr: »Klatsch in die Hände, sonst schmeiß ich dich zu Michinio rein, Schoßhündchen!« Tja, die Musikstunden, was für ein herrliches Quartett: Der Oberst und Susi spielten die erste und zweite Geige; der Trottel auf dem Regal eher pizzicato auf einer Bratsche; und die Vierte, Stella, diese zarte Frau, die sich selbst für die Hauptstimme hielt, schrappte höchstens auf einem heillos verstimmten Kontrabass. Dem Oberst wurde jedoch das ganze Vergnügen verdorben, weil er wieder ins Grübeln geriet. – Warum sind die alle hier, und woher sind sie gekommen oder wiedergekehrt, und falls einem von unseren unzähligen Vorfahren etwas zugestoßen wäre, wären sie trotzdem hier? Wie merkwürdig, wie sind sie alle entstanden, und warum hat die eine sich in mich verliebt, und warum bin ich der anderen egal, wie habe ich sie kennengelernt, wie sind wir in diesem Raum gelandet, alle drei in einem Zimmer? Und was war der Ururgroßvater für einer, war er ein Schlitzohr oder ein Depp, was ging ihm so durch den Kopf? Irgendwie hat er überlebt; und hat uns dazu noch als Bürde mitgeschleppt. Alles in allem läuft es darauf hinaus, dass wir einem dämlichen zotteligen Höhlenmenschen nur wenig voraushaben, pfui! –

Alexandros Bruder!

Als Domenico in seinen Kerker zurückkehrte, steckte ein Zettel im dünnen Hals der Silberkaraffe: »Hab keine Angst vor dem Oberst. Michinio, Kadima und Konsorten, die können dich höchstens töten. Hüte dich vor dem Marschall Bittencourt – er kann dir die Seele verseuchen.«

Alexandros Bruder …

3

GEBURTSTAGSFEIER

Der erste der drei Begleiter, die den Marschall Bittencourt in den
noblen Spiegelsaal zu den Gästen eskortieren sollten, war der
Zwerg Umberto. Er stand in einer kleinen Zelle und wartete.
Lautlos öffnete sich die Tür, und durch den schmalen Spalt beorderte
ihn ein Zeigefinger herbei. Es war der des Marschalls, wer sonst hätte
einen derartigen Diamanten tragen können. Eilfertig rannte der Zwerg,
der fast platzte vor lauter Entzücken über so viel Ehre, zur Tür, stieß sie
auf und küsste den Umhangsaum des hohen Urquells. Der Marschall
streichelte ihn, nachdem er sich einen Handschuh übergestreift hatte, er
legte ihm seine Hand auf den Kopf, sie gingen durch den Flur. Hier be-
fanden sich die Übergangszellen, die nur für Auserwählte bestimmt waren, und in einer der Zellen wartete gehorsam Greg Ricio, der gestrenge
Götze der Kamoraner. Mit einem Handzeichen ließ der große Marschall
den Zwerg Umberto erstarren, klopfte sacht an die Tür und fragte höflich: »Würde ich Sie stören, wenn ich reinkäme, mein lieber Greg?« »Wo
Sie nun schon mal da sind, kommen Sie herein«, kam die Antwort, ebenso höflich wie dreist. Der große Marschall betrat die prächtige Zelle, und
bis die Tür sich schloss, bewahrte der Großmeister der Farben seine wür-
dige Haltung. Sobald aber der einzige Zeuge seines Hochmuts, der

Zwerg Umberto, auf der anderen Seite geblieben war, fiel er auf die Knie. Er vergrub seine schmale, hohe Stirn im Teppich. »Ach, meine ewige Muse, mein grandioser Großmarschall, dreif…« Aber der Marschall unterbrach ihn: »Zuerst klatsch mal in die Hände, spring auf und ruf dann mit ausgestreckten Armen: Hopp!«, und Greg Ricio klatschte eifrig in die Hände, sprang hoch und rief, die Hände ausgestreckt: »Hopp!« »Noch lauter: Hopp!«, verlangte der Marschall, runzelte die Stirn und sank in den Sessel. »Hopp, hopp, hopp!«, mit Leib und Seele schrie der Gebieter der Farbmusen, voller Erwartung. Und der Marschall knackte mit einem silbernen Hammer eine Haselnuss, entfernte die Schale und steckte sie dem inzwischen wieder Knienden mit seinen behandschuhten Fingern in den Mund. Mit den Vorderzähnen nagte Greg, der Freund der Musen, daran. Er schaute auf, und seine Augen füllten sich ob solcher Gnade mit Tränen. Und der Großmarschall Edmondo Bittencourt trommelte ihm leicht auf den Schädel und dozierte: »Für die Leute musst du Hochmut und Stolz verkörpern, Ricio, hörst du? Das verängstigte Volk braucht dich, den sogenannten Freund der Musen, wie die Luft zum Atmen, in dir müssen sie das wiederfinden, wovon sie nachts manchmal unwissentlich träumen: Mut und Furchtlosigkeit. In dem Hochmut, den ich dir verordnet habe, sehen sie die Verwirklichung ihrer Träume. Und da jeder seinen rosa Kuchen vorgegaukelt kriegen will, mit viel Cremefüllung, locker wie der erste Schnee und reichhaltig wie der Herbst, mit Nüssen und Erdbeeren, Sahne und Eierschaum und mit Puderzucker bestäubt, mein lieber Greg, und dazu noch verziert mit allen möglichen unsinnigen Zeichen und Farben, und weil sie diesen Kuchen so dringend brauchen, habe ich, der große Marschall, dir, Greg Ricio, eine Staffelei, einen Pinsel und eine Leinwand gegeben. Du hast von mir ein Vermögen bekommen, ein herrliches Marmortor, das du an deinem Haus angebracht hast; in deinem Hof laufen scharfe Hunde, und darüber hinaus habe ich dir Ehre erwiesen. Um dich für deine gesellschaftlichen Auftritte zu wappnen, lasse ich anderenorts einen Pseudorhetoriker namens Duilio sprechen und gebe dir die feinsten Perlen aus seinen Reden. Damit du dich ganz aufs Malen konzentrierst, Ricio, verstehst du?« »Ich verstehe, großer Marschall, dreif…« »Bei mir brauchst du keine Rhetorik«, unterbrach ihn der große Marschall, »wir beide kennen einander.

Und solltest du deinen Hochmut einmal vergessen, nicht jetzt, sondern vor den Leuten, brauche ich Michinio oder Kadima nur ein Zeichen zu geben und …«»Das wird nicht passieren, mein großer Marschall, dreif…«»Gut«, sagte Edmondo Bittencourt und steckte ihm seine behandschuhten Finger in den Mund,»denn sonst verliert mein einmütig gehorsames und doch so gespaltenes, dreischichtiges Volk den Glauben an dich – und nicht, dass sie anfangen, ihren eigenen Glauben zu suchen. In dir sehen sie ihren Stolz, und dank deines Hochmuts sollen sie entspannt leben können. Eine große Aufgabe liegt auf deinen Schultern, Greg, und nun steh auf, plustere dich auf!«Ach, wie seine Augen glitzerten.»Und jetzt leg dich hin!« Er legte sich gehorsam hin.»Nimm die Nuss und wirf sie weg.« Der Herr der Musen warf die Nuss hinter sich.»Jetzt geh sie wieder suchen, und lass sie dir schmecken.« Sobald aber Greg sich bückte, um die Nuss unter der Ottomane zu suchen, kam sie schon von selbst hervorgerollt. Ja, unter der Ottomane lag bestimmt jemand. Und als er zitternd kaute, sagte der große Marschall sanft:»Und jetzt geh, mein guter Ricio, misch dich unter die Gäste, du weißt ja selbst, dass der entzückte, ehrerbietige Blick der ganzen Dummköpfe diesen kleinen Schrecken wegblasen wird, du wirst dich wieder wie ein Mann fühlen. Meiner Ankunft musst du mit Stolz begegnen.«»Jawohl, mein Marschall.«»Geh raus, am Ende des Flures werden meine sieben Diener stehen, sag dem zweiten, dass siebenundzwanzig genau sechs ist.«»Jawohl, mein Marschall.« Und der soeben unantastbar gewordene Greg Ricio, der die Bedeutung der Perspektive kannte, ging aus einer anderen Tür nach draußen als die, durch die der Marschall das Zimmer betreten hatte. Nach einer Weile nahm der Marschall das auf dem Tisch liegende dünne, runde Holzinstrument und blies anmutig hinein. Auf diesen feinen, glasklaren Klang hin kroch unter der Ottomane Kadima hervor, richtete sich langsam auf, und sein frostiger Blick, der voll bösartiger Traurigkeit war, blieb irgendwo neben dem Marschall hängen. Und der Marschall schob ihm mit dem Fuß eine auf dem Boden stehende Schüssel zu, randvoll mit Milch, dabei hörte er nicht auf zu spielen, und Kadima drehte lechzend den Kopf und betrachtete die ersehnte Flüssigkeit. Dann schnellte er herab und begann zu schlürfen, gebeugt, das Gesicht in der Milchschüssel, er schlürfte, schlürfte mit seiner langen Zunge und wand sich dabei. Auf den Flur hinaus trat als Erster Bittencourt, ihm folgte der knochenlose Kadima. Sein Anblick verursachte dem armen Zwerg Gänsehaut. Wortlos ließen sie ein paar Türen hinter sich. Dann befahl der große Marschall seinem Geleit, im Flur zu bleiben, er selbst betrat ein herrliches Zimmer. Vier Generäle drängten sich dort an einen niedrigen Tisch, sie spielten Karten. Sobald sie den Marschall erblickten, warfen sie die Karten auf den Tisch und sprangen so schnell auf, dass einer von ihnen versehentlich ein Glas Brausewein umstieß. In Habachtstellung standen sie da. Der Marschall betrachtete die vielen kleinen, prickelnden Brauseweinpfützen und sagte dann: »Bitte setzen Sie sich, meine Herren Generäle.« »Ach, nein, nein, wir bleiben stehen, Grandis…« Aber der Marschall wiederholte: »Setzen Sie sich! Bitte!« Mit durchgedrücktem Kreuz saßen sie da, und der große Marschall ging auf und ab und sprach misstrauisch zu sich: »Hm, stehen bleiben wollten sie. Wenn sie stehen bleiben, brauchen sie auf meine Fragen nicht mehr aufzuspringen.« Er ging vor ihnen hin und her. »Und, wie läuft's so im Leben, mein Lieber?«, fragte er einen auffallend schönen General. »Danke, mein Marschall«, der General sprang auf, »Sie kennen ja das strenge und selbstlose Leben der Soldaten …« »Setz dich, setz dich, wie geht es Doña Gumercinda?« »Danke Grand…«, der schöne General sprang wieder auf, »…isssimohaler.« »Und du, wie geht es dir, mein guter Ramos?« »Danke Grand…«, antwortete Ramos, der General der Bestrafungseinheit. »Setz dich, mein Guter, und wie fühlt sich Frau Artidora, General Jorge?« »Es geht ihr gut, mein Marschall, sie ist auf Diät …« »Sehr gut, setz dich. Und der Wildfang Margicha?« »Ach, immer noch so wild …« »Setz dich, setz dich … Und wie läuft es so im Sonderkommando?« »Sehr gut, mein Marschall«, der schöne General schnellte erneut hoch, »dank Ihnen geht es ihnen gut, alle auf Hochglanz.« »Sehr gut, setz dich, das Sonderkommando muss schon was hermachen. Und wenn du in pucto Disziplin nachlässig wirst, mein General, ramm ich dir ein Messer zwischen die Zähne und trenn dir den Kopf ab. Wie geht es der wunderschönen Doña Gumercinda?« »Danke Grandisss…«, der General sprang auf, »…immmohalller.« »Sehr gut, setz dich, und die Frau Artidora, General Jorge?« »Vielen Dank, unvergleichlicher Marschall«, der General sprang auf, »sie macht Diät.« »Sehr gut, setz dich Jorge. Und wie geht es dem Wildfang

Margicha?«»Ach, wild wie immer«, der General sprang wieder auf,»sie ist wie Quecksilber, Grand…«»Sehr gut, und sonst, wie geht es euch?« »Danke Marschall«, jetzt standen alle vier,»dank Ihnen …«»Setzen Sie sich, meine Herren Generäle. Jetzt dürfen Sie gehen, empfangen Sie mich im Saal.« Mit militärischem Gruß verließen sie den Raum. Der große Marschall schüttelte die Brauseweinflasche und beobachtete die platzenden Bläschen.»Die Armee, ja, die Armee, die Armee … die ist schon viel wert.« Unzählige winzige Bläschen eilten zur Oberfläche, um dort zu sterben, zu verschwinden, und der Marschall schüttelte erneut die Flasche, und abermals erschienen zahlreiche Bläschen. Den leicht erschöpften Edmondo Bittencourt belustigte das. Ohne Eile ging er hinaus, im Flur warteten Kadima und der aus Angst vor Kadima grün gewordene Umberto. Der Marschall klopfte leicht an eine sehr dicke Tür, und sofort kam der nackte Aniseto heraus, einen großen leeren Sack in der Hand. Etwas war anders als sonst, um dem Marschall Respekt zu zollen, hatte er an zwei Stellen Feigenblätter angebracht. Würdevoll und majestätisch näherten sie sich einer kolossalen Tür; ein Riese mit runden Muskeln und nacktem Oberkörper hob einen schweren Hammer, schlug auf einen großen eisernen Gong, der an einem goldenen Seil hing, und auf den Hall hin tat sie sich auf – die beeindruckende Tür zum Spiegelsaal.

»Brüder! Die großen Städte der Welt – Rom, Babylon, Pompeji, Rio de Janeiro – sind weit weg«, sprach zur Menge der Conselheiro, Mendes Maciel, sein schwarzer Überwurf wehte im Wind, er stand auf einem großen Fass in der Marktstadt.»Aber der Gestank kommt bis hierher! Ihr Feiglinge, ihr Dummköpfe, merkt ihr das etwa nicht, atmet einmal tief ein, das Atmen haben sie euch doch immerhin nicht verboten, noch nicht, so weit wäre es sicherlich auch noch gekommen. Doch jetzt bin ich da!«

Die Musik brach ab, und der ganze Saal blickte stumm den großen Marschall an, er stand auf der Türschwelle, hatte die Augen zusammengekniffen und nahm leise lächelnd die erstarrten Gäste unter die Lupe. Nur drei Männer standen bei ihm: zwei hinter seinem Rücken – der nackte Drahkanzähler, Aniseto, und sein persönlicher Henker, der kaltblütige Kadima – und der dritte, der Zwerg Umberto, an seiner Seite oder eher Hüfte; für die Veranschaulichung, Haler. Der große Marschall betrachtete die Gäste, die ihren Tanz abrupt unterbrochen hatten – glänzend aussehende Männer hielten ihre Arme noch immer wie versteinert um die Taillen der schönen Damen, und diejenigen Tänzer, die mit dem Rücken zur silbern ziselierten Tür stehen geblieben waren, hatten energisch die Köpfe gedreht und blickten ehrerbietig über die Schulter zum großen Marschall. Der unermessliche Marschall, Edmondo Bittencourt, betrachtete die Gäste – da, seine rechte Hand, Oberst Cesar, und dessen Frau Stella, seine Nichte; der schöne General und seine wunderschöne Frau Gumercinda; der Viehkönig und Hauptmann der Ordnungshüter, Don Rigo, er besaß eine riesige Herde; der Gutmutgeneral der Bestrafungseinheit, Ramos; der Älteste des Ältestenrates und seine Tochter, Doña Chayo und ihr Mann, ein hübscher Bursche, Ramirez Quispe, soeben wegen seines Aussehens vom Unteren Kamora aufgestiegen, vormals Großmeister bei der Jagd auf Teppiche mit einer scharfkralligen Katze und als das aufflog, verurteilt – Urteilsspruch: Abhacken eines Armes –, aber auf das dringliche Flehen der unansehnlichen Doña Chayo hin wieder freigesprochen und ihr zum Mann gegeben, nun ein ehrbarer Bürger; sein enger Kumpel, ebenfalls ein hübscher Bursche, Massimo. Massimo! Erinnern Sie sich an Santos? General Jorge und seine Frau Artidora, auf Diät, und ihre Tochter, der Wildfang Margicha; all die von ihren Sesseln aufgesprungenen totenstillen Kamoraner, und Servilio, der Feinstädter, ein Pergament in der Hand; der Großhändler Artemio Vasquez mit seinen hängenden Wangen; der erste Mann im Unteren Kamora, der als Beiwerk geladene Wagehals Rigoberto, immer gewillt, Kopf und Seele zu riskieren, unauffällig umzingelt von Offizieren in Zivil; der große Erfinder Remijio Daza, gekleidet wie ein Händler, mit traurigem ausdruckslosen Blick und wie immer mit trockenem Mund, das Schlucken bereitete ihm Mühe; der ehemalige Taschendieb Pedro Cardenas mit seinen ausgesprochen kurzen, zarten Fingern, hochgestuft, um ein Auge auf Aniseto, Massimo und dergleichen Steuereintreiber zu haben; der Adlige Hermogenes Carrasco; und ein Meister seiner Sache, Alfredo Evia, der geheim gehaltene Masseur des Marschalls; der lyrische Hoftenor, der Feinhals Ezequiel Luna; der Hauptstaatsanwalt, der sehr direkte Noel; das lebende Spielzeug, der blasse Vagabund Domenico;

und Michinio, mit seinen grauen Augen von einem Augenwinkel zum anderen, glimmende Glut im stolzen Blick, der grässliche Michinio, der sogar Kadima einmal eine Stichwunde zugefügt hatte, allerdings wurde ihm verziehen, er war ein nützlicher Kamoraner; der Doktor, Otar, bekannt in der ganzen dreischichtigen Stadt für seine Gutmütigkeit und Ehrlichkeit, an der sich niemand weiter störte, weil er Arzt war, ganz Kamora nannte ihn mit ungewöhnlicher Zuneigung Onkelchen Otar, auch die Älteren. Doktor Otars wässrige Augen betrachtete der Vagabund nunmehr voller Hoffnung, so etwas, ein freundliches Gesicht – war das Alexandros Bruder? Der Kleinermittler Ciccio, eigens geladen, um die Großzügigkeit des Marschalls zu unterstreichen; und der große Enthüller, der von Kindheit an als taubstumm geltende Esteban Pepe, der über ein absolutes Gehör verfügte; die treuen Diener, alle sorgsam geprüft; das eifrige Blasorchester, wie Vögelchen auf der oberen Galerie sitzend; und ein dem Marschall zugewandter, die Arme nach oben reckender Kleingebieter über das nun stille Orchester. Und nur einer saß ungerührt in seinem Sessel, ach, der Freche, der Rebell Greg Ricio. Der große Marschall hob leicht den Finger zur oberen Galerie: »Maestrino, bitte«, und die unterbrochene Musik setzte wieder ein, im prunkenden Saal drehten sich die Paare, und das leichte Wehen der bunten Festkleider ließ die unzähligen Kerzenflammen erzittern, und mal da, mal hier, mal irgendwo erzitterten in den Lichtreflexen auch die Epauletten, die Diamanten-Ringe-Ohrringe-Ketten. Und all das brach sich unzählige Male, denn vollständig samt Boden und Decke verspiegelt war der Saal.

»Ihr Dummköpfe, meine Brüder!«, rief Mendes Maciel die Menge an. Sein Haar und Bart waren struppig, und so schritt er über die Fässer, am Boden folgten ihm zunächst zwei der Hirten, Gregorio Pacheco und Senobio Llosa, die anderen standen reglos da und reckten die Köpfe. »Vor langer Zeit wuchs auf dem lockeren Boden Assyriens der Götze Moloch empor. Hört mir zu! Erst war er ein Mann, dann verwandelte er sich in Bronze. Ob Wein oder abgestandenes Wasser, Brot oder ein trockener Heuballen, von allem verlangte er seinen Anteil! Er war ein Mann und wurde zu Bronze. Zuerst, als er noch ein Mann war, stand er tagtäglich auf dem Acker, dann wurde ihm die Erde verhasst, und er folgte dem Weg, der bergauf führte, er glaubte, so die Spitze eines Felsens zu erreichen; er erklomm tatsächlich den Fels, aber in Wirklichkeit ging es bergab, glitt er langsam auf die Hölle zu. Er hat sich auf den Fels gestellt, und Dummköpfe wie ihr haben für ihn auf ihren Schultern, mit ihren Ochsenkarren Wasser geschleppt.«

Ach, was für großartige Paare drehten sich da, mit zusammengekniffenen Augen beobachtete der große Marschall die Prominenz der dreischichtigen Stadt. Und schaute jemand dem Unvergleichlichen auch nur für einen Augenblick flehend in die Augen, winkte der große Marschall denjenigen zu dessen Entzücken zu sich. Aufgeregt und dabei fast angeberisch näherte sich ihm der gänzlich entkräftete Händler, Artemio Vasquez. »Und wie geht's, mein Lieber?«, fragte der große Marschall. »Dank Ihnen, Grandisssimohalller, alles bestens. Ich war in der Aue, mein Unvergleichlicher, Eure Hoheit, Ihre Ehefrau hat doch den Ring verloren, ich habe den Ort abgesucht, und wer sucht, Grandisssimohalller, Sie wissen ja, der findet. Ist es nicht der?«»Das ist genau der Ring, mein lieber Artemio, ich habe sofort den Diamanten erkannt.«»Ich bringe ihn zu Aniseto, nicht wahr?«»Ja, zu Aniseto. Geh tanzen.«»Ach, in meinem Alter, wissen Sie …«, Artemio Vasquez lächelte verschämt und wurde sogleich nervös, »mit wem soll ich tanzen, großer Marschall, sagen Sie nur, und ich werde …«»Mit niemandem, Haler. Geh und setz dich.« Jetzt rief er den schönen General mit dem Zeigefinger zu sich. »Und wie geht es sonst so, mein Lieber?«»Sie wissen ja, Grandisssimohalller, das strenge, unverblendete Leben der Soldaten. In der Pause war ich in der Aue, ich wollte frische Luft schnappen. Da schaue ich so vor mich hin, und wissen Sie, was ich da sehe? Den göttlichen Ring Ihrer Hoheit, Ihrer werten Gattin, im Gras! Das ist er doch, mein großer Marschall?« »Das ist er, mein Lieber«, erwiderte der Marschall, »genau das ist er, mit seiner echten reinen Perle.« »Zu Aniseto?«»Ja, zu Aniseto. Geh, verlier keine Zeit, schöne Grüße an Frau Gumercinda, und schick mir den General Jorge.« »Wie geht es Ihnen, Grand…«»Ja, gut, mein General, und wie geht es dir? Immer am Exerzieren, oder wie?« Er schaute ihm in die Augen. »Es war Abend. Und vor dem Schlafengehen, wo die Müdigkeit einen so langsam überkommt, bin ich noch ein klein wenig in der Aue spazieren gegangen. Ich betrachtete die Blumen und …«»Vielleicht ist er von jemand anderem?«»Nein, mein Marschall, wer sonst hätte so einen

Diamanten verlieren können, außer der Königin?«»Ja, er ist es, kein Zweifel.«»Zu Aniseto?«»Ja, zu Aniseto, schönen Gruß an den Wildfang Margicha, schick mal Porfirio zu mir.«

»Erst stand er tagtäglich auf dem Acker, Moloch, er war ursprünglich Bauer wie die anderen«, fuhr Mendes Maciel fort in seiner Rede. »Sein Nachbar hieß Iane, ein gewöhnlicher Mann, einer wie ihr. Aber eines verdammten Tages sah Moloch ihm in die Augen. Es war Abend, und vor der Nachtruhe, in der Stunde der Einkehr, als die vom Stehen müde gewordenen dünnen Beine den erschöpften Iane zum Schaffell auf dem Lehmboden zogen, da begegneten seine Augen denen von Moloch, der soeben aus dem Schlafe erwacht war, und er erschrak. Und weil immer, wenn irgendwo ein Riss entsteht, sich woanders etwas festigt, nahm während des Blickkontaktes Molochs Überheblichkeit zu, er erstarkte, sein verdammtes Herz wurde härter, sie schauten einander in die Augen, und der arme Iane wurde kleiner und kleiner. Bah, dieser Pimpf! Und, ihr Dummköpfe, er sah so aus wie ihr!«

»Als die Nachricht vom Verlust eines der Ringe Ihrer Ehegattin sich verbreitete, eine traurige Nachricht, Grandisssimohalller, an andere Dinge ist da nicht mehr zu denken, bin ich von der Versammlung des Ältestenrates schnurstracks in die Aue gegangen«, sagte Porfirio, in der Verneigung lächelte er zum Marshall hoch. »Auf den Knien hab ich die ganze Blumenwiese durchkämmt, und plötzlich steckte er auf meinem Finger, Grandisssimohalller.«»Sehr gut.«»Einen ähnlichen Smaragd habe ich nie zuvor gesehen, noch dazu einen so schweren!« Porfirio versuchte zu scherzen: »Wenn der mal kein Loch in Anisetos Sack reißt …«»Anisetos Sack kann nichts zerreißen«, unterbrach ihn der Marschall streng und durchbohrte ihn mit dem Blick. »Falls du es nicht glaubst, zieh deinen Ring aus und wirf ihn mit hinein.«»Selbstverständlich glaube ich es, großer Marschall, trotzdem werde ich ihn mit hineinwerfen.«»Sehr gut. Sieh, was hab ich gesagt, er ist nicht gerissen. Du wolltest um etwas bitten vorhin, Porfirio.«»Ja, mein Marschall, es geht um meinen Schwager. Sie wissen ja, ich liebe ihn wie meinen eigenen Sohn und … wenn Sie mir die Frage gestatten …«»Jetzt sag schon, heraus damit!«»Ich wollte um eine Lizenz bitten, großer Marschall.«»In welchem Teil?«»Selbstverständlich im Mittleren Kamora, Grandisssimohalller. Nur ein Idiot würde sich so etwas in Ihrem Stadtteil herausnehmen, und ins Untere Kamora geht nicht mal ein Irrer. Nehmen Sie es mir nicht übel, er hat mich sehr dringlich darum gebeten. Sie wissen schon, es fehlt ihm weder an Kleidung noch an Essen, aber die Jagd auf Teppiche mit der Katze fehlt ihm sehr und … ja, wie ich schon sagte, ich finde kaum die richtigen Worte, es fehlt ihm, und … es ist eine Art stille Sehnsucht, Grandisssimohalller.«»Gut. Die Liste der Bürger, die für die Katzenteppichjagd freigegeben sind, bekommst du von Oberst Cesar.«»Vielen Dank für die Lizenz, Grand…«»Schick den Staatsanwalt zu mir.«

»Es dämmerte, der erschöpfte Iane hatte sein Abendbrot dabei, in einem Korb, denn um es abends noch bis zu seiner Hütte zu schaffen, musste er unterwegs immer mal einen Bissen zu sich nehmen. Doch vor lauter Angst hatte er ganz vergessen, dass er sein Körbchen in der Hand hielt, er stand da und schrumpfte zusammen, der arme Dummkopf, und Moloch, ohne seinen eindringlichen Blick von ihm abzuwenden, fuhr mit der Hand ins Körbchen, tastete herum, fand ein Stück gebratene Leber, nahm es heraus, und ohne mit der Wimper zu zucken – er schaute ihn noch immer an –, tat er sich an Ianes Abendbrot gütlich; große, breite Zähne hatte er. Leber ist ein merkwürdiges Fleisch, Brüder, es ist dunkel, von einem ins Schwarze gehenden Dunkelgrün, und dazu noch pelzig vom geronnenen Blut. Kräftig kaute Moloch, und etwas schmerzte Iane unterhalb der Brust, im Bauch.«

»Ich will ohne Umschweife reden«, sprach zum Marschall der Staatsanwalt, der sehr direkte Noel, »hoch steht Ihre Ehegattin, und als Alarm geschlagen wurde wegen dem Verlust ihres Ringes, da hab ich mich sofort auf den Weg in die Aue gemacht und eine groß angelegte Suche durchgeführt, und am Ende habe ich ihn gefunden, das ist er doch, nicht wahr?«»Das ist er, Noel. Halt ihn mal ein bisschen näher.«»Ein herrlicher Rubin, Grandisssimohalller!«»In der Tat, mein Lob, Noel. Ja, bring ihn zu Aniseto. Schick mir jetzt den da.« Der Hoftenor, der bescheiden, auf Zehenspitzen sich näherte, spürte plötzlich einen Druck im Rücken, das Blut wich ihm aus den Adern; der Marschall schaute mit verdeckter Aufmerksamkeit, ein Auge zugekniffen, an ihm vorbei, wo die fünf getarnten Offiziere sich vorsorglich den Nacken kratzten, denn Rigoberto, der Wagehals des Unteren Kamora, hatte soeben seine von Adern überzogene Hand in die Tasche geschoben; hätte er sich zu irgendwas hinreißen lassen, hätten die Offiziere nur einmal ausholen müssen, und die in ihren Ärmeln versteckten Messer wären geradewegs auf den Unterkamoraner zugesaust. Sie brachten ihre Partnerinnen tanzend und nackenkratzend an den Rand und sorgten dafür, dass der große Marschall und Rigoberto nicht auf einer Schusslinie standen. Mit hochgezogener Schulter nahm Rigoberto ein seidenes, zartes, lilienbesticktes Taschentuch aus der Tasche, wischte sich über die Augenbrauen, steckte es in die Tasche zurück, zog die Hand leer wieder heraus, und die Offiziere in Zivil fassten ihre Frauen wieder mit beiden Händen um die Taille, das zugekniffene Auge des großen Marschall öffnete sich erleichtert, und dem zur Salzsäule erstarrten Hoftenor fiel ein Stein vom Herzen, er setzte vorsichtig, auf Zehenspitzen, seinen Weg zum großen Marschall fort und hüstelte sich in die Faust, um den Kloß in seinem Schwanenhals zu beseitigen.

»Und er, Moloch, aß sich satt, er aß sich übersatt, in seinen Armen mehrte sich die Kraft, in seinem Rachen der Gestank, und am nächsten Tag genügte ihm Ianes Fleisch nicht mehr. Und da langte er nach dem Fleisch eines anderen, eines Stärkeren, die Kraft dazu hatte er nun, die hatte er dem armen Iane aus den Augen gesaugt. Nichts geht auf dieser Welt verloren, das vergessen wir manchmal, Brüder, und der zukünftige Götze Moloch nährte, stärkte seinen schmutzigen Körper mit Ianes Kraft und begann, andere auszubeuten. Und die waren alle allein, jeder für sich, in ihren Familien, hinter ihren Zäunen, in ihren Löchern, ihr Dummköpfe! Egal, wie anmutig ihr auf dem Pferd reitet, ihr kriecht trotzdem in einem Loch umher, Brüder! Moloch wurde es verhasst, tagtäglich auf der Erde zu stehen, die Erde zu riechen, und er begab sich zu dem stinkenden Fels, er wollte höher stehen, der Schlaue, er dachte, er stiege den Fels hoch, und welcher Dummkopf hat mal gesagt, dass es auf der Welt genauso viele Abstiege gibt wie Aufstiege? Nein, Aufstiege gibt es wenige, Brüder. Doch Abstiege sehr viele.«

»Ein Ring, sie zu knechten, sie alle zu finden, an den Urquell des Friedens sie ewig zu binden …«, sang der Schwanenhals, der lyrische Hoftenor Ezequiel Luna, gefühlvoll für den Marschall »… im Lande Kamora, wo die Blumen blühen. Ich hoffe, ich bin nicht zu spät.«»Nein, du bist nicht zu spät, nein«, in die Stimme des Marschalls mischte sich Zärtlichkeit,»zeig mal, was für …« Und plötzlich wurde er starr vor Entzücken, sein Blick blieb in der entferntesten Ecke des Spiegelsaals hängen. Alle Gäste standen voller Hochachtung da, ehrfurchtsvoll hatten sie den Kopf gesenkt, sogar der gestrenge Greg Ricio. Ach, in welch einer Herrlichkeit näherte sich die Ehegattin des Marschalls höchstpersönlich, Ihre Hoheit Mercedes Boston!

»Auf den Fels stellte sich Moloch, zornig stierte er auf das eingeschüchterte Dorf. Übersatt, vor Hochmut trunken, stand da der Tunichtgut, die Augen traten ihm hervor; er atmete in tiefen Zügen, und der Wind verbreitete den schweren Gestank, Brüder, verteilte ihn übers Land – nein, nichts geht verloren! Und die Ianes schleppten ihm seinen Anteil herbei, wie alle anderen auch, wie ihr auch, auf Ochsenkarren, auf den Schultern, jeder, was er konnte. In den Wolken stand Moloch, Feuer brannte in seinen Augen, und weil nichts verloren geht und die Wege des Windes unergründlich sind, wurden auch die großen Städte der Welt erbaut: Rom, Babylon …«

Ihre Hoheit, Mercedes Boston, schritt durch den Spiegelsaal. Ein glänzender Strahl, schräg abprallend an ihrem Geschmeide – Ohrringe-Gürtel-Krone-Halsbänder-Armbänder-Ringe –, bohrte sich in die Wand hinter ihr. Ach, wie blendend, wie furchtgebietend schritt sie durch den Saal, der übervoll von Gästen war, die Gattin des mächtigen Marschalls, übergossen von Licht; eine riesenhafte Frau war sie, aber außerordentlich gut gebaut, so fest, groß und schwer, und doch schritt sie leicht, schwebend dahin; ihre faustgroßen braunen Augen funkelten bösartig und anmutig zugleich, was für ein Anblick, ihre Präsenz war unbezwingbar. Schielend überflog sie die Versammelten und schien sich so ihre Gedanken zu machen. Mal zog sie hämisch die Mundwinkel herunter, mal lächelte sie schlau, mal runzelte sie die Stirn, als würde sie schmollen, dann glättete sich ihre Stirn wieder, die Augen zusammengekniffen, überlegte sie sich etwas Perfides, dann wieder versprühten ihre weit geöffneten blitzenden Augen Zorn. In ihrem Blick lag ein Versprechen für die Menge – Glück oder Trauerflor. Wie unsichtbarer Schmuck umgab sie eine dichte Wolke fremdartigen Parfums, sie schritt dahin und schaute nicht einmal zu der entzückten Stella hinüber, strich ihr nur im Vorübergehen mit ihrer kühlen Türkispfote über die Wange. Und dann kehrte sie der zweigeteilten Prominenz der dreischichtigen Stadt schon wieder den Rücken, ohne auch nur eine Sekunde innezuhalten, sie bewegte sich als Einzige unter all den Statuen, was für ein Anblick. Wie groß sie war! Auf das sich stramm über den wohlgeformten, riesigen Oberschenkeln spannende durchsichtige Kleid starrte der als taubstumm erklärte Enthüller Esteban Pepe, er kriegte den Mund nicht zu. Mit fest zusammengepressten Lippen starrte auf dieselben Oberschenkel der geheime Erfinder, Remijio Daza, er schluckte mühsam das ihm im Mund zusammenlaufende Wasser; auf die überbordenden Hüften starrte der große Wagehals Rigoberto und biss sich auf die Unterlippe. Einen tiefen Ausschnitt hatte ihr Kleid und ihre Brust quoll daraus hervor, so weiß, dass einem kalt wurde davon, und mit Gänsehaut schaute der Gutmutgeneral der Bestrafungseinheit, Ramos, auf die nackten, kräftigen, silbernen Arme, die sie federleicht mitschwingen ließ, jeweils einen erwachsenen Mann hätte sie sich, wenn es darauf angekommen wäre, darunterklemmen können. Ein großer Smaragd schmückte ihre Stirn, merkwürdigerweise hatte sie ihren Hals rot geschminkt, und das gelbe Haar türmte sich auf ihrem Kopf zuhauf. Kadima machte sich lang, die Ehegattin begab sich zum Marschall, ihre Lippen waren grün geschminkt, der große Marschall schaute ihr auf den Mund, und sie lächelte ihm sanft zu, weiße Zähne teilten ihre Lippen. Sie bückte sich, brachte ihren Mund dicht an des Marschalls Ohr, und als Ezequiel Luna eilends zur Seite kroch, fragte sie leise: »Hat jemand ein Anliegen vorgetragen?« »Ja, Mercedes«, antwortete der Marschall, er wirkte unruhig, »Porfirio hat mich um die Teppichjagderlaubnis für seinen Schwiegersohn gebeten.« »Und, hast du sie ihm gegeben?«, abermals atmete sie in sein Ohr. »Ja, Mercedes.« Da richtete sich Mercedes Boston majestätisch auf, ihr schielender Blick glitt spöttisch dem Marschall Edmondo Bittencourt übers Gesicht, und sie sagte zu ihm: »Zum Glück bist du nicht als Frau zur Welt gekommen, da hättest du keinem nein sagen können. Setzen wir uns.«

»Große Städte wurden gebaut auf der Welt: Rom, Babylon, Pompeji und Rio de Janeiro, und nun lebten neue Leute in den Städten, ein Leben, das man ein besseres Leben nennt, warum auch immer, Brüder; denn dass in schön gepflasterten Sackgassen kein Weizen reift, ist euch wohl schon bekannt. Außer dem Brot begehrten sie noch anderes, irgendwelche Kinkerlitzchen, bessere, als der Nachbar hatte, und noch bevor sie die Städte aufbauten, diese Raubtiere und Unersättlichen, und mit Molochs Gestank vergiften konnten, fanden sie den Götzen verrottet auf dem Fels. Sie kletterten hoch, und ihnen zum Wächter richteten sie den verrotteten Götzen wieder auf, mit Kupfer überzogen sie ihn, polierten ihn sorgfältig, und der Moloch glänzte in der Sonne, seine künstlichen Kristallaugen blickten unerbittlich drein, er war ein Mann gewesen und war zu Kupfer geworden. Und seine Leute krochen in die Ebene hinunter und brachten viele Ianes dazu, Städte zu erbauen, mit Lügen und Drohungen, meine Brüder, mit honigsüßer Rede. Vier Ianes wiesen sie an, über den fünften, den klugen, die Todesstrafe zu verhängen, und dank euch wurden sie immer stärker. Um den Gestank des Moloch zu überdecken, besprühten sie sich mit Parfüm, sie fuhren in feinen Kutschen spazieren und bestückten prächtig ihre Häuser; und um das alles in den Augen der geblendeten Ianes wohlverdient erscheinen zu lassen, dachten sie sich Märchen aus und trösteten die, die auf der ungepflasterten, weiten Erde geblieben waren, aus der Ferne, genau wie euch Dummköpfe, meine Brüder. Als des Götzen Glanz nachließ, gossen sie ihn in Bronze – da wurde er noch schwerer. Manchmal kämpften die Ianes eines Molochs gegen die Ianes eines anderen, und in den Städten schwangen die Schmiede eifrig ihre Hämmer, sie schmiedeten Sensen und Schwerter für die Ianes, sie arbeiteten sich müde, und abends lauschten sie den Märchen; wie ihr, ihr Dummköpfe, auch ihr habt euch abgerackert, damals genau wie heute. Dann und wann war es euch vergönnt, euch aufs Pferd zu setzen, nicht wahr? Ach, was für ein Glück! Die Moloche haben für euch Märchen erfunden, während sie gemütlich auf ihren Ottomanen saßen oder auch kerzengerade in ihren Streitwagen, beflügelt von immer neuen Musen, die wandlungsfähiger waren als die alten, Schlangen, luftfarben getarnt. Mit wertvollen Vasen und Schalen bestückten sie ihre Häuser, mit Silber beschlugen sie ihre Pferde, und auch den Moloch kleideten sie in Silber, ach, wie er glänzte! Euch, euch Abgerackerten, hat man ein paar kleinere Tätigkeiten zugestanden, damit ihr euch selbst versorgen könnt, und zum Seelentrost habt ihr, ihr Dummköpfe, auch ein paar Feste bekommen: Heirat, mit kleiner Hochzeitsfeier, damit ihr nicht aussterbt, und in den langen Nächten der Umarmung dachtet ihr, es wäre Liebe; und kleine Wettspiele, damit ihr besser arbeitet; und ihr, ihr Armen, wart dann immer ganz gelöst. Auf dass ihr euch glücklich wähntet, haben sie euch auch das Tanzen und Singen gestattet; und für eine Dankeshymne oder einen falschen Lobgesang auf euer Dasein – ach, ihr habt keinerlei Scham – hat man euch über den Kopf gestreichelt mit schmutziger Hand, gewaschen in Rosenwasser. Wie ihr dann gezittert habt, Ianes Seele in euch war gerührt, und ihr habt einen Schritt auf den Moloch zugemacht, dafür habt ihr für euer Heim noch eine weitere Vase bekommen. Und bei der Sommersonnenwende oder bei der Neujahrs-feier begreift keiner von euch Dummköpfen, dass es für euch immer das alte Jahr bleibt, und mehr noch, die gleiche Dämmerung wie die von Iane, der gleiche Abend. Aber fasst Mut, Brüder, wer mir folgt, wird die herrliche, wahrhaft große Stadt erblicken. Wie heißt du?«

»Ich?«

»Ja, wie heißt du?«

»Rojas.«

»Womit verdienst du dein Brot?«

»Ich bin ein Hirte, ein Vaqueiro.«

»Ist deine Herde groß?«

»Geht so.«

»Wem dienst du?«

Da senkte Rojas den Kopf und antwortete leise:

»Einem kamoranischen Sergeanten.«

»Skrupellos bist du. Und wie ist dein Name?«

»Mercedes, sei mir nicht böse«, sagte der unermessliche Marschall, er tätschelte ihr das große Knie, »dafür habe ich sieben Ringe bekommen.«

»Hm, Ringe, was Neues fällt dir wohl nicht ein. Spiel doch bitte, Stella. Na ja, wenn sie schön sind. Ach, Rigoberto hast du auch eingeladen. Er mag mich, genauso wie du. Danke, Hermogenes, vielen Dank. In der Aue, nicht wahr? Sehr schön, ja, zu Aniseto.«

Der große Marschall, Edmondo Bittencourt, rief mit dem Zeigefin-ger aufgeregt die Hässlichen zu sich, eigens für Mercedes – für die Ver-anschaulichung, Haler! »Komm näher, Pedro Cardenas! Genau, das ist er. Ja, zu Aniseto, und bestell mal Don Rigo zu mir.« Er stellte den Zwerg

Umberto vor sich und rief zum zweiten Mal den Hässlichsten von allen Gästen – den großen Händler Artemio Vasquez –, aber Mercedes Boston hatte die Nase voll davon, sie ließ ihren Blick durch den Saal schweifen und musterte hämisch lächelnd den schönen General, Massimo und Ramirez Quispe. Plötzlich wurden ihre schielenden Augen gerade, sie nahm jemanden ins Visier:»Wer ist denn der da?«»Wer, mein Herz?«, fragte sanft der große Marschall.»Dieser Blasse, mit dem Sack in der Hand.«»Ach, das ist Cesars Spielzeug.«

»Ruf ihn mal her.«

»Mein Name? Avelino.«

»Wem dienst du?«

»Pedro Cardenas.«

»Woher ist der?«

»Aus Kamora.«

»Ein Missetäter bist du. Was bekommst du dafür?«

»Den üblichen Lohn – ein Viertel des Nachwuchses gehört mir.«

»Als Lohn bezeichnet er das.« Mendes Maciel presste wütend die Lippen zusammen und fragte nach:»Und wenn ein Rind wegen Krankheit stirbt?«

»Das zählt nicht.«

»Und wenn er dich beschuldigt, du hättest eines gestohlen?«

»So was ist noch nie passiert, der Ruf der Vaqueiros ist unantastbar, Conselheiro.«

»Hört ihr das, ihr Dummköpfe?«, donnerte plötzlich Mendes Maciel, er schlug sich mit seiner dünnen, gekrümmten, sehnigen Hand auf den Oberschenkel.»Wie ich sehe, gibt es jetzt schon eine neue Sorte von Frevlern – die ehrenhaften Frevler –, seht ihr, was euer Iane-Dasein aus euch gemacht hat!?«

»Conselheir…«

»Still! Eines muss euch klar sein, Brüder, sowohl der Moloch als auch der Feigling Iane sind gleichermaßen schuldig, der Moloch vielleicht mehr, aber das mindert Ianes Schuld nicht, denn Feigheit und Torheit nehmen bei euch stetig zu. Und du, wie …« Plötzlich stutzte Mendes Maciel, er heftete seine Augen auf zwei besonders schneidige Vaqueiros, er konnte seinen zornigen Blick nicht abwenden, und dann bekam sein

Zorn einen Riss, und er musterte die zwei Hirten, die nebeneinander-
standen, mit insgeheimem Wohlwollen. Der eine, der größere, mit an-
gespanntem Kiefer, so entschlossen, so unbeugsam, gefiel ihm besonders.
Er sagte leise zu ihm:

»Wer bist du?«

»Se Moreira.«

»Woher kommst du, hübscher Junge?«, fragte Mercedes Boston und
schaute ihm in den Mund. »Wie heißt du, mein Junge?«»Ich? Domenico.«»Ein netter Junge, ein sehr netter Junge«, sagte Mercedes Boston,
jetzt schaute sie ihm auf die Hände.»Ist der Sack nicht schwer, mein Kleiner?«»Nein, es geht.«»Die vollständige Antwort! Eure Hoheit!«, flüsterte
der Zwerg Umberto zu ihm hoch.»Nein, es geht, Eure Hoheit.«»Sehr
schön, reich mir mal meinen Sack, Aniseto. Siehst du die Stadt, wie sie da
drüben ruht, sich flüsternd schmieget in das Kleid der Nacht? Was suchst
du hier, du müßig Menschenkind, Domenico, was hat dich hergebracht?
Wirklich, woher kommst du, mein Kleiner?«»Vom hohen Dorf.«»Eure
Hoheit!«, zischte der Zwerg ihm wütend zu, und Domenico berichtigte
sich: »Vom hohen Dorf, Eure Hoheit.«»Wir haben solche wie dich schon
einmal gesehen.« Mercedes Boston schielte wieder, ihren Sack hatte sie
auf den Knien liegen, sie steckte die Hand hinein, legte den Kopf in den
Nacken, tastete mit geschlossenen Augen die Ringe ab, nur durchs Tasten entschied sie sich für einen, führte ihn zu ihrem grün geschminkten
Mund, drückte den Edelstein mit den Zähnen heraus und knabberte
daran. Sie schaute dem Vagabunden Domenico wieder geradewegs in die
Augen und schluckte die Brösel sacht hinunter, den seines Edelsteines
beraubten Ring warf sie in den Sack zurück und begann, nach einem
neuen Edelstein zu suchen.

»Was hast du in deinem Sack, mein Junge?«»Drahkane, Eure Hoheit.«
»Hast du eine große Herde, Se?«

»Ja.«

»Wem dienst du?«

»Oberst Cesar.«

Mendes Maciel, sein Wohlwollen unterdrückend, blickte ihn veräch-
lich an und sagte leise zu ihm:

»Ein Feigling bist du, Se.«

Dem großen Hirten Se sagte er das. Für jeden der Sertanejos kam das einer Ohrfeige gleich, und dem großen Hirten brannten die Wangen selbstverständlich am meisten. Seine Finger ballten sich zu Fäusten, und er wollte eben auf Mendes losgehen, als der Hirte neben ihm entschlossen vortrat und ebenso entschlossen zu Mendes Maciel sagte:

»Se ist kein Feigling, Conselheiro.«

»Und wie heißt du?«

»Manuelo Costa.«

Auch der gefiel ihm, wenn er es auch hinter Zorn verbarg, es war schwer, ihn nicht zu mögen, den fröhlichen Hirten.

»Woher weißt du das?«

»Conselheiro, Se Moreira kann einen wutentbrannten Jungbullen mit einer Hand zähmen, und wenn sich im Sertão ein Stier mit Tollwut ansteckt, wagt sich keiner außer ihm an ihn heran, alle schätzen ihn als den ersten Vaqueiro.«

Im Grunde seines Herzens gefiel das Mendes Maciel, dennoch warf er einen spöttischen Blick auf den großen Hirten und donnerte:

»Ha, sieh einer an! Auch die mutigen Feiglinge haben sich auf dieser Welt vermehrt, seht ihr, was euer Iane-Dasein aus euch gemacht hat?«

Ein vor Wut zitternder Se schritt auf den Conselheiro zu, erhobenen Hauptes, seine Machete fest umklammert, wie hielt der Griff das nur aus, und als er bei dem Fass war, auf dem der Conselheiro stand, schaute er langsam zu ihm hoch und machte sich bereit zum Sprung, doch Mendes Maciel zuckte nicht mal mit der Wimper, ganz im Gegenteil, er beugte sich zu Se herab, schaute ihm unbeirrt in die Augen, und ihm, Se, der nun vorne stand, war am Rücken abzulesen, dass sein Gesichtsausdruck einen Sprung bekam, und der Conselheiro fragte ihn leise und betrübt:

»Bist du frei, Se?«

»Nein.«

»Drahkane, mein kleiner Junge?«, hakte Mercedes Boston nach, packte ihn mit ihren eisernen Fingern am Arm, zog ihn zu sich, setzte ihn sich aufs Knie und drehte den Kopf zur Seite, um weiter am Edelstein zu knabbern. »Wie, hattest du viel Geld?« »Ja, Eure Hoheit«, antwortete Domenico mühsam, er schämte sich, der berauschende Duft des Parfüms überwältigte ihn. »Wie viel, mein Junge?« »Sechstausend Drahkan, Eure

Hoheit.«Da drehte Mercedes Boston ihren Kopf zu ihm, musterte schielend den auf ihrem Knie sitzenden Vagabunden, nahm einen wegen der grünen Schminke bis dahin kaum auffallenden Smaragd mit ihrer dünnen, geschmeidigen Zungenspitze von der Unterlippe, spitzte die dicken Lippen, kniff die Augen zusammen, und Domenico vernahm das leise Knirschen des Smaragdes; ihn schauderte, aber Mercedes Boston öffnete die Augen, schlang ihm ihre geschmeidigen, zangengleichen Arme um den Nacken, zog sein blasses Gesicht zu sich und flüsterte mit grässlicher Zärtlichkeit geradewegs in seine Lippen:»In unseren Adern fließt das gleiche Blut.«Gestank überwältigte Domenico, den Vagabunden, der Geruch von etwas Fauligem, und zum Glück hielt Ihre Hoheit ihn mit eisernem Griff am Nacken, während die bösartigen Finger der anderen Hand ihn am Ellenbogen packten, sonst wäre er ihr vom Knie gerutscht, der arme Vagabund, wäre zu Boden gefallen – allerdings wäre der Sturz eher eine Erlösung gewesen, alles, nur bitte nicht dieser schreckliche, fremde Gestank.»Ein Dorfjunge bist du also, mein Kleiner, mein kleiner Junge!« Scheinbar zärtlich sprach Ihre Hoheit, Mercedes Boston, nur ihre Finger drückten fest zu.»Schäm dich nicht, alle, die du hier siehst, stammen vom Dorf, einschließlich mir, auch ich bin ein Dorfmädchen, mein Kleiner, mein Junge, vor langer Zeit hieß ich Josefa.«Schwach, hilflos zappelte der im Griff eiserner Arme gefangene arme Vagabund. Bitte, nur nicht dieser Gestank, bitte nicht, nein, nein, und dann, als er sie voller Ekel anschaute, verstand er plötzlich – sie war nicht echt! In der Tiefe des Saales spielte Stella den mit Susi einstudierten flotten Marsch, beflissen und schön.

Und da legte Mendes Maciel dem großen Hirten die Hand auf den Kopf und sagte:

»Sei mir nicht böse, Se. Du musst wissen, wenn du ein wahrhaft mutiger Mann werden willst, musst du um etwas Wertvolleres kämpfen als den Sieg über einen wutentbrannten Jungbullen oder einen tollwütigen Stier.«

Den Kopf zurückgelegt, wie vom Donner gerührt, sah der beste der Hirten, der große Vaqueiro, ihn an, und traute sich endlich zu fragen: Freiheit? Mit den Augen nur, stumm fragte Se Moreira: Freiheit? So fragte er, mit den Augen, und schaute Mendes Maciel an.

»Ja.«

444

Wie versteinert standen die Hirten da, verhalten ging ihr Atem. Als hätten sie Ses stumme Frage gehört, starben in den tiefsten Winkeln ihrer zahmen Seelen die Ianes. Sie begriffen es noch nicht, immer noch ging ihr Atem verhalten.

»Bringt mir die Plane da.«

Und auf die vier Balken des großen Marktes kletterten gleichzeitig vier wackere Vaqueiros, sie lösten die Schlingen, ließen sie alle auf einmal los, und noch bevor die riesige Plane auf den Boden fiel, sprangen sie selbst hinunter, sie hatten es plötzlich eilig.

»Kommt zusammen und setzt euch.«

Alle setzten sie sich, eng beisammen, und Se vermochte kaum, seine langen Beine genug anzuziehen.

Mendes Maciel stieg vom Fass, griff ein Ende der Plane, lief rückwärts durch die Gruppe der Vaqueiros, die voller Erwartung auf dem Boden saßen, und bedeckte sie alle mit der breiten Plane. Dann kam auch er ins Dunkle und stellte sich in die Mitte; es wölbten sich unzählige Wellen auf der Plane, über den Köpfen der Vaqueiros, die in der stillen Dunkelheit saßen, und die einzige sich emporhebende Welle, Mendes Maciel, flüsterte zum Boden: »Hört zu, Brüder …«

»Einen kleinen Jungen nennst du ihn?«, sagte langsam Marschall Bittencourt und nahm jetzt Domenico aufs Korn. »Er hat uns das beste Geschenk gebracht.« Der Drahkanensack! Von dem konnte er sich nun ein für alle Mal verabschieden. »Ich glaube, dass er ihn uns schenken will, er scheint ein netter Junge zu sein.« Und als der Marschall sah, wie verblüfft Domenico guckte, warf er kurz über die Schulter: »Was meinst du, Kadima, ist der für uns?« Kadima durchlief ein Zittern, das sich, vom Unterkörper ausgehend, bis zu den gelben Zähnen ausbreitete, er schlängelte sich, und dann, aufgerichtet, nach vorne geneigt, gefror er plötzlich und starrte dem Vagabunden in die Augen. »Sicher, ja, ja, ganz sicher«, rief Domenico, er zitterte, so kalt war ihm zwischen all den Spiegeln. »Sehr gut.« Zur Entschädigung bedachte der große Marschall ihn mit einem schwachen Lächeln, während sein Blick schon weiterwanderte, in die Tiefe des Saales zu Esteban Pepe, dem Enthüller mit dem absoluten Gehör. »Sonst hast du nichts mehr?« »Nein.« »Bist aus jenem Dorf, nicht wahr?« »Ja.« »Das es nicht gibt, nicht wahr?«

Esteban Pepe trug die abwesend schläfrige Schwermut eines Taubstummen zur Schau und lauschte, den Kopf nach rechts gedreht, dem links von ihm sitzenden schönen General. »Saubere Arbeit«, dachte der Marschall, »bravo.« Dann wandte er sich dem nackten Aniseto zu und unterbrach dessen Gedanken – die schönste Jahreszeit ist doch der Sommer, im Winter ist es so kalt – mit einer Frage: »Wie viel soll ich ihm zuteilwerden lassen, mein Guter?« »Ich glaube«, fing Aniseto aufgeregt an, er hatte große Angst, einen Fehler zu machen, »fünfundfünfzig Drahkan reichen völlig aus.« »Ach, was sagst du da, Aniseto«, der große Marschall schüttelte unbeteiligt den Kopf, »das ist viel zu wenig«, und er ordnete an: »Gib ihm sechzig Drahkan.« Der arme Vagabund, er freute sich so. »Aber mit sechzig Drahkan kann er nicht hier in der Oberen Stadt bleiben, das wäre peinlich, besser wir schicken ihn in die Mittlere Stadt. »Kennst du dort jemanden?« »Ja, Scarpiozo.« »Grandisssimohalllll!«, bemängelte der Zwerg Umberto. »Scarpiozo, Grandissimohaler.« »Ein ›s‹ und zwei ›l‹ hat er Ihnen vorenthalten, großer Marschall«, entsetzte sich der Zwerg Umberto, aber dem großen Marschall war nichts aufgefallen. »Willst du zu ihm, Domenico?« »Nein, Grandisssimohalllll.« Da schaute Marschall Bittencourt Aniseto an, und der legte sofort los: »Wo willst du denn sonst hin? Wir werden dich in dieser Stadt nicht einfach so herumlaufen lassen, dafür weißt du zu viel. Umlegen wollen wir dich auch nicht, womöglich kriegst du noch Geld von irgendwoher …« »Gefällt dir jemand von meinen Gästen?«, Marschall Bittencourt trommelte sich mit den Fingern aufs Knie. »Dann könnten wir dich in seine Obhut geben.« »Ja, Grandisssimohalllll.« »Wirklich? Wer denn?«, fragte Marschall Bittencourt verwundert, er zog eine Augenbraue hoch. »Dieser Mann da, der ganz alleine steht.« »Wirklich? Sehr gut, sehr gut, ich glaube, der wünscht sich sowieso einen Gehilfen. Aniseto, sprich du mal mit Doktor Otar.« Und abermals dachte er bei sich: Wunderbar, bravo.

Ihre Augen, Esteban Pepe – ein lauernder Falke. Aber der schöne General hatte bisher nichts Besonderes verlauten lassen. »Wir haben meine Tante schon so lange nicht mehr gesehen, die könnten wir doch morgen mal besuchen, Gumercinda.« Ihre Augen, Esteban Pepe, eisige Augen, und darin ein heimliches Flattern, es wetzt sich den Schnabel der arglistige Falke, aber das Opfer zeigt sich nicht. »Bringen wir ihr den Mandelkuchen mit Sahne mit, den mag sie so gern.«»Deine Tante kann …«, dachte verdrossen Esteban Pepe,»sag endlich was Interessantes«, aber dem General fiel noch seine andere Tante ein, und da sprang Esteban Pepe auf und reichte dem Wildfang Margicha ein Taschentuch, welches ihr auf den Spiegelboden gefallen war; mit stummen feuchten Augen sog er freudig und dankbar ihr liebliches Nicken auf und setzte sich neben den General Jorge. Nach dem beiläufigen Platzwechsel machte er sich nun daran, diesen General auszuspionieren. Ihre Augen, Esteban Pepe, so heimtückisch maskiert, Ihre Augen … lebendig wie die eines ausgestopften Tieres, starr, bösartig, und doch dumm, ein dummer Falke.

»Meine Brüder …«, flüsterte Mendes Maciel, in der Dunkelheit, inmitten der kauernden Sertanejos. Es war sehr dunkel.»Kommt mit mir, und ihr werdet die wahrhaft große Stadt schauen. Es gibt sie noch nicht, mit unseren eigenen Händen müssen wir sie erbauen, es schenkt sie uns keiner, die ersehnte Stadt. Brüder, weit weg von uns sind die großen Städte der Welt – Rom, Babel, Pompeji, Rio de Janeiro –, aber der Gestank reicht schon bis hierher, und die Zeit drängt, wir müssen uns retten, ihr Ianes, kommt mit mir. Aber ihr müsst wissen: Obgleich wir gegen niemanden kämpfen wollen und eigentlich auch das Recht haben, überall hinzugehen, werden sie versuchen, uns aufzuhalten, sie werden einen Grund finden, uns anzugreifen, ein Kampf steht uns bevor. Und ihr müsst auch wissen, dass wir diesen Kampf verlieren werden. Und dennoch, ich werde euch zeigen, was Freiheit heißt. Für kurze Zeit. Ihr braucht keine Angst zu haben, denn wir sind ohnehin nur für kurze Zeit hier auf dieser Welt. Habt keine Angst vor dem Tod oder dem Nicht-Sein, denkt nicht, es wäre etwas Neues, auch vor unserer Geburt gab es uns nicht. Und auch nach dem Tod wird euer weicher Körper keinen Schmerz empfinden, und das Schweigen, in das ihr euch vor eurer Geburt hülltet, auf einer Wiese, im Gras oder in einer Frucht, wird auch danach wieder euer Schicksal sein, euer Körper wird nach dem Tod wieder in der Kühle, in der Ruhe schweigen. Und wo es euer Los ist, eines Tages starr zwischen vier Brettern zu liegen, Brüder, sehnt ihr euch da nicht nach dem Leben, also dem Schmerz, jetzt und hier, wo eure Augen noch offen sind und eure Herzen pochen? Wollt ihr nicht frei sein? Ihr seid doch inmitten der

Schönheit geboren. Ihr Dummköpfe, der Mensch kommt nur einmal auf die Welt, und das für jemand anders? Steht auf, raus mit euch allen!« Und wieder leise, vorsichtig flüsternd fügte er hinzu:»Meine Brüder, schaut euch um ...«

Der Conselheiro stand bereits stolz in der Sonne, als die Sertanejos unter der Plane hervorgekrochen kamen, sie kniffen die an die Dunkelheit gewöhnten Augen im hellen Licht zusammen. Und jetzt, wie sie da standen, verwirrt und aufgeregt, jetzt schauten sie mit dem Grimm eines Entdeckers auf Berge und Wolken. Das war was! Früher hatten sie das mit ganz anderen Augen betrachtet.»Conselheiro, ist das alles etwa unser?« Gregorio Pacheco riss mit Mühe seinen Blick von einem hohen Berg los.»Ja, das ist dein, das ist euer«, sagte Mendes Maciel, sein Überwurf wehte im Wind, sonst war es windstill,»aber nur wenn ihr das wollt.«»Ja, ja, unbedingt«, rief Senobio Llosa bestürzt,»nur, was müssen wir dafür tun?«

»Kommt mit mir.«

»Nehmen Sie mich auch mit?«, fragte eilig ein Vaqueiro, der den Kopf gesenkt hielt und stur auf den Boden starrte. Als Einziger schaute er nicht auf Himmel und Wolken.

»Wer bist du?«

»João Abade.«

»Ich nehme alle mit, die das wollen.«

Mendes Maciel sah sich den stirnrunzelnden Vaqueiro an, bedächtig ging er um ihn herum.

»Willst du mein Gehilfe werden, João?«

»Ja, Conselheiro«, sagte dieser, schaute dann zur Seite und trat eigensinnig von einem Bein aufs andere,»ich bin aber ein Griesgram.«

»Das macht nichts. Komm.«

»Gegen das Schicksal«, fing der nackte Aniseto an, nur zwei Blätter bedeckten ihn,»kann keiner sich wehren, nichts nützt dem Menschen sein Aufbegehren, die Ente kann sich grad noch verstecken, der Schwan jedoch muss elend verrecken, diesen Burschen müssen Sie übernehmen, Doktor Otar.« Und in diesem Saal voller Gift begegneten dem Vagabunden zum ersten Mal gutmütige Augen, vertrauensvoll schauten sie einander an, und die gesprenkelten Augen des dicklichen Mannes lächelten

Domenico unbekümmert und froh zu, feucht wurden sie dabei, und als schäme er sich, seine Zuneigung zu zeigen, fragte Doktor Otar scheinbar geschäftig und forsch: »Wie heißt du, Junge?«»Ich? Domenico«, und er merkte, dass er hier, in Kamora, in dieser verfluchten Stadt, zum ersten Mal lächelte, und da lächelte er noch mehr, und in beider Blick lag eine inständige Bitte – sich nicht zu verändern, darum baten sie den jeweils anderen. »Woher kommst du?«»Er ist eine Waise«, ließ sich Aniseto schnarrend vernehmen, ein Riss zog sich durch die sachten, weichen Töne, »nimmst du ihn zu dir?« Und wieder schmolz das Eis: »Ja, ja, sicher. Warum bist du so blass?«»Weiß nicht.«»Macht nichts, gehen wir zu mir und essen wir was«, er legte die Hände ineinander, »wollen wir?«»Ja.«»Er muss zuerst zum Oberst«, sagte Aniseto gereizt angesichts des fremden Dunstes, in dem er sich plötzlich befand, »warten Sie draußen, Doktor Otar.«

»Ich hab Frau und Kinder«, Se senkte den Kopf, »jetzt kann ich leider nicht mitkommen, Conselheiro.«

»Du findest mich. Ich erwarte dich, Se.« Grimmig lächelnd sah er ihn an.

»Wie kann ich Sie finden?«

»Hört alle zu! Wer jetzt nicht mitkommen kann und sich nach seiner Rückkehr in den Sertão noch immer nach Freiheit sehnt, der geht diesen Weg.«

Er deutete mit gespreizten Fingern zur Caatinga.

»Zuerst geht ihr da durch, und wenn ihr auf der anderen Seite angelangt seid, schaut ihr euch um, dann seht ihr noch ein Caatingadickicht, da geht ihr weiter. Ihr müsst durch die Caatinga laufen, Brüder.«

»Aber wie denn …«, Avelino sank die Kinnlade herunter. Der Conselheiro schaute zuerst ihn an, dann ließ er den Blick über die anderen schweifen:

»Die Caatinga lässt euch durch. Sie öffnet sich.«

Verblüfft hörten die Hirten zu.

»Se«, sagte João leise, er schaute zur Seite, sein Geflüster war ihm unangenehm, »wenn du kommst, bring meine Frau und die Kinder mit, zwei Kälber hab ich noch und mein Pferd, gib die bitte beim Eigentümer der Herde ab.«

»Gut … aber falls ich … wenn ich …«

»Ich bring sie mit, Onkel João.« Manuelo lächelte ihn an. »Ich wäre auch jetzt gleich mitgekommen, aber ich begleite Se, er ist mein Kumpel.«

»Ich bin nicht dein Onkel«, fuhr João ihn sofort ungehalten an, »glaubst du, ich werde dir meine Frau und meine Kinder anvertrauen, ich werd doch nicht dem Huhn den Fuchsstall – also, dem Fuchs werd ich doch nicht den Hühnerstall anvertrauen, oder wie das heißt.« Er beruhigte sich ein wenig. »Wenn du nicht kannst, Se Moreira, dann komme ich selbst und hole sie ab.«

»So, ich gehe.« Der Conselheiro, der dürre Riese, drehte sich gewichtig um, mit stoischer Hoffnung blickte er in die Ferne, nur kurz warf er zurück: »Wer will, soll mitkommen.«

Er tat einen Schritt.

»So, du gehst?«, fragte scheinbar unbeteiligt der glänzende Oberst, etwas störte ihn. Trübsinnig blickte er auf das Porträt eines seiner Vorfahren, der nicht weniger trübsinnig aussah. »Merkwürdig … Was soll das bloß …« Ob ihn mein Schicksal kümmert?, dachte Domenico gerührt, die Augen Doktor Otars schienen in ihm wieder den Glauben an das Gute geweckt zu haben. »Ja, Grandhaler.« »Merkwürdig«, wiederholte der Oberst und trommelte nachdenklich mit den Fingern auf den Tisch. Domenico ging das Herz auf: Hat er sich an mich gewöhnt? Oder was ist los? Er bedauert offenbar, dass ich ihn verlasse … »Mmmm… mmm…«, summte der Oberst vor sich hin, »du gehst also. Aber wer … merkwürdig, wer nur …« »Er ist ein guter Mann, seien Sie unbesorgt, ich komme zu Doktor Otar, Grandhaler.« »Wie?« Der Oberst wurde aus seinen Gedanken gerissen, für einen Augenblick streifte sein Blick sogar Domenicos Gesicht. »Weiß ich, das weiß ich«, winkte er ab, »die Frage lautet nur …« »Wie lautet die Frage, Grandhaler?« »Hör mal, Domenico«, kam der Oberst plötzlich in Fahrt, »diese Frau macht mich verrückt, die Susi, ich verstehe gar nichts mehr, sie behauptet, außer ihrem Mann nie jemand gehabt zu haben, auch davor nicht, das schwört sie. Gut und schön, aber wie kann ich ihr das glauben, wenn sie … na ja, im Bett halt, wenn sie so richtig in Fahrt ist, nennt sie mich Vasco. Woher nimmt sie diesen Vasco, wenn sie sonst nie jemand hatte?«

Also das beschäftigte den Oberst.

Ja, anscheinend.

Mit zusammengekniffenen Augen schauten die Sertanejos dem Weggehenden nach. Mendes Maciel führte sie grimmig an, direkt hinter ihm ging João Abade, dann Gregorio Pacheco, Avelino, Rojas … Sie waren zwölf. Bei jedem Schritt blieben ihre Füße im Sand stecken, und auf einmal waren sie fast nicht mehr zu sehen, die Caatinga versperrte ihnen dunkel den Weg, und vor diesem Hintergrund konnte man sie kaum mehr ausmachen. Angespannt schauten die Sertanejos zu dem fernen Dickicht, an einer Stelle schien eine Lücke zu entstehen, träges Gelb blitzte auf, die Caatinga hatte sich geöffnet und gab den Blick auf den sandigen Boden frei. Die Hände zu Fäusten geballt, schauten die Sertanejos nach vorn, der Himmel war bewölkt, die Sicht wurde immer schlechter, und dann, kurze Zeit später, auf dem Heimweg, als sie mit herabhängenden Schultern hoch zu Pferde saßen, prasselte Regen auf sie nieder. »Bist du frei, Se?« Die Worte verfolgten ihn. Es regnete in Strömen. »Bin ich nicht, nein, nein, ach, nein, nein«, wiederholte er pausenlos, er war völlig durchweicht, der Regen rann ihm übers Gesicht, als würde er weinen. »Ach, ich kann nicht, es geht nicht.« »Und willst du es sein?« »Ja, ja, ja, das will ich!« Se Moreira, Sie hatten Frau und Kinder, und Sie liebten sie sehr, so sehr. Und Sie wollten sie vor allen Gefahren beschützen. Aber die Seele, die freie Seele bedeutete Ihnen so viel. Ja, Sie wollten, oder? »Ja, sehr.«

Wie sie auf die andere Seite gingen, waren sie zwölf.

»Sie müssen ihn mir überlassen, mein Oberst«, bat der grässliche Michinio, seine Augen funkelten bösartig von einem Augenwinkel zum anderen. »Sie haben mir doch versprochen, wenn Sie genug von ihm haben, überlassen Sie ihn mir.« Der arme Vagabund wartete zitternd in der Ecke. »Nein, ich habe nicht genug von ihm, meine linke Hand, ich hab so, so viel gelacht«, sagte der Oberst nachdenklich. »Wer ist er bloß?« »Wieso, wer«, wunderte sich Michinio, er war ganz schlicht gekleidet, »wen meinen Sie?« »Weißt du zufällig, meine linke Hand«, der Oberst war wieder bei der Sache, »ob jemand in dieser Stadt Vasco heißt?« »Nein, niemand. Überlassen Sie ihn mir, bitte«, flehte Michinio den Oberst an, er zog eine grässliche Grimasse, »oder verkaufen Sie ihn mir einfach,

Haler, so einen Trottel zu töten wird ein Riesenspaß sein.«»Vielleicht trägt jemand so einen Kosenamen?«»Welchen?«»Na, Vasco.«»Nein, niemand. Verkaufen Sie ihn mir, Haler.«»Nein, das kann ich nicht, meine linke Hand, der große Marschall hat es so entschieden. Die werden ihn jetzt eine Weile beobachten, aber wenn bei ihm kein Geld nachkommt, dann schnappst du ihn dir einfach in irgendeiner Sackgasse und schlägst ihm den Kopf ab.«»Nach einiger Zeit wird er was draufhaben, und dann wird er mit feurigem Blick sterben, jetzt aber, Haler, würde er mit einem Mal erlöschen, jetzt hat das einen ganz anderen Reiz.«»Es könnte ein erfundener Name sein.«»Welcher, Haler?«»Na, Vasco.«»Ja, warum nicht. Vielleicht sollte ich den Marschall selber darum bitten?«»Um was bitten?«»Um seinen Hals.«»Davon rate ich dir ab, Haler, erstens wird er seine Entscheidung nicht deinem Vergnügen zuliebe ändern, und zweitens, falls ihm eines Tages jemand die Kehle durchschneiden wird, fällt der Verdacht direkt auf dich, und du gerätst in die Klemme, Haler.«»Dann lassen Sie mich ein paar Worte zu ihm sagen«, sagte Michinio, ging zu Domenico und schaute ihm in die Augen, sosehr Domenico auch versuchte, seinem Blick auszuweichen.»Irgendwann mal wirst du nicht aufpassen, du Hund, wirst länger bei einer Frau bleiben, deinen Kummer ersäufen, oder einfach mal nachts spazieren gehen wollen, im Mondschein, und … heb mal den Kopf!« Domenico hob den Kopf, er stand gehorsam da.»In diesen Hals stecke ich dann mein Messer!«

Mit erhobenem Kopf stand Domenico da, hoffnungsfroh – der Fleck war wieder da.

In derselben Nacht öffnete die Wache das Tor des Oberen Kamora. Dreißig Reiter unter der Führung des langen Sergeanten machten sich auf Befehl des großen Marschalls auf den Weg zur Marktstadt, um zwölf Männer zu finden. In der Marktstadt machten sie kurz Rast, teilten mit den Händen, die sie mit Blut besudeln würden, ihr Brot und gaben dann ihren Pferden erneut die Sporen. In seiner zugigen Hütte lag Se Moreira, der große Hirte, auf dem Rücken, starrte an die Decke und flüsterte Mariam zu:»Gehen wir, Mariam.« »Und wenn wir dabei umkommen? Du weißt doch, sie werden uns nicht schonen.« »Ich werde sie auch nicht schonen.« »Sie sind viele, die Kamoraner.« »Ja und, was ist schon dabei.« »Ich kann nicht mit. Nicht mit den Kindern, und dir ist klar, dass ich

sie hier nicht zurücklasse«, sagte sie bitter, »geh du, wenn du das willst.«
»Wer wird dann für euch sorgen?«

Doktor Otar machte die Tür auf, nahm Domenico mit hinein, und auf der Treppe entschuldigte er sich fast: »Früher habe ich nie abgeschlossen, Domenico, aber da haben sie mich, als wäre ich eine Märchenprinzessin, ständig entführt.« »Sie, Doktor Otar?«, wunderte sich Domenico. »Warum?« »Wenn jemand krank wurde, haben sie von ihm eine Menge Geld gefordert, damit die jeweiligen Entführer mich wieder freiließen.« Na ja, Kamora … »Warte hier, ich komme sofort«, sagte Doktor Otar, und Domenicos Herz zog sich zusammen. Er ist doch wie alle anderen, er verheimlicht auch etwas, dachte er. Aber Doktor Otar kam schnell wieder zurück und erklärte ihm: »Jetzt kannst du reinkommen, es sah aus wie Kraut und Rüben, ich hab schnell ein bisschen Ordnung gemacht, du weißt ja, wie das bei einem Junggesellen so ist.«

Und endlich holte der lange Sergeant die zwölf Sertanejos ein. Unter fröhlichem Gepfeife und Gejohle.

Se Moreira lag auf dem sandigen Boden, erschöpft war er, der große Vaqueiro, er lag da, lag auf dem Rücken und blickte in den Himmel, in die Wolken, die nicht seine waren. Er wusste, dass in der Nachbarschaft einige vorhatten, zur Caatinga zu gehen; sie kratzten ein wenig Verpflegung zusammen und nahmen in ihren Säcken Karotten- und Kohlsamen mit. Manuelo wich in diesen Tagen Ses Blick aus, beklommen und abwesend lief auch er umher, es zog ihn zur Caatinga. Se kehrte zu seiner Hütte zurück, trat ein, ging zu Mariam und – wie merkwürdig! – kniete sich auf ein Bein: »Gehen wir, ich bitte dich, gehen wir, bitte.« Und sie wiederholte, zum soundsovielten Male: »Und wenn wir dabei umkommen? Du weißt doch, sie werden uns nicht schonen.« »Ich werde sie auch nicht schonen«, Se legte sich die Hand auf die Brust, »ich werde sie auch nicht schonen, Mariam.« »Sie sind viele, die Kamoraner.« »Mariam, das macht nichts.« »Nicht mit den Kindern«, Mariam wich dem Blick des verzweifelten Hirten, der vor ihr kniete, aus, »und sie werd ich hier nicht zurücklassen. Geh allein, wenn du es so sehr willst.« »Wer wird dann für euch sorgen?«, sagte leise und kläglich Se, mit schwerer Last auf den Schultern kniete er ungeschickt auf dem Lehmboden. »Auch mit Kindern gehen welche, und meinst du etwa, die lieben ihre Kinder nicht?«

Und endlich, weit weg, in Kamora, fasste sich der Vagabund ein Herz: »Sind Sie Alexandros älterer Bruder?« Er schaute ihn so hoffnungsvoll, so vertrauensvoll an, dass Doktor Otar ganz verwirrt war: »Von wem, Domenico?«»Von Alexandro. Alexandros Bruder!«»Nein, mein Lieber.« »Doch, doch«, flehte Domenico, »Sie sind der ältere Bruder von Alexandro.«»Ich hatte nur eine Schwester, Domenico.«»Und keinen Bruder?« »Nein, wenn ich es doch sage.« Doktor Otar schien ein bisschen beleidigt, weil der Vagabund ihn jetzt so misstrauisch ansah. »Warum glaubst du mir nicht?«»Weil er mir gesagt hat, dass ich es sowieso nicht bemerken würde«, sagte Domenico. »Wer hat dir das gesagt?« Doktor Otar verstand kein Wort. »Ihr Bruder, Alexandro.«»Jetzt aber«, Doktor Otar hob die Hand, »jeeetzt bist du aber nicht so gaaanz …«»Und genau so hat er auch die Wörter in die Länge gezogen!«»Wer denn, Mann?«»Ihr Bruder.« Da empfahl ihm Doktor Otar so aufrichtig: »Komm, Junge, trink mal hier so ein Pulverchen«, dass Domenico klar wurde, der Bruder von Alexandro musste wirklich ein anderer sein.

Der große Marschall, Edmondo Bittencourt, betrachtete prüfend den merkwürdigen Sergeanten – er kam so daherstolziert und machte so kurze Schritte, dass der Marschall sich fragte: Was bläst er sich so auf, bildet er sich was drauf ein, mit einer Dreißig-Mann-Einheit zwölf Strolche besiegt zu haben? Allerdings schaute der lange Sergeant ganz trüb drein. Und da glaubte der große Marschall, Edmondo Bittencourt, zu verstehen, und er wunderte sich noch mehr – er hatte schon Männer nach einer erlittenen Niederlage gesehen, aber die hatten eher mitgenommen und geknickt gewirkt. Der Sergeant dagegen hatte seinen Bauch, den er sonst immer einzog, herausgestreckt, die Schultern nach hinten gezogen und glich, lang, wie er war, einem Bogen, und Bittencourt dachte für sich: Vielleicht hat er zum Abschied einen ordentlichen Fußtritt verpasst bekommen.

Und im Sertão ging leise, auf Zehenspitzen Mariam zur Herde; ihr am Boden zerstörter Mann stand ihr vor Augen, und ihr Herz blutete. Die Stute stand ganz still da, sie mochte den großen Vaqueiro, der unter einem Baum saß, nicht anschauen; Mariam, federleicht, barfuß, schlich sich von hinten an ihren Mann heran, und dann hielt sie es nicht länger aus, es brach ihr das Herz, und sie trat vor ihn hin und sagte zu ihm: »Steh auf, gehen wir.«

Der gebogene Sergeant erstattete folgenden Bericht: »Eine ganze Weile konnten wir sie nicht einholen, Grandisssimohalller, weil wir ständig die Caatinga umgehen mussten, und die … keine Ahnung, wie die durchgekommen sind.« »Hast du irgendwo einen Geheimgang bemerkt?« »Nein, Grand…« »Und dann?« »Sobald wir sie eingeholt hatten, haben wir uns direkt auf sie gestürzt, aber die sind so merkwürdig stehen geblieben, Grand…« »Ich will dieses ›Grandisssimohalller‹ nicht mehr hören!«, der Marschall starrte ihn drohend an. »Bleib bei der Sache!« »Die sind so merkwürdig stehen geblieben, das hat uns kurz aus dem Konzept gebracht. Sie standen da, mit hängenden Armen, und schauten uns an. Dann habe ich einem mit meinem Messer gedroht. Aber der hat nicht mit der Wimper gezuckt. Das war mir zu viel und da hab ich ihn in den Hals gestochen, und danach kann ich mich an nichts mehr erinnern, Gran… Als ich wieder zu mir gekommen bin, hatte ich eine Schlaufe um den Hals, und sie lagen alle auf dem Boden, alle meine Männer, eine Machete im Herzen, und die waren immer noch elf.« »Ndu nmeintest nzwölf«, mischte sich Leutnant Navole ins Gespräch und biss sich sofort auf die Zunge. »Nein, Leutnant, Haler, einen hatte ich doch kaltgemacht.« »Also haben die gewartet, bis ihr einen von ihnen tötet.« Marschall Bittencourt kniff die Augen zusammen. »Sieht so aus, Gran…« »Eure Pferde und Gewehre haben sie auch mitgenommen?« »Jawohl, Euer Ehren!« »Und wer hat dir den Fußtritt verpasst?« »Er hat früher meine Herde gehütet, Gr…«, dem Sergeanten schoss das Blut ins Gesicht, »Rojasio oder so ähnlich hieß er.« »Sehr schön«, sagte Marschall Bittencourt, »zwölf Lumpazis haben dreißig Mann Kavallerie besiegt, sehr schön. Die haben alles gut durchdacht, jetzt können sie sagen, dass ihr zuerst ihren Mann getötet habt. Warum habt ihr nicht auf alle gleichzeitig geschossen!« »Ich war ungeduldig, Euer Ehren. Und mit dem Messer ist es auch interessanter.« »Sehr schön … Oberst Cesar!« »Ja, Grandisssimohalller!« »Schick diesmal eine Einheit von zweihundert Mann, und zwar auf der Stelle!« »Wen soll ich zum Hauptmann ernennen?« »Das ist deine Entscheidung. Hier, schick Navole.« »Ndanke für das Nvertrauen, Ngran…« »Hat er jemand, den wir als Bürge behalten können?« »Ich glaube, er hat eine Frau«, sagte der Oberst, »du hast doch eine, oder?« »Nja, Ngrandhaler. Nsusanna heißt sie.« »Sehr schön«, sagte Bittencourt und schaute Cesar vielsagend an.»Behalte sie als Bürgin.« Dann wandte er sich an Navole.»Tötet sie alle. Bringt höchstens zwei von denen hierher. Ich will wissen, was sie angetrieben hat. Vielleicht stoßt ihr auf den Geheimgang, mein Leutnant. Ohne Geheimgang wäre es ihnen unmöglich geglückt, die Caatinga zu durchqueren.« Und dann rief er wieder Oberst Cesar zu sich, hieß ihn den gehorsamen Kopf neigen und sagte ihm ins Ohr:»Macht diesen Sergeant kalt … mit geschwollener Brust geht mir selbst Greg Ricio manchmal auf die Nerven.«»Sollen wir sie beide kaltmachen, Grandisssimohalller?«»Nur diesen hier, Grandhaler.«

Se ging in seinem bescheidenen Heim umher und sammelte ein paar Kleinigkeiten ein. Dann ging er bei João Abade vorbei und half dessen Frau und Kindern, ihre wenigen Habseligkeiten zu packen. Der fröhliche Hirte begleitete ihn lächelnd überallhin. Etwa zehn Leute gingen mit Se. Die Pferde, ihre Herden, alles ließen sie zurück, nur die eigenen ein oder zwei Rinder führten sie an einem Strick mit sich; ein Stummer schloss sich ihnen noch an. Ab und zu schaute er die verwunderten Hirten lächelnd an, wortlos, gutmütig; ungeschickt versuchte er allen zu helfen, er reckte die Hände in Richtung Kamora und drohte mit den Fäusten. Zuerst dachten sie, die Kamoraner hätten ihm womöglich die Zunge abgeschnitten, aber nein, als er ihnen aufgebracht etwas über die Kamoraner mitzuteilen versuchte, war seine Zunge doch zu sehen. Sie fragten ihn, woher er kam, einfach so, aus Höflichkeit, aber er schien die Frage nicht zu verstehen, er schlug sich nur mit den Fäusten gegen die Brust, und als Manuelo Costa mit einem rundköpfigen Stock ziemlich stark auf die Trommel schlug, die sie für Gregorio Pacheco mitnehmen sollten, zuckte der Fremde, der auf einem Stein saß, nicht einmal mit den Wimpern – anscheinend war er auch taub.

Nachts machten sie sich auf zur versprochenen Stadt.

Und in der Sonne des Tages begleitete im Mittleren Kamora Domenico, der Vagabund, mit einem Arzneikoffer den Arzt, der unbekümmerten Schrittes dahinlief, und staunte immer mehr, was der sich bei den bösäugigen Kamoranern alles herausnahm.»Ach, grüß dich, alter Obernichtsnutz, wie steht's?«, rief er einem grässlichen Mann zu, der mit nacktem Oberkörper von einem Balkon herabschaute.»Und, wie war's gestern, hast du was erbeutet?«»Ich bin doch kein Jäger, Onkelchen Otar, das ist nicht mein Ding«, lächelte der behaarte Mann herzlich.»Ach du Armer. Ist nicht sein Ding«, äffte Doktor Otar ihn süßlich nach, und dann erklärte er Domenico leise:»Er ist ein berühmter Meister in der Jagd mit Katzen.« Plötzlich schaute er Domenico mitfühlend an und versuchte ihn aufzumuntern, so gut er konnte:»Hab keine Angst, Domenico, selbst Michinio kann dir nichts antun. Am helllichten Tage ist es verboten, zum Messer zu greifen, und nachts lass ich dich nicht raus, Junge, du brauchst keine Angst mehr zu haben. Ein Patient hat mir ein Schloss geschenkt, und was für eines, hoho! Hauptsache, du betrinkst dich abends nicht irgendwo. Trinkst du gern mal? Nein? Sehr gut. Dieser Mann, der da an der Wand steht … ich hasse ihn, ich kann nichts dafür. Er ist so ein Geizkragen, so ein Raffzahn, schlimmer geht es nicht. Er hat Drahkane wie Heu, und damit keiner von der Verwandtschaft auf die Idee kommt, von ihm ein bisschen was zu leihen – eine Riesenangst, bestohlen zu werden, hat er sowieso –, ist er pausenlos am Meckern, es ginge ihm schlecht. Aber vor Kurzem ist ihm was passiert, oje! Er hat für dreihundert Dahkan einen Lando gekauft, und hat mit einem mittellosen Kamoraner, der immerzu damit geprahlt hat, er wäre reich, abgemacht, so zu tun, als hätte der ihm das Geld geliehen, das wäre für sie beide von Nutzen. Und völlig grundlos, Domenico, erzählten die beiden das in ganz Kamora herum, der arme Schlucker erzählte, er hätte dem anderen Geld geliehen, und der Geizkragen schützte sich vor seiner Verwandtschaft, indem er behauptete, das Geld bei dem anderen geliehen zu haben. Und dann, auf einmal, Domenico, ist der Mittellose verstorben, stell dir mal vor. Und da ging seine Witwe hin und meinte, der andere solle ihr das Geld zurückgeben. Was hätte der Geizkragen schon sagen können, ganz Kamora hätte ihn auf das Gesagte festgenagelt. Mit Weh und Ach hat er dreihundert Drahkan abgezählt; ich glaube, er hat sie noch um zwei Drahkan betrogen. Es hieß, Domenico, um an das Geld zu kommen, hätte die Frau ihren Mann vergiftet. Was weiß ich, hier blickst du sowieso nicht durch.« Jetzt stieg Gram in seine feuchten Augen, irgendwie hilflos wirkte er. Plötzlich aber strahlte er wieder übers ganze Gesicht:»O-ho-ho, der Taugenichtsgroßmeister! Wie geht's, Haler? Mir – na ja, wenn man täglich mit solchen wie euch zu tun hat …«

Der Zug machte vor der Caatinga halt, ganz vorne stand Manuelo Costa, ehrfürchtig schaute er auf das Dornendickicht. Grauenvoll erstarrt stand die Caatinga, doch jeder ihrer Klauen war anzumerken, dass sie nicht schlief, sie war ganz schweigende Erwartung. Manuelo Costa schaute zu Se, der am Ende des Zuges stand. Hier konnte man den großen Vaqueiro nicht vorschicken, er hatte die Kinder auf dem Arm – ein Junge und ein Mädchen, sie hatten ihre Wangen auf Ses gewölbte Schultern gelegt und schliefen friedlich –, und langsam, um die Kinder nicht zu wecken, nickte der große Hirte Manuelo Costa zu. Manuelo ging voran und blieb unmittelbar vor der Caatinga stehen, die Caatinga zog eine sehr lange Klaue heraus, kam damit ganz nah an das Gesicht des Hirten heran, spreizte sie dicht vor seinen Augen, aufrecht standen sie einander gegenüber, einer der unzähligen Fangarme der Caatinga und der wie angewurzelt dastehende fröhliche Hirte; und dann glitt die scharfe Klaue ohne Eile an Manuelos Körper herab, und der Buschwald öffnete sich. Ebenfalls ohne Eile ging Manuelo Costa hindurch, die ersten paar Schritte angespannt, er schaute sich um – da trat schon der nächste Hirte in das geöffnete Dickicht. Und obgleich die Caatinga den Weg freigegeben hatte, erschauderte sie merklich. So, vor Wut zitternd, lag das Gesträuch zahm auf dem Boden. Dann kamen auch die Frauen: Joãos Frau mit den Kindern, Mariam, Gregorio Pachecos Frau, seine Schwiegermutter und Avelinos Verlobte. Die Wut, das Zittern der Caatinga nahm zu, ihre Klauen schienen zu beben, acht Vaqueiros folgten. Nun war der Taubstumme, der vor Se stand, an der Reihe, er schaute über die Schulter zum großen Vaqueiro, verunsichert und unbehaglich lächelnd, und als er eintrat, da richtete die Caatinga sich auf, hieb ihm die dicken, krummen Krallen in den Hals und zog ihn fest an sich. Erst drehte sie den armen Stummen zum großen Hirten, dann drückte sie ihn in den Sand. Se Moreira verschlug es den Atem, und wie merkwürdig, der Stumme fing an zu rufen: »Ich mache so was nie wieder, Se, hilf mir, helft mir, Leuteeee …« Von der anderen Seite eilte Manuelo mit der Machete in der Hand zu Hilfe, aber das erzürnte Gesträuch warf zur Warnung eine dünne Klaue nach ihm aus, riss ihm ein Stück Fleisch aus dem Oberschenkel und brachte ihn zur Besinnung. Die anderen Klauen kratzten dem schreienden Opfer die Haut vom Kopf, stachen ihm in die

Wangen, hackten ihm in den Hals. »Helft mir ...« Der Stumme konnte kaum noch schreien, die Kinder waren aufgewacht und starrten ihn erschrocken an. »Ich mach so was nie mehr, ich ...« Erbittert schloss er die verstörten Augen, aber die unbarmherzigen Klauen rissen ihm die Augenlider ab. Und gelähmt vom brennenden Schmerz, sah der Stumme aus unfreiwillig weit geöffneten Augen den zwischen den Fangarmen durchscheinenden Himmel, und die Caatinga riss an ihm und zerriss ihm den Leib, ja, Sie zappelten, Esteban Pepe, in Krämpfen nahm Ihr Leben ein Ende. Ihre Augen, Esteban Pepe, Ihre Augen – der stille Falke, von nun an starr und versteinert ... Esteban Pepe, statt des stillen Falken waren Ihre Augen nun gelb, bewegungslos, urinfarben gefroren. Und dann zog die Caatinga gemächlich ihre Klauen aus dem, was einmal Esteban Pepe war, legte sich wieder zur Seite und wartete ruhig ab, bis Se mit seinen langen Beinen über den so unbarmherzig enthüllten großen Enthüller gestiegen und zu den anderen gegangen war. Bis in weite Ferne sah man den Buschwald der Caatinga. Der Zug machte sich auf den Weg, die erschrockenen Kinder klammerten sich fest an den Hals ihres Vaters.

Und obgleich von Esteban Pepe, der auf geheimen Befehl hin in Erfahrung hatte bringen sollen, wo sich der Geheimgang unter der Caatinga befand, keine Nachricht kam und auch Navole mit seinen zweihundert Mann ohne Erfolg umherzog, war weithin, über die Marktstadt bis nach Kamora, zu hören:

dass irgendwo, in weiter Ferne, die aus den Tiefen des Sertão ausgezogenen Vaqueiros eine Stadt erbaut haben;

dass diese Stadt an einem Flussufer liegt;

dass die Häuser dort aus weißem Lehm gebaut sind;

dass die Menschen dort wie Brüder sind und alles miteinander teilen;

und dass diese Stadt Canudos heißt.

IV

CANUDOS

1

Auf den entvölkerten, verlassenen Sertão fiel ruhig, teilnahmslos, müßig der Regen. In der Umzäunung stand traurig das Vieh, das Fell voller Triefspuren, missmutig, lustlos käute es wieder, abgerissen, niedrig hingen die Wolken. Über die verfrühte Dämmerung staunte angenehm überrascht ein Käuzchen, das sich auf einer hohen Eiche eingemummelt hatte, und in der Baumhöhle ebendieser Eiche hatte es sich auch der einbeinige Kobold Sassi, den Bauch voller Milch, gemütlich gemacht, und obgleich jetzt, dank der verlassenen Kühe, an Milch und Butter kein Mangel herrschte, schaute er betrübt über den verregneten Sertão, wo die unermüdlichen Hirten auf ihren windschnellen Pferden nicht länger umherritten. Regen fiel auf den Sertão, ein gleichgültiger Regen; die winzigen Tropfen schnitten in die schwere, wabernde, feuchte Luft, und nur drei wehmütige Vaqueiros saßen unter einem Baum, auf dessen großen Wurzeln, und gaben keinen Laut von sich. In keiner Hütte flimmerten mehr kraftlose Funzeln, aus keinem Schornstein stieg mehr Rauch, nicht mal hauchdünner. Träge, schlaff ließen die Tropfen die nun dunkler gefärbten Blätter erzittern, alles ringsumher war stumm gebrandmarkt, und nur die Erde, die treue Erde, die alles zehnfach zurückgibt, erfüllte ihre große Aufgabe mit der gewohnten Ruhe. Für Bäume, Gras und Blumen saugte sie das lebensnotwendige Nass auf; angeschwollen und zufrieden schnaufte sie, und doch, verlassen von den Menschen, war auch sie, die Erde, hier und da zu Matsch geworden, irgendwie verdrießlich. In einer Ecke von Se Moreiras Garten lag ein kleines geschnitztes Schaf.

Und in Manuelos Garten lag am Zaun ein weggeworfenes lilienbesticktes Seidentaschentuch, das von Herzen kommende Geschenk einer Frau, und schien mit Tränen benetzt zu werden. Und der fröhliche Hirte wartete staunend vor dem Hügel, hinter dem verborgen Canudos lag, das er noch nicht erblickt hatte und wo erst zehn Häuser standen, und er schaute auf den am Fuße des Hügels sitzenden Griesgram, der einen Federkiel in der Hand hielt und in seine auf den Knien ausgebreiteten Papiere vertieft war.

»Ich bin's, Onkel João, erkennst du mich nicht mehr?«

»Deinen Vor- und Nachnamen will ich wissen, und ich bin nicht dein Onkel.«

»Willst du mich auf den Arm nehmen, Onkel João, oder erkennst du mich wirklich nicht mehr?«, fragte der fröhliche Hirte, in der untergehenden Sonne runzelte er unwillkürlich die Stirn.

»Ich hab keine Zeit, hier mit dir herumzualbern, und überhaupt, sehe ich etwa wie ein Spaßmacher aus?« João warf die Feder hin und sah zornig zu ihm hoch. »Hier kommst du mit deinen alten Tricks und Possen nicht durch, hier gelten andere Regeln.«

Da schaute Manuelo ihn mit einigem Respekt an und senkte den Kopf:

»Ich kann's einfach kaum erwarten, die Stadt zu sehen.«

»Wenn du's kaum erwarten kannst, warum bekomme ich dann keine Antwort?« Jetzt schwang Stolz in Joãos Stimme mit. »Unsere Stadt ist ganz nah, da, sobald ihr über den Hügel seid …«

»Was willst du wissen?«

»Wie dein Name und dein Vorname lauten.«

»Manuelo Costa«, erwiderte der fröhliche Hirte höflich, dabei zwinkerte er irgendjemandem zu.

»Wie alt bist du?«

»Siebenundzwanzig.«

»Wo kommst du her?«

»Aus Kalabarien.«

»Jetzt aber!« João ärgerte sich erneut. »Du kommst aus dem Sertão, mir machst du nichts vor.«

»Wieso fragen Sie denn dann?«

»So lautet die Vorschrift.«

»Ich komme aus dem Sertão.«

»Was hast du dabei?«

»Vor allem natürlich meinen Kopf. Und den Körper auch.«

»Jetzt geht das schon wieder los!«

»Drei Kälber hab ich mitgebracht, Onkel João, meine eigenen und einen Bullen.«

»Hör auf, mich ständig so zu nennen!«

»Kälber und Bulle – wieso ärgern Sie sich?«

Sind Sie noch da? So! Auch die Caatinga hätten wir geschafft. Haben Sie ein paar Kratzer abbekommen? Vielleicht einen kleinen? Das macht nichts, seien Sie mir nicht böse. Solange wir jetzt hier vor dem Hügel stehen, da würde es mich sehr freuen, wenn Sie mir vielleicht sagen könnten, wieso unser Manuelo so zum Scherzen aufgelegt ist. Das wissen Sie nicht? Er ist aufgeregt, mein Lieber. Und er scherzt, weil ihm klar ist, auf der anderen Seite des Hügels wird er nicht mehr so scherzen können wie bisher, das spürt er, denn da wartet auf ihn die vom Conselheiro versprochene Stadt: das große Canudos. Und nicht nur der fröhliche Hirte, sogar der stets so wortkarge João ist jetzt zum Scherzen aufgelegt, hören Sie mal, was der für Späßchen macht:

»Und wie heißt du?«

»Inocencio.«

»Woher kommst du?«

»Aus dem Sertão.«

»Wie alt bist du?«

»Ich?«

»Nein, ich«, neckte João ihn und schaute ihm herausfordernd in die Augen.

Jener aber erwiderte, ohne eine Miene zu verziehen:

»Sie? Sie sind bestimmt so um die zwei-, dreiundvierzig.«

»Jetzt aber!« João wollte schon wieder aufbrausen. Doch er geriet ganz aus dem Konzept, als er, im Herzen frohlockend, plötzlich in der Schlange seine Frau und seine Töchter entdeckte. Um Zeit zu gewinnen, spitzte er mit übertriebener Sorgfalt seinen Gänsekiel und dachte angestrengt nach: Hätte er sie einfach durchgewunken, wäre das ein Verstoß, verwandtschaftshalber, gegen die von ihm selbst eingeführte Regel, andererseits, welcher vernünftige Mensch würde schon die eigene Frau und die eigenen Töchter nach dem Namen fragen? Und da hatte er's: »Alle Frauen gehen bitte rüber! Da drüben hin, bitte! Sie auch, Mariam.« Zum ersten Mal war João froh darüber, vier Töchter zu haben.

Beim nächsten Mann brachte er es auch nicht übers Herz, bei dem großen Vaqueiro, die unsinnige Abfrage durchzuziehen, und füllte das Blatt wie folgt aus: »Se Moreira, nicht wahr? Vierunddreißig, nicht wahr?« »Ja.« Eifrig malte er die Buchstaben: »Aus dem S-E-R-T-A-O. Danke schön.«

Im Sertão saßen sie lange da, drei Hirten, wortlos, trübselig. Die großen, mit Regenwasser durchtränkten zweikrempigen Hüte nachlässig auf den vom Zweifel schwer gewordenen Köpfen. Zusammengekauert saßen sie da. Sie lauschten dem leisen Rauschen des Regens, und nachdem das Geräusch der letzten Tropfen kraftlos im Boden versunken war, stand einer von ihnen auf, schaute in die Ferne und sagte wütend: »Ich muss gehen!« »Wo willst du hin?«, fragte ein anderer, ein einohriger Hirte. Der dritte Vaqueiro ließ den Kopf hängen, stumm, sein Blick drang stur in den Boden. »Das hier ist doch sowieso nicht unser Boden.« »Von wem denn sonst?« Beleidigt schaute er zu dem Stehenden hoch. »Ich bearbeite ihn doch.« »Du oder deine Frau?« »Das spielt doch keine Rolle.« »Ein Hirte hat keinen Boden«, sagte der Stehende, »er lebt auf dem Gras.« »Und wenn schon, hast du was gegen Gras?« »Nein, es ist wunderschön«, erwiderte der Stehende, »aber es hat keine tiefer gehenden Wurzeln.« »Was willst du denn«, sagte der einohrige Hirte, »Bäume haben wir auch, und die haben lange Wurzeln.« »Die Bäume hast nicht du gepflanzt, Tugo«, versetzte der Stehende, »und Kohl, Karotten und Petersilie werden mich nicht hier halten.« »Was würde dich denn hier halten, Prudencio?«, fragte leise der Einohrige, der auf einer Baumwurzel saß. »Ein Baum würde mir vielleicht erst mal reichen, von uns gepflanzt, tief verwurzelt. Aber wir dürfen ja nicht mal Obstbäume haben, damit wir nicht abgelenkt sind und denen ihr Vieh nicht vernachlässigen; aber von Obstbäumen mal ganz zu schweigen, eigene Wurzeln hab ich keine! Ich spüre ihn nicht mal, den Boden unter meinen Füßen, ich bringe es kaum fertig, meinen Fuß auf ihn zu setzen, weil er jemand anderem gehört; und auf die Gefahr hin, dir wehzutun, will ich dir jetzt noch einmal erzählen, wie sie dir dein Ohr abgeschnitten haben. Warum und weshalb ...«

Bedächtig zog die Reihe der Sertanejos den Hügel hinan. Ganz vorne schritt João, mit Stolz erfüllt, erhobenen Hauptes. Sie bekamen kaum Luft, als würde die Caatinga sie mit ihren Klauen umschlingen, so groß war ihre Aufregung. Se Moreira setzte Sohn und Tochter ab – nicht dass er müde wäre, nein: Selbstständig sollten die Kinder den Hügel hinaufgehen, und aus ihrer eigenen Höhe die fremde Stadt erblicken, das wollte Se. Gleich hinter ihm lief Mariam, blass, außerdem Inocencio, die Machete umklammernd, und mit angespannten Kieferknochen, zum ersten Mal grimm, Manuelo Costa. So stiegen sie einer hinter dem anderen nach oben. Ganz vorsichtig atmeten sie. Und in einem unbemerkten Augenblick – hm, die Frauen! – zupfte den übermäßig stolzen João Abade seine Ehefrau heimlich am Ärmel und flüsterte:»Hast du mich vermisst, Pumpurik?« João, ganz verdutzt, grummelte nur gedämpft, nahm wieder Haltung an, machte einen großen Schritt und stellte sich stolz auf die Kuppe des Hügels. Schulter an Schulter standen die Sertanejos da, tief und kräftig atmete ein jeder, und die Augen sogen alles auf.

»Als die Kamoraner kamen, die Steuereintreiber, nur drei Männer ...«, begann der Stehende, Prudencio, er schaute den auf der Baumwurzel Sitzenden nicht einmal an,»na ja, erfreut hat das keinen von uns, aber du hast Blut und Wasser geschwitzt, Tugo, du hattest Hühner. Was sind schon ein paar harmlose Vögel, aber sogar das ist uns verboten, Hühner zu halten, sie meinen ja, dass wir uns dann nicht mehr so um das Viertel des Zuwachses, das uns gehört, bemühen würden, wenn wir uns etwas von den Hühnern versprächen – ganz schön schlau, was? Und du warst der Einzige, der dagegen verstoßen hat. Von uns anderen hat das keiner gemacht, nicht aus Angst, es hat einfach keiner gemacht. Und während die drei Kamoraner zwischen den Kühen herumgelaufen sind, hat dein Hahn gekräht, Tugo. Und sie haben es gehört. Sofort hat sich bei den dreien der Gesichtsausdruck verändert. Dein Haus stand ja ein Stück weit weg, und bis zum nächsten Hahnenschrei sind sie reglos, nach vorn gebeugt stehen geblieben, und als er dann wieder krähte, rannten sie etwa zwanzig Schritte in die Richtung, aus der das Krähen kam. So haben sie schließlich deine verbotenen Vögel gefunden, Tugo. Der Mann, der bei den dreien den Wortführer gab, hat ruhig und sachlich gefragt: »Wer wohnt hier?« Und du, du Armer, du hast dich bei ihm vorgestellt. Er hat dich hochmütig angeschaut, eine prachtvolle Joppe mit silbernen Knöpfen hatte er an. Und du, du Ärmster, in Lumpen, vor ihm. Er hat den beiden anderen ein Zeichen gegeben, und sie haben deinen Hühnern mit ihren dünnen kamoranischen Messern liebevoll die Kehlen durchgeschnitten – auf die Unterlippen haben sie sich gebissen dabei, die Augen halb geschlossen. Dann hat der Dritte, der Wortführer, der mit den Knöpfen, dir eine Zeit lang in die Augen geschaut und dir die Hand fordernd entgegengestreckt, und du hast ihm deine Machete in die Hand gelegt. Er hat dich höhnisch betrachtet – ach, dermaßen spöttisch war das, wie er dich gemustert hat. Dann hat er verächtlich mit zwei Fingern dein Ohr umgeknickt, die andere Hand erhoben, und, was für eine Schmach, mit deiner eigenen Machete hat er dir das rechte Ohr abgeschnitten! Ich, Prudencio, dein Bruder, hab dabeigestanden. Und alle anderen Sertanejos auch. Jeder hat nach seiner Machete gegriffen, aber du, verstört, fassungslos, hast dagestanden, ohne dich vom Fleck zu rühren, und geblutet. Du warst ohne Waffe, das war das eine. Aber sogar als der Wortführer dir deine Machete – was für eine Schmach! – vor die Füße geworfen hat, hast du sie nicht aufgehoben; eine Weile haben wir gewartet, und du – nichts, gar nichts hast du gemacht, was für eine Schmach! Ich, Prudencio, dein Bruder, hab dabeigestanden! Doch hätte einer der Sertanejos an deiner Stelle gegen sie aufbegehrt, hätte das eine noch größere Schmach für dich bedeutet, von deinem abgeschnittenen Ohr ganz zu schweigen, ist doch so, Tugo? Und dank so einem wie dir, Tugo, war es uns an dem Tage, als hätte man jedem von uns ein Ohr abgeschnitten. Uns allen hat man ein Schandmal zugefügt. Und jetzt, jetzt ruft uns jene Stadt, in der jeder sein eigener Herr sein wird, und du? Wieso kommst du nicht mit, was hält dich hier fest? Sag schon, was hält dich hier fest?« Er beugte sich zu seinem Bruder vor und fragte flüsternd: »Das Ohr, das in diesem Boden steckt?« Der Bruder wich seinem Blick aus, Schweißperlen traten ihm auf die Stirn.»Ja«, die Antwort ging ins Nirgendwo. Der Stehende richtete sich wieder auf, mitleidig schaute er auf ihn:»Du stehst nicht auf deinem eigenen Boden, Tugo. Und deshalb bist du zum Feigling geworden.«

Da stand der Sitzende auf eine Art kraftvoll, langsam, sehr langsam auf und warf dem Bruder einen flammenden Blick zu.»Genau auf dieses Wort habe ich gewartet.« Das Gesicht brannte ihm, fast konnte man die Luft über seinem Kopf flimmern sehen, und die Bäume im Hintergrund schienen zu wabern.»Ich bin kein Feigling! Hör gut zu, jetzt erzähle ich dir etwas, nur dreh dich um. Ja, so.« Er legte dem Bruder die linke Hand auf die Schulter.»Eines musst du wissen – ich hatte keine Angst vor dem Tod. Ich will dir alles erklären. Die Hühner, Prudencio, hatte ich, weil ich wissen wollte, ob sie mich deshalb wirklich bestrafen würden, und außerdem wollte ich, dass jeder versteht, wie die Kamoraner in Wirklichkeit sind. Als sie zu uns kamen, da hab ich nicht etwa Blut und Wasser geschwitzt, ich war nur aufgeregt. Was danach passiert ist, weißt du ja, und glaub mir, Prudencio, wenn ich auch nicht so wagemutig bin wie du, nicht die Angst vor dem Tod war der Grund für meine unsägliche Duldsamkeit. Gestorben bin ich ohnehin, in den Augen der Sertanejos. Das alles geschah, um euch zu schonen. Du weißt ja – die ganze Armee wäre hier eingefallen, und sie hätten Groß und Klein die Kehlen durchgeschnitten. Vor dem eigenen Tod hatte ich keine Angst, Prudencio, ich bin auch so gestorben. Aber durch meine maßlose Erniedrigung habe ich euch allen zu verstehen gegeben, mit wem ihr es zu tun hattet. Und dass ich jetzt nicht mitkomme, auch das ist nicht Angst vor dem Tod, im Gegenteil – es ist der Wunsch, einen baldigen Tod zu finden, Prudencio. Wenn sie hierherkommen, das weißt du, dann werden sie mich sogleich töten – was nützt schon ein einzelner Hirte. Dampf werden sie ablassen. Und merk dir, nicht einmal die Hand erheben werde ich, mich nicht im Geringsten wehren, und zwar nicht aus Angst, Prudencio, nein, ich will, dass dort in eurer Stadt, weit weg von hier, jeder Bescheid weiß, dass ich den Kamoranern die Pferde und das Vieh samt und sonders übergeben und auch sonst keinerlei Anlass zu Verdruss geboten habe, und wenn sie dann dennoch gegen euch vorgehen, dann werdet ihr gewiss sein, dass ihr im Recht seid; jetzt kannst du dich wieder umdrehen.«

»Gut«, sagte Prudencio, »so dachte ich es mir auch. Nur wollte ich es aus deinem Munde hören. Deshalb habe ich die alte Wunde wieder aufgerissen, um dich zum Sprechen zu bringen. Endlich bin ich beruhigt.«

»Dann geh jetzt.«

»Jetzt geh ich leichten Herzens.«

»Geh, nimm meine Frau und die Kinder mit.«

Da stand auch der dritte Bruder auf, endlich meldete er sich zu Wort: »Ich bleibe auch. Ich will nicht, dass er allein hierbleibt.«

»Ich würde auch gern bleiben«, sagte Prudencio, »aber es wäre doch eine Schande, wenn niemand aus unserer Familie nach Canudos ginge; und abgesehen davon – ich werde mir richtig Mühe geben, mindestens zehn oder zwanzig Kamoraner ins Jenseits zu befördern.«

»Mach's gut.«

»Also dann.«

Und Prudencio nahm seinen zweikrempigen Hut ab und verneigte sich tief vor den beiden. »Ich verabschiede mich, Brüder.«

Er weinte nicht.

Schulter an Schulter standen die Sertanejos auf dem fremden Hügel. Vielfarbig schillerte die Ebene bis zum Horizont, sandig, leuchtend gelb in der glühenden Sonne, und blendete sie. Gänzlich leblos, ohne jeglichen Unterschlupf glänzte und schimmerte sie, von lebendiger Farbe war sie, von reinem Gelb. Jenseits des sandigen Bodens erstreckte sich eine blühende Wiese, tausendfach bunt getüpfelt, und freute sich still und verhalten ihrer selbst; mitten durch sie hindurch ein blasser Pfad, noch nicht mit Füßen getreten. Hinter der Wiese lag eine wogende Aue, licht, durchscheinend, und zwischen den Ästen die Ahnung von etwas, das den Sertanejos fremd war – ein Fluss. Zum ersten Mal schauten sie solch ein glitzerndes, sich windendes Wasser. Es rollte in zahlreichen Wellen dahin, floss schmiegsam am Lehmufer entlang, und da, am Ufer, standen nebeneinander etwa zehn Lehmhäuser. Frisch, weiß – Canudos. Ja! Sie merkten kaum, wie sie den ersten Schritt machten, und als sie den Hügel hinunterstiegen, sahen sie nicht auf die Wiese oder auf den sandigen Boden, sie merkten nicht mal, wo sie gerade hintraten, sie blickten nur auf den Fluss, auf das lebendige Wasser, und liefen weiter, den Abhang hinunter, durch den Sand, in langer Reihe über die bunte Wiese, dann löste die Reihe sich auf. Und bekannte Gesichter empfingen sie bei den Häusern. Leise, schüchtern lächelten Gregorio Pacheco, Avelino, Rojas, Senobio Llosa, sie wirkten anders. Der Conselheiro war noch nicht zu sehen. Kein Wort wollte ihnen über die Lippen kommen – alle ohne Ausnahme schauten sie zum Fluss, verstohlen, scheu, als wäre der Fluss wirklich lebendig. Und er, der Fluss, mannigfach, reich, floss über die bunten Kieselsteine, tausendstimmig sein einfaches Lied, mal rauschend, mal flüsternd, und seine zarten Muskeln wölbten sich, glänzten glatt, er kam und kam wieder, immer und immer, jede Sekunde war er neu.

Se wischte sich über die Stirn, er rieb sich die Augen, ihm war schwindlig, die weichen Wellen zogen ihn an. Er stand in der gleißenden Sonne. Wie die Wellen ihn zu sich riefen, und doch, er brachte es nicht fertig, einen Schritt zu machen, er war immer noch nicht frei, nein, und der Fluss, reich, lebendig, floss so für sich dahin, aber was bedeutete dieses geheimnisvolle, leise Rauschen? Beharrlich raunend lud der Fluss sie alle zu sich. Se trat von einem langen Bein auf das andere, starrte ins reiche Wasser, der Mund wurde ihm trocken, und als er unwillkürlich einen langen Schritt auf den Fluss zu machte, stürmte schon Manuelo Costa an ihm vorbei, stieß sich am Ufer kräftig vom Boden ab, sprang hoch und platschte aufs Wasser. Und im nächsten Augenblick war da ein großes Treiben – alle rannten sie zum Fluss, mit Köpfen, Füßen, Bäuchen platschten die Männer aufs Wasser, und die Frauen tauchten bis zum Hals ein. Ausgelassen waren sie, mitten im Fluss sehnten sie sich noch immer nach dem Fluss, sie konnten nicht genug bekommen, und auch der große Hirte nahm Anlauf und ließ das Wasser bis zu den Kindern am Ufer spritzen. Die sonst so zurückhaltenden Hirten gerieten außer Rand und Band und planschten: Gregorio Pacheco, Senobio Llosa, Rojas, der das Gesicht in die Wellen tauchte, Mariam, und die Frau und die Töchter von João, die Augen geschlossen und ganz still standen sie bis zum Hals im Wasser. Inocencio bückte sich, dann sprang er hoch, sehr hoch, und aus seinen Kleidern stieben längliche Tropfen, er sprang und sprang immerfort. Se Moreira hielt den Kopf unter Wasser, betrachtete mit geöffneten Augen den verschwommenen Grund, dann hob er den Kopf, hungrig nach Luft biss er herzhaft ein Stück davon ab, das Sonnenlicht spiegelte sich in seinen nassen Wimpern. Er wischte sich mit der

Hand über die Augen und schaute zum Hügel, er reckte sich, auf dem Hügel stand eine neue Gruppe von Sertanejos. Die Blicke der reglos Dastehenden hingen am Fluss, der hier und da, des Übermuts der Hirten wegen, aufplatzte. Außer Se bemerkte sie niemand. Wie starr und angespannt sie da standen. Und der große Hirte begriff, dass er in diesem Fluss, im Vergleich zu ihnen, schon ein bisschen, ein ganz kleines bisschen freier war – er sah sich selbst wieder dort auf dem kleinen Hügel stehen. Sie kamen den Abhang schweren Schrittes herab. Und Manuelo, hier, im Fluss, spritzte von Weitem eines der Mädchen nass, das Mädchen lächelte anmutig zurück, und bei ihrem Vater, dem Griesgram, brauten sich Gewitterwolken zusammen, und er wollte platzen vor Wut, als Manuelo sich das in die Stirn fallende nasse Haar nach hinten warf und bat: »Kommen Sie doch auch ins Wasser, Onkel João, bitte, wissen Sie, wie toll das ist?« Da beschloss der große Griesgram zu gehen, er drehte sich um und sah auf einmal die neue Gruppe Sertanejos – sie stürmten zum Fluss, und João, kurz durcheinander, fasste sich und stellte sich ihnen in den Weg. »Noch nicht, nein, nein, erst sind die Papiere auszufüllen!« Doch da rannte schon einer an ihm vorbei, und João brüllte ihn an: »Erst dein Name, so geht das nicht, hörst du, Nicasio?!« Und als der geräuschvoll aufs Wasser klatschte, rief João einem anderen zu: »Und dein Name, Gabriel?« Aber der schlug einen Haken, und verärgert zog sich João in die Aue zurück, er kehrte dem segensreichen, kühlen Fluss den Rücken, nur ab und zu warf er aus den Augenwinkeln einen heimlichen Blick auf ihn.

Jeder von uns hat seinen eigenen Fluss, wenn wir auch oftmals nichts davon wissen. Und die Sertanejos sprangen samt Kleidern ins Wasser, Mariam hatte ihren Sohn und ihre Tochter am Ufer aufgestellt und rieb den beiden sacht die Knie, den Kopf, und dann verstummten plötzlich alle – am Ufer, auf dem Lehmboden stand der Conselheiro, Mendes Maciel, ganz in Schwarz gekleidet. Er betrachtete die stummen Sertanejos, und irgendwo, um die Mundwinkel herum oder auch weiter, tiefer, in den Augen, sogar hinter den Augen war da ein Lächeln, war eine mürrische Wärme. »Also«, sagte der Conselheiro, nachdem sein Blick über die von Kopf bis Fuß triefend nasse Gemeinde geschweift war, »wenn ihr hochkommt, fangt an, den Lehm zu kneten. Ihr arbeitet alle zusammen.

Baut zuerst die Häuser für die Familien mit Kindern, dann für die, die Frauen oder alte Leute in der Familie haben, der Rest teilt sich erst mal auf.«

Und als sie aus dem Wasser stiegen, war allen bewusst: Sie waren als Sertanejos in den Fluss gegangen und kamen als Canudener wieder heraus – rein gewaschen, erfrischt, erstarkt.

João Abade begriff das ein bisschen später – nachdem er sich noch am selben langen Tag, als alle anderen schon schliefen, im Mondlicht herzhaft im Fluss ausgeplanscht hatte.

»Wer ist das denn, Doktor Otar?«

»Der geht noch, aber der da drüben, der Kleine, oje, ein richtiger Unhold ist der.«

Sie liefen durch das Mittlere Kamora, misstrauisch bewegten sich hier und da die Vorhänge. An einem grauen Haus standen riesenhafte Musikanten, markig bliesen sie in irgendwelche Blechblasinstrumente, auch der Trommler schwang eifrig seinen rundköpfigen Stock, es herrschte ein Mordsradau, und dennoch drangen hin und wieder Fetzen stöhnenden Geschreis aus dem Haus nach draußen.

»Lass dir nichts anmerken, schau nicht zum Fenster hoch, ssst, lächeln«, mahnte Doktor Otar. »Mach schon!«

Domenico lief, den Kopf gesenkt, weiter und lächelte, was das Zeug hielt – eine trockene, schräg geschlitzte Wunde, die sich von einer Wange zur anderen zog.

»Was war los in dem Haus, Onkel Otar?«

»Da ist jemand verprügelt worden.«

»Warum?«

»Was weiß ich, auf jeden Fall spielen sie, damit die Schreie draußen nicht zu hören sind.«

»Warum?«

»Als würde niemand geschlagen in Kamora. So läuft das hier.«

»Und warum hat das so schief geklungen?«

»Weil sie nicht spielen können. Aber sie nennen das: Musik der Zukunft.«

»Und prügeln sie schlimm?«

»Es geht. Sie lassen uns das extra mitkriegen, das Geschrei, weißt du?«

»Wie?«

»In Wirklichkeit werden die Verbrecher irgendwo unter der Erde gefoltert, und um das zu vertuschen, tun sie so, als ob sogar das Prügeln verboten wäre in Kamora und sie doch heimlich prügelten, und als würde dieses Prügeln vertuscht durch die Musiker, also, als würde schlimmstenfalls geprügelt in Kamora – ach herrje, wie wirr ich mich ausdrücke, wie oft habe ich jetzt dasselbe Wort wiederholt? Hast du was verstanden?«

»Nein, nichts.«

»Da bist du nicht der Einzige, ich verstehe es auch nicht, und dabei bin ich in dieser Stadt alt geworden.«

Eine Weile liefen sie, ohne ein Wort zu wechseln, Domenico trug den Arzneikoffer.

»Und wer wohnt in dem Haus?«

»Wo, da wo sie prügeln?«

»Ja.«

»Niemand. Es ist so eine Art Behörde.«

»Was soll das heißen?«

»Ach, erklär mal einem, wie in Kamora die Dinge laufen«, seufzte Doktor Otar, und plötzlich wurde er wieder lebhaft: »Da, jetzt darfst du nach oben schauen, das ist die älteste Frau in Kamora, und sie redet uns alle mit *Kindchen* an. Wirst sehen, gleich wird sie nach ihrem Enkel fragen.«

Ein Teppich hing an dem Balkon, und eine muntere Greisin lief hin und her, sie schirmte die Augen gegen das Licht ab und blieb stehen:

»Otar, bist du das, Kindchen?«

»Ja, ich bin's, Oma.«

»Hast du meinen Ramuncho gesehen, Kindchen?«

»Nein, Oma.«

»Was sagen die Leute, Kindchen, wann hat Ramuncho endlich vor zu heiraten?«

»Leider habe ich nichts darüber gehört, Oma.«

»Sie ist eine nette Frau«, sagte Doktor Otar, als sie an dem Balkon vorbei waren, »nur sie und ich werden in diesem Viertel verschont, ich, weil ich Arzt bin, und sie, damit alle weiterhin die Hoffnung hegen können, ihr Alter zu erreichen.«

»Schonen sie auch die Frauen nicht?«

»Denkst du, da würden sie einen Unterschied machen?«, fragte Doktor Otar verwundert. »Aber den Kindern tun sie wirklich nichts an, bis sie zwölf sind«, und er fügte gleich hinzu: »Falls ihre Verwandten nichts Unerwünschtes anstellen; schau mich nicht so an, lächeln!«

Vor ihnen lag eine gepflasterte Steigung; eine enge, gewundene Straße kroch schwerfällig nach oben. An einem gusseisernen Tor flüsterte Doktor Otar dem Hauptmann der Wache etwas ins Ohr, und dieser veranlasste unverzüglich, zwei Holzumhänge und zwei Eisenmasken zu bringen; Domenico beäugte er besonders aufmerksam. Als sie sich die unbequeme Holzbekleidung über die Schultern gelegt und die Eisenmasken zurechtgerückt hatten, gab der Kommandant ein Zeichen, und das Eingangstor zum Unteren Kamora öffnete sich, träge und knarrend. Schwerfällig machten sie sich an den Anstieg. Es war heiß unter der Maske. Der arme Vagabund war schweißgebadet, der Geruch von nassem Eisen stach ihm in die Nase, kaum schaffte er, seine widerstrebenden Beine mitzuschleppen. »Lächeln, Domenico, lächeln«, flüsterte Doktor Otar, »auch unter der Maske, lächeln, immer lächeln!« Die gepflasterte Straße stach in die Fußsohlen, seine verschwitzten Handflächen waren ihm zuwider. Durch den engen Schlitz blickte er auf bunt angemalte, scheinbar fröhliche und doch grausige, argwöhnische, dumpfe, unheildrohende Häuser, und plötzlich spürte er einen Stoß, etwas blieb im Umhang stecken. »Keine Angst«, flüsterte Doktor Otar ihm zu, »das war nichts, das war nur zum Spaß.« »Was war das?« »Ein Messer.« »Was? Ein Messer?« »Sie haben zum Spaß ein Messer auf deinen Umhang geworfen.«

Domenico war in kaltem Schweiß gebadet, sein Kopf verschwand zwischen den Schultern. Da kam ein auffallend edel gekleideter Mann lächelnd auf sie zu. Er verneigte sich ehrerbietig:

»Wie geht es Ihnen, Herr Otar, hoch lebe der große Marschall.«

»Danke, Gabriel, gut. Und selbst? Hoch lebe der große Marschall!«

»Es geht mir einigermaßen, danke sehr, hoch lebe der große Marschall.

Achtsam erziehe ich meine Kinder, nach bestem Wissen und Gewissen, wie man sagt. Nicht dass sich in ihren jungen Herzen Kummer festsetzt angesichts der zahllosen Tragödien um sie herum. Ich habe Sie augenblicklich erkannt, Doktor Otar, trotz Maske und Schutzbekleidung. Und der junge Bursche mit dem Koffer hier wird ganz gewiss Ihr gütiger Gehilfe sein, nicht wahr?«

»Ja, Gabriel.«

»Herr Otar, wenn ich Sie bitten dürfte, Sie können die Schutzbekleidungen bei mir lassen, gewiss sind sie Ihnen lästig, hier ist es weniger gefährlich.«

»Ja, ja, Gabriel, wir lassen sie da.«

»Selbstverständlich werde ich darauf aufpassen, wenn Sie mir vertrauen.«

»Ja, natürlich, Gabriel, wem sollte ich vertrauen, wenn nicht dir?«

Domenico wischte sich erleichtert das vor lauter Beklemmung teils rote, teils bleiche Gesicht ab. Der höfliche und zurückhaltende Ton des Fremden tat ihm wohl, und als sie ihren Weg fortsetzten, fragte er:

»Das war bestimmt der Netteste hier, nicht wahr, Doktor Otar?«

Der Doktor lief eine Weile schweigend, dann drehte er den Kopf, winkte Gabriel, den sie schon weit hinter sich gelassen hatten, freundlich zu und flüsterte rasch:

»Bist du verrückt, Domenico? Er gilt als der zweitgefährlichste Wagehals im Unteren Kamora, gleich nach Rigoberto. Lass dich von seinem Gerede nicht beeindrucken, und merk dir eins, je höflicher ein Kamoraner aus dem unteren Viertel redet, desto gefährlicher ist er.«

»Wie? Wie denn das?«

»Ist halt so, die Wagehälse haben ihre Existenz gesichert, sind zufrieden und sprechen höflich. Hier gibt es ein paar ordentliche, intelligente Menschen aus guten Familien; sie sind erst im Oberen Kamora ausgebeutet und dann hier noch ihres letzten Groschen beraubt worden, und jetzt geht es ihnen natürlich miserabel, und ungeachtet ihrer Bildung und ihrer hervorragenden Erziehung fluchen sie ununterbrochen wie die Heiden. Du hast dich von seiner Höflichkeit blenden lassen, stimmt's? Hätten wir die Umhänge nicht sofort abgelegt, hätte er uns an der Gurgel gepackt, und dann hättest du gehört, wie er fluchen kann.«

»Wie? Dieser Mann flucht?«

»Womit hab ich das verdient?« Doktor Otar schlug sich aufs Knie.

»Wenn es sein muss – oje, frag nicht, wie.«

»Das heißt, Onkelchen Otar, die im normalen Gespräch höflich bleiben, sind die Schlimmen, und die, die fluchen, sind die Guten?«

»Ja, so ist es«, und er fluchte, seine Augen wurden feucht. »Also, nach dieser Regel bin ich jetzt ein guter Mensch.«

»Also, das heißt, denen, die grundlos fluchen, kann ich vertrauen.«

»Nein, Domenico, das nicht, so manches Schlitzohr flucht auch mal absichtlich, um auf intelligent zu machen.«

»Ach so.«

Die ganze Zeit stand Domenico der höfliche Mann vor Augen, er konnte es nicht fassen.

»Vielleicht war er es, der das Messer geschleudert hat?«

»Nein, nein, er würde sich solche Kindereien nicht erlauben, er ist ein großer Fisch.« Doktor Otar wurde nervös. »Das ist das Haus, wir sind da. Lächeln, Domenico. Mach schon, lächeln«, und er sang vor sich hin: »Siebenhundert mal vier ist siebenhunderteins.«

Spät in der Nacht, nachdem die Canudener noch ein weiteres Haus aus Lehm errichtet hatten und begeistert sahen, wie es da schweigend im Dunkeln stand, streckte der Conselheiro seine Hand aus und reichte dem großen Hirten eine brennende Kerze: »Hier Se, geh rein.« Und in der Hand die Kerze, deren spärliches Licht den Umkreis träge enthüllte, ging Se an dem lächelnden Manuelo Costa, an dem grimmig zufriedenen João, an Inocencio, an dem ergriffenen Rojas, an dem im Dunklen mucksstillen Gregorio Pacheco, an Senobio Llosa, an Avelino und an den vielen anderen vorbei. Das Licht glitt über ihre Gesichter, leise schnaubten die zwölf Pferde in der Aue, die Pferde der Kamoraner, und es schritt der große Hirte, in der Hand die Kerze, neben Frau und Kindern mit dem Licht durch die Dunkelheit. Er näherte sich bescheiden dem weiß schimmernden Haus, das da schweigend im Dunkeln stand, kurz blieb er stehen, er bekam Gänsehaut, die kleine Flamme flüchtete vor seinem Atem, der fahle Schein berührte für einen Augenblick die Hauswand und glitt dann zurück, und der große Hirte machte mit seinem langen Bein einen

Schritt auf sein Zuhause zu. Mariam stand zwischen den Kindern, ihre Hände lagen auf deren Schultern, sie gab ihnen einen sanften Schubs.

Und es füllte sich Ihr Haus, Se, Ihr Haus aus Lehm, weiß und ruhig schimmernd im matten Licht. Ihr reines, kühles Haus, Se.

Die Kinder schliefen, und leises Schnaufen war im Zimmer zu hören, in wundersamem Einklang mit dem Flackern der an der Wand befestigten Kerze. Auf ihr schimmerndes Lichtchen blickten Se und Mariam, Mariam und Se. Andächtig starrte der große Hirte auf das vom Conselheiro empfangene Licht, und etwas brannte auch in seiner Seele. Auf den Rippen spürte er große, riesenhafte Hände – jemand hatte den großen Hirten, Se, ergriffen und hielt ihn behutsam. Das gedämpfte Rauschen des kühlen Flusses drang in den Raum, in sein Zuhause, und dazu wärmten ihn die seltsamen Handflächen. Als aber die Kerze erlosch, o weh, was war denn das, da bekam es der beste der Vaqueiros, der große Se, plötzlich mit der Angst. Es war stockdunkel, er krümmte sich zusammen, nur der Fluss war zu hören. Nein, diese Einsamkeit und diese Dunkelheit waren ihm unerträglich, er drehte sich um, streckte die Hand aus und tat einen Schritt. Er suchte nach etwas Warmem, etwas Lebendigem. Im Schweigen und der Finsternis seines Hauses irrte Se vor Anspannung zitternd gleich einem Blinden umher, er machte vorsichtig kurze Schritte, dabei hörte er andere Schritte, und offenbar waren die schwach raschelnden anderen Schritte ebenfalls beharrlich auf der Suche, ebenfalls von einem Wunsch beseelt. Die Hände ausgestreckt, tappten beide lange in der Dunkelheit umher, bis eine bekannte Hand seine Schulter traf, er hielt inne, dann aber, dann drückte er sie, Mariam, kühl wie das Haus, an seine Brust und umarmte sie. Die Seele wärmte sich, die allumfassende Seele des großen Vaqueiro, und Mariam, auf Zehenspitzen stehend, ganz still, flüsterte nur: »Se, mein Mann, Se.« Der wortkarge Hirte wagte nichts zu sagen, von wegen »Gänseblümchen«, seine Seele sang; in diesen kühlen hohen Wänden war er ein bisschen, ein ganz kleines bisschen frei!

»Ist er schon lange krank?«, fragte Doktor Otar, nahm Domenico den Arztkoffer ab und stellte ihn auf den Tisch.

Die dicken Wände waren mit Vorhängen verhängt; darin umstickte Gucklöcher. Mitten im Zimmer stand ein Bett, und darauf lag der Kranke. Er war mit einem dünnen Laken zugedeckt, auf der Stirn hatte er einen feuchten Lappen, und von Zeit zu Zeit stöhnte er kraftlos. Fünf Männer standen, die Schultern hochgezogen, betroffen im Raum herum, mit betontem Bedauern schauten sie auf den Kranken, und gleichzeitig waren sie irgendwie auf etwas anderes konzentriert, ihr ganzes Augenmerk war auf eine unbestimmte und zugleich bestimmte Stelle gerichtet; auch der Mann, der dem Doktor die Fragen beantwortete und dabei seine Finger sacht auf die Brust legte, war ganz woanders.

»Seit gestern Nacht, Herr Otar. Tagsüber ging es ihm ausgezeichnet, mein Herr, er war munter wie ein Fisch im Wasser, und dann, plötzlich – was sehen meine Augen? – ist er laut am Stöhnen, werter Herr Doktor.«

Ach, dieser Mann drückte sich auch so höflich aus!

»Ich hab ihn gefragt, was mit ihm ist, was ihm fehlt, lang lebe der große Marschall«, ergriff ein anderer das Wort, ein Schielender aus dem Unteren Kamora, sein Blick glitt zu Doktor Otar, »und stellen Sie sich vor, er gibt keinen Ton von sich. Wir haben ihn inständigst angefleht, doch wenigstens ein Wort zu sagen, aber was hätte er tun sollen, ihm kann man keine Schuld geben, es war ihm nicht möglich zu sprechen. Jetzt ist es nur noch halb so schlimm, er ist nur blass, aber gestern war er so grün, mein Herr, wie eine Wiese. Was gibt es Schöneres als die Natur, aber im Gesicht? Ach, nein, nein, mein Lieber.«

Oje, auch dieser Mann sprach höflich!

»Bitte, retten Sie ihn, Herr Otar«, schaltete der Dritte sich ein, und sein ganzes falsches Wesen konzentrierte sich auf eine bestimmte Stelle hinter dem Rücken des Arztes, er redete wie auswendig gelernt. »Dazu war er ja zu Gast, und Sie wissen, wie das ist in unserer Stadt, wer wird uns schon glauben, dass wir ihn nicht vergiftet haben? Und wenn er jetzt stirbt, sei es auch friedlich, eines natürlichen Todes, dann sind wir alle unsere gnädigen Köpfe los, sie werden uns lynchen, helfen Sie uns, Doktor Otar, bitte, setzen Sie Ihr großes Wissen und all Ihre immensen Kenntnisse ein.«

Ach, noch einer, der höflich sprach!

Doktor Otar fühlte dem Kranken den Puls, etwas ließ ihn aufmerken, und als er den Mund aufmachte, drohte ihm der Schielende heimlich mit der Faust. Dann wanderte dessen zorniger Blick unwillkürlich wieder zur Seite und er fragte ausgesprochen höflich:

»Soll es denn gar keine Hoffnung geben, Herr Otar?«

»Ich weiß es nicht, es ist schwer zu sagen …«

»Bitte, helfen Sie ihm, Herr Otar«, ließ sich nun der Vierte vernehmen, er kam um das Bett herum, »und betrachten Sie uns dann Ihr Leben lang als Ihre Diener. Verzeihen Sie den Ausdruck, aber letzte Nacht haben wir kein Auge zugetan. Wenn ihm etwas passiert …«

Ach, auch dieser Mann! Hätte nicht wenigstens einer fluchen können?

»Geben Sie ihm diese Arznei alle zwei Stunden …«, fing Doktor Otar an, als der Schielende plötzlich laut und lang gezogen pfiff. Der Vorhang flog hoch, und ein Mann schnellte hervor, mit erhobener Hand warf er sich auf den Kranken, aber fünf dünne scharfe Messer durchstachen seinen Hals – sie waren exakt geworfen. Er sackte zusammen, in seinen Augen glomm noch ein letzter Funke Licht, und er blickte verdattert und vorwurfsvoll zu einem der fünf Kamoraner hoch, sie alle aber, alle fünf Unterkamoraner, stachen geschäftig, nach vorne gebeugt, still und aufgebracht auf ihn ein. Nachdem der Schielende ihm noch einmal das Messer in den Bauch gestoßen hatte, führte er es beim Herausziehen unbemerkt über den Hals eines seiner Kumpane und stach dann weiter auf den Hingefallenen ein. Sein Kumpan rollte zahm zur Seite.

»Er hat unseren Mann getötet!«, schrie der Schielende und stach dem auf dem Boden mitten ins Auge. »Dieser Halunke hat unseren Mann getötet.«

Im Feuer der Rache stachen sie unbarmherzig auf den Toten ein. Von Zeit zu Zeit schauten sie aus den Augenwinkeln zu ihrem verletzten Kumpanen. Er lag im Sterben, ihn fror. Unablässig stachen sie mit ihren dünnen Messern weiter, und Doktor Otar sagte zurückhaltend: »Warum macht ihr euch die Mühe? Er ist tot.«

»Das macht nichts«, ertönte es plötzlich, und der Kranke setzte sich im Bett auf. »Sie tun gut daran, Herr Otar. Falls er noch lebt, dann muss er ausgelöscht werden, er hat unseren Mann getötet, und falls er schon tot ist, dann tut es ihm sowieso nicht mehr weh.«

»Dieser Edelmadamessohn, er hat unseren Mann getötet«, klagte verhalten der Schielende.

Der kranke Kamoraner stand auf und schaute betrübt auf den Kumpanen, und der, der täuschte nichts vor, nein. »Die wertvollsten Menschen gehen von uns«, sagte der kranke Kamoraner bedauernd. Der Kranke war Rigoberto, der große Wagehals.

Die Dunkelheit summte dumpf. Wie sollte er nach draußen gelangen? Ein schmales Loch war im Fels, dahinter war ein Land, ein lichtes Land, aber noch durfte die Seele nicht aufatmen, zuerst musste er hinauskommen. Er steckte erst mal den Arm in das Loch, drückte die Wange auf den langen, gezwirbelten Muskel, folgte mit der Schulter nach und presste sich unter Aufbietung aller Kräfte hinein, vergeblich, es war zu klein. Er wollte schon aufgeben, aber auch das ging nicht mehr, er steckte aussichtslos fest, hatte sich die Schulter am Fels aufgeschürft. In der Enge krümmte Se sich zusammen, schwerfällig kroch er zurück, ein fremdes, ein wälzendes Violett umfing ihn und zog ihn nach unten. Doch durch das Loch war das Land zu sehen – ein riesiges, es hatte das segensreiche Licht empfangen und war erleuchtet. Abermals kroch er hinauf, ganz nach oben, rund sah er den Himmel, der in einem schmalen Felsloch gefangene große Hirte Se. Welche Bürde lastete so unerbittlich auf ihm, was würgte ihn? Er legte das Kinn auf die Brust, es war so dunkel. Den zerknautschten Körper wollte Se ausruhen, doch obgleich er die Augen schloss, fand er keine Ruhe, denn das Licht machte ihn größer, machte ihn breiter, und das Kinn auf der Brust, kroch er weiter, mit den Zehen stemmte er sich gegen die Wände des Loches, in dem sein Körper wie ein Pfropfen steckte, stumpf scheuerten die an die Rippen gepressten Ellenbogen an den Wänden entlang, unter welchen Schmerzen er sich nach oben schob! In den zusammengekniffenen Augenlidern hatte sich das Licht festgesetzt, grauweiß wie die Morgendämmerung, und während er eine Schulter in höllischer Pein gegen die Wand drückte, zwängte er seine Hand nach draußen, und Se befühlte die freie Luft, diese Luft da draußen, erlöst, die Augen geschlossen, liebkoste er das Unsichtbare, die Luft. Durch die Finger übertrug sich das Glück auf den ganzen Körper, wie sehr er nach draußen wollte, weiter, noch weiter, ganz nach draußen, nach oben, ganz nach oben – er erschrak, stöhnte auf und öffnete die Augen, der große Hirte Se, er lag in seinem kühlen Haus, einen Arm nach oben gereckt … Ihr reines, offenes Lehmhaus, da, wo die Tür sein sollte, sah man den Fluss, ewiglich neu, ruhig, wasserreich. Und ohne den Arm zu senken, stand der große Hirte auf und ging nach draußen, und es war Morgen, ein wunderschöner Morgen, Se.

»Ich werde nicht schlau draus, lächeln, Domenico, lächeln«, flüsterte Doktor Otar ihm zu, sobald sie das Haus verlassen hatten. »Dass da irgendwas vor sich ging, wusste ich gleich, als ich dem Kranken den Puls gemessen habe. Es ist mir wirklich ein Rätsel.«

»Was ist Ihnen ein Rätsel, Doktor Otar?«

»Dass Rigoberto in die Sache verwickelt war.«

»Warum?«

»Sonst mischt er sich in solche Bagatellen nicht ein. Obwohl, manchmal wird er auch übermütig.«

»Doktor Otar«, Domenico schaute ihm verzweifelt in die Augen, »war das dort etwa Übermut?«

»Nein, das glaube ich nicht. Lächeln, mach schon …«

Der ausgesprochen höfliche Gabriel näherte sich, oh, wie er gekleidet war. »Was gibt es Neues, Herr Otar, wie ist Ihr Ausflug in unser bescheidenes Viertel verlaufen?« »Sehr gut, mein lieber Gabriel.« »Schön«, sagte Gabriel, »ihr gnädiger Begleiter ist doch wohl nicht zufällig eine Plappertasche, oder?« »Nein, auf keinen Fall«, fuhr Doktor Otar auf, und Domenico lächelte, obgleich ihm nach nichts weniger zumute war. »Ein Wort ist keine Taube«, bemerkte Gabriel, der so schwarz wie Ebenholz war, »ich schwöre bei meiner Familie, wer es einmal loslässt, dem wird es schwerlich gelingen, es noch mal einzufangen.« »Da haben Sie recht, mein guter Gabriel, da haben Sie recht.« »Und der folgende Spruch«, fuhr Gabriel fort: *Was zwei wissen, das pfeifen bald die Spatzen von den Dächern,* der stimmt nicht, nicht wahr Doktor Otar?« »Selbstverständlich nicht, aber selbstverständlich nicht.«

»Ich kann mir keinen Reim darauf machen«, wisperte Doktor Otar, als sie Maske und Umhang wieder anhatten und an Gabriel vorbei waren. »Wer hätte ihm nach dem Leben getrachtet?«

»Wem, Doktor Otar?«

»Dem, den sie als Erstes getötet haben. Er war ein armer Tropf, ein

Waise, mit unseren Almosen groß geworden, er hat auch niemanden, der um ihn trauern würde. Wie hat er es nur wagen können, Rigoberto ans Leder zu wollen? Allerdings, vielleicht wusste er gar nicht, wer da auf dem Bett lag. Ich hab ihn auch nicht erkannt, er hatte sich einen falschen Schnurrbart angeklebt und auch seine Narbe auf der Stirn war nicht zu sehen, da lag ja das feuchte Tuch drüber.«

»Und der Zweite?«

»Der zweite Tote? Oh, der hat eine große Verwandtschaft, ganz Kamora wird sich zu seinem Begräbnis versammeln. Aber es ist schon erstaunlich, wie ein Mann mit fünf Messern im Hals es noch schafft, einen anderen zu töten.«

»Haben Sie ...«, Domenico wunderte sich, »haben Sie das nicht gesehen?«

»Was, Domenico?«

Zwei ausdruckslose Masken schauten einander begriffsstutzig an.

»Den Zweiten hat der Schielende mit seinem Messer erwischt!«

Da verdoppelte Onkelchen Otar sein Schritttempo, und von Zeit zu Zeit sagte er zu Domenico, der hinter ihm herlief: »Ich habe nichts gesehen, Domenico, nichts gehört, nichts gesehen – lächeln, Domenico, ich habe nichts gesehen.«

Später, nachdem sie Umhänge und Masken beim Hauptmann der Wache am gusseisernen Tor abgegeben hatten und eine Weile schweigsam nebeneinander hergelaufen waren, sagte Doktor Otar:

»Domenico, ich blicke zwar immer noch nicht ganz durch, aber jetzt schon etwas mehr. Den zweiten direkt zu töten, hätte einiges nach sich gezogen, und deshalb haben sie den ersten drauf angesetzt, im Auftrag von Rigoberto oder auch von unserem Gabriel, diesen Kranken umzubringen. Lächeln!«

»Und warum das?«

»Darum, weil in dieser Stadt keiner dem anderen traut, und unser Besuch hat ihnen gleich doppelt genutzt. Erstens, als der Arme uns gesehen hat, hat er bestimmt geglaubt, er würde wirklich einen Kranken töten, und zweitens, im Falle eines Falles hätten sie uns als Zeugen gehabt, dass er es war, der den anderen getötet hat.«

»Als Zeugen?«

»Ja, klar.«

»Und wenn wir die Wahrheit sagen würden?«

»Hör auf, Domenico«, der Doktor schrak auf, »benutze dieses Wort nie ernsthaft in Kamora. Lächeln.«

Grüblerisch liefen sie weiter. Schon vernahmen sie die Instrumente der tüchtigen Musikanten, die Musik der Zukunft. Weiter weg, auf ihrem Balkon, stand die quirlige Großmutter von Ramuncho, mit einer Hand schirmte sie die Augen gegen das Licht ab, hielt nach Passanten Ausschau. »Sie geht mir schon auf den Wecker«, meinte Doktor Otar.

»Hier, in Kamora – wie beerdigen sie einen da?«

»Hier? Es gibt zwei Arten. Diesen Waisen werden sie sicher verbrennen, als Schuldigen, und den anderen werden sie in einem Eichensarg beerdigen.«

»Und … wenn sie mich töten?«

»Ich lasse nicht zu, Domenico, dass dir jemand etwas zuleide tut!« Kummer überschattete Doktor Otars Züge, seine Augen wurden feucht. »Du bist für mich wie mein eigener Sohn. Und sie brauchen mich in dieser Stadt, nicht wie heute, manchmal werden sie auch richtig krank. Sie brauchen mich wirklich.«

»Sie …«, Domenico schaute ihm beschwörend in die Augen, »sind Sie Alexandros großer Bruder?«

»Welcher Alexandro bloß?«, fragte der Doktor verwundert.

»Ach, das wissen Sie nicht, ja?« Domenico lächelte ihn an.

»Sie sollen mich zu den Jagunços schmeißen, wenn ich einen Alexandro kenne. Ich hatte nie einen Bruder. Und ob mein Vater da etwas verheimlicht hat, das weiß ich wirklich nicht.«

»Was sind die Jagunços, Onkelchen?«

»Das sind besonders gefährliche Unterkamoraner, die zusammen gefangen gehalten werden.«

»Warum gefangen gehalten?«

»Die darf man nicht rauslassen.«

»Wieso, sind sie noch schlimmer als die hier?«

»Viel schlimmer.«

»Und wozu halten sie sie überhaupt gefangen?«

»Damit die Menschen vor ihnen zittern, Domenico.«

»Vor Gefangenen?«

»Nein, sie setzen sie auch ein. Gar nicht so selten.«

»Dann müssen sie doch aber auch ernährt werden?«

Doktor Otar schaute ihn traurig an:

»Ja, Domenico, manchmal werfen sie jemanden zu den Jagunços rein.«

Es war Morgen, ein wunderschöner Morgen, Se. Und du schreitest durch die Aue, mit hochgezogenen Schultern, der große Vaqueiro. Die Pferde wurden seltsam still, die morgendliche Luft, angenehm herb, pikste, rührte an die Seele, und durch das noch kleine, freie Canudos schritt der schon ein Stück weit freie Se, als einer derer, denen dies alles ringsumher zu eigen war, auch der Fluss war ihm zu eigen! Er ging hin, bückte sich und tauchte die Hände ein, führte die hohlen Hände zueinander, spritzte sich Wasser ins Gesicht. Er richtete sich auf, erlöst, Flusstropfen im Gesicht, sein weiter Brustkorb sog alles, was das Auge ringsumher wahrnahm, gierig auf. Noch zogen die übrig gebliebenen Fetzen des schweren Traumes an ihm, zogen ihn nach unten, und der Hirte ging zu einem großen Baum, seine Hände umklammerten eisern den Stamm, er kletterte empor. Begegnete er auf dem Weg nach oben einem Ast, dann ergriff er ihn, zog sich hoch, suchte begierig nach neuen Ästen, ein paarmal musste er sogar springen. Er krallte sich in die Höhe, und als er fast den Wipfel erreicht hatte, wurde er rot, senkte beschämt den Kopf – auf einem Ast, ganz oben, stand der fröhliche Hirte, Manuelo Costa, und schaute ebenso verschämt nach unten. Se stellte sich dennoch neben seinen Kumpel. Und irgendwie vergaßen sie einander. Sich nach Höhe sehnend, in der Höhe stehend, atmete der große Hirte Se frei; sie schoben die dünnen Äste auseinander und spähten unbeschwert, stolz in alle vier Himmelsrichtungen. Der große Hirte schaute auf das weiß glänzende Dach seines Hauses und auf die anderen Dächer, mit demselben neuartigen, fremden Gefühl von Liebe, sein Blick schweifte über das gemähte Feld. Ihre Frauen, die Rücken gebeugt, säten Karotten und Kohl. In der Ferne, auf dem Hügel, stand jemand, und als sie genauer hinschauten, erkannten sie Prudencio. Er war ohne seine Brüder gekommen, nur die Schwägerinnen mit den Kindern hatte er dabei. Von allen Seiten kamen die Leute nach Canudos herein. Ganz anders gekleidet, das waren keine Sertanejos, nein, einer hielt ein langes, breites Schwert in der Hand. Schwielige Hände kneteten den gefügigen Lehm, und das Ufer entlang kam er, der schwerblütig bekümmerte, schwarz gekleidete Conselheiro, Mendes Maciel. Er trug einen den Sertanejos fremden Gegenstand, ein Fischernetz. Am Ufer blieb er stehen. Aus den Lehmhäusern kamen die Leute heraus, Ses Herz tat einen Sprung, als er durch die Blätter seine Frau und die Kinder erkannte. Der zornige Prudencio näherte sich, seiner Brüder gedenkend, die in der Ferne zurückgeblieben waren, er hielt seine Machete fest umklammert. In Erwartung einer Art Wunder versammelten sich die Leute hinter dem Rücken des Conselheiro, und mit gleich viel Furcht wie Hoffnung betrachteten sie den fremden Gegenstand. Mendes Maciel warf das Netz aus und sagte:»Hier hat einmal ein Mann sieben kleine Fische ausgesetzt«, und er zog kräftig am schwer gewordenen Netz. Es eilten Gregorio Pacheco und Senobio Llosa zu Hilfe, von Weitem betrachtet schien in diesem fremden, durchsichtigen Netz Silber zu glänzen.»Wie viele seid ihr?«»Dreißig …«, João stockte, die neue Gruppe hatte sich ihnen angeschlossen, und da drüben, auf dem Hügel, sah man noch weitere,»achtundsechzig, Conselheiro.« João reckte stolz das Kinn. Und der Conselheiro warf noch zweimal das Netz aus, dann zählte er die Fische, ein paar warf er wieder zurück ins Wasser. »Jeder von euch kriegt einen«, sagte er.»Ab heute, merkt euch das, werdet ihr, egal ob Kind oder erwachsener Mann, alles gleichmäßig teilen.«

»Und was machen die Jagunços dann mit dem?«
»Als Erstes töten sie ihn.«
»Und dann, was dann, Onkelchen Otar?«
»Weiß ich nicht … Ich weiß es nicht, Domenico.« Doktor Otar wich seinem Blick aus.»Die Leuten sagen alles Mögliche, das kennst du ja, die schwatzen dem Teufel ein Ohr ab.«
»Was sagen sie, Doktor Otar?« Domenico ließ nicht locker, er griff nach der Hand des Doktors.
»Ich weiß es nicht. Sprechen wir über was anderes …«
»Und haben die Jagunços auch einen Aufseher, Doktor Otar?«
Doktor Otars Blick trübte sich, er sagte leise:
»Ja, Domenico. Michinio ist das.«

»Grüßt euch, Kinderchen«, die quirlige Oma vom Balkon grüßte schon zum zigsten Male, »wo seid ihr gewesen, Kinderchen?«

»Grüß dich, Oma, wir waren nur spazieren, haben frische Luft geschnappt.«

»Habt ihr meinen Ramuncho gesehen?«

»Nein, Oma.«

»Was sagen die Leute, hat Ramuncho nicht vor, zu heiraten, lang lebe der große Marschall?«

»Hab nichts gehört, Oma, lang lebe der große Marschall.«

»Oje, mein Kindchen, oje.«

2

Eine Schar gebückt umherstreifender Männer versuchte vergebens aus dem Sand etwas herauszulesen, sie waren zweihundert. Einige, saumselig suchend, von träger Geschäftigkeit, krochen gar mit krummem Rücken und schmerzendem Kreuz auf allen vieren umher, und die Hände sanken ihnen bis zum Handgelenk im Sand ein, manchmal stießen ihre Köpfe gegeneinander, aber das merkten sie nicht einmal. Der zornig dreinschauende Oberstleutnant Navole hatte in seinem schillernden Zelt Zuflucht vor der Sonne gefunden und spähte gravitätisch heraus. Und Feldwebel Eliodoro, einen bunten Sonnenschirm in der Hand, hatte nicht weit vom Zelteingang Stellung bezogen und beobachtete aufmerksam die kriechende Einheit. »Ich nverstehe ndas nnicht«, sagte Oberstleutnant Navole und setzte – bei ihm ging das, er sprach ja sowieso durch die Nase – eine große Karaffe an die Lippen, »njetzt ist nfast schon die nganze Verpflegung aufngebraucht und immer noch nkeine Spur.« »Ihre Lippen offenbaren die reine Wahrheit, mein Leutnant«, stimmte Feldwebel Eliodoro sofort zu und deutete mit dem Schirm nach vorne. »Trotz des regennassen Sandes haben wir ihre Spur vor der Caatinga verloren. Da hätten sie doch nicht einfach so durchspazieren können, oder?« »Und, nwas nglaubst du ndann?« »Es soll einen Geheimgang geben«, stellte Feldwebel Eliodoro fest, und die Gelegenheit, sich hervorzutun, brachte ihn in Redelaune. »Wie hätten wir die Spur sonst ausgerechnet hier verloren? Zumal man in der Caatinga keine Knochen sieht und wir diesen Gefangenen, diesen seltsamen Kerl, auch genau hier verloren haben, vor der Caatinga.« Seine Stimme überschlug sich fast. »Und obwohl der Stock überall gleichmäßig reingeht, und obwohl wir den Gang immer noch nicht gefunden haben, mein Leutnant, sodass ...« »Nlangsam, nsonst nverstehe ich nkein Wort.« Obersteutnant Navole runzelte die Stirn. »Es muss einen Gang geben, irgendwo, meine ich, lang lebe der große Marschall.« »Nlang nlebe ...«, wünschte auch Navole und verlor sich in Gedanken. »Nbestimmt nvermisst mich nmeine süße Nsusi!« Und weit weg, in Kamora, vermisste Susi tatsächlich ihren Mann – gelangweilt gähnte sie und seufzte: »Ach, wäre jetzt mein näselnder Navole hier.« »Wozu zum Teufel brauchst du ihn, mein Herz?«, fragte Oberst Cesar in Richtung des betrübten Konterfeis eines seiner hochherrschaftlichen Vorfahren. »Ich glaube an die gefahrvolle Liebe«, bemerkte die Frau und zupfte zärtlich an der großen Blüte einer weißen Rose. »Wo ist da nun Gefahr in unserer Liebe und unseren Leiden, wenn mein Mann sich in der Ferne herumtreibt?« »Aber Stella haben wir doch hier, liebste Susi, oder?«, fragte der Oberst jetzt charmant den Kronleuchter. »Ach, Stella!«, Susi winkte ab. »Stella ist dumm, völlig gefahrlos.« »Ach, und Navole ist eine große Leuchte, ja?« Weit weg, in Kamora, war der wackere Oberst beleidigt, während hier, in der Gegend der Caatinga, unser treuer Oberstleutnant Navole seine Leute auf allen vieren umherkriechen und Stöcke in den Sandboden stecken ließ. »Nwie wir ndiese zwei Nstummen erledigt nhaben!« »Wen meinen Sie? Die Hirten?« Die Laune des Feldwebels hob sich. »Ja, das war gut, mein Leutnant. Hatten die aber Muffensausen, haha, die haben sich ja nicht mal gewehrt.« »Ntja, und wie die ngezittert haben, erst ndachte ich, ndie wären nrichtig nwütend, oder?« »Ja, ja«, Feldwebel Eliodoro hieb sich mit der Hand aufs Knie, »die hatten eine Heidenangst. Der Bruder von denen, wie heißt er noch mal, ehm, das steht hier auf der Liste ... ja, Prudencio, der ist wohl mit den anderen mitgegangen.« »Wir nwerden nsie alle nkaltmachen«, bemerkte Navole fröhlich und wurde direkt wieder traurig. »Ach, nmeine Nsusi vermisst nmich bestimmt.«

Es wurden immer mehr Leute in Canudos, immer mehr weiße Häuser am Ufer. Ihre Kinder auf dem Arm, grimm vertrauend und doch zaghaft kamen sie rein – die Stadt sah fremdartig aus, verheißungsvoll. Es kamen Leute aus der Marktstadt, die dem Ruf ihres Herzens gefolgt waren, es kamen Leute aus den Seedörfern, nachdenklich waren sie und wortkarg. Sie brachten in Säcken, schwer auf den Schultern, ein den Sertanejos fremdes Lebensmittel mit – Kartoffeln. Es kamen auch Einzelne, Verlassene, und solche, die andere verließen. Auch ein Schmied war dabei. Canudos wuchs, sie kneteten Lehm für die Häuser, ihre gebräunten Arme waren weiß verschmiert, João empfing sie alle, ganz auf seine Aufgabe konzentriert, die Listen auf seinen Knien ausgebreitet, und um die Angekommenen zur Ordnung zu rufen, begegnete er ihnen äußerst knurrig, was nicht nötig gewesen wäre, denn schon bei ihrer Ankunft in der Lehmstadt waren sie überwältigt. Aber eines frühen Morgens, da kam einer! Als João Abade die hochmütig sich nähernde Gestalt von Weitem erblickte, rief er aus: »Was ist das für eine Vogelscheuche?«

Es handelte sich um einen hochgewachsenen jungen Mann, dürr wie ein Reiher. Erhobenen Hauptes schritt er auf sie zu; sein in der Hitze bleiern glänzender gelber Samtumhang wurde elegant von einem frei im Gürtel steckenden Säbel ausgebeult. Seine Stiefel waren derart blank geputzt, dass Glanzlichtchen darüberhüpften; er war mit einem breitkrempigen großen Hut mit einer schillernden Pfauenfeder angetan, und drei kleine, überaus glitzernde Steine steckten ihm an der Brust.

Sie trauten ihren Augen kaum, so einen komischen Vogel hatten sie noch nie gesehen, er aber sah sich unbekümmert und mit kaum anzumerkendem Wohlgefallen um. Unser großer Griesgram betrachtete ihn mit unverhohlener Abneigung, und als er schon den Mund aufmachte, kam ihm der Fremde zuvor und donnerte: »Zeigen Sie mir Ihre Papiere!« Nur um João, dem der Mund offen stand, sogleich anzulächeln: »War nur Spaß, Onkelchen, bin ich in Canudos?«

»Ja, klar, wo denn sonst!«

»Friede mit euch, wie redet ihr einander an?«

»Der Conselheiro sagt Brüder zu uns.« Gregorio Pacheco hatte die Antwort gegeben.

»Friede mit euch, Brüder!« Er legte die linke Hand auf den Dolchgriff, mit der Rechten nahm er seinen Hut ab, schwang ihn erst bis zu den Knien, beschrieb dann einen unsichtbaren Kreis in der Luft und verneigte sich leicht, einen Fuß nach vorn gestellt:»Nehmt mich auf, Brüder.«

»Hast du einen Beruf?« João musterte ihn missbilligend.

»Ich bin Caballero.«

»Was bist du?«

»Caballero.«

»Ach, du lieber Himmel«, murmelte João für sich und näherte sich ihm dann mit dem Ohr:»Was?«

»Caballero.«

»Caballeros brauchen wir nicht«, stellte João barsch fest,»wir alle, die du hier siehst, sind Hirten und Bauern.«

»Und wollt ihr nicht noch einen Andersartigen dazu?«

»Nein, wollen wir nicht.« Das war jetzt Prudencio, der seine Brüder verloren hatte, er starrte den prachtvoll gekleideten Mann feindselig an. Kurz schien der Neuankömmling Anstoß zu nehmen, etwas Unbarmherziges blitzte in seinen Augen auf.

»Wir müssen ihn nehmen«, erklang nun eine Stimme, nicht weit entfernt stand Mendes Maciel und schaute, während er sprach, woandershin. »Jeden, alle, die hierherkommen, müssen wir nehmen, João, merk dir das.«

»So einen auch?«, fragte João ungläubig.

»Ja, auch so einen.«

Der Neuankömmling ging auf ein Knie, wandte das Gesicht ab und sagte:

»Ich danke, Conselheiro.«

Die beiden vermieden, einander anzuschauen.

Dass der Caballero das Knie gebeugt hatte, ließ ihn in Joãos Gunst steigen, er fragte stolz:

»Verstehst du dich auf ein Handwerk?«

»Ja, natürlich«, dienstfertig sprang der Fremde auf,»aber dürfte ich Sie bitten, mich zu siezen, mit der Zeit können wir es dann vielleicht auch anders halten.«

»Bitte, wir wollen den nicht!«, rief João Mendes Maciel zu. »Wozu brauchen wir diesen eitlen Gockel, diese Vogelscheuche?«

»Das spielt keine Rolle«, erwiderte der Conselheiro schwer, immer noch wollte er keinem in die Augen schauen, »mach weiter.«

»Verstehst du … verstehen Sie sich auf ein Handwerk?«

»Ich bin Caballero, Bruder.«

»Können Sie Kohl säen?«

»Ach nein, nein.«

»Wie sieht's aus mit Pflug und Hacke?«

»Nein.« Er wehrte mit beiden Händen ab.

»Kannst du wenigstens reiten?«

»Ooh, reiten«, der Fremde streckte sich vergnüglich, »ich kann mich im Galopp hinlegen und einschlafen.«

»Ihr Name?«

»Don Diego.«

»Wie?«

»Diego, *Don* Diego, das kommt von dem Fremdwort ›dominus – der Herr‹.«

»Na also, hab ich's doch gesagt!«, schrie der verbitterte João hoffnungsvoll auf. »Wir können ihn nicht gebrauchen, er will ein ›Herr‹ sein, und dergleichen Unfug brauchen wir nicht.«

Aber Mendes Maciel schaute nachdenklich zur Seite.

»Eines will ich Ihnen nicht verheimlichen«, fuhr Don Diego ruhig fort. »Ich weiß, dass Ihnen ein Kampf bevorsteht. Da können Sie auf mich nicht zählen. Ich kann nicht an Ihrer Seite als gewöhnlicher Kämpfer gegen den Feind antreten. Verzeihen Sie mir, Brüder, aber ich kann mit Ihnen nicht Schulter an Schulter stehen. Einem Mann mit meinen Fähigkeiten steht es schlecht zu Gesichte, gegen mehrere Kamoraner gleichzeitig anzugehen und dabei womöglich von einer verirrten Kugel getroffen zu werden. Dafür aber, liebe Brüder, können Sie mir allein ruhig die schwierigsten Aufgaben zuweisen, sagen wir, eine sich in den Feldern herumtreibende Einheit zu vernichten. Ich mache mich mit Vergnügen daran, denn da werden nur ich und mein edler Kopf die gesamte Verantwortung tragen.«

»Können Sie sonst noch etwas?«, fragte João leise, er schien ein bisschen verdutzt.

Don Diego streckte sich noch mehr und sagte:

»Ich kann Flöhe dressieren.«

»Was?« João zuckte zusammen. »Bist du gekommen, um Possen zu reißen?«

»Nein, um Himmels willen, für etwas ganz anderes, zum Beispiel hier, damit können Sie Gewehre kaufen.« Er nahm einen der glitzernden Steine ab und legte ihn dem Conselheiro zu Füßen, der seinen Blick mied. »Und auch noch für etwas ganz Besonderes.«

»Und zwar?« João machte sich bereit zum Protokollieren.

»Artistik.«

»Was?«

»Artistik, gnädiger Bruder«, wiederholte Don Diego ruhig. »Ich kann durch ein Nadelöhr gehen.« Und überrascht fügte er hinzu: »Tja, jetzt hab ich derart viel geredet, da können wir uns eigentlich duzen, wo wir uns so nahe gekommen sind.«

»Gut, geh dann, und schäl die Kartoffeln«, kam ihm João sofort entgegen.

Don Diego verzog erbärmlich das Gesicht: »Vielleicht gebt ihr mir eine andere Aufgabe, das kann ich nicht.«

»Was willst du denn stattdessen machen?«

»Holz hacken, Wasser bringen, Lehm kneten ...«

»Nein«, João wurde strenger, »du schälst die Kartoffeln!«

»Onkelchen, bitte, ein Caballero und Kartoffeln schälen?«

»Ich will nichts hören! Ich bin kein Onkelchen, ich heiße João.«

Eine Weile stand Don Diego mit hängenden Schultern da, dann bat er:

»Geben Sie mir einen Lappen, Onkelchen João.«

»Einen Lappen oder ein Messer?«

»Davon habe ich sieben Stück. Geben Sie mir einen Lappen.«

»Wozu zum Teufel brauchst du einen Lappen?«

»Habt ihr etwa keinen?«

Und er begab sich beinahe zahm zum Kartoffelhaufen, mit zwei Fingern hielt er angeekelt den Lappen. Später, als sie nach ihm schauen wollten, war er nirgendwo mehr zu finden. Verärgert suchten sie alles ab, vergebens. Und João explodierte:

»Ich hab doch gesagt, wir hätten ihn rausschmeißen sollen. Wer haut schon am ersten Tag ab? Wir hätten ihn umbringen sollen! Jetzt weiß er alles über uns!« Aber ein paar Stunden später kehrte Don Diego zurück, sein Gang war ein bisschen mühsam, unterm Arm trug er den Feldwebel Eliodoro mit dem Lappen im Mund.

»Er wird die Kartoffeln schälen«, sagte er zu João, der ihn verblüfft anstarrte, und ließ den Feldwebel achtlos auf den Boden fallen. »Ist doch egal, wer, ich lass ihn noch Überstunden machen.«

Etwas wollte der Vagabund, Domenico, nach etwas sehnte er sich …

In seiner Angst, in seinen grauen Gedanken, im durchwühlten Dunst funkelte manchmal ein Wunsch auf, welcher? Er wusste es nicht. Und lag da, mit dem Gesicht nach unten. Dabei krallte sich der Frost der grauweißen grässlichen Augen in seinen Rücken, der junge Vagabund drehte sich um, er dachte an Wasser, Gras, irgendwo, ja, irgendwo … Und sowie er seinem Wunsch näher kam, fielen ihm erneut Michinios grässliche Augen ein, grollend, glühend, von einem Augenwinkel bis zum anderen grau, ganz grau, der Aufseher der Jagunços, der frei durch ganz Kamora sich bewegte und es auf ihn abgesehen hatte! Die Angst vor seinem Messer kratzte ihn am Hals, entsetzt zog er die Decke bis unters Kinn, er schloss die Augen, um seinem Wunsch wieder nahe zu kommen, aber jetzt war es ihm, als höre er Schritte – die des gewichtlosen, grässlichen Michinio! Er setzte sich auf, seine Augen weiteten sich, als wollten sie das schreckliche Geräusch erspähen – da war niemand. Höchstens ließ Doktor Otar im Nebenzimmer mal das Geschirr klappern, versehentlich, der Schlaf seines Schützlings war ihm heilig. Es war früher Morgen in Kamora, Caetano hatte vor Kurzem mit seiner Stentorstimme ausgerufen: »Es ist acht Uhr Mo-orgens und …« Von wegen, alles war graaandiooooosssss. Er war völlig kopflos, er griff nach seiner Kleidung, drückte sie an die Brust und schaute unters Bett – da war niemand; aber der hohe, schwarze Schrank schwieg bösartig … Hastig zog er sich die Stiefel an, nichts wie weg aus diesen vier Wänden, da wollte er lieber auf der Straße sterben.

Aber Domenico lief doch noch mal kurz ins Haus rein, er war aufgeregt, er bat Doktor Otar um ein Gefäß, »aber bitte aus Ton, Onkelchen Otar«. »Wozu brauchst du das, Junge?« »Brauche ich halt« – am Ende der Straße verkauften sie Milch.

Am Ende der Straße verkauften sie Milch, und Domenico, einen Tonkrug in der Hand, stellte sich in die Schlange, an spitzen Haken hingen da auch dicke, blutverkrustete Fleischstücke. Der Metzger griff bald nach der Axt, bald nach einem Schöpflöffel, er wischte sich die bläulichen Hände an einem schmutzigen Lappen ab und goss den Frauen Milch ein. Die Männer kauften Fleisch. Domenico war über seine Frauenrolle nicht eben erfreut, aber er sehnte sich nach heißer Milch. Vor ihm in der Schlange stand eine für den frühen Wintermorgen auffallend leicht bekleidete Frau. Dem in seinen Umhang gehüllten Domenico wurde selber kalt, als er ihre nackten Schultern sah. Halb benebelt machte er einen Schritt nach vorn und betrachtete die in Gedanken Versunkene von der Seite. Sie stand für sich, so füllig, ergiebig, warm, weich, wohlwollend. Sie gehörte zu den Frauen, deren Alter man unmöglich schätzen kann, vor allem jetzt, am frühen Morgen, eben erst aufgestanden, ungeschminkt, die Haare eilig zu einem Haufen zusammengesteckt, das müde Gesicht von reizvollen Fältchen gezeichnet, noch warm vom Bett – sie war echt. Bezaubert schaute der junge Vagabund auf ihre nackten Schultern, seine Augen waren bereits verführt, und wenngleich er sie am liebsten umarmt, seine knochige Wange auf ihre große, weiche Brust gelegt und sie fest gedrückt hätte, war seinem Blick nichts davon anzumerken. Diese Frau war für ihn jetzt nicht einfach eine Frau, in diesem Moment bedeutete sie ihm etwas, das Bild seiner Mutter stieg in ihm auf, die Mutter war es, die er vermisste … Die Frau, in ihre Gedanken versunken, spürte den beharrlichen, liebenswürdig ansuchenden Blick, sie hob den Kopf und drehte sich gewichtig zu ihm um. Erst musterte sie ihn von oben bis unten, seine teure Kleidung imponierte ihr, und auch das Gesicht des Vagabunden, blass, zart, sehnlich. Sie verstand ihn bestimmt nicht, denn sie lächelte ihn sofort schamlos, frivol an. Armer Vagabund, es fühlte sich an wie der Biss einer Schlange. »Warum so traurig, mein Hübscher?«, fragte die Frau, und Domenico brachte gerade noch über die Lippen: »Ich habe keine Mutter.« Und er schaute sie an, in Erwartung tröstender Worte, aber die Frau sagte:»Ja, und? Die Eltern gehen, die Kinder bleiben.« Armer Vagabund. Als die Frau mit gefülltem Topf und die vollen Hüften schwingend zum nahe stehenden Haus ging und sich siegessicher zu ihm umsah, da wurden ihre Erwartungen enttäuscht – mit hängendem Kopf stand Domenico da. Und der Metzger forderte ihn auf:»Geben Sie her, Haler.« Beim Anblick der grässlich vergilbten Hände, an denen getrocknetes Blut klebte, hätte Domenico am liebsten den Krug unterm Umhang versteckt, stattdessen reichte er ihn dem Mann und beobachtete voller Ekel, wie dieser den unschuldigen Tonkrug mit einer Hand auf die blutverschmierte Schürze drückte und ihn, mit dem großen Schöpflöffel in der anderen Hand, hurtig füllte –»sechzig Groschen …« Er stieg die Treppe zu Doktor Otar hoch, der entsittlichte Krug brannte ihm unter den Fingern, aber, ach je, ihn verlangte eben nach Milch; er scheuerte den Topf so lang mit Ziegelsteinpulver, bis ihm die Haut an den Handflächen dünn wurde, erst danach goss er die Milch hinein und stellte ihn aufs Feuer. Gras, Wasser und diese Milch wollte er … er schaute ins Feuer; wie fremd, wie gleichgültig es war. Hitze, o ja, die gab es her, mehr als genug – gerade noch rechtzeitig schaffte Domenico, den Topf vom Feuer zu nehmen, nur langsam kam die wabernde, sengende Flüssigkeit zur Ruhe. Mit den Blicken suchte der Waisenknabe das Regal ab, er füllte sich einen ziemlich großen Becher. Hatte es eilig, den ersten Schluck zu nehmen, pustete drauf, wedelte mit der Hand, aber als er den ersten Schluck nahm, ließ er den Becher augenblicklich fallen, rannte zum Fenster und beugte sich hinaus – die Milch dieser Stadt schmeckte nach Blut … Wohl drang das Blut selbst durch den unschuldigen Ton, und der Vagabund übergab sich in Krämpfen, die Augen fielen ihm fast heraus, vom Bauch aus stieß ihm ein raues Messer in den Hals, er spie sich die Seele aus dem Leib, und Doktor Otar, der überrascht hinzustürzte, erschrak.»Haben sie dich vergiftet?« Domenico schüttelte mühsam den Kopf, winkte ab.»Hast du Milch getrunken?« Doktor Otar schaute auf den Boden. Zweimal bejahte der Vagabund mit dem Kopf, den er noch immer nach draußen hielt, es überlief ihn kalt.»Hat sie dir jemand angeboten?« Doktor Otar wurde bleich.»Nein, auf der Straße …«, mit Mühe schaffte Domenico, sich aufzurichten, bittere Tränen nässten seine Wangen, das Kinn, den Kiefer,»auf der Straße hab ich sie gekauft.«

»Straßenmilch würden sie nicht vergiften«, Doktor Otar war erleichtert, »leg dich hier hin.«»Nein, will ich nicht.« Der eklige, bösartig süßliche Geschmack wühlte noch in seinen Eingeweiden, und er bat:»Könnte ich ein Stück Brot haben?«»Hier, Domenico.« Er kaute das weiche Brot, und mit jedem Biss verflüchtigte sich der eklige Geschmack, dankbar drückte er das Brot auch gegen seine Wange.»Wolltest du Milch trinken, Domenico?«, fragte Doktor Otar, mit jetzt noch feuchteren Augen schaute er ihn an, und Domenico, dankbar für diese Augen, umarmte den Doktor, er legte seinen armen Kopf auf dessen Schulter und weinte.»Das ist nicht schlimm, Domenico, das ist nicht schlimm«, tröstete ihn Doktor Otar. »Sie ist dir einfach nicht bekommen.« Das Haar des Vagabunden roch noch wie das eines Kindes, Doktor Otar küsste ihn auf den Kopf.»Dafür hat dir das Brot geschmeckt.«»Ich hab keine Mutter«, irgendwohin, in den Brustkorb flüsterte er es dem Doktor,»auch den Vater hab ich verloren … ich hab niemanden mehr.«»Hab keine Angst, Domenico«, beschwichtigte ihn der Doktor, er streichelte ihn,»ich bin ja da, hab keine Angst.«

Von der Decke schaute ernst der bekannte Fleck.

Am frühen Morgen machte sich Mendes Maciel in Begleitung von João auf zu dem Haus, dass sie Don Diego gegeben hatten, und der Anblick, der sich ihnen beim Eintreten bot, jagte ihnen einen kleinen Schreck ein: In dem einzigen Zimmer lag ein riesiger Haufen geschälter Kartoffeln. Der übernächtige Feldwebel Eliodoro war im Fackellicht noch immer am Schälen, und Don Diego lag zur Wand gedreht da und schlief sorglos, spürte jedoch sofort den Blick der Angekommenen, sprang auf und schwang seinen Hut:»Ooh, die Herren Vorgesetzten sind da! Sie sind sicher nicht umsonst hergekommen, ich höre!«»Hast du wirklich geschlafen?«, fragte João.»Ich hab geschlafen, ja«, und er wunderte sich:»Nachts, wo ich nichts zu tun habe, was hätte ich denn sonst machen sollen?«»Wie … aber … der da mit dem Messer in der Hand, und du schläfst?«»Ach, der wird sich unterstehen.« Don Diego lächelte vor sich hin.»Nach dem, was er erlebt hat, wird er zwei, drei Wochen nicht mal im Traum dran denken.«»Was hast du denn mit ihm angestellt?«, der Anflug eines Lächelns huschte über Mendes Maciels Gesicht.»Das wissen nur wir beide, Conselheiro.«Ehrerbietig neigte er den Kopf.»Er hat einiges von meiner hochgelobten Artistik erleben müssen.«»Gehen wir raus, alle, auch er«, sagte Mendes Maciel unwirsch, mit einer Mischung aus Ekel und Mitleid schaute er auf den eingeschüchterten Feldwebel.»João, sag Gregorio, er soll seine Trommel schlagen.«»Nach Ihnen, bitte«, Don Diego wies zuvorkommend auf die Tür,»schließlich sind Sie meine Gäste.«Dann schloss er sich an und warf zurück:»Komm, mein Junge«, und der Feldwebel folgte mit hängendem Kopf und hängenden Schultern.

Ehern ertönte Gregorio Pachecos Trommel, im Schatten dreier großer Bäume versammelten sich die Canudener, Mendes Maciel wandte der Stadt zunächst den Rücken zu, er blickte in die Ferne, die Hände zu Fäusten geballt. Aus den kühlen Häusern kamen die Leute; ein wenig aufgeregt wegen der Trommelschläge lächelten sie einander doch fröhlich an. Das ganze Canudos, die in der Sonne ausgebreitete weiße Lehmstadt, schien zu lächeln, und vor ihnen stand mit eingezogenem Kopf einer aus der Schächerstadt, der einst zum Feldwebel beförderte Eliodoro. Mendes Maciel drehte sich langsam um, schaute einem der Brüder in die Augen und sagte:»Du musst dich beherrschen, vergiss das nicht«, und Prudencio nahm sofort die Hand von seiner Machete, gehorsam ließ er den Arm sinken. An jenem frühen Morgen sah Don Diego zum ersten Mal Manuelo und Se, beide Hirten zogen seinen Blick auf sich. Den fröhlichen Vaqueiro lächelte er erfreut an, Se Moreira indessen beobachtete er mit fast neidischer Bewunderung. Die anderen bemerkten davon nichts, sie schauten auf ein Schächerstadtkind aus Fleisch und Blut und Seele. Der stolz-finstere Conselheiro machte einen Schritt und stellte sich neben Eliodoro:»Zuerst habt ihr bestimmt einen Abstecher in den Sertão gemacht.«»Ja, Grandhaler«, der Feldwebel nickte eifrig.»Ich bin kein Grandhaler.«»Verzeihen Sie, Grandissimohaler.«»Wir haben hier keine Halers, Freundchen«, klärte ihn sein Entführer auf,»nur mich darfst du der Ehre halber mit ›Don‹ anreden.«»War da jemand, im Sertão?«»Ja, doch.«»Wer?«»Zwei Hirten.«Während er weitersprach, ging Mendes Maciel zu Prudencio und legte ihm die Hand auf den Kopf.»Und, habt ihr sie getötet?«»Ich nicht, die anderen.«»Warum? Sie sind doch nicht weggelaufen?«»Weiß ich nicht, einfach so.«»Einfach so?«, wiederholte jetzt Prudencio außer sich, er bebte am ganzen Leib.»Hör mir zu, Prudencio«, Mendes Maciel schaute ihn ernst an,»diesen Mann brauche ich. Ich sehe, dass du ihn gern töten würdest, und obschon ich dich sehr gut verstehe, will ich, dein Conselheiro, dich bitten, dass du das Fischernetz nimmst und zum Fluss gehst.«»Wollen Sie ihn laufen lassen?«»Ja, Prudencio.«»Überlassen Sie ihn mir nicht?«»Ich muss ihn laufen lassen. Unsere Sache verlangt das.«

Prudencio entfernte sich gehorsam.

»Hör zu, Kamoraner«, Mendes Maciel schaute zum Fluss,»sag mir, haben wir euch irgendetwas getan?«»Nein, gnädiger Herr.«»Was wollt ihr dann von uns?«»Gar nichts, Haler«, wunderte sich Eliodoro.»Er scheint unser Kumpel zu sein«, Don Diego lachte und gab dem Feldwebel einen kräftigen Schlag auf die Schulter, dass er auf der Stelle zusammensackte.»Was soll ich denn machen?«, beklagte sich Eliodoro jämmerlich bei Mendes Maciel.»Wir sind im Dienste.«»Erstens, nicht im Dienst-e, sondern im Dienst, und zweitens, im Dienst sein ist keine Entschuldigung – warum habt ihr die zwei Hirten getötet?«»Ich hab sie nicht getötet …«»Aber derjenige«, Mendes Maciel schaute ihn so an, dass der klein gewordene Feldwebel das Gesicht in den Händen verbarg, »der in deinem Dienst stand.«»Ja, Grandhaler.«»Und, warum?«»Oberstleutnant Navole ist unser Befehlshaber!«Eliodoros Miene hellte sich auf. »Leistet ihr ihm Gehorsam?«»Sein Wort ist hier Gesetz – ehm, nicht hier, entschuldigen Sie, Haler, sondern dort.«»Und noch weiter weg, in Kamora?«»Dort Grandiss… dort das Wort Bittencourts.«»Hat Navole befohlen, sie zu töten?«»Ja, gnädiger Herr.«»Und sein Wort ist Gesetz, nicht wahr?«»Jawohl, gnädiger Herr.«»Und wenn wir dich laufen lassen, unter der Bedingung, dass du den Schuldigen, Navole, tötest, was machst du dann?«»Ich mach ihn kalt, ich brauche keine Minute, Grand…«»Wie bitte?«Don Diego sah ihn spöttisch an und schüttelte mitleidig den Kopf.»Du machst den, dessen Wort für dich Gesetz ist, kalt?«

Den Kopf gesenkt, unbehaglich stand der Feldwebel da.

»Hör zu, Kamoraner«, gewichtig klang Mendes Maciel, er blickte in die Ferne, wo Prudencio erbittert im Fluss fischte,»euer großer Marschall hat in seinem fragwürdigen Gesetzbuch kein einziges Mal erwähnt, dass die Sertanejos, die Leihhirten, nicht das Recht hätten, woanders zu leben. Und das Stück Erde, auf dem du gerade stehst, gehört euch nicht.

Das weißt du genau. Bei der Caatinga endet euer Territorium. Aber ich rede in den Wind, Feldwebel, oder? Eure Gesetze gelten wohl nur auf dem Papier, und auf der Karte lässt sich eine geschlängelte Linie problemlos ausdehnen; binnen weniger Sekunden windet und streckt sich die Schlange, mit dem Schwanz im Mund breitet sie sich aus. Ja, aber die Welt wird doch einmal erfahren, was ihr für welche seid, ihr selber werdet euch bloßstellen.«

Se Moreira, der beste der Vaqueiros, schaute den Conselheiro bewundernd an.

»Alle, die du hier siehst, haben euch gedient. Und, Kamoraner, alles gleicht sich aus: Während ihr jegliche Skrupel verloren habt, haben diese Ärmsten der Armen im Sertão einiges gewonnen, noch nie hat man etwas Schlechtes über diese Hirten vernommen. Und während ihr einander um eures Vermögens willen, um irgendwelcher Gegenstände willen ermordet habt, waren diese hier, die Armen, die Hungrigen, einander wie Brüder.«

Heimlich schweifte Se Moreiras Blick über seine Brüder, an jeden einzelnen, an alles erinnerte er sich; was der Conselheiro sagte, war wahr.

»Aber, Kamoraner, sie waren dumm, nicht mal Sklaven kann man sie nennen – sie waren die Dummen, die ihr an der Nase herumgeführt habt, um euch die Bäuche vollzuschlagen. Was für ein trauriges Schicksal – fleißige Schafe haben die Kühe gehütet.«

Se Moreira senkte den Kopf, ebenso Manuelo.

»Diese Leute, Kamoraner, haben die Häuser ihrer Vorfahren verlassen, das sollte dich nicht wundern. Ich habe diese Leute in die Freiheit geführt, aus dem Sertão habe ich sie hergebracht und hier in der Fremde angesiedelt. Ich habe in ihren eingeschlafenen Seelen die fremdartige Seelenblume, die Freiheit, herangezogen, etwas, was du, ein kamoranischer Feldwebel, nie verstehen wirst, und auch jetzt sehe ich deinem Blick an, dass du gänzlich vergiftet bist. Leute mit Rückgrat habe ich hergebracht, damit sie sich hier, im gelobten Land, mit freien Händen eine Hütte bauen, am segensreichen Fluss habe ich sie angesiedelt, und jetzt, ihr Kamoraner, haltet euch fern von uns! Die Freiheit, die Seelenblume, geht uns über alles. Du wirst Freiheit nie begreifen, und auch dein großer Marschall nicht; ihr seid alle ineinander verflochten.«

Auf seine in der morgendlichen Luft schimmernde Hütte schaute dankbar der große Hirte; die Freiheit brannte ihm in der Seele.

»Hör zu, Kamoraner, was wollt ihr noch? Ihr seid doch ungeschoren damit davongekommen, dass ihr die Hirten über Jahre hinweg bis auf den letzten Blutstropfen ausgesaugt habt, eure Herde habt ihr ohne jeglichen Verlust zurückbekommen, und den beiden Vaqueiros habt ihr lächelnd die Kehlen durchgeschnitten. Nach euren Gesetzen hatten wir das Recht, von euch fortzugehen, warum, Feldwebel, warum habt ihr dann den ersten elf Weggehenden in einer fremden Gegend die dreißig skrupellosen Reiter hinterhergeschickt? Nach euren Gesetzen hatten wir doch das Recht dazu, Kamoraner, und warum habt ihr einen von uns, einen Hirten, der einfach dastand, getötet?«

Se Moreira packte die Wut, die Hände zu Fäusten geballt, schaute er grimmig zum Feldwebel.

»Geh jetzt, Kamoraner, und erzähl allen, was ich dir gesagt habe. Obwohl das Gesetz, von euch unlauter zusammengekritzelt und in schöner Handschrift auf wertvolles Papier niedergeschmiert, auf unserer Seite ist, wissen wir sehr gut, dass ihr gegen uns vorgehen werdet. Wenn der Marschall diese kleine Sünde, die Freiheit – diese auf seiner Wange klebende Ohrfeige –, dulden würde, dann, das weiß er zu gut, würden auch die anderen aufbegehren, zum Beispiel die, die es dir gleichtun in Verbrechen, und ebendeshalb wird er uns nicht schonen. Andererseits, Feldwebel, einen Diener verliert man nicht gern, nicht wahr? Falls der Marschall uns ein Versöhnungsangebot macht, so sollst du wissen, dass keiner von uns seinem Wort traut und dass wir bereit sind, uns zu verteidigen – ein Angriff auf uns wird euch teuer zu stehen kommen. Merk dir das gut. Feldwebel, wir wollen weder eure Feinde noch eure Freunde sein. Vergiss unterwegs nicht, Navole Bescheid zu sagen, dass er von hier verschwinden und seine Einheit von zweihundert Schurken mitnehmen soll. Wir geben ihm drei volle Tage, um die Zelte abzubrechen. Wenn er bis dahin nicht weg ist, habt ihr zu verantworten, was dann passiert.«

Nachdenklich schaute er in die Ferne, blickte zum Himmel und sagte sehr leise:

»Wir wollen unser Leben selbst bestimmen, es ist uns nur einmal gegeben.«

Eine Weile schwieg er, dann wurde sein Tonfall wärmer:
»Du wirst ihn begleiten und rüberbringen.«
Zu Don Diego hatte er das gesagt.

»Ich danke für das Vertrauen, Conselheiro.« Don Diego verneigte sich, dabei schaute er äußerst angespannt und schon kampfbereit zu den Canudenern, die sich zornig, sehr schwerfällig, sehr langsam auf den zitternden Feldwebel zubewegten, die Hand an ihren Macheten. Prüfend schaute der Conselheiro zu Don Diego, er sagte kein Wort. Der zornige Kreis um den Feldwebel herum zog sich immer enger zusammen, und da kam Don Diego ein Einfall, er sagte unbekümmert: »Haler, Feldwebel, mit Ihrer Erlaubnis werde ich Ihnen Ihre schönen Augen verbinden, damit die Sonne Sie nicht blendet.« Er wickelte ihm einen Jutesack dreimal um den Kopf. Sofort stockten die Canudener, einen Mann mit verbundenen Augen umzubringen hätten sie nicht fertiggebracht, und sie blieben verdattert stehen. Don Diego bediente sich weiter seiner artistischen Einfälle: »Und jetzt, Haler, hängen Sie sich bei mir ein, meine liebe Eliodora. Einhängen, hab ich gesagt, ja, genau so.« Und er blinzelte João, der finster auf sie schaute, zu: »Na, 'ne flotte Biene, oder?« Auf den Gesichtern der Canudener schimmerte hier und da ein Lächeln, und Don Diego flirtete weiter mit dem eingehängten Feldwebel: »Passen Sie auf, meine Liebe, hier liegt ein Kieselstein, steigen Sie ganz vorsichtig darüber, meine Eliodora, ja, genau so, ach, mein Fräulein, was für Quadratlatschen Sie haben …« Und Witze reißend brachte er ihn aus dem Kreis, er brachte ihn weg.

Mit einer merkwürdigen Begleitung kehrte er zurück.

»Sind das deine Schwestern?«, fragte João, als er sich von der ersten Verwunderung erholt hatte.

»Wie kommst du darauf, ich sehe sie heute zum ersten Mal. Sie sind vor der Caatinga herumgeirrt und haben mich gebeten, sie hierherzubringen, und ich, als echter Caballero …«

Alle sieben Frauen versuchten mit aller Kraft zu verbergen, dass sie sich genierten, und gaben sich besonders stolz und streng.

»Wollen Sie zu uns?«, fragte João die Frauen.

»Nur für kurz«, erklärte die am edelsten gekleidete Frau. Ihr Gesicht verhüllte ein geheimnisvoll durchsichtiger schwarzer Schleier, an den

Handschuhen glitzerten Ringe, der hohe Kragen reichte ihr bis zum Kinn, alles in allem war sie ausgesprochen konservativ gekleidet. Ihr bis zu den Knöcheln reichendes Kleid hatte jedoch einen ungemein langen Schlitz, und bei jedem Schritt blinkte ihr weißes Bein auf. »Wir sind zu Gast gekommen.«

»Zu Gast?«

»Ehm, ja, wie soll ich sagen, wir wollten etwas fragen, wir alle, und wenn es möglich wäre … Also, verstehen Sie uns nicht falsch, aber wir wollen wirklich etwas wissen, und deshalb sind wir gekommen, ja.«

»Was wollt ihr?« João Abade verstand kein Wort.

»Wir wollen jemanden sehen«, erklärte eine andere Frau, wie aus der Kanone geschossen, seltsamerweise trug sie nur einen Ohrring. »Übrigens war es sehr heiß, und der Weg hierher ist einfach schrecklich, und Lolita ist einmal eine Echse vor die Füße gesprungen, das arme Geschöpf hat sich selbst erschrocken, aber Lolita noch mehr, denn sie dachte, es wäre was Gefährliches.«

»Wenn Sie sich vor Echsen und Mäusen fürchten, hätten Sie zu Hause bleiben sollen.«

»Wenn wir zu Hause geblieben wären, wäre derjenige, der uns interessiert, von selbst nicht zu uns gekommen, und darum haben wir uns kurz entschlossen auf den Weg hierher gemacht, denn er ist hier.«

»Von wem sprechen Sie?«

Plötzlich genierten sich alle, besonders eine der Frauen wurde hochrot, nur die mit dem Schleier lief erhobenen Hauptes auf und ab, und jetzt gab sich João ungehalten, da das Bein der Frau ihm zu sehr in die Augen stach.

»Zu wem ihr wollt, hab ich gefragt!«

Die mit dem einen Ohrring druckste herum: »Wir? Nein, also hier … nun … ja … ehm …« Und plötzlich verkündete sie entschlossen: »Wir sind gute Freundinnen von Manuelo.«

»Genau«, pflichtete die mit der Schleife ihr bei.

»Ahaaaaa«, João schob die Unterlippe vor, »ahaaaa.«

Hier entschloss sich eine andere mit einem tief geratenen Ausschnitt zu einem umfassenden Geständnis: »Aber ich will hier nicht wie ihr Komödie spielen und schäme mich gar nicht zuzugeben, dass ich ihn liebe.«

»Wollen Sie damit sagen, gnädiges Fräulein, wir hätten gelogen, als wir gesagt haben, dass wir gute Freundinnen von Manuelo sind? Für Sie kann ich nicht sprechen, mich jedenfalls hat Manuelo nie angerührt!« Die konservativ gekleidete Frau stampfte wütend mit dem besagten Bein auf.

»Ach, du Ärmste«, äffte die Frau mit dem tiefen Dekolleté sie nach, »warst etwa nicht du es, die die Leiter ans Fenster …«

Und da ging es los! João verschlug es die Sprache.

»Beruhigen Sie sich, Fräuleins«, versuchte Don Diego sie lächelnd zu besänftigen, aber wer hätte auf ihn geachtet. Nur einzelne Satzfetzen waren herauszuhören. Eine einzige stand stillschweigend da, ganz schüchtern, mit hängendem Kopf. Alle anderen hatten sich in den Haaren: »Als du deine Laterne um ein Uhr nachts …«, »… Nadel und Besen …«, »Ich bin seine beste Freundin!«, »Ich hätte sogar ein Kind von ihm haben können …«, »Von wegen Freundin, eine dumme Kuh bist du!«, »Du Schlampe!«, »Es war gar nicht dunkel!«, »Eine Frau nur fürs Bett …«, »Kein einziges Mal …«, »Auenflittchen …«, »Ich bin auch seine beste Freundin!«

»Was ist hier los?«, erklang eine strenge Stimme.

Sie schauten zum Conselheiro, augenblicklich verstummten alle respektvoll.

»Was wollen Sie?«

»Sie wollen zu Manuelo, zu diesem Springinsfeld, zu ihrem besten Freund! Ich hab's doch gesagt, Conselheiro, dass dieser Leichtfuß hier bei uns nichts zu suchen hat. Sehen Sie selbst, was für eine Bagage ihn da aus der Marktstadt besuchen gekommen ist, und dieser aufgetakelte Don hat sie hergebracht. Genau die zwei Männer, gegen die ich von Anfang an gewesen bin, haben Unruhe hier nach Canudos gebracht.«

»Diese Frauen können keine Unruhe in Canudos stiften.« Der Conselheiro musterte die wunderlichen Gäste. »Wollen Sie mit Manuelo sprechen?«

»Jaja, von wegen *sprechen*!«

»Schon gut, beruhig dich, João. Rojas!«

»Ja, Conselheiro.«

»Geh Manuelo suchen.«

Manuelo hatte nicht die leiseste Ahnung, was ihn erwartete. Er lag am Ufer des Flusses, der verwegene Hirte lag erfrischt in der Sonne und ließ sich trocknen.

»Wie war der Rückweg mit dem Feldwebel, Don Diego?«

»Gut, Conselheiro. Ich habe so getan, als gäbe es da einen Geheimgang. Wir sind erst durch den Sand gekrochen, und sobald er den Kopf gehoben hat, ist er gegen meinen Ellenbogen gestoßen, als wäre es die Tunneldecke. Er ist überzeugt, dass da ein Geheimgang ist. Sollen sie ruhig weiter danach suchen. Von Zeit zu Zeit hab ich ihm noch Sand über den Kopf rieseln lassen.«

»Und wo hast du diese Frauen aufgegabelt?«

»Nachdem ich den Feldwebel kriechend durch die Caatinga gebracht hatte, hab ich ihn dort hingeschmissen und abgewartet, bis einer seiner Männer ihn gefunden hat. Ich war in der Nähe versteckt. Und ich wollte mich eben auf den Rückweg machen, als ich die Frauen erblickt habe. Umhergeirrt sind sie. Da bin ich hin und, verzeihen Sie mir, Conselheiro, falls ich etwas falsch gemacht habe, aber ich konnte nicht nein sagen, sie haben mich so darum gebeten. Selbstverständlich habe ich allen die Augen verbunden, und eine von ihnen hat mir wirklich gefallen – ein echter Caballero kann ja nicht die ganze Zeit nur in Begleitung eines Feldwebels herumlaufen.«

Die Frauen hörten gar nicht mehr zu, ihre Augen begannen zu funkeln, die konservativ Gekleidete zog sich den Schleier übers Gesicht, es näherte sich der fröhliche Hirte, Manuelo in Person. Unbeschwert kam er daher, auf der Haut den kühlen Segen des Flusses, er lächelte, die ganze Welt war ihm zu eigen, Manuelo Costa, und wie leicht er war für den kargen Boden von Canudos. Vor sich hin singend, schritt er mit schwingenden Armen auf den Conselh… Da bemerkte er die sieben Frauen, erkannte sie sofort und blieb stehen, ein wenig aus dem Konzept gebracht. So alle auf einem Haufen, eine neben der anderen, hatte er sie noch nie gesehen, einzeln wohl schon, o ja, aber alle sieben zusammen … In seiner Verblüffung und seinem Schreck hätte er sich beinahe umgedreht und wäre davongelaufen, aber er sah ein, dass das nicht ging – im besten Falle wären sie ihm nachgerannt. Und er holte tief Luft, mit hängenden Schultern, rot im Gesicht, näherte sich den schwierigen Gästen, seine Beine kamen kaum mit. Er blieb stehen, den Kopf gesenkt, nur ab und zu flog sein Blick heimlich hoch, und er spürte genau, wie seine Verlegenheit und seine Verwirrung ihn offenkundig kleiner machten, da hob er zur allgemeinen Überraschung den Kopf, naiv und unbekümmert, ein schelmisches Lächeln auf dem Gesicht, und fragte:»Wo sind die anderen, Mädels?«

Die Canudener schmunzelten, bedeutungsvoll drehte sich Mendes Maciel um, ging langsam zum Fluss, und auch João entfernte sich, mürrisch vor sich hin murmelnd, die Ansammlung um die wunderlichen Gäste löste sich auf. Nur der ersehnte Manuelo blieb zurück. Er, der fröhliche Hirte, sog mit den Augen den sieben mal hundertfach vermissten Segen auf, gewisse Dinge fielen ihm wieder ein.»Setzen wir uns, Mädels«, er lächelte in die Runde,»fühlt euch wie zu Hause, soll ich Stühle bringen?«»Nein, nein, wir brauchen keine Sessel«, lehnte die konservativ Gekleidete ab und kniete sich seitlings auf den Boden,»ich bin ganz unkompliziert im wirklichen Leben.« Dann trat Stille ein, die sechs spannungsgeladenen Frauen schauten ihn nur mit offenkundiger Zärtlichkeit an, die siebte aber, die Schüchterne, stocherte, den Kopf gesenkt, mit dem Finger im Boden wie ein kleines Kind, nur hin und wieder schielte sie heimlich zu Manuelo, und so saßen sie da – siebenmal sie und einmal er …

Von Weitem spähte João herüber und zog die Mundwinkel herunter.»Schaut euch den Burschen an, hm!« Don Diego wollte sein verärgertes Gesicht sehen und fragte obenhin:

»Wer weiß, Onkel João, vielleicht sind es wirklich einfach gute Freundinnen von ihm?«

»Ja, ja, von wegen!«, schnaubte João entrüstet.»Der läuft doch jedem Unterrock nach!«

Manuelo fragte endlich lächelnd:»Mädels, hättet ihr nicht einzeln kommen können?«»Allein haben wir uns nicht getraut«, die konservativ Gekleidete wurde keck,»und sowieso, was macht das für einen Unterschied. Wir hatten ja nichts miteinander, du hast mich niemals angerührt«, und sie schaute ihn vieldeutig an,»stimmt doch, Manuelo, oder?«»Selbstverständlich, Matilda«, stimmte Manuelo zu,»nur einmal, an einem Dienstag, weiß ich noch, bin ich mit meinem Ringfinger an deinen Ellenbogen gekommen.«»Das zählt nicht, das war ja nur Zufall«, bemerkte die Frau und dachte: Ach, ein toller Junge, wie ich ihn mag. Und Manuelo dachte: Wozu hat sie das nötig? Dabei entsann er sich einiger intimer Details der konservativen Frau. »Hör mal, Manuelo«, sacht wandte sich eine andere mit verziertem Kragen an ihn, ihre schöne Stimme bebte leicht, »kannst du nicht mitkommen?« »Wohin, Lolita?«, fragte Manuelo verwundert. »In die Marktstadt.« »Nein, Blanchita, das kann ich nicht.« »Warum, Manuelo, warum?«, fragte die mit dem tief geratenen Ausschnitt nach. »Seid mir nicht böse«, sagte Manuelo und stand leichtfüßig auf. »Erstens, auch wenn mich nichts hier halten würde, mich, einen Vaqueiro, würden sie auf jeden Fall umbringen; und zweitens ...« »Wir werden dich verstecken!« »Und zweitens«, Manuelo schenkte ihr kein Gehör, »auch wenn ich sicher wäre, dass mir nichts passiert, würde ich dennoch nicht mitkommen, weil dieser Boden hier, auf dem ich stehe, Canudos ist.« »Ja und?« Veronica rümpfte die Nase und warf sich ihren weichen Fuchspelz um den Hals. »Was ist schon dabei?« »Für mich ist da etwas dabei ... etwas ganz Großes.« »Meinst du diesen Boden hier?« Eine Frau mit kokett ins Gesicht fallendem Haar schaute sich energisch um. »Komm mit, bitte.« »Das reicht«, sagte Manuelo, ein fremder Frost mischte sich in seine Stimme. »Ich mag euch alle sehr, aber ich kann euch nicht folgen.« »Liebst du mich gar nicht?«, fragte enttäuscht die zarte, schüchterne Frau. Und wirklich, diese Frau hatte es Manuelo am meisten angetan. Körper und Kopf waren bei ihr wesensverschieden, den blauen Augen im zarten Antlitz und den feinen Zügen folgte ein unglaublich starker, großer Körper, und Manuelo, davon ganz erfüllt, verlor sich nur zu gern in ihren tiefblauen Augen. »Ich mag dich mehr als mich selbst«, sagte Manuelo, »aber dieser Boden, Canudos, bedeutet mir mehr als alle Frauen auf der Welt.« »Warum, Manuelo, erklär es uns, warum, was ist so besonders an diesem Boden?«, klagte die mit dem verzierten Kragen, und Manuelo schaute in die Ferne, lächelte den Himmel an und sagte: »Das ist ein freies Stück Land ... ich habe mich selbst gefunden.« »Warst du etwa bislang verloren?« »Ja, Matilda ... und noch etwas, noch mehr, meine Seele hab ich hier gefunden.«

Sie weinte still vor sich hin, den Kopf gesenkt, die schüchterne Frau, ihr Finger war nicht mehr zu sehen, vor Aufregung hatte sie ein Loch in den Boden gebohrt.

Später, auf dem traurigen Rückweg, versuchte der echte Caballero die weinenden Frauen, deren Augenbinden triefnass waren, treulich zu trösten:

»Beruhigen Sie sich, Señoritas! Es bricht mir das Herz, wenn Sie weinen. Beruhigen Sie sich doch ...«

In einem Sessel saß ehrgebietend der große Marschall Edmondo Bittencourt, die kurzen Arme ruhten auf den Lehnen, und obgleich seinem Gesicht nichts als Erlauchtheit abzulesen war, wirkte er irgendwie doch angespannt. Untertänig schaute auf ihn der soeben eingetroffene, auf die Schnelle beorderte scharfsinnige Admiral Zizka. In geziemendem Abstand hatte Oberst Cesar Habachtstellung eingenommen. Und zu Füßen des Marschalls lag mucksstill Kadima, mit bewegungslosen, kalt glühenden Augen starrte er auf den verängstigten Admiral. Der große Marschall schaute ruhig zur grau glasierten Wand, er zögerte mit dem ersten Wort. In Erwartung stockte dem Admiral Zizka der Herzschlag, so gestreckt gab er ein erbärmliches Bild ab. Ach, Eliodoro, du verdammtes A..., dachte mit Groll im Herzen und höflichem Lächeln im Gesicht Oberst Cesar, musstest du ausgerechnet jetzt zurückkehren und Bericht erstatten. Ach, sie wartet schon auf mich, die gehen mir so auf die Nerven mit ihren Hirten. Oh, ihre Brust! Ihre Taille! Bestimmt ist das die Kunst des Korsetts, das werden wir bald herausfinden. Und wer zum Teufel soll dieser Conselheiro sein? Aber wenn es ganz fest geschnürt wäre, hätte sie nicht so unbekümmert und keck lachen können, dann wäre sie angespannter gewesen ... Die Blödmänner haben es nicht mal geschafft, die Caatinga abzuholzen. Da hab ich aber auch einen geschickt, einen großen Helden, pah ... Ach, ich hätte sie vielleicht nicht im Voraus bezahlen sollen, aber sie ist einfach toll, ach, wie sie geschaudert hat, als ich ihre Brust ... Aber da wurden seine verqueren Gedanken unterbrochen, der große Marschall stand auf, der Admiral und Oberst Cesar standen jetzt noch strammer, auch der kühle Kadima wuchs sogleich schwankend empor. Der große Marschall lief ohne Eile auf und ab, nach soldatischer Sitte drehten sich zu ihm auf einer Ferse und auf der Spitze des anderes Fußes die Militärs, und ihr ehrerbietig an ihm haftender, allzeit bereiter Blick begleitete Marschall Bittencourt als Ehrenwache.

Dann blieb der große Marschall stehen, es überlief ihn ein Schauder, und er fragte Zizka, dem sich die rötlichen Härchen sträubten:»Die Manöverschiffe, die nur wir kennen, sind die alle in Ordnung?«»Unordnung wäre unverzeihlich, Grandisssimohalller.«»Ob sie in Ordnung sind, hab ich gefragt!« Dem großen Marschall schwoll der Kamm.»Ja, sie sind in Ordnung.« Der Gebieter des Wassers versank ein Stück im Boden.»Können sie in einem fünfzehn Ellen breiten Gewässer frei manövrieren?« »Nein, Grandisssimohalller.«»Und, wie geht es zu Hause, mein Admiral, was machen deine Lieben?«»Vielen Dank, Grandisssimohalller«, der so mit Aufmerksamkeit überschüttete Admiral war entzückt,»mein Sohn hat sich verlobt, ein schönes Mädchen ...«»Wie breit müsste das Gewässer sein, damit die Schiffe frei darin manövrieren könnten?«»Wenigstens fünfzig Ellen breit, Grand...«»Wir haben doch auch Boote?«»Jede Menge, Grandisssimohalller.«»Wie geht es Ihrer reizenden Gattin? Die Kapazität?«»Neun, zwölf, fünfzehn und dreißig Mann, Grandisssimohalller.«»Könntet ihr mit etwa achtzig Booten gegen Bodentruppen antreten?«»Vom Boot aus?«»Ja.«»Uns wäre es lieber, großer Marschall«, Admiral Zizka wurde nervös,»unsere Männer in der Nähe mit einem verdeckten Manöver ans Ufer zu bringen und auf dem Land zu kämpfen, Grandisssimohalller. Weil, wie Sie wissen, wir vom Boot aus wegen des ständigen Schwankens nicht richtig zielen können, und während wir vor ihren Augen ans Ufer gehen, könnten die uns mit bloßen Steinen solche Verluste zufügen, dass sie uns besiegen, auch wenn sie zahlenmäßig dreimal unterlegen sind, denn strategisch ...«»Geh!«»Was meinten Sie, Grandisssimohalller?«»Nichts weiter, geh!«

Genauso wie jede nicht geheime, jede der auffälligen, mit Edelsteinen besetzten Türen, schloss sich auch diese im Empfangszimmer von Marschall Bittencourt mit dem vorgesehenen Quietschen. Jetzt schauten Kadima und der große Marschall auf Oberst Cesar.»Und Sie, mein Oberst«, schwerfällig sprach der Grandisssimohalller, seine Augen funkelten bösartig,»Sie bevorzugen bestimmt einen Zweisitzer, nicht wahr? Für Frischverliebte ist das doch genau das Richtige.« Immer noch stand Oberst

Cesar wacker stramm, nur zitterten ihm vor Heidenangst beinahe die Ohren. »Wie geht es meinem Fleisch und Blut, meiner Nichte, deiner lieben Frau Stella? Sehr gut? Ach, das ist schön ... Warten Sie hier, und bis ich zurückkomme, mein Grandhaler, überleg dir, wer von deinen Leuten der beste, der geschickteste Späher ist, er sollte außerdem über eine ruhige Hand verfügen und Erfahrung mitbringen, er muss gut zu Fuß und kleinwüchsig sein.« »Jawohl, Grandisssimohalller.« »Warte hier, bei Kadima, und überleg's dir. Ich komme gleich.«

Bösartig knirschten die vorsichtigen Schritte unter der Erde. Ein blasses, plumpes Licht kroch grapschend die Stufen hinab. Schwere Schatten schoben sich schwankend durch die Feuchte. Über eine Steinwendel-treppe versank der große Marschall immer tiefer in der Erde. In der Hand hielt er eine prunkvolle Fackel mit einem Griff aus rotem Holz. Wieder und wieder umkreiste er die Säule, die ihn in die Tiefe führte. Hinter den unebenen Wänden hörte man jemanden kauen, der große Marschall runzelte die Stirn, mit zusammengekniffenen Augen betrach-tete er die Furchen in der Erdwand. Etwas war auf diese stummen Wände gezeichnet, in krummen Krakeln war da etwas hingekritzelt. Bleich irrte das Licht des Marschalls umher, das ganze unterirdische Gemach, bloß-gestellt vom fahlen Licht, rang mit der Finsternis. Zäh fließend langte der Schatten des Marschalls unten, am Treppenende an. In einem brei-ten, finsteren Loch hockte ganz still des Marschalls Gebieter. Respekt-voll, vorsichtig spähte der Grandisssimohalller in das Loch, sie lächelten einander an, der Marschall blass und ängstlich, und das Loch breit, hoch-mütig, schwarz; und mit seinem einzigen finsteren bannenden Auge ver-langte es das ihm Zustehende, das schwere glitzernde Gelbe. Marschall Bittencourt tastete in seine Tasche, zog die kleinen Goldklumpen heraus und legte sie behutsam in das Loch. Augenblicklich ging das schwarze Maul zu, dafür öffnete sich schleppend eine große, glatte Tür hinten im Dunkeln. »Bist du es?«, fragte der Mann, der auf ein dünnhalsiges rundes Glasgefäß starrte, er wandte nicht mal den Kopf. »Ich bin's, Remijio«, antwortete der Marschall. »Einen Moment, sofort«, entschuldigte sich der geheime große Entdecker, Remijio Daza, »ich bringe eben eine langwierige Versuchsreihe zu Ende.« »Mach nur, mach weiter, mein Lieber«, wehrte der Grandisssimohalller ab, »lass dich von mir nicht stören.«

Unter unzähligen Kolben flimmerten schwache Flämmchen, der Widerschein schimmerte argwöhnisch auf den Behältnissen. Der unterirdisch versteckte Großmeister Remijio Daza schaute in einen der Kolben. »Ist mir recht gut gelungen«, flüsterte er dem Grandisssimohalller zu, »ein Diätlöffel genügt für zweiundvierzig Megaliter Wasser, wer es in den Mund kriegt, geht sofort jeglichen Lebens verlustig.« »Wirklich?«, der Marschall war positiv überrascht. »Wie hast du das hingekriegt?« »Ich habe es schon vor langer Zeit erfunden, und jetzt habe ich es noch um einiges verbessert, denn ich stelle es jetzt auf niedrige Flamme, allzu große Hitze hat gewisse Vorzüge abgemindert, auf niedriger Flamme ist die Ausbeute besser.« »Bravo«, sagte der Marschall leise, »du verdienst das höchste Lob.« »Noch dazu ist der Rohstoff ausreichend in der Natur vorhanden, das hält auch die Kosten niedrig.« »Mach dir keine Sorgen ums Geld, Remijio«, sagte der Marschall wieder leise. Beide schauten in den Kolben, ohne einander anzusehen, so flüsterten sie, und auch die grüne Flüssigkeit in dem Kolben auf der niedrigen Flamme zitterte leicht und flüsterte, auch sie. »Erfinde du nur solch wunderbare Flüssigkeiten, und ganz egal, was in deiner Abrechnung steht, du bekommst es, nur keine unnötige Bescheidenheit, Remijio.« »Schauen Sie nur«, unterbrach ihn der große Erfinder, »die Entstehung dieser eckigen Bläschen deutet auf einen erfolgreichen Abschluss der Versuchsreihe hin.«

Der Erfinder und der große Marschall richteten sich wieder auf, aber Remijio Daza wirkte selbst aufrecht stehend irgendwie geduckt, sein glatt rasiertes Gesicht war von unsichtbaren Spinnweben überzogen – die Folgen eines in die falsche Richtung arbeitenden Verstandes. Mühsam schluckte er den Speichel, die für ihn problematischste Flüssigkeit. Und wie er zu seiner speckigen Anzugjacke ging, in deren Futter heimlich Medaillen eingenäht waren, gab er ein seltsames Bild ab – recht zögerlich waren seine langen Schritte, das Knie zog er ungewöhnlich hoch, und sobald er sich mit einem Bein nach vorn bewegte, wurde es auf derselben Seite von einem angespannten Arm begleitet, dem die Schulter noch zuvorkam. Er lief, als sei er gefesselt.

»Ich habe«, sprach der Grandisssimohalller gemächlich und schaute ihm dabei in die verblichenen Augen, »auch deinen Anteil vom Tribut in das Loch gelegt, Remijio. Du weißt sehr gut, wem wir unser tägliches Brot zu verdanken haben, und ich brauche eine Flüssigkeit, Remijio, die ich in die Quelle des Flusses einlasse, sie soll für die halbe Länge ausreichen und alle Fische zum Verschwinden bringen.«

»Sollen sie ganz verschwinden?«

»Nein, nur sterben.«

»Weiter nichts?« Remijio lächelte kurz, dann zog er die Augenbrauen wieder zusammen und rieb sich den juckenden Rücken am Schrank. »Das ist doch ein Kinderspiel, hier, ich brauche diese Flüssigkeit zum Beispiel nur mit Quecksilber zu verbinden und es wird ohne Weiteres für die halbe Länge des Flusses ausreichen, es wird sich langsam darin auflösen, Grandisssimohalller.«

»Sehr gut«, sagte Bittencourt, »mach mir sofort was davon fertig!« Und für sich dachte er: Das, was Admiral Zizka samt seiner vorbildlich ausgerüsteten Marine nicht schafft, das vermag dieser eine Mann dank seiner Begabung. Der versteht sein Handwerk, verlässlich und unsichtbar. Dass wir auch noch Greg Ricio brauchen, ist eher seltsam. Wem ist schon an seinen Kritzeleien gelegen, aber trotzdem, wir brauchen ihn! Die Menge ist so dumm.

Dann sagte er leise, respektvoll, gewichtig zu dem Erfinder:

»Remijio Daza, das Volk wird dich nicht vergessen.«

Im Wipfel eines Baumes verharrte Manuelo, mucksstill. Unwillkürlich war er Zeuge eines fremdartigen Schauspiels, desgleichen er nie zuvor gesehen hatte.

Zum ersten Mal schaute er von hier oben auf sein geliebtes Stück Land; frei und unbekümmert war er. Seine turmartige Seele weitete sich, und beim Anblick der Canudener, die für neue Brüder Lehmhäuser bauten, bekam er schon ein bisschen Gewissensbisse, aber er konnte nicht umhin – wenn es ihn nach Höhe, nach weiter Sicht verlangte, war er nicht aufzuhalten; er musste auf den höchsten Baum klettern, bis in die Spitze, und er genoss es, alle vier Himmelsrichtungen mit den Augen zu erobern, friedselig und großherzig, ganz anders, als Eroberer das gewöhnlich tun, der fröhliche Hirte, Manuelo Costa. Unten, unter den dicken Ästen, brachte zu seinem Baum ein etwa achtzehnjähriges Mädchen gerade eine Schafherde zum Weiden.

Als er, von seinem Platz aus, Getrappel hörte, schaute er hinunter und sah die weißen, schneeweißen Schafe, und in der Mitte der Herde schritt die junge Hirtin mit einer solch zarten Rute in der Hand, dass sie die handzahmen Schafe höchstens damit hätte streicheln können. Sie schritt dahin, ganz in Weiß. Ihr Haar war hochgebunden, und Manuelo schaute hinab auf die strohgelbe Garbe, ganz still. Noch konnte er ihr Gesicht nicht erkennen. Mit Mühe bahnte sein gespannter Blick sich einen Weg durch das dichte Laub. Die Hirtin warf die Rute hin. Die Schafe blieben auf der Wiese unter dem Baum, in aller Ruhe rupften sie das Gras von Canudos. Die weiße Hirtin schaute sich um, und als sie weit und breit niemanden sah, lief sie zum Fluss, ihren Körper wunderlich schön und übermäßig schwingend. Am Ufer schaute sie sich noch mal um, fasste sich mit beiden Händen an den Kopf – sie sorgte sich um die Garbe –, dann stieg sie samt Kleidern ins Wasser. Benommen schaute Manuelo auf sie, er vergaß sein Königreich, das sich ausdehnte in alle vier Himmelsrichtungen. Diese weiße Hirtin, am helllichten Tage überzeugt von ihrem Alleinsein, sich selber nur folgend und leichtherzig, überbot alles andere; bis zur Taille stand sie im Wasser, im sich windenden canudenischen Wasser und hüpfte leicht, leicht und sacht, und ihre feingliedrige Hand hatte sie in den Nacken gelegt und hielt das Haar hoch, und mit der anderen Hand rührte sie zart an den sich wandelnden Rücken des Flusses. Sie spritzte sich mit der hohlen Hand Wasser ins Gesicht, die blassen Tropfen zeichneten auf ihrer weißen Brust einen Pfad, einen gestrichelten Pfad. Auf das in der Morgensonne auflebende Gesicht sprenkelte sie ein paar Tröpfchen des segensreichen Flusses, bloß eine Handvoll, und berauscht drehte sie sich langsam, feierlich auf der Stelle. Den in Hitze und Licht strahlenden Oberkörper hatte sie der Sonne zugewandt, auf dem Unterkörper, auf den ohnehin kühlen und festen Hüften, auf ihren bedrohlich zarten, wohlgestalten Oberschenkeln, verspürte sie die durchdringende Kühle des segensreichen Flusses, und selbstvergessen dank Wasser und Sonnenlicht drehte sie sich langsam im träge fließenden Fluss, die achtzehnjährige Canudenerin.

Manuelo Costa saß im Wipfel und umklammerte den Stamm; er hatte die weiße Hirtin sofort erkannt, als sie den Kopf nach hinten legte, und von Zeit zu Zeit nagte es an seinem Herzen: Warum, warum ausgerechnet die Tochter von ihm? Und staunend schaute er aus der Höhe auf sie – die Frauen, die er bis dahin gekannt hatte, bewegten sich ganz anders, strahlten etwas anderes aus, aber dieses Mädchen, geheimnisvoll wie eine Höhle und dabei einfacher als ein Windhauch, schritt ruhig am Ufer entlang, den erhitzten Oberkörper noch immer der Sonne zugewandt, und trug eine Spur des Flusses mit sich in seinem an den Oberschenkeln klebenden Kleid …

Als das Mädchen in den Baumschatten trat, zuckte Manuelo zusammen, vor Verwunderung ließ er beinahe den Ast los. Seltsam bewegte sich die weiße Hirtin: Mit ihrem nassen Bein tat sie einen Schritt, warf einen Arm hoch und erstarrte plötzlich. Eine Weile stand sie so da, dann drehte sie sich geschwind um, schwang einmal beide Arme wie Flügel, so stark, dass sie sich unwillkürlich auf die Zehenspitzen hob, schien dann, wieder wie versteinert, mit weit aufgerissenen Augen auf etwas zu lauschen. Vor unbestimmtem Verlangen überlief sie ein Schauder, ließ sie erwachen, sofort drehte sie sich um, und ergriffen von übermächtigem Verlangen, tanzte sie ihren Tanz, auf der Stelle, die kleinen Fußsohlen stampften auf den canudenischen Boden, und Manuelo Costa, mucksstill auf dem Wipfel des Baumes, begriff auf einmal, was die weiße Hirtin wollte. Das canudenische Mädchen blieb stehen, reckte die Arme zum Himmel und drehte sich auf der Stelle. Bedachtsam kletterte Manuelo den Baum hinunter, dabei dachte er angestrengt nach; er wusste zu gut, dass er so plötzlich vor dem Mädchen nicht auftauchen durfte – er würde sie aufschrecken, sie würde ihn dafür hassen, dass er sie bei ihrem ungewöhnlichen Spiel überrascht hatte. Kurz dachte er daran, so zu tun, als käme er von ungefähr, unbekümmert vor sich hin singend, seines Weges und hätte das Mädchen gar nicht bemerkt, aber dann würde die weiße

Hirtin sofort ernst werden. Dann hatte er die Idee, er sprang hinter dem Baum hervor, und wie das Mädchen warf er einen Arm gen Himmel. Die Hirtin, blass im Gesicht, sah ihn an, das Kleid klebte ihr am Oberschenkel, sie war ganz durcheinander, einen Arm hatte sie noch immer seitlich ausgestreckt, unwillkürlich hin zu Manuelo, der mit immer rascheren, noch eckigeren Bewegungen in die Luft hieb. Ruhig weideten die gehorsamen Schafe, Manuelo aber, aufgerichtet, selbstvergessen, tat mit dem ganzen Körper gerade, was er wollte, noch rascher und noch eckiger wiederholte er die Bewegung der weißen Hirtin. Die beiden trieb der erste Schluck der ungewohnten Freiheit zu diesem ungewöhnlichen Spiel, sie weckte dieses Verlangen nach freier, ungehemmter Bewegung. Ohne einen Menschen an ihrer Seite aber fehlte der Freiheit, der Seelenblume, die ihr zugehörige andere Blume – die Liebe; und ohne diese, das spürten beide, hatte die Freiheit nicht den vollen Wert. Und mit noch rascheren, noch eckigeren Bewegungen näherte sich Manuelo Costa, der verwegene Hirte, dem verwirrten Mädchen, er streckte ihr beide Arme entgegen und drehte die Handflächen zum Himmel, so blieb er stehen und schaute sie an, und die weiße Hirtin tat das Gleiche! Da machte Manuelo zwei gewichtige Schritte, schaute ihr in die Augen, sie erwiderte dankbar seinen Blick, und Manuelo packte sie an den Schultern mit seinen langen, starken Fingern, mit zärtlichen Klauen zog er sie an sich und küsste sie.

João knetete in der Zeit Lehm.

Mit Feuereifer arbeitete er, verschmiert bis zu den Ellenbogen durchwalkte er die segensreiche weiche Kühle, es schien, als kauten die schwieligen Finger verhungert den Lehm. Sein prüfender Blick glitt mal zu den Gefährten, mal schaute er ehrfürchtig zu Mendes Maciel, der grimm zwischen den canudenischen Brüdern herumlief. Von Zeit zu Zeit ließ João seinen Blick über die weiße, noch immer frische Stadt schweifen, und als er sich noch einmal umschaute, setzte er sich in den Lehm: Mit offenem Mund und großen Augen schaute er auf seine älteste Tochter und Manuelo Costa, die sich Hand in Hand, gesenkten Kopfes Mendes Maciel näherten.

»Bisschen Hunger hab ich, meine Halerchen, Mordshunger«, kündigte Ciccio schmeichlerisch an. Er setzte sich an den Tisch. »Aber, ohne Gruß geht's nicht – servus, Haler! Haben Sie was zu beißen, Doktor Otar?« Doktor Otar saß auf der Ottomane. Auf seinen Knien lag eine Hose, und er war dabei, sorgsam einen Knopf wieder anzunähen. »Im anderen Zimmer steht noch Schafsfleisch, es schmeckt gut, nimm dir davon. Und mach es dir warm.« »Wozu denn warm machen?« Geschwind sprang Ciccio auf. »Es geht nichts über kaltes Fleisch. Da schmiert das Fett den Mund und hält länger vor.« Am Vorhang stand steif Domenico und spähte durch das Guckloch auf die Straße. Niemand war zu sehen. »Hat er ihn wirklich hergeschickt, Doktor Otar?« »Ja, Domenico«, sagte der Doktor. »In der Mittleren Stadt ist der junge Mann seine rechte Hand und sein Laufbursche.« Die Tür ging auf, Ciccio steckte seinen fein gekämmten Kopf herein: »Wo haben Sie Brot?« »In der Truhe.« »Warum würde er ihn schicken?« »Hab keine Angst, Domenico, hab keine Angst.« Doktor Otar biss den Faden ab. »Ich lasse nicht zu, dass dir jemand was zuleide tut.« Ciccio steckte erneut den rasierwasserbesprenkelten Kopf herein. »Haben Sie kein Salz? Finde keins.« »Steht hier auf dem Tisch«, antwortete Doktor Otar, und bevor Ciccio das fettige Fleischgericht hereinbrachte, flüsterte Doktor Otar Domenico zu: »Solange er da ist, sprich ganz ruhig mit mir, Hauptsache, er merkt dir die Angst nicht an …« Vor sich hin trällernd kehrte Ciccio zurück. Er nahm am Tisch Platz. Durch die umstickten Gucklöcher aller drei Fenster drang dünnes Licht, aufgewühlt von Staubkörnchen. Die schrägen Strahlen durchschnitten das Zimmer, in der Mitte saß Ciccio. Im Raum breitete sich dickflüssig der süßliche Gestank seines billigen Rasierwassers aus, widerlich; irgendwo, weit weg, gab es bestimmt einen echten Wald; Ciccio stippte genüsslich das Brot ins Fett. Er biss ins Fleisch, legte den Kopf zurück und schloss die Augen. »Mmhhh …« Dann beugte er sich mit vollen Backen zur Pfanne hinab und kaute kräftig. Doktor Otar mied Ciccios Anblick. »Wenn Sie einen Kranken untersuchen, dann greifen Sie doch immer nach seinem Handgelenk, Doktor Otar, warum eigentlich?« »Wieso, warum?«, erwiderte Doktor Otar scheinbar verwundert und gab zwinkernd seine Zustimmung zur Einleitung des Gespräches. »Ich prüfe den Herzschlag.« »Wenn jemand krank wird«, Domenico ging zu der Ottomane, »merkt man das am Herzschlag?«»Ja, sicher.«»Jaklar, dasch Hersch ischdasch Wisch-tischte ammeschn«, bestätigte Ciccio mit vollem Mund.»Doktor Otar«, Domenico schaute ihn an,»ist das Herz das Wichtigste?«»Für den Kör-per, ja.«»Undiand?«»Was hast du gesagt, Ciccio?«Mit einem kräftigen, angestrengten Happs verschlang dieser einen Riesenbissen und drückte sich jetzt deutlicher aus:»Und die Hand? Ist die etwa nicht wichtig?« »Doch, doch, natürlich«, stimmte Doktor Otar halbherzig zu. Ciccio kaute inzwischen ohne Eile, und eine fettige Genusswallung überlief träge sein Gesicht.»Doktor Otar, wo sind Sie Ihre Knöpfe losgeworden?« »Ach, ich bin in so einen Schlamassel geraten«, seufzte Doktor Otar.»Ein paar Intelligente sind aufeinander losgegangen. Ich dachte, ich sollte dazwischengehen, und bin mit hineingezogen worden.«»Pah«, Ciccio schüttelte den Kopf und nagte, ein Auge zugekniffen, an einem wider-spenstigen Knochen.»Diese Intelligenten, dreistes Pack!«Er besah sich den Knochen, warf ihn hin und wandte sich wieder dem Fleisch zu. Bis oben hin vollgefressen kam er in Scherzlaune:»Und ich dachte, das wäre eine verliebte Frau im Überschwang der Gefühle gewesen.«»Dumm-kopf.«Doktor Otar runzelte die Stirn und murmelte verärgert:»Der will was von Liebe verstehen …«Dann musterte er abweisend den un-erfreulichen Gast:»Wenn ich Titel zu vergeben hätte, mein lieber Ciccio, würde ich dich zum größten Nichtsnutz der Stadt ernennen.«»Hihi, hihihi«, grinste Ciccio, und Doktor Otar sagte nachdenklich:»Es ist doch der Kopf, Domenico, der Kopf ist das Wichtigste …«

Ernst schaute Mendes Maciel auf die beiden, sie hielten die Köpfe ge-senkt, das Mädchen starrte auf den Boden, ganz bleich. Nach einer Weile hielt es Manuelo nicht mehr aus, vorsichtig schaute er hoch und war erleichtert – die ernste Miene des Conselheiro hatte einen Sprung be-kommen, in seinen funkelnden Augen machte sich eine große Wärme breit, noch ein bisschen und er würde lächeln. Auch in seiner Stimme schwang Zuneigung mit:

»Liebst du sie sehr?«

»Ja«, sagte Manuelo Costa, und wacker verlagerte er das Gewicht von einem Bein auf das andere.

»Und du, junge Frau?«

»Ich ihn auch.«

»Ach, meine Lieben!«, rief Colombina, die Großmutter des Mädchens.

»Gut«, sagte Mendes Maciel, »gleich heute werde ich euch vermählen, dich und … wie heißt deine Frau?«

Ach, du Schande! Manuelo verschlug es die Sprache, den Namen seiner zukünftigen Frau kannte er nicht, aber er zog sich aus der Schlinge: »Ich möchte sie ab heute Manuela nennen, weil sie meine Frau wird.«

»Gut, aber nur wenn sie einverstanden ist.«

Sofort rief das Mädchen: »Ja, das bin ich.«

Ein besonderes Licht spielte auf dem Gesicht Mendes Maciels. Hoffnungsfroh schauten die Canudener auf den lächelnden Conselheiro, mit Ausnahme von einem. Der Conselheiro fragte:

»Hast du den Segen deiner Eltern?«

»Nein, noch nicht.«

Manuelo fasste sich ein Herz und ging tapfer zu João, der wie von allen guten Geistern verlassen im Lehm saß, große Augen machte und vor Verblüffung noch immer den Mund nicht zubekam.

»Geben Sie uns Ihren Segen, Vater.«

»Ich bin nicht dein Vater!« João sprang wie vom Blitz getroffen auf. »Ich bin nicht sein Vater! Auch ihr Vater bin ich nicht mehr! Von wegen Vater! Geh sofort nach Hause, Concesion! Ich bringe ihn um, diesen Schürzenjäger! ›Vater‹ sagt er zu mir! Bah …«

Inocencio und Rojas konnten ihn kaum halten. Die Canudener wussten nicht recht, was sie tun sollten. Die weiße Hirtin barg ihr Gesicht in den Händen, sie wäre am liebsten im Erdboden versunken.

»Concesion! Geh sofort nach Hause, hab ich gesagt! Das ist alles die Schuld deiner Mutter! Ich bring euch alle um!«

»Bist du verrückt geworden, mein Sohn?«, fragte die Mutter seiner Ehefrau.

»Ich bin nicht dein Sohn! Ich bin nicht sein Vater! Sie ist nicht meine Tochter! Wer seid ihr alle?« João brüllte wie ein Tollwütiger. Mendes Maciel näherte sich ihm langsam, legte ihm die sehnige Hand auf die Schulter und schaute ihm in die Augen. Sofort erlosch Joãos Jähzorn, so offenkundig, dass die Canudener meinten, das Zischen von aufs Feuer gegossenem Wasser zu hören.

»Ich werde sie am Ufer des Flusses vermählen.« Mendes Maciel lächelte Manuelo an, dann schaute er zum Fluss und zuckte zusammen. Der Zorn türmte sich in Wellen auf seinem Gesicht, mit jedem Mal höher und unbarmherziger, und zitternd brachte er über die Lippen:»Gehen wir, alle. Du musst jetzt stark sein, Prudencio! Kommt mit, Brüder!«

»O weh, ich glaube, ich bin satt«, Ciccio verzog das Gesicht,»ich glaube, ich hab übertrieben, Haler.« Doktor Otar stand auf, hängte die Hose ordentlich über den Stuhl.»Was soll ich tun?«, fragte Ciccio wieder.»Ich hab wirklich übertrieben. Was mach ich jetzt, hm?« Er legte vorsichtig beide Hände auf den Bauch und schloss gequält die Augen:»Bring mir Wasser, Domenico. Aber in einem durchsichtigen Glas. Darf ich mich kurz auf die Ottomane legen, Onkel Otar?«»Ja, sicher.« Bevor Ciccio Domenico das Wasser abnahm, schaute er ihm misstrauisch ins Gesicht, dann tauchte er einen Finger hinein und roch sorgfältig daran, danach hielt er das Glas in einen schräg einfallenden Sonnenstrahl und bat Domenico:»Trink du zuerst ein Schlückchen, bitte.« Beim Anblick Ciccios kam Doktor Otar nicht umhin, seinerseits eine Grimasse zu ziehen, als wäre auch er übersättigt. Ciccio saß auf der Ottomane und stöhnte. »Bringen Sie mir bitte heißes Wasser. Ich will mir den Mund spülen. Ich kann nicht mehr sprechen. Mein Mund ist ganz fettig. Schafft die Pfanne weg! Ich kann sie nicht mehr sehen.«»Iss ein paar Oliven«, empfahl Doktor Otar,»die werden das überflüssige Fett aufsaugen.«»Ach, nein, nein«, mühsam wehrte Ciccio ab,»ich hasse Oliven. Allein das Wort macht mir Gänsehaut. Geben Sie mir eine Schüssel!« Er spülte sich den Mund mit dem heißen Wasser, nahm ein Schlückchen, legte den Kopf in den Nacken:»Grrrrr-pfu!« Es wurde ihm ein wenig besser, er legte sich auf den Rücken.»Haben Sie saure Gurken, Haler? Vielleicht hilft das auch.«

Jeder von uns hat seinen eigenen Fluss, insbesondere die Canudener – einen reinen, einen besonderen, voller Liebe, reich an Fisch, einen kühlen, ewiglich neuen, sanften. Er ernährte sie, er löschte ihren Durst, er war ihr Heil. Wie vor den Kopf gestoßen standen die Canudener jetzt am Ufer und sahen voller Grauen auf den Fluss, der von einer seltsamen Krankheit befallen war; fremdes Weiß färbte seine in kleinen Wellen gewölbte Oberfläche. Das Wasser war nicht mehr zu erkennen, es war bedeckt von den Bäuchen unzähliger Fische. Zuerst begriffen sie nicht einmal, was da so bösartig glitzerte, dann aber packte sie der Zorn, sie zitterten, das Blut kochte ihnen in den Adern. Prudencio traf es besonders hart, die Schultern hochgezogen schaute er auf seine Nichte: Das kleine Mädchen war auf dem Sand in Krämpfen zusammengebrochen, die Tochter seines Bruders, der bei Tugo geblieben war. Erbärmlich wand sich das Kind, das vor Kurzem noch sorglos im Fluss geplanscht hatte, seine Haut brannte. Mit verzerrten Gesichtern wandten sie den Blick zu Mendes Maciel, und der Conselheiro, in eine weiße Flamme gehüllt, sagte:

»Sie haben den Fluss vergiftet, Brüder. Deine Zeit ist gekommen, Prudencio, die Zeit der Vergeltung.«

Es hatte keinen Anfang und kein Ende, unzählige Fische trieben mit dem Bauch nach oben träge vorbei. Manuelo ließ Manuelas Hand los, die Augen des fröhlichen Hirten hatten ihr Leuchten verloren. Ses Augenbraue zuckte so stark, dass er den Finger draufdrücken musste; auf dem angespannten Hals von Inocencio verknoteten sich die Adern; Rojas' Fingernägel gruben sich in seine Handflächen; Gregorio Pacheco blutete die Lippe, auf die er sich gebissen hatte; Senobio Llosa platzte der Kragen; auf den Gesichtern der Canudener aus den Seedörfern zogen sich die Wolken zusammen. João kratzte sich so stark über die Stirn, dass ihm zwei Nägel abbrachen; der Schmied zog sich den Hut in die Augen, er umklammerte das soeben geschmiedete, leicht gebogene Schwert mit allen zehn Fingern; wie gelähmt, bebend standen die Frauen da, und zu der einen, die vor Grauen ganz von Sinnen war, sagte der Conselheiro:

»Hab keine Angst, ich werde sie retten. Du und du, holt mir Lehm, schnell!«

Er bückte sich und nahm das Kind, drückte die Kleine an sich und fing schnell und sehr deutlich an zu sprechen:

»Die Zeit ist gekommen. Hört zu, schaut nicht länger auf den Fluss. Drei Tage habe ich den Kamoranern gegeben, um von hier zu verschwinden. Seitdem ist eine Woche vergangen. Zwar steht euch allen, allen eintausendvierhundert Canudenern, Männern und Frauen, gleichermaßen der Sinn nach Vergeltung, aber um die Zweihundert-Mann-Einheit zu vernichten, werden vorerst nur zwölf Männer losziehen – mehr Pferde haben wir zurzeit nicht. Du wirst sie führen, Se. Hör zu, Prudencio, schau mich an, weil deine Verbitterung am größten ist, nimmst du das graue Pferd, die alte Mähre. Ich weiß, dass du dich schwer wirst zurückhalten können, und ich will nicht, dass du die anderen überholst. Sonst würdest du erst dich selbst sinnlos opfern, und durch dein Auftauchen wären sie auf die anderen schon gefasst. Nimm also erst mal das graue, dort, bei der Caatinga, kannst du es dann gegen das schnellste Pferd tauschen, gegen das da drüben, mit dem weißen Stern auf der Stirn. Das sind zwei Männer, wer will noch hin?«

Alle stürzten sie zum Conselheiro, hätten ihn beinahe überrannt, starrten ihn an mit einem eigenartigen Ausdruck im Gesicht, zornig und bittend zugleich. Dann traten alle zurück, weil der Lehm gebracht wurde. Der Conselheiro kniete sich hin, mit einer Hand hielt er das Kind, mit der anderen den Lehm, er pustete darauf und strich ihn auf ihren verätzten Körper. Dabei sprach er:

»Ich sage, wer gehen soll. Du, Gregorio Pacheco«, er deutete mit der lehmigen Hand auf ihn,»drei, du Senobio Llosa, vier, und du Inocencio, fünf.« Kurz verstummte er. Se Moreira kam, er trug eine Lanze und ein Schwert, um den Hals zwei Lassos, im Gürtel zwei Macheten. Der große Hirte näherte sich mit dem ihm eigentümlichen Stolz.

»Lassen Sie mich auch gehen, Conselheiro«, bat Manuelo, und alle spürten, wie sich Manuela das Herz zusammenzog.

»Du?« Der Conselheiro überlegte einen Augenblick, während er das schwach stöhnende Kind in Lehm hüllte. Stahl setzte sich wieder in seine Stimme:»Gut, Manuelo – sechs.«

Sie hörten Hufgetrappel, alle zuckten zusammen; auf der Schindmähre galoppierte Prudencio, bewaffnet mit Lanze und Schwert, in Richtung Caatinga.

»Macht nichts, ihr werdet ihn einholen«, sagte der Conselheiro,»es ist ein langer Weg. Rojas du, sieben. Damit nicht nur Vaqueiros dabei sind, gehen auch drei von den Seedörflern mit; du, du und du. Zehn.«

»Was habe ich bloß falsch gemacht?« João schlug sich die Faust gegen die Brust.»Warum? Warum lassen Sie mich nicht gehen?«

»João. Elf.«

Da nahm Don Diego seinen außerordentlich breiten, federgeschmückten Hut ab, bedeckte damit den Edelstein auf seiner Brust, verneigte sich und bat:»Lassen Sie mich auch gehen, Conselheiro. Aber kämpfen werde ich nicht, es sei denn, sie geraten in die Klemme. Ich nehme das schnellste Pferd, das will ja sowieso keiner, und werde später mit Prudencio tauschen.«

Aus den kühlen, reinlichen Lehmhütten kamen jetzt bewaffnet die Auserwählten zurück.

»Dass ihr nur zwölf seid, macht gar nichts, sie erwarten euch nicht. Später wird es viel schwieriger, Brüder. Ihr braucht keinen als Boten am Leben zu lassen, früher oder später werden sie es in Kamora ohnehin erfahren; und wir gewinnen Zeit. Ihre Flinten liegen alle an einem Ort. Wenn ihr angreift, werden alle dorthin rennen, lasst sie nicht bis zu den Waffen gelangen, schneidet ihnen den Weg ab. Die Flinten und die Munition könnt ihr nachher auf ihren Pferden hierherbringen. Nehmt sonst nichts mit. Gar nichts. Wie Munition aussieht, wisst ihr, oder?«

Einige Canudener setzten sich verlegen auf ihrem Pferd zurecht. Se schaute zur Seite.

»Ich kenne mich mit Munition bestens aus, Conselheiro«, meldete sich Don Diego.

»Sehr gut. Wie willst du vorgehen, Se?«

»Wir werden versuchen, vor Prudencio einen ordentlichen Vorsprung herauszuholen, und bis er eintrifft, lassen wir die Pferde ein bisschen ausruhen. Und dann werde ich ihm den Mund zubinden, damit er nicht von Weitem schon den Kamoranern was zuschreit, Conselheiro.«

»Sehr gut.« Mendes Maciel stand auf, er schaute die Reiter an, er vertraute ihnen.»Meine canudenischen Brüder«, er hob das in Lehm gehüllte Kind hoch, nur die kleinen Nasenlöcher waren frei,»ihr Leiden möge euch zum Schutze gereichen, Brüder.«

Dann wandte er sich an die übrigen Leute:»Die brauchen keinen großen Abschied.« Er hob die Stimme, weil schon lautes Hufgetrappel zu hören war.»Kommt jetzt, Brüder, sonst wird der Lehm trocken. Mit dem Kind wird alles in Ordnung kommen, hab keine Angst, Schwester, sei ohne Sorge.«

Das Kind noch immer an die Brust gedrückt, geleitete er die Leute zurück an die Arbeit, alle folgten ihm, einzig die Frauen der Reiter schauten am Ufer des kranken Flusses dem in der Ferne sich türmenden Staub nach; am blassesten von ihnen war Mariam und am gedrücktesten Manuela Abade Costa.

»Einen blauen Topf, hicks, trägt er auf dem Kopf, hicks, sein Kopf ist glatt, hicks, ich mach ihn platt, hicks. Ich mag Reime«, verkündete Ciccio,»es geht mir schon ein bisschen besser, Haler, endlich hab ich Ruhe, es geht doch nichts über Ruhe und Frieden. Der Drahkan, den Sie mir geschenkt haben, wissen Sie noch, den hat mir jemand geklaut. Ach, ich Unglücksrabe, ausgerechnet ich werde noch bestohlen, Haler.«»Bist du deshalb gekommen?« Domenico war erleichtert, er setzte sich zu Ciccio auf die Ottomane.»Nein, nein«, Ciccio zuckte zusammen,»das hab ich nur nebenbei erwähnt. Eigentlich meinte Michinio, mein Chef, ich solle ihm das Halsmaß von dem großen Trottel bringen, so hat er gesagt.« Entsetzt sprang Domenico auf, Michinios Augen fielen ihm ein, die bösartige Glut, zornig glimmend, gräulich flüsternd von einem Winkel bis zum anderen. Ciccio saß unbekümmert auf der Ottomane und fuhr fort:»Ein großer Mann ist Michinio, einmal hat er sogar Kadima einen Stich verpasst. Als er in unser geschätztes Kamora kam, hoch lebe der große Marschall, da haben wir noch mit den alten Methoden gearbeitet: Wenn das Opfer mir das Wasserglas zum Vorkosten gereicht hat, aus Misstrauen, hab ich den Gekränkten gespielt, ein Schlückchen getrunken und dabei mit geübter Zungenbewegung das kleine Kügelchen, das ich im Mund versteckt hielt, aus dem dünnen Papier geholt, und hopp, ist es im Wasser gelandet, und ich hab das Glas mit naivem Lächeln zurückgereicht. Es war eine schlechte Methode, Haler – das Gift hat sich teilweise schon im Mund aufgelöst. Ich hatte danach schreckliche Kopfschmerzen, und übel war mir auch. Unsere Arbeit ist nicht leicht.« »Habt ihr jetzt bessere Methoden?«, fragte Doktor Otar neugierig.»Ja, klar!«, entgegnete Ciccio stolz.»Welche denn, zum Beispiel?«»Sind Sie verrückt, Doktor Otar?«, wunderte sich Ciccio.»Das kann ich doch nicht verraten! Haben Sie vergessen, wer ich bin? Das ist stadtweit ein Geheimnis. Ich hab mich sogar mit meiner Unterschrift zur Verschwiegenheit verpflichtet, Haler.«»Gut, brauchst es nicht zu sagen«, erwiderte Doktor

Otar abwesend und fragte neugierig weiter: »Und hat Michinio selbst die neuen Methoden eingeführt?« »Klar«, antwortete Ciccio, »jedenfalls die meisten. Das war auch so was, ganz am Anfang, wie es ihm gelungen ist, am Leben zu bleiben – er ist zweifellos ein großer Mann, Haler. Als er hierherkam, vor langer Zeit, beschmiert mit fremdem Blut, hat ihn der große Marschall höchstpersönlich durch ein Guckloch beobachtet, mit seinen weisen Augen, und anscheinend hat er ihm nicht gepasst, Haler. Da muss er wohl unserem lieben Grandhaler einen Wink gegeben haben, ihn schnellstens beiseitezuschaffen, und unser allerliebster Oberst Cesar, damals noch ein vergleichsweise frischgebackener und noch lediger Hauptmann, hat mich beauftragt, die Bruderschaftsschale bei ihm anzuwenden. Als ich in sein Zimmer kam, also zu Michinio, hat er mich einmal scharf gemustert, so wie er das immer macht, und wohl was geahnt. Er hat mir an den Kiefer gegriffen, fest zugedrückt, und binnen einer Sekunde hatte ich das Kügelchen ausgespuckt. Er ist ein großer Mann, ein ganz großer!« »Und warum haben sie ihn später nicht mehr aus dem Weg geräumt?« »Hätten Sie das gewollt, Haler?« Ciccio kniff die Augen zusammen. »Oh, nein, nein«, wehrte Doktor Otar ab, »ich wundere mich nur.« »Wollen Sie mich veräppeln, Haler? Erst mal, wie hätten sie das anstellen sollen? Und zweitens, warum ihn umbringen? Sie sind ihm ja eher zu Dank verpflichtet – er hat die Jagunços übernommen, er hat sie gezähmt, Haler, und auch der Oberst schätzt ihn sehr. Natürlich tut er das.« Ciccio wurde lebendiger. »Die, die am schwierigsten umzulegen sind, übernimmt er, Haler, und dabei, mein Lieber, hat er kein Auge für Kleidung oder Vermögen oder so was, rein für die Sache ist er motiviert. Zeig mal deinen Hals!« »Nein«, brachte Domenico mühsam hervor, die Stimme versagte ihm, die Kehle wurde ihm trocken, er empfand starken Durst, aber das kalte Wasser schüttete er sich über Hals und Bauch, so stark zitterte der Krug, »ich will nicht.« »Wie du meinst«, Ciccio lenkte sofort ein, fügte jedoch hinzu: »Aber er gibt nicht so schnell auf, er kommt dann bestimmt selbst vorbei, um dein Halsmaß zu nehmen, na ja.« Der arme Vagabund sprang sofort auf und machte seinen Hals frei. Ciccio legte geschickt eine glitzernde Schnur an, nahm sie wieder ab, machte geschäftig einen Knoten, steckte die Schnur in die Brusttasche und wurde traurig: »Ein Drahkan ist schon toll, aber zwei wären viel besser – zwei wären zueinander wie ein Reim, Haler.«

Keiner aus der Einheit der Kamoraner hatte mit dem Überfall gerechnet. Oberstleutnant Navole saß im Adamskostüm in seinem schillernden Zelt aus festem Stoff. Sein tätowierter Rücken wölbte die schräge Zeltwand nach außen. Erschöpft von der Hitze, schlürfte er in kurzen Abständen Honigwasser, trommelte sich auf den nackten Bauch und dachte an seine angebetete Frau, Nsusi. Vor dem Zelt, in dem die Flinten aufbewahrt wurden, hockten zwei Kamoraner, ganz darin vertieft, abwechselnd achteckige weiße Knochen in den Sand zu werfen. Der eine legte sich nach jedem Wurf alle fünf Finger delikat auf die Brust, der zweite schlug sich mit der Hand auf den Oberschenkel. Die anderen, in Unterhosen, streiften in der Nähe der Caatinga umher. Stampfend suchten sie den Boden ab, die Eifrigsten krochen auf allen vieren umher, und manche stocherten, mit einer Stange bewaffnet, so tief sie nur konnten, im Sand, auf der Suche nach dem vermeintlichen Geheimgang unter der Caatinga. Etwas abseits taten zwei so, als mühten sie sich ab, eine ohnehin tief im Boden steckende Stange noch tiefer hineinzudrücken, und dabei zog der eine dem anderen geschickt ein Geldstück aus der in die Unterhose eingenähten Tasche, und der Bestohlene tat so, als merke er das nicht – der Drahkan war gefälscht. Nach dem Diebstahl würde er noch am selben Abend seinen Kumpel bei Oberstleutnant Navole als Geldfälscher anschwärzen; die beiden waren mäßig aufgeregt. Ein paar weitere Kamoraner standen um einen Mann herum, dem am Rücken das Fleisch aufgerissen war, aus Leichtsinn war er der Caatinga zu nahe gekommen, und sie verhandelten mit ihm über den Preis für einen Verband. »Achtzig Groschen geb ich euch, was wollt ihr noch, in einer Minute ist das getan, ihr Penner, au, tut das weh!« Der Betroffene stöhnte, er riss den Mund auf und warf einen drohenden Blick aus den gesprenkelten Augen. Doch plötzlich weiteten die sich, und im selben Augenblick wurden er und die zehn Kamoraner, die um ihn herumwieselten, auf die Erde genagelt – durch die offene Caatinga kamen die Canudener gesprengt, sie hatten elf Lanzen geworfen.

Sie glichen dem Gotteszorn – in unbarmherziger Vergeltung trafen ihre Schwerter die Kamoraner mit und die ohne Stange, die auf allen vieren Suchenden. Zum schillernden Zelt sprengte Prudencio im unbändigen Lauf seines Pferdes mit dem weißen Stern, er hatte gleich geahnt, dass das auffällige Gemach dem Kommandanten der kamoranischen Einheit gehören müsse, und so wie er an jemandem vorüberritt, schwirrte sein Schwert herab. Zum anderen Zelt stürmte Se Moreira, den Spieler mit den Fingern auf der Brust hieb er bis zum Bauchnabel entzwei, den anderen, der vor Schreck die Würfel fallen ließ, köpfte er. Am schillernden Zelt zog Prudencio so heftig am Zügel, dass sein Pferd sich aufbäumte, kurz verharrte der Hengst in der Luft. Prudencio riss sich das Tuch vom Mund, schrie fürchterlich, und als sein Pferd wieder aufsetzte, schlug er mehrmals mit dem Schwert auf die aufgeschreckte Wölbung. Die Kamoraner rannten zum anderen Zelt, sie wollten zu den Waffen, aber schon unterwegs traf sie das Schwert und brachte sie zu Fall, mit dem Gesicht nach unten stürzten sie in den Sand. Auch ein zur Seite kriechender Kamoraner entging Inocencios scharfem Blick nicht, auch er, der Schlaue, fiel wie die anderen dem Schwert zum Opfer; auch er, den Schädel aufgeplatzt im Sand liegend, ward gefällt. Einer sprang zu Rojas aufs Pferd und biss ihn in den Hals, doch der Vaqueiro schaute sich nicht einmal um, er holte einfach nach hinten aus. Nicht einen Moment lang fragte er sich, wer das gewesen sei, schon war er mit weiteren Kamoranern beschäftigt, schlug nach links und rechts aus und rieb sich dabei mit einer Hand die Wunde am Hals. João hielt mit beiden Pranken sein Schwert, und weh dem, den er ... Jeder Schlag wurde von einem *Hach* begleitet, und wenn einige Kamoraner es auch bis zum Zelt schafften, so half ihnen das nicht viel. Da, vor dem Zelt, saß auf einem schwarzen Pferd der große Hirte Se Moreira und hielt in der Hand sein gewetztes Schwert. Auf der Schindmähre ruhte Don Diego und beobachtete aus der Ferne fachkundig das Kampfgetümmel: »Bravo, Gregorio! Großartig, Manuelo! Nicht übel, Seedörfler! Ach, Prudencio, das war aber zu viel! ...« Tief im Wald erspähte Prudencio etwas, er schaute sich um, hob seine Lanze, an der hing noch der Kamoraner, den er damit auf den

Boden genagelt hatte und der ihn mit seinem noch nicht erloschenen Schlangenblick anschaute. Mit ganzer Kraft schüttelte Prudencio die Lanze, und als er sie frei hatte, sprengte er auf den Wald zu; dort hatten zwei bis an die Zähne bewaffnete Kamoraner auf die grasenden Pferde aufgepasst und waren jetzt hinter den Bäumen in Deckung gegangen.

Die erste Kugel verfehlte Prudencio, traf aber weit hinter ihm Rojas, der sich angesichts fehlender Aufgaben schon zu langweilen begann, und er klappte zusammen; die zweite Kugel, wie merkwürdig das auch sein mag, brachte das Pferd von Rojas zu Fall, und das Bein des Reiters blieb darunter eingeklemmt. Wie gelähmt blickten die Canudener zu Prudencio, keiner konnte ihm beistehen, noch ein Augenblick und alles wäre zu Ende. Einer der Kamoraner, der begriff, dass er nicht mehr würde nachladen können und dass er ebenso wenig mit einem Messerwurf diesen galoppierenden Zorn würde treffen können, stach seinem Kumpel sein dünnes Messer in den Hals, gut sichtbar für Prudencio. Selbst hob er die Arme, und mit einem Grinsen, so breit wie er nur konnte, empfing er Prudencio, aber Prudencio, mit wutverzerrtem Gesicht, stieß seine Lanze mitten in das Grinsen hinein und nagelte den Kamoraner an den Baum.

Die Pferde hatten die Canudener auf der Stelle pariert, die Sonne brannte, grässlich dampfte das vergossene Blut, süßlich-warm, das vergiftete Blut der Kamoraner, es schimmerte grauenhaft rosa. Bewegungslos lagen sie da, niedergemetzelt – die Verräter, die Verleumder, die Verbrecher; sie konnten nichts mehr anrichten; ach, die Armen, Kamora hatte sie zu dem gemacht. Stirnrunzelnd standen die canudenischen Brüder da. Molochs kleine Zehe hatten sie abgeschnitten, aber wo kam so viel Blut her? Der Sand schaffte kaum mehr, die sich aus den Körpern schleichende bräunliche Schlange aufzunehmen, und fast schien es, als würde diese zum Kopf hin breitere Schlange aus dem Sand herauskriechen, den Kopf in die Wunde stecken, das kühle Blut trinken und dicker und dicker werden. In aller Ruhe kam Prudencio aus dem Wald getrabt. Von der anderen Seite, von der Caatinga her, zockelte Don Diegos Schindmähre heran. Se sprang ab, er schnitt sein langes Lasso in drei Stücke.

Don Diego schob Rojas' Pferd zur Seite, kniete sich hin und sagte:

»Zeig mal, tut es sehr weh?«

»Nein, nicht sehr.«

»Dreh dich ein bisschen, ja, so ist gut. So, das war's, die Kugel ist raus.«

»Haben Sie sich verletzt, Vater?«, fragte Manuelo Costa treuherzig. João wollte schon explodieren, überlegte es sich dann aber anders: »Nein.« Der herbe, rosa dampfende Gestank lastete auf der Seele. Don Diego hatte Rojas die Wunde verbunden und warf einen Blick auf das tote Pferd: »Absonderlich, höchst absonderlich.«

»Was ist absonderlich?«, fragte João unwirsch. »Dass du nicht gekämpft hast?«

»Nein«, erwiderte Don Diego gelassen, »nur zwei Schüsse, zwei verirrte Kugeln – eine trifft ihn und die andere sein Pferd. Absonderlich. Kannst du aufstehen?«

»Nein, ich hab mir das Bein verstaucht.«

»Zeig mal. Ich seh es mir an.«

Gregorio Pacheco und Senobio Llosa liefen zum Wald, um die Pferde zu holen. Rojas gab keinen Mucks von sich. Don Diego fragte erstaunt:

»Tut es gar nicht weh?«

»Was?«

»Dein Bein oder deine Schulter.«

»Nein, tut es nicht. Hast du vielleicht eine Salbe für meinen Hals?«

Hier drückte Don Diego von innen das Lachen, es wollte aus ihm herausbrechen, vor Anstrengung zitterten seine Mundwinkel, doch er beherrschte sich und fragte sachlich: »Ist das alles wirklich einzig und allein dir passiert?«

Nur mit Mühe konnte er sich das unpassende Lachen verkneifen, aber Rojas musste selbst lächeln:

»Irgendwie stehe ich dumm da, oder?«

»Nein, nein, wieso, hör auf.« Don Diegos betont ernster Gesichtsausdruck löste sich in einem Lächeln auf, und beinahe hätte er Rojas auf die Schulter geschlagen. »Aber, unter uns, was hast du denn verbrochen?«

Mit trüber Miene zerschnitten die Canudener ihre Lassos und befestigten die Waffen und Munitionskisten auf den kamoranischen Pferden.

»Sauber arbeitet er«, bemerkte Porfirio, weit weg, in Kamora,»das kann man wohl sagen, er arbeitet sauber.«Und sofort stimmte Artemio Vasquez, der mit den Hängebacken, zu:»Tadellos arbeitet er, mögen Ihnen verlängerte Friedensstunden beschert sein, man kann nichts bemängeln, durchdacht arbeitet er und durchaus sauber.«»Bravo, bravissimo, meine linke Hand«, rief der Oberst und warf einen prüfenden Blick auf einen der Generäle. Der wegen der Linkshändigkeit des Obersten zu seiner linken Hand ernannte Michinio stand in einem riesigen Käfig, hielt eine Peitsche in der Hand und ließ die sechs Jagunços, die splitternackt vor ihm standen, nach seiner Pfeife tanzen. Nun, gewisse Schwierigkeiten, die jede Sache mit sich bringt, barg auch diese Tätigkeit. Hin und wieder nahm der Hass in den blassen, zotteligen Jagunços überhand, und dann konnte es passieren, dass sie ihn plötzlich, mit ihren scharfen Zähnen knirschend, anfielen. Michinio aber ließ ihnen mal wie ein Blitz die Peitschenspitze ins Gesicht klatschen, mal warf er ihnen ein Stück rohes Fleisch oder ein paar Gnadengroschen vor die Füße. Um den Käfig herum standen die Auserwählten, die Prominenz der oberen Stadt, versammelt: Porfirio, der Älteste des Ältestenrates, und der Großhändler Artemio Vasquez, General Jorge und der Kommandant des Bestrafungskommandos, der Gutmutgeneral Ramos, der schöne General und der scharfsinnige Admiral Zizka, der Hoftenor mit dem Schal um den Hals, Ezequiel Luna, der Geschenkartikelsachbearbeiter, der nackte Aniseto und der persönliche Vollstrecker des großen Marschalls, der knochenlose Kadima, der geheim gehaltene Masseur Leutnant Alfredo Evia und der im Licht der Öffentlichkeit stehende Großmeister des Pinsels Greg Ricio, der ehemalige Taschendieb – jetzt hochgestuft zum Inspekteur von ganz Kamora – Pedro Cardenas und der glänzende Oberst, Grandhaler Cesar. Aus dem umstickten Guckloch eines geheimen Vorhangs in einer prachtvollen Villa spähte höchstpersönlich der Grandisssimohalller, der große Marschall Bittencourt, der die dreischichtige Stadt auf krummen Wegen geradlinig leitete. Aus der Mittelstadt hatten sie nur zwei dazu geholt, und die auch nur der Notwendigkeit halber, sollte Michinio etwas Unvorhergesehenes zustoßen: den Doktor Otar – er stand in der Nähe – und seinen ständigen Assistenten, den jungen Vagabunden Domenico mit einem Salbenkoffer in der Hand. Wobei eigentlich Michinio keinerlei Salben benötigte, er arbeitete sauber – mit zornigem Blick befahl er einem Jagunço, sich hinzulegen. Der kniete zähneknirschend nieder, und als ein Groschen neben ihm klimperte, legte er sich auf den Rücken, nur den Kopf hielt er immer noch hochgereckt, am gespannten Hals traten vor Zorn die großen Adern hervor. Dann hieß Michinio den zweiten sich danebenlegen, der dritte leistete Widerstand, die Peitsche hinterließ einen blauen Striemen auf seiner Wange, und da legte sich der vierte Jagunço, nachdem er das alles gesehen hatte, von selbst hin. »Sauber arbeitet er, alle Achtung«, bemerkte Pedro Cardenas, und der schöne General stimmte sofort zu: »Hervorragend!« Auf die nebeneinanderliegenden sechs Jagunços legte sich seinerseits der Länge nach Michinio, warf die Peitsche weg und schien nun gänzlich unbewaffnet, aber jeder wusste von den in seinem Ärmel versteckten Messern. Auf den Hälsen der Jagunços machte er es sich bequem, einem drückte er das Knie aufs Gesicht, einem anderen den Ellenbogen oder das Schienbein, und nachdem er jedem ein Stück Fleisch in den Mund gesteckt hatte, drehten sie sich auf den Bauch und kauten, mit dem Gesicht nach unten. Die Schaulustigen klatschten verhalten, und Michinio, grässlich lächelnd, hatte den bleichen Domenico unter den Versammelten entdeckt, er rieb sich am Hals und drohte dem Entgeisterten leise, böse lächelnd: »Am Ende wirst du mein sein, Junge!«

Der Abend brach an, Canudos sog sich mit Schummer voll, und endlich vermeinten die starr Wartenden ein dumpfes Trappeln in der einkehrenden Stille zu hören, nach und nach, mit zunehmender, seltsam trauriger Dämmerung, wurde das Trappeln lauter, Dunkelheit senkte sich herab, dann erhellte der Mond die Gegend. Als mehrere Pferde, mit Flinten und Munition beladen, auf ihren Rücken die seltsam betrübten Canudener brachten, waren ihre Gesichter auch ohne Fackeln ganz gut zu sehen. So voll, so tief schien der Mond. Ungewöhnlich schwerfällig sprangen die Männer von den Pferden, Don Diego half Rojas. Die entsetzte Mariam konnte den Blick nicht von den Händen ihres betrübten Mannes wenden, der zur Seite schaute, obgleich der große Hirte keinen einzigen Tropfen Blut an den Händen hatte. Unbeholfen, plump standen sie herum, die Zurückgekehrten, mit hängenden Schultern, nachdenk-

lich, selbst im Mondlicht war ihnen die Trübsal und die Traurigkeit, die von innen an ihnen fraß, anzumerken. Bei ihrem Anblick zogen sich auf der Stirn des Conselheiros die Wolken zusammen. Don Diego wirkte als Einziger munter wie immer, er nahm den Hut ab, zeichnete galant einen Kreis in der Luft und stellte nur fest:»Huh, bin ich müde.« Die anderen schwiegen. Sie wussten nicht, was sie sagen, was sie tun sollten, oder wohin mit den Händen, nach dem heutigen, grässlich schweren Tagewerk. Manuelo Costa traute sich nicht mal zu Manuela zu schauen, Inocencio, den Kopf gesenkt, trat unbeholfen von einem Bein aufs andere, nur Prudencio saß immer noch auf dem Pferd, wie versteinert, erhobenen Hauptes. An einem Baum lehnte der erschöpfte Rojas. An drei Stellen nagte begierig der Schmerz an ihm. Se konnte es nicht länger ertragen, zaghaft machte er ein paar Schritte, näherte sich Mariam, und obgleich er sich sonst schämte, seine Frau vor den anderen anzusprechen, hob er jetzt die Hand und wollte sie ihr auf die Schulter legen. Alle schauten ihn an, alle, außer Mariam, die seinen Blick mied, und da ließ Se den Arm wieder sinken; es war nicht Verlegenheit, es war etwas anderes. Völlig verstört vernahm er die zornige Stimme von Mendes Maciel in seinem Rücken:
»Leg ihr die Hand auf die Schulter!«
Se gehorchte.
Der Conselheiro ging zu den Heimgekehrten, langsam und fest entschlossen waren seine Schritte, drohend, und er schaute dem Ersten vorwurfsvoll in die Augen:
»Dort, im Sertão, haben wir doch sämtlich alles erduldet, nicht wahr, Gregorio?«
»Ja.«
»Was glaubst du, warum?«
»Wir waren auf dem Land von anderen, Conselheiro. Wir hatten keine Wurzeln.«
Mendes Maciel machte drei Schritte.
»Das Land von Canudos gehörte doch vor uns niemandem, oder, Senobio?«
»Nein.«
»Wir haben uns doch mit eigenen Händen eine Heimat geschaffen?«
»Ja.«

Mendes Maciel ging zu einem Mann, der am Baum lehnte. Der Vaqueiro straffte seine Haltung.

»Wir hatten doch das Recht dazu, Rojas?«

»Ja.«

»Und wir wussten doch auch, dass sie uns nicht in Ruhe lassen würden!«

»Ja, das wussten wir.«

»Ihr, Seedörfler, ihr habt euer Land, viel größer und fruchtbarer, verlassen. Hat es euch gereut?«

»Nein.«

»Und wird es euch auch von heut an nicht reuen?«

»Nein, Conselheiro, nein.«

»Ihr hattet doch alles dort. Ihr habt ein fruchtbares Land verlassen und habt euch hier in Gefahr begeben. Erklärt denen hier, bitte, warum?«

»Das wissen sie schon.«

Der Conselheiro machte zwei Schritte, packte einen Hirten, der den Kopf gesenkt hielt, am Kinn und zwang ihn, ihm ins Gesicht zu sehen:

»Hast du dort, im Sertão, den Kamoranern was getan, Inocencio?«

»Nein.«

»Was glaubst du, Prudencio, warum sind sie dann hinter uns her?«

»Sie haben den heutigen Tag herausgefordert.«

»Haben sie nicht sogar noch mehr verdient, Prudencio?«

»Viel mehr, Conselheiro. Die heute waren nur kleine Missetäter.«

Mendes Maciel wandte sich an den griesgrämigen Hirten:

»Bereust du sehr, João, dass du töten musstest?«

»Was?«

»Dass du Kamoraner töten musstest.«

»Anfangs habe ich das ein bisschen bereut«, sagte João, dann schaute er dem Conselheiro in die Augen, »aber vielleicht war das für die sogar besser?«

»Wie meinst du das?«

»Jetzt werden sie kein weiteres Unheil mehr anrichten können. Sie werden ihre Seelen nicht noch mehr beschweren.«

Der Conselheiro nickte abwägend. Dann wandte er sich den anderen Leuten zu, er sprach ganz ruhig:

»Viel kann ich euch nicht sagen, wir wissen alle sehr gut, dass sie uns am Ende doch besiegen werden, und noch etwas wissen wir sehr gut, dass unser Erdenleben eines Tages zu Ende gehen wird, auch ohne sie. Von weit her gekommen, werden wir noch weiter weggehen, und das Leben, das uns nur einmal geschenkt wird, müssen wir dies eine Mal in Würde leben, Brüder. Anstatt auf fremdem Boden lautlos zu vergehen, lassen wir unser Leben für unser freies Stück Land, unsere Heimat, die wir mit eigenen Händen erbaut haben; das ist unsere Freude, unsere Würde. Die Angreifer sind sie, wir wollten niemanden töten, das wisst ihr, Brüder. Wir können nicht anders, als ihnen die Stirn zu bieten; und heute haben wir ihnen die Stirn geboten. Es ging nicht anders – es wird nicht möglich sein, sie umzuerziehen. Also, verteidigen wir, Brüder, unser freies Stück Land, solange wir das können.«

Und er fügte hinzu:

»Ohne es zu bereuen.«

Die Canudener standen jetzt aufrecht da, voller Würde. Sie strahlten den Geist der Freiheit aus. Mariam legte den Kopf sacht auf die Hand, die wie angefroren auf ihrer Schulter lag. Von den Pferden luden einige der Brüder Flinten und Munition ab, dabei war ihnen die alte Kühnheit wieder anzumerken, Prudencio sprang herunter und fragte leise, wie es dem Kind ging.

»Und wie war es sonst?«, fragte Mendes Maciel ruhig.

»Sehr gut, Conselheiro«, kam prompt die Antwort von Don Diego, »es wurde ganze Arbeit geleistet.«

»Hast du etwa auch gekämpft?«, murmelte João, aber Don Diego schenkte ihm keine Beachtung und fuhr fort: »Sie haben ganze Arbeit geleistet, und ich, wie ich Ihnen im Voraus gesagt habe, habe mich nicht im Geringsten eingemischt. Wir haben zweihundert Pferde hergebracht und Waffen und Munition dazu. Sonst haben wir nichts angerührt. Ach ja, noch etwas, uns ist ein Missgeschick passiert«, seine Stimme nahm einen schelmischen Ton an, »besser gesagt, nicht eins, sondern vier.« Er konnte sich das Lachen kaum verkneifen: »Ein Pferd haben sie uns getötet, das von Rojas; einmal wurde ein Bein eingeklemmt, das von Rojas, ein Arm hat einen Schuss abgekriegt, der von Rojas, und einmal haben sie uns gebissen, und zwar in den Hals, in den von Rojas, sonderbar, nicht wahr?«

Rojas stand mit hängendem Kopf da und grinste, als wäre es seine Schuld.

Sie brachten brennende Fackeln, säuberten Rojas' Wunde. Sie setzten ihn unter den Baum und ließen ihn das betroffene Bein in kaltes Wasser legen. Inocencios tüchtige Frau brachte eilends das schönste gestreifte Kattunkleid von ganz Canudos und riss es in dünne Streifen, um die Wunde zu verbinden, wobei der bescheidene Rojas lieber gestorben wäre, als so viel Aufmerksamkeit auf sich zu ziehen. Die Canudener liefen beherzt und emsig umher. »Hast du dir etwa auch weh getan, Pumpurik?«, flüsterte João Abades Frau, er aber wich ihr aus und machte sich auf den Weg zum Conselheiro, an dessen Seite würde ihn niemand stören. Doch dort erwartete ihn ein weiterer Schrecken – Mendes Maciel sprach:

»Komm her, Manuelo.«

Höchst aufgeregt trat der fröhliche Hirte vor den Conselheiro.

»Und du auch, Manuela.«

Wie geschwind Concesion zu ihm lief, barfuß und mit gesenktem Kopf. Joãos Herz blieb beinahe stehen.

»Ich werde euch am Flussufer vermählen. Trauzeuge wirst du, Inocencio, und du, Prudencio. Sei mir nicht böse, Se, aber ihr seid sowieso beste Freunde.«

Da leistete João den letzten Widerstand:

»Inocencio und Prudencio dürfen es nicht sein!«

»Warum?«, wunderte sich Mendes Maciel.

»Beide Namen enden auf -encio.«

»Das macht nichts.« Der Conselheiro lächelte. »Jemand soll aus meiner Hütte Kerzen bringen.«

Alle schauten ihn an, jeder wollte den Auftrag übernehmen, sie brannten förmlich darauf, vor allem die Männer, die in Canudos hatten bleiben müssen. Ihre Gesichter strahlten erwartungsvoll im Fackellicht, aber als Mendes Maciel sprach, trauten sie ihren Ohren nicht:

»Du holst sie, Rojas.«

Da verstand ein jeder – Canudos war kompliziert.

Am nächsten Morgen scharwenzelte Don Diego lange um Mendes Maciel herum, und als er ihn endlich alleine erwischte, schaute er zum Himmel und bemerkte:

»Ein wunderschöner Tag heute, Conselheiro, nicht wahr?«

»Ja. Was willst du?«

»Conselheiro«, fing Don Diego zögernd an, er schaute ihm respektvoll in die Augen, »dass die unseren Fluss vergiftet haben, war skrupellos.«

Mendes Maciel musterte ihn schweigend.

»Solch ein starkes Gift, Conselheiro, das kann nur ein Meister seines Fachs hergestellt haben.«

Mendes Maciel schwieg.

»Conselheiro«, Don Diego ließ nicht locker, »wenn das Gift im Fluss auch bereits weggespült wurde, so wäre es doch gar nicht verkehrt, wenn die Werkstatt dieses Meisters nicht mehr existieren würde. Vor allem ist davon auszugehen, dass sie unseren Fluss, der, wie Sie besser wissen als ich, auch als Trinkwasserreservoir für die Canudener dient, erneut vergiften.«

Mendes Maciel sagte kein Wort. Er stand düster da.

»Conselheiro«, Don Diego legte die Hand neben den Edelstein an seiner Brust, »diese Geschichte ist mir sehr nahe gegangen. Wenn Sie erlauben, verschwinde ich für zwei Tage. Ich werde ein wenig die Gegend durchstreifen, vielleicht kann ich irgendwo diese Last loswerden. Ich gehe, ja?«

»Geh!«

Nach genau zwei Tagen kehrte Don Diego tatsächlich zurück, allerdings ohne den Edelstein an seiner Brust. In dem verwüsteten Labor hatte man dem großen Erfinder, dem unwiederbringlich verlorenen Remijio Daza, die Kehle aufgeschlitzt und die Medaillen abgerissen, die ehemals auf geheimen Befehl des großen, nun verlustleidenden Marschalls Bittencourt unter das Anzugsfutter genäht worden waren. Die Leiche hatte man in einen geheimen Brunnen außerhalb von Kamora geworfen.

3

Der alte Santos hatte die kraftstrotzenden Arme von sich gestreckt, er lag auf seinem großen Bett, mit dem Gesicht nach unten. In letzter Zeit traute er sich nicht mehr, an seine Frau und sein Kind zu denken, da das Bildnis der beiden sich dann wie Eis um seine zerfetzte Seele legte, und in der bittersten Kälte gefror ihm die schmerzende Seele. Sobald er an den langen Kamoraner dachte, leckte die gewohnte Flamme an seinem gebrochenen Kiefer, aber noch öfter erschien ihm sein Gesicht – das falsche Lächeln, das trügerische Mitgefühl, und wenn er es leid wurde, sich Qual und Pein seines Unglücksbringers auszumalen, standen ihm doch wieder seine arme Frau und das Kind vor Augen. Gar nicht weit, unter den Hügelchen, unter der nassen Erde, schmerzten ihn seine Frau und das Kind, und die erfrierende Seele behalf sich mit dem Feuer der Rache. Neben dem Bett lag der Holzklotz, den er Massimo getauft hatte. Er packte ihn mit allen zehn Fingern und würgte, würgte ihn, einen dunklen Kreis hatten die Finger bereits auf dem durchgewalkten Klotz hinterlassen, fast quollen dem entsetzten Kamoraner die Augen heraus, blau im Gesicht flehte er: »Nein, bitte nicht!« Und Santos, glühend vor Rache, redete ihm leise, mit unbarmherziger Zärtlichkeit zu: »Doch, Massimo, doch.« Er lag auf dem Bett, mit dem Gesicht nach unten. Und da lag er immer noch und sah sich ein großes Feuer im Kamin machen, er nahm frische Scheite, die qualmten stärker, und auf dem Dach seiner Hütte packte er Massimo am Nacken und hielt sein Gesicht über den Schornstein. Der zwanghaft gebückte Kamoraner war am Ersticken, schreckliches Husten ließ ihn würgen, seine Tränen verschmierten den Ruß übers ganze Gesicht. Von Zeit zu Zeit lockerte Santos seinen Griff, und sein bitterlich weinendes Opfer schaute ihn mit geröteten Augen flehend an: »Nein, bitte nicht, nein!« Aber der alte Santos redete ihm wieder leise, treu-beharrlich zu: »Doch, Massimo, doch!«, und steckte ihm den Kopf erneut in den verrauchten Schornstein. Unser guter Massimo hatte zur selben Zeit, in seiner Stadt, in Kamora, nur eine Sorge – ein Kratzer, den er sich beim Rasieren zugefügt hatte, und er drückte sich ein Stückchen Watte mit einer bewährten Salbe auf die sorgfältig rasierte Wange. Von Zeit zu Zeit nahm er den Finger weg, betrachtete den winzigen Kratzer aufmerksam und streichelte dabei mit herzlichem Wohlgefallen seine andere Wange – ja, wie denn sonst, wenn man sich so gernhat. Ihm war es allerdings nicht vergönnt, die betroffene Wange auszukurieren, aufgrund einer Ausnahmesituation, so ein Pech, wurde er durch einen unaufdringlichen Boten schnellstens zum Gutmutgeneral Ramos, dem Anführer der Bestrafungseinheit, beordert. Im Vorraum musste er knapp fünf Stunden herumsitzen, zusammen mit anderen herausragenden Vollstreckern. Dies war jedoch nicht die Schuld des Gutmutgenerals, er und auch die anderen Generäle gingen nervös mal Schulter an Schulter, mal über Kreuz im Empfangszimmer von Oberst Cesar auf und ab. Der Oberst selbst stand bemüht vor dem Grandisssimohalller höchstpersönlich stramm, in dessen prachtvollem Arbeitszimmer, und wartete zusammen mit Feldwebel Eliodoro, der in der Ecke kauerte, in heller Aufregung auf die ernst zu nehmende Ansprache.

»Hast du noch nichts gehört, mein Oberst?«, fragte Marschall Bittencourt, sein Gesicht war wächsern.

»Wie meinen Sie, Gran…«

Der Marschall schnitt ihm das Wort ab:

»Und du, mein Feldwebel?«

»Nein, nichts, Grandisssimohalller.«

Mitten im Zimmer stand eine längliche Truhe. Bittencourt beorderte Eliodoro mit dem Zeigefinger zu sich.

»Klapp den Deckel auf und steig rein, mein Feldwebel. Wenn ich draufklopfe, machst du auf und hörst mir zu. Los!«

»Ich bin ganz Ohr, Grand...«

»Rein mit dir, du Schwachkopf!«

Nachdem die Truhe sich geschlossen hatte, machte der Marschall drei Schritte, er schaute aus den Augenwinkeln zum Oberst, ihn schauderte, und er sagte zu Cesar, den es ebenfalls von Kopf bis Fuß überlief:

»Die ganze Einheit soll niedergemetzelt worden sein.«

»Welche Einheit, Grand...«

»Von deinem *Schwager* Navole.«

Der sonst so eloquente Oberst brachte kein Wort hervor. Mit zwei unerwarteten Dingen konfrontiert, gerieten seine Gedanken ins Stocken – erstens die Einheit, zweitens ›Das weiß er also auch!‹ –, und eine dumme Frage rutschte ihm heraus:

»Sind Sie darüber genau im Bilde, Grandosssimohalller?«

Er biss sich sofort auf die Zunge, aber es war zu spät. Edmondo Bittencourt schaute ihn bereits spöttisch an:

»Über dich und Susi, mein Oberst?«

Cesar senkte den Kopf und sagte mühsam:

»Über die Einheit, Grand...«

»Ja.«

Der große Marschall ging zum Vorhang, bückte sich, spähte in den Hof, richtete sich wieder auf und drehte sich schwerfällig um:

»Die Männer liegen mausetot an der Caatinga. Was glaubst du, wie zum Teufel konnten diese Lumpenhunde da passieren?«

»Und wenn sie einen ganz großen Umweg gemacht haben, Grand...«

»Nein. Über die Felsen wären sie nicht gekommen, und auf der anderen Seite erstreckt sich nur ein offenes Feld, von zweihundert Mann hätte doch zumindest einer sie entdeckt. Außerdem soll es Tag gewesen sein, nachts hätte wenigstens einer entkommen können. Die Blödmänner liegen jetzt da in Unterhosen.«

»Vielleicht haben die sie ausgezogen.«

»Nein. Nichts wurde angerührt. Nur Pferde, Waffen und Munition haben die Canudener mitgenommen. Aber kein Wort darüber, zu niemandem!«

»Nein, wem sollte ich schon …«

»Sehr gut, sonst werfe ich dich zu Kadima. Aber anstatt bei Kadima würdest du doch lieber bei Susi sitzen, nicht wahr? Antworte!«

»Ja, Grand…«

»Was glaubst du«, fragte Bittencourt, gemächlich lief er auf und ab, »wie konnten sie durch die Caatinga kommen?«

»Vielleicht sind sie drübergesprungen, mit einem langen Stock.«

»Nein, mein keuscher Oberst, kein Einziger wurde von einer Kugel getötet.«

»Wie bitte?«

»Nur mit Lanze oder Schwert.«

»Ach, wie barbarisch!«

»Die Canudener waren bestimmt zu Pferde. Anderenfalls hätten unsere Männer es bis zum Waffenzelt geschafft, und du weißt auch ganz gut, mein lieber Oberst, dass eine mit Flinten bewaffnete Einheit einer mit Lanzen und Schwertern bewaffneten Meute immer überlegen ist. Nicht wahr?«

»Ihre Lippen offenbaren die reine Wahrheit, großer Marschall.«

»Und ein Pferd, egal wie trainiert es auch ist, kann nicht mit einem Stock über ein hohes Dornendickicht springen, oder?«

Der Oberst senkte beschämt den Kopf. Der große Marschall musterte ihn eine Zeit lang spöttisch, dann ging er zur Truhe, klopfte darauf, und sofort steckte Feldwebel Eliodoro den Kopf heraus: »Ich bin ganz Ohr, Grand…«

»Hast du etwas von unserem Gespräch mitbekommen?«

»Nein, es war so dunkel, Grand…«

»Wie, glaubst du, hat dich dieser Bandit durch die Caatinga gebracht?«

»Wir sind lange zu Fuß gelaufen, Grandisssimohalller. Den Weg konnte ich mir nicht merken, weil ich die Augen verbunden hatte, aber dann mussten wir eine Strecke kriechen, großer Marschall, sie haben ohne Zweifel einen Tunnel, einen Geheimgang, Grand…«

»Gut, Deckel zu!«

Der Marschall setzte sich nachdenklich auf die Truhe. Er überlegte laut: »Diese Lumpenhunde haben die ganze Einheit vernichtet. Bis jetzt hatten sie nur zwölf Pferde, und auch die waren von uns. Zweihundert

Deppen haben den Tunnel, durch den sogar ein Pferd passt, nicht gefunden. Zwölf Taugenichtse haben meine durchtrainierte Mustereinheit vernichtet. Wie kann das sein?« Er schaute streng auf den kleinlauten Oberst und hob die Stimme:

»Jetzt haben sie noch zweihundert Flinten und Pferde dazubekommen, mein Tugendbold. Gut ausgebildete und durchtrainierte Männer zu verlieren bereitet mir keine Freude. Wir müssen ein Bataillon von dreitausend Mann aufstellen, mein Oberst. Ich hatte sowieso vor, dieses Bettelpack in Stücke zu reißen. Jetzt weißt du, was du zu tun hast!«

»Wir müssen ein Exempel statuieren, Grandisssimohalller.« Die Laune des Obersten hellte sich auf.»Es wird mir schon etwas einfallen, etwas, das auch Ihnen gefallen wird.«

»Wen von den Generälen sollen wir damit beauftragen?«

Kurz richtete der Oberst seinen Blick zur Decke, und ihm fiel ein:

»Am besten wäre es, General Jorge zu schicken, Grand…«

»Du hast recht. Und wie denkst du über den Gutmutgeneral Ramos?«

Der Oberst zögerte kurz:

»Ich glaube, die Bestrafungseinheit sollten wir hierbehalten.«

»Für alle Fälle, nicht wahr?«

Der Oberst starb mehrere Tode, mit Mühe brachte er über die Lippen:

»Ja.«

»Bravo, Federico, wenn es sein muss, kannst du auch sehr bestimmt sein.«

Der kurzarmige große Marschall stand von der Truhe auf, nahm aus dem Geheimfach eine dünnhalsige Karaffe und füllte ein prachtvolles Glas, dabei wandte er seinen Blick nicht von Oberst Cesar. Er steckte die Hand in die Brusttasche, und sogleich überlief ihn ein Schauder; er hielt jetzt ein Röhrchen zwischen den Zähnen, beugte sich über das Glas, seine Augen waren auf den Oberst gerichtet, sein Körper zitterte bösartig, und er sog dermaßen grässlich an der süßdunklen Flüssigkeit, dass sich Oberst Cesar die Gedärme zusammenzogen. Als er endlich auch den letzten Tropfen ausgesogen hatte, steckte er das Röhrchen tief in die Brusttasche zurück:

»Was denkst du, wird für diese Banditen ein Bataillon reichen?«

»Selbstverständlich.«

»Tja ja, selbstverständlich!«, äffte ihn der Grandisssimohalller zornig nach. »Zuerst haben angeblich dreißig Reiter für die zwölf Mann gereicht, nicht wahr? Dann hast du bedenkenlos die Zweihundert-Mann-Einheit hingeschickt, und jetzt erlaubst du dir noch immer, ›selbstverständlich‹ zu sagen? Ich sollte dir den Hals durchschneiden lassen, du Hohlkopf!«

»Verzeihen Sie mir, Grandisssimohalller, das war dumm von mir, ich weiß ja auch nicht, wie viele sie sind.«

Schwerfällig stand Marschall Bittencourt auf und klopfte mit dem prachtvollen Glas auf die Truhe. Sofort ging der Deckel auf:

»Ich bin ganz Ohr, Grand...«

»Wie viele waren sie, was glaubst du?«

»Es waren so etwa fünfhundert-siebenhundert ...«

»Eintausendzweihundert?«

»Nein, siebenhundert.«

»Und Frauen, Kinder und Alte, du Schwachkopf?«

»Auch, etwa genauso viele, Grand...«

»Wie haben sie dich nur geschnappt, du Blödian?«

»Sie waren zu fünfzehnt, Gran...«

»Ah ja, wie viele, mein Feldwebel?«

»Mindestens sieben müssen es gewesen sein, bis auf die Zähne ...«

»Gut, Deckel zu. Hör mir zu, mein lieber Oberst, aber setz dich auf die Truhe«, ordnete Bittencourt an. Er neigte sich vor, brachte sein Gesicht zum Ohr des Obersten, der schon ganz aufmerksam dasaß, und sagte leise: »Such drei abgeschriebene Mitarbeiter aus, gib ihnen die schärfsten Rasiermesser mit und beauftrage sie, unseren toten Männern abzuschneiden, was sich leicht abschneiden lässt – Nasen, Ohren und so weiter. Auch die Augen sollen sie ihnen ausstechen, denen tut das ja nicht mehr weh, und alles aus den Taschen nehmen und die Taschen auf links drehen. Dann sollen sie zu dir zurückkehren, aber sie sollen einen großen Umweg machen, damit sie den von mir geschickten Ochsenkarren nicht begegnen. Sobald sie zu dir kommen, lass sie die Bruderschaftsschale trinken; von meiner grünen Flüssigkeit solltest du noch etwas haben, oder?«

»Ja, Grand...«

»Mein lieber Oberst, um an diesen Hirten ein Exempel zu statuieren, müssen wir bei unserem Volk, unseren Kamoranern, ordentlich den Boden bereiten.« Und er fügte hinzu: »Ich habe nichts gesagt. Benimm dich vernünftig. Du bist ein erwachsener Mann. Geh jetzt und bestell Greg Ricio zu mir.«

»Wen bitte?«, wunderte sich der Oberst.

»Du hast ganz richtig gehört. Geh!«

Der arme junge Vagabund. »Sind Sie bald wieder zurück, Onkel Otar?« »Ja, Domenico.« »Bitte, kommen Sie bald zurück, Onkel Otar, ja?« »Bin im Nu wieder da.« »Ich … verzeihen Sie mir, dass ich Sie in letzter Zeit nicht mehr begleite«, Domenico mied seinen Blick und schaute zu Boden, »aber auf die Straße, nach draußen, kann ich nicht.« »Das macht nichts, Domenico, das macht nichts«, sagte der Arzt, »zu Hause ist es am schönsten.« »Doktor Otar«, Domenico konnte ihn kaum anschauen, er war aufgeregt, etwas lag ihm auf der Seele, fast drehte er sich einen Knopf vom Hemd, »ich habe eine Bitte.« »Ja, mein Junge?« »Es ist mir ein bisschen peinlich.« »Was denn, Domenico?« »Ich hätte Lust auf Wein.« »Nichts einfacher als das.« Der Doktor ging zu ihm hin und legte ihm die Hand auf den gesenkten Kopf; leise, verständnisvoll fragte er: »Wein, ja?« »Ja, verzeihen Sie mir, dass … Sie sind ja Arzt, und Wein zu trinken ist eigentlich nicht gesund, und … dass ich Sie darum bitte …« »Ach wo, Junge, das ist schon in Ordnung«, Doktor Otar lächelte. »Du hast nicht so sehr Lust auf Wein, sondern auf Rausch, und vor allem wohl darauf, dich selbst zu vergessen und dich zu entspannen, nicht?« »Ja.« Domenico sah ihn froh an und wurde sofort wieder traurig. »Und wenn man Ihnen einen vergifteten andreht?« »Was sollen sie mir andrehen, was meinst du?«, wunderte sich Doktor Otar. »Ich hab Wein hier, im Keller, ein Patient hat ihn mir geschenkt.« »Und dem kann man trauen, ja?« »Natürlich, Junge, ein Patient würde dir niemals schlechten Wein geben. Er ist dankbar, und außerdem braucht er dich noch.«

Wieder schämte sich der junge Vagabund, wieder mied er Doktor Otars Blick: »Wenn Sie … könnten Sie ihn hochholen?« Er glühte vor

Scham. »Holen Sie ihn hoch, bitte. In den Keller kann ich nicht. Dort ist es kalt. Und dunkel.« »Aber sicher, Junge, das mach ich, das versteht sich doch von selbst«, unterbrach ihn Doktor Otar. »Du würdest ihn vor allem gar nicht finden.« »Ich danke Ihnen.«
Er stand im Zimmer, mit hängenden Armen, hilflos, verwirrt. Er wollte Wein trinken, hatte große Lust auf Wein, und um bloß keine Zeit zu verlieren, nahm er schon mal ein Glas aus dem Schrank, ein niedriges, breites, und bereitete auch etwas zum Knabbern vor. Er brach einen Brotkanten ab, schnitt eine schmale Scheibe vom Käse, und mit einem Mal fiel ihm das Messer aus der Hand – er musste an die Augen von Michinio denken und an den Umfang seines Halses. Sehr vorsichtig, auf Zehenspitzen, näherte er sich dem Vorhang, er spähte durch das Loch. Da war niemand, doch ein lauter Knall ließ ihn zusammenfahren, er drehte sich um – und war erleichtert: Auf der Türschwelle stand verlegen lächelnd Doktor Otar. In jeder Hand hielt er einen Krug, wahrscheinlich hatte er die Tür mit dem Fuß aufgetreten, ein bisschen zu heftig. »Hier, Domenico«, er stellte die Krüge auf den Tisch, »genieß ihn, trink, so viel du willst, lass ihn dir schmecken, ich geh zu meinem Patienten. Hör zu, ich schließe von außen ab, damit du mit deinem betrunkenen Kopf nicht auf die Idee kommst, auf die Straße zu gehen.« »Gut, Onkel Otar.« Domenico schenkte sich ein, schämte sich aber doch vor dem Arzt und drehte sich halb weg. Erster Schluck – eine Art Wärme, durchdringend, als sei sie ein Segen, dem jedoch nicht zu trauen war. Sein Hals zog sich zusammen, er staunte, sog die glimmende Wärme durch die Zähne ein. Er stellte das Glas ab, füllte es aufs Neue, ein bisschen verschüttete er auf dem Tisch, und schaute zu Onkel Otar hinüber. Der achtete gar nicht auf ihn, er war dabei, die Medikamente in seine Tasche zu packen. Da hob er auch das zweite Glas an die Lippen, und über das zweite staunte er schon nicht mehr so sehr – einen Bekannten traf er auf schmalem Pfad, angenehm brannte ihm der Hals. Auf dem Weg ins Nebelland empfand er für eine Sekunde ernüchterndes Wohlbehagen, nur eine Sekunde, noch hatte er einen langen Weg vor sich, den man aber auch kurz und einfach bewältigen konnte. Der Vagabund stellte das Glas ab, griff nach dem Brot, und bevor er hineinbiss, hielt er inne. Doktor Otar stand da, die Tasche in der Hand, erst lächelte er seinem Schützling zu, dann

blickte er ihn seltsam an: »Du, Domenico …«, dem Arzt fiel es schwer, die rechten Worte zu finden. »Was, Onkel Otar?« »Nun, also«, in den feuchten Augen glänzte Traurigkeit auf, dann fasste er sich ein Herz und sagte fast forsch: »Vielleicht willst du eine Morgendame, Junge?« »Was?« Domenico zuckte zusammen. »Wieso, nein, will ich nicht, nein, warum, wozu?« »Ich weiß nicht, einfach so.« »Nein, will ich nicht.« Diesmal sagte er das langsamer, es klang schon reichlich unglaubwürdig, ganz rot im Gesicht und voller Verlangen rief er mit veränderter Stimme dem Doktor, der schon die Türklinke in der Hand hielt, nach: »Aber warum haben Sie mich gefragt?« Sofort verstand Doktor Otar, er lächelte. »Du bist ein Mann, deshalb, Junge.« »Und wäre das nicht unverschämt?« »Nein, nein«, beruhigte ihn Doktor Otar. »Ich bringe dir eine. Ansonsten wird sich noch die ganze Stadt über dich lustig machen.« Und er scherzte: »Wenn sie dir gefällt, erwähnst du im Gespräch, wenn ich zurückkomme, eine Birne, wenn nicht, einen Apfel.« Und er fügte hinzu: »So kann es ja nicht mehr weitergehen.« »Sie kommen doch bald zurück, Doktor Otar?« »Ja. Ich muss nur bei einem Patienten vorbeigehen, und … ich mach mich auf, ja?«

Beschwingt lief er hin und her. Als er das nächste Glas leerte, kam es ihm fast ein bisschen bitter vor, rasch nahm er ein Stück Brot und Käse dazu, und als er so kaute, ergriff ihn eine unbestimmte Freude, ja, eine Morgendame! Er trank noch ein Glas, legte sich auf die Ottomane, streckte sich selbstgefällig aus, legte die Hände hinter den Kopf – ach, eine Morgendame! Da würde eine kommen, gehorsam, sachlich, dienstbereit, und zwar eine aus Kamora, ha! Sie würde Brüste haben, Arme, all das … Leicht angetrunken packte ihn der fremde, boshafte Wunsch, jemanden aus Kamora herumzuschubsen, wenn auch nur diese eine, irgendeine Frau. »Soll sie kommen, wir warten, sie solllll kooommen, wir waaaarten«, wiederholte er zynisch. Der Junge bekam wieder Durst, flink stand er auf, schenkte sich noch mal ein. Fast wäre er gestolpert, als er zum Fenster ging, unbekümmert riss er den Vorhang auf, und beinahe hätte er einem Passanten, der mit gesenktem Kopf vorbeiging, spaßeshalber hinterher gerufen: »Ey, du!« Aber dann überlegte er es sich anders, nicht, weil er Angst gehabt hätte, eher, weil ihm das schon zu mühsam war. Er zog den Vorhang mit einer verächtlichen Handbewegung wieder zu, als wolle er ihn ohrfeigen, und fügte hinzu:»Hau doch ab, du …«Ein Glas schenkte er sich noch ein, kam aber nicht mehr dazu, es zu trinken. Das Lächeln gefror ihm im Gesicht, er wurde ganz Ohr – jemand öffnete die Tür des Haupteingangs. Er verhielt sich mucksmäuschenstill. Das Geräusch von Schritten … Einer der Schritte war ihm bekannt … und da gab es noch jemanden, jemand anderen, juuhuu! Vorfreude packte ihn, aber gleichzeitig war er nervös. Dann öffnete sich die Tür seines Zimmers – nur der Doktor! Aber der Doktor sagte leise:»Hier, guck mal durch die Ritze, siehst du?« Domenico fiel fast durch das Guckloch, sein Auge weitete sich – unten auf der Treppe stand eine Frau, eine wirkliche, greifbare, genau so eine, wie er sie jetzt wollte, eine etwas dickliche. Er richtete sich auf.»Und, Domenico«, fragte der Doktor.»Apfel oder Birne? War nichts zu machen, die anderen waren alle schon weg.«»Birne, ja, Birne. Sehr gut.« Domenico lächelte stolz:»Birne Helene.«»Bist ein bisschen betrunken, mein Junge, hm?« Doktor Otar blickte ihn an.»Nein, Mann«, winkte Domenico ab.»Fünf Gläser steck ich locker weg.«»Gut, dann geh ich also, ich schließe wieder ab. Wann soll ich zurückkommen?«»Weiß nicht … morgen, übermorgen.«»Schmeißt du mich raus, Domenico?« Doktor Otar lachte herzlich, er zwinkerte gutmütig, seine Schultern bebten leicht.»Ich komme gegen Abend, und wenn sie immer noch da ist, dann schlafe ich im Nebenzimmer. Gut?«»Gut«, gab ihm Domenico die Erlaubnis.»Aber wenn Sie zurückkommen, komme ich raus, Sie kommen nicht rein, ja?«»Ja, in Ordnung.«

Doktor Otar stieg die Treppe hinunter, die Tür ließ er auf. Das Geräusch seiner Schritte verlor sich nach unten, während das der anderen Schritte nach oben zunahm, die Frau tauchte auf. Sie war in einen Umhang gehüllt. Ziemlich forsch kam sie herein. Sie schaute Domenico nicht einmal an und schritt das Zimmer ab; die erste Runde rasch und starren Blickes, als ob sie nichts wahrnähme, die zweite Runde schon anders. Sie tat einen Schritt, ihr Blick blieb an einem Gegenstand haften, zum Beispiel an einer Truhe, sie zögerte ein wenig und tat noch einen Schritt und zögerte wieder, sie bewegte sich etwa so: eiiins, zweidrei, viiiier, eins, zweidreieinszweiiiiii … Abrupt blieb sie stehen, drehte sich schwungvoll um, schaute ihn herausfordernd an und wunderte sich plötzlich:»Ach, du bist das?«»Was?«»Wie geht's dir, ehm …«»Wie?«»Wie

geht's dir, ehm … hab ich vergessen.«»Was?«»Deinen Namen.«»Domenico.«»Wie geht's dir, Domenico?«»Gut.«»Soll ich den Umhang ablegen
oder nicht?« Ihre Miene trübte sich.»Wenn ich dir nicht gefalle, macht
nichts, dann geh ich wieder«, und sie streckte ihre Brust heraus.»Doch,
natürlich, doch.«»Hilfst du mir?«, fragte die Frau kokett, und plötzlich
zuckte sie zusammen, betrunken stand der junge Mann vor ihr:»Geben
Sie mir den Mantel, ich hänge ihn auf.«»Ach, nein, nein, nicht nötig«,
die Frau war erschrocken,»ich bitte Sie.«»Was denn, Madame?«, fragte
Domenico nach Art der Feinstädter.»Einmal, so … einmal hat mich
so …«, die Frau sah verängstigt aus,»so höflich und fast verlegen hat
mir einmal einer geantwortet, und mich plötzlich dermaßen geohrfeigt.
Sie werden mich doch nicht … hm? Bitte nicht!«»Nein, um Himmels
willen, nein.« Die Frau näherte sich ihm vorsichtig, schaute ihm in die
Augen und verstand, dass Domenico ihr nichts vormachte. Sofort verlor
sie die Angst, wurde kecker und fragte:»Junge, schämst du dich etwa
vor mir?« Ach, sie war eine von der ganz schlauen Sorte.»Ich bin doch
kein …«, er wich ihrem Blick aus,»ich, wofür soll ich mich schämen,
ich bin doch kein schlechter Mensch.« Vor lauter Verwirrung sprach er
wie ein Dorfjunge.»Also, mit uns beiden sieht es folgendermaßen aus«,
fing die Frau geschäftig an, dabei hängte sie ihren Umhang auf, ließ sich
auf die Ottomane plumpsen, vielleicht, um die Strapazierfähigkeit zu
prüfen, erhob sich graziös, schaute zum Vorhang und rief Domenico,
ohne ihn anzuschauen, zu:»Ein Hübscher bist du. Sei so gut, hast du
vielleicht Pantoffeln? Meine Schuhe drücken. Mit uns beiden geht das
folgendermaßen: ein Tag – ein halber Drahkan, ein Tag und eine Nacht –
ein ganzer Drahkan. Wenn ich mir besondere Mühe gebe und dir großes
Vergnügen bereite, mein Häschen – dann zwei. Und wenn du mir vier
Drahkan gibst, brauchst du nur mit dem Finger zu schnippen, und ich
werde in diesem Monat jedes Mal sofort bei dir auftauchen. In Ordnung?« Sie schaute ihn an und zuckte zusammen – die Trunkenheit, von
der Verwirrung zeitweilig verdrängt, benebelte Domenico wieder, und er
stand mit spöttischem Lächeln da; ironisch schaute er sie an. Er wippte
von einem Fuß auf den anderen, er wandte seinen frechen Blick nicht
von der Frau ab und schenkte sich noch mal ein, er trank.

Er näherte sich ihr mit festem, arrogantem Schritt, zählte schon vier

Drahkan in der Tasche ab, ergriff ihre Hand, drehte die Handfläche um, legte das Geld hinein, und noch überheblicher und kühner musterte er die jetzt endgültig gekaufte und für ihn reservierte, eingeschüchterte Frau. Erschrocken schaute ihn die Morgendame an, dann warf sie verängstigt das Geld auf den Tisch.

»Noch nicht. Ich habe das noch nicht verdient.«

»Das wirst du verdienen«, erwiderte Domenico. »Was bleibt dir anderes übrig.«

»Ja, nichts«, stimmte die Frau ihm fügsam zu.

Ach, wie herablassend betrachtete er das erbärmliche Gesicht – die Arme hatte sich die Augenbrauen in ihrem Übereifer gänzlich ausgezupft und mit einem dünnen Kohlestift nachgezogen, die bläulichen Augenhöhlen waren eingefallen. Spöttisch bemerkte der angetrunkene Vagabund:

»Irgendwie sehen Sie nicht so blendend aus, Madame.«

»Was kann ich dafür«, die Frau ließ den Kopf hängen, »gestern Nacht bin ich an zwei Betrunkene geraten, die haben mir übel mitgespielt, sie hätten mich fast umgebracht.«

»Wie, was haben sie gemacht?«

»Die haben mich so gequält.«

»Tja, was denkst du denn«, gab Domenico sein Urteil ab. »Wenn du auf diese Weise dein Geld verdienen willst, musst du auch einstecken können.«

»Nicht mal das Geld haben sie mir gegeben, sie haben mich sogar noch bestohlen«, klagte die Frau leise mit hängendem Kopf. »Ich bin völlig blank. Gerade vierzig Groschen hab ich noch.«

»Jetzt hast du wieder was. Vier Drahkan«, sagte Domenico gönnerhaft, und sie lächelte schwach.

»Ein Netter bist du. Weißt du was«, in einem Anflug von Keckheit deutete sie mit dem Finger auf den Krug, »dürfte ich auch ein Glas trinken? Ich hab noch nie Wein getrunken, ich würd gern mal wissen, wie der schmeckt.«

»Du hast noch nie Wein getrunken?«, fragte Domenico streng.

Ertappt ließ die Frau wieder den Kopf hängen:

»Doch, klar, jeden Tag, fast.«

»Und wie viel?«

»So viel, wie ich brauche.«

»Wieso lügst du dann?«

»Weiß ich nicht, nur so, aus Versehen.«

»Und nur so, aus Versehen, darf man dann auch keinen Wein trinken.«
Er fand, er hatte ihr schlagfertig eine Abfuhr erteilt.

»Wie Sie wünschen.«

Domenico durchmaß das Zimmer, ging auf und ab und richtete zwei
Finger, Zeige- und Mittelfinger, verächtlich auf sie.

»Dieses Ding da, dein Oberteil, zieh das aus.«

»Ja.«

Er schaute sie immer noch spöttisch an. Sie befreite sich von ihrem
Oberteil mit solch einer flinken und geschickten Handbewegung, dass
Domenico ihr innerlich grollte.

»Komm mal her.«

Die Frau gehorchte.

Große, schwer nach unten hängende Brüste hatte sie.

»Wie sieht das denn aus«, sagte Domenico. »Wie alt bist du?«

»Ist doch egal«, erwiderte die Frau leise. Sie blickte zur Seite. »Ich bin,
wie ich bin.«

Er konnte kein Mitleid empfinden, im Gegenteil, in ihm stieg der ganze Groll gegen Kamora auf: Spott, Schwindelei, Erniedrigung und Angst,
Angst. Aber jetzt, betrunken, mutig, wo er eine aus Kamora gehorsam
wie ein Schaf vor sich stehen hatte und trunken war vom Wein, legte die
Rache ihm die Hand auf die Schulter – los, mach nur –, und seine Finger
griffen grob nach ihrer linken Brust, dabei schaute er der Armen in die
Augen. Er drückte fest zu und fragte:

»Tut dir das weh?«

»Noch nicht.«

»Und so?«

»So … ein bisschen.«

Mit ganzer Kraft drückte er die Finger zusammen:

»Und jetzt? Und so? Sag schon!«

»Ich sage Ihnen, was Sie wollen.«

»Sag die Wahrheit!«

»Es tut mir weh … sehr. Das tut sehr weh.«

»Sehr gut«, zufrieden ließ Domenico los. »Und jetzt leg dich auf die Ottomane, Bettwäsche ist da in der Truhe. Bezieh das Bett ordentlich, und leg deinen Rock und deine Sachen nicht auf den Stuhl, wirf sie auf den Boden. Hörst du?«

»Ja, alles klar. Mach ich.«

Er wandte ihr stolz den Rücken zu. Das Quietschen, das schon eine Weile gedämpft zu hören gewesen war, kam offenbar von der Straße – ein hässliches Quietschen. Er schwankte zum Vorhang, riss ihn herrisch auf, schaute hinunter, und etwas Großes, Graues fiel ihm ins Auge; zunächst konnte er nichts Genaues erkennen, derart fremd war der Anblick. Leise, unbekümmert vor sich hin pfeifend schaute er darauf, und plötzlich griff er mit beiden Händen nach den dicken Gitterstäben: Auf großen Ziehkarren brachten sie, mitten in die Stadt, die getöteten Soldaten der Kompanie.

Auf den wirr ineinander verschlungenen, erkalteten Körpern zeichnete sich dunkelgraue Verwesung ab, aah, eine schreckliche Farbe war das, grauenvoll, sie ging in bösartiges Blau über. Auf breiten Ziehkarren lagen sie übereinandergestapelt, mit der ganzen Kraft ihrer ungeschlachten Körper zog jedes der eingespannten Ochsenpaare, mit riesigen, ausdruckslosen Augen, stumme, träge Traurigkeit. So kamen sie in die Stadtmitte, das Rad eines Karrens quietschte laut und rücksichtslos. Es war, als schnitte eine Klinge in eine Wunde. Domenico schauderte, seine Finger krampften sich um das Gitter. Die Gesichter der Toten waren nicht zu erkennen – unbarmherzig starrten unter den Augenbrauen zwei tiefe Höhlen zu ihm hinauf, und anstelle der Nase klafften zwei dunkle Löcher. Dicke blaue Schlangenlinien da, wo die Ohren gewesen waren. Eine bis zur Taille herunterhängende Leiche mit herabfallenden Haaren blieb nur wegen des auf ihren Unterkörper gestapelten Gewichts auf dem Karren, ihre herunterhängende Hand schleifte mit den Fingerspitzen über die gepflasterte Straße ihrer Heimatstadt, des dreischichtigen Kamora. Bis zum Bauchnabel war sie entzweigeteilt, und aus den rostigen Gedärmen kam geronnene, bräunliche Kälte. Das vom Zittern angesteckte Gitter gab einen merkwürdig abgehackten Klang von sich, dann fiel der Blick des armen Vagabunden, der im Gesicht grün geworden war, auf weitere Ziehkarren – da lag ein einzelner Kopf, mit Fetzen am Hals … Und etwas Merkwürdiges geschah mit Domenico. Entgeistert, vom Grauen aus seiner Benommenheit gerissen, versuchte er mit ganzer Kraft vom Fenster wegzukommen und vermochte es nicht. Zum einen konnte er die verkrampften Finger nicht mehr von den Gitterstäben lösen, im Gegenteil, er umklammerte sie immer stärker und stärker, Schweiß rann ihm von der Stirn, und auch den Kopf konnte er nicht mehr wegdrehen – ein Starker, Mächtiger, Gewaltiger hatte ihn von hinten am Kragen gepackt und presste ihm die nasse Stirn gegen das Gitter, nicht mal die Augen vermochte er zu schließen. Einen durchsichtigen Eisenfinger hielt er ihm unter die Lider und flüsterte ihm grausig zu: Schau hin, sieh dir das an, Domenico, schau genau hin! Zu sehen gab es: Zerhackte Rümpfe, durchgeschnittene Kehlen, herausgerissene Augen, aufgeschlitzte Bäuche … Die schwer beladenen Ziehkarren kamen quietschend angerollt, und plötzlich mischte sich in seinen Groll etwas anderes, Schlimmeres: Mitleid – noch gnadenloser, noch schwerer zu ertragen. Hilflos betrachtete Domenico die Leichen, und das Herz schlug ihm bis zum Halse, als wolle es herausspringen. Noch stärker stach ihn der stachelige Kloß im Hals, und er dachte nicht länger daran, dass diese Leichen einmal große Verbrecher gewesen waren, nein, was Domenico sah, waren dem Menschen zugehörige Wunder: Körper – dazu geschaffen, sich zu bewegen, aber von einem bösen Willen zu Freveln verleitet. Warum musste ein derart wunderbar geschaffener Körper in solcher Art sühnen, ein Körper, in der Lage, so viel Gutes zu tun, warum musste er so verwelken? Mit diesen Fingern, die jetzt kraftlos über die Straßen von Kamora schleiften, hatte jedes Jahr im Frühling der hinkende Bauer auf die frisch gepflügte Erde Weizen, Mais gesät und die Weinstöcke gehegt. Und Domenico, dem die Tränen über die Wangen rannen, dauerten diese Augen, die so viel Gutes und Schönes hätten entdecken können, und die Beine und die Herzen. Schaudernd, fröstelnd blickte der arme Vagabund auf die zu nichts mehr tauglichen Wunder, eine unsichtbare Hand packte ihn im Genick, er bekam keine Luft mehr, und hinter dem Tränenschleier brach die nebelhafte Nachtblume, die Angst, hervor, und ein naives, herzzerreißendes: »Die Armen.« Und plötzlich stach ihm eine Nadel von unten ins Herz, eine sehr dünne – draußen schrie jemand auf.

Einer hatte den Leichnam eines Verwandten erkannt. Der Schrei war wie ein Nadelstich in Domenicos zusammengekrampftes Herz, seine Finger gaben nach, lösten sich vom Gitter, er schloss jählings das Fenster und zog den Vorhang zu, doch das Grauen blieb ihm vor Augen – wie die Menschen zwischen den ineinander verschlungenen Körpern nach ihren Ehemännern, Vätern, Söhnen suchten. Die zerstückelten Körper brannten ihm weiter in den Augen, abrupt kehrte er dem Fenster den Rücken, und wie vom Blitz getroffen fuhr er zusammen und schrie auf, die kalten Hände schlug er sich vors Gesicht – auf der Ottomane lag ein Körper, ein nackter Körper.

Er stand regungslos da, die Hände vor dem Gesicht, dann dämmerte ihm etwas, und er traute sich kaum zu blinzeln, es war, als suche er auch an diesem Körper brutale Wunden, und Gott sei Dank, nein, sie war ja am Leben – auf der breiten, mit dem Betttuch bezogenen Ottomane lag gehorsam die Morgendame, und sie war am Leben. Ihre verschmähte Brust bedeckte sie mit den Händen, mit geschlossenen Augen, ergeben und nackt, erwartete sie Qual, Schmerz, Verspottung, Erniedrigung. Zum Preis von vier auf den Tisch geworfenen Drahkanen. Ja, sie war am Leben, warm, weich und ruhig atmete sie, und der vom Anblick der Leichen wieder nüchtern gewordene Domenico erinnerte sich an sein Benehmen, seine Rede, anmaßend, frech, beleidigend, gegenüber dieser lebendigen Frau, und die fünf Finger an seiner Hand brannten ihm wie Feuer – er hatte der Frau wehgetan. Ganz behutsam, in dem von draußen hereinziehenden gedämpften Geschrei, näherte er sich ihr. Nervös, mit geschlossenen Augen daliegend, angespannt gewahrte die Frau seine Schritte, und in Erwartung neuerlicher Schmerzen wurde sie so still, so bleich, dass sie sich kaum mehr zu atmen getraute. Und Domenico kniete verzweifelt vor ihr nieder, nahm ihr die Hände sacht von der Brust, und genau da, wo er ihr zuvor wehgetan hatte, legte er sein Ohr hin – ja, ja, es pochte, voller Freude lauschte Domenico dem gleichmäßigen Herzschlag. Die Frau öffnete ein Auge und schaute erstaunt auf Domenicos Nacken herab, dann schloss sie es schnell wieder. Domenico hob den Kopf, er schaute sehnlich auf ihr Gesicht, fand die armseligste Stelle, da, wo die Augenbrauen sein sollten, und küsste sie dort. Die Frau riss beide Augen auf und schaute erschrocken zu dem sich über sie beugenden Vagabunden auf, sie war fassungslos, sie konnte kein Glied rühren – etwas völlig Fremdes, etwas, was ihr noch nie zuvor begegnet war, Wärme und tiefe Zärtlichkeit strahlten aus Domenicos Augen. Die Frau war verwirrt, Domenico aber, durchdrungen von dem Gefühl der Wärme, legte ihr die Hand auf die Schulter, den Hals, den Kopf und streichelte sie. Auch sie, diese Frau, war ja ein Mensch, und Domenico pustete der Erstarrten ganz vorsichtig auf die Augen, die Frau blinzelte und drückte ihn dankbar. Wie sanft wurde ihr verunglimpfter Körper gestreichelt, und die dickliche, kurzbeinige Morgendame weinte vor Erlösung; etwas nie Erfahrenes, Zuneigung, spürte sie, die Gebrochene, die Elende, und die Frau weinte. »Wie heißt du?« »Rosa, und du?« »Domenico.« »Danke, Domenico«, sagte die Frau und nahm seine Hand von ihrer Schulter, ergriff sie fest mit beiden Händen, führte sie zu ihren Lippen und küsste sie. Domenico zog sofort die Hand zurück, er barg ihre Wangen fest in seinen Händen und küsste sanft ihre nassen Augenlider. Fest drückte ihn die Frau, flehte ihn an: »Domenico, bitte geh nicht, geh nicht weg, du gehst nie weg, oder?«

Als der Vagabund erwachte, wäre ihm das Ganze wohl wie ein Traum erschienen. Allein lag er auf dem Bett. Allerdings lagen auf dem Tisch vier Drahkane, jetzt ordentlich einer auf dem anderen. Und wie vom Blitz getroffen zuckte er zusammen, als er genauer hinsah: Vier Drahkane lagen da, und daneben noch vierzig Groschen.

Wie es Ihnen geht, weiß ich nicht, aber ich sehne mich manchmal nach unserem Canudos … nach meiner außergewöhnlichen Stadt, vor allem um die Morgendämmerung herum. Also kommen Sie, geben Sie mir Ihre misstrauische Hand und schlendern wir durch Canudos. Kommen Sie, schleichen wir uns hier in die Hütte, das ist Ses Haus. Schau mal, schauen Sie, wie er schläft, der beste der Vaqueiros, und wie er wach wird. Er liegt auf dem Rücken und hat unbekümmert wie ein Kind die Arme über den Kopf geworfen. Sehen Sie? Gerade hat sein Gesicht leicht gezuckt, noch hat Se die Augen nicht geöffnet, und schon lächelt er; sind

Sie schon mal so aufgewacht, mit einem Lächeln im Gesicht, wo der Tag, voller Licht und Richtigkeit, noch vor Ihnen lag? Wo du gewusst hast, dass jeder deiner Schritte richtig sein würde, und du lächeltest im Halbschlaf, freutest dich über das neue Gefühl, im Recht zu sein, an das du dich noch nicht so ganz gewöhnt hast? Folgen Sie mir auf Zehenspitzen, hierher. Schauen Sie, wie Manuela, die weiße Hirtin, vom Schlaf leicht aufgedunsen, von den blauen Zangen des Schlummers weich und schwer gehalten, wach wird. Sehen Sie ihren langen, ausgestreckten Arm, wie ihre Finger mit trägem Eifer nach Manuelos Haar, Manuelos Wangen auf dem Nachbarkissen tasten. Wie der Junggeselle Rojas wach wird, sacht reibt er sich die verheilten Wunden, und auch er lächelt erlöst im Schlummer – die Luft, das Wasser, die Erde selbst, das ganze Canudos gehört ihm, genau wie allen anderen. Folgen Sie mir, kommen Sie nur.

Was für eine Luft, leicht piksend, auf eine Art nüchtern, und was für ein Boden, so fest – stell dich mal drauf, bleib ruhig stehen, so lange du willst, niemanden stört das, niemand nimmt dir das übel. In der Aue stehen schnelle Pferde, sie tragen die leichten, geschickten Canudener mit Freude. Hören Sie das Klopfen? Hören Sie das? Merken Sie sich dieses Klopfen, mit ebendiesem Klang wird Canudos wach, es ist ein strenger, warnender Klang, und dennoch lächeln sie, munter und froh.

Ein ganz anderes Klopfen weckt an diesem schönen Morgen General Jorge, obwohl, wie kann ein Morgen in Kamora überhaupt schön sein? Stirnrunzelnd öffnet er die Augen, und mit militärisch knarzender Stimme antwortet er auf das harte Klopfen an der roten Holztür: »Sofort! Bin gleich da!« Allem Anschein nach wird er im hochwichtigen Marmorhaus erwartet, und General Jorge hört, stramm die Hacken zusammengeschlagen, beide Ohren gespitzt, die Nachricht, die ihm durch einen Beauftragten des bevollmächtigten Obersten überbracht wird. Hier aber, in Canudos, hört man jeden Morgen gleichmäßiges und gestrenges Klopfen – das ist der Schmied der Canudener, na, haben Sie schon erraten, wer das ist? Mindestens siebzehnmal habe ich ihn schon erwähnt; aber Sie konnten natürlich nicht draufkommen, weil ich ihn durch keine besonderen Merkmale hervorgehoben habe, dennoch hätten Sie ebendeshalb auf ihn kommen sollen, mein Lieber: Der Schmied der Canudener ist Senobio Llosa, ebender, der von Anfang an zusammen mit Gregorio

Pacheco dem Conselheiro gefolgt ist. Und so einen wichtigen Mann hat Mendes Maciel ohne Bedenken geradewegs in den ersten Kampf geschickt, merkwürdig, oder? Nicht im Geringsten – was einer mit eigenen Händen erschaffen hat, sei es ein Tonkrug oder eine Axt, das muss er zuerst selbst benutzen, an sich den Wert seiner Schöpfung erproben, und Senobio Llosa, wortkarg, bedächtig, setzte auch nach diesem Kampf seine ernste Tätigkeit gewissenhaft fort. Vielleicht können Sie sich jetzt auch besser erklären, warum dem Conselheiro als Erste diese zwei Vaqueiros, Gregorio Pacheco und Senobio Llosa, gefolgt sind; der eine ein Zauberer der pochenden Trommel, der andere ein Schmied. Unter dem Klang seines Hammers wachten sie mit Freude, mit einem Lächeln auf dem Gesicht auf – sie waren im Recht. Und – eins, zwei, drei, eins, zwei – marschierte General Jorges wackeres und trübsinniges Bataillon auf der plattgedrückten Wiese auf und ab. Don Diego herumzukommandieren hätte hier in Canudos keiner gewagt, er lag lau im Schatten, und doch war ihm die Bereitschaft anzumerken, jeden Augenblick aufzuspringen.

Der große Marschall schaute zornig auf den zitternden Greg Ricio, der ganz mit Farben bekleckst war. »Ich hab dir doch gesagt, dass es fünf sein sollten, du Dämlack.« »Der fünfte Mann hat nicht mehr in die Komposition gepasst, Grandisss…« »Zum Teufel mit deiner Komposition, ich weiß, wo du jetzt ganz gut reinpassen würdest!«, schrie aufgebracht der Marschall, der sonst so selten die Fassung verlor. »Und außerdem, untersteh dich, diese Banditen als Männer zu bezeichnen. Klar, du Hohlkopf?« »Ja, großer Marschall.« Der Großmeister des Pinsels konnte den Blick nicht von Kadima abwenden, der sich in unmittelbarer Nähe auf einer Truhe aufgebaut hatte, und zitterte am ganzen Körper. »Ich male den Fünften sofort.« Auf der Leinwand umzingelten vier Vaqueiros einen Soldaten der Kompanie, einer hatte eine Flinte in der Hand, einer ein Schwert, und die zwei anderen Lanze und Machete, und der gescholtene Urheber des Kunstwerks war dermaßen bleich, dass der Marschall ihn besänftigte: »Ist schon gut, so schlimm ist es auch wieder nicht.« Ein wichtiger Handwerker war Greg Ricio für ihn, und er fürchtete, dass sein kleines Herz eine so übermächtige Angst nicht aushielt. »Das Bild hier hast du sehr schön gemalt, das muss ich zugeben, meisterlich.« Auf dem zweiten Bild fledderten zwei Vaqueiros die geschändete Leiche eines Kamoraners, einer stand mit dem Rücken zum Betrachter, der zweite mit dem Gesicht, seine Augen funkelten gierig. »Die Augen des canudenischen Banditen sind dir gelungen, sehr beeindruckend«, bestärkte ihn der große Marschall, »von wem hast du sie genommen?« »Sie sind mir dann aber nicht böse, oder, mein groß…?« »Antworte, wenn du gefragt wirst.« »Es sind die Ihres Hauptinspekteurs, Pedro Cardenas.« »Ah ja«, der Marschall lief auf und ab, »ich glaube, es erübrigt sich, dich zu ermahnen, dass du das keinesfalls bei irgendjemandem erwähnen darfst.« »Ach, nein, nein, bei wem sollte ich das schon erwähnen, wenn Sie möchten, kann ich die Augen auch noch verändern.« »Nein, lass sie. Und wenn du dann mit dem Bild im Beisein auserwählter Gäste bei mir erscheinst, musst du sehr stolz auftreten, sonst zerquetsche ich dich, ich zermalme dich, und wenn ich dich dann lobe, dreh deine Rotznase stolz zur Seite, verstanden?« »Verstanden, Grand…« Und Oberst Cesar, obschon er alle Hände voll zu tun hatte, verlor keine seiner sorgfältig freigekämpften Minuten; auf Wunsch der frisch verwitweten Susi, die nur an die gefährliche Liebe glaubte, ordnete er an, dass Caetano, der Nachtwächter, sich scheiden ließ, und veranlasste dessen Vermählung mit Susi. Susi, hocherfreut, da die Gefahr, dass der Nachtwächter ihr unterwegs begegnete, größer war als bei Navole, schlich sich als Mann verkleidet auf Zehenspitzen zum prunkvollen Anwesen des Obersten. Sie flüsterte einem der Türhüter, der bereits im Bilde war, ins Ohr: »Vier mal siebzehn ist eins«, und folgte geschäftig einem anderen Türhüter zu dem geheimen Zimmer. Dort wartete Oberst Cesar, auf einer schwarzen Ottomane liegend, auf Susi und ihren reizenden Unterkörper, und ein paar Zimmer weiter erzeugte seine charmante Ehegattin, die misslaunige Stella, am Instrument in völliger Gleichgültigkeit fröhliche Töne. Noch viel weiter weg, im Mittleren Kamora, starrte Caetano, eingegittert in seine Rüstung, verbittert auf das Bett der ihm vor Kurzem angetrauten Ehefrau, auf dem zwei Nackenrollen längs lagen, mit einer Decke darüber. Nichtsdestotrotz erklang kurz darauf in ganz Kamora sein lauter Ruf: »Es ist ein Uhr nachts und (hier atmete er tief ein, dachte: Cesar, du verdammtes …) alles ist graaaaaaaandiooooooos!!!«

In Canudos erklang zu ebendieser Zeit immer weiche Wehmut – von der Arbeit erschöpft, setzte sich Senobio Llosa unter einen Baum, lehnte den Nacken an die kühle, raue Rinde, schloss die Augen und ließ die siebensaitige Wehmut, die in seinen Armen lag, ertönen, ganz leise, um die Träume der erschöpften Canudener nicht zu stören. Unter den Händen des Schmieds klang die Gitarre, die sich bei manch anderem öfters so dumm stellte, ganz anders. Man hätte denken können, mindestens zwei, wenn nicht drei Leute seien gleichzeitig am Spielen, und wie es Senobio Llosa, dem großen Schmied gelang, so viele Geschichten und Bilder zugleich mitzuteilen, das wusste wohl nur er hinter seinen geschlossenen Augen.

Jetzt sollten wir uns aber wieder unserem Vagabunden zuwenden, er ist doch der Wichtigste für uns. Sehen Sie? Er duckt sich, ihm ist kalt, die Wellen der Angst, wie ein kleines Meer, schlagen über ihm zusammen. Er steht vor Michinio. Dessen Blick verengt sich, der alleinige Bändiger der Jagunços schaut ihn an, seine Glut glimmt bösartig und schlau unter der Asche:

»Hat unser Kleiner etwa kein Geld mehr?«

»Nein«, brachte Domenico mühsam hervor, ihm brannte das Gesicht, an den Rippen war ihm kalt, »obwohl, doch, ich habe vierzig Drahkan und ein paar Groschen.«

»Nein, Junge, mit solchen Krümelchen kannst du Spatzen füttern gehen, ich bin ein ganz anderer Vogel, Freundchen.«

Und in den grässlichen Augen explodierte die unbarmherzige Höllenglut:

»Hast du sonst kein Geld mehr?«

»Nein, ich schw…«, und da fiel ihm ein: »Doch, klar, habe ich, wirklich, ich hab noch was«, er war aufgeregt, warum hatte er bis jetzt nie daran gedacht, »in Feinstadt, an einem Baumstumpf, eintausend Drahkan!«

Michinio näherte sich ihm mit seinem scheußlichen Gang, schwer und gleichzeitig leichtfüßig, packte ihn mit seinen caatingaähnlichen Fingern fest am Kragen, zog den bleichen Vagabunden, dessen Kopf armselig nach hinten hing, zu sich, kam widerlich nah heran und fragte ihn mitten ins Gesicht:

»Wieso ist dir das so lange nicht eingefallen?« Aber plötzlich zuckte er zusammen, er ließ den Vagabunden los – Michinio zuckte zusammen! Sein böser Blick streifte durchs Zimmer, er ging vorsichtig zum Schrank, zückte das Messer, riss unvermittelt die Schranktür auf: Da war niemand. Blitzschnell drehte er sich um, richtete seinen lodernden Blick auf die Ottomane, pirschte sich lautlos in gespannter Haltung heran, zog die bunte Decke weg und schleuderte ein Messer unter die Ottomane. Das knallende Geräusch besagte, dass niemand darunter war, dennoch schaute er nach. Schwerfällig richtete er sich auf, jetzt schlich er zu der Truhe, mit einer Hand packte er den Griff und hob ganz langsam den verzierten Deckel an, in der anderen Hand das Messer. Auch da war niemand. Alexandros Bruder!, fiel Domenico ein, er sucht Alexandros Bruder. Der Vagabund schöpfte neuen Mut, gleichzeitig machte er sich Sorgen, es fehlte noch, dass der unbarmherzige Kamoraner seine einzige Hoffnung um die Ecke brachte. Im Zimmer gab es kein weiteres Versteck. Michinio verharrte kurz misstrauisch, dann öffnete er die schmale Tür:»Schickt Ciccio zu mir!« Domenicos Blick wanderte gedankenverloren ins Leere, er schaute zur Decke hoch – der bekannte Fleck! Als Ciccio voller Ehrfurcht und Respekt hereingeheuchelt kam, stellte der Aufseher der Jagunços völlig unbeteiligt fest:

»Wir haben Krieg, das große Kamora braucht Geld.« Wenn Michinio auch, die Augen vernebelt, an etwas anderes dachte, blieb sein Ton doch geschäftig:»Ihr geht zusammen nach Feinstadt, zu Fuß. Richtet heute Nacht eure Verpflegung. Morgen früh in der Dämmerung geht ihr zum großen Tor im Mittleren Kamora, sie werden euch durchlassen. In der fünften Nacht, wenn ihr das Geld ausgegraben habt, macht ihr euch sofort auf den Rückweg. Sprecht unterwegs mit niemandem. Rührt einander nicht an, nicht wegen des Geldes und auch sonst nicht, andernfalls sollt ihr mich kennenlernen … Ciccio, du weißt ganz genau, was dich dann erwartet, und du, Freundchen, falls du versuchen solltest, mit dem Geld zu verschwinden«, seine Augen fackelten wieder zornig, sein Blick stach Domenico wie eine Nadel in die verängstigten Pupillen,»für dich gibt es kein Entkommen. Ich finde dich in jedem Erdloch, und sogar im Wasser!«

In der Morgendämmerung machte Domenico sich auf den Weg zum Tor der mittleren Stadt, langsam schälte sich Kamora aus der Dunkelheit, Doktor Otar begleitete ihn mit der Verpflegung, sie trugen die Holzumhänge. Sie waren zu früh, Ciccio war noch nicht da, aber die Wache öffnete ihnen schon mal das schwere, quietschende Tor: Domenico trat aus Kamora heraus! Den Holzumhang gab er beim Wachposten ab. Doktor Otar hingegen stand immer noch in seinem Holzumhang da, um die Taille ein dickes Seil, dessen anderes Ende zwanzig Schritte hinter ihm in Kamora der Wächter fest hielt. Ein Glück, dass Doktor Otar ihn begleitet hatte, selbst durch die dünne Spalte der Maske war noch zu merken, wie liebevoll er Domenico anschaute.

»Wie viel Drahkan musst du ihm bringen?«

»Tausend.«

Lautlos dröhnend dehnte sich der dumpfe Nebel.

»Weißt du, wozu sie die brauchen?«

»Für den Kampf gegen die Canudener, Onkel Otar.« Und plötzlich bekam er Lust, mit seiner spärlichen Weisheit aufzuwarten: »Das sind aber auch schlimme Menschen. Haben Sie gesehen, wie sie die Leichen geschändet haben?«

Doktor Otar nahm die Maske ab, bedachtsam, sonderbar blickte er ihn an, dann schaute er sich um, zog Domenico am Nacken zu sich und wisperte ihm ins Ohr:

»Nasen und Augen wurden den Armen etwa vier, fünf Tage später abgeschnitten, Domenico. Ich bin Arzt, mich kann man nicht täuschen.«

»Was?« Domenico stockte der Atem. »Haben sie auch die Augen später ...«

»Ja, auch die Augen.«

»Wer denn?«

»Die da!« Doktor Otar streckte den Zeigefinger aus.

Aus dem Dunst hatte sich Kamora herausgeschlissen.

»Wozu?«

Und er begriff.

»Willst du nicht«, wisperte Doktor Otar ihm zu, »ihre Feinde kennenlernen?«

Erschrocken wich Domenico zurück und schaute dem Doktor in die Augen. Dann ließ er den Kopf hängen:

»Er findet mich in jedem Erdloch und sogar im Wasser ...«

»Wer, Michinio?«

»Ja.«

»Wie du meinst.«

Domenico brannte ein Auge, ein Staubkörnchen war hineingeraten, es schwoll an. Fest rieb er sich die Augen, mühsam blinzelte er, zwischen den Tränen schimmerte schwach die dreischichtige Stadt.

»Hast du was im Auge?«, fragte Doktor Otar. Verlegen zog Domenico die Schultern hoch.

»Ja.«

»Komm her, ich mach es dir raus.«

Dann ging er zu ihm hin, sacht nahm er sein Gesicht, zog das Augenlid hoch und pustete behutsam. Dem Vagabunden tat das in der Seele wohl. Plötzlich, in Erwartung der Ohrfeige, zuckte er und versuchte freizukommen, aber der Doktor hielt ihn fest. Dann ließ er ihn los, und wie abwesend sagte er:

»Falls dich jemals einer fragen sollte, wie du Kamora verlassen hast, sag, der Doktor Otar hätte dich ordentlich geohrfeigt. Hast du verstanden?«

»Nein.«

»Sag das einfach so.«

Er gab ihm einen Kuss auf die Wange, Domenicos Ärger verflog, eindringlich schaute er ihm in die Augen:

»Onkelchen Otar, ich bitte Sie, sagen Sie mir die Wahrheit, sind Sie Alexandros großer Bruder?«

»Was für ein Alexandro, welcher Alexandro?« Doktor Otar war gereizt. »Wie oft soll ich noch schwören, Domenico, dass ich so jemanden nicht kenne? Psst!«

Ciccio näherte sich, der alte Bursche: »Wie geht's, wie steht's, Halerchen, hoch lebe der große Marschall, wollen wir los?«

Tagsüber hörte er sich stirnrunzelnd Ciccios dummes Gequatsche an (»Ich kann essen, so viel ich will, Haler, und doch nehme ich nicht zu, warum denn bloß, ob ich Würmer habe?«), die Nächte durchwachte er, denn neben ihm lag eine Schlange, gehäutet und ihres Giftes beraubt – Ciccio hatte sein Messer nicht dabei. Bei Tagesanbruch frühstückten sie zusammen, Domenico pickte trübselig im Essen herum, Ciccio langte ordentlich zu, stand mit vollem Bauch auf, und sie machten sich auf den

Weg. Lange waren sie unterwegs. Manchmal schrie Ciccio im Schlaf auf. Eines Abends trafen sie vor Feinstadt ein. Nach der nächsten Abbiegung würden sie die Stadt Ana Marias sehen! Domenico verschlug es den Atem, ein ganz anders pochendes Herz schlug jetzt gegen den Kloß im Hals, er stellte sich hinter einen Baum, hüllte den Kopf in den Umhang und weinte bitter. Er wusste nur zu gut, dass er es nicht fertigbringen würde, zwischen den blau-rosa Häusern hindurchzulaufen, obgleich es eigentlich viel mehr Tulios Stadt gewesen war. Mit dem Umhang wischte er sich die Tränen ab, schon wollte er zu Ciccio gehen, der gerade ein üppiges Abendbrot zu sich genommen hatte und nun siebenfach gesättigt, gähnend auf ihn wartete. Domenico zögerte, es fiel ihm schwer, einen Schritt zu machen. Da kam um eine Wegbiegung eine Gestalt direkt auf ihn zu, mit einer Holzmaske, in der einen Hand ein Messer, in der anderen einen kleinen Sack mit Drahkanen, den er Domenico reichte. Alexandros Bruder! Er zischte: »Bring ihm das Geld! Was glotzt du mich so an? Nimm es und dreh dich um, schnell!«

Auf dem Rückweg, in der zunehmenden Dämmerung, blieben sie von Zeit zu Zeit stehen und sahen einander groß an. Ciccios Blick blieb dann jedes Mal an dem Drahkanensack haften. Nachts hüllten sie sich in ihre Umhänge, und wenn sie irgendwo Sandboden fanden, legten sie sich nieder, erst nebeneinander, dann aber rückten sie, einer aus Angst vor dem anderen, lautlos, vorsichtig seitwärts voneinander ab, sprangen urplötzlich auf und rannten gebückt in entgegengesetzte Richtungen in die Dunkelheit. Morgens kamen sie wieder zusammen, und um den Schein zu wahren, fragten sie einander mit gespielter Aufregung: »Hast du etwa auch kein Wasser gefunden?« Die Frage hatte sich Ciccio ausgedacht, dabei – Quellen gab es in der Gegend mehr als genug. An jedem Stein liefen sie angespannt vorbei, sie hatten Angst voreinander. Ciccio litt doppelt: Die Verpflegung war ihnen ausgegangen, er traute sich nicht mal mehr, von Leckereien zu träumen, das im Mund zusammenlaufende Wasser hätte ihm den Rest gegeben. Domenico fielen die Augen zu, die letzten paar Nächte hatte er nur im Halbschlaf verbracht. Eines Morgens machte Ciccio ihm verzückt ein Zeichen, dann schubste er Domenico, und die beiden versteckten sich hinter einem Baum am Wegrand.

Zwei Ochsen zogen eine riesenhafte Ziehkarre, ein weißhaariger Mann, wie ein Felsbrocken, trieb eine Schafherde vor sich her. Hinten an der Karre war ein Stier angebunden, auf der Karre selbst standen Käfige mit allerlei Federvieh – Hühner und Hähne, Truthähne und Gänse.

Langsam kam der Mann heran, und Ciccio sprudelte los, entwarf einen Plan, mit der Hand rieb er sich den Bauch, ließ den Ziehkarren nicht aus den Augen und wies ihn an:

»Hör zu, Domenico, wir tun so, als wollten wir ein Schaf kaufen, und geben ihm einen Drahkan, für den Moment. Bei der Verhandlung werde ich mich bei ihm einschmeicheln, Haler, meine Wortgewandtheit kennst du. Dann bitten wir ihn, uns auf der Karre mitzunehmen, ich täusche vor, dass mir mein Bein wehtut, das kann ich gut, Haler, scheint ein netter Bauer zu sein, der wird nicht nein sagen, er wird uns helfen.«

»Das kann ich nicht machen«, erwiderte Domenico, ihm fielen die Augen zu, »von den tausend Drahkan darf kein einziger fehlen.«

Ciccio streifte ihn kurz mit dem Blick und lachte auf:

»Ich hab doch gesagt, dass wir ihm den nur für den Moment geben.«

»Michinio hat aber gesagt, dass wir unterwegs mit niemandem reden dürfen.« Und er fragte nach: »Wie, für den Moment, wie meinst du das?«

»Haler, wir gewinnen sein Vertrauen, und wenn er uns auf die Ziehkarre lässt, werd ich ein paar nette Worte mit ihm wechseln, ihn ein bisschen ablenken, Haler, und dann werd ich ihm einen Stein auf den Kopf knallen und ihn grazil erwürgen, ganz einfach. Der Drahkan bleibt bei uns und dazu noch das ganze Vieh. Wir sammeln ein paar trockene Äste, ich mache wunderbare Lammschaschliks, mein Lieber. Und Onkel Michinio wird uns diese kleine Verzögerung nicht übel nehmen; wir kommen mit einem so tollen Mitbringsel an, da wird er sich freuen – Tasche und Magen können immer was vertragen.« Dann fiel ihm etwas ein, er war plötzlich besorgt: »Aber wir haben kein Messer, wie sollen wir denn das Schaf ausnehmen?« Aber er beruhigte sich sogleich: »Er wird eins haben.« Schon war er wieder in seinem Element: »Du wirst sehen, er wird uns vertrauen, ich bin mir sicher …«

»Aber wieso?«, fragte Domenico bestürzt, er war kein bisschen schläfrig mehr, ihm war, als hätte man ihn mit schmutzigem Wasser übergossen. »Er vertraut uns, und wir sollen ihn dafür erwürgen?«

»Ja klar, Haler.«

»Aber wieso?« Der Vagabund war wie vor den Kopf geschlagen. »Er vertraut uns, hilft uns – und anstatt ihm zu danken, erwürgen wir ihn?«

»Soll ich dir jetzt erst mal Nachhilfe in Lebensphilosophie geben?«, wunderte sich Ciccio, er suchte nach einem großen Stein. »Und überhaupt, ich hab schon Magenkrämpfe vor Hunger.«

Dort in Kamora hätte Domenico so etwas nicht gewundert, dort war schließlich alles mit Misstrauen und Blut getränkt, aber hier, an einem Baum im Wald, wiederholte er, bestürzt und verwirrt, ununterbrochen: »Aber wieso …«

»Also, Haler, die Lebensphilosophie lehrt doch: Wenn er so dumm ist, uns zu vertrauen – also, wozu soll man die Dummen schonen, man muss sie aus dem Weg räumen, wir müssen uns den Weg frei machen, wir bewegen uns vorwärts, wir alle, und selbst der Wolf, ein wildes Tier, das nicht mal sprechen kann, selbst der frisst das Reh, das hinter den anderen zurückbleibt. Und solange sich die Rasse nicht vervollkommnet hat, gibt es reichlich Dumme und Dummheit auf der Welt, Haler.« Er plusterte sich auf: »Wie hätte ich, einer der erfahrensten Ermittler, der treueste Mann des großen Marschalls, sonst irgendjemanden zum Sprechen bringen sollen, an der Festtafel oder wo auch immer, wenn das Vertrauen der Dummen nicht wäre, es gibt doch nichts Schöneres als die Dummheit, mein Lieber.« Und er machte große Augen. »Wenn es kein Vertrauen gäbe auf der Welt, wie sollte ich denn mein tägliches Brot verdienen, Haler?«

»Warte mal«, sagte Domenico zu ihm.

Verwundert schauten sie einander an, beide überzeugt, recht zu haben, und Domenico entdeckte zu seinem Entsetzen sein Abbild in Ciccios Auge, länglich und unschön. Er bekam Gänsehaut, ihm war, als würde er irgendwie auch in diesem Kamoraner leben; Grauen packte ihn, ihm fiel ein, dass er wirklich zu der dreischichtigen Stadt dazugehörte, dass er eigentlich auch als Kamoraner galt, sogar jetzt, in diesem Augenblick, hier an der reinen Luft, und so würde es auch in Zukunft sein, und er fragte sich selbst in Ciccios Auge:

»Er vertraut uns, und wir sollen ihn töten?«

»Ja, klar, Haler.«

Und er holte aus und seine Faust traf Ciccio aufs Auge. Der schlug die Hände vors Gesicht, er bückte sich, und als er von unten ein Knie auf die Nase bekam, sackte er zusammen. Benommen brachte er hervor:»Bist du verrückt, Haler?«Domenico schlug weiter, er schlug ihm ins Genick, vor die Brust, er zog ihn hoch und verpasste ihm einen Schlag in den Bauch, und als Ciccio die Hände gegen seinen hungrigen Magen presste, versetzte Domenico ihm den nächsten Hieb ins Gesicht. Jetzt fiel Ciccio auf den Rücken, Domenico prügelte unablässig weiter.»Das ist dafür, dass du mir vertraut hast«, schrie der Vagabund,»weil du mir alles erzählt hast. Und? Ist das gut? Ist das richtig?«Er packte den fast ohnmächtigen Ciccio an den Haaren, zog seinen Kopf hoch und knallte ihn sich mit dem Gesicht auf die Knie. Dann drosch und trat er ihn weiter – aah, der ganze Groll der letzten Zeit kam heraus. Er prügelte so lange auf ihn ein, bis er selber entkräftet zusammensackte, außer Atem fiel er über ihn, konnte die Faust nicht mehr öffnen. Keuchend rollte er zur Seite, mühsam setzte er sich auf, nicht weit von ihm lag der Sack auf dem Boden. Eintausend Drahkan! Und ihm fiel Michinio ein:»Rührt einander nicht an!« Was sollte er jetzt tun? Dennoch blieb er ruhig, blieb stark. Stand schwerfällig auf, drückte den Sack gegen die Brust, schleppte sich zum Weg. Die riesenhafte Ziehkarre hielt an. Der Mann musterte den Blutverschmierten grimm.

»Fahren Sie nach Canudos, guter Mann?«

»Ja«, antwortete Santos.

»Können Sie mich mitnehmen?«

»Bist du ein Kamoraner? Wessen Blut ist das?« Der Blick des alten Santos verengte sich.

»Ich habe einen Kamoraner verprügelt.«

»Steig auf.«

Mit letzter Kraft kletterte er auf den Karren, das Herz hämmerte ihm gegen die Rippen. Der alte Mann saß mit dem Rücken zu ihm, er saß auf eine Art gewichtig da, und Domenico erkannte einen Beschützer in ihm; der stechende Geruch des Blutes wühlte ihm in den Gedärmen, ihm wurde schwindlig.

»Darf ich …«, fing Domenico an,»darf ich mich hinlegen?« Der alte Mann drehte den gebrochenen Kiefer zu ihm.

»Mach nur.«

»Nicht dass Sie denken, ich wäre unverschämt. Ich bin nur sehr müde und …«

»Mach nur.«

Und als er sich hinlegte, drang ihm in die Nase der so ferne und heimelige Geruch von Federvieh. Er schaffte es nicht einmal mehr, sich zu freuen, lauwarmer Schlummer überkam ihn, und dem Glücklichen stiegen Tränen in die Augen, er nahm sich zusammen und sagte: »Guter Mann, wenn ich unterwegs sterbe, geben Sie diesen Sack den Canudenern, sie können ihn gut gebrauchen.«

Bevor er endgültig wegsank, stiegen für ein paar Sekunden Zweifel in ihm auf, aber der Mann duftete nach frisch gebackenem Sauerteigbrot, und er traute, er traute ihm!

»Guter Mann, in dem Sack sind tausend Drahkan.«

»Gut, ich übergebe ihn.«

Wohlig schnaufte der Vagabund.

Lange, sehr lange schlief Domenico, in den veilchenfarbenen Kellerräumen der Träume irrte er umher, mal tauchte dieser bei ihm auf, mal begegnete er jenem auf dem weichen, nachgiebigen Weg. Die riesige Ziehkarre wiegte ihn sanft, er lag da und schlief. Mittags wärmte die Sonne sein müdes Gesicht, spätnachmittags fiel ein langer, schräger, geheimnisvoller Strahl durch die Käfige und breitete das Gittermuster über seinen ganzen Körper aus, und als es zu regnen begann, spürte er das nicht; Santos deckte ihn von Kopf bis Fuß mit einem breiten, schwarzen Hirtenmantel zu. Der Vagabund lag zahm in der Finsternis, ganz beschmiert mit fremdem Blut. Und wie vieles geschah, von der weiten Welt ganz zu schweigen, in seiner unmittelbaren Nähe: Emsig hatte der Meister des Pinsels, Greg Ricio, gearbeitet, und während sein neuestes Werk zum Vorzeigen durch die Straßen Kamoras getragen wurde, stürzte er sich schon auf den nächsten Auftrag; die Muse des großen Auftraggebers ließ dem aufgekratzten Greg keine Ruhe, die Nacht wurde ihm zum Tage. Und in derselben Nacht saß der erschöpfte Schmied, Senobio Llosa, unter einem großen Baum und spielte, wonach ihm der Sinn stand. In der Abenddämmerung irrlichterte der aus der Reihe fallende Canudener, Don Diego, umher und studierte mit großer Sorgfalt seinen

Schatten, der länglich und schwankend auf den Fluss fiel. Wunderliche Bewegungen machte er, er schämte sich seiner Artistik vor den Leuten nicht, stolz übte er sich auf seine Art. Ganz anders, auf andere Art anders, trimmte der bevollmächtigte General Jorge das ihm anvertraute Bataillon. Vier Männer schwangen eine breite Matte hin und her, auf der ein fünfter Kamoraner lag, sie schaukelten ihn ein paarmal, und als sie die Matte mit Schwung hochrissen, flog der Mann über einen eigens errichteten hohen Zaun und landete wacker auf sorgfältig ausgebreiteten weichen Kissen. Marschall Bittencourt höchstpersönlich hatte diese Übung veranlasst. Manuelo und Manuela Costa waren flussaufwärts gelaufen, hatten sich abgesondert, glücklich lagen sie auf dem Sand in der Sonne und streichelten einander. Auf zwei Nackenrollen, die in eine Decke gewickelt waren, schaute verbittert Caetano. Marschall Bittencourt juckte der Finger, der zwischen den dünnen, spitzen Zähnen seiner Lieblingskatze Arufa steckte. Nach einem mit Alkannawurzel angepinselten Dorfmädchen sehnte sich Oberst Cesar, umgeben von geschminkten Frauen, und war sich dessen nicht bewusst. Das verheilte Bein rieb sich unauffällig der wortkarge Rojas. Die Schärfe eines Schwertes prüfte mit dem Daumen der nachdenkliche Inocencio. In eine Weinschale rührte ein beleibter Kamoraner mit zusammengewachsenen Augenbrauen ein Pulver ein, und ganz woanders spielten sie das Pfänderspiel ...

Er erschrak, der blaue Himmel weitete sich in seinem Auge. Er strengte sich an und machte eine winzige Wolke aus. Er hatte solchen Durst! Mit einem Ruck setzte Domenico sich auf und starrte verblüfft auf die Leute, die sich um ihn versammelt hatten. »Wo bin ich?« Solche wie sie hatte er noch nie gesehen – groß, dürr, sehnig, zweikrempige Hüte trugen sie. Zum Glück erkannte er den Rücken des alten Mannes wieder, rutschte zu ihm und fragte leise:

»Wo sind wir, guter Mann?«

»Wir sind in Canudos«, antwortete Santos.

João Abade näherte sich, äußerst knurrig, was aber nicht besonders glaubwürdig wirkte. Santos und Domenico, der den Sack an die Brust gedrückt hatte, stiegen von der Ziehkarre. Sie standen zwischen den Schafen.

»Ist das Ihr Sohn?«, fragte João.

»Ich habe keine Kinder«, antwortete Santos leise.

»Seid ihr also Nachbarn?«

»Nein, wir sind unabhängig voneinander gekommen.«

»Seid ihr euch unterwegs begegnet, oder kanntet ihr euch schon vorher?«

»Ich bin ihm unterwegs begegnet.«

»Seit wann seid ihr unterwegs, einzeln und beide zusammen?«

»Was sollen die Fragen?«

»Haben Sie hier einen Verwandten?!« João war verärgert.

»Nein.«

»Aber wer hat Sie dann alleine gehen lassen, in Ihrem Alter?«

»Ich bin nicht alt.«

»Sie sind nicht alt?«

»Mein Haar ist bloß weiß.«

»Und Sie sind nicht alt?« João ließ nicht locker.

Santos ging zu dem Stier, der an der Ziehkarre angebunden war, er knüpfte das Seil auf, packte ihn von unten und stemmte ihn hoch.

João blieb der Mund offen stehen.

Der alte Santos setzte den Stier behutsam ab, ging zu den Käfigen und schob die Riegel auf. Prudencios Augen wurden trüb, als er sah, wie das Geflügel flatternd auf dem Boden von Canudos landete. Sein Rachedurst war noch nicht gestillt.

»Bist du also doch gekommen?«, erklang es von hinten. Die Frage kam vom Conselheiro. Sofort riss Domenico den verzauberten Blick von den weißen Häusern los. Ehrfürchtig schaute er zu Mendes Maciel, dessen Überwurf im Wind wehte.

»Ja.«

»Warum?«

»Ich kann nicht mehr zurück nach Kamora, ich hab einen Kamoraner verprügelt.« Seine Rede gab ihm Mut. »Hier sind tausend Drahkan.«

»Woher kommst du?«

»Aus dem hohen Dorf, aber da nehmen sie mich nicht mehr auf.«

Nachdenklich sah Mendes Maciel ihn an, dann wandte er sich dem Alten zu.

»Wie heißt du, Bruder?«

»Santos.«

»Das wird deine Hütte sein, Santos, diese da. João, bring ihn hin. Treibt das Vieh in den Stall, und du, Gregorio, geh Se suchen, er soll noch einen Zweiten mitbringen, und sie sollen ordentlich Proviant einpacken. Ich warte am Fluss auf sie.«

Er schaute zu dem Vagabunden. Domenico war blass, er hielt den Kopf gesenkt, das angetrocknete Blut ekelte ihn. Wären diese Leute nicht gewesen, er hätte sich längst die Kleider vom Leib gerissen; ihm wurde schwindlig und er stützte sich gegen einen der Ochsen.

»Ist dir nicht gut?«, fragte Mendes Maciel.

»Nicht so.«

»Was quält dich?«

»Das Blut an mir.«

Der unangenehm süßliche, bröckelnde Geruch stieg nicht nur in die Nase, sondern zog in den ganzen Körper. Die bösartige Farbe und dieser für andere unsichtbare, klebrige Dunst … Domenico wurde gelb im Gesicht, er hielt sich jetzt mit beiden Händen an dem Ochsen fest, geriet beinahe ins Wanken. Das Einzige, was ihn auf den Beinen hielt, war, dass er vor diesen fremden Leuten nicht umfallen wollte.

»Komm mit, ich weiß, was du brauchst. Nimm auch den Sack mit.«

Domenico fasste ein bisschen Mut. Sie nahmen den kurzen Weg über den Abhang zum Fluss hinunter. Einen seltsamen Gesellen trafen sie unterwegs, der Vagabund blickte den Mann verwundert an, und der kniff die funkelnden Augen zusammen.

»Ein Neuer? Also, wir scheinen immer mehr zu werden. Dürfte ich Ihren Namen erfahren?«

»Meinen Namen? Domenico.«

»Oh, ein wunderschöner Name, das kommt von *dominus*.« Der Mann lächelte ihn an und wurde plötzlich ernst. Er musterte Domenico aufmerksam, dann richtete er seinen Blick fragend auf den Conselheiro, und Mendes Maciel nickte kaum merkbar, ohne den Blick zu erwidern.

Sie gingen an dem nachdenklichen Don Diego vorbei und blieben am Flussufer stehen, das Wasser rauschte in seiner ganzen Fülle.

»Wie heißt du noch mal?«

»Domenico.«

»Steig in den Fluss, Domenico.«

Domenico war verwirrt, er wollte sein Hemd aufknöpfen, aber Mendes Maciel schüttelte den Kopf:

»Geh mit den Kleidern rein, Domenico, steig bis zum Hals hinein, er wird dich rein waschen.« Ein Lächeln schien durch seine ernsten Züge zu schimmern.»Er hat schon ganz andere rein gewaschen, du machst dir keine Vorstellung.«

Bis zum Halse stand der Vagabund im Wasser, gehorsam, in dem ewiglich neuen Fluss, er wurde gereinigt. Aus der Innentasche zog Mendes Maciel einen Brotkanten:

»Kannst du fangen?«

»Ja.«

Domenico schnappte den in hohem Bogen geworfenen Brotkanten, seit wie vielen Tagen schon war er hungrig, begierig kaute er; und dabei wurde er reiner. Die kühlen, weichen Wellen nahmen stückweise den Schmutz, der von Kamora an ihm kleben geblieben war, mit sich. Gegen die Strömung neigte er sich, wo ins Wasser noch kein Blut gemischt war, die Hand mit dem Brot hielt er hoch und trank, er trank aus dem frischen Fluss. Er richtete sich auf und sah zwei Vaqueiros, Se Moreira und Manuelo Costa. Vor allem der fröhliche Hirte beeindruckte Domenico, jemand so Unbekümmerten, der so freiheraus und dabei so bescheiden war, sah er zum ersten Mal.

»In diesem Sack sind tausend Drahkan«, sagte Mendes Maciel zu den Vaqueiros. »Sobald die Ochsen sich erholt haben, fahrt mit der neuen Ziehkarre los, stellt sie auf unserer Seite der Caatinga ab, geht in die Marktstadt und kauft von dem Geld Waffen und Munition.«

Domenico erschrak – sie sprachen von Waffen ...

»Sobald der Alte sich ausgeschlafen hat, schicke ich ihn zur Caatinga. Er wartet dann auf unserer Seite bei der Ziehkarre, und ihr schleppt jedes Mal so viel ihr an Waffen und Munition tragen könnt und werft alles über die Caatinga. Kommt selbst nicht herüber, bis ihr nicht das

ganze Geld ausgegeben habt. Ihr werdet schon einige Male hin- und her-
laufen müssen, und ruft nicht zu laut nach dem Alten, wenn ihr da seid.
Verstanden?«

»Ja, Conselheiro.«

In der Lehmstadt krähte ein Hahn.

»Conselheiro, bitte!«, rief Domenico aus dem Fluss. »Gebt die tausend
Drahkan nicht für Waffen und Munition aus!«

»Was sollen wir denn sonst tun?«

»Kauft was anderes, ich weiß nicht, was ihr wollt – Lebensmittel: Brot,
Mehl ... Waffen bedeuten Blut!«

»Brot und Waffen«, entgegnete der Conselheiro ruhig. »Und wenn das
jetzt für uns hier das Gleiche ist, Domenico?«

»Wieso das Gleiche?«

»So ist es eben. Von beidem hängt unser Leben ab.« Und er wandte
sich an die Vaqueiros: »Seid auf der Hut. Setzt keine zweikrempigen
Hüte auf. In der Stadt wird es von Spitzeln nur so wimmeln. Geht nur
nachts zu den Händlern.«

Wieso das Gleiche?, überlegte Domenico verwirrt. Wie kann es das
Gleiche sein?

Mendes Maciel schaute auf die beiden Vaqueiros, die den kurzen Hang
hochstiegen, auf einen von ihnen schaute er zum letzten Mal. Langsam
drehte er sich um:

»Und, wie fühlst du dich jetzt? Besser?«

»Ja, viel besser. Soll ich noch stehen bleiben, bis das Blut ganz verschwunden ist?«

»Auf der Welt verschwindet nichts, Domenico«, sagte Mendes Maciel,
»und vor allem kein Blut. Es wird nur von dir abgehen.«

»Und wohin geht es dann?«

»Wohin? Zuerst zum Meer.«

»Und dann, von dort aus?«

»Es wird immer irgendwo sein.«

»Conselheiro«, Domenico wurde nervös, »geht gar nichts verloren auf
der Welt?«

»Nein, nichts.«

»Auch der Rauch nicht?«

569

»Nein«, und er warf ihm einen prüfenden Blick zu. »Wie kommst du auf den Rauch?«

Domenico schaute vor sich hin.

»Sag's mir.«

Wieder krähte der Hahn in Canudos, der Vagabund im Wasser fasste Mut.

»Bei uns im Dorf«, Domenico erzählte, als bäte er Mendes Maciel um etwas, und schaute ihn dabei wehmütig an, »da hatten wir ein Fest, im Frühjahr. Das ganze Dorf machte sich auf«, hier heftete er den Blick auf den Boden, »mit Ausnahme eines Mannes. Wir blieben eine Nacht auf der anderen Seite des Hügels. Auch die Kranken nahmen wir mit. Und in der Morgendämmerung kehrten wir zurück, mit Weidenruten und Äxten in der Hand, die Sonne schien uns in die Augen, bestimmt konnte man uns schon von Weitem deutlich sehen. Und jener eine Mann wartete auf uns. Nachdem wir den Hügel hinabgestiegen waren, fragte der Mann: ›Ist niemand zurückgeblieben?‹ – ›Nein‹, gaben wir zur Antwort, und er schaute trotzdem zu dem Hügel, zu der Wiese, überallhin, und erst danach sagte er: ›Seid gesegnet! Seid willkommen!‹ Abends machten wir ein Feuer, Conselheiro«, er schaute wieder zu Mendes Maciel, bis zum Hals stand Domenico im Wasser, er wurde reiner, »wir schlossen einen Kreis um das Feuer und standen zuerst nur da, ohne uns zu rühren, bis es richtig brannte, und dann, als es knisternd loderte, gingen wir ganz nah ran, einer nach dem anderen, und rissen ein Stückchen aus unserer Kleidung heraus und warfen es ins Feuer. Es hieß, dass wir, die aus unserem Dorf, vor langer Zeit vom Himmel hinabgestiegen seien, und unsere Vorfahren seien dort geblieben, und unsere Geschichten würden vom Körper aus in unsere Kleidung mit einwachsen; und der Rauch von diesen Fetzen, in denen noch die Wärme unserer Körper steckt, steigt doch nach oben, und es hieß, die im Himmel Gebliebenen würden als Rauch unsere Geschichten erhalten, Conselheiro.« Er war sehr nervös. »Geht wirklich nichts verloren?«

»Nein.«

»Ist das wirklich so, Conselheiro? Sind Sie sicher?«

»Ja.«

4

WIE MANUELO COSTA ZUM ERSTEN
DER GROSSEN VON CANUDOS WURDE

Den Kopf konnte Manuelo kaum mehr gerade halten, Schläfrigkeit
hatte sich seiner bemächtigt, schlapp, fassungslos schaute er zu
Se, der ihm gegenübersaß. Auch dem waren die Lider schwer, der
Kopf sackte ihm immer wieder herab, schließlich stützte er das Kinn
auf die Brust, er schaffte es gerade noch, die Suppenschale zur Seite zu
schieben, dann legte er die Stirn auf den Tisch, bitterer Schlaf kam über
ihn. Auch Manuelo versank, tiefer und tiefer, er bekam die Augen nicht
mehr auf, aber er spürte noch, wie einer ihm an den Gürtel fuhr und die
Machete stahl. »Fing... weg d... sonst...«, er bekam den Satz nicht mehr
zusammen, sein Kopf sank mitten auf den Teller, und herber Zwiebelge-
ruch stieg ihm schwach, ebenfalls schläfrig, in die Nase. Die letzten zehn
Drahkan hatten sie ihm aus der Hosentasche entwendet, nur, wer waren
sie? Woher kamen sie? Dann vermeinte er ein Rütteln zu spüren – Hals,
Bauch, Knie taten ihm weh; Manuelo war aufs Pferd geschnallt, an drei
Stellen hatten sie das Seil um ihn festgezurrt.

»Wie habt ihr die beiden in die Finger bekommen?«, fragte der große
Marschall träge; ein kaum merklicher Hauch von Genugtuung spielte
um seinen Mund.

»Meinen Spähern sind sie von Anfang an verdächtig vorgekommen, Grandisssimohalller.« Oberst Cesar streckte sich wacker. »Nachts haben sie sich in der Marktstadt herumgedrückt und sind dann irgendwann mit zwei Munitionskisten auf der Schulter zur Caatinga. Dort – eins, zwei, hopp – haben sie die Kisten hinübergeworfen und sind selbst wieder in die Stadt zurückgegangen und in einer Nachtimbissstube eingekehrt. Da hat mein Mann dem Wirt ein Zeichen gegeben und ihn ordentlich was vom Pulver in ihre Speisen mischen lassen.«

»Wie viel Geld habt ihr bei ihnen sichergestellt?«

»Zehn Drahkan, Grand…«

»Und bei dem Waffenhändler?«

»Neunhundertachtundneunzig, Grandisssimohalller, davon, meinte er, wären acht ursprünglich von ihm gewesen.«

»Hohlkopf! Habt ihr die beiden so viel kaufen lassen? Kapierst du nicht, dass es das Geld von diesem Burschen sein muss, den wir für einen Trottel gehalten haben, und der uns unseren Mann – wie heißt er noch – verprügelt hat?«

»Ciccio, Grand…«

»Ja, diesen Nichtsnutz Ciccio. Ich glaube, du hast ihm den als Begleiter gegeben, oder?«

»O nein, nein, Grandisssimohalller, mir wäre so eine Dummheit nie passiert. An Michinios Stelle hätte ich mindestens drei erfahrene Männer mitgeschickt.«

»So ein Fehler ist Michinio unterlaufen? Er hat nur einen Mann mitgeschickt?«

»Ja, Grandisssimohalller, jetzt streut er sich Asche aufs Haupt.«

»Er ist doch deine linke Hand, nicht wahr?«

Der Oberst senkte den Kopf.

»Und wer für die Untaten einer Hand haftet, ist dir wohl bekannt, mein lieber Oberst, oder?«

Dem Oberst sank der in der Schlinge steckende Kopf noch tiefer.

»Dämlack, Hohlkopf!« Marschall Bittencourt war außer sich. »Warum seid ihr den Hirten nicht heimlich gefolgt? Was hätten sie denn anderes getan, als euch zum Geheimgang zu führen? Was sollen wir jetzt mit zwei schlafenden Hirten? Die wissen sehr gut, dass wir sie töten, auch wenn sie uns den Geheimgang verraten, und wenn wir mit ihnen zur Caatinga gehen, dann tauchen sie im letzten Augenblick in ihr Loch ab. Am anderen Ende könnte sogar einer von ihren Männern mit der Flinte stehen und unser ganzes Bataillon aufhalten, die Verletzten würden dann den Gang verstopfen, verdammt noch mal! Obwohl, da passt auch ein Pferd durch«, überlegte er weiter. Der Oberst und seine Fehler fielen ihm wieder ein, seine Miene verzerrte sich: »Bevor die beiden hier wach werden, ahnen sie drüben schon, dass zwei von ihnen geschnappt wurden, und dann werden sie aufmerksamer. Aufmerksamkeit ist die Grundlage von Wachsamkeit, und Wachsamkeit des Gegners ist genau das, was ich jetzt überhaupt nicht gebrauchen kann, verstehst du, Dämlack?«

»Großer Marschall, ich wusste nicht, dass sie nur zehn Drahkan hatten. Ich dachte, sie hätten die ganzen tausend Drahkan von diesem Trottel, ehm, von diesem Burschen bei sich, und ich dachte, nicht dass sie von dem ganzen Geld Waffen und Munition kaufen und über die Caatinga werfen.«

»Ja, eben, du Hohlkopf, wie habt ihr bloß zulassen können, dass sie das ganze Geld ausgegeben haben? Ihr hättet euch zuerst den Händler schnappen und ihn verhören sollen.«

»Das hätten sie sofort gemerkt und wären auf uns losgegangen, auch wenn sie dabei draufgegangen wären, sie hätten nichts mehr zu verlieren gehabt, Grandisss…«

»Gemerkt? Ihr hättet den Händler schnappen sollen, nachdem sie zur Caatinga gegangen wären.«

»Wir wussten gar nicht, mit welchem Händler sie überhaupt in Verbindung standen, Grandisssimohalller.«

»Aber dann habt ihr das doch erfahren?«

»Als wir es erfahren haben, war es schon zu spät, Grandisssimohalller.«

»Dummes Geschwätz! Warum habt ihr nicht abgewartet? Wieso habt ihr es nicht geschafft, diese zwei Fremdkörper in der Stadt zu fassen, bevor sie die ganzen Waffen und die Munition wegtragen konnten? Wie oft müssen die hin- und hergegangen sein! Erklär mir das mal! Sag was zu deiner Rechtfertigung!«

»Vielleicht waren sie anfangs mehrere und mussten nicht mehrmals hin und zurück, Grandisssimohalller.«

»Hohlkopf, Spatzenhirn! Und mehrere hättet ihr nicht noch viel eher bemerken sollen?«

Erbärmlich, den Kopf zwischen den Schultern, schaute der Oberst zu Boden.

Der Marschall erschauderte, er steckte die Hand vorsichtig in die Innentasche und lief auf und ab.

»In letzter Zeit erkenn ich dich gar nicht wieder, mein guter Federico.« Wie ein Hündchen zu seinem Herrn schaute der glänzende Oberst zum Marschall, in Erwartung eines kleinen Happens, eines guten Wortes.»All diese Frauen haben dich anscheinend um den Verstand gebracht. Du schaffst es nicht mal mehr, dich zu rechtfertigen, wobei es ganz einfach wäre. Zum Beispiel könntest du sagen, dass es viel gefährlicher gewesen wäre, mit dem Trottel drei Männer mitzuschicken – hätte einen die Geldgier gepackt, hätte er die anderen zwei samt dem Trottel im Schlaf mit einem Stein erschlagen; und wenn man nur einen Mann mitschickt, dann ist das Risiko deutlich geringer, dreimal geringer, nicht wahr, mein Oberst?«

»Jawohl, Grandisssimohalller«, rief der Oberst erfreut und streckte sich sogar ein bisschen.

»Du Spatzenhirn, hast du unter all deinen Leuten nicht mal drei, denen du vertrauen kannst, du Hohlkopf?«

Der Oberst schrumpfte wieder ein.

Der Marschall ging erneut auf und ab, er war in seine Gedanken versunken.

»Gut, Federico, mach dir keine Sorgen«, sagte er schließlich.»Wie man so schön sagt, passiert ist passiert. Jetzt müssen wir die zwei hier mustergültig foltern und alles aus ihnen herauspressen. Aber wir sollten mit netten Worten, mit Drohungen und Versprechungen anfangen. Manchmal macht die Folterei die Leute noch böser, und dann sagen sie gar nichts mehr. Ich glaube, diese dummen Hirten werden wir schon überlisten. Den anderen habt ihr doch auch hier, den Waffenhändler?«

»Selbstverständlich, den haben wir hier, und ich habe aus ihm rausgekriegt, wo sie sich nachts jeweils getroffen haben. Und noch eine gute Nachricht, Grandisssimohaler: Er hat ihnen nur abgeschriebene, unbrauchbare Flinten verkauft.«

»Hatte er eine Lizenz von mir für illegalen Waffenhandel? Ich kann mich nicht daran erinnern.«

»Ja, eben, Grandisssimohalller …« Beschämt mied der Oberst seinen Blick.

»Hatte er eine, oder hatte er keine?«

»Nein, er hatte keine, Grandisssimohalller.«

»Na also, dann ist er auch schuldig, Federico, und wenn wir die zwei durch unsere Versprechungen nicht überlisten, dann foltern wir den Händler mustergültig vor ihren Augen; unbedingt ihn, keinen anderen.«

»Ja, Grand…«

»Sie kennen ihn, haben mit ihm gesprochen, gehandelt, da ist die Folter viel eindrucksvoller. Sie erinnern sich an ihn im normalen Zustand, und der Unterschied wird sie ins Herz treffen. Stimmt's?«

»Ja, Grand…«

»Lasst die zwei Gauner an der Flüssigkeit riechen, macht sie wach. Wir haben keine Zeit zu verlieren.«

»Ja, Grand…«

»Bringt sie zuerst in eines der schönen Zimmer, nehmt die Nummer acht. Wir wollen ihnen erst mal was Gutes zum Essen bringen, ihnen ein paar Geschenke machen, wir lassen sie das süße Leben kosten, wohlgemerkt nur für kurze Zeit, und wenn wir sie damit nicht kriegen, dann werfen wir sie ins untere Zimmer. So nehmen sie den Unterschied deutlicher wahr und knicken schneller ein. Hinter jedem von ihnen sollen ständig drei der besten Messerwerfer stehen, verstanden?«

»Ja, Grandisssimohalller.«

»Sie müssen schon jetzt die ständige Todesgefahr spüren. Also, nicht lange überlegen, lass sie in Nummer acht bringen, macht sie wach, und beim Essen wäre es nicht schlecht, wenn ein paar Bauchtänzerinnen ihre Künste zeigen und sie bezirzen, obwohl – viel zu alte Methode. Du musst sie mit Worten einwickeln, mein Oberst, zeig ihnen deine Macht und dein Können, alles in Maßen, und wenn du es nicht schaffst, sie zu brechen, gib Bescheid. Sollten die Herrschaften in die Folterkammer gebracht werden, verfolge ich durch ein Guckloch alles mit. Du musst klug an die Sache herangehen, Federico, ich zähle auf dich, dass es dir schon auf Nummer acht gelingt, sie zum Singen zu bringen.«

Oberst Cesar streckte sich wieder, er hatte jetzt Feuer gefangen.

»Ich werde alles herausbekommen, Grandisssimohaler.«

Am Rande von Canudos, auf einem Hügel, standen in der Abenddämmerung zwei Frauen, Manuela und Mariam, sie blickten über das weite Feld. Es war niemand zu sehen. Nachdem auf Mendes Maciels Befehl Inocencio den alten Santos mit seiner Ziehkarre nach Canudos zurückgebracht hatte, war sonst keiner mehr aus Richtung der Marktstadt, von der Caatinga her, gekommen. Die zwei wartenden Frauen standen auf dem Hügel, die Nacht fiel ein. Manuela zog es das Herz zusammen, aber sie traute sich nicht, neben Mariam laut zu klagen. Und sie, Mariam, hatte die Arme um die Kinder gelegt, auf Se Moreira warteten drei Menschen.

Mit eingezogenem Schwanz betrat Oberst Cesar das halbdunkle Zimmer. Beschämt, beklommen stand er da, den Kopf gesenkt. Marschall Edmondo Bittencourt warf ihm einen kurzen Blick zu, seine kühlen Finger trommelten auf die Armlehne:

»Weigern sie sich?«

»Ja, Grand…«

»Hast du sie kein bisschen weich gekriegt?«

»Ich glaube, keinen Deut, großer …«

»Hast du gar nichts aus ihnen rausgebracht?«

»Überhaupt nichts, Grandisssimohalller. Das sind richtige Hornochsen.«

Ein bisschen zu grob stieß der Marschall Arufa weg, die sich zwischen seine Oberschenkel geschmiegt hatte, und stand schwerfällig auf.

»Was haben sie zu dem Essen gesagt?«

»Sie haben es nicht mal angerührt, Grandis…«

»Vielleicht dachten sie, es wäre vergiftet.«

»Nein, Grandisssimohalller, von jedem Tablett habe ich selbst ein bisschen gekostet, vor ihren Augen.«

Bei dem Vorhang blieb der Marschall stehen, ruhig schaute er durch ein besticktes Loch in einen kleinen Raum.

»Als du den Geheimgang erwähnt hast, hat sich da ihr Gesichtsausdruck verändert?«

»Ja, schon, sehr sogar, Grandisssimohalller, als wollten sie lachen. Schauspieler sind das.«

»Dreh dich zur Wand!«

Der große Marschall zog eine Schublade auf, goss aus einem Fläschchen eine bräunliche Flüssigkeit auf einen Löffel, schluckte sie und sagte dann unbewegt:

»Bringt sie in die Folterkammer. Ich werde auch da sein, verkleidet als einer unserer Männer. Setz sie in die weichen Sessel und lass sie von dort aus der Folter des Waffenhändlers beiwohnen. Sorgt dafür, dass er ordentlich schreit.«

»Verstanden, Grand…«

»Dann fang an.«

Zwischen den beiden Kindern lag Mariam, mit offenen Augen, sie dachte an Se. Auf Manuelos Kissen lag die Hand seiner Frau Manuela. Sie war doch eingeschlafen, sie war ja erst achtzehn. In jener Nacht schärfte Prudencio seine ohnehin blitzende Machete. Gleichmäßig, klar, unheilverheißend scherrte seine hungrige Waffe in der Stille der Nacht. Schwere Gedanken quälten João Abade. Die Canudener zuckten im Schlaf. Santos würgte wieder den mitgebrachten Klotz, und der Einzige, der unbekümmert schlief, war Don Diego. Zwischen den Lehmhäusern ging schweren, langsamen Schrittes ohne Eile Mendes Maciel, der Conselheiro der Canudener, bedrückter als die Nacht selbst.

Nachdem sie die Reste des Waffenhändlers aus der Kammer geschafft hatten, wandte der Oberst sich an die drei Leutnants, die auf einer Bank an der Wand saßen, und fragte wie beiläufig: »Wollen wir vielleicht anfangen, uns zu unterhalten, die Herren Vaqueiros?« Und der erste von rechts, der als Leutnant verkleidete Marschall Bittencourt, nickte kaum merklich. Zu Füßen der beiden anderen, echten Leutnants, die bleich im Gesicht waren, lag Kadima und ließ seinen klebrigen Blick nicht von ihnen. Aufrecht saßen auf dem Sesselrand Se Moreira und Manuelo Costa, und vor ihnen, nur ein paar Schritte entfernt, lag auf dem Boden ein Auge, das wie aus Versehen zurückgeblieben war. An den Werkzeugen ruhten im Stehen vier Henker. Die zehn Leibwächter des Marschalls hatten die Hände im Nacken, sie hatten die Anwesenden unter sich aufgeteilt und ins Visier genommen, ausgenommen selbstverständlich Marschall Bittencourt.

»Ja, bitte«, erwiderte Manuelo Costa.

Verwundert schaute Se zu ihm; er wusste von nichts und würde auch lange nicht erfahren, welche Absicht Manuelo verfolgte, und er wunderte sich noch mehr, als Manuelo vorschlug: »Es wäre, glaube ich, das Beste, dass zuerst mal ich was dazu sage.«

Der erste Leutnant von rechts nickte wieder, diesmal viel schneller, und der Oberst rief sofort:

»Ich bitte Sie darum!«

»Im Beisein von dem da kann ich aber nichts sagen, solange er nicht vollständig gefesselt ist.«

Se schoss das Blut in den Kopf, so unerwartet beleidigt vom besten Freund, wollte er in seinem Zorn die Henker angreifen, die sich ihm schon näherten, aber die Kette, die seine Ellenbogen hinter dem Rücken hielt, hinderte ihn daran.

»Bestimmt wollen Sie Canudos überfallen und alle dort töten, nicht wahr?«, fragte Manuelo scheinbar naiv, aber noch naiver klang die Antwort des Obersten:

»Nein, wie kommen Sie denn darauf, wir wollen euch einfach nur bekehren und wieder auf den rechten Weg bringen, nichts weiter.«

»Sehr schön«, sagte Manuelo, »aber ich glaube Ihnen kein Wort.«

Der jetzt vollständig gefesselte Se war ein bisschen erleichtert.

»Ach, warum sagen Sie so was, wieso glauben Sie mir denn nicht?«, gab der Oberst betroffen zurück, aber Manuelo schnitt ihm das Wort ab:

»Wenn Sie auf mich hören, gehört Canudos Ihnen. Ich will nicht das Schicksal des Händlers teilen. Aber ich kann das Geheimnis nicht vor so vielen Leuten lüften, bitte schaffen Sie sie weg. Ich möchte gern, dass wir unter vier Augen reden, und der da, den Sie mit mir zusammen festgenommen haben, soll auch dableiben, aber so, dass er nichts mitbekommt.«

»Sehr gut, bleiben wir unter vier Augen.« Oberst Federico Cesar war begeistert. Aber plötzlich: »Ehm, wie soll ich sagen«, er schien zu überlegen, »ich kann nicht mit zwei Canudenern alleine bleiben. Der eine ist zwar vollständig gefesselt, und der andere, also Sie, Sie haben auch die

Arme hinter den Rücken gebunden, aber trotzdem – Vorsicht ist besser als Nachsicht; zwölf von euren Reitern haben es geschafft, zweihundert Mann abzuschlachten, und da passt es mir nicht, mit zweien von euch allein zu bleiben. Wenigstens einen Leutnant muss ich dabehalten.«

»Gut, einverstanden. Und wenn Sie dem da nicht sofort die Ohren stopfen, überlege ich es mir anders.«

»Ich kann ihn auch sofort köpfen.«

»Nein, wir brauchen ihn nachher noch. Nur für kurze Zeit darf er nichts mitbekommen.«

»Holt Wachs! Los!«, bellte der Oberst.

»Das Wachs ist noch zu heiß«, erwiderte einer der Henker.

»Na und? Du, Samuelino, mach schon, wir haben's eilig, die Zeit drängt.«

Der Henker pustete einmal drauf, und stopfte Se das von seinem Atem beschmutzte Wachs in die Ohren. Mit welchem Hass der beste Hirte seinen einst besten, jetzt so redseligen Freund anschaute. Sie hatten einander versprochen, falls die Kamoraner sie gefangen nähmen, sollte kein Wort über ihre Lippen kommen.

Zu viert blieben sie in der Folterkammer, Manuelo mied Ses Blick, beachtete den dagebliebenen Leutnant gar nicht und schaute nur zu Oberst Cesar.

»Also dann«, sagte Manuelo, »was wollen Sie von mir wissen?«

»Auf eine Sache sollten wir uns einigen«, meinte der Oberst charmant lächelnd. »Reden wir nicht lange um den heißen Brei herum, einverstanden?«

»Selbstverständlich«, stimmte Manuelo zu, »ohne große Umschweife, und kurz. Also, was wollen Sie von mir?«

»Wo befindet sich der Geheimgang?«

Manuelo überlegte kurz, er schaute zu Boden. Dann streckte er sich, schaute ihm in die Augen.

»Gut, ich bringe Sie hin. Ihre Vorführung hat die Wirkung nicht verfehlt. Eigentlich würde ich Canudos nicht so einfach ans Messer liefern, aber mir ist klar, dass es ohnehin keinen Bestand haben wird, früher oder später werden Sie uns vernichten. Dazu kommt, dass ich nicht auf ähnliche Weise gefoltert werden will, ich kann das nicht aushalten. Diese Qualen will ich nicht am eigenen Leib erfahren. Ich weiß schon, Sie werden mich am Ende trotzdem umbringen, aber zuvor müssen wir eine Abmachung treffen.«

»Und die wäre …«

»Ich gebe Ihnen das Wort eines echten Vaqueiros, dass ich Sie durch den Geheimgang nach Canudos führe. Und Sie, Oberst, müssen mir versprechen, dass Sie mich nicht mit diesen Werkzeugen foltern werden, egal, was passiert. Töten Sie mich ganz einfach.«

»Aber nein, wie kommen Sie darauf, warum sollte man Sie …«

»Geben Sie mir Ihr Wort, oder nicht?«

Zornig nickte hinter Manuelo der große Marschall.

»Ich gebe Ihnen das Wort eines echten Obersten, Haler.«

»Sehr gut, Grandhaler, nur bitte, seien Sie mir nicht böse, ich vertraue Ihnen zwar, aber – schwören Sie mir das bitte.«

»Ich schwöre bei meiner geliebten Frau, Grandhalerine Stella«, sprach der Oberst und wurde rot im Gesicht, er spürte den Seitenblick des Leutnants.

Manuelo war kurz verunsichert – der gefesselte Hirte schaute ihn mit solchem Hass an.

»Sehr gut«, sagte Manuelo, er hatte sich wieder in der Gewalt. »Was wissen Sie denn bereits über den Geheimgang?«

»Angeblich passt ein Pferd durch«, verkündete wacker der Oberst.

»Ja, und nicht nur eins«, erwiderte Manuelo stolz, er reckte das Kinn vor. »Und jetzt eine zweite Abmachung, Oberst … wie ist Ihr Name?«

»Chicopotamo«, antwortete der Oberst. Dass er den richtigen Namen seiner Frau genannt hatte, war unklug genug gewesen, für alle Fälle landete er jetzt eine geschickte Lüge.

»Sie wissen, Chicopotamo, wie lieb einem Frau und Kinder sind«, fing Manuelo traurig an, »ich habe drei Kinder, sie sind mein Ein und Alles, zwei Jungs und ein Mädchen. Allein um meinen elenden Kopf zu retten, würde ich Canudos nicht verraten, aber Frau und Kinder, verstehen Sie, das ist etwas anderes. Und jetzt hören Sie gut zu, Grandhaler: Wenn ich sichergehen kann, dass ein bestimmter Canudener meinen kleinen Brief auch wirklich erhält, dann habe ich meinen inneren Frieden und werde Ihnen das Geheimnis, das für Sie so wichtig ist, verraten.«

»Welcher Canudener, welcher Brief?«

»Ich habe einen Schwager, alle nennen ihn Conselheiro – Ratgeber heißt das. Ratgeber, weil er zu viel redet und glaubt, allen immer Ratschläge erteilen zu müssen.«

»Und wie sollen wir ihm den Brief übergeben, kommt er rüber?«

»Nein, er wartet drüben auf mich, oder auf den Brief. Ich hatte so eine Vorahnung, dass wir womöglich in der Marktstadt geschnappt werden und in Kamora landen könnten. Bevor ich weggegangen bin, hab ich meinem Schwager gesagt, dass ich fürchtete, ihr würdet dann auch unser Geheimnis aus mir herauspressen, und mit ihm abgemacht, ihm in diesem Fall einen geheimen Brief zukommen zu lassen, damit er meine Familie aus Canudos wegschaffen kann.«

»Wie soll das gehen?« Starke Zweifel befielen den Oberst, unbarmherziger Frost mischte sich in seine Stimme. »Was hat dich zu der Hoffnung veranlasst, noch einen Brief schicken zu können? Kannst du mir das mal erklären?«

»Den Verrat des Geheimgangs hatte ich als letzte Möglichkeit in der Hinterhand, Grandhaler.«

Der glänzende Oberst schaute zum Leutnant; auch der war im Zwiespalt. Manuelo fuhr ruhig fort:

»Als ich das Ganze geplant habe, war ich sicher, ihr würdet uns sofort schnappen. Wer hätte gedacht, dass ihr solche Trottel als Wächter an der Caatinga aufgestellt habt. Was den Geheimgang angeht, sage ich noch mal, dass ihr ihn früher oder später auch ohne meine Hilfe findet, und ich will wenigstens meine Frau und meine Kinder retten. Was der arme Händler durchlitten hat! Da bringt Sturheit und unnötiges Heldentum nichts.«

Der Oberst schwieg und schwieg. Dann fragte er:

»Wie sollen wir deinem Schwager den Brief zukommen lassen?«

»Tja, hier liegt die Schwierigkeit, Grandhaler. Wenn ich jetzt sage, ich gehe kurz selbst und komme dann wieder, egal bei wem oder bei was ich schwöre, werden Sie mir nicht glauben, oder?«

»Ganz richtig.« Dem Oberst kam eine schlaue Idee: »Und wenn wir den Brief einem von meinen Männern mitgeben?«

»Ach, was Sie nicht sagen, Chicopotamo«, Manuelo lachte kurz auf.

»Wenn ich Ihnen verrate, wo der Gang ist, werden Sie andere Sorgen haben, als sich um meine Frau und meine Kinder zu kümmern. Dann werden Sie Canudos sofort stürmen, und wie soll sich meine Familie noch retten? Was für Ideen Sie haben, Grandhaler.« Manuelo lächelte bitter und sprach für sich: »Wenn ich den Gang schon verraten hätte, wäre ich auch meinen Kopf schon los.«

»Das war ja Ihr Wunsch, schmerzlos zu sterben«, fiel ihm der Oberst ins Wort, biss sich aber sofort auf die Zunge. Voller Zorn und Spott blickte auf ihn der Marschall Edmondo Bittencourt. Und leichtherzig lächelte Manuelo, der fröhliche Hirte.

»Vielleicht liege ich falsch«, bemerkte Manuelo, »aber ich habe durchaus das Recht, misstrauisch zu sein.«

»Was sollen wir also tun?« Der Oberst unterbrach seine Gedanken.

»Ich glaube, es gäbe eine Lösung. Vielleicht sind Sie auch schon draufgekommen.«

»Nein. Sagen Sie, bitte!«

»Geben wir ihn diesem Mann da mit.«

Der Oberst und der zeitweilige Leutnant schauten zu Se.

»Dieser Mann ist ein richtiger Tölpel, hat aber gewisse Fähigkeiten. Er ist ein großartiger Reiter, zum Beispiel … und keine große Leuchte. Jetzt hält er mich für einen Verräter, aber wenn Sie ihm das Wachs aus den Ohren nehmen, werde ich ihn beschwatzen und vom Gegenteil überzeugen. Falls er den Brief mitnimmt, und Sie mir versprechen, dass ihm unterwegs nichts zustößt, erfahren Sie noch heute Abend, wo der Geheimgang ist.«

Marschall Bittencourt nickte hastig.

»Gut, soll es so sein«, versprach der Oberst. »Wo ist der Brief? Ich will doch hoffen, Sie zeigen ihn uns.«

»Selbstverständlich«, bestätigte Manuelo, »aber dafür bräuchte ich erst einmal Papier. Und wenn Sie sich bitte ein bisschen weiter wegstellen würden, Grandhaler, ich mag es nicht, wenn mir jemand beim Schreiben über die Schulter guckt.«

Die auf dem Tisch liegenden seltsamen Werkzeuge, an denen getrocknetes Blut klebte, fegte der Oberst auf einen Sessel daneben. Manuelo setzte sich an den Tisch. Die dicke Kette um seine Ellenbogen behinderte ihn sehr. Er beugte sich vor, aber das Blatt flog auf den Boden. Der Oberst bückte sich geschickt, reichte ihm das Blatt und stellte sich wieder ein Stück weit weg, neben den Leutnant. Manuelo bedankte sich, werkelte eine Weile herum, faltete das Blatt zweimal und stand auf:

»Hier, bitte.«

»Wir dürfen einen Blick darauf werfen, oder?«

»Bitte, schauen Sie ruhig, nur nicht so, dass er es sieht.«

Der Oberst sah verwundert auf das Blatt, ohne zu begreifen.

»Wie ... was ist denn das?«

»Wundern Sie sich?« Manuelo lächelte. »Das ist das Zeichen, dass meine Familie sich davonmachen muss. Glauben Sie, ich hätte reingeschrieben: Los, es ist Zeit abzuhauen? Wenn der Kerl alleine nach Canudos zurückkehrt, wird er Misstrauen erregen. Sie werden ihn durchsuchen und den Brief finden. Denken Sie, ich hätte das nicht bedacht? Sie halten mich wohl für einen Trottel ... Wie sieht's aus, wollen wir ihm den Brief mitgeben?«

»Ich ... ich denke ... vielleicht ... aber ...«, stammelte der Oberst unbeholfen. Dann fiel ihm ein: »Schauen wir mal, was der Marschall dazu sagt. Ich schicke den Leutnant gleich zu ihm. Leutnant, gehen Sie, und teilen Sie mir die Ansicht von Marschall Bittencourt mit.«

»Machen Sie ihm keine Umstände«, bat Manuelo. »Erkennen Sie etwa Marschall Bittencourt nicht?«

»Wie?« Der Oberst war wie vom Blitz getroffen. »Was redest du da? Wie kommst du darauf ...«

»Ihrem Tonfall und Verhalten ist die Anwesenheit eines Vorgesetzten anzumerken; Sie wirken gehemmt. Außerdem hat das Wesen, das zu seinen Füßen liegt, nur die beiden anderen Leutnants fixiert. Und selbst wenn ich sein Nicken nicht bemerkt hätte, Sie haben das Blatt, das ich mit Absicht fallen ließ, aufgehoben, und nicht der rangniedrigere Leutnant. Hab ich recht, Oberst?«

»Aber vielleicht ist er einer der Generäle, die einen höheren Rang haben als ich«, Oberst Casar unternahm noch einen linkischen Versuch.

»Jeder weiß, dass Sie in Kamora der zweite Mann sind, Grandhaler.«

»Gut«, sprach jetzt gewichtig der große Marschall, »du hast recht,

mein Sohn, ich bin Bittencourt. Achtet nicht auf mich, macht weiter.«
Und er dachte für sich: Die kleine Ratte weiß genau, was sie tut.

»Ich glaube, wir sind uns einig, Grandisssimohalller«, Oberst Cesar streckte sich, »und wenn Sie Ihre Zustimmung geben …«

»Gut, geben wir ihm den Brief mit. Scheint ein fixer Bursche zu sein«, sagte der große Marschall gnädig. »Aber siehst du, mit welcher Abscheu der Kerl dich betrachtet, mein Sohn? Denkst du, er wird dir das abkaufen?«

»Irgendwie krieg ich ihn rum, Grandisssimohalller, ich werde alles dransetzen, und bei einem Depp wie ihm braucht's auch nicht viel.«

»Na, dann viel Glück.«

»Und eine letzte Vereinbarung, Marschall – wenn er zustimmt, gehen wir alle vier zu Ihrem Pferdestall. Ihm wird es nicht schwerfallen, das beste Pferd auszuwählen. Öffnen Sie ihm dann das Stadttor, und etwa zehn Minuten später stehe ich ganz zu Ihren Diensten. Auf einem guten Pferd holt den keiner mehr ein. Und Sie müssen ihm auch eine Machete mitgeben.«

Die letzte Bedingung passte dem Oberst und dem Marschall gar nicht, beide runzelten die Stirn.

»Hätte ich nicht so großen Respekt vor Ihnen, würde ich Sie bitten, ihm eine gute Brieftaube mitzugeben, und ich würde mein Geheimnis für mich behalten, bis sie aus Canudos zurückgekehrt wäre. Aber das finde ich überflüssig. Ihr dämlicher Wachposten an der Caatinga wird ihn nicht aufhalten. Was ihm im Kopf fehlt, hat er in Armen und Beinen, Grandisssimohalller.«

»Nein, nein«, der Oberst schüttelte den Kopf, »ich glaube …«

»Still!«, donnerte der Marschall und wandte sich dann Manuelo zu. »Geben wir ihm eine Taube mit, und warten wir auf sie, mein Sohn.«

»So verlieren wir viel Zeit, Grandisssimohalller«, ungerührt blickte Manuelo Costa ihn an, »ich weiß, was Sie vorhaben. Sie wollen ihn töten und danach die Taube freilassen. Daraus wird nichts. Sie müssen ihm ja die Hände losbinden, und noch ehe ihm jemand zu nahe käme und ihn tödlich träfe, würde er der Taube den Hals umdrehen. Dann könnten wir lange hier sitzen und auf die Taube warten.«

Der Oberst und der Marschall blieben stumm.

»Eins versteh ich nicht«, fuhr Manuelo fort, »Sie sind kurz davor, ein großes Geheimnis zu erfahren, und das soll jetzt an diesem Deppen scheitern? Nachdem Sie Canudos erobert haben, werden er und das Pferd doch sowieso wieder Ihnen gehören.«

»Wenn er allein in eure Stadt zurückkehrt«, der Oberst war verärgert, »wird man dort verstehen, dass euer Geheimnis in Gefahr ist, gelüftet zu werden, und sie werden auf der Hut sein. Sie werden zahlreiche Wachen am Tunnelausgang aufstellen, und dann werden unsere Männer, sobald sie aus dem Gang herausschauen, allesamt niedergemetzelt, auch wenn wir Hundertschaften schicken.«

Die Darlegung des Obersten fand auch der Marschall interessant, er warf Manuelo einen prüfenden Blick zu.

»Das müssten Sie besser wissen als ich, Oberst.« Manuelo wirkte jetzt auch ein bisschen verärgert. »Sie müssen sich nachts an das diesseitige Ende des Tunnels heranschleichen, und alle Mann müssen gleichzeitig einmal durch die Caatinga schießen. Sie wissen ja, dass die Caatinga Kugeln nicht aufhalten kann, sämtliche Wachposten auf der anderen Seite werden fallen. Außerdem ist der Geheimgang gar nicht so eng, wie Sie meinen, da kann man auch zu sechst nebeneinander durchreiten, und wenn ihr schießend da rausstürmt, wüsste ich nicht, was euch noch aufhalten könnte.«

Der Grandissimohaler schwieg.

»Na gut, Marschall«, sagte Manuelo, »wenn Sie auf diese Abmachung nicht eingehen, dann los, fangen Sie an mit der Folter. Aus ihm bekommen Sie nichts heraus, da bin ich mir sicher, und wenn ich verbittert bin, dann werden Sie auch von mir nichts Nennenswertes hören, Haler. Ich hab zwar gesagt, dass ich sinnlose Folter nicht durchstehe, aber die Missachtung meiner Frau und meiner Kinder von Ihrer Seite verbittert mich. Wollen wir doch mal schauen.« Seine Augen funkelten. »Wozu ich für meine Frau und meine Kinder fähig bin, das zeige ich Ihnen jetzt …«

Da seine Ellenbogen gefesselt waren, neigte sich Manuelo seitlich zu dem Werkzeughaufen auf dem Sessel, griff sich ein Werkzeug heraus, legte es in der Hand zurecht, stach in den Mittelfinger der anderen Hand, zog einmal kurz und kräftig und zeigte dem Grandisssimohalller und dem Oberst seinen herausgerissenen Nagel.

Das Erstaunen tilgte etwas von dem Hass im Blick des gefesselten Se; der Oberst und der Marschall zögerten immer noch.

»Worauf warten Sie, Chicopotamo«, sagte Manuelo, »rufen Sie Ihre Henker, dann wollen wir mal sehen, welches Geheimnis Sie aus mir herausfoltern. O ja, auf einem Silbertablett werde ich es Ihnen servieren.«

Wie kann ich einen Canudener unversehrt aus der Folterkammer entlassen, überlegte Marschall Bittencourt. Wo gibt's denn so was, den Feind einfach so freizulassen, welcher Dummkopf würde so was tun? Aber der Geheimgang ... Und wenn wir ein spät wirkendes Gift ... Aber die rühren ja nichts an ... Und dieser Kerl, der jetzt redet wie am Schnürchen, der ist wohl mit allen Wassern gewaschen. Er hat sich den Fingernagel ausgerissen, ohne mit der Wimper zu zucken. Und der Gefesselte da scheint noch schlimmer zu sein ... aber freilassen ... und ihm noch die Waffe zurückgeben?

»Während Sie hier überlegen, großer Marschall«, spöttisch blickte Manuelo zu ihm, »sollten Sie mal sehen, wie wir die Zeit in Canudos verbringen. Wir singen, wir tragen Gedichte vor, wir planschen im Fluss, wann immer wir Lust haben, Haler, und abends spielen wir Gitarre und tanzen zu den Klängen der großen pochenden Trommel.«

Bittencourt schwoll die Zornesader:

»Bring die zwei in den Stall, Oberst, oder nein, erst nachdem der eine den anderen überredet hat. Nimm du ihm das Wachs aus den Ohren, damit er ihm nicht noch unbemerkt was zuflüstert.« Der aufgebrachte Marschall ging schweren Schrittes zur Tür. Unterwegs erteilte er seine Anweisungen: »Und du, junger Mann, großer Liebender deiner elenden Familie, dreckiger Hirte«, er blickte über die Schulter zurück, »merk dir: Während du mit dem Gefesselten sprichst, wird der Oberst hinter dem Vorhang stehen, und ein paar weitere Männer werden euch aus verschiedenen Verstecken beobachten. Wenn du diesem Abschaum da auch nur das kleinste Zeichen gibst, dann pfeif ich auf den Geheimgang und auf alles andere und foltere dich zu Tode.«

»So ist es doch viel besser, Grandisssimohaler«, Manuelo, der fröhliche Hirte, lächelte, »jetzt werde ich mir keine Sorgen mehr um meine Frau und die Kinder machen.«

»Und wenn er ihn nicht überreden kann, Grandisssimohalller?«, fragte besorgt der Oberst und streckte sich.

Kurz blieb Edmondo Bittencourt stehen, er hatte schon die Türklinke in der Hand und warf noch einen letzten Blick zu Manuelo. »Er schafft das schon«, unbeteiligt sprach der große Marschall und runzelte die Stirn, »das schafft er. Scheint ein schlauer Fuchs zu sein.«

Im Licht des Mondes sprengte Se erbarmungslos dahin und brach das sanft schimmernde Schweigen der Nacht durch kräftiges Getrappel. Die zwischen den Blättern aus dem Schlaf gerissenen Vögel steckten die Köpfe noch tiefer unters Gefieder, die aufgescheuchte Stille flüchtete vor Se, doch die Hufe nagelten das Schweigen des Ortes auf die Erde. In vollem Lauf flog der beste Hirte durch die vibrierende Landschaft, und die Ferne, zu der der Lärm drang, spannte sich schon. Se saß auf einem Pferd, was für ein Pferd! Vom steinigen Pfad sprangen unter den Hufen schräge Funken, auf dem Sand wurde das Galoppieren schwerer, die Erde, durch die nächtliche Kühle härter geworden, gab das dumpfe Klopfen weiter, nach Canudos eilte der überraschend freigelassene Hirte. Zweifel nagten an ihm, der mit viel Aufhebens ihm anvertraute Brief, der in seiner Innentasche lag, brannte an seiner Brust. In seinem Stiefel steckte die blanke Machete, das beruhigte ihn ein bisschen. Er ritt, weit nach vorn gebeugt, seine sehnigen Hände lagen nicht länger in Ketten, in seine Finger kehrte das Gefühl zurück. Zügel und Gerte hielt er ganz locker, und anstatt vom Reiten müde zu werden, erholte sich der Hirte, der auf dem Pferd groß geworden war. Nur sein knochiges Gesicht war stark verzerrt, er schaute grimmig in die vom Mondlicht erhellte Ferne … Unterwegs wechselte er zweimal das Pferd, ohne viel Zeit zu verlieren. In der Nähe der Marktstadt saß eine Gruppe Kamoraner auf ihren Pferden, inzwischen war der Tag angebrochen, er wählte von Weitem das schnellste und am besten ausgeruhte Tier, erschien wie ein Blitz vor dem Besitzer, setzte den Fuß in den Steigbügel und sprang auf, sodass der erstaunte und erschrockene Mann zu Boden plumpste. Das zweite Mal, vor der Caatinga im Sand, schlich er sich lautlos an den Posten heran, der aufmerksam in das bösartige Dickicht hineinschaute, verpasste dem Mann einen Schlag auf den Kopf, übernahm seinen Platz auf dem vorgewärmten Sattel und ritt durch die Caatinga, und als der Überfallene sich mit Weh und Ach wieder aufrappelte, war er schon über alle Berge.

Canudos erreichte er erst spät in der Nacht, er scheute sich, lärmend in die schlafende Lehmstadt hineinzureiten, sprang ab, ließ das erschöpfte Pferd stehen und ging zu Fuß nach Canudos hinein. Das sanft gestrickte Rauschen des Flusses drang an Ses Ohr, auf Zehenspitzen ging er durch das hellgrau ruhende, weiße Canudos. Sein Weg führte ihn zwischen den stillsten aller Behausungen, den Lehmhäusern, hindurch.

Einen Blick auf sein wartendes Haus zu werfen brachte er nicht fertig, er ging direkt zur Hütte des Conselheiros. Türen gab es keine in Canudos. Er blieb an der Türschwelle stehen und hustete verhalten. »Bist du das, Se?«, erklang eine ruhige Stimme. »Ich bin's, ja.« »Komm rein.« Im Zimmer war es stockdunkel. Mendes Maciel zündete eine Funzel an, ihr schwacher Schimmer leckte in dem düsteren Raum mit flackernden Schatten die Wände. Mendes Maciel wandte erneut den Kopf zur Schwelle, er beschattete die Augen mit der Hand: »Und wer ist das?« »Ich bin's, Don Diego.« »Was führt dich her?« »Ach, ist das Se? Ihn hab ich nicht mehr erwartet«, sagte Don Diego. »Ich habe jemanden hier reinschleichen sehen und ... das habe ich nicht erwartet, dass er würde entkommen können.« Und vorsichtig fragte er: »Wenn ich nicht allzu sehr störe, würde ich gern mithören, was ihnen so zugestoßen ist?« »Gut, komm rein«, willigte Mendes Maciel ein und wandte sich an Se: »Was ist passiert, wo ist Manuelo, erzähl mir alles, in allen Einzelheiten.«

Nachdem Se außer Sicht war, heiterte sich Manuelos Laune auf und er beruhigte den Oberst, der es kaum abwarten konnte: »Warten Sie, Chicopotamo, wozu solche Eile, warten wir zehn Minuten.« Der Oberst aber wollte schier platzen vor Ungeduld, und sobald das letzte Körnchen durch die zehnminütige Sanduhr gerieselt war, zog er Manuelo am Ärmel und sagte:

»Komm, gehen wir.«

»Wohin?«

»Wie, wohin? Zur Caatinga.«

»Zu Fuß?«, fragte Manuelo. »Nein, das ist zu weit.«

»Nicht zu Fuß. Die Pferde stehen schon bereit.«

»Und wozu brauchen wir die Pferde?«

»Wie sollen wir denn sonst hinkommen?«

»Wohin denn?«

»Wie wohin, zur Caatinga!«

»Was haben wir an der Caatinga verloren?«

»Wo sonst soll denn die Öffnung zum Geheimgang sein?«

»Welche Öffnung zum Geheimgang?«, fragte Manuelo.

»Über eines hab ich mich gewundert«, fuhr Se fort. »Als der Leutnant sich ins Gespräch eingemischt hat, also, ich weiß nicht warum, aber da stand der Oberst sehr stramm und bleich vor ihm. Mein Zorn über Manuelo hat sich kurzfristig gelegt, weil der Leutnant höchst unzufrieden die Kammer verließ. Dann hat der Oberst mir das Wachs aus den Ohren genommen, das Seil gelöst, und bevor er die Tür hinter sich zugeknallt hat, blinzelte mir Manuelo zu, er schien aus irgendeinem Grund sehr froh. Ich war trotzdem misstrauisch – wir hatten abgemacht, kein Wort zu sagen, aber er hat geredet wie ein Wasserfall. Solange er gesprochen hat, mied er meinen Blick. Als wir dann zu zweit waren, schaute er mich auf eine Art an, die mich verunsicherte, und da wich ich seinem Blick aus, ich konnte ihm trotzdem nicht vertrauen. Aber er lächelte so, dass ich mir das, was ich vorhatte, nämlich ihn mit dem freien Bein ins Gesicht zu treten, anders überlegte. ›Wenn dir an Canudos gelegen ist‹, hat er zu mir gesagt und mir dieses gefaltete Blatt gereicht, das der Oberst und der Leutnant sehr sorgfältig studiert hatten, ›bring diesen Brief zum Conselheiro und komm mit seiner Antwort zurück.‹ Er hat mich so treuherzig angeschaut, da hab ich ihm geglaubt, und außerdem hat er Sie erwähnt. Er hat uns auch noch begleitet. Der Oberst ließ mich ein Pferd auswählen. Ich bin aufgesessen und hierhergeritten, ob das richtig war … nicht, dass da was dahintersteckt.«»Wo ist der Brief, zeig ihn mir.« Mendes Maciel kam zu ihm. Se zog das zweimal gefaltete Blatt vorsichtig aus seiner Innentasche. Der Conselheiro ging zu der Funzel, schaute auf das Blatt unter dem fahlen Licht, wendete es. Dann noch einmal. Er betrachtete das Blatt eine Weile, dann rief er Don Diego zu sich: »Komm, schau du auch mal.« Don Diego sah es sich an und schaute sonderbar zu Se, seine Augen wurden feucht. Der Conselheiro trat auf die Schwelle. Er schaute wie versteinert in die Nacht. »Hat der Leutnant beim Sprechen die Hände geknetet?«, fragte Don Diego. »Ja.« »Hat er immerfort die Hand in die Brusttasche gesteckt?« »Ja, und er ist erschaudert.« Der Conselheiro drehte sich um, er und Don Diego tauschten einen Blick. »Zweimal haben sie einen Geheimgang erwähnt, sagst du?« »Ja, zweimal.« »Dachte ich's mir doch, Conselheiro«, sagte Don Diego leise, »er hat ihm wohl versprochen, ihm einen nicht existierenden Tunnel zu zeigen. Das ist eine starke Nummer, zwei Verbrecher von dem Format in der Folterkammer an der Nase herumzuführen. Auf der einen Seite die Kamoraner und auf der anderen Se, das hätte nicht mal ich mit meiner Artistik fertiggebracht.« Und er schaute Se an. »Den Brief hast du nicht gesehen, oder?« »Nein«, sagte Se grimmig, »in der Folterkammer haben sie ihn mir nicht gezeigt, und vorm Weggehen hab ich Manuelo mein Wort gegeben, dass ich nicht reinschauen würde. Er hat drauf bestanden ...« Wieder packte ihn der Groll: »Den beiden hat er den Brief aber mit großer Begeisterung gezeigt.« Noch einmal schauten Don Diego und der Conselheiro einander an, da fuhr Se auf: »Zeigt ihr mir endlich, was das für ein Brief ist? Ich muss doch wissen, wofür sie mich hergeschickt haben, ich muss mich beeilen.« »Musst du nicht, beruhige dich«, Don Diegos Ton wurde sanfter, »gleich wirst du alles erfahren, aber etwas möchte ich dich noch fragen – wie seid ihr auseinandergegangen?« »Wer? Der und ich?« Er brachte es nicht fertig, den Namen seines Kumpels auszusprechen. »Ja, du und Manuelo.« »Eher kühl«, Se schaute zur Seite. »Bevor ich auf das Pferd gestiegen bin, ist er noch mal zu mir gekommen und hat mich angelächelt.« »Etwa unverschämt?«, fragte Don Diego neugierig, er hob das Kinn. »Das war schon unverschämt ... und nicht nur das. Weil seine Arme an den Ellenbogen aneinandergefesselt waren, hat er den einen vorgeschoben, sich so weit er konnte zur Seite gebeugt und es gerade eben geschafft, mir die andere Hand auf die Schulter zu legen, und hat gefragt: ›Weißt du noch, wie wir nachts zusammen getrunken haben?‹« »Hat er dabei gelächelt?« »Ja. Aber da schon nicht mehr so unverschämt.« »Und du, Se, hast du zurückgelächelt?« »Nein. Ich hab seine Hand von meiner Schulter abgeschüttelt. Bis jetzt vertraue ich ihm nicht ganz.« »War er beleidigt?« »Das weiß ich nicht, aber er hat mich so traurig und gleichzeitig so froh angeschaut ...«

Und auf einmal wurde der von Zweifeln zerrissene Se wütend:»Zeigt ihr mir jetzt endlich diesen verdammten Brief?«

Der Conselheiro näherte sich mit der Funzel, stärker erzitterten die Schatten in der Hütte, er schaute Se an, Wehmut und Würde waren in seinem Blick vereint, und er sagte ruhig:»Ich zeige dir den Brief, aber du musst stark sein, Se.« Wortlos streckte der erstaunte Hirte die Hand aus, öffnete hastig das gefaltete Blatt, ging zum Licht und – was war das? Auf dem blütenweißen Blatt war nicht der kleinste Strich zu sehen.»Was soll das?«, rief der bleich gewordene Hirte, und auf einmal begriff er, aber Don Diego erklärte ihm trotzdem:»Er hat dir das Leben gerettet, Se.«

Und Manuelo, dort in Kamora, wiederholte allenthalben:

»Was für ein Geheimgang? Welche Öffnung?«

»Was soll das heißen?« Dem Oberst sträubten sich die Haare.»Was erlaubst du dir?«

»Ja, welche Öffnung?«, unbekümmert stellte Manuelo sich dumm. »Es gibt ja verschiedene Öffnungen, haben Sie eine Vorliebe für eine bestimmte?«

»Wohin willst du zurück, Se, was redest du da?« Don Diego stellte sich ihm in den Weg.»Sobald du in Kamora auftauchst, legen sie dich in Ketten, und du kommst gar nicht bis zu diesem Oberst.«»Ich muss dorthin, geh mir aus dem Weg«, streng blickte Se ihn an.»Hör mich erst an, und dann darfst du gehen, Se.«»Sag schon«, der große Hirte war gereizt, er verlagerte ungeduldig sein Gewicht von einem Bein aufs andere.»Hör mir gut zu, Se.« Don Diego schaute ihn eindringlich an, obwohl Se verärgert zur Seite blickte.»Erstens würden sie euch beide zu Tode foltern, weil es den Geheimgang ja nicht gibt, und zweitens hat Manuelo ganz genau gewusst, dass wir dich hier, in Canudos, am meisten brauchen. Uns stehen große Gefechte bevor, und du bist der beste Kämpfer, nach mir.« Spöttisch musterte ihn Se Moreira, aber Don Diego fuhr unbeirrt fort:»Drittens, Se, hat Manuelo vielleicht vor, so zu tun, als führe er die Kamoraner zu dem Geheimgang, um dann durch die Caatinga zu fliehen.« Don Diego ließ sich nichts anmerken, aber er schämte sich ein bisschen für diesen Vorwand. Er wusste nur zu gut, dass sie Manuelo nur angebunden, an zwei oder drei Seilen, bis an die Caatinga heranlassen würden.»Viertens wird er sich, wenn du zurückkehrst, wieder damit befassen, dich zu retten, und damit erweist du ihm einen ganz schlechten Dienst, denn du störst ihn dabei, sich selbst zu retten. Euch beide werden sie ja nicht zur Caatinga lassen, so dumm sind diese Hunde auch wieder nicht. Und fünftens«, Don Diego näherte sich Se, er legte ihm die Hand auf die Schulter, »wird Manuelo nicht mehr am Leben sein. Du würdest diesen Schweinehunden bloß eine Freude bereiten, besser wäre es, hier zu bleiben und dich zu rächen. Große Gefechte stehen bevor.« Dem großen Hirten sanken die Schultern herab, etwas in ihm erlosch, sein hilfloser Blick schlich zu Mendes Maciel. Dieser nickte schwer, entschieden und erklärte ruhig: »Wenn ein Mensch in der Not jemanden an seiner Seite hat, der sein Schicksal teilt, dann lindert das sein Leid. Manuelo hat sich überwunden, und im Angesicht schrecklicher Folter hat er an dich gedacht. Deshalb hat er dich angelogen, er wusste, dass du deinen Stolz hast, Se, und dass du ihn nicht im Stich lassen würdest. Ich bitte dich, Se, lass diese große Tat nicht umsonst gewesen sein, ihm zuliebe.« Langsam schob Se Don Diegos Hand weg, mit hängendem Kopf verließ er die Hütte, mühsam zog er die Beine nach.

»Nein, das kann nicht sein, so etwas gibt es nicht«, wiederholte wutschäumend der große Marschall. »Er pfeift doch auf seinen Kameraden, oder wie immer das heißt, und auch an Frau und Kinder hätte er nicht gedacht, wenn er nicht gehofft hätte davonzukommen, so ist die menschliche Natur beschaffen.«

»Er meinte, dass er auch unter Folter nichts sagen wird, Grandisssimohalller.«

»Wird er, dieser Vogel wird noch singen«, beruhigte der große Marschall eher sich selber, »wir müssen ihn nur nach allen Regeln foltern. Wenn die Künste von vier Henkern nicht ausreichen, kannst du Arufa mitnehmen, bis dahin gibt es kein Essen.«

»Er isst sowieso nichts, Grand…«

»Für Arufa meine ich, du Hohlkopf, nicht für ihn!« Der große Marschall ging wieder auf und ab. »Hat er das so gesagt?«

»Jawohl, Grandisssimohalller. Er sagt, er habe seinen Kameraden gerettet, und jetzt würde er schweigen.«

»Er lügt. Er ist auch nur ein Mensch, und weil einem Menschen das

Leiden von anderen Kraft gibt, trennt er sich nicht einfach so von dem anderen, nur um ihn zu retten. Hier ist noch was anderes im Spiel, mein Oberst.«

»Na ja, das sagt er jedenfalls, und tut auch immer so, als wisse er nichts von einem Gang.«

»Na gut«, der große Marschall war gereizt, »mal schauen, ob er auch unter Folter zu Späßen aufgelegt bleibt. Ich komme mit. Sind die Ausgänge abgeriegelt?«

»Ja, Grand…«

»Dann los, gehen wir.«

Angezogen lag er unter der Bettdecke, der Hirte, die Gedanken bitter aufgewühlt, die Arme hatte er hinterm Kopf verschränkt, er schaute an die dunkle Decke; Mariams zarte Hand auf seiner Brust störte ihn; er drehte sich zur Wand. »Es ist nicht deine Schuld, Se, schau doch …«, bat Mariam leise, sie rutschte näher zu ihm hin, sie presste sich an ihn. »Ihr wärt beide gestorben. Dein Tod hätte ihm nichts gebracht. Aber seine Tat hat ihm etwas gebracht, na ja, wie das so heißt, Selbstlosigkeit, Ehre …«

»Lass mich in Ruhe«, sagte Se, stand langsam auf, durchquerte das Zimmer und legte sich in den hintersten Winkel, er krümmte sich zusammen.

»Als du uns gebeten hast, diesen Mann freizulassen, mein Sohn, haben wir es getan«, sagte Marschall Bittencourt. »Du meintest, er solle das Pferd selbst auswählen, wir haben ihn gelassen. Zehn Minuten lang sollte niemand seine Verfolgung aufnehmen, dann durfte sich eine halbe Stunde lang keiner vom Fleck rühren … du wolltest, dass wir ihm einen Brief mitgeben, und wir haben ihn ihm mitgegeben. Die Machete sollten wir ihm zurückgeben, du hast darauf bestanden, und wir haben sie ihm zurückgegeben. Davor haben wir ihn auf deinen Wunsch gefesselt und ihm die Ohren mit Wachs verstopft. Du hast uns das Ehrenwort eines Vaqueiro gegeben, und jetzt sagst du nichts mehr, mein Sohn?«

»Was soll ich denn sagen?«, fragte Manuelo leise, er schien sich fast zu schämen.

»Wo ist der Geheimgang?«

»Was für ein Geheimgang?«, rief Manuelo und wurde rot.

Dem Marschall Bittencourt wurde schwarz vor Augen, vor Zorn verlor er fast den Verstand, aber er bekam sich in die Gewalt: »Ist das etwa das Ehrenwort eines Vaqueiros?« Schwer gekränkt fragte er: »Hast du uns so anlügen müssen?«

»Alles ist seine Schuld«, Manuelo deutete mit dem Daumen auf den Oberst, »er hat damit angefangen, er hat mit dem Lügen angefangen und mich mit reingerissen.«

»Inwiefern hat er gelogen? Sag es mir, und ich bestrafe ihn.«

»Inwiefern er gelogen hat? Erst mal hat er behauptet, dass er Chicopotamo heißt. Er hat mich zum Narren gehalten.« Manuelo spielte den Beleidigten. »Was soll denn das? Hab ich das verdient?«

»Ich heiße wirklich Chicopotamo«, der Oberst ließ sich nicht beirren, »unter Freunden heiß ich so, ehrlich.«

»Ja, klar«, spöttisch blickte Manuelo ihn an. »Unter Freunden oder Feinden heißt du Federico, Grandhaler.«

»Woher kennst du meinen Namen?«, wunderte sich der Oberst.

»Den hat mir eine Frau verraten. Und wenn man dich im engsten Kreis Chicopotamo nennen würde, dann hätte sie das am ehesten gewusst. Sie muss Ihnen ziemlich nah gestanden haben, ziemlich nah, Grandhaler, sie hat mir so einiges über Sie und Ihre Vorlieben erzählt. Durch sie sind wir sogar beinah miteinander verwandt, oder?«

»Welche Frau?« Der Oberst ging fast in die Luft. »Sag mir das, sofort!«

»Haha«, lachte Manuelo souverän, »wo ich dir schon den Geheimgang nicht verrate, denkst du, ich verrate dir den Namen der Frau, Haler?« Und er fügte hinzu: »Großer Marschall, sagen Sie ihm bitte, er soll mich nicht so zornig anschauen, sonst bekomme ich Angst.« Manuelo stellte sich hilflos.

»Klappe halten und zurücktreten, Federico!«, die Stimme des großen Marschall schwoll an.

Der Oberst stellte sich an die Wand und schaute wie ein bestrafter Hund zu Manuelo, dabei fletschte er die Zähne. Manuelo stichelte weiter: »Selber schuld, wie bist du bloß auf Chicopotamo gekommen?«

»Hör mir zu, mein Sohn«, besänftigte ihn Marschall Bittencourt, »schenk ihm nicht so viel Aufmerksamkeit, das ist er nicht wert. Wenn du uns sagst oder auch nur kurz andeutest, wo sich der Tunnel befindet, werden wir dich nicht nur am Leben lassen, sondern du bekommst die zehn Drahkan dreifach zurück.«

Aber Manuelo hatte die Schauspielerei plötzlich satt und brach das Spiel ab:

»Kein Wort wirst du von mir hören, und hör auf, mich *mein Sohn* zu nennen. Mein Vater war kein mieser Schuft wie du. Los, ihr könnt anfangen«, und er schaute angewidert auf die glänzenden Werkzeuge – eine Art Spiralnadel, Zangen, Schere, ein dicker Draht, gekrümmte Eisenstangen –, die durcheinander auf dem Sessel lagen.

»Dann schauen wir mal, ob du wirklich nichts sagen wirst, Hundesohn.«

»Schauen wir, du Schweinehund«, Manuelos Wangenknochen spannten sich. »Das Einzige, was du sehen wirst, du Oberhaupt deiner sklavischen Verbrecher, ist, wie ein freier Hirte stirbt.«

»Kommt raus«, rief Marschall Bittencourt und schob selbst den Vorhang zur Seite. Die vier Henker hatten anscheinend schon stumm bereitgestanden. Sie kratzten sich das Wachs aus den Ohren. »Passt auf, Maestros, dass er euch nicht aus Versehen wegstirbt, foltert ihn langsam, sehr langsam … und falls es so weit kommt, dass ihr Arufa braucht, erstattest du mir Meldung, Oberst, ich bin in der Nummer fünf. Zeigt's ihm!«

Die Henker krempelten die Ärmel hoch, einer zog sogar das Hemd aus; sie packten ihn an den Armen.

»Und wenn du sieben Arufas zu mir schickst, ich sage kein Wort, du Drecksack …«, sagte Manuelo.

»Denkst du, Arufa wäre ein Mann?« Der Marschall blieb an der Türschwelle stehen, er erschauderte.

»Etwa eine Frau? Eine von den seinen?« Mit dem Kinn deutete er auf den Oberst. »Hm, ich versteh die Frauen nicht …«

»Das wirst du schon sehen.«

»Nach so einem wie dir kann mich nichts mehr verwundern, du Futtertrog des Verbrecherverstandes. Du wirst schon sehen, was du von mir hörst.«

»Das werden wir sehen, o ja.« Der Marschall bebte am ganzen Körper und knetete die Finger.

»Das werden wir sehen, o ja«, äffte ihn Manuelo angewidert nach. Als er noch einmal zu den grauenvollen Werkzeugen blickte, hätte er beinahe einen Schreck bekommen, aber dann fiel ihm ein: Was soll ich schon sagen? Was ich nicht weiß, kann ich auch nicht sagen, und wenn ich es noch so sehr wollte. Das stimmte ihn richtig fröhlich. Tja, toll, ob ich will oder nicht, ich werde ein Held ...

Das mit dem Helden meinte er natürlich nur im Spaß.

Die Nacht wurde blass, vor dem Morgen hatte Se, der armselig gekrümmt in der Ecke lag, Angst, er wünschte sich die Dunkelheit zurück, presste die Augen fest zusammen, aber seine Angst konnte die Zeit, den Morgen, nicht aufhalten. Auch aus dem Zimmer wurde der zerbröselnde und schwer in der Luft schwebende Dämmer nach draußen gesaugt. Bewegungslos lag Se da und scheute sich zu atmen; ihm schien, er atme den Anteil Luft eines anderen, Manuelos, mit ein. Er merkte nicht, wie er einschlief. Der Schlaf bemächtigte sich des Gepeinigten, und sofort tauchte vor ihm das Gesicht seines Kumpels auf: ruhig, aufrichtig, traurig lächelnd, offenbar froh über Ses bevorstehende Befreiung – ach, wie hätte er das ahnen sollen. Und mit einem heftigen Ruck setzte sich Se auf, er blickte um sich her. Besorgt schaute Mariam, die schon ungezählte Nächte kein Auge zugedrückt hatte, auf ihn, ihr übermüdetes Gesicht war im Zwielicht ganz grau, schwarze Ringe hatte sie unter den Augen. »Willst du nicht schlafen? Leg dich doch bitte wieder hin«, bettelte sie. Se rührte sich nicht, mit gebrochener Stimme sagte er nur: »Häng die Decke in die Tür, und verhäng auch die Fenster.« Es wurde wieder so dunkel in der Hütte, als wäre es Nacht. Die Dunkelheit tat ihm wohl, aber gerade da gackerten draußen eifrig die Hühner, und er wünschte sich kamoranisches Wachs – nichts mehr wollte er hören, niemanden sehen, nicht mal seine Kinder, auch essen wollte er nicht, nicht atmen, nicht sprechen. Was hast du mir da angetan, Manuelo, dachte Se bitter. Du denkst, du hast mich befreit, so eine Freiheit verfluche ich. Anstatt so zu leiden, wäre ich einfach gestorben, fertig, und ich wäre frei. Manuelo, was hast du mit mir gemacht. »Hast du keinen Hunger, Se?«, fragte Mariam zaghaft. »Nein, gib mir Wasser.« Dass er Manuelos Hand abgeschüttelt hatte, schmerzte ihn am meisten. Es brannte ihn im Hals, und als er die große Tonschale leerte, wurde sein Durst noch stärker. Erneut streckte er die Schale Mariam entgegen, hob die gefüllte Schale wieder an die Lippen und überlegte es sich plötzlich anders – ihm war, als tränke er Manuelos Wasser, augenblicklich stellte er die Schale ab und krümmte sich wieder in der Ecke zusammen.

Manuelo sprenkelten sie Wasser ins Gesicht, und als die paar Tropfen nichts brachten, leerten drei der Henker ein ganzes Fass über seinem Kopf aus, der vierte stand dabei und hielt Manuelos Auge in der Hand. Manuelo war auf den schlammigen Kellerboden gestürzt, er lag ohnmächtig auf dem Rücken. Sein Kopf zitterte hilflos, als schüttelten sie ihn. In zwei tiefen Wunden auf der Brust hatte sich das aus der Augenhöhle fließende Blut gesammelt. Die anderen Spuren hatte das Wasser weggewischt. Als einer der Henker versehentlich an seine gebrochene Rippe kam, brachte der Schmerz Manuelo wieder zu sich. Auf den geschwollenen Lippen suchte seine Zungenspitze nach ein paar Wassertropfen, und er öffnete das eine Auge. Fast alle namhaften Vertreter der Prominenz der oberen Stadt hatten sich eingefunden: der Marschall mit Kadima, der Oberst und Michinio, der Gutmutgeneral des Bestrafungskommandos Ramos und der geheim gehaltene Masseur Alfredo Evia. Jeder von ihnen hatte es in der Folterkunst zu eigenen Erkenntnissen gebracht, und das meiste davon wurde auch erprobt. Der schreckliche Höhepunkt, Arufa, die Katze des großen Marschalls, saß noch in ihrem prächtigen Käfig, jetzt war sie an der Reihe. Manuelo zog sich hoch, nein, er wollte nicht vor ihnen auf dem Boden liegen, er stützte sich auf die Finger, die keine Nägel mehr hatten, und zur Verwunderung der Anwesenden schaffte er es, er stand von dem blutbesudelten Boden auf, taumelte kurz und fing sich wieder. Er schwankte – und stand. Marschall Edmondo Bittencourt nickte bestimmt, sie öffneten Arufas Käfig, und der Henker warf ihr das Auge zu. Etwas Schreckliches musste Manuelo mitansehen – gierig näherte sich Arufa auf weichen Pfoten dem Leckerbissen …

Lauf nicht weg, ich weiß, es ist schwer. Aber du kennst auch den anderen Manuelo … dort im Sertão hatte der fröhlichste aller Vaqueiros eine ganz eigene Art, am Morgen zu erwachen – sobald er die Augen öffnete, lächelte er schon. Dies hatte nichts mit der Freude eines Narren gemein – eher überkam Manuelo Costa eine seltsame Art Glück; mit Begeisterung über alles und jeden füllte sich seine turmhohe Seele, und fröhlich verfolgte er die wutschäumenden Stiere, weißt du noch? Er verstand sein Handwerk wie jeder Vaqueiro, ja, sogar noch einen Deut besser. Selbst dem großen Hirten Se Moreira konnte er mit seinem Mut und seiner Kraft das Wasser reichen. Manuela kannte er damals noch nicht, und öfters stahl er sich in die Marktstadt, Vorfreude packte ihn dann, und er tauchte bei seinem Nachbarn Se Moreira auf und bat ihn um den Gefallen, auf seine Herde aufzupassen. Ach, was für ein hübscher Bursche er war! Und wie er sein Pferd liebte! Und die Bäume, ja, selbst das kleinste ihrer Blätter bereitete ihm Gänsehaut, und ebenso liebevoll betrachtete er die trockene Erde in seiner hohlen Hand. Wer hätte ihn verstehen sollen, damals war er ja noch ein einsamer Wicht. Manuelo Costa kannte den geheimen Wert aller Dinge, und dort, im Sertão, krankte er an einer sonderbaren Liebe. Sobald der Blick seiner schönen Augen auf einen verwachsenen Busch fiel, verwandelte sich dieser in einen Busch von Manuelo Costa und erlangte den Ruhm eines Mammutbaumes: Er mauserte sich, blühte auf, erstrahlte in einem ganz besonderen Grün, jedweden Vergleichs würdig, und Manuelo, der in den Wolken flog, sprang vom Pferd und legte sich rücklings mitten in den Busch – so ließ er ihn in den Himmel wachsen. Die ganze Welt gehörte dem bettelarmen Manuelo. So weit sein Auge reichte, machte er sich alles zu eigen, alles sog Manuelo Costas große Seele in sich auf, das weißt du sicher noch. Und vom Glück überwältigt, lächelnd, von reiner Schönheit umgeben, flog er auf seinem Hengst übers weite Land, Manuelo, ein König, der nichts als ein Ross besaß. Durch seine sorglos strahlenden Augen betrachtete er die Umgebung, und eines dieser beiden gesegneten Augen, vom Henker auf den Kellerboden geschmissen, fraß jetzt die Katze des Marschalls Edmondo Bittencourt, die verwöhnte Arufa.

»Auf dieser Welt gibt es kein höheres Gut als das Auge«, sagte Marschall Bittencourt, er näherte sich Manuelo, »wie viele Farben, wie viele Dinge kann es erfassen. Das Auge macht alles faszinierender, man könnte auch sagen, es verfasziniert alles.«

Ausgerechnet ihm erklärte er das.

»Was wir Wertvolles besitzen, schätzen wir oft gar nicht so richtig, es ist uns kaum bewusst, und erst wenn wir es verlieren, sind wir traurig, und von allen Dingen ist das Auge das wertvollste. Das Auge braucht jeder, sowohl ein einfacher Schuster als auch so ein großer Künstler wie Greg Ricio. Wo ist der Geheimgang?«

Mit zusammengepressten Lippen schaute Manuelo Costa ihn an.

»Jetzt sind wir in einem unschönen Raum, und das tut den Augen ... ähem, dem Auge weh, aber das haben wir dir zu verdanken, deiner Sturheit, nicht mir. Wenn du ein bisschen mitmachst und dich vernünftig benimmst, wirst du wenigstens dieses Auge behalten, und das andere ... erfahrene Ärzte werden die Wunde versorgen. Wo ist der Geheimgang?« Manuelo schwankte nicht mehr, wie versteinert stand er da, jede Faser in seinem Gesicht war erstarrt, nur das Blut floss.

»Wenn du von den Vorteilen, ein Auge zu behalten, nicht überzeugt bist, werde ich dich in meinen Garten führen, dort wachsen die herrlichsten Pflanzen und Gewächse. Die Gärtner, Meister ihres Fachs, hegen sie mit größter Sorgfalt, sie sind echte Freunde der Natur. Liebst du die Natur? Sag mir, wo der Geheimgang ist, und ich führe dich in die Natur. Oder, wenn du willst, führe ich dich auch zuerst in die Natur, und dann sagst du es mir.«

Manuelo drehte sich zur Tür, er machte einen Schritt. Sofort versperrten ihm zwei der Henker den Weg, aber Marschall Bittencourt rief leutselig: »Was haltet ihr ihn auf? Ist das etwa schlimm, wenn einer einen schönen Garten zu sehen wünscht?« Und sie folgten Manuelo. »Da entlang. Jetzt hier entlang. Ja, so. Jetzt die Treppe hoch. Hier rein. Sieben mal elf ist vierundzwanzig, macht auf! Jetzt hierher. Ja, dort entlang.«

Um nicht zu stürzen, tastete sich Manuelo Costa an den Wänden entlang, einzig der Wille trieb den gemarterten Körper, alle anderen Kräfte waren versiegt. Die Sonne blendete sein einziges Auge, er senkte den Kopf. Er sah gemähten Rasen, ein Stück weiter adrett gestutzte Büsche, es ekelte ihn, wie man sich hier in das Walten der Natur einmischte. Zu einem hohen Baum wankte er, mit Mühe streckte er die gebrochenen Finger nach einem Ast aus.

»Aha, er will auf den Baum klettern«, erkannte Bittencourt, »eine gute Wahl; von da oben hat man eine herrliche Aussicht. Helft ihm, nicht dass er runterfällt.«

Die vier Henker halfen Manuelo auf den großen Ahorn, alle Augenblicke schwand ihm das Bewusstsein – fast schleppten sie ihn hoch, einer reichte ihn dem anderen weiter. Es hatte vor Kurzem geregnet, der Baum war noch feucht, sein Grün leuchtete. Dann wurde der kräftige Ahorn dünner, kaum hielt er die Last von fünf Männern, noch weiter oben begleiteten Manuelo nur noch zwei. Dann stellte er allein den Fuß auf den höchsten Ast, er richtete sich auf, umklammerte den Baum und drückte sich fest an ihn, erschöpft. Die gebrochenen Finger waren keine Hilfe, mit den Armbeugen umschlang er den Stamm. Ganz oben im Wipfel stand Manuelo, und mit dem einen Auge schaute er sehr langsam, sorgfältig, der Reihe nach, in alle vier Himmelsrichtungen. Es gab viel zu sehen. Dann hatte das Auge genug. Ein verführerischer Gedanke schlich sich in seinen Kopf – wäre er aus dieser Höhe gesprungen, hätte er schon auf dem Weg nach unten den Geist ausgehaucht –, er wollte nicht mehr zurück in diesen Raum. Aber sogleich überlegte er es sich anders, denn erstens hätte es feige gewirkt, und zweitens hatte er dem Marschall das letzte Wort noch nicht gesagt. Aus dieser Höhe ließ er seinen Blick noch einmal übers Land schweifen und schaute zum Himmel.

Dann machte er sich an den Abstieg, von Henkershand zu Henkershand wurde er gereicht. Endlich berührten seine Zehen, die keine Nägel mehr hatten, den Boden, einmal noch strauchelte er, aber auch diesmal fing er sich, er richtete sich auf und stellte sich breitbeinig hin.

»Wo ist der Geheimgang?«, fragte ungeduldig der große Marschall. »Unmengen Geld bekommst du, wenn …«

»Jetzt kannst du mir das zweite Auge auch ausstechen«, unterbrach ihn Manuelo, er hob den Kopf, sieghaft blickte er ihn an, »ich habe mir alles gemerkt.«

Manuelo Costa war der erste der fünf Auserwählten, die die Großen von Canudos geworden sind.

RISS

Am frühen Morgen kneteten Domenico und der alte Santos am Flussufer Lehm. Der nachgiebige Lehm tat Domenico gut, seine Hände wurden kühl, immerfort schaute er auf zum canudenischen Himmel, ja, der
Himmel war blau, ein durchscheinendes Dunkelblau war das; hungrig
nach echter, reiner Luft warf er den Kopf nach hinten und schien den
Himmel mit weit geöffneten Augen einatmen zu wollen. Dem Himmel
war das gleich – er strahlte. Wenn es ihm in der Sonne zu heiß wurde,
stieg der Vagabund mitsamt seinen Kleidern bis zur Hüfte in den segensreichen Fluss; durch die herbe Kühle stieg ihm der Atem bis in den Hals
und wurde ihm knapp, innehaltend gewöhnte er sich langsam an die
blauen, beharrlichen Wellen, dann, nach und nach, wurde das Wasser
weicher, milder, und als der Körper gänzlich nach Erlösung verlangte,
tauchte er unbekümmert kopfüber ins Wasser. In der Sonne glitzerten
die aufgescheuchten Spritzer, schwimmend folgte Domenico dem Fluss,
planschte fröhlich; müde, angespannt, ausgelaugt von der dreischichtigen Stadt, wollte er hier, in der Lehmstadt, in diesen Wellen sich der
Sorge entschlagen. Mit dem Rücken zum Fluss saß der alte Santos da, unbarmherzig drückte er den Lehm platt; wie gewöhnlich war er in seine
Gedanken versunken, immer noch hatte er den Tod, der Massimo gemäß
wäre, den schrecklichsten Tod nicht ersonnen; die zusammengewachsenen, weißen, buschigen Brauen hingen ihm fast über die Augen. Aus
dem Fluss kam lächelnd Domenico, durchdrungen von seiner Kühle,
gelöst. Er stellte sich in die Sonne, von der Sonne ließ er sich trocknen.
Zuerst stieg hauchdünner Nebel von ihm auf, dann schien er in einer
Wolke zu stehen – kräftig dampfte das Flusswasser. Noch nicht ganz trocken, trieb er sich gern in den Straßen von Canudos herum, freute sich,
den Canudenern zu begegnen – fast jedes Gesicht war ruhig und ohne
Falsch. Falls ihre Blicke sich zufällig trafen, freuten sie sich, und grinsten
unbeholfen. Wie schön das war, früh am Morgen über die Schwelle seiner neuen, frisch riechenden Hütte hinauszutreten, unterwegs grüßte er
die Mitbürger, alles faszinierte ihn. Das Wasser war anders hier, in Canudos, es schmeckte anders, eine ganz andere Luft atmete der Vagabund.
Mit Erleichterung sah er die andersartigen Häuser, lief glücklich über

den andersartigen Boden, und etwas Wunderliches widerfuhr ihm – er begann die Menschen zu lieben! Es war seltsam, er sah sich, sagen wir, Inocencio an. Der Hirte hackte Holz, ohne Eile tat er das: Einen großen Klotz legte er auf eine ebene Stelle, hob die Axt über den Kopf, schwang sie nach unten, dann hob er sie erneut hoch samt dem Klotz, atmete tief ein und ließ den Axtkopf auf einen Baumstumpf sausen, der Klotz spaltete sich in zwei; an dieser Beschäftigung ist ja nichts Großartiges, oder? Aber mit welch einer Dankbarkeit, mit welch einer Liebe beobachtete das Domenico.

Den Menschen, sei es Frau oder Mann, Greis oder Säugling, den Menschen als solchen, jeden beliebigen dieser Stadt, alle liebte er sie. Er beobachtete von Weitem Senobio Llosa, wie er sich des Nachts unter einen bestimmten Baum setzte, wie er das siebensaitige Instrument stimmte, und mit welch zurückhaltender Gelassenheit des Schmieds Finger traurige Körnchen pickten, oder wie Gregorio Pacheco in der Morgendämmerung die große Trommel schlug. Aus den Lehmhütten kamen die Leute heraus, und Domenico, versteckt im dichten Laub eines Baumes, beobachtete von oben die Canudener, die den Schlummer noch nicht ganz abgeschüttelt hatten und ein wenig schlaftrunken herumschlurften, mit so viel Liebe, mit so viel Freude, fast pikte es ihn, oh, der Kaktus … mitten in der Seele hatte die stachlige Pflanze der Liebe Wurzeln geschlagen. Vier solcher Tage hatte er. Nachdem er in der ersten Zeit alle und alles verwirrt betrachtet hatte, kamen sie, diese vier hochgemuten Tage, nur vier Stück, man konnte sie an einer Hand abzählen, aber sie waren mehr wert als bei manch anderem das ganze Leben … Doch wie merkwürdig es auch klingen mag, er schämte sich dieser Liebe, er verbarg sie, wie er nur konnte. Der kleine, unschuldige Dieb Domenico – als er mit der Arbeit fertig war, steckte er sich eine Lehmkugel in die Brusttasche und ging mit gespielter Unbekümmertheit, die Hände in den Hosentaschen, leise vor sich hin singend, in die Aue, und dort verzog er sich gemütlich in den Schatten eines großen Baumes, und seine unerfahrene Hand formte einen kaulquappengleichen Menschen. Er machte ihm eine spitze Nase, mit einem Stöckchen drückte er die Augen ein, schräg kerbte er den Mund, fügte Arme und Beine an, und dann betrachtete er enttäuscht sein armseliges Gebilde – das war doch gar nichts im Vergleich zu dem echten Menschen, den er liebte. Der Mensch war doch etwas anderes, etwas ganz anderes – ursprünglich, lebendig. Und wie sehr er sich auch wünschte, der Welt einen ihm noch unbekannten Menschen zu schenken, einen Menschen von vielgestaltigem Charakter, allein seinem suchenden Kopf entsprungen und von seiner unermüdlichen Hand erschaffen, und ihn auf der weiten, viel Raum bietenden Welt sicher anzusiedeln – um dies zu vollbringen, genügte der Wunsch allein doch nicht. Ein anderer Kniff war noch nötig, anderes Wissen, eine andere Fähigkeit; vor ihm lag ein langer Weg, er war ein Kleinkind in dieser Sache, nicht mal der erste Schritt war getan. Der Lehm trocknete, wurde spröde, voller Risse lag sein Gebilde, die Arme von sich gestreckt, auf dem Boden. Domenico brachte es nicht übers Herz, es wegzuwerfen, er trug es bedachtsam zu seiner Hütte und legte es in einem verborgenen Winkel unter den Besen.

Der Wunsch, irgendetwas Außergewöhnliches zu durchleben, ließ ihn in der vierten Nacht keinen Schlaf mehr finden, er wälzte sich im Heu von einer Seite auf die andere, nach etwas sehnte er sich! Es hielt ihn nicht länger in seinen vier Wänden, und er schlich auf Zehenspitzen den Pfad zum Fluss entlang, weich war der Weg mit Mondlicht gepflastert. Dann ging er den Hang in Richtung Flussquell hoch, er legte ein gutes Stück Weg zurück, und als er sich umschaute, war Canudos nicht mehr zu sehen. Er zog sich aus und schwamm, die Kleider mit einer Hand hochhaltend, zum anderen Ufer. Als er die Böschung hochstieg, zitterte der Vagabund vor Kälte, aber jenes seltsame »als ob«, sein Spiel aus Kindertagen, war stärker. Nachdem er ein bisschen getrocknet war, zog er sich eilends an, er entspannte sich, legte sich auf die Erde und zog sich schwerfällig wieder hoch, als ob … Er schleppte sich zum Wasser, er torkelte, was war das nun für ein Drang? Samt Kleidern stieg er in den Fluss. Nach Canudos ließ Domenico sich treiben, als ob das träge, schwere Wasser den Müden, den Ermatteten mit sich trüge, vor Erschöpfung bekam er die Augen nicht auf, als ob … Von Zeit zu Zeit hob er kraftlos den Kopf aus dem Wasser, und als er dann das hellgrau schlummernde Canudos erblickte, fasste er neuen Mut, als ob – nein, er fasste wirklich Mut, es war eine großartige Stadt. Und er spielte weiter – erschöpft trieb er gegen das Flussufer, als ob, kroch über den Lehmboden, nur mühsam kam er voran, als kehre er zurück, kehre nach langer Trennung zurück. Ja, da steht es, das Haus, still im fahlen Mondlicht harrend, ach, wie sehr sie auf ihn warten! Aber sie wissen nicht, dass er, Domenico, nach Hause zurückkehrt … Er zog sich hoch, nein, so nahe vor der Haustür wollte er nicht sterben, schon beinahe zu Hause. Mit beiden Händen drückte er sich vom Lehmboden ab, die nassen Finger machten den Boden schlammig. Und er versuchte aufzustehen, den schwer gewordenen Körper auf die Beine zu hieven, als ob … Der Geist löst sich vom Körper, er liegt in den letzten Zügen … Seinen Qualen zum Trotz steht er auf und torkelt voran, es ist zum Erbarmen, wie er sich anstrengt, nicht zu stürzen … Und plötzlich richtete er sich so abrupt auf, dass er beinahe hochsprang – an einem großen Baum im Dunkeln stand Se Moreira, die Arme vor der Brust verschränkt, aufmerksam schaute er auf den jungen Komiker, er erkannte ihn. Domenico senkte den Kopf, er wurde so rot, dass sein Gesicht brannte, er wrang die Hände ineinander, von den Handflächen rieb sich der Lehm ab, ohne dass er das merkte. Am liebsten wäre er im Erdboden versunken, aber er machte sich auf den Nachhauseweg, er legte sich leise hin, vor Scham verbarg er den Kopf im Heu. Bar jeder Regung stand Se Moreira noch immer am Baum. Ein bisschen, ein ganz klein bisschen staunte er über das Gebaren des Vagabunden, aber er hatte keinen Kopf für ihn, er hatte mit seinem übermächtigen Gram zu schaffen.

»Als ob das so besser wäre!«, bemerkte der große Marschall zweifelnd.

»Doch, auf jeden Fall, Grandisssimohalller!« Greg Ricio, der Großmeister des Pinsels, der kamoranische Künstler, lächelte naiv. »Ich finde, die Ohren müssen wir dran lassen, großer Marschall, denn das Gesicht wird durch gewisse Proportionen bestimmt, aber wir werden es mustergültig verändern, die perspektivische Verkürzung wird die Wirkung verstärken. In eine Augenhöhle könnten wir zum Beispiel seinen Mittelfinger stecken, Grandisssimohalller, in die andere den großen Zeh, diese Abfolge wird für eine augenfällige Disproportion sorgen, und die benachbarten unberührten Proportionen, in diesem Fall die Ohren, werden die innere Unstimmigkeit des Gesichts noch unterstreichen. Das Herausschneiden, sprich die Liquidation der Lippen wäre ebenfalls wünschenswert, die

Entblößung der Zähne wird auf natürliche Weise auch sehr effektvoll sein, Grandisssimohalller, weil sie gewisse Assoziationen hervorruft.« Er ist wirklich begabt, die Null, dachte Marschall Bittencourt.

»Wenn Sie es mir nicht übel nehmen, großer Marschall, würde ich gern eine Bemerkung machen, nur wenn ich darf. Darf ich?«

»Sag schon!«

»Den Kopf hätten Sie nicht ganz abtrennen sollen; würde er noch mit einem Faden am Körper hängen, wäre das ein unvergesslicher Anblick. Obwohl, wir könnten ihn auch jetzt leicht annähen, und wenn wir ihn zusätzlich mit den Gedärmen an dieser Stelle an den Torso binden, wäre das überragend, Grandisssimohalller.«

»Gut.«

Leichen konnte Greg Ricio nicht ausstehen, er hatte ein sensibles Herz, deshalb arbeitete er mit einer lebensgroßen Attrappe.

»Und noch etwas, Grandisssimohalller, ich glaube, wir sollten ihn in einem Sack über diese verdammte Caatinga werfen, denn wenn sie die Leiche schon von Weitem sehen, wird das Auge sich im Näherkommen daran gewöhnen, Grandisssimohalller, und der Überraschungseffekt geht verloren, und das wäre höchst bedauerlich.« Greg Ricio arbeitete gebückt an seinem Entwurf und redete kultiviert dabei, zwei Dinge meisterte er gleichzeitig, er galt als hochbegabt. »Und wenn sie den Sack aufmachen und den Leichnam so plötzlich sehen, wird ihnen der Schock in die Glieder fahren, und das wird die erwünschten Früchte tragen. Hier, diese Linie müssen wir auch verändern, ja, genau so, und hier auch ein wenig, soo ...«

Greg Ricio stand da, er ruhte sein Kreuz aus, zufrieden warf er einen Blick auf sein Werk: »Wie hässlich er gewesen sein muss, Grandisssimohalller, nicht wahr?«

Der alte Santos stieß nahe der Caatinga auf den Sack, und was er da drin vorfand, machte das Herz ihm schwer. Da er Manuelo nicht gekannt hatte, hätte er es gar nicht begriffen, wäre im Sack kein zweikrempiger Vaqueirohut gewesen. Vorsichtig legte er sich die schwere Last über die Schulter und machte sich vergrämt auf den Weg, er brachte ihn nach Canudos. Die ganze Stadt versammelte sich um Santos, alle verstummten, nichts Gutes verhieß seine noch stärker als sonst umwölkte Miene; er legte die schwere Last behutsam ab, löste das Band, zog den Sack weg und drehte den Kopf zur Seite. Eine ungewohnt schwere Stille trat ein in Canudos; die Kinder versteckten sich hinter ihren Müttern, gallbittere Trauer packte die Männer, es zerriss ihnen die Seele – sie hatten ja keine Ahnung gehabt, wie Manuelo Costa gestorben war. Ganz Canudos stand im Kreis um den Leichnam, einzig Se traute sich bei Tage noch immer nicht heraus, aber die ungewohnte Stille war beredt genug, er wurde grau im Gesicht. Der alte Santos durchbrach den Kreis, er ging weg von den Leuten, holte Spaten, Hacke und Schaufel. Versteinert, ohne zu atmen, stand Manuela da, nur von ihrer aufgebissenen Lippe rann Blut. Keiner klagte, keiner weinte. Später sollten sie weinen, spät in der Nacht, jeder für sich allein; in ganz Canudos würden dumpfe, fremde Laute zu hören sein. Jetzt aber schauten sie schweigend auf den Toten, und Marschall Bittencourts Rechnung ging nicht auf – in Grauen waren sie versetzt, doch gleichzeitig fiel ihnen, die beständig in Erwartung von Kampf und Tod lebten und deren Augen nun vergiftet waren, geradezu ein Stein vom Herzen, es war merkwürdig. Nehmen wir Rojas hier, er dachte: Was ist schon dabei, wenn ich sterbe. Den Manuelo haben sie uns so schlimm umgebracht. Und ich bin ja nichts im Vergleich zu ihm. Und Inocencio, als würde er seine Gedanken weiterführen: Wie viel einfacher muss es sein, im Kampf zu sterben. Ich mache sie fertig! Marschall Edmondo Bittencourt war bei seinen übermäßigen Bemühungen einem Irrtum erlegen, seine kamoranischen Erfahrungen hatten ihn bewogen, so zu handeln, aber dass er auf ganz anders geartete Menschen stoßen könnte, das überstieg seine Vorstellungskraft; es war danebengegangen. Keiner von ihnen empfand auch nur ein Quäntchen Angst, dafür umso mehr Trauer. Von allen im Kreis war João der am meisten Gequälte, er hatte mit dem neuen Schwiegersohn, mit dem irgendwie schönen, verwegenen, kein Wort gesprochen. Bis dahin hatte er Manuelos Blick immer gemieden, jetzt aber konnte er seinen Blick von dem grausam Geschändeten nicht mehr abwenden. Er hielt es nicht länger aus, ging zu ihm hin, betrübt schaute er auf ihn, schüttelte den Kopf, bückte sich, schlug sich fest auf den Oberschenkel, und seltsam, halb singend, sagte er: »Eeh, Manuelo Costa, Manueeeel …«, und verließ mit hängendem Kopf den Kreis. Dann ging Senobio Llosa zu dem Leichnam, auch er schlug sich auf den Oberschenkel, auch er wiederholte:»Manuelo Costa, Manueeeel …«, und einer nach dem anderen nahmen alle Männer Abschied von dem verunglimpften Leichnam, außer Se Moreira, der mit dem Gesicht nach unten im Heu lag. Nachdem sie auseinandergegangen waren, befreite der unerschütterliche Mendes Maciel die Augenhöhlen der Leiche, säuberte sie, machte die umgebundenen Eingeweide ab und legte ihm den Vaqueirohut auf die Brust. Der alte Santos hatte inzwischen das Grab geschaufelt. Behutsam ließen sie Manuelo hinab und füllten Handvoll um Handvoll Erde das Grab auf. Möge die zum ersten Mal aus solcher Tiefe ausgegrabene Erde von Canudos ihm leicht sein wie eine Handvoll.

»Eh, Manuelo Costa, Manueeeel …«

Und General Jorge, mit einem eigens durchexerzierten Bataillon, wartete an der Demarkationslinie der Caatinga in Deckung auf die finstere Nacht.»Ach, der Hurensohn«, der verärgerte General meinte den Mond,»wie der scheint, will er gar nicht verschwinden?« General Jorge konnte es kaum erwarten, die Operation durchzuführen, welche er auf persönliche Anordnung des großen Marschalls ausgearbeitet hatte. Von den Männern des Bataillons war keiner über die Operation im Bilde, weder Offiziere noch einfache Landser. Als endlich rabenschwarze Finsternis eintrat, wählte General Jorge etwa hundert kräftige Landser aus, versammelte sie heimlich um sich und unterwies sie leise:»Hört zu, ich hab euch nicht umsonst darin getrimmt, einander über eine hohe Mauer auf Matten zu werfen. Ihr kriecht zur Caatinga, und selbst wenn ihr unterwegs eure verstorbenen, vom Tode auferstandenen Verwandten treffen solltet, dürft ihr keinen Mucks von euch geben. Mag sein, dass diese Banditen dort Wachen aufgestellt haben. Lauscht erst mal, und wenn kein Laut zu hören ist, werft ihr zuerst ein paar von diesen weichen Matten über die Caatinga, und dann werft ihr nach und nach jeweils einen Mann rüber, jeder soll eine Flinte dabeihaben.« General Jorge drehte den Kopf mal nach links, mal nach rechts, sprach mal zu den Kräftigen, mal zu den Wurfkandidaten. »Wenn ihr die Flinte hinterherwerft, könntet ihr den andern am Kopf treffen, und das wollen wir nicht; die Mutter Kamora braucht euch jetzt. Ihr werdet weich landen. Damit ihr aber nicht aufschreit, falls sich einer trotzdem versehentlich Arm oder Bein bricht, bekommt ihr von den Werfern ein weißes Knäuel in den Mund. Zum Zeichen, dass alles in Ordnung ist, werft ihr dann das Knäuel zurück, kriecht von der Matte und macht euch unsichtbar, macht den Landeplatz frei für den Nächsten. Denkt die ganze Zeit daran, dass Wachen in der Nähe sein könnten, keinen Mucks, hört ihr? Falls wir dieses Hindernis hier unentdeckt überwinden, ist der Rest ein Leichtes. Sobald ihr alle drüben seid, mit Ausnahme der acht Werfer, macht ihr euch ruckzuck auf den Weg, vorsichtig und lautlos, zu dieser verdammten, nicht eingetragenen Stadt. Geht auf die Hügel, ihr müsst sie bis zur Morgendämmerung umzingelt haben, setzt euch auf den Bäumen auf die Lauer, und sobald einer aus dem Haus tritt, nehmt ihr ihn ins Visier. Ich muss euch wohl nicht erklären, dass ihr draufhalten sollt – die Position und der Überraschungseffekt sind euer Vorteil, das müsst ihr nur ausnutzen, Freunde! Anderenfalls trenne ich euch den Kopf zwischen den Zahnreihen ab. Wenn ihr in dieser vermaledeiten Stadt vier, fünf Leute erledigt habt, werden die anderen sich nicht mehr trauen, rauszukommen. In der Zwischenzeit werfen wir pro Anlauf je zwanzig Männer rüber. Das Gesindel wird in seinen Löchern festsitzen, und uns wird nichts mehr aufhalten – in zwei bis drei Stunden wird sich das gesamte Bataillon an euren Stellungen versammeln. Wir werden euch reichhaltigen Proviant mitbringen, und dann werden wir diese vermaledeite Stadt im Sturm einnehmen. Bis wir da sind, könnt ihr ihnen vorschlagen, sich zu ergeben. Ruft laut, dass wir sie verschonen werden, versprecht, sie am Leben zu lassen, und wenn sie mit erhobenen Händen rauskommen, dann tut den Frauen und Kindern wirklich nichts an, die werfen wir nachher zu den Jagunços. Wenn besonders schöne Frauen dabei sein sollten, hebt sie separat auf, die werden später verteilt, wie sonst auch. So, los, geht, hoch lebe der große Marschall!«

Obwohl die Männer des Bataillons den ersten Teil ihrer Aufgabe gewissenhaft erledigten, wurde nicht viel aus dieser Operation, denn auf der anderen Seite der Caatinga stand düster Prudencio, die Machete in der Hand. Den ersten Kamoraner ließ er gewähren; mit Katzenaugen beobachtete er ihn in der Finsternis. Als der Kamoraner das Knäuel aus dem Mund nahm und zurückwarf, legte er ihm die Hand über den Mund und schlachtete ihn. Dem nächsten herüberfliegenden Mann, den er bereits in der Luft aufschlitzte, nahm er selbst das Knäuel aus den gefletschten Zähnen. Verächtlich warf er es mit zwei Fingern über die Caatinga, und bald zappelte auch der Dritte in der Luft. Später, als Prudencio müde wurde, zögerte er das Zurückwerfen hinaus. Er warf sich kurz auf den Boden und ruhte sich aus – es lief wie am Schnürchen. Als auf der anderen Seite nur die acht Werfer geblieben waren, rannte einer, ein vergleichsweise Leichter, los, um General Jorge über die lautlos und erfolgreich abgeschlossene Mission zu informieren. Langsam brach der Morgen an, und als der Blick der Kamoraner endlich durch die dichte Caatinga zu dringen vermochte, ließ ihnen der Anblick, der sich da drüben bot, den Schreck in die Glieder fahren – alle, an die hundert Mann, eigens ausgewählte, durchtrainierte und gut genährte Schützen, stapelten sich, die Kehlen aufgeschlitzt, dort übereinander. Bevor der gut gelaunte und wacker daherkommende General Jorge diese höchst unerfreuliche Nachricht erfahren konnte, traf ihn an der Schulter die einzige von jenseits der Caatinga abgefeuerte Kugel. Die letzten Männer des Bataillons feuerten noch einmal in Richtung Caatinga, zogen sich dann zurück und gingen wieder im Wald in Deckung. Drei Eilboten hasteten nach Kamora, und ihnen hinterdrein klapperte eine kleine Karre, darauf General Jorge mit verbundener Schulter.

Früh an diesem Morgen hob Se unwirsch den Kopf aus dem Heu, er blickte mürrisch zu den verlegenen Gästen – Inocencio und Rojas waren es.»Wie schön, dass ihr gekommen seid«, Mariam freute sich, sie spähte zu Se, der den Kopf weggedreht hatte,»setzt euch, bitte, ich mach sofort Milch warm.«

Auf dem Boden hockte verstockt der grimmige Hirte, verbissen schaute er zur Seite. Auf einem kleinen dreibeinigen Schemel saß aufrecht und verkrampft Inocencio, Rojas stand mit hochgezogenen Schultern da und wusste nicht wohin mit den Händen, hin und wieder trat er von einem Bein auf das andere.»Jaaaa«, fing Inocencio ungeschickt an und machte den Mund gleich wieder zu. Gnadenlos schwieg auch der Gastgeber – er hatte seinen persönlichen Gram, er wollte niemanden sehen. Mariam legte trockene Äste ins Feuer hinter dem Haus, flatternd stieg Rauch auf, den von Zeit zu Zeit ein Windhauch zerriss. Im Haus schwiegen sie, sehr verlegen, und nachdem etwa drei lange Minuten vergangen waren, kam Inocencio drauf, er sagte:»Guten Morgen, Se.« »Guten Morgen«, Se wandte nicht den Kopf. »Guten Morgen«, sagte kurz danach auch Rojas.»Magst du vielleicht mit rauskommen«,langsam tastete Inocencio sich heran,»kommst du mit uns arbeiten …?«»Nein«, unterbrach ihn Se. Stille. Inocencio entdeckte mit Freude einen Fleck an seinem Knie und rieb und rieb, bis er fast die Hose durchgescheuert und das Knie aufgeschürft hatte. Dann war er angesichts des Schweigens endgültig verärgert, er stand auf.»Also, auf Wiedersehen, Se.« »Wiedersehen.« »Auf Wiedersehen, Se«, kaum brachte Rojas es über die Lippen, und sie gingen hinaus.»Warum wollt ihr schon gehen, hier, die Milch ist gerade warm«, rief Mariam enttäuscht.»Danke, wir haben vor Kurzem schon welche getrunken«, gab Inocencio höflich zurück, und später, als sie schon weiter weg vom Haus waren, dachte er verstimmt: Was interessiert mich jetzt Milch. Es war eigentlich seine Idee gewesen, Se zu besuchen, aber Rojas verlor über den misslungenen Besuch kein Wort; er hatte ihn nicht im Stich lassen wollen und hatte ihn deshalb begleitet. Inocencio fand dabei noch einen Grund, ihm Vorwürfe zu machen:»Wieso hast du bloß darauf bestanden, ich hatte gemütlich für mich zu Hause gesessen.« Rojas widersprach nicht, wortkarg, wie er war, zuckte er bloß mit den Schultern.

Se steckte den Kopf wieder ins Heu, seine verletzte Seele brannte – er hatte Manuelos Hand abgeschüttelt!

Zornig schaute Prudencio auf die Leichen; dass er auch den General erwischt hatte, war ihm nicht genug, er wollte noch etwas, wusste nur nicht, was. Die Kugeln sirrten ihm um die Ohren, und er zuckte nicht mal mit der Wimper. Mit den im Dunkeln in sein Messer gelaufenen Kamoranern mochte er sich nicht begnügen, er wollte mehr; und als vor seinen Augen das Bild Manuelo Costas auftauchte, als er an seine Brüder dachte, wie sie dort im Sertão gehorsam dastanden, dünne Messer am Hals, umnebelte sich sein Verstand. Ihr Schweine, ihr verdient noch mehr!, dachte er verbittert, packte die vor ihm liegende Leiche eines Kamoraners an den Beinen und schleifte sie zur Caatinga. Die Leiche war schwer, ihr Hinterkopf hinterließ eine deutliche Spur auf dem Sand. Er holte aus und schleuderte sie in die Caatinga. Sofort schlang sich das hungrige Dornendickicht um die Leiche, mehrfach schlug die Caatinga ihre scharfen Klauen hinein, saugte, fraß, zitterte gierig; auch bei den benachbarten Ablegern regte sich der Appetit, schaudernd streckten sie die krummen Krallen nach dem Kamoraner aus. Ein grässlicher Anblick war das, Prudencio zögerte kurz, ließ die Arme hängen. Ein ungutes Gefühl beschlich ihn, er wurde nachdenklich. Etwas wie Reue drückte ihn kurz, dann dachte er wieder an Manuelo und an seine Brüder, wurde wütend über sich selbst und blickte nach den Leichen. Warum sollten die hier das Schicksal des Ersten nicht teilen? Und er griff nach der nächsten Leiche, redete von Weitem schon der zitternd wartenden Caatinga zu: »Jede deiner Wurzeln mache ich satt, alle kriegen was ab, keine Sorge.« Erfasst von wilder Freude, flüsterte Prudencio: »Hier, für dich, und für dich auch …« Neue Leichen schleuderte er in die Caatinga, das wartende, noch hungrige, grausige Gebüsch hatte sich zu seiner vollen Größe aufgebäumt, jeder ihrer Arme wartete auf seinen Anteil, und sobald er ihn bekam, schlug er seine langen krummen Krallen in den Hals der Leiche. Die Caatinga kratzte in die Kopfhaut, stach in die Wangen, riss auf und drang unbeirrt vor zu den Gedärmen, aus dem noch immer warmen Fleisch saugte sie genüsslich das Blut, gierig, und Prudencio bot ihr immer wieder neue Gaben. An den toten Kamoranern sättigte sich die Caatinga, ihre dünnen geschmeidigen Triebe wurden dick, weich ineinander verschlungen legten sie sich nieder. Das überschwere Gebüsch war einschließlich seiner Wurzeln satt, gar überdrüssig, noch mehr Blut zu saugen; plump streichelten die schläfrigen Krallen über die noch unberührten Stücke, träge räkelten sie sich, die rot gefärbten.

Währenddessen griff sich in Canudos Mendes Maciel an den Hals, er wurde bleich, entkräftet sackte er zusammen, mit einer Hand stützte er sich auf den Lehmboden. »Was ist mit Ihnen, Conselheiro?«, fragte João Abade erschrocken. »Gregorio, schnell, bring Wasser!« »Nein, kein Wasser«, Mendes Maciel schüttelte den hängenden Kopf. »Sind alle da, in Canudos?« »Ich glaube ja, alle, Conselheiro.« »Gestern Abend ist Pru-

dencio irgendwohin gegangen«, fiel Gregorio ein, »ich glaube, zur Caatinga.« »Ja, nur Prudencio konnte mir das antun«, Mendes Maciel wurde
traurig, dann versuchte er vergeblich aufzustehen. »Bringt mich nach
draußen, schnell, ruft alle her!«

Stark, ehern erklang Gregorio Pachecos Trommel. Zwei Männer
fassten den Conselheiro behutsam unter. Domenico kam von der Aue
her angelaufen, er mischte sich unter die Leute; ganz Canudos war um
Mendes Maciel versammelt, besorgt schauten sie ihn an, die Trommel
schwieg. »Meine Brüder, ihr müsst stark sein!«, kaum brachte Mendes
Maciel die Worte über die Lippen, er hob den Kopf. »Lasst die Angst
nicht von euch Besitz ergreifen, seid stark. Die Caatinga, unsere Wehr, hat
einen Riss bekommen ...«

Erschüttert starrte Prudencio auf den verwandelten Buschwald, es gab
sie nicht mehr, die alte, unbarmherzige, zornig aufgebäumte Caatinga –
satt und dick lag sie kraftlos schlummernd auf dem Boden, als täte sie
den letzten Atemzug, sie konnte sich nimmermehr aufrichten, umsonst
warf Prudencio die verbliebenen Leichen auf sie, angewidert kroch sie
davon, die blutsatte Caatinga hatte sich niedergelegt.

Den Rücken den Untertanen zugewandt, kaute Marschall Bittencourt,
den es vergebens nach Blut dürstete, an seinen Nägeln. Oberst Cesar
stand vor General Jorge, der sich mühsam, mit hängendem Kopf auf der
Trage aufgesetzt hatte, und ließ seinem Unmut freien Lauf: »So ist das
eben, mein guter General, keiner kann einem größeren Schaden zufügen
als man selbst.« Noch einmal unternahm der General den Versuch, sich
mit seinem Bericht zu rechtfertigen, aber der Oberst brüllte wieder: »Du
Blödmann, wie konntest du so hirnlos die besten Schützen draufgeh...«,
wegen des Marschalls überdachte er seine Wortwahl, »in den Tod schicken, sag mir, warum hast du nicht die einfachste aller Methoden angewandt? Hättest du einen deiner Männer zwei Tage im Dunkeln eingesperrt und dann nachts rausgelassen, der hätte alles hinter der Caatinga
ganz klar gesehen.«

»Hört mir zu, Brüder«, Mendes Maciel richtete den matten Blick auf
die Canudener, »viel kann ich euch nicht mehr sagen, das Sprechen fällt
mir schwer. Nun, wir haben gelebt, für eine gewisse Zeit. Jetzt müsst
ihr entscheiden – entweder den Feind hier, in dieser Stadt, empfangen

und sterben, oder euch mit euren Familien auf der anderen Seite des Flusses im Wald verteilt verstecken, und sie werden eine Hatz auf euch veranstalten. Was ist euch lieber, Brüder?«

»Die Stadt zu verteidigen, Conselheiro!«, rief Rojas sofort und wurde rot.

Don Diego unterstützte ihn sogleich:

»Selbstverständlich, ansonsten werden die Kamoraner alle, einen nach dem anderen, einzeln schnappen, und jeden tüchtig foltern. So, im Kampf, erwartet sie ein leichterer Tod als Manuelo. Die Stadt zu verteidigen wäre für sie besser, Conselheiro, selbstverständlich.«

João Abade missfiel es sehr, dass Don Diego sich nicht zu den Canudenern zählte, er warf Mendes Maciel einen vielsagenden Blick zu, aber der schenkte ihm keine Aufmerksamkeit und sagte leise zu den Leuten:

»Macht drei Schritte zur Seite, alle, die so denken!«

Ausnahmslos alle, Groß und Klein, wechselten den Platz, so auch Domenico; und alle schauten sich um, zu den Häusern – der große Hirte, Se, kam. Schweren Schrittes näherte er sich, mischte sich nicht unter die Leute, blieb in der Nähe stehen, abseits.

Der benommene große Hirte tat Mendes Maciel leid, er schaute zu ihm hoch, musterte ihn kurz, ihm kam ein Einfall, und trotz der Pein in seinen Zügen war ihm anzumerken, dass ihn dies froh stimmte, er wandte sich wieder den Leuten zu:

»Wir haben keine Zeit zu verlieren. Am Ende werden wir ohnehin unterliegen, viele sind sie, und wir dürfen ihnen die Frauen und Kinder nicht ausliefern. Fangt an, die großen Bäume zu fällen, wir müssen Flöße bauen, und wenn die Dämmerung hereinbricht, fahrt ihr damit flussabwärts. Bei Tagesanbruch müsst ihr ans Ufer, und damit sie eure Spur nicht finden, lasst die Flöße weitertreiben, dort wird der Fluss noch breiter und treibt sie bestimmt bis zum Meer. Geht in den Wald hinein, so tief, wie es nur geht. Dann können sie euch suchen, bis sie schwarz werden. Wer gut mit der Axt umgehen kann, soll vortreten.«

Alle traten einen Schritt vor.

»Nein, so wird nichts draus«, der Conselheiro lächelte schwach, »wir brauchen nur zehn Männer, die Übrigen haben anderes zu tun.«

»Ich werde die Bäume fällen«, düster entschlossen trat der alte Santos vor ihn hin, »aber es soll mir niemand ins Gehege kommen, ich brauche keine Hilfe. Die anderen sollen die gefällten Baumstämme frei machen und sie zu Flößen zusammenbinden.«

»Schaffst du das wirklich alleine?«, Mendes Maciel blickte auf ihn. »Flöße für so viele Leute …«

»Ja. Mach dir keine Sorgen, Conselheiro.«

»Gut. Gregorio, damit das Hämmern der Axt nicht weithin vernehmlich ist, stell dich in seine Nähe und schlag deine Trommel. Wenn sie etwas ahnten, würden sie den Fluss irgendwo sperren.«

Der alte Santos machte sich auf den Weg zur Aue, schärfte unterwegs schon die Axt. Gregorio folgte ihm mit seiner Trommel.

»Ihr anderen Männer, ihr geht zur Caatinga. Eine Zeit lang werden sie sich nicht hindurchtrauen, aber ihr müsst euch trotzdem beeilen. Legt euch auf den Hügeln auf die Lauer. Du bleibst hier, Se; geh nach Hause und denk gut nach. Keiner gibt dir irgendeine Schuld, sei gewiss, keiner wirft dir vor, am Leben geblieben zu sein, aber da du so große Zweifel hast, musst du den Ausweg aus deiner Lage in dir selbst finden. Es gibt immer einen.«

Ein kräftiger Axtschlag hallte durch Canudos und gleichzeitig setzte die Trommel ein.

»Und jetzt, Brüder«, Mendes Maciel ließ seinen Blick über die Leute schweifen, »bevor ihr geht, sag ich euch eines noch. Denkt nicht, dass ihr in schlechten und unglücklichen Zeiten geboren seid. Vielleicht waren die goldenen Zeiten, von denen wir so manch Märchenhaftes gehört haben, wirklich wunderschön – aber niemandem wünsche ich, die ganze Zeit auf der Wiese zu liegen, Flöte zu spielen und dem Plätschern des Baches zu lauschen. Ich meine es ernst, wenn ich sage, dass ihr in den besten Zeiten zur Welt gekommen seid, ihr alle, Brüder – im Dreck gibt es mehr Möglichkeiten, sich darüber zu erheben, und die habt ihr erhalten. Geht jetzt, ihr wisst, wie ihr zu kämpfen habt, wenn der Feind kommt. Kommt gegen Abend noch mal vorbei, wir müssen noch Abschied nehmen.«

In der Aue fiel zischend der erste Baum.

»Wir werden siegen, Conselheiro, Sie werden sehen«, rief aufgeregt João Abade, »jeder von uns kann es mit mehreren von denen aufnehmen, und Sie werden sehen, wir siegen, ich schwöre es beim Himmel. Flinten haben wir, Munition und alles, wir werden siegen, Conselheiro.«

Aber da sagte Mendes Maciel etwas, was keiner so recht begriff:

»Gott bewahre ...«

»Gute Nachrichten, großer Marschall, großartige Nachrichten«, Oberst Cesar kam trällernd ins Zimmer gerannt, er strahlte übers ganze Gesicht. »Soll ich in seiner Anwesenheit berichten?«

»Nein, weg mit ihm.«

Nachdem der heruntergeputzte General eilends weggebracht worden war, lächelte der Oberst den Marschall beglückt an:

»Die Caatinga soll sich gelegt haben, Marschall, der Weg ist frei!«

»Wie? Was sagst du?«

»Gerade eben kam der Bote angerannt, Grand ...«

»Sehr gut, das ist seeeehr gut, mein Oberst«, vor Freude bekam Marschall Bittencourt eine Gänsehaut, er begann, auf und ab zu gehen, ihn schauderte, er rieb sich die Hände. »Wie ist das passiert?«

»Von drüben hat jemand die Leichen unserer Männer in das Dickicht geworfen«, erklärte der Oberst fröhlich, »und nach und nach hat sich die gesättigte, schwer gewordene Caatinga gelegt, und jetzt soll sie so schlapp sein, dass man ohne Sorge auf ihr herumspazieren kann.«

»Sind deine Leute diesem Menschen nicht gefolgt?«

»Ganz im Gegenteil, Grandisssimohalller, er soll selber wie ein Verrückter laut schreiend auf unsere Seite gerannt sein. Erst dachten unsere Männer, er wäre einer von uns und hätte diese List ersonnen, um durch die Caatinga zu kommen, aber er soll dann dem erstbesten Mann der Kompanie mit den Zähnen an den Hals gegangen sein, und sie haben ihn gar nicht mehr weggekriegt; lange mussten sie mit den Gewehrkolben auf ihn einschlagen.«

»Sie haben ihn getötet?«

»Ja, das haben sie!«

Marschall Bittencourt wurde betrübt, es kam selten vor, dass er sich Vorwürfe machte: Wieso bin nicht ich auf die Idee gekommen, Leute in die Caatinga zu schmeißen. So einfach war es also, da durchzukommen, und ich hab mir den Kopf zerbrochen. Damit ihm in der Eile nicht noch ein Fehler unterlief, überlegte er sich jetzt alles haargenau. Dann blickte er zum Oberst:

»Hat der Bote das noch jemandem erzählt? Hier in Kamora, oder unterwegs?«

»Nein, Grandisssimohalller.«

»Sperr den Mann sofort ein. Schick jemand zur Kompanie und erteil in meinem Namen den Befehl, sie sollen sich nicht vom Fleck rühren. Diese Gauner und Lumpenhunde haben uns großen Schaden zugefügt, mein Oberst«, nachdenklich lief der Marschall auf und ab, »aus dem ganzen Schlamassel müssen wir jetzt für uns Gewinn ziehen. Bringt den verletzten General Jorge auf einer offenen Trage nach Hause, solange es noch hell ist. Wenn die ganze Stadt von seinen Verletzungen erfährt, werden sie denken, dass es bei uns nicht gut läuft, und wer gegen uns was im Schilde führt, wird den Moment gekommen sehen, das Maul aufzureißen. Verteile deine Offiziere in Zivil in der gesamten Stadt. Sie sollen Augen und Ohren aufsperren, morgen früh will ich die Listen auf dem Tisch haben, mit den Namen aller, die mit mir unzufrieden sind. Nachdem wir diese Siedlung, oder was das auch immer ist, niedergebrannt haben, müssen wir das große Kamora von zweifelhaften Elementen säubern. Hast du verstanden?«

»Oh, großer Marschall, Sie bedürfen ja keines Lobes von mir, aber …«, dem Oberst schlug das Herz vor Aufregung so stark, dass er seine Gedanken nicht ganz in Worte zu fassen vermochte, »Sie sind ein Genie! Ich muss Ihnen das sagen, Grandisssimohalller.«

»Und außerdem soll Caetano rufen: ›Es ist soundso viel Uhr abends und alles ist nicht ganz so grandios!‹«

»Und falls er das nicht wagt?«

»Ich hoffe für dich, dass er das macht.«

»Aber selbstverständlich wird er genau das rufen, Grandisssimohaller.«

»Also, meinen Auftrag hast du verstanden, oder?«

»Ja, selbstverständlich«, erwiderte Oberst Cesar fröhlich, »wer zu lästern wagt, frech und unverfroren gegen uns was sagt, den soll ein Messer durchbohren.«

»Du nimmst dir zu viel heraus, Federico«, der Blick des Marschalls wurde frostig, »das kommt vom Müßiggang. Und übrigens, dass die Caatinga sich gelegt hat, war nicht im Geringsten dein Verdienst.«

»Jawohl«, der aufgeknöpfte Oberst erschrak heftig, »selbstverständlich, Sie haben recht, Grand…«

»Die neue Brigade wirst du anführen. Geh!«

Die Sonne war noch nicht untergegangen, als sie die zum Fluss geschleppten Stämme zu Flößen zusammenbanden. Der alte Santos wischte sich über die schweißtriefende Stirn, erst danach verstummte Gregorio Pachecos Trommel. Auf einen Baumstumpf setzte sich erschöpft Domenico, in seinen Ohren hallte noch immer die Trommel, Arme, Beine, Schultern, Taille, alles tat ihm weh, aber er empfand ein bitteres Wohlbehagen. Er legte den Kopf in den Nacken, auch das Räkeln schmerzte, und als er die Augen wieder öffnete, fuhr er hoch – die Flinten umklammert, kamen die Vaqueiros nach Canudos zurück. João trennte sich von der Gruppe und rannte zu Mendes Maciel, vor Aufregung fehlten ihm die Worte, er schnappte nach Luft:

»Ich habe doch die ganze Zeit gesagt, Conselheiro, dass wir ihn nicht hätten aufnehmen sollen … weil … wie er … dieser herausgeputzte Kerl … Der hatte uns noch gefehlt, ach, wenn ich den in die Finger kriege!«

»Was hat er getan?«, fragte der Conselheiro ruhig, nachdem sein Blick über die Zurückgekehrten geflogen war – Don Diego fehlte.

»Der Einzige, dem ich nicht voll vertrauen konnte, war er, deshalb hab ich ihn in meiner Nähe eingeteilt, um an der Caatinga Wache zu halten. Nach kurzer Zeit hat er mit seinen Possen angefangen, und als ich zu ihm geschaut hab, hat er so ein entsetztes Gesicht gemacht, ach, dieser Taugenichts – ich dachte, er hätte die Kamoraner bemerkt, und als ich ihm Handzeichen gemacht hab, hat er mir bedeutet, zu ihm zu kommen. Ganz vorsichtig bin ich zu ihm hingerobbt. An der Caatinga war keine Menschenseele zu sehen! Ach, diese Witzfigur, dieser Taugenichts! Ich hab mich schwarzgeärgert, Conselheiro, bin sofort weg und hab nicht mehr in seine Richtung geschaut. Später, als wir schon zurückwollten, haben wir nach ihm gesucht, und er war nirgendwo mehr zu finden! Dieser Verräter, dieser Feigling, dieser Angsthase!«

»Gut, beruhig dich, João«, ruhig schaute Mendes Maciel zu ihm auf, »jeder muss wissen, was er tut.«

Die Hirten näherten sich dem Conselheiro, der unter einem großen Baum saß; die ganze Stadt hatte sich versammelt, Se stand wieder abseits. Gregorio Pacheco und Senobio Llosa halfen dem Conselheiro behutsam auf die Beine, Mendes Maciel sammelte seine letzten Kräfte, er sprach mit schwacher Stimme, jedoch entschlossen. Glücklicherweise brach soeben der Abend an, die Dämmerung, die Zeit des Stillwerdens, deutlich vernehmbar war jedes Wort.

»Eines müsst ihr jetzt auf der Stelle entscheiden, Brüder. Zwei von euch sollen die Frauen und Kinder begleiten.«

Erstaunt schauten die Canudener ihn an, was gab es da zu entscheiden?

»Und sie müssen dann bei ihnen bleiben.«

Da schaute jeder zur Seite, sie mieden des Conselheiros Blick, wollten seinen Augen nicht begegnen. Als Einziger starrte Domenico ihn an, er kapierte nicht, was das hieß. Der Conselheiro erklärte:

»Ich weiß, ihr wollt die dem Untergang geweihte Stadt nicht verlassen, aber es muss sein, Brüder. Die Flöße müssen von starker Hand gelenkt werden, die Frauen schaffen das nicht. Und außerdem, unsere Kinder müssen auch von Männern erzogen werden – Reiten, Jagen, und vieles andere ... Wer geht mit?«

Die meisten linsten nicht mal zu ihm hinüber, Mendes Maciel aber bohrte seinen Blick in Ses Nacken. Das merkte dieser sofort und drehte den Kopf hastig zu ihm. Sie schauten einander an, angespannt, der Conselheiro und Se Moreira, der größte Hirte; mit den Augen verständigten sie sich. Dann nickte Mendes Maciel unmerklich – sie hatten sich geeinigt, und für einen einzigen Augenblick lächelte Se erlöst. Nur Domenico schaute ratlos mal zum einen, mal zum anderen; die Übrigen hatten die Köpfe weggedreht, sie bekamen nichts mit. Se drückte das Kreuz durch, jetzt wusste er, was er zu tun hatte, bis zum Ende seines Lebens. Nach und nach kehrte seine alte Art, der ihm eigentümliche Stolz, zu ihm zurück ... und dann senkte er absichtlich wieder den Kopf.

»Wir haben nicht viel Zeit, losen können wir nicht«, sagte Mendes Maciel, »wir haben nur den Abend, das muss genügen, weil sie sich ent-

618

weder tags oder nachts zum Angriff entschließen, nie abends. Wer geht mit?«

»Ich gehe mit, Conselheiro!«

Alle drehten den Kopf zu Se, verwirrt schauten sie ihn an. Wie konnte er nur selbst anbieten, sich zu verdrücken! Er aber, leicht rot im Gesicht, wollte sich nichts anmerken lassen und fing an, geschäftig mit Mendes Maciel zu sprechen:

»Zwei Männer, Conselheiro, nicht wahr?«

»Ja, zwei Männer.«

»Ich nehme Rojas mit.«

»Gut.«

»Wann sollen wir gehen?«

Der große Hirte war wieder ganz der Alte. Tatkräftig und unbekümmert stand er auf seinen langen Beinen und schenkte den sprachlosen Canudenern keine Beachtung.

»Sobald es dunkel wird.«

»Das ist eine ehrenvolle Aufgabe, ich glaube, keiner kann die Jungs besser erziehen als ich, Conselheiro, nicht wahr?«

»Stimmt.«

»Und deshalb übernehme ich sie.«

Die Canudener stießen sich am Benehmen des großen Hirten. Gerade vor dem entscheidenden Kampf so bedenkenlos zu kneifen! Selbst Mariam war verwirrt.

Doch Se war einer der fünf Auserwählten …

»Aber, Conselheiro, womit habe ich das verdient?« Rojas' Stimme zitterte. Das Entsetzen brachte ihn dazu, sich zum ersten Mal in seinem Leben in längeren Sätzen auszudrücken: »Was haben Sie gegen mich, hab ich schlecht gearbeitet oder schlecht gekämpft? Meine Verletzungen sind auch längst verheilt, und ich habe im Unterschied zu den anderen weder Frau noch Kinder.«

»Du musst mit«, sagte Se zu ihm, bleich im Gesicht, und dann versuchte er zu scherzen: »Bin ich etwa weniger geeignet für den Kampf als du, weil ich gar keine Verletzungen hatte?«

Rojas schaute ihn hasserfüllt an und unterbrach ihn schroff:

»Du hast ein geschenktes Leben und kannst damit tun, was du willst.«

Ses Hand fuhr zur Machete, aber er bekam sich wieder in die Gewalt und presste die Lippen zusammen.

»Es ist nicht alles so, wie du denkst, Rojas«, Mendes Maciel fiel jetzt jedes Wort schwer. »Mit großer Wahrscheinlichkeit stoßt ihr unterwegs auf Kamoraner, und vielleicht steht dir ein noch härterer Kampf bevor als den anderen.«

»Dann will ich erst recht lieber in Canudos sterben.«

»Schäm dich, Rojas!«, sagte Mendes Maciel, und der Hirte senkte den Kopf.

Es wurde dunkel, auf den unteren Ästen der Bäume suchten die schläfrigen Hühner Unterschlupf.

»Nehmt das Federvieh mit. Des Morgens, an eurem neuen Ort«, der Conselheiro lächelte schwach, »muss unbedingt ein Hahn krähen. Nehmt auch Kühe und Schafe mit und noch ein paar Pferde, so viele, wie auf zwei Flöße passen. Und jetzt wollen wir uns setzen und schweigen«, sagte Mendes Maciel, nachdem das Hühnergegacker sich gelegt hatte. »So ist es Brauch vor dem Auseinandergehen. Verabschieden können wir uns auch im Dunkeln, so wie jeder mag.«

Bis es dunkel wurde, mieden sie die Blicke ihrer Mütter, ihrer Frauen und Kinder; schließlich standen sie auf, in der zunehmenden Dunkelheit schienen sie steinhart zu werden, und dann, als es ganz finster wurde, war es, als setzten sich alle in Bewegung, als streichelten sie einander, als weinten, schluchzten sie manchmal, als strichen sie einander über die Wangen, über den Kopf, als küssten sie die still gewordenen Kinder auf die Stirn, und wenn sie einem guten Bekannten begegneten, lauschten sie der vertrauten Wärme, innehaltend in stiller Umarmung. Es war, als streichelten sie mit ihren geschundenen, knorrigen Händen, kühl wie Baumrinde, behutsam die Kinder am Hals, manche wischten sich unauffällig die Tränen ab, und in der Dunkelheit der Nacht mengten sie sich ineinander, es war, als streichle ein jeder jeden. Es war, als legten sich auch diejenigen, die blieben, gegenseitig vertrauensvoll die Hand auf die Schulter, im Stockdunkeln schauten die Mitbürger einander aufgeregt, voller Hoffnung an. Sie wuselten hin und her, das ruhige Rauschen des Flusses übertönte nicht länger ihre Schritte, mit allumfassender Liebe waren sie angesteckt. Falls sie im Finstern zufällig mit den Schultern aneinanderstießen, lächelten sie sich gegenseitig liebevoll an, so schien es Domenico, in dieser Dunkelheit schien es ihm wirklich so.

Doch nichts dergleichen geschah, sie standen da, ohne sich von der Stelle zu rühren.

Als die Flöße schließlich Canudos hinter sich ließen, wandten sich alle zum Conselheiro, sie leuchteten ihm mit einer Funzel ins Gesicht – er atmete nicht mehr.

Benommen, mit hängenden Schultern standen sie da: Frau, Kinder, Mutter wehrlos dem Fluss überlassen, ihnen womöglich für immer verloren; jener merkwürdige Fremde, Don Diego, schändlich abgehauen; der größte Hirte, eigentlich ein Vorbild an Geschick und Stärke, die erste Hoffnung, Se Moreira, wie ausgewechselt und sich vorm Kampfe drückend; und die Caatinga geöffnet. Manuelo Costa tot. Der wahrhaftigste der Vaqueiros, Rojas, zurückhaltend und fleißig, in seiner Ruhe stets im Recht – Canudos wider Willen verlassend. Und ihr Glaube, ihre in Worte gefasste Einheit, der Conselheiro Mendes Maciel atmete nicht mehr. Rücklings gestürzt lag er auf dem Boden seiner Stadt.

DIE CANUDENER KÄMPFTEN
DENNOCH GUT

Wie sich Oberst Cesar später dachte, hätte er nicht am hellen, sonnigen Tage die ganze Brigade durch die Caatinga führen sollen. Anfangs hatte er geglaubt, durch die Überzahl und die ausgezeichnete Bewaffnung dem Gegner einen Schrecken einjagen zu können, er hätte die Auslieferung der Anführer verlangt, und als Gegenleistung versprochen, die einfachen Kombattanten am Leben zu lassen, und dann hätten sie die Waffen zu seinen Füßen niedergelegt. Aber zu Verhandlungen kam es nicht. Nachdem die Brigade sich aufgestellt hatte und nun auf die nie erblickte Stadt zumarschierte, richteten die Canudener, die auf den Hügeln Stellung bezogen hatten, ihre kühlen Flintenläufe auf sie, und obwohl die meisten der Flinten untauglich waren, mit verstelltem Visier, schadete dies nichts – wenn sie einen aus der Brigade anvisierten und den Abzug betätigten, stürzte eben ein anderer zu Boden, die übermütigen Kamoraner marschierten zu nah beieinander. Noch bevor der Oberst einen Befehl erteilte, stob das ganze Bataillon auseinander, manche legten sich flach auf den Boden, manche gingen hinter vereinzelt stehenden Bäumen in Deckung und rührten sich nicht; sie hoben nur leicht den Kopf und beobachteten mit ihren frostigen Eidechsenaugen die Hügel. Eines muss man ihnen lassen – Angst hatten sie nicht. Manchmal schlug eine Kugel neben ihnen ein, und sie steckten die Nasen ebenfalls in die Erde. Dann trat eine drückende Stille ein und sie wunderten sich, von Neugier gepackt reckten sie die Köpfe und warteten auf die Dunkelheit, sie konnten ja nicht wissen, dass auch die Canudener auf die Nacht setzten. Wenn hier und da die zweikrempigen Hüte der Vaqueiros auf den Hügeln aufblitzten, nahmen sie sie sofort ins Visier. Bald fanden sie an der einseitigen Schießerei Gefallen, obschon sie ein wenig verwundert waren, dass die Canudener ihre Schüsse nicht erwiderten. Trotzdem blieben sie auf der Hut, in Deckung hinter den speziell abgerichteten und jetzt still stehenden Pferden, die sie von der Nachhut geholt hatten. Und plötzlich erschreckte sie Hufgetrappel – über die Hügelkette sprengten die Canudener und waren auch sogleich wieder verschwunden. Hastig sprang der Oberst auf, gab den Befehl, aufzusitzen, und sie nahmen die Verfolgung auf. Doch der Abstand verringerte sich nicht, einzig das für seine Schnelligkeit berühmte Pferd des Obersten näherte sich den hintersten Reitern der Vaqueiros an. Er blieb stehen – nicht aus Angst, aber allein gegen die ganze Horde anzutreten wäre doch reichlich unvernünftig gewesen. So stand er da und wartete, bis die ganze Brigade aufschloss. Dann verlangte er geschäftig einen kurzen Rapport von den Offizieren; sie hatten keine großen Verluste zu melden. Einigen Männern der Bestrafungseinheit, die er als Sanitäter getarnt mitgenommen hatte, befahl er, bei den Verwundeten zu bleiben. Um »einen Wiederaufschwung der Caatinga auszuschließen«, so der Marschall Bittencourt, sollten sie von Zeit zu Zeit die Undisziplinierten oder die Verwundeten auf das Dornendickicht werfen. Mit der Abenddämmerung erreichte die Brigade die Waldung, und der Oberst befahl, Essen zu fassen, doch die mit Proviant beladenen Trosswagen waren nirgendwo zu sehen. Sie schickten sogar ein paar Reiter, um den Verbleib der Verpflegung ausfindig zu machen, doch keiner kehrte zurück … und im tiefen Wald feierten die Schakale reiche Beute. Die wenigen Vaqueiros, unter der Führung Inocencios, verzichteten auf das Feindesmahl, nur ein Zicklein, wie es der Oberst von ganzem Magen liebte, überließen sie dem alten Santos, der damit einen wunderlichen Fang machen sollte.

Der verwöhnte Oberst Cesar, der den ganzen Tag nichts zwischen die Zähne bekommen hatte, hätte in dem Moment auch ein trockenes Stück Brot nicht ausgeschlagen – ihm knurrte der Magen. Rastlos lief er zwischen den Offizieren umher, in seinen Grundfesten erschüttert, und machte eine tadelnde Bemerkung nach der anderen; ein paar Schluck eines flammenfarbenen Feuerwässerchens regten seinen Appetit noch an, es brannte ihm im Magen. Dann stellte er Posten auf und beschloss, sich schlafen zu legen. Zwar lag er mit geschlossenen Augen da, aber der Schlaf wollte nicht über ihn kommen. Ihn verlangte nach den ausgefallensten Speisen, und so deutlich stellte er sie sich vor, dass er sie förmlich riechen konnte – Rinderbraten in Rotwein mit geschmorten Zwiebeln zum Beispiel, gebackene Leber, marinierte Grillspieße, frisch geborenes Kalb, in Milch gekocht … Ach, er nickte ein, und der Speichel floss ihm aus dem Mundwinkel, er träumte: auf Schwarzbrot geschmiertes Schmalz und reichlich roter Kaviar darauf, dickkörnig – das war ein Höhepunkt, ein Genuss. Dreierlei fand dabei traumhaft zusammen: die herausfordernde Wildheit des rauen Schwarzbrotes, die plump anschmiegsame Fettleibigkeit des Schmalzes und das Wichtigste – wie die fremd herben, appetitanregenden roten Bläschen am juckenden Gaumen vom Druck der Zunge zerplatzten, aah! Der Oberst sprang auf, schaute sich um; es war stockdunkel – wie hätte es auch anders sein können in mondloser Nacht, in der Waldung –, und ihm war, als hätte er das blasse Meckern eines Zickleins gehört. Was? War ihm das nur so vorgekommen? Der Oberst spitzte die Ohren, und da war es wieder, das Meckern. Rasch stand er auf. Nach jenem Traum, mit einem riesigen Loch im Bauch, konnte er keinen klaren Gedanken mehr fassen. Die für ihn ungewohnte Finsternis ließ unangenehme Gedanken aufkommen, und zur Stärkung setzte er wieder den Flachmann an, das Wässerchen brannte sich in seine Seele ein. Er ermannte sich und machte sich auf den Weg, dem Meckern entgegen, mit einem Ohr in der Richtung lief er seitlich geneigt darauf zu. Er bemerkte weder ein über sein Gesicht streifendes Blatt noch dünne Spinnweben. Da, weiter vorne, wartete auf ihn ein anderes, gut gesponnenes Netz – auf einem niedrigen Ast saß der alte Santos, im Gürtel eine Axt, und mit einem langen spitzen Stock pikste er das Zicklein, das an den Baum gebunden war, in die Rippen und brachte es dazu, zu meckern. Den sich nähernden fressgierigen Mann bemerkte er schon von Weitem. Auf seinen Schultern saßen glänzende Epauletten. Der alte Santos stemmte die Sohlen gegen den vorderen Ast, nahm eine stabilere Stellung ein, wurde mucksstill; noch einmal pikste er das Zicklein, und freudig setzte Cesar seinen Weg fort. Tastend, flatternden Herzens näherte er sich Santos' Baum. Schon so einiges hatte der Oberst in seinem Leben zu sich genommen, und viel war er herumgekommen. Was wollte er noch, was wolltest du noch, armer Oberst, wo gehst du hin, Oberst, wohin? Auf des Zickleins Fleisch hatte er es abgesehen, er wollte etwas in den Magen kriegen und setzte seinen Weg noch fieberhafter fort. Er konnte nicht wissen, er ahnte nicht, dass dort, mit dem Meckern, ein Höllenfeuer seiner harrte; weiter ging er, einen Arm ausgestreckt. Er hatte sich bereits überlegt, was er tun würde – das Zicklein feste packen und ihm sachte den Kopf hochziehen, liebevoll das Messer über seinen Hals führen, er hatte sich alles zurechtgelegt, und schon konnte er das grau in der Dunkelheit sich abzeichnende Zicklein ausmachen. Eins, zwei, da war er heran, aber bevor er sich ducken konnte, lehnte sich der alte Santos über den Ast, packte ihn am Schlafittchen und hob ihn wie einen Welpen hoch. Vor Überraschung zog der entgeisterte Cesar die Beine an, armselig pendelte er in der Luft. Mit der anderen Hand zog der alte Santos die Axt aus dem Gürtel, legte sie in der Hand zurecht, schaute von der Seite auf die zu ihm aufblickende, um Gnade heischende, in Grauen versetzte Beute, und kräftig und kurz schwang er die Axt ... dann ließ er angewidert los.

So einfach geschah es – es war einmal ein wackerer Oberst Federico Cesar.

Argwöhnisch streichelte der große Marschall seine schnurrende Katze Arufa, die genüsslich die Augen zusammengekniffen hatte. Der Bote, der die Nachricht vom Sieg bringen sollte, verspätete sich.

Bis zum Morgengrauen dauerte die unbarmherzige, beharrliche Jagd der grimmen Canudener auf die verwirrten Kamoraner. Verbittert suchten die Männer der Brigade, deren Augen sich noch nicht an die Dunkelheit gewöhnt hatten, nach Verstecken, aber hinter jedem Baum stand ein Vaqueiro, die Kiefer zusammengepresst und die Machete fest umklammert – ein Urbild des Schicksals. Für die meisten von ihnen gab es kein Entkommen: Nach einer ganzen Weile auf Zehenspitzen, wo sie eben hoffen durften, sich gerettet zu haben, plötzlich ein Messerstich von unten zwischen die Rippen. Dem, der mit Mühe einen Ast erklommen hatte – von oben eine Machete in den Hals; der hinter einem Baum Versteckte, sich in Sicherheit wähnend – von einer Lanze an den Baum genagelt; dem Rennenden, bestürzt über das Los des Kampfgenossen Zurückschauenden – in den Hinterkopf ein von Senobio Llosa geschmiedetes Schwert; einer hatte endlich die Waldung hinter sich gelassen, schaute erstaunt um sich her, ein ungutes Gefühl, und plötzlich – ein Lasso um den Hals, um dann im Tempo eines Pferdes über den Boden geschleift zu werden; einer röhrte grauenhaft, wie von Sinnen, und bat fluchend mal um Hilfe, mal um den Tod …

Domenico hielt sich die Ohren mit beiden Händen zu, er saß neben Santos auf einem Ast. Um dort unten zu sein, fehlte ihm der Mut, er hatte noch nichts von einem Vaqueiro. In dieser Nacht hatte er nur Blut vor Augen, roch immerfort Blut, die dumpfen Schläge drangen trotzdem zu ihm durch, und obschon er die Augen geschlossen hielt, sah er doch, wie der nach hinten gebeugte Santos einem rennenden Kamoraner seinen großen kalabarischen Dolch entgegenhielt, dann den am Hals Aufgespießten wegtrat. Und plötzlich wimmerte Domenico kläglich: »Hört auf, bitte!« Er schämte sich dafür. Er klaubte all seinen Mut zusammen, und zwang sich, das Gemetzel mitanzusehen; er war doch auch ein Stück weit Canudener. Dass er nicht kämpfte, mochte noch angehen, aber sich die Augen zuzuhalten, das ging nicht, er war ja nun keine Figur im Setzkasten mehr, er saß jetzt neben Santos, auf einem niedrigen Ast.

Bei Sonnenaufgang, als er mit den anderen zusammen auf den Rand der Waldung zuging, hielt er vorsichtig Ausschau und erschrak – obgleich nur ein Drittel der Männer der Brigade übrig geblieben war, standen diese fest auf dem Boden und hielten die Flinten. Ihre zu Schlitzen zusammengekniffenen Augen schauten zum Wald, merkwürdig, auch auf die Entfernung erkannte Domenico das. Dass die Canudener nicht mal halb so viele waren wie die verbliebene Brigade und dass später noch ein Bataillon des schönen Generals dazustieß, war nicht schlimm, und dass der Gutmutgeneral Ramos mit seinem Bestrafungskommando in Zivil dazukam, auch das war nicht schlimm – aber da kam Michinio höchstpersönlich und führte das Rudel der freigelassenen Jagunços an! Domenicos Knie gaben nach, die eingeschlafenen Finger wurden zu Eis, ja, es bewahrheitete sich:»Es gibt für dich kein Entkommen. Ich finde dich in jedem Erdloch, und sogar im Wasser!« Vor lauter Grauen schaffte er es kaum noch, einen Schritt zu machen, sein fröstelnder Geist versagte sich jeglicher Wahrnehmung, nur der Körper hatte Angst, irgendwie blindlings und erbarmungslos, und als die Kamoraner die Gewehrkolben an die Schulter drückten, zog sich Domenico zusammen mit den Canudenern wieder in die Tiefe der Waldung zurück, dort versammelten sie sich. Den Geruch von Rauch gewahrten sie zuerst schwach, von Weitem, dann aber stach er ihnen streng in die Nase – die Waldung brannte. Zu ihrer Stadt, nach Canudos, zogen sie sich zurück.

Es dämmerte bereits, als die Vaqueiros an den Fensteröffnungen ihrer Hütten Stellung bezogen, sie luden die Flinten, hielten sie im Anschlag und warteten. Die Männer der Brigade hingegen umzingelten sie langsam, methodisch, mit geübten, raffinierten Winkelzügen, ihre Hauptwaffe – das Bestrafungskommando – rückte stetig näher, es verfügte über ein einstudiertes, auf Täuschung zielendes Bewegungsmuster, und als die Kamoraner auf Schussweite heran waren, blieben sie stehen. Der Abend brach an, die Stunde des großen Stillwerdens, in den ruhigen Lehmhäusern waren die Canudener verschanzt, der Kummer nagte an ihnen: Die Seele ist einem dennoch lieb und teuer … Die Dämmerung, der anbrechende Abend, die Zeit der Stille – jedes kleinste Geräusch gewann so an Wert, und in dieser drückenden Stille hingen sie traurigen Gedanken nach. Heee, die Welt, die verehrte Welt, sie ist schön und groß, bunt, nie kriegst du genug von ihr, aber es war ihr letzter Tag, und sie wussten nicht, wie sie den Kummer hätten abschütteln können. Und die verdammten Kamoraner schossen nicht. Plötzlich vernahmen die Canudener hartes, die Stille in Stücke zerfetzendes Hufgeklapper. Erstaunt schauten sie sich um: Das Ufer ihres Flusses entlang sprengte sorglos Se Moreira heran, der große Hirte, aber wie wundersam, wie merkwürdig – er stand aufrecht auf dem Rücken des galoppierenden Pferdes! Bis sie irgendetwas begriffen, bewunderten sie die außergewöhnliche Kunst des Reiters, begeistert bestaunten sie ihn, und als er an ihnen vorbeiflog, den Kamoranern entgegen, bemerkten sie, dass der große Hirte hinter dem Rücken zwei Schwerter hielt, an den Körper gepresst, vor dem Feind versteckt. Und die Kamoraner schossen nicht, vielleicht dachten sie, Se sei ein Bote, wer hätte geglaubt, ein Mann träte allein gegen die gesamte Armee an. Se aber, als er bei den Kamoranern angelangt war, riss beide Hände hoch und ließ die Schwerter unbarmherzig auf die Köpfe zweier Kamoraner in der vordersten Linie niedersausen. Dann spreizte er mühelos seine langen Beine, landete auf dem Rücken des Pferdes, und bevor die verblüfften Männer der Brigade begriffen, wie ihnen geschah, oder die Flinte zücken konnten, wirbelte mitten unter ihnen Se Moreira umher, der große Hirte, wie der Gotteszorn selbst. Mit beiden Händen ließ er die scharfen Schwerter tanzen, das Pferd lenkte er mit den Knien in die gewünschte Richtung. Auf einmal begriffen die Canudener, warum Se sich kurz entfernt hatte – damit er sich, einmal gerettet, nicht begnadigt fühlte; freiwillig entging er zum zweiten Mal der Gefahr, um nunmehr, durch dieses Zurückkommen, mit ungezwungener Unerschrockenheit, die beiden Male aufzuheben. Zudem überbrachte er damit den Canudenern die Nachricht, dass ihre Frauen und Kinder in Sicherheit waren, und so fiel ihnen ein Stein vom Herzen. In diesem Augenblick der Wehmut zeigte er seinen Brüdern, wie ein echter Canudener sterben sollte, und im Reiten schwang er flink und sorglos die beiden Schwerter, und wie aufrecht und stolz saß er auf seinem gehorsamen Pferd. Auch früher warst du nicht umsonst der größte Hirte des ganzen Sertão, ein

Held am Ende der Welt, den niemand kannte, und du hattest einen sehr einfachen Namen – Se … Und immer wortkarg, auf eine bestimmte Art bescheiden, grämtest du dich, dass du nicht frei warst. Doch jetzt, wie unerschrocken, mit welcher Inbrunst bist du über die verblüfften Kamoraner hergefallen, und wie gelassen hast du deine Schwerter geschwungen, wie unbekümmert – allseits frei bist du vor dem Tod gewesen, Se!

Auch der Glaube hat, wie die Spinne oder der Fischer, sein Netz, und das unsichtbare Netz des Glaubens verknüpfte nun die Canudener miteinander; ohne Pferde, verschanzt in ihren Häusern, gewahrten sie, wie auch der Tod so würdig schön sein kann, und auch Domenico, den Michinios Erscheinen in Grauen versetzt hatte, konnte für einen Augenblick seine Angst vergessen. Er beobachtete mit den anderen, wie dieser unbeschwert zürnende, behände tobende große Krieger, von mehreren Schüssen durchbohrt, am Ende im Herabfallen vom Pferd, in der Luft starb – mit einem Lächeln im Gesicht, frei. Und der durch all das Blutvergießen so sehr in Grauen versetzte Domenico beobachtete in diesem Augenblick gebannt, wie Se tötete, und auch, wie er selber starb, denn Se Moreira, der große Hirte, war einer der fünf Auserwählten, die die Großen von Canudos geworden sind.

In jener letzten Nacht bekam keiner mehr ein Auge zu, aber zwei waren besonders unruhig – da drüben Massimo, und hier der alte Santos. Die untrügliche Vorahnung ihres Zusammentreffens hatte beider Herzen ergriffen. Und während Santos ganz genau wusste, wen er in die Fänge kriegen wollte, schürfte an Massimo, dem Schuldigen, dem Schuldbeladenen, eine unerklärliche Angst, als führe jemand mit einer Rasierklinge über eine Glasscheibe. Im Bestrafungskommando war Angst verpönt – sofort würden sie ihn degradieren. Dazu war Massimo kein einfacher Befehlsempfänger, er war selbst Befehlshaber über ganze siebzehn Mann. Der Gutmutgeneral Ramos war stolz, einen so hübschen und eleganten Burschen in seinem Kommando zu haben. Massimo war ein Ästhet, er legte Wert auf sich, sonntags ließ er sich von einem eigens bestellten bekannten Barbier die Haare schneiden, verschiedene wohltuende Öle, zahlreiche, die Haut verwöhnende Salben waren sein Eigen. Wortgewandt war er auch, und er verfügte über ein Lächeln, das sein strahlend weißes, gesundes Gebiss entblößte; er wusste sich zu benehmen, und wenn er frei hatte, war es ihm ein Vergnügen, den Lehrlingen des Hoftenors Ezequiel Luna zuzuhören. Massimo war böse. Zahlreiche Sünden saßen ihm im ausrasierten Nacken, doch sein Gang war stets unbekümmert und galant. Ihm fehlte es an nichts, zu allen möglichen Zerstreuungen hatte er Zugang; er war der beste Kumpel und engste Vertraute von Ramirez Quispe, einziger Schwiegersohn des Ältesten des Ältestenrates, Porfirio. In dieser Nacht fand er keine Ruhe … Gar nicht weit, in Canudos, in der Hütte des alten Santos, lag der Holzklotz, dem Santos seinen Namen gegeben hatte. Jetzt aber, in der letzten Nacht, hatte Santos kein Auge mehr für ihn – er musste zu Massimo selbst gelangen, aber wie? Sind Sie noch da? Mein lieber Leidensgenosse, mir scheinbar geneigt, dabei stur, misstrauisch, kommen Sie, schauen wir uns mal die beiden an, da, sehen Sie, wie sie gleichzeitig aufgestanden sind – das ist Fügung, Bestimmung, Schicksal … Noch in der Hütte bückte sich Santos schon, in seiner Tasche steckte ein Wollknäuel, ein Seil hatte er sich um die Taille gebunden, in der Hand hielt er ein Beil. Er begab sich auf die nächtliche Jagd, zog die Schuhe aus und verließ die Hütte gebückt, der lautlose Jäger, die Muskeln zogen sich über seine Schultern wie der stille Zorn. Bejammernswert stand drüben, am Lagerfeuer, der Bestrafungskommandeur. So im Hellen stehen wollte er eigentlich gar nicht – von dem Beil ahnte er nichts, in seinen Vorahnungen blickte er immer in einen auf ihn gerichteten Gewehrlauf. Schwarz gekleidet schlich sich der alte Santos ans Feuer heran, auch die weißen Haare hatte er unter einem schwarzen Tuch versteckt, Mirzas Kopftuch … Mirza war der Augenstern des ganzen Dorfes gewesen, und alle hatten sich gewundert, wieso sie sich für den gänzlich unscheinbaren Santos entschied, der weder reich war noch arm, weder schön noch hässlich, der wortkarg war und immer im Schatten stand, nicht diese Kraft hatte, damals. Aber Mirza war eine Frau, die einen Mann im Voraus schätzen konnte, und zwar für die Tat, die er in dieser Nacht vollbringen würde, genau darum hatte sie sich in ihn verliebt. Wie sie ihn damals angelächelt hatte, das erste

Mal … Geduckt näherte sich der alte Santos seiner Beute … Als Mirza ihn zum ersten Mal sah, hatte sie ihn erst aufmerksam gemustert, den Kopf leicht zur Seite geneigt, und ihn dann angelächelt. Erst hatte Santos das gar nicht verstanden, mit schönen Frauen hatte er keine Erfahrung, er schaute hinter sich, aber da war niemand, und verwundert starrte er Mirza an. Sie ging auf ihn zu, und für ein Dorfmädchen ziemlich gewagt, sagte sie unbekümmert und ohne rot zu werden: »Wenn du magst, komm gegen Abend, wenn du auf deiner Hand die Linien nicht mehr erkennen kannst, zu den Linden.« »Was hockst du da rum?«, ärgerte sich Massimo über einen seiner siebzehn Mann, etwas raubte ihm die Ruhe. »Ist jetzt etwa Zeit zum Schlafen?« Zuerst dachte Santos, Mirza wolle ihm einen Streich spielen, aber gegen Abend stand er doch unter den Linden und schaute emsig auf seine Handflächen. »Ich geh mal kurz weg«, sagte Massimo laut, im unsteten Licht des Lagerfeuers hielt er es nicht länger aus, »ich muss mal schnell, hahaha …« Mirza kam. Und der verwirrte Santos konnte sich nicht helfen – ach, die dummen Gedanken –, beinahe dachte er, Mirza sei eine von den leichten Frauen, mit einem dunklen Fleck in ihrer Vergangenheit; aber nein, nichts dergleichen … Jetzt stand er im Dunkeln hinter einem Baum versteckt, er legte das Beil in der Hand zurecht und wollte soeben einen Satz machen, als Massimo selbst auf ihn zukam … Der alte Santos wurde ganz still, überrascht folgte er Massimo mit dem Blick, wie er an ihm vorbeilief, dann heftete er sich ihm barfuß an die Fersen. Seine Beute lief mal hin, mal her, auf der Suche nach einem sicheren Ort, glaubte er. Kurz blieb Massimo an einem Baum stehen, sein ängstlicher Blick wanderte daran hoch, es schien, als habe er vor, auf einen Ast zu klettern, aber er überlegte es sich anders und setzte seinen Weg zögerlichen Schrittes fort. Santos folgte ihm lautlos, glühend vor Rachgier ließ er ihn nicht aus den Augen … Auf einen riesigen Baum mit einer Baumhöhle ging Massimo zu, aber nein, nein, der Baumhöhle traute er doch nicht, er überlegte es sich anders und kroch nicht weit von da hektisch hampelnd ins Gestrüpp. Ruhig richtete sich Santos auf, grimmig schaute er auf die erbärmlich zappelnde Beute. Als Massimo sich ganz im Gestrüpp verkrochen hatte, bückte er sich, packte ihn angewidert mit zwei Fingern am Hosenbein und zog den einflussreichen Militär, den Befehlshaber über siebzehn

Mann, mit zwei Fingern heraus. Ein seltsames Gekrächz hörte er, mit der Fußspitze drehte er den jungen Mann auf den Rücken – das Schafswollknäuel war nicht mehr nötig, Massimos Stimme versagte, er krächzte nur schwach. Santos legte sich neben seine Beute, rollte sich auf sie, mit dem angewinkelten Bein hielt er sie unten und fesselte sie. Er stützte sich auf Massimos Schultern und hielt ihn am Boden. Sein widerwärtiges Gesicht konnte er nicht sehen; stockdunkel war es im nächtlichen mondlosen Wald. Um sich endgültig zu überzeugen, dass seine Beute echt war, streichelte er Massimo über die Wange, der Augenblick war gekommen, der Traum vieler Nächte. Eines störte ihn doch, dass er den Eingefangenen nicht sehen konnte, wie sehr wünschte sich jetzt Santos, in seine vor Angst hervorquellenden Augen zu blicken, sie eingehend zu betrachten und zu genießen. Er packte seinen Kopf, seinen Mund und seine Nase knautschte er mit eisernen Fingern, legte das Kinn über seine Lippen und flüsterte sorgfältig in seine Augen, mal welchen Todes er ihn sterben lassen würde, mal in welches Unglück er ihn gestürzt hatte, er erwähnte Mirza ein paarmal, das Kind erwähnte er nicht, nein, das brachte er nicht über sich. Seine Beute zitterte schwach. Der alte Santos, geblendet davon, dass sein Wunsch in Erfüllung ging, hörte nur den wilden Gesang bitteren Glücks, und kurz vor dem Ziel zauste er ihm behutsam mit heißen Fingern das Haar; streichelnd wollte er eine bis dahin beispiellose, auf der ganzen Welt unerhörte Folter beginnen – streichelnd wollte er ihm die Seele aus dem Leib ziehen, von wegen im Rauch ersticken, im langsamen Feuer verbrennen oder erhängen, nichts davon würde seinem Opfer zuteilwerden, so, streichelnd, war es am besten. Langsam, ganz langsam. Aber manchmal machte einer der Finger sich selbstständig und fuhr Massimo so schnell an die Gurgel, dass Santos ihn nur unter Aufwendung seiner ganzen Kraft zurückziehen konnte; nein, nein, ihn überstürzt zu erwürgen wäre doch keine Genugtuung gewesen – besser langsam, ganz langsam. Dumpf lachte ihm Santos ins Gesicht, sogar mit dem Lachen ging er sparsam um, hielt sich zurück, denn er wollte den letzten Atemzug der Beute mit lautem Gelächter begleiten. Er schnaufte, und vor Wonne kniff er die Augen zusammen, streichelte ihn mit einer Hand am bebenden Hals, und mit der anderen – wie er nur darauf kam? – kitzelte er ihn; in seiner Wonne war jedes Aufkläffen der Beute seinem wunden Herzen wie Balsam. Und endlich erhaschte er einen Blick von ihm, zwischen zusammengekniffenen Lidern, der Mond leuchtete über ihnen, und im flatternden Licht schimmerte das Gesicht des Opfers. Ach! Es war dies nicht länger das Antlitz eines Menschen. Angewidert rollte Santos zur Seite, er stand auf, schaute von oben auf ihn. Etwas versuchte Massimo zu sagen, und obschon seine Lippen sich verzerrten, kam kein Laut. Santos war die Laune verdorben, er schaute auf sein Beil. Dann, die Augen zusammengekniffen, betrachtete er eine Weile den Mond, und so fahl dieses Licht auch war, es brachte ihn zu einer anderen Wahrheit. Er schaute auf die da liegende Nichtigkeit und nicht mal Ekel empfand er noch – etwas verstand er, etwas anderes, Größeres, Wesentliches; und sorgfältig, mit der Ruhe eines Bauern, dachte er doch noch eine Weile nach, und als er sich von der Richtigkeit dieser plötzlichen großen Erkenntnis endgültig überzeugt hatte, packte er ihn mit einer Hand am Kragen, stellte ihn auf seine entkräfteten Beine, und als er sah, er würde ihm beim Loslassen wieder hinfallen, schüttelte er ihn einmal kräftig durch, brachte ihn wieder zur Besinnung und sagte zu ihm: »Wenn ich dich jetzt töte, mich räche …«, ruhig atmete er, »setze ich dich unwillkürlich mit meinen Lieben gleich. Und das, Massimo, hast du nicht verdient.« Der Befehlshaber über siebzehn Mann begriff nichts, entgeistert sah er ihn an. »Mir ist es lieber, weiter den Holzklotz büßen zu lassen …«, sprach Santos für sich, einmal musterte er ihn noch nachdenklich, drehte ihn um und verpasste ihm nicht mal einen Tritt, schubste ihn nur leicht:

»Ich lass dich frei, geh und leb weiter als elendiger Hund. Geh.«

Der alte Santos war einer der fünf Auserwählten, die die Großen von Canudos geworden sind.

Und nicht Prudencio.

Die in Rauch gehüllte Stadt fiel gegen Nachmittag.

Von allen vier Seiten nahmen skrupellos zielende Kanonen Canudos unter Feuer, nach ihrem widerlichen Blaffen träge rauchend. Die von den Kugeln zerschossenen Lehmhäuser stürzten ein, gingen auf in Flammen und Rauch. Zuerst gossen die Kamoraner, die sich durch ihre Überzahl überlegen fühlten, Kerosin in die Türöffnungen, dann warfen sie eine brennende Fackel hinein und Stroh darauf, und obwohl jedes Fenster und jede Türöffnung von mindestens zehn Kamoranern ins Visier genommen war, schafften es die Vaqueiros dank des dichten Rauches, nach draußen zu gelangen, und vielen der tränäugigen Kamoraner begegnete im Rauch eine Machete. Widerstandslos kam keiner der Vaqueiros um. Durch Ses Großtat ermuntert, stürmten die Canudener wie aus dem Nichts hervor, mit der treuen Machete in der zornigen Hand. Sie, die sich an Flinten nie hatten gewöhnen können, starben durch Kugeln; die kaltblütigen, blutdürstigen Jagunços kamen gar nicht bis zu ihnen heran. Nicht nur die Häuser, die ganze Aue, vormals in ihrem leichten Grün unschuldig und vollkommen, übergossen sie mit Kerosin und zündeten sie an – das ganze Canudos, das weiße Zuhause der Brüder, brannte mit bösem Gebrumm, und gegen Nachmittag fiel die Stadt. Wer hätte sich nun noch vorstellen können, dass an der Stelle dieser verkohlten, rußigen Ruinen nur eine Nacht zuvor schneeweiße, unbefleckte Lehmhäuser gestanden hatten. Sie haben eure Stadt zerstört, kühl und ruhig. Sie haben eure Häuser mit Ruß befleckt, haben alle getötet …

Mit Ausnahme von zwei Canudenern. Einer war Domenico – den im Rauch bewusstlos gewordenen jungen Mann packte eine starke Hand, brachte ihn raus, trug ihn eine Weile und warf ihn dann ans Flussufer. Als er wieder zu sich kam, konnte er die gequälten Augen nicht gleich öffnen, ein grässliches Gekicher drang zu ihm, er sah auf – das waren Kamoraner. Und da, nicht weit, stand auch João Abade, in zerfetzten Kleidern, die Augenbrauen versengt, grimmig. Aah, hat der mich hier rausgebracht?, wunderte sich Domenico. Ist er Alexandros Bruder? Aber sofort begriff er seinen Irrtum: Der war doch nie in Kamora … Doch in diesem Rudel erhoffte er den Retter zu finden, einen nach dem anderen schaute er mit verhohlener Hoffnung an, aber in ihren Augen konnte er nichts lesen als Hass und Spott. Verbittert und um es denen mal zu zeigen – welch Wunder –, nahm er all seinen Mut zusammen, gemächlich, mannhaft richtete er sich auf, holte tief Luft und war eben im Begriff, etwas sehr Gewagtes und Erhabenes zu sagen, als ihm im selben Augenblick die Knie weich wurden, er sackte wieder am Flussufer zusammen und konnte seinen entsetzten Blick nicht von dem abwenden, den er da erblickt und sofort erkannt hatte. Vor sich hin summend, bösartigen Schrittes, mit einem gemeinen Lächeln auf den gekräuselten Lippen und funkelnden Augen, näherte sich Michinio höchstpersönlich, und schon von Weitem rief er ihm zu: »Aha, mein Junge ist also auch hier! Ich hab doch versprochen, dass ich dich wiederfinden würde, hast du mir nicht geglaubt?« Domenico schlug die Hände vor die Augen, und als er voller Grauen um sein Handgelenk den Griff des Bändigers der Jagunços spürte, sanken ihm die Arme sofort herab. Michinio ließ ihn los, wandte ihm kurz den Rücken zu, musterte João und fragte:

»Und wer ist diese Vogelscheuche?«

»Auch einer von Canudos, Haler.«

Michinio runzelte leicht die Brauen.

»Und er hat sich ergeben?«

»Ja, Haler. Hat er.«

Mit seinen lautlos schweren Schritten ging Michinio einmal um João herum:

»Was ist, Kleiner? Willst du begnadigt werden, du Dummkopf?«

»Ein Dummkopf ist der, der da spricht«, erwiderte João, vor Ekel zog er eine Grimasse.

»Dieser Abschaum scheint dazu noch verrückt zu sein.« Und Michinio fragte verwundert: »Wieso hat er sich ergeben?«

»Das werdet ihr gleich erfahren«, versprach João, hüpfte hoch und rief: »Hoppla!«

»Im Rauch muss er durchgedreht sein«, sagte Michinio fast mitleidig, fügte aber sogleich hinzu: »Wir machen dich kalt, egal, wie sehr du versuchst, dich als irre zu verkaufen.«

»Nein, du Schurke«, Joãos Tonfall wurde strenger, »was brauche ich deine Begnadigung? Ich hab mich einfach für den schwierigeren Tod entschieden, und außerdem wollte ich wenigstens einmal im Leben Schabernack treiben.«

»Und dazu hast du dir uns ausgesucht? Als Zuschauer?« Michinio machte die Augen klein. »Die Leute, die dich umbringen werden?«

»Klar«, erfreut stimmte João zu, »ich muss doch wenigstens einmal

vor den Leuten Schabernack getrieben haben, und ihr seid zwar Drecks-
kerle und … (hier benutzte er einen sehr vulgären Ausdruck), aber trotzdem stellt ihr eine Art menschliche Spezies dar, und da ich unter den
ehrlichen Leuten, den Vaqueiros, immer grimmig war, hab ich jetzt Lust
bekommen, vor meinem Tod vor den Schurken noch ein bisschen Spaß
zu haben und zu tanzen.«

»Und zu singen?«

»Warum auch nicht«, erwiderte João fröhlich und legte inbrünstig los:
»Was mag sich Ben wüüüünschen …«

Ein furchtbarer Mangel an musikalischem Gehör offenbarte sich bei
ihm. Die Kleidung zerfetzt, die Augenbrauen versengt, Ruß im Gesicht,
sprang er am Flussufer herum, hopste auf und ab, drehte ein paar Runden, breitete die Arme aus, und dennoch stand es ihm, so unbegabt diesen Blödsinn zu singen …

»Das reicht!«, Michinios Augen funkelten auf. »Wo sind die Frauen
und Kinder, mein Lieber?« Und ihm fiel Domenico wieder ein: »Lang-
weil dich mal nicht, mein Junge …«

»Ach, ja, klar, die hätten wir euch aufheben sollen, ja?« João schnitt
eine Fratze. »Auf einem silbernen Tablett hätten wir euch unsere Frauen
und Kinder servieren sollen, damit ihr sie zu den Jagunços hättet werfen
können, nicht wahr?«

»Habt ihr sie rausgeschafft?«

»Och, ihr dürft noch hoffen«, widersprach João spöttisch, »es ist ja eure
Spezialität, Flüchtlinge aufzuspüren. Mit euren Hundenasen.«

»Wo sind sie?«

»Wir haben sie umgebracht«, João schaute unbekümmert in seine
grässlichen Augen, »ich die Meinen, mit diesen Händen.«

Angespannt blickte Michinio ihn an, er zögerte.

»Das glaube ich kaum … nicht mal die Jagunços würden das tun.«

»Wir aber, tja«, fing João freimütig an, sprang wieder hoch, und bei
der Landung breitete er die Arme fröhlich aus und hielt den Kopf lustig
schräg, »wir sind hingegangen und haben es getan! Sie gehören weder
euch noch uns.«

Endlich kam Domenico zu sich. Joãos Klamauk erstaunte den Zusam-
mengesackten so sehr, dass er auf einmal wieder bei Sinnen war.

»Und dafür hast du mit Begnadigung gerechnet? Deshalb hast du dich ergeben, du Frauen- und Kindermörder? Was gibt es Schöneres als Kinder auf ...«

»Für eine Begnadigung?«, João lächelte. »Nein, nicht deshalb.«

»Weshalb dann?«

»Ich wollte sichergehen, dass ich es nicht bereue. Und vor euch, vor euch Unmenschen, wird es mir im Nachhinein leichter. Dazu hab ich jetzt auch ein paar Sperenzchen gemacht, hab mich ausgetobt ... sonst hatte ich nie Zeit für so was, bei den normalen Menschen.«

Michinio fuhr sich fest mit seinem gekrümmten Finger über die Wange; er schien es durchaus zu glauben, fragte aber trotzdem nach: »Und wann ist das passiert?«

»Als die Caatinga sich gelegt hat.«

Joãos Antwort klang, als sei sie wahr, und es wurde Domenico, wie er ihn betrachtete, warm in der erfrorenen Seele. Dieser Mann, der größte Griesgram, hatte, um die Verfolger der canudenischen Frauen und Kinder auf die falsche Fährte zu bringen, so etwas auf sich genommen: sich zu ergeben, herumzutanzen, zu hopsen, zu singen – und dabei erwartete ihn, den Verbrechern ausgeliefert, ein schrecklicher Tod durch Folter.

»Und was habt ihr mit den Leichen gemacht? Wo sind die Leichen, Hohlkopf?« Michinio wurde wieder misstrauisch.

»Was hätten wir schon mit ihnen machen sollen?« João zuckte mit den Schultern. »Gefechte standen uns bevor, um Gräber zu graben hatten wir keine Zeit ...«

»Und?«

»Wir haben sie verbrannt. Die gefällten Bäume hier haben für alle, Groß und Klein, gereicht.«

Michinio dachte kurz nach. Dann wandte er sich an seine Männer und befahl:

»Dieser widerliche Lumpenhund scheint zwar die Wahrheit zu sagen, aber geht für alle Fälle trotzdem mit ein paar Männern ans andere Flussufer und sucht die Gegend ab, gründlich, nehmt die Pferde mit, weit können es die Frauen und Kinder sicher nicht geschafft haben. Wenn ihr im Wald seid, horcht genau, vielleicht hört ihr ein Weinen. Sobald ihr jemanden seht, sollen zwei von euch mich umgehend benachrichtigen. Ich gebe euch drei Stunden. Wir müssen alle gemeinsam nach Kamora zurückkehren, im Triumphzug. Los, los, geht schon, verliert keine Zeit!«

»Verlier du auch keine Zeit, mein Guter«, João legte den Kopf zurück und spannte den Hals, »na los, raus mit dem Messer … oder dem Seil, dem Schwert, dem Gift, mir ist das gleich. Den dritten Grund, warum ich mich ergeben habe, sag ich euch auch. Ich könnte jetzt einen von euch an der Gurgel packen, denn im Handgemenge zu sterben wäre ganz leicht. Aber ich werde euch Hartgesottene zum Staunen bringen – auch wenn ihr mir zum Messerhieb noch Sand in die Augen werft, werde ich nicht mit der Wimper zucken. Was glotzt ihr mich an, na los, ihr Guten, es ist schon wieder eine Weile her, dass ihr jemanden getötet habt … Wenn du magst, probier's selber aus, ich werde sogar einen alten Geier wie dich beeindrucken – ich sterbe, ohne mit der Wimper zu zucken.«

»Im Ernst?« Für einen Augenblick packte Michinio die Neugier, plötzlich blitzte ein kamoranisches Messer in seiner Hand – keiner hatte gesehen, wie oder dass er es zog.

»Im Ernst, ich werde nicht mit der Wimper zucken. Schau doch, ich bin schon bereit.« Und João sang wieder: »Nach der Schöööönen seeeeehnt sich Ben …«

Ach, hatte der ein Gehör, das wünsche ich niemandem.

»Einen Irren umzubringen ist nicht meine Art«, Michinio verzog das Gesicht, »ich töte die Vernünftigen, die am Leben hängen, so wie er.« Er zeigte mit seinem gekrümmten Finger auf Domenico: »Seht nur, wie er da liegt … den nehm ich mir jetzt mit, ich brauch keine Zeugen, ich muss ihm Stück für Stück die Seele aus dem Leib schneiden, und wenn ich jetzt diesen frechen Sänger schlachte, werd ich nachher bei diesem jungen Rebell, der meinen treuen Gefolgsmann verprügelt hat, nicht mehr den vollen Genuss daraus ziehen. Meine ganze Kunst und meinen Zorn will ich an ihm auslassen.« Sein Blick schweifte über die Anwesenden. »Rigoberto, komm her, du hast es verdient, und ich wette mit dir, dass du bei ihm mit einem Hieb nicht durchkommst. Ich glaube, diesmal scheitert dein berühmtes Kunststück, schau mal, was für einen Hals der hat. Und dass er mit der Wimper zuckt, dazu bringst du ihn auch nicht, er scheint wirklich verrückt zu sein.«

»Ich setze acht Drahkan«, sagte Rigoberto beleidigt, er zog aus dem Stiefel ein glänzendes Messer.

»Los, schlag ein, du Dummkopf«, ermutigte João Michinio, »die Wette gewinnst du.«

»Gut, ich bin dabei«, sagte Michinio.

Und er gewann die Wette. João zuckte nicht mit der Wimper, und auch seinen Hals durchtrennte das Messer nur bis zur Hälfte – der Mann war zum Baum geworden. Kaum, dass er Blut verlor – wie einer der Anwesenden bemerkte: »Nur zwei Schlückchen.« Dem Tod reichte das.

João Abade, lange Zeit ein Griesgram, war der vierte der fünf Auserwählten, die die Großen von Canudos geworden sind.

Einem ganz anderen Pfad folgte Domenico, der Vagabund.

Michinios unbarmherziger Blick zwang ihn, aufzustehen, und zahm wie ein Schaf lief er durch das rauchende Canudos, keiner lachte über ihn – in diesem Fall wegen seines Patrons, vor Michinio hatte der einfache Landser ebenso wie der Offizier Respekt. Der zornige Blick saß ihm im Nacken, und als sie die Trümmer der Stadt hinter sich gelassen hatten, schubste Michinio ihn sanft, er brachte ihn auf einen unbekannten Pfad. Eine Weile spürte der Vagabund nichts mehr, er war an so vielen Leichen vorbeigekommen, dass er beinahe Mut daraus schöpfte, fast kam es ihm schon normal vor – aber nur für kurze Zeit, der eigene Kopf war doch etwas anderes. Nach all den eingestürzten Häusern erblickten seine Augen jetzt einen Busch, einen Baum, welkes Gras, und sein Lebenswille erstarkte wieder. Aber dann kam erneut wie Donnergrollen Angst über ihn, und am sonnigen Tage schritt er wie durch matten Dunst, und als er, den Kopf gesenkt, für einen Augenblick die eigenen nackten Füße ausmachte, erschrak er – er wollte nichts von seinem Körper sehen und schaute nach oben; eine Wolke erblickte er da, wie der Fleck sah sie aus. Das ermutigte ihn für den Moment, er klammerte sich an einen Strohhalm – wäre doch Alexandros Bruder von irgendwoher aufgetaucht, hätte auf Michinio ein Messer geworfen, ihm, dem Vagabunden, ein Pferd gegeben ...

Mit Sicherheit war keine Menschenseele ringsumher, es war auch niemand zu sehen, und als er versuchte, hinter sich zu schauen, bekam er einen kräftigen Stoß verpasst. Von wegen Alexandro oder sein Bruder, der war bestimmt im Kampf umgekommen. Auf einem menschenleeren Feld standen sie, allein. Der Dunst kam wieder über ihn, matt, grässlich, und er wandte zum Himmel das Gesicht, zu jener Wolke. Aber wegen seines blanken Halses bekam er Angst und schaute wieder vor sich hin. Da war eine Höhle, in einem mächtigen Fels, die einem ausgestochenen Auge ähnelte.

Er erschrak, blieb stehen. Dort, in der Dunkelheit, wäre es bestimmt noch grauenvoller, zu sterben, hier in der Sonne, im vertrauten Sonnenlicht war es ihm noch lieber, er wünschte sich sogar einen plötzlichen Messerstich in den Rücken, da hörte er:

»Dreh dich um!«

Die Stimme klang fremd. Erfreut drehte er sich rasch um und schrak sofort wieder zurück, jede Hoffnung erstarb – immer noch stand ihm dieser Mann, der Aufseher der Jagunços, gegenüber. Er konnte dem Blick seiner messerscharfen Augen nicht standhalten und senkte den Kopf.

»Hör zu, Domenico«, sagte Michinio und legte ihm die Hand auf die Schulter, »ich bin Alexandros älterer Bruder.«

WIE DER FÜNFTE
DER GROSSEN VON CANUDOS STARB

Wenn Marschall Bittencourt sein Taschentuch an den Mund führte, sang der Hoftenor, Ezequiel Luna, mit der üblichen Meisterlichkeit gute, schöne, wortgewaltige Lieder.

Im weitläufigen Empfangsraum des großen Marschalls war die Prominenz des Oberen Kamora versammelt: Artemio Vasquez und Porfirio, der Älteste des Ältestenrates, der Gutmutgeneral des Bestrafungskommandos Ramos und der geheim gehaltene Masseur Alfredo Evia, der schöne General und der Adlige Hermogenes Carrasco, der Hauptinspekteur, der ehemalige Taschendieb Pedro Cardenas und der Zwerg Umberto, der persönliche Henker des Marschalls, Kadima, und der unbeugsame Meister des Pinsels, Greg Ricio, der sehr direkte Staatsanwalt Noel und so weiter. Vortrefflich waren sie gekleidet, jedoch alle in Pantoffeln, mit Ausnahme des splitternackten Aniseto. Ihre handgefertigten, hochwertigen Stiefel standen hinter der silbern ziselierten Tür, denn jeder kannte die Schwäche des Marschalls: seine sachte Vorliebe für Teppiche und glänzende Böden. Der Marschall selbst hatte einen ganz anderen Hintergedanken bei der ganzen Pantoffelei – es wäre unvorstellbar, mit etwas derart Erbärmlichem an den Füßen ein Attentat zu begehen.

Angespannt saßen die Gäste da. Der Marschall selbst ging auf und ab, erlaubte den Anwesenden aber nicht, aufzustehen. Der Grandisssimohalller verschränkte die Arme vor der Brust; nachdem auf den Sieg angestoßen worden war, hatte seine Laune sich getrübt und er wirkte jetzt sehr nachdenklich. Er nickte ein paarmal gemächlich, betroffen und sagte schwerfällig: »Ach, was für Leute wir verloren haben …« Sofort erhoben sich die Gäste zur Ehrenbezeugung für die Gefallenen, aber der Marschall bedeutete ihnen, sich wieder auf die Sesselkanten zu setzen. »Sind viele unserer Frauen verwitwet?«, fragte der Marschall in Richtung Pedro Cardenas und fügte hinzu: »Bleib sitzen!« »Ja, Grandisssimohalller.« »Sind sie alle ähnlich vermögend, oder …« »Nein, Grand…« »Das ist schlecht«, bemerkte Marschall Bittencourt, er ging wieder im Empfangsraum auf und ab. »Wie ich die menschliche Natur kenne, werden die Männer um die Hand der reichen Witwen anhalten, und in Kamora, wie Sie wissen, hat Habsucht früher wie heute keinen Platz.« »Ja …«, »ach, ja …«, »selbstverständlich«, schnatterten die Gäste erleichtert los, aber der Marschall bedeutete ihnen mit seinem kurzen Arm zu schweigen. Und obwohl er nicht ganz bei Laune war – seit frühmorgens nagte eine unerklärliche Angst an ihm –, hielt ihn dies nicht davon ab, das Gespräch in die gewünschten Bahnen zu lenken: »Damit die Habsucht keinen Nährboden findet, führst du eine Bestandsaufnahme bezüglich des Vermögens der ärmsten Witwen durch, mein Gutmutgeneral Ramos, und reduzierst das Vermögen der übrigen Familien auf dieses Niveau – dann gleicht es sich aus. Die Differenzbeträge kannst du bei Aniseto abgeben, alle werden finanziell gleich stark, und es wird keinen Anlass zur Habsucht mehr geben. Wie finden Sie die Idee?« »Hervorragend, großer Marschall, ach, groß…« Abermals streckte sich der kurze Arm den Gästen entgegen. »Und für das Wohlergehen der Witwen und Waisen, mein General, erhöhst du den Feinstädtern nach Bedarf die Steuer, sei dabei nicht zu zurückhaltend.« »Die werde ich in die Zange neh…«, rief der Gutmutgeneral aus und verstummte sofort.

Eine Zeit lang schwiegen alle, Bittencourt ließ noch einmal den prüfenden Blick über die Gäste schweifen, dann schaute er tief in Gedanken versunken zur Seite. Der Älteste, Porfirio, kam den anderen zuvor, er merkte als Erster, worauf es hinauslief: »Ich hätte eine untertänige Bitte, großer Marschall.« »Sag, mein guter Porfirio«, entgegnete Edmondo Bittencourt. »Großer Marschall, Grandisssimohalller!« Porfirio schlug sich die Hand aufs Herz. »Ich habe die quirlige Stella aufwachsen sehen, und ich bitte Sie sehr, entziehen Sie ihr nicht das Vermögen ihres namhaften Gatten, Federico Cesar, an den wir alle ein liebevolles Andenken wahren, welches er sich durch seine aufopfernde Arbeit und gesellschaftlich nützliche Tätigkeit erworben hat; belassen wir es bei unserer tiefen Trauer um Federico!« »O nein, nein, mein lieber Porfirio, das kann doch wohl nicht angehen«, nur für einen Augenblick wurde der Marschall ein wenig keck, »Stella ist doch meine Nichte ersten Grades, und nicht, dass die Leute das missverstehen.« »Ach, nein, nein, großer Marschall, wie kommen Sie denn darauf, die quirlige Stella wird ihr ganzes Vermögen bestimmt für den Umbau der Wohnstätte ihres namhaften Gatten in ein Schlossmuseum verwenden, und die Kinder brauchen dann ein neues Dach überm Kopf. Es gibt doch nichts Schöneres als die Kin…« Und als mit dem in Wallung geratenen Porfirio auch die anderen einstimmten: »Ach, wir bitten Sie sehr, ach, erhören Sie uns …«, willigte der große Marschall ein: »Gut, so sei es.« Obwohl das Begriffsvermögen seiner Untertanen ihm schmeichelte, runzelte er doch die Stirn – eine unerklärliche Angst nagte an ihm.

Misstrauisch, argwöhnisch betrachtete er sie alle, er wurde nervös, als würde über einer sonderbaren Hechel seine Seele zerrupft, er spürte deutlich die scharfen Krallen und drehte sich zur Wand – nicht dass es jemand merkt! –, wandte sich aber sofort zackig wieder um und warf den ängstlichen Untertanen einen besonders zornigen Blick zu. Und plötzlich, als wäre nichts gewesen, beruhigte er sich wieder. Was war das?, dachte er. Was ist los mit mir? Er war leicht durcheinander und verspürte das Bedürfnis, eine natürliche, gewohnte Bewegung zu machen, und als er unwillkürlich das Taschentuch zu seinem Mund führte, legte Ezequiel Luna wacker los: »Im Winter wie im Sommer, schreiten wir …«, und der große Marschall brüllte: »Sei still, du Idiot!« Der entgeisterte Hoftenor hätte beinahe einen Herzinfarkt erlitten. Dann wandte der Marschall sich ebenso schroff an die anderen geladenen Gäste: »Geht, allesamt! Lasst mich allein! Bitte gehen Sie auch, mein lieber Greg …« Langsam bekam er sich wieder in die Gewalt. »Mein lieber Gutmutgeneral, wenn du rausgehst, sag bitte der Wache an der Tür, dass sie auf keinen Fall hier auftauchen sollen, solange ich sie nicht rufe.« Wer hätte es gewagt, das Zimmer des Grandisssimo ohne Erlaubnis zu betreten? »Geh, geh du auch, Kadima …« Die Augen zusammengekniffen, folgte er den hinaus-wuselnden Gästen mit dem Blick, und sobald er alleine war, schloss er fest die prachtvoll ziselierte Tür und verriegelte sie mehrfach mit ver-schiedenen Schlössern.

Mitten im Raum stand er, nachdenklich – was war bloß los mit ihm? Wie geschah ihm? Nicht mal in sein Schlafzimmer traute er sich, er fand keine Ruhe mehr! Eine wunderliche Wespe ließ nicht von ihm ab; mal summte sie ihm leise im Ohr, mal verschwand sie ganz, und mit einem Mal zerrüttete es ihm die Seele. Er schob den protzigen Sessel an die Wand, versank darin und streckte die Beine von sich: »Für das herren-lose Vieh werde ich die Kalabarier als Hirten holen, ich zwinge sie dazu.« Er schmiedete Pläne, versuchte, an Geschäftliches zu denken. »Oder ich mache einfach die Feinstädter zu Vaqueiros. Die sollen nicht länger ihre Zeit vertändeln. Nur ihre Handwerker lasse ich in Ruhe. Die haben ja auch reichlich andere Drückeberger. Eigentlich war es, wenn man es so betrachtet, ein Glück, dass es zum Krieg gekommen ist.« Dieser Gedanke war wie Balsam auf die Wunde. »Ich hätte bei meinen Leuten sowieso aussortieren müssen, und so ist es in Kamora zu einer natürlichen Auslese gekommen. Genug Leute zu haben ist gut, aber mehr als genug – das ist Ballast. Gut, dass es so gekommen ist. Und die Staatskasse, die wird auch ordentlich aufgebessert.« Stumpf, gedämpft hörte er von fern: »Es ist eeeelf Uhr nachts und allllles ist grandiooos!« Das tat gut – das war doch einer seiner Männer, Caetano, der da aus Leibeskräften rief, im misstrau-isch stillen Kamora. Wieder ergriff in die Unruhe – nach etwas verlangte

es Marschall Bittencourt, nach etwas Weichem, Lebendigem. Ja, Arufa!
Wieso war er so lange nicht darauf gekommen. Sie sollte eigentlich hier
im Raum sein, wieso hatte er nicht an seine außergewöhnliche, verwöhnte Katze gedacht.»Arufa, wo bist du?«, liebevoll rief er nach ihr.»Schläfst
du, Kätzelein? Swss-swss-swsss!« Er hatte sich wieder in der Gewalt, die
Besorgnis fiel von ihm ab, ein einziger Wunsch bewegte ihn jetzt – je
eher, je lieber Arufa auf seinen Schoß zu bekommen, zu streicheln und
zum Schnurren zu bringen, einen Finger zwischen ihre spitzen Zähne zu
stecken und die Augen zu schließen.»Arufa, wo bist du, du Schlawiner?
Swssss-swsss-swsss, Kätz-kätz-kätzelein!« Schmeichelnd lockte der große
Marschall sie herbei, er bückte sich und schaute unter den Tisch, dann
schob er die Sessel beiseite.»Wo hast du dich bloß versteckt, komm jetzt
raus, sonst …«, ein bisschen ärgerte er sich, er war beleidigt, dass sie sich
so lange vor ihm versteckte,»sonst kriegst du deine Lieblingsleckerei
nicht mehr«, und er wandte einen unfehlbaren Trick an – der große Marschall miaute. Ach, er gab sich seinen Gefühlen wohl zu sehr hin, weil er
so unbedingt das außergewöhnliche, langfellige, wuschelige Tier bei sich
haben wollte, und das wirkte – endlich bewegte sich träge der Vorhang in
der Zimmerecke.»Aha, da bist du also«, der große Marschall freute sich,
konnte sie aber noch nicht sehen,»dir werd ich's zeigen.« Er näherte sich
sanft, auf Zehenspitzen dem Vorhang,»warum kommst du nicht raus?«
Er griff nach dem dicken, schweren Stoff, wartete noch einen Augenblick
ab, als würde er schmollen, aber Arufa ließ auf sich warten, und als Bittencourt mit einem kräftigen Schwung den Vorhang zur Seite riss, hätte
er gewiss entsetzt aufgeschrien, hätte ihm nicht die Stimme versagt –
Hinter dem Vorhang stand Don Diego, mit einer Machete in der Hand.

»So verwunderlich ist das auch wieder nicht«, fuhr Michinio fort,»damals in der Aue, da hab ich die Messer nicht einzeln geworfen. Sie waren
zusammengeschweißt, drei Messer in einem.«
»Aha …«, langsam begriff Domenico. Sie standen tief im Innern der
Höhle in der Finsternis, und er nahm Michinio, seinen Retter, nur als
dunkle Silhouette wahr, wie aus Stein gemeißelt, so fest, unerschütterlich
und unglaublich schwer, wie er sich da aufgebaut hatte. Domenico dagegen, nach allem, was er erlebt hatte, war mit seinen Kräften am Ende,

die Knie knickten ihm ein, aber er wollte noch so vieles erfahren. Er wurde nervös und schaute seinem Retter dankbar auf die Brust: »Eigentlich hätte ich draufkommen sollen – wer außer Ihnen hätte sich nachts in Kamora auf die Straße getraut.«

»Du hättest nicht draufkommen können«, widersprach Michinio, Strenge klang in seiner Stimme, »weil ich es nicht wollte. Wenn du draufgekommen wärst, wärst du übermütig geworden, das wäre nicht gut ausgegangen. Und jetzt, damit nichts ungeklärt bleibt, frag mich, was du noch wissen willst. Wir haben nicht viel Zeit.«

»Werden Sie mir auch nicht böse sein?«

»Nein.«

»Wenn Sie die Güte verkörpern«, begann Domenico unsicher, und angesichts der Dunkelheit traute er sich, in Michinios schwach aufschimmernde Augen zu schauen, »wie können Sie dann Menschen töten?«

»Um wen weint denn dein Herz besonders?«, fragte Michinio ruhig zurück.

»Zum Beispiel …«, ihm fiel niemand ein, und er wunderte sich. »Töten Sie denn niemanden?«

»Nein.«

»Aber es heißt doch immer: »Den nimmt er sich zur Seite und lässt ihn eines qualvollen Todes sterben.«

»Zur Seite nehme ich mir diejenigen, die nicht ohne meine Hilfe dem Tod entrinnen könnten. Und da ich das nicht für jeden tun kann, wähle ich die aus, die den Tod am wenigsten verdient haben. Ich behaupte, dass es mir ein besonderes Vergnügen bereiten würde, diesen Menschen zu töten, bringe ihn weit weg und lasse ihn gehen, und er zieht in die weite Welt.« Er fügte beiläufig hinzu: »Dein Flüchtling war einer von ihnen. Und du übrigens auch.«

»Der Flüchtling! Woher wissen Sie das?« Domenico war wieder durcheinander.

»Ihn habe ich einen anderen Weg geschickt, du wirst diesen Tunnel hier nehmen. Es wäre gut gewesen, du hättest einen Drahkan im Dorf gelassen, aber vorbei ist vorbei. Du wirst lange laufen, hab keine Angst, verlier nicht die Hoffnung im Dunkeln.« Michinio hängte ihm einen Beutel um den Hals. Trotz allem machten seine Hände Domenico Angst, und er wich zurück. »Hier ist genug Brot drin. Teil es dir auf. Wasser findest du reichlich unterwegs, manchmal wirst du bis zu den Knien darin stehen. Und wenn du schließlich Licht am Ende des Tunnels erblickst, bleib unbedingt noch so lange drinnen, bis es dunkel wird. Dann geh raus und du wirst einen Schweinestall sehen; falls der Mond nicht scheinen sollte, geh einfach dem Geruch nach. Lauf daran vorbei und leg dich ein Stück weiter weg schlafen. Frühmorgens, wenn das Gequieke der Schweine dich weckt, kannst du von dort aus zum Stall gehen, ich weiß, dass der Besitzer einen Schweinehirten braucht.«

»Und ich dachte ...«, Domenico senkte den Kopf, »Sie schicken mich in mein Dorf. In das hohe Dorf ... ich möchte so gern da hin.«

»Das würde ich tun, wenn du diesen einen Drahkan dagelassen hättest. Wenn du dich da blicken lassen könntest.« Sein Tonfall wurde strenger. »Wie könntest du es wagen, dort aufzukreuzen, selbst wenn ich dich hinschicken würde?«

»Sie haben recht«, flüsterte Domenico, er stand mit gesenktem Kopf da.

»Das ist der eine Weg, du wirst als Schweinehirt alt werden.«

»Und der andere?« Eine winzige Hoffnung glomm in ihm auf.

»Der zweite – zu den Trümmern zurück, als wärst du mir entkommen.«

»Nein, nein, nein«, rief Domenico erschrocken.

»Vielleicht wäre das sogar besser für dich, urteile nicht zu schnell. Bei diesem Mann wirst du an den Hungerpfoten saugen. Und nicht mal das Futter, das du den Schweinen gibst, wird dir zuteilwerden.«

»Warum ...«

»Du wirst ihn schon selber kennenlernen.«

»Was ist das für einer?«

»Du wirst ihn schon kennenlernen, hab ich gesagt.« Und er sprach es noch mal an: »Wärst du lieber in dein Dorf gegangen?«

»Ja, natürlich. Viel lieber!«

»Wieso hast du nicht den einen Drahkan dagelassen!«, und die schreckliche Glut regte sich, der Vagabund senkte wieder den Kopf, der Arme, und er vernahm ein unbarmherziges:

»Wie viele hattest du?«

»Sechs...«, er wurde ganz elend, er zog den Kopf ein, »tausend.«

Ob er ihm leidtat? Aber Michinio fragte etwas ganz anderes:

»Wie hieß der Mann, der gesungen hat?«

»João Abade.«

»Der war wirklich einer der Großen von Canudos.«

»Wie haben Sie das bemerkt?«, wunderte sich der Vagabund.

»Und er hat es begriffen, hat mich begriffen«, setzte Michinio hinzu.

»Was denn?«

»Er hat begriffen, wer ich bin.«

»Woher, wie …«, der Vagabund war ganz durcheinander.

»Ich habe ihm die Fragen gestellt, auf die er sichere Antworten geben konnte. Hat es dich verwirrt, als er mich beschimpft hat?«

»Ja, das auch.«

»Er hat mir zugezwinkert, zum Zeichen seiner Dankbarkeit. Ihr habt das ganz richtig gemacht, dass ihr die Frauen und Kinder mit den Flößen fortgeschickt habt.«

»Woher wissen Sie das?«

»Die gefällten Bäume haben mich drauf gebracht. Und von Canudos ist kein Rauch in den Himmel gezogen.«

Domenico packte das Grauen, und er wich wieder zurück:

»Und die Verfolger? Sie waren das doch, die sie ihnen hinterhergeschickt haben! Sie!«

Sogar im Dunkeln war Michinio ein Lächeln anzumerken: »Was glaubst du, können sie es in drei Stunden schaffen, bis dahin und wieder zurück? Wenn sie dabei noch unterwegs alles gründlich absuchen?«

Jetzt traute Domenico ihm wieder. Und er fragte – Michinio persönlich! – mit fremdartig liebevoller Stimme: »Wenn Sie der Gute sind, wie halten Sie es dann in dieser Stadt aus?«

»Setzen wir uns, ich sag es dir.«

Im weichen Sessel hatte sich Don Diego breitgemacht, er musterte angewidert den Marschall, der im Mund ein Wollknäuel stecken und die Hände hinter dem Rücken gefesselt hatte. Das krumme Messer der Vaqueiros, die Machete, lag leicht in seiner Hand, und mit ebendieser Waffe hatte er vor, den großen Marschall zu schlachten. Zu den Füßen des Marschalls lag die Katze, Arufa, der er schon gegen Morgen den Hals umgedreht hatte. Den ganzen Tag hatte Don Diego hinter dem Vorhang auf der Lauer gestanden, und jetzt saß er in einem weichen Sessel, seine taub gewordenen Beine erholten sich, während etwas Unbarmherzigeres als Müdigkeit den in Grauen versetzten Körper des Marschalls taub werden ließ: die Hand mit der Machete. Die vor Ekel klein gewordenen Augen vermochte Don Diego nicht von Bittencourt abzuwenden, und auch der Marschall konnte den entgeisterten Blick nicht von seinem Gegner losreißen. Seine Pupillen hatten sich geweitet und im Entsetzen erzitterten seine Nasenflügel. Wie vieles wollte Don Diego ihm sagen mit seiner üblichen Artistik! Die ganze Nacht lag vor ihm, er wollte der Reihe nach: ihn beschimpfen, verspotten und wieder beschimpfen, ihm auch zornig sagen, dass er seine ersehnte Stadt verlassen hatte, um sich hier einschleichen zu können, das war der Preis für diesen Tag, wenn die Canudener ihn auch für einen Verräter gehalten hatten; wie sehr wollte er ihn ohrfeigen und ihm dann spöttisch sagen: »Du hast ja schon ein Vermögen gesammelt, bravo, eine tolle Villa …« Aber er brachte es nicht fertig – ihm gegenüber befand sich ein ekliges Wesen, ein schleimiges, für das war ihm jedes Wort zu schade. Auch der Sessel ekelte ihn, er erhob sich rasch, ließ seinen Blick durchs Zimmer schweifen, ging zu den Sanduhren in der Ecke, bückte sich, wählte eine mit der Dauer von fünf Minuten aus, richtete sich ohne Eile auf und sagte nur: »Wenn sie durch ist, töte ich dich.« Er drehte die Uhr um, stellte sie auf die Handfläche und hob sie hoch, in der anderen Hand hielt er die Machete. Etwa drei Schritte voneinander entfernt standen sie sich von Angesicht zu Angesicht gegenüber. Die Augen fielen dem entsetzten Bittencourt fast aus dem Kopf, er schnaufte heftig, ein undeutliches Kollern drang aus dem Knäuel, das ihm Don Diego in den Mund gestopft hatte, nachdem er zuvor seine Stiefel damit poliert hatte. Wie gnadenlos, wie schnell rieselte der gemeine Sand, auf den der Blick Bittencourts gerichtet war, ein Blick, der wohlverdient war, manchmal richtete der Marschall das umnebelte Augenmerk auch auf die Machete. Einschließlich seiner Kleider zitterte der Marschall, sie waren eine Höllenqual, diese fünf Minuten, die gegen seinen Willen so fröhlich herunterrieselten, so unbekümmert, nein, irgendwie ähnelte das seinem abscheulichen Leben. Don Diego wäre beinahe doch noch ein Wort entschlüpft, er wollte nur spöttisch andeuten, dass er in seinem Leben zum ersten Mal eines Marschalls ansichtig wurde, eines Marschalls in einer weißen, nun gelblich angefärbten Hose, aber auch das verkniff er sich, und an den bitterlich geschlossenen Augen des Marschalls las er ab, dass der Sand durchgelaufen war. Er warf die Uhr auf den weichen, gemusterten Teppich. Machte einen Schritt, und da riss der Marschall plötzlich die Augen auf und deutete mit einer hastigen Kopfbewegung zur Wand. Alles verstehen, alles wissen zu müssen war Don Diegos Schwäche, und er ging zu der Stelle an der Wand, legte den Finger darauf, und sein Blick fragte: »Hier?« »Nein, nein«, der Marschall schüttelte den Kopf und reckte das Kinn nach vorne. »Dahin? Also da?« Don Diego, hartnäckig stumm, blickte zum Marschall, und dieser nickte erfreut. Worauf er hinauswollte, begriff Don Diego noch nicht, doch endlich, als er mit seinem Finger über eine Fliese fuhr, fing der Marschall an, heftig zu nicken, schloss die Augen und gab mit der Stirn ein Zeichen. Nicht dass er ein verabredetes Zeichen hat, um die Wache zu alarmieren, dachte Don Diego zweifelnd. Aber sobald die Tür aufginge, das weiß er ganz gut, würde ich den Wächtern zuvorkommen und ihn töten. Von dem Wunsch beseelt, alles zu erfahren, drückte er fest mit der Handfläche gegen die Fliese, und darüber schoben sich zwei Fliesen auseinander. Don Diego warf dem Marschall einen kurzen Blick zu, schob den Sessel an die Wand, zog die geheime Schublade heraus und schaute neugierig hinein – sie war voller wertvoller Edelsteine. Don Diego lächelte kurz und schaute den Marschall an. Dieser nickte, so fröhlich wie ihm das gerade möglich war, aber sogleich wechselte sein Gesichtsausdruck, denn Don Diego schlug seinen Samtumhang zurück, riss sich den einzigen Edelstein von der Brust und warf ihn zu den anderen in die Schublade, stieg vom Sessel und ging auf Marschall Bittencourt zu.

Ging hin und tötete ihn.

»Eines Tages bin ich in einer großen Kutsche mit abgedunkelten Fensterscheiben gelandet. Sie war auf dem Weg zu einer ganz anderen Stadt«, fuhr Michinio fort. Sie saßen in der Höhle, mit Kühle gefliste Dunkelheit umgab sie. »Zwanzig Männer sind da zusammen gereist, alles schwere Jungs, außer einem, den kannte ich nicht, der saß still für sich, in der Ecke. Ich trug als Einziger eine Maske, und sie hielten mich wohl für einen

Kamoraner, der auf einer Sondermission war. Keiner wusste, wer ich war, sie mieden mich. Durch die Schlitze beobachtete ich sie, die Schurken. Ich wusste alles über sie, und mich schauderte vor meinem eigenen Vorhaben. Ich war ja nach Kamora gekommen, weil ich dachte, ich muss das Böse vernichten, wenn ich mich für das Gute einsetzen will, und war fest entschlossen, die Kutsche in den Abgrund zu jagen. Ab und zu schaute ich zu dem fremden Mann in der Ecke, er machte einen merkwürdigen Eindruck auf mich, so nachdenklich; unmöglich zu verstehen, was in ihm vorging. Um die anderen zu beseitigen, hätte man sich keinen günstigeren Zeitpunkt wünschen können: Als der Kutscher an der vereinbarten Stelle anhielt, stieg ich aus, schlug die Tür zu und ging gelassen zu ihm, als wolle ich ihm das Geld für die Fahrt geben. Dann sprang ich auf den Kutschbock, stieß ihn runter und saß noch nicht richtig, als ich den Pferden schon mit der Gerte eins überzog; die in der Kutsche kriegten nichts mit. Wir rasten dahin, ich hielt die Zügel von vierzehn Pferden, ich wusste – sobald wir am Abgrund wären, würde ich, anstatt abzubiegen, die Pferde genau darauf zulenken und selber unversehrt von der Kutsche springen. Ich wurde ganz kribbelig vor Ungeduld, im Stehen trieb ich die Pferde an, ich konnte es kaum erwarten, zu der Stelle zu kommen. Ich glaubte mich im Recht, ich frohlockte im Voraus, aber plötzlich fiel mir der Mann ein, der Fremde, und das verdarb mir die Laune, ich war irgendwie gehemmt, ständig stand er mir vor Augen, sein unergründliches Gesicht. Was ist schon dabei, dachte ich mir, wer auch immer er sein mag, ich werde die Welt um achtzehn Schurken erleichtern und damit viele Leben retten. Aber der Mann, genauso wie wir alle, Domenico, war von ihm aus betrachtet der Einzige, und wie jeder andere besaß auch er das Wertvollste überhaupt – sein Selbst, welches eine ganze Welt barg, und diese Welt lebte ganz allein durch ihn! Was bedeuteten schon achtzehn Schurken gegen diesen Menschen, was? Gar nichts, wenn ihm ihretwillen das Leben genommen würde … Dabei wusste ich nicht mal, ob er vielleicht nicht auch ein Schurke war. Aber welches Recht hatte ich, davon auszugehen? Ich zögerte und dachte sogar daran, mich mit in den Abgrund zu stürzen, um dadurch die Schuld an diesem Mann auszugleichen. Aber ich begriff, dass das nicht richtig gewesen wäre – gegen diesen Mann war auch ich bedeutungslos, ich oder die anderen Schurken, was machte das für einen Unterschied, wenn er gestorben wäre … und ich zog straff die Zügel an, brachte die Kutsche zum Stehen, rannte zum vorderen Pferd, band es eilends los, sprang auf und galoppierte zurück nach Kamora. In der Zwischenzeit sprangen die Insassen aus der Kutsche und schickten mir Verwünschungen und Flüche hinterher, mich einholen konnten sie nicht. Wahrscheinlich haben sie später ihren Weg fortgesetzt, Tatsache ist, dass bestimmt bis heute keiner von diesen Schurken ahnt, dass jener Mann ihnen allen das Leben gerettet hat.«

Und obwohl Domenico keinen Mucks von sich gab, fragte Michinio: »Warum ich dir das erzählt habe? Ich kann es dir sagen, wenn du magst.«

»Ja.«

»Erstens weil wir allesamt, wir Menschen, durch ein unsichtbares Netz miteinander verbunden sind, ohne es zu wissen. Auch du zum Beispiel, du hast wahrscheinlich keine Ahnung, dass Manuelo Costa außer Se auch dir das Leben gerettet hat.«

»Mir? Nein, nein.« Domenico schüttelte in der Dunkelheit den Kopf. »Ich hab Canudos doch nie verlassen.«

»Ich, als einer der sogenannten angesehenen Kamoraner«, unterbrach ihn Michinio, »war bei seiner Folter dabei und war so beeindruckt von seiner Tat, dass ich mich kaum zurückhalten konnte, ihn zu retten, und irgendwie hätte ich es auch geschafft. Wobei, so einen wertvollen Gefangenen, der angeblich den Geheimgang kannte, hätten sie mir nicht überlassen, ich hätte ihn mir nicht zur Seite nehmen können, und anders wäre ich aufgeflogen. Dann hätte ich von dort verschwinden müssen.«

»Ja und?«, rief Domenico. »Was wäre schon dabei gewesen? Dann hätten Sie eben verschwinden müssen, wenn Sie ihn hätten retten können. Er war doch ein echt…«

»Dann hätte ich dich nicht mehr retten können, Domenico«, unterbrach ihn Michinio wieder. »Ich war verpflichtet, auf dich aufzupassen. Und so hat Manuelo, wie du siehst, auch dir einen Dienst erwiesen.«

Der verwirrte Vagabund wischte sich über die Stirn.

»Aber die Geschichte mit der Kutsche hab ich dir nicht nur deshalb erzählt, hör mir gut zu. In jener Nacht habe ich viel nachgedacht, sehr viel, und gegen Morgen habe ich eines verstanden!«

»Und was?«

»Es ist die Liebe, die die Erde zum Drehen bringt, Domenico.«

Der Vagabund war ganz still im Finstern.

»Anderenfalls wäre sie schon untergegangen.« Klar klang Michinios Stimme im Dunkeln. »All der Frevel hätte sie belastet, sie hätte sich nicht länger drehen können, wenn sie nicht die Liebe für so manch einen in sich getragen hätte. Wer war ich damals? Ein paar Leute waren in meiner Hand, nur neunzehn Männer, und ungeachtet meiner Belanglosigkeit hat mir das so große Sorgen bereitet. Ein wildfremder Mann hat jenen Schwerverbrechern das Leben gerettet. Die Erde, der Manuelo und Se Moreira zugehören, João Abade und der alte Santos, der Massimo ungeschoren hat laufen lassen, wird nur durch die Liebe zum Drehen gebracht.«

»Und deshalb mussten ausgerechnet sie sterben?«, fragte Domenico verbittert.

»Es werden Neue kommen.«

»Wer denn?«

»Andere.«

»Und wann?«

»Wenn es so weit ist, Domenico. Es macht keinen großen Unterschied, ob du früher stirbst oder ein bisschen später, das Ende kommt sowieso. Wichtig ist, wie du stirbst. Und was du bis dahin zustande bringst.«

»Woher sollen die Neuen kommen?«

Domenico konnte nicht daran glauben, ihm stockte der Atem, er spürte, wie unbeirrt Michinio ihn anschaute. Etwas, etwas noch Unerklärliches fühlte er … weil er einst einen Menschen aus Lehm geformt hatte? Nein, nein …«

»Los, hoch mit dir«, hörte er plötzlich sagen und folgte mit dem Blick zwei glühenden Funken – Michinio stand auf.

»Wie? Sprechen Sie mit mir?«

»Hoch mit dir, hab ich gesagt!«

Und er stand da, wieder in Grauen versetzt.

»Und ich, das sollst du auch wissen, spiele den unbarmherzigsten Mann in ganz Kamora, weil ich glauben will, dass auch die anderen sich hinter Masken verstecken. Anders könnte ich es nicht ertragen. Und du, Maskenloser, du bist immer noch Teig, nur Teig.« Und er fragte noch einmal voller Mitleid: »Wieso hast du nicht einen Drahkan dort gelassen?«

»Ich wollte es tun, aber …«

»Sei still! Hättest du einen Drahkan im hohen Dorf gelassen, wärst du vielleicht ein Mann geworden.« Und ein Gran Hoffnung mischte sich in seine Stimme: »Hör mir gut zu, es gibt immer einen Ausweg, sogar bei den Schweinen.«

Zwei Funken blitzten ihn an, der Vagabund senkte wieder den Kopf.

»Und noch etwas musst du wissen: keine Lüge, nichts kann man sich ausdenken, was es nicht irgendwo tatsächlich gäbe. Das ist genau wie mit dem Geheimgang, von dem sogar Mendes Maciel nichts wusste …«

»Wie? Gab es denn einen?«

»Du stehst gerade darin. Gib gut acht, lass beim Gehen die Hand an der Wand. Brot hast du genug, du brauchst nichts aufzusparen. Komm bloß nicht auf die Idee, unterwegs zu schlafen, sonst verlierst du den Richtungssinn. Bleib wach, hast du verstanden?«

»Ja.«

»Dort wird dich keiner finden, die Kamoraner haben Besseres zu tun, die ganze Stadt ist in Aufruhr, seit gestern liegt der große Marschall mit aufgeschlitzter Kehle in seinem Zimmer.«

»Sie …«, Domenico stockte der Atem. »Stimmt das wirklich?«

»Es muss so sein. Glaubst du, Don Diego wäre abgehauen, wenn er nicht etwas vorgehabt hätte?«

»Ja … nein!«

»Nur mit diesem Ziel ist er abgehauen; auch die größten Schurken sterben irgendwann von fremder Hand; und in diese Sache bin auch ich verwickelt. Bittencourt kann einem leidtun – hat ein ganzes Vermögen angehäuft, und wollte noch mehr. Ja, so ist das … und du, junger Mann, hättest du einen einzigen Drahkan dagelassen …« Die Glut schwand ein wenig aus seinem Blick, und glomm sofort wieder auf. »Bevor du gehst, hab ich noch eine Frage – brennt dir das Auge?«

Es brannte ihm.

»Nein.«

»Hab keine Angst, auch ich werde dich nicht ohrfeigen, genau wie Doktor Otar. Aber während er das aus reiner Herzensgüte heraus nicht getan hat, habe ich ein besseres Geschenk für die Freigelassenen, ein besser spürbares. Dreh dich um.«

Er drehte sich um, und im selben Augenblick brannte ihm der Oberarm, er stöhnte auf; das Fleisch wurde ihm aufgerissen, ein greller Schmerz war das, als hätte ein Blitz sich eingebrannt, dann floss schwere Wärme herab, den Rücken entlang, bis zum Knie.«

»Diese kleine Schnittwunde«, erklang die Stimme im Dunkeln, »bringt dich nicht um, dafür aber hast du ein Andenken an mich. Hier, drück diesen Lappen drauf. Feuchte ihn unterwegs an, die Kühle tut gut, sie wird die Blutung stoppen. Und jetzt geh!«

Da konnte Domenico nicht länger an sich halten, er drehte den Kopf und brüllte über die Schulter:

»Warum musste ich mit ansehen, wie die Menschen sterben?«

Ruhig kam die Antwort:

»Damit du lernst, die Menschen zu lieben.«

Der eingeschüchterte Vagabund krümmte sich zusammen. Und er ging los – auf den linken Arm drückte er mit der rechten Hand den Lappen, der gebeugte Ellenbogen schien eine Verlängerung des Kinns, mit der ausgestreckten Linken tastete er sich an den düsteren Wänden der Höhle entlang, der am Hals hängende Brotbeutel schlug ihm gegen den Körper ... Wohin ging er? Was erwartete ihn? Im Dunkeln flog zu ihm weich, gleich einem weißen Vogel, die veränderte, stählern-liebevolle Stimme von Michinio:

»Mach's gut, Domenico. Leb wohl ...«

Am nächsten Tag, in der Morgendämmerung, kam Don Diego in das menschenleere Canudos, unter dem Samtumhang trug er behutsam ein kleines Tongefäß. Ungewohnte Wehmut lag in seinen Augen, und dazu passten der altübliche stolze Gang und der Hut mit der Feder nicht mehr. Betrübt schweifte sein Blick über die niedergebrannte Stadt. Bei der ersten Leiche blieb er stehen, schaute auf sie, aber er erkannte sie nicht – das Feuer hatte sie zerfressen. Dann blieb er bei einem zweiten Canudener stehen, er lag bäuchlings da, Don Diego kniete sich hin, stellte das Gefäß vorsichtig ab, behutsam drehte er die Leiche um, seine Stirn zog sich in Falten. »Eeh, Gregorio Pacheco, Gregorio ...«, er schlug sich langsam auf den Oberschenkel. Betrübt ging er umher, kniete sich nieder, »eeh, Inocencio, Inocencio, eh … Eeh, Senobio Llosa, Senobio …«, und er legte seine Hand auf die Hand des Schmiedes. Schwerfällig stand er auf, schaute sich um. Grau schimmerten in der Dämmerung weiße Haare, »eeh, alter Santos, eeh …« In Trauer, in Gedanken versunken, stand er da, dann erhellte ein blasses Lächeln sein Gesicht, und er griff nach dem Gefäß. Er machte sich auf den Weg zum Fluss und blieb bei einem Canudener, starr wie ein düsterer Fels, abermals stehen, wieder furchten Falten sein Gesicht, »eeh, João Abade, João …« Dann schaute er hoffnungsvoll in das Gefäß – drin war Wasser, und sieben Jungfische irrten ziellos umher. Jeder von uns hat seinen eigenen Fluss … Und in ebenjenen, seinen Fluss goss er bedachtsam das Wasser samt den Jungfischen. Ein Stein fiel ihm vom Herzen, er richtete sich auf. Danach handelte er ruhig, ohne Eile: er fand dicke Bretter, band sie fest zusammen, schlug von einem verschont gebliebenen Baum zwei Äste ab, nagelte sie an ein Brett und hängte Glöckchen daran. Dieses kleine Floß ließ er in den Fluss und band es an einen Pfosten am Ufer. Dann schaute er noch einmal auf Canudos, ruhig, ergeben sagte er: »Eeh, Mendes Maciel, Conselheiro.« Seine grünlichen Augen wurden feucht. »Eeh, Manuelo Costa, Manuelo.« Und mit Hochachtung sagte er: »Eeh, Se Moreira, Se …« Er nahm den breitkrempigen Hut ab, warf ihn von sich, verneigte sich vor Canudos, trat dann bis zu den Knien in den Fluss, legte sich auf die Bretter, schob sich den zusammengefalteten Umhang unter den Kopf, aus der Stiefeltasche zog er die Machete, und ohne auf das Seil zu schauen, schnitt er es durch, und so langsam wie der Fluss schwamm auch das kleine Floss weg, zurückhaltend fingen die Glöckchen an zu klimpern – die letzte Artistik. Und Don Diego schnitt sich ohne Eile, leichthin die Adern an beiden Handgelenken auf, warf die Machete weg und ließ beide Hände ins Wasser hängen. Gleichmütig folgte dem Gang der Wellen dieser außergewöhnliche, artistische Sarg mit Glöckchen und zog zwei blasse rosa Linien im Wasser hinter sich her. Und Don Diego lag still, schaute zum Himmel.

Ja, so ruhig ist der einst große Unruhestifter, der fünfte von den Großen von Canudos, gegangen. Es war kein Selbstmord, es war ein Sterben, um den Brüdern entgegenzugehen. Eeh, Don Diego, Don …

V

BERGHOCH

Und jener schickte ihn auf seinen Acker, die Säue zu hüten. Einen langen Hirtenstab bekam er, mit dem trieb er die Schweineherde vor sich her. Gierig stürzten sich die Schweine aufs Gras, aber es reichte ihnen nicht aus, gegen Abend brach ein forderndes Gequieke los. Dort wuchs wild eine Pflanze, eine Art Bohne, und morgens und abends wurden die Treber mit den Schoten zusammen in großen Trögen vermengt und den Schweinen zum Fraß gegeben. Dem an der Stallwand lehnenden Domenico lief das Wasser im Munde zusammen, er sah zu, wie die Schweine den Brei fraßen, ihm war kalt vor Hunger, er zitterte, war abgemagert, von Weitem betrachtet glich er einem Reisigbündel, das jemand an die Stallwand gelehnt hatte. Hätte er sich hingesetzt, wären dem Erschöpften sofort die Augen zugefallen, und geschwächt stand er da, bitter wartete er, bis die fresslustige Schweineherde die riesigen Holztröge bis zum Boden geputzt hatte. Dann trieb er die Schweine in den Stall, verriegelte die Tür, rollte sich auf einem zerschlissenen Jutesack zusammen und deckte sich mit einem anderen Sack zu. Den Gestank nahm er nicht mehr wahr, längst hatte er sich daran gewöhnt, und augenblicklich versank er, als zöge ihn ein Stein nach unten – kein Einschlafen, eher ein In-Ohnmacht-Fallen war das. Nicht mal mehr herumwälzen konnte er sich. Bei Tagesanbruch weckte ihn ungeduldiges Gegrunze, und beim Heraustreten ließ die frische Morgenluft ihn zittern, er umfasste seine vorstehenden Rippen und rieb sich Knochen und Haut. Gänzlich erloschen war er, Rußflecken flackerten ihm vor den Augen, es war diese seltsame Schwäche, zerlumpt, mit hängendem Kopf trieb er die Herde vor sich her. Allmorgendlich wurde ihm eine handgroße Brotscheibe zugeworfen, mal fing er sie in der Luft, mal hob er sie glückselig auf und pustete behutsam darüber. Ein, zwei Bissen nahm er sogleich und kaute nicht mal richtig, entgegen seinem Willen verschluckte er sie. Auf der Wiese angekommen, legte er sich das Brot auf die flachen Handflächen und hielt es sich ganz nah ans Gesicht, roch behutsam daran, die Augen geschlossen, mit bemessener Wonne. Und dann konnte er sich nicht mehr zurückhalten – er stopfte es sich hastig in den Mund, schlang es ohne zu kauen hinunter, eins, zwei und weg war es, den ganzen Tag und die ganze Nacht musste er sich jetzt gedulden, bis zum nächsten Morgen würde er nichts mehr kriegen. Abends schaute er betrübt, begierig auf den Brei für die Schweine, auch die Schalen von Apfel und Gurke hätte er nicht verschmäht, ja, er lechzte danach; und niemand gab ihm.

Somit war die schönste Jahreszeit der Herbst – im Herbst pflückte er, nachdem er die Schweineherde zum Waldrand getrieben hatte, Holzäpfel und Pantabirnen, Schwarzdorn, Mispeln, Drosselbeeren. Hätte ein Mensch ihm dieses Obst gegeben, er wäre ihm um den Hals gefallen, dem Baum aber schenkte er weiter keine Beachtung, bloß die Frucht mochte, begehrte er. Auch für den Winter legte er sich Vorräte an, aber man fand sie, nahm sie ihm weg und warf alles den Schweinen vor. Der Winter war hart. Mit Hanffasern band er sich den Jutesack um die Beine, fror, schlotterte am ganzen Leibe, und anstelle von Trinkwasser biss er in einen Schneeball, knabberte an einem Eiszapfen – das glich wenigstens annähernd einem Essen. An der stechend reinen Luft musste er immer daran denken, wie jetzt, des Abends, der Vater im Zimmer vor dem Kamin saß. Jeden Tag ging der Vater aufs Feld, und die Leute wunderten sich darüber, er, der so reich war, was zwänge ihn denn dazu; er aber kehrte Abend um Abend müde erst dann nach Hause zurück, wenn die länglichen Schatten der Häuser und Bäume schon verblassten. Und so vergingen über der Arbeit immer drei Jahreszeiten, im Winter jedoch, wenn der feine Schnee auf den Dorfwegen vom Zertrampeln unansehnlich wurde, auf den Bergen aber weich in der Sonne glitzerte, pflegte der Vater vor dem gewölbten Kamin zu sitzen und, die Augen zusammengekniffen, lange nachzudenken. Zum Vater kamen dann des Öfteren die Bauern, manche baten um Rat, fragten mal dies, mal das, manchmal beichteten sie ihm ihre Missetaten, und wenn sie in Not waren, baten sie auch leise um ein bisschen Mehl, und es gab keinen im Dorf, der ihm undankbar gewesen wäre. Allein der Gedanke daran, ins Dorf zurückzukehren, war zwecklos. Hätte er doch einen einzigen Drahkan dagelassen … Im Frühling dachte Domenico öfter daran, im Frühling schlitzte der Pflug der überwinterten Erde die Brust auf, kraftstrotzend stieß sie ihren Atem aus, die erschöpften Bauern knöpften sich die Hemden auf, im Frühling schwankte, den Hemdschoß hochgerafft, der hinkende Bauer die Furchen entlang und streute mit jedem Wurf eine Handvoll Weizenkörner aus. Die kieselsteinharten Kügelchen der Kirschen und Sauerkirschen färbten sich weiß, unter den rauen Blättern des Feigenbaumes lugte hier und da eine Frucht hervor, in Erwartung ihres Erglühens reihten die Granatapfelbäume sich an den Zäunen; es regnete … Auf seinem Jutesack wälzte sich Domenico, und es regnete auch hier, im Reich der Säue. Er öffnete ermutigt die Augen, aber weh, nein – er war nicht dort, er war hier, unten. Ihn dauerte, dass der Traum gerissen war. Durchtränkt von wehmütiger Freude und erfüllt vom gleichsprachigen Lärm des Regens, entsann er sich, wie es dort im Dorf geregnet hatte … Es regnete, warme Tropfen fielen auf die Bauern herab, die grauen, verblichenen Hemden klebten ihnen am Rücken, sie stellten sich bei einem Baum unter, einige setzten sich auf die gewölbten Wurzeln, sie warteten. So viel Regen habe er noch nie erlebt, meinte der erste Knecht, Bibo. Die Erde sog sich voll, wurde weicher, das gleichmäßige, leise Trommeln ebbte ab, bis nur noch einzelne Tropfen zu hören waren, der Himmel hellte sich auf, die Sonne kam zum Vorschein, die Bauern kehrten, die Hosen hochgekrempelt, barfuß auf ihre Felder zurück, schweren Schrittes, und wie flüchtige Brandmale zeichneten sich in der aufgeweichten Erde ihre breiten Fußabdrücke ab. Die Sonne brannte, die Schollen dampften, noch drückender wurde die ohnehin schon schwüle Luft, Grashalme begannen zu sprießen, die zur Erde geneigten Hälse des abgemagerten Viehs glänzten in der Sonne; der Frühling war da, die Pferde wieherten … Und Domenico setzte sich auf dem Sack auf, ach, nein, nein, was hätte hier ein Pferd verloren, unter diesen mit Brei gezähmten borstigen Viechern, er legte sich wieder hin, die Augen fielen ihm zu. Ihm knurrte der Magen. In der veilchenfarbenen Dämmerung kehrten die Bauern hungrig und erschöpft ins Dorf zurück, brockten Brot in den Eintopf und putzten mit Brot sorgfältig die abgenutzten Böden der Tonschalen blank. Domenico wurde es schwindelig, aber statt sich fallen zu lassen – im Schreck war ihm, als entgleite er –, zog er sich hoch, er ging auf die Knie. Vielleicht war der Gedanke, ins Dorf zurückzukehren, nicht unangemessen, und nein, nein, er hatte nicht die geringste Hoffnung, als Sohn wieder aufgenommen zu werden, aber vielleicht könnte er als Knecht beim Vater arbeiten, es ginge vielleicht, dass der Vater selbst ihm Arbeit gäbe und gerade so viel zu essen, dass er die Kraft hätte, diese Arbeit gewissenhaft auszuführen. Und wenn ich hinginge und zu ihm sagte, er dachte angestrengt nach: »Vater, ich habe gesündigt gegen den Himmel und vor dir; ich bin hinfort nicht mehr wert, dass ich dein Sohn heiße; mache mich zu einem deiner Tagelöhner!« Würde er ihn aufnehmen?

Im Sommer, auf der Wiese, befreite er sich von den Lumpen und saß nackt in der Sonne. Seine Haut wurde spröde, aus den Wunden rann blasses Blut. Einen schweren Stein schleppte er mit sich herum, einen Salzstein; im Frühling saß er durstig an der Quelle und leckte daran. Wenn Hagel fiel, stellte er sich duldsam hinein und überließ seinen armseligen Körper den weißen, eifrigen Kügelchen. Im Winter, im Schnee, lief er barfuß, schlief auf den Steinen, doch er bekam das Bild nicht aus dem Kopf, beharrlich tauchte es immer wieder auf: Und wenn ich aufstünde … wenn ich mich aufmachte und zu meinem Vater ginge und zu ihm sagte:»Vater, ich habe gesündigt gegen den Himmel und vor dir; ich bin hinfort nicht mehr wert, dass ich dein Sohn heiße; mache mich zu einem deiner Tagelöhner. Mache mich zu einem deiner Tagelöhner«, wiederholte er … in der Hitze, im Regen. Und sein zeitweiliger Herr, der Geizkragen, der Leuteschinder, der Knauser – was hatte der bloß, was war in ihn gefahren? In letzter Zeit, wenn Domenico in den Schweinestall zurückkehrte, fand er immer ein warmes Gericht mit Fleisch vor, und obgleich die Kupferschüssel auf der Erde stand, kochte und brutzelte es noch darin und verbreitete einen Duft, der ihn umgab wie eiserne Spinnweben. Domenico war gefangen, er krümmte sich zusammen, das Wasser lief ihm im Mund zusammen, er bebte, aber er wusste – einmal davon kosten, und der Gedanke, heim, zurück ins Dorf zu gehen, wäre auf immer dahin. Und obwohl er, um diesem Gedanken zu entgehen, sich das ganze Jahr hindurch gemartert hatte und dabei den quälenden Traum, da hinaufzugehen, doch gehütet hatte, verstand er jetzt, durch dieses gemein verführerisch dampfende Gericht: Es war etwas anderes, mehr als nur das tägliche Brot, was ihn zu dem hohen Dorf zog, aber da hinaufzugehen ...»Mache mich ... zu einem deiner ... Tagelöhner ...« Der Fleck fehlte ihm. Würden sie ihn aufnehmen? Und bis dahin zu kommen – wenn er es auch versuchte, würde er es schaffen? Erschöpft, ausgezehrt wie er war. Den Hang hinab war er so lange geritten, so lange gelaufen, schon das hatte ihn müde gemacht, und jetzt bergauf, geschwächt, entkräftet hochzukriechen, außerdem trieben sich unterwegs Sesuchbaias herum, die Feinde der Flüchtlinge. Es war ein Spiel aus Kindertagen – von irgendwoher zurückzukehren: als kehre er zurück, als ob, er kehrt nach langer Trennung zurück. Auf allen vieren kriecht er den Hang hoch, klettert, zieht sich, mit Mühe hievt er den geschundenen Körper über die herausstehenden Wurzeln, oben auf den Ästen sitzen Geier und Krähen und warten – ein bisschen Fleisch und Blut wird der Ausgezehrte bestimmt noch hergeben. Wie er kriecht, wie er kraucht. Um nicht abzurutschen, hält er sich mit den Zähnen an einer Wurzel fest, die vor Mühsal zitternden Nüstern lechzten nach Luft, wie schwer das ist, welch eine Last ist selbst so ein dürrer Körper. Alles überfordert ihn, alles peinigt ihn, ein winziger Dorn zum Beispiel. Das war noch das wenigste, in einigem Abstand folgte ihm eine dicke Schlange, starrte ihn an mit gefühllosem, gefrorenem Blick, unergründlich, was in ihrem kalten Herzen vor sich ging, sie behielt ihn im Auge. Hätte er doch einen Drahkan dagelassen ... Domenico kaute Blätter. Sobald er seinen Kopf auf der Erde ruhen ließ, brannte ihm im Nacken der Schlangenblick, armer Vagabund ... Bleich, voll Grauen bahnte er sich den Weg zwischen den Wurzeln hindurch, die Ellenbogen, die Brust, die Knie aufgeschürft; es war ein Spiel aus Domenicos Kindertagen, jetzt zu einem Leid geworden – von irgendwoher zurückzukehren. Was war das, woher kamen all diese großen, dornigen Büsche! Im Frühling glänzte all dies, auch diese Dornen, hellgrün, dann wurden sie dunkler – die Abenddämmerung brach herein. Wieder diese stummen, schwarzen Schatten, die ab und an bösartig schwankten; wieder diese Stille, von einer Grille zart zerschnitten; schon wieder das gefrorene Auge der grauen Schlange, und im Körper klirrend losgelöster Frost. Etwas Schwarzes, Grobfingriges, das sich näherte, träge und bedrohlich – die Nacht des frühen Frühlings, die Jahreszeit, die alles zum Leben erweckte, die alles sichtbar veränderte. Jedes Frühjahr, wenn die bunten Knospen der Bäume sich in kleine Früchte verwandelten, verließen die Leute für eine Nacht das Dorf. Ihre Säuglinge wickelten sie warm ein, das Vieh trieben sie vor sich her, und nachdenklich, mit pflichtgetreuen Gesichtern brachen sie in kleinen Gruppen auf, mit Sack und Pack, selbst die Kranken hatten sie dabei, in lustlos quietschenden, überdachten Ziehkarren. Und wenn auch ein merkwürdiger Schmerz ihr Begleiter war, so blieb doch eine noch größere Wehmut in dem verlassenen Dorf zurück. Keine Menschenseele war dort mehr, nur der Vater, auf eine Steinmauer gestützt stand er da. Er blickte den Dorfbewohnern nach, die mühsam den Hang hinaufstiegen und dann hinter dem Hügel verschwanden. Drüben, jenseits des Hügels, würden sie die Nacht vor dem Fest verbringen, die Männer würden die Nacht durchwachen, schweigend dasitzend, um ein riesiges Feuer herum. Der Vater blieb ganz allein in jener ungewöhnlichen Stille zurück, regungslos stand er da, bis die Dämmerung hereinbrach. Mit der Dämmerung verlor sich in der Luft sanft das Gezwitscher der erschöpften Vögel, und als es dunkler wurde, zitterten am Baum ein, zwei Blätter, wenn auch nur für einen Augenblick. Dann herrschte wieder Stille. Stille. Stille floss als träge, schwerfällige Dunkelheit in die Häuser und Höfe, ergoss sich über die Wege. Es war, als tauche alles gemächlich in verdampfendes Pech ein, und nachdem die mit Schwärze vollgesogene schwere Luft alles umher ausgewischt hatte, zündete der Vater die Funzel an und ging nach draußen. Sein Schritt war ruhig, lautlos, all das, was die Nacht an Geheimnisvollem birgt, umgab ihn, und das schwache, zart flimmernde Licht der Funzel wanderte gleichmäßig hin und her. Der am Boden zitternde Halbkreis, der dem Vater vorausging, kletterte flink am Zaun hoch, floss auf dem Gras gehorsam weiter, lief zu seinen Füßen in

Wellen die Stufen hinauf und wanderte dann schwach flackernd durch ein Zimmer – der Vater blieb am Mittelpfeiler stehen und sah sich im Haus des Nachbarn um. Die Funzel verteilte ihr blasses Licht über in die Ecke geworfene Sandalen, farbige Socken, einen bunten Teppich, Tongeschirr, geschnitzte Holzlöffel. Allem schenkte der Vater Beachtung, sogar die Spinnweben in den tiefsten Winkeln bemerkte er im blassen Licht und legte seine Hand auf Wände, Stühle, Tisch, als lauschte er dem Schweigen dieser Gegenstände. Das ganze Zimmer schritt er ab, und bevor er hinausging, verharrte er noch eine Weile, sein in die Länge gezogener Arm schwankte im Einklang mit dem schwachen Flackern der Funzel. Der Vater selbst jedoch hielt die Funzel fest in der angespannten rechten Hand und dachte über etwas nach.

Gemächlich, schwerfällig verging die schwarze, gedämpfte Nacht, alles schien zu schlafen. Doch hatte die Nacht ihre eigenen Geräusche, rätselhafte, furchteinflößende – irgendwo fiel ein Tropfen, ein einziger, welcher der Finsternis seine wunderbare Wichtigkeit schuldete, über die Wand kratzte geisterhaft ein verwelkter Nelkenkranz, leise quietschte ein Tor, von Zeit zu Zeit gab ein Insekt, in seinem Schlaf gestört, einen Ton von sich. Den Vater störten diese Geräusche nicht, er ging durch die Häuser der Dorfbewohner und sah sich alles lange, nachdenklich an. Dann, als der Himmel leichter wurde, als am äußersten Rand der Welt die Dunkelheit einen Riss bekam, löschte der Vater die Funzel und stellte sich auf einen großen Stein: Langsam, ganz langsam brach die Morgendämmerung herein, wie stark das Licht zunahm … Die Dunkelheit wurde aufgesogen, ein Windhauch regte sich, am Baum spannten sich die Blätter, gemächlich tauchten die Häuser aus der Erde auf, und ein kleiner, dummer, eifriger Vogel fing irgendwo an zu zwitschern. Überschwänglich fröhliche Laute, die die neblige Luft durchschnitten. Der Vater richtete den Blick aufgeregt in Richtung des fernen Hügels, und von dort, im Morgengrauen, kamen die Leute! Sie kamen zu Fuß, ihre Fackeln leuchteten in der immer noch bläulichen Luft; die Säuglinge auf dem Arm, mit überdachten Karren kamen sie, Große, Kleine, Alte, Gute, Böse, Gleichgültige, Betrüger, Betrogene, die Leute kamen!

Sie kamen herab, miteinander Bekannte, miteinander Verwandte, schwerfällig stiegen sie den Abhang herunter und jeder Schritt drückte ihnen auf die Rippen, das ganze Dorf kam, manch einer mit unausgesprochener Feindseligkeit, die sich in den angespannten Wangenknochen sammelte, andere ausgehöhlt vom Wurm der Gleichgültigkeit, angesichts des Festes aber doch ein klein wenig neugierig, wieder andere das Herz voll unerklärlicher Güte, unschuldig, ehrlich lächelnd, Hand in Hand die Kinder, die trotz ständiger Ermahnungen ihren Kopf durchsetzten; sanftmütige Alte mit sonnengegerbten Händen, die nicht einmal mehr wussten, wann sie wohl das letzte Mal etwas Großes und Wichtiges verpasst hätten, nun wundersam friedlich, vorsichtig voranschreitend und mit Belanglosigkeiten sich zufriedengebend, selbstverliebte Mädchen und vor der Zeit gebrochene Frauen, die gleichwohl leuchtend bunte Kopftücher trugen und Ketten um den Hals; Blinde, auf deren Gesichtern sich eine seltsam gespannte Ruhe abzeichnete; Bibo, der erste Knecht, gelassen, brav, jedoch im tiefsten und verborgensten Winkel seines Herzens feindselig; Gwegwe, lustlos, flau verärgert über das ihm unwichtige Fest, junge, unerfahrene Frauen und Männer, in Schwarz die Mutter von Resa, die Leute kamen!

Sie kamen den Abhang herunter, der auf dem Stein stehende Vater hörte schon das Geräusch ihrer Schritte, sie kamen im Pulk, in wirrem Durcheinander, mit Äxten und frischen, biegsamen Weidenruten in der Hand, das Vieh brüllte und die Hunde an den Ziehkarren bellten, sie aber stiegen schweigend den Hügel herab, und als die schwachen, schräg fallenden Strahlen der Morgensonne die durchnächtigten, blassen Gesichter erleuchteten, hoben sie die Hände: Ein merkwürdiger Wald bewegte auf den Vater sich zu, ein wirrer Wald: Ruten, Schwerter, Sicheln, Blumen, Hacken, Spaten, Säuglinge, Äxte … Und ein gewisser Jemand versteckte im Ärmel einen Federkiel.

Die Leute kamen, die Leute!

Sicheren Schrittes kamen sie heran, blieben stehen, richteten auf den Vater erwartungsvolle Blicke; grimm stand er auf dem Stein, fest wie ein Stein. »Sind alle da?«, fragte er.

»Ja, alle«, bestätigte der erste Knecht, hielt sich den Arm vor den Mund und hüstelte leise.

»Sind alle da?«, wiederholte der Vater. »Ist keiner zurückgeblieben?«

So war es üblich, mindestens zweimal musste er die Frage stellen, und

Bibo antwortete gewohnheitsgemäß: »Nein, niemand«, und stutzte, als der Vater sagte:

»Und wer ist der dort?«

»Wo? Wer?«

»Dort, da drüben.«

In eine ganz andere Richtung, zum Turm zeigte die ausgestreckte Hand. Die Leute wandten die Köpfe, Bibo kniff die Augen zusammen: »Was das dort ist?« Er überlegte kurz. »Das ist ein Stein.«

»Ein Stein? Nein, kein Stein«, der einäugige Bauer runzelte die Stirn, »der dort trägt einen Stein um den Hals.«

»Aber so klein? Ein Kind vielleicht«, vermutete der große Bauer.

»Oder ein Zwerg.«

»Das ist kein Stein, ein Zwerg ist es, Leute, mit einem Höcker auf der Brust!«

»Vielleicht ein kleiner Bär?«

Die Lippen zusammengepresst, schaute er in die Richtung, zum Turm, der auf dem Stein stehende Vater. Stirnrunzelnd hörte er den beisammenstehenden, merkwürdig aufgebrachten Knechten zu.

»Vielleicht ein Dieb.«

»So ein Zwerg?«

»Bestimmt ein Irrer.«

»So früh morgens?«

»Wenn das ein Kind ist …«

»Es ist kein Kind!«, rief der hinkende Knecht ganz aufgeregt. »Nein, kein Kind!«

»Was sonst, ein Zwerg?«

»Auch kein Zwerg … auf den Knien ist er!«

Neugierig schauten sie hin.

»Schaut mal, er bewegt sich!«

»Wo ist er?«

»Da, siehst du? Er ist noch kleiner geworden.«

»Er ist vornübergefallen!«

… und er rannte, der Vater rannte zu Domenico. Dumpf und kräftig schlugen seine nackten Fußsohlen auf die taufeuchte, frühlingsweiche Erde, als poche das Herz jener ganzen Gegend, des hohen Dorfes. Zu

Domenico, den er von Weitem erspäht hatte und der ihn dauerte, rannte der Vater, und er warf sich über Domenicos gekrümmten Rücken, auf dem sich die Rippen und die Wirbelsäule abzeichneten. Er umarmte ihn, streichelte ihn, fuhr ihm mit seinen kühlen, rauen Fingern sacht und sehnlich über das dreckstarrende Haar, küsste seine dürre, schwache, armselige Schulter. Zu sich kam der tief versunkene, im Schlamm weich eingesunkene Domenico, er atmete die Erde seines Dorfes, er schrak auf und öffnete die Augen, er legte den liebkosten Kopf schräg, stützte sich mit der Wange auf die Erde und schaute zum Vater auf; mit glanzlosen Augen nahm er von seinem Gesicht nur einen schimmernden Fleck wahr. Er ist das … Er …, dachte er und fasste Mut, strengte sich an, riss die Augen weit auf, er war so aufgeregt, und in dem Fleck machte er das Gesicht des Vaters aus. Domenico zog sich hoch, ging wieder auf die Knie, reckte ihm die Arme entgegen; die atemlos herbeigelaufenen Knechte blieben abrupt, mucksstill stehen – etwas würde geschehen, und auch der Vater selbst schaute unverwandt in Domenicos Augen, die ein einziges Flehen waren, dabei hielt er sein Gesicht mit beiden Händen … Der Vagabund sammelte noch die letzten Krümelchen seiner Kraft, fuhr sich mit der trockenen Zunge über die rissigen Lippen und trug schwach seine Bitte vor: »Vater, ich habe gesündigt gegen den Himmel und vor dir; ich bin hinfort nicht mehr wert, dass ich dein Sohn heiße.« Er konnte kaum sprechen. Mit gesenktem Kopf fügte er hinzu: »Mache mich zu einem deiner Tagelöhner!« Mit hängendem Kopf, auf den Knien, ganz hilflos, wartete er auf sein Urteil. Der Vater ließ ihn los, blieb aber so stehen, nach vorn gebeugt, starr, und schaute hartnäckig auf Domenicos zerkratzte Schulter.

»Er hat seine Habe mit Huren verschlungen!«

Die Stimme kam aus der Nähe. Es war Gwegwe. Der Vater aber richtete sich auf, wollte den mit einem Mal strengen Blick nicht von Domenico abwenden, deutete zum Turm hin und sprach:

»Bringt das erste Gewand her und zieht es ihm an.«

Er befand sich zwischen Schlafen und Wachen. Im Überschwang des Glücks, in seinem Hunger und Durst, in der Erschöpfung, konnte er nicht mal mehr den Kopf heben, die Knie knickten ihm ein. Den Ermatteten und Zerschlagenen umfing ein zu jenem sonnigen Morgen nicht passender Nebel, im Halbschlaf spürte er, wie sie ihn unterfassten und ihn behutsam führten. Dem Vater zuliebe mochten ihn auch die anderen. Ein außergewöhnlicher Glanz blendete seine geschlossenen Augen: Der hinkende Knecht schwankte heran, auf einer Seite pickte sein Ohr in die Luft, über seinen bedachtsam ausgestreckten Armen hing das erste Gewand. Bei jedem Schwanken des Hinkenden explodierte es farbenreich, ein in die Augen stechendes Gleißen lief darüber, und als der hinkende Knecht stehen blieb, gloste es auch auf der Stelle noch. In der singenden Morgensonne schien es gefährlich zu sirren und sich in die Länge zu dehnen – das erste Gewand. Immer noch hielt Domenico, der Vagabund, den Kopf gesenkt, und schwach spürte er, wie sie ihm das edelsteinschwere Gewand behutsam über die zerkratzten Schultern legten. Dann setzten sie ihn irgendwo auf einen Stuhl, beugten ihm zärtlich den Kopf nach hinten, riesige Hände hielten seinen Kopf und gaben ihm ein paar Schluck mit Wasser verdünnten Rotwein zu trinken. Erlöst stöhnte der arme Vagabund auf. In einem riesenrunden Kupferkübel stand er jetzt, und sein grindiger Körper wurde sorgfältig gewaschen, die Dornen wurden entfernt; über die Narbe am Oberarm fuhr vorsichtig mit seiner nun ganz sanften Handfläche der Hinkende. Domenico wäre zusammengesackt, hätte der große Bauer ihn nicht gehalten, er wollte so gern schlafen. Sie zogen ihm Leinenhemd und Leinenhose an, er wankte, und die Augen noch immer geschlossen, spürte er wieder und wieder den ruhigen kühlen Duft von Sauberkeit am ganzen Körper. Rein gewaschen und mit dem Schlummer ringend, wiederholte er kraftlos träge Worte der Dankbarkeit, und er stützte sich mit beiden Ellenbogen auf den Tisch, sein Handgelenk erinnerte sich an die vergessene Bewegung, und er löffelte vorsichtig aus der Tonschale den süß-säuerlichen Eintopf. Er pustete, die Augen geschlossen, auf das dampfende Gericht, frisch vom Feuer, mit Pfefferminze gewürzt und mit eingebrocktem Sauerteigbrot; und sie brachten ihn in ein weiches Bett. Der Arme war so froh, dass er eine Weile nicht einschlafen konnte, einfach so, halb wach unter der De-

cke zu liegen, war ihm lieber, er wollte nicht schlafen, und plötzlich legte
er sich auch dort, im Traum schon, nieder ... und in jenen veilchenfarbenen, fremdartigen Kellern, auch dort, ja, auch dort, schlief er müde ein.
Als es Abend wurde, machten sie in der Mitte des Dorfes ein großes
Feuer. Über großen Steinen hatten sie einen Scheiterhaufen errichtet, mit
einem Span zündeten sie das Reisig an, und zwischen den dicken Holz-
klötzen braute sich das Feuer zusammen, es werkelte ohne Eile, kroch
über die Klötze, dann machte es sich mühelos über die trockenen Scheite
her, klebte sich zitternd an sie, drang in sie und brachte sie zum Knistern,
wurde heiß. Auf den frischen Scheiten ließ es die aus dem Innern tränend
heraustropfende Kühle zischen, und die erleuchtete Luft ringsumher
begann schwerfällig zu flimmern. Die Arme vor der Brust verschränkt,
schaute der Vater auf die Leute jenseits des Feuers. Aus seinem Dorf waren
sie, alle standen sie ihm nah. In die Flammen schauten die Leute, konnten
den ehrfürchtigen Blick nicht abwenden, und obwohl es in ihren weit
geöffneten Augen flackerte, war darin noch die Pflichttreue zu lesen,
ein seltsamer Anblick war das. Das lohende Feuer, jetzt schon kraftvoll
zum Himmel ziehend, verschlang mit bedrohlichem Gegrummel riesige
Holzklötze, ganze Stämme, die rissige Glut fiel zwischen die Steine, die
Leute bekamen rote Wangen, scharfe Schatten liefen über ihre Gesichter,
atemlos beobachteten sie den nach dem Himmel greifenden Tanz. Wie
mutig, wie flink zogen sich die Flammen in die Länge, und das Feuer, in
der Laune, ein gefährliches Spiel zu spielen, wurde begleitet vom eigenen
Grummeln, als wäre es ein geheimnisvoll antreibender Trommelschlag –
das war ein Tanz! Die sich verjüngenden, hastig entrinnenden Schatten
schlugen unbarmherzig gegen die Leute ringsum, und auch noch weiter
weg, drüben, flatterte blass etwas, abgewetzt und stumpf, flimmernd wie
ein Gaukelbild an der Wand, das der soeben erwachte Vagabund anstarrte. Wo bin ich? Mit einem Ruck setzte Domenico sich auf, drehte den
Kopf schnell zum Fenster – da, im Dorf, hüpfte das Festfeuer. Sehnlich
schaute der Vagabund auf das lang vermisste Feuer, ihm wurde warm ums
Herz, aber plötzlich fesselte ein geheimnisvoller Schein im Zimmer seinen Blick – unter einer schwach schimmernden Kerze hatten sie auf einer
Ottomane sein Eigentum, das erste Gewand, ausgebreitet. Angespannt,
vornübergebeugt ging er geradewegs darauf zu, vorsichtig setzte er eine

nackte Fußsohle vor die andere, er schlich sich ehrfürchtig an das erste Gewand heran. Was für ein Kleid – wie viel Gold, Schaschlik, Brausewein, wie viele Frauen versprach es in dem schimmernden Lichterspiel. Das erste Gewand – ach, wie reich er war, wie vieles er damit würde erwerben können. Gebannt schaute er auf diesen wunderschön aufgefädelten Schatz. Was für Edelsteine, was für Farben! Fröstelnd, die Schultern hochgezogen, starrte Domenico darauf, und dann schaute er sich ängstlich um, aber es gab im Zimmer sonst nichts zum Anziehen, und so gab er sich einen Ruck – vorsichtig, behutsam, zurückhaltend griff er nach dem Gewand. Drüben am Feuer rissen die Bauern mit kräftigen Fingern unscheinbare Stückchen aus ihren Kleidern, Hemden und Joppen, schirmten mit dem Handrücken die Augen ab, näherten sich vorsichtig dem Feuer und warfen die Fetzen, die noch die Wärme ihrer Körper in sich trugen, in die Flammen. Es hieß, dass die Bewohner dieses Dorfes vor langer, langer Zeit vom Himmel herabgestiegen seien, die Vorfahren aber seien dort geblieben. Vom Körper aus würden die hiesigen Geschichten in ihre Kleidung einwachsen, so meinten sie, so sagten sie, und der Rauch aus den Fetzen stieg ja nach oben, zum Himmel, und so würden die Geschichten als Rauch zu den im Himmel Gebliebenen gelangen; und zum erhellten Himmel stieg flatternd die Geschichte auf. Wie der große, traurige Bauer arbeitete, sich mühte, wie der Fuchs, der immer wieder den Hühnerstall besuchte, ihnen in die Falle gegangen war, wie sie Weizen gesät und wie sie nach dem Regen die Quelle gesäubert hatten, wie sie tagsüber die Erde pflügten und nachts schliefen. Und mit hängendem Kopf stand da still Gwegwes Frau – sie liebte ihren Mann nicht, und sie wollte, dass der Rauch von ihrem Stück schnell verschwände. Hin- und herwiegend stiegen ihre Geschichten hoch, in den Himmel – wie sie das Wasser angestaut hatten, wie ein zahmer Hund wegen zu viel des Guten tollwütig geworden war, dass alle Bäume den Winter überlebt hatten, wie sie das Pferd mit der weißen Kruppe beschlagen hatten. Ein Fetzchen von ihrem schwarzen Trauerkleid warf die ein wenig seitab stehende Mutter von Resa hinein. Wie die Wölfe im Stall eine Kuh gerissen hatten, und dass die Hühner fast allesamt von der Pest ausgerottet waren. Zum Himmel schaute ein dürrer Bauer und dachte: Ob sie dort, im Himmel, auch Federvieh haben? Kräht bei denen auch was?

Aufrecht, den Kopf erhoben, unwillkürlich stolz, näherte sich schwerfällig Domenico, und es war ein seltsamer Anblick: Barfuß trug er das wertvollste Kleid – das erste Gewand –, und schon in der Ferne strebten unzählige reine Lichtfäden sirrend davon ins Dunkle. Veilchenfarben leuchtete ein großer Amethyst an dem mit Emaille verzierten Kragen, und grün flimmerten Türkissteine, die das Gewand umsäumten. Zwischen jedem Türkis glitzerten blau Aquamarine, rötlich glühte ein erleuchteter Rubin, und neben jedem Stein steckte ein Perlenpaar. Das ganze Kleid war von Goldfäden durchwirkt, es war, als ob eisig glitzernd Tausende gelber Krümel raschelnd ineinander zerbröselten. Die Flammen hüpften pochend über das Gewand, an den Rohdiamanten prallten sie leuchtend ab, blutfarben verzerrte sich der Granat, von Gold gelb umzingelt funkelte bösartig ein geschliffener Diamant. Domenico näherte sich, ein farbiger Blitz lief ihm voraus, und bei jedem Schritt leuchtete er heller, blendete stärker, strahlte ein durchsichtiges und dabei nebliges, farbiges, geheimnisvolles Licht aus. Genau vor dem Feuer blieb Domenico stehen, mit umwölkter Stirn schaute er auf die zerknitterten, im Feuer sich windenden Kleiderfetzen. Von wem stammten sie? Welche Geschichten wurden da in den Himmel geschickt? Unwillkürlich stolz durch das wertvolle Kleid auf seiner Haut, betrachtete er misstrauisch diesen sich gebärdenden Boten – das rauchende Feuer. Mal zitterte die unbarmherzige, sanfte Flamme gleich einer zarten, hauchdünnen Gardine, bekam Tausende Risse, dann flickte sie sich leicht, trocken wieder zusammen und züngelte hoch, sich abermals zerfetzend, erzählte Geschichten, ach, wie zornig sie sich zerzauste, und durch die zeitweiligen Risse im Feuer blickte Domenico hindurch – auf der anderen Seite des Feuers stand der Vater!

Hinter dem Feuer, in der glühenden Luft, flimmerte dessen ganzer Körper, dehnte sich und verwandelte sich gleich einem Geist. Von Zeit zu Zeit vom Feuer verdeckt, wirkte sein ewig ruhiges, streng-gerechtes, trauriges Gesicht unstet. Aufrecht und überwach, trotz der schlaflosen Nacht, wandte er seinen brennenden, neugierigen Blick, der durch das aufgewühlte Feuer hindurchging, nicht ab von Domenico, seinem Sohn, den er liebte. Etwas erwartete der Vater von Domenico. Das begriff der mit einem Mal nervöse Domenico, aber was? Angespannt beugte er sich vornüber, eine inständige Bitte in den Augen, die hüpfenden Schatten schienen ihm das schweißgebadete, schweißglänzende Gesicht abreiben zu wollen, er hatte die Arme dem Vater entgegengestreckt, mit gespreizten Fingern flehte er ihn an, ihm doch ein Zeichen zu geben, etwas zu sagen, aber nein – der Vater schaute jetzt zu den Leuten, und auch Domenico, der ganz nah am Feuer stand, richtete seinen suchenden Blick auf die wortkargen Menschen seines Dorfes. Sie, die Bauern, schickten mithilfe des Feuers ihre einfachen, unscheinbaren und ehrlichen Geschichten in den Himmel, und mit dem umtriebigen Rauch schwebten die Geschichten empor. Wieder richtete Domenico, verloren in seinem Glück, den durchs Feuer gereinigten Blick auf den Vater. Jetzt zog er das Gewand aus, packte es fest – und schleuderte es mitten ins Feuer, das erste Gewand ... Er warf es, wie ein Fischer sein Netz – das erste Gewand! Ruhig nickte der Vater. Aufrecht stand er da, als wäre die Pflicht erfüllt, und all die Leute, die mit offenem Mund dieses seltsam erhabene Schauspiel mitansahen, schlossen die Augen. Das Feuer ergriff liebkosend das erste Gewand, sacht von unten, zitternd von oben, und der erste Rauch zog mit leichter Mühsal sich räkelnd vom ersten Gewand hoch, und diese, Domenicos verwobene Geschichte stieg jetzt als hauchzarter Rauch hoch in den Himmel – es brannten Domenicos willentliche oder unwillentliche Weggefährten, so unterschiedliche Leute!

Als Erstes erfasste das Feuer die entfernten Bekannten – es waren die Goldfäden, sie brannten rasch, eine Handvoll ferner Leute –, die Feinstädter, die sorglos durch die gepflasterten Straßen spazierten, sich zuweilen an den kühlen Springbrunnen setzten. Frauen mit Schleier, mit lockigen Hunden, die sie an schmucken Leinen ausführten, Sonnenschirme in der Hand, grazile Riesenschleifen, aufgesteckt an den rosa oder hellblauen Kleidern; Männer, aus Mangel an Aufgaben zu Lästermäulern geworden, die großen Wert legten auf gutes Essen, Trinken, Schlafen, Vergnügungen und erzwungenes Gelächter, Pfänderspiele, gebücktes Spähen durchs Schlüsselloch. Mit ihnen zusammen wurden auch die Kamoraner von der Flamme erfasst, die dort in Kamora an den marmornen Häuserwänden lehnten, scheinbar vor sich hin dösend und in Wirklichkeit auf der Lauer, gespannt; sie vermieden, die anderen anzusehen, die bedachtsam an ihnen vorbeiliefen, und durchbohrten ihre

Nacken und Rücken mit den Blicken; sie schauten heimlich durch die umstickten Gucklöcher in ihren Vorhängen. Und da hinten, in der Ferne, galoppierten die Sertanejos auf ihren schnellen Pferden, was für ein Volk! Alle brannten sie. Und die Bewohner der Marktstadt, farblos, einer wie der andere, Betrüger, aus Angst mäßig heuchlerische Händler, Geschäftemacher, die für ihre Profitgier einen hohen Preis zahlten, ach, die armen Leute … Als Ersten von den Bekannten erfasste das Feuer jenen allseits unauffälligen Mikele, der Kumeo wegen der Goldkette seinen Kopf in die Visage gerammt hatte. Es brannte auch Kumeos Anteil an Goldfäden, bestimmt können Sie sich erinnern: wegen seiner Gefräßigkeit von der zarten Conchetina als unbefangen wahrgenommen und geliebt. Es brannte auch Conchetina selbst und die fröhlichen Fräuleins, ihre Geschichten stiegen als leichter, hauchzarter Rauch zum Himmel. Ebenso flatterte Silvia nach oben, die nichts von Freundschaft verstand, die ihrer Freundin den Geliebten wegschnappte, und Rosina, der der Geliebte ausgespannt wurde, die von der Aue, ihren Auenbesuch kann man nicht einfach so unter den Teppich kehren, und ihr Umwerber, Cilio mit der Pomadefrisur, der Schürzenjäger. Sein Kumpel Tulio, der bei den Feinstädtern beliebte, sympathische junge Mann – mit zurückgeworfenem Kopf laut lachend, der Partylöwe, Meister im Erzählen amüsanter Geschichten, an vorderster Stelle auf den Gästelisten namhafter Familien, mutig, fröhlich und letztendlich doch nur ein Schnorrer, in dessen Dunstkreis durch Zufall der lammfromme Färber, Antonio, gelandet war, die großen Augen immer auf seinen Schwager Vincente gerichtet, dessen Laune, Benehmen und Wortschatz gänzlich davon abhing, ob sein Kragen auf- oder zugeknöpft war. Der grobe Riese Giuseppe, der die Schwager gern auf die Schippe nahm, und dessen Muskeln beim Nachdenken bebten. Dino, der es mit ihm aufgenommen hatte, kleinwüchsig, umtriebig und ehrenhaft, und ja, Arturo, kaum hob er sich ab vom zitternden schönsten Gewand, der schlaue Feinstädter, der geldgierige Gastgeber, samt gesunder Frau und Kindern. Eulalia, Giangiacomo und seine Schwester, mit dabei war auch die Schwiegermutter, die energische Alte, Sibilla, sowie die zur Lagebesprechung geladenen nahen und entfernten Verwandten. Selbst dieses Gewand, das erste Gewand, hatte anscheinend auch einige falsche Steine, und sobald die Flammen daran leckten, wurden sie brüchig und barsten, die Glitzersteine. Das waren der als zwielichtiger Rauch nach oben tippelnde, scheinbar ehrenwerte Señor Giulio, außerdem der Berater der Feinstädter, allgemein anerkannt als hervorragender Redner, Duilio, so wie er war, und eine seiner treusten Zuhörerinnen, die sich übertrieben in Szene setzende alte Schachtel Tante Ariadna, der das Schicksal oder die wilde Vorstellungskraft den echten Mann Vasco über den Weg geschickt hatte, und die falschen Gefühle der drei, die das Feuer von da, vom hohen Dorf in den Himmel trug, noch höher. Und auch Rinaldo glomm auf, bestimmt erinnern Sie sich, der, der nur ab und zu sein wahres Gesicht zeigte, ein raffinierter Zocker, der im Park von Feinstadt als dritter Mann dabei war und dem die Geschichte vom elfjährigen Mörder vergebens erzählt wurde. Bitterlich wand sich der undurchsichtige, stets zurückhaltende Servilio, Duilios Sohn, der irgendwelche verdeckten Geschäfte mit den Kamoranern machte. Es brannte auch jener zahnlose Mann, der bei Tante Ariadna zu Gast gewesen war und dessen keckes Instrument einen seltsamen, wandelbaren Vogel als Seele hatte, auch seinen Edelstein, einen der Aquamarine, den ersten echten Stein, erfasste die Flamme. Und als das Feuer alle, alle außer dem höchsten Stein zum Erglimmen gebracht hatte, richtete das erste Gewand sich in der Hitze auf. Ein gedämpftes Raunen ging durch die Menge der ohnehin schon über das seltsame Schauspiel erstaunten Bauern – das erste Gewand hatte sich mitten im Feuer in der flimmernden Luft ohne Weiteres aufgerichtet und stand da, hing da! Widerstrebend, Stück für Stück, wurde das wertvolle Kleid zu Asche, gewaltig hatte das Feuer die unteren Steine ergriffen, an einer Stelle tat es sich am schwersten: Das war der jugendliche Irre, Ugo, mit einem echten Messer in der schwitzenden Hand hielt er mucksstill Ausschau, und in den eisigen Augen schwappten die grauen Fische, düsteres Licht umgab ihn – der Granat. Es brannte Alexandro, Reden schwingend, für verrückt gehalten, der Echteste in Feinstadt, der gütige Mann mit einem Kaktus im Herzen. Auch seine Geschichte vom elfjährigen Mörder, das Märchen vom grasgrünen Mann, seine mit merkwürdiger Hingabe geführten Ansprachen von der Bühne herab, auf der Straße, in der Natur oder im trauten Heim, Aus- und Zwischenrufe und Ähnliches brannten mit einem der Aquamarine. Ebenfalls in einem Aquamarin schimmerte Patricia, die komische Frau, die ihren Ehemann für intelligent gehalten hatte, den Stammkunden bei den leichten Frauen. Es brannten auch die leichten Frauen, Laura und Tango, und die echte Frau Teresa, sie erstrahlte in einem geschliffenen Diamanten, umgeben von Gold, des Abends, dort in ihrem Zimmer, saß sie in einem mit Wasser gefüllten großen Fass, die Frau, Teresa, und ihre eingeseiften Schultern glänzten, das frisch gewaschene, noch nasse Haar hatte sie mit einem Kopftuch hochgebunden, und wenn sie lächelte, bildete sich auf nur einer Wange ein Grübchen, was für eine Frau! Was für eine Stimme! Wie sie da stand, die Hände in die Hüften gestemmt, und lächelte, wie sie lief, vor allem da, im Dunst – und lange, aufreibende Winterspiele, die große lila Decke, Domenicos Kopf lag auf ihrem Arm, was für einem Arm! Ach, nicht nur Teresa, sogar die Frau mit dem Beutel, die, auf den Lando wartend, belangloses Zeug redete, seine erste feinstädtische Begegnung, sogar sie war in den Goldfäden des aufgerichteten Gewandes zu sehen. Und betrübt, dumpf, traurig, erglomm ein weiterer Stein, Edmondo war das, angestrengt und ewig leidend auf der Suche nach einem Freund, trotz allem hat er im Tod seine Würde gewahrt – grün schmolz er in einem Türkis. Erstaunlicherweise tauchte sogar die Frau auf, die der besoffene Vincente mit aufgerissenem Kragen auf einer Hochzeitsfeier gekniffen hatte, eine gewisse Graziella Matirelli. Und zwei Georgier auf der Durchreise, Heinrich und Dragomiro, sie brannten vereint, alle waren sie auf dem Gewand, auch die armen, gebeutelten Frauen: die Großmutter von Ugo, die Mutter von Edmondo. »Und alles ist in Ordnung«, schien es verhalten aus dem Feuer zu erklingen – der genügsame Leopoldino, der nachts durch Feinstadt schritt, der Arme, der Bejammernswerte, der mit Brot und Zwiebeln auskam; soeben hatte er ein Geräusch vernommen und war vorsichtig stehen geblieben, hatte die Laterne sinken lassen, seine nackten, geschundenen Füße schienen von einem billigen Heiligenschein umgeben. Mit ganz anderer Stimme schmetterte das ihm aufgetragene Wort »graaandiooooooos« der kamoranische Nachtwächter, der furchtgebietende Caetano; selbst den Marschall Bittencourt, samt Eidechse am Körper, samt Katze Arufa, erreichte sein Ruf im sorgfältig verriegelt-versiegelten Raum, allerdings nur solange er noch am Leben war. Gleich daneben brannte sein nächster Gefolgsmann, der wackere

Grandhaler Oberst Federico Cesar, außerdem der näselnde, oft unerwartet an nutzlosen Orten emporwachsende Oberstleutnant Navole und Feldwebel Eliodoro samt seiner Frau, mit einem Kissen unterm Kleid. Der nackte Aniseto, der von den Jahreszeiten den Sommer am liebsten mochte, die Wachen der kamoranischen Prominenz, Leutnants, Masseure, Boten und Morgendamen, Eilboten, die Musikanten mit fehlendem musikalischen Gehör, vor den Türen zu den Folterkellern bereitstehend, die Instrumente an den Lippen. Der nur ein bisschen schlaue General Jorge, der scharfsinnige Admiral Zizka, der schöne General, der Gutmutgeneral des Bestrafungskommandos, der gemeingefährliche Zweibeiner Ramos, der größte Wagehals, Rigoberto, dessen Kind sie von einer Morgendame austragen ließen, und der zweitgrößte Wagehals Gabriel, der sich allzu gewählt ausdrückte. Der Gastgeber einer Nacht, Scarpiozo, der schlaue Dummkopf, sie alle brannten – die Männer der Brigade, des Bataillons, die beiden intellektuellen Frauen, die so gebildet mit Oberst Cesar verhandelt hatten. Auch die an einem kühlen Morgen leicht bekleidete, für Milch anstehende Frau mit den bloßen Schultern, die im Kerker eingesperrten Jagunços, vier Henker, die Ärmel hochgekrempelt, der schielende Kamoraner, der seinen Kumpanen unbemerkt abgestochen hatte, der im Käfig hingerichtete Demetrio und sein Sensenmann, der persönliche Vollstrecker des Marschalls, der knochenlose Kadima, die diensthabenden Aufseher, die Kleinermittler, der selbstverliebte Zwerg Umberto und Ciccio mit seiner Piepsstimme, der nicht zunahm, egal, wie viel er aß, und der große Enthüller, der von Kindheit an als taubstumm eingestufte Esteban Pepe mit dem absoluten Gehör, der, obwohl er sehr sauber arbeitete, in der Caatinga doch draufgegangen war. Es brannten die Ehegattin des Großmarschalls, Mercedes Boston, die grün und rot gefärbte kalt-farbenprächtige Dame, die gar nicht echt war und große Ähnlichkeit mit dem Götzen Moloch hatte, und die ihr zuliebe sich am Instrument betätigende Stella, die jeglicher Gefühlsregung entledigte Gattin des Obersten, außerdem die energische Susanna-Susi, die fest an die gefahrvolle Liebe glaubte. Es brannten Mercedes Bostons Geburtstagsgäste mitsamt ihren wertvollen Geschenken, Schurken verschiedenster Richtungen und Neigungen, das vergiftete Volk, aus dem sich die Prominenz des Oberen Kamora besonders hervortat. Das waren die dem Marschall nahestehenden angespannt-glücklichen Staatsdiener: der Älteste des Ältestenrates, Porfirio, samt Schwiegersohn, Ramirez Quispe, der so gerne auf die nächtliche Teppichjagd ging, der Großhändler Artemio Vazquez mit den Hängebacken, der zum Hauptinspekteur hochgestufte kurzarmige Langfinger Pedro Cardenas, der geheim gehaltene Masseur Alfredo Evia, der Großmeister des Pinsels, der unbeugsame Greg Ricio, der sehr direkte Staatsanwalt Noel, der beflissene, als charmanter junger Mann geltende piekfeine Befehlshaber über ganze siebzehn Mann Massimo, der Hoftenor Ezequiel Luna und andere. Andere, und noch weitere, ärmlich gekleidete Würdenträger und Schmarotzer in prachtvollen Kleidern, mit Hass und Feuer in den Augen. Mit dunklem Blick schaute Domenico zu, wie die bösen, unglückseligen Kamoraner brannten. In diesem mannigfaltig bösartigen Glanz brannten drei Steine immerhin sehr liebevoll. Zwischen den vielen überaus versierten Schurken machte er zum Trost einen blauen Saphir aus, der Doktor Otar war das, sein kamoranischer Ziehvater, das nette Onkelchen Otar, dem die Augen immer wieder feucht wurden. Und armselig krampfte sich ein Bernstein zusammen, ein Halbedelstein, die hilflose Morgendame Rosa, die ihre letzten vierzig Groschen zum Dank für seine Liebe zurückgelassen hatte. Und auch ein schwarz schimmernder Stein, der tiefste und geheimnisvollste, einer der beiden Gagate, der Stein von Alexandros älterem Bruder, Michinios furchterregender Edelstein brannte im Feuer. Aber was waren diese drei Steine mitten im Glanze so vieler Schurken, was hätten sie schon in dieser Masse ausrichten können? Den knisternden Brand der unzähligen edlen, halbedlen und falschen Steine beobachtete starr, die Schultern hochgezogen und in Schweiß gebadet, Domenico, der Vagabund, und als er in seiner Unruhe seinen Gnade ersuchenden Blick beharrlich auf den zweiten Gagat richtete, ach, wie bitterlich tat es ihm gut, dass auch er außer seinem Heimatdorf, seine eigene Stadt, das weiße Canudos hatte. Wir alle – wir alle haben doch unsere eigene Stadt, auch wenn wir oftmals nichts davon wissen, ganz sicher haben wir sie oder werden sie haben, die kleinen, reinen Lehmhäuser am Ufer eines Flusses, am sanften Hang weiß ansteigend, glänzend in den langen, schräg einfallenden Strahlen der Morgensonne und weich glitzernd, leicht taub werdend im blassen, hauchdünnen Mondlicht. Es brannten die von ungewohntem Glück durchtränkten und von Freiheit überbordenden Vaqueiros, und auch den großen, schwärzlich schönen Stein, den zweiten Gagat, erfasste das Feuer – das war der Anführer der Canudener, der grimm standhaltende Conselheiro Mendes Maciel. Rasch erfasste das Feuer bis auf einen alle Edelsteine: Grün schimmerten die Smaragde, blau, hellblau wanden sich Türkise und Aquamarine, gelb schmolz der Bernstein, rot lohte der Rubin, nicht weit davon funkelten die Perlen, hochgestiegen aus den fremden Tiefen der Meere, und den unscheinbaren Hang hinab floss der kühle, ewig neue Fluss der Canudener und brachte ihre rein gewaschene Geschichte zum Meer. Hier, im hohen Dorf – wie farbenprächtig, wie würdevoll brannte das ganze Gewand, das erste Gewand, und dunkelblauer Rauch trug durch das Feuer die Geschichte der tüchtigen Hirten in den Himmel. Es brannten Gregorio Pacheco, der Zauberer der Trommel, und der große Schmied Senobio Llosa. Es brannte der im Sertão gebliebene Tugo mit dem abgeschnittenen Ohr, ein ganzer Kerl, es schmolz sein wortkarger Bruder, der sich ihm zuliebe dem unausweichlichen Tod auslieferte, wer konnte schon wissen, was in dem Schweigsamen vorging, und auch ihr dritter Bruder mit seinem unstillbaren Rachedurst. Es brannten die echten Vaqueiros Inocencio, der sich durch ein paar Dinge auszeichnete, und Avelino, der Zurückgezogene und Unauffällige. Es brannten ihre Frauen, Schwestern, Mütter, Kinder, und auch die sieben besuchsweise hereingeschneiten, auf besondere Weise verliebten und gekleideten Frauen brannten als Goldfäden. In Flammen ging auch der allein lebende Rojas auf, der als Einziger von den Männern zum Überleben verurteilt wurde. Und die, die auf dem Floß standen, still verharrend, den liebenden Blicken entschwindend – die Alten und Frauen, Kinder … Kinder … Als Glut erglommen die Witwen: Joãos Frau, Mariam und Manuela, die weiße Hirtin, und in Kalabarien lag unter der Erde die ungewöhnliche Mirza, die einen Mann im Voraus zu schätzen wusste; als Saphire erstrahlten diese Frauen. Als die Rohdiamanten in Flammen aufgingen, stockte Domenico der Atem, und wie gebannt starrte er ins Feuer, weil auch die ganz großen Canudener – Se Moreira, Manuelo Costa, João Abade, der alte Santos und Don Diego –, die großen Canudener brannten!

Nur einen Stein, den großen Amethyst, bekam das zornig tanzende, daran tastende Feuer nicht zu fassen. Die anderen brannten: der Flüchtling, den es des Nachts ins hohe Dorf getrieben hatte mit seinen fremdartigen Erzählungen – wie er zum Massai geworden war, des Anführers regnerische Geschichte, die Wesensart der Raubpflanzen; es brannte die Geschichte von der frischfarbigen, dem Flüchtling nur verschwommen erinnerlichen Heimat, vom Felsen, den die Natur oder ein eigensinniger Bildhauer ähnlich einer hohlen Hand gestaltet hatte und auf dem ein kleiner Waisenknabe stand, und von den dortigen Jungfrauen, die im Pochen der Trommel kühlstämmige Bäume verehrten. Es brannten die Gaukler, die für nur eine Nacht im Dorf ihr Lager aufgeschlagen hatten, die in der pechschwarzen Nacht mit Fackeln jonglierende Frau, das entblößte Bein angewinkelt, und sie mit trockenem Munde betrachtend der Spitzhut, der finstere Harlekin mit dem weiß beschmierten Gesicht, Sesuchbaia. Und auch die da ums Feuer stehenden Leute, die Bewohner des hohen Dorfes, auf deren Gesichtern in diesem Moment der Widerschein des Feuers flackerte, auch sie schienen zu brennen und mit dem in der Hitze zerschmelzenden Gewand zu vergehen: Bibo und Gwegwe, ihre Frauen, Nandu, und Resas Mutter in Schwarz, der hinkende Knecht, der große, traurige Bauer, sie alle, Männer der Erde, die pflügten und säten, eggten und mähten und zeitweilig auch zu Maurern, zu Hirten wurden, alle brannten. Nur an diesem einzigen, einzelnen, unbeirrbar strahlenden Stein leckte lange vergebens das Feuer. Der Vagabund wusste, wessen Stein das war, der große Amethyst, er wusste es nur zu gut, und es schnürte ihm die Kehle zu, Tränen stiegen ihm in die Augen, er stürzte aus dem Kreis. Zuerst schien er mit leuchtendem Rücken das Feuer mitzunehmen, dann, als er den Augen der Bauern entschwunden war, legte er die Arme vor der Brust über Kreuz, neigte sich vor zur Erde, und so gebückt rannte er, als könnte er sich gleich nicht mehr halten. Zum Fluss, der mitten durch den Wald floss, trieb es ihn, und im Herzen schluchzte er: Ana … Maria … Aana Mariaa!

Er wankte durch den nächtlichen Wald. Außer Atem stieß er gegen die stumm stehenden Bäume. Ächzend und tastend bahnte er sich den Weg, der Arme. Die kühle Berührung der Blätter, die der Frühling weich und geschmeidig gemacht hatte, war wie feiner Sand auf seinem Gesicht. Unter seinen Füßen aber raschelten üppig und dumpf die Blätter vom

letzten und vorletzten Jahr und den Jahren davor, verwelkt und vollgeso-
gen mit der Feuchte des Waldes. Schicksalsergeben ging Domenico zum
Fluss, dessen fernes Plätschern sein einziger Begleiter war. Wohin strebte
der verwirrte Vagabund, was suchte er noch, was hatte ihn so durch-
einandergebracht? Sollte er nicht einmal im hohen Dorf nachts Ruhe
finden, sich hinlegen und ausruhen, tagsüber friedlich säen und pflügen,
sollte er immer nur gehen und gehen? Er folgte dem Pfad, der sich in der
Dunkelheit kaum abzeichnete und schimmerte wie ein Gaukelbild, am
Fluss ging er in die Knie und steckte die Hand ins kalte Wasser, er verstummte, mucksstill lauschte er ...

So blieb er eine Weile, aber mit einem Mal wurde er tätig, er lehnte
sich vor, nahm vom Flussbett Lehm auf, wrang ihn in der Hand aus,
knetete ihn kraftvoll, mischte Erde hinein und drückte ihn fest, zog ihn
wieder durchs Wasser und schlämmte ihn noch mal ein. Behutsam hielt
er diese seltsame Masse in der Hand, den aufgeweichten Lehm, sowohl
Lehm wie auch endlose Möglichkeit, so gefügig wie stur. Er schaute,
ohne wirklich zu sehen, auf den Klumpen in seiner Hand, weich, und bereits durchgewalkt, gemartert, scheinbar gefügig und folgsam, aber nein,
doch nicht. Erbittert knetete er, formte zuerst eine Kugel, daraus einen
Körper, einen eher lächerlichen, ungestalten, kaum zu erkennen – diese
Frau aus Erde brauchte er, um zu hoffen, aber wieso, warum, das wusste
er nicht. Ein Nachtvogel kreischte im nächtlichen Wald, wie ertappt fuhr
er hoch und schleuderte die Frau aus Erde von sich, als sei der grässliche Schrei ihr geschuldet, und dort, im Fluss, in den diese winzige Frau
herabsank, schien es aufzuleuchten. Der Arme, der Vagabund, wurde so
bleich, dass er in der Finsternis zu erkennen war, und er konnte seinen
gebannten Blick nicht abwenden – auf einem Baumstamm, der seine
Wurzeln ausgestreckt hatte wie die hässlichen Arme eines kecken Un-
geheuers, saß eine bunt bemalte Frau, ihr gelblich schimmernder Körper changierte ins Violette, und sie kämmte ihr schwer herabfallendes
Haar mit langen bösartigen Fingernägeln. Sie schaute ihm in die Augen
und lächelte ihn misstrauisch an, ihn, Domenico. Was suchte er hier,
was wollte er hier, was hatte ihn hergetrieben? Er stand auf, wurde still,
wusste nicht, ob er sich abwenden sollte; anstatt dem Schrecken den Rücken zuzukehren, war es ihm lieber, ihn im Auge zu behalten. So stand

er da, erstarrt, innehaltend, das Schweigen des Waldes gesellte sich dazu, aber ein nächtlicher Windhauch wehte, und sachte bewegten sich blasse Schemen. Einer der Schemen glitt vom Baum herab. Domenico geriet ins Schwanken, fing sich wieder, er schaute um sich her. Es war dunkel, so dunkel, und so viel Wunderliches verharrte da schweigend im nächtlichen Wald. Er rieb sich die Augen. Und plötzlich überkam ihn ein noch stärkeres Schaudern als zuvor: Er bemerkte die Stille. Immens, allumfassend. Wie Vieles, Unermessliches war in dieser Stille. Da war das bösartige Rauschen des Flusses, und da war der Windhauch, weit und endlos, der leicht, wie eine sich windende Schlange im undurchdringlichen Wald, zwischen den Ästen hindurchglitt; da war der Donner, allmächtig, tosend, ohrenbetäubend; und eine Drohung, als stumme Schwärze, auf seinen Schultern lastend. Aber das Grässlichste war die Gleichgültigkeit der Stille, ihre grausame, bewusste Unwissenheit. Er lehnte sich an einen Baum, geraume Zeit blieb er so stehen, kam ein bisschen zu Kräften, und dann schrak er wieder auf – hinter dem Baum stand jemand. Stand da und wartete beharrlich. Wie der wortlos frohlockte, aber wer war er? Domenico getraute sich nicht zu schauen, vorsichtig wich er zurück, vermochte die Fußsohlen nicht vom Boden zu heben, rutschte rückwärts, lehnte sich an einen anderen Baum, drehte sich um und erstarrte zur Salzsäule: Da stand auch einer – hinter jedem Baum stand einer! Wieder war er umzingelt, er barg den Kopf in den Armen, er zitterte, vornübergebeugt, am ganzen Körper, seine Schultern, die Hände, die Finger, seine Knie bebten, am meisten Angst jedoch hatte sein gekrümmter Rücken. Aus den schwarzen Wipfeln herab beobachteten sie ihn, und schwerfällig kamen sie herunter. Er hielt es nicht länger aus, er rannte los. Er lief zum Fluss, stieg ins Wasser, auf dem Grund entdeckte er einen weißen Stein, sein Anblick beruhigte ihn, aber bevor er sich richtig freuen konnte, tippte jemand ihm mit kalten Fingern auf die Schulter, und es schien, als wolle man ihn mit eisernen Händen packen, und hochheben. Er wehrte sich, und kurz konnte er entrinnen, aber dann war es ihm, als hätten diese riesigen, eisernen Finger sich in seine eigenen Rippen verwandelt, als umklammerten sie ihn so, dass er kaum Luft bekam. Er sprang ans Ufer, sein Fuß rutschte ab, fast wäre er gestürzt, er rannte zum nächsten Baum und umarmte ihn, auch mit den Schenkeln, es war kühl im Wald, es wurde noch kühler, er fror und sprang wieder weg – auch da stand wieder dieser Jemand, hinter jedem Baum stand jemand! Er rannte auf die Lichtung hinaus, und auch hier wuchs ringsumher etwas Grässliches empor, es näherte sich, vermehrte sich, drang vor, breitete sich aus, blähte sich auf, verknotete sich – Angst war das, die Nachtblume. Er stürzte auf die Knie, beugte sich vornüber, steckte das Gesicht ins hohe Gras, streckte die Beine aus, und als er bäuchlings so dalag, rupfte er gequält Farn, dann grub er die Finger in die frische Erde, packte fest zu und schleuderte sie weit weg, wie verrückt wühlte er in der Erde, suchte ein Loch zu graben, um sich darin zu verstecken. Dann fuhr sein Oberkörper hoch wie von einem Peitschenhieb getroffen – aus der Ferne, vom Wald her, bewegte sich ein Licht schwankend auf ihn zu. »Es kommt, es kommt näher«, gequält rieb er die Wange an der Erde, grub wie von Sinnen weiter, aber als er beängstigt dort hinüberspähte, sah er das Licht schon näher, »es kommt, es kommt.« Wer es war, wusste er nicht, doch gewiss ein noch nie gesehenes, grausiges Wesen, »es kommt, es kommt«, das Gesicht nach unten presste er sich auf die Erde, diesmal hatte der Nacken am meisten Angst. Dumpfe, gedämpfte kraftvolle Schritte! »Es kommt, es ist schon da, es ist sogar schon da.« Schwer, schlaff, das Gesicht nach unten lag er da, in Erwartung eines unbarmherzigen, tödlichen Schlages, dann schwand selbst diese Erwartung, verflog für eine Weile, doch die Angst half ihm auf die Sprünge und er spürte seinen Nacken wieder, kurz schummerte es ihm vor Augen und er ging fort, er schmolz, nur sein armselig hingeworfener Körper blieb auf der zerwühlten Erde zurück, er selbst aber ging weg, weit weg, ins Verlorene. Schön war dieses Fortgehen, eine Erlösung; doch schon war er wieder bei sich und die Angst verwandelte seinen ganzen Körper in Eisen, über dem summend die Worte schwirrten: »Es ist da, es ist da, es ist sogar schon da ...« Er wollte den Kopf heben, traute sich aber nicht, er lag auf der Erde, er atmete die Erde, Hoffnung und Schrecken zugleich. Und er bot seine ganze Kraft auf – jemand, irgendwo, an einem ganz anderen Ort, hatte ihm über ebendiese Erde etwas Gutes, Glaubhaftes gesagt, doch es wollte ihm nicht einfallen, und er strengte sich an, fest schloss er die Augen, und sowie der schließlich Angekommene ihm die Hand auf die Schulter legte, fing seine Narbe an zu brennen, und Michinio und dessen Worte, dass es die Liebe sei, die die Welt zum Drehen brächte, fielen ihm wieder ein. Hoffend, vertrauensvoll hob er den Kopf: Ja, es war der Vater, im Stockdunkeln stand er als blasser Fleck über ihm. Sofort setzte Domenico sich auf, Freude rauschte durch die Adern, ihn schwindelte, der Kopf sank ihm auf die Schulter. Eine Zeit lang saß er da, die Augen geschlossen, sammelte Kräfte. Dann ergriff ihn erneut Unruhe – ein paar Schritte hatte sich der Vater entfernt und schaute ihn von dort aus prüfend an. Domenico wollte unbedingt noch etwas hören, erst dann würde er aufatmen können – auf ein Wort wartete er, nach ein paar Worten dürstete ihn. Er kroch auf den Vater zu, seine Knie schürften über die Blätter – der Wald sog das beharrliche Knistern auf, und dann war es still. Domenico legte dem Vater eine Hand aufs Knie, schaute zu ihm auf und sagte, fast flehend:

»Muss ich keine Angst haben?«

Der Vater blickte gedankenvoll zu ihm herunter, dann legte er ihm die Hand auf den Kopf und sagte:

»Nein. Hab keine Angst.«

Und Domenico, auf den Knien, erlöst, befreit, schaute noch mal zu ihm hoch, unruhig, und wollte alles erzählen, was ihm widerfahren war auf seinen gewundenen Wegen, aber im selben Moment hielt er inne – der Vater wusste bereits alles, er wusste Bescheid. Das las er in seinem Blick. Der verwirrte Domenico senkte den Kopf; es musste etwas passieren, auf etwas wartete er, vorsichtig, verstohlen, angespannt sah er zum Vater hoch, wie stark, wie durchdringend schaute der Vater ihm in die Augen. In Erwartung eines ungewöhnlichen, hinausgezögerten Urteils griff er wieder nach der Erde, vorsichtig kratzte er ein wenig heraus, wrang die durchnässten Ärmel aus, schlämmte das bisschen Erde ein, und wieder, zum wievielten Male schon, unternahm er den erbärmlichen Versuch, einen hilflosen und fremdartigen, einen seiner Vorstellung entsprungenen Menschen zu formen, er mühte sich ab und es wollte ihm nicht gelingen. Nur die Hände verschmierte er sich mit der Erde des hohen Dorfes, aber auch das, sogar das hatte seinen Sinn. Gänzlich durcheinander, mit zerrupfter Seele wartete er auf das Urteil des Vaters. Und jener sprach: »Zweimal wurde dir das erste Gewand gegeben, Domenico«, besonnen schaute er auf ihn herab, »und noch ein drittes Mal sollst du es von mir bekommen – du bekommst von mir das Wort, Domenico.«

Wie, was wurde ihm da gesagt? Benommen setzte er sich auf.

»Sei gewiss, Domenico, das erste Gewand ist das Wort. Deine Geschichte ist zwar in den Himmel gestiegen, aber auch bei uns, bei den Deinigen, sollst du sie lassen.«

Mit gesenktem Kopf saß er da und hörte zu.

»Viele Länder magst du damit erschaffen, und du wirst ein seltsamer König sein. Und auch wenn du zahlreiche Knechte haben wirst, du wirst ihrer aller Sklave sein. Du wirst sie am Leben halten, verstehst du?«

»Ja.«

»Und je weiter du dieses Gewand ausbreitest, desto größer wird dein Reichtum sein und desto größer deine Pein. Leid und Freude wirst du erfahren. Dies ist kein Wortspiel: Der Glücklichste unter den Unglücklichen wirst du sein. Und ein Gepeinigter, falls du weißt, was ich meine.«

»Ja.«

»Einen fremden Namen sollst du tragen. Dein Name soll Domenico sein, von *dominicus, dominus* … Kratzt dir das im Ohr?«

»Nein. Ein bisschen.«

»Das macht nichts, du wirst dich daran gewöhnen. Und obwohl du auch fähig sein musst, zu hassen, darfst du nie vergessen, was die Erde zum Drehen bringt. Verstehst du?«

»Ja.«

»Diesen Stein, Domenico, wirst du immer mit dir tragen.« An einem Hanffaden hängte er ihm den großen Amethyst um, den vom Feuer unversehrten, den Stein Ana Marias.

»Er wird schwer wie ein Mühlstein sein, mein Sohn.«

Es schauderte den Vagabunden.

»Ist es sehr dunkel?«, fragte der Vater.

»Ja, und wie.«

»Aber mich siehst du, oder?«

»Ja, und wie.«

»Behalte mich so im Gedächtnis.«

Am Fluss saß benommen der Vagabund, diese Worte in sich bewahrend, und auf der Zunge lag ihm wie mit Galle vermischter Honig ein fremdartiges Vorhaben. Unpassende und kunterbunte, starke, volle, klingende, farbige Wörter umschwirrten ihn summend wie ein Schwarm Bienen. Welche er sich ausersehen sollte, wusste er noch nicht, aber er sah klar und deutlich das im Feuer sich aufbäumende erste Gewand, und aus jedem seiner mit Goldfäden umsäumten echten oder falschen Edelsteine, ähnlich den umstickten Gucklöchern in den kamoranischen Vorhängen, spähten unzählige Augenpaare. Sie beobachteten ihn, manche ungestalt und kleinherzig, manche auch ganz anders. Auf der Schulter spürte er die ungeduldige Hand des blinden Riesen, er stand hinter ihm, ihn musste er in sein seltsames Reich geleiten, wusste aber nicht, wie er den ersten Schritt machen sollte. Was sollte er wie ausdrücken, wo sollte er anfangen – mit seiner Geburt? Ach nein, nein. Mit Gwegwe, seinem Bruder? Nein, ach nein. Und selbst den Vater, den allgegenwärtigen, wagte er nicht gleich zu Anfang zu erwähnen. Nach Wörtern suchte er am Ufer des ewiglich neuen Flusses, er litt im nächtlichen Wald. In die Ferne richtete er seinen Blick, zum Rand des Himmels, hoffend und flehend, und, heee – es wurde hell … Mit der Morgendämmerung musste er anfangen, ja, so war es am besten.

Sie sind doch noch da? Kommen Sie, geben Sie mir zum letzten Mal Ihre misstrauische Hand, ist doch besser so, am Ende ein ruhiger Anfang, ach, wir haben uns so aneinander gewöhnt. Was ich Ihnen unterwegs versprach, habe ich, so gut ich konnte, erfüllt, und jetzt, gegen Ende, will ich Ihnen etwas in Erinnerung rufen. Bestimmt wissen Sie nicht mehr, dass ich sagte, es habe auf der Welt noch keine Geschichte gegeben, die je ein Ende gehabt hätte, und denken Sie nicht, glauben Sie nicht, Sie hätten mich jetzt, gegen Ende ertappt. Aus Dummheit eigentlich war mir herausgerutscht, dass es immer einen Ausweg gäbe, und nun habe ich ihn. Wie, Sie glauben mir nicht? So wahr ich hier stehe, habe ich Sie je angelogen? Kommen Sie, mein Guter, komm, mein Freund, gehen wir hin und fangen wir mit dieser Geschichte von Neuem an, mit der Morgendämmerung, wieder und wieder: Es war noch dunkel, nur dort hinten, am Rand der Welt, schien es, als würde der Himmel licht. Gerade hatte es aufgehört zu regnen, lautlos glitten die Tropfen von Blatt zu Blatt, und der durchnässte, zitternde Flüchtling lauschte angestrengt auf ihr kraftloses Fallen. Jegliches Geräusch war zu ertragen, solange nur keine Hufe klapperten. Unablässig wähnte er die Verfolger in der Nähe, und mit letzter Kraft klammerte er sich an die nassen Äste. Eben noch hätte niemand ihn bemerken können, aber jetzt, in der Morgendämmerung, wo es erst recht kalt wurde und er in seiner Not nicht mehr stillhalten konnte, war seine schwärzliche, unruhige Silhouette in der fadenscheinigen Dunkelheit deutlich zu erkennen. Wie gerne hätte er geschlafen, er konnte seinen Kopf kaum noch halten. Immerhin saß er, nach dem langen Aufstieg ruhten seine müden, geschundenen Füße. Hier oben auf dem Baum würden auch die Hunde nicht an ihn herankommen – und Gebell hörte er bisher ja auch keins. Da schöpfte er neuen Mut, und gleichzeitig verspürte er Hunger. Er griff mit steifen Fingern in die Brusttasche und holte einen Kanten Brot heraus. Ohne Hast kaute er – er wollte eine Weile dran haben, aber der Kanten war zu klein und zu schnell aufgegessen. Jetzt bekam er erst recht Hunger, er schaute nach dem Dorf, dort musste er etwas zu essen auftreiben. Die Häuser traten schon ein wenig aus den Schatten, er schaute sich noch einmal um, und es fröstelte ihn, nicht vor dem Verfolger, vor etwas ganz anderem bangte ihm jetzt – wie wunderlich der Morgen doch dämmerte! Hatte er je so scharf umrissene Blätter gesehen oder Zaunpfähle, die so spitz in die Morgendämmerung stachen? Wie die Häuser aus weiter Ferne näher rückten, wie die Felsbrocken unaufhaltsam aus der Erde wuchsen, und ob er jemals so einen bedrohlichen Windhauch gespürt hatte, der scheinbar mit der Morgendämmerung kam und die blassen Schatten am Boden tanzen ließ, wie eigentümlich und beunruhig… und beunruhig… und beunruhig… und beunruhig…

Sollte das alles, dachte Domenico, am Ufer des ewiglich neuen Flusses saß er, sollte das alles etwa …?

1966–1978

NACHBEMERKUNG

Zwölf Jahre hat Guram Dotschanaschwili an diesem Roman geschrieben und nicht viel weniger lang hat es gedauert von unseren ersten übersetzten Zeilen bis zum Erscheinen des Buchs in deutscher Sprache. Nur von den übersetzerischen Schwierigkeiten wollen wir an dieser Stelle einige kurz ansprechen.

Der Titel war die erste Herausforderung. Im Original lautet er *ssamosseli pirweli*: *ssamosseli* – Gewand, und *pirweli* – erster, erste, erstes. Wäre *pirweli* vorangestellt, hätte es rein numerische Bedeutung, durch die Nachstellung wird im Georgischen die semantische Komponente »das wichtigste« hinzugefügt. Der Begriff aus der georgischen Fassung der Bibel entspricht also genau dem altgriechischen: στολὴν τὴν πρώτην, sowie dem lateinischen: stolam primam. Je nach Bibelübersetzung findet man jedoch auf Deutsch »das beste Kleid«, »das beste Gewand«, »das schönste Gewand« und »das beste Feierkleid«. Bei diesen Varianten bedauerte Guram Dotschanaschwili, dass »das erste« hier zum Opfer fiele. Das Gewand, das der Vater Domenico gibt, ist ja das Wort, und hier kommt einem sofort das Johannesevangelium in den Sinn: im Anfang war das Wort. Auch für die meisten Kirchenväter, christliche Autoren der ersten acht Jahrhunderte, ist jenes »erste Gewand« der Hinweis auf das verlorene Gewand der Gnade, sie bevorzugten die wörtliche Übersetzung. Deshalb entschieden wir uns, *ssamosseli pirweli* mit »das erste Gewand« zu übersetzen.

Eigennamen und Ortsbezeichnungen entnimmt der Autor nur teilweise der Realität, viele sind frei erfunden, oftmals ihres Klangs wegen. So kamen wir zu den »Karawallern«, und haben uns die Freiheit genommen, Kalabrien, womit weniger die exakte geographische Bezeichnung gemeint ist, in »Kalabarien« umzuwandeln.

Dass die in Kamora übliche Anrede »Haler« – im Original das Kunstwort »hale« – von dem georgischen *genazwale* abgeleitet ist, darauf kommt auch der georgische Leser nicht unbedingt sofort. Nun ist *genazwale* eines der Wörter, die sich schwer übersetzen lassen. Wörtlich bedeutet es »ich tauschte mit dir und nähme alles statt deiner gerne auf mich«. Solcherart Anreden sind der georgischen Sprache eigentümlich, sie heißen oft so viel wie »mein Guter«, »mein Lieber«, variieren aber je nach Kontext. Das Deutsche bietet nichts Ähnliches, weshalb wir uns schließlich entschieden haben, das Kunstwort des Originals seines Klangs wegen beizubehalten und ihm lediglich die deutsche Endung -er zu geben.

Der Umgang des Autors mit Grammatik und Zeichensetzung ist ein eher freier, mit grammatischen Konventionen wird stellenweise gebrochen. Dotschanaschwili selbst hat auf die Frage, warum er sich bisweilen nicht an die grammatischen Regeln hielte, einmal geantwortet: »Wenn unsere Vorfahren sich so streng an sprachliche Regeln gehalten hätten, würden wir uns noch immer brabbelnd wie Höhlenmenschen verständigen.« Unsere Übersetzung lässt seinen freien Umgang mit der Sprache wohl erahnen, doch sie enthält aus naheliegenden Gründen weniger Archaismen, Regionalismen und Wortneuschöpfungen als das Original. Interpunktions- und Grammatikregeln sind eingehalten. Dabei war es uns jedoch stets ein besonderes Anliegen, den poetischen Ton der beschreibenden Passagen adäquat wiederzugeben.

Viele Menschen haben das Buch auf seinem Weg begleitet, und ihnen allen möchten wir an dieser Stelle von Herzen danken. Unser größter Dank gilt Guram Dotschanaschwili dafür, dass er uns sein erstes Gewand anvertraut hat.

Saarbrücken, 1. Mai 2018,
Susanne Kihm und Nikolos Lomtadse

INHALT

II
FEINSTADT